Thomas Flanagan

Ein Traum von Freiheit

Zu diesem Buch

Mayo, die karge, ärmliche Grafschaft im Westen Nordirlands im Sommer 1798: Wieder einmal braut sich ein Aufstand gegen die Engländer zusammen. Die Bauern leben in bedrückender Armut unter ihren Grundherren, denen die englische Krone hohe Abgaben abpreßt. Die Katholiken wüten seit ihrer Diskriminierung durch Elisabeth I. gegen ihren Ausschluß aus dem öffentlichen Leben. Franzosen eilen den irischen Rebellen zu Hilfe, wenn auch nicht ganz uneigennützig, nachdem ihnen eben im eigenen Land die Revolution gelungen ist. Aber nur drei Schiffe erreichen die Küste Irlands. Und so ziehen die Franzosen mit einem bunt zusammengewürfelten Haufen von Idealisten und Verzweifelten durch Moore und Sümpfe, in einen Kampf gegen die überwältigende Streitmacht Englands, der von vornherein zum Scheitern verurteilt scheint. – Flanagans großer Irland-Roman bietet nicht nur fesselnde Unterhaltung, er hilft auch, die Fronten im heutigen Nordirland besser zu verstehen.

Thomas Flanagan lehrte als Professor an verschiedenen amerikanischen Universitäten vor allem Literatur und Geschichte Irlands und lebt heute in Long Island, New York. Nach einem mehrjährigen Aufenthalt in Irland schrieb er seinen ersten Irland-Roman »Ein Traum von Freiheit«, der in hohen Auflagen erschien und Publikum wie Kritik in gleicher Weise begeisterte. 1993 erschien sein zweiter Irland-Roman auf deutsch: »Pächter der Zeit«.

Thomas Flanagan

Ein Traum von Freiheit

Der große Irland-Roman

Aus dem Amerikanischen von
Gabriele Haefs

Piper München Zürich

Ungekürzte Taschenbuchausgabe
Piper Verlag GmbH, München
November 1998

Titel der amerikanischen Originalausgabe:
»The Year of the French«, Henry Holt and Company,
New York 1979

Umschlag: Büro Hamburg
Simone Leitenberger, Susanne Schmitt, Annette Hartwig
Umschlagabbildung: Archiv für Kunst und Geschichte, Berlin
Satz: Fotosatz & Repro Völkl, Germering
Druck und Bindung: Clausen & Bosse, Leck
Printed in Germany ISBN 3-492-22719-8

Für Jean, wie immer, und für Ellen und Kate.
Zur Erinnerung, wie immer,
an Ellen Treacy aus Fermanagh
und Thomas Bonner von der
Fenian Brotherhood

Prolog

Frühsommer 1798

MacCarthy fühlte sich in dieser Nacht beschwingt, als er Judy Conlons Hütte in den Acres von Killala verließ. Nicht betrunken, sondern beschwingt. Er hatte ein oder zwei Fingerbreit Whiskey in einer festverkorkten Taschenflasche aus grünem Glas bei sich, und das Bild, das ihn seit einer Woche verfolgte. Mondlicht, das auf eine harte, flache Oberfläche fiel, Sense oder Schwert oder Stein oder Spaten. Es war kein Bild, aus dem ein Gedicht entstehen konnte, aber es konnte als glänzende, angemessene Verzierung an ein bereits geformtes Gedicht angehängt werden. Die Herausforderung seines Handwerks.

Auf halbem Wege zum Strand von Kilcummin, auf seiner rechten Seite toste die düstere Bucht, auf seiner linken befand sich eine niedrige Steinmauer, zog er die Flasche aus der Tasche seines langschößigen Mantels. In dem farbigen Glas, im klaren Licht des Sommerabends, war der Whiskey ein ertrunkener Mond. Als die Flasche leer war, warf er sie in hohem Bogen ins Wasser. Wie das Funkeln des Mondlichtes auf dem Meer. Oder sein Leuchten auf ihrer runden Brust. Nein, das Bild verlangte eine flache Oberfläche. Bis er das Bild hatte, würde er sein Sklave sein.

Bei Matthew Quigleys Schenke, einer langen, niedrigen Hütte auf der anderen Seite der engen Straße, die am felsigen Strand vorbeiführte, klopfte er mit der Faust an die Tür und wartete. Quigley öffnete ihm, ein kleiner, O-beiniger Mann, kahl, mit einem großen Kopf, so rund wie ein Vollmond.

»Du kommst spät«, sagte er.

»Stimmt«, antwortete MacCarthy. »Ich hatte etwas Besseres zu tun.«

»Aber sicher doch«, meinte Quigley. »In den Acres von Killala.«

»Da wohne ich«, erwiderte MacCarthy. Quigley trat zurück, und MacCarthy betrat die Schenke, wobei er in der niedrigen Tür den Kopf einzog. Er war ein schwerfällig gebauter Mann, groß und grobknochig, mit langen Armen, die ihm von den schweren, gebeugten Schultern fast bis an die Knie reichten. Es waren Körper und Kopf eines Pflügers, eine Matte aus borstigen roten Haaren wie ein Signalfeuer auf einem Hügel, lange, dünne Lippen.

Drei Männer, die am erloschenen Kamin saßen, schauten zu ihm herüber, und einer von den dreien richtete das Wort an ihn. Malachi Duggan, ein schwerer Bulle mit nach vorn gebeugten Schultern. »Du kommst spät.«

»Sieht so aus«, sagte MacCarthy. »Ich habe keine Uhr.«

Tatsächlich besaß er eine Uhr. Eine schöne Golduhr, dick wie eine Rübe, die einige Gentlemen aus Nord-Kerry ihm vor einigen Jahren nach einem Wettdichten überreicht hatten, Zweige und Blumen waren in das Gehäuse eingraviert. Jetzt war sie unbrauchbar, eines Nachts in Newcastle West zerschlagen, das Gehäuse verbogen, ein Wirrwarr von Rädchen und Schrauben und Federn unter dem zersplitterten weißen Zeiger, ein zerbrochener Mond.

»Du trinkst doch sicher einen«, sagte Quigley und füllte ein Glas für ihn.

»Der hat doch noch nie ein Glas abgelehnt«, sagte Phelim O'Carroll. »Stimmt das nicht, Owen?«

»Das ist eine bescheidene Prahlerei«, meinte MacCarthy und setzte sich zu ihnen. O'Carroll, der Witwer, mit einem großen Hof, den er vom Hohen Lord persönlich gepachtet hatte; er bearbeitete ihn mit seinem Neffen, einem harmlosen, geistesschwachen Geschöpf, und einem halben Dutzend Landarbeitern. Der vierte war Donal Hennessey, er hatte weniger Land, aber er hatte zwei heranwachsende Söhne und eine dralle, schöne Frau mit langen Beinen und sanften, wohlgeformten Hüften. Sie war einwandfrei zu einem Zweck geschaffen worden, aber Hennessey hatte wenig Ahnung von solchen Dingen. Sie gab ihm Kinder, und darauf kam es an.

Hennessey spielte keine Rolle, auch nicht O'Carroll oder Quigley. Duggan war wichtig. Er saß MacCarthy gegenüber, die Hände auf den schweren Knien. Seine Augen waren blaßblau, wachsam; rund wie Monde.

»Wir warten schon eine Stunde«, sagte er. »Eine Stunde lang haben wir in einen toten Kamin gespuckt und auf einen Schulmeister gewartet.«

»Für Donal und Phelim wird das nicht so hart gewesen sein, wo Matthew Quigleys Whiskey sie doch trefflich unterhalten konnte. Es war schlimmer für einen Mann wie dich, der niemals Durst verspürt.« MacCarthy prostete Quigley zu.

»Wir haben dich nicht hergebeten, um Witze zu machen«, sagte Duggan.

»Wir brauchen deine Hilfe«, erklärte Hennessey vermittelnd.

Rauher Whiskey brannte in MacCarthys Kehle und verbreitete dann seine Wärme in seinem Körper. Vom unverglasten Fenster fiel Licht auf sein Glas; gefangenes Feuer.

»Nur einen Brief«, sagte Duggan. »Wir möchten, daß du einen Brief auf englisch für uns schreibst. Einen Brief an einen Grundbesitzer. Du weißt, was für einen Brief wir brauchen, und keiner von uns kann ihn schreiben.«

»Das meinst du doch nicht ernst«, antwortete MacCarthy. »Unbarmherziger Tyrann, hüte dich. Zu lange schon lastet deine Ferse auf unserem Nacken.«

»Wir meinen das durchaus ernst«, sagte Hennessey.

MacCarthy sagte auf englisch: »Eine schreckliche Rache wird über dich kommen. Tyrann, hüte dich!«

»Bei Gott, das muß wunderbares Englisch sein. Du schüttelst das aus dem Ärmel wie ein Verwalter. Was bedeutet das, Owen?«

MacCarthy gab keine Antwort. Er wandte sich an den wachsamen Bullen, Duggan, mit dem schweren dunklen Kopf, der leicht auf einem muskulösen Nacken balancierte.

»Was soll es denn sein, eine Warnung an den Verwalter des Hohen Lords? Der würde damit sein Feuer anzünden.«

Matthew Quigley, in fettiger Schürze, beugte sich vor, um ihre Gläser neu zu füllen, Hennesseys, O'Carrolls, MacCarthys, sein eigenes. Duggan hatte kein Glas.

»Diesmal ist es keine Warnung«, sagte Hennessey. »Und der Brief geht nicht an den Verwalter des Hohen Lords. Er ist für Captain Cooper hier in Kilcummin und soll ihm sagen, was wir getan haben, wenn wir es getan haben. Wir wollen das Vieh abstechen, das er auf der neuen Weide stehen hat.«

Zerfetzte Sehnen und blutiges Gebrüll in der Nacht.

»Schreibt euren Brief selber«, sagte MacCarthy.

»Du hast gut reden Owen«, widersprach O'Carroll. »Du hast kein Land, um das du dir Sorgen machen mußt. Ein Schulmeister hat nur seine Bücher, und wer würde ihm die schon wegnehmen!«

»Du zum Beispiel«, antwortete MacCarthy. »Du würdest die

schönen Wörter nehmen, die darin stehen. Meinst du nicht, das Gericht würde sich fragen, wer Cooper einen Brief in gutem Englisch geschickt hat?« Er sah sich vor den Richtern stehen, die seinen Brief herumreichten. »Es wäre viel besser, wenn ihr den Brief selber hinkritzeln würdet, ungebildete Männer, die ein ungebildetes Verbrechen gestehen. Zeichnet darauf einen Sarg, wie die Whiteboys* in den alten Zeiten. Cooper ist Ire genug, um einen Sarg zu verstehen.«

»Es ist kein Verbrechen«, sagte Quigley, »wenn Sklaven um simplen Anstand bitten.«

»Nicht? Die Richter würden dir da widersprechen, und Hussey in der Kapelle von Killala auch.« Whiskey schwappte an den Rändern seines Bewußtseins. Er trank weiter.

»Ein Priester kennt sich in diesen Dingen nicht aus«, meinte O'Carroll.

»Weiß ich«, sagte MacCarthy. »Er hat kein Land. Wenn ihr gegen Sklaverei protestieren wollt, dann solltet ihr für eure Leute auch ein gutes Wort einlegen. In dieser Baronie gibt es keine elenderen Sklaven als die armen Burschen, die ihr von den Gesindemärkten anschleppt und die ihr mit Kartoffeln, die ein ehrlicher Mann nicht einmal seinen Schweinen hinwerfen würde, halb verhungern laßt.«

»Jetzt gehst du aber zu weit, Owen«, widersprach Hennessey. »Der arme Phelim tut sein Bestes für diese Jungs. Der Verwalter des Hohen Lords quetscht ihm fast das Leben aus, und mir geht's nicht anders. Und das weißt du sehr gut.«

MacCarthy leerte sein Whiskeyglas. »Aber du brauchst dich nicht draußen nach Sklaven umzusehen, Donal, nicht wahr? Die werden für dich zu Hause gezüchtet.«

Verwirrung. »Meinst du meine Söhne?«

»Nennst du sie so? Die Ähnlichkeit ist nicht groß.« In einer Ecke seiner Vorstellung stand die Mutter von Hennesseys Söhnen mit gespreizten Beinen neben der Tür ihrer Hütte.

»Du wirst diesen Brief schreiben«, sagte Duggan. Die anderen sahen ihn an. MacCarthy beobachtete ihre Augen. Sie folgten, wohin er sie führte, harter Bauer, Tyrann, Dorfkämpfer. Vor drei Jahren, zu einem Jahrmarkt, hatte er die Männer von Tyrawley gegen die von Erris geführt, einen dicken Knüppel in der Hand, weder Vergnügen noch Zorn hatten sein zerknittertes, ungerührtes Gesicht gezeichnet. An die Stirnwand

* Zur Erläuterung historischer Begriffe siehe Anhang.

der Kneipe von Belmullet gelehnt, hatte MacCarthy zugesehen, verächtlich und voller Bewunderung. »Du wirst dein feines Englisch für diesen Brief benutzen, und es wird ein langer Brief sein. Du wirst schreiben, daß dasselbe passieren wird, wann immer irgendein Grundbesitzer oder Mittelsmann Weideland aus einem Gehöft macht. Und daß es keine weiteren Warnungen geben wird. Das wollen wir bekanntgeben.«

»Das wollt ihr bekanntgeben«, wiederholte MacCarthy. Er hielt Quigley sein Glas hin, und der füllte es wieder. Privileg des Poeten. »Vier Männer in einer Schenke wollen das bekanntgeben.«

»Wir sind mehr als vier, Owen«, erwiderte Hennessey. »Da kannst du ganz sicher sein.« Er war ein Wunder. Beleidigungen prallten von ihm ab wie Regen von der Flanke einer Kuh.

»Die Whiteboys von Killala«, sagte Duggan. »Damit unterschreibst du. Die Whiteboys von Killala.«

»Die Whiteboys von Claremorris sind vor zwei Jahren öffentlich ausgestellt worden«, sagte MacCarthy. »Zwei von ihnen vor dem Gericht in Castlebar. Gehenkt und geteert.« Hinter dem Fenster eine Ecke des Mondes. Elegant, zurückhaltend.

»Von wie vielen?« fragte Hennessey. »Die Leute werden zu uns halten.«

»Bei Gott, das werden sie«, stimmte Duggan zu. Zum erstenmal lächelte er.

»Nicht meine Leute«, widersprach MacCarthy. »Ich bin aus Kerry.« Klares Wasser und helle Klippen, Vogelgesang.

»Jetzt bist du hier«, sagte Duggan. »In der Baronie Tyrawley. Vergiß das lieber nicht. Es geht nicht um vier Männer in einer Schenke. Es geht um die Männer in allen Gemeinden.«

»Das glaube ich nicht«, meinte MacCarthy. »Ihr habt mit Cooper ein Hühnchen zu rupfen, weil er die O'Malleys vom Land gejagt hat, um Weideland daraus zu machen, und nun habt ihr euch einen großartigen Namen gegeben, die Whiteboys von Killala.«

»Der Name ist gut genug«, sagte O'Carroll.

Was machte es schließlich aus? Die Whiteboys von Macroom, die True Men von Bruff, die Honest Men von Tralee. Seit dreißig Jahren tauchten sie immer wieder hier und dort auf, und das Ende war immer gleich, Körper an einem Galgen. Aber es war ein seltsames Jahr für Whiteboys, da jeder Hausierer und Wanderer Berichte über die großen Kämpfe in Ulster im Norden und in Wexford im Süden nach Mayo brachte. Und diese United Irishmen waren keine Whiteboys gewesen. Jetzt waren sie gar nichts mehr. Vor zwei Monaten hatten Englands Armeen sie zerschlagen.

»Es ist ein sehr guter Name«, sagte Duggan. »Jeder Grundbesitzer in Irland kennt ihn und weiß, was er bedeutet. Daß Vieh getötet und Felder abgebrannt werden, und danach könnte es noch schlimmer kommen. In den Mooren von Belmullet sind die Leichen von Verwaltern und Gerichtsdienern versenkt worden, mit ausgequetschten Augen, mit von den Dornbüschen zu Riemen geschnittenen Rücken.«

Seine Stimme war ausdruckslos, aber seine Lippen glänzten vor Speichel. Das will er. Die dicken, eckigen Finger könnten sich um die Kehle eines Verwalters schließen, könnten strafenden Dornbusch aus dem Boden reißen.

»Ach, wir haben keine Wahl, Owen«, sagte O'Carroll. »Wenn die Grundbesitzer sich auf Viehzucht verlegen, dann sind wir erledigt. Das ist überall so. Wir haben kein anderes Argument als den Brief der Whiteboys.«

MacCarthy wandte sich an Quigley. »Ein Gastwirt hat kein Land. Was bedeutet dir das alles?«

»Nun ja, Owen. Es stimmt schon, ich habe kein Land, genausowenig wie ein Schulmeister. Da hast du recht.« Er nahm MacCarthys Glas und füllte es wieder mit ruhigem, farblosem Whiskey. »Aber man sollte sich mit seinen Nachbarn gut stellen. Das schadet nie, egal, welchen Beruf man hat.«

MacCarthy drehte das Glas in seiner Hand. Der Raum wurde langsam dunkel. Hinter dem Fenster hatte das Abendlicht die Weichheit eines Hänflingsflügels angenommen, die den Anfang der Nacht ausmacht.

»Es ist ein törichtes Geschäft, was ihr da vorhabt«, sagte er zu Duggan. »In Ulster und in Wexford sind große Aufstände niedergeschlagen worden. Letzte Woche war ein Wanderer in Killala, der erzählt hat, daß die Galgen von einem Ende von County Wexford bis zum anderen stehen, wie auch die abgebrannten Hütten. Und niemand wird jemals all die zählen können, die mit Gewehr und Schwert getötet worden sind. Er sagt, jetzt sind mehr englische Soldaten im Land als seit der Schlacht an der Boyne. Sie stehen zu Tausenden in Tuam und auch zu Tausenden in Galway City.«

»Ich habe mit diesem Mann gesprochen«, sagte O'Carroll. »Er hatte noch mehr zu berichten. Er sagte, die Gälische Armee habe im County Wexford einen Monat lang gesiegt.«

»Das ist ein großer Trost für sie gewesen, als sie unter dem Galgen standen«, meinte MacCarthy.

»In Tyrawley gibt es keine Tausende von britischen Soldaten«, sagte Duggan. »Hier gibt es nur Captain Cooper und seine Zwergmiliz. Protestantische Ladenbesitzer und Steuereintreiber. Was weit weg in Wexford oder Ulster passiert, ist hier völlig uninteressant.«

»Tausende hatten sich erhoben«, erzählte MacCarthy. »Der ganze County Wexford, ganz Carlow, ganz Wicklow und Teile von Kilkenny. Sie haben versucht, sich aus Wexford herauszukämpfen. Sie wollten ganz Irland ihre Rebellion bringen. Sie liefen hierhin und dorthin, aber auf allen Straßen standen englische Soldaten. Und als sie nicht mehr wußten, wo sie hin sollten, kletterten sie auf einen Hügel und warteten darauf, von den englischen Kanonen in Fetzen geschossen zu werden.«

Es überstieg seine Vorstellungskraft. Die Straßen von Wexford, verstopft von Menschen, ihre Piken ein Winterwald vor dem Horizont. Priester fuhren in ihrem Troß mit. Dorfkämpfer* trieben sie auf Miliz und Landwehr zu. Sie jagten Vieh vor sich her in die Schlacht. Wieder hörte er die Worte des Wanderers. »In den Ebenen und an den Flüssen gab es riesige Lager. Sie haben eine Stadt nach der anderen eingenommen, Camolin und Wexford und Enniscorthy. Sie haben Enniscorthy niedergebrannt.« Erst zwei Monate her. Und jetzt vorbei.

»Die Leute von Wexford waren Idioten«, sagte Duggan. »Mir reicht Captain Cooper. Und nach ihm Gibson.«

»Gibson ist dein eigener Grundbesitzer, nicht wahr?« fragte MacCarthy. »Ich dachte mir schon, daß du dir für Gibson die Zeit nehmen würdest.«

»Dann Gibson«, stimmte Hennessey zu. »Aber nach ihm kommt der Verwalter des Hohen Lords. Bei Gott, ich hasse diesen Creighton. Der ärgste Tyrann in ganz Tyrawley.«

»Der tut doch nur, was ihm befohlen wird«, sagte MacCarthy. »Der Hohe Lord in London schickt ihm seine Befehle. So wird das gemacht.«

»Ich werde ihm einen Brief schicken, bei Gott«, sagte Duggan. »Die Whiteboys von Killala werden ihm einen Brief schikken.«

»So soll es also sein«, sagte MacCarthy. »Und dann einen

* engl. *faction fighters*. Gruppen von Dorfburschen, die wegen eines Zwists oder auch nur aus Spaß zu öffentlichen Kämpfen gegeneinander antreten.

vierten und dann einen fünften. Da habt ihr ja wirklich viel Arbeit für mich.«

»Dir wird schon nichts passieren, Owen«, sagte Hennessey. »Niemand von uns wird etwas passieren. In Tyrawley wird es fünfhundert Whiteboys geben.«

»Es wird nicht an den Grenzen der Baronie haltmachen«, meinte Duggan. »Ich kenne Männer in Erris und auf der anderen Moyseite in Sligo.«

»Wir sind keine Idioten«, erklärte Quigley. »Wir haben mit diesem und jenem gesprochen. Und wir haben einen Eid.«

»Aber sicher habt ihr einen Eid«, sagte MacCarthy. »Ein Eid ist die erste Amtshandlung eines Whiteboys. Je mehr er den Mund füllt, desto besser.« 1779, eine Scheune in der Nähe von Tralee in Kerry, MacCarthy gerade achtzehn geworden. Verängstigte, prahlerische Gesichter um eine Kerze versammelt. Er würde Teile seiner Vergangenheit verbrennen, wenn er das könnte, alle die Nächte des Monats der Whiteboys. Männer mit geschwärzten Gesichtern, weiße Kittel über grobem Fries, ausgebeulte Strümpfe schauten darunter hervor, krochen durch nasse Felder zum Vieh. Die Nacht plötzlich von Schreien und Gebrüll erfüllt.

»Wir sind keine Idioten«, sagte Duggan. »Wir wissen, was wir tun.«

»Aber sicher doch«, sagte MacCarthy und leerte abermals sein Glas. »Ihr seid großartige Burschen. Meine lange Wanderung von Kerry bis hierher in den Norden hat sich doch wirklich gelohnt, wenn ich so großartige Burschen kennenlerne.«

»Korn und Hafer werden den Grundbesitzern gutes Geld bringen«, erklärte Hennessey, »aber Viehzucht bringt noch mehr. Die Grundbesitzer werden einen Hof nach dem anderen zu Weideland machen, wie Cooper es mit dem Hof der O'Malleys gemacht hat.«

Die Grundbesitzer hatten keine andere Wahl, und die Leute hatten keine andere Wahl, und die Gerichte würden auch keine andere Wahl haben, als sie zu jagen und zu hängen. Es war wie ein Lehrsatz von Euklid, gerade Linien strebten auf einen Punkt zu. Es war zwanzig Jahre zuvor in Kerry und in West Cork geschehen. Er hatte gesehen, wie die Whiteboys ihren Sieg vor der Kapelle begossen, und er hatte sie am Ende des Stricks baumeln sehen. Und was ist mit mir, dachte er, habe ich eine Wahl?

»Wir haben dich nicht kommen lassen, um mit uns zu streiten, MacCarthy«, sagte Duggan. Damit war die Frage beantwortet.

»Ich will auch gar keinen Streit«, antwortete MacCarthy. Er nahm Quigleys Krug mit übelschmeckendem Whiskey und füllte sein Glas bis an den Rand. Das Glas zum Abschied.

»Das stimmt nicht«, widersprach Duggan. »Du würdest mit Begeisterung so lange streiten, wie noch etwas im Krug ist. Du bist dessen Sklave, und das weiß hier jeder.«

»Wir sind alle Sklaven«, sagte MacCarthy. Es schmeckte jetzt besser, weich und kühl. »Sklaven von diesem, Sklaven von jenem. Ich werde den Brief für euch schreiben, und ich werde ihn mit meiner linken Hand schreiben. Aber sonst werde ich nichts mit euch oder für euch tun, und ich werde keinen Eid ablegen. Ihr werdet auf den Straßen von Killala und Kilcummin Blut vergießen, und es wird nicht das Blut von Grundbesitzern sein.«

»Einiges doch, bei Gott«, widersprach Quigley. »Wenn unser Blut vergossen wird, dann auch ihres. Wir werden ihnen schon das helle Ende des Messers zeigen.«

MacCarthy sah ihn an und verachtete das runde, selbstgefällige Gesicht. Der Raum war jetzt dunkel. Das Gesicht schwamm im sterbenden Abendrot, ein einfältiger Mond. MacCarthy schleuderte sein Glas plötzlich in die Ecke; Whiskey spritzte über seine Hand.

»Hör ihn dir an«, sagte er zu Duggan. »Hör dir diesen Mann an. Das ist die Sorte Mann, die du an deiner Seite haben wirst, die niemals Blut gesehen hat, außer von Kühen und Schweinen. Er wird seinen eigenen miesen Whiskey trinken und prahlen, und er wird dich bis an den Fuß des Galgens trinken und prahlen.«

»Aber du hast Blut gesehen«, sagte Duggan mit seiner humorlosen Ironie.

»Ich war Schulmeister in Macroom, als Paddy Lynch mit fünf seiner Anhänger gehenkt wurde. Ich sah seine Füße in der Luft strampeln, und ich sah sein Gesicht. Das war Blut genug für mich.«

»Bei Gott, das könnte einem den Appetit verderben«, sagte O'Carroll zu Duggan, lächelte aber nervös, um seinen Worten die Spitze zu nehmen.

Duggan drehte sich zu ihm um. »Wenn wir vorsichtig und verschwiegen sind, dann wird in Tyrawley niemand gehenkt werden.«

»In Castlebar«, korrigierte MacCarthy. »Sie werden euch mit auf den Rücken gefesselten Händen auf einen Karren laden und euch nach Castlebar schaffen und euch dort vor Gericht stellen und hängen. Wenn ihr hundert Männer habt, dann habt ihr zehn Denunzianten, und wenn ihr fünfhundert Männer habt, dann habt ihr fünfzig.«

»Müssen wir uns diesen Mann anhören?« fragte Duggan O'Carroll, seine Stimme war rauh vor Verachtung. »Einen Mann, der auf dieser Welt nichts besitzt außer einem Sack Bücher und der Hälfte von Judy Conlons Bett. Hört auf ihn, und in zwei Jahren wird es in Tyrawley nur noch Viehzüchter und Kuhhirten geben. Und Judy Conlon.«

»Hüte deine Zunge, Duggan«, sagte MacCarthy und erhob sich. Was könnte ich gegen ihn schon ausrichten, mit seinen Händen wie riesige Schinken, geräuchert und gebeizt von Schlehdorn und Stechpalme seiner Dorfkämpfe. »Bei Gott«, sagte er zu den anderen. »Ab und zu ist es ein großer Trost, kein Land zu haben.«

»Das stimmt«, sagte Matthew Quigley. »Wenn wir nicht vergessen, was wir unseren Nachbarn schuldig sind.«

»Owen würde das nicht vergessen«, sagte Hennessey. »Was hätte denn ein Schulmeister für ein Leben, wenn er sich mit seinen Nachbarn nicht gut stünde?«

»Überhaupt keins«, antwortete Duggan. »Gar kein Leben.«

MacCarthy blieb stehen. »Ich danke dir für den Whiskey, Matthew. Wem soll ich den Brief geben, wenn ich ihn geschrieben habe?«

»Du kannst ihn ruhig mir geben«, antwortete Quigley. »Ich komme morgen zu dir und hole ihn ab.«

»Nicht zu mir«, sagte MacCarthy. »Und auch nicht zu meinem Schulhaus. Wir treffen uns in Tobins Schenke.«

»Nun hab es doch nicht so eilig, Owen«, sagte Hennessey. »Hast du kein Lied für uns?«

»Ein Lied wollt ihr? Schade, daß Paddy Lynch nicht hier ist, um euch das Tanzen in der Luft beizubringen. Der arme Paddy, er war ein wahrer Künstler. Er hat die Geheimnisse dieses Handwerks gelernt, aber er hat sie niemandem verraten.«

Nur Quigley lachte. »Du bist ein Mann von Geist, Owen. Ein Mann von Geist, wenn du etwas getrunken hast.«

»Das ist oft genug der Fall«, sagte MacCarthy.

»Komm gut nach Hause, Owen«, sagte Hennessey.

Er warf einen letzten Blick auf sie, schwer zu erkennen jetzt, in dem dunklen Zimmer. Was können sie schon Schlimmes anrichten, vier Männer in einer Schenke am Strand von Kilcummin? Nein, drei Männer und ein Bulle mit Gehirn. Ein Bulle mit Augen so rund wie Monde.

Vor der Schenke machte sich der Mond über ihn lustig. Voll, vollkommen. Sein Licht fiel auf Fels, Strand und schwarze Bucht. Die Nachtluft war kalt. Weit im Westen, Downpatrick Head, grimmig-schnäuzige Halbinsel, und die einsame, wilde Baronie Erris. Im Süden die Nephin Mountains, die sich bis Achill Island hinzogen. Im Osten, die Ox Mountains im sanfteren County Sligo. Wirklich ein hartes Land, nach dem süßen Königreich Kerry und der fröhlichen Geschäftigkeit von Cork. Der wildeste und ärmste County Irlands, behaupteten die Leute von Galway über Mayo. Und sie konnten das wirklich beurteilen, die armen Geschöpfe.

Sein Pfad folgte den Umrissen der Bucht, eng, uneben. Vor ihm Killala, überragt von niedrigen Hügeln. In ihrer Mitte, auf Steeple Hill, der uralte hochgereckte Arm eines Rundturms, schwarz vor dem dunklen Himmel. Wer konnte das Alter solcher Türme wissen? Viel älter als der Däne, sagten manche; älter als die Söhne des Milesius und die Ankunft der Gälen. Vielleicht. Es war ein Land, in dem die Geschichte an Ruinen gemessen wurde, an gälischen Forts und normannischen Wachttürmen. Und die Rundtürme stellten nicht einmal die letzte Linie des Verfalls dar, denn gab es nicht auch noch die Dolmen und die seltsamen unterirdischen Grabkammern, riesengroß, wie für Giganten gebaut?

Er betrat Killala vom Westende her, ging an Hütten vorbei, an deren Mauern Fischernetze zum Trocknen hingen, durch enge, gewundene Straßen. Er blieb an der offenen Tür von Tobins Schenke stehen, deren Schild er mit Hilfe des Mondes sehen konnte: das Zeichen des Wolfshundes. Sogar die Namen, die sie den Orten des Frohsinns gaben, waren leicht drohend: steifborstige Bulldogge, die Lippen von den gebleckten Fangzähnen zurückgezogen. Er war Ovid, verbannt ins wilde Tomi. Aus der Schenke strömte eine Flutwelle von Gemurmel in die Straße. Vielleicht hatte der Wanderer noch mehr über den Aufstand in Wexford zu erzählen. Tausende von Männern auf den Straßen von Wexford. Städte waren von ihrem Ansturm überrannt, Landwehr und Miliz waren geschlagen worden, verstreute Körper, in roten Uniformen, im dichten Gras. Hausierer und Landstreicher waren nur ihre Homers und ihre Vergils, Geschichten wurden in entfernt gelegene Schenken getragen.

MacCarthy wäre fast eingetreten, ging dann aber weiter, vorbei an Husseys katholischer Kapelle, frisch gebaut und unbeholfen vor Verlegenheit neben den ordentlichen Läden der protestantischen Händler, Bassett, Beecher, Reeves, Stanner. Einst waren sie wohlhabend gewesen; einst war Killala eine blühende Stadt. Nun ging aller Handel in Ballina vor sich, im Süden unten an der Bucht gelegen, an der Straße nach Castlebar. Die armen protestantischen Händler von Killala; armer Reeves, armer Stanner. Im rechten Winkel zur Straße, gegenüber der Markthalle, die protestantische Kirche und das Wohnhaus von Broome, ihrem Pastor. In seinen alten Tagen der Blüte war Killala ein Bischofssitz gewesen; Broomes Haus wurde immer noch »der Palast« genannt, ein großes, windgepeitschtes Gebäude aus behauenem grauen Stein mit hohen, schönen Fenstern. Er ging an Kirche und Bischofspalast vorbei, dann verließ MacCarthy die Stadt, vorbei an zerstreut liegenden Hütten, vorbei an der großen, niedrigen Hütte, in der er von Spätherbst bis Frühling seine Schule abhielt. Jeglicher Unterricht wurde in Grammatik und Navigation, Euklids Elementen, Ovid und Vergil, Buchhaltung und Metaphysik angeboten. Angeboten, aber nicht angenommen. Nur von einigen der aufgeweckteren Knaben, die das Priestertum im Auge hatten. Die anderen wollten nur Rechnen und Katechismus, ein wenig Englisch. Aber sie liebten den Wohlklang des Latein, die Ovidschen Wechselbälger, die Geschichten, die MacCarthy während seiner Wanderjahre in Munster aufgelesen hatte. Mit dem Honig der Anekdote zum Wissen gelockt. Er kletterte einen niedrigen Hügel hoch und erreichte die Acres, zwei Reihen von Hütten, Mauern aus rauhem Stein, weiß getüncht, farblos gewordenes Strohdach.

Er stieß eine Tür auf. Vor einer Mauer, auf einer Strohmatratze auf hohem Rahmen, lag Judy Conlon und schlief. Er zündete eine Talgkerze in einer Tonschüssel an und trat dann neben sie. Er kniete sich kurz hin, ließ einen Finger sanft über ihre Wangenknochen fahren. Sie bewegte sich, und eine kleine Hand streckte sich nach dem Gewirr der schwarzen Haare aus. Er stellte die Kerze auf einen Tisch an der gegenüberliegenden Wand. Am hinteren Ende waren seine zwei Dutzend Bücher aufgebaut: die *Aeneis*, Keatings Geschichte Irlands, die *Eklogen* und die *Georgica*, einige Bände Shakespeare, das *Verlorene Para-*

dies, eine Schachtel, die seine Abschriften der Gedichte von O'Rahilly und O'Sullivan enthielt.

Er öffnete die beiden Schachteln, die sein Handwerk enthielten. In der größeren lagen seine eigenen Manuskripte, die fertigen Gedichte, die zu überarbeitenden Gedichte, seine Übersetzung der ersten beiden Bücher der *Metamorphosen* ins Irische, seine Bögen blanken Papiers. In der anderen Schachtel bewahrte er ein kleines Tintenfaß aus Messing auf, ein scharfes Messer, seine Federsammlung, Graugans für Poesie, schwarze Krähe fürs Geschäft. Er legte sich Papier und Tinte zurecht und tunkte eine schwarze Feder in die Tinte.

Am frühen Morgen, als er spürte, daß Judy neben ihm stand, saß er immer noch am Tisch, bewegte eine graue Feder über die Seite, strich hier ein Wort, fügte eins hinzu, strich jenes aus. Abwesend ließ er seine Hand ihr Bein hinauffahren, umfaßte ihre Hüfte. Sie war klein, die Hand brauchte keine weite Reise zu machen.

»Wo warst du heute nacht?«

»Das ist nicht deine Sache.«

»Es könnte meine Sache sein.«

»Es könnte sein, ist es aber nicht. Ich war bei Matthew Quigley.«

»Was hat dich denn dazu gebracht, wo es in Killala drei schöne Schenken gibt?«

»Das Zeichen des Wolfshundes. Das würde schließlich jedem Durst machen. Ich brauchte die ruhige Schönheit vom Strand von Kilcummin.«

Sie fuhr mit der Hand durch seine roten Haare. »Du kannst ein schrecklicher Lügner sein, Owen.«

»Stimmt. So suchen die Dichter die Wahrheit.«

»Du begehst wirklich keine Sünde, für die deine Dichtung nicht die Entschuldigung liefert. Schreibst du da ein Gedicht?«

»Vielleicht ist es der Anfang von einem. Aber das werde ich erst in einer Weile wissen.«

»Du schreibst gerade auf irisch. Ich kann jetzt den Unterschied sehen.«

»Alle meine Gedichte sind auf Irisch. Dies hier wird seltsam werden, wenn es jemals Form annimmt.« Er legte es beiseite und griff zu einem neuen Blatt Papier. »Ich sitze schon die ganze Nacht daran. Mein Hintern ist taub. Letzte Nacht war ein feiner, schöner Mond. Wirklich ein lohnender Anblick.«

»Hast du an mich gedacht, als du ihn gesehen hast?«

»Natürlich.«

»Lügner.«

Sie schnitt Brotscheiben ab, bestrich sie mit Butter und reichte ihm eine. Es war durchaus kein schlechtes Leben, dachte er. Jeden Tag Brot und Butter, wie es sich für sein Handwerk und sein Metier gehörte. Er stand hoch über den armen Burschen, die nur ihre Kartoffeln und vielleicht ein Stückchen gesalzenen Fisch hatten. Und er hatte ein hübsches kleines Mädchen, das für ihn Brot abschnitt und ihm ihr Bett offenhielt. In Munster hatte er bessere Zeiten erlebt, aber es hatte auch schlechtere gegeben. Als er sein Brot gegessen hatte, wischte er sich, aus Respekt vor dem Papier, sorgfältig die Hände an der Hose ab.

»Judy, hat es, ehe ich hierhergekommen bin, viele Räumungen gegeben, so, wie die O'Malleys von Captain Cooper verjagt worden sind?«

»Wann hat es denn jemals keine Räumungen gegeben? Ist nicht sogar der Bruder meines armen Mannes von seinem Land gejagt worden und hockt jetzt oben am Berg?«

»Wer war sein Grundbesitzer?«

»Der Hohe Lord selber. Der Hohe Lord hat aus London befohlen, und Mr. Foster, der damals sein Verwalter war, hat Hughey und seine Familie verjagt. Er muß irgend etwas gemacht haben, das dem Hohen Lord nicht gefiel, und deshalb mußte er gehen.«

»Er muß eine gewaltige Wut auf den Hohen Lord haben.«

»Ach, was hätte das denn für einen Sinn? Aber er wüßte ja doch gern, was er denn eigentlich falsch gemacht hat.«

Geduldiges Vieh. Wie ihre eigenen Kühe werden sie ohne zu klagen herumgeschoben. Weniger wert als die Kühe, denn sie können nicht auf den Markt getrieben werden. Wie Vieh stehen sie bewegungslos in den Feldern, fürchten sich in der einen Jahreszeit vor Regen und in der nächsten vor Wind. Werden vertrieben und streifen durch das Land oder ziehen auf die Hügel. Duggan hatte sich die richtige Aufgabe gesucht. Im Süden, weit weg in Wexford, und in Antrim im Norden, vor nur zwei Monaten, hatten solche Männer Städte und Regimenter geschlagen. Nicht hier.

Zögernd, bedauernd berührte seine Hand die Arbeit dieser Nacht. Graugans und schwarze Krähe, verstümmeltes Vieh und der jungfräuliche Mond. Er zog den Bogen blanken Papiers dichter zu sich heran und griff zu einer der schwarzen Federn.

TEIL EINS

1

Aus: *Ein unparteiischer Bericht über die Ereignisse zu Killala im Sommer 1798* von Arthur Vincent Broome, M. A. (Oxford)

Vor einigen Jahren, als ich die Seelsorge für diese wilde und trostlose Region, über die ich schreibe, erst kurze Zeit übernommen hatte, fühlte ich mich veranlaßt, ein Tagebuch zu führen, in das ich die Sitten, Gebräuche und Manieren der verschiedenen Gesellschaftsklassen, so wie sie mir begegneten, eintragen könnte, um daraus eines Tages ein Buch mit einem Titel wie *Leben in Westirland* zu machen. Ich fürchtete zu Recht, daß mir die Zeit sonst lang werden möchte, und mir ist ein Hang zum Müßiggang, der zum Vorschein kommen kann, wenn meinem Leben Ordnung und Richtung fehlen, seit langem bewußt. Und mir war klar, daß nur wenige Teile des Reiches Seiner Majestät so unbekannt sind wie diese Insel, die genausogut in der Südsee treiben könnte, statt vor unserer Türschwelle. Ehe ich England verließ, hatte ich mir vorgenommen, Mr. Arthur Youngs *Reise durch Irland* zu lesen, ein weises und durchdachtes Buch, reich an Informationen, liberal und aufgeklärt in seiner Haltung, aber dennoch genau das, als was es sich ausgibt, der Bericht über eine Reise. Mein Werk würde die Vorzüge einer langen und stetigen Betrachtung des Schauplatzes haben, gewissermaßen eine Naturgeschichte des County Mayo sein.

Aber ach, die guten Vorsätze! Mein Tagebuch führte eine Zeitlang eine vage Existenz, bestand aus verstreuten Notizen, niedergeschrieben in der Aufregung meiner Begegnungen mit neuen Orten und Gesichtern und mit einer Gesellschaft, die pittoresk und beunruhigend zugleich ist. Aber wie andere meiner Projekte geriet es nach einigen Monaten vollends ins Stokken und sammelte dann lange auf einem Regal in meinem Studierzimmer Staub an. Wo sich diese Notizen jetzt befinden, kann ich nicht sagen; vielleicht wurde mit ihnen ein Feuer entfacht, ein Schicksal, das an diesem Ort losen Papierblättern widerfährt. Sie hätten ohnehin keinen großen Zweck erfüllt, da meine frühen Eindrücke, wie ich jetzt weiß, allesamt falsch waren, denn dieses Land ist so verräterisch wie das Moor, das ein Großteil seiner Oberfläche bedeckt. Es ist, im wahrsten Sinne des Wortes, ein aus-ländischer Ort und unempfänglich für die Lehren der Zivilisation.

Mein jetziges Ziel, praktischer und begrenzt, ist, so umfassend und unparteiisch wie ich kann, jedoch ohne müßige Abschweifungen, einen Bericht der Ereignisse zu geben, die vor einigen Jahren unserer abgelegenen Gegend eine vorübergehende Berühmtheit beschert haben. Deshalb muß ich zu Anfang meine eigene und verwirrte Sicht dieser besonderen Welt geben, die Bühne und Darsteller für mein Drama geliefert hat.

Eine Landkarte zeigt Mayo als einen County im entferntesten Westen des Landes, das seit einigen Jahren als das Vereinigte Königreich von Großbritannien und Irland bezeichnet wird. Zu der Zeit, über die ich schreibe, war Irland jedoch theoretisch ein eigener Staat, der sein eigenes Parlament besaß, sich mit England König George als souveränen Herrscher teilte und von England stark beeinflußt wurde. Über seine illusorische und eingebildete »Unabhängigkeit« werde ich später noch einiges zu sagen haben. Im Moment will ich jedoch nur bemerken, daß die Ereignisse, die ich darstellen will, dazu beigetragen haben, das vielgerühmte, aber gefälschte »Königreich Irland« zu Fall zu bringen. So können große, den ganzen Staat betreffende Veränderungen bisweilen in rohen und abseitigen Umständen wurzeln.

Wenn ich diese Karte Irlands kolorieren sollte, dann würde Mayo darauf in Braun- und Blautönen erscheinen, im Braun der Hügel und Moore, über die sich ein endloser Himmel aus hellem Blau wölbt. Falls es nicht regnet, was leider oft der Fall ist. Während ich dies hier schreibe, regnet es, stetig und großzügig, wodurch ich die Bucht, auf die mein Studierzimmer blickt, nicht mehr sehen kann. Meine Pfarre liegt in der Stadt Killala in der Baronie Tyrawley, einst ein Bischofssitz und eine wohlhabende Gemeinde von Küstenhändlern, jetzt seit Jahrzehnten in einem Stadium von tristem Niedergang und Verfall. Es gibt natürlich noch andere Städte in Mayo: Ballina, unsere erfolgreiche Rivalin im Süden; Westport an der Westküste, der Sitz des Marquis von Sligo, verschönt von seinem eleganten Landsitz. Aber es gibt nur eine Stadt von wirklicher Bedeutung, Castlebar, die Hauptstadt von Mayo, wie sie großsprecherisch genannt wird, und die Stadt, zu der alle Wege in Mayo führen. Eine moskowitische Garnison an der sibirischen Grenze muß ähnlich aussehen, obwohl Castlebar, wie alle Städte in Mayo, ganz und gar aus Stein gebaut ist, mit Ausnahme der Lehmhütten der Ärmsten. Castlebar hat Straßen, ein Gerichtsgebäude, ein Gefängnis, eine Markthalle, eine Kaserne, die Häuser der wohlhabenden Kaufleute. Und doch wirkt alles provisorisch, hagere, schmale Gebäude, die sich angesichts der Endlosigkeit von Himmel und Land aneinanderkauern. Denn County Mayo durch seine Städte zu beschreiben, wäre völlig irreführend. Der Eindruck, den er als erstes in Auge und Geist hinterläßt, ist der von endlosem, ungastlichem Raum, von weitem, tristem Moorland im Westen von Crossmolina, von steilen und einsamen Landzungen und Halbinseln. Er hat seine eigene gewaltige und düstere Welt, während die benachbarten Counties Galway und Sligo einen zivilisierten Anblick bieten, der allerdings leider völlig irreführend ist.

Er ist auch wenig bevölkert, wenn wir uns auf das beschränken, was wir in England als »County-Familien« bezeichnen würden. Wenn ich einen Morgen oder auch einen ganzen Tag ausritt, konnte ich als Nachbarn vielleicht fünfzig oder sechzig Familien des Landadels und des Fastadels zählen, letztere werden hier übrigens »Halb-Sirs« oder »Gentlemen mit Halbbesitz« genannt. In der Nähe, innerhalb der Grenzen von Killala und Kilcummin, hatte ich unter anderem Peter Gibson von The Rise, Captain Samuel Cooper von Mount Pleasant, George Falkiner von Rosenalis, meinen besonderen Freund, wie diese Aufzeichnungen zeigen werden, und, an der Straße nach Ballycastle, Thomas Treacy von Bridge-end House als Nachbarn. Weiter entfernt, nur über anstrengende Reisen auf elenden Straßen zu erreichen, standen die Häuser von George Moore von Moore Hall, Hilton Saunders von Castle Saunders, Malcolm Elliott von The Moat und etwa zwanzig anderen. Diese alle, mit Ausnahme von Moore und Treacy, gehörten zu meiner Pfarre, denn es gehört zu den bekanntesten Tatsachen über das Leben in Irland, daß die, die das Land besitzen, und die, die es bestellen, durch ihren Glauben streng voneinander getrennt sind, die Grundbesitzer sind fast allesamt Protestanten, die Pächter und Landarbeiter dagegen Papisten.

So über unsere Baronie zu sprechen, bedeutet, ihr abwesendes Zentrum zu ignorieren, denn über unsere Baronie und die anliegenden Gebiete dominiert das Gut, überragend und auf den ersten Blick endlos, von Lord Glenthorne, dem Marquis von Tyrawley, oder, wie er hier mit einer dem Irischen entlehnten Bezeichnung genannt wird, »der Hohe Lord«. Diese Bezeichnung läßt an leichte Blasphemie denken, und Lord Glenthorne hat in der Beziehung mit unserem Schöpfer Ähnlichkeit, daß diese riesige Domäne zu seiner Verfügung steht, er jedoch beschlossen hat, sich nicht darauf aufzuhalten. Darin liegt nichts Ungewöhnliches, denn die ansässigen irischen Grundbesitzer sind in der Regel die kleineren, die etwa tausend Hektar oder weniger besitzen, während die Reichen fernbleiben, eine Tatsache, die viele für die Ursache unserer vielen Leiden halten. Lord Glenthorne hat beschlossen, sich niemals zu zeigen, nicht einmal zu kurzen Besuchen, und doch ist sein Platz in unserem Dasein so wichtig und überragend, daß er in der Rede der Bauern eine legendäre Größe erreicht hat, eine unergründliche Gestalt, jenseits von Gut und Böse. Ich wurde ihm in London vorgestellt, wo er mir als kleiner, milder Mann mittlerer Jahre erschien, von schlichtem, unaffektiertem Betragen, der seine religiösen Pflichten sorgsam befolgte. Viel später bin ich ihm ein zweites Mal begegnet, und bei dieser Gelegenheit erhielt ich einen klareren Eindruck von ihm und erkannte, daß er in jeder Hinsicht ein Herr war.

Wer von hier nach Ballina reitet, reitet meilenweit an den Mauern seiner Hauptdomäne vorbei, an Mauern so hoch, daß ein Mann zu Pferde kaum über sie hinwegsehen kann, alle aus behauenem Stein. An einigen Stellen steigt die Straße an, und der Reisende kann in der Ferne, hinter schützenden Palisaden, die schöne Form von Glenthorne Castle sehen, eines riesigen Landsitzes, der durch einen Zauberspruch aus 1001 Nacht in dieses ungastliche Land getrieben sein muß. Und diese Illusion wird noch verstärkt, wenn sich der Reisende überlegt, daß dieser Palast, denn es ist ein Palast, einfach nur wartet, mit seiner Dienerschaft und zweifellos mit seiner Einrichtung von ungeahnter Pracht, auf einen Fürsten, der sich niemals dort aufgehalten hat. Als sein Vater, der die exotischsten und ehrenrührigsten Sagen über sich hinterlassen hat, tatsächlich ab und zu hier residierte, war das anders. Aber der Wanderer sieht nichts von Glenthorne Castle. Er sieht nur die hohen, endlosen Mauern, und wir müssen ihm vergeben, wenn er denkt, daß eine Armee oder Legionen von Sklaven, wie die, die die Pyramiden Ägyptens gebaut haben, sie errichtet haben müssen.

Und es gibt diese Legionen. Als ich über die »Gesellschaft« von Mayo gesprochen habe, habe ich das Wort in der üblichen, aber unchristlichen Bedeutung benutzt, die alle ausschließt, die wir nicht sehen wollen. Wenn wir uns gestatten, auch die Bauern zu sehen und die vielen Landarbeiter, die noch viel elender sind als sogar die Bauern, dann leben wir nicht in einer einsamen Welt. Es ist eine reichbevölkerte, ja, sogar eine überbevölkerte Welt. Sie schwärmen wie die Bienen aus ihren Hütten, von denen die ärmsten aus Lehm gebaut sind, wie ein Kind am Flußufer bauen würde, und sie sind überall, denn sie stürzen sich auf jeden unbeanspruchten Hektar Land, der einen Grashalm oder ein Kartoffelbeet tragen kann, und die Hügel sind in Zickzacklinien aufgeteilt, durch Mauern, errichtet aus den Felsblöcken, die sie mit Händen weggeschafft haben, um jeden Zoll pflügbaren Bodens freizulegen. Einige wenige sind wohlhabend, wenn es auch ein unsicherer Wohlstand ist, Viehzüchter und starke Bauern und Mittelsmänner, aber wie steht es um die zahllosen Tausende ihrer Glaubensbrüder? Sicher fällt es auf, daß ich hier die übliche irische Praxis übernommen habe, gesellschaftliche und konfessionelle Trennungen zu verwechseln. Denn zweifellos gibt es hier zwei Welten, »unsere« kleine protestantische Welt des Wohlstands und ihre überbevölkerte papistische Welt der Not.

Ich versichere aus ganzem Herzen, daß Unterschiede, die auf dem Glauben beruhen, mir wenig bedeuten, und doch bekenne ich, daß mein Mitleid mit ihrem Elend sich mit einem Abscheu vor ihrer fremden Art vermischt. Fangen wir also mit ihrem Glauben an, aber fügen wir hinzu, daß die meisten unter ihnen eine Sprache sprechen, die nicht einfach nur ausländisch ist, sondern so grotesk wie das Geplapper der Sandwichinsulaner, daß sie in Dreck und Unordnung leben und gedeihen, daß Misthaufen sich vor ihren fensterlosen Hütten auftürmen, daß ihre Musik, egal, was Altertumsforscher und Fanatiker zu ihren Gunsten sagen mögen, zwar bisweilen eine klagende, melancholische Schönheit aufweist, aber wild und barbarisch ist, daß sie eine ernste und wohlerzogene Höflichkeit mit mörderischer Gewalt verbinden, die ohne Vorwarnung ausbricht – an Markttagen werden zum puren Vergnügen Schädel eingeschlagen, Vieh wird grausam verstümmelt, Verwalter mit grausamen Foltern getötet –, daß sie übelriechende Tümpel als heilige Brunnen verehren, daß sie zu Felsblöcken wallfahren, daß ihre Augen einen mit einer Unschuld anblicken, hinter der die Bosheit tanzt. Und doch bekenne ich mein Mitleid mit ihnen und wünschte, ich hätte ihnen besser oder überhaupt dienen können.

Wie anders sollen sie denn leben, diese armen Geschöpfe Gottes? Der Bauer hat seine wenigen Kühe und Schweine, seine kurzen Ernten, aber das alles muß an den Grundbesitzer bezahlt werden, jede Gabel Rindfleisch, jedes Getreidekorn, und er und seine Familie müssen von Kartoffeln und Milch leben. Und er hat noch Glück, denn schlechter geht es denen, die vor dem Gesetz überhaupt kein Land haben, sondern auf den Bergen hocken oder sich am Moor zusammenkauern. Sie ziehen mit ihren Spaten zu den Gesindemärkten, wo sie wie Sklaven auf dem Block stehen. Im späten Winter, wenn die Kartoffeln aufgebraucht sind, wandern sie bettelnd über die Straßen. Und was ist mit denen, die ein Stück Land haben, aber die Pacht nicht bezahlen können? Ein guter Grundbesitzer, wie mein lieber Freund Mr. Falkiner, wird sich ein Jahr oder zwei gedulden, falls er selber solvent ist, aber viele Grundbesitzer sind bei den Dubliner Banken und Geldverleihern so hoch verschuldet, daß auch sie zu Opfern des Systems werden. Viele andere sind gar keine richtigen Grundbesitzer, sondern Mittelsleute, an die das Land zum Weiterverpachten vergeben worden ist, und viele von ihnen betreiben die barbarische Praxis des Pachtwuchers. Und es gibt viele große und kleine Grundbesitzer, die, wie Captain Cooper, wenn sich Viehzucht besser bezahlt macht als Verpachten, die Pächter verjagen und auf den Straßen betteln oder verhungern lassen. Ich habe selber Familien gesehen, die sich an den Hängen zusammenkauerten, wo sie sich Löcher gegraben hatten, ganze Familien, die Kleinen hockten neben der verhärmten Gestalt der Frau.

Ein genialer ausgedachtes System, zuerst zur Erniedrigung und dann zur Beibehaltung der Erniedrigung eines ganzen Volkes, ist nur schwer vorstellbar. In dieser Hinsicht fehlen mir Beredsamkeit und Klarsicht von George Moore von Moore Hall, einem höchst erstaunlichen Mann für diese Gegend, der ein recht bedeutender Historiker ist, aufgeklärt und human in seinen Ansichten, ein Freund von Burke, Fox, Sheridan und anderen wichtigen Persönlichkeiten. Wer seiner herben, sardonischen Stimme lauscht, wenn er sich über die Leiden Irlands verbreitet, wird in seiner Verzweiflung bestärkt, denn er kann niemals ein Heilmittel vorschlagen. Und doch gilt Verzweiflung zu Recht als unverzeihliche Sünde, und ich habe immer wieder energisch dagegen angekämpft.

Ich habe auch darum gekämpft, mit dem Volk vertraut zu werden, aber mit geringem Erfolg. Ich nehme hier Mr. Moore und auch Thomas Treacy von Bridge-end House aus, denn diese beiden sind angesehene Gentlemen, und ich habe ihren Papismus immer für ritterliche Anhänglichkeit an eine verfolgte Sekte gehalten. Und ich nehme ebenso Mr. Hussey aus, so seltsam das erscheinen mag, den Priester von Killala, denn er, der Sohn eines wohlhabenden Viehzüchters aus Mittelirland, ist selber fast ein Gentleman. Oft, hatte ich den Eindruck, war er entsetzter als ich über das barbarische Leben und Treiben derer, deren Seelsorge ihm anvertraut ist. Während des ersten Jahres habe ich versucht, die Bekanntschaft der wenigen papistischen »Halb-Sirs« zu machen, Männer wie Cornelius O'Dowd oder Randall MacDonnell, aber gerade diese beiden erschienen mir als, ehrlich gesagt, unreligiöse Männer, falls wir Treue zu Whiskey, Pferden und leichtlebigen Frauenzimmern nicht als eine Form von Gottesdienst betrachten; und diese bedauerliche Einschätzung ihrer Charaktere wurde durch ihr gewaltsames Handeln in den Ereignissen, die ich berichten werde, mehr als bestätigt. Unter ihrer Ebene gab es natürlich Bauern und Bedienstete, die Englisch verstanden und sprachen, einige hatten sogar die Kunst gemeistert, es zu schreiben. Aber ich konnte immer unter der Oberfläche unserer höflichen Begegnungen das Beben des tiefen Abgrundes spüren, der uns trennte, so als ob wir unsere Unterhaltung auf der zitternden Oberfläche eines Moores führten.

Weiterhin werde ich in meinem Bericht niederschreiben, was ich von diesem einzigartigen und höchst unseligen Mann Owen Ruagh MacCarthy gehört habe. Ich hatte ihn einmal zu mir bestellt, weil ich einige Bücher abzugeben hatte und annahm, er könnte sie in seiner »klassischen Akademie« verwenden, einer Art Heckenschule, in der Kinder die Anfangsgründe einer Erziehung erhielten, während ältere Jungen aufs Seminar vorbereitet wurden. Ich gebe zu, daß ich meine Zweifel hatte, denn ich hatte ihn oft im Dorf gesehen, eine große Kreatur mit wilden roten Haaren und einem schnellen Schritt, überall bekannt wegen seiner Vorliebe für Alkohol und schlechte Gesellschaft. Sein früherer Leumund war genauso abschreckend, denn angeblich war er aus seinem Geburtscounty Kerry nach Cork gewandert, oder besser getrieben worden, dann nordwärts durch Clare und Galway nach Mayo, auf der Flucht vor seinen Zusammenstößen mit dem Gesetz, behaupten die einen, den anderen zufolge jedoch gejagt von Heerscharen erboster Väter und Ehemänner und Brüder, denn er konnte weder Augen noch Hände von irgendeiner Frau passenden Alters lassen, und in dieser Hinsicht war sein Geschmack katholisch in der nicht-konfessionellen Bedeutung dieses Wortes. Und doch war er ein Mann, der fließend Latein sprach und sich mit Vergil, Horaz und Ovid sehr gut auskannte. Noch überraschender war, wie mir Treacy von Bridgeend House, ein Fanatiker für die eingebildeten Leistungen seiner Rasse, erzählt hat, daß MacCarthy ein Dichter von beträchtlichem Ruhm war, dessen Verse von Donegal bis Kerry auswendig gelernt wurden und als Manuskripte zirkulierten. Ich bat Treacy, einige dieser Gedichte ins Englische zu übersetzen, aber er antwortete, Rhythmus und Metrik, wenn das die korrekten Bezeichnungen sind, ließen sich nicht ins Englische übertragen, denn dann würden Wörter und Klang sich streiten wie Mann und Frau, ein aufschlußreicher Einblick in die irische Einstellung zur Ehe.

Auf jeden Fall, und um diese Abschweifung zu beenden, so mag MacCarthy durchaus ein zweiter Ovid gewesen sein, aber seine Worte sind für immer in einer barbarischen Sprache verschlossen, die die Geschichte zum Schweigen und zum Pflug verurteilt hat. Bei jener Gelegenheit versicherte ich ihm, daß mir das unglückliche Schicksal seiner Landsleute sehr am Herzen läge, und ich regte an, es ließe sich vielleicht verbessern, wenn sie die Sicherheiten des englischen Gesetzes besser ausschöpfen könnten. Er antwortete mit den Versen eines anderen Poeten, die er dann, egal, was Treacy davon halten mag, für mich ins Englische übersetzte: »Troja und Rom sind verschwunden, Caesar ist tot wie Alexander. Vielleicht wird eines Tages auch der Tag Englands kommen.«

Ich forderte ihn auf, die Bedeutung dieser dunklen Aussage zu erklären, und er antwortete, sie bedeute lediglich, daß Griechenland und Rom einst mächtige Reiche gewesen seien, und nun sei eben England an die Reihe gekommen. Ich sagte ihm, daß ich nicht eine Minute glaubte, es könnte so gemeint sein. Statt dessen brachte es die dumpfe Rachsucht zum Ausdruck, die die irischen Bauern bekanntlich hegen, und die, wie ihr Aberglaube, sie davon abhält, angemessene und vernünftige Lösungen für ihre Probleme zu finden. Dann überlegte ich mir: Was für Lösungen? Wohlmeinende protestantische Pastoren schreiben Bücher und Traktate für sie, raten ihnen, sich ordentlich zu kleiden, während sie halbnackt sind, die Wahrheit zu sagen, wenn nur eine Lüge sie vor ihrem raffgierigen Grundbesitzer schützen kann, nüchtern zu bleiben, wenn der einzige Trost in einer Flasche liegt.

Daraufhin lächelte er mich an, als ob er meine Gedanken gelesen hätte, und das Lächeln veränderte seine groben, schweren Züge und deutete eine lebhafte, wenn auch sardonische Intelligenz an. Im offensichtlichen Bestreben, das Thema zu wechseln, nahm er ein schmales Buch von dem Stapel, den ich vor ihm aufgebaut hatte, eine Übersetzung von Le Sages Romanze *Gil Blas.* »Das hier kenne ich gut, Euer Ehrwürden. Ich hatte es in der Hintertasche meines Mantels, als ich vor Jahren auf Wanderschaft war. Dafür gibt es gar kein besseres Buch.« Ich entdeckte, daß er einigermaßen Französisch konnte, was offenbar bei den Schulmeistern seiner Heimat Kerry nicht außergewöhnlich war, weil es dort früher sehr viel Verkehr mit Frankreich gegeben hatte. Aus Kerry und Cork waren bis vor zehn Jahren die jungen Männer in die Seminare von Douai und St. Omer oder als Rekruten zu den irischen Brigaden der französischen Armee gebracht worden, und es hatte auch einen lebhaften Schmuggel gegeben. Nicht nur die letzte, sondern alle drei Unternehmungen waren gesetzlich verboten, aber das schien MacCarthy überhaupt nichts auszumachen. Darin kann eine weitere bedauerliche Folge der abscheulichen Penal Laws gesehen werden, die ein Jahrhundert lang die Papisten mehr oder weniger zu Vogelfreien gemacht hatten.

Diese Verbindung von *Gil Blas* und der französischen Sprache mit dem grobschlächtigen Kuhhirten, der da in seinem langschößigen Rock aus regenfarbigem Fries vor mir stand, erschien mir als höchst merkwürdig.

Bei dieser Gelegenheit, wie bei meinen anderen Unterhaltungen mit MacCarthy, war ich von seiner offenkundigen Liebe zu Wörtern und Büchern positiv beeindruckt, obwohl er selbige zweifellos auf grobe, provinzielle Manier auffaßte, und von seinem Auftreten, das unbefangen, aber niemals beleidigend vertraulich war. Und doch hatte er auch etwas an sich, was mich verärgerte, einen schlauen, leichten Spott, als wüßte er genausogut wie ich, daß wir dieselben Wörter auf ganz unterschiedliche Weise verwendeten. Wie wenig werden wir je über diese Leute wissen, solange wir in unsere getrennten

Zimmer eingeschlossen sind! Und oft habe ich ihn in einer ganz anderen Stimmung gesehen, wenn er betrunken heimwärts stolperte, eher Vieh denn Mann, zu dem Bett, das er mit irgendeiner jungen Dirne von einer Witwe teilte. Der Weg, den er später einschlug, stimmte mich traurig, überraschte mich jedoch nicht. Er lebte tief in der Welt seines Volkes, und diese Welt ist unvorhersagbar und gewalttätig.

Was mich in meinen ersten Jahren in Mayo vor allem bedrückte, war, daß alle, reich und arm, darin übereinzustimmen schienen, daß die schrecklichen Umstände, die ich hier erwähnt habe, unveränderlich seien, gewirkt aus einer Geschichte von so festem Gewebe, daß es niemals in eine akzeptablere menschliche Form gezogen oder gerissen werden könnte. Ich bin durchaus kein Radikaler. Ich weiß, daß die Gesetze der menschlichen Ökonomie, wie die der Astronomie, unbeweglich und streng sind. Dennoch kann ich das Gefühl nicht aufgeben, daß diese Gesetze verzerrt worden sind, so wie Kometen und Meteore auf die Erde hinuntergezogen werden. Die Armen werden immer bei uns sein, aber muß es sie wirklich in solchen Mengen geben, daß sie die Mehrheit der Bevölkerung ausmachen?

Aber die wenigen Lösungen, die vorgeschlagen worden sind, sind entsetzlicher als das Übel, das sie heilen wollen. Ich habe zum Beispiel Männer, die nicht unmenschlicher sind als die meisten, vorschlagen hören, daß die immer wieder auftretenden Hungersnöte von der Natur so beschlossen worden sind und im Laufe der Zeit die Bevölkerung auf eine passende Anzahl reduzieren werden, aber dieses erscheint mir als Gotteslästerung. Oder nehmen wir die Whiteboys, die in meinem Bericht eine Rolle spielen. Etwa dreißig Jahre lang waren diese Banden eine Geißel für das Land, verheerten die Landschaft, ermordeten Verwalter, verstümmelten oder töteten Vieh, rissen die Zäune nieder, die die Weiden umgaben, unterwarfen Gegner und Denunzianten brutalen und grausamen Bestrafungen. An einigen wenigen Orten konnten sie ihren Ehrgeiz befriedigen; die Pacht wurde gesenkt, Felder wurden nicht weiter in Weideland umgewandelt. Zumeist aber wurden die Whiteboys gejagt wie Hirsche und Wölfe und schließlich vernichtet. Sie mußten vernichtet werden, denn die Zivilisation kann solches Barbarentum nicht hinnehmen. Hungersnot oder Terror: Welch entsetzliche Auswahl sich anbietender Heilmittel!

Und welche Hilfe bringt die Religion selber? Ich werde wenig über die Kirche dieses Volkes sagen. Zweifellos ist sie von dem Jahrhundert (oder mehr) der Verfolgung, die sie erleiden mußte, deformiert und brutalisiert worden, und zweifellos übt sie eine besänftigende Wirkung auf ihre Kinder aus, aber dennoch kann ich keine große Sympathie für sie bekennen. Mr. Hussey, wie gesagt, ist ein Mann von Bildung und guten Manieren. Kaum ein Anblick war so lächerlich wie der von Mr. Hussey in seinen Schuhen mit den Silberschnallen, unterwegs in eine Hütte, wo seine Anwesenheit vonnöten war, der sich bei dem Gestank am liebsten die Nase zugehalten hätte. In seiner Kapelle, die mit Hilfe von Mr. Falkiner und anderen eher liberalen Mitgliedern des protestantischen Landadels errichtet worden ist, hat er wohl immer wieder gegen Whiteboys und gegen die abergläubischen Praktiken seiner Pfarrkinder angepredigt. Und doch war sein Kaplan, der ungeheuerliche Murphy, Bauernsohn und selber Bauer, ein grober, ignoranter Mann, rotgesichtig, jung, fett und mit der Stimme eines jungen Bullen, viel typischer für das römische Priestertum. Und als die Krise über uns hereinbrach, bewies er, daß er ihre finstersten Leidenschaften bis ins letzte teilte. Auch gehörte Reinlichkeit nicht zu seinen Tugenden, und für seine Liebe zur Flasche gibt es hinreichend Beweise.

Aber über meine eigene Kirche, was kann ich da sagen, außer, daß sie die Kirche einer beherrschenden Garnison ist? Ich kann vielleicht meine Predigten rühmen, die keine leeren Ausschweifungen über obskure Stellen der Schrift sind, sondern sich auf das tägliche Leben richten. Und doch, wenn ich die kahlen weißen Wände betrachte, die schmalen Fenster und die beiden Schlachtflaggen, die Mr. Falkiners Ururgroßvater aus Marlboroughs Kriegen mitgebracht hat, und die Gedenktafeln für die, die im Dienste unserer Krone auf den Schlachtfeldern von Frankreich und Flandern gefallen sind, wenn ich meine Pfarrkinder ansehe, steif und gerade wie Truthähne oder Conquistadoren, dann kommt mir der beunruhigende Gedanke, daß ich weniger ein Seelsorger für Christi Volk bin als Priester eines kriegerischen Kults, so wie Mithras von den römischen Legionen gehuldigt wurde. Hier, denke ich in solchen müßigen Momenten, ist ein Vorposten, der durch die ewiggültigen Edikte von Elisabeth und James und Cromwell und William in diesem Land stationiert worden ist und es für unseren Herrn, den König, halten soll.

Warum sonst schickt der protestantische Landadel Irlands seine jungen Männer in die Britische Armee und in die Armee der Ostindischen Kompanie, wenn nicht aus einem Instinkt, der ihnen in den Knochen sitzt, eingepflanzt vielleicht durch die vielen Sonntage ihrer Kindheit, an denen sie die Schlachtflaggen angestarrt haben? Und noch eins steht fest: Wenn England ein Land mit dem Schwerte erobert, folgen darauf alsbald die Künste und die Segnungen der Zivilisation, ein geordnetes Dasein, Sicherheit für Person und Eigentum, Erziehung, gerechte Gesetze, die wahre Religion und hoffnungsvolle Aussichten für das Leben der Menschen auf Erden. Nur hier haben wir versagt, im allerersten Land, das wir betreten haben, aus Gründen, die zum Teil unsere und zum Teil die Schuld der Einheimischen waren. Aber ich halte es für verderblich, über die Vergangenheit nachzugrübeln, Unrecht aufzuzählen und Schuld zuzuweisen.

Vielleicht kann ich das alles so klar sehen, weil ich in England geboren und aufgewachsen und deshalb nicht in die alten Feindseligkeiten und den alten Stolz dieses Landes verstrickt bin. Denn im letzten Viertel des Jahrhunderts erklärten, wie alle wissen, sich die irischen Protestanten für eine unabhängige Nation, die dem König von England nur in seiner Eigenschaft als König von Irland Gefolgschaft schuldete. Schlimmer noch, sie hielten sich für ein eigenständiges Volk, weder englisch noch irisch, schworen aber dennoch der britischen Krone den absoluten Gehorsam, da ihre Rechte, Privilegien, Besitztümer zuerst von der Krone gekommen waren. Ein erstaunliches und lächerliches Geschöpf war sie, diese »irische Nation«, aus der die große Masse der Iren mit der offenen Begründung ihrer Religion und mit der heimlichen Begründung ihrer Rasse ausgeschlossen war. Die Hauptstadt Dublin war eine so schöne Stadt, wie diese Inseln überhaupt aufweisen können, eine Stadt aus warmen, weinfarbenen Ziegeln und kühlen grauen Steinen, überragt von den strengen, schönen Umrissen des Parlamentes, in dem die rein protestantischen Vertreter einer rein protestantischen Wählerschaft saßen. Und doch war diese gepriesene Unabhängigkeit ein Trugbild, denn die Gouverneure und Verwalter dieser Insel wurden weiterhin in London ernannt, und das Parlament selber stank vor Korruption, die viele der gekauften Mitglieder kaum zu verhehlen geruhten. Meine Bewunderung für Mr. Grattan und die anderen »Patrioten«, die sich abmühten, um Irland eine wahre und ehrliche

Regierung zu geben, um das Parlament zu reformieren und vor allem, um ihre papistischen Landsleute von ihren Ketten zu befreien. Und doch waren ihre Bemühungen so vergeblich, wie ihre Rede glänzend und blumig war.

Wir in Mayo wußten wenig von diesen Angelegenheiten und hatten nicht das geringste Interesse daran. Die Interessen der Grundbesitzer wurden im Parlament bestens vertreten von Dennis Browne, Lord Sligos Bruder und High Sheriff des County, einem klugen und geistreichen Mann, rauh, aber herzlich, wenn die Situation das erforderte, doch mit einem Charakter so schmeichelnd und tückisch wie Bergnebel. Wenn ich auf diesen Seiten etliche harte Urteile über Mr. Browne abgeben muß, so glaube ich doch, daß seine Liebe zu Mayo höchst ehrlich ist, auch wenn sie eine schreckliche Form annehmen sollte. Ich gebe zu, daß mein geringes Verständnis für diese Menschen vollends versiegt, wenn es mit Familien wie den Brownes konfrontiert wird. Papisten bis weit ins 18. Jahrhundert, konnten sie ihren Besitz durch eine Vielzahl von Tricks behalten, bis sie dann schließlich zu unserer protestantischen Church of Ireland übertraten. Sie, und vielleicht nur sie, scheinen sich problemlos zwischen unseren beiden Welten bewegen zu können, sind wichtige und mächtige Persönlichkeiten in unserer protestantischen Welt, und dennoch heißen sie die eingeborenen Musiker und Dichter bei sich willkommen, werden Lieder und Gedichte zu ihren Ehren komponiert. Das war jedenfalls bis vor wenigen Jahren so, denn nun haben die Brownes einen düsteren und zweifelhaften Ruf, aus Gründen, die mein Bericht erklären wird. Wenn ich die Brownes nur verstehen könnte, dann würde ich viel von den verworrenen Wurzeln der Vergangenheit, ihren verzwickten Loyalitäten und blutigen Erinnerungen verstehen. Die Wahrheit über dieses Land ist vor den Augen der Fremden verborgen. Die Wahrheit, wie die Schätze der Wikinger, liegt in den Mooren vergraben.

Moore und Bergketten schlossen uns in Tyrawley ein und überließen uns dem Anblick des grauen Ozeans. 1797 jedoch wußten wir, daß die Ereignisse in den anderen Teilen Irlands auf die Rebellion zutrieben. Die verbrecherische und umstürzlerische Society of United Irishmen, eine Bande von skrupellosen städtischen Radikalen in Dublin und Belfast, war zum Aufstand entschlossen und hatte sich zu diesem Zweck für eine unnatürliche Allianz zwischen den papistischen Bauern des Südens und den presbyterianischen Bauern des Nordens entschlossen. Ihr Agent im Ausland, der Deist und Irre Wolfe Tone, hatte die Unterstützung der Königsmörderin Frankreich gesichert. Ein Jahr zuvor war eine gewaltige Invasionsflotte an der Küste von Kerry nur durch das zurückgeschlagen worden, was die Bauern als »die protestantischen Winde« bezeichneten. Dann, im Frühjahr 1798, hörten wir von den entsetzlichen Aufständen in Wexford und Antrim, wo mörderische und irrwitzige Bauern das Land verwüsteten, ehe sie mit großer Brutalität besiegt werden konnten. Eine schreckliche Wartezeit folgte, denn obwohl die rebellischen Counties zu riesigen Leichenhäusern geworden waren, hatte das Netzwerk der höllischen Verschwörung in Mittelirland und in einigen Teilen Munsters überlebt. Eine zweite Invasionsflotille, hieß es, wurde an Frankreichs Küste zusammengezogen, und Wolfe Tone lauerte wie ein Sturmvogel über ihren Masten. Mit diesem Augenblick schrecklichen Wartens möchte ich meinen Bericht beginnen.

Dies alles aber erreichte uns wie Nachrichten aus einem anderen Land. Unsere örtliche Milizabteilung, eine rein protestantische Truppe unter dem Kommando von Captain Samuel Cooper, exerzierte häufiger, weniger jedoch, um unsere Küsten zu verteidigen als um den papistischen Bauern klarzumachen, daß der derzeitige Stand der Dinge unveränderlich sei. Es gab zuerst einen, dann mehrere, dann zahlreiche Fälle von verstümmeltem Vieh, ausgeführt von Männern, die sich »die Whiteboys von Killala« nannten, aber das Whiteboytum war eines unserer altvertrauten Übel. Die fernen United Irishmen predigten den Aufstand im Namen einer ersehnten »Republik Irland«, aber die irische Sprache hatte kein Wort für diese Staatsform und noch viel weniger hatte dieses Wort irgendeine Existenz in der Vorstellungskraft unserer Bauern. Natürlich gab es auch unter den Bauern, Gastwirten und Schulmeistern und ihresgleichen manche, die, als sie von der Rebellion in Wexford gehört hatten, hochtrabend von der »Gälischen Armee« sprachen. Und viele der Protestanten, vor allem von der engstirnigeren und unwissenderen Sorte, sprachen voller Furcht und Zorn von einem Aufstand der Knechte. Aber das alles war weit weg von Mayo.

Ich habe immer wieder versucht, mir vorzustellen, ich befände mich in einer der Schenken, die die Bauern besuchten, einer niederen, üblen Hütte, verräuchert und stinkend. Irgendwer beschreibt den Anwesenden den Aufstand von Wexford, nicht als das Gemetzel, das er in Wirklichkeit war, sondern als den glorreichen Aufmarsch der »Gälischen Armee«, mit Bannern und Dichtern, wie eine Strophe aus MacPhersons Ossiangedichten. Ich versuche mir die Gesichter, die ich nur von der Straße, von Feldern oder Ställen kenne, weiße Haut, schwarze Haare, dunkle Augen, in dieser Umgebung vorzustellen. Mit welcher Wucht müßten die Worte des Sprechers so eine Versammlung treffen, denn die eingeborenen Iren lassen sich, wie seit den Tagen des elisabethanischen Spenser bemerkt worden ist, von großen Worten leicht überwältigen.

Eines Tages habe ich im Haus von Mr. Treacy Owen Ruagh MacCarthy seine Gedichte rezitieren hören. Er besuchte die Dienerschaft, und als Treacy davon hörte, ließ er ihn an unseren Tisch kommen, wo er vor uns stand und ein Gedicht vortrug, für das er sehr großzügig mit Silbermünzen und zwei Glas Brandy belohnt wurde. Es war eine Gedichtform namens *Aisling,* wie ich von Mr. Treacy erfuhr, ein Gedicht über eine Vision, in der der Dichter über die Wiesen wandelt und dabei eine Jungfrau trifft, die ihm in verschleierten und vorsichtigen Wendungen ihr derzeitiges Leid erzählt und ein Ereignis von großem Glück für das gälische Volk prophezeit – vielleicht daß Bonnie Prince Charlie mit Kriegern und Weinfässern und französischen Münzen an die Küste gesegelt kommt. Das Gedicht jenes Abends unterschied sich von anderen seiner Art nur darin, daß nicht der Stuart-Thronfolger herbeigerufen wurde, sondern eine namenlose, nebelhafte Befreiung. Es ist offenbar eine schwierige und metrisch komplexe Form, trotz des konventionellen Inhalts, und MacCarthys Ruhm unter den eingeborenen Dichtern beruhte angeblich auf seiner Meisterschaft im Umgang mit dieser Technik. Das Gedicht wurde mit ausdrucksstarker Vehemenz von Stimme und Körper vorgetragen, aber ich gebe nicht vor, zu bewundern, was ich nicht verstehen kann.

Als ich einige Stunden später Bridge-end House verließ und zu dem Jungen, der mein Pferd hielt, hinüberging, kam ich an der offenen Tür eines Nebengebäudes vorbei, hörte abermals MacCarthys Stimme und warf einen Blick hinein. Etliche Bedienstete waren dort versammelt, und MacCarthy, sehr betrunken, hatte einen Fuß auf eine Bank gestellt. Ein Mädchen stand neben ihm, und sein freier Arm war um ihre Hüfte geschlungen, seine Hand liebkoste ihren Busen. Ich brauchte keinen Cicerone, um mir die Bedeutung seines Liedes zu erklären. Als ich davonritt, endete das Lied, aber die Luft war erfüllt vom Klang einer Violine, die eine mitreißende Melodie spielte, sehr schnell und munter, wie zu einem Tanz.

Musik und Tanz. Was ich geschrieben habe, muß doch ein Volk zeigen, das von Gott verflucht ist, in dumpfer Bewegung unter einem düsteren Himmel. Und doch, sollten sie meine Worte hören, sie würden sie entschieden abstreiten. Denn wenn das innere Auge die zerstörende Armut sieht, dann hört das innere Ohr Musik. Kein Volk auf der Welt, das ist meine Überzeugung, liebt Musik oder Tanz oder Beredsamkeit so sehr, obwohl die Musik in meinen Ohren fremd klingt und die Beredsamkeit entweder eine Sprache annimmt, die ich nicht verstehen kann, oder ein steifes, bombastisches und blumiges Englisch. Mehr als einmal wurde, wenn ich Mr. Treacy besuchte, nach dem Essen irgendein wandernder Harfner hereingerufen, zumeist blind, mit langgezüchteten Fingernägeln, deren hornige Ränder die Geheimnisse seiner Kunst verbargen. Die Musik ertönte für uns mit der Traurigkeit einer verlorenen Welt, jeder Ton ein Botschafter, der zwischen den Pokalen aus Waterford auf Wanderschaft ausgesandt wurde. Wenn ich spät nachts nach Hause ritt, vorbei an Schenke oder Bierhaus, hörte ich Harfen und Violinen, immer heftiger trampelnde Füße. Ich habe sie tanzen sehen, abends an Markttagen, auf Wiesen, die die Gewohnheit für diesen Zweck bestimmt hatte, mit schnellen Bewegungen, die Gesichter unbeweglich, aber mit strahlenden Augen, konzentriert. Ich habe sie schweigend beobachtet, während die Zügel locker in meiner Hand lagen, und mich über die Ruhe meines eigenen Körpers, über meine starren und schweren Schultern gewundert.

Dunkelheit verbirgt sie vor mir, und mein Mitleid ist unchristlich und kühl. Ich wünsche mir ernsthaft, in ihr Leben einzutreten, aber dieser Wunsch wird nur verhöhnt, von Captain Coopers selbstgefälliger Angeberei, von der Erinnerung an MacCarthys Fuß auf einer Bank, von dem Gewirr von fremdartigen Gesichtern auf Märkten und Heiligenfesten, von Tanzenden auf einer Wiese, vom Klang einer fremden Sprache. Ja, und auch vom bloßen Anblick dieses Landes, von den abweisenden Hügeln, dem monotonen braunen Moorland, den kleinen Seen, die wie wachsame Augen im Moor liegen. Es erscheint mir als ein Land, das wütend seine mageren Geheimnisse bewahrt, das sich mit seiner Unbegreiflichkeit brüstet. Ob es den Leuten selber auch so vorkommt, kann ich nicht sagen. Sie sind ein uraltes Volk und besitzen ein uraltes Wissen, das, weil es keine Weisheit erreicht, den Fremden erschreckt.

Und so kommen in dem Bericht, mit dem ich nun beginnen werde, viele der Auftretenden aus einer Welt, die erkenntlich meine eigene ist, auch wenn die lokalen Bedingungen sie stark verändert haben mögen. Mr. Falkiner, mein lieber Freund, könnte sehr wohl in Derbyshire leben und mit meinem Bruder über Ernten oder Politik diskutieren. Und Mr. Moore von Moore Hall würde sich in London sicher eher zu Hause fühlen als in Mayo. Auch kann England sich nicht rühmen, keine Männer wie Captain Cooper zu besitzen, dörfliche Caesaren und Hannibals, beherzte Captains ihrer Sonntagssoldaten. Und wenn meine Gedanken von ihnen zu den eingeborenen Iren hinüberschweifen, zu O'Dowd und zu MacDonnell, zu MacCarthy und vor allem zu Ferdy O'Donnell, dann spüre ich, wie sie ins Unbekannte gleiten, zu Männern, deren Taten und Leidenschaften aus jener erschreckenden Welt der Berge und Moore entspringen, die von den versteinerten Wurzeln der Vergangenheit erstickt werden. Und hinter diesen Männern liegt die menschenreiche Welt der Bauern, dieses dunkle Meer, das uns so plötzlich überspülte, daß wir in ihren Wellen fast ertrunken wären.

Dennoch werde ich versuchen, diese Ereignisse mit allem Verständnis der Situation zu beschreiben, das ich mir erworben habe, und mit einem Versuch der strikten Unparteilichkeit. Ich fürchte schon im voraus, daß ich versagen werde, denn mein Wissen um die Ereignisse ist wesentlich größer als mein Verständnis ihrer Ursachen. Aber es erscheint mir fast als sündhaft, nicht nach den Ursachen, den schwarzen Wurzeln blühender Leidenschaften zu suchen. Der Regen hat aufgehört, und unter einem plötzlich hellen und fast wolkenlosen Himmel erstrecken sich Felder von intensivstem Grün gen Norden auf die Bucht zu.

2

Mount Pleasant, 16. Juni

Es war ein langer Brief, der fast drei Bögen exzellenten Papiers bedeckte. Abschriften waren über Nacht an Coopers Tür und an die Tür der Markthalle von Killala genagelt worden. Cooper preßte die eine Hand auf die Bögen, während die andere, mit Hilfe des auf den Frühstückstisch gestemmten Ellbogens, einen Kopf stützte, in dem Brandy herumzuschwappen schien wie in einem halbvollen Krug. Ihm gegenüber saß seine Frau Kate, neben ihm hockte sein Verwalter Fogarty auf der Stuhlkante.

»Es ist kaum zu glauben«, sagte er, um Zeit zu gewinnen, während er das wilde Wortgewirr studierte.

»Nicht alle, nicht einmal die meisten«, versicherte Fogarty ihm. Er war ein jovialer Mann, und brachte selbst den unangebrachtesten Umständen noch einen Hauch seiner Lebenskraft. »Nur die Kühe, die wir auf O'Malleys Feld getrieben haben. Erinnert Ihr Euch noch, wie er seinen Kopf hin und her bewegte, wenn er mit Euch sprach? Das lag an seinem kranken Auge.« Er imitierte diese Gestik, und Cooper schloß seine Augen bei diesem Anblick.

»Es sind schreckliche Zeiten für Mayo«, meinte Kate, »wenn ein Mann sein Land nicht so nutzen kann, wie er es für richtig hält.«

»Richtig hält, verdammt«, sagte Cooper. »Wie irgend so ein verfluchter Hypothekengeier in Capel Street es für richtig hält. Ich glaube, ich könnte ein wenig Tee vertragen.« Er schlürfte ihn rot und stark, mit viel Zucker. Er preßte kleine, viereckige Hände auf plumpe Knie, die seine ledernen Hosen zu sprengen drohten, ein kurzbeiniger Mann mit einem runden und kompakten Kopf wie eine Kanonenkugel. »Als ob dieses Land nicht schon genug Ärger hätte. Die Whiteboys von Killala. O Jesus, womit habe ich diesen ganzen Ärger bloß verdient!«

»Schwere Zeiten, Captain«, sagte Fogarty. »Schwere Zeiten.«

»Ich werd sie noch schwerer machen«, sagte Cooper, »so schwer, daß sie am Ende an einem Seil in Castlebar tanzen.«

»Das werdet Ihr gewiß, Captain. Das werdet Ihr gewiß. Kein besserer Mann. Sowie wir wissen, wer sie sind.«

»Meine eigenen Pächter, das sind sie, und ich hab davon nicht so viel, daß ihr Benehmen ein Geheimnis bleibt. Und wenn mir das Gesetz keine Genugtuung verschaffen kann, dann mach ich mich mit einer Bande von MacCaffertys über sie her.«

»Aber sicher doch, Captain.«

»Wir sind hier nicht in Dublin, wißt Ihr. Wir sind hier in Mayo, und wir bringen die Dinge auf unsere Weise in Ordnung. Wir sind hier Iren, und Iren, bei Gott, die auf ihren eigenen Füßen stehen.«

»Wenn du jetzt damit fertig bist«, sagte Kate, »dann erzählst du uns vielleicht, was du vorhast.« Sie war eine gutaussehende Frau mit groben Zügen, mit breitem, humorvollem Mund und achatgrünen Augen.

Er warf ihr einen Blick zu und schaute dann in die andere Richtung. »Fogarty, Ihr braucht hier nicht mit leerem Magen zu sitzen. Kate, klingel doch mal nach Brid und gieß dem Mann eine Tasse Tee ein, solange er wartet.«

»Tee wäre wunderbar«, stimmte Fogarty zu. »Ich habe schon vor zwei Stunden gefrühstückt. Ich habe Paddy Joe und seinen Sohn an den umgeworfenen Zaun gesetzt.«

»Ihr seid doch wirklich ein umsichtiges Luder«, sagte Cooper, fügte dann aber schnell hinzu: »Ach, Tim, tut mir leid, ich bin ganz außer mir.« Er fuhr sich mit dem Handrücken über die Augen. »Ich wollte dieses Vieh auf dem Markt verkaufen. Jetzt weiß ich einfach nicht, was ich tun soll.«

»Schon gut, Sam. Es ist eine üble Sache.« Er nippte an dem glühendheißen Tee und fügte Zucker hinzu.

»Und nun, Sam«, sagte Kate, »was hast du vor?«

»Ich habe ein Fünftel des Landes als Weideland vorgesehen, und das ist der einzige Ausweg. Das wißt ihr beide. Und ich werde nicht der letzte Grundbesitzer hier sein, der das macht, nur hatte ich das Pech, der erste zu sein.«

»Dann hättest du lieber warten sollen«, meinte Kate. »Bis du Gesellschaft bekommst.«

»Warten war nicht möglich, Kate, dafür stecken wir zu sehr in der Klemme. Diese Hure von einer Baronie ist nicht für Bauern geschaffen. Das hier ist Weideland.«

Das Zimmer war zu klein für die Möbel, die hineingepfercht worden waren, ein riesengroßer Mahagonitisch, schwere Sessel mit weiten Lehnen und hohen, mit Gobelins bespannten Rücken, eine Anrichte aus Olivenholz. Zwei vom Rauch nachgedunkelte Porträts sahen einander über den Tisch hinweg an.

»Du mußt was unternehmen«, sagte sie. »Die Drohung der Whiteboys hängt doch bei jedem Schritt, den du tust, über dir.«

»Und diese Dubliner Schmarotzer hängen mir am Arsch. Meinst du vielleicht, ich wüßte das nicht?«

Auf der anderen Seite der Diele, in seinem kleinen Büro, war sein ganzer Schreibtisch mit Papieren übersät. Wie konnte jemand so viel Land haben und doch so arm sein? Das Land war zwar schon so schwer belastet gewesen, als sein Vater starb, und auf der Straße der hohen Hypotheken war keine Umkehr möglich. Aber die Straße hatte einst, vor sieben oder acht Jahren, einladend ausgesehen. Es waren gute Jahre gewesen, nach dem Tod seines Vaters und vor seiner Hochzeit. Damals hätte er Mount Pleasant genausogut Liberty Hall nennen können, auch wenn er sich im Grunde keine Leichtlebigkeiten geleistet hatte. Jeden flotten jungen Mann der Baronie hatte er zu Gast gehabt und durchaus nicht nur Protestanten, er war kein Frömmler. Die beiden Routledges waren willkommen gewesen, Tom Bellew und Corny O'Dowd, der alte katholische Stamm, gute Reiter für die Jagd. Der Dielenboden trug immer noch die Spuren von damals, als Corny O'Dowd hereingeritten war. Das alles war nun vorbei, und wieder braute sich schwarzer Haß zwischen den Konfessionen zusammen.

»Du mußt sie jetzt aufhalten«, sagte Kate.

Er verschüttete seinen Tee. »Du bist so schlimm wie die anderen. Hat mein eigener Vater mir nicht gesagt, ich könnte genausogut mein Haus auf Sumpfboden bauen wie eine Papistin heiraten?« Er rutschte auf seinem Sitz herum. »Warum zum Teufel ich dich überhaupt heiraten mußte, das frage ich mich jede Nacht, wenn ich nicht schlafen kann.« Wenn sie Kinder bekämen, würde sie ihnen den Rosenkranz beibringen, das war doch immer so bei Mischehen.

»Dann brauchst du dir diese Frage ja nicht gar zu oft zu stellen.«

»Nun, Ma'am«, sagte Fogarty, »ganz herzlichen Dank für den Tee.«

»Ihr sitzt, wo man es Euch befohlen hat«, sagte Kate, »und

Ihr geht, wenn man Euch verabschiedet hat.« Sie beugte sich zu ihrem Mann hinüber. »Du hast diese spezielle Papistin geheiratet, weil du dermaßen auf die Wonnen des Bettes erpicht warst und ein gutes Geschäft erkanntest, wenn du eins sahst.«

Cooper setzte zu einer Antwort an, platzte dann aber heraus: »Bei Gott, Kate, du hast recht. Es war ein verdammt gutes Geschäft. Aber ich kann doch deine verdammten Papisten nicht ...«

»*Meine* verdammten Papisten, ja? Meinst du, Thomas Treacy wäre sicher, oder George Moore? Wenn Whiteboys ohne Strafe davonkommen, ist kein Grundbesitzer mehr vor ihnen sicher.« Sie legte ihre Hand auf den Tisch. »Hast du nicht genug Verstand, um das selber zu begreifen? Du hast eine Handvoll Männer, die Angst haben, sie könnten vom Land vertrieben werden, und vielleicht ein paar Landstreicher, die gern Unheil anrichten. Und wenn du keinen Denunzianten findest, wirst du nie erfahren, wer sie sind, ehe nicht die Hälfte aller Männer in der Baronie den Eid abgelegt hat, und das wird für dich zu spät sein. Ihr habt keine Andeutungen über diese Sache gehört, Tim, oder?«

»Nein, Ma'am. Als wir Sqint O'Malley verjagt und seine Hütte abgerissen haben, stand ein Haufen von ihnen jammernd auf der Straße, aber das ist immer so. Ihr habt schon recht, Ma'am. Jetzt sind's nur eine Handvoll Männer, aber sie werden schnell mehr werden.«

»Hast du das gehört, Sam? Es gibt nur einen Ausweg, und zwar mußt du dafür sorgen, daß sie vor dir mehr Angst haben als vor den Whiteboys. Und du kannst ihnen nur Angst einjagen, wenn du ein paar Hütten abreißt und einige von ihnen in einem Karren nach Castlebar schickst.«

»Jesus, was bist du für eine harte Frau, Kate.«

»Irland ist hart. Ich habe gelernt, hier zu leben, indem ich meinen Vater beobachtet habe. Das war ein Mann, von dem man etwas lernen konnte. Auf der einen Seite hatte er die Protestanten und auf der anderen die Whiteboys, und alles, was er auf dieser Welt besaß, als er anfing, waren ein paar hundert Hektar schlechtes Pachtland, das er an Leute vermietete, die nichts besseres bekommen konnten. Und er hatte nichts zu seiner Verteidigung als eine Peitsche mit Blei im Griff.«

»Jetzt ist nicht die richtige Zeit für Geschichten über deinen Vater«, sagte Cooper. Zottig, riesenhaft, behaarte Ohren und Nasenlöcher, die bleierne Peitsche, über die es viele Sagen gab.

»Ihr erinnert Euch doch an meinen Vater, nicht wahr, Tim?«

»Selbstverständlich, Ma'am«, sagte Fogarty ehrerbietig. »Selbstverständlich.«

Sie ähnelten einander sehr, ihr Vater und Fogarty. Irgendwo im Strohdach von Fogartys Hütte war ein Ledersack voller Silberschillinge und Goldsovereigns versteckt, jedes Jahr kam etwas dazu, und er hatte ein Stück Land im Auge, vielleicht einen Teil von Coopers Land. Sie hungerten nach Land wie andere Männer nach Frauen oder Whiskey. Irgendwann würde Fogarty erscheinen, das graue, fettige Band seines Hutes streicheln, über eine langfristige Pacht reden, und den Sack einfach auf den Tisch hauen. Dann könnte er sein Geschäft als Mittelsmann beginnen. So hatte der alte Mahoney, Kates Vater, vor vierzig Jahren angefangen, als Papisten kein eigenes Land kaufen durften. Sie klagen über die ketzerischen Grundbesitzer, aber ihresgleichen läßt sie am ärgsten bluten. Die schlimmsten Pachtwucherer sind die papistischen Mittelsmänner. Knechte werden schlechte Herren.

»Castlebar ist nicht einmal nötig«, sagte Kate. »Laß doch die Richter ein paar von den wahrscheinlichsten Schurken festnehmen und ins Gefängnis von Ballina werfen. Und wenn sie bei der Auswahl zu vorsichtig sind, werden sie den Schaden davontragen. Es wirkt Wunder, einen Kerl ins Gefängnis zu sperren und ihm die Peitsche unter die Nase zu halten.«

»Das ging vor vierzig Jahren, Kate. Jetzt gehört eine Anklage dazu.«

»Bist du denn nicht jetzt das Gesetz in Killala? Ist die Miliz von Tyrawley nicht das Gesetz? Wieso hast du sonst das bitter nötige Geld für rote Uniformen aus dem Fenster geworfen?«

»Das ist doch etwas ganz anderes«, sagte Cooper, plötzlich steif. Er schien auf seinem Stuhl zu wachsen. »Die Miliz ist gegründet worden, um diese Baronie für Seine Majestät den König zu halten.«

»Was immer das heißen mag«, sagte Kate beißend.

»Nun, du weißt, was das heißt. Es ist unsere Aufgabe, diese Küste gegen die Franzosen zu verteidigen und diese Baronie vor Rebellen zu schützen.«

Kate mußte plötzlich lachen. »Hört ihn Euch an, Tim. Hört ihn Euch an!« Sie packte Fogartys Arm, als wollten sie gemeinsam ihr Urteil über ihren Mann fällen. »Ich schwöre bei Gott, daß alle Männer Kinder sind.«

Alle, außer ihrem Vater.

»Du Riesentrottel«, sagte sie zu Cooper. »Was ist denn ein Whiteboy anderes als ein Rebell?«

»Aber nicht gegen die Krone«, erklärte Cooper und zwang sich zur Geduld. »Hast du denn keine Ohren im Kopf? Hast du nichts über den Süden dieser Insel und ihren Norden gehört? Die Bauern haben sich gegen die Krone erhoben. Sie haben Wexford zerstört. Die Engländer mußten eine Armee herüberschicken, um sie niederzuschlagen. Gott sei Dank gibt es in Mayo keine United Irishmen, es gibt keine Rebellen. Es gibt nur Whiteboys.«

»Nur Whiteboys«, wiederholte Kate verächtlich. »Es sind die Whiteboys, nicht die Rebellen von Wexford, die dich nackt und hungrig auf die Straße jagen können. Die Whiteboys rebellieren gegen dich, und du hast hundert Männer, die dir ihre roten Jacken verdanken.«

Cooper schüttelte den Kopf. »Ein Whiteboykrieg mitten in der Rebellion. Mein Gott, was für ein Land!«

»Kaum ein Unterschied«, meinte Kate. »Dieses Jahr Whiteboys, nächstes Jahr Rebellen. Wenn es jemals in Mayo eine Rebellion gäbe, wären dann deine Whiteboys nicht mittendrin?«

»Doch, bei Gott«, antwortete Cooper.

»Na also! Nimm deine Miliz und stell die Baronie auf den Kopf. Bring den Zorn Gottes auf dieses Pack herab. Das hätte dein Vater getan. Er war ein gemeiner, gelbhäutiger Protestant, aber er wußte, wie er mit Whiteboys umzugehen hatte.«

»Kannst du mir nicht zuhören, wenn ich dir erkläre, daß die Zeiten meines Vaters vorbei sind, und die Zeiten deines Vaters erst recht? Ich bin von Dublin aus eingesetzt und Dublin verantwortlich.«

»Du hast einfach Angst, die Miliz einzusetzen, nicht wahr? Warum muß ich dir sagen, was du zu tun hast? Sprich mit Dennis Browne. Er ist der High Sheriff von Mayo und Parlamentsabgeordneter für Mayo und Bruder von Lord Altamont. Wenn es einen Mann gibt, der Mayo mit einem Fingerschnippen regieren kann, dann ist es Dennis Browne.«

»Dennis Browne, ja?« Er lachte und wandte sich an Fogarty, der mit einem Lächeln reagierte. »Du weißt wenig über die Angelegenheiten deines eigenen Ehemannes. Erst vor fünf Jahren standen Dennis Browne und ich auf dem Feld und schossen mit Pistolen aufeinander.«

»Nein, das wußte ich wirklich nicht. Was war denn in euch beide gefahren?«

»Es berührte die Ehre einer jungen Dame. Und damit ist genug über diese Angelegenheit gesagt.«

»Es berührte die Ehre einer Dame?« wiederholte Kate. »Das ist doch der einzige Teil einer Frau, den Dennis Browne niemals berühren würde. Er ist genauso schlimm wie MacCarthy unten in Killala.«

»Es gab gewisse Umstände«, erklärte Cooper. »Sehr delikate Umstände. Aber alles war aus und vorbei, als ich dich kennengelernt habe, Liebste.«

»Darauf kannst du dich verlassen«, sagte Kate.

»Aus und vorbei«, wiederholte Cooper. »Aber es gibt wenig Zuneigung zwischen uns. Ach, und was konnte er denn je mit Leuten wie mir oder Gibson oder Saunders oder den anderen kleinen Grundbesitzern anfangen? Er interessiert sich nur für die reichen Männer, für seinen Bruder, den Hohen Lord und ihresgleichen. Und sein Bruder und er selber sind da draußen in Westport sicher.«

»Niemand wird sicher sein.« Kate biß sich nachdenklich auf die Lippe. »Gibt es denn hier niemanden, auf den er hört?«

»Nur einen«, antwortete Cooper. »George Moore von Moore Hall.«

»Ein gutaussehender Mann«, sagte Kate. »Ist nicht sehr gesellig, aber er ist ein gutaussehender Mann. Und er ist römisch-katholisch.«

»Die Brownes sind doch selber halbe Papisten. Sie sind weder Fisch noch Fleisch. Und George Moore ist verrückt. Ein Mann, der mitten in Mayo sitzt und Bücher schreibt, ist verrückt.«

»Anders als du«, sagte sie, »hat er nie versucht, Dennis Browne umzubringen, und anders als du gehört er zum Landadel!«

»Landadel, ja? Bei Gott, das ist eine feine Rede für Mick Mahoneys Tochter.«

»Schön, daß sie dir gefällt. Ich kann dir noch viel mehr erzählen.«

»Fogarty, warum zum Teufel sitzt Ihr hier und glotzt bessere Leute als Euresgleichen an, während die Angelegenheiten der Baronie diskutiert werden? Der Tee ist eiskalt, und Paddy Joe und sein Sohn stehen unten am Weidezaun und fragen sich, wie sie einen Stein auf den anderen legen sollen, ohne daß er wieder herunterfällt.«

»Das wollte ich gerade sagen, Captain. Das wollte ich gerade sagen. Ich werd mich sofort um sie kümmern.« Er erhob sich und zeigte dann auf den Brief. »Mrs. Cooper hat allerdings recht, Captain. Sie müssen jetzt gestoppt werden. Ihr habt gesehen, an wen sich dieser Brief richtet. Nicht an Euch allein. ›An die Grundbesitzer und die Mittelsmänner der Baronie‹, fängt er an. Das ist die echte Whiteboysprache, und es muß ausgemerzt werden, wie Euer Vater das in den alten Zeiten gemacht hat.«

Cooper behielt die Tür im Auge, bis sie geschlossen war. Fogarty hatte gut reden. Vor dreißig, sogar noch vor zwanzig Jahren hätte sich sein Vater ein paar muntere junge Protestanten gesucht – oder besser noch, seine Lieblingspapisten, die MacCaffertys – und Tyrawley auf den Kopf gestellt. Jetzt war nichts mehr klar. Vielleicht gehörte Cooper nicht zum Landadel. Vielleicht war er nur ein Bauer, der versuchte, in einem harten Land seinen Boden zu halten. Selbstmitleid schwoll wie ein weicher Schwamm in seiner Brust an. Er quetschte ihn aus.

»Vielleicht gehöre ich nicht zum Landadel, Kate, aber ich werde dazu gezählt. Ich habe ein Bild von meinem Urgroßvater an der Wand hängen. Nicht deine großen Lords haben seit Cromwells Tagen Mayo für die Krone gehalten. Es waren Männer wie ich und Gibson, und schön hat man uns dafür gedankt. Als deine großen Lords in England waren, haben Männer wie mein Urgroßvater die Straßenräuber vertrieben. Männer wie wir haben Mayo genommen und gehalten.«

»Dann solltest du es auch weiter halten.«

»Wie denn? Was zum Teufel soll ich denn machen?«

»Geh nach Ballintubber und bitte George Moore, mit Dennis Browne zu reden. Und dann schickst du diesen Schurken deine Miliz auf den Hals.«

»Mein Gott, was bist du bloß für eine Frau! Du hättest als Mann geboren werden sollen.«

»Dann würde ich mich in deinem Bett aber schön ausmachen. Ich bin eine Frau, und das weißt du sehr gut. Mir ist es doch egal, Sam, ob du zum Landadel gehörst oder nicht. Wenn du so aufgewachsen wärst wie ich, Sam, als Papistin unter Papisten, hättest du die Nase voll von solchem Gefasel. Jeder O und jeder Mac reitet darauf herum, wie groß sie in den Zeiten vor Cromwell waren und wieviel Land er ihnen weggenommen hat. Wenn du all dieses Land zusammenlegtest, würde Mayo so weit ins Meer hineinreichen, daß du auf Croagh Patrick stehen und bis nach New York sehen könntest. Das ist alles aus und vorbei. Jetzt geht es um das Land, und wem es gehört. Ich will, daß wir Mount Pleasant behalten, und wenn wir aus jeder Rute Landes eine Weide machen müssen.«

»Werden sehen, Kate. Werden sehen. Aber jetzt gehe ich wohl besser nach unten. Fogarty weiß wenig über Steinzäune, und Paddy Joe noch weniger.«

»Und Paddy Joe wird ›Schönes Wetter heute‹ zu dir sagen, und du antwortest ›In der Tat‹, und dabei könnte Paddy Joe einer von denen sein, denen wir auf die Finger hauen sollten.«

»Nicht doch, Frau. Bist du verrückt? Paddy Joes Vater hat dieses Stück Land von uns gepachtet, als der Vater meines Vaters starb. Sie sind keine Fast-Fremden, wie die O'Malleys.«

»Und glaubst du, die Whiteboys sind vom Mond gekommen? In Mayo zahlt es sich nicht aus, weich zu sein.«

»Dann habe ich wirklich Glück, Kate, denn du mußt Millionen wert sein.«

Sie saß auf ihrer Stuhlkante und umklammerte die Lehnen, ihre schwarzen Haare fielen lose über ihren Schlafrock. Er wußte, daß er Glück hatte. Wer zu Hause mit so einer Frau, die eine Art natürliches Genie für die Freuden des Bettes hatte, sein Temperament messen konnte, brauchte kaum noch die Aufregungen von Glücksspiel und Jagd. Es war eine beeindruckende und erschreckende Mischung, ihre Dickköpfigkeit und ihre Lust. Eine solide, turbulente Ehe.

Cooper öffnete die Doppeltüren, die aus dem Eßzimmer hinausführten und ging auf die Terrasse, von wo aus er in der Ferne Fogarty und die beiden Paddy Joes sehen konnte. Kate hatte recht. Sie kannte diese Leute in- und auswendig – wer kannte sie besser? – und doch, wie er die Dinge auch drehte und wendete, er konnte keinen Ausweg finden. Es konnte vielleicht Kates feminine Blutrunst befriedigen, wenn sie sich vorstellte, wie er mit Feuer und Schwert durch Killala tobte, an der Spitze der Miliz, aber diese kriegerische Vorstellung hatte nur wenig mit den Tatsachen zu tun. In Wexford hatte, nach allem, was man so hörte, General Lake seine Soldaten auf das Land losgelassen, aber in Wexford hatte es einen Aufstand gegeben, und Lake hatte unter Kriegsrecht gehandelt. Es wäre für Cooper eine Freude, diese Whiteboys in Castlebar hängen zu sehen, aber ihm fehlte Kates Skrupellosigkeit. Ohne es aussprechen zu können, liebte er Mayo innig.

Er war weder von Phantasie noch von historischem Wissen sonderlich belastet, aber manchmal fragte er sich doch, wie sein Land zuerst auf seinen Urur-oder-so-Großvater gewirkt hatte, einen Sergeant, der mit Ireton marschiert war. Die Papisten hatten sich erhoben, wie sie das immer machten, hatten Hunderte von Siedlern erschlagen und Tausende vertrieben, die dann im Winter auf den Straßen von Ulster umgekommen waren. Cromwell, der in England Probleme genug hatte, hatte sich die dringend benötigte Zeit abgeknapst, um über Irland herzufallen und eine Rebellion zu unterdrücken, die sich über das ganze Land verbreitet hatte. Irisches Land wurde an englische Gesellschaften verkauft, kleinere Parzellen wurden den Soldaten anstelle ihres Soldes zugeteilt. Auf diese Weise war Sergeant Joshua Cooper, ein Londoner Schlosser, nach Mayo gekommen, hatte Land in Besitz genommen, das er nicht durch das Schwert der irdischen Eroberungen, sondern durch Christi züchtigendes Schwert erworben hatte, das zur Rache für Seine gemordeten Heiligen in die Wüste getragen worden war. Umgeben von einem düsteren und geschlagenen Volk, das in Barbarei versunken war und das Licht haßte, hatte er seine Felder beansprucht und behalten.

Die Kette der Generationen verband Sergeant Cooper aus London und Captain Cooper von Mount Pleasant. Aber wer in dieser Kette hatte als erster das Land wirklich als sein Eigentum betrachtet, ihm zugeteilt durch stärkere Ansprüche als die, die in gesetzlichen Dokumenten stehen? Wer hatte als erster die Schlosserwerkstatt abgeschüttelt und sich als Gentleman betrachtet, nicht nur als Besitzer von Mount Pleasant, sondern als seinen Herrn? Vielleicht Joshuas Sohn Jonathan, der 1690 seine Kompanie ausgehoben hatte, um König Billy an der Boyne und in Aughrim und Limerick zu dienen, der heim nach Mount Pleasant ritt und es fünf Jahre lang gegen die sporadischen Überfälle der Straßenräuber verteidigte, der nun herrenlosen Schwertkämpfer des geschlagenen James Stuart. Es war Jonathan, der dieses Haus gebaut und der ihm seinen Namen gegeben hatte. Schwere Blenden mit Schießscharten zeugten noch immer von den Gefahren jener Zeit, der Name selber jedoch, Mount Pleasant, deutete an, daß er in Mayo mehr als nur Moore und Morde gefunden hatte. Joshua und Jonathan, die aufeinanderfolgenden Gründer von Coopers Familie, sahen einander von den Wänden des Eßzimmers her an; grimmig schauender Roundhead und dickhalsiger Williamit, mit einem Tupfer von Spitzen unter dem Kinn, erstes Anzeichen der Vornehmheit, ein weißer Ausschlag. Der biblische

Klang ihrer Namen gefiel Cooper; er allein war schon ein Anspruch auf ihren Besitz, Mayo war ihr Kanaan.

Zu Lebzeiten von Coopers Großvater hatte Efeu begonnen, an den Wänden des einst befestigten Farmhauses emporzuklettern. Im Haus waren die Zimmer mit schweren Kommoden und Betten vollgestopft worden, in Dublin gekauft und per Schiff um die Küste herum nach Killala gebracht. Der Großvater prahlte damit, daß in seiner Jugend einmal Carolan, der große blinde Harfner, im Salon gespielt und zu dieser Gelegenheit sein »Planxty Squire Cooper« komponiert hätte. Hochzeiten hatten aus Mount Pleasant einen Knoten im Netzwerk der protestantischen Grundbesitzer werden lassen, das die Geschichte über Mayo ausgebreitet hatte. Es bestand keine Notwendigkeit mehr für die Blenden mit den Schießscharten, und Joshua und Jonathan waren zu patriarchalischen Legenden geworden. Das Land gehörte jetzt Cooper. Es besaß ihn. Einst, weit weg im braunen Moor der Vergangenheit, hatte es einer O'Donnell-Familie gehört. Ein junger Bauer auf Coopers Land, Ferdy O'Donnell, hatte ihm einmal eine wertlose Kuriosität gezeigt, ein Stück Pergament, das die Tatsache in verblaßter Tinte von der Farbe alten, getrockneten Blutes bestätigte.

Moore Hall, 17. Juni

Ein großes, schönes Haus, erbaut aus blaßgrauen Kalksteinquadern, erhob sich vier Stockwerke hoch gegenüber dem sanften, von Bäumen überschatteten Loch Carra. Es war ein neues Haus, weniger als zehn Jahre alt, und von einem früheren George Moore, dem Vater des derzeitigen Besitzers, nach seiner Heimkehr aus dem spanischen Exil erbaut worden. Um 1750 war er, unterdrückt von den Penal Laws gegen die Katholiken, nach Spanien ausgewandert und hatte geschworen, dort sein Glück zu machen oder zu verderben. Er arbeitete zunächst als Buchhalter und heiratete nach einigen Jahren die Tochter eines anderen irischen Emigranten. Um 1780 war er einer der mächtigen Kaufleute von Alicante, Besitzer von Weinbergen und einer Flotte, die zwischen Spanien und den Küstenstädten Galway, Westport und Killala Handel trieb. Dieselben Schiffe machten auch weniger offene, aber einträglichere Geschäfte. Sie schmuggelten Schnaps und Spitzen, Satin und Seide zu den einsamen Stränden von Connaught.

Porträts von Moore und seiner Frau, in spanischer Hofkleidung, hingen in Moore Hall. Aber er war nur halb-hispanisiert gewesen und hatte von Anfang an vorgehabt, nach Mayo zurückzukehren. Er ließ seine beiden Söhne George und John in England von katholischen Hauslehrern erziehen. Und er besuchte 1780 Irland, wo nun durch den Act of Relief Katholiken gestattet wurde, den Gefolgschaftseid für George III abzulegen und Land in langfristiger Pacht zu übernehmen. Wenn er an den Mittelmeerabenden auf der Terrasse seines weißen, flachdachigen Hauses saß und über Mandelbäume und Orangenbäume auf die Bucht von Alicante blickte, dann dachte er an braune Moore und vom Regen durchtränkte Felder in Mayo. Er hatte an Mayo gedacht, als er auf den verwitterten Brettern der spanischen Werften stand und zusah, wie seine Schiffe mit Wein nach Connaught segelten und mit dem grünen und braunen Seetang Connemaras aus Connaught zurückkamen. Und als er sein Vermögen angehäuft hatte, an die 250.000 Pfund, wie in Mayo behauptet wurde, verkaufte er seinen gesamten spanischen Besitz mit Ausnahme der Weinberge und des Hauses im Schatten der Palmen und kehrte heim.

Er hatte in der Nähe von Ashbrook, seinem Geburtshaus, bauen wollen, war aber bei seiner Inspektionsreise an dem niedrigen, einsamen Hügel von Muckloon vorbeigekommen. Er hielt seine Kutsche an, kletterte auf den Hügel und sah Loch Carra zu seinen Füßen. Hier baute er, nachdem er zuerst den Hügel und achthundert Hektar durch direkten Kauf erworben hatte, was ihm ein neueres Gesetz erlaubte. Ein Architekt namens Aitken wurde aus London geholt und entwarf nach Moores Angaben ein streng symmetrisches, aber elegantes Haus, das mit der exakten Feinheit einer Graviernadel vor seinen Hintergrund aus dichtem Wald gezeichnet war. Drei Kalksteintreppen marschierten wie ein Regiment auf die massive Tür zu, die sich öffnete, um eine Halle unter einer gewölbten Decke zu zeigen, blau wie der Himmel von Mayo, mit ovalen Medaillons aus weißem Stuck. Lange, ehe das Haus vollendet war, hatte er sein Motto über der Tür angebracht: FORTIS CEDERE NON POTEST. Mayo brachte eine freie Übersetzung: »Kratz einen Moore, und du blutest selber.« Über dem Säulengang mit seinen vier Säulen befand sich ein Balkon, hinter dem das Sommerzimmer lag, und hier saß er abends und schaute auf Loch Carra, während die Hämmer der Steinmetze unter ihm widerhallten.

Er hatte seinen eigenen Krieg geführt und gewonnen. Die Moores waren reicher und mächtiger nach Mayo zurückgekehrt, als sie gewesen waren, ehe das katholische Irland durch James' Niederlage an der Boyne zerschlagen worden war. Da ihm jegliche Sympathie für tote Ziele fehlte, war er ein treuer, wenn auch zynischer Untertan König Georges und ein gewissenhafter, wenn auch kein frommer Katholik. Er hatte in Moore Hall eine Kapelle gebaut und sie mit einem Altar, Altardecken, die das Weiß ihrer Umgebung mit scharlachroten und goldenen Farbtupfern versahen, und einem massiven goldenen Kreuz aus Spanien ausgestattet. Er hatte die Abschaffung vieler der Penal Laws miterlebt, die ihn in seiner Jugend unterdrückt hatten, und angenommen, daß die übrigen auch abgeschafft werden würden. Er gab den verschiedenen katholischen Organisationen großzügige Spenden, kümmerte sich aber nicht um ihre Unternehmungen. Daß ihm das Gesetz verbot, im Dubliner Parlament zu sitzen, scherte ihn nicht, denn er hatte gar kein Verlangen danach. Ihm war viel wichtiger, daß seine Stimme bei der Auswahl der Männer zählte, die Mayo dort vertreten sollten, und er teilte mit den anderen Gentlemen von Mayo das befriedigende Wissen, daß Dennis Browne sich aufrichtig um ihre Interessen kümmerte. Die Brownes und die Moores kamen aus derselben Welt, und wenn die Brownes ihren Glauben gewechselt hatten, um ihren Besitz zu behalten, war er nicht derjenige, der eine Entscheidung kritisierte, die er selber nicht getroffen hatte. Noch andere Familien des katholischen Landadels waren spärlich über Mayo verteilt: Blakes und Dillons, O'Dowds und Treacys und MacDonnells. Er hatte vorgehabt, daß seine Söhne in diese Familien einheiraten sollten, aber da hatte er die Rechnung ohne das Temperament seines Sohnes George gemacht.

Eines Abends im Sommer 1795 saß der ältere Moore länger als gewöhnlich in seinem Sessel auf dem Balkon von Moore Hall, und ein Diener, der ihn wecken wollte, stellte seinen Tod fest. George Moore verkaufte sofort seine kleine Villa an der Themse und ließ dann seine Papiere und seine beträchtliche Bibliothek per Schiff nach Mayo schaffen. Er konnte seinen englischen Freunden keine Erklärung geben, nicht, weil er keine hatte, sondern weil er befürchtete, daß sie ihn nicht verstehen würden. Was die Moores hatten, behielten sie, und was sie behielten, war ein Hügel in Mayo, mit Blick auf einen See. Alicante, London, Paris waren die drei Punkte auf seinem Kompaß, aber die Nadel zeigte nach Westen, nach Mayo. London bedeutete ihm so viel und so wenig wie die Orangenhaine von Alicante seinem Vater bedeutet hatten. Sohn und Vater teilten diese fast heimliche Liebe zu einem Ort, eine vergilianische Frömmigkeit.

Der jüngere George Moore war ein schlanker Mann, etwas größer als der Durchschnitt, aber mit den gebeugten Schultern des Gelehrten, und sein Gesicht war gutaussehend, blaß und gelassen. Er sprach voller Ernst, aber oft mit der Höflichkeit, die sorglos über Ironie geworfen wird. Er war ein Schriftsteller und wollte zum Historiker werden. Sein kleines Buch über die englischen Whigs und die Glorreiche Revolution hatte die Aufmerksamkeit von Burke erregt, und die beiden waren Freunde geworden. Seit einem Jahr befaßte er sich nun mit einem Experiment, einem Versuch, die jüngste Geschichte mit der meditativen Neutralität zu behandeln, die andere Autoren der Vergangenheit widmeten. Er schrieb eine Geschichte des Aufstiegs und der Zerstörung der Girondistischen Partei in Frankreich, und seine Bereitwilligkeit, sich auf ihre Ideale einzulassen, mit ihren Taten, ihren Fehlern und ihrer Torheit zu sympathisieren, hatte mehrere seiner englischen Freundschaften verdüstert.

In London hatte er zur Holland-House-Gruppe gehört, was seinem Freund Burke sehr mißfallen hatte, und seine Neigung zur Gelehrsamkeit hatte ihn nicht daran gehindert, sich in verschiedene Liebesaffairen einzulassen, die schließlich zu Skandalen geworden waren. In einem Fall war es zu einem Duell mit einem Ehemann gekommen, zum großen Mißvergnügen seines Vaters. Nur weniges an George Moore hatte seinem Vater gefallen, der sich einen praktischen Land-Gentleman erhofft hatte, der sich in nichts von seinem protestantischen Nachbarn unterschied. Und George hatte sich seinerseits darüber gegrämt, daß sein Vater John, das Kind seiner alten Tage, ein erfolgloser Jurastudent, aber hervorragender Jagdreiter, ein lebhafter, temperamentvoller junger Mann, für den George selber eine fast väterliche Zuneigung empfand, so offen vorgezogen hatte. Keiner von beiden war der Erbe, den sich der alte Mann erhofft hatte, aber bei John hatte er Nachsicht gezeigt. Und weil sie niemals darüber sprachen, kamen weder Vater noch Sohn auf die Idee, daß sie eine tiefe, irrationale Liebe zu Mayo teilten.

Den ehemaligen Sommerraum seines Vaters machte er zur

Bibliothek und arbeitete dort, nachdem er sehr früh aufgestanden war, an seiner Geschichte, mit Hilfe zahlloser kleiner Tassen auf französische Art zubereiteten Kaffees. Später frühstückte er unten zusammen mit John und zog sich dann ins Büro zurück, um sich den Angelegenheiten seines Landes zu widmen. Seine Nachmittage verbrachte er im Freien, denn das Gut war noch längst nicht vollendet, und er hatte wie sein Vater vor, es zu einer Gemeinde zu machen, die sich selber versorgen konnte, mit Schmiede, Wäscherei, Bäckerei, Ställen. Eine Stunde täglich jedoch, am späten Nachmittag, saß er auf dem Balkon über dem Säulengang und blickte auf den See. Diese Stunden brachten ihn seinem Vater näher, als er es zu seinen Lebzeiten je gewesen war. In seiner Vorstellung diskutierten Vater und Sohn, machten Pläne für das Gut, debattierten über Johns Zukunft. Die Bediensteten hatten gelernt, daß sie ihn nicht stören durften. Er saß auf dem Balkon, als Cooper in seiner roten Uniform die Auffahrt hochgeritten kam.

Er empfing Cooper mit ruhiger, zurückhaltender Höflichkeit und führte ihn in sein Büro, wo Cooper kurz vorgab, die Bücher zu bewundern, die aus der überfüllten Bibliothek hierhergebracht worden waren.

»Ihr habt hier wirklich eine Menge Bücher, Mr. Moore. Ich möchte wetten, daß es hier mehr Bücher gibt als im ganzen restlichen Mayo.«

»Das mag wohl so sein«, antwortete Moore. Er füllte zwei Gläser mit Sherry und reichte Cooper das eine. Dann steckte er den Stöpsel sorgfältig wieder in die Karaffe aus Waterford-Kristall.

Cooper nippte fachmännisch an seinem Glas. »Das ist spanischer Wein. Den würde ich überall herausschmecken. Aus Euren eigenen Weinbergen, nehme ich an?«

»Nein«, erwiderte Moore. »Sherry kommt aus der Umgebung von Cadiz. Unsere Weinberge liegen in Alicante, am Mittelmeer. Unser Wein ist zu süß für den britischen Geschmack.«

»Nun ja, auf jeden Fall ist es sehr guter Wein. Sehr mild in der Kehle.«

»Eure gute Meinung freut mich«, sagte Moore abwartend.

»Es ist wunderbar«, sagte Cooper, »sich vorzustellen, daß der Wein, den wir trinken, aus so seltsamen, weit entfernten Orten kommt.«

»In Spanien, natürlich, gilt Mayo als weit entfernt.«

»Aber nicht zu weit, eh? Ich weiß noch, daß mein Vater Fässer von den Schiffen Eures Vaters kaufte, die der Zoll nie gesehen hatte. Sie wurden an mondlosen Nächten in Kilcummin an den Strand gebracht, die Hälfte aller Gentlemen von Mayo wartete dort schon auf ihre Fässer. Ihr versteht, was ich meine?«

»Durchaus«, antwortete Moore. »Ich verstehe.«

»Es ist wirklich schade, daß wir uns nicht öfter sehen. Das habe ich erst heute morgen zu meiner Frau Kate gesagt. Ihr müßt sie kennen, sie ist eine der Euren.«

»Eine der meinen?« fragte Moore verwirrt.

»Eine Papistin. Ihr Vater war Mick Mahoney, der Viehzüchter. Den müßt Ihr doch sicher gekannt haben.«

»Nein«, sagte Moore. »Jedenfalls kann ich mich nicht an ihn erinnern.«

»Dann habt Ihr ihn nicht gekannt«, sagte Cooper enttäuscht. »Wenn Ihr diesen Burschen gekannt hättet, würdet Ihr Euch an ihn erinnern können.« Er nippte am Sherry. »Wirklich sehr schade, daß wir uns nicht besser kennen.«

»Vielleicht lernen wir uns ja besser kennen«, meinte Moore.

»Ja«, sagte Cooper. »vielleicht. Ich bin in einer offiziellen Angelegenheit hier. Einer Angelegenheit der Miliz.«

»Seid Ihr sicher, daß ich damit etwas zu tun habe? Soviel ich weiß, besteht die Miliz von Tyrawley ausschließlich aus Protestanten.«

»Nun, daran besteht kein Zweifel«, antwortete Cooper. Verlegen polierte sein Daumen einen Messingknopf. »Weitgehend protestantisch in ihrer Zusammensetzung.«

»Aber nicht ausschließlich?«

»Nun ja, das ist eher eine Frage der lokalen Gewohnheit. Es ist besser, wenn die beiden Bekenntnisse unter sich bleiben.«

»Versteht mich nicht falsch, Captain Cooper. Ich habe durchaus keine Ambitionen in dieser Richtung, keine Begabung für das militärische Leben.«

»Im Grunde bin ich wegen der schwerwiegenden Unruhen hergekommen, die wir in Kilcummin gehabt haben. Ihr habt doch sicher davon gehört?«

»Nein«, sagte Moore. »Was waren das für Unruhen?«

»Es hat einen Ausbruch von Whiteboytum gegeben. Die Whiteboys von Killala nennen sie sich. Sie haben etliche Rinder abgestochen. Meine eigenen, ehrlich gesagt. Und sie drohen, allen Grundbesitzern, die ihr Land zu Weideland machen wollen, dasselbe anzutun.«

»Das könnte natürlich schwerwiegend sein«, stimmte Moore zu. »Wie ist das alles passiert?«

Er füllte ihre Gläser aufs neue.

»Ich habe es selber herausgefordert, nehme ich an. Ich hatte einen Pächter namens Squint O'Malley. Und er war ein verdammt schlechter Pächter, das kann ich Euch sagen. Er war überhaupt keiner von uns. Er ist vor ein paar Jahren von Achill herübergekommen. Er war weit im Rückstand mit der Pacht. Vor zwei Wochen habe ich ihn von meinem Verwalter vom Land vertreiben lassen.«

»Ihr hattet keine andere Wahl?«

»Keine. Meint Ihr, es gefällt mir, einen Mann und seine Familie auf die Straße zu jagen? Die Hypotheken und die Schulden machen mich einfach fertig. Im März habe ich den schlimmsten Gläubiger in Dublin aufgesucht, und er hat es mir offen gesagt. Ich muß beweisen, daß Mount Pleasant sich rentieren kann, und das geht nur durch Viehzucht. Da hat er völlig recht. Ich habe keine andere Wahl.«

»Vielleicht sind es keine Whiteboys«, meinte Moore. »Vielleicht will O'Malley sich nur rächen.«

»Das kann nicht sein«, widersprach Cooper. »O'Malley hat nichts mehr damit zu tun. Ich habe gehört, er ist in Erris, auf einem Stück Land, das dem Bruder seiner Frau gehört. Nein, es sind Whiteboys, und sie haben es auf uns alle abgesehen.« Er steckte die Hand in die Tasche, zog den Brief heraus, faltete ihn auseinander und reichte ihn Moore. Moore räumte seinen Tisch frei und glättete den Brief mit langer, blasser Hand. Dann nahm er seine Lesebrille aus ihrem Etui. »›An die Grundbesitzer und Mittelsmänner der Baronie. Laßt euch Cooper eine Warnung sein.‹« Er las den Brief, warf Cooper einmal einen Blick zu, und las den Brief dann noch einmal mit größerer Aufmerksamkeit. Er lächelte mehrmals, behielt aber ansonsten seinen ruhigen Ernst bei.

»Das ist ein höchst kurioses Dokument«, sagte er. »So etwas habe ich noch nie gesehen.«

»Natürlich habt Ihr das nicht, nicht in London oder an einem anderen zivilisierten Ort. Aber in der Vergangenheit gab es hier oft genug solche Briefe.«

»Ihr mißversteht mich«, sagte Moore. »Das hier ist mit beträchtlicher Beredsamkeit geschrieben. Hört doch nur. ›Clownischer Knecht, kümmerst dich nicht um Kinderleben, nur um Kühe.‹«

»Damit bin ich gemeint«, sagte Cooper. »Soll ich Unverschämtheit etwa als Beredsamkeit bewundern?«

»›Laßt Cooper allen Knechten eine Warnung sein. Das Volk von Tyrawley hat mit seinem Schweiß die Äcker getränkt, die es bestellt. Wenn die Sonne aufgeht, sind sie schon an ihrer mühseligen Arbeit, und der weiße Mond wacht über ihrer Armut.‹ Das hat kein Pflüger geschrieben.«

»Natürlich nicht«, sagte Cooper gereizt. »Jeder von den zwanzig Schulmeistern der Baronie hätte es schreiben können. Diese Schulmeister sind verdammte Bastarde.«

»Ja«, sagte Moore zufrieden. »Das könnte sein. Es hat die Steifheit einer Übersetzung.«

»Früher gab es Gesetze gegen die Schulmeister, und das waren gute Gesetze. Wieso sollen papistische Bauern denn lesen und schreiben lernen?«

Zorn, wie Eisstücke, zuckte durch Moores milde blaue Augen und verschwand wieder. »Es könnte wirklich eine ernste Angelegenheit sein«, sagte er. »Darf ich annehmen, daß Ihr den ganzen Weg von Ballintubber hergeritten seid, um einen Rat einzuholen?«

»Nicht so ganz. Oder doch, wir wären sehr glücklich über Euren Rat, aber vor allem brauchen wir Eure Unterstützung.«

»Und mit ›wir‹ sind Gibson und Saunders und Eure anderen Nachbarn gemeint, nehme ich an?«

»Stimmt. Die kleinen Grundbesitzer von Kilcummin und Killala. Wir haben hier schon vor Jahren Ärger mit Whiteboys gehabt, und wir wissen, wie wir mit ihnen umzugehen haben. Jetzt brauchen wir die Unterstützung von Dennis Browne.«

Moore strich sich mit den Fingerspitzen über die Stirn. »Ich verstehe das alles nicht, Captain Cooper. Wenn Ihr Dennis Browne braucht, solltet Ihr mit ihm reden, und nicht mit mir. Aber warum braucht Ihr Browne? Wenn es in Tyrawley Unruhen gibt, dann müßt Ihr General Hutchinson in Galway City darüber informieren.«

»Das ist keine Aufgabe für Hutchinsons Soldaten. Wir können mit den Burschen fertig werden, wenn man uns freie Hand läßt.«

»Das ist doch sicher ein Fall für die Gerichte. Ihr seid selber Richter, nicht wahr? Und Gibson auch?«

»Das sind wir, sicher.« Cooper bezweifelte langsam, daß Kates Rat so weise gewesen war. Moore dachte offenbar sehr langsam, sein Gehirn war in seinen Büchern vergraben. »Und wir wollen auch nichts tun, was das Gesetz nicht gestattet.«

»Eine sehr löbliche Haltung der Richter, wenn es mir als Papisten gestattet ist, etwas dazu zu sagen.«

Vielleicht war es das. Kratze einen Papisten tief genug, und heraus kommt irgendein nagender Ehrgeiz. Ein Sitz im Parlament oder auf der Gerichtsbank. Alles und jedes, was das Gesetz ihnen verbot.

»Das ist durchaus keine konfessionelle Frage«, versicherte er Moore auf eine Weise, die er für versöhnlich hielt. »Es ist Whiteboy-Ärger, und wir wissen beide, was das bedeutet. Aber wenn wir erst ein paar Burschen hinter den Karren gebunden und Riemen aus ihrem Hintern geschnitten haben, dann sind wir der Sache schon sehr nahe gekommen. Und die Angelegenheit wird vorbei sein, ehe sie richtig angefangen hat. So muß man's machen.«

Moore starrte ihn ungläubig an. »Und das versteht Ihr unter ›freier Hand‹? Habe ich Euch richtig verstanden? Ihr seid um Hilfe gekommen, um Eure Miliz auf die Bauern der Baronie hetzen zu können?«

»Nicht Eure Hilfe, Mr. Moore. Aber Ihr steht Euch sehr gut mit Dennis Browne. Alle wissen, daß die Brownes und die Moores seit undenklichen Zeiten befreundet sind.«

»Ihr seid ein törichter Mann«, sagte Moore.

»Vielleicht seid Ihr hier der Törichte, Moore«, sagte Cooper. Diese plötzlichen, unerwarteten Worte beleidigten ihn weniger als die lässige Art, in der sie ausgesprochen worden waren. »Ihr kennt Mayo noch nicht.«

»Ich kenne es gut genug, um entsetzt zu sein«, erwiderte Moore. »Und Dennis Browne wäre das auch, wenn ich ihn nicht gänzlich falsch beurteile. Alle Männer von Umsicht und Diskretion wären entsetzt. Habt Ihr Eure Vorstellungen mit George Falkiner diskutiert? Er scheint ein vernünftiger Mann zu sein.«

»Ihr kennt Mayo nicht«, wiederholte Cooper stur. Und er hatte den ganzen Nachmittag mit dem Ritt hierher vergeudet, um sich von einem Papisten beleidigen zu lassen, der keine Ahnung von diesem County hatte. Umsicht und Diskretion in einem County, den die Hunde und Pistolen des Landadels, die bleiernen Peitschen der Mittelsmänner und die Keulen der Bauern regierten.

»Ihr seid ein Richter, Captain Cooper, wie auch Eure Freunde, und die Richter dieses Landes haben mehr Macht, als ich früher für möglich gehalten hätte. Benutzt sie, und haltet Eure Tyrawley-Miliz aus der Sache heraus. Das letzte, was wir im Moment brauchen, ist die Verwüstung des Landes durch Protestanten in roten Uniformen.«

»Protestanten, ja?« fragte Cooper und stürzte sich glücklich auf dieses Wort. »Jetzt sind wir endlich so weit.«

Moore seufzte. »Ich will Euch keine Vorträge über Moral und Gesetz halten, es wäre eine Kraftverschwendung. Ihr habt gesagt, mein Rat sei Euch willkommen, und Ihr sollt ihn erhalten. Teile dieser Insel haben rebelliert, und die Gefahr ist noch nicht vorbei. Die Franzosen könnten einen weiteren Versuch unternehmen. Wir haben in Mayo sehr viel Glück gehabt, und wir sollten unser Glück schützen. Ihr müßt natürlich mit diesen Whiteboys fertig werden, aber es wäre höchst unklug, das Land aufzureizen. Ich bin ziemlich sicher, daß Dennis Browne Euch ebenfalls diesen Rat geben würde.«

»Welchen Rat?« fragte Cooper, den seine Gereiztheit würgte wie der Kragen seiner Uniform. »Ruhig hier herumzusitzen, bis ich ruiniert bin und von meinem eigenen Land vertrieben werde?«

»Ich bin sicher, daß es nicht ganz so schlimm um Eure Angelegenheiten steht«, sagte Moore. »Ihr habt Zeit genug, um ruhig und im Rahmen des Gesetzes zu handeln. Muß dieser County denn in diesen unruhigen Zeiten auf den Kopf gestellt werden, weil ein Grundbesitzer schwer verschuldet ist?«

»Bei Gott«, sagte Cooper, aufs neue von Moores unerträglich kühlem Wesen beleidigt. »Und wenn ich denke, daß ich aus der Güte meines Herzens hergekommen bin, um Euch ein wenig in die Angelegenheiten dieses Countys hineinzuziehen!«

»Das war nett von Euch«, erwiderte Moore. »Ich nehme so weit teil an den Angelegenheiten dieses Countys, wie Eure Gesetze es mir gestatten.«

»Diese Gesetze«, sagte Cooper, dessen Zorn nun endlich seinen Damm durchbrochen hatte, »sind zu dem sehr sinnvollen Zweck erlassen worden, Papisten da zu halten, wo sie hingehören.«

»Ganz recht«, stimmte Moore zu. »Ich bin da, wo ich hingehöre. In Moore Hall. Und ich wünsche mir das Land um mich herum so ruhig wie möglich.«

Cooper blies die Wangen auf und stieß dann die Luft in einer Geste erstaunter Niederlage heraus. Was wußte denn dieser

Mann, dessen blaue Decken mit nackten Göttinnen verziert waren, von den Problemen eines armen Mannes, der zwischen den Hütten und den Hypothekenmaklern eingeklemmt war und keinen Ausweg sah?

»Nun kommt«, sagte Moore. »Es ist töricht von uns, uns so gehen zu lassen. Laßt uns weiter diskutieren, während Ihr noch ein Glas Sherry kostet.« Er zog die Uhr aus der Tasche, klappte sie auf und informierte sich ausgiebig über die Uhrzeit.

»Wir beide haben immer schon wenig genug zu diskutieren gehabt«, sagte Cooper würdevoll. »Und jetzt haben wir weniger als je zuvor.« Er erhob sich und glättete seinen scharlachroten Mantel. Das schien ihn zu besänftigen, aus der Wolle ging Autorität in seine Fingerspitzen über. »Ich muß jetzt aufbrechen. Es ist ein weiter Ritt.«

Moore hob sein Glas, und Spanien verbreitete sich auf seiner Zunge. In einem hatte Cooper recht: Spanien war weit weg von hier. Er schaute durch das Fenster auf den See und versuchte, sich die brennende Sonne über gewundenen Straßen mit weißen und ockerfarbenen Mauern vorzustellen. »Tut nichts Übereiltes, Captain«, sagte er, ohne den Kopf zu wenden. »Seid vorsichtig.«

»Ich werde vorsichtig sein«, antwortete Cooper. »Darauf könnt Ihr Euch verlassen. Wir haben nun schon viele Jahre für diesen County gesorgt und wissen, was getan werden muß.«

Moore beugte sich plötzlich zu ihm herüber, mit seinen dünnen Lippen und seinen glitzernden blauen Augen. »Seid Ihr sicher? Kann dieses Land denn nicht anders regiert werden als mit Peitsche und Knüppel, ohne andere Justiz als den blutigen Rücken eines Bauern und den schmierigen Sovereign in der Hand des Denunzianten?«

Überrascht starrte Cooper Moore an.

»Der Stäuppfahl und die Peitsche und der Galgen, das ist Euer Gesetz«, sagte Moore und spuckte seine Worte aus. »Egal, welche Gesetze in Dublin erlassen werden. Kein Wunder, daß Eure zum Vieh gemachten Bauern Eure Verwalter ermorden und ihre Leichen ins Moor werfen. Und Ihr habt die Unverschämtheit, meine Unterstützung für Eure dreckigen Pläne zu verlangen.«

»Seid Ihr verrückt?« fragte Cooper. Diese Frage war ernst gemeint. Der abrupte Wechsel von Moores sonstiger eisiger Gleichgültigkeit war verwirrend. Es war idiotisch von ihm gewesen, sich an Kates Rat zu halten und Moore damit die Möglichkeit zu geben, ihn zuerst mit kühler Ironie zu verhöhnen und ihm dann wie ein presbyterianischer Prediger die Leviten zu lesen.

»Vielleicht«, antwortete Moore und gewann mit einiger Mühe wieder die Kontrolle über sich. »Wo ich doch hier gesessen und mir Euer törichtes Gerede angehört habe.«

»Und es war töricht von mir, herzukommen«, sagte Cooper.

»Vergeßt das hier nicht«, sagte Moore und reichte ihm den Whiteboy-Brief. Clownischer Knecht. Wer immer diesen Brief geschrieben hatte, wußte sich auszudrücken. Wirklich ein höchst kurioses Dokument. Er begleitete Cooper zur Tür und verabschiedete sich höflich von ihm. Cooper war sprachlos vor Empörung.

Auf seinem kastanienbraunen Wallach ritt er in düsterer Stimmung die Allee hinab. Vielblättrige Ebereschen warfen fleckige Schatten auf seinen Weg. Sie waren alle gleich, Fogarty, Moore, trickreiche, gerissene Männer, die einen derben, offen sprechenden Protestanten immer in Grund und Boden reden konnten. Er stellte sich die Reden vor, die er hätte halten können, um Moore zum Schweigen zu bringen, gab den Versuch aber auf. Was war er denn überhaupt für ein Papist, mit seinen feinen Manieren und seiner englischen Redeweise? Was konnte er denn für ein Gentleman sein, der Sohn eines Krämers, der in alten Zeiten in Kilcummin Wein an Land geschmuggelt hatte? Es würde ihm guttun, wenn ihm solche Worte an den Kopf geworfen würden, diesem Mann, der niemals auf der Richterbank sitzen oder ein königliches Amt einnehmen würde. Ach, was würde ihm das schon ausmachen, mit seinem schönen Haus, seinem vielen Land und seiner Viertelmillion Pfund. Der alte Joshua Cooper hätte ihm seinen Platz gezeigt. Coopers Stimmung hob sich etwas, als er an den alten Joshua dachte und sich an das Gesicht des Porträts erinnerte, ein harter, fähiger Soldat, der alle Moores, alle Papisten in die Knie gezwungen hatte.

Moore stand auf dem Balkon und beobachtete die kleine, plumpe Gestalt in der leuchtendroten Uniform. Genau die Art von kleinem Mann, die großen Ärger machen konnte, ein Musterexemplar seiner Art. Als Skeptiker in Glaubensfragen war Moore in London auf seine Gleichgültigkeit konfessionellen

Dingen gegenüber stolz gewesen. Hier war es jedoch anders. Unter seiner Verachtung für Coopers törichtes Benehmen hatten die heißen Kohlen des Zornes geglüht. Wie kann dieser unbedachte Bauer es wagen, sich für etwas besseres zu halten als mich, bei diesem Gedanken hatte er sich zu einem bestimmten Zeitpunkt ertappt. Und jetzt, als er Coopers Rücken sich entfernen sah, war die Kohle immer noch warm. Schlechterzogener, vulgärer Mensch, Sproß irgendeines Cromwellschen Soldaten, aber die Geschichte hatte ihm erlaubt, auf diesem Misthaufen von einem Land zu krähen. Clownischer Knecht, bewundernswerter Ausdruck. Er drehte Cooper den Rücken zu und verließ den Balkon.

Doch nicht einmal beim Abendessen war es ihm erlaubt, Coopers Besuch zu vergessen. John kam zu spät zum Essen und trug immer noch seine Reitkleidung, lose Halsbinde, die blonden Haare fielen ihm in die Stirn.

»Als Vater noch lebte«, sagte er und griff nach seiner Serviette, »wäre ein Mann wie Cooper niemals Gast in diesem Hause gewesen.«

Moore blickte von seiner Suppe hoch. »Da irrst du dich. Vater war ein politischer Mann, weit mehr als du oder ich. Und als junger Mann, vor Spanien, mußte er sich vor solchen Burschen hüten. Sie hatten hier zu sagen. Jetzt ist alles ein bißchen besser.«

»Das sieht vielleicht so aus«, sagte John.

»In Kilcummin sind Whiteboys aufgetreten. Als Grundbesitzer war ich dankbar für diese Information.«

»Whiteboys?« fragte John verwirrt. »Ist er da sicher?«

»Ziemlich sicher«, antwortete Moore. »Er hat mir ihren Brief gezeigt, es war das übliche bombastische Gefasel, besser geschrieben als die meisten. Sie sind nicht ...« Er unterbrach sich und wartete, bis Haggerty Johns Suppe aufgetragen und das Zimmer verlassen hatte. »Sie sind bestimmt keine Rebellen, wenn du das gemeint hast.«

John sagte nichts. Er nahm seinen Löffel und rührte in seiner Suppe herum. »Ich war bei Malcolm Elliott«, erzählte er. »Seine große kastanienbraune Stute hat gefohlt. Es wird ein entzückendes Tier werden.«

»Elliott geht es gut, nehme ich an, und auch Mrs. Elliott? Auch sie ist auf ihre Weise entzückend. Ich mag Mrs. Elliott sehr gern.«

»Es geht ihr gut«, antwortete John kurz.

»Und Elliott und du hattet zweifellos Zeit für eine lange Unterhaltung über Politik?«

John legte seinen Löffel auf den Tisch und sah seinem Bruder ins Gesicht. »Ja«, sagte er. »Das hatten wir. Elliott und ich diskutieren oft über Politik.«

»Es muß eine deprimierende Zeit für Elliott sein«, meinte Moore. »Die Führer seiner Organisation sind in Dublin im Gefängnis, und der Aufstand ist niedergeschlagen.«

»Sei vorsichtig«, sagte John mit einem Blick auf die geschlossene Tür.

»Ach, hier bist du schon sicher«, meinte Moore. »Und bei Malcolm Elliott in Moat House wohl auch. Aber überall sonst solltest du besser deine Zunge hüten. Es ist eine schlechte Zeit für Aufruhr. Dieser Wein ist ein bißchen schal. Ist dir das aufgefallen?«

»Nein«, sagte John. »Wenn du das für Aufruhr hältst, dann bleibst du dabei aber verdammt kalt, George.«

»Wofür ich das halte, ist nicht der Punkt«, erwiderte Moore. »Es ist ein Verbrechen, das mit dem Galgen bestraft wird.«

Mehr sagten sie nicht, bis Haggerty mit Hilfe einer unordentlichen Magd den nächsten Gang aufgetragen hatte.

»Ich will mich nicht in die Politik eines anderen einmischen«, sagte Moore. »Du warst ein Jahr in Dublin. Vielleicht bist du dort in die Gesellschaft eingetreten, vielleicht hat das auch Malcolm Elliott gemacht. Aber als dein Bruder bin ich dankbar dafür, daß du in Mayo in Sicherheit bist, viele Meilen weit weg von der Society of United Irishmen.«

»Das kann ich mir denken«, sagte John. »Du hast nie irgendwelche Sympathie für die Ideale dieser Gesellschaft gezeigt.«

»Für ihre Ideale?« fragte Moore. »Sehr große Sympathie.« Er legte sein Messer hin. »Warum können sie in diesem Land das Fleisch nicht richtig zubereiten? Das beste Rindfleisch in Europa, und sie lassen es zu Asche verbrennen. Man könnte doch annehmen, daß sie mit ihrer langen Tradition des Brandstiftens ...«

»Nicht genug Sympathie, um sie ernst zu nehmen.«

»Ich habe mehrere Führer der United Irishmen getroffen. Ich kenne Tom Emmett und MacNevin. Und ich habe viele Männer wie sie gekannt, in Frankreich, in den ersten Revolutionsjahren. Freiheit, Gleichheit. Sie wollen alles Richtige, alles Bewunderswerte. Und es endet mit einem Gemetzel.«

»Das muß nicht so sein«, widersprach John.

»In der Geschichte ist es aber so«, sagte Moore.

»Sein Land von Unterdrückung zu befreien gilt normalerweise als Tugend«, erklärte John. »Zum erstenmal in der Geschichte dieses Landes haben sich Protestant und Katholik in einer gemeinsamen Sache zusammengeschlossen.«

»Ein Zusammenschluß von einigen Dubliner Juristen und beschäftigungslosen Anwälten, ein paar katholischen Ärzten und Kaufleuten. Aber als der Aufstand in Wexford ausgebrochen ist, hatten die United Irishmen keine Kontrolle darüber. Glaubst du, die Bauern von Wexford hätten Tom Paine gelesen? Es war ein Aufstand der Bauern gegen die Wohlhabenden, der Papisten gegen die Protestanten. ›Die Gälische Armee‹ haben sie sich genannt.«

»Um sich Freiheit zu wünschen, braucht man doch nicht Tom Paine gelesen zu haben«, sagte John.

»Wie recht du hast«, erwiderte George. »Aber du solltest das deinen Freunden sagen, nicht mir. Sie haben sich eine Republik in den Kopf gesetzt, aber die Bauern, die für sie kämpfen, denken an etwas anderes. Wenn Bauern sich gegen Unterdrükkung wehren, dann werden sie brutal, gewalttätig. Diese Anwälte in Dublin wissen nichts über die irischen Bauern. Ich glaube nicht, daß Wolfe Tone je mit einem gesprochen hat. Ich glaube auch nicht, daß er dazu fähig wäre.«

»Aber du gibst zu, daß sie unterdrückt werden.«

»Aber natürlich.« Moore schob ungeduldig seinen Teller beiseite. »Die Grundbesitzer dieser Insel sind im allgemeinen barbarisch und blöd. Eine gefährliche Kombination. Männer wie Cooper sind unerträglich. Sogar Dennis Browne …«

»Welche Hoffnung besteht aber dann für das Land, außer …«

»Ach John. Du kannst das hier doch nicht als Land bezeichnen, diesen schrottreifen Seelenverkäufer, der auf dem Atlantik treibt. Du hast Frankreich und England und Spanien gesehen. Du weißt, was eine Nation ist. Frankreich befreit sich gerade aus einem Krampf, aber es ist eine Nation geblieben. Irland ist nie eine Nation gewesen. Es kann keine sein. Wir haben uns zu lange gegenseitig zerfleischt, und wir haben zu viel zerstört.«

John lachte. »Bei Gott, wenn du Irland so kompliziert findest, wie kannst du dann eine Geschichte der Französischen Revolution schreiben wollen?«

»Das ist gar kein Problem«, erklärte George. »Die Französische Revolution ist nur eine folgenschwere Umwälzung, die den Lauf der Geschichte der Menschheit verändert hat. Ich könnte niemals eine Geschichte Irlands schreiben.«

»Jetzt sind die meisten von ihnen im Gefängnis«, sagte John. »Wenn ich in Dublin geblieben wäre, wäre ich das vielleicht auch.«

»Tone nicht«, korrigierte George. »Tone ist immer noch in Frankreich und macht Ärger. Nicht alle Schurken der Welt befinden sich in Irland.«

»Ich wünsche ihm alles Gute«, sagte John leise.

George warf ihm einen scharfen Blick zu und lächelte leicht. »Du glaubst mir kein Wort, nicht wahr?«

»Ich glaube jedes Wort«, antwortete John. »Sie spielen keine Rolle. Ich weiß, was dieses Land braucht.«

»Cooper auch«, sagte George. »Ich beneide euch um dieses Wissen.«

Als das Obst serviert wurde, war es ihnen gelungen, das Thema zu wechseln. John beobachtete die langen, geschickten Finger seines Bruders, die einen Apfel von seiner Schale trennten, wobei das scharfe Silbermesser eine gleichmäßige rote Schalenlocke produzierte.

»Später in dieser Woche«, sagte John, »möchte ich nach Ballycastle reiten und die Treacys besuchen.«

»Eine hervorragende Idee«, meinte Moore. »Sie ist ein prächtiges, kluges, kesses Mädchen. Sie ist genau, was du brauchst.«

»Thomas Treacy ist kein reicher Mann«, sagte John. »Macht dir das nichts aus?«

»Das interessiert mich nicht. Es freut mich, daß es dir nichts ausmacht. Aber ich empfehle dir, Thomas Treacy nicht mit deinen politischen Ansichten zu kommen. Da hast du den alten katholischen Stamm in Hochpotenz. Er wartet immer noch auf die Stuarts, der Arme.«

»Ellen nicht«, sagte John. »Sie teilt meine Sympathien.«

»Dann ist sie in dich verliebt«, erwiderte Moore. »Frauen haben keine Politik, Gott sei Dank. Du solltest nicht so dumm sein und mit einer Frau über Politik diskutieren. Ich habe das einmal in London versucht, und wir hatten einen teuflischen Streit. Die Versöhnung war allerdings sehr angenehm. Ich glaube, das hat sie gewußt und deshalb den Streit provoziert. Sie sind sehr klug.«

»Und Judith Elliott«, sagte John. »Sie ist sehr patriotisch.«

»Das ist etwas anderes«, meinte Moore. »Mrs. Elliott ist Engländerin, und die werden oft sehr patriotisch, wenn sie sich hier niederlassen. Das hat etwas mit dem Wetter zu tun. Mrs. Elliott ist eine Romantikerin, das erhöht ihren Charme. Sie und Ellen Treacy sind sich überhaupt nicht ähnlich, und von beiden ziehe ich, glaube ich, Ellen vor. Das ist mein eigener Patriotismus.«

»Aber du findest Mrs. Elliott doch entzückend. Das hast du gesagt.«

»Durchaus entzückend, und von sehr liebenswürdiger Art, da bin ich sicher. Aber eine feste Diät tiefer Gefühle wäre nicht nach meinem Geschmack. Immerhin, Elliott bekommt es gut. Ich irre mich vielleicht.«

Bei dieser Unterhaltung erinnerte sich John daran, wie er ein sehr kleiner Junge in Alicante war, die Luft schwer von Gerüchen, die Dächer über ihm färbten sich im Abendlicht purpurn, ihr Vater sorgfältig in seine spanischen Kleider gekleidet. Er sprach von zu Hause, einem unvorstellbaren Ort namens Mayo, tiefgrün, warm von den Erinnerungen an die Familie. Nun waren sie hier, zwei Brüder, auf unterschiedliche Weise ruhelos.

Killala, 20. Juni.

MacCarthy beobachtete die Tanzenden.

Er stand neben dem Geiger, sein langer, unvorteilhafter Körper lehnte an der Wand von Donal Hennesseys Bauernhaus, einem der größten in Killala, zwei große, breite Zimmer, von denen eines einen echten Kamin hatte. Nichts in der Welt war quälender für ihn als ein Bild, das noch nicht zu einem Gedicht geworden war. Er war wie eine Frau, die ein Kind mit einer Glückshaube zur Welt bringt. Der Mond und die Oberfläche, die sein Licht wiedergab, klebten in seiner Vorstellung zusammen, vom Regen verhüllt.

Die Geige kämpfte gegen die anderen Geräusche des Zimmers, die Füße auf dem Boden, die Stimmen und das Lachen der Männer und Frauen, die an der Wand standen, zu alt oder zu müde zum Tanzen. Die Geige sprach zu den trampelnden nackten Füßen der Tanzenden auf dem Lehmboden und erhielt von ihnen Antwort. Das ist ein hübsches Mädchen, dachte er, während er eine der Tänzerinnen beobachtete. Wer ist dieses Mädchen, Maire Spellacy? Ein großes, dralles Mädchen, Rindfleisch an den Hacken, wie es in Mayo heißt, wo die Leute immer an Vieh denken. Er beobachtete sie, zu einer leichten Sinnlichkeit angeregt, aber das Bild quälte ihn weiter. Seit einer Stunde ließ es ihm schon keine Ruhe. Er leerte sein Glas Whiskey zur Hälfte und prostete dem Geiger damit zu, dessen Lippen lächelten, während seine Augen nach innen schauten, auf seine Musik. Schreckliche Leute, diese Musiker, verheiratet mit ihrem Holz und ihren Katzendärmen, liebkosten sie wie Liebhaber. Irgendwer füllte sein Glas. Trinken wurde von ihm erwartet.

Bald war Johannisnacht. Auf Steeple Hill war bereits Holz aufgetürmt worden, und nach Anbruch der Nacht würden von hier bis Downpatrick Head die Freudenfeuer aufleuchten. Es würde Tanz und Spiele unter freiem Himmel geben, und junge Männer würden als Mutprobe durch die Flammen springen. Auch junge Mädchen würden das versuchen, denn es half, einen Mann zu bekommen, wenn sie durch das Johannisfeuer sprangen, das Feuer des Mittsommers. Die Sonne stand an ihrem höchsten Punkt, und die Feuer sprachen zu ihr, riefen sie auf die Ernten herunter. Es war der Wendepunkt des Jahres, und die Luft bebte von Geistern. Wenn die Feuer erloschen waren, wurde das Vieh durch die Asche getrieben, und Haselstöcke, die in der letzten Glut angezündet worden waren, versengten ihre Rücken. Asche aus dem Feuer wurde beiseite gestellt, um im nächsten Jahr mit dem Saatkorn vermischt zu werden.

Hussey hatte wirklich allen Grund, auf seiner Kanzel zu stehen und gegen die Freudenfeuer zu predigen, denn sie hatten wenig genug mit dem heiligen Johannes zu tun. Sie waren älter als Christus, älter noch als die Druiden, die St. Patrick vertrieben hatte. In MacCarthys Heimat Kerry kroch am Johannisabend die älteste Frau der Gemeinde dreimal ums Feuer und betete um eine gute Ernte. Und wer einen brennenden Stock mit nach Hause brachte, hatte im ganzen kommenden Jahr Glück. Der Johannisabend jagte MacCarthy Angst ein, weil er andeutete, wie alt die Geschichte der Menschen war, die entfernte Vergangenheit warf ihren Schatten aus dem Feuer, verdüsterte die flammengeröteten Gesichter. Aber es richtete keinen Schaden an, und dieses Jahr konnte es eine der größten Ernten in der Geschichte Mayos geben, das Wetter war gut, sanfter Regen und heller Sonnenschein, das Korn wurde dichter. Es schadete nichts, die Sonne zur Verbündeten zu machen. O'Sullivan hatte ein Gedicht über den Johannisabend geschrieben, ein Gedicht, dessen Konstruktion zu weich und leicht war, aber es war durchaus kein schlechtes Gedicht. Es hatte keinen Zweck, sich mit diesem Mann zu messen, auch wenn er am faulsten war, war er besser als die meisten.

Als der Tanz beendet war, gesellte sich Ferdy O'Donnell, einer der Tänzer, mit einem Krug in der Hand zu MacCarthy an der Wand.

»Nun, Owen, es ist wohl Zeit, daß wir an einem der nächsten Abende wieder einen Versuch mit Vergil machen. Komm früh, dann essen wir etwas und machen uns ans Werk.« Er war kurze Zeit in einem Seminar gewesen, und nun hatte er vor, mit MacCarthys Hilfe die sechs Bücher der *Aeneis* durchzuarbeiten.

»Das machen wir, Ferdy. Ich war vor ein paar Abenden in Kilcummin und habe mir gedacht, ich müßte bald mal bei dir und Maire vorbeischauen.«

»Du hattest etwas anderes in Kilcummin zu erledigen, habe ich gehört«, sagte O'Donnell und senkte die Stimme. Er nickte zum anderen Zimmer hinüber.

»Ich hatte etwas Idiotisches zu erledigen. Mußte für ein Quartett von Erpressern den Sekretär spielen.«

»Das ist kein Quartett mehr. Jetzt gibt es in der Baronie über vierzig Whiteboys, eingeschworene Whiteboys. In Kilcummin führt Duggan sie an und hier in Killala Hennessey.«

»Aber du bist nicht dabei?«

»Ach, mein Stil ist das auch nicht, Owen. Was haben Leute wie du und ich mit den Whiteboys zu tun? Ich würde ja nicht einmal, um mir einen Dorfkampf anzusehen, bis ans Ende der Straße gehen. Aber ich will nicht sagen, daß sie im Unrecht sind. Vielleicht wird jetzt weniger von Räumungen die Rede sein.«

»Wenn du keinen Eid ablegen willst, wird Duggan nicht weinen«, sagte MacCarthy. »Du bist ein geachteter Mann in Kilcummin, und diese Achtung hast du dir nicht mit dem Knüppel erworben.« Das war keine Schmeichelei. Ein ruhiger, verständiger junger Mann und Bauer. Sie respektierten sein Wissen und erinnerten sich daran, daß er zu den alten O'Donnells gehörte. Dann wandte sich ihr Gespräch der *Aeneis* zu. O'Donnell hatte eine brauchbare Seminaristenkenntnis des Lateinischen, aber nicht die geringste Ahnung von der *Aeneis* als Gedicht. Jeden Tag dreißig Zeilen übersetzen und dann aufhören, egal, wo man sich befindet. Was war es, das Männer wie O'Donnell am Lateinischen liebten? Vielleicht die Sätze, gebaut wie gute Zäune, jedes Wort solide an seinem Platz, jedes gab den anderen Stärke. Sprache von Mysterium und Wunder, die Christus zur Erde brachte und Seinen Leib auf die Zunge der Menschen legte.

Als Hennessey kam, um ihn in das westliche Zimmer zu holen, ging er nur äußerst ungern. Was hatte blutendes Vieh mit dem fernen Mond zu tun, mit den Klängen einer Geige oder mit Aeneas, der an Didos Küste angespült wird, ein Königreich hinter ihm verbrannt, eines noch aufzubauen, den nun eine Königin ruft, fromm und verliebt. Troja brannte wie die Freudenfeuer des Johannisabends.

»Du bist jetzt einer von uns, Owen, mein Junge«, sagte Hennessey und schlug ihm auf die Schulter. »Dieser Brief war scharf wie ein Messer.«

»Verdammt will ich sein«, sagte MacCarthy. »Ich habe euch doch gesagt, daß ich nicht zu euch gehöre.«

»Duggan möchte sicher nur, daß du einen mit uns trinkst. Du solltest dich mit Malachi lieber gut stellen. Er wird die Baronie regieren.«

»Die Richter regieren die Baronie«, sagte MacCarthy. »Die Richter und die Miliz.«

»Cooper reitet seit zwei Tagen zu allen anderen Grundbesitzern«, fuhr Hennessey fort. »Er wird ihnen eine Höllenangst einjagen. Er ist sogar zu den papistischen Grundbesitzern gegangen.«

»Grundbesitzer haben ihre eigene Religion«, erwiderte MacCarthy.

Im westlichen Zimmer hatten sich Quigley und O'Carroll und neun oder zehn andere Männer versammelt, einige in den Dreißigern, die anderen wesentlich jünger. Einige waren Bauern, einige Landarbeiter. Was hatten Spalpeens sich in einen Streit zwischen Bauern und Grundbesitzern zu mischen? Der Raum war von ihrem Geruch erfüllt. O'Carroll reichte ihm ein großes Glas Whiskey, und Duggan begrüßte ihn, ohne zu lächeln.

»Du bist ein Mann, der sein Wort hält«, sagte MacCarthy. »Du hast in dieser ruhigen Ecke von Mayo einen Whiteboy-Krieg entfacht.«

»Die Whiteboys von Killala«, sagte Duggan. Der pompöse Name verstopfte seinen Mund. Wir werden die Leute dieser Baronie vor den protestantischen Grundbesitzern schützen.«

»Ein religiöser Krieg, ja? Du bist ehrgeiziger geworden.« Guter Whiskey, perlfarben, mit in sich begrabenem Feuer.

»Was war es denn jemals anderes?« fragte einer der Spalpeens. Achtzehn oder neunzehn, gebaut wie MacCarthy selber, lange Arme und schwere, gebeugte Schultern. Wir sind ein eigener Stamm, dachte MacCarthy, für den Spaten geformte Körper. Er setzte zu reden an, überlegte es sich dann jedoch anders.

»Das kannst du wohl sagen«, sagte Duggan und nickte zu dem Spalpeen hinüber. »Er ist einer von den armen Leuten, die letztes Jahr von den protestantischen Orangemen aus Ulster vertrieben worden sind. Er und seine ganze Familie, und ihre Hütte ist abgebrannt worden.«

»Tut mit leid«, sagte MacCarthy zu dem Jungen. »Du hast eine harte Zeit hinter dir.«

»Das könnte hier auch passieren«, sagte Duggan. »Das wissen wir alle.« Er richtete seine Bullenaugen auf die anderen, und sie nickten.

»Schlimmeres könnte passieren«, sagte MacCarthy.

»Oder besseres«, meinte Hennessey. »Trinkt schon, Jungs.« Er deutete mit seinem Krug auf sie. »Diese Jungs haben gerade den Eid abgelegt, Owen. Du solltest das auch tun. Der Schulmeister sollte zum Volk halten.«

MacCarthy leerte sein Glas, damit es leer wäre, wenn der Krug bei ihm ankam.

Quigley streckte seinen kahlen Mond von einem Kopf vor. »Der Schulmeister in Kilcummin hat den Eid geschworen.«

MacCarthy sah zu, wie der Whiskey sein Glas füllte. »Der Schulmeister von Kilcummin ist ein unwissender, verdreckter Mann, eine Schande für die Bildung. Er ist wegen seines Unwissens aus Ballintubber vertrieben worden, und das weiß jeder Schulmeister in Mayo. Die Leute in Ballintubber sind keine Idioten. Sie sind anständige Männer mit Respekt vor der Bildung. Aber für Kilcummin ist er sicher gut genug. Sie haben nichts besseres verdient.«

»Er ist ein Mann, der Bücher in seinem Haus hat«, widersprach Quigley hitzig. »Und er hat ein ungeheures Wissen über die Geschichte der Gälen seit Noahs Zeiten.«

»Noah, mein Arsch«, sagte MacCarthy. »Warum habt ihr

euren Brief denn nicht von diesem Wunderkind schreiben lassen?«

»Du bist mehr als ein Schulmeister, Owen. Du bist ein Dichter und der Verfasser berühmter Verse.«

»Und ihr wollt meine Feder an euren groben Pflug schirren«, erwiderte MacCarthy. Er spürte den Whiskey, sein Kopf tanzte.

»Es hat doch keinen Sinn«, sagte Duggan, »daß so jemand herumläuft, ohne den Eid zu schwören, und unsere Namen alle weiß. Er würde uns für einen Krug verkaufen.«

»Ich bin kein Denunziant«, widersprach MacCarthy. »Ich will nichts mit euch zu tun haben.«

»Es würde dir doch nichts schaden, den Eid abzulegen, Owen«, sagte Hennessey. »Es gibt gute Männer in Kilcummin und Killala, die ihn geschworen haben, und andere werden ihnen folgen. Diese Männer hier sind so gut, wie du es dir überhaupt wünschen kannst, und sie sind Männer mit Freunden.«

»Was du neulich getan hast«, sagte MacCarthy, »war, einem schamlosen, gemeinen kleinen Bastard Gottesfurcht einzujagen. Laß es darauf beruhen.«

Duggan schüttelte den Kopf. »Wenn du den Eid nicht ablegen willst, dann brauchen wir auch deinen Rat nicht. Unsere Pläne stehen fest.«

»Bei Gott, das tun sie«, stimmte ein Bauer zu. »Wir werden die Baronie regieren.«

»Schinderkarren und Galgen werdet ihr nicht regieren«, sagte MacCarthy. »Und so wird es enden, eure schwarzen Zungen werden euch aus dem Mund hängen, und eure Hosen werden besudelt sein.«

Wieder setzte die Musik ein, und das Getrampel der Füße auf dem festgestampften Lehmboden war zu hören. Ich sollte da draußen sein, dachte MacCarthy. Meinen Kopf mit Musik und Whiskey füllen, nicht mit Streitigkeiten. Er trank noch einen Schluck.

»Bei Gott, Owen«, sagte ein Bauer, »du solltest ein Gedicht über den Überfall der Whiteboys von Killala auf Cooper machen.«

»Kommt nicht in Frage«, erwiderte MacCarthy zornig. »Meine Gedichte handeln nicht von Knechten, die durch die Felder kriechen, um Rindern die Beine durchzuschneiden. Meine Kunst hat edle Themen und edle Sprache.«

»Vielleicht bist du zu gut für uns«, meinte Duggan. »Du solltest deine Tage und Nächte mit Treacy in Bridge-end House verbringen, mit deinen Gedichten über die gälische Glorie.«

Die Gälische Armee. In Wexford hatten sie gegen Armeen gekämpft, Städte eingenommen, waren hinter ihren Bannern hermarschiert, und ihre Signalfeuer waren auf Hügeln aufgelodert. Weit weg in Frankreich wurden große Schiffe bereit gemacht. Nicht hier, nicht in diesem nassen, sumpfigen Land unter düsteren Hügeln.

»In Bridge-end House werde ich immer willkommen geheißen«, sagte er, »und bekomme Branntwein und Silbermünzen in die Hand gedrückt. Thomas Treacy weiß, welche Ehren einem Dichter gebühren, der sein Handwerk meistert.«

»Es ist keine große Ehre, in Killala eine Schule zu halten«, meinte Duggan verächtlich. »Du lebst so wie wir. Schlechter als manche von uns.«

»Was kannst du denn schon wissen?« fragte MacCarthy. »Verkriechst dich in einer Ecke von Mayo. Ich habe die ganze Welt gesehen. Ich bin ein weitgereister Mann, und ich bin ehrenvoll empfangen worden. Ich habe das große Wasserrad von Clonmel und Dunboy Castle an der Küste von Cork gesehen, wo Murtough O'Sullivan die Soldaten des englischen Königs abgewehrt hat, und Dunluce Castle in Antrim inmitten der schwarzen Presbyterianer.« Leere, leere Worte klapperten wie Muscheln in seinem Kopf. Ich bin betrunken, dachte er gleichgültig. Musikklänge zwängten sich zwischen die Muscheln.

»Du hast das alles vielleicht gesehen«, erwiderte Quigley. »Aber du wirst es nicht wiedersehen. Es heißt, du wärest nicht überall, wo du gewesen bist, willkommen.« Mondkopf nickte. »Ich will kein Wort gegen deine Poesie sagen. Aber Malachi hat recht. Es ist ein seltsamer Ort für einen Mann, der sich so wichtig nimmt wie du.«

»Ein Dichter findet immer sein Willkommen«, sagte MacCarthy. »In den Häusern des alten Landadels und in den Betten der jungen Frauen. Ohne Dichter wären wir ein Volk ohne Stimme, und wer würde sich schon die eigene Zunge herausschneiden?«

»Es ist ein Wunder, daß du deine Tage damit vergeudest, Kindern das Rechnen beizubringen.«

»Das ist mein Gewerbe«, antwortete MacCarthy. »Ein Dichter hat sein Gewerbe, und er hat sein Handwerk.« Und einen

Mond, den nicht einmal die Musik erreichen konnte. »Ich bin ein Dichter und ein MacCarthy. Ehe wir nach Kerry vertrieben wurden, waren meine Leute Lords von Clancarty.«

»Und wie seid ihr dorthin getrieben worden?« fragte Quigley. »In einer Kutsche aus feinem Holz, auf die rechts und links in Grün und Gold das Wappen der MacCarthys gemalt war, wie der protestantische Landadel?«

Duggan lachte. Felsen, die einen Abhang herunterkullerten. Zwei Spalpeens schauten ihn und dann einander an und stimmten in sein Gelächter ein. Flegel, von Flegeln geboren. MacCarthy wandte sich ihnen zu.

»Warum helfen Jungen wie ihr diesem Mann?« fragte er und zeigte auf Duggan. »Wenn dieses Land sicher gemacht wird, wird euer Leben dann leichter sein? Wer macht bei den Gesindemärkten die niedrigen Preise für euch, der Landadel oder die Bauern?« Aufgereiht wie Vieh oder Nigger, während die jungen Stutzer des County vorüberritten und mit ihren Peitschen auf sie zeigten.

»Vielleicht werden wir uns nicht immer auf dem Markt verkaufen«, sagte der Junge aus Ulster.

»O doch«, widersprach MacCarthy. »Ihr wart schon Sklaven auf diesem Land, bevor Christus gekreuzigt wurde.«

»Du bist mir der richtige, um über Christus zu sprechen«, sagte Duggan, »wenn die Christen in dieser Baronie Hilfe brauchen.«

MacCarthy leerte sein Glas. Er haßte den Raum und die Menschen darin. Die Musik zog an ihm, verkündete seine entfernte Identität.

»Seht ihn euch an!« sagte Quigley. »Der wäre wirklich für jeden eine gute Hilfe. Er kann ja nicht einmal aufrecht stehen.«

MacCarthy wollte sich auf ihn stürzen, trat fehl und packte ihn an der Jacke. Der Raum tanzte.

»Trennt sie«, befahl Duggan verächtlich.

Als sie auseinandergezogen waren, drückte Quigley seine Hand auf eine aufgekratzte Lippe. MacCarthy starrte sie blöde an.

»Geh zu deiner Frau zurück«, sagte Duggan. »Was immer die von dir haben mag.«

»Es ist eine Schande für Killala«, schimpfte O'Carroll. »Der Schulmeister lebt offen in Sünde. Die Hälfte der Frauen wechselt kein Wort mehr mit Judy Conlon, und früher war sie doch eine anständige Frau. Vor deiner Zeit.«

»Du wärst glücklich, wenn du auch nur eine Nacht im Jahr an meiner Stelle sein könntest«, sagte MacCarthy. »Kein Mann ist tugendhafter als der Neider.«

»Nun, nun«, sagte O'Carroll und trat einen Schritt zurück.

»Geh zu deiner Frau zurück«, wiederholte Duggan.

»Mach ich auch«, antwortete MacCarthy. »Ich werde diesen miesen, geistlosen Ort verlassen.«

»Der Whiskey war dir gegönnt, Owen«, sagte Hennessey. »Geh jetzt nach Hause und schlaf.«

»Gut gesprochen. Du bist ein besserer Mann als deine Gesellschaft, Donal Hennessey. Deine schöne langbeinige Frau hält dich bei guter Laune.«

Hennessey legte ihm die Hand auf die Schulter. »Es ist eine Ehre, einen Mann wie dich in der Pfarre zu haben.«

»Ich werde eine Satire über die geizigen, undankbaren Leute von Killala verfassen. Und dich dabei ausnehmen, Donal. O Christus, wie leid tun mir die Leute von Killala, die sich den Zorn von Owen MacCarthy zugezogen haben.«

»Schafft ihn raus hier«, befahl Duggan.

Im anderen überfüllten Zimmer hielt MacCarthy seinen Krug hoch und rief: »Welche Frau geht mit Owen MacCarthy, dem Dichter, nach Hause?«

Er hörte sie kichern, die Hand züchtig vor den Mund geschlagen. Ein Mädchen, hemmungsloser als die anderen, rief: »Diese Frau hätte aber einen Höllenärger, wenn sie sich in Judy Conlons Haus sehen ließe.«

Er spürte eine Hand auf seinem Arm. Ferdy O'Donnell.

»Soll ich dich ein Stück begleiten, Owen?«

»Und warum solltest du das?« fragte Owen und machte seinen Arm frei. »Ich kenne den Weg. An diesen langen Sommerabenden werden wir Vergil lesen, Ferdy. Ich bin ein sehr guter Gelehrter.«

»Das weiß ich, Owen.«

»Und du bist keiner. Du sprichst nur das niedrige Seminarlatein. Du wirst niemals sehen, wie die Bedeutung sich um eine Zeile schlingt und windet. Aber wir müssen unser Bestes für dich tun, Ferdy. Besser als nichts, Ferdy. Besser als nichts.«

»Viel besser«, sagte O'Donnell, der in der offenen Tür neben ihm stand. »Du hast dich mit diesen Burschen doch nicht gestritten, oder?«

»Wer von ihnen hätte denn verdient, mit mir zu streiten? Sie sind ein mieser Haufen, Ferdy, ein mieser Haufen. Du darfst dich nicht mit diesem Haufen einlassen, vergiß das nicht. Denk an Vergil. Diesem Haufen da drinnen würde Vergil nicht einmal den Schweiß von seinen Eiern geben.«

O'Donnell sah ihm nach, als er die Straße hinaufging, wakkelig auf den Beinen, betrunken, ein unbeholfener Pflüger auf dem Heimweg.

Er saß auf einem kleinen, grasbewachsenen Hügel. Die Luft war klar und kalt, und die Welt tanzte nicht mehr vor seinen Augen. Er war von sich selber angeekelt. Er konnte sich kaum an die Hälfte von dem, was er gesagt hatte, erinnern, und wollte die andere Hälfte vergessen, was ihm jedoch nicht gelang.

Er war kein MacCarthy von Clancarty, sondern der Sohn eines Landarbeiters, wie vor ihm sein Vater, wie die Spalpeens in der Hütte. Wie er selber einer wäre, wenn sein Vater nicht die Pennies gefunden hätte, mit denen er ihn zur Heckenschule bei Tralee schicken konnte. Die Wörter in der stockfleckigen und zerrissenen Fibel hatten eine rätselhafte Macht gehabt, eine lichte Existenz irgendwo hinter der Seite. Er wäre jetzt ein Landarbeiter, wenn sein Lehrer nicht gewesen wäre, auch er ein Dichter, der ihm sorgfältig Formen und Konventionen erklärt hatte. Als er älter war und schon selber angefangen hatte, Wörter zusammenzusetzen, hatte sein Lehrer ihn in die Schenken mitgenommen, wo die Dichter sich trafen. MacCarthy hockte dann weit entfernt vom winterlichen Feuer, an dem die Dichter saßen, hielt einen Becher Bier in Händen, ein übergroßer Junge mit langen Armen und Beinen. Nach und nach erhoben sich die Dichter und rezitierten, der Klang der Worte erscholl durch das komplexe Netz der Metren, Bilder sammelten sich, ein Ring hinter dem nächsten hellen Ring. Hinter der verschlossenen Schenkentür lag der kalte Winter von Westmunster, die Atlantikwinde umtosten Brandon und die beiden Buchten.

Sein Zuhause war eine elende Hütte an der Landstraße nach Fenit, so schlecht wie eine jede in Kilcummin, ein dunkler, fensterloser Raum, in dem sein schwerer, erschöpfter Vater einfach umfiel und eingeschlafen war. Vor dieser Dunkelheit der Glanz, ein Gedicht zu formen, Klang und Bild, ineinander verschlungen. Es wurde sein eigenes, auch wenn es mit hundert anderen Gedichten von lebenden und längst toten Dichtern zusammenhing. Es war eine Welt von Luft und Sonnenlicht.

Überall sonst gab es Hütten und Kotgeruch, die Schweine wühlten neben dem Bett, die Kinder schlugen sich um die Kartoffeln unten im Topf. Clownischer Knecht, kümmerst dich nicht um Kinderleben, nur um Kühe. Aber Dämmerung entsprang der Finsternis in einem Gedicht, eine Wiese in lichter Blüte, eine Jungfrau, die darüberging, wunderschön und in Licht gebadet. Der dunkle Tag der Gälen geht zu Ende, sagte sie dem Dichter, und ihre Schönheit erfaßte ihn wie die Macht der Wahrheit. Schiffe tragen den Befreier über das Meer, einen O'Neill oder einen O'Donnell, oder den kühnen jungen schottischen König. Das lichte Schwert des Befreiers zerschlug die Dunkelheit, und Licht strömte in die fensterlosen Hütten.

Im Laufe der Zeit, zuerst als Lehrling eines Heckenlehrers, dann selber Schulmeister, verließ MacCarthy die elenden Hütten, wanderte von Dorf zu Dorf. Kündigte seinen Unterricht an Kapellentüren an, traf sich mit seinen Winterklassen in Scheunen, in die jedes Kind pro Tag zwei Torfsoden mitbrachte. Hühner und Pennies waren zuerst sein Lohn, dann Hühner und Schillinge. Es war sein Gewerbe, ein Dichter hatte ein Gewerbe und ein Handwerk. Sein Gewerbe konnte Lehren sein, Gastwirtschaft, sogar, wie Owen Ruagh O'Sullivan, Landarbeit als Tagelöhner. Sein Handwerk war die Artikulation von Klang und Leidenschaft. Später, er war noch immer keine fünfundzwanzig, wurden MacCarthys Gedichte auch anderen Dichtern bekannt, wurden in Schenken aufgesagt, die er nie besucht hatte, von Männern, deren Gedichte er selber kannte, verbunden im Freimaurertum der Sprache. Er war in den Häusern des alten Landadels willkommen, wo immer noch Irisch gesprochen wurde und wo Bienenwachskerzen Wände erleuchteten, an denen Schwerter hingen, die hundert Jahre zuvor mit Sarsfield in die Schlacht gezogen waren. Harfen und Sackpfeifen verstummten, und MacCarthy wurde hervorgerufen, um seine Verse zu zitieren, und der Landadel, O'Connors und Frenches und MacDermots, die auf irgendeine Weise ihr Land hatten behalten können, nickten beifällig. Silber und Goldmünzen für einen Dichter, der eine dünne Brücke aus Worten in die Vergangenheit baute, in eine Welt, die am Boyneufer und am Shannon verlorengegangen war, die unter dem blutigen Schlamm von Aughrim begraben lag. Er hatte seine Aislinge und Klagen für die großen katholischen Häuser und Lieder für die Schenken, Liebeslieder und Trinklieder, das lockere kupferne Wechselgeld seiner Kunst. Seine häufige Betrunkenheit, sein lockerer und leichtlebiger Umgang mit Frauen, sein unbeherrschtes Temperament, seine sardonische Art wurden akzeptiert, gewissermaßen als Nebenwirkungen seines Handwerks. Er und seine Dichterkollegen waren die Überlebenden eines alten Ordens, wie der verarmte katholische Landadel mit seinen verblassenden Ahnentafeln und seinen nutzlosen, verzierten Schwertern.

Es gab Zeiten, wenn die Gänsefeder neben der Talgkerze kratzte, da MacCarthy in einem kalten, perfekten Schweigen lebte, das nur vom Klang der Worte in seiner Phantasie gebrochen wurde. Aber es gab auch andere Momente von kaltem Zweifel, die die Hand schlugen, die die Feder hielt, die die Finger gefrieren ließen. Seine Gedichte feierten die alten Herzöge, die O'Neills und O'Donnells, aber was hatten die am Ende denn getan, außer sich mit ihren Familien nach Spanien einzuschiffen und ihre Leute im Dreck steckenzulassen, wo sie noch heute saßen? Sie machten schöne Gedichte über Irlands Liebling, Patrick Sarsfield, der nach der Niederlage von Limerick mit seiner irischen Armee nach Frankreich segelte, aber kaum jemand sprach von ihren Frauen, die schreiend und heulend hinter den Schiffen herliefen und ihre Kinder hoch über ihren Köpfen hielten. Schöne Gedichte über König James, den königlichen Stuart, aber nicht eines sagte, was jeder Dichter wußte, nämlich daß die Bauern, die mit den Bajonetten in die Schlacht getrieben worden waren, ihn »Séamus den Scheißer« genannt hatten, weil er so schnell von der Boyne geflohen war, daß er den Boten, der die Nachricht von der großen Niederlage in den Süden bringen sollte, weit hinter sich zurückgelassen hatte. Rubine im Dreck, die legendären Namen, O'Neill, Maguire, Sarsfield. Die Dichter hoben sie auf, polierten sie und setzten sie in ein Filigran aus Worten, um ein Volk ohne Hoffnung zu trösten.

Es stimmte, daß MacCarthy weit durch seine Welten von Munster und Connaught gereist war, aber er log, wenn er behauptete, in Antrim gewesen zu sein, und er war nie in die Nähe von Dublin gekommen. Ein Netz von Schenken stand einem guten Dichter offen, und MacCarthy hatte in Bantry und Macroom und Ballyvourney, in Limerick und Ennis und Galway gesprochen und getrunken. Aber er kannte seine Welt gut genug, um zu wissen, daß es dahinter noch eine andere Welt gab, von der er überhaupt nichts wußte. In seiner Jugend und zur Zeit seines Vaters, seines Großvaters und seines Urgroßvaters, waren irische Jungen auf Schmugglerschiffen nach Frankreich gereist, um König Louis zu dienen, und jetzt war der letzte König Louis tot, sein Kopf war in ein Faß gerollt, abgehackt von einer großen Maschine mit einer riesigen Klinge in der Mitte. Keine Lieder würden mehr über die irischen Brigaden in französischen Diensten geschrieben werden, und in den Häusern des katholischen Landadels, der sich jetzt genauso vor Frankreich fürchtete wie die Cromwellschen Junker, wurde nicht mehr auf König Louis angestoßen.

»O the French are on the sea, says the *Sean Bhean Bhocht*«, die arme alte Frau, die Irland personifizierte. Auf irgendeine Weise war dieses dämliche Liedchen nun schon über ein Jahrhundert im Umlauf. Und jetzt waren die Franzosen vielleicht tatsächlich auf dem Meer, aber durchaus nicht dieselben Franzosen. Es waren die Franzosen, die König Louis Kopf abgehackt hatten und vielleicht für König George dasselbe planten. Vor zwei Jahren war ihre große Invasionsflotte in die Bucht von Bantry gesegelt, war aber von den protestantischen Winden an der Landung gehindert worden. MacCarthy kannte diese Bucht gut, ein langer, dünner Arm der See; Männer mußten in den Türen der Hütten gestanden, den Abhang hinunter auf Schiffe mit hohen Masten gestarrt haben, eine fast erfüllte Prophezeiung. Nun, wo Teile der Insel im Aufstand waren, hieß es, daß sie wiederkommen würden. Rebellenlieder waren den ganzen Frühling über nach Connaught geströmt, schienen aber im Shannon zu ertrinken. Unvorstellbar die Rebellion im Süden, viel mehr als die in Ulster, eine Schar von Tausenden auf den Straßen, mit Piken bewaffnete Bauern. Was hatte das mit O'Neill in leuchtendgelben Kleidern zu tun, mit von Juwelen funkelndem Gürtel, oder mit Patrick Sarsfield in weißem Satin, mit roter Seidenschärpe, mit Silbergriff am Schwert? Und was hatte die Geschichte überhaupt mit den zerklüfteten Stränden von Mayo zu tun? Mayo drehte seine eigenen Kreise, Geisel seiner eigenen weiten Felder, seiner Steine, seines Grases und seines Torfs.

Was war mit MacCarthy selber, einem Mann, der niemals Land haben würde, nicht mehr als sein Vater? In alten Zeiten, hieß es, hatten die Dichter an den Tafeln von Clanhäuptlingen und Lords gesessen, aber Irland war dreimal gebrochen worden, von Elisabeth, von Cromwell und von William. Alle Dichter waren jetzt Heckendichter, die ihre Ehre suchten, wo sie sie finden konnten. Einmal in West Cork, in der Nähe von Macroom, war er eines warmen Nachmittags um eine Kurve gebogen und hatte vor sich ein großes Haus aus behauenem Portlandstein mit großen weißen Säulengängen und acht hohen Pfeilern gesehen, die auf der Veranda aufragten. Eine Kutsche kam die Allee entlang, und MacCarthy trat beiseite, um sie vorüberzulassen: Ein Gentleman in feinstem Samt, mit weißer, glänzender Wäsche, mit weißem, glänzendem Gesicht, präsentierte sich der Sonne. Nun, dachte MacCarthy, wenn ein Dichter für die Herren schreibt, dann müßte ich für diesen Junker Jenkins oder Colonel Bumpkin schreiben. Aber wenn er mich überhaupt sieht, dann sieht er einen einfältigen Spalpeen, der auf Arbeitssuche die Straße entlangwandert. Und was mich betrifft, ich schreibe von Clanhäuptlingen, deren zerfallene Wachttürme, im Moor oder auf Landzungen, heute als Kuhställe dienen.

3

Aus den Notizbüchern von George Moore, Esq., von Moore Hall, Ballintubber, Co. Mayo, Autor von »Der Triumph der Whigs«, »Eine Antwort an Mr. Saurin« u. a.

Dienstag. Die Girondisten waren vor allem auf ihre Redekunst stolz, und sicher wird man sich wegen ihrer Redekunst an sie erinnern. Der erste dieser Umstände kann ihre Schwächen definieren, der zweite mag als ihre Grabinschrift dienen. »Hier liegen, kopflos, gewisse hochgemute öffentliche Persönlichkeiten. Sie sprachen gut.« Aber welche Redekunst, welche abstoßende und fade Brühe von Racine und Rousseau! Sorgsam ausgearbeitete Figuren, formlose Überschwenglichkeit, pathetische autobiographische Vertraulichkeiten, unter Jubelrufen zur Schau gestellt. Und ihre Lieblingspose, die des strengen alten Römers, ein Typus, der überhaupt nichts mit Rousseaus onanistischen Ekstasen gemein hat.

Ich erinnere mich gut an Vergniauds Rede vor dem Konvent, als er beschlossen hatte, die Geschichte neu zu datieren, seit der herbstlichen Tag-und-Nachtgleiche des Jahres, das wir auf unsere todgeweihte Art als 1792 bezeichnen, das für die Franzosen nun jedoch das Jahr I ist. Es war derselbe Herbst, der die September-Massaker erleben mußte, die die Girondisten schockierten, gegen die sie aber nicht zu protestieren wagten. Da stand er, in seiner hohen, würdevollen Rechtschaffenheit, eine Hand auf der Brust, die andere hoch in die Luft erhoben, und gratulierte sich und allen, die ihn hören konnten, weil sie in der Entbindungskammer von Freiheit und Gerechtigkeit wohnten. Von diesem Moment an haben sie sich bei jeder Krise ihrer Angelegenheiten in die Redekunst verkrochen wie ein Fuchs in seinen Bau, während ihre unversöhnlichen Gegner draußen ihre Macht festigten. Bis ihre Feinde sie schließlich in der grausamen Falle schnappten, die durch die Frage der Hinrichtung des Königs gelegt worden war. Denn die Girondisten lehnten seinen Tod entschieden ab, waren inzwischen jedoch so gründlich verängstigt, daß sie sich nicht auf Beredsamkeit, sondern auf Schweigen verlegten, mit Ausnahme des einzigen Wortes »mort», durch das sie für seine Hinrichtung stimmten. Und bei dieser Gelegenheit hörten wir eine authentischere Beredsamkeit, in der sich Stahl und Terror verbargen. Hier ist der junge Saint-Just, Robespierres heiliger Johannes, zur Frage der Hinrichtung des Königs: »Der Tod des Tyrannen ist notwendig, um die zu beruhigen, die fürchten, eines Tages für ihr Wagnis bestraft zu werden, und um die zu erschrecken, die der Monarchie noch immer nicht abgeschworen haben. Ein Volk kann keine Freiheit schaffen, wenn es die Erinnerung an seine Ketten respektiert.« Und hier ist Danton: »Laßt uns den Königen den Kopf des Königs als Herausforderung zur Schlacht vor die Füße werfen.« Und, der beredteste von allen, Dantons Geflüster an die Girondisten: »Eure Partei ist ruiniert.«

Ich kann nicht begreifen, wie mein junger Bruder John in zwei Semestern in Dublin ein so reiches Arsenal Girondistischer Beredesamkeit erwerben konnte, als er doch eigentlich Jura hätte studieren sollen, oder wenigstens, wie ein anständiger irischer Gentleman, den Frauen nachsteigen, trinken und spielen. Sicher liegen solche Beschäftigungen John von Natur aus mehr, denn er ist ein offener, männlicher junger Bursche mit einer gentlemanhaften Aversion gegen Studium und Reflexion, was sein abrupter Bruch mit der Juristerei beweist. Aber wie stolz wäre Vater doch gewesen, seinen Sohn als einen der ersten vor Gericht zugelassenen Papisten zu sehen! Vielleicht liegt in diesen Tagen Rousseaus Geist in der Luft, wie verblühte Löwenzahnblumen. Vor kurzem saßen wir am Frühstückstisch, und John belehrte mich, wie der Lehrer den Schüler, über die englische Tyrannei und die Notwendigkeit, die quälenden Ketten unserer Unterdrückung zu sprengen. Während er sprach, betrachtete ich durchs Fenster eine Gruppe unserer Bauern, die einen Zaun um eines unserer brachliegenden Felder bauen sollen, aus dem ich einen Ziergarten machen möchte. Sie trugen mit bloßen Händen schwere Quader, ihre Rücken waren gebückt und mühten sich ab bei dieser Anstrengung. John bemerkte sie nicht, seine Augen richteten sich auf unsere ungerechten Gesetze, auf unser serviles Parlament, auf die staatliche und gesellschaftliche Korruption, die das Empire unserer Herren uns auferlegt hat.

Mittwoch. Und doch hat sich die Society of United Irishmen auf diese Quaderheber, Holzfäller und Wasserträger verlassen. Diese Elenden sollten ihre Rebellion für sie auskämpfen. Und dabei könnten sie genausogut auf unterschiedlichen Planeten leben, diese Dubliner Anwälte der Gesellschaft und die Bauern aus der irischen Provinz. Ich selber, der unter ihnen lebt, weiß kaum etwas über ihr Leben oder ihr Wesen.

Ich habe ihre Johannisfeiern beobachtet. Früh am Abend wurde auf dem Hügel am anderen Seeufer ein Freudenfeuer angezündet, und dort versammelten sich die Leute, redeten, lachten, sangen und tranken ohne große Hemmungen. Es gab eine Art von athletischem Wettbewerb, junge Männer sprangen, angefeuert von ihren Nachbarn, durch die Flammen. Alles geschah leichthin und spontan, und sie hatten keine Ahnung, da bin ich mir sicher, daß diese Rituale seit den heidnischen Zeiten unverändert überlebt haben, eine Feier, um die Sonne am Wendepunkt des Jahres versöhnlich zu stimmen. Die mächtigsten aller natürlichen Kräfte, die der Fruchtbarkeit und Zeugung, wurden angesprochen. Es ist Brauch bei diesen Leuten, die Asche der Freudenfeuer, wenn sie abgekühlt ist, zu sammeln und aufzubewahren, um sie im kommenden Jahr mit dem Saatgut zu vermischen. Dabei gehorchen sie keinem tiefen natürlichen Instinkt, sondern einem Ritual, das unverändert vielleicht zweitausend Jahre in die Vergangenheit zurückreicht. Und das sind die Männer, die Tom Emmet und Wolfe Tone – und Malcolm Elliott und mein junger Bruder John – über die Menschenrechte, die Notwendigkeit der Parlamentsreform und die Vorzüge einer republikanischen Regierung belehren wollen.

Donnerstag. In Tyrawley allerdings, im Norden von uns gelegen, endeten die Johannisfeiern mit dem Überfall auf das Vieh eines Gentleman aus Kilcummin namens Gibson, eines Richters, der am Ort durch seine Strenge und vielleicht auch durch sein bigottes Benehmen sehr großen Unwillen erregt hat. Dieser Überfall war schlimmer als der auf Cooper, viel mehr Vieh kam zu Schaden, und ein Pächter, der die Angreifer beobachtet hat, berichtet, daß es mindestens vierzig waren. Er gibt vor, keinen erkannt zu haben, was jedoch möglich ist, da Whiteboys ihre Gesichter normalerweise sorgfältig schwärzen.

Samstag. Tyrawley, die Baronie, die sich dieser Whiteboys rühmen kann, liegt einen halben Tagesritt von hier entfernt, eine gottverlassene Gegend, die sich am Fluß Moy hinzieht. Rechts verläuft die Grenze von County Sligo, links jedoch geht sie in die öde Baronie Erris über, in der die fast verlassenen Moore und Berge von Belmullet liegen. Fast dieses ganze Gebiet befindet sich im Besitz von Lord Glenthorne, der in England lebt, aber es gibt an die fünfzehn Güter mittlerer Größe, die fast alle Cromwellschen Siedlern gehören. Diese kleineren Gutsbesitzer sind begreiflicherweise vor Furcht außer sich, und einer, Cooper, der Kommandeur der lokalen Miliz, bittet darum, daß man ihm »freie Hand« läßt. Darunter versteht er ganz einfach, zu sengen, auszupeitschen und zu foltern, bis er genügend Geständnisse zusammenhat.

Eine Zeitlang zumindest wird er von Dennis Browne, einem Mann mit großem Einfluß hier in der Gegend, gesellschaftlich wie politisch, zurückgehalten werden. Browne ist natürlich kein Freund der Whiteboys, möchte aber vor allem Mayo ruhig halten, bis die Bedrohung durch Rebellion und Invasion gebannt ist. Aller glatten und glänzenden Politur, die Browne im Dubliner Parlament an den Tag legt, zum Trotz ist er jedoch im Herzen ein Grundbesitzer. Wenn diese Whiteboy-Überfälle weitergehen, zweifle ich kaum daran, daß er Cooper die gewünschte »freie Hand« lassen wird. So weit menschliche Erinnerung überhaupt zurückreicht, ist in Mayo »Gerechtigkeit« immer auf diese Weise geschaffen worden.

Montag. Letzte Nacht las ich eine der frühen Reden Talliens vor dem Konvent, eine typisch ungehobelte Leistung, obwohl ich nicht mit Sicherheit sagen kann, ob »zynisch« oder »heuchlerisch« die bessere Bezeichnung für ihn ist. Er verfügt über Rousseaus heuchlerische Redeweise, und zwischen den Pflastersteinen seiner brutalen Angriffe auf seine Gegner blühen am Straßenrand kleine Blümchen wie »Freiheit«, »die geheiligten Menschenrechte« und »glühende Freiheitsliebe«. Heute regiert dieser Mann mit auserwählten Busenfreunden Frankreich als Direktorat. Was sind sie doch für eine Verbrecherbande – Tallien, Rewbell, Barras und der Rest! Sie sind durch das Blut des Terrors zur Macht gewatet und dann über Robespierre hergefallen, um nicht selber zu Opfern zu werden. Jetzt ist außer Macht nichts mehr übrig: keine klangvolle Rhetorik, keine schönen Phrasen, nicht einmal der ehrliche Fanatismus, der Robespierre seine unheilvolle Würde verliehen hatte. Und das sind die Männer, mit denen Wolfe Tone verhandelt, damit sie Irland die Freiheit bringen.

Er ist die passende Gesellschaft für sie. Ich bin diesem jungen Mann in London begegnet, im Holland House, als er als ihr protestantischer Bevollmächtigter die katholische Delegation begleitete. Ich gebe zu, daß er mir als einnehmender, attraktiver Schurke erschien, nur nervöse Energie und Witz. Er hat einen lebhaften und kühnen Geist, viel intellektuellen Wagemut, ist ein gewandter Musiker und hat einen unstillbaren Appetit auf Whiskey und Wein. Wäre er als Franzose oder wenigstens in Amerika geboren, dann wäre ihm eine triumphale Karriere zweifellos sicher, denn seine Talente sind in unserer Zeit sehr gefragt. Aber zu seinem Pech teilt er mit mir das Mißgeschick, als Ire geboren worden zu sein und mit unseren bescheidenen Ziegeln bauen zu müssen. Und er hat in der Tat gebaut! Vor zwei Jahren war er mit Hoche und der französischen Flotte in der Bucht von Bantry, und obwohl Hoche inzwischen tot ist, wird die Küste von Cork Tone vielleicht wiedersehen. Das mag einigen als wunderbare Karriere erscheinen, ein Hungerleider von einem Anwalt, aufgestiegen zum Verhandlungspartner des Französischen Direktorats, im Auftrag eines Volkes, das kaum seinen Namen kennt. Aber schließlich leben wir in wunderbaren Zeiten.

Ehrgeiz, Intelligenz, Skrupellosigkeit – was können sie nicht alles fertigbringen in dieser Frühlingswelt, in die wir durch Rousseaus Genie geführt worden sind? Ich habe keine Geduld mit denen, die behaupten, die Urheber des Terrors hätten ihren Meister mißverstanden. Der Terror ist bereits bei Rousseau zu finden. Man höre nur Robespierre: »Wenn eine Nation zur Rebellion gezwungen worden ist, fällt sie dem Tyrannen gegenüber in einen Naturzustand zurück. Es gibt kein Gesetz mehr außer der Sicherheit des Volkes.« Die Guillotine garantiert den Gesellschaftsvertrag.

Dienstag. Gestern abend ging ich über den Pfad, der am Seeufer entlangführt. Es war ein sehr milder Abend, der Himmel ein zartes, gleichmäßiges Blau, mit riesigen aufgeblähten Wolken. Über mir kreisten Vögel um ihre Nester. Ein Gefühl von fast übernatürlicher Ruhe, mit, unerklärlicherweise, einem schwachen erotischen Murren an den Rändern. Ich war seit fast vier Monaten mit keiner Frau mehr zusammen, und zuletzt auch nur mit dieser kleinen Sophie M. in Dublin – Taft, Seide und abgebrochene Fingernägel. Wasser umspülte sanft meine Füße. London, Paris, sogar das arme provinzielle Dublin sind ein von diesem lieblichen See, diesem Hügel, an dem wir uns nach unseren Wanderungen niedergelassen haben, weit entferntes Universum. Ich hörte eine Rohrdommel, einen sehr einsamen Schrei, und dann war der See wieder stumm. Als ich zum Haus zurückging, kam eine leichte Brise auf, die die Zweige mit ihren schweren Blättern kaum bewegen konnte. Wir besitzen Ideen, aber die Gefühle besitzen uns. Sie liegen zu tief, um verstanden zu werden, bewegen sich durch ihr eigenes heimliches Leben und tragen uns mit sich.

Moat House, Ballina, 26. Juni

Spät in dieser Nacht saß Malcolm Elliott, von Moat House bei Ballina, im Süden von Killala an der Straße nach Castlebar gelegen, in dem kleinen Schreibzimmer, das er neben dem Schlafzimmer eingerichtet hatte, und las noch einmal den Brief, den er in einer französischen Übersetzung von *Gullivers Reisen* versteckt hatte. Der Name seines kleinen Gutes war für ihn und alle anderen ein Rätsel, denn obwohl das Haus an einer Stelle erbaut worden war, wo einst ein normannischer Wachtturm gestanden hatte, gab es keine Spuren eines Wallgrabens. Das Gut lag am Ufer des Flusses Moy, der eine halbe Meile weiter nördlich durch die Stadt Ballina floß, ein breiter, träge fließender Fluß, über den in der Stadt zwei weite, bucklige Brücken führten.

Als er zu lesen begann, setzte er sich an seinen Schreibtisch, wo sich das Lampenlicht angenehm auf seine einstigen Lieblingsbücher richtete, auf Bände von Helvetius, Diderot und Holbach. Als er den Brief zu Ende gelesen hatte, lief er jedoch bereits im Zimmer hin und her. Die Lampe war schwach, aber er kannte den Brief fast auswendig.

Bürger Elliott:

In Dublin ist jetzt ein provisorisches Direktorat eingesetzt worden und hat die Aufgabe übernommen, die Gesellschaft in Bereitschaft zu halten.

Die Verhaftung des Leitenden Direktorats im März, die Verhaftung und tödliche Verletzung von Lord Edward Fitzgerald, die darauf folgenden Verhaftungen zahlreicher Ortsführer, haben die Organisation zweifellos geschwächt, aber wir glauben, daß bereits ein hervorragender Anfang einer Restauration gelungen ist.

Viel ernster war die Niederschlagung der Aufstände in Antrim und Wexford, die viele Menschenleben gekostet hat. Die entscheidende Schlacht im Norden wurde in der Stadt Ballinahinch geschlagen und verloren, wo die Armee der United Irishmen stundenlang den zahlenmäßig weit überlegenen Truppen von General Nugent standhalten konnte. General Monroe, der Kommandeur der United Irishmen, hat um jeden Zoll Bodens gerungen, und der Feind behauptet, fünfhundert United Irishmen getötet zu haben. Die Stadt Ballinahinch liegt jetzt in Ruinen, und es heißt, die Truppen der Krone hätten an der wehrlosen Stadtbevölkerung schreckliche Rache genommen. Henry Joy MacCrakken, der die Hauptarmee von Antrim befehligte, wurde einige Tage früher geschlagen, konnte zuvor jedoch mit einer United-Armee von sechstausend Mann mehrere Städte einnehmen.

Im Süden kam es zu einem größeren Aufstand, an dem sich etwa zwanzigtausend Mann beteiligten, die eine Zeitlang fast ganz Wexford unter Kontrolle hatten, etliche Schlachten gewannen und wichtige Städte besetzen konnten. Die Rebellion wurde jedoch durch das Fehlen einer richtigen Führung behindert und konnte schließlich durch eine zahlenmäßig überlegene Armee niedergeschlagen werden. Ein Flecken besudelt in der Tat die Banner von Wexford. Die Gerüchte, daß unsere protestantischen Landsleute in Wexford barbarisch mißhandelt worden sind, treffen ohne jeden Zweifel zu. Das Glorreiche an Antrim war, daß dort Presbyterianer und Papist Seite an Seite marschierten, kämpften und starben. Mögen Antrim und die Helden seiner tiefen Täler unser Vorbild sein! Schon der Name unserer Society of United Irishmen verkündet unser Prinzip: eine Union von Katholik und Protestant, die die konfessionellen Gegensätze überwindet, die von unseren Unterdrükkern so sorgsam herangezüchtet worden sind, um uns besser in Knechtschaft halten zu können. Aber unsere Armee in Wexford, obwohl viele ihrer Soldaten offiziell United Irishmen waren, hat eine Vielzahl von Männern angezogen, die wir als Defenders, wenn nicht sogar als Whiteboys bezeichnen müssen, und diese waren auf wütende und ignorante Weise konfessionell. Sie kämpften weniger als United Irishmen denn als Mob, angestachelt von kriegerischen Priestern. Nicht die Republik war ihr Ziel, sondern etwas, was sie als ›den Triumph der Gälen‹ bezeichneten. Und doch kämpften sie sehr tapfer und starben heroisch. Die Bauern von Irland können viel, nein, alles erreichen, wenn sie die richtige Führung haben und wenn sie diese disziplinierte Armee unserer französischen Verbündeten bekommen, auf die wir jetzt alle warten. Die Menschenrechte lassen sich mit einer mächtigen Sonne vergleichen, unter der die alte Bigotterie wie Wachs schmelzen wird.

Wenn unsere französischen Verbündeten landen, werden die United Irishmen ihnen jegliche mögliche Hilfe leisten. Unsere Bevollmächtigten in Frankreich, Wolfe Tone und seine Genossen, haben ihnen zugesagt, daß die Insel sich erheben wird, und es ist unsere Aufgabe, dieses Versprechen zu erfüllen. In Leinster ist der Widerstand mit der Niederlage bei Vinegar Hill zum Erliegen gekommen, während unsere Organisation in Munster einigermaßen intakt geblieben ist, trotz der Brände und Folterungen, unter denen die Counties Waterford und Tipperary zu leiden hatten.

Dieser Brief geht an alle unsere Mitglieder in Connaught, die einzige Provinz, die von der Brutalität der Krontruppen bisher verschont geblieben ist. Uns ist die Rückständigkeit dieser Provinz, in der unsere Gesellschaft bisher niemals feste Wurzeln schlagen konnte, durchaus bewußt. Dennoch ist es notwendig, diesen Boden zu beackern, um dort, wie anderswo in Irland, einen Freiheitsbaum pflanzen zu können. Unsere Sache ist gerecht, es geht um die Befreiung unseres Heimatlandes, auf daß es seinen Platz unter den Nationen Europas einnehmen kann. Möge unsere Kraft so groß wie unsere Hoffnung sein!

Elliott faltete diesen Brief zusammen und legte ihn wieder in sein Versteck. Vor einer Woche hatte ihn ihm ein Mann gebracht, der sich als Hausierer ausgegeben hatte, eine Vogelscheuche mit einer schmutzigen und schlechtsitzenden Perücke, der auf einem elend aussehenden Pony ritt und einen abgezehrten, mit Waren beladenen Esel hinter sich herführte. »Kommst du aus Dublin?« fragte Elliott. »Aus Athlone. Ich will nach Sligo.« – »Hat dir jemand in Athlone diese Briefe gegeben?« – »Was für Briefe?« Uns ist die Rückständigkeit dieser Provinz durchaus bewußt. Was wußten denn diese Dubliner Anwälte und Kaufleute schon von Connaught! Das provisorische Direktorat sollte durch die Straßen von Ballina geführt werden, um sich selber ein Bild vom Stand der Dinge zu machen.

Er verhakte seine Daumen im Hosenbund und begann wieder, im Zimmer hin und her zu laufen. Er sah aus wie ein Krautjunker aus Mayo, ein Mann mit dem dünnen, nervösen Körper eines Jockeys und einem Gesicht wie eine Beilklinge, schmal und dreieckig. Dicke, sandfarbene Augenbrauen schützten umherhuschende Augen. Er war ursprünglich Anwalt gewesen, aber seine radikalen politischen Ansichten hatten die Feindseligkeit der anderen Gentlemen im County erregt. Er war ein ausdauernder Jäger, rücksichtslos und geschickt, nach der Art von Mayo, und war in Dublin ruhelos und unzufrieden gewesen, weil er sich nach den Feldern und zerfallenen Mauern seiner Heimat gesehnt hatte. Diese Jahre, das wußte er jetzt, waren die glücklichsten seines Lebens gewesen. Seine politischen Ansichten, darauf war er damals stolz gewesen, waren praktisch und unsentimental. Eine Welle hatte sich in Frankreich aufgetürmt und würde ganz Europa überspülen, Monarchen und alte aristokratische Privilegien zerstören; sie würde Irlands Oligarchie zerschmettern, die erbliche Korruption hinwegfegen, Regierung und Parlament säubern, ehrlichen und tatkräftigen Männern neue Karrieren eröffnen. In den frühen neunziger Jahren hatte es in Dublin viele solche Männer gegeben. Sie hatten eine Gesellschaft gegründet. Nun waren sie eine Verschwörung, ihre Führer im Gefängnis oder im französischen Exil, ihre Rebellion war zum Bauernaufstand geworden, bei dem Protestanten auf der Brücke von Wexford und auf Vinegar Hill erschlagen worden waren. Schwache Echos erreichten Mayo: ein Brief, den ein Hausierer brachte; »Bürger Elliott ...«

Er nahm die Lampe, ging ins Schlafzimmer und betrachtete seine schlafende Frau Judith. Eine Strähne blonden Haares war ihr in die Stirn gefallen; ihr Gesicht war ruhig, oval. Sie war Engländerin, sie hatten sich in London kennengelernt und geheiratet. Aber sie hegte einen viel glühenderen irischen Patriotismus als er selber, als benötigte ihre Zuneigung zu ihrem angenommenen Land eine Bestätigung. In Dublin hatte sie sich mit Pamela Fitzgerald angefreundet, Lord Edwards ernster und lebhafter französischer Frau. In Moira House hatten sie unter dem wohlwollenden Auge eines radikalen Peers von der kommenden Republik Irland geschwärmt und von ihren Ehemännern, die diese Republik schaffen würden. Nun war der arme Edward tot, gestorben an den Wunden, die er erlitten hatte, als er den Soldaten, die ihn in einem Dubliner Slum gestellt hatten, nachdem ihn ein Denunziant verkauft hatte, Widerstand leisten wollte. Und Elliott, ein offener, bitter ehrlicher Mann, war wieder in Mayo, ein Mann ohne Zuneigung zu Verschwörungen oder sinnlosen Geheimschriften. Er war nur durch seinen Eid und durch den Brief eines Hausierers an die Gesellschaft gebunden. Aber für Elliott war ein Eid eine sehr ernste Angelegenheit. Er war durch seine Ehre dem toten Fitzgerald verpflichtet, den Männern in irischen und englischen Gefängnissen, den Verschwörern im Pariser Exil. Und in Mayo war er nutzlos für sie.

Auf ihrer ersten Reise nach Mayo war Irland für Judith ein immer neues Wunder gewesen, als sie die anglisierten Counties des Pale verlassen hatten und über den Shannon in das Land gefahren waren, das in Dublin als »wilder Westen« bezeichnet wurde. Sie übernahm irische Redewendungen und benutzte sie mit beeindruckender Unkorrektheit, aber mit einem Eifer, der die Herzen aller gewann, die mit ihr redeten. »Ach, und welche Tageszeit kann es denn jetzt sein?« fragte sie ihn zum Beispiel, und er antwortete ihr ernsthaft »es kann zehn Uhr sein«. Ein echtes Kind ihrer Zeit, reiste sie mit ihrem Ossian, einem Dichter, wie Elliott fand, der zum abstoßendsten Gefasel, den endlosesten pathetischen Ausschweifungen in der Lage war. Sie fragte ihn nach den Bergen aus, an denen sie vorüberkamen: Welche Helden waren auf ihrem Gipfel begraben, welche Schlachten hatten die Fenier auf ihren Hängen ausgefochten? Elliott wußte wenig über Irlands groteske Sagenwelt. Wer weiß es und wen interessiert das denn schon, hätte er oft gern gesagt, aber klare Augen und ein eifriges Gesicht ließen ihn diese Antwort immer wieder unterdrücken.

Sie bewegte sich und wandte ihm im Schlaf ihr Gesicht zu.

Liebe überwältigte ihn, fesselte ihn durch Empfindungen, die er nicht benennen konnte. Sie lebte in einer anderen Welt als er, die durch ihre Lektüre und ihre Phantasie geformt war. Sie hatten einen Abend in Tom Emmets Villa in Rathfarnham verbracht, am Fuße der Dublin Mountains, in dem kleinen ovalen Arbeitszimmer, gestrichen in dem Stil, den Toms Frau für griechisch hielt, weiß und blaßblau. Auch Russell war dort gewesen, und MacNevin und Bagenal Harvey. Und noch jemand war bei ihrer Unterhaltung zugegen gewesen, als sie sich an Tones quecksilbrigen Witz erinnerten, seine Liebe zu Claretwein, zu Violine und Flöte. Es war Judith und auch Elliott wie eine Verschwörung des Intellekts erschienen, die besten und klarsten Köpfe des Königreichs schlossen sich gegen Barbarei und Korruption zusammen. Emmett saß jetzt im Gefängnis, Bagenal Harvey war vor dem Gefängnis von Wexford aufgespießt. Gefangener eher als Führer der Bauern von Wexford, war er von ihnen als General bezeichnet und dann von einer Schlacht zur anderen gezerrt worden. Nach Vinegar Hill hatte er sich eine Woche lang auf einer Insel vor der Küste versteckt, zitternd und durchnäßt von der Gischt. Wo MacCracken sich in diesem Moment befand, wußte Elliott nicht, vielleicht wartete er in einem tiefen Tal in Antrim darauf, von den Soldaten gefaßt zu werden. Und Tone? Irgendwo in Frankreich mit einer Armee, die vielleicht kommen würde oder auch nicht. Elliott hatte Judith nichts über Bagenal Harveys Schicksal erzählt. Er konnte sich den dunkler werdenden Kopf vorstellen, heraushängende Zunge, vorgequollene Augen. Judith erinnerte sich an Geist, Musik, gewölbte, weiß und blau gestrichene Wände.

Elliott blies die Lampe aus und ging in der Dunkelheit nach unten, seine Hand glitt über das ebene, vertraute Olivenholz des Geländers. Er durchquerte die Diele und ging nach draußen. Es war eine kühle, klare Nacht dieses außergewöhnlichen Sommers. Die Luft war süß und zugleich beißend, die Gerüche von Vieh und Ernte vermischten sich. Links von ihm floß die Moy ruhig auf Ballina zu, wo in einigen Fenstern noch Licht zu sehen war.

Was spielte es denn für eine Rolle, hier in Mayo? Es gab ihn in Ballina und John Moore in Ballintubber, Peters, den Kaufmann, in Castlebar, Forrest auf Glenthornes Land, Burke, den Verwalter von Lord Altamont, in Westport. Diese Männer waren vereidigte United Irishmen. Und John Moore hatte mit einigen jungen katholischen Krautjunkern gesprochen.

O'Dowd und Blake und MacDonnell. Wenn man ihnen genug Zeit ließ, konnten sie vielleicht zum Handeln überredet werden und vielleicht auch einige ihrer Pächter mitbringen. Elliott kannte ihren Typ, grimmige, impulsive Männer, bereit, mit ihren riesigen Jagdpferden auf die höchste Mauer zuzuhalten, unter Lachen und Zurufen hinüberzufliegen. Sie alle waren launische junge Stutzer, zur Gewalttätigkeit bereit, aber leicht gelangweilt. Wenn man sie alle zusammennahm und noch ein Gutteil der Pächter hinzukam, dann hatte man vielleicht siebzig Mann. Mayo war isoliert von Tom Emmetts Arbeitszimmer, von in Dublin ersonnenen Verschwörungen. Das Moor und die Berge verspotteten jegliche Beredsamkeit.

Auf der anderen Seite der Bucht, in Sligo, standen die Dinge etwas besser. In der Stadt gab es eine brauchbare Organisation, und MacTier, der presbyterianische Leinenhändler, war ein fähiger Mann, vorsichtig und hartnäckig. Wenn MacTier eine Chance zum Handeln sah, dann würde er handeln, und wenn sich keine Chance ergab, würde er abwarten, so ruhig und gelassen wie ein Mann, der Rollen von Tuch zählt, nur sein kann. Papisten und Presbyterianern war der Eid von MacTier abgenommen worden, vorsichtig, zurückhaltend hatte er in forschendem Gespräch jeden Mann getestet. Und das alles hatte er in einem Lagerhaus geschafft, das mitten in einer der unversöhnlichsten loyalistischen Städte Westirlands stand, einer bitteren Garnisonsstadt. Nicht hier, nicht in Mayo. Aber wie viele konnte selbst MacTier zählen? Hundert vielleicht, nicht mehr. Und das war vor der Niederschlagung des Aufstandes in Antrim gewesen. Sligo blickte gen Norden, nach Ulster, und jetzt kamen nur noch aus den blutigen Tälern von Antrim Nachrichten. Was nutzte ein Brief aus Dublin, dessen hysterischer Optimismus nur noch falsch klang?

Er ging am Fluß entlang und hörte, wie die kleinen Nachttiere beim Klang seiner Stiefel davonhuschten. Vor einigen Jahren hatte er in Dublin eine Geschichte über Danton gehört, ob sie stimmte oder nicht, wußte er nicht. Als der Haftbefehl gegen ihn erlassen worden war, hielt sich Danton auf seinem Hof vor der Stadt bei seiner jungen Frau auf. Ein Bote brachte ihm die Warnung eines Freundes. Danton zog sich rasch an, stopfte sich ein Hemd und eine Pistole in die Tasche und machte sich durch den Wald davon. Eine Stunde später hielt er inne. Er hatte ruhig in seinem eigenen Haus geschlafen, neben dem warmen, nackten Körper einer Frau. Nun war er kalt und außer Atem in einem finsteren Wald. Er kehrte auf seinen Hof zurück und lag im Bett, ruhig und wach, als sie ihn holen kamen. Elliott, der an der stillen Moy entlangwanderte, konnte diese Geschichte verstehen. Wexford und Antrim waren tausendMeilen entfernt, und das provisorische Direktorat war noch weiter weg. Tone und die französische Flotte waren auf der anderen Seite der Welt, Phantome. Nächste Woche vielleicht oder nächsten Monat würde die Nachricht eintreffen, daß die Franzosen im Süden gelandet wären oder daß Munster sich erhoben hätte. Und vielleicht würde er sich, wie Danton, anziehen, seine Tasche mit einer Pistole beschweren und in den Süden reiten. Aber er war nicht nach Wexford geritten und hatte auch nicht den kürzeren Weg nach Antrim eingeschlagen. Mayo hielt ihn, war stärker als die in einer Villa in Rathfarnham gehegten Träume.

Mayo war der langsame, unsichtbare Fluß zu seinen Füßen, der an Ackerland und Weideland und Moor auf die entfernte Bucht zufloß. Sie hatten schon mit der Heumahd begonnen, und bald würden auch die ersten Felder abgeerntet werden können. Von nun an würde er jeden Tag mit den Landarbeitern auf dem Felde stehen, bis aufs Hemd ausgezogen, mit vor Schweiß dunklen Achselhöhlen. Gegen Mittag würden Mägde ihnen Butterbrote und Eimer voller kühler Milch bringen. Im klaren Licht, unter einem blaßblauen Himmel, konnte er die Ox Mountains sehen, die Mayo vor den unruhestiftenden Winden Ulsters schützten. Nun bedrückte ihn die Nacht, dunkles Schweigen, schwerer als Reden.

Ballina, 1. Juli/Ballycastle, 2. Juli

Sehr früh am ersten Morgen im Juli bestieg John Moore sein Jagdpferd und ritt nach Norden auf die Baronie Tyrawley zu. Er ließ sich Zeit für diese Reise und schlug nicht die kürzesten Wege ein. Um elf erreichte er Castlebar, wo er mit Brian Peters, einem in dieser Stadt ansässigen Kaufmann, zwei Krüge Bier leerte. Um drei war er in Foxford und führte ein langes Gespräch mit Michael O'Hara, einem wohlhabenden Farmer. Gegen Sonnenuntergang traf er in Ballina ein, wo er die Nacht bei Malcolm und Judith Elliott in Moat House verbrachte.

Sie genossen ein langes, ruhiges Abendessen, sprachen von Dublin und fernen Freunden. Nach dem Essen setzte sich Judith im Salon an ihre Harfe und sang den beiden Männern in ihrem klaren, silberhellen Sopran vor. Elliotts Jockeykörper saß auf der Kante eines zierlichen Stuhls, beim Zuhören preßte er die Hände auf seine Knie, John dagegen war tief im Sofa versunken und streckte die langen Beine aus. Judith hatte ein kleines Repertoire an französischen und italienischen Liedern, die sie, so weit John beurteilen konnte, sehr anerkennenswert sang, aber sie zog die Lieder der Sammlung *Hibernian Airs* vor, die vor kurzen in Dublin von Miss Owenson veröffentlicht worden waren. John kamen sie französisch vor, Elliott hatte kein Ohr für Musik. Dann zogen Elliott und John sich ins Büro zurück, wo sie bis spät in die Nacht redeten, mit einer Flasche Schnaps neben ihnen auf dem Schreibtisch.

Am nächsten Morgen ritt er weiter. Landarbeiter auf den Feldern links der Straße hoben zum trägen Gruß für einen Fremden die Arme, und Moore berührte die Krempe seines flachen Hutes mit der Reitpeitsche. Rechts von ihm, auf die Bucht zu, erstreckten sich die hohen Mauern von Glenthornes Gut. Moore, ein großer junger Mann auf einem großen Pferd, konnte nur ab und zu, durch die dichtstehenden Bäume hindurch, einen Blick auf Glenthorne Castle werfen, das weiß und undeutlich im Dunst des frühen Morgens lag.

Eine Meile vor Killala schlug er eine Nebenstraße ein, die zur Hauptstraße nach Ballycastle führte. Vier Meilen weiter überquerte er einen Bach und ritt durch ein Eingangstor auf Bridgeend House zu. Es war ein schlichtes, zweistöckiges Bauernhaus, bescheidener als seine prächtigen Tore, errichtet mit dem Rücken zu seiner Allee, mit Blick nach Norden auf einem Hügelkamm. Als er näherritt, konnte er in der Ferne die Bucht erkennen.

Er stieg ab, band die Zügel an einen Pfahl und ging über einen gewundenen Kiesweg auf das Haus zu. Ein Diener führte ihn in den Salon, wo er fast sofort von Thomas Treacy begrüßt wurde, einem großen, gebeugten Mann in den Fünfzigern, dessen weiße Haare ihm voll und locker in den Nacken fielen. Er nahm Moores Hand zwischen seine beiden Hände.

»Ihr seid höchst willkommen, John. Höchst willkommen.«

»Und ich bin sehr glücklich, Euch zu sehen, Sir. Ich habe in Killala mit Randall MacDonnell etwas zu besprechen, aber nichts könnte mich daran hindern, mein Pferd auf die Straße nach Ballycastle zu lenken, um Euch meine Aufwartung zu machen.«

»Ihr werdet die Nacht hier verbringen«, sagte Treacy. »Ich kann Euch ein viel saubereres Zimmer anbieten, als Ihr bei den MacDonnells finden werdet.«

»Ich will nicht widersprechen«, erwiderte Moore, »und es ist angenehm, sich auf ein sauberes Bett freuen zu können.«

»Sie sind eher Pferd denn Mensch«, sagte Treacy. »Wie die heidnischen Zentauren.«

»Sie kennen sich aus mit Pferden«, meinte Moore. »Besser als jede andere Familie in Mayo.«

»Das mag wohl so sein«, gab Treacy zu. »Aber dieses Wissen haben sie sich ehrenhaft erworben. Ein MacDonnell hat eine Schwadron von König James' Kavallerie kommandiert. Er hat sich nicht ausgezeichnet. Setzt Euch, John. Setzt Euch. Wir werden sofort Tee bekommen, wenn diese faule Dirne von einem Mädchen sich überhaupt um meine Befehle kümmert. Geht es George gut?«

»Durchaus. Er ist mit seinen Kritzeleien beschäftigt.«

»Es ist eine Ehre für den County, daß ein Gelehrter wie Euer Bruder hier residiert. Vielleicht wird er eines Tages seine Forschungen über die französischen Königsmörder abschließen und sich der Geschichte seines eigenen Landes zuwenden.«

»Ich glaube nicht, daß George jemals mit seinen Franzosen fertig werden wird. Er weiß viel Kluges über sie zu sagen, und Klugheit entzückt ihn. Er würde in Mayo sicher wenig finden, über das er Kluges sagen könnte.«

»Da irrt Ihr Euch aber sehr, John. Vielleicht seid Ihr zu lange fort gewesen, George und Ihr selber. Euer Vater war dieser Ansicht, Gott habe seine Seele gnädig. Unsere tiefsten Wurzeln stecken in der Erde unserer Kindheit.«

»Aber ich habe Mayo von Kindheit an gekannt«, sagte John. »Vater hat mir oft davon erzählt. In all den Jahren in Spanien hatte er Heimweh. Er hat oft über Euren Vater gesprochen.«

»Ah«, erwiderte Treacy lächelnd. »Zwischen unseren Familien hat immer eine innige Freundschaft bestanden. In den schwarzen Tagen hatten wir viel zu leiden, wir alten Familien von Mayo. Das wäre ein passendes Thema für Georges Feder, nicht die pöbelhaften Königsmörder von Paris. Ein schwarzes Jahrhundert, das mit der Katastrophe von Aughrim begonnen hatte. Sie haben sich alle Mühe gegeben, uns zu Barbaren zu machen und auseinanderzubringen. Aber wir sind zäh, ein zähes Volk, John. Euer Vater ist der Beweis.«

Treacy lächelte grimmig, ein bißchen selbstzufrieden, stolz

auf sein Überleben. Dazu hat er auch allen Grund, dachte John. Aber wie viele andere Familien waren untergegangen, verschwunden, ihre Namen existierten nur noch als sinnlose Bezeichnungen für Gemeinden und Hügel. Die Brownes hatten überlebt, weil sie Protestanten geworden waren, die Moores im Exil; O'Dowds und MacDonnells waren zu Bauern geworden, zu verlegenen Tölpeln. Und bei den Bauern gab es Familien, die ihren alten Adel vergessen hatten, die aber vielleicht eine zerbeulte silberne Teekanne aufbewahrten, ein Kleid aus verschlissenem und speckigem Satin, das von der Mutter an die Tochter weitergereicht wurde. Ein passendes Thema für einen Künstler des Pathetischen und Pittoresken, zu gering für die Feder seines Bruders.

»Ein uraltes Rittertum«, fuhr Treacy fort, der sich für dieses vertraute Thema erwärmte. »Vernichtet von Cromwells Pöbel und von William, dem Holländer. Mayo war einst für seine Frömmigkeit und seine Gelehrsamkeit berühmt.« Seine Hand gestikulierte vage, versuchte, Jahrhunderte zu fassen zu bekommen. »Unsere frühe Geschichte. Ihr habt die Ruinen unserer Kirchen, unserer Klöster gesehen. Eine der schönsten steht dachlos auf Eurem eigenen Land. Ballintubber.«

»Auf dem Land meines Bruders«, korrigierte John.

Treacy hörte ihn nicht. »Wir waren Vogelfreie auf unserem eigenen Land. Unsere Söhne wurden zum Abfall vom Glauben aufgefordert. Sergeants und Corporals, der Bodensatz der englischen Städte, wurden als Richter über uns gesetzt. Das ist der Stoff für ein Epos, Junge, ein passendes Thema für einen Vergil. Aber wir haben überlebt. Wir wurden nicht ins Moor gezwungen.«

»Es waren schlimme Zeiten für uns«, sagte Moore. »Traurige Zeiten. Vielleicht ändert sich das jetzt. In Wexford ...«

»Wexford! Bauern, brutale Bauern haben mit Piken und Sensen um sich geschlagen und gemordet. Betrunkene Whiteboys haben gesengt und gemetzelt!«

Er war hoffnungslos, Moore hatte es gewußt. Er zelebrierte einen tröstlichen Mythos, zählte die Kettenglieder seiner Knechtschaft wie die Perlen des Rosenkranzes.

»Die Zeiten könnten sich ändern«, sagte er. »Wenn die Franzosen vor zwei Jahren gelandet wären ...«

»Mit zehntausend von solchen Schurken und Waffen für fünfzigtausend Whiteboys? Nein, nein, es hat eine Zeit gegeben, die Zeit meines Großvaters, als Schiffe aus Frankreich die

Irischen Brigaden bedeutet hätten, die Rückkehr der Wild Geese. Das ist vorbei. Diese blutrünstigen Schurken sind genauso schlimm wie Cromwells Leute. In Mayo hat es auch angefangen. Wir haben jetzt unsere eigenen Whiteboys. Sechs Güter sind überfallen worden.«

»Sechs?« fragte Moore verblüfft. »Doch sicher nur zwei?«

»Sechs«, wiederholte Treacy. »Und das letzte Mal war das schlimmste von allen. Saunders' Scheunen sind letzte Nacht überfallen worden, die Strohdächer wurden angesteckt und die Wände dem Erdboden gleichgemacht.«

»Das ist eine ernste Angelegenheit«, meinte Moore nachdenklich. »Sechs Güter in zwei Wochen. Das ist eine kleine Rebellion.«

»Ach, das sind doch bloß Whiteboys. Cooper wird sie mit seiner Miliz jagen. Es ist höchste Zeit, daß diese kleinen protestantischen Bastarde etwas anderes tun als ihre Trommeln zu schlagen.«

»Und alles, weil Cooper ein Stück Land zur Weide machen wollte. Mysteriös.«

»Sie wissen nicht, was sie wollen«, sagte Treacy. »Es hat schon vor dreißig Jahren in Killala Ärger mit Whiteboys gegeben, als ich jung war. Damals ging es um Steuern und hohe Pacht, jetzt um Weideland. Aber dahinter steckte eine dumpfer, schwarzer Haß: Sie wußten nicht, was sie wollten, aber sie wußten, was sie haßten. Kneipenpoeten und Wahrsager hatten sie aufgestachelt. In Galway und Mayo gab es eine Prophezeiung, Irland würde befreit werden, wenn rotes Blut im Mühlbach von Oranmore flösse. Und diese Prophezeiung haben sie in ihren Briefen erwähnt.«

»Ihr Brief ist jetzt so ähnlich«, sagte Moore. »Cooper war damit in Ballintubber und hat ihn George gezeigt.«

»Aber sicher doch«, meine Treacy. »Die sind immer so. Immer gibt es irgendeinen schurkischen Schulmeister mit Unsinn im Kopf. Es war eine schlimme Zeit für meinen Vater. Wir hatten das Land damals nur gepachtet, und einige Felder hatten wir unterverpachtet und nahmen genausoviel dafür wie alle anderen in der Baronie, aber wir hatten niemals Ärger, ebensowenig wie die Blakes, die kaum besser waren als Pachtwucherer. Sie hatten es nur auf die Protestanten abgesehen, und viele Protestanten glaubten, es gäbe eine Verschwörung unter allen Katholiken, an der auch wir beteiligt wären. Mein Vater hat eines Nachts gesagt, er würde am liebsten eine von unseren Scheunen abbrennen, als Zeichen seines guten Willens.« Treacy lachte bei dieser Erinnerung. »Aber so weit ist es nicht gekommen. Am Ende haben sie vier Burschen gehenkt. Einer davon war ein MacMahon, Pádraic MacMahon, ich kannte ihn gut, das reine Pferd von einem jungen Burschen und der beste Hurleyspieler in der Baronie. Damals gab es hier keine Miliz. Sam Coopers Vater jagte ihn bis Nephin und führte Pádraic dann an einem Strick hierher zurück. Mit einem seiner Augen stimmte etwas nicht, aber ansonsten war er der beste Hurleyspieler der Baronie.«

Als er sich die Vergangenheit vorstellte, die vor seiner Geburt gekommen und vergangen war, sah John zwei Gestalten nach Killala kommen, den Vater eines Miliz-Captains, ein Krautjunker nach der Jagd, rotangelaufen und selbstzufrieden, hinter ihm, angebunden wie eine verirrte Kuh, ein großer junger Mann in Fries, der seinen Kopf hierhin und dorthin verdrehte.

»Jetzt gibt es ein Lied über ihn«, fuhr Treacy fort. »Ein elendes Kneipenmachwerk in Knittelversen. So geht es zu bei einem führerlosen Volk. Ihre Helden sind Whiteboys und Dorfkämpfer und Hurleyspieler.«

»Unser Volk«, sagte John. »Eures und meins.«

»Ach nein«, widersprach Treacy. »Wir sind ein geschlagenes Volk. Die Geschichte hat uns ihren Fuß in den Nacken gesetzt. Schade, daß Ihr meinen Vater nicht gekannt habt, und erst recht schade, daß auch George ihn nicht gekannt hat. Er war ein großer Gelehrter. Er hatte sich zwar alles selber beigebracht, aber er war ein großer Gelehrter in beiden Sprachen. Er korrespondierte mit Charles O'Conor aus Belnagare, dem Historiker und Vorkämpfer der irischen Katholiken. Ich habe hier einen Stapel Briefe von Charles O'Conor. Sie würden George sehr interessieren. Lest Charles O'Conors Gedichte, John, und ihr werdet das Schicksal des irischen katholischen Landadels begreifen. Wir sind von Verleumdern und Meineidigen angeschwärzt worden. König George hat heute keine loyaleren Untertanen, und wir verlangen nichts weiter als die vollen Bürgerrechte.«

»Pádraic MacMahon der Hurleyspieler verlangte etwas anderes, nehme ich an«, sagte John.

»Ich weiß nicht, was er verlangt hat«, erwiderte Treacy. »Ich weiß, was er bekommen hat.«

»Den Strick«, sagte John.

»Jawohl. Den Strick und ein schlechtes Lied, das er nie zu hören bekommen hat.«

Die Tür wurde geöffnet, und ein Mädchen von vielleicht achtzehn brachte das Teeservice. Sie war schlank und außergewöhnlich groß für ein Mädchen, fast so groß wie Moore selber.

Er sprang auf und sagte: »Dein Vater hat mir gesagt, eine faule Dirne von einem Mädchen würde wohl den Tee bringen. Ich wußte nicht, daß du damit gemeint warst, Ellen.«

»Ich auch nicht«, meinte Treacy. »Ich auch nicht. Hattest du denn sonst nichts zu tun, mein Kind?«

Sie stellte das Tablett auf den langen Eichentisch und nahm davor Platz. »Ich muß dafür sorgen, daß sich ein Gast willkommen fühlt, und ich habe gelernt, daß das wichtiger ist als alles andere.«

»Ich kam gerade an eurem Tor vorbei«, erklärte Moore, »und ich hatte schrecklichen Durst auf eine Tasse Tee. Ansonsten wäre ich gleich zu den MacDonnells weitergeritten.«

»Zu den MacDonnells, ja?« fragte sie. »Um diese Tageszeit könntest du dich freuen, wenn du bei den MacDonnells etwas anderes bekämst als eine Schüssel Buttermilch oder eine Eierschale Whiskey.« Ruhig und geschickt goß sie den Tee ein, gab in zwei Tassen sehr viel Zucker und reichte Moore die dritte. »Du wirst hier ein Ausländer bleiben, John, bis du genauso versessen bist auf Süßes wie wir anderen.«

»Ich habe langsam den Verdacht, daß ich immer ein Ausländer sein werde«, erwiderte John. »Mit oder ohne Zucker.«

»John wird bei uns übernachten«, sagte Treacy. »Wenn du Zeit hast, ihm ein Bett zu beziehen.«

Einen Moment lang sahen sie und Moore einander an. »Das könnte schon möglich sein«, sagte sie. »Eines Tages. Übernachtest du denn nicht bei den MacDonnells, John? Wo sie doch solche Gastfreundschaft anbieten können. Ich habe gehört, daß es dazu gehört, Pistolen gegen die Decke abzufeuern, wenn sie junge Gentlemen aus Ballintubber zu Besuch haben.«

»Sie sind eine wilde Bande«, sagte Treacy. »Das liegt ihnen im Blut. Habe ich euch erzählt, wie sich ihr Major MacDonnell vor der Schlacht von Aughrim benommen haben soll?«

»Hast du, Vater«, antwortete Ellen. »Zweimal.«

»Ich habe unseren Gast gefragt.«

»Du hast es zweimal John erzählt. Ich kann mich gar nicht mehr erinnern, wie oft ich es gehört habe. Jedesmal, wenn die arme Grace MacDonnell mich besuchen kommt, muß ich es hören, als ob sie selber irgendeine wilde Straßenräuberin wäre, die von Aughrim herbeigeritten kommt.«

Treacy nickte. »Man würde nie auf die Idee kommen, daß ihre arme Mutter eine Dillon ist, so, wie sie da in dieser kahlen, zugigen Scheune von einem Haus dahinvegetieren muß. Eine wilde Bande.«

»Sie ist eine sehr hübsche junge Frau«, sagte John.

»Das ist sie allerdings«, stimmte Ellen zu. »Wir mögen uns auch sehr. Grace MacDonnell hat die schönste Stirn in Mayo und wunderschöne grüne Augen.«

»Ich glaube, sie sind blau«, widersprach John. »Dunkelblau wie deine eigenen.«

»Meinst du? Vielleicht ändern sie bei Tageslicht ihre Farbe.«

»Dürfen wir Euch zum Essen erwarten?« fragte Treacy.

»Das wäre sehr angenehm«, antwortete John. »Ich habe etwas mit Randall zu besprechen, und dann komme ich nach Bridge-end zurück.«

»Randall redet wirklich gern«, sagte Treacy. »Vor allem, wenn er ein bißchen gebechert hat.«

»Stimmt«, meinte John. »Ein offener Mann.«

»Ich habe ihn letzten Monat auf dem Markt getroffen«, erzählte Treacy und rührte seinen Tee um. »Er sagte mir, Ihr beide hättet bis spät nachts über Politik gesprochen.«

Moore schwieg ein Weilchen, dann antwortete er: »Das stimmt. Ich habe Euch gegenüber aus meinen Gefühlen nie einen Hehl gemacht, Sir.«

»Und ich habe nicht vor, Euch in dieser Sache unter Druck zu setzen, solange es eine Frage des Gefühls bleibt und nicht mehr wird. Ich mag Euch sehr, John, wirklich sehr, und würde es sehr bedauern, Euch kompromittiert zu sehen.«

»Aber was kann Randall MacDonnell denn schon von Politik verstehen«, warf Ellen rasch dazwischen. »So wenig wie ich selber. Randall MacDonnell kennt nur eins, und das sind Pferde.«

»Er ist ein wilder Schurke und zu jeder Schandtat bereit«, sagte Treacy. »Wie sein Vater. Sie sind schon halb zum Bauern herabgesunken.«

»Grace nicht«, widersprach Ellen. »Es tut mir leid, so ein prächtiges Mädchen in einem so schlampigen Haus zu sehen.«

»Ihre Mutter ist eine Dillon«, erklärte Treacy. »Randall und die anderen sind die Kinder der ersten Frau. Sie war eine Lally aus Tuam, eine ausgesprochen widerborstige Person. Ich weiß nicht, was sich Aeneas Dillon gedacht hat, als er seine Tochter in die MacDonnells von Ballycastle einheiraten ließ. Ein Vater hat in dieser Hinsicht eine schwere Verantwortung, nicht wahr?«

»Die hat er in der Tat«, sagte John.

»Nehmt einmal mich zum Beispiel. Ellen kann zwar nicht hoffen, einem Mann eine große Mitgift zu bringen, aber sie ist mein einziges Kind, und Bridge-end und die anderen Stücke Land werden durch Natur und Gesetz irgendwann ihrem Mann zufallen. Es ist ein ordentliches kleines Gut, auch wenn ein so schönes wie Euer eigenes es natürlich weit in den Schatten stellt.«

»Nicht mein eigenes«, erwiderte John. »Meines Bruders.«

»Das kommt aufs selbe heraus«, meinte Treacy. »George scheint wohl nicht heiraten zu wollen, und selbst wenn, so ist er doch kein Mann, der seinem Bruder Schaden zufügt. Aber ich sprach über mich und natürlich nicht über George. Wir sind eine umsichtige Familie, wir mußten vorsichtig sein. Das steckt uns in den Knochen. Es wäre doch sehr falsch von mir, wenn ich Ellen in Gefahr brächte, indem ich einen sprunghaften oder unvernünftigen Mann für sie akzeptierte, nicht wahr?«

»Das wäre es natürlich.« Moore stellte seine Tasse auf den Tisch. »Aber in stürmischen Zeiten könnten Kühnheit und Vernunft dasselbe sein.«

»Manchmal vielleicht. Manchmal. Aber in den heutigen Zeiten ist es zum Beispiel für die katholischen Gentlemen von Mayo das Vernünftigste, ruhig sitzen zu bleiben und zu beten, daß diese Winde sich bald erschöpfen. Stimmst du mir nicht zu, Ellen?«

»Ich habe über diese Dinge noch nicht viel nachgedacht«, sagte sie. »Das müssen die Männer entscheiden. Aber wenn es darum geht, mir einen Mann auszusuchen, dann hoffe ich, du wirst dich auf meinen gesunden Menschenverstand verlassen, für den du mich so oft gelobt hast.«

»Nun ja«, sagte Treacy. »In Zukunft haben wir noch genug Zeit, um diese Fragen zu entscheiden.«

»War es vernünftig von Eurem Urgroßvater«, fragte Moore, »sich der Stuartarmee anzuschließen?«

»Das war vor hundert Jahren«, antwortete Treacy. »Die Zeiten ändern sich. Der katholische Landadel hat an der Boyne und in Antrim für seinen König, für seinen Glauben gekämpft.«

»Und für sein Land«, fügte Moore hinzu.

»Vielleicht«, meinte Treacy. »Es war eine andere Welt. Sie waren Gentlemen, John, Eure Ahnen und meine. Sie hätten die United Irishmen verachtet. Wir reden schon viel zu lange über die Angelegenheit. Gibt es noch mehr Tee, mein Kind?«

Ellen brachte ihn zu seinem Pferd, und dort blieben sie stehen. Er beugte sich zu ihr herüber, aber sie legte ihm eine Hand auf die Schulter. »Nicht hier.«

»Er ist eigensinnig«, sagte Moore. »Höflich und eigensinnig.«

»Er ist besonnen«, sagte sie. »Was geht es denn dich an, wenn ein paar Männer in Dublin Ärger machen wollen?«

»Ärger machen!« wiederholte er. »Sie wollen eine Revolution, und ich habe ihren Eid geschworen.«

»Und die Hälfte von ihnen sitzt jetzt im Gefängnis, hast du mir das nicht erzählt? Wenn du das willst, dann kannst du es viel leichter haben, du brauchst bloß Schafe zu stehlen oder mit den Whiteboys Vieh abzustechen.«

Moore schlug mit der Handfläche auf seinen Sattel.

»Was hat es denn für einen Sinn, mit einer Frau über solche Dinge zu reden?«

»Gar keinen. Frauen müssen sich über wichtigere Dinge Gedanken machen. Da gehört dir nicht einmal genug Land, um ein Kalb darauf weiden zu lassen, und mein Vater würde dir Bridge-end geben. Warum sollte er sich wünschen, daß ich einen Mann heirate, der am Ende wahrscheinlich im Gefängnis landet? Mein Vater ist doch nicht dumm. Es wäre ein großes Vergnügen für die Protestanten von Mayo, einen Moore im Gefängnis von Castlebar zu sehen.«

»Dein Vater braucht sich keine Sorgen zu machen. In ganz Mayo gibt es nicht mehr als zwanzig eingeschworene Rebellen. Die Franzosen werden landen und Schlachten werden geschlagen und gewonnen werden, und Mayo wird nichts damit zu tun haben. Mayo ist die rückständigste Provinz der ganzen Christenheit.«

»Aber jetzt reitest du los, um aus Randall MacDonnell einen United Irishman zu machen, wenn du kannst. Du könntest mehr erreichen, wenn du seinem Pferd einen Vortrag hieltest.«

Moore zuckte die Schultern. »Ich habe Malcolm Elliott versprochen, mich bei einigen der katholischen Junker umzuhören. Anderswo sind gute Männer eingeschworen worden, Papisten und Protestanten.«

»Protestanten, ja? Und wieso brauchen die Protestanten eure Revolution? Die bestimmen doch ohnehin schon alles, oder?«

»Einige von ihnen. Dieses verdammte System bestimmt über uns alle, während England uns ausbluten läßt.«

»Ach«, sagte sie. »Geh und halte Randall deinen Vortrag. Ich gebe die Hoffnung für dich auf.«

»Tust du nicht«, sagte Moore. »Du liebst mich, und ich liebe dich.«

»Das zeigst du auf eine hübsche Weise.«

»Ich weiß eine bessere.«

»Bei hellichtem Tage unter dem Fenster meines Vaters. Wenn du mich besuchst, solltest du nur dieses Ziel haben und kein anderes. Du wirst mich zu Tränen und Verzweiflung treiben. Eines Tages wirst du zu irgendwem ein unbedachtes Wort sagen, und er steigt auf sein Pferd und reitet nach Westport, um Dennis Browne darüber zu informieren, und das ist dann das letzte, was wir von dir sehen. Und die ganze Zeit könntest du mich und die Aussicht auf Bridge-end haben, und keinem jungen Mann in Mayo ist je eine bessere Farm angeboten worden. Und mich gibt's noch obendrein.«

»Glaub ja nicht, ich würde nicht freien kommen«, sagte Moore. »Nichts macht mir größeres Vergnügen.«

»Stimmt nicht« widersprach sie. »Dein größtes Vergnügen ist, mit Malcolm Elliott und Randall MacDonnell zu reden. Da hab ich mir wirklich einen seltsamen Verehrer gesucht. Viel besser würde es mir mit Tom Bellew gehen, den ich in meiner Verblendung verschmäht habe.«

Rasch faßte John sie um die Taille und küßte sie. Sie schmiegte sich an ihn.

»Mit mir wird es dir am besten gehen«, sagte er. »Und das weißt du genau.«

»Vielleicht«, antwortete sie. Sie berührte seine Lippen leicht mit ihren und trat dann einen Schritt zurück. »Das wird sich zeigen.«

Er stieg auf sein Pferd und blickte auf sie hinab. »Für eine Schönheit bist du zu groß, Miss Treacy. Ein kleines zierliches

Mädchen wie Grace MacDonnell, die einem nicht mal bis an die Schultern reicht …«

»Sie ist wirklich das Beste im ganzen MacDonnell-Wurf«, erwiderte Ellen. »Ich glaube, sie ist gar keine MacDonnell. Sie wäscht sich.«

»Du bist einen Kopf zu groß«, sagte Moore. »Und dann hast du eine scharfe Zunge.«

»Stimmt. Und daran solltest du dich besser gewöhnen.«

»Ich muß Irisch lernen«, sagte er. »Es ist eine weiche und anschmiegsame Sprache.«

Sie lachte. »Was du schon weißt. Paß auf, was du Randall MacDonnell sagst, John.«

»Mach ich. Ich werde so vernünftig sein wie ein Treacy.«

Auf einem niedrigen Hügel hinter der Hecke der Domäne machten zwei Kätner Kartoffeln aus. Ellen beobachtete sie, ihr gerader, schlanker Rücken war Bridge-end House zugekehrt. Es war ein fester Brauch, daß vor Ende Juli keine Kartoffeln ausgemacht wurden. Diese Männer hatten früh angefangen. Das lag am seltsamen Wetter. Wenn dieses Wetter sich hielt, dann würde es die reichste Ernte seit Menschengedenken sein. Aber Paddy Lacy und sein Sohn Owen hatten trotzdem nicht vor Ende Juli Kartoffeln auszumachen! Es gab für alles, was mit Saat und Ernte zu tun hatte, einen Zeitpunkt und eine Methode. Der Pflüger muß im Frühling seine Pferde von links nach rechts führen, mit der Sonne, und wenn er sie abschirrt, müssen sie nach Süden blicken. Freitag ist der Tag, um mit der Saat oder jeglicher Arbeit zu beginnen, für die kein Eisen benötigt wird, der beste Tag von allen ist der Karfreitag. Und wenn der Sämann losgeht, muß er sagen: »In Gottes Namen« und über die Kruppe jedes Pferdes eine Handvoll Torf werfen. Es gab hundert ähnliche Aberglauben, von denen die Ernten abhängig waren.

John Moore hatte von diesen Dingen keine Ahnung, und sein Bruder auch nicht, aber Mayo wußte sie, sogar die Protestanten. John und George hatten einfach keinen Sinn für die praktischen Fragen des Lebens. Man hat nur Pech auf dem Markt, wenn man nicht als erstem einem blonden Menschen begegnet, und wenn man ein Pferd kauft, muß man ihm einen Erdklumpen auf den Rücken legen. John Moore wußte das, weil sie es ihm gesagt hatte, aber er richtete sich nicht danach. Das Tier, das er ritt, konnte ihm kein Glück bringen, und eines

Tages würde es ihm ein Mißgeschick bescheren. Warum hatte sie sich in einen Mann verliebt, der so wenig wußte?

»Ein herrliches Tier«, sagte Randall MacDonnell und ließ seine Hand über die Flanke von Moores Jagdpferd gleiten. »Ein herrliches Tier. Aus welcher Zucht?«

»Steward aus Foxford«, antwortete Moore. Sie standen auf dem Hof der MacDonnells, zwischen einem Wirrwarr von Farmkarren und Geschirr.

»Eine ketzerische Dame, doch sie ist trotzdem sehr verläßlich. Steward hat dich nicht hereingelegt. Aber komm jetzt mit herüber, John, und sieh dir eine papistische Dame an.« Er führte Moore zu den Stallungen, öffnete eine Tür und führte eine schwarze Stute heraus. »Das ist Vixen. Ich will sie nächsten Monat in Castlebar beim Rennen reiten. Unsere Zucht.« Er hatte die richtige Größe für einen Reiter, war aber mit seinen weiten, kantigen Schultern und dem beginnenden Bauch zu breit, obwohl er erst Anfang dreißig war. »Du kommst doch auch, oder?«

»Ich komme«, antwortete Moore. »Wenn ich nicht wichtigere Geschäfte habe.«

»Du solltest dich nicht durch Geschäfte von Castlebar fernhalten lassen. In dieser Woche werden in ganz Mayo bestimmt nur bei den Rennen Geschäfte gemacht. Und wenn du dich von mir beraten läßt, dann setzt du ein paar Pfund auf Vixen. Bisher haben sie nur wenige rennen sehen, aber wenn du über Nacht bleibst, kannst du das morgen früh tun.«

»Das ist freundlich von dir«, erwiderte Moore. »Aber ich muß nach Bridge-end zurück und von dort zu Tom Bellew.

»Unterwegs im Namen der Republik, nehme ich an?«

»So ähnlich«, antwortete Moore. »Ich hoffe, du gibst mir eine Nachricht für Elliott mit.«

MacDonnell wühlte in seinen Taschen nach Zuckerstücken, die er zwischen seinem und Moores Pferd verteilte.

»Elliott und ich haben zusammen gejagt«, sagte MacDonnell. »Er ist wirklich ein anständiger Bursche.«

»Stimmt«, erwiderte Moore. »Ein vernünftiger Mann. Und die Gesellschaft hat ihn zu ihrem Sekretär für Mayo ernannt.«

»Natürlich«, meinte MacDonnell, »hat es auch eine Zeit gegeben, als Sam Cooper und ich uns nahegestanden haben, so nahe, wie du einem Protestanten überhaupt stehen kannst. Er war in den ersten Jahren nach dem Tode seines Vaters ein wilder Bursche. Meine Güte, was hatten wir für Feste auf Mount Pleasant! Sie dauerten manchmal tagelang. Ich weiß noch, wie ich einmal an einem Wintermorgen mit George Blake von Ballycastle weggeritten bin, es war kurz nach Weihnachten, und wir beide waren vom Alkohol völlig benebelt. Wir hatten drei Tage durchgemacht. Dann mußten wir und haben gewettet, wer von uns weiter pissen könnte. Nicht wer mehr pissen könnte, weißt du. Da hätte George jedenfalls gewonnen. Weiter.«

Im Reden nahm er Moore beim Arm und ging mit ihm zum Haus. Als seine ermüdende Anekdote ein Ende genommen hatte, lachte er plötzlich wiehernd auf und schlug Moore auf die Schulter.

»Das ist genau sieben Jahre her. Mein Gott, was ist Sam Cooper doch für ein verdammter Idiot geworden. Er war ein verdammter Idiot, als er Squint O'Malley auf die Straße gesetzt hat. Er wollte Ärger, und jetzt hat er ihn. Und es war verrückt von ihm, die Miliz zu übernehmen, eine Aufgabe, für die jeder andere Protestant zu beschäftigt oder zu vornehm war. Was bringt ihm das denn, außer viel Scherereien und Ausgaben?«

»Er bewahrt den Frieden des Königs«, antwortete Moore, »und beschützt Mayo vor den Franzosen.«

„Ha!« rief MacDonnell entzückt. »Hast du sie je exerzieren sehen? Das ist der komischste Anblick, den ich je gehabt habe. Verwalter und Kaufleute.«

»Du hast hier eine gute Gerste«, sagte Moore. »In Ballintubber ist es dasselbe. Wenn sich das Wetter hält, gibt es eine gewaltige Ernte.«

»Gewaltig«, wiederholte MacDonnell. »Das ist genau das richtige Wort. Einer von meinen Kätnern, ein alter Kerl namens Flaherty, sagt, zu Lebzeiten meines Vaters, Gott hab ihn selig, hätte es schon einmal eine solche Ernte gegeben, aber in meinem oder deinem Leben ist so etwas noch nicht vorgekommen. Aber dich interessiert sicher nicht die Ernte, und auch nicht, wie weit George Blake pissen kann. Komm ins Haus, wo wir wie Gentlemen reden können und nicht bis zu den Knöcheln im Stallmist stehen.«

Treacy hatte recht gehabt, als er das Haus als große, zugige Scheune bezeichnete, mit Schieferdach und schmalen Fenstern, mit willkürlich angebauten Nebenräumen, ausufernd und ohne Eleganz. MacDonnell führte Moore mit unbefangenem Stolz hinein, bahnte mit Fußtritten einen Weg durch ein

Gewirr von Pferdegeschirren und Kornsäcken in der Diele und brüllte nach Punsch. Er räumte zwei Sessel am Kamin frei und winkte Moore, in einem davon Platz zu nehmen.

Zehn Minuten später erschien eine dunkelhaarige Frau in einem roten Hemd und bloßen Füßen, brachte den Punsch und stellte ihn auf den Kaminsims. »Braves Mädchen«, sagte MacDonnell und streichelte ihr lässig die Hinterbacken, als sie an ihm vorbeiging. »Braves Mädchen, Nora. Bei Gott, John, eine bessere hat noch nie in diesem Haus gearbeitet.« Er schenkte Punsch in zwei Tassen ein und reichte eine Moore, der feststellte, daß der Rand verschmiert war. Die Tasse fühlte sich klebrig an.

»Jetzt werde ich dir eine klare, offene Antwort geben, John.«

Moore wußte, daß das der ortsübliche Vorspann für eine weitschweifige, ausweichende Darlegung war. »In Ordnung, Randall. Falls du mir keinen Vortrag hältst, wie wenig ich von Mayo weiß. Den habe ich schon in Bridge-end House bekommen.«

»Vom alten Treacy, ja? Das ist ein gerissener alter Fuchs. Man könnte denken, man hört ein Gedicht, wenn der Alte von der alten Welt erzählt, die bei Aughrim zerstört worden ist. Und dabei geht es ihm in dieser Welt gar nicht schlecht, und seinem Vater vor ihm auch nicht. Mein Vater hat ihn immer ›dieser alte Fuchs in Ballycastle‹ genannt.«

»Wir kommen durchaus gut miteinander aus«, sagte John. »Ich mag ihn leiden.«

MacDonnell warf ihm einen scharfen Blick zu. »Da in Bridge-end wartet ein schönes Gut auf den richtigen jungen Burschen, und darauf steht ein schönes Mädchen. Sie ist eine gute Freundin meiner Schwester Grace. Ihre Hüften sind zwar ein bißchen schmal zum Kinderkriegen, aber wo ein Wille ist, da ist auch ein Weg, wie das Sprichwort sagt.«

»Ich suche eine Frau«, wandte Moore ein. »Keine Zuchtstute.«

»Ach ja? Treacy hat wirklich recht, du kennst Mayo nicht. Also gut, John.« Moores Tasse war noch voll, aber MacDonnell füllte seine eigene aufs neue. »Ich habe mit einigen Männern gesprochen, die wir beide diskutiert hatten, mit Corny O'Dowd und George Blake und Tom Bellew und einigen anderen. Die alte Zucht, wenn du verstehst, was ich meine. Und ich glaube, dir sagen zu können, daß wir durchaus geneigt sind. Ja, das ist der richtige Ausdruck. Durchaus geneigt.«

»Ich bin sehr froh, das zu hören«, sagte Moore. »Und Malcolm Elliott wird es auch so gehen.«

»Ach«, erwiderte MacDonnell und rieb sich mit einer kurzen, plumpen Hand den Nacken. »Du redest immer von Elliott, aber ich erzähle das dir.«

»Elliott ist Mitglied des Direktorats von Connaught, ich nicht«, erklärte Moore. »Das Direktorat ist in Kontakt mit Dublin. Du hast keinen Grund, Elliott zu mißtrauen.«

»Ich glaube nicht, daß das Direktorat so überwältigend ist«, sagte MacDonnell sanft. »Es gibt ein paar United Men in Sligo und in Galway, und hier in Mayo nur ganz wenige. Das alles ist allgemein bekannt. Aber ich glaube nicht, daß wir genug für eine gute Jagd zusammenbekommen. Du könntest vielleicht die Stadtwiese von Castlebar mit United Men füllen, aber die ist schließlich auch sehr klein.«

»Ich gebe zu, daß wir jetzt noch sehr wenige sind«, sagte Moore. »Deshalb spreche ich doch mit dir. Elliott hat mich für das Direktorat empfohlen, und er würde auch dich und O'Dowd vorschlagen, wenn ihr den Eid ablegt.«

»Wäre das nicht eine große Ehre! Unten in Wexford warten gerade Mitglieder des Direktorats von Leinster auf ihren Prozeß, und einige baumeln auch schon am Galgen. Das ist wirklich eine allzu hohe Ehre für einen armen Krautjunker aus Mayo.«

Moore schüttelte den Kopf. »Niemand will etwas unternehmen, solange die Franzosen nicht gelandet sind und Munster sich erhoben hat. Jetzt müssen wir nur Vorbereitungen treffen. Männer wie Corny O'Dowd und du haben einen guten Namen bei den Pächtern. Sie würden euch zuhören und sich von euch den Eid abnehmen lassen.«

»Kann schon sein«, erwiderte MacDonnell. »Kann schon sein. Aber es ist eine andere Frage, ob sie kämpfen würden. Und womit würden sie kämpfen? Soll ich sie denn Piken herstellen lassen?«

»Das haben sie in Wexford gemacht«, antwortete Moore.

»Ach, erzähl mir nichts von Wexford. Das spricht nun zu sehr gegen deine Sache.«

»Die Franzosen werden kommen«, sagte Moore. »Darauf können wir uns verlassen. Dann wird der Kampf sich lohnen.« Er nippte am Punsch. Der war süß, wie er befürchtet hatte. Aber er trank weiter und nahm einen größeren Schluck.

»Bei Gott, das klingt gut. Dieses Land braucht einen Kampf. Trink aus, John, trink aus.«

»Es wird ihn bekommen«, sagte John. »Und wenn der Kampf vorbei ist, dann ist es ein Land und nicht mehr Englands Kornkammer. Wird das Volk von Mayo dafür kämpfen?«

MacDonnell lachte und kippte alles, was sich noch in der kleinen Schüssel befand, in ihre Tassen. »Nora«, rief er. »Mehr Punsch!« Er wartete einen Moment, dann rief er wieder: »Nora!« Er nickte Moore zu. »Sie hält ihn schon bereit. Das Geheimnis bei Punsch ist, ihn heiß zu halten. Noch am heißesten Sommertag würde ich eher Punsch trinken als Whiskey. Er macht einen klaren Kopf.«

»Werden sie kämpfen?« wiederholte Moore.

»In diesem County gibt es wildere Burschen als in beiden Königreichen zusammengenommen«, sagte MacDonnell. »Jesus, bei den letzten Dorfkämpfen von den Männern aus Ballycastle und denen aus Killala haben sie Schädel aufgeschlagen, wie du oder ich ein Ei öffnen würden. Einige hatten Schlehenknüppel, so dick wie das Handgelenk eines dicken Mannes. Zwei Männer sind glatt getötet worden, und dabei haben diese Männer um nichts anderes gekämpft als die Ehre ihrer Städte. Jesus, die Ehre von Killala!«

»Ich kenne Dorfkämpfe«, sagte Moore. »Eine blöde, brutale Angelegenheit. George hat sie in Ballintubber verboten.«

»Auch nicht blöder, als eine Republik einem Dorfkämpfer vorkommen würde. Oder einem Whiteboy. Sie haben keine Vorstellung davon. Aber sie hassen gut. Sie werden gegen das kämpfen, was sie hassen.«

Nora brachte eine neue Schüssel mit Punsch und setzte sie neben die leere. Ehe sie sich wieder aufrichten konnte, hatte MacDonnell den Arm um ihre Taille gelegt und sie auf seine Sessellehne gezogen. »Habt ihr so was in Ballintubber, John?« Er legte die Hand auf ihre Rippen, dann schob er sie nach oben und preßte eine ihrer Brüste auf ihren Hemdrand zu. »Sieh dir so ein Geschöpf an, und es verdrängt jeden anderen Gedanken aus deinem Gehirn.« Sie lehnte sich an seine Schulter und lächelte John schüchtern an.

MacDonnell legte die Hand auf ihre Brust und streichelte sie sanft. »Geh jetzt«, sagte er. »Wir haben Geschäfte zu besprechen.«

Als sie gegangen war, warf MacDonnell einen Blick auf die geschlossene Tür. »Aber trotz allem ist sie eine verdammt faule Magd. Sie heißt Nora Duggan und ist die Nichte eines dicken Farmers namens Malachi. Er ist einer von Gibsons Pächtern.

Die Männer in Kilcummin halten sich an Duggan. An Duggan und einen Burschen namens Ferdy O'Donnell. Ferdy ist in Ordnung. Wir sind irgendwie verwandt, schon seit Jahrhunderten. Du kannst dich darauf verlassen, daß diese beiden in der Whiteboygeschichte mit drinhängen. Bei Gott, wenn dieser Ärger auf Ballycastle übergreift, dann werde ich ihnen dankbar sein, wenn sie sich auf Protestanten beschränken.«

»Ich wüßte gern«, sagte Moore ruhig, »ob wir uns nicht bei diesen Whiteboys nach Rekruten umsehen sollten.«

MacDonnell nickte. »Ich hab mir schon gedacht, daß wir zu dieser Frage kommen würden.« Er beugte sich vor und berührte die Schüssel, zog die Hand aber schnell zurück. »O Jesus, ich hab mich verbrannt. Wie zum Teufel hat dieses Mädchen sie getragen? Sie muß Hände aus Leder haben.« Er zog ein schmutziges Taschentuch hervor und wickelte es sich um die Hand. »Weißt du, diese Burschen da unten in Wexford; nach allem, was wir gehört haben, müssen das doch Tausende gewesen sein, und ich kann mir nicht vorstellen, daß das allesamt United Men waren. Vielleicht haben sie denselben Eid geschworen wie du, aber im Herzen waren sie alle Whiteboys. Ein Bauernbursche in Wexford ist auch nicht anders als einer aus Mayo, und ich kann mir nicht vorstellen, daß er für ein Ding namens Republik gekämpft hat. Er hat seine Pike genommen und gegen das gekämpft, was er haßt – gegen Miliz, Landwehr, protestantische Richter.«

Moore schüttelte den Kopf. »Ich würde es wirklich sehr bedauern, wenn ich das hier oder sonst irgendwo in Irland miterleben müßte. Es ist das erste Ziel der Gesellschaft, diese elenden religiösen Schranken abzubauen.«

MacDonnell lachte, als er Punsch einschenkte. »Bei Gott, wir haben Jahrhunderte gebraucht, um sie aufzurichten. Da habt ihr euch wirklich eine Riesenaufgabe gestellt. Ich weiß nicht viel über Rebellionen, aber ich weiß, daß man mit dem arbeiten muß, was man hat. Vor hundert Jahren war das noch anders, als jemand wie Corny O'Dowd einfach losreiten konnte und seine Bauern folgten ihm. Wenn es jetzt eine Rebellion gibt, dann machen die Bauern sie, und sie werden einen Whiteboykrieg machen.«

Moore schüttelte wieder mit zusammengepreßten Lippen den Kopf. »Nein. Die Gesellschaft muß alles unter Kontrolle haben. Die Franzosen kommen nicht herüber, um Bauernpöbel zu unterstützen.«

»Die Franzosen! Die haben sich doch nie um uns gekümmert. Wenn die Franzosen kommen, dann, weil sie England einen Dorn in die Flanke bohren wollen. Ich habe auch ein bißchen was von einem Whiteboy, John, und wenn ich mit dir reite, dann deshalb. Seit über hundert Jahren haben diese protestantischen Bastarde hier den großen Mann markiert, machen sich auf Feldern breit, die von rechts wegen den Iren gehören, reißen alle Macht und alles Land an sich. Die alten Leute können sich noch immer an die Zeit erinnern, wo ein Sohn seinem Vater das Land abnehmen konnte, wenn er Protestant wurde. Die Priester wurden wie wilde Wölfe gejagt, auf ihren Kopf war ein Preis von fünf Pfund ausgesetzt, und die Leute mußten in wilden Höhlen mit Wachtposten die Messe besuchen. Warum, glaubst du, besteht die Miliz von Tyrawley nur aus Protestanten? Ich kann Sam Cooper in Castlebar beim Rennen treffen, und dann trinken und wetten wir zusammen, aber wenn es zum Kampf kommt, dann mache ich ihn fertig, oder er mich.«

Er sprach mit einer, wie Moore fand, beeindruckenden und beunruhigenden Gelassenheit, als ob er Tatsachen ausspräche, die so klar waren, daß sie nicht mehr extra betont zu werden brauchten. Moore wandte seinen Blick von ihm ab und ließ ihn durch den kahlen, schmucklosen Raum wandern. An den Wänden hingen nur einige unbeholfene Portraits, die Arbeit wandernder Maler, die auf Auftragssuche mit Leinwand und Farben von County zu County zogen. Es gab eine starke Familienähnlichkeit, lange, hervortretende Kiefer, hohe, grobe Wangenknochen. Der Groll, den MacDonnell hegte, war ererbt, ein Familienerbe, vom Vater auf den Sohn. In diesem Zimmer waren 1641 und 1691 so neu wie gestern, bestimmten das Verhalten und beeinflußten die Leidenschaften. Es war eine Geschichte ohne Triumphbögen oder nach Siegen benannten Plätzen. Diese Geschichte hing an den kargen, baumlosen Mooren und den niedrigen, schroffen Hügeln, eine Geschichte von Niederlagen und Enteignungen, vom Rauch, der sich über ausgebrannten Häusern erhob.

»Die Franzosen sollen unten in Munster landen«, sagte MacDonnell. »Und die Leute hier werden sich erheben. Wenn dann niemand als die Tyrawley-Miliz Mayo verteidigt, dann, bei Jesus, werden wir sie verprügeln. Damit mußt du dich zufrieden geben, John.«

»Blake, Bellew«, sagte Moore. »Sprichst du auch für die?«

»Sicher«, antwortete MacDonnell. »Wir haben darüber gesprochen, weißt du, hin und her. Wir haben nichts dagegen, den Eid deiner Gesellschaft abzulegen, und mir ist ziemlich egal, was darin steht. Ich bin sicher, daß es ein sehr schöner Eid ist. Aber deine Gesellschaft sollte verdammt noch mal begreifen, daß hier in Mayo nicht viel auszurichten ist.«

»Das wissen wir«, sagte Moore. »So gut wie du.« Er lächelte, ein junger Mann, der sich aufs tiefe Wasser gewagt hatte. »Dann bin ich nicht umsonst hergekommen. Das hättest du mir auch gleich sagen können.«

»Ach« erwiderte MacDonnell. »Hier, laß uns den Punsch austrinken. Viel hast du nicht – vier Junker und vielleicht ein paar andere, die Corny und ich auftreiben können.«

»Die beiden Männer, die du erwähnt hast – Duggan und dieser andere.«

»Ferdy O'Donnell. Warte noch ein bißchen. Wir sind zwar alle Papisten, aber diese Burschen sind Bauern, und wir sind Grundbesitzer. Vielleicht wird Cooper für uns ein guter Anwerber, wenn er die Miliz auf die Baronie losläßt.«

Moore schaffte es, seine dritte Tasse Punsch mit einem Ausdruck des Vergnügens auszutrinken.

»Ja«, sagte er nachdenklich. »Das könnte ihm durchaus gelingen, wenn er so töricht ist, wie er zu sein scheint. George verachtet ihn.«

»George verachtet uns alle«, sagte MacDonnell und hob die Hand, als Moore etwas sagen wollte. »Uns alle. Und wer kann ihm das übelnehmen? Sieh mich an, ein Mann in meinem Alter, und ich war ein dutzendmal in Dublin, und damit kennst du alle meine Reisen. Ich habe in den letzten sechs Monaten ein Buch gelesen, eine triviale Romanze, die ich in Tom Bellews Haus gefunden habe. Es ging um einen englischen Lord, der in die Tochter eines spanischen Herzogs verliebt war, etwas Tristeres kannst du dir überhaupt nicht vorstellen. Irgendeine Frau hat es geschrieben. Keiner in Connaught kennt sich so gut mit Pferden aus wie ich, aber was bedeutet das im Grunde denn schon?«

Als Moore mit MacDonnell zu den Ställen zurückging, spürte er mit Verzagen, wie wahr diese Bemerkung doch war. MacDonnell war zweifellos ein fähiger Mann, wie leichthin er auch reden mochte, aber wie die Dornbüsche an den Hängen war er von den Winden von Mayo geformt worden, und wie die Dornbüsche war er im Land verwurzelt.

MacDonnell sagte, wie um das zu bestätigen: »Vergiß nicht, das Rennen in Castlebar. Die beste Woche im Jahr, und es wird ein schöner Einstieg in die Ernte werden. Bei Gott, es geht doch nichts über ein gutes Rennen.«

Moore zog die Reithandschuhe aus der Rückentasche seiner Jacke. »Du willst einer umstürzlerischen Gesellschaft beitreten und kannst doch nur an das Rennen von Castlebar denken.«

»Nun ja«, sagte MacDonnell und holte Moores Pferd aus dem Stall. »Die Franzosen kommen doch sicher erst nach dem Rennen, oder? Sonst werden sie einige Freunde verlieren.«

Paris, 7. Juli

In lebhafter Eile ging er die Rue Saint-Jacques entlang, ein schmächtiger Mann mit messerscharfen Zügen und einer großen Nase, der die Uniform eines *chef de brigade* der Armee der französischen Republik trug. Er sang ein paar Zeilen aus einer Opernarie, mit rauher, hoher Stimme, und das erregte Aufmerksamkeit. Wenn jemand ihn ansah, dann grüßte er mit einer Handbewegung. Er hätte gern alle Vorübergehenden umarmt, sie allesamt ins Café eingeladen, um auf französisch und auf englisch anzustoßen. Vor seinem erfreuten inneren Auge sah er einen jungen, gut gekleideten Offizier an einem schönen Sommerabend durch die Hauptstadt der Revolution gehen. Er war der Bürger Wolfe Tone, hatte einst in Irland gelebt und würde bald wieder dorthin zurückkehren. Er war der Gründer der Society of United Irishmen, ihr anerkannter Vertreter in Frankreich, und an diesem Abend hatte er die endgültige Entscheidung des Direktorats erfahren.

Er war seit fast drei Jahren in Paris, war zwischen Hoffnung und Verzweiflung und Hoffnung hin und her gependelt, hatte Denkschriften entworfen, lange Stunden in den Vorzimmern der Minister gesessen, Politiker umschmeichelt und sich genug Geld gewünscht, um sie zu bestechen. Geldlos und wortreich in seinem elenden Französisch. Als sie ihm seinen Posten in der Armee gaben, hatte er um einen Soldvorschuß bitten müssen, um sich eine Uniform kaufen zu können. Sein Vorschlag war die Einfachheit selber gewesen: Er war nach Paris gekommen, um für eine französische Invasion in Irland zu sorgen. Sechs Monate lang hatte er an einem Tischchen in seiner Herberge gesessen und seine endlosen Denkschriften verfaßt, Darstellungen irischer Parteien, der Regierung, Beschreibungen der religiösen Gruppen, einen laienhaften Bericht über die Verteidigung der Insel, die Ziele der Gesellschaft. Alles in ordentlicher Anwaltsschrift niedergelegt, die Tatsachen aufmarschieren lassen wie Regimenter, mit Logik so hart und direkt wie Kanonen, die über ein offenes Feld bewegt wurden. An den Nachmittagen war er durch Paris gewandert, hatte die Sehenswürdigkeiten angestarrt, hatte sein Französisch an Kellnern und Gastwirten ausprobiert. Abends drei Flaschen *vin ordinaire* und dann Oper oder Theater. Dann Wochen der Aufwartung bei Carnot oder einem anderen Minister, wenn er auf einer harten Bank neben anderen Bittstellern saß, eine billige Lederaktentasche balancierte auf seinen knochigen Knien. Ein halbes Dutzend Nationen wetteiferten um die Dienste der Revolution, aber Tone gewann den Wettbewerb. Er bot dem Direktorat eine verärgerte und unzufriedene Insel in Englands Flanke an, ein Volk von Bauern, bewaffnet mit Piken und voller Sehnsucht nach einem Aufstand, ein umfassendes revolutionäres Netz unter der Kontrolle der Radikalen.

Im Dezember 1796 setzte die Expedition in Brest Segel, 43 Segel, die eine Armee von Fünfzehntausend unter dem Kommando des großen Hoche, des brillanten jungen Generals, der die Vendée unterworfen hatte, nach Irland bringen sollten. Der Weihnachtstag sah Tone auf der *Indomptable* in der Bucht von Bantry, während das Schiff vom Sturm herumgeworfen wurde. In seinen großen Mantel gewickelt stand er voller Nervosität an Deck und starrte durch den tosenden Wind die kahle Küste von Munster an. Nach einer Woche in der Bucht wurden die Schiffe immer noch vom Sturm umhergeschleudert, während eine britische Flotte irgendwo vor der Küste lauerte, und die Franzosen beschlossen, die Anker einzuholen und nach Hause zu fahren.

Tone redete sich bei ihrem Kriegsrat in einer schaukelnden Kajüte heiser, während die Landkarten und Pläne an den Tisch angekettet werden mußten. Er forderte das Kommando über die Légion de France, eine Kompanie *artillerie légère*, einen Vorrat an Gewehren und die Offiziere, die sich freiwillig meldeten. Dann würde er um die Küste herum nach Sligo segeln und den tosenden Winden entgehen. Oder sie sollten einem französischen Offizier das Kommando übertragen, und er würde unter ihm als einfacher Soldat dienen. Alles, was einen Vorrat an Waffen und eine Armee erfahrener Soldaten nach Irland bringen konnte, jetzt, während die United Irishmen stark und vorbereitet waren.

Die französischen Offiziere waren alle jung, Söhne einer Revolution, die sie aus der Obskurität geholt hatte. Sie lauschten schweigend, mit kühler Bewunderung für diesen hitzigen jungen Iren, so glühend, so patriotisch. Aber nur einer war bereit, das Kommando zu übernehmen, ein sehr junger Brigadier namens Jean-Joseph Humbert, der mit Hoche in der Vendée gewesen war und der sich mit der Leitung irregulärer Truppen auskannte. Er unterstützte Tone mit seinen Argumenten. Mit zweitausend Mann und Waffen für zwanzigtausend Rebellen könnte er in einer Woche in Mittelirland stehen; dort könnten die Rebellen zu ihm stoßen. Hoche zögerte. Es war ein attraktiver Plan, für Frankreich fast ohne Risiko. Ein Erfolg würde einen neuen Verbündeten schaffen. Ein Mißerfolg würde ihnen die Legion nehmen, eine auserlesene Zusammenstellung von Schurken und Knastbrüdern. Wenn sie dich fangen, erinnerte Hoche Tone, dann werden sie dich hängen und deine Eingeweide herausreißen. Gehenktwerden ist keine angenehme Aussicht, erwiderte Tone, und was das mit den Eingeweiden angeht, *je m'en fiche*. Ein attraktiver Mann, dieser Colonel Ire, geistreich, tapfer und, zweifellos, wie sein neuer Verbündeter Humbert ein wenig skrupellos. Hoche befahl den beiden, seine Kajüte zu verlassen, während er seinen Entschluß fällte.

Sie standen an Deck, Landrattenbeine gespreizt, Hände, die die Eichenreling umklammerten. Humbert sprach kein Englisch und konnte Tones Französisch nur mit Mühe verstehen. Ihr Ehrgeiz brachte sie zusammen, stärker als Sprache: Für beide gab es genug Ehre, hinter den Hügeln, hinter dem Schnee gerade noch spürbar. Ich kann all ihren Hohn aus der Mündung einer Muskete beantworten, dachte Tone. Daß ich nicht der Sohn eines bankrotten Kutschenbauern bin, sondern ein Bastardsproß der Wolfes aus Kildare. Ich habe eine Antwort für die Whig-Politiker, die meine Dienste wollten und mir dann zum Lohn ein paar miese Prozesse hingeworfen haben. Er sah den massiven, breitschultrigen Franzosen an. Was ist mit ihm, dasselbe vielleicht? Günstlinge des Schicksals, wir beide, bereit für den Wurf des Spielers. Am Vortag, einem Tag ohne Schnee, hatte er Bauern auf den niedrigen Hügeln stehen sehen. Keiner von ihnen kannte seinen Namen, keiner von ihnen könnte Englisch mit ihm reden. Er zitterte in seinem französischen Mantel und staunte den Westen Irlands an, den er zum erstenmal sah. Vor dem Direktorat hatte er voller Zuversicht gesprochen: die westlichen Counties, ungezähmt, wütend in ihrem Haß auf England. Er hoffte, daß das stimmte, er kannte den Westen nicht, hatte nur ein paar Tage in Ballinasloe verbracht, in Connaught, und versucht, vorsichtige papistische Krautjunker zu umschmeicheln. Diese Küste von Bantry war wild genug, und die Männer auf den Hügeln unendlich weit entfernt und fremd.

Hoche rief Tone und Humbert wieder in seine Kajüte. Sein Entschluß war gefaßt. Die Franzosen, und mit ihnen Tone, würden bei der Flut des nächsten Morgens in See stechen. Die Invasionsflotte würde aufgelöst werden. Tone stand an Deck und summte tonlos vor sich hin, als er die Küste zurückweichen sah. Wieder in Frankreich, setzte er sich gleich an neue Denkschriften, drängte auf einen zweiten Versuch. Über ihm, im Labyrinth der französischen Politik, wand und krümmte sich das Direktorat. Hoche, seine größte Hoffnung, starb. Seine Denkschriften nahmen zu an Anzahl und Umfang, seine Forderungen für Irland wurden immer hektischer. Der neue General der Stunde, Buonaparte, gewährte ihm eine Unterredung, ein hagerer, bläßlicher Mann mit wütenden dunklen Augen, der ihn ungerührt ausreden ließ und dann fortschickte. Andere Vertreter der United Irishmen schlossen sich der kleinen Kolonie irischer Landflüchtiger an, Lewines und Napper Tandy aus Dublin, Bartholomew Teeling aus Belfast. Edward Fitzgerald und Arthur O'Connor trafen sich in Hamburg mit französischen Sendboten. Sie erzählten über Streitereien im Dubliner Direktorat. Belfast wollte einen Aufstand im Herbst 97, Dublin bestand auf dem folgenden Frühling. Tom Emmet wollte nicht ohne französische Hilfe handeln, O'Connor mit oder ohne losschlagen. Truppen wurden nach Wicklow und Wexford verlegt, und die United Men wurden in Belfast und Antrim verfolgt. Sie konnten nicht länger warten.

Tone ließ nicht locker, wandte sich jeden Tag an Mitglieder des Direktorates. Vielleicht, sagten sie ihm. Vielleicht eine begrenzte Invasion, mit französischen Soldaten und niederländischen Schiffen. Im Herbst 1797 wurde die niederländische Flotte vor Camperduin zerstört. Eine Armee wurde an der Küste zusammengezogen, und Buonaparte erhielt das Oberkommando. Tone erreichte eine zweite Unterredung mit ihm, holte seine Karten und Papiere hervor und faltete sie auseinander. Wieder lauschte Buonaparte schweigend, seine dunklen Augen beobachteten Tones dünne, rasche Hand, die über die Kartoffel Irland huschte, die Küstenlinien, Buchten, tiefe Flüsse zeigte. »Ihr seid ein sehr mutiger Mann«, sagte er zu Tone in einer flachen, tonlosen Stimme, die Tones eigener sehr ähnlich war. Eine sinnlose Unterredung: Buonaparte, der sich zu einer ägyptischen Expedition entschlossen hatte, entzog der Englandarmee in aller Stille Regimenter. Aber trotz dieses Wissens ließ Tone nicht locker. Er war für das Direktorat eine Art Witz geworden. »Colonel Ire«, »der wilde Ire« war aber nicht nur ein Witz, denn er sprach für ein Volk am Rande eines Aufstandes.

Dann, Anfang Mai, erreichte die Nachricht Paris, daß die Rebellion für den 24. dieses Monats geplant war. Zwei weitere Botschaften trafen ein, dann brach die Verbindung zusammen. Am Morgen des 24. wurden alle Dublin verlassenden Postkutschen von mit Pistolen und Piken bewaffneten Männern überfallen. Das war das Signal. Die United Men schwärmten aus den Hügeln von Antrim im Norden und den kleinen Dörfern von Wexford im Süden. Tone ritt aus Rouen, wo er bei der Armee diente, nach Paris und nahm seine Bemühungen wieder auf. Aber noch immer war das Direktorat nicht bereit, etwas zu unternehmen. Er erschöpfte alle Argumente, schlief nicht, trank zu schnell zuviel Wein und wurde krank. Er brachte jedes Argument, das ihm einfiel, und verlegte sich dann aufs Lügen. Jeder Papist und Presbyterianer in Irland war ein eingeschworener United Irishman. Jeder County in Irland würde sich beim Anblick eines französischen Segels erheben. Die Rebellion war schon im Gang und mußte unterstützt werden. Er suchte Grouchy, Kilmaine, Humbert in ihren Küstengarnisonen auf und trug der Armee seinen Fall direkt vor. Doch, alle stimmten zu, jede Möglichkeit dieser Art mußte ausgenutzt werden. Auf jeden Fall würde es einen Teil der englischen Energien von Buonapartes Expedition ablenken. Kilmaine, der irischer Abstammung war, war enthusiastisch, ebenso Humbert, Tones alter Verbündeter.

Humbert musterte ihn über den kleinen Tisch hinweg und fragte ihn sorgfältig aus. War er sich in jedem Fall sicher? Wie verbreitet war die Organisation der United Irishmen? War auf sie Verlaß? Gehörten auch Führer, wohlhabende Männer dazu? Waren die Vorbereitungen sorgfältig getroffen worden?

Tone beschloß, mit dem schwindelnden Gefühl, daß er abermals alles auf eine Karte setzte, Humbert in etwa die Wahrheit zu erzählen. Die Society of United Irishmen war eine Flickwerkorganisation, eine unruhige Allianz aus städtischen Radikalen, einigen Presbyterianern aus dem Norden, einigen Papisten aus dem Süden. Tom Emmet hatte recht, nicht O'Connor und Fitzgerald, ohne französische Unterstützung hatte ein Aufstand keine Chancen. Wenn jedoch Frankreich genügend Soldaten schickte, dann würde alles anders aussehen. Überall in Irland gab es eine tiefe, trotzige Abneigung gegen die englische Herrschaft. Es fehlte nur eine einigermaßen aussichtsreiche Gelegenheit.

Als er fertig war, lächelte Humbert, das träge Lächeln einer riesigen, mächtigen Katze. »Dann habt Ihr das Direktorat belogen. Kein Wunder, daß Buonaparte Euch einen mutigen Mann genannt hat.«

Tone schüttelte ungeduldig den Kopf. Sein Französisch war jetzt viel besser. »Ich habe ihnen gesagt, daß es in ihrer Macht steht, Irland zu befreien. Und das stimmt. Vielleicht habe ich hier und dort übertrieben. Wenn wir erst gewonnen haben, wird das niemanden mehr interessieren.« – »Wenn wir erst gewonnen haben«, wiederholte Humbert, immer noch lächelnd. »Mein Gott«, sagte Tone. »Muß ich einem französischen General sagen, daß man manchmal Risiken eingehen muß? Es ist ein Spiel, ein gutes Spiel.« – »Und wenn wir verlieren«, sagte Humbert, »hat Frankreich eine Armee weggeworfen.« Tone zuckte die Schultern. »Wir werden nicht verlieren.« – »Und warum seid Ihr mir gegenüber so offen?« fragte Humbert. »Ich kenne Euren Ruf«, antwortete Tone. »Von allen Generälen brauchen wir Euch am meisten.« – »Wegen der Vendée?« fragte Humbert. »Das ist lange her. Alles ändert sich.« Er rückte seinen Stuhl nach hinten und schob die Hände unter den Hosenbund, der seinen umfangreichen Bauch beengte. »Kilmaine und ich haben bereits nach Paris geschrieben und eine irische Expedition empfohlen. Was sagt Ihr dazu?« – »Sie muß groß sein«, antwortete Tone sofort. »Macht es richtig, oder laßt es ganz sein. Sie muß so groß sein wie die Expedition unter Hoche. Und sie muß sofort lossegeln, solange Ulster und Leinster noch kämpfen.« Humberts Lächeln verbreiterte sich. »Ihr seid ein bemerkenswerter Mann, Colonel Ire. Ihr hättet als Franzose geboren werden sollen.« – »Ich bin als Ire geboren«, erwiderte Tone. »Was immer das bedeuten mag.« – »Wir werden noch herausfinden, was es bedeutet«, sagte Humbert.

Nun, kaum mehr als eine Woche später, waren die Jahre des Bettelns zu Ende, und er ging benommen und jubelnd an den Seinebrücken vorbei durch Paris. Er sah sie kaum, aber irgendwo in seinen Gedanken erweckten sie vage, wäßrige Erinnerungen an die Liffey und ihre Brücken, an die Four Courts, das Zollhaus, das Parlament.

Er betrat das überfüllte Café und zwängte sich an den Tischen vorbei in die Ecke, wo Lewines und Bartholomew Teeling ihn erwarteten. Er schüttelte den Kopf, als er die fast leere Burgunderflasche sah und bestellte beim Kellner eine neue. Als er Atem geschöpft hatte, sagte er lässig, mit seiner schauspielerhaften Liebe zum Effekt: »Heute abend ist es beschlossen worden. Eine richtige Expedition. Sie bricht Ende des Monats auf.«

»Was verstehen sie unter ›richtig‹?« fragte Lewines.

»Tausend Männer unter meinem Liebling, Humbert, fünftausend unter Hardy und später noch neuntausend unter Kilmaine. *Ça ira, ça ira.*«

»Es ist ein Wunder«, sagte Teeling.

»Ach, Teeling, alter Belfaster Papist, du denkst auch immer nur an Wunder. Dieses Wunder haben die unleugbare Gerechtigkeit unserer Sache und meine glänzende Persönlichkeit bewirkt. Wütend in der Schlacht, weise im Rat, jungenhaft und aufrichtig unter seinen Freunden, so hat Bürger Wolfe Tone aus Dublin doch endlich das Direktorat gestürmt. Es ist eine Tatsache, eine beschlossene Tatsache, die Befehle sind geschrieben, unterzeichnet und abgeschickt. Colonel Tone wird Hardy begleiten, Colonel Teeling Humbert, Bürger Lewines wird dem Stab General Kilmaines zugeteilt. Es hat überhaupt nichts geschadet, daß Kilmaine Ire ist, nicht im geringsten.«

»Kilmaine soll nachkommen«, sagte Teeling. »Was bedeutet das?«

»Das bedeutet, daß Humbert und Hardy Fuß fassen und Unterstützung finden müssen. Wenn ihnen das innerhalb einer Woche gelingt, dann wird Kilmaine in See stechen. Und sie segeln nach Ulster, Bartholomew, um deinem Freund MacCrakken zu Hilfe zu kommen. Die United Irish und die Franzosen werden sich das Kommando teilen. Ich bestehe darauf als Bürger der zukünftigen Republik, geliebt und geschätzt von den wenigen, die meinen Namen gehört haben.« Aus dem Augenwinkel sah er sein Bild in einem Spiegel und zwinkerte ihm zu.

»Wohin in Ulster?« fragte Teeling. »Wo wollen sie landen?« Graue Augen in einem langen, gutaussehenden Gesicht musterten Tone sorgfältig. Seine Stimme hatte den Singsang von Ulster.

»Loch Swilly«, Tone zuckte die Schultern. »Spielt das eine Rolle? Ich habe ihnen klargemacht, daß wir überall in Irland landen können, und die dortige Bevölkerung wird aufspringen, mit vor Liebe zur Freiheit glühenden Gesichtern.«

»Gott gebe, daß MacCracken noch Verwendung für unsere Hilfe hat«, sagte Teeling. »Jetzt kann schon alles vorbei sein, so oder so.«

Tone zog eine Taschenkarte hervor, so groß wie seine beiden ausgebreiteten Hände und vom vielen Zusammenfalten arg mitgenommen. »Es wird gefährlich, wenn wir irgendwo vor der Küste von Cork der englischen Flotte entgehen müssen, wir müssen dort in einem weiten Bogen segeln, was uns ein oder zwei Tage kosten wird. Dann halten wir bei Galway aufs Land zu, gehen hier in Mayo in die Kurve und segeln an Mayo und Sligo vorbei, bis wir im Norden wieder auf Loch Swilly zuhalten. Heute abend war ein Schiffskapitän da, der mit nautischen Fachbegriffen um sich warf, die ich nicht verstehen konnte, aber er hat so ungefähr dasselbe gesagt.«

»Das war aber eine kühne Behauptung«, meinte Teeling, »daß die Leute sich erheben, egal, wo in Irland wir landen.«

»Nun ja«, antwortete Tone. »Vielleicht nicht überall. Nicht in Galway oder Mayo, wo die Eingeborenen rohen Fisch essen und Dennis Browne und Dick Martin anbeten.«

Lewines schüttelte den Kopf, ein dunkler, runder Mann. »Vielleicht hast du ihnen zu viel versprochen.«

»Wenn ich ihnen weniger versprochen hätte, hätten sie uns nicht einmal einen Wachtposten in einem Ruderboot gegeben. Ich kenne diese Froschfresser inzwischen. Ihre Vorstellung von Sport ist eine kleine Wette, nachdem das Rennen schon gewonnen ist.« Er nahm dem Kellner die neue Flasche ab. »Colonel Teeling, würdet Ihr diesen Mann bezahlen, auf Aufforderung des Kämmerers der Irischen Republik. Was hältst du von dieser Idee, Bartholomew? Soll ich Kämmerer werden? Kannst du dich selber als ersten Lord der Irischen Admiralität sehen?«

Teeling zog seine Börse hervor. »Du hast ein Wunder zustande gebracht«, sagte er und zählte die Silbermünzen auf den Tisch. »Und wir können es vielleicht verwirklichen. Zu

Hause kämpfen jetzt Männer, ohne etwas anderes in Händen zu halten als Piken. Ich würde alles riskieren, um ihnen zu helfen.«

Tone goß Wein in ihre Gläser und sagte, ohne aufzublicken: »Aber irgend etwas macht dir Sorgen, nicht wahr? Du bist zu pessimistisch. Ihr Leute aus dem Norden seid alle so. Auch MacCracken.«

»Tausend und fünftausend segeln jetzt, und neuntausend werden folgen. Insgesamt fünfzehntausend. Aber sie schicken eine große Armee nach Ägypten, und sie müssen einen halben Erdteil verteidigen, viele Grenzen.«

»Aber du kannst dich darauf verlassen, Bartholomew.« Er hob zwei der Gläser und reichte sie Lewines und Teeling. »In wenigen Tagen werdet ihr an Deck stehen. Es ist eine seltene und herausfordernde Erfahrung.«

»Ist das Direktorat einer Meinung in dieser Frage?«

»Weiß ich nicht«, antwortete Tone, »um dir die glatte Wahrheit zu sagen. Aber das spielt keine Rolle. Carrot hat mit mir gesprochen, und Carrot hat da keine Zweifel. Es ist entschieden, hat er gesagt. Das reicht mir.«

»Sicher hat der Mann recht«, sagte Lewines aufgeregt. »Wenn nur fünftausend Männer landen, dann sind das viel mehr, als wir jetzt haben.«

»Und Waffen für zwanzigtausend«, fügte Tone hinzu. »Und keine Piken. Gewehre und Pistolen.«

Teeling lächelte. Das Lächeln verwandelte sein ernstes, blasses Gesicht. »Ihr habt wirklich recht«, sagte er. »Ich bitte um Entschuldigung. Und ich trinke auf dein Wohl. Es war ein langer, harter Kampf. Kein anderer hätte das geschafft.«

»Ich danke für diesen Trinkspruch«, erwiderte Tone, und sie tranken. »Aber ich möchte einen angemesseneren vorschlagen. Auf die Irische Republik!« Er füllte ihre Gläser.

Teeling betrachtete die Karte, die im Schatten lag, wenn ihre Gläser sich berührten. Irland breitete sich von seiner Mitte her aus, die Städte von Leinster, die scharfen Einschnitte an der Küstenlinie von Munster. Mayo war fast leer: wenige Städte, verteilt auf einer weiten weißen Fläche.

4

Aus: *Ein unparteiischer Bericht über die Ereignisse zu Killala im Sommer 1798* von Arthur Vincent Broome, M. A., (Oxford).

Nichts erscheint dem liberalen und aufgeklärten Geist entsetzlicher als die primitive Gewalttätigkeit, die bisweilen aus gesellschaftlichen und konfessionellen Widersprüchen entspringen kann. Und doch wurde es mein tristes Los, solche Gewalttätigkeiten mit ansehen zu müssen, als der Juli in den August überging und als sich das Land zu der durchscheinenden Schönheit des Spätsommers sammelte. Es ist in dieser Jahreszeit, daß das große Rad der Arbeit des Landmannes bewegungslos verharrt, ehe es sich zu Geschäftigkeit und Mühsal der Ernte weiterdreht. Die heidnischen Freudenfeuer des vergangenen Monats hatten die Geisterwelt angerufen, die einst dieses Land beherrscht hatte und die niemals gänzlich verschwunden war. Und Mr. Hussey in seiner Kapelle und ich in meiner Kirche hatten mit weitaus größerer Schicklichkeit den Segen des Schöpfers auf die reifende Ernte herabgerufen und Ihm gedankt, weil Er unserem schwer beladenen Volk das Geschenk überreichen Wachstums gemacht hatte.

Aber ach, auch andere Ernten reiften unter der Sonne heran. Noch während des Festes der mittsommerlichen Johannisnacht, als die Freudenfeuer loderten und junge Männer und Frauen vor den Flammen tanzten, unternahmen die selbsternannten Whiteboys von Killala einen weiteren Überfall, diesmal auf den Besitz von Mr. Saunders. Und in den Juliwochen folgten darauf weitere nächtliche Ausschreitungen, die schließlich, wie das in diesen Fällen immer geschieht, auch zum Vergießen von Menschenblut führten.

Wenn ich mir überlege, daß es in einer Festnacht geschah, dann bin ich sicher, daß die Männer, die Saunders' Gut überfielen, sinnlos betrunken waren, ein Umstand, der kommentiert werden muß, auch wenn das eine Abschweifung bedeutet. In den meisten Ländern, wobei ich England nicht einmal ausschließen will, sind starke Getränke die Ursache von großem gesellschaftlichen und privatem Unglück, während dieses Übel in Irland jegliche Vorstellung überschreitet, und das behaupte ich nicht nur aufgrund eigener Beobachtung, sondern auch der aller Besucher. Die Bauern halten sich an den Whiskey, um ihre Sorgen zu erleichtern und um sich auf ihren häufigen Festen und Märkten zu berauschen. Die Bettler geben dafür die zusammengeschnorrten Pennies aus. Wer nach Einbruch der Dunkelheit durch irgendeine große Stadt geht, wird entsetzt sein über den Anblick und den Lärm herumbrüllender und torkelnder Männer. Männer und auch Frauen liegen bewußtlos in Türen und Durchgängen. Die Trunksucht beschränkt sich nicht auf die Armen, denn die Junker (wenn ungebildete Tölpel so genannt werden dürfen) benehmen sich noch tadelnswerter, und sei es nur, weil sie einen besseren Zugang zu alkoholischen Getränken haben. Ein Bericht über einen Ball oder eine Jagd oder sogar eine Gerichtsverhandlung, die diesen Mangel an Nüchternheit unerwähnt ließe, würde unwahrscheinlich klingen. Starke Getränke, die zuerst für eine gehobene Stimmung sorgen und dann für Streitsucht, schließlich für Tränenseligkeit und zuletzt für restlose Betäubung, sind die konstanten Begleiterinnen aller Gelegenheiten, wie unpassend diese auch sein mögen. Ich bin selber nun wirklich alles andere als ein geifernder Puritaner, und Wein bei der Mahlzeit, spätabends ein Schnaps, heißer Punsch, um die winterliche Kälte zu mildern, sind mir eine Freude. Bei den Iren liegen die Dinge ganz anders. Die bloße Atmosphäre dieser wasserreichen Insel, ihre regenschweren Wolken und triefenden Äste, Seen und Sumpfboden werden drainiert, destilliert und konsumiert.

Gegen Ende Juli geschah etwas Entsetzliches, von viel schlimmerer Art als alle Überfälle auf fremdes Eigentum, die sich bisher zugetragen hatten. Sam Pryor, ein Verwalter, wurde aus seiner Hütte in ein benachbartes Moor geschleppt und dort von einer Gruppe maskierter Männer aufs grausamste mißhandelt. Sie schnitten ihm mit einem Schermesser die Ohren vom Kopf und begruben ihn dann bis an den Hals in einer Grube, die sie zur Hälfte mit Dornen gefüllt hatten. Dort steckte er für den Rest der Nacht und bis weit in den nächsten Tag hinein, ehe sein Geschrei die Aufmerksamkeit einiger Samariter erregte.

Natürlich besuchte ich diesen unglückseligen Mann, als er

entstellt und in Verbände gewickelt in seiner Hütte saß, die kaum besser ist als die der Bauern. Ich fand mich dort in der Gesellschaft von sechs meiner Pfarrkinder, Ladenbesitzer aus Killala und Männer, deren Höfe in der Nähe liegen. Sie waren traurig und wütend. Alle waren Mitglieder der Miliz von Tyrawley, und einer, Bob Tompkins, war ihr Sergeant.

Es machte mir große Sorgen, daß sie die Verantwortlichen für diese Schandtat nicht als »Whiteboys«, sondern als »Papisten« bezeichneten. Ich argumentierte mit aller mir zur Verfügung stehenden Vehemenz, daß von den vielen tausend Papisten der Baronie wahrscheinlich höchstens fünfzig Whiteboys waren, aber meine Argumente stießen auf taube Ohren. Diese Männer, die ernst und grämlich dasaßen und mit ihren Händen ihre Knie umklammerten, sahen sich von gewalttätigen und abergläubischen Feinden umzingelt, und sie waren überrascht und empört, als ich ihre zornigen Befürchtungen nicht teilte.

Die Geschichte, die die Grundlage ihrer Gedanken bildet, ist eine Serie von grausigen Szenen, im Stil der Holzschnittillustrationen in Foxes *Buch der Märtyrer* – die Protestanten von Ulster 1641 nackt auf die Straßen gejagt, Mönche und Brüder, die in ihren Predigten zum Massaker an den Ketzern aufrufen, trunkene papistische Horden mit affenhaften Gesichtern. Und sie haben auch ihre Heiligengeschichte – tapfere englische Siedler, die ihr Heim verteidigen, die Lehrlinge von Londonderry, die die Stadttore vor den belagernden Jakobitern verriegeln, William, der protestantische Sieger an der Boyne auf seinem weißen Schlachtroß, und vor allem Cromwell, zornig und unversöhnlich in seiner schwarzen Rüstung, der durch das Land marschiert und bei jedem Schritt seiner Eisenstiefel Rebellion und Papsttum zertritt. Meinen englischen Lesern wird es lächerlich und pathetisch vorkommen, daß solche Buhmänner die Ängste der Männer beeinflussen, die sich in einer Hütte versammelt haben, um einen geschundenen Freund zu trösten, wobei König William und König James wie Geister in der drückenden Luft schweben.

Ich fühle mich hier versucht, wie auch in anderen Teilen meines Berichtes, meinen Lesern ihre genauen Worte, oder zumindest so viel davon, wie ich noch weiß, wiederzugeben. Dennoch behindert mich mein Mangel an selbst den einfachsten Grundlagen der Schriftstellerkunst. Diese Menschen, Protestanten wie auch englischsprechende Papisten, verständigen sich in dem, was wir in England »Brogue« nennen, einer Sprachform, die nicht unmusikalisch ist, aber höchst verschroben und natürlich ausländisch. Und es vergrößert die Schrekken des irischen Lebens nur noch, daß die beiden Gemeinden einander mit identischem Akzent anreden, daß sie einander in einer gemeinsamen Sprache verfluchen und beleidigen. Mein guter Freund Mr. Falkiner hat mir versichert, daß meinem Ohr das notwendige Training von Kindheit an fehlt und daß kein Ire protestantische und papistische Rede verwechseln würde. Das mag wohl so sein.

»Das ist der Anfang«, sagte Jack Stanner. »Gott gebe, daß wir das Ende noch erleben.«

»Für mich ist es ein Wunder, daß ich diesen Tag noch erlebe«, erwiderte der arme Pryor. »Und daß ich nicht im Moor in meinem eigenen Blut erstickt bin.« Tompkins hatte ihm zu seinem Trost einen Krug Whiskey gebracht, zu dem er nun ab und zu sparsam seine Zuflucht nahm. »Ich lag da und brüllte wie ein verletztes Lamm, und ich wäre umgekommen, wenn MacMahon nicht zufällig vorbeigekommen wäre.«

»Ist MacMahon kein Papist?« fragte ich.

»Ist er«, antwortete Pryor. »Ein anständiger armer Hirte. Wenn alle so anständig wären wie MacMahon, dann würde es uns allen gut gehen.«

»Es gibt natürlich auch anständige«, sagte Tompkins. »Einige von ihnen sind schon seit zwei, drei Jahren in meinem Laden in der Kreide, und sie bringen mir ab und zu einen Schilling, wenn sie einen auftreiben können. Die ärmsten sind die anständigsten, die Hirten und die Landarbeiter mit ihren Spaten.«

»Um so anständiger von ihnen«, sagte Pryor, »wenn Hussey ihnen in der Kapelle erzählt, daß sie bei Ketzern nicht ihr Wort zu halten brauchen.«

Ich kannte Mr. Hussey als einen Mann von tadelloser Moral und ergebener Loyalität der Krone gegenüber. Über Murphy, seinen hassenswerten Kaplan konnte ich nicht dasselbe sagen, und im Verlauf der folgenden Ereignisse bestätigte er unseren Argwohn dann auch aufs Gröbste. Er war in der Tat ein Erzrebell, dem es nach dem Triumph seines Glaubens gelüstete und dem ein Menschenleben gleichgültig war. Und doch hatten die Männer in Sam Pryors Hütte keinen Blick für die tiefgreifenden Unterschiede zwischen beiden Männern. Ihr Haß auf ihre papistischen Landsleute war umfassend und wechselhaft zugleich. Owen MacCarthy, der Schulmeister, war ein Objekt ihrer besonderen Verwünschungen, denn an vielen Orten haben die Schulmeister als die Ziehväter der Zwietracht fungiert, und MacCarthy war ein unvorsichtiger Mann, zänkisch und prahlerisch, wenn er betrunken war. Sie haßten die papistischen Grundbesitzer – Bellew, Blake, Treacy, Moore, Nugent, MacDonnell, Burke. Es ärgerte sie, daß diese Handvoll Männer wohlhabender war als sie selber und sich als Gentlemen aufspielten. Tompkins und einige andere sprachen nostalgisch über die Tage ihrer Großeltern, als Cromwells harter Stiefel die Nacken der Papisten zu Boden gepreßt hatte. Und es war durchaus nicht unwichtig, daß die Whiteboys sie alle verschont hatten, obwohl etliche von ihnen als Pachtwucherer berüchtigt waren.

»Wenn sie sich über die Pacht ärgern«, sagte George Standish, »warum kümmern sie sich nicht um William Burke in Crossmolina, den miesesten Bastard in diesem Teil von Mayo, seit Mick Mahoney gestorben ist? Nein, nein. Es ist so klar sichtbar wie diese Hand hier vor meinem Gesicht. Einem Mann, der der Bruder eines Priesters ist, würden sie kein Haar krümmen.«

»Es ist der Anfang«, wiederholte Jack Stanner.

»So hat es auch in Wexford angefangen, und schaut euch an, wie es geendet ist«, sagte Sam Pryor. Gastfreundlich teilte er seinen Whiskey mit uns anderen, und ich hielt es für angebracht, ein Glas anzunehmen. Es war ein elender Fusel, aus irgendeiner Bergbrennerei, und brannte in meiner Kehle wie Feuer.

Als ich wieder sprechen konnte, sagte ich: »Sicher nicht. In Wexford haben die United Irishmen rebelliert. Hier bei uns sind es bloß Whiteboys, elende, unwissende Bauern.«

»Ach, Mr. Broome«, erwiderte Stanner. »Ihr kennt sie nicht. In ganz Irland gibt es keinen Priester, der nicht in Frankreich ausgebildet worden ist, und Leute wie William Burke haben in König Louis' Armee gedient, um die armen französischen Protestanten zu hetzen und zu massakrieren.«

Pryor entfernte seinen Verband und entblößte einen entsetzlichen Blutklumpen an der Stelle, wo einst sein Ohr gewesen war. »Da seht Ihr, Mr. Broome, noch ein Tropfen für die Flüsse von christlichem Blut, das seit Elizabeths Tagen auf dieser Insel vergossen worden ist. Und trotzdem müssen die loyalen Männer von Tyrawley weiter auf ihren Hintern sitzen bleiben.«

Ich ignorierte diesen unschicklichen Ausdruck, wie der Leser, das hoffe ich zumindest, meine Wiederholungen ignorieren wird, und versicherte ihm und den anderen, daß die Gerichte meines Wissens mit äußerster Entschiedenheit ihre Untersuchungen durchführten, und ich erinnerte sie daran, daß ihre eigene Miliz bereitstand, um die Beschlüsse der Gerichtsbarkeit in die Tat umzusetzen.

»Ah«, sagte Stanner. »Das wird sich zeigen.«

»An der Miliz gibt es nichts auszusetzen«, meine Pryor, »außer daß wir einen Captain mit einer papistischen Frau und papistischen Freunden wie Randall MacDonnell haben.«

»Nun, Sir! Nun, Sir!« sagte ich scharf. »Auf dieser Insel gibt es keinen eifrigeren Offizier als Captain Cooper. Wenn überhaupt, dann ist er eher zu eifrig. Was soll er denn tun?«

»Was er tun soll?« fragte Pryor und berührte abermals seinen blutigen Schädel. »Jeder Protestant sollte wissen, was jetzt zu tun ist.«

»Vorsichtig jetzt«, sagte Sergeant Tompkins und warf mir einen Blick zu, dessen Bedeutung ich damals nicht begriff. »Ich verwette mein Wort für Captain Cooper. Mr. Broome beurteilt ihn ganz richtig. Captain Cooper wird tun, was richtig ist.«

Ich kann ihnen nicht nur Vorwürfe machen. Wie wenig können wir in England ihre Ängste und ihre Loyalitäten verstehen! Und doch verlassen wir uns seit Jahrhunderten auf solche Männer. In jedem Moment der Krisis oder der drohenden Gewalt halten wir in England kühne und großzügige Reden über die loyalen irischen Protestanten, zu jedem anderen Zeitpunkt dagegen empfinden wir nur eine nachlässige Verachtung für sie, als eine Art von Wilden, die denen, von denen sie umgeben sind, nur wenig überlegen sind.

Ich verließ sie mit dem Versprechen, daß meine liebe Eliza am nächsten Tag vorbeischauen würde, um sich nach Pryors Befinden zu erkundigen und um ihm ein paar tröstende Lekkerbissen zu bringen, und sie verabschiedeten sich höflich von mir. Pryor bedankte sich für mein Interesse an seinem Zustand. Und doch bin ich sicher, daß sie, sowie ich die Tür hinter mir zugemacht hatte, ihre Unterhaltung mit weniger Zurückhaltung fortsetzten, als meine Anwesenheit ihnen auferlegt hatte. Ich kannte diese Männer nicht gut, obwohl sie zu meiner Pfarre gehörten und jeden Sonntag meine Kirche besuchten. Sie waren natürlich keine Gentlemen und hatten auch keine entsprechenden Ambitionen. Sie hegten tiefes Mißtrauen ihrem eigenen Landadel gegenüber, den sie für zu schlaff hielten. Und doch waren sie und ihr Landadel durch ihren Glauben miteinander verbunden und bildeten eine einzige Gemeinde, zahlenmäßig schwach, aber dennoch allmächtig.

Ich weiß noch genau, daß mir, als ich Sam Pryors Hütte verließ und zur Stadt zurückging, etwa ein halbes Dutzend Spalpeens begegnete, wandernde Landarbeiter, die wohl wegen der bevorstehenden Ernte nach Killala gezogen waren. Sie waren so grob gekleidet, wie man sich das nur vorstellen kann, in Friesjacken, so alt und verwittert, daß sie ein Teil der Landschaft hätten sein können, und ohne Hüte, um ihre verfilzten und zerzausten Haare zu bedecken. So könnten die rauhen Söldner ausgesehen haben, die in den historischen Stücken des erhabenen Shakespeare erwähnt werden. Sie unterhielten sich höchst angeregt auf irisch, und einige lachten über die Bemerkungen einer wilden Kreatur, die noch größer war als MacCarthy. Als wir uns begegneten, unterbrachen sie sich jedoch und grüßten mich äußerst höflich und mit jeglicher Ehrerbietung, wobei sie an den Straßenrand traten. Als ich an ihnen vorübergegangen war, nahmen sie ihre Unterhaltung wieder auf und zogen sich damit in ihre Welt zurück, die für mich ein einziges, in ihrer Sprache eingeschlossenes Geheimnis war.

Ich schien in meinen Händen zwei ausgezackte Mosaikstücke zu halten – die Welt von Pryors Hütte und die der papistischen Arbeiter auf der Straße. Die Stücke paßten nicht zusammen, und ich konnte mir auch das Muster, zu dem sie gehörten, nicht vorstellen.

Zwei Nächte darauf wurde der Leichnam von Phelim O'Carroll, einem kleinen Bauern auf dem Gut von Lord Glenthorne, nackt in einem seichten Moorweiher gefunden. Er war auf grausamste Weise mißhandelt worden, sein Rücken war nichts als rohes Fleisch. O'Carroll, obwohl ein Mann in mittleren Jahren, war ein berüchtigter Dorfkämpfer und deshalb als Whiteboy in Verdacht gewesen. Zweifellos war versucht worden, ihm Informationen abzupressen, was aber offenbar vergebens gewesen war. Seine Totenwache wurde in seiner Gemeinde abgehalten, aber über diese Zeremonie kann ich glücklicherweise nichts schreiben. Der Brauch der Totenwachen im ländlichen Irland ist einfach obszön, und eine Beschreibung würde nur Ekel erwecken. Es ist hinlänglich bekannt, daß diese Wachen keine nüchternen Nachtwachen am Leichnam eines verschiedenen Vaters oder Freundes sind, sondern eher Anlässe für Trunkenheit und Ausschweifungen. Die Art dieser »Wachspiele«, wie sie auch genannt werden, kann uns nur am Los des Christentums verzweifeln lassen, auf so entsetzliche Weise wird die heidnische Vergangenheit in ihnen verewigt. Über Spiele wie »Kraftprobe«, »Bulle und Kuh«, »Kerzenhalten« und »Schweineverkaufen« möchte ich lediglich erwähnen, daß Männer und Frauen daran teilnehmen, daß bei einigen die Männer nackt sind, daß in anderen alle Vorkommnisse einer Hochzeitsnacht gemimt werden. Die Volksweisheit, daß bei Totenwachen mehr Ehen geschlossen werden als auf Jahrmärkten oder Tanzfesten, hat viel Wahres an sich, so hemmungslos führen sich jung und alt auf. Und doch geschieht alles in einem Geist der Unschuld und ohne gotteslästerliche Absichten, nicht einmal dann, wenn der Leichnam auf seine leblosen Füße gestellt und der Travestie eines unzüchtigen Tanzes unterworfen wird. Dieses Land ist wahrlich im Sumpf einer uralten Vergangenheit versunken. Aber ich schweife ab.

Ein weitaus größeres Maß für Trauer und Leidenschaft der Menschen wäre bei der Beerdigung des armen O'Carroll auf dem Friedhof von Killala zu beobachten gewesen, denn dem Sarg folgte schweigend ein langer Trauerzug, der, wie der Brauch gebietet, den weitesten Weg nahm und einen großen Kreis in Richtung der Sonnenlaufbahn beschrieb. Ich nahm an der Bestattung teil, hielt mich in respektvoller Entfernung und war zutiefst bewegt. Als der Sarg in die Erde gesenkt worden war, trat eine Gruppe von verhüllten Frauen vor und begann mit der Totenklage, über die so viel geschrieben worden ist und die, wenn auch unleugbar barbarisch, nicht ohne Musikalität ist und die tiefste Trauer auf eindrucksvolle Weise zum Ausdruck bringt. Es ist eine Art Geheul, und ich beobachtete, daß Mr. Hussey offenbar mit kühler Abneigung lauschte und mich mehrmals voller Verlegenheit ansah, während sein Kaplan, Murphy, zutiefst gerührt war und O'Carrolls Neffen, einem schwatzhaften Grünschnabel, voll Mitgefühl den Arm um die Schultern legte. Ansonsten aber lauschte die riesige Trauergemeinde regungslos und hatte nur Augen für das grobe Holz des Sarges.

In die Erde, die auf den Sarg geschaufelt wurde, wurde O'Carrolls Blut gemischt, das sein Neffe aus einer kleinen Flasche goß, denn unter den Leuten hier hieß es, daß auf einer Beerdigung Blut vergossen werden muß. Wenn es einem rituellen Zweck diente, dann war es ein verschwendetes Symbol, denn das von Pryor und O'Carroll vergossene Blut sollte sich in den kommenden Monaten vervielfacht über uns ergießen.

Am folgenden Abend, als Mr. Gibson von einer geschäftlichen Besprechung in Killala zurückkehrte, wurde aus einer Hecke gegenüber seiner Einfahrt auf ihn geschossen. Gibson ist ein kühner Mann und reitet niemals unbewaffnet aus. Er zog seine Pistole, lenkte sein Pferd auf die Hecke zu und schlug vier Männer in die Flucht, die er weder gefangennehmen noch identifizieren konnte, obwohl er später erklärte, einer habe große Ähnlichkeit mit seinem Pächter Malachi Duggan gehabt. Gibson war als Grundbesitzer und als Richter unbeliebt, und alle wußten, daß er wie Cooper energisch darauf gedrängt hatte, mit Gewalt gegen die Whiteboys vorzugehen. Und doch behauptete Duggan, als er vor Gericht verhört wurde, energisch seine Unschuld und bot an, zwanzig Zeugen zu bringen, die sie beschwören konnten.

Wir hatten nun in Killala einen kleinen Krieg, mit Verletzungen auf der einen und einem Todesfall auf der anderen Seite. Es wimmelte von Gerüchten, entstanden aus Angst und einem natürlichen Argwohn. Unter den Papisten hieß es, daß es ihnen ergehen würde wie den Bauern von Wexford unter dem Kriegsrecht in den Monaten vor dem Aufstand. Landwehr und reguläre Truppen würden eingesetzt werden, um Auspeitschungen vorzunehmen und Ernten und Hütten niederzubrennen, wobei die Miliz von Tyrawley als ihre röhrenden Hunde fungieren sollte. Und viele Protestanten, vor allem die der unteren Stände, glaubten, daß ein allgemeines Massaker stattfinden würde, sowie die Franzosen gelandet wären. Angst und Feindseligkeit waren in den schäbigen Straßen von Killala fast greifbar. Ein Bauer, der groß und unheildrohend in einem kleinen protestantischen Laden aufragte, deutete auf das Stück Seil oder das Zinngeschirr, das er brauchte, und der Kaufmann reichte es ihm schweigend und reserviert, mit zusammengekniffenen Lippen.

Die Ängste der Menschen haben immer schon die Tore ihrer Phantasie geöffnet, noch kuriosere Vorstellungen konnten ihren Einzug nehmen. Die Iren sind ein sehr phantasievolles Volk und haben Erde und Luft mit unsichtbaren Lebewesen bevölkert, jedem Hügel und Cairn eine liebliche oder groteske Vorstellung zugeschrieben. Aber das heißt nur, daß sie in ihren

Aberglauben versunken sind und daß ihr Verhalten von den dunklen Reden alter Frauen und wandernder Wahrsager gelenkt wird. In den besten Zeiten bedeutet das ein Hindernis auf ihrem Weg zur Zivilisation, und ich muß einfach glauben, obwohl das vorurteilsvoll erscheinen mag, daß der römische Glaube dem Unglaublichen Schutz gewährt. Wenn sich große Ereignisse regen, kann diese Neigung zum Träumen gefährliche Formen annehmen.

So war es auch jetzt. Die Unruhen, die Ulster und Wexford verheert hatten, hatten Mayo bisher verschont, waren jedoch nicht unbemerkt geblieben. Hier, wie auch an anderen Orten in Irland, hatten Wahrsager und herumziehende Gaukler und Geschichtenerzähler übertriebene und reichgefärbte Darstellungen dieser elenden Auseinandersetzungen mitgebracht. Prophezeiungen wurden von Kneipe zu Kneipe, von Dorf zu Dorf getragen und hatten den großen Tag der Befreiung vorausgesagt, der die Knechtschaft des gälischen Volkes aufheben würde. Solange Mayo ruhig blieb, wurde solchem Unsinn kaum Aufmerksamkeit gewidmet. Aber nun lauschte eine aufmerksame Landbevölkerung der apokalyptischen Dichterei unwissender Menschen und wiederholte sie am Torffeuer. Die Frau eines Müllers in Athlone hatte einen Sohn mit vier Daumen geboren, und dieser Müller würde die Gälische Armee anführen. Die entscheidende Schlacht würde irgendwo hinter dem Shannon geschlagen werden, im Tal des Schwarzen Schweines. Schwarze Schiffe mit hohen Masten eilten aus Frankreich und Spanien herbei, an Bord befanden sich die Kämpfer Erins. Wie sich feststellen läßt, bezogen die glorreichen Prophezeiungen Mayo nicht mit ein. Die Schlachten sollten in sicherer, sogar legendärer Entfernung von der Moy stattfinden. Und in ihrer wolkigen Großartigkeit (falls vier Daumen als großartig gelten können) hatten sie wenig mit unseren schäbigen Sorgen zu tun – ein Mann ermordet und ins Moor geworfen, ein Mann verstümmelt und gefoltert.

Am 1. August wurde die Miliz von Tyrawley in Bereitschaft versetzt, während die Richter der Baronie eine Untersuchung der aufrührerischen und kriminellen Handlungen durchführten, mit dem Ziel, die Organisation, die sich selber als die Whiteboys von Killala bezeichnete, niederzuschlagen. Es gab am Ort vier Richter, Captain Cooper, Mr. Gibson, Mr. Saunders und meinen Freund Mr. Falkiner. Captain Cooper habe ich bereits erwähnt und werde noch mehr über ihn zu sagen haben. Mr. Gibson und Mr. Saunders, obwohl ehrlich auf ihre schroffe und bündige Weise, waren grobe und übereilige Männer. Nur Mr. Falkiner entsprach in seinem Betragen dem, was wir in England unter einem *Richter* verstehen, also einem Mann von gelassenem Wesen und Respekt für die Regeln von Beweisführung und gesundem Menschenverstand. Die Richter schlugen vor, alle zu verhören, die etwas von den Verbrechen der Whiteboys wissen könnten, und die, deren Aussagen unbefriedigend ausfielen, vor Gericht zu stellen. Damit handelten sie jedoch nur gemäß der ihnen durch Eid übertragenen Verantwortung. Die Verhöre wurden unter äußerster Gewaltanwendung durchgeführt, die Verdächtigen wurden auf grobe und rücksichtslose Weise von Gruppen bewaffneter Miliz aus ihren Hütten gezerrt. Es kam mehr als einmal zu Fällen von extremer Brutalität, gegen die kein Protest half. Schlimmer noch, Mr. Falkiner erkannte, daß die anderen eine Anklage anstrebten, ob es dafür nun genügende Indizien gab oder nicht, um auf diese Weise die Bauern in Panik zu versetzen. Während der Verhöre wehrte er sich energisch, aber ohne Erfolg gegen diesen schockierenden Gesetzesbruch, dessen Folgen, wie wir sehen werden, unheilvoll waren.

Auf Mr. Falkiners Drängen hin nahm ich auf der Bank der Richter Platz, obwohl ich mich natürlich nicht an den Verhören beteiligte. Mr. Falkiner, dieser gute und unschuldige Mann, glaubte, die Anwesenheit eines Geistlichen würde seine Kollegen zu bestem Betragen veranlassen. Es war eine triste und traurig stimmende Geschichte. Ich habe gerade noch einmal die Protokolle gelesen, die Mr. Josiah Greene, der Anwalt aus Ballina, der als Sekretär fungierte, aufgeschrieben hat, aber er hat die Fragen und Antworten zu kleinen Häufchen von trokkenem Hafermehl zusammengestellt, die mir diese endlosen Abende nur höchst unvollständig wieder in Erinnerung rufen können. Die meisten der Verhörten sprachen kein Englisch. Cooper übersetzte die Fragen für den Zeugen ins Irische und übertrug dann dessen Antworten für uns. Ich habe keinen Zweifel daran, daß er dabei tadellose Vorsicht und Diskretion walten ließ. Ein Zeuge sagte unklar aus, schleuderte in den von Kerzen beleuchteten Raum einen Strom von barbarischen Worten, gestikulierte wild und beteuerte seine Unschuld zweifellos unter Anrufung des gesamten Heiligenkalenders. Captain Cooper reduzierte das dann zu einem lakonischen »er behauptet immer noch, nichts zu wissen«.

An dieser Stelle möchte ich die Aussage eines englischsprechenden Zeugen einfügen, um dem Leser eine Kostprobe von Mr. Greenes höchsten Fähigkeiten zu geben.

AUSSAGE VON OWEN MACCARTHY, KILLALA, SCHULMEISTER

Ich habe in Killala eine klassische Akademie, in der Jungen jeden Alters unterrichtet werden. Ich bin vor drei Jahren in diese Baronie gekommen. Ich bin 37 Jahre alt. Ich bin in Tralee in County Kerry geboren und habe in diesem County und in Cork und Limerick unterrichtet. In Kerry und in Cork habe ich um eine Lizenz ersucht, eine Schule eröffnen zu dürfen, und diese auch jedesmal erhalten. Jedesmal habe ich König George, den ich als meinen rechtmäßigen Monarchen anerkenne, den Gefolgschaftseid geleistet. Ich habe in Killala keine Lizenz beantragt, weil das Gesetz dieses nicht mehr vorschreibt. Ich fühle mich an meine Eide gebunden, und das lehrt auch meine Kirche. Ich habe keinen Papisten jemals etwas anderes behaupten hören.

Ich bin an anderen Orten dieser Baronie aus verschiedenen Gründen verhaftet worden, zumeist jedoch wegen Ruhestörung oder Friedensbruch. Ich bin kein Whiteboy oder United Irishman, und ich kenne auch kein Mitglied dieser Organisationen. Ich weiß nur, was alle wissen. Ich habe ihre sogenannte Proklamation gesehen. Sie sind Verrückte und Straßenräuber, und dem Mann, der ihre Proklamation geschrieben hat, fehlt eine klassische Bildung. In der Nacht, in der Sam Pryor mißhandelt wurde, habe ich in einer Schenke getrunken, was viele bestätigen können.

Im County Cork hatte ich meine Schule in Macroom. In Macroom waren die Whiteboys sehr aktiv, aber ich hatte nichts mit ihnen zu tun. Das muß etwa zwölf Jahre her sein. Ich bin Patrick Lynch, der ›der Whiteboy-Captain von Macroom‹ genannt wurde, nie begegnet. Ich habe ihn in Macroom hängen sehen, wie viele andere auch.

Ich habe niemals Auflehnung unter meinen Schülern ermutigt. Ich schreibe irische Gedichte, und sie sind bei denen, die diese Sprache verstehen, sehr bekannt. Sie handeln alle von harmlosen Dingen wie Liebe und Natur. Ich habe in nüchternem Zustand nie das Gesetz gebrochen.

Die Fragen, die an MacCarthy gestellt wurden, können aus seinen Antworten ersehen werden, ebenso wie die Unterstellungen seiner Befrager. Seine Aussage, so wie ich mich an sie erinnere, ist von Mr. Greene stark verkürzt worden, vielleicht aus reiner Vernunft. Captain Cooper und Mr. Gibson waren mißtrauisch, weil MacCarthy französisch lesen konnte, und sie wollten von ihm wissen, ob er revolutionäre Pamphlete aus Paris besaß oder nicht. MacCarthy antwortete voller Geduld auf solchen Unfug. Er war mit vorgehaltenem Bajonett aus seinem Bett gezerrt worden, was aber seinen Verstand nur angeregt hatte, und er beantwortete alle Fragen bereitwillig und ehrerbietig, wenn auch, wie ich fand, mit einem leicht sardonischen Lächeln. Die Richter waren dennoch unzufrieden und nannten ihn mehrmals einen »mutmaßlichen Schurken«. Bis auf weiteres gingen sie jedoch nicht gegen ihn vor.

Sieben anderen Männern dagegen sollte der Prozeß gemacht werden, und sie wurden ins Gefängnis in Ballina überführt. Fast alle »Beweise« gegen sie wurden von einem Mann namens Paudge Nally geliefert, einem kleinen, unglückseligen, buckligen Mann, der ein wenig Englisch sprach. Sogar Captain Cooper war klar, daß Nally kein Whiteboy war, er gab jedoch vor, viele Männer in der Baronie zu kennen, die auf irgendeine Weise ihre aufrührerische Gesinnung zum Ausdruck gebracht hatten. Einer der nach Ballina gebrachten Männer war ein junger Bursche namens Gerald O'Donnell, der seinem Bruder Ferdy auf einem Hof half, der von Cooper gepachtet war. Es stellte sich heraus, daß Gerald O'Donnell ein Jahr zuvor Sam Pryor, der die Steuern einziehen wollte, mit Flüchen und Verwünschungen davongejagt hatte. Nally sagte aus, daß der junge O'Donnell seitdem in den Schenken immer wieder Drohungen gegen Pryor ausgestoßen und einmal behauptet hätte, daß die Männer in anderen Counties mit den Ohren der Steuereintreiber umzugehen wüßten. Die Aussage Nallys, der danach aus Sicherheitsgründen in einem Zimmer in Coopers Haus wohnte, halte ich für nichtig. Er war der Prototyp der Denunzianten, der Schenkenklatsch, begleitet vom Schnaufen einer ewig laufenden Nase, weitertratschte. Mr. Falkiner vermutete, daß seine »Beweise« mit einem Nachlaß seiner Pacht zusammenhingen, die arg in den Rückstand geraten war. Diese Annahme, so abstoßend sie auch sein mag, ist überzeugend, denn natürlich mußte ihn ein anderes Motiv als eine abstrakte Liebe zur öffentlichen Ordnung zu diesem gefährlichen Benehmen bewogen haben. In irischen Gerichten treten häufig Denunzianten auf, aber nur wenige erreichen danach ein hohes Alter.

Die sieben Gefangenen wurden in zwei Karren, bewacht von der Miliz, aus Killala weggeschafft. Ihre Frauen und Mütter veranstalteten mit ihren Klagen einen Höllenlärm. Sie klammerten sich an den Seiten der Karren an und versuchten, die gefesselten Hände der Gefangenen zu fassen. Viele Menschen standen an den Straßen und sahen sich alles an, und bei den meisten verursachte das Weinen der Frauen ein mitleidiges leises Gemurmel. Als die Karren an der Kapelle vorbeifuhren, stürzte Murphy, der Kaplan heraus und hielt den Männern ein Kreuz an die Lippen, und diese küßten es voller Hingabe. Ferdy O'Donnell dagegen lehnte an der Stirnwand der Kapelle, die Hände hinter den Hosenbund gestopft, die Lippen fest zusammengepreßt. Neben ihm stand sein Freund Owen MacCarthy und redete auf ihn ein.

Einige Minuten, nachdem die Karren sich auf die Straße nach Ballina in Bewegung gesetzt hatten, hörten wir noch das Gerumpel ihrer Räder und die Hufschläge der Miliz. Danach verstummte die Stadt nicht, denn die Frauen heulten weiter und die Bauern redeten miteinander. Ich kehrte voller Besorgnis in mein Haus zurück und wandte mich um Rat an unseren Schöpfer, zu dem ich in einer so leidenschaftlichen Sprache wie der des glühendsten Methodisten sprach.

In der nächsten Nacht wurde Paudge Nallys Hütte von einer großen Gruppe von Männern überfallen. Seine Frau und seine armen unschuldigen Kinder wurden auf die Straße gejagt. Dann wurde seine Hütte zerstört, seine Ernte angesteckt und sein bißchen Vieh geschlachtet. Ein solches Ereignis hätte einen Monat früher das ganze Land in Bestürzung versetzt, war aber jetzt fast schon erwartet worden, und die Leute sprachen darüber wie über eine unvermeidliche Bagatelle.

Ein Ereignis, das wir gesehen haben, beeinflußt unsere Phantasie am stärksten, und ich glaube, daß der Anblick der Gefangenen, der klagenden Frauen, der quietschenden Karren, der auf das Kreuz gepreßten Lippen mehr aussagte als ein Bericht über ein verbranntes Strohdach. Ich glaubte damals, wie mir meine Vernunft nahelegte, daß von den sieben festgenommenen Männern einige höchstwahrscheinlich Whiteboys waren und die anderen wahrscheinlich nicht. Und für die Bauern der Baronie muß der Anblick von unschuldig verhafteten Männern ganz besonders entsetzlich und zornerregend gewesen sein, ein Zeugnis ihrer absoluten Abhängigkeit von Willen und Launen ihrer Herren. In der Folgezeit, als ich einige Bauern besser kennengelernt hatte, erzählten sie mir immer wieder von diesem Ereignis, als ob unsere Sorgen damit begonnen hätten.

Diese Gesellschaft hier ist höchst sentimental und unbeständig, wie fast alle Reisenden berichtet haben. Die Bindungen von Freundschaft und familiärer Zuneigung sind stark. Gefühle werden leicht verletzt. Ein Mann mag in seiner Gemeinde übel angesehen sein, aber hängt ihn, oder werft ihn auch nur ins Gefängnis, und er wird zum beliebten Helden, Subjekt tränenreicher oder wütender Schenkenlieder. Und wenn es ein Mann ist wie Gerald O'Donnell, der geliebt und geachtet wird, dann nimmt dieser Zorn wütende Formen an. Vielleicht fingen unsere Sorgen wirklich in dem Moment an, als die Karren nach Ballina zum Gefängnis rumpelten. Aber das können wir nicht wissen. Das erste Glied in der Kette der menschlichen Leidenschaften ist oft unauffindbar, verloren in den wirbelnden Nebeln der Emotionen.

5

The Acres, Killala, 5. August

»Du hast mich in meiner eigenen Pfarre in Schande gebracht«, sagte Judy Conlon.

»Nun, Judy«, erwiderte MacCarthy, »ich glaube, daran waren wir beide beteiligt.«

Er lehnte am Türpfosten und schaute über die Bucht.

»Niemand hat jemals ein böses Wort über mich gesagt, als mein Mann noch lebte und mich beschützen und loben konnte.«

»Kein Mann könnte in dein Bett steigen, ohne sich zu erheben und deine Schönheit und deine Talente zu loben. Ich habe dich oft in meinem Herzen und in meinen Gedichten gelobt.«

»Damals war ich eine verheiratete Frau, und jetzt könnte ich auch verheiratet sein.«

»Ach, Judy, ein Schulmeister hat ein riskantes, unsicheres Leben, vor allem, wenn er auch noch Dichter ist.«

Sie stand im Hemd hinter ihm, ihre dunklen Haare fielen über ihre Schultern.

»Du bist angeblich ein guter Dichter, Owen ...«

»Das ist die Wahrheit, bei Gott, das ist sie.«

»Aber du bist auch ein guter Schulmeister, und Killala wird immer eine Schule brauchen.«

»Aber mich nicht, Judy. Ich gehe weg. Ich habe keine Nerven für das, was hier passiert und was noch passieren wird.«

»Und alles bloß, weil sie Sam Pryor die Ohren abgeschnitten haben? Er sieht doch jetzt viel hübscher aus, dieser miese Mistkerl.«

MacCarthy lachte. »Du wirst auch eines Tages mit den Schafscheren auf mich losgehen, du wildes Frauenzimmer. Und ich bete zu Gott, daß du dich mit meinen Ohren zufrieden gibst. Nein, in Killala wird es noch mehr Ärger geben, und bei solchen Gelegenheiten kommen Dichter oft zu Schaden. Ich schwöre bei Gott, ohne Mr. Falkiner und diesen kleinen protestantischen Pastor wäre ich heute nacht auch im Gefängnis von Ballina. Cooper hat sich alle Mühe gegeben.«

»Cooper sollte sich lieber vorsehen«, sagte sie. »Ich hab da so allerlei gehört. Cooper und dieser erbärmliche Paudge Nally bringen Männer mit Meineiden um die Freiheit.«

»Mein Gott, Judy, was hilft das denn dem armen Gerry O'Donnell, der gegen keinen Menschen jemals seine Hand erhoben hat, außer damals, als Pryor mit dem Steuereintreiber zwei von Ferdies Kühen holen wollte? Ich weiß zwar nicht mehr, wer ein Whiteboy ist und wer nicht, aber ich weiß, daß Ferdy keiner ist, und das würde ich auch beschwören.«

»Manche meinen, ein Schulmeister sollte zu seinen Leuten halten, wie Schulmeister an anderen Orten das getan haben.«

»Du hörst wirklich wundervolles Gerede.«

»Eine Frau erfährt wirklich wenig genug, wenn sie nicht zuhört, was die Leute sagen.«

»Dann sollte sie auch nicht über diese Dinge reden. Ich schwöre bei Gott, ich bin heute morgen nicht aufgestanden, um mir von einem kleinen Mädchen Vorträge halten und Sorgen machen zu lassen.«

»Aber du gehst doch nicht wirklich, Owen? Du hast das doch bloß gesagt, weil du böse auf mich warst, nicht wahr?«

»Nein, Judy«, sagte er und wandte sich von der Bucht ab, um ihr ins Gesicht zu sehen. »Ich habe es so gemeint. Es wäre der schiere Wahnsinn für einen Mann wie mich, hierzubleiben. Beim nächsten Mal würde ich weniger Glück haben. Willst du mich denn in einem Karren sehen, zusammengeschnürt wie ein Truthahn? Und keinen anderen Trost als den verrückten Murphy, der mit seinem Kreuz vor mir herumfuchtelt?«

»O Gott, Owen, was soll ich denn ohne dich machen?«

»Ich würde dich niemals mit leerer Tasche zurücklassen. Mr. Treacy bezahlt mich dafür, daß ich meine Gedichte für ihn auf feines Pergament schreibe, damit sie mit den Gedichten von O'Rahilly und O'Sullivan gesammelt werden können. Und das ist ja auch nur richtig so.« Das stimmte nicht: Er hatte niemals ein Gedicht geschrieben, das es mit einem von O'Rahilly aufnehmen konnte.

»Was wird dir denn deine Dichtung nützen, wenn du ein alter Mann bist und niemand sich um dich kümmert?«

»Wenn ich in dieser Baronie bleibe, werde ich vielleicht niemals ein alter Mann. Gott, wenn ich daran denke, wie ich in diesem Land herumgejagt worden bin, ein harmloses, friedliches Geschöpf. Es gibt Vagabunden und kräftige Bettler, die ein ruhigeres Leben führen.«

Sie stellte sich auf die Zehen und legte ihm die Hand auf die Schulter. »Du wirst tun, was du für das Beste hältst.«

»Ich weiß wirklich nicht, was das Beste für mich oder für sonst jemanden ist. Manchmal sehe ich mir die armen Kinder an, deren Eltern mich dafür bezahlen, daß ich ihnen Wissen eintrichtere, und frage mich, was das alles soll.«

»Aber die Jungen müssen doch etwas lernen. Du arbeitest genauso ehrlich wie irgendein Schneider.«

»Sie müssen wenig lernen, um in einem Karren nach Ballina fahren zu können.«

»So ist es eben«, sagte sie.

»Die Gälische Armee hat sich in Wexford erhoben, und Schiffe mit hohen Masten sind von Frankreich in mein Munster unterwegs. Und in Mayo kämpfen die Männer um Kühe und halbe Hektare von kargem Land, die nicht einmal eine Ziege ernähren könnten. Das hier ist ein trister und gemeiner Ort.«

»Ich habe diese anderen Orte, wo du gewesen bist, nie gesehen. Könntest du dir nicht überlegen, ob du mich mitnehmen willst?«

Er schüttelte den Kopf. »Ich bekomme von Mr. Treacy fünf Guineas für die Gedichte, und ich werde dir drei davon hierlassen. Zwei sind mehr, als ich brauchen werde.«

»Ist es, weil ich keine passende Frau für einen Schulmeister wäre?«

»Nein«, sagte er. »Es ist, weil ich kein Mann zum Heiraten bin, Liebchen. Und das weißt du genau.«

»Das weiß ich«, sagte sie und trat zurück, weg von ihm.

Wieder blickte er auf die düstere, weit entfernte Bucht. Er hatte keine gutherzigere Frau gekannt, keine liebere, freigebigere. Aber sonst hielt ihn nur wenig in Mayo. Er hatte hier nur wenige enge Freunde, denn Frauen waren niemals Freunde. Im Zentrum ihres Wesens lag ein Mysterium, eine Entfernung, die sich nie überwinden ließ, nicht einmal in der schwarzen Nacht. Seine Freunde waren Ferdy O'Donnell oben in den Bergen und Sean MacKenna, der Schulmeister unten in Castlebar. Hier hielt ihn nur wenig. Der Unterricht war beendet, und in zwei Wochen würde er Treacys fünf Guineas verdient haben.

Sollten sie sich doch einen neuen Schulmeister suchen,

einen jungen törichten Knaben aus Kerry, der es nicht besser wußte.

Ballina, 7. August.

Malcolm Elliott und Randall MacDonnell trafen sich in Ryans Schenke, eine Meile vor Ballina, mit Malachi Duggan. MacDonnell bestellte eine Schüssel Punsch, aber die mußte er sich mit Elliott teilen, denn Duggan trank nichts. Er saß ihnen gegenüber, behäbig, aber wachsam, seine großen milden Augen sahen keinen von ihnen an, sondern geradeaus, oder, wenn er den Kopf senkte, auf eine Kerbe im groben Tisch. Ein Gentleman, ein Krautjunker und ein Bauer waren sie, eine schlecht zusammenpassende Gruppe, und Duggan war der einzige der drei, der sich nicht verlegen fühlte.

»Bei Gott, Sir«, sagte er zu Elliott. »Ich weiß nichts davon, was diese wilden und wütenden Straßenräuber in der dunklen Nacht treiben. Sie haben ja sogar auf Mr. Gibson geschossen, der mein eigener Grundbesitzer ist und mir nie ein böses Wort gesagt hat.«

»Natürlich nicht«, sagte Elliott. »Aber Ihr seid ein Mann, zu dem die Leute aufblicken, ob sie nun Whiteboys sind oder nicht.«

»Ach, Sir. Das kommt doch nur davon, daß ich bei den Dorfkämpfen immer ganz vorne war. Aber dazu werde ich langsam zu alt.« Er klopfte sich auf seinen schweren Bauch. »Dorfkämpfe sind etwas für junge Burschen. Sie schaden ihnen nicht und machen der Baronie Ehre.« Sein Englisch war mehr als ausreichend, obwohl er mit schwerem, unsystematischem Akzent sprach.

»Jesus, aber du bist doch ein großer Dorfkämpfer«, meinte MacDonnell. »Vor drei Jahren habe ich gesehen, wie du deine Stechpalme gegen die Männer von Ballycastle geschwungen hast. Das sind dickköpfige Bastarde.«

»Es sind schlechte Zeiten für die Baronie«, sagte Elliott. »Das Gefängnis in dieser Stadt füllt sich mit Männern aus Killala und Kilcummin.«

»Schlechte Zeiten für das ganze Land, Sir. Jeden Sonntag erzählt uns Mr. Hussey von all den Gefahren. Franzosen auf dem Meer, die weder Kirche noch Kapelle besuchen. Männer unten in Wexford, die sich gegen den König erheben. Und Männer hier bei uns, die üble Dinge anrichten.«

»Du bist ein äußerst gesetzestreuer Mann«, sagte MacDonnell trocken.

»So ist es«, stimmte Duggan zu.

»Sieben Männer aus der Baronie im Gefängnis von Ballina«, sagte Elliott. »Und wenn Cooper und die anderen Richter fertig sind, werden es mehr als sieben sein.«

Der massive Kopf nickte. »Es war eine schreckliche Sache. Diese jungen Burschen sind nicht mehr Whiteboy als ich.«

»Ich kenne jedenfalls einen, der keiner ist«, warf MacDonnell ein. »Und das ist Gerry O'Donnell. Als ich hörte, daß sie ihn festgenommen hatten, konnte ich es nicht glauben. Ein anständiger, ruhiger Junge. Bei Gott, als ich das hörte, bin ich zu Sam Cooper hinübergeritten und habe mein Wort für Gerry gegeben. Ich hätte mir den Atem sparen können, um meinen Porridge abzukühlen. Er hatte mir ein Glas Whiskey gegeben, und ich war so wütend, daß ich das Glas in den Kamin schleuderte und auf dem Absatz kehrtmachte und ging.«

»Das ist kein Mann, dem ich den Rücken zukehren wollte«, sagte Duggan. »Wobei ich den Adel nicht beleidigen will.«

»Adel!« schnaubte MacDonnell. »Adel, ja? Der Kerl ist nicht mehr Adel als ein Kesselflicker. Cromwellsche Plünderer, das waren die Coopers.«

»Die Elliotts auch«, sagte Elliott.

»Überall gibt es gute und schlechte«, erwiderte MacDonnell rasch. »Sam Cooper und ich haben in den alten Tagen so manches Glas geleert. Und jetzt hat er mich mit einem eitlen Lächeln angeglotzt. Der arme Gerry O'Donnell könnte sich genausogut als Adel bezeichnen lassen. Die O'Donnells sind vom alten Stamm.«

»Eins steht fest«, sagte Elliott. »Cooper und seine Freunde werden damit nicht zufrieden sein.«

»Die Whiteboys auch nicht«, erwiderte Duggan. »Das sind kühne, entschlossene Burschen, meint Ihr nicht?«

»Schon möglich«, sagte Elliott. »Aber sie sind auch törichte Burschen. Vielleicht können sie die Baronie für lange Zeit auf den Kopf stellen, aber gewinnen können sie nicht, weil sie nicht recht wissen, was sie wollen. Wollen sie Räumungen verhindern, niedrigere Pachtsätze erzwingen oder alte Rechnungen begleichen? Vielleicht wollen sie einfach nur Gewalttätigkeit.«

»Unwissende Männer, sagt Ihr«, sagte Duggan. »Vielleicht kennt Ihr gebildete Männer, die sie beraten würden, Mr. Elliott?«

Elliott nickte. »Beraten, das ist das richtige Wort. Nicht sie führen, denn sie haben ihre Führer.«

»Und welchen Rat würdet Ihr geben?«

»In Wexford«, antwortete Elliott, »war die Rebellion möglich, weil sich das Volk mit den United Irishmen zusammengeschlossen hat.«

»Und waren das keine törichten Männer, diese Leute in Wexford? Als sie sich nach den United Men umsahen, die ihnen Gewehre geben sollten, da waren keine zu sehen. Ich glaube, Sir, wenn ein Mann verworfen genug ist, um zum Whiteboy zu werden, dann sollte er auf sich und auf die Dunkelheit vertrauen, und sich nicht auf die schönen Versprechungen von Gentlemen verlassen.«

»Der Aufstand in Wexford wurde von einem Gentleman geleitet«, erinnerte Elliott. »Und zwar von Bagenal Harvey.«

Der arme Bagenal Harvey, dachte Elliott. Von einem Mob mit Piken aus Bagenal Castle gezerrt und widerstrebend an ihre Spitze gestellt, verwirrt in Wexford hin und her geführt, halb General und halb Gefangener, der um das Leben von Gefangenen handelte und schmeichelte, der sich mit betrunkenen und prahlerischen Bauern herumschlagen mußte. Und nun war sein Kopf vor dem Gefängnis von Wexford aufgespießt.

»Jeder Wanderer hat uns über diesen Gentleman erzählt«, sagte Duggan. »Der ist wirklich kein großer Ansporn.« Zum erstenmal lächelte Duggan, wobei er abgebrochene und verfärbte Zähne zeigte.

»Hör mal zu, Malachi«, sagte MacDonnell plötzlich. »Ich habe dich nicht mit Mr. Elliott zusammengebracht, damit du dich über ihn lustig machst.«

»Das habe ich mich auch schon gefragt«, erwiderte Duggan. »Nicht, daß es nicht nett ist, den Morgen mit zwei Gentlemen aus der Baronie zu verbringen.«

»Und über mich auch nicht. John Moore bürgt für Elliott, und ich bürge für John Moore. Du weißt genau, warum wir mit dir sprechen wollen.«

»Dennoch«, sagte Duggan. »Sag es mir, Randall.«

MacDonnell gegenüber betrug er sich viel unbefangener und vertraulicher. Das ging wohl auch noch über die Benutzung der Vornamen hinaus. MacDonnell steckte zwischen beiden Welten, halb Gentleman, halb wohlhabender Bauer. Das war kein Problem für MacDonnell, diesen schlichten, umgänglichen Mann, bereit, mit jedem einen zu trinken. Aber zwischen Elliott und dem gerissenen, primitiv wirkenden Duggan lag ein tiefer, unüberbrückbarer Abgrund. Bagenal Harvey mußte dasselbe empfunden haben, als er mit seinen Pikenmännern über die Straßen von Wexford marschierte.

»Du bist ein Whiteboy«, sagte MacDonnell. »Einer der Whiteboys von Killala, wie ihr euch nennt. Wenn die Richter weniger blöd wären als sie sind, dann hätten sie dich ins Gefängnis von Ballina gesteckt. Und Malcolm Elliott und ich sind United Irishmen. Wir haben ihren Eid geschworen. Jetzt hast du deine offene Rede.«

»In der Tat«, sagte Duggan. »In der Tat, Randall. Du warst immer schon ein offener Mann.« Er griff zum dritten, unbenutzten Glas und füllte es mit Punsch. »Als ich ein junger Mann war, hatte ich nur dieses Zeug im Kopf. Ich habe es seit zehn Jahren nicht mehr probiert.« Er hielt es gegen das trübe, wäßrige Licht des Fensterchens. »Wenn ich ein paar Tropfen davon auf die Zunge bekam, gab es für mich keinen Halt mehr.«

»Das weiß ich noch«, sagte MacDonnell. »Du konntest viel Schnaps vertragen. Du hast doch sogar meinem Vater geholfen, den Branntwein von den französischen Schiffen am Strand von Kilcummin zu laden, und beim letzten Zählen fehlten immer ein Faß oder zwei.«

»Und das wußte dein Vater genau. Er war ein freigebiger Mann, ohne damit so anzugeben wie manche anderen.«

»Unten in Munster werden andere Schiffe ankommen«, sagte Elliott. »Aber nicht voll Branntwein.«

Duggan nahm einen langen Schluck und leckte sich dann die Lippen. »Bei Gott, es schmeckt noch genauso. Ich hatte diesen Geschmack vergessen.« Er kippte das Glas über dem Lehmboden aus und stellte es wieder auf den Tisch.

»Und wenn die Franzosen landen«, fuhr Elliott fort, »wird Munster sich erheben.«

»Vielleicht«, sagte Duggan. »Aber Munster ist weit weg von Mayo. So weit wie Wexford.«

»Im Süden und in der Mitte sind die United Irishmen stark«, antwortete Elliott. »Und auch in Galway und Sligo gibt es United Men. Nicht so viele, aber es werden immer mehr. Wenn sich die ganze Insel erhebt, können wir gewinnen.«

»Was gewinnen, Mr. Elliott? Das ist mir ein Rätsel. Ihr seid ein Gentleman und ein Grundbesitzer. Was wollt Ihr denn noch mehr?«

Elliott zögerte und wußte nicht so recht, wie er antworten sollte. »Freiheit«, sagte er schließlich.

»Freiheit wovon?« fragte Duggan, und seine Verwirrung wirkte echt.

»Von England«, antwortete Elliott. »Von einer Regierung und einem Parlament, die tun, was England wünscht.« Freiheit von der Vergangenheit, wollte er hinzufügen, aber das hätte für Duggan keinen Sinn ergeben.

»Für Euch mehr Macht«, sagte Duggan. »Aber das bedeutet nichts für Mayo. Hier haben die Grundbesitzer ihre Hacken auf unseren Nacken gesetzt. Ihr habt doch sicher nicht vor, uns von den Grundbesitzern zu befreien. Ihr seid doch beide Grundbesitzer.«

»Man weiß nie«, antwortete MacDonnell. »Bei einer Revolution weiß man nie. Sie fangen auf die eine Weise an und enden ganz anders.«

Elliott warf ihm einen scharfen Blick zu. MacDonnell lächelte entspannt. »Es gibt Grundbesitzer, und es gibt Grundbesitzer. Nimm doch einen miesen Landraffer wie Cooper oder wie deinen eigenen Gibson. So einem würde es im ganzen Durcheinander wohl nicht zu gut gehen.«

Elliott wollte etwas sagen, riß sich dann aber zusammen. MacDonnell und Duggan starrten einander an.

»Bei einer Rebellion«, sagte MacDonnell, »wären wir auf der einen Seite und Männer wie Gibson und Cooper auf der anderen. Alle wären auf der anderen Seite – Falkiner und Saunders und der ganze Rest. Ihnen würde es übel ergehen, wenn die Männer von Mayo sich erheben würden. Schließlich können die Whiteboys nur Vieh umbringen und hier und da mal hinter einer Hecke einen Schuß abfeuern. Und ihr würdet ziemlich schnell zerschlagen werden, macht euch da nichts vor.«

»Seht Ihr das auch so, Mr. Elliott?« fragte Duggan.

MacDonnell legte seine Hand auf Elliotts Arm und drückte zu.

»Auf meinem eigenen Land gibt es an die zwanzig Burschen«, sagte er, »die keine Zeit für die Whiteboys haben, aber wenn ich ein Wort sage, dann schwören sie den United-Eid, und ich kann sie anführen. Und das weißt du gut. Die Männer auf dem MacDonnell-Land sind immer den MacDonnells gefolgt. Und dasselbe gilt für Corny O'Dowd und Tom Bellew.

Ich habe den United-Eid geschworen, und Corny und Tom auch. Wir werden keinen Finger rühren, wenn die Franzosen nicht kommen, aber an dem Tag stehen wir auf der Straße. Und dasselbe gilt für gewisse Männer an der Küste, in Westport, deren Namen dir bekannt sein sollten.«

Duggan rieb sich mit der Hand über seinen steifen, drahtigen Haarschopf, sagte jedoch nichts.

»Wir brauchen deine Männer, Malachi, und wir brauchen dich.«

»Ich bin kein MacDonnell von Ballycastle«, sagte Duggan. »Die Whiteboys sind nur unwissende arme Teufel, und ich bin nur einer von ihnen. Wir haben doch gar keine Anführer. Wir sind nur eine Bande von unwissenden armen Teufeln.«

»Erzähl das deiner Großmutter«, antwortete MacDonnell. Duggan lachte, eine schwere Kette schien aus seiner tiefen, muskulösen Brust hochgezogen zu werden.

»Wenn Ihr den United-Eid ablegt«, mahnte Elliott, »müßt Ihr auf die Anweisungen der United Men hören. Und wir haben kein Interesse daran, Vieh abzustechen oder Steuereinnehmern die Ohren abzuschneiden. Diese Insel interessiert uns, nicht irgendeine Baronie in Mayo.«

»Nun gut, Mr. Elliott«, sagte Duggan. »Ich will Euch sagen, was ich vielleicht tun kann. Ich werde nach Männern Ausschau halten, die Whiteboys sein könnten, und ich werde ihnen mitteilen, was Ihr gesagt habt und mich mit ihnen beraten.«

»Mehr verlangen wir auch nicht, Malachi«, sagte MacDonnell. »Mehr verlangen wir nicht.« Er füllte ihre drei Gläser. »Nun nimm doch hiervon einen Schluck, auf unsere Abmachung.«

»Ich werde gern auf Eure Gesundheit trinken«, erwiderte Elliott. »Aber eine Abmachung haben wir erst mit dem Eid.«

»Ihr seid ein Gentleman mit sehr starren Regeln«, sagte Duggan. »Wie alle Gentlemen.«

Als sie allein bei ihren Pferden auf der heißen, staubigen Straße standen, sagte Elliott: »Ich kann mit Eurem Duggan wenig anfangen. Er ist ein gerissener Rohling.«

MacDonnell lächelte. »Stimmt. Er ist ein so übler Schurke, wie wir ihn auf einem Tagesritt überhaupt finden können. Was habt Ihr denn erwartet?«

»Etwas besseres.«

MacDonnell spuckte aus und scharrte dann geistesabwesend mit seinem Stiefel auf der Spucke herum. »Ihr solltet Euch dann wohl besser anderswo umsehen, Malcolm. Duggan ist das, was wir hier haben. Und wir können schlimmere als Duggan finden, und das werden wir vielleicht auch, ehe dieses Lied fertig gesungen ist. Habt Ihr Euch nie diese wilden Geschöpfe aus Belmullet angesehen, die nicht besser sind als Heiden? ›Christus ist nicht für Belmullet gestorben‹, heißt es in Erris.«

Elliott lächelte. »Wenn Er für Malachi Duggan gestorben ist, dann hat Er ein schlechtes Geschäft gemacht.«

MacDonnell brüllte vor Entzücken und legte seine Hand auf Elliotts Schulter. »Ihr seid ein schrecklich gotteslästerlicher Protestant, bei Jesus.«

»Ihr seid auch nicht schlecht«, erwiderte Elliott, immer noch lächelnd.

Es hatte eine Zeit gegeben, vor sieben oder acht Jahren, als er und MacDonnell sich sehr ähnlich gewesen waren, die besten Reiter der Jagd, die beim Rennen zusammen tranken, die letzten beiden, die in der frühen Dämmerung ein Fest verließen. Vor Dublin, vor London. Nun sah er MacDonnell als einen Mann, dessen Welt von seinem Horizont, von Bucht und flachen Feldern und entfernten Bergen begrenzt war. Belmullet war das letzte Ende seiner Welt, wie die leeren weißen Flekken auf der Karte eines Entdeckers.

»Was sind wir doch für Idioten«, sagte MacDonnell. »Landbesitzer, die mit Whiteboys verhandeln. Wir haben Glück, wenn wir ohne Strick um den Hals aus dieser Sache herauskommen. In Wexford sind auch Grundbesitzer gehenkt worden. Bagenal Harvey war ein Landbesitzer und Grogan auch.«

»Da habt Ihr durchaus recht«, sagte Elliott, und das Lächeln verließ seine Lippen. »Wir haben gute Chancen, gehenkt zu werden.«

»Ich habe dem jungen Johnny Moore eine einfache Antwort gegeben, wenn Ihr versteht, was ich meine. Weder ja noch nein. Aber bei Jesus, als sie diese Burschen nach Ballina gekarrt haben, stand meine Entscheidung fest. Wir oder sie, sagte ich mir, und ich werde diese Angelegenheit nicht ohne einen Kampf auf sich beruhen lassen. Die Zeiten sind lange vorbei, als ein kleiner Scheißer wie Sam Cooper durch die Baronie reiten und sich wie der Großtürke aufführen konnte.«

»Nun ja«, sagte Elliott. »Whiteboys. Bei Whiteboys hat es nie ein Pardon gegeben. Vor zwanzig Jahren hätten diese Burschen sich glücklich schätzen können, wenn sie Ballina lebend erreicht hätten.«

»Bei Gott, das stimmt«, erwiderte MacDonnell. »Zur Zeit meines Vaters, oder des Euren. Aber das ist lange her. Und es gibt in diesem Land noch immer nicht genug Gerechtigkeit, um den Hut eines Pastors zu füllen. Vielleicht bringen Eure Franzosen uns welche, zusammen mit ihren Gewehren und ihren Soldaten.«

»Ja«, sagte Elliott. »Vielleicht.«

»Und vielleicht nicht?« fragte MacDonnell schnell. »Ihr seid ein seltsamer Rebell, Malcolm Elliott. Ein widerstrebender Rebell. Ihr solltet mich mit Ermutigungen überschütten, nicht mit Zweifeln.«

»Ach«, sagte Elliott. »Kümmert Euch nicht um mich, Randall. Ich weiß seit mindestens drei Jahren, daß die einzige Hoffnung für dieses Land in einer Rebellion liegt. Die allereinzige. Da bin ich mir ganz sicher. Aber Gott hat mich nicht als Rebell erschaffen. Es kommt mir so vor, als handelte ich meiner eigenen Natur zuwider.«

»Ihr seid schlimm dran, Ihr Armer, und ich bedaure Euch. Als ich auf Steeple Hill stand und sah, wie die Karren davonfuhren, und die Frauen schreien und hinterherrennen hörte, da sagte ich mir: Bei Gott, Randall, zur Hölle damit, und wenn die Franzosen im Süden landen, dann will ich Mayo aufwekken. Und das kann ich, bei Gott. Ich und Ihr und Corny O'Dowd und Tom Bellew und Duggan mit seinen Whiteboys, wenn sie sich mit uns zusammentun. Und als ich das gedacht hatte, da hatte ich das Gefühl, ich hätte einen Whiskey getrunken. Oder in Castlebar beim Rennen gewonnen. Süßer Jesus, sagte ich mir und hätte am liebsten meinen Hut in die Luft geworfen. Beim Blut der Jungfrau Maria, wir werden hier den Ton angeben. Wir werden Mayo regieren.«

»Hört Euch doch bloß an«, sagte Elliott und lächelte wieder. »Ihr seid ein gotteslästerlicher, götzenanbetender Papist. Und Ihr habt von dieser Rebellion so wenig Ahnung wie von Platos Werken.«

»Ich habe weitaus mehr Ahnung als Ihr«, widersprach MacDonnell. Er setzte einen Fuß in den Steigbügel und schwang sich dann elegant in den Sattel. »Wir werden Mayo regieren.« Er berührte seinen Hut mit der Reitpeitsche und hielt auf die Straße nach Norden zu.

Elliott dagegen ritt südwärts, in Richtung Ballina, wo die Männer aus Killala im Gefängnis saßen, nach Moat House. Links von ihm erhoben sich in weiter Ferne in blauem Dunst die Ox Mountains. Seine Straße führte an der träge fließenden Moy entlang, einem guten Lachsfluß. Er hatte als Junge darin geangelt, mit krummem Stock und aufgespießtem Wurm, der unten am Bindfaden baumelte. Es war genausogut seine Welt wie die MacDonnells, aber er fühlte sich in ihr nicht mehr zu Hause. In Dublin hatte er sich nach ihr gesehnt, zuerst in Trinity und dann in seinem Quartier bei King's Inn. Damals konnte er sich an jede Kurve des Flusses erinnern, an den Anblick jeden Himmels, an das Gefühl der Herbstwege unter seinen Stiefeln. Eine Möwe, die vor dem blauen und silbernen Dubliner Himmel mit den Flügeln schlug, konnte ihn im Nu nach Mayo versetzen, und er konnte sehen, wie der Fluß sich in die Bucht von Killala ergoß, konnte das brackige Wasser der Bucht riechen. Nun gab es nur Ackerland, öden Horizont, schale, geschmacklose Luft. Um seine Laune zu heben, versuchte er erfolglos, seine Erinnerungen an den Anblick wiederzufinden, der sich vor ihm erstreckte.

Killala, 8. August

»Du hast das schon alles richtig verstanden, Ferdy«, sagte MacCarthy. »Aber wir haben es hier mit einem großen Gedicht zu tun und nicht mit einem Pacht- oder Kaufvertrag. Laß uns alles noch einmal durchgehen.«

Sie saßen nebeneinander an dem niedrigen, groben Tisch in O'Donnells Küche, die offene Ovidausgabe lag zwischen ihnen, ihr Einband war lose und die Seiten vergilbt.

»Wir fangen noch einmal an«, sagte er geduldig. »Inde per immensum ventis ...« Die Worte hallten in seinem Kopf wider, Klänge so reif und mächtig wie Glockenschläge.

> Inde per immensum ventis discordibus actus
> nunc huc, nunc illuc exemplo nubis aquosae
> fertur et ex alto seductas aethere longe
> despectat terras totumque supervolat orbem.

Er ließ seine Augen über die vertraute Seite gleiten. Dieser kunstfertige Heide, wer konnte sich schon mit ihm messen!

Und mein Gott, die Sprache, die ihm gegeben wurde, war reich und machtvoll. Es gab keine Aufgabe, die sie nicht bewältigen konnte. Sie zog sich in Schlingen gelassener Kraft über die Seite.

»Perseus ist durch die Luft unterwegs, durch den Himmel selber, und bald wird die ganze Welt zu seinen Füßen liegen. Er wird unendlich weit durch die Luft getragen, erzählt uns der Dichter, erst hierhin, dann dorthin, wie der Nebel. Und als er nach unten blickt, sieht er die ganze Welt, oder was sie damals für die ganze Welt gehalten haben, die armen Heiden. Killala hat er nicht gesehen. Wie die Seevögel, die du bei Downpatrick Head sehen kannst, mit ihren weiten Flügeln, so hoch, daß sie mit ihren kleinen Augen von Galway bis Donegal sehen können. Aber obwohl sie uns frei erscheinen, sind die Winde doch ihre Herren und werfen sie nach Herzenslust herum. Behalte die Seevögel von Downpatrick wie ein Bild in deiner Erinnerung, und dann versuch es nochmal.«

Aber O'Donnell legte seine große, schwere Hand auf die Seite und verdeckte die Worte. Eine schwarze Wolke zog über dem großen Meer im Süden auf.

»Ach, Owen, es war lieb von dir, mit deinen Büchern herzukommen, aber ich kann jetzt nicht an Perseus oder Seevögel denken. Nicht, solange der arme Gerry und die anderen im Gefängnis sitzen.«

»Es ist hart für dich, Ferdy, und noch härter für Gerry. Aber du mußt noch lange warten bis zur Gerichtsverhandlung.«

»Und wir wissen beide, was dann passieren wird«, sagte O'Donnell. Er schob die Ovidausgabe beiseite. »Ich bin ein friedlicher Mann, aber wenn ich meine beiden Hände um Paudge Nallys Kehle legen könnte, dann würde ich das Leben aus ihm herausquetschen. Wirklich. Er wird mit seinem Lügenmaul noch Gerrys Leben verschwören.«

MacCarthy, der keinen Trost für ihn wußte, schloß das Buch und schob die lockeren Seiten hinein. In der Dämmerung ruhte Perseus am Rand der Welt, weit im Westen, wo die See sich ausdehnte und wo die tausend Herden des Atlas nach Lust und Laune über die grasbewachsenen Ebenen wandelten.

»Und dabei wollten wir in diesem Jahr etwas mehr erwirtschaften als die Pacht«, sagte O'Donnell, »wo die Ernte so gut ausfällt, wenn Gott will, Maire und Gerry und ich haben erst vor kurzem an diesem Tisch darüber gesprochen. O Gott,

Owen, am Ende werden sie ihn wohl hängen. Glaubst du das auch?«

»Ach, wirklich, Ferdy, bis zur Verhandlung ist es noch lang, und Gott ist gut. Von jetzt bis dahin kann noch viel passieren.« Aber nichts war gewisser, solange Paudge Nally mit der Hand auf der Protestantischen Bibel im Gericht in Castlebar stand.

»Ich schwöre bei Gott, Owen. Wenn ich diese Nacht hören würde, daß die Franzosen gelandet sind, dann würde ich mir eine Pike suchen und zu ihnen gehen. Das würde ich tun.«

»Du wärst nicht der einzige. Ich war kurz in der Schenke in Kilcummin und habe gehört, was sie gesagt haben. Und die Männer, die das sagten, waren soweit ich weiß keine Whiteboys. Ach, jetzt sind sie vielleicht schon welche. Es war vor einer Stunde. Quigley nimmt am laufenden Band Eide ab, und in Killala ist es dasselbe. Sam Cooper und seine Miliz sind hervorragende Anwerber für die Whiteboys. Cooper und Duggan! Ein feines Paar von unwissenden verdammten Schurken!«

O'Donnell seufzte. »Sam Cooper. Hast du je gehört, daß Mount Pleasant einst den O'Donnells gehört hat? Das ist wahr. Ich habe ein großes verdammtes Dokument darüber in der Truhe. Es stammt aus der Zeit der Stuarts. Mein Vater protzte immer damit, wenn er etwas getrunken hatte.«

»Überall in ganz Irland liegen solche Dokumente in den Truhen«, antwortete MacCarthy, »und es ist das gescheiteste, sie verrotten zu lassen und nicht an sie zu denken. Cromwells Leute geben jetzt den Ton an, und Cromwell ist schon sehr lange tot. In Fermoy im County Cork gab es einen alten Mann. Er hatte eine Eichentruhe voller Papiere und Grundbriefe und solcher Dokumente, und dabei lebte er in einem Loch. Er konnte einen mit seiner Prahlerei wahnsinnig machen, und dabei hatte er keine zwei Schillinge zum Aneinanderreiben.«

»Ich prahle gar nicht«, antwortete O'Donnell. »Aber in den letzten Tagen hat mich der Gedanke wahnsinnig gemacht, daß Cooper hier machen kann, was er will, und den armen Gerry ins Gefängnis steckt. Sie sind mitten in der Nacht gekommen, Maire war gar nicht mehr angezogen. Und an allem ist Cooper schuld. Paudge Nally ist nur ein Affe, der auf Coopers Schulter hockt.«

MacCarthy lachte. »Das ist ein gutes Bild. Haben sie euch da drüben in Douai Rhetorik beigebracht? Ich habe dich oft beneidet, weil du doch Frankreich und alle seine Wunder gesehen hast.«

»Die Wunder Frankreichs, ja? Wir haben soviel von Frankreich gesehen, wie du von Achill Island aus sehen könntest. Wir waren nicht im Seminar, um mehr über die Welt zu erfahren, sondern um Priester zu werden. Und im Seminar war es genauso wie hier. Die Priester verachteten uns, sie hielten uns für einen minderwertigen Menschenschlag. Die Welt hat eine geringe Meinung von den Iren.«

»Zum Teufel mit ihnen allen«, sagte MacCarthy.

»Du bist der bestgebildete Mann in der Baronie«, fuhr O'Donnell fort. »Mit Ausnahme von Mr. Hussey. Und sie haben dich wie einen Spalpeen oder Kesselflicker vor Gericht geschleppt.«

»Ich bin aber zwischen ihnen durchgeschlüpft«, sagte MacCarthy. »Wie ein fettiges Schwein.«

»Gerry schafft das nicht«, meinte O'Donnell. »Er ist ein hitzköpfiger Junge und schreit heraus, was er fühlt. Er wird ins Unglück geraten, wenn ich kein Auge auf ihn haben kann.«

»Bildung ist ein großer Vorteil«, sagte MacCarthy.

»Ach, uns hilft sie überhaupt nicht weiter«, widersprach O'Donnell mit lauter, gequälter Stimme. Er griff nach dem Buch, das MacCarthy jedoch rasch außer Reichweite schob.

»Paß auf, Mann, ja? Kummer ist Kummer, aber dieses Buch hat mich drei Schilling und sechs Pence gekostet.«

O'Donnell starrte ihn einen Moment lang wütend an, dann lächelte er.

»Es wird Zeit, die Flasche aufzumachen, die ich mitgebracht habe«, sagte MacCarthy. »Lassen wir den armen Perseus oben im Himmel sitzen.«

O'Donnell schüttelte den Kopf. »Trink du nur ruhig, Owen, aber ich kann nicht mitmachen. Maire und ich sind letzte Nacht hingekniet und haben der Mutter Gottes versprochen, daß ich keinen Schluck Alkohol über die Lippen bringen werde, bis auch Gerry wieder in diesem Haus einen trinken kann.«

Wir verbringen unser Leben auf Knien, auf Lehmböden, auf den kühlen Steinplatten der Kapellen. Sie haben Gerichte, Miliz, Galgen. Ihnen gehört die Erde, und sie hüten sie sorgfältig vor uns. Gebet ist unsere einzige Zuflucht, sanfte Worte, in die Luft gesprochen. Es war schon fast zehn, aber der Abend hinter der offenen Tür war warm und hell. Noch zu hell für den

Mond. Er wollte nicht vor O'Donnell trinken, um ihn bei seinem Gelübde nicht in Versuchung zu führen.

»Nun trink schon, Mann«, sagte O'Donnell ungeduldig. »Ich habe wirklich keinen Durst.«

MacCarthy hob den Krug vom Boden hoch, entkorkte ihn, stützte ihn auf seinen gekrümmten Ellbogen und hielt ihn an seine Lippen.

»So«, sagte er und fuhr sich mit dem Handrücken über die Lippen. »Das ist besser.«

»Du hast recht, Owen, wenn du aus allem aussteigst. Ich kann das nicht. Ich habe Wurzeln, die durch meine Stiefelsohlen wachsen. Alles, was ich kenne, sind dieser Berg und Kilcummin und Killala.«

Wurzeln, von seinen Stiefeln in die magere Bergerde. Das Bild eines Poeten. Vielleicht von Ovid, bei dem alle Menschen zu Pflanzen werden und Blumen zu Menschen. Er muß sich definieren und prägt ein Bild: sein erstes. Ohne Poesie sind wir ohne Sinne und blind. Drei Sprachen drängten sich in MacCarthys Schädel. Irisch, ein Edelmann in Pelzen, der hinter einem Pflug einherstapfte. Englisch, nüchterner Junker in gutem Tuch und flachem, breitkrempigen Hut. Latein, die Königin der Sprachen, die Helden zu Sternen machte und in den Himmel schleuderte. Er trank wieder.

»Das magst du, Owen«, sagte O'Donnell und nickte zum Krug hinüber.

»Und es mag mich«, antwortete MacCarthy. »Wir passen gut zusammen. Wie du und Maire. Du hast wirklich Glück, mit dieser Frau zusammenzusein.«

»Sie geht zur Zeit früh ins Bett«, erwiderte O'Donnell. »Es ist jetzt ein trostloses Haus, und ich bin schlechte Gesellschaft.«

»Ach, Ferdy. Man weiß doch nie. Es ist noch lange bis zur Gerichtsverhandlung.« Das hatte er schon einmal gesagt. Er hatte keinen anderen Trost.

Er erhob sich schwerfällig, kratzte mit seinem Stuhl über die festgetrampelte Erde und ging zur Tür. Die Bucht war von dumpfem, metallischem Grau in der weichen Luft. Eine Fischerschmacke hielt auf Kilcummin zu.

»Ich kenne einen Mann«, sagte er, »der gestern mit Randall MacDonnell einen getrunken hat. Nicht nur die Whiteboys sind zu allem bereit. Wenn dieser Sommer vorbei ist, gibt es vielleicht in Irland keinen County mehr, wo man sich aus dem Ärger heraushalten kann.«

O'Donnell, der immer noch saß, blickte zu ihm hoch. »Noch jemand hat mir etwas über Randall MacDonnell erzählt. Randall ist ein ganz anderer Mann als Malachi Duggan. Er ist ein anständiger, sympathischer Bursche.«

»Das stimmt«, gab MacCarthy zu. »Aber er jagt zu Pferd Füchse. Ein komischer Sport.« Er ließ sein Buch in seiner Tasche verschwinden und zog sein Halstuch gerade. »Es war nett von diesen wilden Winden, daß sie den armen Perseus nicht in diese elende Ecke der Welt geweht haben.« Er lächelte O'Donnell an. »Ist dein großer Fürst O'Donnell nicht mit all seinen Söldnern und Gallowglasses während der großen Rebellion hier hindurchgetobt und hat alles vor sich hergetrieben und die Soldaten der englischen Königin versprengt?«

O'Donnell stand auf und trat neben ihn in die Tür. »Ich weiß es nicht, um ganz ehrlich zu sein. Ich habe gehört, es wäre weiter im Osten gewesen. Aber er hat diesen ganzen Teil von Connaught für sich beansprucht und hier seine Clanhäuptlinge eingesetzt. Die Großmutter meines Vaters hat immer gesagt, daß wieder ein O'Donnell in Tyrawley regieren wird, wenn die Gälische Armee sich erhebt.«

»Großmütter sind eine weise Gattung«, sagte MacCarthy.

»Das ist doch bloß Kesselflickergefasel«, meinte O'Donnell. »Die Gälische Armee.«

»Wer wüßte das besser als ich?« fragte MacCarthy. »Woher sollten die Dichter denn ihre Themen nehmen, wenn es die Gälische Armee nicht gäbe? Wir sind allesamt schreckliche Lügner.«

»Dichter und Großmütter«, stimmte O'Donnell zu. »Gemeinsam könnt ihr die Welt in den Ruin stürzen.«

MacCarthy ging lachend den Weg hinunter, drehte sich dann um, um zum Abschied zu winken, aber O'Donnell war schon in seiner Hütte verschwunden.

Hugh O'Donnell, der größte aller der Helden, die die Dichter je besungen hatten. Irland, für die Captains von Henry und Elizabeth nur ein nebliges Moor, halbnackte Krieger, unbedeutende Provinzfürsten, bereit, Vetter und Bruder zu verkaufen, ihre Armeen heulende Meuten mit verfilzten Bärten, Augen wie durch das Dickicht spähende wilde Tiere. Sie mußten ausgerottet werden wie die Tiere, in ihre Lager gejagt, ihre Köpfe abgehackt. Ganz Munster wurde nach der Desmond-Rebellion von Lord Grey de Wilton in eine Wüste verwandelt. Der Poet Spenser hatte es gesehen und triumphiert. »Aus jeder

Ecke der Wälder und Thäler kamen sie auf Händen gekrochen, denn ihre Beine mochten sie nicht mehr tragen; sie glichen den Anatomien des Todes, denn sie sprachen wie Geister, die aus ihren Gräbern weinen.« Ein altes Buch, verstaubt, in der Ecke der Bibliothek eines Gentleman bei Corofin, mit Lettern so schwarz wie eine Todesanzeige: *Beschreibung der derzeitigen Lage Irlands*.

MacCarthy hatte Spensers Gedichte gelesen und nur halb verstanden, ein junger Amadán, dem Sand Kerrys entsprossen. Süße Themse, fließe sanft dahin, bis ich mein Lied beendet habe. Laube der Seligkeit, wie eine Phrase in einer Litanei an die Mutter Gottes. Blumen und blühende Zweige, Blumen wie Sterne. Legenden und Bezauberung, holde Frauen und wundertätige Zauberer. Bedeutungen, riesige Schatten, hatten sich dahinter bewegt. Später, in Cork, hatte MacCarthy erfahren, daß dieses gewaltige englische Gedicht der Verzauberung in Irland geschrieben worden war, in Cork sogar. Kein Wunder. Das sanfte Munster hatte selber daran mitgewirkt. In der Nähe von Doneraile, an der freundlichen Awbeg, standen die Ruinen seiner Burg Kilcolman. Aber derselbe Mann, Edmund Spenser, dieser sanfte und verführerische Zauberer, hatte Desmond in eine Wüste verwandelt, hatte zugesehen, wie die Verhungernden auf ihn zugekrochen kamen, ihre Münder fleckig von Nesseln und Klee. Süße Themse, fließe sanft dahin, bis ich mein Lied beendet habe.

O'Donnell hatte ihn erledigt. Mächtiger gälischer Fürst, dessen kalkweißes Schloß von Dichtern besungen wurde. Von County zu County war seine Rebellion weitergetragen worden, von Ulster nach Süden. Seine Rebellen brannten Kilcolman nieder. Der Dichter floh, mit seinem unvollendeten Gedicht, zurück nach London und zu seiner glorreichen Königin. Ein kleiner Junge, sein Sohn, kam in den Flammen um. Grobgekleidete Rebellen sahen zu, wie die Flammen das Strohdach umzüngelten, ihre Gesichter waren gerötet. Als O'Donnell an der Nordküste geschlagen wurde, in Kinsale, brach eine Welt zusammen. Ruin. Jetzt bewegen wir uns zwischen Ruinen, Bauern starren die zerbrochenen dachlosen Wachttürme von Munster und Connaught an. O'Donnell, MacCarthy: Jetzt die Namen eines kleinen Pächters in den Bergen, eines wandernden Schulmeisters. Die spröden Seiten unserer Pergamentgeschichte zerfallen unter dem Gewicht unserer Finger zu Staub. Ferdy O'Donnell geht in der Dunkelheit in seiner Hütte hin und her, verzweifelt, stößt gegen den Tisch, gegen das Bett, in dem seine Frau schläft. Seine Geschichte sind die Reden seines Vaters, die Prophezeiungen seiner Großmutter. Ich gehe auf ein Dorf aus elenden Löchern zu.

Ballycastle, 10 August/Ballintubber, 14. August.

Mein liebster John,

sei versichert, wenn George sich an meinen Vater wendet, wird er ihn Deinem Antrag durchaus gewogen finden. Er hat große Achtung vor Deiner Familie und mag dich sehr, liebt Deine guten Seiten und freut sich über Deine Gesellschaft. Er weiß, daß Du mich in ein angenehmes und sicheres Heim führen wirst, das in jeder Hinsicht wohlgeordnet und anständig ist. Es ist sogar ein weitaus feineres und großartigeres Heim als das Heim, das ich verlassen werde. (Obwohl mein Vater mir sagt und ich auch instinktiv weiß, daß unser Adel über jeden Zweifel erhaben ist.) Und doch macht er sich im Moment die größten Sorgen um dich, ebenso wie ich und wie sicher auch George.

Nicht nur ist er ein entschiedener Gegner Deiner Politik, die mich nichts angeht, denn sie fällt nicht in den Bereich, der einer Frau zukommt, worin Du mir sicher zustimmen wirst. Aber außerdem ist es möglich, daß diese Politik Deine Füße auf sehr unsicheren Boden gestellt hat. Und deshalb, liebster John, zittere ich, denn sein Argwohn könnte doch wohlbegründet sein. Überall in der Baronie heißt es, daß die unzufriedenen Armen zusammen mit rücksichtslosen und fehlgeleiteten Männern, die sich ihrer Familien und ihrer Bildung doch rühmen, den verführerischen Annäherungen der United Irishmen erlegen sind und bei einer möglichen französischen Invasion ihre schändlichen Absichten enthüllen werden. Und bei solchen Gesprächen – wie erst gestern abend von Mr. Hussey und Mr. Falkiner, noch dazu an unserem eigenen Kamin – wird dein Name erwähnt. Mein Vater streitet das alles energisch ab, obwohl er in seinem Herzen ihre Zweifel teilt.

Nicht nur tadelt er die aufrührerischen Pläne der United Irishmen, er prophezeit ihnen auch schwarzes Verderben, Schande und Tod. Und darin zeigt er uns seine Weisheit. Überall sonst im Königreich mußten die Männer, die sich in diese Angelegenheit verwickelt hatten, ein schändliches Schicksal erleiden. Und warum sollte es hier anders sein? Sie haben die Leidenschaften unwissender Menschen aufgewühlt, die zu den entsetzlichsten Grausamkeiten in der Lage sind. Sicher ist es nicht weise, dem Patienten eine Medizin zu verabreichen, die tödlicher ist als sein Leiden? So argumentiert mein Vater, und er gilt überall als ein Mann von klarem Urteil und großem Wissen.

Du kannst Dich deshalb darauf verlassen, daß er George in dieser Hinsicht bedrängen und vielleicht sogar die Versicherung von ihm fordern wird, daß Du die Verbindungen zu Männern abgebrochen hast, die weder Dein Bestes noch das Beste dieses Königreiches im Sinn haben. Nein, und auch nicht das Beste unserer guten heiligen Kirche. Zu diesem Punkt kannst Du Mr. Hussey befragen, der ein heiliger Mann ist und aus einer höchst respektablen Familie kommt, denn die Husseys sind sehr eng mit den Roches aus Fermoy in Cork verwandt.

PS. Mein liebster John. Die obigen Zeilen habe ich nach einem Gespräch mit meinem Vater geschrieben und ihm danach zur Begutachtung vorgelegt. Die Zeilen, die nun folgen, sind allein für Deine Augen bestimmt. Mein Vater ist vielleicht nicht der weiseste aller Männer, aber er ist auch alles andere als ein Narr. Warum in Gottes Namen schließt Du Dich mit solchen Wirrköpfen wie Corny O'Dowd und Randall MacDonnell zusammen, der mir vor weniger als einem Jahr einen Vorschlag gemacht hat, der wenig schmeichelhaft und höchst unziemlich war. Er mag sich vielleicht für einen Gentleman halten, aber ich versichere Dir, er ist keiner. Er ist einfach ein Dorfkämpfer, der gut reitet und sich seiner weißen Leinenwäsche rühmen kann. Malcolm Elliott dagegen ist ein Gentleman, das muß ich zugeben, aber mir ist niemals ein längergesichtiger und kläglicherer Protestant begegnet, und seine Frau ist eine perfekte Törin und noch dazu eine Engländerin. Kannst Du meinen Fragen nicht entnehmen, daß sogar die Namen Deiner Verbündeten bekannt sind und daß man ihre Ziele erraten kann? Bald schon wird das Gericht seine Aufmerksamkeit nicht mehr ausschließlich auf diese barbarischen Whiteboys richten. Was für ein Frevel und eine Torheit, sich um Hilfe an die Franzosen zu wenden, die vom Blut ihrer strahlenden und schuldlosen Königin besudelt sind! Ganz zu schweigen von ihrem König und zahllosen anderen, sogar einigen irischen Offizieren in königlichen Diensten. Meine Liebe zu Dir ist zu groß, um mich je von Dir zu trennen, was immer mein Vater wünschen mag. Ach, die unsägliche Sturheit der Männer und die verrückten Ideen, die sie um ein vernünftiges und nüchternes Glück bringen!

Meine liebste Ellen,

Ich kann nicht leugnen, daß die Besorgnis Deines Vaters und Deine eigene Qual begründet sind. Was soll ich sagen? Zumindest kann ich Dir versichern, daß ich mich in dieser Sache nicht engagiert hätte, wenn ich sie für hoffnungslos hielte. In dieser Hinsicht zumindest, wenn nicht auch in anderen, neige ich nicht zur Romantik. Ich glaube, daß ein Aufstand des Volkes, wenn es ausreichend bewaffnet und angeleitet und wenn es von einer entsprechenden Armee unserer französischen Verbündeten unterstützt wird, eine gute Aussicht auf Erfolg hat. Und ich bin bereit, auf diese Chance zu setzen, da ich felsenfest davon überzeugt bin, daß es für diese elende Insel keine andere Hilfe oder Lösung gibt.

Dennoch halte ich diese Chance nur für mittelgroß und habe mich durchaus oft gefragt, warum ich bereit bin, mein Leben aufs Spiel zu setzen. Ich glaube, mit Vernunft und mit Leidenschaft, daß sich alle Menschen nach Freiheit sehnen. Aber niemand kann frei sein, wenn sein Land versklavt ist. Bitte Deinen Vater, seinen Blick auf Amerika zu richten, das für seine Freiheit gekämpft und sie gewonnen hat, und dennoch wurde es vorher von viel leichteren Ketten als den unseren gequält. Irland, Dein und mein Land, ist nur noch ein Geschöpf Englands, das uns gedankenlos mißbraucht und mißhandelt, wie es seinen Interessen gerade entspricht. Mit Recht liebt England sein eigenes Parlament, unseres hat es dagegen bewußt und systematisch korrumpiert, so daß es heute vor der ganzen Welt eine Schande ist. Die religiösen Streitigkeiten unter unserem Volk sind hassenswert, aber England pflegt und verstärkt sie, um uns so besser gespalten und deshalb schwach halten zu können. Und unser Volk, das ganze Volk, reich und arm, Protestant und Papist, zeigt Spuren dieser Knechtschaft.

Ich schreibe dies alles ohne Zorn, als Tatsache, die nur wenige abstreiten würden. George würde das bestimmt nicht tun, denn niemand hat einen so klaren oder so sardonischen Blick für unsere Angelegenheiten. Und dennoch hat George, bei all seinen schätzenswerten geistigen und vernunftmäßigen Qualitäten, eine düstere und pessimistische Ansicht über die menschliche Natur. Ich dagegen halte jeden Menschen für einen verschlossenen Schrein voller Tugenden, zu dem Freiheit der Schlüssel ist. Daß die große Masse unserer Bauern primitiv und unwissend ist, will ich nicht abstreiten, aber was hat sie denn so gemacht, sie sind doch wohl nicht aus schlechterem Stoff geschnitten als die englische Miliz? Die entsetzliche Armut ihres Lebens hat diese Wirkung auf sie gehabt, und die Ursache unserer nationalen Armut ist unsere Knechtschaft unter England. Natürlich ist es gefährlich, einem Mann, der von einer zornigen Leidenschaft entflammt ist, ein Gewehr oder eine Pike in die Hand zu geben, aber durch diese Waffe kann er seine Verzweiflung vielleicht durch Hoffnung ersetzen.

Wenn es überhaupt Ziele gibt, für die man sein Leben aufs Spiel setzen kann, ist Freiheit dann nicht das edelste und das notwendigste? Dein Vater würde nicht schlecht von mir denken, wenn ich auf dem Feld der Ehre zur Pistole griffe und mein Leben riskierte, um eine unwichtige Kränkung meiner persönlichen Ehre zu rächen. Das ist der Brauch unserer selbsternannten Stutzer und Gentlemen, und ich verachte ihn.

Liebste Ellen, ich garantiere Dir, daß ich selten so feierlich bin, und daß ich Dir viel lieber über andere Dinge schreiben würde – worüber, kannst Du Dir denken. Du schreibst mir von meiner »Politik«, aber ich bin gar nicht sicher, ob ich überhaupt eine habe. Meine Handlungen sind von einem Instinkt geleitet, der eine Tugend ist, das weiß ich. So wie ich von einem Instinkt, der der mächtigste und tugendhafteste von allen ist, zu Dir hingezogen werde.

Als er den Brief unterschrieben und zusammengefaltet hatte, begab John sich zu seinem Bruder in den Salon. Die Vorhänge waren geschlossen, und George las im Schein einer hellen Lampe. Ein Obstmesser lag auf dem niedrigen Walnußtisch.

»Es ist sehr spät«, sagte George. »Ich dachte, du wärst schon im Bett.«

»Ich habe geschrieben«, erklärte John.

»Geschrieben? Eine ermüdende Beschäftigung.«

»Nur einen Brief«, fuhr John fort. »An Ellen.«

»Das ist das ermüdendste überhaupt«, meinte George. »Einer Frau zu schreiben ist die reine Hölle. Sie bewahren die Briefe auf und werfen dir dann deine eigenen Sätze an den Kopf.«

»Ellen nicht«, widersprach John. Er setzte sich seinem Bruder gegenüber und streckte seine langen Beine zum Feuer hin aus. »Mir fehlt deine Erfahrung mit Frauen von Welt.«

»Schade, vielleicht«, antwortete George. Mit seinem kleinen scharfen Messer schnitt er eine Seite auf. »Verhandlungen mit einer klugen Frau sind ein hervorragendes Training für andere Angelegenheiten. Für Politik zum Beispiel.«

»Oder Krieg«, erwiderte John. »Wenn ich von deinen Metaphern ausgehe.«

»Ja«, sagte George. »Politik oder Krieg. Gefährliche Angelegenheiten für die Unerfahrenen.«

»Sehr gefährlich«, stimmte John zu.

»Krieg oder Politik. Oder Rebellion. Rebellion ist das gefährlichste von allem. Verschwörungen, Denunzianten, hitzköpfige Kumpane. Zweifellos sehr aufregend, aber eine höchst ungesunde Form von Aufregung.«

»Weniger ungesund, als der Frau eines Duellanten den Hof zu machen«, sagte John. »Soweit ich gehört habe.«

»Wenigstens war der Preis gewiß und klar«, erwiderte George.

Er schob seine Brille hoch in die blasse Stirn.

»Und war er die Gefahr wert?«

»O ja«, antwortete George. »Das war er allerdings. Ich

denke oft an sie. Ein reizendes Geschöpf, und großartig im Bett. Und dazu noch klug. Eine verdammt kluge Frau.«

»Klugheit ist dir ziemlich wichtig, nicht wahr, George? Das hat mich sehr bedrückt, als ich jünger war. Ich bin überhaupt nicht klug.«

»Bist du wohl, John. Bist du. Du bist gerade klug genug, um einen Weg in ernsthafte Schwierigkeiten zu finden.«

John seufzte. »Na gut. Sollen wir darüber sprechen?«

»Nicht heute abend. Dazu haben wir noch Zeit genug. Es ist schon spät. Keine gute Zeit zum Streiten.«

Im unstetigen Kerzenlicht wachte das Portrait eines großen, aufrechten Mannes in ausländischer Kleidung über den beiden Brüdern, unbemerkt.

Castlebar, 15. August

»Gott segne alle hier«, sagte MacCarthy mit lauter Stimme, als er die Schenke betrat.

»Gott segne auch dich«, sagten der Hausherr und einige andere Männer, die am Kamin saßen. Zwei britische Soldaten in ihren hummerroten Jacken sahen ihn ohne Neugier an und wandten sich dann ab. MacCarthy legte eine Silbermünze auf den Tresen und ging mit einem Krug Porter quer durch den Raum, um sich zu einem kahlen Mann mittleren Alters zu setzen.

»Du bist weit von Killala, Owen MacCarthy.«

»Das bin ich, Sean MacKenna, und ich bin hergekommen, um dich zu besuchen. Ich war zuerst im Laden, und Brid sagte, ich würde dich hier finden. Du hast es wirklich gut, hast einen Laden und eine Schule und kannst die Abende in der Schenke verbringen.«

»Die Schenken sind auch dir nicht fremd«, erwiderte MacKenna und machte auf der niedrigen Bank Platz für ihn.

»Ach, die Schenken in Killala sind schmutzig und alt. Ihr habt hier eine schöne lebhafte Stadt mit Civilisation.« Das englische Wort *Civilisation* klang wie Kupfer auf dem Fußboden seines Irisch.

»Du bist in Castlebar immer willkommen«, sagte MacKenna. Seine Stimme, wie seine Worte, war ernst und ruhig.

»Von diesen Jungs sind ganz schön viele in der Stadt«, sagte

MacCarthy und wies mit einer Kopfbewegung auf die beiden Soldaten.

MacKenna nickte. »Zwei Regimenter. Eines heißt The Prince of Wales' Fencibles, das andere weiß ich nicht mehr. Sie sind jetzt in der Kaserne, aber es heißt, daß sie bei den Leuten einquartiert werden sollen. Wie würde es dir gefallen, mit diesen beiden dein Bett teilen zu müssen?«

»Nicht besser als ihnen selber. Soldaten haben ein hartes Leben, werden von zu Hause weggeschickt, um unter wilden Iren und wilden Indern zu leben.«

»Sie waren bei den Kämpfen in Wexford dabei«, sagte MacKenna. »Und jetzt sind sie hierher geschickt worden. Sie sind wirklich seltsame Geschöpfe, und ihr Englisch ist ziemlich erbärmlich.«

»Sie werden sicher auch in Mayo genug zu tun bekommen.« Es war eine Frage.

MacKenna beantwortete sie. »Ich frage mich, Owen, ob du den Whiteboys nicht Latein beibringen solltest, damit sie ihre Nächte friedlicher mit Caesar und Vergil verbringen?«

»Was könnten diese Flegel schon mit Latein anfangen«, erwiderte MacCarthy. Er vergrub die Nase in seinem Krug.

»Es gibt jetzt Whiteboys in Castlebar«, sagte MacKenna. »Und in den Gemeinden im Osten, aber sie haben noch nichts gemacht. Sie haben ein Plakat an das Tor der protestantischen Kirche angeschlagen. Die Zeichnung von einem Sarg und ein paar falschgeschriebene Wörter.«

»Typisch Whiteboy«, sagte MacCarthy. »Auch in Foxford und Swinford gibt es Burschen, die sich Whiteboys nennen. Ein Fuhrmann hat mich von Ballina bis hier mitgenommen, und er hat von nichts anderem geredet.«

»Was hat er gesagt?«

»Daß die Leute in Mayo sich erheben wollen, wie die Leute von Wexford und im Norden. Aber er war ein törichter zahnloser alter Bursche. Die Wörter tropften aus ihm heraus, und man würde nicht ein Zehntel davon glauben.«

MacKenna schüttelte den Kopf. »Du kannst hier in Castlebar dasselbe Gerede hören. Wir werden alle frei sein und große schöne Gehöfte bekommen. Und der ganze alte Kram aus den Prophezeiungen von Columkille und den Schundschriften, die die Wahrsager auf den Märkten verkaufen. Ein Müller in Sligo hat ein Kind mit vier Daumen bekommen, und das ist ein sicheres Zeichen. In deinem ganzen Leben hast du noch nicht so viel Unsinn gehört.«

»Hab ich wohl«, widersprach MacCarthy. »Unfug ist in diesem Land ein gutes Geschäft.«

Er nahm ihre beiden leeren Krüge und brachte sie wortlos zum Tresen zurück. Die beiden roten Soldaten standen links von ihm und unterhielten sich leise. Sie schienen nicht in den Raum zu gehören, waren in ihr grobes, lebhaftes Tuch eingeschlossen.

»Ich denke daran, weiterzuziehen, Sean«, sagte er zu MacKenna, als er mit den gefüllten Krügen zurückkam.

MacKenna nickte. »Du bist wirklich in einer unangenehmen Stadt, an diesem häßlichen Meer.«

»Ach, das ist es nicht. Ich habe Angst. Als die Whiteboys angefangen haben, habe ich ihnen ihre Proklamation geschrieben, und jetzt soll ich wieder eine verfassen. Es dauert nicht mehr lange, bis irgendein kleiner Bastard von einem Denunzianten den Richtern meinen Namen zuflüstert.«

»Heilige Mutter Gottes, Owen, was war denn da bloß in dich gefahren? Denen ist es doch egal, wen sie aufhängen.«

»Es ist geschehen«, antwortete MacCarthy. »Egal, warum ich es getan habe, es ist geschehen. Ach, es tut mir nicht leid. Die Leute haben ein schreckliches Leben, das weißt du gut. Ich schwöre bei Gott, Sean, in diesem Königreich geschehen Dinge ohne Sinn und Verstand. Irgendwer sticht bei einem Grundbesitzer in Killala das Vieh ab, und ein paar Wochen später reden die Leute in Castlebar über Kinder mit vier Daumen.«

»Über mehr als Daumen und Babys«, sagte MacKenna. »Sie sagen, daß die Franzosen auf dem Meer sind, und daß sich die Gälische Armee erheben wird.«

Fetzen eines alten Liedes trieben tonlos durch die stickige Luft. Noch einmal sah er den Wald aus schwarzen Piken vor dem grauen Horizont.

»Vielleicht stimmt das«, sagte er. »Wie sonst sollten sie so etwas in Mayo oder Sligo wissen?«

»Du hast recht, Owen. Du solltest Mayo verlassen. Ich würde dich nur ungern vor Gericht sehen.«

»Deshalb bin ich ja zu dir gekommen. Ich dachte, du wüßtest vielleicht irgendeine Stadt im Osten, die einen Schulmeister braucht.«

MacKenna trank, dann nickte er. »Ich schreibe noch heute

Nacht an Pat Dunphy in Longford. Er weiß immer gut Bescheid über solche Fragen. Welche Stadt wäre denn nicht stolz, den Dichter Owen MacCarthy zum Schulmeister zu haben?«

MacCarthy lächelte. »Mehr als eine, Sean. Und das weißt du auch.«

»Durchaus nicht«, widersprach MacKenna rasch. »Durchaus nicht. Jede Stadt wäre stolz. Du bist ein guter Dichter, und sogar Männer, die dich noch nie gesehen haben, ehren deinen Namen.«

»Die vor allem. Ich kann eine große Enttäuschung sein. Aber ich gebe guten Unterricht. Natürlich müssen die Leute immer ein paar Zugeständnisse machen, aber das bin ich wert.«

»Du solltest dich an das hier halten«, sagte MacKenna und hob sein Porter. »Der Whiskey bringt dich in Schwierigkeiten. Ich schreibe noch heute Nacht an Pat Dunphy und an Andrew MacGennis in Mullingar. Die reichen Counties brauchen Lehrer am dringendsten.«

»Das wäre nett«, sagte MacCarthy. »In ein oder zwei Wochen, wenn du bis dahin nichts gehört hast, gehe ich vielleicht in die Richtung und versuche mein Glück.«

»Das solltest du wirklich, Owen. Es wird mir leid tun, deine Gesellschaft zu verlieren, aber du solltest gehen.«

»Und wenn sie nun wirklich auf dem Meer sind, Sean? Als ich ein Junge in Kerry war und nur die Gedichte anderer Leute im Kopf hatte, ging ich oft an den Klippen entlang und blickte aufs Meer hinaus. Große Schiffe mit hohen Masten würden kommen, dachte ich, mit Segeln so breit wie Wolken.«

»Ach, die Engländer könnten fallen und die Franzosen erhoben werden, und du und ich würden immer noch unterrichten. Die Hütten wären noch genauso klein und die Kartoffeln genauso hart. Du solltest es besser wissen.«

»Wir beide haben gut reden«, erwiderte MacCarthy. »Du mit dem Laden, wir beide mit der Schule, und ich mit der Poesie. Aber was ist mit den Tausenden von armen Teufeln, die nie wissen, ob sie nicht morgen von ihrem Land verjagt werden, und die niemals diese Schenke von innen sehen, weil sie nicht die kleinste Kupfermünze aufbringen können?«

»Aber die Franzosen würden niemals tonnenweise Kupfermünzen für die Spalpeens von Connaught mitbringen. Sie würden Mord und Blutvergießen bringen. Und das kann ich nicht brauchen.«

»Ich weiß«, sagte MacCarthy. »Ich weiß.«

MacKenna nickte zu den beiden Soldaten hinüber. »Diese Burschen mit ihren Kanonen und Trommeln und Trommeln und Kanonen. Sie bedeuten weniger als ein Schmetterling in der Luft oder ein blühender Zweig oder die Stimme einer Frau, die ein Lied singt.«

»Es tut mir leid, daß ich dich nicht mehr sehen werde, Sean. Es gibt wenig genug Leute, mit denen man über ernste Dinge diskutieren kann.«

»Was ist mit deiner Frau in Killala?«

MacCarthy zuckte die Schultern. »Ich verlasse sie so, wie ich sie gefunden habe, eine Witwe mit schmaler Taille, die einen Heiligen in Versuchung führen könnte.«

»In manchen Dingen, Owen MacCarthy, bist du ein sorgloser und selbstsüchtiger Mann.«

»Bei dir ist das etwas ganz anderes, Sean, du bist mit einer so großartigen Frau wie Brid verheiratet und hast einen feinen munteren kleinen Sohn. Aber das wäre nicht das richtige für mich. Sieh dir doch den armen MacCrath unten in Clare an, jeder Tropfen Poesie in ihm wird von dieser zänkischen Frau und seinen beiden wilden Söhnen zum Versiegen gebracht. Ein abschreckendes Beispiel.«

»Ein schwaches Beispiel, Owen, aber ich kann mir die Luft auch sparen. Es hat keinen Zweck, einem Dichter Vorträge zu halten.«

MacCarthy legte seine beiden Hände auf MacKennas weiche, hängende Schultern. »Ich komme nächste Woche wieder, und dann machen wir uns eine schöne Nacht.«

»Nächste Woche«, erwiderte MacKenna, »kann Brid uns etwas zu essen machen, und wenn du ein paar neue Gedichte hast, wäre es eine Ehre, sie zu hören.«

»Kann sein«, sagte MacCarthy. »Ich habe ein Bild im Kopf, aber ich habe keine Worte dafür. Es läßt mir keine Ruhe. Es ist eine komische, umgedrehte Methode des Dichtens, als ob man mit dem Arsch zuerst durch die Tür ginge. Gib Brid heute abend einen Kuß von mir und umarme Timothy.«

Als er gehen wollte, rief ihn einer der Soldaten an: »Oy, da, Paddy!«

MacCarthy drehte sich zu ihm um. »Oy, da, roter Soldat!« sagte er auf Englisch.

»Wo sind all die hübschen Mädchen, die uns der Sergeant hier versprochen hat?«

»Alle eingesperrt«, antwortete MacCarthy. »Und die Väter

und Ehemänner zittern beim Gedanken an die hübschen Soldaten in Castlebar.«

»Und du weißt nicht, wo wir ein oder zwei finden könnten?«

»Ihr solltet jemand anderen fragen«, sagte MacCarthy. »Ich bin selber nicht aus Castlebar. Woher kommt ihr denn eigentlich?«

»Ich bin aus London, und mein Kumpel hier aus Derbyshire.«

»Ihr seid weit weg von zu Hause.«

MacCarthy wühlte in seiner Tasche, stellte fest, daß er genug Geld hatte, und kaufte für alle Porter. Überrascht und erfreut trank der Londoner MacCarthy mit seinem Krug zu.

»Ihr seid ruhige Leute hier, Paddy. Das ist vielleicht eine Erleichterung. Wir waren vorher in Wexford und mußten uns mit den Croppies herumschlagen.«

»Mit den Croppies?« fragte MacCarthy verwirrt.

»Den Rebellen«, erklärte der Londoner. »Da unten nennen sie die Rebellen ›Croppies‹. Hast du nie das Lied ›Croppies lie down‹ gehört?«

»Und hingelegt haben sie sich ja«, sagte MacCarthy.

Der Londoner nickte. »Wir haben sie an einem Ort namens Vinegar Hill abgeschlachtet. Mir ist davon wirklich schlecht geworden. Einfache Burschen wie du und ich. Konnten sogar Englisch, die meisten jedenfalls.«

»Verdammte Wilde«, sagte der Mann aus Derbyshire. »Rebellen gegen den König.«

Er war untersetzt und redete mit schwerer Zunge. Der Londoner war klein und drahtig.

»Da waren ein paar Tausend von ihnen«, erzählte der Londoner weiter. »Alle die Hänge von Vinegar Hill hinaufgejagt, nur mit Piken in den Händen. Wir haben sie mit Kanonen und Gewehren zermatscht, und dann sind wir mit blankem Stahl auf sie losgegangen. Und wozu war das alles gut, Paddy? Kannst du mir das sagen?«

MacCarthy schüttelte den Kopf.

»Piken und Sensen gegen die Artillerie«, sagte der Londoner. »Verdammte Art, Selbstmord zu begehen. Was sollte das denn alles, Paddy?«

Das Porter war dunkler als Moorwasser.

»Das ergibt doch keinen Sinn«, sagte der Londoner geduldig. »Ich krieg vielleicht manchmal Lust, gegen meinen Kumpel hier zu kämpfen, aber ich weiß, daß der mich zu Brei hauen könnte.«

»Verdammte Scheißrebellen«, sagte der Mann aus Derbyshire. »Bist du auch ein verdammter Scheißrebell?« fragte er MacCarthy.

MacCarthy nickte ihm zu und fragte den Londoner: »Warum sagst du deinem Kumpel nicht, er sollte das Bier, das ich ihm gekauft habe, hinstellen und feststellen, ob er mich zu Brei hauen kann?«

»Da hast du's«, antwortete der Londoner mit einem entzückten Grinsen. Seine Zähne waren klein und unregelmäßig. »Da hast du den typischen Paddy, immer bereit zu einem Kampf oder sonst einem Jux. Mein Kumpel hat das nicht so gemeint. Dein Bier war eins zuviel für ihn. Aber laß dich nicht mit Soldaten ein, Paddy. Von uns gibt's viel zu viele. Hör zu, Kumpel.« Er leerte sein Porter und gab dem Wirt ein Zeichen. »Wir sind zu deinem Besten hier, verstehst du, nicht zu unserem. Ihr wollt doch keine Bande von Franzmännern hier haben, die mit euren Frauen schlafen, und keinen Pöbel von Moorbewohnern, die euch mit ihren Piken vor dem Gesicht herumfuchteln und den König beleidigen. Euren König so gut wie unseren. Wir haben keine Lust, den armen Teufeln mit blanker Waffe zu kommen, aber das ist unser Beruf, verstehst du? Nach Vinegar Hill hab ich Kumpels im Gras sitzen sehen, die ihre Eingeweide aus sich rausgekotzt haben.«

»Und dein Freund hier?« fragte MacCarthy. »Hatte der einen schwachen Magen?« Aber er ließ sich von dem Londoner ein neues Glas Porter spendieren.

»Du verdammte papistische Hure«, sagte der Mann aus Derbyshire. »Du willst Ärger.«

»Da brauchte ich nicht lange zu suchen. Ich hab euch nicht um eure Gesellschaft gebeten. Dein Freund hat mich höflich angesprochen, und ich habe mich mit ihm unterhalten. Ich habe euch ein Bier gekauft, und du hast es ohne mit der Wimper zu zucken in deinen großen Schinken von einer Faust genommen. Du bist in eine Schenke voller ruhiger Männer gekommen, und jetzt pöbelst du sie an. Selber verdammte Hure, du dicke, blöde Rübe.«

Der Mann aus Derbyshire stellte sein Glas hin, der Londoner aber trat rasch zwischen sie.

»Du solltest das besser wissen, Joe. Die sind wie Kinder, in der einen Minute lachen sie mit dir, in der nächsten brüllen sie dich an.« Er wandte seinen Kopf, um MacCarthy anzusehen. »Du solltest besser zu deinen Kartoffelbeeten zurückgehen, Paddy, ehe ich die Beherrschung verliere.«

MacCarthy spürte Sean MacKennas Hand auf seiner Schulter. Er schüttelte sie ab. »Mit dir habe ich keinen Streit«, sagte er zum Londoner. »Und ich würde jederzeit mit dir trinken. Du bist ein sehr großzügiger Mann, einfach den weiten Weg herzukommen, um uns zu helfen. Hast du das gewußt, Sean? Dieser Mann ist den ganzen Weg von London hergekommen, um uns zu helfen. Zuerst hat er uns in Wexford geholfen, und jetzt ist er nach Mayo gekommen.«

Der Londoner grinste wieder, diesmal galt sein Grinsen MacKenna. »Die beiden haben ein bißchen zuviel getrunken.«

»Das ist bekannt als Grund für die meisten Streitigkeiten.«

Der Mann aus Derbyshire summte. »Ich kann mich nicht mehr an den Text erinnern«, sagte er. »Es heißt ›Croppies lie down‹.«

»Ein sehr musikalisches Volk«, sagte MacCarthy.

»Jetzt hör aber auf, Paddy«, befahl der Londoner.

Vor der Schenke legte MacKenna MacCarthy wieder die Hand auf die Schulter. »Ich werde dir etwas über dich sagen, Owen. Du glaubst, ein Dichter hätte ein verzaubertes Leben. Du kannst im Bett liegen, wenn du in der Schule sein solltest, und bis zur Blödheit trinken und den Namen einer Frau ruinieren und nach Herzenslust Streitereien vom Zaun brechen. Du kannst bisweilen ein unangenehm rücksichtsloser Mann sein, und eine Gefahr für deine Freunde.«

MacCarthy nickte geistesabwesend. »Ich hatte Angst, Sean. Die rote Uniform macht mir Angst.«

»Dann erfüllt sie ja ihren Zweck«, erwiderte MacKenna.

MacCarthy wanderte zitternd von Kneipe zu Kneipe und suchte den Bauern, der versprochen hatte, ihn mit zurück nach Killala zu nehmen. Hummerrückige Soldaten gingen zu dritt und zu viert zu ihrer Kaserne, die Arme um die Schultern ihrer Kameraden gelegt. Gekochte Hummer, rote Drachen der See, die aufrecht gingen, mit hohen Helmen wie salzige Muschelschalen. Am Ende der Hauptstraße von Castlebar, in dem Hof zwischen Kaserne und Gefängnis, hingen drei Körper am Galgen, geteert und mit Ketten beschwert. Der schlimmste mögliche Tod. Eine Verlockung für die Sommerfliegen. MacCarthy bekreuzigte sich und eilte vorüber.

6

Killala, 15. August

Massiv und verwinkelt erhob sich Glenthorne Castle über der Ebene von Mayo. Der Mittelblock war unnachgiebig, er erklärte eine Solidität, die Moor und Weideland überleben würde. Lange Bogengänge mit ionischen Säulen führten zu den Flügeln, die einander in eleganter und verfeinerter Harmonie entsprachen. In seiner Leichtigkeit und Stärke mißbilligte es die Barbarei, die es umgab, die rauhe Landschaft aus braunen Bergen und kargen grünen Feldern. Im Sonnenlicht wurde der behauene Stein von Weiß zur bleichsten Honigfarbe erweicht.

Ihre riesigen Güter in Mayo waren zusammen mit der Würde eines Herzogs von Tyrawley den Glenthornes als Dank für große, wenn auch geheime Dienste übertragen worden, die der dritte Lord Glenthorne 1688 dem damaligen Prinzen von Oranien erwiesen hatte. Er hatte William nach Irland begleitet und dort ein Regiment zu Fuß kommandiert. Verschiedene Gemälde der Schlacht an der Boyne zeigen ihn neben seinem Fürsten, eine zusammengerollte Karte in einer Hand, die andere Hand auf den Fluß weisend, düsteres Gesicht unter einer fülligen Perücke, ohne Lächeln, ein Staatsmann und Höfling, der gekonnt eine militärische Aufgabe erledigt. Er hatte damals Mayo nicht besucht, wie William fand auch er Irland naß und ungemütlich. Sein Sohn und sein Enkel setzten überhaupt niemals einen Fuß auf irischen Boden. Sie waren zufrieden mit dem Titel von Tyrawley und den Einkünften des Gutes.

Das Gut entstand durch die Enteignung des Landes der reichsten Jakobiter von Mayo, Katholiken wie Protestanten, kleinerer Adeliger, die die illusorische Vorsicht der Neutralität versucht hatten. Die Angelegenheiten des Gutes wurden von Verwaltern erledigt, die im befestigten Haus eines der enteigneten Jakobiter wohnten. Die ersten beiden Verwalter waren zur Hälfte Wirtschafter und zur Hälfte Zenturionen, denn in den Jahrzehnten nach Williams Ansiedlungspolitik war Mayo eine gesetzlose Wüste. Die jakobititschen Captains und Colonels kehrten zu ihren früheren Ländereien zurück und rekrutierten ihre früheren Pächter für ihre Banden von Räubern und Wegelagerern. Eine Zeitlang redeten sie sich ein, daß sie den Kampf aufrechterhielten, der ja eigentlich in Limerick zu Ende gewesen war, aber schließlich degenerierten sie zu gemeinen Straßenräubern. Einer nach dem anderen wurden sie von Trupps von Reitern und Hunden zur Strecke gebracht und ihre Köpfe auf die Gitterstäbe des Gefängnisses von Castlebar, damals eine neue, rauhe Stadt, gespießt. Die Überlebenden wurden Bauern und akzeptierten voller Dankbarkeit ein paar Hektar Ackerboden auf ihrem früheren Besitz.

Ohne den zivilisierenden Einfluß eines anwesenden Grundherrn wurde Tyrawley eine von Krautjunkern, die wild waren wie die Dorfkämpfer, tollkühne Duellanten, rauh, tapfer und brutal, dominierte Baronie. Einige bestellten überhaupt kein Land, sondern verpachteten es bis an ihre Türschwellen an die vorüberziehenden Bauernscharen. Andere ließen ihr Land von Mittelsmännern und Untermittelsmännern verpachten und schufen damit eine Klasse, die noch weniger Bindung an das Land hatte als sie selber. Isoliert sogar von den Einflüssen der Dekadenz, verbrachten sie ihre Tage mit Glücksspiel und Hahnenkämpfen, der Entführung von Erbinnen und der Verführung von Bauernmädchen.

Die Verwalter der Glenthornes, zuständig für einen so großen und reichbevölkerten Besitz, daß eine genaue Zählung von Vieh oder Bauern unmöglich wurde, zahlten vierteljährlich ihre Erträge bei einer Dubliner Bank ein, die sie dann nach England weiter überwies, sie spielten ihre Rolle im politischen und gesellschaftlichen Leben des County und verbrachten jedes Jahr einige Monate in England. Die Handvoll von Reisenden und wandernden Schriftstellern, die Mayo im Laufe der Jahrzehnte besuchte, nannte allesamt Glenthornes Güter als hervorragenden Beweis für die Übel, die aus der Abwesenheit des Grundbesitzers entstehen. Wenn die Lords Glenthorne in Mayo residierten, wurde argumentiert, dann würden die Methoden von Landwirtschaft und Ackerbau sich stetig bessern, auf die gesetzlosen und ungestümen Bauern würde ein wohltuender Einfluß ausgeübt werden, die benachbarten Junker hätten einen Mittelpunkt, an dem sie Schicklichkeit und Nüchternheit lernen könnten. Aber die Unmöglichkeit dieses Ideals wurde auch zugegeben. Glenthorne war englischer und irischer Pair, und seinem Gut in Cheshire galt seine erste Pflicht. Die bedauerlichen Folgen der Abwesenheit wurden deshalb als Teil der unheilbaren Zustände aufgefaßt, die Irland das Siegel einer hoffnungslosen Existenz aufgedrückt hatten.

Im Jahre 1759 aber hatte der Lord Glenthorne, dessen Sohn der jetzige Herzog war, beschlossen, nach Mayo umzuziehen. Das exzentrische Wesen, das sich bei den Glenthornes langsam entwickelt hatte, war bei diesem birnenförmigen Original zu voller Blüte gekommen, diesem Liebhaber von Knaben mit Sopranstimmen, diesem Gönner der Künste. Seine Nachbarn in Cheshire betrachteten diesen Entschluß als weiteres Zeichen seiner Frivolität, ausnahmsweise jedoch als ein willkommenes. Er hatte Jahre an den italienischen Höfen verbracht, begleitet von Porträtmalern, Mohrenpagen in Turbanen und einer bemitleidenswerten Gattin mit harten Zügen. Jetzt, so dachte sich Cheshire, hatte er die letzten Leinen gekappt und trieb ins Nichts hinein. Aber er hatte vor seinem inneren Auge ein Herrenhaus gesehen, riesig, exquisit und keusch, in einer natürlichen Umgebung von wilder und pittoresker Größe.

Acht Jahre wurden der Erschaffung von Glenthorne Castle gewidmet. Niebuhr, der große deutsche Architekt, ließ sich beim Verwalter nieder und wanderte sechs Monate auf dem Boden hin und her, auf dem er zu bauen vorschlug. Er hielt eine selbstentworfene Lupe an sein Auge, die Hügel, Moorland und Mündung, die er betrachtete, in eine optische Symmetrie brachte. Dann wurden Steinmetze aus England und Stukkateure aus Italien geholt. Lord Glenthorne bestellte mit Hilfe von Niebuhrs detaillierten Zeichnungen bei Pariser Handwerkern die Vorhänge und Tapeten für jedes der vielen Zimmer. An die dreißig Familien wurden vom Land vertrieben, auf dem Gärten und Promenaden, der künstliche See, der Wasserfall und die beiden Irrgärten angelegt werden sollten.

Und doch wurde es nicht der Triumph, den er sich erhofft hatte. Weder an Großartigkeit noch an Torheit konnte es die anderen großen Herrensitze seiner Zeit ausstechen, Santry Court bei Dublin, Castletown und Carton in Kildare, Russborough in Wicklow und etliche andere. Sein einzigartiger Vorteil war seine abgelegene Lage, denn die meisten seiner Rivalen standen im zivilisierten Pale. Wer die Ödnis von Mayo bereiste, reagierte mit Bewunderung und Verblüffung auf Glenthorne Castle. Daß es zum Vergnügen einer einzigen Person existierte, ließ es noch dazu als unheimlich, als verzaubert erscheinen. Denn die Gräfin, nachdem sie Mayo acht Monate lang ertragen hatte, kehrte nach England zurück und nahm ihren Sohn, den jetzigen Lord, mit sich. Ihr Gatte war sich selber überlassen bei seinen einsamen Spaziergängen in den bestellten Irrgärten, wo er kurzsichtig über seine Pfauen stolperte. Auch für Glenthorne verblaßten nach einigen Jahren die Freuden seines Palastes, und er begab sich nach Italien, um sich mit einem Verflossenen, nun einem jugendlichen Bischof, zusammenzutun.

Der Effekt von Glenthorne Castle auf seine Hunderte von Bauern war vielschichtig und tief. Lied und Sage hatten ihnen von ihren eigenen majestätischen, besiegten Fürsten und Häuptlingen erzählt. Dahinter, noch viel älter, gab es die Könige und Helden der Sagas, und, hinter ihnen noch, erhoben sich gigantische Gespenster, die Gottheiten der alten Religion, die in Reichtum und Glanz des Lichtes wohnten. Glenthorne Castle dagegen deutete eine absolute Macht über das Dasein an, wie kein O'Neill oder O'Connor sie jemals besessen hatte. Es war ein Bild, durch das ihre Phantasie die historische und politische Lage erfassen konnte. Fremd und rätselhaft, hatte der abwesende Hohe Lord endlich seinen grenzenlosen und kapriziösen Willen offenbart. Vom Hohen Lord selber wurde zunächst wenig bekannt, außer seinen hohen Mauern und Kolonnaden, seinen Seen und seinem Wasserfall, aber das war genug. Die kurzen Jahre seiner Residenz in Mayo hatten ihm die Eigenschaften eines sagenhaften Wesens gegeben, exotisch und entfernt. Was in Cheshire als Exzentrizitäten eines verweichlichten Aristokraten gegolten hatte, erschien den Augen von Mayo als Benehmen eines phantastischen, grotesken Herrschers. Nur wenige sahen ihn, aber die Dienstboten konnten berichten.

Der jetzige Hohe Lord war sein Sohn, und auch er blieb unsichtbar. Ein ruhiger Mann, missionarisch in seiner Religion und in seiner Politik den Whigs verpflichtet, teilte er das Jahr zwischen Cheshire und London auf. Er hegte nur zwei tiefe Leidenschaften, einen Haß auf den afrikanischen Sklavenhandel und einen Haß auf die Erinnerung an seinen Vater. Daß Glenthorne Castle einen wunderbaren Anblick bot, hätte er nicht bezweifelt, aber er wollte es lieber nicht ansehen. Das Schloß war die krönende Torheit im Leben seines Vaters gewesen, eines genußsüchtigen Lebens, vergeudet an Tand und niedrige elende Sünden. In Alpträumen sah er es mit entsetzlicher Klarheit, wie eine Szene aus *Vathek*, gebleichte Türme, die in die Luft ragten, nackte Leibeigene, die neben den eisernen Toren knieten. Das Wort *irisch* allein war schon abstoßend für ihn. Wenn er sich selber als »irischen Grundbesitzer« beschrieben hörte, war er hin- und hergerissen zwischen Verlegenheit und Unglauben. Er schalt sich selber einen Nabob, der seinen Wohlstand nicht aus braunen Hindus oder schwarzen Afrikanern zog, sondern aus den weißen Sklaven einer benachbarten Insel. Dieser Gedanke war unerträglich.

Das Gut Glenthorne, beschloß er, sollte wenigstens die Wohltaten einer weisen und umsichtigen Verwaltung erfahren. Zu diesem Zweck ernannte er nach sorgfältigen Überlegungen und Erkundungen Andrew Creighton, geboren in Glasgow, aber erzogen in Cambridge, zu seinem Agenten. Ein Flügel von Glenthorne Castle wurde für Creighton und seine Familie als Wohnung eingerichtet, und er erhielt ein seinen Fähigkeiten entsprechendes Gehalt. Er erhielt außerdem zwei Prozent der jährlichen Erträge des Gutes. Lord Glenthorne gab ihm nur den einzigen Befehl mit auf den Weg, sich wie der gute Verwalter im Neuen Testament zu verhalten. Es war seine Aufgabe, den Boden und die Güter, die ihm anvertraut worden waren, zu verwalten, sich um das Wohlergehen der Bauern und des Viehs zu kümmern und mit allen Menschen offen und ehrlich umzugehen. Glenthorne hatte gut gewählt, denn Creighton fand in diesen ausgedehnten, chaotischen Ländereien eine Herausforderung für seine Fähigkeiten und sein Gewissen.

Es war seine erste Aufgabe, die genauen Ausmaße und den Zustand des Gutes zu ermitteln, die Bedingungen, zu denen kleine Teile davon verpachtet worden waren, das komplizierte Netzwerk von Dokumenten und Gewohnheitsrecht, nach dem die Ländereien im County verteilt waren. Wie er erwartet hatte, brachte ihm das eine Serie von Prozessen gegen die kleineren Grundbesitzer ein, aber alle wurden zu seiner Zufriedenheit geregelt. Dann mußte er die menschliche und tierische Bevölkerung zählen, und das war keine leichte Aufgabe, denn sein Vorgänger hatte die schlampige Haltung der Gegend übernommen. Etwa vierzig Jahre lang hatten die abgelegenen Moore und öden Berge Landbesetzer beherbergt. Sein Vorgänger hatte sich an den örtlichen Brauch gehalten und von diesen Elenden keine Pacht gefordert. Creighton wußte nicht so recht, was er mit ihnen anfangen sollte, wollte aber zumindest ihre Anzahl und ihre Namen wissen. Wochenlang war er mit dieser Aufgabe beschäftigt, ein blasser Mann mit derben Zügen, gekleidet in nüchternes Braun, der die unwegsamen Bergpfade entlangritt. Hinter ihm ritt ein irischsprachiger Verwalter. Die Landbesetzer flohen beim Klang der Hufschläge, ganze Familien kletterten die hohen Hügel hinauf.

Als diese Arbeit vollendet war, übertrug er diese Informationen auf eine große und kompliziert kodierte Karte, die in seinem Büro hing. Es war einst das kleinere der beiden Musikzimmer des Schlosses gewesen, und die Karte hatte gegenüber einer Darstellung des Urteil des Paris – als Hofszene des 18. Jahrhunderts – gehangen, von einem von Lord Glenthornes Protégés im Stil von Watteau gemalt. Im ersten Jahr seiner Tätigkeit verbrachte Creighton die meiste Zeit in seinem Büro und prägte sich die derzeit bestehenden Details des Gutes ein. Diese Aufgabe war jedoch nur der Auftakt zu einer viel größeren, nämlich, Ordnung in das Chaos zu bringen.

Creighton hatte die neue Lehre der wissenschaftlichen Landwirtschaft studiert. Er hatte Broschüren zu diesem Thema veröffentlicht und korrespondierte mit anderen Fachleuten. Deshalb, und wegen seines Eifers und seines redlichen Charakters, hatte Glenthorne sich für ihn entschieden. Er wollte herausfinden, auf welche Weise das Gut am besten geleitet werden konnte. Ihm war von Anfang an klar, daß auf dem Gut zu viele Menschen lebten und daß die bestehenden Gehöfte zu klein für effektive Bewirtschaftung waren. Außerdem hatte sich niemand richtig überlegt, welche Ernten für welche Lage am besten geeignet waren. Anderswo in Irland wurde versucht, Moore trockenzulegen, in Mayo jedoch nicht.

Creighton wußte, daß der Pflug seiner Logik quer durch Felder und Hügel pflügte, und das machte ihm arg zu schaffen, denn er war ein humaner Mann. Festere und rationellere Prinzipien würden sich mit einem Federstrich auf Glenthornes Land anwenden lassen. Seine Unterschrift auf einem Räumungsbefehl konnte Dutzende dieser Bauern, die ihn grüßten, wenn er vorbeiritt, deren Musik leise aus ihren Hütten zu ihm drang, von ihrem Land vertreiben. Aber er konnte sich nicht so recht dazu aufraffen, und dieses Zögern ärgerte ihn. Es hielt ihn davon ab, seine Pflicht zu tun und sein Versprechen zu erfüllen, aus dem Gut ein Modell für nüchternen und einträglichen Ackerbau zu machen. Das Leben dieser barbarischen Gesellschaft kränkte seine Überzeugungen: Die Bauern schienen Schmutz zu lieben, waren faul, tranken exzessiv, waren in ihrem Aberglauben verstrickt, plapperten eine rohe Sprache, kämpften und stritten auf Jahrmärkten. Und doch bildeten sie eine Gemeinschaft, in der Männer und Frauen liebten und arbeiteten, heirateten und Kinder hatten, sie hingen aneinander und an ihrem Boden. Sie zu entwurzeln wäre eine monströse Grausamkeit.

Er schund Zeit. Er erledigte seine Aufgabe auf die übliche Weise, aber mit einem Eifer und einer Intelligenz, die seinen Vorgängern gefehlt hatten. Mit jedem Jahr seiner Verwaltung stiegen die Einkünfte ein wenig. Aber diese Einkünfte betrugen trotz allem nie mehr als ein Viertel dessen, was das Land hätte erbringen können, und weil er das wußte, wußte er auch, daß er sündigte, daß er seinem Herrn schlecht diente. Einmal pro Jahr lieferte er Lord Glenthorne einen Bericht über seine Verwaltung, ausführlich und peinlich genau, zusammen mit einem freimütigen Bekenntnis seiner diversen menschlichen Unzulänglichkeiten. Glenthorne antwortete jedes Jahr mit einem Brief voller höflicher und schmeichelhafter Gemeinplätze, verständnisvoll und leicht salbungsvoll. Creighton hatte jedes Jahr auf einen Anpfiff aus England gehofft, auf den entscheidenden Befehl, aus dem Land den maximalen Profit herauszuholen. Dieser Befehl kam jedoch nie. Schließlich sah Creighton den Hohen Lord genauso wie die Bauern, als eine entfernte, unergründliche Gestalt, deren Wege undurchschaubar waren. Sein zerrissenes Gewissen ließ ihm keinen Frieden.

In der Abgeschiedenheit seines Büros gab er sich einer Phantasie hin, die ihn mehr beanspruchte als ihm klar war. Es fing einfach genug an. In einem leeren Kassenbuch begann er eine Art Tagebuch, in dem er das Gut beschrieb, wie es unter richtiger wissenschaftlicher Leitung gedeihen würde. Danach entwarf er Skizzen der vorbildlichen Gehöfte, die er einrichten, der Kapellen und Schulen, die er bauen wollte. Dann, an einem Abend im Oktober, räumte er den langen Bibliothekstisch frei, der fast eine ganze Wand in Anspruch nahm, und begann mit der Konstruktion des idealen Gutes Glenthorne in Miniaturausgabe, wobei er im Laufe der vier Jahre, deren Abende er dieser Aufgabe widmete, eine beträchtliche Erfindergabe und einen gewissen kleinen Grad der Kunstfertigkeit entwickelte. Es war ein Spielzeug seiner Phantasie, eine andere Art von Sünde. Nun, wo seine Aufgabe vollbracht war, konnte er sich darüber beugen wie Gulliver und die aus Spiegelscherben gebildeten Seen bewundern.

Creighton hatte keine Vorstellung von der Figur, die er machte, wenn er mit hängenden Zügeln, die Brille auf der Spitze seiner Stupsnase schwebend, durch die Gegend ritt, endlose Notizen in ein Notizbuch aus Leder schrieb und abstieg, um ein paar Getreidekörner zwischen den Fingern zu zerreiben oder um die Vertiefung eines Grabens anzuordnen. Für die kleinen Grundbesitzer war er ein scheinheiliger Handelsmann, die Fehlbesetzung einer Gentlemanrolle. Für die Bauern war er ein blutloser, gemeiner Tyrann, mit harter Stimme und ohne Lächeln. Die Volkszählung, mit der er seine Laufbahn begonnen hatte, hatte seinen Ruf besiegelt. »Ich will jeden einzelnen Namen«, sollte er gesagt haben. »Ob sie nun in Hütte, Scheune oder Stall leben.« Als MacCarthy, der gerade nach Killala gekommen war, diese Geschichte hörte, taufte er ihn »König Herodes«. Und »Herodes Creighton« blieb er, für Gentleman und Bauern gleichermaßen. Die meisten hätten über sein geplagtes Gewissen gelacht, wenn sie davon gewußt hätten.

Der einzige Mann, dem er sich anvertrauen konnte, war Broome. Er besuchte ihn eines Abends, um ihm sein besorgtes Herz auszuschütten, und war erstaunt, als Broome aus seinem Sessel aufsprang, seine Hand ergriff und sie schüttelte. Denn auch Broome hatte das Gefühl, daß er seine Pflicht nicht erfüllte, daß Killala seine Seelsorge zurückgewiesen hätte. Die beiden Männer saßen bis spät nachts zusammen, und jeder beschrieb die Hoffnungen, mit denen er nach Mayo gekommen war, die Qual, mit der er sie im Moor hatte versinken sehen. Sie trafen sich von nun an häufig, und schließlich wurden sie zu Verschwörern, denn als Creighton einmal verkündete, daß er seinen Posten aufgeben wollte, redete Broome ihm das aus und erinnerte ihn an das Schicksal, das den Bauern nach seinem Weggehen blühen könnte. Und doch bedrückten seine Schuldgefühle Creighton weiterhin, die Schuldgefühle eines Mannes, der seine Talente vergraben hat.

In der Nacht zum 15. August arbeitete er noch spät in seinem Büro. Er hörte in der Entfernung Lärm, zersplitterndes Glas und zwei scharfe Schüsse. Er sprang auf, sah aber von den Bürofenstern aus nur Finsternis. Er zündete eine Laterne an und ging damit in die Halle, blieb stehen, um die Dienstboten unten zu alarmieren und rannte dann nach draußen. In weiter Ferne sah er ein Leuchten in den beiden Fenstern des unbenutzten rechten Flügels, der seinem gegenüberlag. Er rannte an einer weiten Kolonnade vorbei, durch einen Bogen und dann eine weitere Kolonnade hinab. Seine Laterne leuchtete römische Statuen in ihren Nischen an, steinerne Togen und erhobene Arme. Im Rennen schrie er. Der Vorhang hinter zwei hohen, zersplitterten Fenstern brannte. Im Licht der Flammen sah er zwei Gestalten aus der Tür stolpern. Sie blieben in einiger Entfernung vom Haus stehen und brüllten ihm etwas zu. Er konnte sie nicht verstehen. Dann verschwanden sie in der Dunkelheit. Er hörte hinter sich Schritte, fuhr herum und sah Hendricks, den Hausverwalter, der eine Pistole in der Hand hielt.

Die Eingangstür war eingeschlagen worden. Sie gingen zusammen hinein, vorsichtig zuerst, dann schneller, durchquerten zuerst einen langen Flur und dann einen rechtwinklig davon wegführenden zweiten, bis sie schließlich eine offene Tür erreichten, hinter der die Flammen loderten. Gemeinsam rissen sie die Vorhänge herunter und erstickten das Feuer. Dann blickten sie sich um. Sie befanden sich im Waffenzimmer.

Der vorherige Lord Glenthorne war weder ein Sportsmann noch ein Soldat gewesen, aber er war ein eifriger Sammler von Feuerwaffen und von vielen anderen Dingen. Die Feuerwaffen, Musketen und Jagdgewehre, Duellpistolen von exquisitem französischem und schweizerischem Entwurf hatten in ihren Glasvitrinen zwei Wände eingenommen. Die Vitrinen waren aufgebrochen und ihres Inhalts beraubt worden. Außer einigen Waffen von groteskem Aussehen und exotischer Herkunft, antiken Armbrüsten und türkischen oder orientalischen Musketen war nichts mehr vorhanden. Die zurückgelassenen Waffen lagen verstreut auf dem Parkettboden.

Hendricks zündete Kerzen an. Die Luft war beißend. Als sie von Vitrine zu Vitrine wanderten, immer noch wortlos, kamen Dienstboten ins Zimmer, schüchtern und neugierig. Creighton schüttelte den Kopf, zu verwirrt und verblüfft, um zu erfassen, was er sah, und befahl Hendricks, einen Wachtposten aufzustellen und sich um die Trümmer zu kümmern. Dann verließ er das Zimmer und ging in seinen eigenen Flügel zurück.

Noch einmal passierte die Laterne Togen aus Stein, Köpfe

aus weißem Marmor. Die Nachtluft war kalt. Er blieb stehen. Mayo erstreckte sich von ihm fort in die Nacht. Dicht neben ihm die kalten, leeren Gesichter antiker Konsuln und Generäle. Creighton zitterte, gefangen zwischen Verwirrung und Zorn.

»Das ist eine sehr schlimme Geschichte«, sagte Hendricks, der auf ihn zukam.

»Es ist noch schlimmer«, antwortete Creighton.

»Bis jetzt«, sagte Hendricks, »haben die Schurken niemals Gewehre gebraucht. Wenn wir die Gewehre und die Donnerbüchsen und die Pistolen zusammenzählen, dann sind sie mit über siebzig Feuerwaffen entkommen.«

»Ja«, meinte Creighton. »Ich habe sie nie gezählt. Wer würde denn auf die Idee kommen, ausländische Waffen von Gott weiß wo.«

»Noch etwas macht mir Sorgen, Sir. Sie sind durch zwei Flure voller Türen gegangen, ohne auch nur eine anzurühren.« Hendricks war der jüngere Sohn eines Kaufmanns. Er sprach mit dem rauhen Akzent von Ost-Sligo. Ein leichtes Zungen-R erinnerte Creighton an seinen Geburtsort Glasgow. »Sie haben gewußt, was sie wollten und wo sie es finden würden. Und das bedeutet wahrscheinlich, daß ein Dienstbote oder ein früherer Dienstbote es ihnen gesagt hat. Das ist etwas ganz anderes als die Teufeleien, die sie sonst manchmal angestellt haben.«

Sie standen schweigend da, die flackernde Laterne erleuchtete ihre Gesichter. Dann sagte Creighton: »Wir sind hier isoliert, Hendricks. Morgen müssen wir zwanzig von den vertrauenswürdigsten Bauern zusammenrufen und Wachstreifen organisieren.«

»Die vertrauenswürdigen Bauern, Mr. Creighton? Ich wüßte gern, an wen Ihr dabei gedacht habt.«

»Ich weiß«, erwiderte Creighton. Die Finger seiner freien Hand zupften an seiner Wange.

Zwei junge Mägde näherten sich ihnen, sie tanzten geradezu in ihrer Erregung, die sie als Besorgnis auszugeben versuchten.

»Bitte, Sir. Sie haben an der Hallentür im Hauptblock einen Baum stehenlassen.«

Es war eine Fichte, an die neun Fuß hoch, und sie lehnte an der Tür, als ob sie ihre Pflanzung verlassen hätte, durch die Gartenwege geschlendert wäre, um dann die steile Treppe emporzusteigen. Sie war so fremd, so sinnlos wie die römischen Statuen. Abwesend betastete Creighton ihre Nadeln.

»Das muß ein Zeichen sein«, sagte Hendricks. »Whiteboys und Defenders machen immer solchen Unfug.«

Creighton schüttelte den Kopf. »Vielleicht. Irgendwer soll sich morgen darum kümmern. Und notiert es Euch. Ich habe diese Fichten als Windbrecher gepflanzt.«

»Wer könne es außer den Whiteboys noch gewesen sein?« fragte Hendricks.

»Der Freiheitsbaum«, erwiderte Creighton. »In Wexford und Carlow waren sie während des Aufstandes überall, und jetzt sind sie auch schon in Longford aufgetaucht.«

»Was in Gottes Namen ist ein Freiheitsbaum?« fragte Hendricks. »Das ist Whiteboy-Unfug.«

»Sie haben Zweige von Nadelbäumen mit in die Schlacht getragen«, sagte Creighton. Er wandte sich ab und stieg vorsichtig die Treppe hinunter. »Es ist das Zeichen der United Irishmen.«

Hendricks folgte ihm. »Ihr könnt das nicht ernst meinen, Sir. Es gibt keine United Men in Mayo.«

»Das dachten wir«, erwiderte Creighton. »Wir müssen eine Wachstreife organisieren. Ich werde morgen nach Killala reiten und mit Cooper reden. Aber wir können uns auf diese Burschen nicht verlassen. Wir müssen darauf vorbereitet sein, uns selber zu verteidigen.«

»Auf dem Gut gibt es jetzt bloß noch ein paar Jagdwaffen«, sagte Hendricks, »und diese heidnischen Musketen oder was das sonst sein mag. Es war in Mayo doch wirklich ohnehin schon schlimm genug.«

»Es ist spät«, sagte Creighton. »Heute nacht können wir nichts mehr tun.«

»Hier, Sir«, erwiderte Hendricks und reichte ihm die Pistole. »Die solltet Ihr besser bei Euch behalten. Sie ist geladen.«

Creighton nahm sie ungeschickt. »Es kommt wirklich selten vor, daß ich die Gelegenheit habe, so eine in der Hand zu halten.«

»Mir geht's genauso«, sagte Hendricks. »Gute Nacht, Sir.«

Nachdem sie sich getrennt hatten, ging Hendricks ins Waffenzimmer zurück. Seine Finger umklammerten in seiner Jackentasche den Schaft einer kurzläufigen Pistole, entworfen von Wodgson in London. Der Schaft war aus Ebenholz mit eingelegtem Silberfiligran. Er hatte sie schon lange bewundert, und als er mit den anderen United Men den Waffenraum betreten hatte, war er gleich an ihre Vitrine getreten und hatte das Glas zerschlagen. Er hatte gerade noch Zeit zurückzurennen, um sich Creighton anzuschließen.

In seinem Büro las Creighton noch einmal einen Brief, den er vor einigen Tagen erhalten, aber als unbedeutend wegglegt hatte.

Westport House

Mein lieber Mr. Creighton,

da Ihr eines der größten Güter im County vertretet, sende ich Euch einen Bericht, der auch an Captain Sam'l Cooper und an verschiedene andere Gentlemen in Nord-Mayo geht.

Es gibt in Castlebar, Westport, Killala, Swinford und anderswo Anzeichen dafür, daß die United Irishmen hier ihre Tätigkeit aufgenommen haben. Deshalb habe ich Lord Cornwallis gebeten, hier Truppen zu unserem Schutz zu stationieren. Er hat mit bewundernswerter Schnelligkeit geantwortet. Zwei Regimenter, die Prince of Wales' Fencibles und das 67. Fußregiment werden nach Castlebar verlegt. Das 67. wird in Castlebar bleiben, um die dortige Garnison zu verstärken. Die Fencibles unter Col. Montague werden nach Ballina weitermarschieren, um den besseren Schutz der Baronie zu gewährleisten. Die Miliz von Tyrawley wird sich unter seinen Befehl stellen. Connaught hat natürlich zu seinem Schutz auch noch General Trench in Galway City, aber seine wichtigste Aufgabe ist die Verteidigung der Küste gegen die drohende Invasion.

Ich habe mir bisher keine Meinung über die derzeitige Stärke der United Irishmen in Mayo bilden können, und ich weiß auch nicht, ob sie sich mit den lokalen Whiteboys und anderen Banditen zusammengetan haben. Wenn es die Umstände erfordern sollten, werde ich nicht zögern, Lord Cornwallis zu empfehlen, über Mayo das Kriegsrecht zu verhängen. Diese Notwendigkeit würde mich jedoch sehr betrüben. Wir haben uns die schmeichelhafte Vorstellung geleistet, daß diesem abgelegenen County die harten Maßnahmen erspart bleiben würden, die anderswo getroffen worden sind. Die Bauern von Mayo sind unwissend und temperamentvoll, aber bisher war ihre Ergebenheit der Krone gegenüber bemerkenswert. Kein Teil dieser Insel jedoch ist in diesen Tagen so ruhig, daß er gegen die Überredungskünste von Rebellen und Verrätern gefeit wäre. Aber das Militär hält es immer für notwendig, mit harter Hand zu regieren, und manche, die sich nichts haben zuschulden kommen lassen, würden zweifellos neben den Schuldigen leiden müssen. Unsere erste Notwendigkeit ist genaue Information, und deshalb bitte ich Euch, mich sofort über alle Aktivitäten der United Irishmen zu informieren, die Euch zu Ohren kommen.

Wir leben in einer Zeit voller großer Gefahren für das Königreich. Die Asche der Rebellion glüht noch in Wexford und Antrim. Weite Bereiche Mittelirlands, bis zu den Grenzen von Connaught, warten nur auf den zündenden Funken. Aber ich bin entschlossen, Mayo loyal zu halten, selbst wenn das einen Galgen an jedem Kreuzweg und einen Stäuppfahl in jedem Dorf erfordert.

Sollte Ihr an Lord Glenthorne schreiben, so versichert ihm doch bitte, daß meine Gedanken durchaus der Sicherheit seiner Besitzungen gewidmet sind.

Mit freundlichen Grüßen
Dennis Browne

Creighton hielt dies für einen unbefriedigenden Brief, geschäftsmäßig und überschwenglich zugleich, gemäßigt und wild. Mayo lag sicher in der politischen Kontrolle des Dennis Browne, der es nur zögernd, und sei es nur vorübergehend, der Armee überantworten wollte. Gleichzeitig war Browne verängstigt und zornig. Die beiden Male, an denen Creighton und Browne einander begegnet waren, war der Schotte nicht beeindruckt gewesen: Browne war ein jovialer Mann mit der Gabe der Beredsamkeit und einem lächelnden Gesicht, das seine dunklen, steinharten Augen Lügen strafte. Er genoß die Unordnung und Unsauberkeit, die Creighton zur Verzweiflung trieben, ein geistreicher schmeichelnder Mann, der jedes Geheimnis im County kannte, der andere unter den Tisch trinken und immer noch sicher auf seinen Füßen stehen konnte. Und er war auch, wie Creighton wußte, so gerissen und unsentimental wie ein Notar aus Edinburgh. Creighton haßte Widersprüche.

Politiker und Soldaten spielten in Creightons Vorstellung nur Nebenrollen, und Rebellen waren so gespenstische Gestalten, daß ihnen jegliche Substanz fehlte. Die großen Ziele der United Irishmen, so weit er sie den beiden Pamphleten entnehmen konnte, die er gelesen hatte, waren eigentlich kaum mehr als eine romantische Phantasie. Die Sprache dieser Pamphlete mit ihren Verweisen auf die »Menschenrechte«, »die patriotischen Verpflichtungen«, »die edlen Opfer« schienen ihm billige Phrasen. Was scherten denn die »Menschenrechte« zerlumpte Bauern, die viel dringender eine faire Pacht, ein gesichertes Recht auf ihre kleinen Gehöfte, Anleitung zu Sparsamkeit, Sauberkeit, Nüchternheit brauchten? Und erst der Freiheitsbaum! Welche Bedeutung konnte das Wort »Freiheit« denn für diese armen Elenden haben? Vielleicht stellten sie sich vor, daß es keine Pachtzahlungen mehr geben würde, daß sie auf ewig ihren Müßiggang und ihren Aberglauben genießen könnten, daß ihr Leben eine endlose Folge von Jahrmarktstagen sein würde. Sie würden jetzt eine bittere Lektion lernen, wenn die Soldaten sich in Mayo so aufführten wie in Wexford und Antrim, wo sie bei den Leuten einquartiert worden waren und mutmaßliche Rebellen geschlagen und gefoltert, Hütten abgebrannt hatten, betrunken und brünstig durch die Dörfer getrampelt waren. Wer diesem unglückseligen Volk das Wort »Freiheit« ins Ohr flüsterte, war schlimmer als verworfen, nämlich unvernünftig und töricht.

Creighton stand vor seiner großen Karte, Symbol und Dokument seines kleinen Königreiches. Sie war mit Tintenflecken gesprenkelt wie mit Fliegendreck, und jeder Klecks war eine Hütte, es gab mehr als vierhundert davon. Jeden Monat kamen neue Flecken hinzu, und doch war die Karte niemals zutreffend oder vollständig. Immer wieder teilten die Bauern ihre winzigen Äcker weiter auf, damit ein Sohn heiraten, seine Hütte bauen, Kartoffeln im Tangbett anbauen konnte. Familien aus anderen Baronien zogen auf bergiges Ödland und waren dort schon Monate ansässig, wenn er ihre Existenz bemerkte. Wenn der Boden zu dünn oder zu sauer war, dann zogen sie weiter. Wenn er seine Grenzen abritt, dann entdeckte er immer wieder ihre verlassenen Hütten, Stein und Lehm, niedrige fensterlose Löcher. Eine treibende Flut von Menschen, anonym und unergründlich.

Gegenüber der Karte das Urteil des Paris: ein nackter Held, den runden Preis in der schlaffen Hand; drei nackte Göttinnen, goldene Haare fielen über Brüste, Stoffstreifen umschwebten ihre Hüften. Um sie herum, elegant auf dem Rasen gelagert, Höflinge, Musiker, sorgsam in Samt und Seide gekleidet.

Creighton starrte das Gemälde an, wie er es schon so oft getan hatte. Welche Welt des Hedonismus und der sanften Vergnügungen brachte ein solches Bild hervor, welche sinnlichen Öle?

Die *Concorde*, auf See, 16. August

Es war eine klare Nacht mit kräftigem Ostwind. Bartholomew Teeling ging über Deck auf die Kajüte des Kapitäns zu, wobei er sich an spärlich bekleideten Soldaten vorbeidrängte, die heraufgekommen waren, um frische Luft zu schnappen. Sie lehnten an den Schandeckeln oder hockten mit nacktem Oberkörper oder in offenen Hemden auf dem Boden, unterhielten sich leise und mit geübter Gleichgültigkeit. Sie waren erfahrene Soldaten. Hier zumindest hatte das Kriegsministerium nicht gepfuscht. Viele, wie Teeling selber, hatten am Rhein gedient, andere hatten mit Buonaparte die Alpen überquert. Die meisten waren kleiner als Teeling, ihre Körper drahtig und dunkel. Teeling war ein großer, ernster Mann mit flacher Brust. Sogar an Bord behielt er seine springende Gangart bei.

Die anderen Fregatten folgten unter vollen Segeln dicht hinter der *Condorde*, die *Franchise*, mit vierzig Kanonen wie die *Condorde*, und die *Médée* mit achtunddreißig. Die irische Küste war noch weit entfernt, und die nächste Verschiebung des Horizontes konnte die Segel von Admiral Warrens Geschwader in Sicht bringen. Drei Armeen, zu unterschiedlichen Zeitpunkten aus verschiedenen Häfen ausgesandt, mußten es schaffen, sich an diesem Geschwader vorbeizustehlen. Humberts Armee, die kleinste der drei, war als erste losgesegelt. Eine Miniaturarmee, Linieninfanterie, zwei Grenadierkompanien, eine Schwadron des 3. Jägerregimentes – an die 1060 Männer und siebzig Offiziere. Sie hatten leichte Artillerie und 5500 Schußwaffen, die an die irischen Rebellen verteilt werden sollten.

Was Teeling vor allem Gedanken machte und ihn unter seinem nüchternen Ulster-Äußeren nicht zur Ruhe kommen ließ, war die Dringlichkeit, diese Schußwaffen zu Henry Joy MacCracken, dem Kommandeur der Rebellentruppen im Norden zu bringen. Die Nachricht von dem Aufstand hatte La Rochelle mit quälender Langsamkeit erreicht. Am 3. August, einen Tag, bevor Humbert Segel gesetzt hatte, hatte Paris einige englische Zeitungen gesandt. MacCracken hatte sich mit einer Armee von etwa sechstausend erhoben, Katholiken und Presbyterianer marschierten zusammen in, wie eine Zeitung schrieb, einer unnatürlichen und höllischen Kombination. Antrim und Down waren eingenommen worden, aber eine große englische Armee marschierte von Dublin aus gen Norden. Doch die Zeitungen waren zwei Monate alt gewesen. Jetzt konnte MacCracken bereits geschlagen sein oder sich in die Täler von Antrim zurückgezogen haben.

Diese Berge und tiefen Täler waren für Teeling wirklicher als die Eichenplanken unter seinen Füßen oder die knatternden Segel oder die dunklen Wellen des Atlantik. Er wußte nicht, welche Umstände MacCracken zur Rebellion gezwungen hatten, ohne richtige Waffen und ohne französische Hilfe. Vielleicht hatte er nicht mehr an diese Hilfe glauben können. Sechstausend mit Piken bewaffnete Männer, Bauern, Landarbeiter und Händler aus den ordentlichen Gemeinden Ulsters. Teeling stellte sich vor, wie sie über die Straßen wanderten, die sich an Tälern und Mooren vorbeizogen, die Piken gegen die dumpfen Grau- und Ockertöne ihrer Jacken gelehnt. Eine Armee zog ihnen entgegen, Jacken von feurigem Rot vor dem üppigen Grün der Weiden von Meath, das metallische Klirren der Kavallerie, die Mündung der Kanonen.

Vor zwei oder mehr Monaten hatte Ulster rebelliert, nun segelten drei Schiffe voller Franzosen zu seiner Unterstützung. Während dieser Monate waren Schlachten ausgekämpft und gewonnen oder verloren, Städte erobert und zurückerobert worden, Männer aufgespießt oder erschossen oder zerschossen. Seine Prinzipien hatten ihn zur Flucht aus Irland gezwungen, in den Dienst eines Offiziers der französischen Armee, hatten ihn zu den streitenden Idealisten und Schurken der irischen Kolonie in Paris geführt. Nun trugen sie ihn zu einer Rebellion, die vielleicht bereits niedergeschlagen war. Er trug seine Prinzipien wie eiserne Ketten auf seinen Schultern, ohne Stolz, wie eine Last.

In Admiral Savarys Kajüte setzte er sich neben Fontaine und Sarrizen, seine Offizierskollegen, und wartete auf Humbert. Eine Karte von Irland war von Humberts leerem Platz aus über den Tisch ausgebreitet. Wenn Teeling seine Hand nach der Karte ausstreckte, dann konnte er Antrim und Donegal berühren. Hinter Donegal zog sich die leere Weite Mayos hin, weiß bis auf einige Dreiecke, die Berge darstellen sollten.

Humbert betrat die Kabine ohne viel Federlesen zu machen, ein großer, muskulöser Mann in zerknitterter Uniform. Er schnallte seinen Gürtel auf, rieb sich den Bauch und lächelte seine Offiziere an.

»So, Messieurs, Savary teilt mir mit, daß die Südspitze Irlands etwa fünfzig Meilen entfernt zu unserer Rechten liegt. Wenn sich das Wetter hält und Warren uns in Ruhe läßt, dann werden wir einen großen Bogen um die Insel machen und in weniger als einer Woche die Küste von Ulster erblicken.« Seine Sprache, wie sogar Teeling feststellen konnte, war rauh und provinziell. Als die Revolution ausgebrochen war, war Humbert ein kleiner Händler in Kaninchen- und Ziegenfellen, der in den Vogesen von Dorf zu Dorf wanderte, ein Bauernsohn, der ein wenig lesen und seinen Namen, Jean-Joseph Humbert, schreiben konnte. Nun, mit 31 Jahren, war er einer der berühmtesten französischen Generäle. Teeling hätte das früher einmal für eine beispielhafte Karriere gehalten, für den Beweis, daß eine revolutionäre Gesellschaft Energie und Intelligenz zu schätzen weiß. Zwei Jahre im Frankreich des Direktorats hatten seine Illusionen gedämpft.

Humbert hatte sich durch seine Kühnheit und seine Geschicklichkeit bereits ausgezeichnet, als er 1793 zum *marechal de camp* ernannt wurde, nur um dann den Weg zur Beförderung versperrt zu finden. Daraufhin hatte er einige Zeit als einer der vielen Spitzel der Regierung Dienst getan und abweichende Ansichten unter seinen Kollegen von der Armee aufgespürt. Die Revolution, ein wohlwollender Zyklon, hatte ihn aus Obskurität und sinnloser Plackerei emporgehoben; indem er sie vor ihren inneren Feinden beschützte, beschützte er sich selber. Später, in Paris, als er dem Direktorat für nicht näher bezeichnete Aufgaben unterstellt war, erlangte er das Vertrauen von Ministern und Generälen und schmeichelte ihren Frauen und Geliebten. Er besuchte Opern und Theater, wo seine großen, verwirrten Augen unbegreifliche Dramen betrachteten und die Trompeten als wüstes Lautgewirr in seinen Ohren widerhallten. Er verbrachte seine Nachmittage mit einem Schreiber, um seine Fähigkeiten im Lesen und Schreiben zu verbessern. Er hatte zwei Ambitionen: voranzukommen und die Revolution zu verteidigen. Beide konnte er nicht voneinander trennen.

Endlich wurde ihm ein Kommando übertragen, und er wurde in die Vendée versetzt, um Hoche beim Niederschlagen der Chouans zu helfen. Dort kam er dann zu Ruhm. Als Meister der Improvisation und des Guerrillakrieges operierte er dort, wo sich die konventionellen Generäle niemals hintrauten, in Wäldern und Marschland. Er kämpfte wie die Chouans selber, mit plötzlichen Märschen, nächtlichen Überfällen, Hinterhalten und schnellen Rückzügen. Er war so skrupellos und so furchtlos wie die Chouans. Er respektierte sie. Sie waren auch Bauern, einfache Menschen und tapfere Kämpfer. Aber er behandelte die zurückgekehrten *emigrés*, ihre Anführer, brutal. Wenn ein Adliger gefangengenommen wurde, ließ Humbert ihn ohne Gerichtsverhandlung aufhängen. Er griff in Quiberon die Armee der Engländer und der Royalisten an und besiegte sie, und dann stürmte er, vier Tage später, ihre Garnison in Penthièvre. Seine Politik war schlicht, und in ihrer Schlichtheit wirkte sie entsetzlich auf die Gemäßigten, die ihn einst voller Verachtung *Marchand des Peaux de Lapin** genannt hatten. Die Revolution mußte erhalten und erweitert und England, der Hauptfeind der Revolution, mußte zerstört werden. In einer Zeit der Wendehälse und Opportunisten war Humbert ein Jakobiner.

»Nun, Messieurs«, sagte er. »Ihr müßt unbedingt wissen, mit welchem Auftrag wir Segel gesetzt haben und welche Befehle das Direktorat uns mitgegeben hat. Wir sind eines der drei Elemente der irischen Armee. Wir sollen an der Küste von Ulster von Bord gehen, uns dort etablieren und Waffen an unsere irischen Verbündeten verteilen. Wenn General Hardys Armee eintrifft, werden wir ihm entgegenmarschieren und uns unter sein Kommando stellen. Er kann dieses vereinte Heer nach Belieben einsetzen. Er kann damit die Rebellenarmee in Ulster unterstützen, kann aber auch anderswo angrei-

* Kaninchenfellhändler

fen. Worauf es ankommt ist, daß er Siege erzielt. Unsere Armee ist winzig klein und seine ist nicht groß. Die wahre Armee Irlands ist das dritte Element, nämlich die neuntausend Mann unter General Kilmaine. Und die werden sich erst in Bewegung setzen, wenn wir bewiesen haben, daß wir die Stellung halten und Siege erringen können.«

»Wenn General Hardy Irland überhaupt erreicht. Wir wissen nicht einmal, ob er Brest schon verlassen hat.«

»Darauf komme ich gleich, General Sarrizen. Habt ein wenig Geduld. Ihr werdet noch lernen, daß das Schlachtenschlagen nur einen kleinen Teil der Aufgabe eines Soldaten ausmacht. Er muß zuerst die Erlaubnis erreichen, sie zu schlagen. Es würde überhaupt keine irische Armee geben, wenn einige Franzosen wie ich selber und einige Iren wie Colonel Teeling und sein Freund, Colonel Wolfe Tone, nicht so hartnäkkig gewesen wären. Das Direktorat interessiert sich nur für General Buonapartes ägyptisches Abenteuer. Aber es ist bereit – nicht darauf versessen, allerdings – ein paar France auf Irland zu setzen, wie ein vorsichtiger Spieler, der eine Nebenwette wagt. Hardy und ich sind die Nebenwette. Aber wenn wir Erfolg haben, dann werden sie groß einsteigen. Sie werden die neuntausend Mann ins Spiel bringen, die Kilmaine mit allen Tricks und Kniffen vom Sand Ägyptens fernhalten mußte.«

»Wir sind also nur ein Spiel«, sagte Fontaine. »Eine Nebenwette. Das ist kein beruhigender Gedanke.«

Humbert lehnte sich in seinem Stuhl zurück und rieb sich abermals den Bauch. Er hatte Katzenaugen, schnell und wachsam, gefangen in einem blassen, schweren Gesicht.

»Ein vorsichtiger Spieler ist meistens auch geizig. Das ist ein sicherer Weg zu verlieren. Wie Ihr wißt, sind wir beide aufgehalten worden, Hardy in Brest und wir in Rochefort. Die Vorräte kamen nicht an, die Schiffsladung an Gewehren traf nicht ein, wir bekamen kein Geld, um die Soldaten zu bezahlen. Es war vielleicht alles schlecht organisiert. Oder es gab Leute, die der irischen Armee keinen Erfolg wünschten. Ist das möglich, was meint Ihr?«

Fontaine und Sarrizen sahen weder Humbert noch einander an, Sarrizen starrte konzentriert auf die Karte.

»Das ist vernünftig von Euch, Messieurs. Haltet Euch aus der Politik heraus. Wenn es eine Invasion in Irland geben sollte, dann mußte ich handeln. Der Zahlmeister in Rochefort war so nett, mir ohne förmlichen Befehl aus Paris 47.000 Francs vorzuschießen. Gewisse Freunde aus der Rheinarmee haben mir Vorräte geliehen. Sogar unsere Artillerie ist geliehen. Ich habe die Gewehre an mich gebracht, indem ich eine Autorität vorgetäuscht habe, die ich gar nicht besitze. Das wichtigste war, daß ich den strengen Befehl hatte, nicht vor Hardy loszusegeln. Ich habe diesem Befehl nicht gehorcht.«

Die Lampe über dem Tisch knarrte leicht im Takt mit den Bewegungen des Schiffes.

Humbert schwieg einen kurzen Moment. »Ihr meint, ich habe mich schlecht benommen? Das wird das Direktorat auch meinen. Sehr schlecht. Wenn ich versage. Aber wenn ich durchhalten kann, dann werdet Ihr Euch wundern, wie rasch Hardy und Kilmaine hinter mir hergeschickt werden.« Er wandte sich Teeling zu. »Das, Colonel, wenn Ihr meine Offenheit entschuldigt, ist der Grund, warum ich Euch und nicht meinen alten Kameraden Wolfe Tone zu meinen *aide de camp* gemacht habe. Ich brauche einen Mann wie Wolfe Tone bei Hardy, um ihn anzustacheln, einen Mann, der so skrupellos ist wie ich selber. Ihr Iren, wenn Ihr mir diese Behauptung verzeiht, Ihr Iren habt mit diesem Revolutionsgeschäft gerade erst angefangen. Ihr seid wie die feinen liberalen Herren, die unsere Revolution in Frankreich begonnen haben. Revolution ist eine scheußliche, trickreiche Angelegenheit. Das hat Wolf Tone begriffen. Er hat dafür eine große natürliche Begabung. Nun, Messieurs? Ich wollte eigentlich nicht, daß Ihr hier schweigend und klug herumsitzt. Äußert Euch!«

»Das ist auch meine Absicht, General«, erwiderte Sarrizen. »Ihr schlagt vor, mit tausend Männern auf einer Insel an Land zu gehen, die wie viele britische Soldaten beherbergt?«

»Viel mehr«, Humbert zuckte die Schultern. »Reguläre britische Truppen, Landwehr und die lokalen ... wie heißen sie doch noch gleich, Teeling?«

»Milizen.«

»Dann glaube ich«, fuhr Sarrizen fort, »daß Ihr uns mutwillig aufs Spiel setzt.«

»Ihr irrt Euch«, sagte Humbert. »Wie Ihr feststellen werdet. Wir sind tausend Männer, die einem Volk helfen sollen, das gegen seine Unterdrücker rebelliert. Sie sind Chouans, wie meine alten Gegner in der Vendée. Es gibt eine besondere Methode, um diese Art von Krieg zu führen, und ich kenne sie besser als irgendein Soldat in Europa. Zwei Tage, nachdem wir an Land gegangen sind, wird sich jedes dieser fünftausend Gewehre in den Händen eines Iren befinden. Und die wissen, wie sie damit umzugehen haben, nicht wahr, Teeling?«

Teeling lächelte. »Das bezweifle ich. Aber sie können es lernen.«

»Genau«, sagte Humbert. »Unwissende Menschen. Menschen, die von ihren Unterdrückern in Unwissenheit gehalten werden. Aber sie können lernen.«

Sarrizen, olivbraune Haut, schwarze Haare mit kleinen Lokken, fuhr mit dem Zeigefinger die Tischkante entlang. »Dann gehen wir an Land, General. Wir beziehen Stellung, wir verteilen die Waffen an die Rebellen, wir warten auf General Hardy. Ist das alles?«

»Wenn sich die Gelegenheit bietet«, sagte Humbert, »dann habe ich nicht vor, zu warten. Ich werde in die Offensive gehen. Wenn wir auch nur ein bißchen Glück haben, werde ich eine Armee von mindestens sechstausend unter meinem Kommando haben.«

»Mißversteht mich nicht, General«, sagte Teeling. »Aber ich möchte Euch an die Zusagen erinnern, die Tone vom Direktorat gemacht worden sind. Der Kampf soll von der Armee der Irischen Republik geführt werden. Die französischen Soldaten sollen als ihre Hilfstruppen dienen.«

Humbert lächelte und hob die Hände. »Sicherlich, Colonel. Wenn eine solche Armee noch existiert. Wenn Euer Freund, der im Norden das Kommando führt ...«

»MacCracken«, warf Teeling ein.

»... wenn er noch im Feld steht, dann werde ich meine Armee zu ihm führen. Aber wenn die Bauern angeworben werden und lernen müssen, wie sie zu kämpfen haben, wenn sie sogar, wie Ihr sagt, lernen müssen, ihre Waffen zu benutzen, dann werde ich sie meinem Kommando unterstellen.«

»So ist es nicht mit Tone verabredet«, widersprach Teeling. »Das Direktorat ...«

»Das Direktorat ist in Paris«, sagte Humbert. »Wir werden im Feld stehen. Und Ihr seid selber ein französischer Offizier, daran muß ich Euch erinnern, Colonel Teeling. Und Tone ebenfalls. Ihr werdet meinen Befehlen gehorchen. Und das wird jeder Mann tun, dem ich eine Waffe aushändige. Natürlich werden die Iren ihre eigenen Führer haben. Schließlich sind wir gekommen, um sie zu befreien.«

»So war es abgemacht«, sagte Teeling.

»Es gibt keinen Grund zu Mißverständnissen«, fuhr Humbert fort. »Wir brauchen nur gesunden Menschenverstand. Wir verfolgen denselben Zweck, nämlich, die englischen Unterdrücker aus Irland zu verjagen. Und wir werden uns die beste Methode dazu aussuchen.«

»Wenn Ihr in die Offensive geht, ehe Hardy eingetroffen ist«, sagte Sarrizen, »dann werdet Ihr abermals Eure Befehle überschreiten, General.«

»Was? Was soll das, Messieurs?« fragte Humbert und breitete seine Hände aus, die Handflächen nach oben. »Widerspruch von einem Iren auf meiner einen Seite und von einem Franzosen auf der anderen. Ich muß wirklich ein sehr schlechter Mensch sein.«

Er lächelte und zwinkerte ihnen zu. *Marchand des Peaux de Lapin,* dachte Teeling. Einen Moment lang konnte er sich vorstellen, wie Humbert seine Felle verkaufte, wie er sich über den Schenkentisch beugte, um einen guten Handel abzuschließen.

»Keine Widersprüche, General«, sagte Sarrizen rasch, »aber ich möchte mir gern ein klares Bild machen. Ihr habt uns selber gesagt, daß Ihr auf General Hardys Eintreffen warten sollt.«

»Und das werden wir auch, Colonel. Das werden wir auch. Aber wir werden uns beschäftigen. Wir werden bereit sein, Gelegenheiten auszunutzen. Befehle müssen im Licht der Umstände interpretiert werden. Außer den Befehlen, die ich Euch erteile, natürlich.«

»Wenn Ihr die Frechheit entschuldigt, General Humbert«, begann Sarrizen, aber Fontaine fiel ihm ins Wort.

»Wir halten uns natürlich an Eure Befehle, General. Was sich zwischen Euch und dem Direktorat abspielt, ist nicht unsere Sache.«

»Nichts ›spielt sich ab‹«, sagte Humbert. »Jedenfalls nichts Ungehöriges. Es stimmt, daß mich gewisse Ereignisse sehr beunruhigt haben. Vor kurzer Zeit hatte sich an der Küste eine schlagkräftige Armee versammelt, um eine Invasion in England zu starten. Nun ist sie eine leere Schale. Männer und Munition und Vorräte sind abgezogen worden, um General Buonapartes ägyptischer Expedition zu dienen. Ich habe die größte Achtung vor General Buonaparte, wie sie jeder Soldat haben muß. Aber er wird aus Ägypten eine Katastrophe für Frankreich machen. Die Revolution hat nur einen Feind, England. Und England kann nur bei sich zu Hause getroffen werden. Nicht nur Schlamperei und Unfähigkeit haben Hardy und mich ohne Geld und Vorräte gelassen. Frankreich hat in seinen eigenen Grenzen Feinde. Die Revolution hat immer solche Feinde gehabt. Die Guillotine konnte nicht schnell genug fallen, um ihnen allen den Kopf abzuhacken.«

»Aber Ihr wollt doch sicher General Buonaparte nicht als Feind der Revolution bezeichnen«, sagte Sarrizen leise.

»Habe ich das behauptet?« fragte Humbert scharf. »Er ist ein brillanter französischer Soldat. Davon haben wir einige gehabt. Hoche konnte sich mit jedem messen, und er hat Tag und Nacht gepredigt, daß die Britischen Inseln angegriffen werden müßten. Ich war vor zwei Jahren mit ihm in der Bucht von Bantry, wie auch Teelings Freund Tone. Wenn Hoche damals an Land gegangen wäre ...«

»Wenn«, sagte Sarrizen und lächelte, um diesem Wort die Schärfe zu nehmen.

»Dies sind tiefe Wasser für einen Colonel der Infanterie«, meinte Fontaine. »Ich halte den Mund und überlasse die Politik den Politikern.«

»Das ist eine weise Entscheidung«, sagte Humbert. »Und ihr werdet als Colonel sterben. Anders als General Buonaparte.«

»Das Schicksal begünstigt ihn«, sagte Sarrizen. »Das Schicksal und das Direktorat.«

»Das kommt darauf an«, erwiderte Humbert. »Der Mann der Irland erobert hat, könnte es durchaus mit dem Mann aufnehmen, der Ägypten nicht erobern konnte.«

»Das wäre General Hardy, nicht wahr?« fragte Sarrizen.

Humbert lächelte.

Teeling blickte auf die fast vergessene Karte. Der ausgezackte Rand Europas. Nebel, Meere, steinige Felder. Wen hatte Irland je interessiert, außer als Schachfigur? Eine Insel, deren Eingeborene meuterten und sich vielleicht einer Fahne und einem Trommelwirbel anschließen würden. Was interessierten MacCracken in seinem Tal in Antrim, Banditenhäuptling mit einer Bande von Pikenmännern, diese Franzosen? Humbert hatte eine größere Karte, eine, die von Paris bis nach Wien reichte. Und Buonaparte hatte die größte Karte von allen, die vom Mittelmeer bis Ägypten und dann nach Osten, bis zu den Ebenen Indiens, alles bedeckte.

Er bat Humbert, sich zurückziehen zu dürfen, und ging an Deck. Die Atlantikluft, mit ihrem salzigen Aroma, versetzte ihn nach Cushendall an der Küste von Antrim. Als Junge hatte er einmal mit seinem Vater dort gestanden und über die See zum Mull of Kintyre hinübergeblickt, und die Luft war so klar gewesen daß sie die grünbewachsenen Berge erkennen konnten.

Kilcummin, 17. August

Im Westen von Killala, bei Kilcummin an der Straße nach Rathlackan, ein Shebeen. Keine richtige Schenke, sondern die lange Doppelhütte einer Witwe namens Doolin. Hirten und einige der armen Kätner, die bei Downpatrick Head lebten, kehrten hier ein. MacCarthy war schon einmal hier gewesen und hatte bei diesem Besuch seinen ärgsten Durst gestillt. Magere Hühner liefen herum, und der Boden war glitschig von Kartoffelschalen gewesen. Jetzt war es schlimmer. Regendurchtränkter Fries und Tabak verströmten ihren Geruch. Musik: ein Fiedler in der Ecke, fett mit milden Augen und blicklosen, milchigen, nach oben verdrehten Pupillen.

Unbekannte Gesichter, ernst und verschlossen, aber mit einem beunruhigenden Aussehen, wie die Männer aus Nephin. Sie drehten sich zu ihm um, als er in der Tür stand, und verstummten.

»Owen!« rief Ferdy O'Donnell und drängte sich durch die Männer, um ihn am Arm zu packen. »Das ist mein Freund Owen MacCarthy«, sagte er mit lauter Stimme. »Der Schulmeister von Killala.« Alle schwiegen, dann hob erst ein Mann, dann ein anderer seine Hand an seinen formlosen Hut.

»Gott schütze alle hier«, sagte MacCarthy. Er sagte auf englisch zu O'Donnell: »So, wie sie aussehen, haben sie den Schutz auch nötig.«

»Sei willkommen, Owen«, sagte O'Donnell. »Komm ans Feuer und werde erst einmal trocken.«

»Maire hat gesagt, ich würde dich hier finden.«

»Was führt dich in dieser dreckigen Nacht her?«

»Ich wollte sehen, wie es euch geht, dir und Maire.«

»Hier«, sagte O'Donnell. »Setz dich hierher, wo es warm ist, und trink das.«

Beißender Rauch des süßlich riechenden Torfs. Ein Klagelied. Er kannte die Melodie, eine Klage um irgendeinen O'Connor. Rauch und Musik verflochten sich in seinen Gedanken. Die Männer sprachen wieder, allerdings leise.

»Hat sie dir gesagt, warum ich hier bin?« frage O'Donnell.
MacCarthy schüttelte den Kopf.

»Die Leute in Kilcummin haben mich gebeten, herzukommen und mit denen aus Rathlackan zu reden. Ich bin der Führer, weiß du, in Kilcummin.«

»Der Führer?«

»Ich bin eingetreten, Owen, wie viele andere in Kilcummin. Corny O'Dowd hat uns den Eid abgenommen.«

»Den Eid der United Irishmen, ja?«

»Sicher. Meinst du, ich würde den Whiteboy-Eid schwören?«

»Aber warum solltest du?« fragte MacCarthy leichthin. »Mir hat jemand erzählt, daß sogar Malachi Duggan jetzt bei den United Men ist, und alle seine Kumpel auch.«

»Es ist ein guter Eid«, sagte O'Connell. »Er soll die Menschen in Irland von der Tyrannei befreien und uns Freiheit bringen.«

»Mit Hilfe von Corny O'Dowd? Der Mann hat doch von Freiheit nicht mehr Ahnung als von Einhörnern!«

Sie sprachen leise und auf englisch.

»Da hast du recht, Owen. Und Malachi Duggan ist ein Mann, mit dem ich wenig anfangen kann. Aber die Armee des Königs von England wäre klein, wenn er sorgfältig aussuchen würde, statt Preßkommandos auszusenden, die auf den Straßen und in den Schenken die armen Teufel einkassieren. Es gibt jetzt in ganz Mayo United Irishmen. Alle Sorten und Arten von Männern.«

»Ferdy, sieh dich doch in diesem Raum um und sag mir, was diese Amadáns von Freiheit wissen?«

»Es sind zwei Männer hier, die mehr wissen, als wir alle zusammen. Sie waren bei den Kämpfen in Wexford dabei, und seitdem sind sie kreuz und quer durchs Land gezogen. In vielen Dörfern haben sie etwas zu trinken und ein Dach überm Kopf bekommen, wenn sie ihre Geschichte erzählt haben.«

»Wer ist das?« fragte MacCarthy, sein Interesse war erwacht.

»Die dahinten an der Wand, um die das halbe Dutzend Männer herumsteht. Arme Teufel, in Rathlackan fehlt es ihnen an Publikum, weil sie nur Englisch sprechen.«

Einer war ein stämmiger, kleiner Mann mit einer Matte schwarzer Haare, der andere ein Junge von kaum mehr als sechzehn, dünn und mit schmaler Taille, mit langen, maisgelben Haaren.

»Du solltest mit ihnen sprechen, Owen. Sie haben wirklich

eine wunderbare Geschichte zu erzählen, und der Dunkle erzählt sie sehr gut. In der Geschichte steckt Stoff für ein Dutzend Gedichte. Er sagt, die United Men hätten nicht nur Wexford, sondern auch Carlow und Teile von Wicklow gehalten, und sie waren in Kilkenny und Kildare, und noch in Meath wurde gekämpft. Sogar auf dem Hügel von Tara hat eine Schlacht stattgefunden. Denk dir dabei, was du willst. Iren schlagen eine Schlacht im Tara der Könige. Tara liegt doch mitten in Meath.«

»Die Boyne auch«, sagte MacCarthy. »Nur wenige Meilen entfernt.«

Aber es war trotzdem ein Gedicht. Moderne Männer schlugen mit Piken und Gewehren eine Schlacht, und ihre Füße standen auf den uralten schlafenden Königen von Irland. Nichts für mich.

Der dunkle Mann hatte mit einem Lied angefangen, zuerst leise, dann hob er seine grobe, schwere Stimme. Aus Höflichkeit verstummten die Männer, auch die, die ihn nicht verstehen konnten.

»Oh, I looked behind me and I looked before,
but the Yeoman Cavalry was my downfall ...«

Sie waren einfach schrecklich, diese Lieder in englischer Sprache, »Balladen« wurden sie genannt, zusammengeschusterte Machwerke, mit alten Melodien oder gar keinen Melodien, aufgezwungen, mit häßlich-mißtönenden Worten, die man sich mit klarem Wasser aus dem Gedächtnis waschen müßte, ehe man versuchte, eine wahrhaft poetische Zeile zu verfassen. Aber wenigstens hatte der Mann keine Ambitionen. Er sang lässig, um seine Geschichte zu illustrieren. Die beiden waren seit der Schlacht von New Ross unterwegs, und der ältere Mann war einmal verhört worden. Er drehte sich um und hob seine Jacke; sein Rücken wies ein häßliches Zickzack von Wunden auf.

»Sie haben mich an ein Ding namens Dreieck gebunden«, sagte er, »und dann haben sie sich über mich hergemacht.«

»Heilige Maria«, sagte ein Kätner auf irisch. »Die haben ihm ja den Rücken abgerissen.«

»Genau wie in dem Lied, das ich gelernt habe. ›Die Miliz war mein Ende.‹«

»Heidnische Bestien«, sagte ein anderer.

»Aber zuerst waren wir an der Reihe«, sagte der Mann. »In Oulart Hill und bei Tuberneering sind die britischen Soldaten wie die Hasen davongerannt. Wir sind wie eine Flut über das Land hereingebrochen. Wir haben Lords und Kaufleute und die Soldaten des englischen Königs getötet.«

»Hast du so was schon mal gehört, Owen MacCarthy?« fragte O'Donnell, jetzt auf irisch.

»Einige von den Männern waren Entenjäger von Bargy und Shelmalier und hatten ihre langläufigen Gewehre, und wir anderen hatten Piken oder was wir sonst auftreiben konnten. Wir sind in die Häuser der Adligen gegangen und haben uns ihre Gewehre und Schwerter geholt.«

»Das ist hier auch schon passiert«, sagte ein Mann und lächelte seinen Freunden zu. »Irgendwer ist in das Schloß vom Hohen Lord gegangen und hat all seine Gewehre mitgenommen.«

»Und wir sind in offenem Kampf auf ihre Regimenter getroffen und haben sie zersprengt. Die Ancient Britons, die North Cork Militia. Die Soldaten, die unsere Häuser und die Kapelle von Kilcormac verbrannt hatten.«

»North Cork?« fragte MacCarthy. »Das sind doch alles Papisten, die kein Wort Englisch können.«

»Gott schütze uns«, sagte O'Donnell. »Warum haben sie dann gegen die Gälische Armee gekämpft und Häuser und Kapellen zerstört?«

»Grundbesitzer als Offiziere«, erklärte MacCarthy. »Protestanten und speichelleckende katholische Krautjunker. Was könnte man einem Iren denn Angenehmeres zu tun geben als seinesgleichen umzubringen?« Pflüger in ihrem ersten guten Anzug, weiße Hosen und blaue Jacken.

»Bei Gott, wir haben sie zersprengt«, sagte der Mann. »Diese Luder aus Cork.«

»Ja«, sagte MacCarthy und trat vor. »Aber wie wurde das Ende ausgespielt? Alle Soldaten sind zusammengezogen und gegen euch eingesetzt worden, die Soldaten des Königs aus England, und ihr seid gejagt worden, wie ein Jäger den roten Fuchs jagt.«

»Das stimmt«, gab der Mann zu. »Nach New Ross wußten wir nicht, wohin wir fliehen sollten. Aber das ist keine Schande für uns. Es ist eine Schande für die restlichen Männer in Irland. Wir sind mit den Netzen gewürgt worden, die um uns herum ausgelegt worden waren, während die anderen

Männer Irlands zugesehen haben, wie ihre Ernte reif wurde.«

Ein peinliches Schweigen folgte.

»Das passiert«, sagte MacCarthy. »Das passiert, wenn du mit Piken auf Kanonen und Gewehre losgehst.«

Aber Miliz und Landwehr waren angegriffen und hingemetzelt worden. Was wäre passiert, wenn alle Männer Irlands aus ihren Hütten ausgeschwärmt wären, wie ein schlammiger Fluß, der über die Ufer tritt? Nicht daran denken. Tod. Leichen, die in der Sommersonne verwesen. »Du, Junge«, sagte MacCarthy zu dem Freund des Mannes. »Kennst du ein besseres Lied als das, was wir gerade gehört haben?« Er reichte dem Jungen sein Whiskeyglas.

»Ja«, sagte der Junge. Er lächelte: ein Fuchs. Sein Gesicht war ein scharfes Dreieck, und sein Körper schien aus Federn zu bestehen. Er stellte sich breitbeinig hin, schaute in sein Glas und begann, in klarem, mühelosen Tenor. Er hatte eine gute Stimme.

»Twas early, early all in the spring
the birds did whistle and sweetly sing
changing their notes from tree to tree
and the song they sang was of Ireland free.«

Die Worte dieses Liedes wurden wie an einem klaren Faden durch den Rauch und den Gestank der Hütte gezogen. Castlebar, ein lockeres Gespräch mit Sean MacKenna, Freiheit, ein Wort. Der Junge sang. Die Irischsprecher hörten in ernstem Schweigen zu und verstanden kein Wort. Der Faden hing einen Moment lang in der Luft, nachdem er gesponnen worden war. Der Sänger wandte sich scheu seinem Getränk zu. Wexford, ein Ort, so weit entfernt wie Tara.

»Wovon handelt das Lied?« rief jemand.

»Von einem gehenkten Jungen«, antwortete MacCarthy. Der schlimmste aller Tode, ein sich windender Körper, vom schändlichen Tod besudelte Hosen, schwarz anlaufendes Gesicht. Das sagten einem die Lieder nie. Macroom: Paddy Lynch tanzte in der Luft. Und sie sangen das Lied vom freien Irland. »Ein Croppy Boy. Um Himmels willen, hat denn in dieser Hütte niemand mehr ein Lied mit ein bißchen Leben?«

Ehe er ging, bat O'Donnell ihn, seine Klage um O'Sullivan Beare zu rezitieren, aber er weigerte sich. Es war ein kompliziertes Gedicht, und es brauchte Andeutungen, Anspielungen, die kleinen Gesten erinnerter Namen. Diese armen Kuhhirten, verfilzte Haare, Hosen, gestreift vom Viehdung, würden verwirrt und verlegen sein. Als ob ein Gentleman im Samtmantel in die Schenke gestürzt käme und nach Punsch verlangte.

Während dieser Stunde in der Schenke hatte es geregnet und wieder aufgehört, aber die Luft war immer noch schwer, und die hohen Grashalme trieften vor Nässe.

Dublin, 18. August

Malcolm Elliott traf mit der frühen Postkutsche in Dublin ein, mietete ein Zimmer in einem Hotel in der Dawson Street und frühstückte dort in Gesellschaft von Junkern, Mittelsmännern und einigen englischen Offizieren.

Er hatte die Nacht in Granard verbracht, um Hans Dennistoun zu besuchen, ein Mitglied der provisorischen Exekutive, und was er dort hörte, hatte ihn ermutigt. Die United Irishmen waren in Mittelirland stark; ihre Organisation hatte Verfolgungen und die Verhaftung einiger Führer überlebt. Die Countyexekutiven von Longford, Westmeath und Cavan arbeiteten eng zusammen. Noch bemerkenswerter war, daß das Ziel der United Irishmen, ein Zusammenschluß von Protestanten und Katholiken, erreicht worden war. Dennistoun, der Kommandant von Longford, war ein Protestant, ein umgänglicher, großgewachsener Bauer mit lebhafter, entschlußfreudiger Intelligenz. Michael Tuomy, sein Stellvertreter, war ein katholischer Apotheker aus Granard. Als er ihnen beim Abendessen lauschte, konnte Elliott sich vorstellen, er säße wieder in Tom Emmetts Villa in Rathfarnham. Warum hatten solche städtischen Ideen hier, in diesem reichen Weideland, Wurzeln schlagen können? Der untersetzte Bauer und der dürre, bebrillte Apotheker hockten auf den Kanten ihrer Stühle und diskutierten freundschaftlich über Taktik, Politik, Prinzipien, als sei in Wexford niemals eine Rebellion niedergeschlagen worden, als seien niemals Katholiken geschunden und gehenkt oder Protestanten bei Wexford Bridge niedergemetzelt und bei Scullabogue lebendig verbrannt worden. Ihnen fehlte Elliotts bittere, unausgesprochene Überzeugung, daß sie sich einer hoffnungslosen und besudelten Sache verschrieben hatten. Vielleicht hatten sie recht.

Aber die Straße nach Süden, nach Dublin bewies mit jeder Meile, daß die Insel einen Aufstand erlebt hatte und sich auf einen zweiten vorbereitete. Mullingar, der große Viehmarkt Mittelirlands, war auch eine Garnisonsstadt: Die Soldaten, die jetzt hier stationiert waren, fanden keinen Platz mehr in der Kaserne. Ihre ordentlichen Lager hatten sich über die Stadtgrenze hinaus in die Wiesen ausgebreitet. Truppen bewegten sich südlich von Kinnegad, schleppten sich in doppelten Reihen an der Kutsche vorbei, gefolgt von gelangweilten jungen Offizieren. Ihre Aussprache klang englisch, als sie dem Kutscher muntere Obszönitäten zuschrien. Vielleicht gehörten sie zu den Verstärkungstruppen, die Cornwallis aus London bekommen hatte. An der Kreuzung von Kilcock standen ein leerer Galgen und ein Stäuppfahl, in der Dorfstraße gab es eine Zeile niedergebrannter Hütten. Aber Maynooth war ruhig, seine einzige Straße wurde dominiert von den massiven Gutsmauern von Carton, dem Sitz des Herzogs von Leinster, Edward Fitzgeralds Bruder. Wachen waren am Royal Canal, in den Vororten Dublins postiert.

Beim Frühstück teilte Elliott den Tisch mit einem Gutsverwalter aus Mallow, einem geistreichen, cholerischen Mann, der über Vieh, Fuchsjagden und Politik sprach, zwischen Bissen von seinen Hammelkoteletts und Scheiben von dick gebuttertem Brot. Cornwallis ging mit den besiegten Rebellen von Antrim und Wexford zu verdammt schlaff um, sagte er. Was das Land jetzt brauchte, war eine gute steife Dosis vom Geiste Cromwells.

»Mit den Leuten auf meinem Land gibt's keinen Ärger«, sagte er. »Wenn man sie fair behandelt, dann leben sie so ruhig wie Pastoren. Zwei von diesen Vagabunden von den United Irishmen wollten sie aufwiegeln, und einer von meinen Pächtern hat mir den Tip gegeben. Ich hab sie von meinem Verwalter an den Füßen am Giebel aufhängen lassen. War gar nicht nötig, sie richtig zu hängen. Verhaftet, verhört, verurteilt und das Urteil vollstreckt in zwanzig Minuten. Dannach haben meine Pächter sie mit Steinen und Erdklumpen vom Land vertrieben.«

Eine kurze und bündige Sicht der Dinge. Elliott fand ihn im Grunde einen angenehmen Gesellschafter, und sie verbrachten zusammen eine nette Stunde.

Nach dem Frühstück schlenderte er über die Liffey nach Norden, in die Dorset Street. Es war ein klarer, strahlender Morgen, und die Stadt aus kühlem Portland-Stein und warmen Ziegeln verführte seine Sinne. Im College Green machte er eine Pause, dort, wo die geschwungene Masse des Parliament House der herben Fassade des Trinity College begegnet. Wie war noch dieser Spruch von Swift über das Parlament? Wolfe Tone sagte ihn immer wieder auf: »Einen halben Bogenschuß vom College entfernt, die ganze Welt entfernt von Geist und Wissen.« Tones Gedächtnis war mit Fetzen von Gedichten und Liedern gepfeffert und gepflastert. »Ein Soldat hat ein Leben, und das Leben ist kurz. Also laßt einen Soldaten trinken.« Irgendwo bei Shakespeare.

Dublin war die Schöpfung von Leuten wie Elliott und Tone, von Protestanten und Anglo-Iren, Nachkommen der Siedler Elizabeths und Cromwells. Der Fluß wurde eingerahmt von den Verwaltungsgebäuden dieser protestantischen Nation, dem Zollgebäude mit seinem komplizierten Grundriß, der schweren, großsprecherischen Kuppel der Four Courts. An den Straßen, die zum Fluß hinunterführten, standen die Stadtresidenzen des protestantischen Adels und die Häuser der protestantischen Kaufleute und Juristen und Anwälte. Elliott hatte geschworen, ihre Herrschaft zu stürzen, und doch konnte er nicht durch Dublins Straßen gehen, ohne an die außergewöhnlichen Triumphe seiner Kaste erinnert zu werden. Sie hatten ein Labyrinth von schäbigen Gassen im Schutze von Dublin Castle geerbt. Daneben hatten sie diesen mächtigen und schönen Ausdruck ihres Stolzes errichtet: »Also laßt einen Soldaten trinken.« Jago: Jagos Lied in *Othello*. Typisch für Tone, Jago zu zitieren.

Er machte auf der weiten Brücke, die zur Sackville Street führte, abermals eine Pause und lehnte sich über die Brüstung. Unter ihm knarrten die Vertäuungen von Booten und Barken. Die breite braune Liffey schien auf ihn zuzufließen, obwohl er wußte, daß das nicht der Fall war, und sie brachte aus der weit entfernten Mitte Irlands das Wasser der Seen, die Zweige weit entfernter Bäume, Stücke von braunen Torfsoden mit sich. Ein Strang von Arterien, Straßen, Flüsse, Kanäle, trug Irlands Reichtum nach Dublin. Dort blieb er, ein bißchen von ihm jedenfalls. Der Rest wurde nach England verschifft.

Oliver Waring, ein junger protestantischer Anwalt, den Elliott kannte und dem er vertraute, öffnete ihm in der Dorset Street die Tür. In einem kleinen Zimmer oben saßen Patrick O'Halloran, ein Pamphleteverfasser und Arzt, und Jack Russell, ein Bauer aus Kildare, um einen runden Tisch aus dunklem Olivenholz.

Elliott blickte sich im Zimmer um und lächelte. »Ist das das Direktorat?«

»Ein Teil«, erwiderte Waring. »Und Ihr habt Glück, uns hier zu finden. Wir ziehen in die Liberties um.«

Elliott nahm Platz. »Nun, ich nehme an, Ihr habt meinen Brief bekommen. Ihr wolltet irgendeine Art von Organisation in Mayo, und jetzt habt Ihr sie. Mehrere hundert Mann unter lokalen Führern sagen, sie werden kämpfen, wenn die Franzosen kommen. Ich kann nicht für ihren Eifer garantieren, und wie groß meine Autorität bei ihnen ist, weiß ich auch nicht.«

»Es steht außer Frage, daß die Franzosen kommen werden«, sagte Waring. »Aber wir können nicht sagen, wann das sein wird, oder wo, oder wie viele sie sein werden.«

»Oder warum«, meinte Elliott. »Wenn sie vor zwei Monaten fünftausend Männer nach Wexford oder in den Norden geschickt hätten, dann hätte das den Ausschlag gegeben.«

»Das haben sie aber nicht«, sagte O'Halloran. »Wir müssen jetzt auf ihr Eintreffen warten, und ihnen dann so viele Männer zuführen, wie wir nur können. Die Dinge sind schon zu weit gediehen. Wir haben keine Wahl.«

»Nein«, stimmte Elliott zu. »Wir haben keine Wahl.«

»Schaut her«, sagte Waring. »Wir haben aus über zwölf Counties Antwort bekommen, und einige sind sehr gut organisiert. Allein in Longford ...«

»Ich weiß Bescheid über Longford«, unterbrach ihn Elliott. »Ich war letzte Nacht bei Hans Dennistoun.«

»Dann muß er Euch von Westmeath und Cavan erzählt haben. Und wir können Euch über Waterford informieren.«

»Ich möchte Euch statt dessen über Mayo erzählen. Dort gibt es drei- oder vierhundert Whiteboys, die sich einbilden, daß sie sich nach einem Kampf sehnen. Die Männer, die sie anführen sollen, sind Krautjunker und Dorfkämpfer. Ein paar Agenten und Verwalter. Sie haben einige Gewehre, die sie bei Überfällen auf die Häuser von Gentlemen erbeutet haben.«

»Auf Euren Befehl?« fragte Jack Russell.

»Nein«, antwortete Elliott. »Nach den Überfällen habe ich ihnen meine Zustimmung erteilt. Das sollte Euch eine Vorstellung von der Lage der Dinge machen. Ein Mann, der bei den Österreichern gedient hat, exerziert nachts mit ihnen, aber ich glaube nicht, daß er in weniger als einem Jahrhundert Soldaten aus ihnen machen kann. Der einzige Mann, der Autorität über die papistischen Krautjunker hat, ist John Moore aus Ballintubber, und Moore ist genau 22 Jahre alt. Ich bezweifle, daß irgendwer Kontrolle über die Whiteboys hat.«

»Aber sie haben den Eid abgelegt«, sagte Russel.

»Aber ja. Jeder Sohn einer Mutter unter ihnen ist jetzt Mitglied der Society of United Irishmen. Was immer sie glauben, was das bedeutet, weiß Gott.«

O'Halloran lachte. »Ihr seid nicht der allerfröhlichste Repräsentant, Mr. Elliott.«

»Nein, bin ich nicht. Wir hatten 96 eine gute Chance, und eine brauchbare in diesem Frühling. Jetzt haben wir überhaupt keine, falls die Franzosen nicht ein sehr großes Heer schicken und den größten Teil des Kampfes übernehmen.«

»Wollt Ihr einen Vorschlag machen, Mr. Elliott?« fragte O'Halloran.

»Der Norden ist besiegt«, sagte Elliott, »und Wexford ist auch besiegt. Es wird örtliche Aufstände geben, die die Briten in aller Ruhe niederschlagen können. Hunderte, wahrscheinlich Tausende von armen, verwirrten Bauern und Handwerkern werden von Kanonen zerschossen und an den Giebeln aufgeknüpft werden.«

O'Halloran rieb sich mit dem Handrücken über die Augen. »Das habe ich mir nächtelang selber gesagt, Mr. Elliott. Ich schwöre bei Gott, das habe ich. Und ich habe mir auch gesagt, wenn es jetzt keinen Aufstand gibt, dann gibt es auch in den nächsten fünfzig Jahren keinen. Dieses üble System, unter dem wir alle leben, wird uns für immer aufgezwängt und der Schlüssel ins Meer geworfen werden.«

Elliott wandte sich Waring zu. »Und Ihr?«

»Ich habe vielleicht ein stürmischeres Temperament. Diese örtlichen Aufstände könnten auch wirkungsvoll sein. Wenn die Franzosen kommen und wir das nicht ausnutzen, dann sind wir schlimmer als Idioten. Und das ist die Ansicht der meisten Vertreter.«

»Im Moment«, sagte Elliott. »Wenn es ernst wird, werden sie dann zu den Piken greifen und Bauern gegen Soldaten führen?«

»Wir wissen, daß Ihr das tun werdet«, sagte O'Halloran behutsam. »Und wir müssen hoffen, daß die anderen es auch tun werden. Das Direktorat kann die Ereignisse nicht kontrollieren. Wir sind zehn Männer ohne große Fähigkeiten und können nur deshalb die Führung beanspruchen, weil wir der Verhaftung entgangen sind. Wir können die Counties zum Handeln auffordern. Es ihnen befehlen, wenn Ihr das lieber hört, aber es kommt aufs gleiche heraus. Wenn es einen Aufstand gibt, dann wird es eine Bauernrebellion sein, und Dubliner Anwälte und Ärzte haben nicht die Macht, sie zu beeinflussen. Wenn die Franzosen landen, werden wir wahrscheinlich schon mit den übrigen Dubliner Männern im Gefängnis sitzen.«

»Im Gefängnis oder in den Liberties«, sagte Russell.

»Das ist so ziemlich dasselbe«, sagte O'Halloran. »Sie haben Fitzgerald in den Liberties geschnappt.«

»Der wurde gejagt«, meinte Waring. »Gejagt und dann geschnappt. Irgendwer hat ihn an Higgins verkauft, und Higgins hat ihn an Cooke im Castle verkauft.«

»Sie verkaufen einander wie Bullen auf dem Markt«, sagte Elliott angeekelt. »Woher wißt Ihr, daß ich Euch nicht verkaufen werde? Ich könnte Mayo Dennis Browne übergeben, und mein Glück wäre gemacht.«

»Kaum«, widersprach O'Halloran. »Nicht zu Castle-Preisen. Ich glaube, Fitzgerald war billig.«

»Hat es wohl je ein Land gegeben, das die Freiheit weniger verdient hätte?« fragte Elliott. »Vier Männer sitzen in Dublin an einem Tisch. Wir sollten in einem Theater auf der Bühne sitzen.«

»Ein wenig beeindruckendes Schauspiel«, sagte O'Halloran sanft. »Aber der Felsblock ist den Hang hinunter gestoßen worden, und nichts kann ihn jetzt noch aufhalten. Wenn ich ihn aufhalten könnte, ich würde es nicht tun.«

Der kleine Mann mit tiefliegenden Augen hinter seiner Brille und breitem, ausdrucksvollem Mund hatte sich als Gemäßigter, als Mitglied des Katholischen Komitees und als Autor von Pamphleten über die Penal Laws in die Politik begeben. Jetzt war er unversöhnlich.

»Ich bin nicht anders als ihr«, sagte Elliott. »Ein Dubliner Anwalt, der in der Wildnis von Mayo gestrandet ist. Ein unachtsamer Grundbesitzer und ein Anwalt ohne Mandanten.«

»Ihr habt keine Gönner«, sagte O'Halloran. »Vielleicht ist Dennis Browne Euer Mann.« Er lächelte, um seinen Worten alles Beleidigende zu nehmen.

»Nein«, sagte Elliott. »Wozu ich auch gut sein mag, Ihr könnt Euch auf mich verlassen.«

»Das wissen wir«, sagte O'Halloran.

Elliott erhob sich. »Dies hier ist das unglücklichste Land auf dem Erdball. Wir sind Spieler, und nun werden die Würfel zum letztenmal geworfen. Vielleicht brauchen wir prahlerische Schauspieler wie Tone.«

O'Halloran brachte ihn zur Tür.

»Es tut mir leid, Mr. Elliott, daß wir uns in Euren Dubliner Jahren nicht besser kennengelernt haben.«

»Seht Ihr in dieser ganzen Sache irgendeine Hoffnung?« fragte Elliott leidenschaftlich. »Irgendeine?«

»Aber ja«, antwortete O'Halloran. »Sonst wäre ich ja nicht dabei. Wir wissen das beide – ein Mann wie ich kommt gewissermaßen durch Ausfälle ins Direktorat. Fitzgerald ist tot. Emmet und MacNevin und Bond sind im Gefängnis. Manche sind geflohen. Andere sind Regierungsspitzel geworden. Die Franzosen werden an Land gehen. Einige Gegenden werden sich erheben. Und morgen nacht werde ich in einem Loch in den Liberties sitzen und zuhören, wie irgendein Prahlhans mir erzählt, wie er die Hügel von Wicklow halten kann, und ich werde darauf warten, daß Major Sirr die Tür aufbricht.«

Elliott lachte sein rauhes, bellendes Lachen, ein Fuchs im Dickicht. »Wie eine Gestalt bei Plutarch«, sagte er.

»Eine ungeschickte hibernische Fälschung. Ich bin ein recht guter Arzt, wißt Ihr; die Arbeit liegt mir sehr. Aber in meinem mittleren Alter habe ich mein wahres Talent entdeckt. Wißt Ihr, was mein Talent ist? Politische Rhetorik. Gerechtigkeit, Gleichheit, die Menschenrechte. Die Wörter strömten geradezu aus meiner Feder. Ich habe dabei kaum an brennende Hütten oder unbewaffnete, von Kanonen getötete Männer gedacht.«

»Das ist heutzutage ein übliches Versäumnis«, sagte Elliott. »Wörter haben Glanz für uns, und deshalb schicken wir sie in die Welt, wo sie Unheil anrichten. Für mich hat es mit Wörtern angefangen. Bücher, Pamphlete, Debatten.«

»Die Wörter sind jetzt unterwegs«, erwiderte O'Halloran. »Und sind zur Unkenntlichkeit zerschlagen worden.«

»Wart Ihr je in Mayo?« fragte Elliott plötzlich.

»Nicht einmal in der Nähe. Ich bin aus Limerick.«

»Es ist kein gastfreundliches Land für Ideen«, sagte Elliott. »Für starke Gefühle vielleicht, aber nicht für Ideen. Der Boden ist nicht richtig dafür. Vielleicht kann ich es Euch eines Tages zeigen.« Unausgesprochene Bande der Sympathie zogen ihn zu dem kleinen, stoischen Mann. Fliegen, verloren in der Asche zerstörter Hoffnungen.

»Vielleicht«, sagte O'Halloran. »Ich wollte immer Amerika sehen, aber Mayo wäre ein guter Ersatz.«

Ehe er die Tür öffnete, schüttelten sie sich feierlich die Hände.

Ein leichter Regen hatte eingesetzt. Trommelwirbel und schrille Querpfeifen zogen Elliott zum Mountjoy Square. Drei Kompanien eines englischen Regimentes machten Parade, standen gleichmütig hab acht, als die Sergeants ihnen ihre Befehle zubellten. Vorübergehende, wie Elliott von diesem Schauspiel angelockt, umstanden drei Seiten des Platzes. Elliott schaute zu, den Hut schräg auf dem Kopf. Ein fleckiger Himmel war über ihnen, hing drückend über den schönen Ziegelhäusern, den scharlachroten Uniformen. Ein Junge, der über den Fußweg lief, blieb einen Moment stehen, um die scharlachroten Uniformen und die Musik zu bewundern und ging dann weiter, wobei er zwischen den Zähnen pfiff: »Oh the French are on the sea, says the *Sean Bhean Bhocht*, they'll be here without delay, says the *Sean Bhean Bhocht*.« Wörter. Wörter, zur Melodie eines Botenjungen. Elliott wandte sich ab und ging auf den Fluß mit seinen Torfflecken und Zweigen zu.

Dublin, 18. August

Ein Brief, unterschrieben mit »Jr.«, an Mr. Edward Cooke, Untersekretär, Dublin Castle

Das Direktorat zieht morgen in die Liberties um, wohin genau, weiß ich im Moment noch nicht. Ich war heute in der Dorset Street bei O'Halloran und Waring, die durch Boten verschiedenen Countyvertretern Briefe geschickt haben. Sie empfingen einige Besucher, unter anderem Francis Keough aus Carlow und Malcolm Elliott aus Mayo.

Elliott beteuert, daß es in Mayo über tausend eingeschworene United Irishmen gibt, organisiert und bewaffnet. Er weiß nicht, wieviel Autorität er über sie hat, und er erwähnt John Moore aus Ballintubber, den jüngeren Bruder von George Moore. An George Moores radikalen Sympathien kann kein Zweifel bestehen, aber zweifellos ist er zu schlau, um sich offen zu engagieren, was er seinem Bruder überläßt. Elliott ist düster und halbherzig, ein pervertiertes Ehrgefühl läßt ihn jedoch am Unternehmen festhalten.

Ich möchte wiederholen, daß eine höchst gefährliche Organisation im ganzen Land, aber vor allem in Mittelirland existiert. Bei der ersten Nachricht von einer französischen Landung wird sie sich erheben, ob das Direktorat verhaftet ist oder nicht. Einige Mitglieder des Direktorats, unter ihnen O'Halloran, sind gerissene und fähige Männer. Vor Mord hätten sie keine Skrupel. Ich gehe im Dienste meines Landes die schrecklichsten Risiken ein, und die Vernachlässigung meiner eigenen Geschäfte hat mich in die peinlichste Lage gebracht. Ich muß bis zum 1. hundert Pfund haben, um die drängendsten Gläubiger zu befriedigen, und ich weiß nicht, an wen ich mich wenden könnte. Ich tue, was ich tue, aus Liebe zu meinem Land, wie Euch wohl bekannt ist, und ich verachte die niedrigen Denunzianten, die um des Profits willen ihre Freunde und Partner verraten. Ich bin sicher, daß die Minister Seiner Majestät meinen Ruin nicht zulassen werden.

Killala, 20. August

In der Nacht zum 20. August hielt die Miliz von Tyrawley in der Stadt Killala eine Razzia auf Waffen und verräterisches Material ab. Sie machte sich zuerst mit etlichen Runden Whiskey Mut, weshalb sie in voller Uniform und mit Gewehren mit aufgepflanzten Bajonetten in den Wolf Dog drängte. Sie waren weder aufgrund von Training noch von Temperament Soldaten, und sie hatten Angst. Überall gab es Gerüchte, daß die Papisten nachts mit französischen Gewehren exerzierten, und daß ein noch schlimmeres Massaker geplant war als das von 1641, als die Rebellen zum Spaß Babys aufgeschlitzt und ihre Körper in die Flammen geschleudert hatten. Dublin hatte endlich ein Regiment nach Ballina verlegt, aber es war ein englisches Regiment, das keine Ahnung davon hatte, wie Papisten waren und was ihnen alles zuzutrauen war. Der Gastwirt, ein Papist, bediente sie mit wachsamer Freundlichkeit, sein rötliches Gesicht war umgänglich und glatt, aber seine tiefliegenden Augen flackerten nervös umher, Cooper gab den Whiskey aus und ließ sie dann in der Straße vor Broomes Kirche antreten.

»Nun denn«, sagte er. »Es gibt manchen armen Papisten in Killala, der so loyal ist wie ihr und ich. Ihr habt gerade einen im Wolf Dog gesehen, einen hart arbeitenden Gastwirt. Sie sind anständige arme Schweine, die vom Leben nicht mehr verlangen als Ruhe und Frieden. Ich will nicht hören müssen, daß sie mißhandelt worden sind. Was wir suchen, sind Rebellen gegen die Krone. In einigen dieser Hütten gibt es Gewehre, in anderen Piken. Ich will, daß diese Männer hergebracht und ihre Hütten niedergebrannt werden. Bei Gott, das werden wir tun, und wenn wir aus dieser Nacht eine Johannisnacht machen müssen. Ihr wißt, was Papisten sind, und ich weiß es auch, und wir wissen, was die Papisten in Wexford angerichtet haben, weil es ihnen dort zu gut ging. Wir sind wie ein kleines Fort mitten im Wald, aber, bei Gott, wir sind Protestanten, und das hat immer den Unterschied ausgemacht. Wir haben in Cromwells Tagen zu der guten alten Sache gehalten, und Gott hat uns alles sicher überstehen lassen. Und jeder Papist, der eine Flamme sehen und ihre Bedeutung verstehen kann, wird wissen, daß wir immer noch zu unserer Sache halten.«

Die Milizkapelle, eine Trommel und zwei Querpfeifen, die auf Kosten Coopers angeschafft worden waren, stimmte den »Lilliburlero« an, und die lebhafte, freche Melodie hallte von den verwitterten Gebäuden in der engen Straße wider. Cooper ließ eine Hand auf dem Griff seines Uniformschwertes ruhen, strich sich mit der anderen immer wieder über die Wange. Er hatte genauso große Angst wie jeder seiner Männer, und doch sah er keinen anderen Ausweg. Die Papisten von Killala würden lernen müssen, daß die Protestanten dieser Baronie keine bloße Versammlung von Verwaltern und Ladenbesitzern waren. Glenthorne und die anderen Großgrundbesitzer konnten nur in aller Ruhe in England leben, weil Männer wie er, kleine Grundbesitzer wie Gibson und Geschirrmacher wie Sergeant Tompkins bereit waren, für ihr Land zu kämpfen und es zu halten. Ihre Urgroßväter hatten das Land gewonnen, hatten dafür gekämpft und Blut darauf vergossen. Es gab zwei Rassen auf dieser Insel, getrennt durch einen niemals endenden Streit, und die Protestanten waren vier zu eins in der Minderheit. Aber sie wurden begünstigt durch Verstand, Entschlossenheit und offenbar auch durch Gott. Aber es war schrecklich, die Hütte eines Mannes zu verbrennen, sogar im Sommer. Coopers Zorn auf die Papisten, die ihm diese Grausamkeit aufgezwungen hatten, loderte auf.

Tompkins und seine Abteilung suchten zuerst die Hütte eines Mannes namens Hogan auf, eines griesgrämigen, breitbrüstigen Mannes mit schlechtem Ruf als Dorfkämpfer. Tompkins hämmerte mit der Faust an die Tür, dann hob Andrew Bludsoe seinen Stiefel und trat sie ein. Tom Robinson hob seine Laterne, und sie stürzten ins Haus.

Hogan und seine Frau lagen in dem niedrigen Bett, drei von ihren Kindern lagen quer am Fußende. Andere Gestalten, kaum zu erkennen, lagen auf Stroh vor der Rückwand der Hütte.

»Dies ist eine Durchsuchung im Namen des Königs«, sagte Tompkins. »Wir suchen verräterisches Material.«

Hogans Frau schrie auf, und eins der Kinder begann zu heulen, als es sie hörte. Hogan setzte sich auf und rieb sich den Schlaf aus dem Gesicht.

»Was zum Teufel ist los? Was wollt ihr?«

»Wir sind im Namen des Gesetzes hier, im Auftrag des Königs«, sagte Tompkins.

»Bob Tompkins«, sagte Hogan. »Bist du das?« Er setzte seine Füße auf den Boden.

»Bleib, wo du bist«, befahl Tompkins.

Hogans Frau, die kein Englisch verstand, fing an zu weinen.

»Sei still, Frau«, sagte Hogan. »Und sorg dafür, daß dein Kind die Klappe hält. Macht alle, daß ihr hier rauskommt, oder ich jag euch mit der Keule nach draußen.«

Tompkins drehte sich zu seinen Männern um. »Seht überall gut nach. Durchsucht auch das Dach. Da verstecken sie ihre Piken.«

»Piken, ja?« fragte Hogan. »Ich geb euch Piken!« Er sprang auf, und einer der Milizleute drückte voller Panik auf den Abzug seines Gewehrs. Die Kugel grub sich ins Strohdach, und ihr Klang hallte mit entsetzlicher Lautstärke wider. Hogan und die Milizleute waren vor Schreck stumm, aber das Schweigen wurde vom neuerlichen Aufheulen des Kindes gebrochen. Seine Mutter drückte es an sich. »Macht schon«, knurrte Hogan und ließ sich wieder aufs Bett sinken. »Sucht nur los.«

Da er einen alten Groll gegen Malachi Duggan hegte, hatte er weder mit Whiteboys noch mit United Men zu tun, aber am nächsten Tag ging er zu Randall MacDonnell und legte vor der Scheune den Eid ab.

Tompkins und seine Männer durchsuchten noch ein Dutzend Hütten, konnten aber weder Piken noch Gewehre entdecken. Die Hügel im Norden und im Osten erglühten unter den schwach orangefarbenen Feuern.

»Das sind nicht alles Hütten«, sage Tompkins. »Sie haben die Felder angesteckt.«

»Geschieht ihnen recht«, meinte Bludsoe. »Nieder mit den Croppies.«

Sie sahen einander an, einerseits schämten sie sich, weil sie nichts gefunden hatten, andererseits waren sie erleichtert, weil sie keine Hütten abbrennen mußten.

»Ich erkenne eine Pike oder ein Gewehr, wenn ich sie sehe«, sagte Robinson »aber könnte mir jemand netterweise erklären, wie verräterisches Material aussieht?«

»Hogan vielleicht«, sagte Tompkins.

»Hogans Frau«, meinte Bludsoe.

»Beweise oder keine«, sagte Robinson. »Ich würde darauf schwören, daß Hogan ein Rebell ist. Er war doch immer ganz toll bei den Dorfkämpfen, wißt ihr noch?«

»Sei doch kein verdammter Idiot«, sagte Tompkins. Sie hatten in den Hütten nur den üblichen papistischen Dreck und Abfall gefunden, halbnackte Frauen mit kreischenden Kindern am Rockzipfel, rotgesichtige Männer, die ihre Augen vor dem grellen Laternenlicht schützten.

»Bindet Hogan an seinen Türrahmen«, sagte Robinson, »und prügelt ihn einmal richtig durch. Und dann wollen wir uns anhören, was er zu sagen hat.«

»Nein«, widersprach Tompkins scharf. »Das gibt's hier nicht. Ich habe nicht den richtigen Magen für dieses Geschäft.« Ein weiteres Feuer flackerte im Osten auf. Erst sie, dann wir. Wir zahlen es euch heim, würden sie sagen. Jetzt stand der Topf auf dem Feuer, und es gab keine Möglichkeit, ihn wieder herunterzunehmen. Lodernde Flammen verbrannten die vertraute Landschaft seiner Kindheit.

Bludsoe holte eine flache Flasche aus der Tasche und reichte sie herum. Tompkins nahm einen tiefen Schluck.

»Wir haben wenig genug von deiner Flasche gesehen, als Cooper seine Runden ausgegeben hat«, sagte Robinson. »Du geiziges Luder.«

»Ihre Felder sind abgebrannt«, sagte Tompkins, »und sie haben keinen Strohhalm mehr über dem Kopf. Bei Gott, das ist hart.«

»Verräterisches Stroh«, sagte Bludsoe. »Sie hätten wenig Gnade für uns, Bob Tompkins, das weißt du ganz genau.«

Einer der Männer fing an zu singen. Nach der ersten Strophe stimmten andere mit ein.

»I am a true-born Protestant,
and I love my God and my King.«

Tompkins legte Bludsoe den Arm um die Schulter und sang mit. Wo blieb man denn, wenn es wirklich darauf ankam, wenn man nicht zu seinesgleichen hielt.

Killala, 21./22. August

MacCarthy verbrachte einen Tag und eine Nacht bei den O'Donnells, wo er Maire bei der Arbeit half. In der nächsten Nacht erwachte er in einem fremden Zimmer, neben einer fremden Frau, die bei einem Gentleman aus Rathlackan diente, einer fröhlichen, dummen Frau, die sagte, sie hätte ihn von einem Tanz weggezerrt, als er streitsüchtig geworden war. Er konnte sich weder an den Tanz noch an den Streit noch an den Körper dieser Frau erinnern. Er legte die Hand auf ihre Brust, und sie war neu für ihn, weich und beruhigend. »Ihr seid alle gleich«, sagte sie lässig. »Wenn ihr nüchtern seid, seid ihr schüchtern, und wenn ihr betrunken seid, seid ihr unbrauchbar.« – »O Gott, ist mir schlecht«, sagte MacCarthy. »Meine Innereien rollen in mir herum.« – »Wenn ihr betrunken seid, seid ihr unbrauchbar«, wiederholte sie. »Ihr seid allesamt gleich.« – »Dank sei Gott«, sagte MacCarthy. »Ich dachte, ich hätte das Gedächtnis verloren.« Er verbrachte seine Tage damit, mit den Männern auf den Feldern zu reden oder den schreienden Seevögeln bei Downpatrick Head zuzusehen, oder mit den Fischern an der Küste zu sprechen. Die Fischer amüsierten sich köstlich mit ihm, beantworteten seine dummen Fragen mit großer Geduld und ertrugen seine Neckereien.

Er verbrachte einen langen Nachmittag bei Randall MacDonnell, wo er eintraf, als Kate Cooper, eine Klosterfreundin von Grace MacDonnell, gerade ihren Besuch beendete.

»Macht Platz«, sagte er, als sie auf ihren Karren kletterte. »Macht Platz für die Tochter von Mick Mahoney mit der schweren Peitsche.«

»Dein eigener Rücken würde diese Peitsche zu schmecken bekommen, MacCarthy, wenn er hören könnte, wie du dich über mich lustig machst.«

»Ich mache mich überhaupt nicht lustig, Kate, kein bißchen. Bei Gott, du bist die schönste Frau von Mayo, in der vollen Blüte deiner jungen Weiblichkeit.«

»So darfst du nicht mit einer verheirateten Frau sprechen. Wenig genug Zeit hast du für mich gehabt, als ich eine junge Frau war und an der Wand in meines Vaters Küche stand und mir deine alten Lieder anhörte.«

»Da irrst du dich, Kate. Ich konnte meinen Blick gar nicht von dir abwenden, aber vor Schüchternheit brachte ich kein Wort heraus und hatte schreckliche Angst vor deinem Vater. Du warst eine Flamme im Schatten.«

»Es wird oft gesagt, daß ein Dichter keine Frau ansehen kann, ohne sein Glück zu versuchen.«

»Ach, Kate«, sagte er und legte die Hand auf den Karren. »Die Gedanken, die du einem Mann eingeben kannst, sind skandalös, so wie du hier an einem schönen Augustnachmittag sitzt.«

Mit einem halben Lächeln erwiderte sie seinen Blick, hielt die Zügel in einer Hand und ließ die andere als lockere Faust auf ihrer Hüfte ruhen.

»Schüchtern, ja? Du bist frech genug für zwei Männer, MacCarthy, wenn du hier einfach mitten am hellichten Tag mit einer verheirateten Dame schäkerst.«

»Nun Kate, ich stehe hier und nehme jeden deiner Züge begierig in mich auf, und du nennst das Schäkern. Dir ist Englisch wirklich nicht gut beigebracht worden.«

»Was immer es sein mag, es hat schon zu lange gedauert«, sagte sie und wechselte dann plötzlich auf Irisch über. »Du bist ein Schurke, MacCarthy, und ein unseliger noch dazu.«

»Da haben wir's«, sagte er. »Das ist die richtige Sprache für dich. Wenn wir mit Irisch anfangen, dann können wir gar nicht sagen, wo wir noch enden werden. Auf irisch bin ich sehr beredt.«

»Das habe ich gehört«, sagte sie. »Du hast großen Erfolg bei Dienstmädchen und den Schwestern kleiner Bauern.«

»Du bist eine schöne temperamentvolle Frau, Kate Mahoney«, sagte er. »Mit schmaler Taille und schönem Busen. Du solltest sehr zufrieden mit dir sein.«

»Cooper«, sagte sie. »Ich bin mit Cooper verheiratet.«

Er sah ihr nach, als ihr Karren die Straße hinunterfuhr. Bei Gott, der kleine Captain hatte wirklich den ersten Preis gewonnen. Eine Frau wie sie konnte nicht einmal die Asche aussieben oder sich die Zehennägel schneiden oder den Männern auf dem Feld Wasser bringen, ohne die Leidenschaft des Betrachters zu wecken. MacCarthy war geil, und die Zeilen ungeschriebener Liebesgedichte wirbelten durch seinen Kopf.

Er unterhielt sich lange mit einem Jungen, der ein Jahr lang seine Schule besucht hatte und ihn »Meister« nannte. Sie saßen auf einer eingestürzten Mauer, und MacCarthy brachte ihm Nonsensreime und Rätsel bei. »Was kann ohne Füße auf dem Wasser gehen?« – »Ein Schiff, Meister?« – »Ja«, sagte MacCarthy und blickte in Richtung der Bucht, die durch die niedrigen Hügel vor ihnen versteckt war. »Das hast du schon gekannt. Du hast deine Zeit mit Scherzfragen vergeudet.«

Am selben Nachmittag begegnete er auch Brid MacCafferty, der alten Frau, der das zweite Gesicht zugeschrieben wurde. Die mächtigen Schwertkämpfer Frankreichs waren unterwegs, erzählte sie ihm, und die Befreiung der Gälen stand unmittelbar bevor.

»Aber, aber, Mutter. Versuch das doch nicht bei einem Dichter. Das behaupten die Dichter doch schon seit Jahren, und wo sind die Schiffe?« Die gehen ohne Füße auf dem Wasser.

»Das ist kein leeres Gerede, Owen MacCarthy. Ich habe sie so deutlich gesehen, wie ich dich sehe.«

»Hier und dort ist so viel leeres Gerede zu hören, daß man auf alle möglichen Ideen kommen könnte«, sagte MacCarthy.

Sie grinste ihn an. Zahnlos. Ein blasser, verwitterter Apfel. »Schiffe mit großen weißen Segeln, und Schwerter, die wie der Mond glänzen.«

»Die wie mein Arsch glänzen«, sagte MacCarthy. »Überlaß den Mond lieber den Dichtern, ja?«

Sie krähte vor Vergnügen und wackelte mit dem Kopf.

»Erzähl mir«, sagte er. »Siehst du zufällig je den armen Owen MacCarthy nett und bequem in einer Schule in Mittelirland, mit gehorsamen Schülern vor ihm und einem neuen Anzug am Leib?«

»Dich Schurken? Du bist doch geboren, um gehenkt zu werden. Hat dir das noch nie jemand gesagt?«

»Doch, meine Großmutter. Sie warf immer mit Prophezeiungen um sich, wie manche andere, die ich nennen könnte.«

»Ich habe es an Babys gesehen«, sagte sie. »Sie haben einen

roten Strich um ihren Hals. Und dieser Strich wartet auf den Strick.«

»Du bist eine muntere Seele«, sagte er. »Schwerter und Stricke.«

Er konzentrierte sich auf die Landschaft aus Moor und nacktem Berg, auf die zerstreuten Dörfer und die einsamen Hütten, auf die von Bauern und Kuhhirten wimmelnden Schenken, auf die schüchternen, barfüßigen Mädchen. Vogelgesang. Bewegungen in den Bäumen und dem hohen Gras, die vollen, schweren Getreidehalme unter der brennenden Sonne, das träge Wasser der Bucht. Kleine Straßen schlängelten und krümmten sich den größeren entgegen, wunderbar, darauf herumzulungern. Die Luft war von Gerüchen schwer. Ein endloser Himmel erstreckte sich über ihm, ein blasses und makelloses Blau mit zarten Wolkenspuren.

Es war spät am Abend des 21., als er auf Killala zuging, als er zuerst eine, dann eine zweite der verbrannten Hütten sah, dachlos und mit geschwärzten Wänden. Er ging den Weg zur zweiten hoch und umkreiste sie, ließ seine Hand über die rauhe Mauer gleiten. Als er die Hand wegzog, war sie schwarz verschmiert. Er rief, aber niemand antwortete ihm.

Er erfuhr, was passiert war, als er Killala erreichte und in den Wolf Dog ging.

»Da hast du deine Tyrawley-Miliz«, sagte Taidhg Dempsey, einer von Duggans Busenfreunden. »Jetzt sind über dreißig Familien genauso heimatlos wie die armen Leute, die im Norden vor den Orangemen geflohen sind.«

»Wer kann mir etwas über Judy Conlons Hütte sagen?« fragte MacCarthy. »Oder über das Schulhaus?«

»Sie waren gar nicht in den Acres«, antwortete Dempsey. »Sie haben sich aufgeteilt und waren hier und dort, aber in die Acres sind sie nicht gegangen.«

»Dieser verdammte Idiot Cooper«, sagte MacCarthy. »Dieser gottverdammte Idiot!«

»Du hättest ihn nicht für einen Idioten gehalten, wenn du ihn hier vor seiner Miliz gesehen hättest, mit seiner roten Uniform und seinem Schwert, und wie sie den ›Lilliburlero‹ spielten.«

MacCarthy bestellte sich einen Whiskey, leerte ihn rasch und bestellte dann einen zweiten. Jetzt würde es in Killala zum Krieg kommen.

»Du hättest den protestantischen Pastor sehen sollen«, sagte

Dennis Clancy. »Er hatte sich die Hose über sein Nachthemd gezogen und flehte Cooper an, seine Leute zurückzurufen. Auf den Hügeln hat es gebrannt wie von Leuchtfeuern.«

»Was konnte das schon nützen«, sagte MacCarthy. »Aber es war trotzdem anständig von ihm.«

»Ach, diese protestantischen Luder sind doch alle gleich«, meinte Dempsey. »Und das weißt du ganz genau, Owen MacCarthy. Ist es denn Zufall, daß die Miliz nur aus Protestanten besteht? Wer hält uns denn unten, wenn nicht die Protestanten, und sie haben in diesem Land nicht mehr zu suchen als eine Bande von wilden Russen.«

»Was weißt du denn schon über wilde Russen?« fragte MacCarthy. »Aber du weißt einiges über Mr. Falkiner, der dir, als du die Schwindsucht hattest, zwei Jahre lang die Pacht erlassen hat.«

»Ich habe schon hundertmal gesagt«, sagte Michael Binchy, »es gibt gute Protestanten, und es gibt böse Protestanten.« Schnaufte seine schalen Worte aus sich heraus, schwülstige Blähungen.

»Wir kennen sie«, sagte Dempsey. »Wir kennen sie gut. Wir werden es ihnen Schlag für Schlag heimzahlen.«

Dreißig Schenken in ebensovielen Dörfern. Von Kerry bis Mayo. Wörter, die als Weisheit galten, gingen von einer Hand in die andere, Pennies, vom Gebrauch glatt geworden. Nicht wie die frisch geprägten Münzen der Poesie, Gold und Silber.

Er sang, als er in die Hütte torkelte und gegen den Tisch stieß.

»Was ist los?« fragte Judy Conlon und setzte sich im Bett auf.

»Der arme Owen ist krank. Der arme Owen ist krank, Judy.«

»Wie kannst du singen, wenn du krank bist, du Idiot? Wo hast du denn gesteckt? Die Protestanten haben in Killala gewütet, haben alles verbrannt, was ihnen vor die Nase kam, und haben gemordet und geplündert. Ich schwöre bei Gott, ich dachte, du wärst die Miliz.«

»Der üble Whiskey, der hier verkauft wird, hat mich vergiftet. Ich werde nie wieder gesund. Ich habe gesehen, wie Männer von schlechtem Whiskey vergiftet worden sind.«

»Und steckte das ganze Gift in einem Glas, oder haben sie dich gezwungen, zwei zu trinken?«

»Sei nicht gemein, Judy. Nicht, wenn du mich in diesem bemitleidenswerten Zustand siehst.« Er setzte sich und legte den Kopf auf die Arme.

»Was erwartest du denn, wenn du tagelang verschwunden warst und Gott weiß wo gesteckt hast?«

»Ich war wirklich an keinem schlimmen Ort. Ich war hier und da. Alles achtbar. Hab diesem und jenem zugenickt.« Er schaute die Papiere auf dem Tisch an. »Owen MacCarthy erblickt seine Gedichte.«

Sie stand auf und legte ihm die Hände auf die Schultern. »Komm jetzt, ich helf dir ins Bett.«

Als er stand, legte er eine unbeholfene Hand auf ihre Brust, aber sie schob sie weg.

»Das gibt es nicht, wenn du in diesem Zustand bist. Du wirst mich nicht lieben und dabei an andere Frauen denken.«

»Keine anderen«, sagte er, fiel quer über das Bett und vergaß sie. »Keine anderen Frauen. Armer kranker Owen.«

Aber am Morgen fühlte er sich munter und hatte einen klaren Kopf. Er trank mehrere Tassen Wasser und setzte sich dann mit einer nach draußen. Es lag ein leichter Dunst in der Luft, den die Morgensonne verbrannte. Weit weg, hinter den Hügeln, die die Stadt vor den Atlantikwinden schützten, erstreckte sich die graue Weite der Bucht. Hinter der Bucht, auf dem Rande des Horizontes, waren drei Schiffe unter vollen Segeln.

Thomas Treacy, dessen Haus auf einer Anhöhe an der Straße nach Ballycastle stand, saß beim Frühstück, neben ihm, beschrieben in kühn geschwungener Schrift, lag ein Brief an Ellen von John Moore in Ballintubber.

Als Ellen hereinstürzte, hielt sie ein Messingfernrohr in der Hand.

»Vater, komm sofort, und sieh dir das an. Drei große Schiffe segeln in die Bucht.«

Treacy wischte sich sorgfältig mit seinem Taschentuch die Lippen ab. »Ellen, du kannst das Fernrohr gern benutzen, aber du mußt mich um Erlaubnis fragen, ehe du es aus meinem Arbeitszimmer holst. Es ist ein teures Instrument, kein Spielzeug.«

»Ja, Vater. Komm auf die Terrasse.«

Sie standen nebeneinander auf der Terrasse. Wind zerzauste seine Haare.

»Das ist wirklich ein Anblick, für den es sich lohnt, das Frühstück zu verlassen, Ellen. Das sind Kriegsschiffe. Fregatten. Sie gehören bestimmt zu Warrens Geschwader.«

»Aber warum sollten sie sich nach Killala bemühen?«

»Wer weiß? Wir hatten hier heute morgen einen argen Wind. Vielleicht ist draußen auf See Sturm.« Er reichte ihr das Glas. »Auf dem Tisch, Ellen, wirst du einen verlockenderen Anblick entdecken. Einen Brief von John.«

Sie drehte sich um und wollte gehen, aber er packte sie am Arm. »Ich habe es mir sehr überlegt, ob ich ihn dir geben sollte. Du hast in John einen feinen, hochherzigen Jungen gefunden, und ich sollte mich für euch beide freuen. Aber das tu ich nicht, und ich nehme an, du weißt, warum.«

»John muß seinen eigenen Weg gehen, Vater. Seine Politik geht mich nichts an.«

»Mich aber. In dieser Baronie gibt es eine verräterische Verschwörung, und John hat sie hergebracht. Es gibt Blakes und O'Dowds und MacDonnells, die den Aufstand proben, und John hat sie dazu aufgestachelt. Ich möchte unser Haus nicht mit diesen Angelegenheiten in Verbindung gebracht sehen.«

»Darf ich jetzt gehen, Vater?«

»Hat es je so ein dickköpfiges Mädchen gegeben? Doch. Ich hatte deine Mutter vergessen. Du bist mehr MacBride als Treacy, mein Kind.«

»Vater, ich schere mich nicht für zwei Pence um Rebellen oder um den König von England. Mir ist John wichtig, das ist alles. Der Unsinn, mit dem Männer sich befassen, scheint wirklich keine Grenzen zu kennen.«

Treacy lachte. »Da könntest du recht haben. Geh zu deinem Brief.«

Die Schiffe waren jetzt in der Bucht, und sie hatten die Segel nicht eingeholt.

Um zehn Uhr morgens hatte niemand die drei Fregatten besser gesehen als Andrew Creighton, der sie durch ein Teleskop betrachtete, das der verstorbene Lord Glenthorne aus London hatte kommen lassen. Er wußte, daß es sich um Kriegsschiffe handelte, und er konnte sehen, daß sie nicht auf Killala zuhielten, sondern auf die enge Bucht bei Kilcummin, fünf Meilen westlich. Damit endeten seine nautischen Kenntnisse. Aber er konnte sehen, daß sie britische Marineflaggen gehißt hatten, und wie Treacy nahm er an, daß sie sich aus irgendeinem Grund von Admiral Warrens Geschwader getrennt hatten. Er drehte das Teleskop auf seinem eisernen Ständer herum, um die kleine Brücke zu betrachten, mit der seine Arbeiter seit drei Wochen beschäftigt waren.

George Moore tunkte seine Feder ins Tintenfaß und fuhr fort:
»Durch eben diese Ideen, die sie geboren hatten, war es der Revolution bestimmt, Frankreichs Grenzen zu überschreiten. Zuerst erschien der Krieg als reiner Verteidigungskrieg, da sich die Monarchien Europas gegen die Revolution zusammengetan hatten. Das kam sogar den Revolutionären selber so vor: »Die Republik ist in Gefahr.« Aber in Wirklichkeit hatten sie einer neuen Vorstellung der Menschen und der menschlichen Möglichkeiten Arme, Beine und Gehirn gegeben. Solche Vorstellungen sind selten in der Geschichte, und niemals machen sie an willkürlich in die Karte eingezeichneten Grenzen halt. In Polen, in Irland, in Deutschland und in den Niederlanden machte sich die Revolution durch die einfache Tatsache Freunde und Feinde, daß sie stattgefunden hatte. Bei den menschlichen Angelegenheiten ist es eher die Regel als die Ausnahme, daß die Hauptakteure bei großen Ereignissen nichts über die wahren Gründe wissen, die sie antreiben.«

Um ein Uhr nachmittags hatten die Schiffe in der Bucht von Kilcummin Anker geworfen und setzten Boote aus. Cooper rief seine Miliz in der Palace Street zusammen und bereitete sich auf den Empfang vor. Wenn sie im Glied blieben, würden seine Männer keinen allzu schlechten Anblick bieten, aber er wußte, daß die englischen Offiziere sie mit Herablassung betrachten würden. Er glättete seine weiße Weste über seinem harten Bäuchlein und ließ die Hand an seinem Schwertgriff ruhen. Voller Verzweiflung zermarterte er sein Gehirn nach angemessenen Begrüßungsworten, förmlich und doch herzlich.

Um zwei Uhr, nach dem Mittagessen, wandte Creighton sich wieder dem Teleskop zu und richtete es auf die ankernden Schiffe. Sie hatten ihre Fahnen eingeholt. Eine Abteilung Männer, vielleicht zweihundert Mann stark, ging auf der Küstenstraße auf Killala zu. Hinter ihnen marschierten drei Männer, die Flaggen trugen, die er nicht identifizieren konnte. Eine davon war grün. Auf einem der Schiffe wurde langsam eine Fahne mit anderen Farben gehißt.

Genau in diesem Moment kam ein Reiter nach Killala und brachte sein Pferd vor Cooper zum Stehen.

Die Schiffe waren jetzt MacCarthys Blicken entzogen, aber er konnte die Stadt sehen und die Männer, die auf sie zumarschierten. Sie trugen blaue Uniformen und wirkten aus irgendeinem Grund allesamt klein. Bauern liefen hinter ihnen her, einige trugen Piken und Sensen. Ein plötzlicher Windstoß zerrte an den Fahnen, und eine entrollte sich. Ein dunkelgrünes Viereck mit einem großen Emblem in der Mitte. Die Abteilung marschierte schweigend, aber die Rufe der Menge hinter ihr drangen durchaus an sein Ohr.

Judy Conlon legte ihm die Hände auf den Arm. »Sind das die Soldaten von den Schiffen?«

»Ja«, sagte MacCarthy. »Französische Soldaten. Die Franzosen sind gelandet.«

Die Phantasie eines Jahrhunderts, eine Armada aus weißen, geblähten Segeln, bronzefarbene Kanonen, weiße und goldene Uniformen, tänzelnde walnußbraune und elfenbeinschwarze Kriegsrösser. Nun waren sie da, sechzig oder achtzig Männer in blauen Uniformen marschierten Ende August über eine staubige Straße. Geschöpfe der Dichtung, lässig auf eine Straße geworfen.

Die Rufe wurden jetzt lauter und holten Frauen aus den anderen Hütten. Sie standen in den Türen, ihre Kinder zupften ihnen an den Röcken. Auf den Feldern zur Linken stand bewegungslos ein Mann, hatte den Unterarm vor die Stirn gelegt. Zwei oder drei Männer rannten auf die Acres zu.

»Sind das die Franzosen?« fragte der erste Mann, der MacCarthy erreichte. »Was werden sie wohl tun? Bei Gott, ich gehe sofort in die Stadt.«

»Warte lieber noch ein bißchen«, riet MacCarthy. »Ich nehme an, sie haben ein Wörtchen mit Coopers Miliz zu wechseln.«

»Sie sind wenig genug, bei Gott«, sagte der Mann.

»Das ist erst der Anfang«, erwiderte MacCarthy. Er wandte sich ab. »Geh in die Hütte zurück, Judy, und bleib drinnen wie ein braves Mädchen.«

Er verließ die Hüttenzeile, ging aber nicht in Richtung Killala, sondern höher den Hügel hinauf. Nach zwanzig Minuten war er halbwegs oben und drehte sich um, um nach unten zu schauen. Eine Brise bewegte das Feld voller Nesseln und hoher Grashalme. Tief unter ihm waren die marschierenden Männer keine Meile mehr von der Stadt entfernt. Die schreiende, gestikulierende Menschenmenge hinter ihnen kannte keine Ordnung. Sonnenlicht glänzte auf einer Pike. Die Steinchen zu seinen Füßen waren größer als die Männer, die Büsche größer als die Läden und Hütten. Er blieb ruhig stehen, beugte sich vor und rieb sich die Ellbogen.

TEIL ZWEI

7

Aus: *Ein unparteiischer Bericht über die Ereignisse zu Killala im Sommer 1798* von Arthur Vincent Broome, M.A. (Oxford)

Wenn das vorliegende Werk das Gefallen des Lesers findet, dann nicht aufgrund des gewissenhaften Berichtes, den ich über das gesellschaftliche Leben in einer abgelegenen Ecke Westirlands zu geben versucht habe. Mein Anspruch auf die Aufmerksamkeit des Lesers leitet sich leider allein von der Tatsache her, daß ich zum unfreiwilligen Zeugen dieser höchst außergewöhnlichen und romantischen Geschehnisse wurde, der französischen Invasion Irlands und der Rebellion der irischen Bevölkerung, die darauf folgte. Mehrere populäre Darstellungen dieser Ereignisse sind bereits veröffentlicht worden, in denen mein Name erwähnt wird als der des protestantischen Geistlichen, dessen Haus als Hauptquartier der Rebellen beschlagnahmt wurde. In einer dieser Darstellungen werden mir Bemerkungen und Beobachtungen zugeschrieben, die wenig zu meinem Charakter oder meiner heiligen Berufung passen. Des weiteren hat die Rebellion von Mayo in den geschichtlichen Übersichtswerken über jene Epoche nur geringe Aufmerksamkeit gefunden, als eine Art hibernischer Schlußvignette. Dazu kommt, wie ich gehört habe, daß diese Geschehnisse bereits entstellt und stark übertrieben in die Folklore der Bauern eingegangen sind, die rauhe Balladen über die Schlachten lieben, die gekämpft und gewonnen, gekämpft und verloren wurden. In wenigen Jahren hat das gemeine Volk durch die allgemein bekannten Prozesse der primitiven poetischen Phantasie solch unvollkommene Männer wie Randall MacDonnell, Cornelius O'Dowd, Owen MacCarthy und Ferdy O'Donnell zu legendären Gestalten werden lassen. Und durch einen ähnlichen Prozeß wurde eine so gewöhnliche und unbedeutende Gestalt wie Captain Samuel Cooper für sie zu einer Art homerischen Clowns, ein Zerrbild rebellischen Heldentums, und Dennis Brown zu einem Ungeheuer, mit dessen

Namen Kindern Angst eingejagt wird. Und noch immer gibt es keinen richtigen und unparteiischen Bericht über die Ereignisse, von denen für zwei, vielleicht drei Nationen so viel abhing.

Ich habe nicht vor, eine Chronik pittoresker Heldentaten zu liefern, ein irisches Äqivalent des Jahres 45 in Schottland* oder der Kriege der Fronde. Es würde mir auch kaum gelingen, denn obwohl die Rebellion die Grenzen Mayos weit überschritt, so weiß ich doch nur, was in meiner eigenen Gemeinde geschehen ist und was ich aus den Fenstern meines Hauses beobachten konnte. Diese ganze Rebellion, glaube ich, brachte sehr viel Primitivität und noch mehr Terror mit sich und wurde durch kurzes Aufflackern von Heldentum und Großzügigkeit erhellt. Mein Gemälde jedoch ist sehr viel kleiner. Der aufsehenerregende und fremde Einmarsch der Franzosen in meine Gemeinde Killala fungierte als chemischer Wirkstoff, der eine Explosion aller flüchtigen und instabilen Elemente unserer kleinen Gesellschaft hervorrief. Diese Explosion und ihre Folgen sind mein einziges Thema.

Wie mein Leser weiß, habe ich wie betäubt und alles andere als schweigend Ereignisse mit angesehen, die in England unvorstellbar wären: Männer, die aufgrund unhaltbarster und meineidiger Aussagen vor Gericht gestellt wurden, die Miliz des Königs, die wie türkische Janitscharen über ein Dorf herfällt, die Männer an ihren eigenen Türpfosten auspeitscht, die Häuser und Ernten niederbrennt. Aber diese Maßnahmen wurden ergriffen, um eine unleugbare Konspiration niederzuschlagen, die täglich neue Anhänger gewann. Jede Seite dieses schmutzigen und blutigen Kampfes lieferte der Phantasie der anderen nur frischen Haß und neue Angst. Von der Verstümmelung von Vieh über die Folterung von Menschen bis hin zu ihrer Ermordung führten nur wenige, sinnlose Schritte ins Barbarentum.

So weit waren wir am 22. August gekommen. Ich saß an diesem Nachmittag in meiner kleinen Bibliothek, dem Zimmer, in dem ich diesen Bericht schreibe, eifrig bei der Arbeit und erledigte meine Korrespondenz, während meine liebe Frau Eliza in einem bequemen Sessel neben mir saß, wie es ihre Gewohnheit war. Die Nachricht einer Magd, daß drei britische Fregatten in Kilcummin Bay Anker geworfen hätten, brachte uns in

* Schlacht bei Culloden, 1745, siehe Anhang

Bewegung, denn es erschien uns angebracht, uns für die Aufnahme der Offiziere dieser Schiffe bereitzumachen. Wir waren nicht die einzigen, die so dachten, denn sofort wurde die Hauptstraße, die in rechtem Winkel zu meiner Wohnung verläuft und vom Bibliotheksfenster aus zu überblicken ist, in geschäftige Betriebsamkeit versetzt. Deshalb konnte ich Captain Cooper beobachten, der die Miliz von Tyrawley zusammenrief, die ein so brauchbares Bild abgab, wie man es erwarten konnte.

Um zwei Uhr nachmittags ritt John Sillerton, ein Eichmeister, mit der schicksalhaften Nachricht in die Straße, daß wir alle getäuscht worden waren und daß die Schiffe nun französische Flaggen gehißt hatten. Ich konnte ihn zwar nicht sehen, denn auf Elizas Drängen zog ich gerade meinen neueren Rock an, aber ich hörte das Geschrei, und kurz darauf wurde an die Tür des Palastes – wie mein Haus großsprecherisch genannt wird – gehämmert. Als ich nach unten kam, waren bereits viele Ladenbesitzer und ihre Frauen ins Haus geströmt und flehten mich an, sie zu beschützen. Auf diese Weise erfuhr ich, daß die französischen Soldaten gelandet waren und nun auf Killala zumarschierten.

Ich drängte mich an ihnen vorbei, überließ sie stillschweigend Elizas Fürsorge und rannte in Hemdsärmeln auf die Straße, um mit Captain Cooper zu reden, der sich bereits mit Mr. Gibson, einem weiteren Richter, beriet. Bei diesen unseligen Ereignissen sollte er ein Verhalten an den Tag legen, das sehr zu seinen Gunsten sprach, sehr kühl und entschlossen, wenn vielleicht auch tollkühn. Er hatte bereits einen Reiter losgeschickt, um die Garnison in Ballina zu informieren.

Nun mußte er entscheiden, ob gekämpft werden sollte oder nicht, und wenn gekämpft werden sollte, dann wo. Vor der Stadt, an der Straße nach Kilcummin, lag ein kleiner Hügel namens Mullaghhorn. Er erwog, den Hügel zu besetzen, beschloß dann aber, sich in der Stadt selber zur Schlacht zu stellen, da ihre engen Straßen gegen einen überlegenen Gegner leichter zu halten wären. Er trat vor seine Männer und fragte sie, ob sie bereit wären, gegen die Invasionstruppe zu kämpfen. Ihre Antwort war herzerwärmend entschlossen. Sie bereiteten sich nun, diesen Gedanken konnte ich nicht unterdrükken, auf eine Aufgabe vor, die angebrachter war, als die Häuser ihrer Landsleute niederzubrennen. Meine patriotischen Gefühle wurden entfacht.

Zu diesem Zeitpunkt konnte ich mich am besten im Palast beschäftigen, und deshalb ging ich über das Kopfsteinpflaster zurück durch den Hof und in mein Haus. Ich entdeckte zu meinem Ärger, daß seine gesamten Besetzer – Gesinde, Kaufleute und deren Frauen – nach oben in meine Bibliothek gegangen waren und aus dem Fenster starrten, als befänden sie sich vor einem Guckkasten. Ich tadelte sie, schickte sie alle aus Sicherheitsgründen in die Küche und nahm ihren Platz ein.

Ich brauchte einige Zeit, um meine Gedanken zu sammeln und mich zu fragen, was denn nun über uns hereingebrochen war. Die seit langem befürchtete Invasion Irlands durch die Soldaten des revolutionären und königsmordenden Frankreichs fand endlich statt, und zwar in der unwahrscheinlichsten Ecke der ganzen Insel. Meine eigene Gemeinde im armen, barbarischen Mayo war am Schlafittchen gepackt und in die Geschichte geschleudert worden. Ich wußte nicht, ob der reine Zufall oder ein durchdachter Plan mit unklarer Absicht daran schuld war, aber ich nahm vage an, daß unsere lokalen Rebellen die Franzosen herbeigerufen hätten. Bald wurde jedoch bekannt, daß die drei Kriegsschiffe unterwegs nach Donegal vom Wind in unsere Bucht getrieben worden waren, im Moment war das alles allerdings noch ein Geheimnis. Die Dorfstraße lag vor mir, nur vom Seewind belebt, denn die Miliz im Glied regte sich nicht. Es war ein sonniger Tag. In einem Anfall von Sentimentalität erschienen die kleinen Läden mir lieb und teuer, der des Lebensmittelhändlers und der des Sattlers.

Dann hörte ich großen Lärm und viel Geschrei, und ich weiß jetzt, daß daran der Pöbel von Kilcummin schuld war, der sich den vorrückenden Soldaten angeschlossen hatte. Er wuchs immer mehr an, blieb dann aber für eine Weile konstant, und zwar aus folgendem Grunde: Colonel Sarrizen hatte seine Männer vor der Stadt anhalten lassen, wo er sie aufteilte, worauf er den kleineren Teil eine Kreisbewegung durch die Felder beschreiben ließ, um die Straße nach Ballina als Rückzugsmöglichkeit zu blockieren. Bald genug hörten wir jedoch ein Getöse, das sich aus Geschrei, stampfenden Füßen und klappernden Hufen zusammensetzte. Cooper, der, anders als ich, die Straße bis zum Ende im Blick hatte, erteilte seinen Männern Befehle.

Dann kam plötzlich in gestrecktem Galopp ein Mann, der in seiner rechten Hand eine Pistole hielt, durch die Straße geritten, als ob er auf eigene Faust die Miliz angreifen wollte. In Wirklichkeit wollte er jedoch feststellen, ob in den Häusern Soldaten mit Gewehren postiert waren. Er starrte nach rechts und nach links zu den Fenstern hinauf.

Einen Moment lang sahen wir einander in die Augen. Dieser Mann, wie ich alsbald erfahren sollte, war Bartholomew Teeling, ein Mitglied der Society of United Irishmen, jetzt jedoch Colonel der französischen Armee. Er war ein großer, eleganter Mann, und sein Gesicht, selbst in diesem Augenblick der Aufregung, war bleich und ruhig, fast nachdenklich. Captain Cooper erteilte den Befehl, auf ihn zu schießen. Bob Williams, vielleicht weniger verblüfft als wir übrigen, hob sein Gewehr an die Schulter, und Teeling, mit scheinbar äußerster Gelassenheit, zielte mit der Pistole auf ihn und traf ihn voll in die Brust. Dann ritt er davon.

Der arme Williams lag auf dem Boden, fuchtelte mit den Armen und schrie ganz entsetzlich. Die Männer rannten aus dem Glied und standen um ihn herum, bis Cooper sie mit gezogenem Schwert wieder ins Glied befahl. Aber nun brachen die Franzosen über uns herein, kamen schreiend die Straße hinuntergerannt. Die Miliz eröffnete das Feuer, aber die Franzosen blieben nicht stehen, um zurückzuschießen. Statt dessen stießen, schlugen und stachen sie mit ihren Bajonetten. Die Miliz, die armen Burschen, hielt kurz stand, zog dann aber die Köpfe ein und rannte davon. Dieser Rückzug führte sie jedoch in die Arme der zweiten französischen Abteilung, und so waren sie zwischen zwei Wogen dieser abgehärteten und gleichgültigen Schlächter gefangen. In dieser Falle rannte die Miliz schreiend und heulend umher, viele ließen ihre Waffen fallen, hämmerten an meine Tür und flehten um Hilfe. Es war ein entsetzliches Geschrei, und ich werde es nie vergessen, es klang wie das von Schweinen, denen die Axtschneide gegen den Halsknochen gedrückt wird.

So endete die Schlacht von Killala, ein Gefecht von etwa zehnminütiger Dauer zwischen sechzig Milizmännern und vielleicht zweihundert Franzosen. Über diese Ereignisse sind verhöhnende Beschreibungen in Umlauf gesetzt worden, die die Tatsache übersahen, daß Zivilisten, die in der Baronie die Ordnung aufrechterhalten sollten, gegen abgehärtete Veteranen ausgespielt wurden. Für Captain Coopers persönlichen Mut ist kein Lob zu hoch, denn er hielt mit gezogenem Schwert und der Pistole in der Hand auf seinem Posten aus, bis er von den Grenadieren überwältigt wurde. Einer von ihnen, ein Mann, der Cooper um einen Kopf überragte, traf ihn mit dem Gewehrkolben am Kopf, und schlug, als Cooper bereits bewegungslos am Boden lag, noch zweimal zu. Ich war weniger von der Brutalität als von der Schnelligkeit und dem selbstverständlichen Auftreten der Franzosen erschüttert, die eine Herde Vieh einzukreisen schienen. Als die überlebende Miliz auf meinem Hof getrieben wurde, war die Schlacht beendet.

Der bestialische Mob, der den Franzosen gefolgt war, erschien nun auf der Bildfläche, grobe Bauern und Fischer in Fries, die auf irisch Verwünschungen schrien und die ihre behelfsmäßigen Waffen drohend schüttelten. Durch die Menge hindurch jedoch ritt langsam in der Mitte der Straße der General, Humbert, höchstpersönlich, ohne sie aufzufordern, ihm Platz zu machen, größer noch als Teeling, gelassen und lächelnd. Aus weiter Entfernung erreichte mich der Klang von Militärmusik, Querpfeifen, Trommeln und Hörnern. Unter mir in der Straße lagen ein Mann in Blau und über ein Dutzend in Scharlachrot, bewegungslos oder sich windend. Ich murmelte ein kurzes, jedoch nicht oberflächliches Gebet und eilte nach unten.

Auf der Treppe begegnete mir Eliza, die ich bat, zu unseren Gästen in die Küche zurückzukehren. Die Diele und die angrenzenden Zimmer wimmelten nur so von Franzosen und Milizsoldaten. Die Miliz wurde, wie ich feststellen konnte, ins Eßzimmer getrieben, energisch, jedoch ohne Grausamkeit. Mehrere Offiziere, einer von ihnen der Mann, der den armen Williams niedergeschossen hatte, standen beisammen. Ich war gerade auf dem Weg zu ihnen, als ihr General das Haus betrat, so gelassen, als handelte es sich um sein eigenes. Er begann eine schnell geführte Unterhaltung mit den Offizieren, weshalb ich zurückwich und ziemlich dumm mitten im Gewühl herumstand, bis er mich schließlich entdeckte und zu sich winkte.

Er wandte sich an Colonel Teeling und bat ihn, mich zu fragen, ob ich der Besitzer des Hauses sei, aber ich schaltete mich ein und versicherte ihm, daß ich fließend französisch spräche und der Pastor dieser Gemeinde sei. Das führte zu einiger Verwirrung, denn der General hielt mich zuerst für einen römisch-katholischen Priester. Dann erklärte er mir in aller Höflichkeit, daß er mein Haus als Hauptquartier benutzen wollte, daß die Mitglieder meines Haushalts jedoch unbesorgt sein könnten. Fürs erste hatte er sehr viel zu erledigen, da er die Stadt sichern und die Verteidigung organisieren, Ausrüstung aus Kilcummin herbeischaffen und für die Quartiere seiner Männer sorgen mußte. Er war jedoch überzeugt, daß wir beim Abendessen Gelegenheit finden würden, einander besser kennenzulernen. Bis dahin könnte ich mich in dem Wissen sicher fühlen, daß er gelandet war, um meinem Land zu helfen, sich von den englischen Unterdrückern zu befreien.

Ich antwortete mit aller Würde, die ich aufbringen konnte, daß ich selber Engländer sei und daß ein Dutzend Söhne meines Landes bereits tot auf der Straße liege. Er sah mich einigermaßen überrascht an, zuckte dann auf typisch gallische Weise die Schultern und wandte sich ab.

Bartholomew Teeling nahm mich beiseite und teilte mir leise mit, daß General Humbert ein Mann von unbestreitbaren menschlichen und militärischen Qualitäten sei, der jedoch eine fest verwurzelte Abneigung gegen die Engländer habe, die ich lieber nicht vergessen sollte. Ich war überrascht darüber, daß dieser Offizier in französischer Uniform hervorragendes Englisch sprach, wenn auch mit dem unangenehmen Akzent Nordirlands. Als ich ihm das sagte, teilte er mir mit, daß er zwar Humberts *aide de camp* sei, gleichzeitig jedoch auch ein Offizier der Armee der irischen Republik. War es von irgendeinem Interesse für ihn, fragte ich kühn, daß die ersten Iren, die ihm hier begegneten, zur Schlacht gegen ihn angetreten waren? Das wären sie durchaus nicht, erwiderte er mit trockener und sardonischer Höflichkeit. Die Iren von Kilcummin hätten ihn am Strand begrüßt und wären den Franzosen nach Killala gefolgt. Danach lud er mich ein, ihn auf den Hof zu begleiten.

Dort war die Hölle los. Verstärkungen, die die ursprüngliche Anzahl um ein Mehrfaches übertrafen, waren zusammen mit einer großen Menge Bauern eingetroffen. Über meiner Eingangstür hing nun eine große Flagge, aus dunkler und dennoch lebhaft grüner Seide, mit einer goldenen Harfe in der Mitte. Über der Harfe befand sich die Inschrift ERIN GO BRAGH, darunter stand IRISH LEGION. Die Bauern wirkten trunken vor Aufregung, und viele von ihnen tanzten, oder, besser gesagt, hüpften herum, während zwei von ihren Musikern lustig ihre Sackpfeifen bearbeiteten. Französische Soldaten betrachteten, auf ihre Gewehre gelehnt, diese Szene voller

Belustigung. Die Verwundeten waren auf den Hof getragen worden und wurden dort von französischen Feldscheren behandelt, deren Schürzen, wie die von Metzgern, bereits blutbefleckt waren. Einige der Bauern hatten sich die Helme gefallener Milizsoldaten aufgesetzt.

»Um Himmels willen, Mr. Teeling«, rief ich. »Was habt Ihr über uns hereinbrechen lassen?«

»Freiheit«, antwortete er mit unbewegter Stimme.

»Und so sieht also Freiheit aus?« fragte ich.

Er gab keine Antwort. Er blickte über den Hof hinweg auf die Straße, wo sich andere Bauern drängten, aufgeregt und vielleicht genauso verwirrt wie ich.

Ich kann mich an meine Empfindungen nicht genau erinnern und kann nicht glauben, daß sie für den Leser von Interesse sein könnten. Ich war von diesen unerwarteten Ereignissen und ihren unbekannten Ausmaßen überwältigt, vom Anblick der Männer, die in den Straßen meiner Gemeinde niedergeschossen worden waren, von meiner Angst um die Sicherheit meiner Pfarrkinder und meiner Familie. Das Durcheinander und die nonchalante Art, in der man mir mein Haus genommen hatte, verwirrten mich. Aber unter der Verwirrung, stärker noch als meine Angst, lag Traurigkeit wie eine schwere Masse in meinem Magen. Die lebhafte Musik der Sackpfeifer, die herumhüpfenden Bauern, die gleichgültigen Soldaten, die blutigen Schürzen waren gleichermaßen Ursache und sichtbare Zeichen meiner Trauer.

So begann die erste Woche der Irischen Republik, wie sie in mehreren französischen Berichten über dieses Abenteuer genannt worden ist, oder, wie es in der Phantasie der Landbevölkerung immer noch heißt: *Bliadhain na bhFrancaigh*, das Jahr der Franzosen.

8

The Moat, Ballina, 22. August

Ein Mann aus Killala brachte, auf ungesatteltem Pferd, Malcolm Elliott, der gerade auf einem seiner Felder arbeitete, die Nachricht. Elliott lauschte schweigend, ließ den Mann einige Teile seines Berichtes wiederholen, dann nickte er.

»Geh zu Michael Geraghty und sag ihm, daß John Moore in Ballintubber und dann Swinford und Foxford sofort unterrichtet werden müssen. John Moore wird ihm die Namen der Männer nennen, die dort informiert werden müssen.«

»Werden die Männer aus Ballina nach Killala kommen?«

»Nein«, antwortete Elliott. »Die Franzosen werden zu uns kommen. Heute nacht oder vielleicht morgen.« Er unterbrach sich und biß sich auf den Fingerknöchel. »Aber ich werde jetzt nach Killala reiten. Sag Michael Geraghty, daß er das Kommando übernehmen muß, bis ich zurück bin. Hast du herausfinden können, wie viele Franzosen gelandet sind?«

»Bei Gott, Mr. Elliott, das müssen viele Tausende sein. Sie sind noch nicht alle gelandet. Sie haben die Miliz von Tyrawley vernichtet, und die Straßen von Killala kleben vom Blut. Ein Franzose hat Captain Cooper einen Hieb mit seinem Gewehr verpaßt, der seinen Schädel wie einen faulen Apfel zerteilt hat.«

Elliott dachte an Cooper, der sich über einen Spieltisch zu ihm hinüberbeugte, während sein kugelrunder Kopf vor Lachen bebte.

»Haben sie Kanonen mitgebracht?« fragte er. »Haben sie Kanonen?«

»Sie haben ein riesiges grünes Banner mitgebracht und es am Haus des Pastors befestigt. Und Musiker.«

»Ja«, sagte Elliott.

Er ritt zu seinem Haus, stieg aus dem Sattel, rief seine Frau und ging ruhig in sein Arbeitszimmer.

Als Judith zu ihm trat, stand ein großer Pistolenkasten offen auf dem Tisch. Er blickte auf.

»Die Franzosen sind in Killala gelandet.«

»In unserem Killala? Hier in Mayo?«

»In unserem Killala. Sieben Meilen nördlich von uns.«

Sie griff sich mit der Hand an den Hals und sank ihm gegenüber in einen Sessel.

»Warum hier? Von allen Orten in Irland, warum ausgerechnet hier?«

»Gute Frage. Sie haben die Miliz aufgerieben und die Stadt besetzt.«

»Dann sind sie sehr stark?«

»Weil sie mit Sam Cooper und seiner Bande von Orangemen fertig geworden sind? Ein Bauer hat mir die Nachricht gebracht. Er hatte keine Ahnung von Zahlen.«

»Was wirst du jetzt tun, Malcolm?«

»Tun? Natürlich werde ich die United Men zusammenrufen. Die Landung der Franzosen sollte doch das Signal sein.«

Sie saß still mit gefalteten Händen da.

Er nahm eine der zusammengehörenden Pistolen aus dem Kasten. »Es könnte hier gefährlich werden, Judith. Wir sind die den Franzosen nächstgelegene Garnisonsstadt. Die Miliz anderer Städte könnte herkommen und versuchen, sie zu halten.«

»Ich weiß nichts über diese Dinge«, sagte sie. »Garnisonen, Bewegungen von Truppen. Ich habe das nie begriffen.«

»Ich auch nicht. Kennst du Michael Geraghty, dem auf dem anderen Flußufer ein großer Hof gehört? Geraghty ist ein United Man. Wenn es hier Ärger gibt, dann mußt du ihn sofort informieren. Egal, mit welcher Seite du Ärger hast, verstehst du?«

Sie spürte, daß sich ihre Gedanken zu langsam bewegten, um zu erfassen, was er meinte.

»Ich muß jetzt versuchen, nach Killala durchzukommen«, sagte er. »Sehr bald werden die britischen Soldaten die Straße dichtgemacht haben.«

»Es tut mir leid, Malcolm« sagte sie und schüttelte den Kopf. »Die Franzosen sind gelandet, und die Rebellion hat angefangen. In ganz Irland. Habe ich das richtig verstanden?«

»Ich kann nicht für ganz Irland sprechen«, erwiderte er. »In Mayo hat sie auf jeden Fall angefangen.« Er legte die Pistole zurück in den Kasten und schloß den Deckel. »Wie viele Stunden hat mein Vater doch gebraucht, um mir beizubringen, wie man hiermit umgeht! Zu seiner Zeit hatte jeder Gentleman in Mayo

Duelle. Ein nationales Laster. Er hinkte, weil ihn eine Pistolenkugel im Oberschenkel getroffen hatte. Eine Ehrenauszeichnung. Damals war das hier ein viehischer Ort, und heute ist es nicht viel besser.«

Judith umklammerte die Armlehnen ihres Sessels. »Wir sind Kaufleute«, sagte sie, »mein Vater und mein Bruder. Ich glaube nicht, daß einer von ihnen jemals eine Pistole in der Hand gehalten hat.«

Elliott lächelte sie an. »Ich bin bald zurück«, sagte er. »Es wird eine Schlacht um Ballina geben.« Das Wort hallte in seinen Ohren wider, *Schlacht*, groß und melodramatisch.

»Wir müssen um Erfolg beten«, sagte sie. Dann rief sie mit einer anderen, schrilleren Stimme: »Ich begreife das alles nicht!«

»Nein«, erwiderte Elliott. »Nur wenige von uns werden es verstehen, jetzt, wo es soweit ist. Wir haben alle nur darüber geredet.« Er schob sich den Pistolenkasten unter den Arm und ging zu ihr hinüber. Er teilte ihr Gefühl der Unwirklichkeit. Judith selber, der Raum in dem er stand, das Feld, auf dem die Nachricht ihn erreicht hatte, gehörten zur Ordnung der Wirklichkeit. Er war unterwegs in die Phantasie, in eine Welt von Pistolen, Franzosen und Wörtern wie *Schlacht*.

»Was wird geschehen, Malcolm?« fragte sie. »Du mußt doch eine Vorstellung davon haben, was geschehen wird!«

»Ich weiß es nicht«, antwortete er und bückte sich, um sie zu küssen.

Zwei Meilen vor Ballina begegnete ihm eine Kutsche voller Frauen. Daneben ritt George Falkiner, ein älterer Mann, der mit steifem, geraden Rücken auf seinem Pferd saß. Eine der Frauen erkannte Elliott, eine alte Freundin seiner Eltern.

»Mr. Elliott!« rief sie. »Ihr dürft nicht nach Killala reiten. Die Stadt ist in Händen von Franzosen und Papisten. Sie haben unsere Miliz ermordet.«

Er zügelte sein Pferd und berührte die Hutkrempe mit der Hand. »Ich muß, Mrs. Saurin. Ich habe dort etwas zu erledigen.«

»Auf den Straßen wütet der Mob, und jede Stunde strömen weitere Papisten in die Stadt.«

»Was ich zu erledigen habe, ist dringend.«

»Sie werden Euch ermorden«, sagte sie. »Ihr versteht nicht

recht, Mr. Elliott. Sie werden Euch ermorden, so wie sie in Wexford unschuldige Christen hingemetzelt haben.« Sie hatte ein rundes, ängstliches Gesicht, und ihre Worte hatten sie zum Weinen gebracht.

Falkiner rief ihn zu sich, und zusammen entfernten sie sich ein Stück von der Kutsche.

»Wenn ich den Grund Eures Rittes richtig verstanden habe, Mr. Elliott, dann müßte ich Euch hier und jetzt erschießen.«

»Ich kenne meine Verpflichtungen, Sir, so wie Ihr die Euren kennt.«

»Ihr wollt Euch ausländischen Invasoren anschließen, die hergekommen sind, um uns Blutvergießen und Tod zu bringen. Sie haben bereits einige Männer ermordet. Ihr plant einen Verrat, für den der schändliche Tod am Galgen die einzige Wiedergutmachung ist.«

»Ich handle nicht unüberlegt, Mr. Falkiner. Ich hoffe und glaube, meinem Land zu dienen.«

»Ich sehe, daß Ihr die Pistolen Eures Vaters bei Euch habt. Hätte Euer Vater das als Dienst an Eurem Land bezeichnet?«

»Das hätte er nicht, Sir. Aber ich bin nicht mein Vater. Ihr müßt mich entschuldigen. Ballina ist für Eure Gruppe noch sicher, und die Tür von The Moat steht Euch offen, wenn Ihr das wünscht.«

»The Moat!« rief Falkiner. »Nicht mehr, Sir. Nicht mehr. Lieber würden diese armen Frauen und ich im Straßengraben schlafen. Aber das brauche ich nicht zu befürchten. Die Häuser von Ballina sind loyal, eins wie das andere.«

In der Phantasie, in die er unterwegs war, hätte er in einem solchen Moment eine Pistolenkugel zwischen den Schultern erwarten können. Aber er wußte, daß Falkiner bewegungslos dasaß und die Zügel fest in seinen weißen, zarten Händen hielt. Zwischen Mais- und Gerstefeldern, golden in der Spätnachmittagssonne, hielt Elliott auf Killala zu.

Kilcummin, 22. August

Auf einem abfallenden Feld bei Knockmany beobachteten Michael MacMahon und sein Sohn Fergus, wie die Franzosen Vorräte aus ihren Booten luden.

»Komische kleine Männer sind das«, sagte MacMahon. »Egal, wieviel über sie geredet wird.«

»Ferdy O'Donnell wird die Männer, die den großen Eid geschworen haben, nach Killala führen, und ich werde mit ihnen gehen.«

»Warum? Wollt ihr euch in den Straßen von Killala betrinken?«

»Du weißt sehr gut, warum.«

»Sieh dich doch um, Junge, und sag mir, wer uns auf diesen Feldern helfen wird. Sollen die Franzosen ihre Armee doch aus Spalpeens und Heimatlosen und müßigen Wanderern zusammenstellen.«

»Ich habe oft genug gesehen, wie du mit den Hacken den Takt geklopft hast, wenn von dem großen Aufstand gesungen wurde, der zusammen mit den Franzosen kommen soll, oder wenn Owen MacCarthy seine Gedichte herausgebrüllt hat. Jetzt sind die Franzosen hier.«

»Ist Owen MacCarthy bei den Franzosen?«

»Woher soll ich wissen, wo Owen MacCarthy ist? Er ist unten in Killala.«

»Owen MacCarthy ist ein sehr gebildeter Mann. Du wirst sehen, daß er sein Leben nicht am Strick oder vor der Kanone vergeudet.«

»Es ist keine Vergeudung, wenn sich die Menschen einer ganzen Gegend erheben.«

»Bist du zur Ernte wieder hier?«

»Früher, ganz bestimmt. Wie lang kann es denn dauern? Letzte Woche stürmte die Miliz durch das Land und brannte nach Lust und Laune Häuser nieder. Jetzt liegt sie tot in den Straßen von Killala.«

»Aber die Ernte ist hier«, sagte MacMahon, »nicht bei den toten Milizmännern in Killala.« Er rieb sich mit der Hand über den Mund. »Es wäre wunderbar, wenn die protestantischen Grundbesitzer und die englischen Soldaten vertrieben würden.«

»Ja, wunderbar.«

MacMahon drehte sich plötzlich um, streckte die Arme nach seinem Sohn aus und fing an zu weinen. Fergus, völlig überrascht, streichelte unbeholfen seinen Rücken.

»Ich will nicht, daß sie dich umbringen«, schluchzte MacMahon. »Es geht mir überhaupt nicht um die Ernte. Ich will nicht, daß du mitkämpfst und getötet wirst.«

Er ist ja ein alter Mann, dachte Fergus überrascht, und drückte seinen Vater an sich. Über die breiten, muskulösen Schultern seines Vaters hinweg sah er Ferdy O'Donnell und an die vierzig Mann mit erhobenen Piken die Straße heraufkommen.

Killala, 22. August

Ein Mann mit dem Helm der Miliz von Tyrawley stieß mit MacCarthy zusammen, der ein Stück zurücktrat und ihn stützte. Randall MacDonnell ritt durch die vielen Menschen auf der Straße auf den Palast zu, gefolgt von einer langen, unordentlichen Gruppe von Männern. Als er MacCarthy sah, winkte er, eine kurze Parodie eines Saluts.

Der Mann, den MacCarthy noch festhielt, sagte: »Morgen bekommen wir Uniformen und Gewehre, Meister.«

»Mach jetzt, daß du nach Hause und ins Bett kommst«, erwiderte MacCarthy. »Sonst tust du dir morgen mit deinem Gewehr noch etwas an.« Er klopfte dem Mann den Rücken und schob ihn vorwärts.

Im Wolf Dog fand er Ferdy O'Donnell, der bereits seine Uniform trug, einen blauen Rock mit gelbem Besatz und ein Schwert.

»Bist du mir hier zum Franzosen geworden, Ferdy?«

»Aber nicht doch, Owen, ich bin Captain der irischen Armee, mit Befehl über die Männer von Kilcummin.«

»Wird Randall MacDonnell der General der Iren, oder Malcolm Elliott?«

»Nicht Malcolm Elliott«, antwortete O'Donnell. »Der kommt zum Stab der Franzosen, wenn er hier eintrifft, wie auch John Moore. General wird Randall, oder Corny O'Dowd oder George Blake aus Barraclough, und die anderen werden Colonels. Du könntest keinen besseren Mann als George Blake finden.«

»Das stimmt«, sagte MacCarthy. »Er ist ein guter Mann. Ein Gentleman, würde ich sagen. Ich stelle fest, daß diese Rebellion die gesellschaftliche Rangordnung gewissenhaft beibehält.«

»Aber wer würde denn Kuhhirten und Schankkellnern folgen? Owen, es ist ganz wunderbar, wie die Männer herangeströmt kommen. Hier sind Männer, die den ganzen Weg von Nephin hermarschiert sind und die unterwegs eine Truppe Miliz zersprengt haben.«

»Fürwahr, wunderbar«, erwiderte MacCarthy. »Ein riesiger

Sack voller Menschen scheint über Killala ausgeschüttelt worden zu sein. Die Stadt wird davon demnächst noch platzen.«

»Wir trinken jetzt einen, und dann bringe ich dich zu Bartholomew Teeling, dem irischen Franzosen, der mich zum Captain ernannt hat.«

»Einen trinken reicht mir, Ferdy. Wie viele Franzosen sind hier?«

»Tausend, und sie haben für fünftausend von uns Gewehre mitgebracht. Und Schwerter und Schärpen für die Offiziere.«

»Tausend sind nicht viel.«

»Nur in dieser Flotte. Es sind noch mehr unterwegs, Tausende. Teeling hat auf der Treppe vom Haus des Pastors gestanden und eine Rede gehalten, und der französische General stand neben ihm.«

»Eine Rede auf Irisch?«

O'Donnell zuckte die Schultern. »Auf Ulster-Irisch, aber wir konnten ihn soweit verstehen.«

»Und was haben sie jetzt vor?«

»Das weiß ich nicht genau, außer, daß wir zuerst Ballina angreifen werden. In zwei Tagen wird mein Bruder Gerry mit Gottes Hilfe ein freier Mann sein.«

»Mit Gottes Hilfe«, wiederholte MacCarthy. Er bekreuzigte sich und griff nach seinem Whiskey. »Es ist mir peinlich, das zugeben zu müssen, aber ich bin völlig verwirrt. Franzosen in ihren fröhlichen Uniformen, Coopers Miliz zerschlagen, Männer kommen aus allen Richtungen mit ihren Piken herbeigeeilt. Was in Gottes Namen weiß denn unsereins über Armeen?«

»Wir wissen so viel wie Cooper, und der hatte eine Armee.«

»Das ist aber kein ermutigendes Beispiel. Cooper und seine Miliz waren Spielzeugsoldaten, und die echten Soldaten haben sie wie Eier zerschlagen. Auch die Engländer haben echte Soldaten auf dieser Insel. Tausende und Abertausende.«

O'Donnell schlug ihm auf den Arm. »Nun sei doch nicht so düster gestimmt! Deine verdammten Gedichte werden überall um dich herum lebendig!«

»Meine Gedichte!« MacCarthy leerte sein Glas und winkte nach einer weiteren Runde. »Da hast du recht, Ferdy. Gestalten aus meinen Gedichten erheben sich überall um mich herum in den Straßen von Mayo, Captains und Colonels und

Generäle und französische Schiffe. Aber wer ist der Anführer, wenn nicht Randall MacDonnell, der Pferdehändler, vor einem Haufen von Pflügern?«

»Und wer ist ihr Captain, wenn nicht Ferdy O'Donnell von einem Berghof bei Kilcummin, warum sagst du das nicht? Na, Owen, außer uns ist niemand übrig. Es gibt keine Clanhäuptlinge oder stolze Sarsfields mehr, schon seit einem Jahrhundert. Irland hat nur noch Pferdehändler und Bauern.«

»Wie dich«, sagte MacCarthy. »Deine schöne Uniform hat dich ja wirklich beredsam gemacht.«

Der Wirt brachte ihnen ihren Whiskey.

»Bei Gott«, sagte O'Donnell. »Erst vor wenigen Nächten war die protestantische Miliz hier und hat sich Feuer in die Bäuche gegossen, um sich für ihre grausamen Aufgaben anzuheizen.«

»Das Rad des Schicksals«, meinte MacCarthy, »wird vom Whiskey geschmiert.«

»Du hast mir oft gesagt, Owen, daß wir Sklaven sind. Werden wir jemals eine bessere Möglichkeit zum Kämpfen haben?«

MacCarthy schob sein Glas auf dem groben Tisch hin und her. »Nein«, antwortete er schließlich.

»Dann komm mit mir zum Haus des Pastors und sprich mit Teeling. Sie werden gelehrte Männer brauchen.«

»Das werden sie bestimmt«, sagte MacCarthy, »wenn Randall MacDonnell der Maßstab sein soll.« Er trank seinen Whiskey aus. »Nein, Ferdy. Ich komme nicht mit. Aber ich wünsche dir viel Glück mit deinem stählernen Schwert.« Impulsiv streckte er die Hand aus und drückte die schwere Schulter unter dem fremdartigen Tuch.

»Warte nicht zu lang«, sagte O'Donnell.

Killala, 22. August

Humbert saß allein in einem kleinen Nebenzimmer des Salons. Vor ihm war auf einem ovalen Tisch eine Karte ausgebreitet, die von eingebundenen philosophischen Trakten festgehalten wurde. Bis Hardy eintraf, würde er das alleinige Kommando innehaben. Nicht einmal in der Vendée hatte er eine solche Entscheidungsfreiheit genossen. Er betrachtete die gesamte Insel und ignorierte die Einzelheiten ganz bewußt. Morgen würde auch Lord Cornwallis in Dublin vor einer solchen Karte sitzen. Ein höchst fähiger alter Mann, hieß es. Ein Aristokrat, zweifellos gichtig und zänkisch, wie ältere britische Offiziere immer waren. Was würde er gehört haben? Daß eine kleine französische Truppe in Connaught gelandet sei und Alliierte rekrutierte. Was wird er machen? Versuchen, uns so nah der Küste wie möglich einzuschließen.

Er beugte sich dichter über die Karte. Sicher gab es eine starke englische Garnison in Galway, und eine im Osten, vielleicht nicht ganz so stark, in Sligo oder Enniskillen. Wenn deren Kommandanten vernünftig wären, dann würden sie augenblicklich handeln. Sie würden auf diese Stadt zumarschieren – er setzte den Finger darauf, auf Castlebar –, die die Straßen von Mayo kontrollierte, und wo es zweifellos bereits eine Garnison gab. Er könnte selber nach Castlebar marschieren und sie vielleicht überrumpeln, aber dafür müßte er erst Ballina, Foxford, Swinford einnehmen, Städte, die wie Perlen an der einzigen Straße südlich von Castlebar aufgereiht waren. Wenn er diese Garnison schlug und Castlebar einnahm, was dann? Cornwallis würde langsam aus dem Süden auf ihn zu marschieren, würde seine Truppen weit übers Gelände verteilen. Inzwischen würde Humbert seine tausend Männer und vielleicht noch fünftausend grobe Verbündete haben. Örtliche Erhebungen würden seinen Marsch begleiten und die lokale Miliz beschäftigen. Es würde darauf ankommen, an den englischen Armeen vorbeizuschlüpfen, über den Shannon, sich in den Midlands mit den United Irishmen zusammenzutun und dann sofort nach Dublin zu marschieren.

Er hatte bereits ein Fischerboot von Westport mit der Nachricht losgeschickt, daß er Killala eingenommen hatte, und wenn er die erste englische Truppe besiegt hätte, würde er ein zweites senden. Das würde Kilmaine herbeischaffen. Das Direktorat würde nicht zulassen, daß eine siegreiche Armee aus Mangel an Nachschub geschlagen würde. Und dann würde Buonaparte, dieser machthungrige Kleinbürger, etwas von seinem Glanz einbüßen. Es war ein guter Plan, hatte jedoch einen Nachteil: Es war schwer, wenn nicht sogar unmöglich. Es gab kaum die Chance, Castlebar zu erreichen.

Er stand auf und ging zum Fenster. Im Hof wurde immer noch Musik gemacht, ein großer Fiedler lehnte an der Wand, und noch immer wimmelte es von lachenden und singenden Bauern. Sie waren ein seltsames Volk, überhaupt nicht so, wie Tone und Teeling sie ihm geschildert hatten. Er hatte nüchterne, unversöhnliche Menschen erwartet, grimmig, vielleicht ein wenig blutrünstig. Tone hatte ihm versichert, daß die Ideale der Revolution ihre Bibel waren. Aber diese Menschen hier waren primitiv, ihr Aussehen hatte etwas Wildes und Erschreckendes, wie übergroße Kinder. Die Chouans hatten keine Manieren gehabt, weiß Gott, aber vor diesen Burschen hier wären sie voller Entsetzen geflohen. Vielleicht war das aber nur gut; Entsetzen hat seine Vorteile. Viele von ihnen trugen Piken, eine sehr wirksame Waffe gegen Kavallerie und ganz hervorragend bei nicht geübter Infanterie. Was hatten sie in diesem seltsamen Land voller wüster Moore für ein Leben? Suchten sie Freiheit, eine Pikenspitze in der Kehle eines Tyrannen? Freiheit, wie sie herausfinden würden, ist flüchtig und problematisch.

Ballintubber, 22. August

Auf der Vorderveranda, gegenüber dem dunklen Wasser von Loch Carra, verabschiedete John Moore sich von seinem Bruder.

»Ich bin 22, zu alt, um mir befehlen zu lassen.«

»Ich habe das auch durchaus nicht vor. Aber bald wirst du dir sehr viele Befehle erteilen lassen. Wie viele von unseren Leuten gehen mit dir?«

»Keiner. Ich reite sofort nach Killala. Aber zweihundert Männer aus Ballinrobe werden folgen. Etwa sechzig von unseren.«

»Ich habe vor, zu unseren Pächtern zu sprechen und sie vor diesem Unternehmen zu warnen. Niemand wird dir folgen, wenn ich es verhindern kann.«

»Du mußt tun, was du für richtig hältst«, sagte John und zuckte die Schultern. »Es ist dein Gut.«

»Wie stark sind die Franzosen?«

»Der erste Bote wußte es nicht genau. Der zweite meinte, etwa tausend, unter einem General namens Humbert.«

»Humbert?!« fragte George verblüfft. »Ein General namens Humbert. Da habt ihr euch einen Tataren eingefangen.«

»Wieso? Ist er bekannt?«

»Er war General in der Vendée. Ein Jakobiner. Gerissen, grob, prinzipienlos.«

»Ein guter General?«

»Der Krieg in der Vendée war ein ganz besonderer Krieg. Bauern und Überfälle aus dem Hinterhalt.« Wie Mayo, dachte

Moore. »Ich kann mir nicht vorstellen, warum sich so ein erfahrener Mann mit tausend Männern in Mayo in die Falle locken läßt.«

»Er hat einen Teil der Expedition hergeführt.«

»Das kommt auf die Winde, die britische Flotte und vor allem das Direktorat an, eine so berühmte Ansammlung von Schurken, wie nur je in einer Stadt zusammengetreten ist. Es hat keinen Zweck, dir zureden zu wollen, aber ich will noch einen Versuch machen. Dein General Humbert wird niemals an Castlebar vorbeikommen. Cornwallis wird ihn fangen wie ein Wiesel. Und die Rebellen, die mit ihm kämpfen, werden als Verräter gelten. Wenn du diese Allee hinabreitest, dann reitest du geradewegs zum Galgen.«

»Mag sein. Aber ich glaube, die meisten Menschen hier sind zum Kampf bereit.«

»Zum Kampf bereit! Deine Sprache kommt aus Schundschriften.«

»Ich habe mich nie als Gelehrten bezeichnet.«

»Du bist weise in deiner Bescheidenheit.«

Sie standen einander bewegungslos gegenüber.

»Sag mir eins, George. Du glaubst, wir werden es nicht schaffen. Hoffst du denn wenigstens für uns?«

»Natürlich. In dem Fall wirst du nicht gehenkt.«

»Aus keinem anderen Grund?«

George blickte auf den See. Vom Wind gekräuselt. Vom melancholischen Wind des späten Nachmittags. »Diese Rebellion wird für so viele das Verderben sein, daß ich nur noch Verzweiflung verspüre. Viele werden getötet oder vernichtet werden, und mein eigener Bruder gehört zu ihnen.«

»Wir sind ein seltsames Brüderpaar, George. Die Welt ist voll von Glück und Zufällen. Vielleicht wirst du mich in all meiner Pracht durch die Straßen von Castlebar reiten sehen.«

George lachte. »Du würdest dich gut machen, John. Du bist ein gutaussehender junger Mann, und in Uniform würdest du hervorragend aussehen.«

»Das käme doch auf die Farbe an. Rot zum Beispiel würde mir überhaupt nicht stehen. Wünsch mir Glück, George.«

»Ich wünsche aus ganzem Herzen, dich wieder hier zu sehen. Unser Vater hat es geschafft, aus Spanien zurückzukommen. Hoffentlich hast du soviel Glück wie er.« Verlegen umarmte er seinen Bruder.

Später ging er am Seeufer entlang. Das Wasser schlug gegen die Steine. Wenn er nur weniger steif gewesen wäre, wenn er den Jungen nur nicht wie ein Schulmeister belehrt hätte. Romantiker wie John hatten kein Ohr für Belehrungen. Die Geschichte liebte sie, nahm sie zu ihren bevorzugten Opfern. Sie schleuderte sie, wenn sie noch glänzten wie frisch geschlagene Münzen, in die Pfützen des Verderbens. John sollte jungen Frauen den Hof machen, mit Hunden zur Jagd reiten, Sonette schreiben. Statt dessen war er in dieses unechte Melodram verwickelt, mit einigen tausend Bauern und einem zweifelhaften französischen General. Der See war klar. Schilf bewegte sich sanft, leicht. Eine melancholische Stunde. Irgendwo in der Ferne schwamm ein wilder Schwan mit seinen Jungen, elegant und ruhig. Seine häßlichen Füße würden wie Dreschflegel arbeiten und das Ufer verschmutzen.

Aus dem *Tagebuch der Ereignisse*, verfaßt von Malcolm Elliott im Oktober 1798

Am frühen Nachmittag des 22. August ritt ich nach Killala und stellte mich als Bevollmächtigter der Society of United Irishmen für County Mayo vor. Ich wurde von General Humbert, der entzückt darüber zu sein schien, jemandem zu begegnen, der zumindest über ein paar Brocken Französisch verfügte, sehr herzlich begrüßt, und wurde dann unter Bartholomew Teeling, der die Verbindung zwischen französischen und irischen Truppen herstellen sollte, in seinen Stab aufgenommen. Bei der ersten Begegnung konnte ich nur einen vagen Eindruck von Humbert gewinnen, dieses trägen und dickbäuchigen jungen Mannes mit sanften, gefährlichen Augen. Er hatte sein Hauptquartier im Wohnhaus des armen Pastor Broome aufgeschlagen, und Hof und Erdgeschoß wimmelten von Männern, die ein Dutzend Aufträge auszuführen hatten, während Humbert sich in seiner schlechtsitzenden Uniform, in der sein Bauch die Weste zu sprengen drohte, ruhig zwischen ihnen bewegte. Mit Ausnahme von Teeling gab es hier nur Franzosen, und auch er trug französische Uniform. Die Iren hielten sich im äußeren Hof auf, ein Haufen Bauernpöbel. Sie schienen führerlos und verwirrt, aber äußerst erregt zu sein. Später am Tag kamen die Männer, die sie befehligen sollten, einer nach dem anderen angeritten, Randall MacDonnell und

Cornelius O'Dowd und George Blake, aber während dieser ersten Stunden waren sie sich selber überlassen, während die Franzosen die Stadt sicherten und Pferde und Lebensmittel requirierten.

Teeling und ich kannten einander schon seit einigen Jahren und empfanden starkes Vertrauen und große Achtung füreinander. Ich war sehr glücklich, ihn hier bei uns vorzufinden. Er fand bald eine Gelegenheit, die Lage zu diskutieren. Die Franzosen hatten schändlich gezögert und nicht sofort bei der ersten Nachricht über den Aufstand in Wexford Segel gesetzt, und vielleicht wären sie überhaupt nicht aufgebrochen, ohne die Ausdauer von Wolfe Tone und die Energie von Humbert. Sie waren jedoch in der Überzeugung losgefahren, daß diese Aufstände noch nicht niedergeschlagen seien, und die Nachricht von ihrer Niederlage war ein harter Schlag für Teeling, der außerdem eng mit dem unglücklichen Henry Joy MacCrakken befreundet gewesen war. Es war jedoch ein Schlag, von dem er sich bald zu erholen begann. Ich bin nur selten einem Mann von solch ruhiger und ausgeglichener Entschlossenheit begegnet, oder, wie die Ereignisse zeigen sollten, von so raschem und spontanem Mut. Heute erscheint er mir wie eine Gestalt des Plutarch, gemäßigt und gerecht in seinem Handeln, stoisch im Unglück. Irgendwo nahe dem Zentrum seines Wesens gab es einen düsteren See der Melancholie, aber dafür, und für seine bisweilen beißende und sardonische Rede, mache ich sein Leben in Ulster verantwortlich, einer kalten und abweisenden Provinz.

Obwohl ich damals wenig von Soldaten oder Kriegführung verstand und obwohl ich heute, trotz meiner Erfahrungen, immer noch nicht viel mehr weiß, war mir zumindest von Anfang an klar, daß wir uns eine schwere Aufgabe gesetzt hatten. Seit einigen Stunden strömten Bauern nach Killala. Vier Tage später, nachdem die Schlacht von Ballina geschlagen und gewonnen worden war, war ihre Anzahl auf fast fünftausend angestiegen. Natürlich verstanden sie noch viel weniger als ich etwas von Soldatenleben oder Krieg, auch wenn einige von ihnen gelegentlich in aller Heimlichkeit ein wenig exerziert hatten. Die französischen Sergeanten begannen am folgenden Tag mit dem Exerzieren, jedoch ohne positive Ergebnisse, denn jede Gruppe war für die andere eine Quelle der Heiterkeit, barbarisch und fremd, die keine Wörter sprach, sondern ausländisches Geplapper. Die Männer, die zu ihren Befehlshabern ausersehen waren, wußten fast genauso wenig. Die meisten von ihnen waren kleine katholische Krautjunker, wie Randall MacDonnell, George Blake und Cornelius O'Dowd, oder wohlhabendere Bauern und berühmte Dorfkämpfer wie Ferdy O'Donnell, Malachi Duggan und später Michael Geraghty, einer meiner eigenen Pächter. Diese Männer wurden zu Colonels und Majors über die Männer ernannt, die sie hergeführt hatten, und sie ernannten wiederum ihre Subordinierten. Es kamen jedoch auch große Mengen von führerlosen Männern, die Teeling in Kompanien einteilte und die dann ihre eigenen Captains wählen mußten. An jenem Tag verstopften außerdem noch Männer die Straßen von Killala, die aus purer Neugier oder in der Hoffnung gekommen waren, eines der französischen Gewehre abstauben zu können. So lungerte auch Owen MacCarthy am Rande dieser Menschenmenge herum. Ich sah ihn an diesem Tag zweimal, einmal, als er sich auf Broomes Hof herumtrieb, ein andermal, als er sich in der Schenke mit jemandem unterhielt, die langen Beine ausgestreckt und eine Gefahr für alle Vorübergehenden. Er kam mir damals als grobknochiger gebückter Bauer vor, der Whiskey und sinnloses Gelächter liebte, und er wäre mir überhaupt nicht aufgefallen, wenn er nicht mit Ferdy O'Donnell befreundet gewesen wäre, einem redlichen und zuverlässigen Burschen.

Ich erinnere mich noch gut an das Eintreffen von Corny O'Dowd. Es war spätabends am ersten Tag, und die Franzosen hatten an der Straße und im Hof Fackeln aufgehängt, da sie immer noch Vorräte herantransportierten. In der Straße erhob sich plötzlich überall Lärm, Grüße wurden gebrüllt, und mehrere Gewehre wurden abgeschossen. Ich verließ das Haus und ging zum Hoftor, wo ich O'Dowd sehen konnte, der vor hundert Männern einherritt, auf einer schönen Stute, mit einem breitkrempigen Hut, wie dem eines Predigers, an dessen Krempe eine schwarze Hahnenfeder befestigt war. Die Männer hinter ihm waren Bauern oder Landarbeiter, sie trugen Fries, und viele waren barfuß. Einige hatten Piken aus Eschenholz. Es wurde gar nicht erst versucht, Ordnung zu halten; sie gingen schnell, aber nicht im Glied, und sie riefen ihren Freunden zu, die sie in der Menge entdeckten. Diese Männer hatten den Eid der Society abgelegt, aber in dieser Nacht mußte eine ältere und tiefere Loyalität sie nach Killala geführt haben. Sie waren ein feudaler Haufen, der sich hinter seinem Clanhäuptling sammelte. Als O'Dowd das Tor erreicht hatte, zog er die

Zügel an, sah mich dort stehen und begrüßte mich im Absteigen mit dem Ruf »Elliott! Ist Randall hier?« – »Er ist hier«, sagte ich. »In Broomes Haus oder in der Schenke.« – »Wie viele hat er mitgebracht?« – »Ich weiß nicht«, antwortete ich. »Verdammt wenig, möchte ich annehmen«, sagte O'Dowd. »Sie sind ein mieser Haufen, diese Leute aus Ballycastle. Ich habe über hundert Mann aus Enniscrone mitgebracht, und sie sehnen sich nach einem Kampf. Wo ist der Franzmann?« Er kam zu mir herüber, ein großer Mann, aber O-beinig. »Sieh sie dir an«, sagte er. »Hast du je ihresgleichen gesehen?« Das hatte ich nicht. Ich versuchte, dort, wo die rötlichen Fackeln in der Dunkelheit brannten, ihre Gesichter auszumachen. »Sind auch Leute aus Ballina hier?« fragte er. »Die kommen noch«, antwortete ich. »Ich bin vorgeritten.« – »Bist du doch ein gerissenes Luder«, sagte er mit entzücktem Krähen. »Empfiehl mich den Protestanten. Ihr schlagt uns doch jedesmal. Bist du jetzt General?« – »Soweit ich weiß, gibt es hier nur einen General«, antwortete ich. »Den Franzosen.« – »Das geht niemals gut«, sagte er. Er warf seinen Kopf in den Nacken, in Richtung der Männer aus Enniscrone. »Diese Burschen wissen über Franzosen soviel wie über den Mann im Mond.« – »Du mußt mit einem Mann namens Teeling reden«, sagte ich. Zwei Tage später, vor der Schlacht von Ballina, wurde O'Dowd zum »General der Armee von Connaught« ernannt. Es war ein leerer Titel, aber er war darüber entzückt, und für eine Weile war der Zorn von Blake und MacDonnell erregt. Zu der Ehre gab es noch einen Hut, schwarz und mit Spitzen besetzt. O'Dowd steckte seine schwarze Hahnenfeder daran.

Als O'Dowd eintraf, war unser Hauptquartier in dem geräumigen Haus des armen Broome schon sehr gut eingerichtet. Broome und seine Frau, zusammen mit ihrem Gesinde und einigen Gästen, wurden in den zweiten Stock verbannt, aber der war groß genug für ihre Bedürfnisse, denn er enthielt sechs Zimmer, unter denen sich auch das große befand, das auf die Straße blickte und Broome als Bibliothek diente. Während Humbert das Haus benutzte, wurde seinen Bewohnern kein Haar gekrümmt. Wie ich gehört habe, war das nicht mehr der Fall, nachdem die Armee Killala verlassen hatte, und ich bedaure die Gefahren zutiefst, die Mr. Broome ausgestanden haben mag. Er ist ein höchst humaner und schätzenswerter Gentleman, wenn er auch nichts von Irland versteht.

Meine Meinung über General Humbert sollte sich, solange

ich unter ihm diente, immer wieder ändern und den Entwicklungen anpassen. Es steht jedoch fest, daß er ein höchst fähiger Mann war, scheinbar kühn und rücksichtslos, in Wirklichkeit jedoch ein kühler Rechner. Ich brauche seine militärischen Leistungen nicht zu rühmen, denn die britischen Generäle, die mit ihm zu tun hatten, unter ihnen General Taylor und vor allem Lord Cornwallis, haben mit Lob nicht gespart, und der Feldzug, in den er uns geführt hat, hat angeblich nur wenige Parallelen. Und doch glaube ich nicht, daß wir jemals wirklich erfahren haben, was in ihm vorging. Bei uns Iren war das ganz gewiß nicht der Fall, und ich glaube, es trifft auch auf seine französischen Untergebenen zu. Bei meinen Gesprächen mit ihm und vor allem mit Colonel Sarrizen gewann ich den Eindruck, daß sie durch ihre Pflicht und vor allem ganz besonders durch ihre Bewunderung seiner Fähigkeiten mit ihm verbunden waren, nicht durch Vertrauen oder Zuneigung. Aber unter den französischen Offizieren war Vertrauen sowieso Mangelware, was ihrer Leistungskraft jedoch keinen Abbruch tat. Humbert hatte eine Spur von Schauspieler in seinem Wesen, deshalb verstand er sich so gut mit Tone. Er konnte in einem Augenblick fröhlich und hochgemut sein, um dann im nächsten in einen wilden Zorn zu verfallen. Vielleicht war er einfach ein wankelmütiger Charakter, aber vielleicht waren Frohsinn und Zorn nur gespielt, und der unzugängliche Mann wohnte dahinter. Das trifft vielleicht auf alle Befehlshaber zu.

Spät in dieser ersten Nacht wurden die Gefangenen in die Markthalle überführt, wo sie für den Rest des Feldzugs bewacht werden sollten, während ihre Anzahl sich jeden Tag vergrößerte und die Luft immer schrecklicher wurde, als die Männer sich mehr und mehr zusammendrängen mußten. Sie lebten im Entsetzen, denn sie waren davon überzeugt, daß sie am Ende zusammen mit ihren schutzlosen Familien von den Papisten abgeschlachtet werden würden. Tatsächlich wurden in den letzten Tagen einige von ihnen brutal hingemetzelt, aber zu diesem Zeitpunkt hatte unsere Armee sich weit von Mayo entfernt, und Ferdy O'Donnell, der die kleine zurückgelassene Garnison befehligte, hatte trotz seines Mutes nur geringe Kontrolle über diese Rebellen. Für Captain Cooper war die Haft unerträglich. Er war intelligent genug, um zu wissen, daß ein Massaker nicht unmittelbar bevorstand, und er versuchte, seine Männer zu beruhigen, aber während der ersten Wochen erfüllte ihn, wie ich gehört habe, ein schwarzer überwältigender Zorn, und er saß auf dem Boden und biß sich in Fingernägel und -knöchel. Ich besuchte ihn aus Taktgefühl nicht, MacDonnell jedoch kannte solche Skrupel nicht. Ihre Begegnung war schmerzhaft, denn die beiden waren in früheren Jahren befreundet gewesen, nun zögerte MacDonnell jedoch nicht, ihn in seinem Elend auch noch zu verhöhnen. Seine Lage wurde ihm durch die Unternehmungen seiner Frau, Mrs. Cooper, nicht erleichtert. Mrs. Cooper, eine kühne, gutaussehende Frau, suchte zweimal unser Hauptquartier auf, um seine Freilassung zu fordern, was ihr jedoch, außer der Bewunderung der Offiziere, nichts einbrachte.

Killala blieb, auch nachdem unsere Armee weitermarschiert war, ein Zentrum des Aufstandes, denn in der Stadt lag ein irisches Regiment, das, wie gesagt, unter dem Kommando von Ferdy O'Donnell stand. Ich weiß nicht aus eigener Anschauung, was dort passiert ist, und die Geschichten, die in den letzten Wochen in Umlauf gebracht worden sind, wirken wie die Produkte wütender Loyalisten, die sich gerne als Opfer papistischer Barbarei sehen möchten. Keiner, nicht ein einziger dieser Loyalisten, stellt die Humanität und Großmut O'Donnells in Frage, aber ich kann mir sehr gut vorstellen, daß die Aufgabe, hier Ordnung zu halten, seine Fähigkeiten überstieg. Die Rebellion lockte nicht nur Männer an, die im Felde kämpfen wollten, sondern auch eine große Meute von Burschen, die nur ans Plündern dachten, um sich an ihren protestantischen Landsleuten zu rächen. Ich kann mir sehr gut vorstellen, daß ohne O'Donnells Entschlossenheit und seine Beliebtheit unter seinen Leuten Mayo von Verbrechen besudelt worden wäre wie jenen, die Wexford ewige Schande gemacht haben.

Zu Anfang bezweifelte ich auch, daß Humbert würde Ordnung halten können, aber zum Glück hatte ich mich in dieser Hinsicht getäuscht. Die Männer, die nun nach Killala geströmt kamen, hatten nur sehr vage Vorstellungen von unserem Kampf und seinen Zielen, und viele von ihnen waren kühne und rücksichtslose Gesellen, Whiteboys und Dorfkämpfer. Die Ereignisse der ersten Stunden ermutigten sie, denn natürlich mußten in der Umgebung Pferde und Nahrungsmittel requiriert werden. Sie hatten wohl das Gefühl, daß sich dadurch ein allgemeinerer Angriff auf das Privateigentum ankündigte. Wie die Bauern in den meisten Ländern nahmen sie die Vorstellung einer Revolution wörtlich, obwohl sie das Wort nie gehört hatten. Tyrannen mußten vom Thron gezerrt und ihres

Besitzes beraubt werden, und ihr Leben galt nicht viel. Aber Humberts Disziplin und die flachen Seiten der Säbel seiner Sergeanten machten kurzen Prozeß mit dieser Vorstellung. Unglücklicherweise wurden die Häuser einiger Grundbesitzer geplündert und abgebrannt, sowohl in Killala als auch auf unserer Marschroute, aber das war das Werk solcher Banden und Mobs wie der von Malachi Duggan, die wir nur unzureichend unter Kontrolle bringen konnten. Und doch war, im ganzen gesehen, das Benehmen der irischen Truppen durchaus lobenswert, wie die großzügigeren unter unseren Feinden auch zugegeben haben.

Soeben habe ich meine Aufzeichnungen durchgelesen und bin entsetzt darüber, wie wenig sie meine wahren Erinnerungen an die ersten Tage wiedergeben. Die Tatsachen sind angeführt, ohne Schönfärberei oder Milderung, und so leidenschaftslos dargestellt, wie mir das nur möglich ist. Aber in Wahrheit erinnere ich mich vor allem an totale Verwirrung, sowohl in den Straßen von Killala als auch in meinen eigenen Gedanken. Ausländische Truppen waren gelandet, und ein Aufstand wurde in die Wege geleitet, in dem ich meine Rolle spielte und den ich nicht eine Sekunde lang anzweifelte. Und doch waren das wirklich meine einzigen Gewißheiten.

Die Straßen wimmelten von Männern, denen meine Besorgnis fremd und uninteressant erschien. Sie sprachen französisch und irisch, Sprachen, die ich einigermaßen beherrsche, die mir aber nicht wirklich vertraut sind, und die Wörter, bekannt, aber ausländisch, kamen mir vor wie das Rauschen entfernter Wellen. Auch die französischen Offiziere und ihre Männer wußten, was sie hier taten, ich jedoch nicht, und der Optimismus, mit dem sie einander Befehle zuriefen, ließ mich frösteln. Für sie, das stand fest, war diese Stadt in Mayo nur ein erobertes Dorf, das ebensogut in Afrika oder der Karibik hätte liegen können. Mehr noch als die Franzosen brachten mich jedoch meine eigenen Landsleute zum Frösteln, die durch Sprache, durch Leidenschaften, die ich nicht teilte, und durch Gefühle, die ich nicht haben wollte, von mir getrennt waren. Die Markthalle war mit Männern belegt, die Namen trugen wie Elliott, die Protestanten waren wie ich selber, von englischem Blut, und ich ging Seite an Seite mit den Männern, die sie gefangengesetzt hatten. Mit Piken bewaffnete Papisten füllten die Straßen von Killala, und ich gehörte zu ihnen. Unter der

Politik, unter meinen Überlegungen bewegte sich mein Blut in trägem Protest gegen meine Überzeugung und meine Taten.

Die erste Schlacht des Feldzuges wurde um Ballina geschlagen, meine eigene Stadt, die sieben Meilen südlich von Killala an der Moy liegt. Dort lagen die Prince of Wales' Fencibles, an die sechshundert Mann, unter Kommando von Colonel Chapman, verstärkt von einer Abteilung Schützen und einigen Miliztruppen. Chapman mußte sich nun entscheiden, ob er sich zur Schlacht stellen oder sich gen Süden nach Foxford zurückziehen wollte, wodurch er einen beträchtlichen Teil von Mayo dem Feind überlassen, dagegen aber sein Regiment intakt für den Fall behalten würde, daß danach ein Angriff auf Castlebar erfolgte. Humbert ließ ihm fast zwei Tage Frist, um sich zu entscheiden, denn erst spät am 24. schickte er uns los, sechshundert Franzosen unter Sarrizen und fünfhundert Iren, darunter die Männer von MacDonnell und O'Dowd. Wir marschierten durch die Ländereien von Lord Glenthorne über die alte Straße nach Rosserk. MacDonnell ritt an der Spitze der Iren, es war jedoch Teeling, der die Befehle erteilte.

Ich sollte mich vielleicht an mein erstes militärisches Erlebnis besser erinnern können, aber das will mir nicht gelingen. Und doch war der Marsch romantisch genug. Die Straße nach Rosserk ist kaum mehr als ein enger, trügerischer Pfad, der an den Hütten von Lord Glenthornes Pächtern vorbeiführt und etwa eine Meile nördlich der Stadt auf die Straße nach Ballina trifft. Wir marschierten durch die Dunkelheit, und die Pächter kamen aus ihren Hütten und zündeten Stroh an, um uns den Weg zu zeigen. Frauen brachten uns Brot und Becher mit Milch. Seit dieser Nacht wird diese Straße *bother-na-sop* genannt, die Straße des Strohs. Mich erfüllte jedoch ein Gefühl für die Gleichgültigkeit dieser außergewöhnlichen Ereignisse. Männer mußten organisiert und in Reih und Glied gebracht werden, und sie scherzten und murrten, aber mit einem weißglühenden Draht der Erregung dicht unter der Oberfläche, denn wie ich zogen sie in ihre erste Schlacht, in der aller Wahrscheinlichkeit nach manche den Tod finden würden.

Und doch lebte dieses Gefühl der Alltäglichkeit seltsamerweise in mir neben einem starken Eindruck von Unwirklichkeit, der mich in dem Moment überkommen hatte, als der Reiter mir die Nachricht von der Landung der Franzosen brachte.

Ich bewegte mich durch einen Traum, in dem die Landschaft vertraut und die Gesichter bekannt waren.

Bother-na-sop.

Killala, 24. August

Am Sonntag morgen vor dem nächtlichen Marsch auf Ballina kniete Mr. Hussey vor seinem Altar, wandte sich dann um, um seine Gemeinde anzublicken, und faltete die Hände unter seinem Meßgewand. Er war sich der Situation und ihrer Erfordernisse bewußt und sprach langsam und eindringlich.

»Meine liebe Gemeinde, eine besorgniserregende und entsetzliche Zeit ist für uns angebrochen. Im vergangenen Monat ist es meine traurige Pflicht gewesen, zu euch über Gewalttaten sprechen zu müssen, die zweifellos von Männern aus dieser Pfarre begangen worden waren. Diese Taten, wenn sie auch schwarze Sünden darstellen, haben wenigstens die menschliche Erklärung, daß das Leben in unserer Baronie hart ist und daß einige wenige unserer Grundbesitzer sich auf eine Weise betragen, die manche vielleicht als unchristlich bezeichnen würden. Heute jedoch spreche ich zu euch über eine viel größere Gefahr für die Seelen von euch allen.«

Er war ein schmächtiger, heikler Mann, Sohn und Bruder wohlhabender Mittelsmänner im County Meath. Seine letzte Pfarre, Bective in jenem County, war sowohl Freude als auch Pflicht für ihn gewesen, und seine Erinnerung weilte bei den reichen Weiden des Boynetals, der zerfallenen Abtei, der eleganten Brücke über den Fluß. Mayo war ein Ort des Exils, ertragen ohne Freude oder Klage.

»Vor einigen Monaten haben, wie ihr alle wißt, viele verirrte Männer im Osten und im Norden mit der Waffe in der Hand gegen den König rebelliert. Ihre Rebellion ist von der mächtigen Armee des Königs niedergeschlagen worden. Aber nun, während die letzte Glut dieser Rebellion von den schweren Stiefeln der Soldaten ausgetreten wird, sind Franzosen an unserem Strand gelandet und wollen euch von eurem Heim, euren Familien, euren kleinen Höfen fortlocken. Diese Franzosen stammen aus einer Nation, die ihren König und ihre Königin und viele tausend Unschuldige ermordet hat, die zur Verfolgerin aller Religionen, vor allem aber unser eigenen Heiligen Kirche geworden ist. Diese Ungläubigen und Mörder fordern euch nun zum Aufstand auf, damit auch ihr hingemetzelt werden könnt. Und es schmerzt mich, euch sagen zu müssen, daß gewisse Iren sich mit ihnen zusammengerottet haben und dasselbe von euch verlangen werden. Dies sind nicht nur meine eigenen Worte. Ich trage euch heute die Worte unserer Kirche vor, wie sie durch unsere Bischöfe zu mir gelangt sind. Von den Franzosen Waffen zu nehmen oder sie auf irgendeine Weise zu unterstützen, wäre eine Todsünde, die eure Seelen schwärzen würde.«

Er war sich des Irischen, einer Sprache, für die er eine vage Verachtung empfand, nicht sicher und wählte deshalb seine Worte sorgfältig aus und versuchte, ihre Wirkung in den Augen seiner Pfarrkinder zu lesen. Die Kirche war wie jeden Sonntag überfüllt, die Männer saßen auf einer Seite des Mittelgangs, die Frauen auf der anderen. Er sah die Männer an. Viele, vielleicht die meisten, würden in ihre Hütten zurückkehren, der Rest jedoch würde sich ins französische Lager begeben. Er konnte fast sagen, welche. Einige Männer starrten die Fußbodenplatten an oder blickten mit beschämtem Gesicht nach rechts oder links ins Leere.

»Es würde eure Seelen schwärzen«, sagte er noch einmal und glaubte diese schrecklichen Worte. Die weiße Lämmerwolle der Seele, Lämmerwolle, weicher als Wolken, verschmiert und besudelt von schwarzen Fingerabdrücken.

»Ich muß noch kurz auf eine schmerzliche Angelegenheit eingehen. Mr. Murphy, der Kaplan dieser Pfarre, hat sich zu den Franzosen begeben. Ich habe Mr. Murphy seiner priesterlichen Pflichten entbunden und werde unseren Bischof über sein Betragen informieren. Ihr könnt euch darauf verlassen, daß der Bischof diesen unseligen Mann hart bestrafen wird. Glaubt ja nicht, ihr könntet zwischen seinem und meinem Rat frei entscheiden. Das Urteil der Kirche in diesen Fragen steht außer Frage, und unsere Bischöfe haben wie aus einem Munde gesprochen.«

Passender Hirte für eine barbarische Herde, dachte Hussey in einer Aufwallung plötzlichen Ekels über Murphy, grobes, rundes, rotes Gesicht, sonnverbrannt wie ein Bauer, sein Rock übersät von Schnupftabakskrümeln, sein Atem stank nach altem Whiskey. Kein Wunder, daß die Welt uns verachtet, eine Insel voller Kuhhirten und Fanatiker. Aber die Aufwallung fiel in sich zusammen, verschwand, und er schämte sich wegen seiner Gefühle. Er sprach nun sanfter zu seinen Zuhörern, seine Worte schwebten über eine weitere Fläche, als von den Fußbodenplatten markiert wurde, wurden von den satten Weiden des Pale, von den Klöstern von Saint-Omer zu ihnen getragen.

»Geht jetzt zurück in eure Häuser und bleibt dort in Sicherheit. Denkt an die Worte unseres Erlösers, daß der, der durch das Schwert lebt, auch durch das Schwert umkommen wird. Denkt an eure Pflichten unserem Herrn, dem König, und euren eigenen Familien gegenüber, die den Ehemann und den Vater und auch den starken Sohn bei der Ernte brauchen werden. Ich bitte euch, nun mit mir zusammen zu beten, daß der Friede rasch wieder in unsere Nation einkehren möge, ohne Vergießen von unschuldigem Blut. Im Namen des Vaters und des Sohnes und des Heiligen Geistes.«

Er machte das Kreuzzeichen, wandte sich wieder dem Altar zu, kniete nieder und betete schnell und leise. Zum Schluß sprach er, fast flüsternd, ein Gebet auf englisch, eine Sprache, die, wie er annahm, für Seine Ohren eher geeignet war.

Nach der Messe stand er auf der Treppe der Kapelle, nickte und sprach kurz mit den Kommunikanten, als sie ins Sonnenlicht hinaustraten. Das war sonst nicht seine Art. Er war in seiner Pfarre als strenger und abweisender Mann bekannt, förmlich und fast ausländisch in Verhalten und Redeweise. Aber an diesem Morgen erwiderten sie sein Nicken, lächelten zurück und antworteten auf seine Floskeln, denn sie spürten, daß er auf seine steife und unbeholfene Weise versuchte, auf einer tieferen, unter Worten und Gesten liegenden Ebene, sie zu bitten und zu überreden. Aber seine Worte hatten sogar die verblüfft, die nicht die geringste Absicht hatten, sich den Franzosen anzuschließen. Der König hieß König George, und sein Kopf war auf den Münzen zu sehen. Mehr wußten sie nicht über ihn.

Hussey ging zu seinem Haus, eine dünne, ernste Gestalt in seiner Soutane, die Hände hinter dem Rücken verschränkt. In der ganzen Baronie war Thomas Treacy der einzige, mit dem er wie mit seinesgleichen reden konnte, ein Gentleman mit Manieren und ausgewogenen Ansichten. Wer wollte denn schon ein Land mit einem protestantischen Landadel, und doch waren Ordnung und Stabilität die ersten Notwendigkeiten jeglicher Gesellschaft. König George war für ihn keine Person, er war kaum ein Gesicht auf einem Schilling. Er war das Symbol der Ordnung. Peinlich, daß das Symbol protestantisch war, geschmacklos geradezu, aber immerhin hatte er noch einen Kopf, anders als der arme Louis.

Ballina, 24. August

Colonel Sir Thomas Chapman, der Engländer, der die Truppen in Ballina befehligte, steckte in der Klemme. Seine Männer waren in der Minderheit, aber nicht dermaßen, daß die Evakuierung der Stadt den einzigen Ausweg bildete. Die Prince of Wales' Fencibles und die Abteilung Schützen waren die einzigen Soldaten, auf die er sich verlassen konnte. Der Rest bestand aus Kompanien der lokalen Milizen, die in die Stadt geströmt waren und sich von den übrigen Iren nur durch die Seite, die sie unterstützten, zu unterscheiden schienen. Und Ballina wimmelte von Flüchtlingen, die gegen jegliche Logik nach Schutz und nach Rache schrien, nach Sicherheit und nach energischer Vergeltung. Sie waren bereit, jeden Papisten in Mayo für einen Rebellen zu halten, was ja auch durchaus stimmen konnte. Es sprach eine Menge für den Rückzug nach Castlebar, das befestigt und stark war. Aber schlimmstenfalls konnte er die Franzosen hier an der Moy aufhalten und mit etwas Glück sie vielleicht sogar nach Killala zurückwerfen.

Am frühen Nachmittag hatte er eine andere Sorte von Glück. Ein Mann namens Walsh kam in die Stadt geritten und wurde verhaftet; er hatte ein Papier mit, unterschrieben von einem gewissen B. Teeling, das ihn zu einem Captain der Armee der Irischen Republik ernannte. Chapman hielt unter freiem Himmel ein Kriegsgericht ab, vor den Bewohnern der Stadt, und Walsh wurde zum Tode verurteilt. Er war ein Bauer, allerdings kein ganz armer, denn er trug ein Hemd aus gutem Leinen. Chapman ließ ihn an dem Kran henken, der an der Mauer der Markthalle befestigt war. Er wurde nach militärischer Prozedur gehenkt, mit aufmarschierten Truppen und dumpfen Trommelwirbeln. Das lenkte für eine Weile den protestantischen Mob ab. Chapman überblickte kurz und mit identischem Widerwillen den gehenkten Papisten und den Mob aus irischen Protestanten. Dann wandten seine Gedanken sich wieder nordwärts, den unsichtbaren Franzosen zu.

Schließlich entschied er, daß sich ein Kampf nicht verhindern ließe, und er ließ nachts seine Truppen losmarschieren, mit den Fencibles im Troß. Sie stießen etwa eine Meile im Norden der Stadt auf Sarrizens Franzosen. Der Kampf war heftig, aber kurz, denn seine Männer wichen vor dem Angriff der französischen Bajonette zurück. Er befahl ihnen, sich in die Stadt zurückzuziehen und dort wieder in Stellung zu gehen und stellte mit Erstaunen fest, daß die Franzosen ihren Vorteil nicht nutzten und ihm dadurch den Rückzug gestatteten. Dann brachen die irischen Rebellen über seine Flanke herein, schrien wie die Dämonen, feuerten ihre Gewehre ab und stießen mit ihren Piken zu.

Chapman entdeckte innerhalb weniger Minuten, daß er keine geschlagene Truppe befehligte, sondern Männer, die sich einer schmählichen und überstürzten Flucht ergeben hatten. Sie schrien, als sie in die Stadt zurückrannten, verfolgt von einer unübersehbaren Meute schnatternder Bauern. Chapman ritt durch die engen Straßen von Ballina, schlug mit der flachen Schwertklinge auf seine Männer ein, verfluchte sie, beschwor sie, kehrtzumachen und zu kämpfen. Aber sie rannten sinnlos durch die Straßen und flohen dann über die Felder in Richtung Foxford. Er dachte an die Geschichten, die er über 45 gehört hatte, Soldaten, in Panik versetzt von brüllenden, halbnackten Hochländern. Das, zusammen mit den kühlen französischen Veteranen mit ihren Bajonetten, könnte jeden einschüchtern. Und doch war es erniedrigend zuzusehen, wie britische Truppen in die Sicherheit der Nacht flüchteten. In seiner Verzweiflung erwog er, sich gefangennehmen zu lassen. Von den Franzosen, natürlich, nicht von den Iren. Aber das wäre nicht möglich, denn die Iren hatten als erste die Stadt erreicht. Warum gab es wohl so viele von ihnen, ein Meer, das sich in der Finsternis erhob? Dann fand er seinen gesunden Menschenverstand wieder, seufzte, zuckte die Schultern und ritt hinter seinen Männern her.

Die Schlacht von Ballina war geschlagen, eine kleine Sache, wenn man sie mit den Balladen verglich, die später über sie geschrieben wurden. In der Stadt versammelten die Iren sich um den gehenkten Leichnam Walshs, eines Bauern aus Crossmolina, den viele von ihnen kannten. Dieser unerwartete Anblick war so verwirrend, daß Minuten vergingen, ehe jemand auf die Idee kam, ihn abzuschneiden. Humbert ritt eilends in die Stadt, seine flinken, wachsamen Augen musterten die Straßen, den irischen Mob, den hängenden Mann, die Gebäude.

Dublin Castle, 24. August

Charles Marquis Cornwallis, Vizekönig von Irland und Oberbefehlshaber der Truppen Seiner Majestät in diesem Königreich, hielt einen Staatsrat ab. Er war ein großer Mann von sechzig Jahren, der eher wie ein Landedelmann aussah als wie ein Soldat, mit milden Augen und einem breiten Gesicht mit humorvollem Mund.

»Aber Gentlemen«, sagte er leichthin, »die Tatsache, so weit wir informiert sind, ist, daß nur eine kleine französische Armee in der Wildnis von Mayo gelandet ist.«

»Es werden noch mehr kommen«, erwiderte Sir John Denham. Er war ein kleiner, cholerischer Baronet aus Roscommon. »Da können wir ganz sicher sein. Seit Jahren rechnen sie schon mit dem Verrat, der sich auf dieser Insel verbreitet hat, und machen ihre Pläne.«

»Ich bin mir da nicht so sicher«, sagte Cornwallis. »Das irische Projekt kommt mir eher wie das Stiefkind des Direktorates vor. Auf jeden Fall kreuzt ein volles Geschwader von uns vor der Nordwestküste. Diese Burschen sind an uns vorbeigeschlüpft, aber den nächsten wird das nicht mehr gelingen. Was sagt Ihr, Mr. Cooke?«

»Sie haben sich einen ausgefallenen Ort für ihre Landung ausgesucht«, antwortete Cooke. »Wir wissen, daß es in Mayo Unzufriedenheit gibt, aber nichts ist da oben richtig organisiert. Ländliche Ausschreitungen, noch dazu in geringem Umfang. Fast alles in einer einzigen Baronie. Tyrawley, witzigerweise. Wo sie gelandet sind. Dennis Browne klagt schon seit Wochen über die Unruhe. Er hat um Truppen gebeten.«

»Ja«, sagte Cornwallis. »Nun, jetzt hat er sie. Mit der falschen Uniform, vielleicht.« Er legte seinen gichtigen Fuß auf einen Stuhl. »Ich wünschte, wir hätten den Namen des französischen Befehlshabers.«

»Gott helfe den armen anständigen Loyalisten von Mayo«, meinte Denham. »Während wir hier reden, stehen sie nackt vor dem Zorn des papistischen Mobs.«

»Es ist meine Absicht«, teilte Cornwallis ihm mit eisiger Stimme mit, »den französischen Truppen gegenüberzutreten und sie zu schlagen, alle Rebellen zu besiegen, die zu den Waffen gegriffen haben, und die Ordnung in diesem Königreich wiederherzustellen. Ich bin ein alter Krieger, und ich kenne mein Handwerk.«

»Ich würde niemals wagen, etwas anderes anzudeuten, Mylord.«

»Sicher nicht.«

General Lake beugte sich über dem breiten Tisch aus poliertem Walnußholz vertraulich vor. »Mylord, die ersten Berichte müssen nicht unbedingt zutreffen. Es kann sich durchaus um eine bedeutende Armee handeln. Aber selbst dann ist sie auf jeden Fall viel kleiner als die Anzahl von Männern, über die wir in diesem Königreich verfügen. Wenn ich Eure Befehle gehört habe, werde ich mich sofort nach Mayo begeben und diese Geschichte im Keime ersticken, ehe ihre Stellung gefestigt ist, ehe die Rebellen die Möglichkeit haben, sich zu erheben.«

Cornwallis lauschte mit einem Ausdruck der Höflichkeit, der seine Gereiztheit verbarg. Lake hatte in Nordamerika unter ihm gedient und sich als fähiger Befehlshaber erwiesen. Aber in Irland! Lake war Oberbefehlshaber unter Camden gewesen, als der Aufstand in Wexford ausgebrochen war. Es war seine Politik des Stäupens, Foltern und Sengens, die, nach Cornwallis' Ansicht, die Bauern von Wexford bis zum Äußersten getrieben hatte. Schlechtes Soldatentum. Und noch dazu unmenschlich, natürlich.

»Ich betrachte mich als vom Glück begünstigt, Lake, einen Soldaten von Eurer Erfahrung neben mir zu haben.«

»Ich glaube, diese Leute zu kennen, Sir, und ich weiß, wie sie kämpfen. Das bedeutet natürlich einen Vorteil für mich.«

»Selbstverständlich, General. Nun, was wir unbedingt vermeiden müssen, ist eine Schlacht, solange die Franzosen überhaupt eine Siegeschance haben. Die irischen Eingeborenen würden über die Nachricht eines solchen Sieges vor Begeisterung außer Kontrolle geraten. So, wie ihr diese Leute kennt, würdet Ihr da nicht zustimmen?«

»Doch, durchaus. Die Scharmützel, die sie in Wexford gewonnen haben, ehe ich das Feld einnehmen konnte, waren für sie wie starker Whiskey.«

»Und deshalb ist unser Vorgehensplan recht simpel. General Trench übernimmt die Soldaten im Osten der Franzosen. An der Westküste, in Galway, steht im Augenblick General Hutchinson. Ihr, Sir, begebt Euch nach Galway und übernehmt sein Kommando.«

Lake erhob sich. »Mit Eurer Erlaubnis, Sir, breche ich noch heute nacht auf.«

Cornwallis zog seine Uhr hervor. »Großer Gott, Mann, es ist gleich elf. Schlaft lieber heute nacht noch gut und macht Euch morgen früh ausgeruht auf den Weg.«

»Das geht zu weit!« sagte Denham. »Ich muß widersprechen. Ich bin ein Ire, im Gegensatz zu Euch, und ich bin ein Mitglied des irischen Parlaments. Dies ist mein Land. Franzosen und mörderische Bauern sind losgelassen, während General Lake sich ausschlafen soll.«

»Einen Moment, Sir John. Einen Moment. In diesem Augenblick, Lake, hat der Feind aller Wahrscheinlichkeit nach Ballina eingenommen. Von Ballina aus wird er südwärts nach Foxford marschieren, falls er nicht auf Verstärkung warten soll. Wenn er weniger als vier- oder fünftausend Mann hat, wird das kein Problem sein. Der große Preis für ihn wäre natürlich Castlebar, aber er wird nicht dumm genug sein, um anzugreifen. Beschäftigt ihn, aber greift ihn nicht an, solange sich keine Chance ergibt, die ihr einfach ausnutzen müßt. Und während Ihr damit beschäftigt seid, wird der größere Teil Eurer Truppen nach Mayo marschieren.«

»Der größere Teil?« fragte Lake, schnell beleidigt. »Und wer wird diese Truppen kommandieren?«

»Ich.«

»Ihr, Mylord?«

»Ich war noch vor kurzer Zeit Soldat. Ich glaube, ich beherrsche diese Kunst.«

»Selbstverständlich, Mylord, ich wollte nicht andeuten …«

Cornwallis hob die Hand und wandte sich Denham zu. »Nun, Sir. Ihr seid Ire, mit einem Land und einem Unterhaus und einem Oberhaus und einem Zollhaus und an die hunderttausend Iren in Eurer Miliz und Eurer Landwehr. Aber die Rebellionen, die im Frühjahr in einigen Eurer Counties ausgebrochen sind, wurden am Ende von englischen, nicht von irischen Soldaten niedergeschlagen. Bei vielen Regimentern Eurer Landwehr ist die Unzufriedenheit so groß, daß die Offiziere es nicht wagen, ihren Männern den Rücken zuzuwenden. Was Euer sogenanntes Parlament sich alles leistet, kann ich gar nicht aufzählen, aber in den wenigen Monaten, die ich bisher in diesem Land verbracht habe, hat es mich schon fast zur Verzweiflung getrieben. Und nun, Sir, wollt Ihr mir erzählen, wie ich einen Krieg zu führen habe. Das lasse ich mir nicht gefallen.«

Denham errötete und preßte seine Hände auf die Tischkante, als ob er sich erheben wollte. »Die Männer, die Ihr da schmäht, Sir, sind die Engländer, die seit den Tagen Elizabeths dieses Land für Euch gehalten haben.«

»Englisch seid Ihr jetzt? Irisch oder englisch, wie es Euch gerade paßt. Irisch, wenn Ihr uns nicht braucht, und englisch, wenn Ihr in Not seid. Ihr könnt Euch einfach nicht entscheiden, was Ihr nun seid. Im Moment haltet nicht Ihr dieses Land. Sondern ich.«

»Bei Gott, wenn ich dem Parlament Eure Worte wiederhole ...«

»Dann wird nichts geschehen. Einige Mitglieder sind ganz offen gekauft worden und würden auch dann noch lächelnd dasitzen, wenn sie als Ziegenbande bezeichnet würden. Einige wenige sind ehrliche Männer, aber die werden Euch kennen und werden glauben, daß Ihr nur gehört habt, was Ihr verdient. Und nun, Sir, werde ich meinem Ratschlag an General Lake folgen und schlafen gehen.«

Cornwallis stand allein am Fenster und blickte in den Hof hinunter. Absurd, daß England, mitten in einem Krieg gegen eine europäische Macht, Männer und Kraft in diesem elenden Sumpf vergeuden mußte. Erst die Rebellionen in Wexford und Antrim und jetzt das hier. Es wäre schwer zu entscheiden, wer die schlimmsten waren, die schnatternden Bauern, die verräterischen United Irishmen, die tobenden protestantischen Grundbesitzer. Die Grundbesitzer waren natürlich am komischsten, wenn sie sich selber mit dickem Akzent als Engländer bezeichneten.

Natürlich stimmte hier etwas nicht, sonst hätte das Problem nicht sechshundert Jahre überdauert. Die einfachste Lösung wäre die Union. Pitt war dafür. Weg mit diesem widerlichen kleinen Parlament, damit England und Irland ein Land werden könnten. Dieselben Gesetze, dieselbe Armee. Diese Rebellion würde es möglich machen. Die Angst würde den Grundbesitzern ihre patriotischen Illusionen nehmen, und dann könnten sie in ihr Parlament getrieben werden, um für dessen Auflösung zu stimmen. Die Furchtlosen könnten dann immer noch bestochen werden. Geld oder ein nichtssagender Titel. Lord FitzBog. Sir Terrence O'Spud. Mancher Grundbesitzer in Connaught zitterte im Moment wohl in seinen Stiefeln, und das mit gutem Grund. Und doch, je weiter man sich von Dublin entfernte, desto größer wurde das Gefühl der Fremdheit. Wie mußte da erst Mayo sein, weiter entfernt als alles andere, Namen auf einer Karte, Killala, Ballina, Castlebar? Aber ein Religionskrieg, zu diesem historischen Zeitpunkt, Katholik gegen Protestant! Das war natürlich nicht alles, es gab protestantische Grundbesitzer und katholische Bauern. Ein Krieg gegen den Besitz, wenn man der Sache auf den Grund ging. Eins stand fest: Dieses Land durfte nicht sich selber überlassen werden. Ein Blick auf den Atlas zeigte das ganz deutlich.

Was es wohl für ein Gefühl war, in diesem abgelegenen Winkel gestrandet zu sein, mit wenigen tausend Mann und einer Bande irisch sprechender Bauern? Vielleicht gefiel es den Franzosen. Die Franzosen liebten doch wilde Eskapaden und pittoreske Szenerie.

Ballina, 25. August

Der Vollmond war über der Moy aufgegangen, wo die Rebellen auf dem Gelände des Hohen Lords ihr Lager aufgeschlagen hatten. Es war wie ein nächtlicher Jahrmarkt, Männer liefen hin und her, schwere Versorgungswagen kamen von Killala herbeigepoltert. Hier hatten sich Männer versammelt, die einander noch nie gesehen hatten. Sie waren aus den abgelegenen Weilern von Erris und von den verarmten Höfen am Loch Conn gekommen. Alle Gewehre waren verteilt worden, und nun wurden Piken ausgeteilt, die auf den Ambossen von Ballina zurechtgehämmert worden waren. Die meisten Männer hatten niemals den Eid der United Irishmen abgelegt, hatten nie davon gehört und hätten seine Worte oder deren Bedeutung nicht verstanden. Sie wußten, daß Killala und Ballina gefallen waren, daß Swinford in der einen Richtung und Westport in der anderen sich in Händen der Rebellen befanden, und daß sehr viele von den Iren sich zum Marsch auf Foxford bereitmachten.

Kurz nach dem Fall von Ballina waren das Haus des Hohen Lords und das Haus eines Grundbesitzers namens Fortescue geplündert worden. Malachi Duggan führte seine Anhänger und eine weitere Meute von Männern nach Glenthorne Castle. Das Schloß war menschenleer. Hendricks, der Hausverwalter, war nach Ballina geritten, um sich den Rebellen anzuschließen, die Dienerschaft war geflohen. Eine Weile standen sie stumm vor der Treppe, die zum Mittelteil emporführte und die auf jeder Seite mit dem steinernen Abbild eines liegenden

Löwen mit aufgerissenem Maul geschmückt war. Dann stieg Duggan die Treppe hoch und trat die Tür ein.

Zuerst wanderten sie ziellos und neugierig durch die Flure, schauten durch offene Türen in elegante Zimmer, in denen die Zeit stillzustehen schien. Gesäubert und poliert von der kleinen Dienstmädchenarmee des Schlosses, zeigten sie noch immer die flüchtige Persönlichkeit des alten Lords. Ihre Tapeten, Teppiche und Vorhänge waren für die glotzenden Bauern so unvorstellbar wie der Meeresgrund oder ein Dschungel voller Lianen und lärmender, bunter Vögel. Die Bauern wurden von der Überzeugung ergriffen, daß sie etwas viel Gewichtigeres begangen hatten als unbefugten Zutritt, weitaus gewichtiger noch als bewaffnete Rebellion. Sie waren von einer Welt in eine andere gegangen, die riesig und glänzend war.

Dann stieß Duggan brüllend die Spitze seiner Pike in einen Wandbehang, ein Gemälde auf Seide, und riß ihn zu Boden.

Am Ende fanden sie Creighton in seinem Büro, hinter seinem Schreibtisch, die Hände auf der Tischplatte gefaltet, eine viereckige Brille auf die breite kahle Stirn hochgeschoben. Er saß bewegungslos da, wie eingefroren, starrte sie an, und sie starrten ihn an. Er bewegte sich erst, als ein Bauer aus Versehen gegen den Tisch stieß, auf dem er sein Modell des Gutes ausgebreitet hatte, für den Bauern ein sinnloser Unfug, auf dem kleine Spiegelscherben wahllos verstreut waren. »Nein, nein«, sagte Creighton, erhob sich von seinem Schreibtisch und lief im Zimmer umher. »Ich wollte«, sagte er, unterbrach sich und begann von neuem, »ich wollte ...« Duggan stieß ihm brutal die Pike in die Brust, drehte sie dann um und zog sie nach oben. Creighton fiel über sein Modell, sein Blut spritzte darauf, Ströme von hellem Blut flossen über braungetönte Berge aus Pappmaché. »Jesus Christus, Gnade!« sagte Donal Hennessey. Einen Moment lang teilte Duggan sein Entsetzen, dann drehte er Creightons Körper um und zog die Pike heraus. Creighton fiel auf den Boden.

Teeling hatte teilweise Erfolg bei seinem Versuch, die Plünderungen auf Glenthorne Castle zu begrenzen, aber es war Humbert, der sie endgültig in den Griff bekam, als er Patrouillen von Grenadieren aussandte. Er hatte im Prinzip nichts gegen Plünderungen, aber er wußte, daß irreguläre Truppen, die in ihrer eigenen Gegend operierten, gerne mit ihrer Beute nach Hause zogen. Der Anblick eines Rebellen, der tief gebückt unter einer Standuhr durch das Lager stolperte, überzeugte ihn davon, daß auch hier diese Möglichkeit durchaus bestand. Aber natürlich gestattete er ihnen, das, was sie bereits an sich gerissen hatten, zu behalten, und Seide wurde über das Weideland des Lagers geschleppt, und Gemälde in massiven Rahmen aus vergoldetem Holz lehnten an den Bäumen. Er ärgerte sich, als er über den nichtautorisierten Mord an Creighton hörte, obwohl auch er die Aristokraten haßte. »Er war der Gutsverwalter, habe ich gehört«, korrigierte Teeling, »kein Aristokrat.« Humbert zuckte die Schultern. *»Ça me fait égal.«* Aber er erließ einen strengen Befehl. Plünderungen würden in Zukunft durch Auspeitschen, Mord durch Hängen bestraft.

Die französischen und die irischen Lager wurden durch die Straße nach Rosserk getrennt. Humbert besuchte beide, in Begleitung von Sarrizen und Fontaine, Teeling und Elliott. Er bemerkte voller Erheiterung, daß zwei Priester in Soutane, Murphy und der Kaplan aus Ballycastle, Gruppen von Männern um sich versammelt hatten, die niederknieten, um das Sakrament zu empfangen. Humbert, in früheren Tagen ein begeisterter Kirchenschänder, betrachtete diese Priester nun voller Toleranz. Sie bestätigten seine Überzeugung, daß er sich eines primitiven, unberechenbaren Volkes bediente. Auch egal. Er war selber einst ein Meßbesucher gewesen, der neben seiner in gestärktes, schwarzes Tuch gekleideten Großmutter gesessen hatte.

Kühe aus den Herden des Hohen Lords waren geschlachtet worden und wurden nun am Spieß gebraten. Die Iren saßen daneben auf dem Boden und verzehrten große Stücke verkohlten Rindfleischs. Als ob sie noch niemals in ihrem Leben Fleisch gegessen hatten. Bei den meisten kam es wohl auch selten genug vor, arme Teufel.

Die Revolution war einst so gewesen, Bauern hatten die Chateaux gestürmt, die Seigneurs beseitigt, die feine Einrichtung auf den Rasen gezerrt, die Gärten zertrampelt und die Gebäude angesteckt. Und nun war es nur noch ein mieses Gemauschel um die Macht – Barras und Rewbell und die anderen. Und, auf dem Sprung zum großen Abflug, Schmetterling in seinem bescheidenen Kokon, ihre Kreatur, Buonaparte. Carnot, der einzige ehrliche Politiker, der Organisator der Siege, war seit dem Fructidor im Exil. Hoche tot, der große General, der wahre Sohn der Revolution. Wie hatte er Buonaparte gehaßt und ihm mißtraut! Die Revolution war zu einer Schlangengrube geworden, diese Revolution, die aus einem Kaninchenfellverkäufer einen General gemacht hatte. Sie respektierten jedoch Siege, diese Schlangen in ihrer Grube, und dieses Wissen hatte Buonaparte in den Sand Ägyptens und Humbert in eine Moorwüste geführt.

Auch MacCarthy wanderte in den Rebellenlagern umher. Vielleicht hatte er an der Schlacht um Ballina teilgenommen. Er war sich nicht sicher. Die Iren waren auf der Straße nach Rosserk nicht auf französische Weise marschiert, diszipliniert und trainiert. Sie waren eine Meute, die sich locker in Gruppen aufteilte, wenn sie auch gehorsam genug waren, um den Befehlen von O'Dowd und Teeling zu folgen. MacCarthy, der mit überkreuzten Armen an der Giebelwand des Wolf Dog gelehnt hatte, sah zu, wie sie Killala verließen, seine Augen suchten die Gesichter der Männer, die er kannte, Kuhhirten und Bergbauern, Dorfkämpfer und Wirtshaustrinker. Einige unter ihnen wirkten verwirrt, und einige wenige hatten Angst, manche machten Witze und stießen einander mit plumpen Ellbogen an. Aber die Gesichter der meisten waren passiv, ausdruckslos. Sie trugen die Piken ungeschickt auf ihren Schultern, unbekannte Waffen, glänzend, bedrohliche frischgeschmiedete Spitzen. Er blickte ihnen nach, bis sie fast nicht mehr zu sehen waren, löste sich dann von der Wand, stand zögernd auf der Straße und rannte hinter ihnen her. Niemand hieß ihn willkommen, niemand schickte ihn fort. Randall MacDonnell, beschäftigt, Befehlshaber über die Nachhut, erkannte ihn nicht. Das macht nichts, dachte MacCarthy. Er wußte selber nicht, ob er da war oder nicht. An der *bother-nasop,* der Straße des Strohs, kamen sie mit angezündeten Strohbündeln aus ihren Hütten, Flammen in der schwarzen Nacht, und standen bewegungslos und schweigend da, aus der Vergangenheit heraufbeschworene Gespenster, hinter dem Feuer flackernde Gesichter.

Die Schlacht begann, auf Teelings Befehl, als sie die Straße nach Rosserk verließen und auf Chapmans Männer trafen, die sich bereits auf dem Rückzug befanden. MacCarthy konnte das alles nicht durchschauen. Alles bestand nur aus Geschrei und Fluchen, ein Viehmarkt um Mitternacht. Hauptsächlich wurde der Kampf von O'Dowds Abteilung erledigt, die sich in der Vorhut befand und nicht zu sehen war. »Jetzt!« schrie MacDonnell. »Jetzt!« Seine Stimme ging am Ende des Wortes in die

Höhe, wurde schrill, und die Männer in MacCarthys Nähe rannten auf den Lärm zu. MacCarthy lief hinter ihnen her, wurde von ihnen getrennt. Aber als er die Straße nach Ballina erreichte, war nichts zu sehen. Der Lärm bewegte sich die Straße entlang, auf die Stadt zu. MacCarthy verlangsamte seine Schritte, dann blieb er ratlos auf der Straße stehen. Schlacht bedeutete Geschrei und Dunkelheit. Es gab gerade genug Licht, daß er eine Pike sehen konnte, die verloren oder fallengelassen worden war. Er bückte sich und hob sie auf. Seine freie Hand fuhr über den Schaft aus Eschenholz, die gerade Klinge und die krumme Klinge, die aus dem Schaft herausragten. Als er seine Hand entfernte, war sie naß, ihm wurde übel, denn er wußte um die Ursache, und er kniete sich hin und säuberte sie im Gras am Straßenrand. Eine Stunde später fand er sich in einer krummen Gasse in Ballina, die im rechten Winkel zur Moy verlief. MacCarthy lehnte die Pike an die Brücke und ließ sie für jemand anderen dort stehen.

Nun, im hellen Sommersonnenlicht, wanderte er unter den Siegern von Ballina umher. Gemütlich auf den Weiden im Osten der Stadt ausgestreckt, hätten sie auch Erntearbeiter in der Mittagspause sein können, und die Gesichter selbst der Männer, die er noch nie gesehen hatte, waren ihm so vertraut wie abgenützte Bierkrüge. Sie waren die Männer, unter denen er sein Leben verbracht hatte, ein namenloser Menschenschwarm. Schweine- und Kuhhirten, die mit ihren Piken die historischen Berichte in Treacys Bibliothek füllten, unkenntlich und anonym am Ende von Sätzen, die wie Prozessionen über die Seiten zogen. »3. August, 1599. Lord Moycashel fiel in Aughrim, und an seiner Seite Sir Thomas Prendergast, sein angeheirateter Verwandter. Über zweihundert gemeine Leute starben dort auf dem Hügel, wo er in Stellung gegangen war.« Jetzt hatten sie sich vor MacCarthy ausgebreitet, diese anderen, die dem Trommelwirbel gefolgt, die mit den schreienden Sergeanten vorwärts gerannt waren. Was zog sie nun an? Die Aussicht, die großen Häuser plündern zu können, die Angst vor Massakern, vor rachsüchtigem Haß, oder einfach die Aufregung? Vielleicht nur eine Pike oder ein Gewehr und ein Stück Rindfleisch, auf dem sie herumkauen konnten, bis sie in der Dunkelheit verschwinden, das fette Fleisch auf einem Moorpfad ausspucken und das Gewehr im Dachstroh verstekken würden. Der riesige Bienenstock war in Unruhe versetzt worden, und diese hier waren ausgeschwärmt, aus Verschlägen und einsamen Hütten und stinkenden, feuchten Gassen. Sie versammelten sich unter einem bedeutungslosen Banner, einem Viereck aus grüner Seide mit einer goldenen Harfe und drei Worten Bastard-Irisch.

MacCarthy, Sohn von Feldarbeitern wie diesen, geboren und in einer Hütte so elend wie ihre aufgewachsen, spann Gewebe von Wörtern, in denen Namen wie Moycashel und Muskerry wie helle Tautropfen hingen, Silberfäden, die die Namenstafeln der Niederlagen einhüllten, Kinsale, Aughrim, Limerick. Gefallene Lords und Colonels bewegten sich durch seine Verse, herrisch, trotz Verbannung und Tod. Ihre leeren, stummen Häuser, kalkweiß unter dem Mond, waren die Landschaft seiner Kunst. Es war eine Kunst, die nicht bis *bother-nasop* reichte, ein Strohfeuer in der Nacht, eine Frau, die mit einer Schüssel voll Milch auf Bauern zugelaufen kam. Drei Männer aus Belmullet kamen an ihm vorbei, unbeholfen ragten ihre spitzen Piken in den Himmel. Mit ihren schiefen Winkeln bildeten die Piken für einen Moment ein Bild, lösten sich auf, verschwanden. Mondlicht, von Stein oder Metall reflektiert, wurde durch seine Gedanken gespült, verblaßte. Das war das schlimmste mit den Gedichten. Die Bedeutung war ja da, im Bild selber, und er hatte keine Ahnung von ihr, während das Bild sie wußte. Das Bild war weiser als der Dichter. Es eröffnete sich, wenn es gut und fertig war, ganz nebenbei, vollständig.

Die Straße von Dublin nach Galway, 25. August

General Lakes Kutsche mit ihren Vorreitern und ihrer starken Eskorte von Dragonern machte in Athlone, an der Furt über den Shannon, keine Pause. Ohne Gedanken an Cornwallis' Sorge um seinen Schlaf war er bereits eine Stunde, nachdem er den Sitzungssaal verlassen hatte, gen Westen aufgebrochen. Er hatte Boten vorausgesandt. General Hutchinson sollte, wenn er es noch nicht getan hatte, die Armee von Connaught von Galway nach Castlebar verlegen, wo Lake zu ihm stoßen und das Kommando übernehmen würde. Wenn der Franzose Castlebar angriff, was er zweifellos versuchen würde, dann würde er an Männern und Generälen in der Minderheit sein. Invasion und Rebellion würden niedergeschlagen werden, während Cornwallis noch auf seiner feierlichen, mühsamen Reise zum Schlachtfeld begriffen war.

Lake blickte durch die zweifarbige Dämmerung auf die Felder von Westmeath. Es lag nicht nur am Alter: Cornwallis war immer schon so gewesen, erst in Nordamerika, dann in Indien, jetzt in Irland. Durchaus kein schlechter General, ein fähiger Mann gar, aber zu vorsichtig und zu verliebt in seine Verwaltungstätigkeit. Und was für Ideen! Gott schütze das Königreich vor Generälen, die für Ideen schwärmen! Cornwallis und Burgoyne. Ein Soldat war ein Mann, der die Feinde des Königs ausfindig machte und sie vernichtete. In Irland waren sie überall, das war schon immer so gewesen. Cromwell hatte gewußt, wie er mit ihnen umzuspringen hatte, und in Wexford hatte Lake eine Seite aus Cromwells Buch aufgeschlagen. In Vinegar Hill hatte er sie mit Kanonen zerschossen, hatte sie mit dem Bajonett niedergestochen, hatte sie am Galgen oder am nächsten Baum aufgeknüpft. Und wie hatte Cornwallis ihm das einen Monat später gedankt? Lob in der Öffentlichkeit und privater Tadel, in seiner gichtigen, lässigen Art. Aber es gab nur eine Methode, um mit Rebellen fertig zu werden. Nur eine, Cornwallis würde das auch noch lernen müssen. Nur eine, und sie mußte so schnell wie möglich ausgeführt werden. Lake haßte Rebellionen. Er hatte die üblichen Vorurteile seines Berufs, aber sein Haß ging noch über diese hinaus. Bewaffnete Rebellen gegen den König und das Gesetz hatten den Bereich der Zivilisation verlassen; sie hatten ihren Anspruch auf Menschlichkeit weggeworfen.

Castlebar würde ihnen den Garaus machen, ein für allemal, würde die Samen, aus denen diese bösen Blumen gesprossen waren, tief in den Dreck treten. Wenn sich dieser Franzmann eine Schlacht aufzwingen ließe, dann wäre es einer der klassischen Triumphe britischer Kriegskunst, eine Bilderbuchschlacht. Lake von Castlebar. Lord Lake. Sicher würde man ihm irgendeine Ehrung schulden, und eine Erhebung in den Adelsstand wäre schließlich die angebrachteste. Eine obskure Marktstadt, die an einer unbekannten Wegeskreuzung in Mayo lag, aber sie würde in der Geschichte der britischen Kriegskunst nicht vergessen werden. Castlebar.

Aber wie reich waren doch die Felder in diesen Tagen vor der Ernte. Zum Bersten reich. Bald würden die Schnitter in den Feldern sein, wie in den Feldern von England, würden die glänzenden gebogenen Klingen ihrer Sensen schwingen. Es hätte eine englische Landschaft sein können ohne die elenden Hütten, die Dorfstraßen mit ihren verstreut liegenden ärmlichen Läden und Kneipen, nicht besser als die Hütten. Und dies hier war noch einer der halbzivilisierten Counties des Pale; dahinter erstreckten sich Galway und Mayo, die barbarischen Länder der irischen Eingeborenen. Auf Englands Türschwelle, und doch fern und fremd. Lake stellte sich Moorland und Berge vor, vom Nebel verhüllt.

Castlebar, 25. August

Sean MacKenna ging vorsichtig durch die Castle Street, die von Soldaten nur so wimmelte, hielt sich am Rand, dicht an den Ladenfronten. Niemand belästigte ihn, wenn er auch ein oder zweimal aus Versehen angerempelt wurde. Er war ein unscheinbarer Mann, klein und korpulent; er trug keinen Hut, sein kahler Kopf glänzte im Abendlicht. Die Geschäfte, die über Rolladen verfügten, hatten sie geschlossen, und er bedauerte, selber niemals eine so vernünftige Investition getätigt zu haben. Castlebar hatte sich in sich selbst zurückgezogen, Katholiken wie Protestanten hatten das getan, und die Straße den Soldaten überlassen. Es war wie ein Markttag, nur drängten sich jetzt Soldaten in den Straßen, nicht Viehtreiber und schwarze Rinder.

Endlich in Sicherheit in seinem eigenen Laden, rief er seine Frau Brid und ihren kleinen Sohn Timothy, um ihnen mitzuteilen, daß er zu Hause war und bald zum Tee bereit sein würde. Es war ein Wort, das er mit Genuß aussprach, denn es erinnerte ihn an ihren Wohlstand. Dann schob er einige Ballen Wolle auf der schmalen Theke beiseite, nahm sein schweres Kassenbuch und setzte sich davor auf einen hohen Stuhl. Er tunkte seine Feder ins Tintenfaß, las die letzte Eintragung noch einmal und starrte ins Leere, als er seine Gedanken sammelte. Dann fing er an, auf irisch zu schreiben.

25. August. Auf den Straßen von Castlebar drängen sich nun mehr Soldaten, als in der Geschichte jemals irgendwann in Mayo gewesen sind. Sicher sind auch in der Vergangenheit Armeen hergekommen, denn hier wurden auch in den alten Tagen Schlachten ausgefochten, vor allem unter Elizabeth und in den Jahren der Rebellion O'Donnells. Aber diese, nehme ich an, waren kleine Schlachten, trotz all der extravaganten Ausdrücke in den Chroniken und des Prahlens der Poeten. Nun aber ist hier eine Armee so groß wie die, die in Europa kämpfen, und sie haben nicht genug Platz in der Stadt und lagern in weitem Umkreis auf den Weiden, aber sie sind auch in der Stadt und haben die Kasernen restlos belegt. Sie haben auch Kavallerie und Kanonen mitgebracht, große, mörderische Maschinen. Es ist ein ernüchternder Gedanke, daß die großen Nationen dieser Welt, England und Frankreich und die anderen, so viele Tausende ihrer Männer in Uniformen stecken und sie dorthin marschieren lassen können, wo es ihnen gerade paßt, flankiert von ihren Kanonen und ihrer Kavallerie, große, lange Kerls, die sich nur um sich selber kümmern. Aber das trifft auf alle diese Burschen zu, sogar auf die, die nur die Karren lenken. Überall in Castlebar herrschte große Angst, als sie eintrafen, als sie über die Straße aus Galway anmarschiert kamen, als ob sie nur Tod und Vernichtung im Sinne hätten, aber sie denken nur wenig an uns, und der Grund dafür ist allen bekannt. Sie bereiten sich auf den Kampf mit der Armee der Franzosen und mit unseren eigenen Leuten vor, die sich im Norden versammelt und in Ballina einen großen Sieg errungen haben, falls etwas, das in Ballina geschieht, überhaupt als »groß« bezeichnet werden kann.

Ich bin wirklich überrascht davon, daß solche gewaltigen Ereignisse stattfinden und daß ich sie trotzdem ruhig in diesem Journal notiere, als schriebe ich über das Wetter oder notierte eine Geburt oder einen Tod in der Nachbarschaft. Seit über einem Jahrhundert machen die Dichter nun schon schöne Worte darüber, daß Frankreich eine große Armee zu unserer Befreiung senden werde, aber ich glaube nicht, daß irgendwer das wirklich geglaubt hat. Ich jedenfalls habe es nicht geglaubt. Was kümmern wir denn die Franzosen, außer in den alten Tagen, als wir ihnen unsere jungen Männer schickten, die dann in ihren Kriegen zerschossen und vernichtet wurden und auf diese Weise das Leben ihrer eigenen jungen Franzosen retteten? Und wenn die Franzosen wirklich eine Armee geschickt haben, dann haben sie damit sicher ihre eigenen Absichten, und es geschieht nicht aus Freundlichkeit oder weil sie unseren Dichtern gern eine Gefälligkeit erweisen wollen.

Was in Gottes Namen ist diese Gälische Armee, von der jetzt so viel geredet wird? Letzte Nacht prahlte Con Horgan in der Schenke gewaltig damit, daß sich die Gälische Armee erhoben habe und alle vor sich her jagen werde, während die Franzosen hinterhertrotten, sich allgemein nützlich machen und

Schnecken kochen könnten. Woher ist sie gekommen, diese Gälische Armee, die sich so viele Jahre lang versteckt hat? Es ist eine Bande von Whiteboys und Dorfkämpfern, und sie glauben, sie sind unterwegs zu einem riesigen Dorfkampf, aber diese Burschen hier in Castlebar mit ihrer Kavallerie und ihren schwarzen Kanonen wissen nichts über Dorfkämpfe. Ich habe das Con Horgan, einem kriegerischen Mann mit Händen wie Felsen, der sehr viel getrunken hatte, nicht gesagt, aber die Wahrheit sollte jedem mit gesundem Menschenverstand klar sein. Er war angeschwollen vor Prahlerei, als ob er selber ein Landwehrregiment getroffen und vernichtet hätte, und die Männer, die mit ihm tranken, teilten seine Illusionen, sie schlugen ihm auf die Schultern und riefen nach mehr Whiskey. Und doch wurde Ballina eingenommen, dieses elende Dorf.

Aber bald wird ganz Castlebar die Möglichkeit haben, sich selber eine Meinung zu bilden, denn die große Schlacht wird in Castlebar ausgefochten werden. Warum ist Englands Armee sonst von Galway hierher verlegt worden? Und ich wäre dabei gern Hunderte von Meilen von hier entfernt, zusammen mit Brid und dem kleinen Timothy. Zu jeder Zeit hätte ich während der letzten zwölf Jahre zu Henry Rodgers, dem protestantischen Schreiner gehen können, und er hätte mir für zehn Schillinge feste Rolläden für das Ladenfenster und für die beiden Fenster oben gemacht. Ich wäre lieber in meiner Heimatstadt Cork, einem Zentrum der Zivilisation und der feinen Bildung, weit weg von Kanonen und Soldaten, die einander anbrüllen, als wäre die ganze Stadt eine einzige Schenke. Aber wäre ich niemals als Lehrer an diesen gottverlassenen Ort gekommen, dann hätte ich auch diesen einträglichen Laden nicht und hätte auch meine geliebte Brid nicht kennengelernt, und es gäbe keinen Timothy, der für uns beide ein großes Glück bedeutet.

9

Aus dem *Tagebuch der Ereignisse,* verfaßt von Malcolm Elliott im Oktober 1798

Ich habe gehört, daß die Schlacht von Castlebar nicht nur in England, sondern auch auf dem Kontinent, wo übertriebene Darstellungen davon in Umlauf sind, sehr viel Interesse und Neugier erweckt hat. Daß es sich bei dieser Schlacht um ein ganz besonderes Ereignis handelte, steht fest, obwohl ich, wie sich gleich herausstellen wird, diese Fragen eigentlich nicht beurteilen kann. Verschiedene äußerst höfliche britische Offiziere haben mich hier besucht und mich um eine Darstellung der Schlacht gebeten, und ich habe sie ihnen ebenso beschrieben wie in diesen Erinnerungen, aber man darf nicht vergessen, daß meine gesamte militärische Karriere kaum mehr als einen Monat gedauert hat und daß mein Wissen über das Handwerk des Schlachtenkämpfens weiterhin verschwindend gering ist. Handelte es sich um eine Fuchsjagd, dann könnte ich alle Ereignisse lebhaft und genau beschreiben, und vielleicht gibt es Ähnlichkeiten zwischen beidem, aber Schlachten, wenn ich von dieser ausgehen darf, verteilen sich über eine ganze Gegend und alles wirkt wie ein Chaos, nur vielleicht nicht für die beiden Befehlshaber.

Ballina, wie ich jetzt begreife, war einfach nur eine wilde Zusammenrottung und brachte unserer Streitkraft wenig Ehre, wenn wir vielleicht von der klugen Art absehen, in der Humbert sich der Straße nach Rosserk bediente. Diese Stadt, die mir so viel bedeutet, weil sie meine Heimatstadt ist, war nur eine Station auf dem Wege und schlecht verteidigt. Der wahre Preis, aber auch die Quelle unserer größten unmittelbaren Gefährdung, war Castlebar, wohin General Hutchinson bei der ersten Nachricht über die Landung der Franzosen die Armee von Connaught verlegt hatte. Diese Armee galt als sehr groß, und obwohl sie meistenteils aus irischer Landwehr bestand, verfügte sie doch über ein Rückgrat aus englischen Soldaten. Deshalb, wie Sarrizen und Fontaine beredt und für mich überzeugend argumentierten, mußten wir ihr um jeden Preis ausweichen. Bis zum Eintreffen der zweiten und dritten Invasionsflotte, führten sie an, sollten wir uns darauf beschränken, unsere Position an Küste und Fluß zu halten und zu sichern. Oder, als Alternative zu diesem Vorschlag, könnten wir uns nach Osten, in Richtung Donegal wenden, wenngleich uns das in die Nähe von General Trenchs Garnison in Sligo führen würde. Humbert jedoch wollte von diesen Vorschlägen nichts hören, schüttelte ungeduldig den Kopf und trommelte mit seinen breiten, weichen Fingern auf die Tischplatte.

Jetzt, jetzt sofort, sagte er, sollten wir die Armee von Castlebar aus dem Gleichgewicht bringen und uns zu den Herren von Connaught machen. Wir waren zwar arg in der Minderheit, aber die Situation würde sich nur verschlimmern, wenn die Engländer genug Zeit hätten, um aus dem Süden Verstärkung herzuschaffen. Auch dieses Argument erschien mir überzeugend. Der Krieg, zumindest jedoch dieser Krieg, schien aus unangenehmen Dilemmas zu bestehen. Aber ich nahm an, daß Humbert noch einen zusätzlichen Grund hatte. Er wollte einen glänzenden Triumph, mit dem er die Iren, vor allem aber Paris beeindrucken könnte. Sarrizen hätte ihm das um ein Haar auch vorgeworfen. Der arme Sarrizen war wie eine Katze auf einem heißen Grillrost, als erster Mann unter einem General, der sein eigenes heimliches Spiel spielte. Und Bartholomew Teeling war alles andere als glücklich, denn ihm kam es vor allem darauf an, daß die Franzosen die irischen Rebellen nicht als Steine in ihrem eigenen Spiel benutzten. In dieser Frage ließ er nicht locker, obgleich seine Lage schwierig war, denn er war ein Colonel der französischen Armee. Und doch, seiner Zwiespältigkeit zum Trotz, stimmte er Humbert zu und meinte, es sei wichtig, Castlebar unverzüglich und ohne Rücksicht auf die Risiken anzugreifen. Während des ganzen Feldzuges, fast bis zum Ende, befanden Humbert und Teeling sich in den meisten Fällen zumindest in schweigender Übereinstimmung, während Sarrizen und Fontaine meistens in Opposition gingen, wenn sie ihre Befehle auch sehr geschickt befolgten.

Wir irischen Offiziere, O'Dowd, MacDonnell, Blake aus Barraclough, Bellew und noch ein paar andere wurden aus Höflichkeit zu diesen Beratungen hinzugebeten. Aber es gab zunächst ein Sprachproblem, denn außer mir und John Moore, der auf Humberts Betreiben die höchst seltsame und unmilitärische Stellung eines Vertreters der Society of United Irishmen bei der Armee bekommen hatte, sprach niemand Französisch. Doch selbst wenn wir alle Französisch gesprochen hätten, dann hätten wir aufgrund unserer geringen Erfahrung doch nichts zu diesen Erörterungen beitragen können. Das hinderte O'Dowd und MacDonnell natürlich nicht daran, ins irische Lager zu stolzieren, als ob sie sich an großen Entscheidungen beteiligt hätten. Aber ich möchte mich nicht über sie lustig machen, denn sie sollten sich als äußerst tapfer erweisen und jede Schicksalsfügung ohne Klagen hinnehmen.

Aus Militärgeschichten und -erinnerungen kann man durchaus den Eindruck gewinnen, daß Generäle ihre Schlachten planen, nachdem sie lange, konzentrierte Stunden über ihren Karten gebrütet haben. Wenn Humbert typisch ist, dann kann die Wirklichkeit gar nicht unterschiedlicher sein. Er schien überall aufzutauchen, er bewegte sich schnell, ohne eilig zu wirken. Unser irisches Lager muß ihn erstaunt haben, mit seinem in den Schenken von Ballina gestohlenen Whiskey, seinem Lärm und seiner wilden Musik. Aber er lächelte, klopfte den Männern auf die Schulter, nahm ab und zu einen tiefen Schluck aus den Krügen, die ihm hingereicht wurden, und ließ die ganze Zeit ein Schnellfeuer aus Instruktionen über Teeling und Sarrizen ergehen. Was er von seinen Verbündeten hielt, sollten wir jedoch bald herausfinden, aber schließlich hatte er auch keinen Grund, die Zuneigung der Bauern von Mayo zu begehren. Eines Abends, kurz nach Mitternacht, bot sich ein außergewöhnlicher Anblick. Eine Gruppe von Männern, die grüne Zweige trugen, kam den Hügel von Ardnaree, auf dem anderen Flußufer, herunter. Sie kamen aus Coolcarney und Attymass und hatten von dem Sieg von Ballina gehört und beschlossen, sich der Rebellion anzuschließen, wie man sich Freunden an einem Feiertag anschließt.

Aber es war kein Feiertag. Castlebar war immer schon das Tor nach Mayo gewesen, denn zu beiden Seiten der Stadt erheben sich Berge. Die Stadt ist leicht zu verteidigen und ein trügerisches Angriffsziel. Im 17. Jahrhundert sind blutige Schlachten um sie gekämpft worden. Die Straße, oder was in Connaught als Straße durchgeht, führt in südlicher Richtung, an der Ostseite von Loch Conn, von Ballina nach Foxford und dann unterhalb des Sees in südöstlicher Richtung von Bellavary nach Castlebar. Einige Männer, die aus Foxford zu uns stießen, berichteten, daß die Stadt noch immer gut geschützt war, da die Garnison Verstärkung durch die aus Ballina geflohenen Soldaten erhalten hatte. Sie konnten keine Zahlen schätzen, aber Teeling schloß aus ihren Schilderungen, daß von zweitausend Mann die Rede war. Wir würden uns an ihnen vorbeikämpfen müssen, ehe wir uns der englischen Hauptarmee stellen konnten.

Humbert hatte die mitgebrachten Karten weggelegt und zeichnete nun eine eigene, die er vervollständigte oder veränderte, wenn neue Informationsbrösel zu finden waren. Er trug sie zusammengefaltet in der Tasche, nahm sie von Zeit zu Zeit hervor und studierte sie, am Lagerfeuer hockend.

Ich weiß nicht mehr, wer die Männer aus Nephin zu ihm brachte, aber es war ihr Eintreffen, das entschied, wie die Schlacht von Castlebar geführt werden sollte. Ich weiß noch, wie sie vor ihm standen, zehn oder zwölf, mit Teeling und Owen MacCarthy als Dolmetschern. Sie kamen aus einer Stadt namens Coolagh, die wie ganz Nephin am Westufer von Loch Conn liegt. Als Humbert das hörte, ließ er seinen Bleistift sinken. Wie waren sie hergekommen, fragte er, und ich antwortete ihm, ehe MacCarthy den Mund öffnen konnte. Sie hatten einen Ziegenpfad genommen, einen besseren gab es nicht, der sie in nördlicher Richtung zum oberhalb des Sees gelegenen Crossmolina führte, dann waren sie über die Straße von Crossmolina nach Ballina gekommen. Was sie unter einem Ziegenpfad verstünden, fragte er, und wie weit führte er? O'Dowd, MacDonnell und ich mußten unser Gedächtnis zermartern, um die Antwort zu finden, obwohl wir doch alle aus Mayo stammten. Und als wir geantwortet hatten, ließ er uns die Bauern genau befragen.

Die einzige passierbare Straße zwischen Ballina und Castlebar ist die soeben beschriebene, am Ostufer von Loch Conn. Die Gegend, die sich auf dem Westufer des Sees erstreckt, ist sogar für Mayo wild. Es ist ein Land der Berge, der dunklen Seen, der wüsten Moore, unbewohnt, mit Ausnahme der Elendsgestalten, die dem bebaubaren Boden eine erbärmliche Existenz abzwingen oder magere Herden auf den melancholischen Berghängen weiden.

Und doch war ein Pfad bekannt, an manchen Stellen von Füßen und Hufen plattgetreten, an anderen zäher und trügerischer Morast. Im Süden von Crossmolina führt dieser Pfad an Mooren und Seen vorbei, entlang der Berghänge, wird dann immer steiler in den Tälern der Nephinkette, führt durch die verlorenen Dörfer Coolagh und Laherdane, dann über die buckligen Bergkämme und senkt sich schließlich in einen felsigen und steilen Hohlweg namens Barnageragh. Hinter Barnageragh ebnet er sich dann aus und führt noch zwei Meilen weiter geradeaus nach Castlebar.

Humbert hörte sich das alles an, unterbrach uns mit seinen Fragen, machte dann auf dem Absatz kehrt und entfernte sich. Teeling beobachtete ihn, als er allein stand und in ein sterbendes Feuer schaute. »Ich bin aus Ballina«, sagte ich. »Dort bin ich geboren. Aber ich bin nie diesen Pfad gegangen. Ein Karren könnte nicht vorankommen, Pferde würden stolpern.« Teeling nickte und zuckte die Schultern, seine Augen waren immer noch auf Humbert gerichtet. Als Humbert zurückkehrte, ging er auf Sarrizen und Fontaine zu, blieb dann aber vor uns stehen und sagte: »Teilt den irischen Offizieren mit, daß wir morgen nachmittag gen Süden marschieren werden.« – »Auf welcher Straße?« Humbert antwortete mit überraschter Stimme. »Es gibt nur eine gute Straße nach Castlebar. Durch Foxford. Die Briten wissen das. Sie sind bereits in Stellung gegangen.« – »Aber wir werden durch die Hintertür gehen, nicht wahr, General Humbert?« – »Es ist ein Pfad für Ziegen«, erklärte Humbert. »Das liegt meinem alten Gewerbe nahe. Ziegenfelle und Kaninchenfelle.« Er klopfte Teeling leicht auf die Schulter. »Ihr könnt über diesen Pfad keine Artillerie mitnehmen«, sagte Teeling. »Wir können es versuchen«, erwiderte Humbert und entfernte sich dann von uns, um sich seinen französischen Offizieren anzuschließen.

Angeblich hat irgendwann in dieser Nacht ein Loyalist aus Ballina den britischen Truppen in Foxford die Nachricht gebracht, daß wir am folgenden Tag auf diese Stadt losmarschieren würden. Auf jeden Fall hat Foxford eine entsprechende Nachricht nach Castlebar gesandt und ihr eine zweite folgen lassen.

Wir brachen um vier Uhr auf, und ich schloß mich meiner Kolonne in letzter Minute an, denn ich hatte einige Zeit zu Hause bei meiner Frau verbracht. Nach meiner Schätzung führten wir siebenhundert Franzosen und achthundert Iren in die Schlacht. Unsere restlichen Männer blieben als Garnisonen in Killala und Ballina. Hundert der französischen berittenen Dragoner befanden sich im Troß, gefolgt von den französischen Fußsoldaten, dann von den Iren. Wir marschierten über die Straße nach Foxford, bis der Abend kühl wurde, dann ließ

Humbert die Kolonne halten, drehen und sich nach Crossmolina orientieren.

In Crossmolina begriffen seine Soldaten und unsere Männer dann seine Absichten. Die Franzosen waren an plötzliche und verwirrende Befehle gewöhnt, und sie hatten sowieso keine Vorstellung von dem Weg, den Humbert für uns plante. Bei den Iren war das ganz anders, und ihre Ungläubigkeit war so stark, daß alle sie spüren konnten. MacDonnell, O'Dowd und Blake wollten protestieren, und da sie kein Französisch sprachen, brachten sie ihren Protest bei mir und Teeling vor. Humbert starrte sie ungerührt an, bis sie fertig waren, dann sprach er, ehe wir übersetzen konnten, mit lauter Stimme und hartem und vehementem Tonfall auf Teeling ein.

»Sagt ihnen, daß die britischen Generäle ihrer Ansicht sind. Sie haben ihre Truppen und ihre Artillerie verteilt und sich darauf vorbereitet, daß der Feind von Süden über die Straße nach Foxford kommt. Wir werden auf dem anderen Ufer dieses großen Sees einen Gewaltmarsch zurücklegen, und irgendwann morgen früh werden wir über ihre Flanke hereinbrechen. Ich weiß, das Terrain ist sehr schlecht, aber wir werden es durchqueren, ob wir nun rutschen oder fallen oder wie Ziegen klettern. Ich bin ein guter General und habe Schlachten und Feldzüge gewonnen. Wenn sie meinen Befehlen folgen, dann werde ich sie führen. Aber es ist ihr Land, nicht meins. Wenn sie nicht dafür kämpfen wollen, dann können sie nach Hause gehen. Ehe sie aufbrechen, müssen sie ihre Gewehre abgeben. Diese Gewehre sind das Eigentum der französischen Republik, die in Schmerzen geboren und mit Blut verteidigt wurde.«

Ich bin davon überzeugt, daß sie seine Gesten und seinen Tonfall besser verstanden als Teelings Übersetzung, so fließend die auch war. Die Autorität eines fähigen Kommandanten ist ein Geheimnis. Hat er sie in den Schlachten erworben, die er geschlagen hat, oder ist es eine persönliche Macht, mit der er geboren wurde, mit deren Hilfe er diese Schlachten gewonnen hat? Ich weiß, daß es sie gibt, denn bei diesem Fellhändler, der mit wilden Krautjunkern und Bauern in einer Sprache redete, die sie nicht verstehen konnten, war sie vorhanden. Es ist eine zwiespältige und gefährliche Macht, aber sie kann Männer über ihre Fähigkeiten hinauswachsen lassen, kann sie in Gefahren führen, die jeder Mann von Verstand umgehen würde.

Die irischen Captains ritten an den Linien auf und ab und redeten mit ihren Männern. Mein Irisch ist fehlerhaft, und ich konnte nicht alles verstehen, was sie sagten, aber mir erschien es als eine angemessene Wiedergabe der Worte Humberts, in vertraute Ausdrucksweise überführt. Die Männer, von denen viele zuerst wütend oder ängstlich gewesen waren, beruhigten sich und wurden nachdenklich, so kam es mir wenigstens vor. Ich sann über die Leidenschaften nach, die Männer in die Schlacht führen, die sie dazu bringen, wegen eines Tuchfetzens, einer Liedzeile, einer Schmeichelei ihr Leben aufs Spiel zu setzen. Sie gingen dieses Risiko jedenfalls nicht wegen der Gefühle ein, die in der Proklamation, die Teeling mitgebracht hatte, zum Ausdruck kamen, klangvollen Beteuerungen der Prinzipien der United Irishmen und der Französischen Revolution.

»Bei Gott«, sagte Corny O'Dowd und nickte zu den französischen Grenadieren hinüber. »Diese Burschen dahinten können kämpfen, und sie haben schon Wunder vollbracht. Sie haben Miliz und Landwehr aus ihrem eigenen Land gejagt und ihrem König den Kopf abgehackt und auf eine Pike vor seinem Palast gesteckt.« Er trug die blaue Uniform eines französischen Offiziers, aber seine eigene grobe Hose und seine schweren Stiefel, an denen noch immer der Mist seiner Farm klebte.

»Und dieser Bursche dahinten hat es ihnen beigebracht. Er ist der berühmteste General Frankreichs, und sie haben ihn hergeschickt, damit er uns anführt. Wir haben sie in Killala geschlagen, und wir haben sie in Ballina geschlagen, und wir werden sie auch in Castlebar schlagen, wenn wir uns auf unsere Aufgabe konzentrieren. Ist uns nicht immer versprochen worden, daß die Franzosen mit Männern und Waffen herüberkommen würden? Ihr kennt unsere Geschichte, und wenn nicht, dann könnt ihr den Schulmeister fragen.« MacCarthy lächelte ihm kurz zu, halb freundlich und halb spöttisch, sagte aber nichts. Er trug weder Gewehr noch Pike, noch die Pistole, die jeder irische Captain erhalten hatte. Er war die Art Mann, die an jedem Markttag zu finden ist, der sich an eine Ladenwand lehnt, die Daumen im Hosenbund verhakt.

Es sagt viel über Humbert, daß wir Crossmolina ohne weiteres Murren oder Protestieren verließen, sogar die Männer aus Nephin, die einen Teil des Weges kannten. Und Humbert selber benahm sich, als spielte das alles kaum eine Rolle, er unterhielt sich angeregt und leise mit Sarrizen und Fontaine und lachte mehrmals.

Die Leute von Crossmolina, die unserem Abmarsch zusahen, standen still und aufmerksam neben ihren Hütten.

Castlebar, 26. August

Gegen Mitternacht, als Lake in der öden, ärmlichen Stadt eintraf, wo sich Läden, Gericht, Kaserne, Markthalle und Gefängnis um den Marktplatz duckten, wußte er bereits, daß Hutchinson die Connaughter Truppen verlegt hatte. Ein Bote hatte ihn auf der Straße bei Claremorris erreicht. Lake stieg aus seiner Kutsche und ging neben ihr hin und her, um seine verkrampften Beine zu strecken, ein großer, imposanter Mann, wie geschaffen für seine scharlachrote Uniform. Hutchinson erwartete ihn, um zu erläutern, wie er seine Truppen aufgestellt und welche Instruktionen er seinen Offizieren erteilt hatte.

»Alles zu seiner Zeit«, sagte Lake in einer brauchbaren Imitation von Cornwallis. »Alles zu seiner Zeit.«

Es herrschte eine ganz einzigartige Atmosphäre, turbulent und doch wachsam. Castlebar war vollgestopft mit Armeewagen; Soldaten rempelten einander in den engen Gassen an. Aber die Läden und Schenken waren dunkel und stumm.

»Wissen wir, was er macht?«

»Er hat heute am späten Nachmittag Ballina verlassen. Mit etwa siebenhundert von seinen Franzosen und ebensovielen Rebellen. Ich habe General Taylor in Foxford Verstärkung geschickt, und nun warten wir auf Nachricht von ihm.«

»Taylor hält ihn niemals auf«, sagte Lake. »Er wird uns morgen früh angreifen.«

»Zweifellos«, stimmte Hutchinson zu. »Er wirkt entschlossen und schnell. Offenbar heißt er Humbert.«

»Sein Name spielt keine Rolle«, sagte Lake. »Diese Namen ändern sich dauernd. Verlier eine Schlacht und sie schicken dich auf die Guillotine. Ein blutrünstiges Volk.«

»Ich habe angefangen, unsere Leute aufzustellen«, erklärte Hutchinson. »Sie sind noch vor der Dämmerung in ihren Stellungen. Wir sind hier in einer sehr starken Verteidigungsposition.«

Lake nickte und blickte sich um. »Ich möchte die letzten

Nachrichten aus Foxford. Bei Gott, was ist das für ein häßlicher Ort. Die Leute hier sind allesamt Rebellen, nehme ich an?«

»Ich habe keinen Grund zu dieser Annahme«, erwiderte Hutchinson steif. Er war Ire, Sohn eines Vorstehers in Trinity. »Die Leute wirken sehr ruhig.«

»Ach ja? Ich habe solche Orte in Ulster und auch in Wexford gesehen. Ihr könntet denken, daß sie kein Wässerchen trüben würde. Aber gebt ihnen eine Chance, Hutchinson. Dreht ihnen nur einmal den Rücken zu.«

Sie gingen zusammen auf den Hof der Kaserne, wo die anderen Offiziere sich zu seiner Begrüßung versammelt hatten. Er erkannte Lord Ormonde, der die Kilkennys befehligte, Lord Roden von der Kavallerie, Lord Granard von den Longfords, Landwehrregimenter. Sicher loyal, aber ungeschickt und unerfahren. Grant, der Hochländer. Das war schon besser: Die Hochländer waren gute Soldaten. Was für ein Glück, daß Crauford nicht hier war. Cornwallis' Lieblingshochländer, ein temperamentvoller, geistreicher Mann, der aber mit seiner prachtvollen Kavallerie gerne alle anderen überstrahlte.

Fackeln erhellten den Kasernenhof.

»Nun also, Gentlemen. Nun also. Wie stark sind wir, General Hutchinson?«

»Etwas über siebentausend Mann«, antwortete Hutchinson. »Reguläre und Landwehr.«

»Und allen juckt die Säbelspitze, nehme ich an, wie, Lord Ormonde?«

»Selbstverständlich, General Lake. Wenn Ihr die Kilkennys meint.«

»Ja. Natürlich haben sie vor ein paar Monaten kein überwältigendes Bild abgegeben, als sie ihren eigenen County verteidigen sollten. Da unten war alles ein trauriges Chaos, ehe ich das Kommando übernommen habe.«

»General«, warf Grant ein, »ist es nicht seltsam, daß wir noch nichts aus Foxford gehört haben?«

»In der Tat, höchst seltsam, Colonel Grant. Ich werde mich darum kümmern. Eine äußerst vernünftige Frage.«

In der ersten Dämmerung ritten Lake und seine Offiziere hinaus, um die Stellungen zu inspizieren. Die Stadt lag in niedrige Hügel eingebettet, zur Linken ragten schattenhafte Berge auf. Hutchinson hatte sich für Sion Hill entschieden, eine Meile vor der Stadt. Die Truppen sollten in drei Reihen aufziehen, wobei jede Flanke von einem See geschützt werden würde. Die Kavallerie sollte zwischen der ersten und der zweiten Reihe antreten. Die Artillerie wurde ans Nordende des Hügels gelegt, wodurch sie beide Straßenseiten decken konnte. Leichtere Kanonen standen auf der Brücke vor der Stadt und in der Stadt selber.

Lake ritt das Terrain langsam ab, konnte aber an Hutchinsons Verfügungen keinen Fehler entdecken. Er konnte Vogelsang und marschierende Füße hören, schrille Querpfeifen und Trommelwirbel. Es würde ein klarer, warmer Morgen werden. Er drehte sich im Sattel um.

»Fühlt Ihr Euch wieder wie im Hochland, Grant?«

Grant zuckte die Schultern und spuckte aus. Lake lachte. Eine Bilderbuchschlacht. Aber er würde die Ehre mit Hutchinson teilen müssen. Ein sauberes Schlachtfeld.

Zwischen Crossmolina und Castlebar, 26. und 27. August

Dunkle Moore und schwarze Wasserpfützen. Die Rückseite einer gottverlassenen Gegend. Zwei Meilen hinter Addergoole durften sie eine Stunde Pause einlegen, aber MacCarthy konnte nicht schlafen. Er ging an Männern vorbei, deren Köpfe auf ihren angewinkelten Knien ruhten. Sie hatten Grund genug zu schlafen, einige von ihnen jedenfalls. Der französische General hatte in Crossmolina bis auf einige leichte schwenkbare Kanonen seine ganze Artillerie zurückgelassen, und Bauern waren wie Lasttiere davor gespannt worden. Mit gebückten Schultern waren sie durch die Finsternis gestolpert, während die französischen Sergeanten sie mit unverständlichen Schimpfwörtern überhäuft hatten. Was hatte es denn jemals gegeben außer Männern, die so aussahen wie er selber, die sich durch Moore oder Wälder hindurchkämpften, während die Nebel um ihre Beine wirbelten? Unsere Gedichte, die Feiern von Niederlagen, in der Schlacht erschlagenen Häuptlingen, einsamen Gefechten an Furten und Bergpässen, Rückzüge. Für diese Männer, die erschöpft dasaßen, mit hämmernder Brust, nachdem sie die Arbeit getan hatten, die Pferde und Esel verweigerten, würde es kein Lied geben.

Moorland und felsige Täler, tagsüber erhob sich der helle bleiche Himmel über ihrer Leere, über dieser Landschaft der Verbannung. Hier, im Westen des Shannon, waren die irischen Clanhäuptlinge nach Cromwells Triumph zersprengt worden.

Hierher, nach Connaught, waren die enteigneten gälischen Landbesitzer zu Fuß oder mit Karren gezogen, während ihre »Gefolgsleute« mit Haselruten ihre Herden trieben. Aber nicht die Bauern, Holzfäller und Wasserträger. Sie waren aus den Sümpfen, von den felsigen Berghängen zurückgekrochen, um ihren neuen Herren zu dienen. Sie dienten jetzt noch neueren Herren, Teeling und Elliott und Moore mit ihrer klangvollen Proklamation von Brüderlichkeit und Gleichheit, und diesem undurchschaubaren französischen General, der in einer Minute ein einziges Stirnrunzeln war und in der nächsten ein einziges Lächeln. Vor Jahren hatte MacCarthy auf dem Marktplatz von Macroom gestanden und zugesehen, wie Paddy Lynch, der Whiteboy-Captain, ein kleines Faß von einem Mann, mörderisch und immer lächelnd, gehenkt worden war. Dies hier war ein Pfad, den auch Lynch gewählt haben könnte, über die buckligen Hügel, durch steinige Hohlwege. Ein herrenloses Volk, abgesehen von Männern wie Lynch, Bauer wie sie selber, ignorant und brutal.

Diese Männer in lockerem Fries, mit langen Lippen, offen hängenden schwarzen oder roten Haaren, saßen in einer Schlinge in den langen Schlaufen der Geschichte fest. Hände, vom Pflug verhärtet, umklammerten Gewehr oder Pike. Ignorant und verständnislos kletterten sie die Berge hinauf, gingen oder liefen im Sternenlicht an Gewässern entlang. Wenn Colonels und Clanhäuptlinge weggekratzt würden, wären diese Männer übrig.

Aus dem *Tagebuch der Ereignisse,* verfaßt von Malcolm Elliott im Oktober 1798

Der Tag, den alle, die diese Ereignisse kommentiert haben, als einen ganz außergewöhnlichen bezeichnen, begann um sechs Uhr morgens, als unser Heer, nach seinem anstrengenden Marsch durch dieses elende Land, den ansteigenden Boden erreichte, auf dem uns die Briten gegenüberstanden, die etwa tausend Yards entfernt Sion Hill hielten. Eine Stunde zuvor hatten sie von unserem Anmarsch gehört und sich an die Neuordnung ihrer Linien gemacht, eine Aufgabe, die sie noch nicht zu Ende ausgeführt hatten. Humbert stand eine Weile da und musterte diese Szene, als paradierten die Männer nur, um von ihm inspiziert zu werden, dann ließ er uns in Deckung eines Hügels namens Slievenagark marschieren. Wir waren noch immer außer Reichweite der britischen Kanonen.

Danach befahl er den Iren unter O'Dowd und Teeling, die Kanonen zu laden. Wir bewegten uns vorwärts und stießen nach etwa fünfzig Yards auf eine Mauer aus Gewehrfeuer. Die Iren feuerten und schlugen die Infanterie in die Flucht, die die Kanonen beschützen sollten, aber dann begannen die Kanonen, die bisher geschwiegen hatten, mit ihren lauten Explosionen, die riesige Löcher in unsere Reihen rissen. Unsere Verluste waren schwer, obwohl ich in diesem Moment nicht daran dachte, denn die Welt schien sich in Rauch und entsetzlichen Lärm aufgelöst zu haben. Während dies alles ablief, hatte Humbert die restlichen Soldaten im Schutze der Hecken vorrücken lassen und brachte sie dann in der englischen Flanke in Stellung. Nun sollten wir wieder feuern, und das taten wir auch, und sei es auch nur, weil wir nicht wußten, was wir sonst hätten tun können. Die Grenadiere waren jetzt hinter uns und drückten uns vorwärts.

Ich kann nicht behaupten, mich ausgezeichnet zu haben. Ich erinnere mich noch, daß ich mit meiner Pistole auf einen Kanonier schoß, und ich weiß noch, daß ich mit meinem Schwert Männer zu Boden geschlagen habe. Es war meine Aufgabe, unsere Männer zu ermutigen, aber als ich meinen Mund aufmachte, war der trocken und starr. Aber ich sah, daß O'Dowd brüllte, den Hut in der Hand, er schlug den Männern damit auf den Rücken und schob sie vorwärts. Am besten erinnere ich mich an den Lärm, an Gewehrfeuer und Geschrei. Ihre Kavallerie hatte keinen Manövrierraum mehr, denn die Longforder Landwehr stolperte rückwärts auf sie zu, dann brachen die Iren mit ihren Piken über sie herein und stachen mordlüstern auf Pferd und Reiter gleichermaßen ein.

Und doch brachte uns die Flucht des Feindes ebenso den Sieg wie unsere Angriffe. Als O'Dowds Männer die feindliche Seite des Hügels stürmten, rannten sie an bereits verlassenen Kanonen vorbei. Die Kilkennys und die Prince of Wales' Fencibles sollen als erste geflohen sein, und da sie rückwärts flohen, versetzten sie die nächste Linie gleich mit in Panik. Die Frasers hielten stand und kämpften mit entschlossener Tapferkeit, indem sie ihre Gewehre wie Keulen schwenkten. Aber der Rest der Armee, die soviel stärker war als wir, machte kehrt und floh. Humbert gab später zu, daß er das nicht erwartet hatte. Indem er den ersten irischen Ansturm opferte, um die

Artillerie abzulenken, hatte er auf einen Sieg spekuliert, aber ein solcher Triumph war noch nie dagewesen.

Ich kann beschreiben, aber nicht erklären, was nun als höchst schmähliche Niederlage der britischen Armee bezeichnet wird, die Schlacht von Castlebar nämlich, oder, wie sie jetzt höhnisch genannt wird, »das Rennen von Castlebar«. Humberts nächtlicher Marsch durch Barnageragh hatte viel damit zu tun, da er den Briten schließlich einen neuen und ungeschickten Verteidigungsplan aufzwang, für den sie sich in aller Eile und ohne gebührende Überlegung entscheiden mußten. Vielleicht war es falsch von Lake, das Kommando in einer Stadt, in der er gerade erst eingetroffen war, zu übernehmen, aber ich glaube nicht, daß Hutchinson oder irgendein anderer Offizier es besser geschafft hätte. Außer, vielleicht, Humbert selber. Wir alle, sogar die irischsprachigen Bauern aus Nephin, teilten Humberts Vertrauen in seine eigenen Fähigkeiten. Es war ein geheimnisvolles Elixir, und wir hatten alle davon getrunken. Nachdem er an eine fremde und wilde Küste versetzt worden war und Männer anführen sollte, deren Sprache er nicht verstehen konnte, erteilte er seine Befehle wie jemand, der davon überzeugt ist, daß der Erfolg einfach nicht zu vermeiden ist. In den zwei Monaten, die seither vergangen sind, bin ich in dieser Hinsicht sehr viel zynischer geworden, aber am Morgen der Schlacht von Castlebar hätte ich auf sein Nikken hin wie alle anderen mein Leben aufs Spiel gesetzt. Die britischen Offiziere, mit denen ich gesprochen habe, wollen nichts vom Angriff der Rebellen hören und schreiben unseren Sieg Humberts erfahrener Infanterie und seinen Grenadieren zu. Unsere Iren, sagen sie, waren nur der Mob, der zur Ablenkung in die Schlacht geworfen wurde. Aber da bin ich mir nicht so sicher. Es war ein Mob, den die Geschichte in die Schlacht geworfen hatte, und er hatte vielleicht seine erschreckende Wirkung.

Sicher ist, daß die Briten flohen. Sie flohen nach Castlebar, ließen ihre Kanonen im Stich und ließen im Rennen ihre Gewehre fallen. In den engen Gassen der Stadt ritt ihre Kavallerie ihre Infanterie in Grund und Boden. Einige Hundert von ihnen wurden von ihren Offizieren unter Kontrolle gebracht und lieferten einen brauchbaren Kampf an der Brücke, um den Rückzug ihrer Kameraden zu decken, wurden aber bald überwältigt. Und die Kanoniere an einer Kanone oberhalb der Stadt versuchten weiterzuschießen, was sehr mutig von ihnen war. Ich habe gehört, einer von diesen Männern sei von Owen MacCarthy getötet worden, aber das weiß ich nicht sicher. Auf unserem nächtlichen Marsch war er unbewaffnet, aber als ein Mann namens Cafferty erschossen wurde, ein Bauer, der unter MacDonnell als Captain gedient hatte, nahm MacCarthy seine Stelle ein und war beim Kampf um Sion Hill zugegen. Danach wurde er von einigen in der irischen Armee »Captain« genannt, zum Teil aus Scherz, zum Teil im Ernst.

Wenn ich diese Zeilen durchsehe, dann stelle ich fest, daß ich meinen Bericht über diesen wichtigen Sieg und über meine erste Schlachtenerfahrung auf sehr platte und oberflächliche Weise zu Papier gebracht habe. Nach der Schlacht war ich beschwingt und verwirrt. Ich gehörte zu einer kleinen, verzweifelten Armee, die gerade einen höchst unwahrscheinlichen Erfolg errungen hatte, durch Glück, Geschicklichkeit und die Feigheit des Feindes. Die englische Niederlage war absolut. Alles ließen sie zurück – Kanonen, Munition, Hunderte von Gewehren, Schlachtflaggen. Sie hielten erst in Tuam in ihrem überstürzten Rückzug inne, wo sie sich kurz ausruhten, ehe sie nach Athlone weitermarschierten, um dort Cornwallis zu erwarten, ein Marsch von 63 Meilen. Und mit sich trugen sie die Nachricht, die sich alsbald durch ganz Irland verbreitete, daß eine riesige und wütende Armee unterwegs sei. Dreihundert Iren waren in diesem Gefecht gefallen, die meisten waren zerschossen worden, kurz bevor O'Dowd seinen Angriff auf die Kanonen begonnen hatte. Einige wenige starben an meiner Seite, und ich sah britische Soldaten, die von Piken aufgespießt oder aufgeschlitzt worden waren. Das war die heute berühmte Schlacht von Castlebar.

Castlebar, 27. August

MacCarthy stand wie betäubt in der Hauptstraße von Castlebar. Wie damals, wenn er als Junge in Tralee ein Wettrennen gewonnen hatte, mit hämmernder Brust und verwirrten Sinnen. Er erinnerte sich an Momente, die aufeinander folgten, aber keinen Zusammenhang hatten, an eine Nacht der roten Sterne. Männer schrien, Rauch befleckte das Sommergras. Uniformen, rot und lebhaft, hielten Sion Hill, aber als sie sich umdrehten und davonstürzten, krümmten einige sich mit verzerrten Gesichtern und wilden Augen auf dem Boden.

Am Fuße von Sion Hill stolperte Cafferty und kippte vornüber, seine Brust war von einer Kanonenkugel zerschmettert. Die Männer, die er angeführt hatte, blieben stehen und starrten ihn an, eine Nische entsetzten Schweigens mitten im Getöse. Der Lärm der Kanonen war entsetzlich, eine Stimme für das Blut, für die Körper, die in Fleischfetzen und durchweichtes Tuch verwandelt wurden. Ein Mann neben MacCarthy stolperte über seine eigenen schwerfälligen Füße. MacCarthy packte ihn an den Schultern, hielt ihn aufrecht, und sie starrten einander an, ohne sich zu erkennen. »O Jesus, rette mich«, sagte er und taumelte vorwärts. Die Kanone explodierte in MacCarthys Kopf, und er spürte, wie seine Eingeweide sich lockerten. Rote Uniformen machten sich über sie her, stopften den Tod in ihre schwarzen, weit aufgerissenen Münder, weit aufgerissen zum Schreien. »Haltet sie auf!« schrie MacCarthy Caffertys Leuten zu. Er packte einen von ihnen und schob ihn vorwärts. »Um Gottes willen, haltet sie auf!« Dann stürzte er selber vorwärts und brüllte wie ein Stier, um den Kanonendonner auszusperren. Er hielt inne, um sich umzusehen und sah, daß sie ihm folgten, vielleicht zwanzig von ihnen. Rechts und links von ihm waren viele andere, sie rannten auf die Longfords zu, eine riesige Masse von Männern, die den sanften Hang hinaufliefen, mit ungeschickt gehaltenen Piken. Bauern, die eine Klinge durch das Korn oder den Torf führen konnten. Was hätten sie getan, wenn die Longfords standgehalten hätten, dünne, mörderische Bajonette? Aber die gaben auf und rannten, Furcht verbreitete sich unter ihnen wie eine Epidemie. Es war eine Botschaft, die schweigend durch die langen Reihen der roten Uniformen lief. Kehrtmachen. Rennen. Die Rebellen stürzten auf sie zu, ihr Mut hob sich, als sie sahen, daß sie plötzlich keinen Grund zur Furcht hatten, daß nur noch Männer vor ihnen waren, die sie zu Boden rennen und abschlachten konnten. Da die Kanonen verlassen waren, erfüllten nur noch Stimmen die Luft. Die Geister des Kanonenfeuers, Gespenster eines Phantomlärms dröhnten in MacCarthys Ohren, und er blieb stehen, um seine Hände darauf zu pressen. Dann rannte er wie alle anderen über die noch immer vom Tau glitschigen Wiesen nach Castlebar, das sich im Schutze seiner sanften Hügel zusammenkauerte.

Nun stand er in der Hauptstraße von Castlebar und Männer kamen auf ihn zugerannt. Er sah verlassene und beiseite getretene Gewehre. Wo die britischen Truppen waren, wußte er nicht, und es interessierte ihn auch nicht, aber die meisten von ihnen waren durch diese Straße gerannt. Am Ende der Straße stand die drehbare Kanone, der Kanonier lag auf ihr. Ein tapferer Mann, der seine mörderische Maschine in Gang gehalten hatte, als mordlüsterne Männer auf ihn zugerannt waren. Warum machte ein Mensch so etwas?

Corny O'Dowd warf seinen Arm um seine Schulter. »Wir haben sie geschlagen, Owen. Wir haben sie vernichtet.« Seine Augen waren immer noch irre vor Erregung.

MacCarthy nickte. Genau das war es. Eine gekämpfte und gewonnene Schlacht. Er spürte nichts außer dem eingetrockneten Angstspeichel auf seiner Zunge.

»Bei Gott, was für ein Glück, daß du hier bist«, sagte O'Dowd. »Du schreibst hierüber doch bestimmt eines Tages ein Gedicht.«

»Hierüber?« fragte MacCarthy. Entfernt jetzt, am Rande seiner Vorstellung, spuckten Kanonen schlimmeren Lärm als Donner aus. Verszeilen von anderen Dichtern sprangen ihn an, verschwanden, wie Geister aus dem Moor. Clanhäuptlinge, verbannt aus kalkweißen Häusern. O'Sullivan Beare auf dem Rückzug nordwärts gen Leitrim, brutal in seiner Verzweiflung. Sarsfields nächtlicher Angriff, ein kleiner Sieg, ertränkt in den roten Wogen von Antrim und Limerick. »Hierüber?« wiederholte er, aber O'Dowd war verschwunden, ein unbeschwerter, vom Triumph trunkener Reiter.

Die Männer liefen jetzt langsamer, gingen sogar, blieben stehen, um sich umzusehen, wie MacCarthy es auch getan hatte. MacCarthy stand nun neben einem Trödelladen, der ihm jetzt so exotisch vorkam wie ein arabisches Zelt, von ihm getrennt durch die riesige Entfernung, die seine Erlebnisse auf Sion Hill geschaffen hatten. Er drehte sich um, um die Hauptstraße zu überblicken und sah Humbert, der die Brücke überquerte, die kleine bucklige Brücke, die ihn über seine Männer erhob. Teeling, der Mann aus Ulster, und Elliott, der protestantische Grundbesitzer, ritten hinter ihm her. Humberts Gesicht war schwer zu deuten, sogar, als er näher kam, ein Gesicht, das sich vor anderen Menschen verstecken konnte. Er lächelte, aber das taten siegreiche Generäle sicher immer. Er ritt durch die Straße dieser Stadt, die er noch nie gesehen hatte, wie ein Junker, der von seinem Gut kommt, aber sein Gesicht war das eines Fremden, dunkel und unergründlich.

MacCarthy ging weiter, auf die Kanone zu. Der scharlachrote Rock des Kanoniers bildete einen Farbtupfer zwischen den tristen grauen Gebäuden. MacCarthy schaute in seine offenen Augen. Er hatte rote Haare, wie MacCarthy, und sein Gesicht wirkte bekannt. Und warum auch nicht? Waren sie nicht beide Iren, MacCarthy und der tote Kanonier aus den Midlands von Longford? Die Ähnlichkeit desselben Volkes, sicherer als Friesjacke und hummerroter Rock, verband Kanonier und Schulmeister, rote Haare, hartes Kinn, lange Lippe. MacCarthy streckte die Hand aus, über die Kanone, um das Gesicht des Kanoniers zu berühren, und ließ sie schnell wieder sinken.

Mit weiten Schritten verließ er dann Kanone und Kanonier, schob sich an den Männern, die die Straße füllten, vorbei und machte kehrt. Er sah zu, wie ein Strom von Männern die Brücke überquerte, den sanften Hügel hochstieg, sich vor dem toten Kanonier in zwei Flügel teilte. Welches Gedicht würde wohl je aus diesem unklaren Bild entspringen? Die lauten Stimmen triumphierten, brüllten in kehligem Irisch, das französische Worte wie Gewehrfeuer durchschnitt.

Randall MacDonnell ritt zu ihm, Blutsbruder der Pferde, ohne Eleganz, wenn er nicht im Sattel saß. Zentaur und Bauerntölpel. Die Nebel waren verbrannt. In der Klarheit der niedrigen, bleichen Sonne zügelte MacDonnell sein Pferd und beugte sich zu Owen herunter.

»Weißt du, wer ihr General war? Lake höchstpersönlich. Lake und die gesamte Armee von Connaught sind vor uns weggelaufen.«

Die flache, harte Silbe bohrte sich in MacCarthys Gedächtnis. Die beiden United Men aus Wexford, auf der Flucht in einer Shebeen in Mayo. Der wiederauferstandene Cromwell, General Lake, marschierte durch Wexford und Carlow und hinterließ eine Allee von Galgen und Stäuppfählen, unbesiegbare hummerrote Röcke begleiteten ihn, schrille Querpfeifen, Trommelwirbel.

»Darüber kannst du doch ein Gedicht schreiben, Junge.«

Erst O'Dowd, jetzt der. Gedichte auf Befehl. Geh in eine Schenke und hau es hin, dann geh damit in den Straßen von Castlebar hausieren. Mach damit ein paar Schillinge, wie mit den Knittelversballaden, die sie nach den Rennen auf englisch zusammenschustern. Poesie war irgendwo anders. Nicht hier.

Come all you true-born Irishmen, attend unto my lay
of the race we won at Castlebar one gallant August day.

»Hättest du gern ein Sportsgedicht, Randall?« fragte er und baute Humor wie eine Mauer zwischen ihnen auf. »Wie das Rennen von Castlebar gewonnen wurde?« Er war heiser. Hatte er gebrüllt wie die anderen, wie ein Tier ohne Selbstkontrolle?

Verwirrt. Hut auf seinen dichten schwarzen Locken nach hinten geschoben. Dann lachte MacDonnell schrill, die Hand auf den dicken, kurzen Oberschenkel gepreßt. »Bei Gott, genauso war es, Lake hat das Rennen von Castlebar gewonnen. Er hat uns um Meilen geschlagen. Aber das reicht nicht. Wir brauchen ein edles Triumphgedicht, passend zu dieser Gelegenheit.« Sie hatten englisch gesprochen. Er berührte seinen Hut mit der Peitsche und ritt weiter. Er war mit einer Jockeypeitsche in die Schlacht geritten. Aber er hatte eine große Pistole umgeschnallt, eine zweite steckte im Futteral am Sattel.

Oben in der Hauptstraße machten die französischen Soldaten kehrt und marschierten die Castle Street hinunter, vorbei an Kaserne, Gericht, Gefängnis, harten, eckigen Gebäuden, die die milde Luft verletzten. MacCarthy trat beiseite, in eine Gasse mit Kopfsteinpflaster.

Humbert ritt hinter einer Wache aus Grenadieren daher, ein großer Mann, größer als MacCarthy, sein Gesicht war von seinen privaten Gedanken verdüstert. Teeling, ein ausgeglichener nachdenklicher Mann; wachsame, intelligente Augen. John Moore, jung und hellhäutig, volle Lippen und schmale Nase, maisgelbe Haare. Der junge Held eines Gedichtes, der in die eroberte Stadt einreitet. MacCarthy rieb sich die Ellbogen, lehnte die Schulter an kühlen braunen Stein. Der Grundstoff der Poesie, junge Helden und triumphierende Generäle. Vielleicht waren solche Augenblicke immer wie dieser, körniges Sonnenlicht und Wirklichkeit vermischten sich mit Leidenschaften, mit Mythen. Männer, die er gut kannte, und andere Männer, die sich von ihnen in nichts unterschieden, gingen an ihm vorbei, Pflüger und Spalpeens. Sie hatten den Gang von Männern, die sich bei Tagesanbruch über taunasse Felder schleppen. Vor kurzem hatten sie noch geschrien, als sie Sion Hill erstiegen, als sie mit ihren mörderischen Piken Männer aufgespießt hatten. Eine Schlacht war eine aus der Flanke des Daseins gerissene Stunde. Sonnenlicht linderte die Wunde. Das Alltägliche, ein Trödelladen, eine Mauer aus rauhem Stein, der schleppende Gang eines

Pflügers, ließen eine Haut über die Wunde wachsen und heilten sie.

Über dem Gericht hatten sie das Banner aus grüner Seide gehißt, das sie aus Frankreich mitgebracht hatten, die Harfe ohne die Krone. Die Offiziere aus Humberts Stab, Franzosen und Iren, stiegen die Treppe hoch, und der Pöbel, der jetzt Armee genannt werden konnte, sah ihnen dabei zu. Die französische Kapelle, mit ihren Trommeln und Flöten, begann zu spielen. Als sie endeten, war die Luft still. Dann, die Noten fielen heraus, wie Münzen aus einer Tasche, eine Sackpfeife. MacCarthy blickte auf die Menge, konnte aber keinen Sackpfeifer sehen. Einer der Märsche der O'Donnells; er hatte ihn in Killala oft gehört. Hugh O'Donnell kommt aus dem Norden gefegt und verwüstet Mayo. Damals gab es hier noch keine Stadt, kein Gericht. Jetzt strömten aus den Hütten der gewundenen Gassen die Bewohner der Stadt zum Gerichtsplatz.

Dieses ganze Geschrei hatte ihm einen Höllendurst verpaßt. Es wäre nett, jetzt zu Sean MacKennas Laden zu schlendern und mit ihm einen trinken zu gehen. Die Schenken würden sowieso bald öffnen. Als ob in Killala oder Ballina oder hier in Castlebar nichts passiert wäre. Unter all den Toten, die er an diesem Tag gesehen hatte, konnte er sich nur an den Kanonier klar erinnern. Ein Mann mit einem Gesicht wie er selber, aber mit den fremden Augen der Toten.

Aber auf dem Weg zu MacKenna traf er noch einmal MacDonnell, nun ohne Pferd, ein untersetzter, O-beiniger Mann, und machte sich zusammen mit ihm auf die Suche nach einer geöffneten Schenke. Später würde er noch Zeit genug für ein Glas mit Sean haben. Ein ruhiger Mann wie Sean hätte sicher keine Lust, in diesem Gewühl herumzulaufen.

»Was für ein verdammt großer Morgen«, sagte MacDonnell.

»In der Tat verdammt«, sagte MacCarthy.

»Stimmt«, meinte MacDonnell. »Dreihundert von unseren Jungen sind abgeschlachtet worden, aber bei Jesus, den anderen ist es noch ärger ergangen. Sie sind wie die Hasen geflohen, als wir auf sie eingehackt haben.«

»Das habe ich gesehen«, erinnerte MacCarthy.

MacDonnell lächelte, kleine, weit auseinanderstehende Zähne. »Das Rennen von Castlebar.«

Eine Schlacht hatte stattgefunden und war gewonnen worden, und MacCarthy hatte daran teilgenommen. Nicht als Dichter, der hinterherzieht, um ab und zu ein Bild aufzusammeln, der nach Führern Ausschau hält, um sie in seinen Versen zu preisen. Er war Sion Hill hinaufgeklettert zur Landwehr, hatte sie durch glitschiges Gras und Unkraut gejagt und schließlich auf den toten Kanonier hinuntergeblickt.

»Bei Gott, Owen«, sagte MacDonnell. »Es wird nie wieder so sein wie früher!«

10

Aus: *Ein unparteiischer Bericht über die Ereignisse zu Killala im Sommer 1798* von Arthur Vincent Broome

Die entsetzliche Nachricht über die Katastrophe von Castlebar wurde von den Loyalisten von Killala zuerst mit Unglauben aufgenommen. Killala, das dürfen wir nicht vergessen, war jetzt vom restlichen Mayo abgeschnitten, woran sich bis zum Ende auch nichts mehr änderte. Die Rebellen hielten die Straßen nach Süden, Osten und Westen und ließen darauf keine Loyalisten reisen, weshalb wir von den Nachrichten abhängig waren, die die Rebellen uns mitzuteilen bereit waren. Diese Nachrichten versetzten uns natürlich in äußerste Unruhe. Trotzdem waren wir davon ausgegangen, daß die Rebellen und ihre französischen Verbündeten geschlagen und zersprengt werden würden sowie sie auf eine britische Armee träfen.

Mein Wohnhaus blieb weiterhin das Hauptquartier der in Killala verbliebenen Rebellen, unter dem Kommando eines höchst intelligenten Burschen namens Ferdy O'Donnell, eines Mannes von einiger Erziehung und der rauhen Höflichkeit, die sich unter den Iren oft findet. Ich werde noch einiges über O'Donnell zu sagen haben, den ich fast als hervorragendes Geschöpf bezeichnen würde, wenn er seine Seele nicht mit dem Tiefrot der Rebellion besudelt hätte. Bei mehr als einer Gelegenheit sollten wir ihm unser Leben zu verdanken haben, und mindestens einmal setzte er das seine aufs Spiel, um uns zu retten. Ich denke oft über die Geheimnisse der menschlichen Seele nach, in der Gut und Böse auf so komplizierte Weise verknüpft sind, daß niemand über die Weisheit oder Tugend verfügt, entscheiden zu können, wo das eine endet und das andere beginnt. Für den Moment will ich jedoch nur berichten, daß er nur selten die Privatsphäre der Räume verletzte, die uns zugeteilt worden waren (in meinem eigenen Haus!), und daß dies eine dieser Gelegenheiten war.

Er rannte die Treppe hinauf und hämmerte an die Tür meiner Bibliothek, die ich voller Angst öffnete, um ihn dann, zitternd vor Erregung, vor mir stehen zu sehen. Eine große Armee unter dem Kommando von General Lake persönlich war in Castlebar geschlagen worden, teilte er mir mit, und das ganze nördliche Connaught befand sich nunmehr in Händen der Rebellen. Ich versuchte, ihm beruhigend zuzureden, während ich die Gefahren bedachte, denen wir jetzt ausgesetzt waren, nicht wegen seiner Nachrichten, die ich nicht eine Sekunde glaubte, sondern wegen der Tatsache, daß er sie glaubte. Damals teilte ich die Befürchtungen anderer Loyalisten, die Rebellen könnten beschließen, uns abzuschlachten, um ihren Sieg zu feiern oder um eine Niederlage zu rächen. Das Schicksal der armen Protestanten von Wexford ging uns nicht aus dem Kopf.

Ich weiß nicht recht, welche Reaktion auf seine Worte O'Donnell von mir erwartet hatte, ob Zorn oder einen plötzlichen Wechsel auf seine Seite. Möglicherweise wollte er nur eine Erregung mit mir teilen, die ihn fast zum Platzen brachte. Er war auf jeden Fall nicht auf meine Reaktion vorbereitet, denn ich konnte meinen Unglauben nicht verhehlen. Daraufhin überschüttete er mich mit einem Wortschwall, der meine Zweifel nur noch steigerte. Wenn ich ihm glauben sollte, dann hatte eine kleine Armee, die zur Hälfte aus groben und unwissenden Bauern bestand, eine große Armee geschlagen, zu der britische Berufssoldaten gehörten und die durch Artillerie verstärkt wurde. Vor dieser Bande aus Bauerntölpeln und französischen Banditen hatte eine große britische Armee in viel besserer Position kehrtgemacht und war davongelaufen, hatte Gewehre und Ehre weggeworfen. Diese wilde Unwahrscheinlichkeit bildete schließlich die Krönung meines Unglaubens, und ich fürchtete für unsere Sicherheit in Händen von Männern, die eine so unglaubliche Geschichte glaubten.

Die meisten anderen Loyalisten teilten meine Zweifel. Mr. Falkiner, der in seiner Jugend bei der Armee gedient hatte, versuchte mit schlecht verhohlener Ungeduld, die Unwahrscheinlichkeit der Geschichte, die ich ihm da erzählte, zu beweisen. Nicht einmal Franzosen, erklärte er, würden eine so vorteilhafte Stellung aufgeben, niemals, und Spanier übrigens auch nicht. Und so dachten wir alle, mit Ausnahme, wie ich gehört habe, von Captain Cooper. Bei all seinen guten Eigenschaften war Cooper eben doch ein Ire, vor allem, wenn er diese Tatsache eifrig zu leugnen versuchte. Jetzt, in seinem Kerker in der Markthalle, wirkte er zeitweise halb verrückt und wütete in ohnmächtigem Zorn. Er bestätigte die Gerüchte der Niederlage von Castlebar sofort und schrie, daß die englischen Feiglinge in der Stunde der Not immer die irischen Protestanten im Stich gelassen hätten, die dann von den Bauern ermordet oder durch Gottes Gnade von niederländischen Fürsten gerettet worden wären. Wir übrigen konnten seine irre Weisheit nur langsam hinnehmen. Erst nach vielen Tagen, während derer Bauern und Rebellen zwischen Killala und Castlebar hin- und hergefahren waren und gelassen und sicher Bericht erstattet hatten, konnten wir uns mit der Wahrheit abfinden. Aber selbst dann trösteten wir uns noch einige Tage mit der Vorstellung, daß die britische Armee die Stadt vor der Schlacht evakuiert und nur eine Garnison zu ihrem Schutz zurückgelassen habe.

Aber ach, wie alle Welt weiß, hatte das britische Heer eine demütigende und noch dazu gefährliche Niederlage erlitten. Connaught war der Gnade der Rebellen ausgeliefert, von denen viele durch die Straßen von Killala stolzierten. Zwischen den Städten in Rebellenhand – Killala, Ballina, Westport, Foxford, Swinford, Crossmolina und natürlich Castlebar – gab es lebhaften Kontakt, und jeder Tag brachte Nachrichten über abgelegene Weiler, die sich der Sache der Rebellen angeschlossen hatten. Am bedrohlichsten von allem waren die kleinen Verbrecherbanden, die von Männern vom Schlage des brutalen Malachi Duggan geleitet wurden. Sie plünderten und sengten, wann immer sie sich aus Humberts strenger Disziplin lösen konnten, und etliche protestantische Häuser wurden angesteckt, wenn auch nicht in der Nähe von Killala, wo Ferdy O'Donnell, »Captain« O'Donnell, wie er sich selber nannte, für Ordnung sorgte. Die Frauen der gefangenen Milizleute fürchteten sich ganz besonders vor Racheaktionen. Alle, mit Ausnahme von Mrs. Cooper, die eine Bande rauher und ungehobelter Bauern um sich scharte, mit deren Hilfe sie Mount Pleasant vor jeglichem Angriff beschützen wollte. Ich sah sie mehrmals durch die Straßen schreiten, eine hibernische Amazone, die in der Hand eine zusammengeknickte Peitsche von der Sorte hielt, die die Sage mit dem Namen ihres Vaters verband. Bei all ihrer Wildheit hätte sie leicht überwältigt werden können, aber die Leute hatten einen seltsamen Respekt vor ihr, der nur schlecht zu dem Haß und der Verachtung paßte, die sie für Mrs. Coopers unglücklichen Gatten empfanden.

Wir sollten bald feststellen, daß wir nun Bürger eines neugeborenen Staates waren, der Republik Connaught, ein Pfand auf dem Wege zur Republik Irland, die die Rebellen anstrebten. Das war keine Farce, denn es gab eine Regierung, die ihre Rechte über uns alle geltend machte und unsere Loyalität und unsere materielle Unterstützung forderte. Der junge John Moore, Bruder des mit Recht bekannten George Moore von Moore Hall, wurde zu ihrem Präsidenten ernannt und regierte an der Spitze eines Zwölferrates. Dieser Rat erließ den Befehl, daß sich alle gesunden Männer, die nicht mit den Rebellen kämpften, nach Castlebar zu begeben hätten. Eine Abgabe von zweitausend Guineas von der Stadt Castlebar und zehntausend Guineas vom County wurden verlangt. Außerdem wurden Assignaten ausgegeben, unterschrieben von Mr. Moore, die die Bezahlung für requirierte Güter nach der Errichtung der Republik Irland garantierten. Ich habe einige dieser Plünderungsurkunden gesehen, wenn auch glücklicherweise keine in meinem Besitz kam.

Der Befehl, daß sich alle Männer in Castlebar einfinden sollten, war nicht als Generalmobilmachung zu verstehen. Stattdessen sollte er diejenigen, die ihm nicht nachkamen, als Gegner des frischgegründeten Staates entlarven. Fast alle Protestanten und die Mehrheit der respektablen Katholiken fanden sich in dieser Situation wieder. Meine eigene Lage erschien mir in mehrfacher Hinsicht als außergewöhnlich. Ich leide, wenn auch ohne übermäßige Schmerzen, an Gicht und bin deshalb durchaus nicht gesund. Außerdem bezog sich der Befehl einwandfrei nur auf Iren, und durch, wie ich meine, eine der größten Gnaden, die der Allmächtige mir erwiesen hat, bin ich kein Ire. Ich habe diese Punkte mit »Captain« O'Donnell diskutiert, und er gab mir bereitwillig recht. Er brachte sogar die Meinung zum Ausdruck, daß mein geistliches Gewand mich von dieser, wie er sagte, »Castlebar-Torheit« ausschloß.

Eine Zeit der turbulenten Leidenschaften und der bedrükkenden Vorstellungen hatte Castlebar heimgesucht und sollte noch viele Wochen andauern. Wie wir noch sehen werden, hatte das außergewöhnliche Drama der Rebellion von Mayo nicht nur seinen Prolog, sondern auch seinen Epilog hier, wo die erste und die letzte Schlacht geschlagen wurden. Zwischen beiden Schlachten lebten wir von Gerüchten und Ängsten. Wir waren uns unseres Lebens und unseres Besitzes nicht sicher, und im Laufe der Zeit fürchteten wir sogar für das Königreich selber. Früher oder später mußten die Rebellen auf die Hauptmacht der britischen Armee treffen, aber nach den düsteren und unheilverkündenden Ereignissen von Castlebar konnte doch niemand ein Ergebnis vorhersagen. Wenn wir von unserer Baronie ausgingen, dann schien sich ganz Irland in der Macht einer gewaltigen Meuterei der Knechte zu befinden, dergleichen wir nur in der fernen Vergangenheit, bei den Bauernaufständen des Mittelalters und Spartacus in der Antike finden können. Unsere Kerkermeister, mit Ausnahme von O'Donnell, wußten nur wenig über alte Geschichte, hatten das aber, wenn ich von ihren triumphierenden Gesichtern ausging, auch nicht nötig.

Nach Castlebar überkam eine Karnevalsstimmung die Stadt. Viele Männer, vor allem die jüngeren, hatten sich den Rebellen angeschlossen, aber viele andere blieben friedlich zu Hause, wo die Felder nun bereit zur Ernte waren. Aber auch unter ihnen sympathisierten die meisten mit dem Aufstand, trotz der mutigen Schmähungen, die Mr. Hussey jeden Sonntag ausrief. Und hatten sie nicht das Beispiel seines Kaplans, des widerwärtigen Murphy, der sich tatsächlich den Rebellen angeschlossen hatte und mit ihnen nach Castlebar marschiert war, wo er zweifellos in blutbespritzter Soutane die Messe feierte? Die Schenken waren die ganze Nacht über laut, es wurde gebrüllt und getrunken und gesungen, die Musik von Sackpfeife und Fiedel erklang. Oft befürchtete ich, daß nicht einmal O'Donnell diese Leute zurückhalten könnte, wenn starker Schnaps einen schlechten Einfluß auf sie ausübte. Während dieser frühen Periode unserer Gefangenschaft waren sie jedoch mit ihren Gerüchten über Siege und Triumphe voll ausgelastet.

Von Zeit zu Zeit kamen aus Killala stammende aktive Rebellen von Castlebar herüber, zu denen auch Owen MacCarthy gehörte, ein MacCarthy, der sich negativ gewandelt hatte. Er war nun ein eingefleischter Rebell und hatte an der Schlacht teilgenommen. Ich begegnete ihm einmal in meinem Wohnhaus, denn er war eng mit O'Donnell befreundet. Er hatte irgendeinen Rang, aber, anders als die anderen, trug er nicht die Uniform, mit der die Rebellenoffiziere ausgestattet worden waren. Statt dessen trug er ein Seidenhemd und einen guten

Rock, der einst einem schmaler gebauten Gentleman gehört haben mußte. Eine Pistole bildete jedoch das wahre Rangabzeichen, und er trug an einem weiten Ledergürtel eine solche in einer schönen ledernen Scheide. Als er sah, daß ich ihn anstarrte, hatte er zumindest den Anstand, ein dummes Gesicht zu machen, wie er in seinem geraubten Staat so dastand. Er war bestenfalls ein großer, ungeschlachter Mann, und nun sah er zu allem Überfluß auch noch ausländisch aus.

Durch ihre Achtung vor meinem geistlichen Gewand konnte ich mich in der Stadt frei bewegen, was ich jedoch aus Rücksicht auf die Angst meiner lieben Eliza und wegen meiner eigenen Zaghaftigkeit nur selten nutzte. Es war eine traurige Erfahrung, durch die wenigen Straßen zu gehen, denn Killala, wie MacCarthy, hatte sich zum Schlechteren gewandelt. Es war immer ein strenger, freudloser Ort gewesen, dessen niedrige Gebäude von den nassen Winden des Atlantik gefleckt waren, aber zumindest war es ruhig gewesen. Nun waren die Straßen immer überfüllt, und in der Luft hing diese bedrohliche, unverständliche Sprache, die für eine höfliche oder wenigstens vernünftige Unterhaltung so restlos ungeeignet ist. Als ich am Fuße der Straße stand, die zum Pier führt, fühlte ich mich so einsam und verlassen wie Crusoe in Defoes Roman.

Und doch lebten wir in all diesen Wochen, wie ich dem Leser bereits bis zu seiner Erschöpfung mitgeteilt habe, im goldenen Spätsommerwetter, und das Getreide ließ nun seine schweren Köpfe sinken, um seine Bereitschaft für die Sense zu zeigen.

11

Castlebar, 28. August

Humbert hatte erst spät im Leben Lesen und Schreiben gelernt, und er beherrschte diese Künste nur mit Mühe. Das hatte sich in seiner ganzen Laufbahn als störend erwiesen, nicht weil es ihm peinlich war, sondern weil es ihn von Helfern und Sekretären abhängig machte. Sein Bericht an das Direktorat, geschrieben am Tag nach der Schlacht von Castlebar, wurde Bartholomew Teeling diktiert und dann von einem irischen Rekruten nach Newport gebracht, wo ein Fischerboot ihn bereits erwartete. Er sprach langsam, aus Rücksicht auf Teelings Französisch, aber auch, weil es ein wichtiger Brief war.

»… dann, nach einem Marsch von siebzehn Stunden, durch eine öde und fast weglose Wüste, erreichte ich um sechs Uhr morgens Castlebar. Die englische Stellung war sehr stark, und sie waren sehr viel zahlreicher als meine gesammelte Streitmacht aus französischen Soldaten und irischen … wie sollen wir diese Burschen nennen, Teeling?«

»Patrioten«, antwortete Teeling ohne ein Lächeln.

»Gut. Französische Soldaten und irische Patrioten. Außerdem hatten sie ihre Artillerie, während ich meine, mit Ausnahme einiger leichter Kanonen, in einem Dorf namens …«

»Crossmolina.«

»… namens Crossmolina hatte zurücklassen müssen. Lake und Hutchinson, die englischen Generäle, hatten ihre Verteidigungslinie auf einem niedrigen, breiten Hügel etwa neunhundert Meter vor meiner vordersten Kolonne aufgestellt. Ich beschloß, die irischen Patrioten in einem massiven Angriff gegen die Mitte zu werfen. Diese Soldaten, unter dem Kommando eines mutigen einheimischen Offiziers namens O'Dowd und bewaffnet mit langschäftigen Piken, griffen den Hügel insgesamt viermal an und erlitten im Kanonenfeuer starke Verluste. Ich befahl dann einen Generalangriff. Sarrizen drang in den linken Flügel des Feindes ein. Fontaine zwang seinen rechten Flügel zum ungeordneten Rückzug. Bald trat die ganze englische Armee den Rückzug an. Auf der Flucht büßte der Feind seine Kanonen und seine Ehre ein. Einige Regimentsteile machten den Versuch, eine Brücke, die zur Stadt Castlebar führt, zu verteidigen. Ein Angriff des dritten Jägerregimentes zersprengte sie und zwang sie, voller Panik über die Brücke zu fliehen. In der Stadt kam es noch zu einigen, jedoch belanglosen Kämpfen. Ein mutiger Kanonier bediente am Ende der Hauptstraße eine schwere Kanone. Er wurde von einem noch tapfereren irischen Patrioten erschlagen. Der Feind wurde noch bis etwa sieben Meilen südlich der Stadt verfolgt. Seine Niederlage war vollständig. Waffen, Munition, sogar General Lakes Gepäck wurden zurückgelassen. Habt Ihr das alles, Teeling?«

»Ja, mon Général.« Teeling hob die Feder in respektvoller, leicht ironischer Bereitschaft.

»So. So sollte ein Bericht über eine Schlacht aussehen. Schlicht, ohne Übertreibungen. Ein Soldat ist ein derber Mann, aber er kann seine Gedanken in klare Ordnung bringen.«

»Vor allem beim Bericht über einen Sieg.«

Humbert lächelte. »Ganz recht. Laßt Euch von Sarrizen Angaben über die Getöteten und Verwundeten auf beiden Seiten, eine Liste der erbeuteten Kanonen und Waffen und die Namen der britischen Regimenter geben, die an der Schlacht teilgenommen haben. Zeigt mir dann die Liste und fügt sie dem Bericht bei, wenn ich sie abgezeichnet habe.«

»Wird sich Paris für die Namen der getöteten Bauern interessieren? Es wird eine lange Liste sein. Männer mit Piken liefen vier Angriffe unter Kanonenbeschuß.«

»Wie hätte ich sie denn sonst verwenden sollen?« fragte Humbert leicht gereizt. »Pflüger ohne Übung, ohne Schlachterfahrung. Sie haben die Kanonenkugeln abgezogen, und dann haben meine Franzosen die Flanken aufgerieben. Wie sonst?«

Teeling gab keine Antwort. Er malte ein sauberes kleines Kreuz in die Ecke seines Blattes.

»Und«, fuhr Humbert fort, »laßt Euch von Fontaine eine Karte des Schlachtfeldes zeichnen und fügt sie ebenfalls dem Bericht bei. Sagt ihm, er soll auf die eine Seite der Karte einen französischen Soldaten zeichnen und auf die andere einen irischen Patrioten mit seiner Pike. Das wird sehr hübsch aussehen. Wenn sachlich und wahrheitsgemäß Bericht erstattet worden ist, ist es zulässig, die Ereignisse zu durchdenken und auf ihre Bedeutung hinzuweisen.«

Er erhob sich, ging ans Fenster und blickte über die von der Sonne beschienenen Felder von Claremorris auf eine Lärchenpflanzung. Dann nahm er das Diktat wieder auf.

»Die Tapferkeit und Energie meiner Armee, französische Soldaten, die eifrig versuchen, der Republik treu zu dienen, irische Patrioten, die das Joch einer unerträglichen Unterdrükkung abschütteln wollen, hat einen höchst erstaunlichen Sieg errungen. Eine britische Armee ist zerschlagen worden, und die Stadt, die der Mittelpunkt von ...« Er wandte sich um und hob die Augenbrauen.

»Von Mayo, General, falls Ihr nicht Connaught meint.«

»Erklärt mir das noch einmal.«

»Der County ist Mayo, aber Mayo gehört zur Provinz Connaught.«

»... die der Mittelpunkt von Connaught ist, ist in unsere Hände gefallen. Andere, kleinere Städte im Westen sind von örtlichen Patriotengruppen übernommen worden, die unser Beispiel angespornt hat. Eine Republik ist ausgerufen worden, die von einem Rat von Patrioten regiert wird. Die wärmsten Bande von Zuneigung und Respekt vereinen Iren und Franzosen. Rekruten strömen in solchen Mengen zu uns, daß wir nicht wissen, wie wir sie versorgen sollen. Kurz gesagt, wir haben einen brillanten Anfang gemacht, und ich beginne wahrlich zu begreifen, warum Colonel Theobald Wolfe Tone seine Landsleute so hoch rühmt. Wie wir sind sie Kinder der Revolution. Wem gehört dieses Land?«

»Einem Adeligen namens Claremorris. Er und Lord Glenthorne sind die mächtigen Grundherren von Ost-Mayo.«

»Nicht Mr. Moore?« fragte Humbert scharf. »Nicht dem Mann, den wir zum Präsidenten gemacht haben? Ihr hattet mir doch versichert ...«

»Sein Bruder George ist ein mittelgroßer Grundbesitzer«, erklärte Teeling. »Kein Adeliger in Eurer Bedeutung des Wortes, aber gut genug. Es ist ein Name, der Achtung genießt.«

»Unser Mann wird diesem Namen neue Lorbeeren verdienen«, sagte Humbert. »Nun schreibt bitte weiter. Meinen Befehlen nach sollte ich landen und dann auf General Hardy warten. Um meine Stellung zu sichern, mußte ich mich weiter ins Binnenland begeben und bei Castlebar angreifen. Die Umstände sind durch meinen umfassenden Sieg und durch die erfolgverheißende Erhebung der Menschen von Mayo verändert worden. Ich habe nun in diesem Teil der Insel die Initiative, und ich glaube, es wäre schädlich, meinen Erfolg nicht auszunutzen. Ich weiß nicht, ob Hardy bereits Segel gesetzt oder ob das englische Geschwader ihn aufgehalten hat. Ich habe vor, in den kommenden drei Tagen patriotische Truppen zu rekrutieren und mich über die Aufstände anderswo auf dieser Insel zu informieren, die durch Castlebar sicher ermutigt worden sind. Meine Truppen werden bereit sein, wenn General Hardy das Kommando übernimmt. Wenn Hardy jedoch nicht eintrifft, werde ich weiter vorrücken.«

Im Zimmer war, mit Ausnahme von Teelings kratzender Feder, alles still.

»Weiter vorrücken«, sagte er.

Humbert beachtete ihn nicht. Er stand wieder am Fenster und betrachtete Lord Claremorris' Lärchen.

»Das Schicksal dieses Landes wird sich in den nächsten zehn Tagen entscheiden. Es besteht sehr wohl die Möglichkeit, daß Mut und Kühnheit es zu unserem Vorteil entscheiden werden, wodurch Frankreich einen tapferen und dankbaren Waffengefährten gewinnen wird. Beendet den Brief wie üblich.«

Teeling legte die Feder beiseite und sah den Brief noch einmal durch. »Soll ich ihn Euch noch einmal vorlesen?«

»Nein, nein.« Humbert kam zurück zum Schreibtisch. »Seid Ihr überrascht, daß ich Euch gebeten habe, ihn für mich zu schreiben?«

»Zuerst ja«, antwortete Teeling trocken. »Jetzt nicht mehr.«

Humbert lächelte und ließ seinen langen schweren Körper langsam in einen Sessel sinken. »Erklärt Euch.«

»Es kommt mir nicht zu, das ...«

»Nein«, sagte Humbert scharf. »Erklärt Euch.«

»Ihr überschreitet die Grenzen Eurer Befehle sehr weit, da Ihr einen Sieg errungen habt und hofft, daß andere Teile der Insel sich erheben werden. Ihr wollt wahrscheinlich die Rechtfertigung, die Ihr dem Kriegsministerium zukommen laßt, vor den anderen französischen Offizieren hier geheimhalten.«

»Stimmt«, sagte Humbert. »So ist es. Und was meint Ihr selber? Ihr seid doch auch ein französischer Offizier. Gewissermaßen.«

»Ein Ire«, antwortete Teeling. »Gewissermaßen. Vielleicht glaubt Tone an eine allgemeine Rebellion, ich jedoch nicht. Unsere Organisation ist schon vor Monaten zerschlagen worden. Ihre Stärke lag in Ulster und in Wexford. In Dublin. Vielleicht in den Midlands. Wenn es im nächsten Monat überhaupt eine ernst zu nehmende Rebellion gibt, dann in den Midlands. Hier haben wir einen Mob von irisch sprechenden Bauern rekrutiert, primitive Männer, die vom Rest der Insel isoliert sind. Wenn Hardy nicht landet, gibt es keine Hoffnung für uns.«

»Hardy hat die französische Küste nicht verlassen«, sagte Humbert. »Da könnt ihr ganz sicher sein. Und er wird dort bleiben, bis ganz klar und öffentlich bekannt ist, daß er gebraucht wird, um einen Feldzug zu Ende zu führen, den ich mit großem Erfolg begonnen habe. Dieser alte Aristokrat unten in Dublin, Cornwallis, sitzt nicht still. Er führt eine große Armee in den Norden, um mich anzugreifen. Wenn er mich findet, dann wird es kein zweites Castlebar geben. Aber wenn diese Insel sich aufrafft, und wenn ich ihm drei Wochen lang ausweichen kann, dann wird Hardy hier sein.«

»Ihm drei Wochen lang ausweichen?« fragte Teeling ungläubig. »Auf einer Insel von dieser Größe?«

Humbert zuckte die Schultern. »Sie ist größer als die Vendée. Ich kann ihm ausweichen. Wenn ich Glück habe.«

»Und wenn Hardy landen sollte, wo sind wir dann?«

Humbert machte eine seltsame Geste, er ballte die Faust und öffnete sie dann über dem Tisch, spreizte weit die Finger.

»Darf ich fragen, General, wie groß unsere Chancen sind?«

»Alle Wahrscheinlichkeit spricht gegen uns. Zu viele Dinge müssen funktionieren. Örtliche Aufstände, und daran zweifelt Ihr ja selber. Hardy muß bald eintreffen, dann Kilmaine. Die Art, in der Cornwallis seine Truppen einsetzt. Wahrscheinlich wird er uns in dem Netz fangen, das er auswirft, und uns fesseln. Ich kann von meinem Plan nur sagen, daß er unter diesen Umständen der beste ist.«

»Der beste für die Iren oder für Frankreich?«

»Für Frankreich natürlich«, sagte Humbert. »Der beste für Frankreich. Ihr seid doch nach Frankreich gekommen und habt um Hilfe gebeten, wißt Ihr, Ihr und Wolfe Tone und Fitzgerald und die anderen. Wir haben Euch nicht dazu aufgefordert, England die Loyalität aufzukündigen. Aber Ihr habt uns gebraucht, um Eure Loyalität wirkungsvoll zu brechen. Und hier sind wir. Wenn wir Glück haben, dann werden noch mehr von uns kommen. Aber wir dienen hier unserem Land, so wie Ihr Eurem dient.«

»Eurem Land«, sagte Teeling. »Nicht der Revolution.«

»Frankreich ist die Revolution«, sagte Humbert mit plötzlicher, unerwarteter Leidenschaft. »Mein Sieg hier wird die Revolution stärken, so wie Buonapartes Sieg in Ägypten sie wahrscheinlich zerstören wird.«

»Was kann das für die Pflüger bedeuten, glaubt Ihr, die Ihr den englischen Kanonen entgegenwerft?«

»Fragt Euch das selber. Es sind Eure Landsleute, nicht meine.«

»Ich stelle mir diese Frage«, erwiderte Teeling. »Es ist eine gräßliche Frage.«

»Ja.« sagte Humbert ernst. »Eine gräßliche Frage. Krieg verschlingt Menschen. Wir werfen unsere Kinder vor die Kanonen. Es ist keine Frage, die man mitten in einem Feldzug stellen sollte.«

»Ich werde eine Reinschrift Eures Berichtes anfertigen«, sagte Teeling. »Wollt Ihr auch eine?«

»Natürlich«, antwortete Humbert. »Und sorgt dafür, daß ein vertrauenswürdiger Bote sie überbringt. Das Boot sollte bei der nächsten Flut in See stechen.«

In der Tür drehte Teeling sich um. »Es ist doch eine Verschwendung von Menschen, nicht wahr, General – ein Frontalangriff in offenem Feld?«

»Er hatte Erfolg«, sagte Humbert. »Diesmal.«

Aus dem *Tagebuch der Ereignisse,* verfaßt von Malcolm Elliott im Oktober 1798

Am Tag nach der Schlacht von Castlebar sollte ich ostwärts nach Sligo reiten, um mich über das Fortschreiten der United-Bewegung dort zu informieren und zu versuchen, soviel wie möglich über die Lage in Ulster herauszufinden, denn Humbert betrachtete den Zusammenschluß mit etwaigen Überresten der nördlichen Rebellen als eine seiner Möglichkeiten. Ich wurde von Owen Ruagh MacCarthy, dem Schulmeister, begleitet. Wenn, was durchaus möglich war, Bauern Teile der Straße nach Sligo besetzt hielten, dann würde MacCarthy ihnen besser als ich die Lage erklären können. Um ganz offen zu sprechen, die Straßen waren nicht mehr sicher für jemanden, der durch Kleidung, Auftreten und Sprache klar als »Protestant« zu erkennen war. Tatsächlich hatten wir diese Schwierigkeiten jedoch nicht, obwohl sich einige Gegenden in West-Sligo wirklich erhoben hatten.

Unsere Reise führte uns durch Swinford, Charlestown und Tobercurry, und wir waren zweifellos ein sehr schlecht zusammenpassendes Paar, denn MacCarthy wackelte höchst schmerzlich auf seinem Gaul einher, wenn er auch nicht klagte, sondern einmal bemerkte, daß dieses Pferd, das von Lord Claremorris requiriert worden war, zweifellos nur vier Pfund achtzehn wert sein könnte, eine Anspielung auf den alten Paragraphen der Penal Laws, der es Papisten untersagte, Pferde zu besitzen, die über fünf Pfund wert waren. Er erwies sich jedoch als höchst intelligenter und scharfsinniger, wenn auch exzentrischer Mann, und ich konnte immer wieder die künstlichen Barrieren beklagen, durch die die verschiedenen Gesellschaftsklassen voneinander getrennt gehalten werden. Er war, alles in allem, ein ganz hervorragender Begleiter, wenn man von seiner Entschlossenheit absieht, bei jeder Schenke am Wegesrand anzuhalten und dabei seine phantastische Aufnahmefähigkeit für Alkohol unter Beweis zu stellen. In einigen dieser Schenken war sein Name als der eines Dichters in der alten Sprache bekannt. Über Ziele und Vorhaben der United Irishmen wußte er nur wenig, obwohl er mehrere von unseren Pamphleten gelesen hatte. Sein Kopf war von seltsamem Wissen und Pseudowissen vollgestopft, das aber zumeist von Irlands vier Küsten eingegrenzt wurde. Allerdings verfügte er über große Kenntnis der Klassiker und hatte Goldsmith und Shakespeare gelesen.

»Meine Frau«, sagte ich, »ist eine leidenschaftliche Ossianleserin.«

»Wer ist das?«

»Der größte aller irischen Dichter«, antwortete ich überrascht. »Ossian. Vielleicht war er aber auch ein Schotte. Mr. James MacPherson hat ihn in London berühmt gemacht.«

»Oschien?« fragte er nach einer Pause. »Ach, der.«

Als wir jungverheiratet waren, ließ Mrs. Elliott mich eine Passage aus MacPhersons wortgewandter Übersetzung auswendig lernen, die ich ihm nun aufsagte: »O Wolkenbruch, ergießest du dich über Schön-Kaledon, laß deinen mächtigen Geist dem schläfrigen Gälen zuflüstern. Zittert nicht, ihr schlummernden Helden, sondern zieht mutig aus dem Streite.«

»Wirklich«, sagte MacCarthy. »Das ist in der Tat elegant, und gar nicht leicht für das Gedächtnis. ›Zittert nicht, ihr schlummernden Helden‹. So einen Einfall hat man nicht jeden Tag.«

»Ist es in Ausdruck oder Gefühl vielleicht nicht zutreffend?« fragte ich, leicht gereizt von seiner Bemerkung, die mir als spöttisch erschien.

»Durchaus nicht«, versicherte er mir mit fast übertriebener Höflichkeit. »Es ist wirklich großartig. ›Schlummernde Helden‹, bei Gott. Das sollte ich mir wirklich merken. In Westcork gibt es einen Verseschmied, der allerlei Schillinge auf die Theke zählen würde, wenn er das benutzen dürfte.«

Wir waren aus weit entfernten Orten sehr weit gereist, um dann schließlich auf derselben Straße unterwegs zu sein, und doch gab es immer noch vieles, was uns trennte. Irland wird nach meiner Ansicht von unterdrückenden Gesetzen und einem korrupten Parlament, von einer Regierung und einer Aristokratie kleingehalten, die ihre Macht dadurch festigen, daß sie Zwietracht zwischen Protestanten und Papisten heranzüchten, mit Hilfe der bewaffneten Macht der fremden Armeen Englands. MacCarthy stimmte bereitwillig zu, und doch schien ihn das alles nicht sonderlich zu interessieren.

»Mein Vater«, sagte er, »war, was Ihr als landlos bezeichnen würdet, ein Tagelöhner, der uns beide ernährte, so gut er konnte. Aber sein Vater wiederum hatte ein wenig Land auf Lord Blennerhassetts Gut bei Tralee gehabt. Nun, die schlechten Jahre mit den beiden Mißernten kamen, eins nach dem anderen, und er konnte die Pacht nicht bezahlen und wurde vertrieben. Würden die United Irishmen so etwas verhindern?«

»In allen Ländern gibt es Pacht«, sagte ich, »und Grundbesitzer haben selber Schulden, die sie mit Hilfe der Pacht begleichen müssen.«

»Als ich dann älter wurde«, fuhr er fort, als ob er mich nicht gehört hätte, »unterrichtete ich in Macroom, und da wurden die Whiteboys wieder aktiv. Ein Mann namens Paddy Lynch steckte dahinter. Er war für jegliche Teufelei zu haben. Malachi Duggan aus Kilcummin ist ein Meßdiener im Vergleich mit Paddy Lynch. Als Paddy Lynch Westcork verwüstete, stellten die Gutsbesitzer die Vertreibungen fast ein. Wenn es zu Lebzeiten meines Großvaters in Tralee Whiteboys gegeben hätte, dann hätte er sein Leben nicht auf der Straße beenden müssen.«

»Wir machen doch jetzt erst den Anfang«, sagte ich und

hörte innerlich, wie leer meine Worte klangen. »Wir müssen einen Schritt nach dem anderen tun.«

»Mein Großvater hat einen Schritt nach dem anderen getan, bis er dann in einer Winternacht in einem Graben einschlief, und da wurde er am nächsten Morgen gefunden, und neben ihm lag mein Vater und weinte und zitterte.« Er biß sich nachdenklich auf die Lippen, dann sagte er, »aber natürlich interessiert niemand sich für Menschen wie meinen Großvater«.

Swinford war von den Rebellen selber übernommen worden, als sie von dem Sieg von Castlebar gehört hatten, ohne Hilfe oder Anweisungen der Franzosen. Das Dorf strotzte nur so von grünen Zweigen und Freiheitsbäumen in der engen Straße. Sie hatten den örtlichen Schnapsladen besetzt, obwohl der Besitzer selber Papist war, und es wurde bei hellichtem Tage ausgiebig getrunken und gesungen. Ein korpulenter junger Mann von der Sorte, die bei Dorfkämpfen ganz vorne kämpft, hatte sich zu ihrem Captain ernannt und übte eine unklare Autorität über sie aus. Als sie aus MacCarthys prahlender Rede erfahren hatten, daß wir an der Schlacht von Castlebar teilgenommen hatten, drängten sie sich um uns, um mehr zu hören, und drängten uns Gläser auf, die MacCarthy nicht ablehnen mochte. Und in Charlestown war es so ähnlich. Kurz gesagt, die Marschlinie nach Osten durch Mayo war offen, und die Dörfer befanden sich in Händen unserer Freunde. Wir konnten jedoch nichts über Sligo in Erfahrung bringen. Wir stellten, als wir weiterritten, fest, daß einige Dörfer in Sligo von den Rebellen und andere von Miliztruppen gehalten wurden, viele jedoch waren unentschieden und lebten weiter, als ob nichts passiert wäre. Die Stadt Sligo selber jedoch, größer und wichtiger als Castlebar, war in Händen einer starken britischen Truppe, die durch Soldaten aus Enniskillen in Ulster verstärkt worden war. Sligo im Norden und Boyle im Süden, in Roscommon, waren die beiden Ankerpunkte des Netzes, mit dem die Briten uns in Connaught zu halten hofften, bis Cornwallis in Stellung gegangen war. Wenn wir Ulster erreichen wollten, mußten wir entweder kämpfen oder durch die Maschen des Netzes schlüpfen.

Es war ein herrlicher Tag, als wir weiterritten, und es dauerte lange, bis der Abend kam. Weit links von uns, in Richtung auf den Atlantik, lagen die Ox Mountains, blau-lila vor dem blassen Himmel. Wir fühlten uns weit weg nicht nur von Dublin, sondern auch von Castlebar. Hier und dort, auf Anhöhen oder halb verborgen von Pflanzungen, lagen die großen Häuser des Landadels. Meistens hatten wir jedoch die weiten Ebenen und die Hütten der Bauern vor uns. Wir hielten manchmal an Hütten an und baten um einen Becher Milch, und nichts hätte diesen Menschen ferner liegen können als Schlachten und Rebellionen. Es versetzte meinem Gewissen einen bösen Stich, als ich mir überlegte, daß sie bald in unseren Tumult hineingezogen werden würden. Denn was gingen sie Königreiche oder Republiken an, was Gleichheit oder die Menschenrechte? Sie hatten nur ihr Leben und ihre Ernten.

Aus: »Die ersten Dienstjahre. Mit Cornwallis in Irland«, 3. Kapitel in: *Meine Feldzüge* von Generalmajor Sir Harold Wyndham (London, 1848)

Die Stadt Dublin ist im Norden und Süden von den Bögen der beiden Kanäle begrenzt, des Grand und des Royal, die sich dann durch die Midlands ziehen und die Hauptstadt mit dem Shannon und dem Ozean verbinden. Sie waren und sind immer noch Wunderwerke der Bautechnik und der Wasserkunst und bringen die reichen Ernten und Herden der üppigen irischen Weiden und Felder nach Dublin, von wo aus sie nach England verschifft werden. Während der französischen und napoleonischen Kriege waren sie wahre Lebensadern, die England mit Irland, seiner Kornkammer, verbanden.

Cornwallis begab sich auf dem Grand Canal nach Connaught. Ich selber wäre wütend und verärgert gewesen, aber er saß ruhig auf dem Bootsdeck, paffte an seiner langen Pfeife und nippte an zahllosen kleinen Tassen Schokolade. Ich habe in meiner Jugend von Cornwallis die unschätzbare Lektion erteilt bekommen, daß Eile und Schnelligkeit nicht dasselbe sind. Der unselige General Lake verstärkte diese Lektion durch das triste Beispiel, das er über die Folgen der Eile gab. Allerdings hatte Cornwallis bei seinem Aufbruch noch nichts über die Katastrophe von Connaught gehört.

»Wenn wir ankommen«, sagte Cornwallis, »hat Lake den Franzmann vielleicht schon aufgerieben. Wenn nicht, dann werden wir uns umsehen und entscheiden, wie wir vorgehen. Diese Landschaft hier am Kanal ist sehr friedlich, findet Ihr nicht, Wyndham? Sie könnte auch in Frankreich oder den Niederlanden oder sogar in England liegen. So würden die Menschen in diesem Land leben, wenn man sie ließe. Sie sind ein Volk, das die Gerechtigkeit sehr liebt, wie ein alter Chronist bemerkt hat. Wie die Engländer.« Er betrachtete gerade das weite Moor von Allen, wo überhaupt niemand lebt, friedlich oder nicht, und doch war seine Bemerkung zutiefst weise. Das irische Volk ist oft verleumdet worden. Es sucht die Segnungen einer Regierung, die es gerecht und doch gnädig behandelt, wenn seine Leidenschaften nicht von Demagogen aufgestachelt worden sind. Und ihre Streitlustigkeit und ihr heißes Temperament, die ihre Verleumder so oft betonen, machen aus ihnen die besten Soldaten der Welt, wenn sie, wie in den letzten vierzig Jahren, der Disziplin der britischen Armee unterworfen werden.

Es spricht zugunsten von Cornwallis' Weitsicht und seiner Menschlichkeit, daß er diese Gedanken hegte, als er gegen diese irregeleitete Menge in Connaught in den Kampf zog. Er war von Pitt mit zwei Aufträgen nach Irland geschickt worden, einer wurde eingestanden, der andere bisher verhehlt. Zuerst sollte er die Insel befrieden, dann das sogenannte Königreich Irland zerschlagen und die Insel endlich unter die volle Herrschaft des britischen Parlamentes bringen. Und doch diskutierte er diese beiden Aufgaben höchst offen und freimütig mit mir, und kein zwanzigjähriger Leutnant hat jemals in den kombinierten Künsten von Krieg und Staatsführung eine bessere Erziehung erhalten. Zu befrieden, während er gleichzeitig die Grundlagen einer haltbaren sozialen Ordnung schafft, ist der Ehrgeiz jedes militärischen Staatsmannes, und Lord Cornwallis verfügte über die notwendige Weitsicht und über Instinkt für die Wünsche der Menschheit. Damals jedoch fehlte mir die Weisheit, diese unvergleichliche Möglichkeit wirklich auszuschöpfen.

Der alte Mann (jünger, wie ich zugeben muß, als ich heute bin) sprach ruhig weiter, als sich der Nachmittag mit der wunderbaren Sanftheit irischer Sommer verdunkelte. Zu beiden Seiten des Kanals erstreckte sich braunes Moorland, hier und dort gezeichnet von den Mühen der Torfstecher, dunkle, flache Gräben, die die weiten, ebenen Flächen durchkreuzten. Viele vergangene Jahrhunderte lagen noch unberührt von ihren Spaten da, die ganze geschichtete Melancholie der unseligen Geschichte dieses Landes, von der langsamen Chemie der Zeit in dunkle, duftende Fasern verwandelt. Ich hatte in einer Mappe aus rotem russischem Leder Cornwallis' Karten und seine Notizen, die er mir über unsere Truppenbewegungen diktiert hatte, aber er fand keine Notwendigkeit, sie sehen zu wollen. Alle Einzelheiten hatte er im Gedächtnis, in seinen Gedanken, die sich über Schlacht und baldigen Sieg hinaus mit der Einrichtung eines dauerhaften Gesetzes, einer gerechten und fruchtbaren Ruhe befaßten.

Ein Netz wurde über Connaught geworfen, mit vier kräftigen Knoten an seinen Grenzen – in Sligo, Boyle, Castlebar und Galway. Die Rebellen würden im Netz festgehalten werden, während sich der Hauptteil unserer Truppen im Süden sammelte. Dann würde das Netz zugezogen werden. Nachdem er das entschieden und seine Befehle erteilt hatte, konnte es sich Cornwallis jetzt in seinem Sessel gemütlich machen und sein gichtiges Bein auf einem kleinen gepolsterten Schemel ruhen lassen.

Wir verließen das Boot in Tullamore, einer wohlhabenden Kanalstadt, und reisten mit einer Kutsche nach Athlone, fünfundzwanzig Meilen nordwestlich am Ufer des Shannon gelegen. Es hütet die wichtigste Brücke, die über diesen Fluß nach Connaught führt. Die Kontrolle über Athlone und damit über den Shannon wurde in Cromwells und Williams Kriegen heiß umkämpft. Im Juni 1691 wurde es von einer Armee aus 21 000 Williamiten angegriffen, die die Stadt dem schrecklichsten Bombardement der irischen Geschichte unterzogen, bei dem fünfzig Kanonen Tonnen und Tonnen von Bomben über die Stadtmauern schleuderten. Cornwallis, dessen Phantasie auf Geschichte ansprach, sah sich gerade die Ruinen der Burg und die Reste der Stadtmauern an, als wir von der Katastrophe von Castlebar erfuhren.

Diese Nachricht wurde uns auf die denkbar demütigendste Weise gebracht, nämlich von leichten Dragonern, die vom Schlachtfeld geflohen waren und kaum eine Pause eingelegt hatten, bis sie Athlone erreichten. Sie wurden vor Cornwallis geführt, um Bericht zu erstatten, aber nicht einmal seine Strenge und seine majestätische Haltung konnten ihnen eine zusammenhängende Rede entlocken. Nach ihrer Darstellung waren überwältigende Mengen von Bauern, die wie Dämonen heulten und von ihren Priestern angestachelt wurden, auf den Straßen von Connaught unterwegs. Die wichtigsten Städte zwischen Castlebar und Athlone, darunter auch Tuam, waren gefallen. Cornwallis hörte ihnen schweigend zu und versuchte zweifellos, zwischen ihren panischen Übertreibungen und der glatten Tatsache einer Niederlage im Norden ein Gleichgewicht zu schaffen.

Er wandte sich dann von ihnen ab und setzte seine Stadtbesichtigung fort, nicht nur aus historischer Pietät, sondern auch, weil er wissen mußte, ob Athlone gegen einen starken Angriff verteidigt werden könnte. Er schickte außerdem einen Reiter gen Westen, nach Tuam, der feststellen sollte, ob die entscheidende Straßenkreuzung noch in britischer Hand war. Nach Einbruch der Nacht kam ein Bote von General Lake angaloppiert und brachte eine Meldung, die in den schmählichsten Wendungen verfaßt war, die ein britischer Offizier im Feld jemals an seinen Befehlshaber geschickt hat, eine Mischung von Prahlerei, Selbstmitleid und wahlloser Verdammung seiner eigenen Offiziere und Männer. Britische Soldaten, berichtete er, waren in sinnlose Panik geraten und wie Feiglinge von einem Schlachtfeld geflohen, das er mit Umsicht vorbereitet hatte und das er tapfer hatte verteidigen wollen. Aber der nächste Absatz widersprach dieser Darstellung, denn er schrieb General Hutchinson die Verantwortung für die Schlachtordnung zu. Die Meldung erwähnte mit keinem Wort, wieso sich die katastrophale Panik unter Soldaten hatte verbreiten können, die dem Feind zahlenmäßig weit überlegen gewesen waren und das höhergelegene Terrain gehalten hatten. Er verlor auch kein Wort des großmütigen Lobes für einen kühnen und leistungsstarken Feind, dessen Sieg durch einen nächtlichen Marsch, den ein schwächerer Kommandant niemals gewagt hätte, ermöglicht worden war.

Ich erinnere mich noch mit einer Lebhaftigkeit, die Alter und Jahre nicht gedämpft haben, wie Cornwallis auf der Brücke stand und sich mit einer Hand aufs Geländer stützte, um sein krankes Bein zu entlasten. Das dunkle Wasser des Shannon floß unter der Brücke dahin, und wir blickten auf das dunklere Shannonufer. In der Stadt, die hinter uns lag, verbreitete sich Besorgnis, ein Gerücht gab das nächste. Er zerknüllte Lakes Meldung und hielt sie über das Wasser, dann faßte er sich wieder, glättete sie und reichte sie mir.

»Nun seht«, sagte er. »Wenn General Lake meinen Rat angenommen und die Nacht durchgeschlafen hätte, dann wäre ihm das alles erspart geblieben.« Dann rief er Colonel Crauford herbei und sagte: »Wenn wir Tuam noch halten, dann möchte ich mich morgen mit zwei Regimentern dorthin begeben. Unsere Truppen sollen, sowie sie hier eintreffen, mir nachgeschickt werden. Wenn ich stark genug bin, nicht später als übermorgen, werde ich nach Mayo marschieren. Setzt eine Meldung auf, daß die Straße nach Osten in Sligo und Boyle gehalten werden muß. Ein dringender Bericht muß an das Kriegsministerium gehen und Verstärkung fordern, um den Zugang nach Dublin zu sichern. Der junge Wyndham hier wird Euch bei der Rechtschreibung helfen. Ihr Dragoner könnt doch kein brauchbares Wort buchstabieren.«

»Ist es so schlimm, Sir?« fragte Crauford.

»Wir werden natürlich gewinnen«, antwortete Cornwallis. »Wir werden gewinnen. Wir führen hier schon seit Jahrhunderten Kriege, und das Gewinnen ist uns zur Gewohnheit geworden. Aber wir werden nicht so schnell gewinnen, wie ich gehofft hatte. Und, Crauford, die beiden Regimenter, mit denen ich nach Connaught gehe, werden englische Regimenter sein.«

»Aber im Notfall, Mylord«, fragte Crauford, und sein schottisches R gab seinen Worten eine wütende Schärfe, »werdet Ihr auch schottische Soldaten akzeptieren?«

Cornwallis lachte freundlich und ließ seine Hand kurz auf Craufords Schulter ruhen. »Mit Vergnügen, Sir. Mit Vergnügen. Eure Jungen sind die besten von allen. Aber, bei Gott, wenn ich genug Männer hätte, würde ich die einheimische Miliz und Landwehr in die Garnisonen schicken, damit wir sie nicht sehen und sie uns nicht stören können.«

Danach erwähnte er die Schlacht von Castlebar nie mehr direkt.

Es ist ein höchst außergewöhnlicher und dramatischer Zufall, daß seine Bitte um Verstärkung gleichzeitig mit der ersten Nachricht in London eintraf, daß an der Mündung des Nil, in Aboukir, eine Schlacht im Gange war, zwischen der britischen Flotte unter Admiral Nelson und der französischen Flotte, die Buonapartes Expeditionsheer deckte. Ich habe mir in müßigen Augenblicken oft Gedanken darüber gemacht, ob zwischen diesen beiden Ereignissen, zwischen denen die halbe Welt lag, vielleicht eine okkulte Verbindung bestanden haben kann. Und doch weiß ich, daß diese Spekulation wahrlich müßig ist, denn welche Verbindung sollte wohl zwischen Scharmützeln unter dem bleiernen Himmel eines Moorlandes und einer der entscheidenden Schlachten der Weltgeschichte bestehen, in der das Schicksal von Europa und Indien in der Schwebe hing?

Aus dem Tagebuchmanuskript von Judith Elliott mit dem Titel: *Ganz in Grün. Erinnerungen einer irischen Patriotin*

29. August. Heute befindet mein tapferer Malcolm sich irgendwo im Osten von Mayo und erweckt die Menschen aus ihrem Schlummer, wie Ossian sagen würde. Unsere Stadt Ballina liegt sicher im patriotischen Lager, obwohl das Benehmen der Leute durchaus zu wünschen übrig läßt. Castlebar, die Hauptstadt unserer wunderbaren jungen Republik Connaught, wird von einer provisorischen Exekutive regiert, und dort verläuft alles ordentlich und gesittet, wie ich gehört habe, denn ich habe mich nicht so weit von zu Hause fortgewagt. Aber die Patrioten von Ballina, obwohl mutig, führen sich auf, als bedeutete Freiheit lediglich einen Freibrief für Banditentum und Grobheit. Sie werden bis zu einem gewissen Grad von ihrem Captain Michael Geraghty, einem wohlhabenden Bauern, dem mein lieber Mann vor einiger Zeit den Eid der Society of United Irishmen abgenommen hat, bei der Stange gehalten, aber sein Einfluß auf sie ist der eines rauhen Häuptlings, der keine allzu feste Disziplin zu fordern wagt. Deshalb sind viele Häuser des Landadels geplündert worden, wenn es auch glücklicherweise kein Blutvergießen gegeben hat. Wenn ich diese Patrioten auf der Straße sehe, gebückt unter dem Gewicht gestohlener Einrichtungsgegenstände, dann scheinen sie weit entfernt von den Helden, über die Ossian geschrieben hat, diesen idealen Geschöpfen von flammendem Mut und erlesener Größe. Und doch sind diese Menschen, wie die Geschichte uns lehrt, die wahren Nachkommen von Ossian und Oscar und Finn, wenn auch gebrochen und von dem tyrannischen Absatz, der sie seit Jahrhunderten bedrückt, in den Schmutz gepreßt. Wenn ich mir das in Erinnerung rufe, dann kann ich ihnen viel vergeben und mich darauf verlassen, daß ihre bevorstehenden Opfer sie erheben und läutern werden.

Heute hatte ich den nett gemeinten Besuch von Mr. George Moore aus Moore Hall, dem älteren Bruder des Präsidenten unserer Republik Connaught. Mr. Moore war nach Castlebar geritten, um John zu besuchen, und unterbrach auf Malcolms Bitte hin seinen Ritt in The Moat, um sich meiner Sicherheit zu vergewissern. Das war ganz und gar unnötig, denn Malcolms guter Ruf unter der Landbevölkerung breitet sich wie ein schützender Mantel über mich aus. Ohne seine Brille ist Mr.

Moore ein höchst gutaussehender Mann, von höflichem und doch sardonischem Benehmen, und, bisweilen, mit einem attraktiven Hauch von Melancholie. Ich muß zugeben, daß ich leicht verstimmt war, als ich erfuhr, daß die Franzosen den jungen John Moore und nicht meinen Malcolm zum Präsidenten gemacht haben, und muß sogar jetzt noch einen vielleicht unwürdigen Verdacht zugeben, daß sie sich von gesellschaftlichem Rang und Stammbaum leiten ließen, obwohl das zu den Aposteln der menschlichen Gleichheit nur schwerlich passen würde. Aber in meinem Herzen weiß ich, daß Malcolm dort, wo er jetzt ist, an der Spitze seiner Truppen, das Schwert der Freiheit in der Hand, bessere Arbeit leisten kann. Und doch sind nur wenige Angehörige des Landadels zum Banner der Freiheit geströmt, John Moore und Malcolm sind wirklich die Ausnahme, obwohl die Krautjunker und Fast-Gentlemen wie der ungestüme und ungehobelte Randall MacDonnell sehr gut vertreten sind. Diese letzteren sind allesamt Papisten. Da ich überzeugte Protestantin und darauf zu Recht stolz bin, krümmt meine Seele sich vor Zorn und Entrüstung darüber, daß außer Malcolm niemand von uns in Mayo sich unserer Sache angeschlossen hat, obwohl die Sache der Freiheit doch auch die Sache des Protestantismus sein sollte. Verworren und verkrümmt sind in der Tat die Wurzeln dieser unglücklichen, einst jedoch heldenhaften Insel.

Um so schändlicher ist es von George Moore, Papist und Gentleman zugleich, sich aus allem herauszuhalten, trotz des hervorragenden Beispiels, das sein Bruder abgibt. »Leider, Ma'am«, sagte er, »bin ich kein so guter Ire wie Ihr.« – »Ich bin durchaus keine Irin«, rief ich, »sondern in England geboren und aufgewachsen, und doch läßt sich mein Herz bewegen ...« – »Wie wahr«, fiel er mir ins Wort, »und Eure Liebe für Euer adoptiertes Land ist ein Tadel für mich. Ich habe zu lange im Ausland gelebt.« – »Ich weiß, daß Ihr Euch über mich lustig macht«, erwiderte ich lebhaft, »aber ich glaube, daß keine Aufgabe heiliger ist als die, die Freiheit einer alten Nation wiederherzustellen.« – »Wir sind in der Tat alt«, sagte er, »daran zumindest bestehen keine Zweifel. Aber Ihr müßt wissen, daß ich manchmal glaube, daß alle heiligen Aufgaben verderblich und die Quelle menschlichen Leidens sind.« – »Glaubt das doch nicht, Sir. Kein Volk kann glücklich sein, wenn es nicht frei ist.« – »Und sind wir das denn? Ein Volk? Ich und Captain Cooper und Malachi Duggan und Dennis Browne und Randall

MacDonnell?« Und doch ist dieser seltsame Mann, nach allem, was ich gehört habe, nicht der Feigling, als der er auftritt, sondern er war in früheren Jahren ein bekannter Duellant und Verehrer verheirateter Frauen, und letzteres will ich auf jeden Fall gerne glauben, denn obwohl sein Auge bleich und kühl ist, sind seine Lippen voll und sinnlich, und er rückte mir durchaus näher als unbedingt nötig und schien mein Kleid aus weichem Musselin wohl zu bemerken. Aber sein Geist ist ein eisiger Wirbelwind in ihm und hat sein Gemüt gekühlt und verdorben, und er ist zu stolz auf seinen Verstand, der eher scharf als erhaben ist. Würde er wohl wirklich für sich einen fähigeren Intellekt als den unseres Rousseau, dieses wahren und mutigen Genies, dessen Schlüssel das Herz Europas gefunden und geöffnet hat, zu beanspruchen wagen? »Und wie geht es unserem Präsidenten?« fragte ich ihn. »Meinem Bruder? Ihm geht es gut. Wie Perkin Warbeck zu seiner Zeit, und Lambert Simnel und Jane Grey.« In seinem Tonfall waren Gleichgültigkeit und Bitterkeit seltsam vermischt. Ein schwieriger, unzugänglicher Mann, aber einer, den manch eine romantische kleine Närrin wohl attraktiv finden würde.

30. August. Heute geschah etwas höchst Grauenvolles, als der Wohnsitz von Mr. Lawrence vom Mob überfallen und vor den entsetzten Augen von Mrs. Lawrence und ihren Töchtern völlig ausgeplündert wurde. Mr. Lawrence ist zwar ein verbissener Loyalist, der jetzt bei den Krontruppen Dienst tut und dessen religiöse Anschauungen höchst bigott sind, aber er ist auch seit jeher in einem Land, das nur wenige davon hat, ein sehr freundlicher Grundbesitzer gewesen. O Geist des Finn, Geist des Ossian, Geist des Cuchulainn, hättet ihr Mount Lawrence Hall mit einer großen Uhr auf eurem Rücken verlassen? Und doch lebt Ossians Geist, aufrecht und furchtlos reitet er nun irgendwo im Osten.

2. September. Wenn ich diese Zeilen durchsehe, die ich hier zu Papier gebracht habe, dann flüstert die Ehrlichkeit mir ins Ohr, daß ich mich besser an einen anderen Malcolm erinnere, der weniger heroisch und menschlicher war, und mein Herz ruft nach ihm. Denn ich habe ihn zuletzt vor einer Woche gesehen, nach der Befreiung von Ballina und an dem Tag, an dem die patriotische Armee sich auf ihren nun berühmten Marsch nach Castlebar machte. Er kam um zwölf Uhr nach The Moat geritten und blieb bis etwa vier Uhr nachmittags bei mir, und diese kurzen Stunden werden in meiner Erinnerung immer kostbar sein, egal, was die Zukunft für uns beide bereithalten mag.

Ich hatte, was er zweifellos zärtlich als meine »romantische Phantasie« bezeichnen würde, erwartet, daß er eine prachtvolle Uniform tragen würde, aber statt dessen trug er die schlichte, aber anständige Jacke und Hose, in denen er sich zu den Franzosen nach Killala begeben hatte, obwohl er sich nun eine Pistole um die Hüfte geschnallt hatte. Wir küßten uns voller Zärtlichkeit und Leidenschaft, wie immer, wenn wir einige Tage lang getrennt gewesen sind, aber als er sich von mir abwandte, sah ich sofort, daß sein Gesicht gequält wirkte und daß eine leichte Zurückhaltung seine Zärtlichkeit verdüsterte. Ich führte ihn schnell ins Eßzimmer und tischte ihm einen Teller geräucherten Schinken und einen vollen Krug Bier auf, und er sprach beidem herzlich zu. Ich saß ihm gegenüber, stützte meine Ellbogen auf den Tisch und mein Kinn in die Hände und fragte schließlich: »Wie ist es?«

»Wie ist was?« fragte er, ohne von seinem Teller aufzublikken.

»Eine Schlacht«, antwortete ich. »Es gab doch eine Schlacht«, sagte ich, »die erste Schlacht, und unser Ballina ist befreit worden. Wie ist es?«

Sein Mund war voll Schinken, und er schluckte ihn hinunter und spülte seinen Mund mit Bier aus, ehe er antwortete. Dann legte er Messer und Gabel beiseite und lächelte mich an.

»Es ist wie ein Dorfkampf«, sagte er, »wenn ich Ballina als Maßstab nehmen soll.«

»Ich habe niemals einen Dorfkampf gesehen«, meinte ich. Aber ich hatte natürlich davon gehört. Wer in Irland hat das nicht?

»Die Burschen aus zwei Dörfern oder zwei Gemeinden treffen sich zu einem vereinbarten Zeitpunkt«, erklärte er mir, wie ein Schulmeister, der einem Neuling eine Lektion erteilt, trokken und präzise. »Wer kann schon einen Grund dafür angeben, einen zehn Jahre oder eine Generation alten Streit, oder vielleicht gibt es auch gar keinen Grund. Und wenn das Zeichen gegeben wird, dann schlagen sie mit Knüppeln oder Steinen oder was immer gerade zur Hand ist, aufeinander ein. Man weiß selten, welche Seite gewinnen wird. Die Männer mit den festesten Knüppeln und den härtesten Schädeln, zweifellos. Danach wird immer viel getrunken, die beiden Gruppen trinken wie alte Freunde miteinander. Die, die noch aufrecht stehen können, heißt das. Eine Schlacht kommt mir im Grunde ein bißchen ähnlich vor, nur gibt es statt Knüppeln Piken und Gewehre und Bajonette. Und natürlich trinken die beiden Seiten nachher nicht miteinander.«

Bei Malcolm hat es immer diese Seite gegeben, die ich seinem Irischsein zuschreibe, sie lieben Selbstverspottung und Selbstherabsetzung, und doch hatten seine Worte auch eine Bitterkeit, die sie wie die Wahrheit klingen ließen.

»Es gibt jetzt einen Unterschied«, sagte ich. »Diese Männer wissen, warum sie kämpfen. Sie kämpfen für ihre Freiheit.«

»Ja«, sagte er. »Für ihre Freiheit. Das hat ihnen der französische General mit großer Beredsamkeit erklärt. Auf französisch, natürlich, aber Teeling und ich haben es für sie übersetzt. Auf irisch gibt es kein Wort für Republik, aber wir haben unser Bestes getan.« Er hob seinen Krug und trank das noch verbliebene Bier. »Er ist ein sehr fähiger Mann, dieser Franzose, soweit ich das beurteilen kann. Er heißt Humbert, und er hat sich in der Vendée einen Namen gemacht. Wir greifen heute nacht die englische Armee in Castlebar an, und wenn wir sie zerschlagen, werden wir Mayo und fast ganz Connaught haben. Danach kommt es auf den Rest des Landes und auf Verstärkung aus Frankreich an. Wie du siehst, meine Liebe, habe ich in dieser Hinsicht sehr viel gelernt. Der reine Soldat.«

Er stand auf und ging mit seinem Krug zur Anrichte, wo er ihn aus der Karaffe neu füllte.

»Ihr werdet sie zerschlagen«, sagte ich mit ruhiger Zuversicht. »Das Volk erhebt sich. Wie du es vorausgesagt hast.«

»Ja«, erwiderte er. »Jede Stunde kommen Neue in unser Lager. Bauern aus Nephin und Ballycastle und Crossmolina. Und in Castlebar erwartet sie etwas, was sie nie gesehen haben und das sie nur aus Gedichten kennen. Die britische Armee. Die Soldaten des englischen Königs werden sie in den Gedichten genannt. Castlebar wird kein Dorfkampf sein. Ich weiß nicht, wie es sein wird. Vielleicht werde ich eine Gelegenheit bekommen, es dir zu beschreiben.«

Die Ruhe seiner Worte erfüllte mein Herz mit plötzlicher Furcht, und doch weiß ich jetzt, daß es unnötige Furcht war, denn nun kennt alle Welt unseren brillanten Sieg in Castlebar, bei dem Malcolm sicher seine Rolle mit entschlossener Tapferkeit gespielt hat.

Er drehte sich plötzlich zu mir um und verspritzte bei dieser heftigen Bewegung Bier. »Du wirst hier in The Moat allein sein«, sagte er, »nur mit der Köchin und den Mädchen und ein paar Jungen, die noch zu jung zum Kämpfen sind. Ich möchte, daß du dir sehr gut merkst, was ich dir gesagt habe, als ich nach Killala aufgebrochen bin. Wir lassen hier in Ballina eine Garnison unter dem Kommando eines Mannes namens Michael Geraghty. Wenn es in The Moat mit irgendeiner Seite Probleme gibt – mit irgendeiner Seite, verstehst du das? – dann mußt du einen Jungen zu Geraghty schicken. Sag Geraghty, daß du Hilfe brauchst, und zwar sofort. Er wird sie dir schikken.«

»Von irgendeiner Seite?« wiederholte ich. »Ich bin nicht sicher, ob ich dich verstehe.«

»Es gibt da einen Gentleman namens Malachi Duggan«, sagte er. »Wohl ein Patriot, sollte ich sagen ...«

»Ich kenne Mr. Duggan nicht«, erwiderte ich.

»Da hast du Glück gehabt«, sagte er. »Mr. Duggan ist kein Leser von Tom Paine oder William Godwin. Ihr beide würdet euch nicht gut verstehen.« Er unterbrach sich plötzlich, stellte den Bierkrug auf die Anrichte und kam zu mir herüber. Er legte seine Hände über meine und zog mich auf die Füße. Dann strich er sanft über meine Wange. Mit den Fingern berührte er meine Lippen. »Ich bedaure meine Worte, meine Liebe. Ich bin gereizt. Du mußt daran denken, daß das hier kein Krieg ist, sondern eine Rebellion, und das sind verworrene Affären. Es ist nicht immer leicht, Freund und Feind zu erkennen. Du wirst hier sicher sein, aber vergiß Geraghty nicht.«

Dann beugte er sich nieder und küßte mich, und ich vergaß alles über Geraghty und Humbert und Duggan und die britische Armee und die Männer aus Nephin und Ballycastle. Und so ging es wohl auch ihm, denn wir umarmten einander fest, und in The Moat oder in Mayo oder in Irland gab es nur noch uns beide.

Danach begaben wir uns in unser Zimmer, wo wir so viel Glück, leidenschaftliches und ruhiges, genossen haben, obwohl es höchst unziemlich von mir ist, solche Worte zu Papier zu bringen. Aber ich weckte ihn gewissenhaft um drei Uhr nachmittags, wie er mich gebeten hatte, wenn ich das auch nur mit Widerstreben tat, denn sein Gesicht war ruhig und entspannt, und die Furchen von vorhin waren durch den Schlaf geglättet. Ich berührte seine Stirn mit der Hand, und sofort öffnete er die Augen und saß eine Sekunde später kerzengerade im Bett. Dann erinnerte er sich daran, an welchem sicheren Ort wir uns befanden, wandte sich mir zu und lächelte. Ich beugte mich zu ihm und küßte ihn, und er erwiderte meinen Kuß, sanft, ohne Leidenschaft, aber mit großer Zuneigung und berührte sanft mein Haar.

»Wir sind recht weit gewandert«, sagte er, »vom Haus deines Vaters in London und den Büchern, die wir zusammen gelesen haben.«

»Und wir haben geredet«, sagte ich. »Manchmal haben wir den ganzen Abend verredet.« Und errötete, was sehr töricht ist für eine verheiratete Frau, die mit ihrem Mann im Bett liegt.

»Und geredet«, sagte er, und seine Hand streichelte noch immer mein Haar.

»Die Bücher sind hier bei uns«, sagte ich. »In deinem Arbeitszimmer. All unsere Lieblingsbücher. Ich werde jeden Abend darin lesen, solange du fort bist. Dann wird es so sein, als wärst du hier.«

»Ja«, erwiderte er. »Fast.« Dann lächelte er wieder, wie so oft, als bereiteten meine Worte ihm ein geheimes Vergnügen, dessen Wesen er mir niemals enthüllt.

Um vier Uhr führte er sein Pferd die Allee hinunter, und ich ging neben ihm. Am Tor stieg er auf und ritt davon, um sich erneut unseren Patrioten anzuschließen. Als er ein Stückchen geritten war, drehte er sich um und winkte mir zu. Ich sollte ihn erst nach vielen Wochen wiedersehen, und dann unter ganz anderen Bedingungen.

Aus dem *Tagebuch der Ereignisse,* verfaßt von Malcolm Elliott im Oktober 1798

Unser Ritt am nächsten Tag war hart, denn prasselnder Regen hatte die Straße in Lehm verwandelt. In Tobercurry wurde uns geraten, Collooney zu umgehen, eine loyale Stadt, und wir wurden vor der starken Garnison in Sligo gewarnt, die auf den Straßen patrouillierte. Wir konnten jedoch zwischen Sligo und Loch Gill vorsichtig ostwärts reiten, und dann nordwärts über eine enge Küstenstraße zum Dorf Rosses Point, fünf Meilen von Sligo entfernt. Hier hat ein Bekannter von MacCarthy, ein Dichter namens O'Hart, eine Kneipe, und über ihn schickten wir Sam MacTier eine Botschaft, dem Mann, den ich treffen sollte. Der arme MacTier war, wie jetzt alle wissen, Mitglied der Sligoer Exekutive der Society of United Irishmen. Es kommt mir jetzt höchst seltsam vor, daß zwei verschiedene Arten Freimaurertum, die Poesie und die Politik, uns vier für einige Stunden zusammenführen konnten.

MacTier traf erst abends ein, und MacCarthy, O'Hart und ich saßen einen langen nassen Nachmittag zusammen. Die Schenke liegt dicht beim Strand von Sligo Bay, an einem Ort namens Memory Harbour. Die Bucht war im Regen kaum zu sehen und wirkte bleigrau und wütend. Der Regen prasselte auf das Strohdach und floß in lauten Bächen an ihm herab. Wir waren die einzigen Gäste, und die meiste Zeit saßen wir vor Bechern mit heißem Punsch an einem niedrigen Tisch vorm Kamin. MacCarthy und O'Hart hatten einander zunächst nicht viel zu sagen, wie es oft beim Zusammentreffen von Männern der Fall ist, die dasselbe Handwerk ausüben. Ich glaube, O'Hart konnte sich denken, was wir vorhatten, und mißbilligte es. Seine Frau, rotgesichtig und barfuß, brachte gekochte Kartoffeln, die wir nach Bauernart aßen; wir legten die Schalen auf einem Haufen auf den Tisch und tunkten die gepellten Kartoffeln in ein kleines Salzfaß.

MacCarthy war gereizt, seit wir bei Ballysodare über die Owenmore Brücke geritten waren. Zweimal, trotz des Regens, verließ er die Schenke und ging, in eine Decke gewickelt, zu der kleinen Mole. Bei seiner Rückkehr war die Decke triefnaß, und seine dicken roten Haare klebten ihm am Schädel. Und dann stand er eine halbe Stunde am Fenster, und seine langen Finger mit den dicken Gelenken umklammerten ein Glas.

MacTier traf nach acht Uhr ein, ein derber, untersetzter Mann mittleren Alters mit einem haselnußförmigen Kopf. Wir waren uns ein halbdutzendmal in Dublin und Belfast begegnet. Die MacTiers waren Presbyterianer aus dem County Antrim, ich weiß nicht, welche Umstände ihn nach Sligo geführt hatten, wo er zum Leinenhändler geworden war. Es heißt, daß den Leuten aus dem Norden der Flachs im Blut liegt, anpflanzen, hecheln, bleichen, verkaufen. Zur Erntezeit erfüllt ein süßer, schwerer Duft die Luft von Ulster. MacTiers Benehmen hatte eine ansprechende Gewichtigkeit, seine Kleidung war ordentlich. Als er seinen tropfnassen Übermantel ablegte, hätte niemand von seinem dunkelbraunen Rock und seiner zugeknöpften Weste, dem sauberen Leinen mit den schlichten

Spitzen an den Ärmeln, auf das scheußliche Wetter schließen können, in dem er unterwegs gewesen war. Aber seine Stiefel waren bedeckt von gelbem Lehm.

»Das ist eine üble Sache«, sagte er und schaute zum Fenster hinüber, sein Tonfall deutete jedoch einen anderen Zusammenhang an. Er nickte MacCarthy zu und streckte die Hand aus. Seine Augen waren mißtrauisch.

O'Hart brachte neue Becher, dampfend und duftend, und verließ dann, nachdem er sorgfältig und betont die Tür geschlossen hatte, das Zimmer. MacTier hielt sich den Becher einige Sekunden lang unter die Nase und nahm dann einen langen, gesunden Schluck. MacCarthy entspannte sich ein wenig, aber seine großen Augen blieben weiterhin wachsam.

Kein französisches Schiff war an der Küste zwischen Sligo und Bundoran gesichtet worden, und auch nicht an den Ufern von Donegal Bay. Aber die steile Küste von Donegal erstreckte sich hinter Killybegs nach Norden, eine gebirgige Küste, zerschnitten von zahllosen kleinen Buchten, die sich um die Insel herumzieht und dann beim Loch Swilly nach Derry hin abflacht. Eine Flotte könnte bei Sturm sehr wohl vor der Küste von Donegal treiben und keine Möglichkeit finden, ihre Männer an Land zu setzen, wie es Hoche und Tone 1796 in der Bantry Bay ergangen war.

»Noch mehr protestantische Winde und Regengüsse«, sagte MacCarthy und widmete MacTier ein dünnes, höhnisches Lächeln.

Aber MacTier ignorierte ihn. In Ulster war die Rebellion tot, da war er sicher. Sie war gestorben, als Monroes Pikenträger in der Stadt Ballinahinch in Stücke gehauen worden waren. In den Tälern von Antrim gab es noch Rebellen, aber sie wurden jetzt gejagt und vernichtet. Viele der Städte auf der Halbinsel Ards und Dutzende von Höfen und Hütten waren von den Briten abgebrannt worden.

»Teelings Haus liegt in den Ards«, sagte ich.

»Da lag es.«

»Und wenn Humbert unsere Armee aus Mayo nach Ulster führen kann?«

»Nach Ulster? Seid Ihr irre, Mann? An Sligo und Ballyshannon vorbei, während General Taylor in Enniskillen auf Euch wartet?«

»Lake erwartete uns in Castlebar«, sagte MacCarthy. »Aber dann ist er gegangen.«

»Aye«, erwiderte MacTier. »Das weiß ich.« Er holte seine Brille mit viereckiger Fassung hervor und setzte sie auf.

»Aber wenn wir nun durchkämen?« fragte ich wieder. »Welche Hilfe hätten wir von Euren Burschen in den Tälern zu erwarten?«

»Ach. Wenn Ihr nach Ulster kommen könntet, dann solltet Ihr lieber in den Hügeln von Donegal warten, tief in den Derryveaghs. Sie würden Euch erst nach Wochen finden, und Ihr könntet dort auf die französischen Schiffe warten.«

»Zu lange schon harrten wir der spanischen Schiffe«, sagte MacCarthy plötzlich.

»Der spanischen Schiffe?« fragte MacTier verwirrt.

»Eine Gedichtzeile«, erklärte MacCarthy, wieder mit diesem höhnischen Lächeln.

MacTier musterte ihn düster und wandte sich dann wieder mir zu. »Das ist mein Vorschlag. Aber ich würde eher zu den Midlands raten. Es ist die Rede von einem Aufstand in den Midlands, und ein gewisser Mann, den wir beide kennen, ist in Belfast gewesen.«

»Ich habe ihn besucht«, sagte ich und berichtete von meiner Unterredung mit Hans Dennistoun in Longford.

»Eure Leute kennen sich ja wirklich alle«, sagte MacCarthy. »Vom einen Ende der Insel bis ans andere.«

MacTier fuhr mit dem Finger über seinen Brillenrand. »Und welche Leute meint Ihr damit, Mr. MacCarthy? Die United Irishmen?«

»Vielleicht«, antwortete MacCarthy. »Vielleicht meine ich die United Irishmen.«

»Vielleicht«, sagte MacTier. »Und vielleicht meint Ihr Protestanten und seid nicht Manns genug, um das auch zu sagen.«

Diese Worte, Protestant und Papist, haben eine ganz seltsame Wirkung, wenn sie ohne Vorwarnung und in sogenannter gemischter Gesellschaft fallen. Wie eine mitten im Schweigen abgefeuerte Pistole. MacCarthy hatte das verblüffte Gesicht eines Mannes, der plötzlich von einem kleinen Terrier wütend angegriffen wird.

»Denn wenn das Eure Meinung ist«, fuhr MacTier fort, »dann muß ich Euch sagen, daß ich mir das nicht gefallen lasse. Ich werde die widerwärtige Bigotterie dieses Landes nicht hinnehmen, und am allerwenigsten werde ich meilenweit durch Regen und Schmutz reiten, um sie in einem Kneipengespräch angedeutet zu hören.«

»Ach, da liegt vielleicht der Hase im Pfeffer!« erwiderte MacCarthy. »In einer Schenke in Sligo sagt Ihr das eine und zu Hause in Belfast vielleicht etwas ganz anderes.«

»Denkt, was Ihr wollt, Sir, und seid verdammt. Ihr habt uns da ja einen seltsamen United Man gebracht, Mr. Elliott. Hat er überhaupt den Eid abgelegt?«

»Das hat er«, antwortete ich. »Ob er ihn jedoch annimmt, ist eine andere Frage.«

»Ich habe diesen Gentleman aus Ulster gerade erst kennengelernt«, sagte MacCarthy. »Und, ohne unhöflich sein zu wollen, ich weiß nur sehr wenig über ihn.«

»Und es besteht auch keine Notwendigkeit, Euch meine Autobiographie vorzutragen«, sagte MacTier unangefochten. »Ich weiß auch nichts über Euch, außer, daß Mr. Elliott für Euch garantiert und daß Ihr Euch, wenn ich nach Eurem Akzent urteile, viele Meilen südlich von Sligo aufhalten solltet.«

»Das stimmt allerdings«, sagte MacCarthy. »Zumindest in diesem Punkt sind wir einer Ansicht.«

»Und auch in anderen«, mahnte ich. »Ich habe für Euch garantiert, MacCarthy, und ich kann auch für Sam MacTier garantieren, der schon seit vier Jahren ein United Man ist. Wir haben dieselben Hoffnungen und Wünsche.«

»Was zur Hölle weiß der denn schon von meinen Wünschen«, murrte MacCarthy.

»Ich habe durchaus nicht vor, das Land den Papisten zu übereignen, wenn Ihr das meinen solltet«, sagte MacTier.

»Nicht, wenn Ihr es den Orangemen überantworten könnt.«

»Ihr redet Unsinn«, sagte MacTier. »Der Ehemann meiner Kusine ist mit den Papisten nach Toome marschiert. Er wurde zusammen mit einem Papisten gehenkt, nebeneinander an demselben Galgen. Die letzten Worte, die sie auf dieser Erde gesprochen haben, haben sie zueinander gesagt.«

»Das glaube ich wohl«, sagte MacCarthy langsam, dann, langsamer, während er seinen großen Kopf schüttelte: »Ein Papist und ein Presbyterianer sterben Seite an Seite.«

»An demselben Galgen«, wiederholte MacTier. »Sie waren United Men, und sie hatten denselben Eid abgelegt wie Ihr und ich. Denkt daran, viele von uns haben uns verlassen, als sie davon gehört haben, wie die Protestanten in Wexford abgeschlachtet worden sind, und wer könnte ihnen daraus einen Vorwurf machen? Aber es gab immer noch genug United Irishmen, die zusammenhielten und zusammen kämpften, und sie sind die besten Iren von allen.«

»Sie sind, nach dem laschen Standard von Sligo, sicher Iren, aber Ihr würdet den Menschen aus dem County Kerry doch alle ausländisch vorkommen. Und was haben die United Men gemacht, als die armen Papisten zu Tausenden aus Ulster vertrieben wurden?«

»Das ist eine bittere Wahrheit«, sagte MacTier. »Das ist geschehen.«

»Ihr habt verdammt recht, es ist geschehen«, sagte MacCarthy. »Ich habe diese armen Geschöpfe nämlich in ihren Erdlöchern in den Bergen von Mayo gesehen.«

»Aber kein United Man hatte damit etwas zu tun. Ihr würdet mir glauben, wenn Ihr auch nur eine Stunde mit Henry Joy sprechen könntet.«

MacCarthy schüttelte den Kopf. »Euer Freund Teeling hat mir von ihm erzählt, der mit einer französischen Uniform und einem Talent dafür, den Leuten Befehle zuzubrüllen, nach Mayo gekommen ist. Euer Henry Joy war ein Mann, und Euer Monroe ist der zweite, und Ihr selber seid vielleicht der dritte. Aber meine Leute haben von den schwarzen Presbyterianern des Nordens wenig Freundlichkeit erfahren.«

»Jetzt haltet Ihr Euch aber zurück! Ich bin ein so guter Presbyterianer wie jeder andere, und ich lasse nicht zu, daß sie beleidigt werden.«

»Ihr kämpft vielleicht gegen die Engländer, aber Ihr kämpft für Euch selber, und der Teufel holt den letzten, und die letzten unter allen Geschöpfen Gottes sind die Papisten von Ulster.«

»Nun seid doch vernünftig, Mann. Wir haben versucht, eine Rebellion durchzuführen, und man kann eine Rebellion nicht auf die Ecke einer kleinen Insel begrenzen. Wie kann denn ein Teil von Irland frei sein, und der Rest nicht? Schaut her, Mann. Ich bin nicht immer Kaufmann gewesen. Als ich klein war, war mein Vater Kätner, und er wurde vom Hohen Lord ausgequetscht ...«

»Der Hohe Lord!« MacCarthy übernahm diesen Ausdruck und wiederholte ihn.

»So haben wir alle ihn genannt. Er hieß in Wirklichkeit Lord Antrim. Aber im ganzen Tal war er nur der Hohe Lord.«

MacCarthy schaute mich an.

»In Mayo gab es auch einen Hohen Lord«, erklärte ich MacTier.

»Und auch in Kerry«, fügte MacCarthy hinzu. »Lord Blennerhasset und Lord Kenmare und all die anderen. Und es gibt Dutzende von ihnen im County Cork. Überall in Irland, wo ich gewesen bin, gibt es Hohe Lords, außer auf den westlichen Inseln, weil die zu arm sind, um einen zu benötigen.«

Er griff nach seinem Becher und füllte ihn.

»Damals sind mein Bruder Davey und ich den Hearts of Oak beigetreten, um die Pacht zu senken und die Vertreibungen zu beenden, Jahre, bevor es eine Society of United Irishmen gab. Es war mein Eintritt ins öffentliche Leben, wie Ihr sagen könntet, und ich war kaum neunzehn.«

»Verdammt will ich sein, wenn wir in Munster mit den Whiteboys nicht genau dasselbe getan haben«, sagte MacCarthy.

»Ganz genau dasselbe.«

»Und wenn der Mittelsmann ein presbyterianischer Geistlicher war, glaubt Ihr, das hat uns zurückgehalten? Das hat es nicht.« MacTier hielt uns kurz den Becher hin und leerte ihn zur Hälfte.

MacCarthy schlug sich auf den dicken Knochen seines Knies und beugte sich vor. »Bei Macroom gab es ein oder zwei Priester, die von den Whiteboys gelernt hatten.«

MacTier entfernte seine Brille und rieb sich die Augen. »Zwischen Euren Leuten und meinen gibt es böses Blut, und zu viel von diesem Blut ist auf den Pflastersteinen vergossen worden. Peep o'Day Boys und Orangemen und Defenders haben einander abgeschlachtet. Wir haben nur wenig davon, wenn wir abwägen, wer im Recht war und wer im Unrecht. Ich habe in meiner Jugend die Papisten gehaßt, das gebe ich zu, und wißt Ihr, warum? Als mein Vater schließlich von seinem kleinen Hof vertrieben wurde, hat den ein Papist übernommen, der die hohe Pacht bezahlen konnte, und so war es überall. Kennt Ihr einen Berg in South Down namens Slieve Gullion?«

»Ich habe von ihm gehört. Ein Berg mit den Gräbern der alten Rasse und einem See auf seinem Gipfel, wie ein blaues Auge, das in den Himmel starrt.«

»Darüber weiß ich nichts«, sagte MacTier. »Aber ich weiß folgendes.« Nun füllte MacTier unsere Becher aufs neue. »Die Höfe an den Hängen von Slieve Gullion sind die schönsten in Irland, ob im Norden oder im Süden. Und in den siebziger Jahren, als die Papisten Land in langer Pacht übernehmen durften, wollten sie diese Höfe und haben die Pacht hochgedrückt.«

»Es gab eine Zeit, als den Papisten dieses Land gehörte«,

sagte MacCarthy, »ehe sie von Euren Leuten vertrieben und auf Land verbannt wurden, das kaum besser ist als die Moore.«

»Aye«, erwiderte MacTier. »Das war vor Hunderten von Jahren. Aber wenn Euch Euer bißchen Land genommen wird, dann haßt Ihr die Schuldigen. Deshalb hassen wir die Papisten, und die Papisten hassen uns, und die Hohen Lords bekommen die höchste Pacht, die sie uns allen ausquetschen können.«

»Bei uns war das Lord Blennerhasset«, sagte MacCarthy. »Bei Gott, ich habe diesen Mann nie gesehen, aber ich hasse ihn. Er ist jetzt vielleicht tot. Es ist lange her.«

»Er hat einen Sohn«, sagte MacTier. »Sie alle haben Söhne.« Er räusperte sich und begann dann zu meinem Erstaunen mit einer trockenen, aber bewegenden Stimme zu singen. »O, the rents are getting higher, and we can no longer stay, so farewell unto you bonny, bonny Slieve Gullion braes.«

In der Stille, die hierauf folgte, legte MacCarthy seine große, sommersprossige Hand auf MacTiers Schulter. »Was habt Ihr für einen barbarischen, ketzerischen Namen? Sam? Wenn man Euch ansieht, würde man nie auf die Idee kommen, daß Ihr ein Lied singen könnt. Englische Knittelverse, aber trotzdem ein richtiges Lied.«

Dann kam eine der feuchtesten Nächte meines Lebens, und dabei ist mir das Trinken durchaus nicht fremd. Wenn die Krüge leer waren, wurden sie durch neue ersetzt. O'Hart kam dazu und tauschte fast eine Stunde lang mit MacCarthy Gedichte aus. Ich konnte dem Irischen folgen, obwohl die Bezugspunkte dunkel blieben, aber ich habe kein Gedächtnis für Poesie. Mir schien, daß O'Hart große Achtung vor MacCarthy hatte und ihn voller Respekt anredete, während er seine eigenen Gedichte mit aufgesetzter Bescheidenheit vortrug. Aber MacCarthy war bald zu beschwipst, um das zu bemerken. Wirt, Schulmeister, Leinenhändler, alle waren sie in die flüchtige, trügerische Gemeinschaft von Whiskey und Gesang eingeschlossen. Aber obwohl ich es im Trinken mit ihnen aufnehmen konnte, saß ich ein wenig abseits von ihnen, gefangen in einem Rätsel, das ich mir selber aufgegeben hatte.

»Im Norden ist alles vorüber, nicht wahr«, fragte ich plötzlich MacTier.

»Doch«, antwortete er, eine Eule, die durch den Whiskey spähte. »Seit Ballinahinch ist es vorbei.«

»Und ohne die Franzosen hätte es in Connaught nicht angefangen. Ohne die Franzosen hätten wir nur Whiteboymeuten gehabt. Fragt diesen Mann«, sagte ich und nickte zu MacCarthy hinüber.

»Aber jetzt habt Ihr die Franzosen«, erwiderte MacTier. »Eintausend, und weitere sind zugesagt. Ihr habt Castlebar.«

MacCarthy sang, auf Englisch: »Oh, the French are on the sea, says the *sean bhean bhocht*.«

»Weil es ihnen so paßt«, sagte ich. »Und wir haben ein zerschlagenes Direktorat in Dublin. Die Hälfte von ihnen sitzt im Gefängnis.«

»Oh, the French are on the bay«, sang MacCarthy. »They'll be here at break of day, and the Orange will decay, says the *sean bhean bhocht*.«

»Es ist mir ein Rätsel, Mr. Elliott«, sagte MacCarthy, »wie Ihr in diese gefährliche Sache hineingeraten seid, Ihr, als Gentleman mit einer brauchbaren Farm in Mayo.«

»Ich habe den Eid abgelegt«, antwortete ich. »Und daran bin ich gebunden.«

»Ihr hättet ihn aber nicht abzulegen brauchen«, sagte MacTier. »Wenig genug vom Landadel haben das getan.«

»Ein verkommenes Parlament«, sagte ich mit vom Whiskey trüber Stimme. »Der Wohlstand des Landes wird nach England abgezogen.«

»Ihr wolltet Euer Leben für ein verbessertes Parlament aufs Spiel setzen?« fragte er skeptisch. »Ihr haltet es aber nicht für sehr wertvoll.«

»Wenn Euch meine Antworten nicht gefallen, dann schert Euch doch zur Hölle«, sagte ich. »Ich stamme von John Elliott ab, der geholfen hat, Charles den Kopf abzuschlagen, und ich liebe die Könige nicht.« Es war die großspurige Antwort eines Prahlhanses, und ich habe an dieser Familiensage in Wirklichkeit immer gezweifelt.

Ich hatte ihm keine richtige Antwort gegeben, sondern nur eine betrunkene Prahlerei, ein Trinker zum anderen. Was hatte mich nach Castlebar und an die Küste von Sligo geführt? War meine Sorge über ein nutzloses Parlament wirklich so groß, daß ich dafür einen guten Hof und eine schöne Frau opfern wollte? Die Ideale der Society, obwohl sie meine volle Zustimmung haben und hatten, sind nur abstrakte Dinge, weniger wirklich als ein Grashalm oder ein Blutstropfen. In der seltsamen Klarheit, die Alkohol vermitteln kann, ein bleiches Licht mitten im trügerischen Schlamm, erkannte ich, daß ich weder mich selber noch meine Motive durchschaute. Schlimmer, ich fürchtete mich davor, sie zu untersuchen.

MacCarthy hatte sich an O'Hart gewandt, sprach oder rezitierte in lauter eindrucksvoller Stimme, ohne viel Zusammenhang und versetzte ihm mit langem Zeigefinger Stöße. Ich konnte die Worte nicht einordnen; sie mochten von ihm oder von irgendeinem anderen Dichter stammen. Sie erfüllten das vom Alkohol schwere, nasse Zimmer. MacTier hatte seine Arme übereinandergeschlagen, er sah zuerst mich an, dann MacCarthy, als gehörten wir beide zu einem Rätsel, das er zweifellos gelöst hatte.

Gegen Morgen hatte der Regen aufgehört, und die Winde des Ozeans hatten die Luft gereinigt. Wir traten in eine glänzende Welt, die nach dieser Säuberung immer noch naß war. Das lange Gras unter unseren Füßen war tiefgrün, benetzt mit Tautropfen, und die Bucht streckte sich weit und blau zur offenen See. Kein Schiff war in Sicht, mit Ausnahme von zwei kleinen Ruderbooten, die auf den Strand hochgezogen waren, das Sonnenlicht funkelte auf ihrem Rumpf aus geteerter Haut. Auf dem Feld neben uns, von uns getrennt durch einen niedrigen Zaun, weideten Kühe, braune und rote und weiße, und das kleine schwarze Vieh des Westens. MacCarthy starrte die Weide an, wie ich mir vorstellte, mit dem Blick des Dichters, aufnahmebereit und ruhig, dann ging er zum Zaun, wo er sich bückte und sich erbrach, ein schwerfälliger, grobknochiger Bauer, absurd gekleidet. Er reinigte sich mit einem Grasbüschel die Zähne.

MacTier stieg auf seine leistungsfähige, kurzbeinige Stute und schüttelte uns förmlich die Hände. Die Exzesse der Nacht waren ihm nicht anzusehen, diesem ordentlichen, selbstgenügsamen Mann, dessen Augen hinter seiner Brille mild und gelassen blickten. »Wir trennen uns und reiten verschiedene Straßen.«

»Wir sind schon lange auf verschiedenen Straßen unterwegs«, sagte MacCarthy, nun jedoch ohne Bosheit. »Ihr habt wirklich gute Lieder in der Brust, MacTier.«

MacTier lächelte. »Wenn Lieder die Welt zueinanderbringen könnten, dann wäre das schon längst passiert.«

»Meine guten Wünsche begleiten Euch, Mr. Elliott.«

»Vielleicht sehen wir Euch in Sligo.«

»Das bezweifle ich«, erwiderte er.

»In Castlebar wurde das auch bezweifelt«, sagte MacCarthy.

»Zählt nicht zu sehr auf Castlebar«, sagte MacTier. »Ich habe gesehen, wie Ulster zerschlagen wurde.«

»Wart Ihr dabei?« fragte ich überrascht.

»Aber sicher«, antwortete er. »Ich habe letzten Monat einen kleinen Besuch gemacht. Ich mochte Henry Joy sehr gern. Jetzt ist im Norden alles aus. Zerschlagen.«

»Farewell unto you bonny, bonny Slieve Gullion brae«, sagte MacCarthy.

Wir sahen zu, wie MacTier in Richtung Sligo davonritt, ein ans Sitzen gewöhnter Mann, der unbequem davonschaukelte.

»Der Junge wird noch Leinen verkaufen, wenn wir anderen tot und vergessen sind«, sagte MacCarthy. »Manche haben dafür eine phantastische Begabung, wie andere fürs Tanzen oder Dachdecken.« Er blickte sich um. »Ein bißchen kaltes Wasser ins Gesicht würde uns überhaupt nicht schaden. Seht Ihr diesen seltsam geformten Berg dort drüben? Auf dem Ben Bulben hat der Held Diarmuid gegen den verzauberten Eber gekämpft, wie uns Ossian, der Freund Eurer Frau, berichtet. Die stumpfe Kuppe auf der anderen Seite ist Knocknarea. Angeblich ist Königin Medb unter dem Höcker auf dem Gipfel begraben.«

»Das ist lange her«, sagte ich.

Er nickte. »Geschichten, die sich vor langer Zeit Leute wie ich ausgedacht haben. Man sollte ihnen kein Wort glauben. Die Leute hier sagen, daß sie im Winter auf einem grauen riesigen Pferd herumreitet, eine Frau, die kein Mann befriedigen konnte. Wie Kate Cooper, wenn ich sie nicht ganz falsch einschätze.«

Er ging ans Wasser und bespritzte seinen Kopf. »Allmächtiger Gott«, sagte er zu sich selber. »Das ist ja so kalt wie eine Hexenfotze.«

»Wir können uns auf das verlassen, was Sam MacTier sagt«, sagte ich. »Er ist ein ehrlicher Mann.«

»Das kann ich nicht beurteilen«, erwiderte MacCarthy. »Ich komme nie dazu, Leinen zu kaufen. Aber er hat eine gute Stimme.«

Er blickte aufs Meer. Im fröhlichen Licht des Morgens war alles leer und still. Mir wäre sogar der Anblick eines Fischerbootes willkommen gewesen.

Galway City, 30. August

Der Wohnsitz der Familie Browne stand am Eyre Square, ein hohes, anmaßendes Haus aus braunem Kalkstein, dessen Fenster komplizierte Verzierungen schmückten. Nicholas Browne, der es 1627 hatte bauen lassen, wollte ein Stadthaus, das das der Blakes und der Martins noch übertraf, und die Baumeister erfüllten seinen Wunsch. Aber Galway hatte damals gerade den späten Höhepunkt seiner langen Laufbahn als Hafenstadt, die mit Frankreich und Spanien handelte, erreicht. Es war noch immer Connaughts historische Hauptstadt, aber was war jetzt Connaught? Die ehemals blühende Stadt war schön, sterbend, wild und gequält. Obwohl die Wohnsitze der großen Familien Galways noch immer standen, wurden sie nur selten benutzt. Einige waren seit Jahren nicht mehr geöffnet worden, ihre Besitzer waren verschwunden, waren verbauert oder einfach weggegangen, vor Generationen schon, zu den Armeen von Frankreich und Spanien, Österreich und Rußland. Und die Häuser der anderen, der Klugen, der Martins und der Brownes, wurden auch nur selten geöffnet. Ihre Besitzer waren weit entfernt in ihren Landhäusern, oder in London. Die Winde des Atlantik waren hier wilder als in Mayo oder Sligo, sie jagten über ungenutzte Kais und heulten im Winter in den engen Gassen.

Nur zwei Zimmer des Browneschen Hauses waren möbliert, und diese hatte Dennis Browne mit einem einzigen Diener bezogen, als er des Nachts aus Westport gekommen war, nur ein oder zwei Stunden, ehe die Rebellen Westport House überfallen hatten. In dieser Nacht aß er an einem Tisch vor dem massiven, gewölbten Kamin, in dessen blassen, geäderten Marmor in einem Kranz das Baujahr des Hauses eingraviert war. Geräucherten Schinken und Kartoffeln, mit einem schweren Bierkrug neben seinem Teller.

Sein lebhaftes intelligentes Gesicht war zumeist liebenswürdig, Lachfältchen um den Mund über einem fleischigen Kinn, aber heute Nacht waren seine Augen wild, als sie vom Teller zum Feuer und wieder zurück zum Teller wanderten. Mayo war sein County, gehörte ihm wie ein tatsächlicher Besitz nicht nur, weil sein Bruder Lord Altamont und er selber High Sheriff und Parlamentsmitglied waren. Die Brownes hatten 1580 ihr erstes Stück Land in Mayo in Besitz genommen, als sich ein John Browne in The Neale niedergelassen hatte, in der Nähe von Kilmaine, ein Mann aus Sussex, der ruhelose wilde jüngere Sohn Sir Anthony Brownes aus Cowdray Castle. Die Brownes waren Tudorleute, Erben von Abenteurern, die mit Schwertern mit Silbergriffen ihr Land erobert hatten, und das Land gehörte ihnen, so wie früher den enteigneten Iren, viel mehr als jemals den Cromwellschen Siedlern oder den glattwangigen Williamiten. Mayo war ein Browne-County, so wie Connemara ein Martin-County war. Browne und Richard Martin verwalteten gemeinsam West-Connaught und verwalteten es gut, wie Browne fand. Bis vor wenigen Monaten hatte es in Connaught keinen Ärger mit den Whiteboys gegeben, die katholischen Krautjunker waren loyal gewesen, die United Irishmen hatten kein Terrain gewonnen. Aber jetzt! Meuten zogen ungehindert durchs Land, sengten, plünderten, mordeten, selbst Westport House war in Händen der Rebellen, jeder Hektar zwischen Ozean und Sligo außerhalb des Gesetzes, eine Armee von jakobinischen Froschfressern stolzierte durch die Provinz, eine britische Armee war aufgerieben worden, Castlebar erobert.

Und für das alles war er zum Teil selber verantwortlich. Als die Whiteboys in Killala ihr erstes Gemetzel veranstaltet hatten, als sie das Vieh des kleinen Cooper abgestochen hatten, hätten sie rücksichtslos niedergemacht werden sollen, wie Cooper vorgeschlagen hatte. Statt dessen hatte Browne sich von Falkiner und Moore überreden lassen, von dem Moore, dessen Bruder jetzt an der Spitze der Rebellenregierung stand. Ein Moore aus Mayo, alter Verbündeter der Brownes in den toten Tagen, als sie alle Papisten gewesen waren, gemeinsam mit Whiteboys und Spalpeens. Aber damals hatte George Moore recht gehabt. Mayo in schwierigen Zeiten ruhig halten, leise vorgehen, kein Grund, die schwere Faust der Macht zu ballen. Aber George Moore, so wendig sein Geist auch sein mochte, hatte sich geirrt, und Cooper hatte recht gehabt, dieser kleine starrköpfige Cooper, ein Cromwellscher Emporkömmling mit dreckiger Wäsche und einem belasteten Gut, ein Westentaschenkapitän der Miliz, verheiratet mit einer Bäuerin mit dem Körper einer Dirne. Gerade genug Verstand, um recht zu haben. Eine Demonstration der Macht, abgebrannte Hütten von Killala bis Ballina, hätte ihnen Stoff zum Nachdenken gegeben.

Wenn alles vorüber war, dann mußte es eine Abrechnung geben, oder Mayo würde niemals wieder Frieden kennen. Die

Rebellen und ihre Unterstützer würden eine dauerhafte und schmerzliche Lektion lernen müssen. Und die Aufgabe, der Stadt Killala eine solche Lektion zu erteilen, würde dem kleinen Cooper übertragen werden, als Entschädigung für alles, was er jetzt erleiden mußte. Cornwallis kam und ging. Britische Armeen kamen und gingen. Lord Glenthorne und Lord Claremorris lebten sicher und gemütlich in England. Und irgendwann in der nächsten Zukunft würden die Gentlemen von Mayo die Aufgabe angehen müssen, im County die Ruhe wieder herzustellen, mit Hilfe des beherzten, treuen, starrköpfigen kleinen Cooper.

Ruhelos in seinem Exil in der eigenen Provinz beschloß Browne, am nächsten Tag über die Straße von Ballinasloe nach Athlone zu reiten, wo er sicher auf Cornwallis treffen würde. Wenn Cornwallis so weitermachte wie in Wexford, würde die Rebellion mit der Hinrichtung der Rädelsführer und einer Amnestie ihrer Anhänger enden. In Connaught würde das nicht reichen, denn hier lernten die Bauern ihre Gesetze nur durch Peitsche und Dreieck.

Die Winde des Atlantik rüttelten an den Fenstern, und Browne erhob sich, um die Läden zu schließen. Die Nacht war schwarz, keine Kerze antwortete auf der anderen Seite des Platzes auf seine.

Ausgewählte Abschnitte aus dem Tagebuch des Sean MacKenna, Schulmeister im County Mayo. Aus dem Gälischen übertragen und herausgegeben von Samuel Forrester, Rechtsanwalt, B. A., Universität Dublin, *Dublin University Magazine,* Band XVI–XVII (1848/49)

Vorwort des Herausgebers:

Sean MacKenna, der in Castlebar, County Mayo, eine »klassische Akademie« unterhielt, starb 1833 und hinterließ ein Tagebuch in gälischer Sprache, in das er während vier Jahrzehnten Eintragungen gemacht hatte. Diese Eintragungen, die sich in einem bunten Gemisch von Kassenbüchern und Schulheften befinden, haben die Bezeichnung Literatur nicht verdient, und dennoch können Übersetzungen von ausgewählten Abschnitten wegen ihres repräsentativen oder dramatischen Charakters durchaus das Interesse des Lesers belohnen.

Sie erschließen den Zugang zur Gedankenwelt eines Mannes, der zu jenem Stamm von Heckenpädagogen gehörte, in deren Obhut bis vor kurzem die Erziehung des gemeinen irischen Volkes lag. Diese Männer gab es im ganzen Land, und obwohl MacKenna, der auch einen Tuchladen hatte, durchaus als wohlhabend gelten kann, gab es auch viele, die in Scheunen und Schuppen unterrichteten. In einigen Gegenden von Munster und Connaught wurde in gälischer Sprache unterrichtet, obwohl die fortschrittlicheren Schulmeister wie MacKenna bereits auf Englisch übergewechselt waren. Seine wirkliche Vorliebe jedoch zeigt sich in der Sprache, in der er sein Tagebuch verfaßte. Das weitblickende und großzügige Gesetz über die Erziehung von 1831 hat diesem pittoresken Stamm den Todesstoß versetzt, und MacKenna hat lange genug gelebt, um seinen Unwillen über eine Politik, die Küchenlatein und verwirrte »patriotische« Geschichte durch Arithmetik und die Grundbegriffe der englischen Grammatik ersetzt hat, aufzuschreiben. Eine der neuen Nationalen Schulen zu betreten, wie es der Autor getan hat, und zu hören, wie die Kinder, barfüßig vielleicht, aber sauber, deklamieren: »Daß ich ein britischer Junge bin, gibt meinem Leben erst rechten Sinn« bedeutet die Erkenntnis, daß die Zivilisation langsam, aber sicher jeden Teil der Insel erreicht.

Und doch ist, zusammen mit vielen schlechten oder unheilvollen Dingen, auch vieles verschwunden, was pittoresk und bodenständig war. Die Heckenschulmeister traten erstmalig in den Tagen der Penal Laws in Erscheinung, als grausame und unkluge Gesetzgebung die richtige Erziehung eines Volkes verwehrte, das einst wegen seiner Liebe zur Gelehrsamkeit berühmt gewesen war. Der typische Schulmeister, wie MacKenna, kannte oft die antiken Sprachen und war mit ihren wichtigsten Klassikern vertraut. Oft war er ein verhinderter, oder, wie die Landleute sagen, ein »verdorbener« Priester, und oft hatte er das seinen unmäßigen Angewohnheiten zuzuschreiben, denen er natürlich in seinem neuen Beruf weiterhin frönte, und deshalb waren viele als Trinker oder Libertiner bekannt. Aber mindestens ebensoviele waren wie MacKenna, der zwar gern einen trank, wie es heißt, der jedoch ein friedlicher und arbeitsamer Mann war, dessen Redlichkeit auf den Seiten seines Tagebuches immer wieder durchscheint.

Einmal, ein einziges Mal berührte die Geschichte das Leben dieses ruhigen Tagebuchschreibers. Als Einwohner von Castlebar erlebte er die Rebellion von Mayo im Jahre 1798 als Augenzeuge, und er war der enge Freund des Owen MacCarthy, der in dieser Rebellion aktiv war. Obwohl sich MacKenna an diesen Ausschreitungen nicht beteiligte, sind doch selbst im Herzen eines so gesetzestreuen Kelten die Spuren der Verräterei zu entdecken. Deshalb sind seine Tagebucheintragungen für den Sommer 1798 von historischem Interesse, und ich habe sie ohne Kürzungen übersetzt. Seit einigen Jahren erleben wir das Anwachsen eines »1798-Kultes«, entfacht durch die idealistischen, aber irregeleiteten Enthusiasten der Young-Irland-Bewegung, die durch die giftige Feder von Mr. Mitchel zum offenen Verrat aufrufen. Balladendichtung und Lieder widmen sich nun Themen wie »Der Westen erwacht« oder »Die Männer von Castlebar«. MacKenna vermittelt uns ein wahreres Bild von Verwirrung, willkürlicher Gewalt, Feigheit, Wut und bisweilen verirrter und sinnloser Tapferkeit. Wegen seiner heimlichen Sympathie für die Rebellen, derer er sich selber nicht ganz bewußt war, und seiner Freundschaft zu MacCarthy ist sein Bericht erst recht überzeugend.

MacCarthy selber betrieb eine Schule in Killala, dem Dorf an der Küste, wo die Franzosen an Land gegangen sind. Durch Geburt gehörte er zu den Ärmsten der Armen, er war der Sohn eines Tagelöhners oder Spalpeens aus dem County Kerry. Er war ein Schulmeister nicht von der Art MacKennas, sondern von der häufiger auftretenden Sorte, die sich dem Trinken, Prahlen und Krakelen und anderem Unfug hingab. Und doch besteht die außergewöhnliche Tatsache, daß dieser Tunichtgut ein höchst eleganter und verfeinerter Dichter der irischen Sprache war; ein Paradoxon, auf das wir auch bei anderen eingeborenen Dichtern seiner Zeit stoßen, zum Beispiel seinem Landsmann aus Kerry, Owen O'Sullivan. Der Verfasser dieser Zeilen beschäftigt sich bereits seit geraumer Zeit mit den Vorarbeiten zu einem Band, der die meisten der erhaltenen Gedichte MacCarthys mit präzisen Übersetzungen enthalten wird. Diese Gedichte, wie man sehen wird, sind elegant und leidenschaftlich, ob es sich nun um Trinklieder aus dem Stegreif handelt oder um seine ausgefeilten und nachdenklichen

Elegien, eine für den alten Helden O'Sullivan Beare, eine weitere für seinen Vater und eine dritte mit dem überraschenden Titel »Klage um einen Häuptling«.

Es erscheint plausibel, daß dieser begabte, aber wenig einnehmende Mann durch seine ungestüme Liebe zum Abenteuer, die seine unstete Lebensführung noch verstärkt hatte, in die Rebellion getrieben wurde. Bestimmt besaß er wenig von der kriegerischen Glut, die die derzeit in Dublins Schenken gegrölten Balladen ihm zuschreiben. Wenn wir seine Ablehnung der »Lieder in englischen Knittelversen«, wie er das nannte, bedenken, dann können wir davon ausgehen, daß er sich beim Hören dieser Lieder krümmen würde. Anscheinend lungerte er zuerst unentschlossen am Rande der Rebellion herum und schloß sich ihr erst nach der Schlacht von Castlebar an, ermutigt, wie so viele andere, durch diese schändliche und verwirrende Niederlage der britischen Truppen. Bis zur Schlacht von Ballinamuck jedoch war er ein eingeschworener Rebell geworden, ein beklagenswertes Beispiel der Auswirkungen eines unsteten Lebens auf ein zu üppig mit schöpferischer Energie ausgestattetes Gemüt.

Und nun will ich, ohne weitere Umschweife, diese exzentrische Kuriosität, das Tagebuch des Sean MacKenna, öffnen. Sein Stil, alltäglich und bescheiden zumeist, erhebt sich oft zu hibernischer Großsprecherei oder Pathos. An solchen Stellen habe ich versucht, ein englisches Äquivalent zu finden, ohne den Geist des Textes zu verletzen.

Anfang September, 1798. Als Owen aus Sligo zurückkehrte, suchte er mich auf und brachte für uns beide eine Flasche, drei sehr elegante Fingerhüte für Brid und Süßigkeiten für Timothy mit. Er ist ein sehr umsichtiger Mann, Gott möge ihn schützen. Aber von seinem Bericht konnte ich nur sehr wenig begreifen. Er weiß jetzt sehr viel über Truppenbewegungen und Vormarschfragen. Wenn Owen auch nur einen Blick auf etwas wirft, ist er zur Autorität geworden, wenn man ihm das nächstemal begegnet. Er war wie immer Brid gegenüber höflich und schmeichlerisch, als wäre sie die auserlesenste Schönheit von Connaught. Setzt Owen neben ein Glas, und er wird trinken; setzt ihn neben eine Frau, und er wird sie umwerben. Nichts kann ihn davon abhalten. Nicht, daß ich glaube, was ich über ihn und die Tochter vom alten Mahoney gehört habe, die den Orangeman geheiratet hat. Ich glaube, daß er Frauen den Hof macht, weil das seine ihm durch seinen Beruf als Dichter auferlegte Pflicht ist.

Ich erzählte ihm, daß Castlebar zum Tollhaus geworden ist, und daß O'Dowd und MacDonnell und John Moore sich als »Republik Connaught« bezeichnen und den ganzen Tag Proklamationen verfassen. Banden von Kerlen wie denen, die von Malachi Duggan angeführt werden, schwärmen durch das Land, begleichen alte Rechnungen und nehmen mit, was immer sie tragen können. Mickey Keough aus Turloch hat die Standuhr aus Mount Lawrence Hall an sich gerissen, und dabei ist sie so hoch, daß sie in seiner Hütte nicht aufgestellt werden kann, sondern auf dem Lehmboden liegt, habe ich gehört, und alle, die die Hütte betreten, müssen darüber hinwegklettern. In der Stadt selber halten die Franzosen gute Ordnung, und als einige Männer versucht haben, Jacky Craigs Laden auszuplündern, hat ein französischer Corporal die Rädelsführer auspeitschen lassen. John Moores Proklamationen muß man lesen, um sie zu glauben, und dazu muß man englisch sprechen, deshalb können die Bürger der »Republik« lediglich seine schöne Handschrift bewundern, ohne etwas über seine erhabenen Empfindungen zu erfahren. Sein Bruder, George Moore, Herr von Moore Hall, hat ihn mehrmals aufgesucht, wobei er kühl und langsam die Castle Street hochritt. Einmal jedoch habe ich durch ein offenes Fenster im Gericht ihre Stimmen gehört, wütend und erhitzt durch eine zornige Unterhaltung. George Moore und ich sind wohl derselben Ansicht über diese Republik, und obwohl er meine Meinung nicht erbeten hat, so weiß man doch, daß sich große Geister in derselben Richtung bewegen.

Aber Owen hat sich sehr verändert, und nicht zum Besseren, mit seinem ganzen Gerede über zukünftige Schlachten und einem Whiteboy-Funkeln im Auge. Er hatte mit Elliott zusammen zur Berichterstattung Humbert aufgesucht, und das hat seine Selbsteinschätzung nicht gerade gedämpft. Wenn die zweite Flotte landet, sagte er immer wieder, und wenn sich die Leute in den Midlands erheben. »Owen«, sagte ich zu ihm, »wenn ich mehr Haare auf dem Kopf und mehr Zähne im Mund hätte, dann wäre ich jetzt in Killala und würde Kate Cooper den Hof machen.« Ich lächelte Brid an, um ihr zu verstehen zu geben, daß ich niemals so etwas tun würde, und Owen, um anzudeuten, daß ich mir das durchaus vorstellen könnte. Aber er sagte nichts, was den Klatsch hätte bestätigen können. Dann rezitierte er mir Fragmente eines Gedichts, an dem er gerade arbeitete, ein seltsames, unförmiges Werk voller Monde und allem möglichen, und wir stritten uns über Form und Struktur von Gedichten.

Am nächsten Tag erschien eine Kreatur aus Belmullet, die kein Wort Englisch sprach, und nahm acht Ballen ungebleichtes Leinen mit. Er hinterließ einen Zettel mit der Aufschrift: »Drei Pfund sind neunzig Tage nach Ausrufung der Republik Irland zu bezahlen. Cornelius O'Dowd, General.« Ich ging mit diesem bemerkenswerten Dokument ins Gericht und fragte O'Dowd, was es bedeuten sollte, und als er geantwortet hatte, sagte ich ihm, er sollte es umdrehen und auf die andere Seite schreiben: »Für Leinenballen, wird in neunzig Tagen an Sean MacKenna bezahlt« und es dann unterschreiben. »Und was bedeutet das?« fragte er. »Es bedeutet, daß du dir acht Ballen Leinen gekauft hast, und daß ich dir drei Monate Kredit bewillige. Du kannst es aus deiner eigenen Tasche bezahlen und dann mit der Republik Irland abrechnen.« Er ließ das Papier fallen, als ob ich es angesteckt hätte. »Na gut, Mr. O'Dowd«, sagte ich. »Vielleicht gibt es eine Republik und vielleicht nicht, aber du würdest keine drei Pfund darauf verwetten. Ich nehme aber an, daß dein Bruder, der Bischof, wie immer deine Rechnung begleichen wird.« – »Ich setze mein Leben für Irland aufs Spiel«, sagte er. »Bei allem Respekt für deinen Bruder«, erwiderte ich. »Dein Leben ist keine drei Pfund wert.« – »Männer wie du«, sagte er, »haben Irland dahin gebracht, wo es jetzt ist.« – »Bei allem Respekt vor deinem Bruder«, sagte ich, »dahin ist Irland von prahlerischen Gewehrschützen mit fleißigen Zungen gebracht worden.« Es war klar, daß nichts zu machen war, also ging ich in meinen Laden zurück und faltete das Papier zusammen und legte es mit dem Gedanken in eine Schublade, daß es vielleicht eines Tages als historisches Dokument ein paar Schillinge einbringen kann.

Die Tatsache, daß ich dieses Leinen von Mr. MacTier aus Sligo gekauft hatte, den Owen mir jetzt als enthusiastischen United Irishman darstellt, bereitet mir ein schmerzliches Vergnügen. Ich kenne ihn als einen ehrlichen Händler, aber ich hätte niemals gedacht, daß er die Hoffnung hegt, mich befreien zu können. Ich glaube, es war MacTier, der Owen diese neuen Ideen über die Menschenrechte und den ganzen Rest in den Kopf gesetzt hat. Dieser windige Unsinn wird keine gute Wirkung auf seine Gedichte haben. Ein Gedicht muß hart und konkret und mit starken Seilen an seine Tradition gebunden sein.

An diesem Abend ging ich in die Kneipe, und dort stand Owen und hielt einen Vortrag vor einer Gruppe von wildaussehenden Burschen, eine Spur besser als Malachi Duggans Männer, aber nur eine, die ihn bewundernd anschauten. »Owen«, sagte ich, »würdest du mir wohl sagen, aufgrund welchen Menschenrechtes Corny O'Dowd mir acht Ballen Leinen gestohlen hat?« Ein Wort gab das andere, und, ehe ich wußte, was los war, hatte einer von diesen Amadáns mich an der Kehle gepackt und beschimpfte mich als Geizkragen. »Wer war das«, fragte ich, »der neue Staatsanwalt?« – »Das hier sind die Burschen, die wir brauchen«, antwortete Owen. »Er ist ein Dorfkämpfer aus Nephin.« »Oh, bei Gott«, sagte ich. »Nephin Mountain, wo sie nicht einmal genug wissen, um ihre Zehen zu zählen.« – »Dazu haben sie später noch genug Zeit«, sagte Owen. Soviel Torheit ist mir noch nie begegnet, obwohl ich in meiner Jugend einmal Puck Fair* besucht habe. Das waren Männer, die ihn noch vor einem Monat verhöhnt hätten, aber nun war er betrunken und dachte nicht mehr an seinen guten Ruf als Dichter, und da er eine Pistole hatte und große Reden führte, waren sie eitel Bewunderung. In dieser Welt wird eben nichts nach seinem wahren Wert beurteilt.

Das wunderbare Wetter hält an, das Land birst unter der üppigen Ernte, Männer arbeiten auf den Feldern, und Frauen bringen ihnen in der Mittagshitze Eimer mit kühlem Wasser. Ein Mann unterbricht seine Arbeit, wischt sich mit dem Unterarm die Stirn ab und starrt auf eine Rauchwolke in der Ferne, die anzeigt, daß ein Herrenhaus angesteckt worden ist. Der kleine Timothy und ich sind am Sonntag nach Turloch gegangen und haben einen weißschwänzigen Regenpfeifer gesehen, was Timothy korrekt buchstabiert in sein Heft eintrug. Wie ich bereits mehrmals erwähnt habe, habe ich ihn dazu ermuntert, meine Freude über die vielfarbigen Wunder der Natur zu teilen.

Wie seltsam ist es doch, daß diese beiden Welten, eine Welt der Gewalt und eine der Ernte, unter der einen hellen Sonne existieren können, unter der sich gerade die allerersten Zei-

* zu irisch *poc* – Ziegenbock. Jährlich im August stattfindendes Volksfest in Killorglin, County Kerry, bei dem ein Ziegenbock zum König gekrönt wird.

chen des Septembers zeigen. Es wird für viele ein bitterer September werden, und ich bete, daß es meinem geliebten Owen nicht so gehen wird.

Wir sind ein Land der Ruinen. Normannische Burgen und Türme, und die seltsamen Rundtürme, deren Alter niemand weiß, zerstörte Herrenhäuser der Tudorzeit, dachlose Abteien und Klöster, verwüstet von Cromwells Männern, ihre zerbrochenen Bögen wie hagere Arme unter den dahinjagenden Wolken, die Forts der O'Neills und O'Donnells, Burkes und Fitzgeralds, zerstört und abgetragen. Moos und Efeu kriechen über ihre Reste, die träumend unter dem weiten Himmel Irlands liegen. Am seltsamsten von allem, die großen Cairns und Dolmen und Feenhügel, Ruinen einer Rasse, die schon längst vergangen war, als die Söhne des Milesius das gälische Volk zu diesen Ufern führten. Als ob alles in diesem Land von Anfang an dazu verurteilt sei, zu zerfallen, machtlos gegen unsere rauhen Gottheiten von Regen, Wind, Unkraut und hohem Gras. Alles liegt in Ruinen, den Ruinen einer Welt, ausgeraubt und verbrannt und zerschlagen von Dänen und Normannen und Iren und Engländern.

Während alle diese Verwüstungen sich zutrugen, während Jahrhundert um Jahrhundert Coopers und Duggans aufeinander und auf alle, die ihnen im Weg standen, einschlugen und stachen, brachten andere Männer in der Sommersonne die Ernte ein, streuten im Frühling die Saat aus, gingen Hand in Hand mit kleinen Jungen über die Straßen, um den weißschwänzigen Regenpfeifer im Flug zu sehen. Wer hat bessere Arbeit geleistet, um uns das bißchen, was wir haben, zu bewahren, die Männer, die stachen und töteten, oder die anderen, die ernteten und pflegten?

Seit einer vollen Woche wartet die Rebellenarmee jetzt schon in Castlebar und weiß nicht, ob sie im Osten oder im Norden zuschlagen soll, obwohl Owen mir sagt, daß in Ulster eine Stille wie im Grabe oder in einer abgebrannten Hütte am Berghang herrscht, während die Midlands vielleicht von Longford bis Kilbeggan zu den Waffen gegriffen haben.

Duggan und Cooper, Gog und Magog, schreiten in ihrer brutalen und dummen Grausamkeit über Land, beide Jahrhunderte alt, reißen Abteien ein, verbrennen Hütten, spießen noch warme Körper mit Pike oder Säbel auf. Was hat mein Owen bei diesen Männern zu suchen? Er baut Kathedralen des Klangs, Wort ist mit Wort verbunden wie die Steine eines

Bogens, ein Schöpfer, wie die, die Abtei und Brücke gebaut haben. Gedicht und Abtei kamen aus einer Welt der Ruhe und Ordnung zu uns, und wir stehen stumm vor ihnen. Aber jetzt ist er weniger mein Owen, dieser prahlerische Bursche, der auf Sion Hill gesehen hat, wie Männer gemetzelt wurden, und der ihren Tod hinter seinen Augen verbirgt. Oft genug hat er mir in besseren Tagen von Patrick Lynch erzählt, dem mörderischen Captain von Macroom, und wir beide haben aus sicherer Entfernung die Brutalität dieses Mannes bestaunt. Und nun handelt er in derselben Ware, und Lied und Gedicht sind von seinem Pfad weggesengt.

Ich kann ihn jetzt in der Hauptstraße von Castlebar sehen, in geplündertem Rock, zusammengehalten von einem breiten Ledergürtel, den er irgendeinem ermordeten Dragoner abgenommen hat. »Owen«, möchte ich ihm zurufen. »Warte! Laß uns unter den Bäumen die Straße nach Turloch gehen. Laß uns zusammen zwei Stunden weit weg von diesem Lärm, von diesen Piken und prahlerischen Mördern verbringen.« Aber er stolziert an mir vorbei, sieht mich nicht, geht die Hauptstraße von Castlebar entlang, nicht der Freund, der bei meiner Kerze saß, um in den Winternächten seine Verse zu rezitieren, sondern ein viel kleineres Geschöpf, der Whiteboy-Captain von Castlebar, in den schwarzen, schweren Stiefeln von Paddy Lynch.

12

Ein Brief von George Moore, Esquire, aus Mayo, an den Sehr Ehrenwerten Edward Barrett, Parlamentsmitglied, Westminster

Moore Hall,
2. September 1798

Mein lieber Barrett:

London wird jetzt sicher gehört haben, daß eine kleine französische Armee an der Küste von Mayo gelandet ist und ein Heer von einheimischen Rebellen ausgehoben hat. Der nördliche Teil des County befindet sich in ihren Händen, und seit einigen Tagen halten sie auch Castlebar, die Hauptstadt des County, nachdem sie den Generälen Hutchinson und Lake eine schmähliche Niederlage beigebracht hatten. Wenn ich zur Pedanterie neigte, so würde ich Euch darüber informieren, daß wir jetzt das Jahr 1 der Provisorischen Republik Connaught schreiben, deren Bürger ich ohne das geringste Verlangen meinerseits geworden bin.

Über das, was außerhalb Mayos vor sich geht, weiß ich nur, was ich aus Gerüchten und Mutmaßungen schließen kann. Es wird behauptet, daß Cornwallis, der selber das Kommando übernommen hat, den Shannon überquert hat und in Tuam auf Verstärkung wartet, ehe er auf Castlebar losmarschiert. Ich gehe davon aus, daß das stimmt und daß die Postkutschen von hier nach Dublin frei passieren können, und deshalb werde ich diesen Brief mit einem Boten nach Tuam schicken.

Bei der Einrichtung unserer Republik Connaught haben sich viele Farcen und viele traurige Dinge zugetragen, aber meine Gedanken richten sich vor allem auf eine höchst ernste persönliche Angelegenheit, aus der ich auch an Euch schreibe. Als er von der Landung der Franzosen hörte, ist der junge John, an den Ihr Euch sicher voller Zuneigung erinnern werdet, nach

Norden geritten und hat sich an die Spitze einer Rebellengruppe gestellt. Im Moment befindet er sich in Castlebar, wo er eine wichtige Position bei der neuen »Regierung« einnimmt. Es spricht Bände, daß dieser Anfang Zwanzigjährige, ein romantischer und phantasievoller Junge, von ihnen als gewichtiger Senator akzeptiert worden ist. Ich vermute, daß die Franzosen, trotz ihrer gleichmacherischen Beteuerungen, die Eitelkeiten weniger fortgeschrittener Zivilisationen noch nicht überwunden haben und deshalb einen Gentleman von Besitz und Bildung willkommen heißen. Abgesehen von John haben sie nur die verzweifeltsten Elemente des Bauerntums und einige ignorante Krautjunker, Heckenschulmeister und Krämer und ähnliches anziehen können.

Ich habe ihn mehrmals besucht, und obwohl ich ihn nicht überreden konnte, nach Moore Hall zurückzukehren, habe ich trotzdem folgendes herausgefunden, von dem seine Zukunft und vielleicht sein Leben abhängen könnten. Er hat nicht zu den Waffen gegriffen und nicht an den Schlachten von Ballina und Castlebar teilgenommen. Die »Regierung«, zu der er gehört, ist eine Art Bürgerkomitee, notwendig, um in der Stadt Castlebar und ihrer Umgebung die Ordnung aufrechtzuerhalten. Er hat sich große Mühe gegeben, Leben und Besitz der Loyalisten zu retten, der protestantischen und der papistischen, wie viele von ihnen zu gegebener Zeit sicher bestätigen werden. Denn zweifellos wird er sich bald schwerwiegenden Anklagen stellen müssen. Ich werde alles tun, was in meiner Macht steht, um ihn vor den Folgen seiner Torheit zu schützen, aber das wird nicht leicht sein. Seine vornehme Herkunft wird ihm keinen Schutz bieten können – wie die Hinrichtung von Bagenal Harvey aus Bargy Castle in Wexford beweist, der noch dazu ein Protestant mit engen Beziehungen zu den führenden Familien war. Ich habe mir diese Sache genau überlegt, aber es wird ein beschwerliches und schwieriges Geschäft werden, und ehe wir fertig sind, kann es durchaus geschehen, daß ich mich an Euch um Euren Beistand wende. Und deshalb, um ehrlich zu sein, dieser Brief.

Ich gehe davon aus, daß diese Rebellion mißlingen wird, wenn nicht sehr bald eine zweite Armee aus Frankreich, und zwar eine größere, zu ihrer Hilfe eintrifft. Weite Strecken dieser Insel sind immer noch loyal, und die, die zur Rebellion neigen, sind noch nicht darauf vorbereitet. Diese Tatsache läßt mich den derzeitigen Stand der Dinge rätselhaft finden. Humbert, der französische Oberbefehlshaber, gilt weder als Tor noch als Abenteurer. Durch seinen Sieg in der Vendée hat er sich einen Ruf als gerissener und fähiger Soldat gemacht, und er hat sich in den Labyrinthen des Direktorats vorsichtig seinen Weg gesucht. Und doch ist er jetzt hier und streift durch das Moor, bis Cornwallis die Zeit für gekommen hält, ihn zu zerschlagen. Ich weiß nichts über die Gründe, aus denen Paris ihn auf seine derartig törichte Mission geschickt hat oder warum er zu einem so gefährlichen Unternehmen bereit war. Auf jeden Fall steht fest, daß Irland auch hier wieder seine übliche Handlangerrolle spielt.

Wie viele Dramen unserer modernen Geschichte haben sich dieses gottverlassene Moor zum Schauplatz erwählt, immer ohne jegliche Belohnung für meine unseligen Landsleute außer größerem Elend? Was waren die Rebellionen von Desmond und Tyrone denn anderes als Kapitel im Kampf zwischen England und Spanien, und dadurch zwischen Reformation und Konterrevolution? Was waren die Kriege Cromwells hier denn anderes als eine Nebenveranstaltung des englischen Bürgerkrieges, in dem das göttliche Recht der Könige angegriffen und umgestürzt wurde? Als James und William, die beiden Könige, einander an der Boyne gegenüberstanden, ging es um Europa, und Irland war nur das Spielfeld, auf dem der Zweikampf ausgefochten wurde. Irlands Geschichte, wie sie von unseren einheimischen Weisen aufgeschrieben worden ist, erinnert mich an eine gelehrte und bebrillte Ameise, die emsig auf einer gravierten Tafel umherklettert und tiefe Täler, überragende Berge sieht, die für einen erwachsenen Beobachter lediglich die eingeritzten Namen England, Frankreich und Spanien darstellen würden. Nun erscheint der Name Frankreich zum zweitenmal auf der Tafel.

In meiner derzeitigen Isolation bin ich notgedrungen eine Ameise. London hat zur Zeit zweifellos nur eine Sorge – Ägypten und Buonaparte. Vor kurzem stand ich auf einer Anhöhe und betrachtete die Straße. Es war früh am Morgen, kühl, schwere Herbstluft. Eine kleine Gruppe von Rebellen, ohne Führer, soweit ich sehen konnte, trottete nordwärts, in Richtung Castlebar, einige hatten Gewehre, die anderen lange, unpraktische Piken, die sie über die Schulter gelegt trugen. In ihren Friesgewändern hätten sie aus der Geschichte hervorgetreten sein können. Wenn ich sie angesprochen hätte, dann hätten sie in einer Sprache geantwortet, die außerhalb dieser

Inseln unbekannt ist, einer Zunge, die sie so fest wie das sie umgebende Meer in die Vergangenheit sperrt. Wenn sie dieses Wort überhaupt kennen, dann ist Ägypten für sie das Land, in das unser Erlöser als Kind gebracht wurde, um vor dem Zorn des Herodes gerettet zu werden. Für diese Elenden wird es kein Ägypten geben, und General Lake wird ihr Herodes sein. Wenn ich sie anspräche, dachte ich für einen Moment, als sie durch den Nebel wanderten, würden sie mir zur Antwort Nachrichten von O'Neill oder Cromwell bringen, von Armeen, die sich bei Aughrim versammeln?

Wie immer,
Geo. Moore

Killala, 2. September

Die Männer, die Kate Cooper zum Schutz von Mount Pleasant angestellt hatte, hatten sich verzogen, eingeschüchtert von Drohungen und Spott der Städter, aber in den Stunden vor der Dämmerung des 2. September waren Kate und das Haus sicher. Sie bürstete sich vor einem kleinen, messinggerahmten Spiegel auf einem Tisch in einem der Schlafzimmer ihre dichten schwarzen Haare. MacCarthy beobachtete sie vom Bett her, in eine Decke aus schwerer rauher Wolle gewickelt.

»Wenn das alles vorbei ist, werden sie dich hängen«, sagte sie und zog die Bürste durch ihre widerspenstigen Haare. »An einem Galgen hier in dieser Stadt.«

»Man kann nie wissen«, erwiderte MacCarthy sanft.

»Und du wirst es verdient haben.«

»Höchstwahrscheinlich. Owen MacCarthy, wird der Richter sagen, du bist mit Kate Mahoney ins Bett gegangen, und deshalb mußt du hängen. Und mehr als eine Frau wird am Strick ziehen.«

»Ich heiße nicht Mahoney«, sagte sie. »Sondern Cooper. Hast du das vergessen?«

»Nun ja, Kate, du hast es in den letzten beiden Stunden auch selber sehr gut vergessen. Ganz Mayo kennt dich doch als Mick Mahoneys Tochter, und so würden sie dich nennen, ob du nun mit Cooper oder mir oder sonst jemandem verheiratet wärest.«

»Mit dir? Danke, nein. Verheiratet mit einem Heckenschulmeister, auf den der Galgen wartet.«

»Hör doch mal mit diesem Gerede vom Galgen auf.«

»Du hast Angst, was? Und dazu hast du auch allen Grund. Du spielst vielleicht den Schurken, aber der Galgen macht dir Angst.«

»Der würde jedem Angst einjagen. Wenn es soweit ist, dann werde ich vor Entsetzen schreien, aber er ist weit weg von diesem Zimmer und von uns beiden.«

Sie legte die Bürste hin, drehte sich um und sah ihn an. »Du bist ein schrecklicher Idiot, MacCarthy. Sie werden dich hängen, oder sie werden dich bei den Kämpfen erschießen, eins von beiden. Es gibt doch noch offene Straßen, die dich aus Mayo herausführen könnten.«

»›Ich bin ein Schurke und du bist Nummer zwei, sie hängen mich in Ballinrobe und dich in Athenry‹«, sagte er auf englisch. »Das ist ein mieser, vulgärer Vers, meine Liebe. Auf englisch protzen sie immer über Verse, und was das für tolle Dinge sind und was sie für tolle Gedichte machen, aber ich kann das nicht finden.«

Eine schöne Frau in ihrem Nachthemd, sinnlich wie immer, und wie immer etwas Dirnenhaftes, ihr Hemd entblößte eine Schulter. Kerzenlicht flackerte über die blasse Haut mit den braunen Sommersprossen. MacCarthy war warm unter der Decke, nackt, wäre gern für immer geblieben.

»Ein schöner Anblick«, sagte er laut, seine Gedanken aussprechend. »Viele sind in diesem Jahr schon gehängt worden, wegen Konsortium mit Rebellen.«

»Das war aber ein komisches Konsortium, was wir eben betrieben haben.«

»Wenn du Latein könntest, dann würdest du anders denken.«

»All dieses Latein ist vergeudet«, sagte sie. »Latein und Poesie und alles andere.«

Weicher Musselin verschleierte den breithüftigen Körper. Im Sonnenschein spiegelten ihre Augen die Gräser des Sommers wider. Nun lagen sie im Schatten, verborgen. Eine Frau gibt sich dir hin, Bauch preßt sich an Bauch, erhobene Beine, verschlungene, zerrende Finger im Haar, feuchte, offene Lippen. Dann die Trennung, der Körper wieder bekleidet, Hand und Arm kämmen mit gewohnter Geschicklichkeit die zerzausten Haare. Und es war, als hätte sich nie ein Geheimnis eröffnet, als sei keine Brücke überquert, keine Tür aufgestoßen worden. Mit den Kleidern zogen sie sich auch das Geheimnis wieder an, jedes leidenschaftliche Wort schien ungesagt. Und für sie? Was hatte er für sie bedeutet, ein unwahrscheinlicher Fremder in einem dunklen Zimmer, eine unbekannte Gestalt, die sich über ihr erhob?

»Latein und Gott weiß, was sonst noch«, sagte sie. »Und was hat dir das alles je gebracht? Es wird dich nicht retten.«

»Konsortium«, sagte er. »Gesellschaft leisten. Wie wir uns jetzt Gesellschaft leisten.«

»Ich habe mich immer darüber gewundert, daß die Sprache der Messe Dinge ausdrücken kann, die besser ungesagt bleiben.«

»Diese Dinge sind älter als die Messe«, antwortete er. »Hunderte von Jahren. Die Messe ist erst später gekommen.«

»Du bist ein großer Gelehrter«, sagte sie. »Ein großer Gelehrter und ein Dichter, und dir gehören nicht einmal zehn Pfund.« Sie blickte sich im trüben Spiegel an und drehte dann abrupt ihren Kopf weg. Was hatte sie dort gesehen?

»Ich muß mein Vermögen erst noch machen«, sagte MacCarthy. »Ich habe die besten Aussichten.«

»Du hast weder Vermögen noch Zukunft«, sagte sie. »Jetzt nicht mehr.«

»Man weiß nie«, erwiderte er. »Unter der Decke wäre es gemütlicher und wärmer für dich, es ist ganz wunderbar hier.«

»Es war ein netter Gedanke von dir, Mount Pleasant zu besuchen, um nachzusehen, wie es mir geht ohne die schützende Hand eines Mannes, die mich vor den gesetzlosen Banden bewahrt. Du bist ein lieber Mann. Das muß ich dir zugestehen.«

»So nett war das nun auch wieder nicht. Ich bin in der Hoffnung hergekommen, daß eins das andere geben würde und daß wir dann schließlich zusammen die Nacht im Bett verbringen würden.«

»Daran hatte ich wirklich überhaupt nicht gedacht«, sagte sie entrüstet. »Keine verheiratete Frau sollte an so etwas denken. Ich bin keine von diesen dirnenhaften Frauen, die sich ins Unglück bringen. Ich habe einen Mann und ein Heim, und damit bin ich zufrieden.«

Die gewaltige Heuchelei der Frauen. Saß da vor ihm, ihr Körper noch warm von seinem. Wozu brauchte sie sich überhaupt die Haare zu bürsten, schließlich waren sie doch von ihrer Leidenschaft durcheinandergebracht, waren feucht vom Schweiß ihrer Leidenschaft. Eine Frau kann sich an das Bett erinnern, ohne zu glauben, woran sie sich erinnert. Höchst angenehm für sie, und die ewige Niederlage des Mannes.

»You say you will make me strong wine
From the furzy pools of the Boyne,
Gold from the furze, silver from ferns,
I will die, without sense, from your words.«

»Und was soll das bedeuten?« fragte sie ihn.

»Da war mal eine Frau, die Frau von Hugh O'Rourke aus Brefny, und Thomas Costello, der Dichter, war immer hinter ihr her. Dann zieht O'Rourke gegen die Engländer in den Kampf, und die Frau sagt dieses Gedicht auf, damit er zurückkommt, weil sie Costello nicht widerstehen kann. Aber in Wirklichkeit hat nicht die Frau dieses Gedicht geschrieben, sondern Costello.«

»Woher weißt du das?«

»Woher ich das weiß? Schließlich war Thomas Costello ein großer Dichter, und wieso sollte eine Frau ein Gedicht schreiben?«

Ein Lächeln, halb verborgen vom Kerzenlicht. »Warum, ja. Und wann ist das alles passiert, wenn es überhaupt je passiert ist?«

»Ach, vor Hunderten von Jahren. In den Tagen der O'Neill-Rebellion. Komm her unter die warme Decke, ehe du dich totfrierst.«

»Hunderte von Jahren. Wer interessiert sich denn für diesen ganzen Krempel, außer den Schulmeistern?«

»Es ist trotzdem ein schönes Gedicht. Bei Gott, ja.«

»Diese Frau hatte keine Ahnung davon, was Ärger bedeutet. Denk doch nur mal an mich, der arme Sam ist von den Whiteboys gefangen, und kein Mann hier, um Mount Pleasant zu verteidigen. Sie können herkommen, wann immer sie wollen, und brennen und brüllen.«

»Ich bin sicher, Kate, daß du und Mount Pleasant alles heil überstehen werdet. Du bist doch die Tochter deines Vaters.«

»Du bist keine große Hilfe, nicht wahr, wenn eine Frau in ihrem Unglück sich an dich wendet?«

»Wenn du willst, dann rede ich morgen mit Ferdy O'Donnell, aber Ferdy kann auch nur wenig für eine tun, die so weit entfernt von der Stadt wohnt. Wenn du Angst hast, dann gehst du am besten in den Palast, zu Mr. Broome und seiner Frau.«

»Und ich soll Mount Pleasant wehrlos Malachi Duggan und seinesgleichen preisgeben? Ehe einer von ihnen einen nackten, dreckigen Fuß auf Mount Pleasant setzen kann, kratze ich Malachi Duggan die Augen aus dem Kopf.«

Sein Vater konnte ein Stück Torf vom anderen unterscheiden, so wie MacCarthy die verschiedenen Whiskeysorten auseinanderhalten konnte, einer zerkrümelte den Torf in seinen Fingern, der andere kostete den Whiskey. Der landlose Brian MacCarthy, Sohn eines vertriebenen Bauern, trug seinen Spaten von einem Gesindemarkt in Kerry zum anderen, hinter ihm sein Sohn, keuchend, verdreckt, dahinter Mick Mahoney, der Betrüger, der dem Reichtum nachjagte, Stiefelspitze für einen Bauernhintern, ein kriecherisches Lächeln für Grundbesitzer und Gericht. Kate Mahoney, loser Mund und wilder Körper, verschwendet an diesen versoffenen Cooper, Herrin von Mount Pleasant. Sie hatten nach Land gehungert, nicht nach Betten der Leidenschaft, aber die Dichter erzählten nur von Liebe, klagten um die Stuarts, betrauerten verbannte Clanhäuptlinge. Er war genauso schlimm wie die anderen. Die für die Poesie angemessenen Themen waren vor Jahrhunderten festgelegt worden.

»Dein Leben ist verloren«, sagte sie. »Du hast es in deiner Dummheit weggeworfen.«

»Da war nicht viel wegzuwerfen.«

»Du hattest deine Schule, dieses Mädchen im Dorf, die Poesie. Jetzt hast du nichts mehr.«

»Bei Gott, Kate, ich bin durchaus deiner Meinung. Was zum Teufel tue ich, in meinem Alter, stolziere herum wie ein Krautjunker auf einem Markt?«

»Das ist deine Frage. Du mußt sie selber beantworten.«

Er stützte sich auf einen Ellbogen und streckte die andere Hand nach ihr aus. Sie schüttelte den Kopf.

»Schluß damit. Bald ist es hell. Es war sehr töricht, was ich heute nacht mit dir gemacht habe, Owen MacCarthy. Gott weiß, mein eigener Mann sollte jetzt bei mir sein, und es ist nicht mein Fehler, daß er sich in eine rote Uniform stopfen und sich von französischen Barbaren fangen lassen mußte. Er war zuallererst mir verpflichtet, dieses egoistische Biest.«

»Vielleicht hat doch die Frau das Gedicht geschrieben, und nicht Costello.«

»Was spielt das denn für eine Rolle?« fragte sie ungeduldig.

»Ein wilder Herumtreiber wie du, der den Jungfrauen die Tugend und den Ehefrauen die Ehre nimmt, das war er, und du glaubst, du gewinnst bei jedem Handel, aber du hast nichts. Kein Haus, das du dein eigen nennen, nicht die Liebe einer Frau, auf die du dich in einem Jahr noch berufen kannst. Vor einem Monat habe ich, von einem der Fenster in diesem Haus aus, einen Mann auf dem Feld eines von deinen Liedern singen hören. An die Lieder wird man sich vielleicht erinnern, aber niemals an den Mann, der sie geschrieben hat.«

»Was könnte denn besser sein, als daß deine Lieder anonym sind und weiterleben?«

Sie sprang auf und betrachtete ihn, locker geballte Fäuste in die Hüften gestemmt. »Du bist ein Kind, Owen, trotz deines Alters und deiner Größe und deines entsetzlichen Lebens. Gott vergib mir, ich bin mit einem Kind ins Bett gegangen.« Sie ging durch das Zimmer und setzte sich neben ihn aufs Bett. »Owen, hast du dir nie etwas gewünscht?«

»Dich«, sagte er. Er strich ihr mit dem Handrücken über die Haare.

»Ja, natürlich. Und jede andere Frau. Das hat doch nichts damit zu tun, ob du dir etwas wünschst.«

»Ich wurde mit nichts geboren, und ich habe nichts. Daran kann ich nichts ändern.«

»Es muß ein schreckliches Leben sein.«

»Es ist eine Frage der Übung.« Er berührte sanft ihre Wange.

»Na gut«, sagte sie. »Es muß trotzdem wunderbar sein, ein Leben ohne Sorgen und Intrigen zu führen.«

»Fürwahr, wunderbar«, sagte er und zog ihren Kopf an seine Schulter.

Hinter ihnen flackerte die Kerze vor dem leeren Spiegel.

Ballycastle, 2. September

Am 2. September wandte Cornwallis sich von Tuam nordwärts nach Hollymount. Ein Bote aus Longford brachte Humbert von Hans Dennistoun die Nachricht, daß sich die Midlands in zwei Tagen erheben würden. Und John Moore ritt wieder an Killala vorbei, um die Treacys auf der Straße nach Ballycastle zu besuchen.

In den vergangenen Wochen hatte der Sommer angefangen, in den Herbst überzugehen, aber der Morgen war hell, warmes Sonnenlicht badete die Felder, die langsam gelb wurden. Mayo, ein flaches Land zwischen Ozean und Gebirge, hatte seinen eigenen Wechsel der Jahreszeiten.

Kurz vor Ballina hielt Moore vor den massiven Pfeilern an, die einst das Tor zu Mount Lawrence Hall eingerahmt hatten. Das Haus, das von einer belaubten Pflanzung geschützt auf einer Bergkuppe stand, war abgebrannt worden. Rauch und verkohlter Gestank füllten seine Phantasie und verstopften seine Nasenlöcher. Und dennoch wurde die Lawrence-Ernte eingebracht: Er konnte auf den entfernten Feldern kleine Gestalten erkennen. Er ritt die gerade Allee hinauf, bis er sie erreicht hatte, dann setzte er über die niedrige Mauer und ritt im Schritt über den schmalen Pfad, bis er auf Grußweite an sie herangekommen war. Die Schnitter legten eine Pause ein und beobachteten ihn, wobei sie ihre Augen mit den Unterarmen schützten.

»Wo sind Mrs. Lawrence und ihre Töchter?« rief er. Sie schwiegen und warteten ab. Als niemand antwortete, stieg er ab und ging auf sie zu. »Ich habe euch nach Mrs. Lawrence gefragt.«

Ein alter Mann, der sich auf seinen Sensengriff stützte, sagte: »Sie sind nach Killala gegangen, zum protestantischen Pastor.«

Moore blickte zurück, aufs Haus. »Wer war das?«

Nach einer Pause: »Es ist nach der großen Schlacht abgebrannt. Drinnen war nichts mehr übrig. Alles ist verbrannt oder weggeholt worden.«

»Von den Rebellen«, sagte Moore.

Der alte Mann rieb sich mit dem Handrücken die grauen Bartstoppeln. Der viel jüngere Mann neben ihm, der sein Sohn sein konnte, sagte: »Ja, wer will das sagen? Sie sind in der Dunkelheit gekommen, und sie wirkten wie eine kleine Armee. Wir sind in unseren Hütten geblieben, bis sie wieder weg waren.«

»Aber ihr seid hiergeblieben«, sagte Moore. »Bringt ihr die Ernte für Mr. Lawrence ein?«

Moores Irisch war sehr schwach und sein Wortvorrat klein.

»Mr. Lawrence oder seine Familie kommen vielleicht nicht zurück. Es heißt, daß der Landadel Mayo für immer verläßt.«

»Dann erntet ihr für euch selber?«

Der Mann zuckte die Schultern. »Das ganze Vieh ist von den Männern, die in der Nacht gekommen sind, davongetrieben worden. Mit wenigen Ausnahmen. Und wißt Ihr, was sie mit diesen wenigen Ausnahmen gemacht haben? Die Tore wurden ausgehängt, und die Tiere wurden darüber geröstet, über einem großen Feuer. Sie haben es sich hier gemütlich gemacht, bei Gott.«

Der alte Mann hustete lange, ein vom Schleim verstopfter Husten, dann spuckte er zwischen seine Füße. »Was soll man machen mit einer Ernte, außer sie einbringen, egal für wen? Der Landadel ist erledigt, Mr. Lawrence ist bei den britischen Soldaten, und die Damen sind in Killala.«

Moore blickte von einem Gesicht zum anderen, dann wieder auf das ausgebrannte Haus. Er war niemals dort zu Besuch gewesen. Die Lawrences waren verbissene Protestanten.

»Seid Ihr Engländer, Sir?« fragte der jüngere Mann.

Moore starrte ihn verwirrt an und sagte dann ruhig: »Nein, ich bin Ire.«

»Wenn Ihr Engländer seid, dann solltet Ihr nicht nach Ballina gehen. Die Männer dort schrecken vor nichts zurück.«

»Ich werde vorsichtig sein«, sagte Moore sanft und kehrte dann auf die Allee zurück.

Die Hauptstraße von Ballina, die sich in einem schrägen Winkel zur Moy hinzog, war grün von Freiheitsbäumen und -zweigen. Als Moore vom Fluß her in sie einbog, hielten vier Männer mit Piken ihn an. Einer von ihnen packte seine Zügel mit geballter Faust. Sie kannten seinen Namen nicht, aber er konnte sie überreden, sein Pferd zur Schenke zu führen, die Michael Geraghty als Hauptquartier diente. Er fand Geraghty in einem kleinen inneren Raum, gekleidet in eine der französischen Uniformen, mit offenem Kragen, vor einem Teller mit Speck an einem Ende des Tisches. Moore setzte sich ihm gegenüber.

»Was ist in Ballina geschehen, Captain?«

»Was soll hier schon passiert sein, wo alles Aufregende in Castlebar abläuft?«

»Ihr habt hier auch eure Aufregungen gehabt. Ich habe gerade Mount Lawrence Hall gesehen. Genauer gesagt, seine Überreste.«

Geraghty nickte und nahm dann Gläser und eine Flasche von der hölzernen Anrichte. »Schlimme Geschichte.«

»Ist das alles, was Ihr dazu zu sagen habt? Und ich nehme an, daß auch hier wieder Malachi Duggan am Werk war.«

»Durchaus nicht«, antwortete Geraghty langsam. »Durchaus nicht. Meine eigenen Jungen haben dieses Haus abgebrannt. Die United-Jungen.«

»Eure eigenen Männer! Was zur Hölle erzählt Ihr mir da, Geraghty? Wenn Ihr mit dieser Sache zu tun habt, dann werdet Ihr Euch dafür verantworten. Männer sind in Castlebar schon für weniger blutig geschlagen worden.«

»Dann schlagt meine Jungen und nicht mich, denn ich hatte mit der ganzen Sache nichts zu tun. Ich habe nur gesagt, sie könnten das Vieh und die Möbel nehmen. Und das habe ich erst gesagt, als alles schon geschehen war, um es offiziell zu machen, gewissermaßen.«

»Lawrence war, nach allem, was ich je gehört habe, ein anständiger Grundbesitzer, und was hat er jetzt von all seiner Mühe?«

Die Gläser waren schmierig, der Whiskey rauh.

»Weiß ich das nicht besser als Ihr? Ihr solltet hier in Ballina sein und nicht in Castlebar, wo Ihr nur Proklamationen schreibt. Ich kann nur versuchen, über meine Jungen eine Art von Kontrolle aufrechtzuerhalten. Sie sind bestenfalls wild, Mr. Moore, Dorfkämpfer und ihresgleichen. Wenn ich nicht ab und zu nachgebe, dann sitze ich bald ganz allein hier in Ballina, und davon hätte niemand etwas.«

»Ferdy O'Donnell in Killala hat keine Probleme damit, unter seinen Männern Disziplin zu halten.«

»Dann macht doch Ferdy O'Donnell zum General. Ich gebe mir allergrößte Mühe bei einer Aufgabe, zu der ich wenig geeignet bin. In Ballina ist noch kein Protestant umgebracht worden, und das wird auch nicht geschehen, solange ich es verhindern kann. Aber diese Burschen haben ihr ganzes Leben lang die Grundbesitzer gehaßt und gefürchtet und haben sich vor ihnen verbeugt, nicht vor den britischen Soldaten. Diese Rebellion bedeutet für sie, daß die Grundbesitzer vertrieben werden und niemals zurückkommen. Und das bedeutet sie auch für mich.«

»Dann habt Ihr den Eid, den Ihr abgelegt habt, wohl kaum begriffen, denn er galt einem Irland ohne Engländer, nicht ohne Grundbesitzer. Ihr sprecht gerade mit einem Grundbesitzer, Geraghty, zumindest mit dem Bruder von einem.«

»Das weiß ich wohl, Mr. Moore. Ihr und Malcolm Elliott. Habe ich meine eigene Farm nicht von Malcolm Elliott gepachtet? Aber Ihr beide braucht nicht wie ich in Ballina und Ferdy in Killala zu bleiben und Grundbesitzer vor unseren Leuten zu schützen, für die wir keinerlei Liebe empfinden. Das ist eine Aufgabe, die vielleicht auch für Euch oder Malcolm Elliott oder Euren französischen General zu schwierig wäre.«

»Ihr braucht nicht mehr lange hierzubleiben«, sagte Moore. »Wir werden Mayo bald verlassen, und die Männer aus den Städten und Dörfern werden mit uns gehen. Alle, mit Ausnahme der Garnison in Killala.«

»Und wohin geht es, wenn ich das fragen darf?«

»In die Midlands, glaube ich, wenn wir an Cornwallis vorbeikommen. Er war vor ein oder zwei Tagen in Athlone. Er muß jetzt schon näher sein.«

Geraghty füllte sein Glas noch einmal und nahm einen tiefen Schluck. »Mit einer großen englischen Armee?«

»Groß genug«, antwortete Moore. »Aber nicht so groß wie die Rebellion in den Midlands sein wird.«

»Was wissen wir denn schon von den Midlands«, sagte Geraghty. »Das ist nur ein Wort. Ich war noch nicht einmal in Athlone und meine Männer auch nicht. Wir sind aus Mayo. Und wir dachten, daß sich die Männer in ganz Irland erheben würden, nicht, daß die Männer aus Mayo in fremden Feldern kämpfen müßten, deren Namen wir nicht einmal kennen. Laßt uns hier in Mayo bleiben, und laßt die Franzosen nach Mayo gehen.«

»Ihr redet, wie Ihr's versteht. Kriege werden eben so gekämpft. Der französische General wird alle Männer brauchen, die er bekommen kann.«

»Meine Frau arbeitet hier draußen«, sagte Geraghty. »Bringt die Ernte ein. Und sie leistet keine besonders gute Arbeit, die arme Frau.«

»Eine große Schlacht wird stattfinden«, sagte Moore. »Höchstwahrscheinlich in den Midlands. Und noch eine kurz vor Dublin. Dann könnt Ihr zu Euren Ernten heimkehren.«

»Ich könnte auf kürzerem Wege zu meiner Ernte gelangen. Ich könnte zu meiner Ernte gelangen, ohne Mayo zu verlassen.« Er zog den Teller zu sich heran und nahm sich ein Stück Speck.

»Das könntet Ihr«, sagte Moore. »Aber das werdet Ihr nicht tun.«

Geraghty grunzte und nickte Moore zu, als der sich zum Abschied erhob. »Für einen so jungen Mann, wie Ihr seid, seid Ihr Euch sehr sicher, was andere Männer tun und lassen werden.«

Unterwegs nach Norden, vorbei an Feldern und Farmen, die er schon früher auf seinem Ritt passiert hatte, konnte Moore keine Spuren der Rebellion entdecken, wenn er von unbearbeiteten Feldern und einem weiteren abgebrannten Haus absah. Eine Armee hatte sich in Castlebar gesammelt, und andere Armeen marschierten ihr entgegen. Killala, wie Ballina, befand sich in Händen der Rebellen. Und doch war die Landschaft unverändert, die Felder grün, die Bäume dicht belaubt, keine Spur von Braun war bisher zu sehen. Er hatte geholfen, Ereignisse in Bewegung zu setzen, die die Flammen in Mount Lawrence Hall von Zimmer zu Zimmer jagten und Bauern die vom Tau nassen Hänge von Sion Hill hochklettern ließen. Aber die ruhigen, sonnenverbrannten Felder betonten die Bedeutungslosigkeit seines Handelns, jeglichen Handelns. Der Schrei eines Fasans in der Ferne, Blätter, die sich in einem sanften Windstoß bewegten, Hufschläge auf der Straße waren wichtiger als vom Rauch geschwärzte Steine, Piken, Kanonen, Musketen, Monarchien, Republiken.

Die Kälte, mit der Thomas Treacy ihn empfing, besiegelte das alles noch, denn Treacy betrachtete ihn, wie er alsbald klarmachte, weniger als Rebellen, denn als den halsstarrigen jüngeren Sohn einer Nachbarsfamilie, wild entschlossen, Familie und Freunde in unauslöschliche Schande zu ziehen. Er hatte Moore die kurze Allee heraufreiten sehen und erwartete ihn auf der Treppe, seine hagere, lange Gestalt wurde von der offenen Tür eingerahmt.

»Ich habe gewußt, daß Ihr kommen würdet, John. Früher oder später. Zumindest, um Ellen zu sehen.«

»Um Euch beide zu sehen, Sir, natürlich. Aber ich bin nicht sicher, ob ich willkommen bin.«

Treacy ging die Treppe hinunter, um ihn anzusehen. »Es fällt mir schwer, das jemandem zu sagen, den ich gern gehabt habe. Aber Ihr seid nicht willkommen, und ich kann mir nicht denken, daß Ihr daran gezweifelt haben könntet.«

Moore saß verlegen auf seinem Pferd und machte sich an den Zügeln zu schaffen. »Und doch habt Ihr gewußt, daß ich kommen würde.«

»Ellens wegen. Ja, ja, das habe ich gewußt. Nun sitzt hier nicht herum, Junge. So kurz unsere Unterhaltung auch sein muß, wir halten sie doch besser im Haus ab.« Er lächelte Moore kurz an. »Das heißt, ich halte es für das beste. Ich habe keine Erfahrung damit, Staatsoberhäupter zu empfangen. Eine höchst bemerkenswerte Leistung für jemanden in Eurem Alter. Sogar Mr. Pitt war älter, als er Premierminister wurde, und er galt doch schon als Wunderkind.«

Er führte Moore in das kleinere der beiden Wohnzimmer, das nur spärlich möbliert war, zwei ungeschickt ausgeführte Portraits, ein schweres Kruzifix, ein kitschiger Stich von Jesus, der Lazarus von den Toten erweckt. Eine Karaffe voll Wein stand auf der Anrichte, aber Treacy bot ganz betont nichts an, während er Moore in einen Sessel winkte.

»Es ist sehr still hier in Ballycastle«, sagte Moore.

»Sehr still, das ist wahr, wenigstens zwischen Bridge-end und dem Fluß«, sagte Treacy mit feindseliger Höflichkeit. »Wie Ihr natürlich wißt, ist das Haus meines Freundes Falkiner überfallen worden.«

»Nein«, erwiderte Moore. »Das wußte ich nicht.«

»O doch. Überfallen, aber nicht abgebrannt. Eine von Euren Räuberbanden wurde wahrscheinlich von einer anderen vertrieben.«

»Es ist möglich«, widersprach Moore, »daß diese zweite Räuberbande, wie Ihr sie nennt, unter dem Kommando von Ferdy O'Donnell stand. Ihm ist die Aufrechterhaltung der Ordnung in dieser Baronie übertragen worden. Und Ihr wißt doch sicher, daß er kein Räuber ist.«

»Ich kenne ihn seit Jahren, und ich hatte immer einen guten Eindruck von ihm. Ein anständiger, hart arbeitender Bauer und durchaus gebildet. Aber ich habe auch bis vor wenigen Monaten einen guten Eindruck von Euch selber gehabt. Und das ist vorbei.«

Moore gab keine Antwort. Verlegen blickte er durch das hohe Fenster auf die flache, grüne Wiese.

»Es heißt«, fuhr Treacy fort, »daß ich verschont geblieben bin, weil meine und Eure Familie so eng befreundet sind. Oder weil ich das Glück habe, denn plötzlich ist es ein Glück, ein Katholik zu sein.«

»Wenn Ihr wollt«, sagte Moore und wählte seine Worte sorgfältig, »könnt Ihr beide Gerüchte Lügen strafen. Die Armee der Irischen Republik ...«

»Die Armee der Irischen Republik«, echote Treacy verächtlich. »Es würde mich freuen, die Ansichten Eures Bruders in dieser Frage zu vernehmen. Wenn ich in meinem Haus von Raum zu Raum gehe, dann schäme ich mich über den bloßen

Verdacht, ich könnte meine Sicherheit meinem Glauben oder irgendeiner Verbindung mit einem Rebellen gegen den König schulden.«

»Ich kann nur wiederholen, daß Ihr Euch mit dieser Annahme irrt.«

»Was soll ich denn sonst annehmen? Soviel ich weiß, sind zwischen hier und Castlebar ein Dutzend Häuser ausgeplündert oder abgebrannt worden, allesamt protestantische Häuser. Wenn diese elende Geschichte vorbei ist, dann wird es den Katholiken in Mayo schlechter gehen als irgendwann in den letzten dreißig Jahren.«

»Die meisten Grundbesitzer sind Protestanten«, erwiderte Moore, der gegen eine wachsende Ungeduld kämpfte. »Und die meisten Bauern sind Katholiken. Da habt Ihr Eure Antwort. Sie rebellieren, und ihr Zorn trifft die, die sie für ihre Unterdrücker halten. Aber die Society of United Irishmen kämpft nicht gegen Besitz oder Religion.«

»Ich habe das Haus des armen Falkiner besucht«, sagte Treacy. »Es ist aufs gräßlichste zerstört worden.« Abgelenkt von der Erinnerung, fuhr er sich mit den Fingern durch die dünnen weißen Haare. »Das ist ja zu erwarten, wenn Barbaren losgelassen werden, und doch ist der Anblick ein Schock – in Splitter gehauene Tische, zerhackte und zerschnittene Bilder. Ich habe manch einen schönen Abend in diesem besudelten und geschändeten Zimmer verbracht. George Falkiner hat sein Leben lang eine gute Meinung über die Menschen unseren Glaubens gehabt. Seiner war der erste protestantische Name auf der Connaughter Petition für katholische Rechte. Habt Ihr das gewußt? Und das hat er nun davon. Und diese Barbaren sind Eure Verbündeten und Eure auserwählten Gefährten.«

»Die Petition hat nichts erbracht«, sagte Moore. »Sie hat nichts erbracht, weil das irische Volk seine eigenen Angelegenheiten nicht selber regeln kann.«

»Worte«, meinte Treacy. »Die Tatsache ist, daß Männer ermordet und Häuser abgebrannt werden. Eine brutale Bauernmeute ist auf das Land losgelassen worden. Das ist die Tatsache.«

»Ich habe Euer Mißfallen erregt«, sagte Moore. »Belassen wir es dabei.«

»Mißfallen ist die Sprache der Bibliotheksromane. Ihr seid ein bewaffneter Rebell gegen Euren rechtmäßigen König, und

Ihr schwebt in so hoher Gefahr, daß weder Euer Bruder noch irgend jemand sonst Euch retten können wird. Ihr habt Eurer Religion und Eurer Nation Schande gemacht.«

»Einer Nation, in deren Parlament ich wegen meiner Religion nicht sitzen darf. Das ist auch eine Tatsache. Hat die für Euch kein Gewicht?«

»Ich bin mir der schrecklichen Lasten, die uns auferlegt worden sind, durchaus bewußt. Das bringt mich aber nicht dazu, das Land betrunkenen Spalpeens und französischen Briganten auszuliefern. Ich möchte diese Angelegenheit mit Euch nicht weiter diskutieren. Ihr hattet gehofft, Ellen zu heiraten. Ich habe diesen Plan begünstigt, ebenso wie George. George ist in dieser Hinsicht äußerst großzügig gewesen, denn zwischen dem Vermögen der Moores und dem der Treacys besteht ein großer Unterschied. Aber nun könnt Ihr Eure Zuneigung zu Ellen am besten dadurch unter Beweis stellen, daß Ihr vergeßt, daß solche Pläne jemals in Betracht gezogen worden sind. Ihr könnt ihr nur noch mehr Kummer und größeres Elend bereiten.«

»Ihr könntet mir zumindest gesunden Menschenverstand zubilligen, Mr. Treacy.«

»Das ist wirklich die allerletzte Tugend, die ich Euch zubilligen würde, John.«

»Ich habe mich in einem gefährlichen Unternehmen engagiert, und wie Ihr selber habe ich nicht den geringsten Wunsch, Ellen irgendeiner damit verbundenen Gefahr auszusetzen. Aber ich gehe davon aus, daß meine Aussichten, wenn ich nach Mayo zurückkehre, viel besser sein werden als es im Moment aussieht. Ich bin heute hergeritten, um mit ihr zu sprechen, und ich hoffe, daß ich dazu Eure Erlaubnis habe.«

»Sprecht ruhig mit ihr. Ich habe nicht den Wunsch, das zu verhindern. Aber Ihr müßt Euch damit abfinden, daß Bridgeend House von nun an für Euch verschlossen sein wird und daß unsere Freundschaft zu Ende ist.«

»Das ist eine sehr kalte Feststellung.«

»Das stimmt. Ich gebe mir alle Mühe, die Ruhe zu bewahren, wenn ich mit Euch spreche, John. Ich habe große Zuneigung für Euch empfunden, wie Ihr sicher wißt. Aber ich verachte den Weg, den Ihr eingeschlagen habt. Er ist töricht und verbrecherisch, ein Verbrechen, das andere Verbrechen nach sich zieht. Ihr werdet nicht nach Mayo zurückkehren, die britische Armee dagegen wohl, und dann werden sie aus diesem

County wahrscheinlich eine Wüste machen. Ich habe die Penal Laws erlebt, und ich habe zugesehen, wie die Katholiken von Mayo mühsam – und friedlich – versucht haben, ihre Rechte durchzusetzen …«

»Das geht zu weit«, sagte Moore. »Was glaubt Ihr denn, wofür die United Irishmen kämpfen, wenn nicht für die Rechte aller Iren? Was haben diese friedlichen Bemühungen Euch denn eingebracht, außer einer Kette von elenden Zugeständnissen, sparsam ein Jahrzehnt nach dem anderen ausgeteilt …«

»Das ist genug«, fiel Treacy ihm ins Wort. »Ich will nicht mit Euch diskutieren, und ich werde auch nicht zulassen, daß Ihr die Verbrechen von mörderischen Bauern verteidigt. Nun, wenn Ihr Euch eine Stunde lang mit Ellen unterhalten wollt, dann findet Ihr sie im Nähzimmer. Ich habe sie gebeten, während Eures Besuches dort zu bleiben. Wir beide können uns hier verabschieden, in diesem Zimmer.« Er erhob sich, zögerte und streckte dann plötzlich die Hand aus. »Es tut mir mehr leid, als Worte auszudrücken vermögen, mein lieber John.«

»Ich kann es nicht hinnehmen, daß meine Freundschaft mit dieser Familie auf diese Weise enden soll«, sagte Moore. Treacy zuckte die Schultern.

Aber als Moore an die Tür des Nähzimmers klopfte, wurde er von einem anderen Empfang überrascht, denn Ellen riß die Tür auf und warf sich in seine Arme, ein Mädchen, dünn wie ihr Vater und fast so groß wie Moore selber. Sie schlang die Arme um seinen Hals, preßte ihr Gesicht an seins und brach in lautes Weinen aus. Er stand verlegen bei ihr, streichelte ihre langen sandfarbenen Haare und redete ihr ruhig zu, bis sie ihn losließ und in das kleine, sonnenhelle Zimmer führte.

Eine Minute lang betrachtete sie das Gewirr von Seiden- und Musselinresten auf dem Tisch, dann hob sie einen hoch und hielt ihn an die Augen. Sie hatte ihm den Rücken zugekehrt, ihre schmalen Schultern bebten, dann drehte sie sich um und sah ihn aus ihren vom Weinen geschwollenen Augen an.

»Ich hätte nie gedacht, daß es so sein würde.«

»Wie denn?«

»So, wie du es dargestellt hast, würde ein Schiff nach dem anderen aus Frankreich kommen, große Armadas. Und die ganze Insel würde sich erheben. Nicht bloß drei elende Schiffe und ein paar hundert Mann.«

»Es kommt noch eine zweite Flotte«, sagte Moore. »Und vielleicht eine dritte.«

»Dann ist es zu spät.«

»Nein. Dein Vater und du, ihr gehört zu den pessimistischsten Sterblichen auf Erden.«

»Allerdings, wenn du damit meinst, daß wir vernünftig sind. Und jetzt sagt mein Vater, daß wir uns nicht mehr sehen dürfen.«

»Nimmst du das hin?«

»Was soll ich denn sonst tun, wenn ich fragen darf? Ich habe keine Wahl. Wenn du mit den anderen Rebellen Mayo verläßt, dann wirst du nicht hierher zu mir zurückkommen. Du wirst in irgendeinem Graben mit dem Bajonett erstochen oder an einem Kreuzweg gehängt werden. Dein Bruder wird dich nicht freibekommen können.«

»Ich habe meinen Bruder nicht um seinen Rat gebeten. Ich brauche seine Hilfe nicht.«

»Möchtest du so gern getötet werden?«

»Mein Bruder interessiert sich genausowenig für Irland wie für ein Pferderennen.«

»So geht es mir auch. Oder für England oder Frankreich oder Amerika. Nicht so, wie du diese Wörter benutzt. Ihr Männer legt immer Ideen in alles hinein. Irland ist keine Idee, sondern ein vorhandener Ort mit wirklichen Menschen, die Blut vergießen oder am Strick baumeln können. Irland liegt vor diesem Fenster.«

»Stimmt.«

»Oh!« rief sie ungeduldig. »Ich kann nicht sagen, was ich meine, und du willst mich nicht verstehen. Du bist mir wichtiger als Irland, und ich auch, und mein Vater, und die Männer auf den Feldern und jeder, der mir je begegnet ist. Wenn du sagst, daß du Irland befreien willst, dann weiß ich nicht, was du meinst. Ich schwöre bei Gott, ich weiß es nicht. Ein junger Mann wie du, nur ein paar Jahre älter als ich. Wenn du sagen würdest, du wolltest ein Schwein befreien, das in einem Zaun feststeckt, dann würde ich wissen, was du meinst, denn ich weiß, was ein Schwein ist. Und ein Zaun.«

»Du klingst wirklich fast wie mein Bruder. Als ob du dieselben Bücher gelesen hättest wie er.«

»Du kannst dich darauf verlassen, das habe ich nicht. Ich habe wirklich auch sonst genug zu tun.«

»Diese Unterhaltung kommt zu spät, liebe Ellen. Es hat angefangen. Es sind schon Schlachten geschlagen worden.«

»Schlachten! Unwissende Dorfkämpfer haben Häuser abgebrannt, wenn du das meinst.«

»Nenn es, wie du willst. Hast du gewußt, daß ich zum Präsidenten der Republik Connaught ernannt worden bin?«

»Ja«, sagte sie und starrte ihn an, als ob sie gerne gelacht hätte und es doch nicht schaffte. »Das habe ich gehört. Du bist sehr jung für so eine Ehre.«

»Nicht mich wollen sie ehren, sondern den Bruder des Herren von Moore Hall. Die Franzosen haben komische Vorstellungen von Gleichheit, trotz all ihres Geredes.«

»Wenn du nicht sein Bruder wärst, dann wärst du ein glücklicherer Mann.«

»Wie meinst du das?«

Ihre Hand berührte die Reste eines leuchtendbunten Stoffs, schob sie hin und her.

»Du denkst sehr viel an ihn«, sagte sie. »Du hast immer eine Art Streit mit ihm.«

»Bei Gott, wenn du willst, dann kannst du wirklich törichtes Zeug reden! Keine zwei Brüder könnten einander mehr lieben. Wir sind über Politik nicht derselben Meinung, das ist alles.«

»Ach, Politik! Ich scher mich nicht für zwei Pence um Politik. Die bedeutet nichts. George ist ein sehr kühler Mann. Er kann einen wütend machen. Findest du das nicht manchmal?«

»Ich bin nicht hergekommen, um über George zu reden, sondern über uns.«

»Über uns gibt es nichts zu sagen, John. Mein Vater hat wirklich recht, John, weißt du nicht, daß du in eine Rebellion verwickelt bist? Daß sie dich hängen können? Ach, was hat es denn für einen Sinn, mit dir zu reden? Und dabei liebe ich dich so sehr. Ach, was soll ich tun? Und was wirst du tun?«

Sie wandte sich von ihm ab und trat ans Fenster. Hinter ihr sah er ein blaßgrünes Feld, die grauen Steine der Mauern. Ihre Schultern bewegten sich, als sie stumm weinte.

»Ich kann nicht, Ellen. Was geschehen ist, ist geschehen. Ich kann nichts anderes tun.« Aber sie gab keine Antwort, und er nahm sie wieder in die Arme, drückte sie wortlos an sich.

»Ich würde mit dir überallhin gehen«, sagte sie schließlich. »Das würde ich dir gern sagen. Aber das sagen sie nur in Liedern. Ich werde hier bleiben, und es wird kein gemeinsames Leben für uns geben.«

»O doch«, sagte er. »Du wirst schon sehen.«

Aber in diesem Moment, obwohl er immer noch abwesend Feld und Mauer anstarrte, sah er sich so klar wie in einem Spiegel. Ein offenes, freimütiges Gesicht, von der Erfahrung noch nicht gezeichnet, zuversichtlich ohne Grund, ein Schopf von gelben Haaren, heller als die der Frau, das Gesicht eines jungen Mannes. Das Gesicht eines Freiers oder eines Studenten, eines Reiters, der in vollem Galopp auf Zaun oder Graben zuhält. Wieder, wie bei George, wie bei Geraghty, wie bei ihrem Vater, fühlte er sich brutal in eine Rolle ohne Bedeutung gedrängt, eine dürftige und andauernde Rolle. Er erinnerte sich an die bunten Stoffreste auf dem Tisch, und sie verspotteten ihn: Flicken für ein Narrenkleid.

Aus: »Die ersten Dienstjahre. Mit Cornwallis in Irland«, von Generalmajor Sir Harold Wyndham.

Am 2. September stießen bei Tuam zwei englische Regimenter zu Cornwallis, das Queen's und das Twenty-ninth, die im Gewaltmarsch von Wexford gekommen waren. Nachdem er beide unter seinen persönlichen Befehl gestellt hatte, zog er sofort nach Norden und schlug sein Hauptquartier in Hollymount auf, in der Nähe von Ballinrobe und vielleicht dreizehn Meilen von der rebellischen »Hauptstadt« Castlebar entfernt. Colonel Crauford, ein schottischer Offizier, dem er ein durchaus berechtigtes Vertrauen entgegenbrachte, unternahm mit einer Abteilung seiner Dragoner einen Erkundungsritt und stellte fest, daß die Rebellen angefangen hatten, ihre Vorposten in der Nähe dieser Stadt zurückzunehmen. Bei seiner Rückkehr wurde er jedoch in der Nähe des Gutes von Mr. George Moore, dessen Bruder ein Anführer der Rebellen war, von einer Rebellengruppe angegriffen. Mit ihren langen, mörderischen Piken hackten die Rebellen grausam auf Reiter, Pferde, Zaumzeug ein und konnten zwei Dragoner aufspießen, ehe sie selber überwältigt wurden.

Colonel Crauford ließ kurz und bündig einige dieser Elenden aufhängen, brachte jedoch vier von ihnen nach Hollymount. Sie stolperten vor den Soldaten her, die alles andere als sanft mit ihnen umgingen. Sie lieferten uns den ersten Anblick des eingeborenen Feindes, und sie boten einen höchst kläglichen Anblick. Sie waren Männer von der niedrigsten Sorte, mit grober Kleidung und groben Gesichtern, sie schielten vor

Haß und Angst. Einer unserer irischen Offiziere versuchte, sie auszufragen, konnte aber nur wenig in Erfahrung bringen. Sie stammten aus einer der abgelegenen Baronien von Mayo und waren so primitiv wie die Stammeskrieger der Otaheetee, wenn ihnen auch die rauhe Eleganz fehlte, die Captain Cook seinen Südseeinsulanern zuschreibt. Die Rebellen hatten sie dort eingesetzt, um unsere Späher zu überfallen und zu töten, aber sie hatten sicher nicht geplant, daß diese kleine Gruppe eine so schwere, bewaffnete Truppe wie Craufords Dragoner angreifen würde. Und doch, auf pathetische Weise ihren entsetzlichen Anweisungen treu, hatten sie genau das getan. Entweder waren sie, wie es wahrscheinlich der Fall ist, unwissend und dumm, oder sie verfügten über einen Mut, der einer besseren Sache wert gewesen wäre.

Crauford, ein hagerer und hitzköpfiger Hochländer, der sich unter dem großen Wellington auf der Iberischen Halbinsel auszeichnen sollte, war ein höchst fähiger und energischer Kavalleriemann, wenn sein Verhalten auch, wie ich zugeben muß, bisweilen kurz und bündig war. Zu der Zeit, über die ich schreibe, war er noch ein recht junger Mann, aber er verfügte über ein gelassenes Selbstvertrauen, um das ich ihn zutiefst beneidete, und über einen trockenen sardonischen Humor und große Ungeduld angesichts des vorsichtigen Temperaments seiner Vorgesetzten. Unter den Bauern des Westens sollte er sich einen Ruf der ungehemmten Grausamkeit erwerben, der nur noch von dem von General Lake und Dennis Browne übertroffen wurde. Ich habe nicht den Wunsch, diesen Ruf zu bestreiten, denn ich wurde selber Zeuge von Taten, die meine Erinnerung gern hinter einem Schleier verstecken würde. Ich glaube jedoch nicht, daß sie über die harten und strengen Gebräuche der Kriegführung hinausgingen, und es steht fest, daß eine Rebellion keine Gelegenheit zu milden Maßnahmen bietet.

In dieser Nacht protestierte Lord Roden, im Namen unserer irischen Kommandanten, in aller Form gegen die untergeordneten Positionen, die ihnen zugewiesen worden waren. Cornwallis fiel ihm ins Wort, und obwohl sein Tonfall und seine Wortwahl höflich waren, so machte er doch klar, daß er an der Entschlossenheit der einfachen irischen Soldaten und an der Erfahrung ihrer Offiziere zweifelte. Und auf diese Weise erteilte er eine Lektion, die mir in meiner ganzen Laufbahn gute Dienste erweisen sollte: Daß Leute aus den Kolonien nur mit gutem Gewissen verwendet werden können, wenn ihnen ein festes Rückgrat aus regulären britischen Soldaten zu Hilfe kommt. Es war eine Lektion, deren Wahrheit sich immer wieder bestätigen sollte, und obwohl es das Vorurteil eines Militärs sein mag, so glaube ich doch, daß auf dieser Lektion die Stärke unseres Empires beruht.

Das alles fand bei einer Besprechung statt, zu der Cornwallis seinen Stab und die kommandierenden Offiziere der anderen Regimenter einberufen hatte, und bei der er, mit seiner üblichen Höflichkeit und sehr taktvoll, sie um ihre Vorschläge bat, wie wir am besten die vor uns liegende Aufgabe angehen sollten. Er verbrachte die Nacht im wohlhabenden Wohnhaus eines protestantischen Farmers, dessen Name, glaube ich, Prendergast lautete, und die Besprechung wurde in einer geräumigen Küche abgehalten, an einem breiten Eichentisch, der mit dem riesigen Tuch aus grünem Stoff bedeckt war, das Lord Cornwallis seit den Tagen seines Feldzuges in Nordamerika begleitet hatte. Er nippte immer wieder an seinem Kakao, dem er zusprach, wie andere Männer härteren Stimulantien zusprechen würden. Vielleicht hielt diese Angewohnheit, vor der wilden Dunkelheit der baumlosen Moore, die Bequemlichkeit und Sicherheit eines englischen Salons aufrecht.

Unsere Aufgabe war klar und einfach, aber Cornwallis war entschlossen, sie ohne Irrtümer seiner Subordinierten durchzuführen. Die Umstände der Schlacht von Castlebar waren nun auf den Kopf gestellt. Noch einmal würde eine britische Armee gegen eine kleinere Armee aus Franzosen und Rebellen antreten. Nun jedoch würde der Feind die Stadt verteidigen, während die Briten angriffen. Der Feind, sollte er uns zurückschlagen können, konnte nur in die Midlands gehen, über den Shannon, oder, als unwahrscheinliche Alternative, in Richtung Osten nach Ulster. Aber in beiden Richtungen würde er die britische Linie überschreiten müssen, die sich von Sligo nach Boyle erstreckte. Cornwallis hatte jedoch nicht genügend Vertrauen zu dieser Linie. Deshalb schlug er vor, unsere Truppen zu trennen. Er selber würde Castlebar angreifen. General Lake sollte zu General Nugent stoßen und aus Frenchpark in Roscommon vorrücken. Sollte Humbert uns in Castlebar entwischen, dann wollte Cornwallis bei Carrick den Shannon überschreiten und damit die Rebellen ohne Rückzugsmöglichkeiten, mit Ausnahme des Meeres hinter ihnen, zwischen den beiden Flügeln unserer Armee einschließen.

General Lake brach das Schweigen, das auf Cornwallis' Darlegung folgte.

»Lord Cornwallis, ich muß heute Nacht schwerer von Begriff sein als sonst. Stimmt es denn nicht, daß der Feind in diesem Moment zwölf Meilen von uns entfernt ist, mit einer Armee, die dreitausend Mann nicht überschreiten kann?«

»Vielleicht dreitausend, vielleicht fünftausend. Es ist schwer, sich aus den Informationen, die wir von den armen verängstigten Loyalisten bekommen haben, ein Bild zu machen. Und wir dürfen nicht vergessen, daß die Rebellen nach ihren Siegen einigen Zulauf bekommen haben. Der Rest des Landes mag im Moment friedlich sein, aber ich zweifle nicht daran, daß in Connaught die Rebellion ganz allgemein verbreitet ist.«

»Dann eben fünftausend. Nun gut. Aber selbst dann sind wir sehr viel stärker als der Feind. Und die meisten dieser fünftausend sind unbeholfene, unwissende irische Bauern.«

»Unbeholfen und schlecht bewaffnet«, sagte Cornwallis. »Mit Piken bewaffnet.«

»Bestenfalls«, erwiderte Lake. »Piken und Sensen. Einige werden mit Sensen in die Schlacht geschickt. Ich habe sie gesehen.«

»Das habt Ihr in der Tat«, sagte Cornwallis, aber diese Spitze fiel Lake nicht auf.

»Warum in Gottes Namen greifen wir also nicht unmittelbar nach Sonnenaufgang an?«

»Da ist noch ein Punkt«, warf Lord Roden ein. »Die Franzosen schicken bestimmt nicht tausend Mann herüber und lassen es dabei bewenden. Eine zweite Flotte wird auf diese folgen. Wir sollten den Burschen vom Erdboden vertilgen, ehe das passiert.«

»Es wird nicht vor Sonnenaufgang passieren«, sagte Cornwallis. »Und unsere Hauptverstärkung kann erst morgen hier sein. Bis dahin wird General Lake im Osten Stellung bezogen haben.«

»Wir sind in der Überzahl«, sagte Lake, dessen Geduld zu Ende ging. »Wir sind absolut in der Überzahl, und wir sollten jetzt angreifen.«

Cornwallis lächelte ihn an und nickte dem Koch zu, der seinen Kakao heiß hielt. »Nach Eurer unseligen Erfahrung, General Lake, glaubt Ihr da immer noch, daß wir es mit einem einfältigen Anführer von Wegelagerern zu tun haben? Unser

General Humbert ist ein höchst fähiger Kommandant, dessen Hauptwaffe nicht die Sense ist, sondern die Überraschung. Vielleicht könnt Ihr mit der Überraschung umgehen, aber ich muß gestehen, daß sie mich in Verwirrung stürzt. Ich bin ein höchst phantasieloser und methodischer Bursche, und meine einzige Waffe gegen das Unerwartete ist eine zahlenmäßige Überlegenheit.« Colonel Craufords langes Hochlandgesicht brach in ein boshaftes Grinsen aus, als Lake dieser Rüffel zuteil wurde.

»Die Krone steht in Eurer Schuld«, fuhr Cornwallis im freundlichsten Ton fort, der überhaupt vorstellbar war, »wegen Eurer Siege über die Rebellen in Wexford, aber wir dürfen nicht vergessen, daß Ihr es dort nur mit Bauern zu tun hattet, mit unwissenden Bauern ohne Führung, bis auf ein paar blutrünstige Priester. Humbert hat tausend erfahrene französische Soldaten, die gut bewaffnet sind und über Artillerie verfügen. Über die allerbeste Artillerie, gegossen in Sheffield von britischen Waffenschmieden. Er hat die Kanonen, die Ihr ihm zum Geschenk gemacht habt, als Ihr aus Castlebar geflohen seid.«

Dieser Vorwurf wegen der Niederlage von Castlebar hatte schon lange in der Luft gelegen und war nur noch niederschmetternder, weil er ohne Vorwarnung kam, auf die freundliche Art eines Mannes, der in seinem Club eine Kartenpartie diskutiert. Sogar Crauford riß den Mund auf, und der arme Lake nahm die Farbe von Roter Beete an, seine Wangen und sein Hals wetteiferten mit dem Scharlachrot seiner Uniform.

Und doch sagte er, mit ruhiger Würde, die unsere Bewunderung hervorrief: »Wenn Ihr glaubt, daß ich das Kommando über den Ostflügel übernehmen kann, dann werdet Ihr es nicht bereuen, Lord Cornwallis. Wenn der Franzose an Castlebar vorbeikommt, dann könnt Ihr Euch darauf verlassen, daß ich ihn stellen und vernichten werde.«

»Das werdet Ihr durchaus nicht tun«, sagte Cornwallis scharf. »Ihr werdet ihm natürlich den Weg nach Ulster versperren, selbst wenn Ihr dadurch eine Schlacht riskiert. Aber es wäre mir lieber, wenn Ihr ihn nicht angreifen würdet. Ihr werdet ihm immer wieder zusetzen, werdet ihn kurz angreifen und dann wieder zurückweichen, und indem Ihr ihn piesackt, werdet Ihr ihn immer weiter auf mich zutreiben. Ich möchte ihn in eine Klemme bringen, wo wir ihn zwischen uns zermalmen können. Egal, wie verlockend das aussehen mag, Ihr sollt ihn nicht frontal angreifen. Ihr kennt Euch mit dieser Taktik natürlich aus. Wenn ich mich recht entsinne, seid Ihr mehrere Wochen lang durch Wexford marschiert, ehe Ihr die Rebellen auf Vinegar Hill angegriffen habt. Ich kann mir nicht vorstellen, warum.« Lake setzte zu einer Rede an, aber Cornwallis hob die Hand. »Ihr braucht es nicht zu erklären, General. Nicht nötig. Es war ein großer Sieg.«

Viel später in dieser Nacht lag Cornwallis auf seinem Bett und schrieb Briefe an Freunde in England, wie es seine Angewohnheit war, in einem Schlafrock aus weißem Leinen, mit einer Schlafmütze aus Spitzen auf seinem schütteren grauen Schopf, und er sah ganz einfach aus wie Sir Roger de Coverley.*

Er fuhr sich mit der Feder über die Lippen und sagte dann zu mir: »Ihr fragt Euch, Lieutenant, ob es richtig von mir war, General Lake so zu verhöhnen. Das war es. Im Grunde war es das. Unangenehm, aber richtig. General Lake wird jetzt Wunder begehen in seinen Bemühungen, meine Wünsche zu erfüllen. Er wird mit schmollendem, selbstmitleidigem Stolz Befehle ausführen, die er für schlecht beraten und feige hält. Nichts macht einen Soldaten glücklicher, vor allem einen dummen. Soldaten werden angestellt, um Kriege zu gewinnen, nicht Schlachten, aber nur wenige scheinen diese Tatsache begreifen zu können. Ich glaube wirklich, er wird den Rest seines Lebens brauchen, um über Castlebar hinwegzukommen, der arme Mann. Ich finde ihn höchst unangenehm, ohne Phantasie oder Stil. Stimmt Ihr mir nicht zu, Lieutenant?«

Natürlich gab ich keine Antwort, sondern beschäftigte mich mit seinen Papieren.

»Sehr unangenehm. Warum, fragt Ihr, gebe ich ihm wieder ein Kommando? Die britische Armee ist eine alte, eingeführte Firma, Lieutenant, und wir wollen noch sehr lange im Geschäft bleiben. Es bringt einfach nichts, einen General in Ungnade fallen zu lassen, wenn er eine Schlacht verloren hat. Das mögen die Franzmänner so halten. Ewig erschießen oder henken sie ihre Generäle. Jetzt haben sie ihre Guillotine und können alles im großen Stil erledigen, und eine Zeitlang sind die Ergebnisse beeindruckend. Spornt alle zum besten Benehmen an. Aber auf die Dauer wird es sich nicht auszahlen. Wenn die-

* Literarische Gestalt eines exzentrischen, liebenswerten Landedelmanns, der 1712 von Steele und Addison für die englische Erbauungszeitschrift *Spectator* geschaffen wurde.

ser Feldzug vorüber ist, dann wird General Lake sich eine Auszeichnung verdient haben. Für Mut, natürlich, nicht für Klugheit. Dieser Humbert dagegen ist ein kluger Mann. Aber klugen Männern vertrauen wir nicht, nicht wahr? Alte, eingeführte Firmen bauen auf Vertrauen auf.« Nach einer Weile sprach er langsamer, und schließlich schnarchte er sanft. Ich nahm ihm die Feder aus der Hand, verließ das Zimmer und rief seinen Burschen.

Lake marschierte am nächsten Morgen los, und Cornwallis begleitete ihn bis zur Straße nach Claremorris, lachend und Höflichkeiten austauschend, als ob zwischen beiden niemals harte Worte gewechselt worden wären. Sie hätten zwei Junker sein können, die zur Jagd ritten. Es war ein bedeckter Tag, in enttäuschendem Kontrast zu dem schönen Wetter, das wir bisher genossen hatten, ein blaugrauer Himmel hing tief über der flachen Landschaft.

»Nun vergeßt nicht«, sagte Cornwallis. »Sollte der Feind sich ergeben wollen, was jeder vernünftige Mann tun würde, dann braucht Ihr nicht auf mich zu warten, sondern könnt annehmen und seinen Offizieren und Männern allen Respekt erweisen. Sie haben einen guten Kampf geliefert.«

»Aber doch sicher nicht all seinen Männern?« fragte Lake. »Ihr sprecht doch nur von den französischen Soldaten, nehme ich an.«

Cornwallis blickte ihn verblüfft an. »Die einzigen Soldaten unter Humberts Kommando sind Franzosen.«

»Da sind noch die Rebellen«, sagte Lake. »Die Iren.«

»Ja, stimmt.«

Ich wünschte mir aus ganzem Herzen, ich hätte besser auf die Worte achtgegeben, die zu diesem Thema zwischen beiden gewechselt wurden, denn sie sollten Folgen zeitigen, die später unsere Armee in Verruf bringen würden, jedenfalls in den Augen einiger, und die den Ruhm eines ansonsten hervorragend geführten Feldzuges besudelten. »Ja, stimmt«, sagte Lord Cornwallis. »Aber das sind keine Soldaten, diese armen Teufel. Sie sind ein halbbewaffneter Pöbel.«

»Bewaffnete Rebellen«, beharrte Lake.

»So müssen wir sie nennen. Ihr habt die Elenden gesehen, die Crauford mitgebracht hat, wilde, halbmenschliche Geschöpfe. Sie tun mir leid. Das tun sie wirklich.«

»Die Regeln ehrbarer Kriegführung haben noch nie für Rebellen gegolten«, sagte Lake. »Nicht hier, und auch sonst nirgends.«

»Sie sind unselige Geschöpfe«, sagte Cornwallis. »Dieses Land braucht Frieden, und deshalb muß ein Ende gemacht werden.«

»Das stimmt allerdings«, sagte Lake grimmig.

Ich bin sicher, daß ich mich an ihr Gespräch nicht Wort für Wort erinnern kann, aber ich erinnere mich an den Sinn und an die lässige Art, in der gesprochen wurde. Lord Cornwallis' Angewohnheit, Fragen locker und offen zu beantworten, war sehr gewinnend, aber manchmal machte sie aus seinen Worten einen Fall für die Interpretation. So war es vielleicht auch bei dieser Gelegenheit, denn das Schicksal der Rebellen wurde erst nach der letzten Schlacht bei Ballinamuck wieder diskutiert. Ich selber, so, wie ich ihn und seine echte Menschlichkeit kannte, begriff den allgemeinen Sinn seiner Bemerkungen sofort. General Lake seinerseits muß vielleicht vergeben werden, daß er zu einem anderen Schluß kam.

Cornwallis beobachtete seinen Abmarsch, Trommelwirbel und schrille Querpfeifen, dann kehrte er nach Hollymount zurück. Im Laufe dieses Tages hörten wir viele Querpfeifen, und bei Nachteinbruch war unsere Armee komplett und unser Schlachtplan stand. Der Tag blieb weiterhin bedeckt, und die kühle Luft machte uns klar, daß der Sommer sich dem Ende näherte. Am nächsten Morgen hatte ein leichter Nieselregen eingesetzt, als wir uns Castlebar näherten.

Crauford wurde mit seinen leichten Dragonern ausgesandt, um die Verteidigungslinien vor der Stadt auszuspähen, wir folgten mit der Infanterie und der schweren Kavallerie. Wir machten zwei Meilen vor der Stadt halt, ohne auf Widerstand oder Anzeichen befestigter Stellungen gestoßen zu sein, und konnten trotz des nebligen Regens über die Ebene sehr gut sehen, wie Crauford fast bis zur Brücke vorrückte. Es folgten zwei leise Detonationen, und Kanonenschüsse schlugen zwischen seinen Männern ein. Ein Pferd stolperte. Crauford brachte seine Männer außer Reichweite. Wir erwarteten, daß er sich bis zu uns zurückziehen würde, aber statt dessen formierte er seine Männer. Eine Zeitlang geschah nichts. Dann kam eine zweite Salve, die die Dragoner jedoch nicht erreichte. Danach herrschte Stille auf dem Feld.

Gleich darauf konnten wir einen seiner Reiter auf uns zukommen sehen. Als er Cornwallis erreicht hatte, salutierte er.

»Colonel Crauford bittet um die Erlaubnis, Castlebar einzunehmen.«

Cornwallis machte es sich in dem Sessel bequemer, der für ihn unter einer an vier Zeltpfosten befestigten Leinwand, die ihn vor dem feinen Regen schützen sollte, aufgestellt worden war. Er spitzte nachdenklich die Lippen, dann nickte er.

»Ist Colonel Crauford ganz sicher?«

Der Lieutenant hatte Ähnlichkeit mit Crauford, war aber viel jünger. Wie Crauford war er hager, hatte jedoch breite Schultern, und sie hatten dieselben hohen, dicken Backenknochen.

Er zuckte die Schultern. »Aber ja. Ein paar Kanonen, vielleicht zwei oder drei. Ein paar von ihren Leuten sind in der Stadt. Nicht viele. Kaum der Rede wert.«

Cornwallis blickte zu Lord Roden hinüber, der ihn verwirrt anstarrte und wandte sich dann wieder dem Lieutenant zu.

»Nun gut. Wenn er sicher ist. Wenn nicht, dann schicke ich die Artillerie los.«

Während wir warteten, sagte er zu mir, wobei er einen Spitznamen verwandte, den er nur benutzte, wenn er zufrieden war: »Nun ja, Prinz Hal. Der Franzose hat Euch um Eure Schlacht betrogen. Eure Feuertaufe muß noch warten. Macht nichts. Ein andermal.«

Lord Roden trat von einem Fuß auf den anderen, und Cornwallis sagte zu ihm wie ein Schulmeister: »Der Franzose hat sich verdrückt. Gut für ihn, und besser für uns.«

Am Ende einer langen Wartezeit kam Crauford vor einer Abteilung Kavallerie über die Brücke zurück zu uns geritten. Er sah wunderbar aus, ein großer Kavallerist, der zum Schutz vor dem Regen, der jetzt dichter fiel, einen blauen Umhang trug. Castlebar war wieder in britischer Hand.

Während der Nacht, als wir unsere Schlachtpläne entworfen und unseren Regimentern ihre Stellungen zugewiesen hatten, hatten Humbert und seine ganze Armee sich aus der Stadt gestohlen und nur drei Kanonen samt Kanonieren, die eine Art Widerstand vortäuschen sollten, und zwei Kompanien aus Rebellen und eine aus Franzosen zurückgelassen. Wenn es als Sieg gelten kann, ein paar Straßen aus Lehm und verschmutzten Steinen und eine Handvoll schnatternder Bauern in Besitz zu nehmen, dann hatten wir einen Sieg errungen.

»Die Schande von Castlebar ist getilgt!« sagte Cornwallis, als er mühsam in den Sattel seines friedlichen Pferdes stieg. Er setzte einen Fuß in den Steigbügel, ließ sein gichtiges Bein jedoch frei herunterhängen. »Was wird General Lake entzückt sein!« Aber sein Stab teilte seine muntere Stimmung nicht, und ich muß zugeben, daß ich selber verblüfft und enttäuscht war.

»Nebenbei, Crauford«, sagte er und rief Crauford in seiner lässigen, lockeren Weise zu sich. »Das war gut durchgeführt. Wirklich gut durchgeführt.«

Ein Lächeln zerriß Craufords schmalen Kiefer, ein Hochlandgesicht. »Eine leere Stadt einnehmen?« Er ritt dicht an uns heran. »Kein großes Problem, Sir. Ein kurzer Galopp für die Burschen dort drüben und verdammt wenig Arbeit, um ihren Lebensunterhalt zu verdienen.«

»Aber elegant erledigt, Crauford«, sagte Cornwallis. »Mit einem gewissen Stil.« Seine Hand fuhr langsam über den Hals seines Pferdes. »Ihr habt allerdings recht. Dragoner sind aktive, lebhafte Burschen. Hier wird es ihnen an Beschäftigung fehlen.«

Craufords Lächeln wurde breiter, aber er sagte nichts.

»Ich glaube, Ihr solltet Eure Jungen von hier wegnehmen. Nehmt sie weg und stellt Euch für die nächsten Wochen unter General Lakes Kommando.«

»Unter sein Kommando, Sir«, wiederholte Crauford, seine Worte enthielten jedoch eine angedeutete Frage.

»Ihr kennt meine Befehle an ihn. Ihr habt gehört, wie ich sie ihm erteilt habe. Ich möchte, daß dem Franzosen arg zugesetzt wird, aber er soll nicht angegriffen werden. Ich möchte, daß er bestraft wird, und ich möchte, daß er in Bewegung bleibt. Dazu wird Lake Dragoner brauchen.«

»Er hat Dragoner«, sagte Crauford. »Dragoner und Kavallerie.«

»Ich möchte, daß er Euch und Eure Burschen hat. Ihr werdet Euch unter General Lakes Kommando stellen, mit meinem Befehl, daß er Euch als Vorhut einsetzt, die Kontakt mit dem Franzosen hat, ihn jedoch nicht angreift. Könnt Ihr Euch das merken, oder soll Wyndham es für Euch aufschreiben?«

»Ich erinnere mich nur zu gut«, sagte Crauford, »aber ich glaube nicht, daß es General Lake besonderes Vergnügen bereiten wird. Er ist seinen eigenen Soldaten sehr zugetan.«

»Ich habe mein armes geplagtes Bein nicht in dieses Moor geschleppt, um General Lake Vergnügen zu bereiten. Ich bin hergekommen, um den Franzmann zu erledigen, und zwar auf meine Weise. Ihr habt keine Einwände, nehme ich an?«

»Keine, Sir«, sagte Crauford. »Überhaupt keine. Aber eine kleine Klärung der Dinge wäre wohl nicht fehl am Platze. Ich werde getrennt von General Lake operieren, aber unter seinem Kommando stehen. Soll ich über meine Bewegungen selber entscheiden? Alle ein oder zwei Stunden einen Soldaten zu Lake zu schicken, wäre verdammt nervtötend.«

»Ich bin sicher, daß General Lake mein Vertrauen in Eure Diskretion und Eure Fähigkeiten teilt, Colonel Crauford. Ich erwarte in dieser Hinsicht keine Probleme, und das solltet Ihr auch nicht tun. Probleme dieser Art sind ermüdend. Ihr solltet jetzt aufbrechen, und wir werden sehen, ob Eure Jungen so tatkräftig sind, wie Ihr behauptet.«

Crauford grinste wieder, dann salutierte er vor Cornwallis. Innerhalb einer Stunde waren seine Dragoner unterwegs und ritten ostwärts, zu Lakes Kolonnen, wo sie ihrem Colonel den Ruf eines tatkräftigen und leistungsfähigen, aber leider keines menschlichen oder milden Soldaten eintrugen.

Es liegt wohl am restlos belanglosen Aussehen Castlebars, daß ich mich an keine Einzelheiten unseres Einzuges in dieser Stadt erinnern kann. Ich weiß noch, daß wir an Leichen vorbeireiten mußten, die in aller Eile auf die Seite geschafft worden waren: Craufords Kavallerie hatte, als sie die Brücke eroberte, es für nötig befunden, die Verteidiger fast bis auf den letzten Mann niederzumachen. Die »Hauptstadt« der Republik war wirklich ein trauriges Schauspiel, und für einige sogar ein gefährliches, denn ein paar der Rebellen hatten ihre Piken und Rangabzeichen weggeworfen und versuchten, sich unter die Stadtbevölkerung zu mischen, wurden von unseren Burschen jedoch mit aller Sorgfalt ausfindig gemacht. Mehr als ein Säbel wurde in den Straßen von Castlebar mit Blut befleckt, ehe die Ordnung wieder hergestellt war. Ich habe in all den vielen Feldzügen meines Lebens festgestellt, daß das Ende immer am bittersten ist. Diese tigerhafte Wut, die durch das Blut eines normalen Soldaten tobt, wenn er sich mitten in der Schlacht befindet, muß sich auf irgendeine Weise verbreiten, und bisweilen begeht er Taten, derer er sich später zutiefst schämen muß. Der Zorn unserer Jungen wurde vor allem durch die grünen Zweige erregt, mit denen viele Fenster dekoriert waren, und durch die sogenannten »Freiheitsbäume«. Läden oder Wohnungen, in denen sie zu finden waren, bekamen ihre Unverschämtheit zu spüren.

Dieses letzte Aufflackern von Gewalttätigkeit endete in dem Moment, als Cornwallis seinen Einzug in die Stadt nahm, so wie Staubwirbel verschwinden, wenn der Wind sich legt. An diesem Morgen gab es weder Wind noch Staub, sondern nur einen stetigen, entmutigenden Regen. Wenn ich jetzt an Irland denke, dann erinnere ich mich nicht an das prächtige Wetter, sondern an den Regen von Castlebar. Wenige Szenen der Natur sind entmutigender als der Anblick des vom Regen verhangenen Westens, und die Städte sind noch schlimmer. Die Besucher Irlands, die von einer Sommerwoche in Killarney bezaubert wurden, die entlang der weichen, femininen Seen und Hügel gewandert sind, eingelullt von den honigsüßen Stimmen der Schiffer und Führer, wissen nichts über dieses andere Irland, düster, kalt und geheimnisvoll, in dem Verbrechen und schlimmeres als Verbrechen unter den nassen Strohdächern wuchert. Irland entzieht sich unter dem Herbstregen jeglicher Definition, Städte, Weiler, Moore, sumpfige Straßen, alles geht ineinander über, und in der Erinnerung erscheint alles als ein einziger riesiger grauer Brei.

An diesem Septembermorgen endete der Sommer, in einer verregneten Stadt, die der Feind uns überlassen hatte, und viele erfahrenere Männer als ich selber teilten meine Stimmung, eine graue, feuchte Stimmung, die dem Anblick der Stadt entsprach. Weder die Loyalisten noch die Rebellen, die wir befragten, konnten uns genau sagen, welche Richtung die Rebellen eingeschlagen hatten, ob nach Foxford oder nach Swinford. Wir mußten uns jetzt sehr beeilen, wenn wir Humbert zwischen unserer Armee und Lakes einschließen wollten, denn Humbert, wie Cornwallis mit neidloser Bewunderung zugab, konnte sich mit einer Schnelligkeit bewegen, die nur umso erstaunlicher war, wenn man die Zusammenstellung seiner Truppen bedachte. Erst nachmittags kam Crauford mit der Nachricht zurück, daß Humbert die Straße nach Swinford eingeschlagen hatte. Und wie wir später erfahren sollten, hatte er den Rebellengarnisonen in Ballina und anderen Städten befohlen, ebenfalls nach Osten zu marschieren, über die Ox Mountains, wo sie sich mit etwas Glück seiner Armee anschließen könnten.

Ich habe erwähnt, daß wir nur wenige Gefangene machten, aber einer davon muß als wirklicher »Fang« bezeichnet werden, da es sich um keinen geringeren handelte als um den »Präsidenten« der »Republik« Connaught. Dieser bürgerliche

Würdenträger, der nur wenige Jahre älter war als ich selber, wurde vor dem Gericht in die Enge getrieben und wäre sicher niedergemacht worden, wenn seine Kleidung und sein vornehmes Auftreten nicht aufgefallen wären. Cornwallis, der kurz mit ihm sprach, war die Nachsicht selber, aber dennoch bezweifele ich, daß dem armen Teufel das klar war, da seine Stimmung zwischen Resignation, Verzweiflung und wieder Resignation zu pendeln schien. Die Dragoner hatten ihn übel zugerichtet. Sein linker Arm war oberhalb des Ellbogens zerschlagen, und ein dicker, geschwollener Bluterguß entstellte eine Seite seines Gesichtes. Und doch war er immer noch eine vornehme Erscheinung und sprach leise und kultiviert. Das überraschte uns dann auch nicht mehr, als wir feststellten, daß es sich um John Moore handelte, den jüngeren Bruder von George Moore von Moore Hall, der in London mit Burke, Fox und anderen Whigs befreundet gewesen war.

Er hatte eigentlich die Rebellen auf ihrem Marsch begleiten sollen, aber irgendein nicht ganz unehrenhafter Impuls hatte ihn dazu veranlaßt, mit der verlorenen Nachhut in der Stadt zu bleiben. Jetzt, voller Treue seinen Gefährten gegenüber, die ihn seinem Schicksal überlassen hatten, gab er vor, nichts über ihre Bewegungen oder Pläne zu wissen. Cornwallis wollte unbedingt mit ihm über Humberts Charakter diskutieren, aber seine Antworten waren vorsichtig und kurz. Castlebar konnte sich eines Gefängnisses rühmen, eines unheimlichen, düsteren Gebäudes, in dem er nun mit anderen Übeltätern untergebracht wurde. Ich sehe ihn noch vor mir in seiner Zelle, sein Gesicht kalkweiß, wo es nicht vom Bluterguß verfärbt war, seine Augen starrten ausdruckslos in meine. Ich stellte mir vor, in die Augen eines Perkin oder eines Simnel zu blicken, eines Jugendlichen, dem zynische Verschwörer eine kurze, lächerliche Autorität gegeben hatten. Aber sein Gesicht strafte diese Vorstellung Lügen, es war so sehr wie mein eigenes. Welche Torheit oder Eitelkeit hatte ihn in die Gesellschaft der Feinde seines Königs gebracht, hatte ihn sein Land und seine Loyalität vergessen lassen? Aber schließlich war er ein Ire. Ich weiß nicht mehr, ob er das Schicksal erleiden mußte, das e r verdient hatte, das ich zumindest ihm jedoch gern erspart hätte.

Gegen fünf Uhr nachmittags waren wir wieder unterwegs, es sollte der erste unserer Nachtmärsche werden. Wir hatten uns nun auf einen langen Feldzug begeben, auf dem wir über hundert Meilen zurücklegen mußten, wenn wir alle Abweichungen und Umkehrungen mit einberechneten.

Ich habe gelesen, daß unser Vormarsch noch Wochen später an den Gehenkten und den verbrannten Hütten an unserem Weg abgelesen werden konnte. Die Tatsachen selber strafen diese Behauptungen Lügen: Wir rückten so schnell wie möglich gegen einen Feind vor, der, mit Ausnahme seiner Versprengten und Deserteure, die ganze Zeit quälend unsichtbar blieb. Und wieder kam es zu häufigen Regengüssen; ein Strohbündel hätte kein Feuer gefangen, ganz zu schweigen von einem Hüttendach. Ich will die bedauerlichen, sogar entsetzlichen Ereignisse, die in der folgenden Woche stattfinden sollten, nicht beschönigen. Crauford vor allem war ein harter Soldat, wie Hochländer es so oft sind, und Lake hatte sich bereits in Wexford den Ruf der Brutalität zugezogen. Ich will nur sagen, daß solche Ereignisse nicht unter den Augen von Lord Cornwallis stattfanden, meines geliebten alten Oberbefehlshabers, in dem Weisheit und Gnade zu gleichen Teilen vorhanden waren. Es stimmt allerdings, daß sogar Cornwallis die Notwendigkeit akzeptierte, den Eingeborenen die Torheit und Schändlichkeit ihrer Rebellion nachdrücklich klarzumachen, als wir vom Ausbruch des gefürchteten zweiten Aufstandes in den Midlands erfuhren. Er tat das jedoch mit äußerstem Widerstreben, und die Regeln ehrenhafter Kriegführung wurden, *was unsere französischen Feinde betraf*, niemals gebrochen. Rebellion gegen rechtmäßige Herrschaft gilt in allen Gesellschaften als höchst ruchloses Verbrechen.

13

Aus dem Tagebuch des Sean MacKenna

September 1798. Eine der Armeen hat Castlebar bei Nacht verlassen, und am nächsten Morgen ist die andere einmarschiert. Ich stand am Fenster im Vorderzimmer über dem Laden und sah zu, wie die Engländer in die Stadt ritten, große, rücksichtslose Männer auf ihren schweren Pferden. Sie ritten in vollem Galopp durch die Straße, hielten ihre langen Säbel auf Kopfhöhe, bereit, nach unten zuzustoßen. Und auf unserer Straße gab es für ihre Klingen noch genug zu tun. Vor allem war auf der Brücke und in den Straßen, die zum Park führen, getötet worden. Aber ich sah auch, wie sie Türen einschlugen und Männer herauszerrten, und warum sie meine Tür nicht auch einschlugen, weiß ich wirklich nicht, und auch nicht, warum ich nicht fortgeschleppt wurde, um ausgepeitscht oder angeprangert zu werden, wie es anderen widerfuhr, auch wenn sie völlig unschuldig waren.

Es war nur, was ich erwartet hatte, als ich in der Nacht zuvor zugesehen hatte, wie die Franzosen und unsere eigenen Männer die Stadt verließen. Viele von den armen Burschen sahen ziemlich verzweifelt aus, und wer könnte ihnen das zum Vorwurf machen, wo sie doch mitten in der Nacht davonmarschieren mußten, im Regen, ohne ein Wort über ihr Ziel zu erfahren. Einige von ihnen wissen nicht einmal, daß die Welt rund ist und könnten durchaus denken, sie würden jetzt an die Kante geführt. Das Ausmaß des Unwissens, in dem die Leute aus Nephin ihr sonnenloses Leben zubringen, ist einfach unglaublich.

Und doch gingen sie nur zu einem morgendlichen Bummel, im Vergleich zu der Entfernung, die die Franzosen zurückgelegt hatten. Wir lernten sie niemals kennen, denn keiner von ihnen sprach englisch. So, wie sie mir erschienen, als sie abmarschbereit dastanden, hätten sie auch Geschöpfe sein können, die vom Mond hierher gebracht worden waren. Sie sahen überhaupt nicht aus wie wir, mit ihren fahlen Gesichtern und ihren dunklen, lebhaften Augen. Aber sie scherzten untereinander, genau wie unsere Burschen, und hinter ihren Witzen lag dieselbe Angst. Zweifellos waren auch sie von Farmen gekommen, und einst waren ihnen Spaten vertrauter gewesen als Bajonette. Ich kann mir Frankreich nicht vorstellen, obwohl ich einige der Erzählungen und Romane gelesen habe, die ins Englische übersetzt worden sind. Aber es kann nicht wie Irland sein. Alle Länder auf der Welt unterscheiden sich voneinander. Ich wüßte gern, wie sie über Irland denken. Sie können keine hohe Meinung davon gewonnen haben, die armen Geschöpfe – von Moor zu Moor zu grauen, nassen Städten gezerrt, während die Landleute sie anstarren wie Mißgeburten auf einer Ausstellung.

Aber jetzt sind sie Soldaten, was immer sie auch einst gewesen sein mögen. Sie sind darin geübt, wie Bullen zu brüllen und ihre Hörner zu gebrauchen und brav wie Kühe zu ihrer eigenen Schlachtung zu gehen. Ein höchst seltsames Leben, und es ist ein erschreckender Gedanke, daß den Menschen beigebracht werden kann, es hinzunehmen. Aber die Lieder behaupten ja alle, dieses Leben sei leicht und frei. Töricht ist, wer den Worten von Gedicht und Lied glaubt, wie schon lange vor mir die hochgeistigen Weisen der Griechen verkündet haben. Und was ist mit unseren eigenen armen Burschen, die hinter den Franzosen hermarschieren, und hinter denen wieder einige Reihen von Franzosen kommen, die sie mit Bajonetten bei der Stange halten, wenn sie sich verdrücken möchten? Und das alles im Namen von Freiheit und Gleichheit und diesem ganzen Unsinn von den *Menschenrechten,* was ich auf englisch schreiben muß, weil ich keine irische Bezeichnung dafür kenne. Man könnte monatelang in den Bergen von Nephin herumlaufen und eher einem Einhorn begegnen als den *Menschenrechten.* Was nützen ihnen die Ideen des unseligen John Moore, der die besten Absichten hat, aber phantasievoll und mondsüchtig ist?

Mein Nachbar Jeremiah Dunphy hat gesehen, wie Mr. Moore vor dem Gericht festgenommen wurde, drei Soldaten umringten ihn und richteten ihre gezogenen Klingen auf seine Brust. Aber in seinen Augen lag etwas Schlimmeres als Furcht, sagt Jeremiah: Sie waren leblos und verzweifelt. Und er ist wirklich so gut wie leblos, falls eine hohe Geburt kein freies Geleit in allen Wechselfällen der Existenz gewähren kann. Er kann nicht ganz richtig im Kopf sein, aber mir ist er immer gesund genug vorgekommen, wenn ich ihn in glücklicheren Monaten gesehen habe, gut angezogen und immer lachend, ein sehr hübscher junger Mann.

Ich kann die Teufelei verstehen, die in Männern wie Randall MacDonnell und Corny O'Dowd tanzt, denn sie sind die wankelmütigen Taugenichtse, an denen es diesem Land nie gefehlt hat, und ich kann mir vorstellen, wie sie in früheren Tagen als kühne Straßenräuber gelebt haben oder mit Sarsfield nach Ballyneety geritten sind. Sie gehören zu den Männern, die ein Pferd oder ein Gut oder vielleicht sogar eine Frau auf eine Karte setzen, und die immer auf ihrem sogenannten Feld der Ehre stehen, wo sie mit Pistolen aufeinander losgehen. Für die Welt ein kleiner Verlust, das ist meine wenig nächstenliebe Meinung. Sie haben den Verstand von Kindern, der in ihren dicken Schädeln herumklappert. Und was schert es sie, wieviele sie mit sich ins braune Moorwasser ziehen? In der Nacht waren sie hier, tänzelten mit ihren Pferden herum, oder vielleicht sollte ich sie Schlachtrösser nennen – einige in schönen Uniformen, die die Franzosen ihnen mitgebracht hatten, andere in feinen, in Galway hergestellten Anzügen, mit albernen, schlaffen Federn, wie das Glied eines Mannes, der die Nacht mit einer geilen Dirne verbracht hat.

Ungefähr das letzte, was sie taten, ehe sie alle aufbrachen, war, die Flagge aus grüner Seide mit der goldenen Harfe vom Gerichtsgebäude zu holen. Und sie mußte unbedingt von einem der Männer aus Wexford mitgenommen werden, die die ganzen Kämpfe und all das Elend da unten miterlebt hatten. Von solchen verführerischen Farben und Bannern werden die Augen der Menschen verwirrt, und sie werden vom Pfad der Vernunft fort und in das schwarze Moor gelockt. Aber sind die anderen nicht noch schlimmer, mit ihren Uniformen von der Farbe des Blutes?

Sie marschierten schweigend davon, aber selbst, wenn sie sich schweigend bewegt, macht eine Armee einen entsetzlichen Lärm – das Geräusch der Füße auf der Straße, das Knirschen des Zaumzeuges, das Poltern der Karrenräder. Ich hielt in der Dunkelheit nach Owen Ausschau, aber ich konnte keine Gesichter erkennen, und viele hatten seine Gestalt, schwerfällige, breitschultrige Kuhhirten, groß und linkisch. Ich frage noch einmal, was hat mein Owen bei solchen Männern zu suchen?

Nachdem sie fort waren, stand ich am Fenster, wie sicher

auch viele andere in der Straße, denn wir fragten uns alle, wann werden die Engländer kommen, und was werden sie tun? Übrig waren nur noch ein paar Franzosen und Rebellen, die eine Zeitlang die Brücke halten und verhindern sollten, daß Loyalisten die Stadt verließen und die Engländer unterrichteten. Sie patrouillierten, bis es hell wurde. In der flachen, feuchten Dämmerung sah ich zwei von ihnen auf der Straße gegenüber von meinem Laden, Bauernburschen mit Gesichtern wie Servierplatten. Einer hatte ein Gewehr und der andere eine Pike, und so standen sie im armseligen Schutz des Giebels. Nach kurzer Zeit gingen sie und liefen die Straße hinunter. Aller Wahrscheinlichkeit nach lagen ihre Leichen später an diesem Morgen auf dem Weg bei der Brücke.

Manche sind stolz darauf, daß wir innerhalb von vierzehn Tagen zwei Armeen in unserer Stadt beherbergt haben, ganz zu schweigen von unserer kurzen Bedeutung als Hauptstadt von nichts geringerem als einer Republik. Castlebar kann sich nicht ändern. Niedrige Häuser, gemeine Menschen, wie der Vers behauptet. Wir werden alle wieder in unserer Bedeutungslosigkeit ertrinken, und der stürmische Regen wird alle Spuren ihrer Anwesenheit davonspülen – die Flecken in der Hauptstraße, wo der tapfere englische Kanonier standhielt, die Bäche von Blut am Ufer vor der kleinen buckligen Brücke. Am besten werde ich mich jedoch an einen Anblick erinnern, den ich nur in meiner Vorstellung hatte – John Moore von drohenden Reitern an die Wand gedrängt, während seine Augen endlich über Hoffnung oder Verzweiflung hinausblicken konnten.

Später. Ein Pflüger, der weiß, daß ich mich dafür interessiere, hat mir erzählt, daß er vor einigen Tagen in den Wäldern bei Sion Hill den Ruf einer Waldschnepfe gehört hat. Das muß kurz nach der großen Schlacht gewesen sein. Ich hätte gedacht, der Lärm der Kanonen hätte die Vögel für immer vertrieben. Was denken sie wohl über mich, Burschen wie dieser Pflüger? Ein Mann, der die Angewohnheiten der Vögel studiert und in einem Buch aufschreibt? Aber für mich, und, wie ich mit Freude sagen kann, auch für den kleinen Timothy, ist es ein angenehmer und lehrreicher Zeitvertreib. Jetzt, wo sich die beiden prahlerischen Armeen verzogen haben, können wir vielleicht unsere Sonntagsspaziergänge wieder aufnehmen.

Bellaghy, 4. September

Die Ox Mountains. Es regnete seit Stunden nicht mehr, und ein bleicher Mond hing am schwarzen, endlosen Himmel. MacCarthy kannte die Straße. Hier war er mit Elliott geritten. Nun hatten die Umstände sie bis zur Unkenntlichkeit verändert. Es war jetzt keine Straße mehr, sondern ein Teil eines grenzenlosen Landes, in dem sich eine Armee bewegte, vom Unwissen verdüstert. Sie kampierten an einem Abhang, und die Berge ragten über ihnen auf. Eine Ansammlung von Hütten hatte dem Hang seinen Namen gegeben. Bellaghy.

MacCarthy hockte auf den Fersen über dem nassen Gras und betrachtete zuerst die undeutlich sichtbaren Berge, dann die verlassenen Hütten weiter unten. Drei Männer aus Ballycastle, Lawrence's Männer, hockten neben ihm.

»Sie bringen uns ins wilde Ulster«, sagte einer von ihnen, ein Mann namens Lavelle. »Und das weißt du sehr gut.«

»Nach Sligo«, widersprach MacCarthy. »Die Straße führt durch Tobercurry und Collooney in die Stadt Sligo.«

»Und von Sligo nordwärts nach Ulster. Du bist nicht der einzige, der diese Straße kennt. Wenn sie uns in die Midlands führen wollten, dann wären wir nicht an Swinford vorbeigegangen.«

»Es ist schrecklich«, sagte Lavelles Freund Staunten, ein älterer Mann mit einem kleinen zahnlosen Kopf, der so rund war wie ein Apfel.

»Du kannst doch nicht erwarten, daß die Befehlshaber deinesgleichen erzählen, was sie vorhaben«, sagte MacCarthy. Das war noch nie vorgekommen. Söldner und Gallowglasses schleppten ihre Piken über Moorstraßen, stolperten auf unbekannten Wiesen in den blutigen Tod. »Wenn ihr in Castlebar geblieben wärt, dann wärt ihr jetzt tot. Sie haben uns sicher aus der Stadt gebracht.«

MacEvilly, der dritte Mann, meinte: »Damit wir irgendwo anders getötet werden können.«

»Du weißt mehr als wir«, sagte Lavelle und blickte zu MacCarthy hoch. »Wir sind nur eine Bande von unwissenden Leuten, die wie die Hunde hinter Franzosen herrennen, die keine zivilisierte Sprache verstehen, weder Englisch noch Irisch.«

»Und wie viele Wörter englisch kannst du?« fragte MacCarthy. »Du weißt ja nicht einmal, was *Spaten* oder *Schaufel* auf englisch heißt, und das sind die einzigen Wörter, die du in deinem Leben brauchst.«

»In meinem Leben brauche ich das Wort *Pike*«, erwiderte Lavelle und spuckte sich zwischen die Füße. »Und ich brauche meine beiden Hände, um sie zu tragen.«

»Was du tun könntest, Pat, wäre, ganz schnell aus der Sache zu verschwinden, du und deine beiden Freunde. Kletter den Berg hinunter und geh nach Swinford, in die Hände der rotröckigen Soldaten. Dann kannst du in zivilisierter englischer Sprache mit ihnen diskutieren, ehe sie dich aufknüpfen.«

»Ach, Owen, was soll das Gerede von weglaufen? Hier sind wir doch besser dran.«

»Stimmt«, sagte Owen und verließ sie.

Es war ein höchst ungewöhnlicher Anblick, das, was unter dem bleichen, bewölkten Mond zu sehen war. Eine kleine Armee lagerte zu beiden Seiten der engen, kurvigen Straße, ihre Stimmen waren leise und erschöpft. Sie waren allesamt Idioten, wie sie da auf der nassen Erde saßen oder lagen. Es konnte schließlich ihr Tod sein. Er ging die Straße hinab zum Dorf, wo sich die Männer in den verlassenen Hütten drängten. Aus einer hörte er plötzlich den schrillen Schrei einer Frau und lief zur Tür. Drinnen befand sich ein halbes Dutzend Männer sowie eine sehr alte Frau, schwarzgekleidet, mit weißen, dünnen Haaren, die sich, halb liegend, an die Wand preßte. Einer der Männer, untersetzt und schon fast in mittleren Jahren, hielt ihre Hand in seiner. Das Torffeuer verbreitete ein rötliches Licht.

»Sie ist außer sich vor Angst, die Arme«, sagte der Mann. »Als die Leute geflohen sind, haben sie sie hier zurückgelassen. Wie konnten sie so etwas Entsetzliches tun?«

MacCarthy kniete sich neben ihn. Die Frau starrte sie an, irre, wütende Augen. Ein Speichelfaden hing an ihren schlaffen Lippen.

»Gott helfe ihr«, sagte der Mann. »Sie weiß nicht, wer wir sind oder warum wir hier sind. Plötzlich waren alle Nachbarn verschwunden, und das Dorf füllte sich mit mehr Menschen, als sie in ihrem ganzen Leben je gesehen hatte.«

MacCarthy nahm ihre andere Hand. Eine Vogelkralle. Fleischlos, gelb. »Du bist in Sicherheit, Mutter. Wir gehen bald, und dann kommen deine Leute wieder.«

Sie drehte ihren Kopf nicht zu ihm hin. Kleiner, unförmiger Knochensack mit einem Vogelscheuchenkopf. Als sie jung war, waren Aughrim und die Boyne jüngste Vergangenheit. Während des ganzen finsteren Jahrhunderts wuchs sie, verwelkte, schrumpfte. Hier ist unsere Geschichte, eine alte Frau, die sich verängstigt in einer Hütte unter den Bergen zusammenkauert.

»Laßt sie in Ruhe«, sagte er, erhob sich und legte dem Mann die Hand auf die Schulter. »Sie sieht uns nicht.«

»Sie ist nicht blind. Sie bewegt die Augen.«

»Sie sieht uns nicht.« Aber der Mann rührte sich nicht. Er rieb die Vogelkralle zwischen seinen schweren Händen. MacCarthy verließ rückwärts die Hütte, er senkte in der niedrigen, rauhen Türöffnung den Kopf.

Irlands Bild in der düsteren Poesie der Penal Laws. Eine Greisin, verwittert, enthüllte Schönheit, Jugend, vor dem aufmerksamen Blick des Dichters. *Roisín Dubh.* Hatte einer von ihnen jemals eine alte Frau angesehen, skelettdürr, von Krankheit milchige Augen? Die Geschichte hatte, ungebeten und unerkannt, ihre Hütte betreten. Ihre Verwandten waren verschwunden. In ihrem Entsetzen hatte sie sich in die Verrücktheit geflüchtet. Speichel tropfte von ihren schlaffen Lippen. Ein Symbol zerbrach an ihren brüchigen Knochen. Monde sind viel sicherer für Poeten. Karg, in weiter Ferne, stützen sie unsere Worte, schützen unsere Bilder. Hoch oben nun, trübe und von Wolken verdeckt. Berge, die sich darunter erstrecken.

»Wir können wenig genug für sie tun«, sagte jemand.

»Nichts«, erwiderte MacCarthy. »Rein gar nichts.«

Um ein Uhr nachts brachte Michael Geraghty die Männer aus der Gegend zwischen Killala und Ballina nach einem Marsch von 25 Meilen durch die Ox Mountains. Humbert und Teeling hatten sie schon aufgegeben. Die Posten sahen sie als erste, ein Wald, der sich auf einem Hügelkamm bewegte, und rannten brüllend zu den lagernden Männern, die aufsprangen und voller Erstaunen glotzten. Ein Wald im Winter, dünne, blattlose Zweige, vom Wind hin- und hergeworfen, ihre Piken vor der mondhellen Linie des Himmels und des Hügels. Schweigend kamen sie den steilen Pfad hinunter, bis sie das Lager erreicht hatten.

Humbert, mit offenem Rock und trüben Augen nach einer Stunde Schlaf, trat aus einer Hütte, um sie willkommen zu heißen. Sarrizen und Teeling, die ein paar Schritte hinter ihm standen, zählten rasch durch, drei- oder vierhundert Männer, die meisten mit Piken bewaffnet, einige mit Gewehren. Einige schienen unbewaffnet zu sein, sie standen verwirrt und nutzlos herum. Geraghty wackelte mit dem Kopf, verlegen und verständnislos angesichts von Humberts raschem Französisch.

Später sprach er mit MacCarthy. »Es war ein endloser Scheißmarsch, als ob wir allesamt auf einen Gesindemarkt in China wollten, zuerst der Regen und dann die Nacht, so dunkel wie die Rückseite von deinem Arsch. Und die ganze Zeit, jede Minute hatten wir schrecklich Angst davor, daß wir euch nicht finden würden, oder daß ihr schon weg wärt, oder daß die Engländer euch gefressen haben könnten. Aber dann sind wir den letzten Hang runtergestürzt, und da wart ihr, wie der Mann auf dem Zettel geschrieben hat.«

»Welcher Mann?«

»Teeling heißt er, oder nicht? Dieser Ire in französischer Uniform. Er hat gesagt, wir würden euch da finden, wo sich der Pfad zur Straße nach Sligo hin senkt, bei einem Dorf. Und hier seid ihr, bei Gott. Er hat gesagt, der französische General hätte das befohlen. Bei Christus, er muß ein wunderbarer Mann sein, dieser französische General.«

»O ja, das muß er«, sagte MacCarthy. »Das Dorf heißt Bellaghy. Die Leute sind alle geflohen. Komisch, daß ihr sie nicht in den Bergen getroffen habt.«

»In den Ox Mountains gibt es nichts Lebendiges, außer wilden Ziegen und Eulen. Ein jämmerliches Land. Rechts und links oder oben und unten ist nichts zu sehen außer braunen, öden Hügeln und einsamen Bergseen. Ich bin überrascht, daß es einen Pfad gibt, falls die Ziegen ihn nicht plattgetrampelt haben. Niemand ist je zuvor über diesen Weg gegangen.«

»Vor langer Zeit«, sagte MacCarthy. Diarmuid und Grania und Finn, der die beiden verfolgte. Hugh O'Donnell aus Ulster, der große Fürst. Kein Pfad oder Fels oder See ohne seine Legende. »Wir gehen in O'Donnells Land, heißt es. Nach Donegal.«

»Gott helfe uns«, sagte Geraghty. »Das arme Donegal. Warum führt uns der französische General denn in so eine wilde Gegend?«

»Weiß ich nicht«, antwortete MacCarthy. »Aber das sagen O'Dowd und MacDonnell und einige andere.«

»Sagen sie auch, wo die englischen Soldaten sind?«

MacCarthy schüttelte den Kopf. »Ich schwöre bei Jesus, Michael, sie könnten uns schon umzingelt haben. Wir haben hundert Männer in Castlebar gelassen, und in diesem Moment sind sie sicher alle schon vom Schwert oder vom Strang oder von der grausamen Lanze getötet worden.«

»Hast du einige von ihnen gekannt, Owen?«

»Ich weiß nicht einmal, wie sie hießen. Ihnen ist erst ein oder zwei Stunden, ehe wir losmarschiert sind, befohlen worden, dazubleiben, und das haben sie getan. Ein paar Franzosen sind bei ihnen geblieben, um die Kanonen zu betätigen. Und John Moore ist auch geblieben.«

»Der Herr möge ihn schützen«, sagte Geraghty und machte das Kreuzzeichen.

»Der Herr vielleicht«, sagte MacCarthy. »Aber Cornwallis hat wahrscheinlich andere Vorstellungen.«

»Ich habe in Ballina mit ihm geredet, und wir beide haben bei Brennan's, unten am Fluß, einen getrunken.«

»Ich kenne Brennan's«, sagte MacCarthy. »Mr. Moore hat es heute nacht weniger gemütlich, und du auch.«

»An dem Tag habe ich in seinen Augen den Tod gesehen.«

»Ach«, erwiderte MacCarthy. »Jedesmal, wenn ein Mann in eine üble Lage gerät, hat irgendwer den Tod in seinen Augen gesehen.«

»Sie waren leer«, sagte Geraghty. »So leer wie die See bei Downpatrick Head.«

Ein guter Ausdruck. »Wir kommen wahrscheinlich alle noch in eine üble Lage, ehe alles vorbei ist.«

»Bei Gott, das werden wir wohl. Erst vor kurzer Zeit hatten wir nichts anderes im Kopf als die Ernte und das gute Wetter, und wo sind wir jetzt, und was ist nicht alles passiert?«

»Du warst doch selber ein United Man, oder nicht?« fragte MacCarthy.

»Doch. Ich habe vor Elliott und Randall MacDonnell den Eid abgelegt. Aber schließlich bin ich doch nur ein Farmer, der vor acht oder zehn Jahren in Dorfkämpfen und beim Hurling gut war, ehe ich angefangen habe, das hier mit mir herumzuschleppen.« Er klopfte sich auf seinen schweren schlaffen Bauch.

MacCarthy schüttelte den Kopf. »Es ist ein seltsames Geschäft, wenn Bauern und Pflüger wie die Straßenräuber durch die Gegend ziehen. Ich habe heute nacht mit einigen von den Männern aus Ballycastle darüber gesprochen.«

»Männer aus Ballycastle!« Geraghty brach in unerwartetes

Gelächter aus und legte MacCarthy eine Hand auf die Schulter. »Diese armen Teufel würden doch alles tun, um aus Ballycastle herauszukommen, und wer würde ihnen da Vorwürfe machen?«

»Stimmt, das ist ein tristes, gottverlassenes Stück Erde«, stimmte MacCarthy zu.

Er verließ Geraghty und ging an sieben oder acht französischen Soldaten vorbei, die in einem lockeren Kreis beieinander kauerten, ihre Uniformen waren in der Nacht nicht zu sehen, ihre dunklen, ausländischen Gesichter kaum zu erkennen. Als sie bemerkten, daß er sie anstarrte, verstummten sie und blickten zu ihm auf, unbewegt und uninteressiert. Ein Pferd wieherte. Hinter dem Dorf gab es nur schwarze Nacht, wolkenverhangenen Mond. Er fröstelte und machte sich auf die Suche nach O'Dowd, der in jeder Tasche eine Flasche hatte.

O'Dowd und Randall MacDonnell standen nebeneinander vor einer Hüttenwand. Eine der Flaschen war leer, aber O'Dowd öffnete die andere und reichte sie ihm. Offizier und Gentleman. Der Whiskey eines Gentleman glitt sanft seine Kehle hinab. Kleine, goldene Wärmeexplosionen, Verheißung der Sonne. Er fuhr mit der Handfläche über den Flaschenrand und hielt sie O'Dowd hin, der den Kopf schüttelte.

»Behalte sie erst mal. Er fließt schon aus mir heraus. Teeling sagt, daß wir nun diesen elenden Ort verlassen werden.«

»Gehen wir nach Norden?« fragte MacCarthy.

»In Sligo town, where I was born«, sang O'Dowd.

»Eine französische Patrouille hat weiter vorn drei britische Soldaten gefangen und getötet«, erzählte MacDonnell. »Hinter uns sind Briten, und vor uns in Sligo sind Briten.«

»Jesus«, sagte MacCarthy und nahm noch einen tiefen Schluck. Er war seit Tagen nicht mehr betrunken gewesen, und jetzt wäre es angenehm. Sollte die Armee doch losmarschieren und ihn mit einer Flasche in eine der Hütten kriechen lassen. Er würde sich als einziger Eigentümer im verlassenen Dorf Bellaghy niederlassen. Süßes Bellaghy, lieblichstes Dorf in der Ebene. Er würde den Bauern begrüßen, wenn der aus dem Gebirge zurückkam, und ihm einen Schluck anbieten. Es war ein Wunder, wie der Whiskey einem neuen Ehrgeiz geben konnte.

Humbert erschien aus einer der Hütten, rieb sich kurz die Hände, fuhr sich dann mit einer über die Augen, ein Mann, der aus dem Schlaf gerissen worden ist. Kühler, fremder Franzose, sein Kopf war mit Plänen vollgestopft wie ein Ei. Er brüllte Sarrizen und Fontaine Befehle zu, rief Teeling zu sich. Wir folgen. Hunde hinter seinem Pferd.

Aus dem *Tagebuch der Ereignisse,* verfaßt von Malcolm Elliott im Oktober 1798

Die britischen Offiziere, die mich hier, wo ich gefangen sitze, besucht haben, haben mir versichert, daß die berühmte Schlacht von Castlebar eine weniger beeindruckende militärische Leistung war als das Geschick, mit dem Humbert uns an den Armeen, die sich gegen uns zusammenschlossen, vorbeiführte. Das mag wohl so sein, aber mir fehlen Erfahrung und Fähigkeit, solche Dinge zu beurteilen. Für mich, und für die meisten der Teilnehmer dieses Gewaltmarsches von 130 Meilen von Castlebar nach Ballinamuck verdiente unser Unternehmen kaum einen Namen, so unzusammenhängend und verwirrend kam es uns vor. Jetzt, wo ich eine Karte betrachte, kann ich feststellen, daß unser Marsch tatsächlich einen weiten, kühnen Bogen durch Irland beschrieben hat, und ich kann gerne hinnehmen, daß es eine Demonstration der Klugheit des Generals war, uns vom ersten bis zum letzten Punkt dieses Bogens zu führen, obwohl es uns wie sinnloses Umherirren in der Dunkelheit vorkam.

Das Wissen, daß die Krontruppen hinter uns drängten und uns hinter den Bergen erwarteten, bedrückte und ängstigte uns. Als wir am ersten Morgen in einem öden Dorf Rast machten, entdeckten unsere Wachtposten eine britische Patrouille, und wenn diese die Möglichkeit gehabt hätte, in Sligo Bericht zu erstatten, dann wäre alles wohl gleich zu Ende gewesen. Es war natürlich unumgänglich, diese Patrouille an Ort und Stelle zu töten, denn unsere Umstände erlaubten es uns nicht, Gefangene zu machen. Und sie teilten uns mit, daß sie tatsächlich zu General Taylors Armee gehörten, daß er die Coolavin Miliz jedoch in die Stadt Tobercurry, nicht weit von uns entfernt, geschickt hatte. Sie waren Iren, und obwohl es Franzosen waren, die sie mit dem Schwert töteten, müssen wir die Verantwortung alle gemeinsam tragen.

Die Nähe der britischen Truppen führte zur ersten einer Reihe von immer bittereren Auseinandersetzungen unter unseren Offizieren, deren wahre Ursachen ich eine Zeitlang nicht erkennen konnte. Colonel Teeling argumentierte voller Eifer, daß die Briten wegen ihrer Überzahl auf keinen Fall angegriffen werden dürften, sondern daß wir versuchen sollten, ihnen auszuweichen, und entweder nach Ulster, wohin wir jetzt unterwegs waren, oder in die Midlands marschieren sollten. Sarrizen und Fontaine dagegen versuchten, Humbert zu einem sofortigen Angriff auf die Briten in Tobercurry zu überreden, in der Hoffnung, diesen Teil von Taylors Truppen unvorbereitet überraschen zu können. Auf diese Weise, so versicherten sie, könnten wir einen Sieg davontragen, der nur von dem von Castlebar übertroffen wurde.

Wir hatten uns in einer der Hütten versammelt, einem schlecht gedeckten und stinkenden Loch mit schlecht funktionierendem Kamin, dessen Torffeuer uns in den Augen brannte.

Humbert hörte uns alle geduldig, fast gleichgültig an, nickte bei Sarrizens heftiger Beredsamkeit zustimmend und grinste mit schlechterzogenem Vergnügen über Teeling, der Französisch fließend, aber mit schwerem Akzent sprach. Aber soweit ich das beurteilen konnte, was nicht sehr weit war, war das keine Situation, die zwei Lösungen gestattete. Wir waren, wenn auch nur auf dem Papier, eine siegreiche Armee, die Sieger von Ballina und Castlebar, aber in Wirklichkeit waren wir eine schlecht bewaffnete und bunt zusammengewürfelte Truppe auf der Flucht, gegen die sich ein überlegenes Heer sammelte. Unsere einzige Hoffnung, so erschien es einem Neuling wie mir, lag darin, uns auf sicheren Boden zu bringen oder gar zu neuen Verbündeten zu retten. Und so argumentierte auch Teeling, nicht sehr beredt, aber mit harter, unerbittlicher Logik. Es sprach sich sogar dafür aus, nicht nach Ulster zu marschieren, sondern lieber in die Midlands, in aller Eile und über jede Straße, die noch offen war, und uns darauf zu verlassen, daß die Gerüchte von einer Rebellion dort unten auf Wahrheit beruhten. Er als Redner konnte es mit den beiden Franzosen nicht aufnehmen, mit ihren Wasserfällen von Wörtern, die dick wie Regentropfen über uns hereinprasselten, und mit diesen verfluchten Wörtern *la gloire* und *la victoire*, die wie rhythmische Hagelkörner fielen. Und während dieser ganzen Zeit blickte Humbert erst den einen Mann an, dann den anderen, wie ein Zuschauer in einem Theater, der den Reden der Darsteller in einer Racine-Aufführung lauscht.

Schließlich winkte er mit seiner schweren, fischweißen Hand, um alle drei zum Schweigen zu bringen. »Ich habe durchaus nicht vor, diese Kampagne im Schatten eines wilden Gebirges zu beenden. Was wir genau tun werden, werde ich den Umständen überlassen. Aber hier wird es zu keiner Schlacht kommen, wenn ich das vermeiden kann. Teelings Darstellung der Situation ist zweifellos korrekt, und ich bin erstaunt über Euch, Sarrizen, und Eure frivolen Argumente. Und über Euch, Fontaine. Wie zwei Schuljungen!«

Sarrizen sagte dazu nichts, sondern schaltete seine Beredsamkeit so plötzlich ab, als habe sich ein Zapfen in seiner Zunge verklemmt. Er begnügte sich damit, seine Arme übereinanderzuschlagen und ein Gesicht aufzusetzen, das herablassend und respektvoll zugleich war, eine Haltung, die die Franzosen meiner Ansicht nach ganz besonders gut zum Ausdruck bringen können. So endete meine erste militärische Besprechung mit, wie ich annahm, einem Sieg für die Sache, die ich unterstützte. Nachher jedoch, als Teeling und ich die Straße auf und ab gingen, um unsere Beine zu strecken, stellte ich fest, daß er alles andere als triumphierend war.

»Warum glaubt Ihr, daß Sarrizen die Briten so unbedingt angreifen will?« rief er leidenschaftlich. »Weil er Schlachten liebt? Ganz und gar nicht. Er ist davon überzeugt, er und Fontaine, daß es hoffnungslos ist. Sie möchten gern ein Ende sehen und um ihres guten Rufes willen nach einem kurzen Waffengang kapitulieren. Humbert ist der einzige, der glaubt, daß wir eine Chance haben.« Seine Stimme, flach und spöttisch wie so oft bei Nordiren, schwand dahin.

»Und Ihr selber?« fragte ich.

Er zögerte und schien durch die Dunkelheit zu seinen Männern hinüberzublicken. »Bisher haben wir uns gut gehalten«, sagte er. »Wenn wir rechtzeitig Verstärkung bekommen. Oder wenn die Midlands sich erheben. Und wenn wir uns durch sie hindurchkämpfen können.«

»Glaubt Humbert das auch?«

Er zuckte die Schultern. »Glaubt Ihr, ich weiß mehr als Sarrizen darüber, was er vorhat? Vielleicht sagt er uns die Wahrheit, vielleicht verläßt er sich auf Glück und Gelegenheit. Das wäre nicht gut. Ich habe den Verdacht, daß das hier keine vom Glück begünstigte Kampagne ist.« Er konnte in einer Minute lebhaft sein, und in der anderen in eiskalte Melancholie verfallen.

Um seine Stimmung zu heben, sagte ich: »Ihr habt den Stil

dieser Franzmänner wunderbar übernommen. Hat das lange gedauert?«

»Etwa zwei Jahre«, sagte er und nahm die Frage ernst. »In Schenken in Paris und in Heerlagern am Rhein. Zwei elende Jahre. Humbert ist allerdings sein eigenes Gesetz. Er spielt sein eigenes Spiel, und wir sind die Figuren auf seinem Brett. Das scheint unser nationales Schicksal zu sein.« Er nickte mir zu und entfernte sich.

Es ist höchst seltsam und beunruhigend, mit einer Armee durch das eigene Land zu ziehen. Vertraute Namen, Killala, Ballina, Castlebar, werden Zielscheiben, auf die wir schießen müssen, Mauern, die eingerissen werden sollen. Ich ertappte mich dabei, daß ich die Franzosen beneidete, denen die Namen unserer Städte barbarisch vorkamen, Orte, zu denen man marschiert, um die man kämpft, die man bewacht.

Der Morgen zog klar und bleich herauf, der Himmel zeigte ein wunderbares Licht, weich, hellblau, bedeckt von zerrissenen Wolken, und die Berge, die hinter Regenschleiern oder in der Dunkelheit so erschreckend gewirkt hatten, lagen nun da in ihren angenehmen Braun- und Grüntönen, mit dunklen Flecken von lilafarbener Heide. Es war schwer, die Männer in Marschformation zu bringen, denn etliche Flaschen Whiskey waren aus Castlebar mitgebracht worden, und damit hatten sie sich in der kalten Nacht getröstet. Es war meine Aufgabe, Fontaine bei der Artillerie behilflich zu sein, und wir mußten einige Männer zwingen, ihre Aufgaben auszuführen. Dazu kam, daß sie entsetzlichen Hunger hatten, denn sie hatten nur wenig fertigen Proviant, mit Ausnahme der Kartoffeln, die sie vor dem Abmarsch in ihre Taschen gestopft hatten. Whiskey und Kartoffeln, die Grundpfeiler der irischen Diät, wie in einer feindseligen Karikatur.

Humbert schien überall gleichzeitig zu sein. Sein Zorn, als er von den Besäufnissen hörte, war ungeheuer groß, und er ließ zwei Sergeanten das Lager durchsuchen und Flaschen an sich nehmen und sie zerschlagen. Zwei Männer waren zu betrunken zum Marschieren, sie wurden an Armen und Beinen festgebunden und ausgepeitscht. Ich hatte noch nie gesehen, wie Männer ausgepeitscht wurden, es ist ein entsetzliches Schauspiel, große Blutstropfen quellen aus ihren Rücken. Dann wurden sie bäuchlings auf eines der Artilleriepferde gebunden und wurden mitgenommen, und obwohl ihr Stöhnen ganz entsetzlich anzuhören war, hatten sie doch Grund zur

Dankbarkeit, denn wenn wir sie der Gnade von Craufords Dragonern überlassen hätten, dann hätten sie den Tag nicht überlebt. Weder Crauford noch Lake sollten versprengten Rebellen, die in ihre Hände fielen, das geringste Mitleid zeigen, und ich habe gehört, daß man ihr Vorrücken eine Woche später mit Hilfe der Leichen verfolgen konnte, die an Bäumen oder Giebeln hingen, und die die Dorfbewohner, wie immer ihre Sympathien liegen mochten, nicht abzuschneiden wagten. Und doch machten auch wir, wie gesagt, keine Gefangenen. Ich sehe solche Phrasen wie *ehrenhafte Kriegführung* und *Regeln des Krieges* inzwischen mit herzhaftem Zynismus. Es ist ein häßliches, grausames Geschäft.

Als wir aufbrachen wirkten wir jedoch tapfer genug, und noch einmal fühlte ich Bewunderung für die französischen Soldaten in ihren kompakten dunkelblauen Reihen, die sich durch Sligo bewegten wie eine Schaluppe, die sich in fremden Gewässern ihren Weg bahnt. Sie waren mir weniger fremd als meine eigenen Landsleute, von denen ich durch Glauben, Sprache und Traditionen getrennt war. Ulster oder die Midlands – welchen Weg wir auch einschlugen, unser Ziel war für sie so weit entfernt wie Tatarien. Ihre Leben waren in ihren eigenen Baronien gelebt worden, unter vertrautem Himmel. Ein Eid, bei Nacht in einer verfallenen Scheune abgelegt und nur vage begriffen, hatte sie hierhergebracht, auf diese Straße. Daß sie sich einigermaßen beherrschen konnten, schrieb ich dem Mut ihrer Captains zu, und auch, wie ich zugeben muß, den Ermahnungen Murphys, des Kaplans aus Killala, eines blutrünstigen Frömmlers und doch höchst fähigen Schürers von kriegerischem Feuer. Owen MacCarthy, ihr Dichter, war bei dieser Aufgabe schlimmer als unbrauchbar, denn er gehörte zu denen, die am eifrigsten im Whiskey Mut suchten, und ich glaube, er war der Peitsche nur entronnen, weil Humbert ihn nicht bemerkt hatte. Die Bauern konnten natürlich an seinem betrunkenen Zustand nichts Falsches oder Gefährliches sehen, als Dichter stand er gleichzeitig über und unter ihrer Achtung. Dorfkämpfer, falscher Priester, Prediger, Poet und Trinker – das waren ihre wahren Anführer, egal, was für Befehle wir anderen brüllten.

Um zehn Uhr morgens trafen und besiegten wir eine englische Patrouille bei dem, was die Zeitungen, wie ich voller Erheiterung gelesen habe, als Schlacht von Tobercurry bezeichnet haben. In Wahrheit war es kaum mehr als ein Scharmützel.

General Taylor hatte die Coolavin- und Leyney-Kavallerien unter Kommando eines Majors Knott aus Sligo nach Tobercurry geschickt. Sie nahmen die Stadt ein und stürmten weiter, bis sie auf Randall MacDonnell und seine Reiter trafen. Es kam zu einem kurzen Kampf, in dem MacDonnell siegreich blieb, und Knott und seine Männer mußten sich nach Sligo zurückziehen und eine Handvoll von ihren Toten auf der Straße zurücklassen. Und doch hatten sie in Tobercurry, wie wir zu unserer Empörung feststellen mußten, ihre ein paar Stunden währende Besatzung ausgenutzt und elf Bewohner der Stadt gehenkt, weil sie angeblich mit unserer Rebellion sympathisiert hatten. In Wirklichkeit jedoch wollten sie dadurch alle einschüchtern, die vielleicht mit dem Gedanken spielten, sich uns anzuschließen oder uns zu unterstützen.

Ihre Leichen wurden abgenommen, und sie wurden nebeneinander auf den Boden gelegt. Murphy wollte für ihre Seelen beten, und Humbert stand mit dem Hut in der Hand vor ihnen. Inzwischen hatten wir alle Männer gesehen, die in einer Schlacht getötet worden waren, und noch vor wenigen Stunden waren wir Zeugen einer blutigen Auspeitschung geworden, aber dieser düstere Anblick war schlimmer, das Ergebnis willkürlicher und unnötiger Schlächterei. Mein Mund füllte sich mit bitterem Kupfergeschmack. Die Frauen des Dorfes, barfüßig im Lehm, drängten sich an die Toten und stießen die schrecklichen Schreie aus, mit denen in Irland die Toten betrauert werden. Murphy begann eine seiner entsetzlichen Tiraden, wobei er das schwere hölzerne Kruzifix in die Luft hielt, das er bei sich trug und das durch die Frömmigkeit irgendeines bäuerlichen Schnitzers aus Mooreiche hergestellt worden war. Seine Worte sprudelten als Sturzbach grober Beredsamkeit aus ihm heraus, und seine Zuhörer wandten ihm wie versteinert ihre Gesichter zu. Wenig Irischkenntnisse waren nötig, um seinen Auslegungen zu folgen. Er sah unsere Armee, diese unwahrscheinliche Mischung aus Moorläufern und französischen Rekruten als Hammer Gottes, geschmiedet, um Ausländer und Ketzer zu zertrümmern. In meinen Augen und Ohren war es eine gotteslästerliche Szene, dieser grobstimmige Heckenpriester, der seine Verwünschungen und Ermahnungen brüllte, inspiriert von den erstarrenden Körpern vor ihm und den Stimmen der Frauen, die ihm einen barbarischen Chor lieferten. Männer lauschten, auf Piken gestützt, seinen Worten, als wäre er ein Prediger, der eine Passage aus dem Evangelium auslegte, und tatsächlich erinnerte er mich an einen barfüßigen israelitischen Propheten, der Vernichtung auf seine Feinde herabwünscht. Zwischen mir und Murphys behelfsmäßiger Gemeinde tat sich eine Kluft auf, weit wie der Ozean.

Tobercurry ist ein ödes Dorf, Hütten und ein paar Trödelläden liegen einander gegenüber, eine kleine, saubere, protestantische Kirche liegt am einen Ende der Straße. (*Protestantisch ... protestantisch ...* Das Wort echote in Murphys Tirade und zog all sein Gift an sich), am anderen das Tor eines verlassenen Gutes. In Irland muß es Hunderte von solchen Dörfern geben, und was haben wir je über ihre Bewohner gewußt? Ich kannte meine eigenen Pächter und die Leute von Ballina so einigermaßen. Aber Wolfe Tone, ein Dubliner Anwalt, wußte nichts über diese Menschen, und auch nicht Thomas Emmett, ein Universitätsdozent. Wie konnten wir bloß annehmen, daß es zwischen unseren Ideen, in der Stadt ausgedacht, und den Leidenschaften von Bauern eine Verbindung geben könnte? Theoreme, vorgetragen in einer Villa in Rathfarnham, unter dem kühlen, milden Himmel eines Dubliner Abends, werden von der Luft von Connaught verändert, Bauern werden von gleichgültigen Dragonern gehenkt, Piken ragen in den Horizont, ein irischsprachiger Priester brüllt seine blutigen Predigten. Ich wollte nur die Ereignisse berichten und meine eigenen Überlegungen über meine Motive und Gedanken auslassen. Aber ich muß hinzufügen, weil es meine Ansicht über diese Ereignisse beeinflußt, daß ich hier, in Tobercurry, eine Teilung meines Wesens erlebte, in den Mann, der handelte und den Mann, der beobachtete. Die Kirche, ihre vier Spitzen glänzend und scharf vor dem Himmel, das Domänentor, das lose in der obersten Angel hing, eine Hütte in der Farbe geronnener Sahne, das Dunkelgrün einer Ladentür, die holprige, gefurchte Straße, besaßen für mich für einen Moment eine lebhaftere und hartnäckigere Wirklichkeit als das Tollhaus der mich umgebenden Stimmen. In einer halben Stunde spätestens würden wir wieder unterwegs sein, Bauern, durch Murphys Reden entflammt, und Franzosen, die gelernt hatten, jeglichen Befehl ohne Gegenfragen hinzunehmen. Irgendwo, nur durch eine einzige Kette von blauen, dunstigen Hügeln verborgen, lag eine Armee und wartete darauf, daß wir müde würden – Colonels, Stallmeister und Sekretäre. Hinter ihnen warteten aller Wahrscheinlichkeit nach Gefängniszellen, Kriegsgerichte, Galgen auf uns.

Als mein Gemüt sich mit diesen düsteren und beunruhigenden Gedanken füllte, die sich auf irgendeine Weise mit der Klarheit assoziierten, in der ich die Gebäude in unserer Nähe erblickte, setzte Humbert seinen Hut wieder auf und erteilte seinen Offizieren Befehle.

Tobercurry, 4. September

Das Tor, das Elliott für das eines verlassenen Gutes hielt, war das Tor von Castle Harmony, eines Gutes, das seit fünfzehn Jahren unter dem Schnee von Hypotheken und Grundbriefen verborgen lag. Das Haupthaus, ein schlichtes, geräumiges Gebäude, war von Josiah Manning errichtet worden, einem Cromwellschen Siedler, neben einem normannischen Bergfried, der jetzt als Stall diente. Richard Manning, der derzeitige Besitzer, war an diesem Morgen über die Wendeltreppe des Bergfrieds bis zu seinen Zinnen geklettert, wo er nun mit Ellen Kirwan stand, der Bauersfrau, die sein Essen kochte und sein Bett teilte.

Er hatte ein Fernrohr aus Messing mitgebracht, das ihm einen klaren Blick auf die Straße von Tobercurry nach Sligo ermöglichte, und das ihm, als Klumpen aus dichtem Grau, das Dorf selber zeigte. Er hatte beobachtet, wie Knott mit seiner Kavallerie über diese Straße geritten war und hatte, einige Stunden später, ihrem Rückzug zugesehen.

»Du solltest nach unten kommen und etwas essen«, sagte Ellen.

Er schüttelte den Kopf. »Bring mir Brot und Fleisch herauf, Ellen, und einen Becher Milch.«

»Aber hier gibt es doch nur eine alte Straße zu sehen, die du so gut kennst wie deine Westentasche.«

»Wenn du das glaubst, dann bist du so dumm wie an dem Tag, an dem Gott dich erschaffen hat. Heute morgen war britische Kavallerie auf dieser Straße, und sie haben sich in aller Eile nach Sligo zurückgezogen. Wenn die Rebellen überhaupt irgendwo in Irland sind, dann in Tobercurry.« Er rieb sich sein unrasiertes Kinn. »Gottes Fluch über sie.«

»Gott beschütze uns vor allem Leid.«

»Das kann Er, wenn Er Lust hat, aber ich habe Ihn nie besonders zuvorkommend gefunden.« Er richtete das Fernrohr auf das Dorf und ließ es dann wieder sinken. »Von den Hunderten von Straßen, die es in Irland gibt, haben sie sich ausgerechnet die ausgesucht, die an Dick Mannings Land vorbeiführt.«

»Ich gehe nach unten und hole dir etwas zu essen. Aber ich glaube, es hat keinen Sinn, den ganzen Tag hier zu stehen. Wozu sollte das gut sein?«

»Was soll ich denn sonst tun, Frau?« Er schlug mit der Faust gegen die Brüstung. »Wenn die einen unsere Kühe nicht wollen, dann die anderen. Sie könnten am Ende sogar ihre verdammte Schlacht auf dieser Farm austragen und die Ernte platt trampeln. Wenn eure Schlachten in die Geschichtsbücher geschrieben werden, dann denkt kein Mensch mehr an den armen Bastard, der dafür sein Feld hergeben mußte.«

»Aber bis heute abend sind sie doch sicher nicht mehr hier.«

»Ist das deine wohlüberlegte Ansicht, Miss Kirwan? Gebe Gott, daß du recht hast.«

»Ich frage mich wirklich, warum du nicht wie der restliche Landadel mit der Milizkavallerie draußen unterwegs bist.«

»Das Gut vor den Dubliner Bankiers zu retten und mich vor deiner scharfen Zunge zu schützen, ist alles an Schlacht, was ich brauchen kann. Der Landadel dieses Landes hat mir nie irgendwie geholfen. Die Rebellen können es haben und die Soldaten können es auch haben, das ist mir egal, wenn sie mir nur einen guten Preis bieten.«

»Die Rebellen würden nichts bezahlen«, murmelte Ellen. »Wilde mörderische Geschöpfe aus Mayo. Sie werden das arme Dorf unten dem Erdboden gleichmachen.«

Manning grunzte. »Tobercurry, das Paris des Westens. Aber stell dir vor, mein Vater hatte seinerzeit große Hoffnungen für das Dorf. Nichts machte ihm größeres Vergnügen, als in der Kutsche herumzuparadieren, und ich saß als kleiner Knirps neben ihm, vorbei an den Läden und der Kirche und durch das Tor. Er war ein Mann von großen Hoffnungen und Plänen, mein Vater.«

»Habe ich ihn denn nicht selber gesehen?« fragte Ellen. »Ich weiß noch, wie er auf seiner kastanienbraunen Stute saß, und seine Stiefel glänzten genauso wie ihre Flanke. Er sah aus wie ein Lord, aber er hatte für alle, die ihm begegneten, ein freundliches Lächeln. Damals hätte ich nie gedacht, daß ...« Sie unterbrach sich.

»Daß du mit dem Sohn des Herrn das Bett teilen würdest. Ich auch nicht, Ellen. Ich auch nicht. Aber hier sind wir nun, und wir kommen doch gut miteinander aus, wir beiden.«

»Dick, wenn die Rebellen eine wirkliche Gefahr für uns bedeuten, solltest du dann nicht die Pächter zusammenrufen?«

»Die Pächter zusammenrufen? Und wie zur Hölle sollte ich das tun? Soviel ich weiß, gibt es auf diesem Gut keine Waffen, außer ein paar alten Jagdgewehren und zwei Pistolenkästen unten in der Halle. Sie sollen sich aus Tobercurry verziehen, mehr will ich gar nicht. Und ich hoffe, daß auf diesem Land keiner dumm genug ist, um sich ihnen anzuschließen.«

»Letzten Monat ist in den Schenken viel von der Rebellion gesprochen worden, hat Pat Dogherty gesagt.«

»Das ist die richtige Zeit für solches Gerede. Ehe etwas passiert ist, wenn du eine Flasche vor dir und vier oder fünf Mundvoll Whiskey in dir hast. Wir hier auf diesem Gut sind alle krank vor Schulden, ich und jeder Pächter. Wir können nicht von Rebellen oder britischen Soldaten oder der berittenen Miliz geheilt werden.« Er betrachtete eine Lärchenpflanzung, hinter der Wiese auf der anderen Straßenseite. Die Frau stand bewegungslos neben ihm an der Brustwehr.

»Du fragst dich, was mein Vater tun würde, oder nicht? Das kann ich dir sagen. Er wäre jetzt bei der Coolavin-Kavallerie, wahrscheinlich sogar an ihrer Spitze, auf seiner Stute, in leuchtendroter Uniform, jeder Zoll ein Lord, und seine getreuen Pächter würden sich in Rufweite befinden. Aber ich kann dir sagen, Ellen, daß ich die wenigen Pfund, die diese Uniform kosten würde, nicht aufbringen kann. Und die Pächter kann ich schon gar nicht ausrüsten. Wer, meinst du denn, hat uns die ganzen Schulden und Hypotheken aufgeladen? Es ist leicht, wie ein Lord zu leben, wenn du ein Gut hast und einen Sohn, der sich mit den Schulden herumschlagen kann, die du ihm auferlegt hast. Als ich stolz wie ein junges Füllen neben ihm in der Kutsche saß, hätte ich nie gedacht, daß er solche Pläne für mich hatte.«

»Ach, Dick, sicher hat er alles doch nur gut gemeint. Dir hat es an nichts gefehlt.«

»Nein, das nicht. Ein Gentlemanstudent in Trinity, mit einem vierteljährlichen Wechsel, mit dem du ein Pferd erstikken könntest.« Er lachte plötzlich, ein Kläffen der Heiterkeit. »Bei Gott, Ellen, weißt du, daß ich ein Kommilitone von Wolfe Tone war? Das hatte ich vergessen.«

»Wer ist das?«

»Wer ist das? Gute Frage. Er ist dein Retter, und Irlands Retter außerdem. Wolfe Tone hat die französische Armee und einen Mob von Bauern aus Mayo nach Sligo geschickt. Damals hat er mich nicht interessiert, wo ich doch der Sohn eines Grundbesitzers war und er der Sohn eines Kutschenmachers, wenn er in der Debattiergesellschaft aus vollem Halse brüllte. Ein nichtssagender Zwerg.«

»Ist er ein katholischer Gentleman?«

»Ich glaube, er ist Mohammedaner, aber er bezeichnete sich als Protestant. Aber die Räder drehen und drehen sich, und jetzt steht eine Rebellenarmee in Tobercurry, und ich selber sitze hier fest wie ein Wasserspeier mit einem Fernrohr. Gottes Fluch über die ganze Bande.«

Ganz Mayo hatte sich erhoben, nach allem, was man hörte, und vielleicht war es in den Midlands nicht anders. Diese Truppen sollten in die Midlands marschieren, und nicht durch Tobercurry nach Sligo. Ob in Mayo in diesem Jahr überhaupt eine Ernte eingebracht werden würde, wußte der Teufel. Mehr als ein Gentleman aus Mayo würde sein Gut unter den Hammer kommen sehen, und ihre Pächter würden im kalten Winter auf den Straßen betteln müssen. Er würde sie an seinen Toren sehen, wenn er selber überlebte, die in ihre Schals gewickelten Frauen, die um einen warmen Schluck für die Kleinen baten, die Männer standen vor lauter Stolz im Hintergrund, hagere Männer mit eingefallenen Wangen. Und wozu? In Gottes Namen, wozu? Wegen der Eitelkeit von Wolfe Tone und den Schulmeisterprinzipien von Tom Emmet. Der Verlust dieser Ernte würde ihn ruinieren, würde ihn restlos erledigen. Er würde selber zum Bettler werden und hatte doch keine Übung in diesem Gewerbe.

Sie legte die Hand auf seinen Arm. »Komm nach unten, Dick. Gönn dir doch eine warme Mahlzeit.«

Er schüttelte sie ab. »Ich will hier oben bleiben, Ellen. Hol mir das Fleisch und das Brot, wenn du magst, oder laß es sein.«

Er fuhr mit der Hand über die Steine. Wann war dieser Bergfried wohl erbaut worden? Im 14. oder 15. Jahrhundert. Die MacDermotts hatten das Land zu Cromwells Zeiten gehabt. Es gab immer noch eine MacDermottfamilie in Tobercurry, die behauptete, gewissermaßen Herr des Gutes zu sein. Ab und zu kamen sonntags Vater und Sohn MacDermott die Allee hochgewandert und standen vor dem Bergfried, in Fries gekleidet und barhäuptig, wie Schäfer, die auf Stichen vor den Burgen stehen, um die Größenverhältnisse zu zeigen. Die Geschichte hatte sie beiseite gefegt. Herren im einen Jahr, Knechte im nächsten. Bauern für immer. Als Cromwells Armee Sligo westwärts verlassen hatte, hatte sie die MacDermotts im wahrsten Sinne des Wortes aus ihrer Burg gesprengt. Der gähnende Krater in der Ostwand war das Werk der Artillerie Iretons. Kein Wunder, daß Cromwells Name immer noch in der irischen Luft hing, ein unbesiegbarer Riese in schwarzer Rüstung, der in Eisenstiefeln von County zu County polterte.

Und hier stehe ich, Manning, Erbe dieser Eroberung, mit krankem Herzen, weil andere Armeen über dieselbe Straße ziehen. Vom Kerzenlicht gerötete Gesichter in Dalys Spielsalon, Kinder wie er selber, Nachkommen Cromwells, Bankwechsel ausgestellt auf die Ernten von Munster und Connaught. Ellen Kirwan, durch das Recht der Cromwellschen Eroberungen genommen, Bauerntochter, die unbeholfen und langbeinig ins große Haus gebracht wurde, ihre Beine gespreizt, um die uralte Eroberung, Iretons hämmernde Kanone, in sich aufzunehmen. Jetzt eher Ehefrau als Geliebte, umsorgte sie ihn, erinnerte ihn daran, daß er sich rasieren mußte, strickte geduldig am Kamin, wenn er immer wieder über seinen Kontobüchern brütete. Symbole für die Extravaganz seines Vaters waren vor ihm ausgebreitet – leere Ställe, deren Fußböden mit Steinplatten von den Klippen von Moher bedeckt waren, ein Sommerhaus, ein Aussichtsturm, den die Neugierigen besteigen konnten, um nach Sligo hinüberzublikken. Was verkauft werden konnte, war längst fort – das silberne Tablett, die blau-weißen Porzellanfiguren eines Liebespaars, das über eine hölzerne Brücke in einen klaren Bach schaute. Alles verschwunden, vom Hammer des Auktionators Kaufleuten aus der Baggott Street und Viehzüchtern aus Roscommon zugeschlagen.

Aber die Kutsche war noch vorhanden, in der sein Vater und er selber durch Tobercurry gefahren waren, stolz wie die Pfauen, der Herr und der junge Herr. Sie stand im Kutschenhaus, mit Spinnweben überwuchert, ihr glänzender Lack mit Schmutz überzogen. Er konnte vor ihr stehen und das lärmende Lachen seines Vaters noch aus dem Grab hören.

Als Ellen eine Stunde später über die Wendeltreppe zu ihm heraufkam, stand er wie angewachsen da und hatte das Fernrohr sinken lassen. Sie stellte das Tablett auf die niedrige Mauer und nahm ihm das Fernrohr ab.

Eine lange doppelte Kolonne von Männern, einige zu Pferd,

einige zu Fuß, kam die Straße entlang. Die Spitze der Kolonne hatte den Bergfried gerade passiert, und das Ende befand sich noch hinter Tobercurry. Vorne und hinten befanden sich blaue Uniformen, während die Männer in der Mitte in Fries gekleidet waren, der mit den Herbstfeldern auf der anderen Straßenseite in eins überging. Ihre Piken ließen sie sorglos sinken. Als Ellen gerade das Fernrohr absetzte, um sich Manning zuzuwenden, setzte eine Sackpfeife ein. Sie kannte die Melodie gut: O'Rorke's March. Es war wie der Fetzen eines Traumes, der sich über eine vertraute Landschaft bewegte, am hellichten Tage, unter kupferfarbener Sonne.

»Sie gehen ans uns vorbei, Ellen«, sagte er. »Gott sei Dank, sie sind unterwegs nach Collooney. So ist es richtig, Jungs, weiter so. Da habt ihr ein schmissiges Stück. Bei Gott, hör dir das an! Man sollte meinen, der Mann sticht eine Sau ab.«

Die Musik strömte auf sie zu, schloß sie ein.

»Das sind doch mindestens zweitausend, Ellen. Die hätten uns restlos ruiniert. Oh, bei Gott, Ellen, hast du je einen so verzweifelten Haufen gesehen? Sie werden sich durch Sligo hindurchfressen, ausgehungerte Männer aus Mayo mit Bäuchen ohne Boden.«

Sie hob wieder das Fernrohr, um sich das grüne Banner, das sie trugen, genauer anzusehen, aber das Fernrohr war jetzt mit Feuchtigkeit beschlagen. Erst dann merkte sie, daß sie zu weinen angefangen hatte. Ihre Tränen, die Musik der Sackpfeifen, der schwache Hufschlag der Pferde, der Wald der Piken, der lange Zug von sich bewegendem Fries, alles ging ineinander über. Sie wurde von Erstaunen und Melancholie erfüllt und fühlte sich schwach. Sie stützte sich mit der Hand auf die Brüstung.

Aus der Pflanzung, auf der anderen Seite der Wiese, kamen zwei Gestalten gerannt, die Sensen umklammerten. Manning riß ihr das Fernrohr aus der Hand und richtete es auf sie. »Das sind die MacDermottjungen«, sagte er. »Der junge Conor, und wie heißt noch der andere?«

Brian, wollte sie sagen, brachte aber keinen Ton heraus.

Er beugte sich über die Brüstung und rief: »Kommt zurück da. Ihr MacDermotts! Seid ihr verrückt, Jungs? Ihr MacDermotts, kommt zurück da! Conor! Hörst du mich nicht? Mein Gott, kann man sie denn nicht zurückhalten?«

Die Jungen lehnten ihre Sensen an die behauenen Steine der Domänenmauer, kletterten hinüber, zogen dann die Sensen nach. Eine Minute später waren sie in der grauen Flut nicht mehr zu erkennen.

»Diese verdammten jungen Idioten«, sagte er mit flacher, tonloser Stimme. »Der arme MacDermott.«

»Hast du je gewußt«, fing sie an, mit zitternder Stimme. Nun entdeckte er ihre Tränen und legte ihr den Arm um die Schultern.

»Solche jungen Burschen«, sagte er mit rauhem Optimismus. »Die rutschen in Scherereien hinein und wieder heraus. Die beiden sind in ein paar Tagen sicher wieder zurück.«

»Hast du je gewußt«, sagte sie, »daß in Tobercurry nie von Castle Harmony die Rede ist? Sie nennen es MacDermotts.«

»Das weiß ich«, antwortete er. »Die Geschichte hat mit uns allen ein trauriges Chaos angerichtet. Alte Wunden und alte Rechnungen. Gott helfe uns allen.« Er drückte mit der Hand auf sein Fernrohr und schob es zusammen.

Als die Nacht einbrach, hörten sie Craufords Dragoner. Ein Trompetenstoß, silbern und unerwartet, erschallte über die Domänenmauer, über die Wiese, durch das offene Fenster des Wohnzimmers. Manning, in Strümpfen, mit offenhängender Weste, saß beim kalten Kamin. Nubische Sklaven aus Onyx trugen, schwarz wie die Nacht, den Kaminsims aus weißem rosageädertem Marmor. In den Regalen hinter ihm waren irische Parlamentsberichte aufgereiht, ihre Seiten waren noch nicht aufgeschnitten, ihre ledernen Einbände ungeölt. Die Tische des Zimmers waren flüchtig abgewischt worden, aber in den Ecken, außer Sichtweite, außerhalb des Kerzenscheins, sammelte sich der Staub.

Er saß aufrecht da, als er die Trompete hörte, und er legte den Kopf schräg. Der Trompetenstoß wiederholte sich nicht. »Was war das?« fragte Ellen. Er lächelte, ohne zu antworten, und stieg in seine lehmverschmierten Stiefel.

Der Abend war kühl. Der sich verdunkelnde Himmel wurde von der Pflanzung durchbrochen, vom schmalen, absurden Aussichtsturm, vom Turm zur Linken hinter einem mit Heu und Dung übersäten Hof. Die Geschichte klammerte sich an diesen Turm, entstellte ihn, wie der Efeu, der über seine Flanken kroch, die grünlichen Flecken der Flechten.

Die enge Treppe schlängelte sich den ganzen Turm hinauf, von einem unbenutzten Raum zum anderen, bis zur Tür, die auf die Balustrade führte. Die keilförmigen Stufen waren im

Laufe der Jahrhunderte ausgetreten worden. Auf halber Höhe hielt er inne, um aus dem Fenster zu blicken. Die Domänenmauer teilte die enge Öffnung. Dahinter befand sich eine scharlachrote Masse in Bewegung. Er wandte sich ab und kletterte weiter. Wessen Füße? Wie viele?

Keuchend stützte er seine Ellbogen auf die Mauer und richtete das Fernglas auf die Straße. Er hatte noch nie solche Mengen von Kavallerie gesehen, die scharlachroten Röcke hoben und senkten sich, lange Säbel lagen an den Flanken der Pferde. Die Gesichter waren nicht zu erkennen. Scharlachrot und glänzender Stahl vor dem dunkler werdenden Grün eines langen Sommerabends. Ein Pferd wieherte und ein Sergeant rief etwas. Er ließ das Fernrohr sinken. Einzelheiten verschwanden. Nur graue Mauer, scharlachrote Reiter, grüne Felder waren noch zu sehen. Ein scharlachroter Fluß strömte zwischen Mauer und Feld.

»Das sind die Engländer?« Ihre Stimme dicht hinter ihm. Er hatte sie nicht die Treppe heraufkommen hören.

»Einige von ihnen.«

»Warum sind sie nicht im Galopp, wo die anderen doch schon Stunden und Stunden vor ihnen liegen?«

»Bei dem, was sie vorhaben, brauchen sie sich nicht zu beeilen.«

Treiber bewegen sich langsam über ein Herbstfeld, Kniehosen werden von Disteln durchbohrt, hinter ihnen die Jäger. Waffen ruhen im angewinkelten Arm.

»Sie sehen schrecklich kriegerisch aus«, sagte sie.

»Armeen müssen schrecklich sein«, sagte Manning. »Das ist ihr Beruf. Nun, das waren die letzten. Morgen kommt die Infanterie, aber sie werden nicht anhalten, so, wie es aussieht. Kavallerie, Infanterie, Artillerie – für eine richtige Armee brauchst du alle drei.«

»Dann sind die anderen armen Burschen überhaupt keine Armee«, erwiderte sie sofort. »Eher Bauernburschen auf Wanderschaft. Gott schütze sie vor allem Übel.«

»Das wird er nicht tun«, antwortete Manning. Er warf ihr einen plötzlichen Blick zu, denn er verstand ihre Bewegung und war doch davon verwirrt. »Das wird er nicht. Eines Tages kannst du deinen Großneffen davon erzählen. Die Geschichte besucht Tobercurry. Nicht zum erstenmal, bei Gott.«

»Es wird ein schreckliches Gemetzel geben«, sagte sie.

»Irgendwo«, erwiderte er. »Wirklich ein schreckliches Gemetzel. Aber nicht hier. Sollen sie sich ein gottverlassenes Moor für ihr Morden suchen. Komm, wir gehen jetzt nach unten. Es wird kühl.«

Als die letzten Reiter außer Sicht waren, endete auch ihre Bedrohlichkeit. Sie wurden zu Wahngebilden, ihren muskulösen Oberschenkeln und ihrem heiseren Sergeantengebrüll zum Trotz. Blaue oder scharlachrote Röcke, schwerfällige Bauern auf Wanderschaft – Wahngebilde allesamt. Wie dieser verdammte Turm mit seinen offenen, tödlichen Kiefern. Wirklichkeit war dieses Haus voller erstickenden Staubes, voller quälender Kontobücher, Mahnbriefe aus London, Ellens Rücken, der ihm im Schlaf zugedreht war. Der Staub der Marschierenden hatte sich wieder auf die Straße gesenkt. Als ob es sie nie gegeben hätte. Unruhe auf der stillen Straße, Gemetzel in einem Moor, auf der Weide eines anderen. Gottes Fluch über sie alle.

»Was, Dick?«

»Es muß ein Beruf sein, in dem man keine Sorgen oder schwere Arbeit hat – anderen Leuten die Ernte verbrennen oder mit des Königs Kavallerie als Treibern Bauern jagen. Ich gönne ihnen ihre Morde.«

Die Luft veränderte sich. Saatkrähen krächzten in der Lärchenpflanzung. Als Junge hatte er sie geschossen, hatte das besondere Jagdgewehr benutzt, das sein Vater bei Nicholls in der Exchequer Street bestellt hatte, mit verziertem Metall, das dunkle Holz glänzend poliert. Sie standen nebeneinander, der Vater bückte sich, um ihm den Arm zu führen, ihm beim Zielen zu helfen, seinen Arm ruhig zu halten. »Jetzt!« rief sein Vater, immer zu früh, ehe er so weit war. Das Gewehr explodierte, warf ihn rückwärts. Saatkrähen flohen kreischend aus den Bäumen. Manchmal konnte er eine herunterholen, und sein Vater rannte hinüber, um sie aufzuheben. Ein Klumpen schwarzer Federn, ein sich leicht bewegender Flügel. Dieselbe Pflanzung, jetzt in der Dunkelheit. Ein Vater und ein kleiner Junge, vor Jahrzehnten. Er war niemals zu einem guten Schützen geworden. Er hatte niemanden, dem er es beibringen konnte. Der Himmel war jetzt dunkelblau, und die dickblättrigen Bäume wurden von schwerem Dunkelgrün langsam zu Schwarz.

Der Turm war für den kleinen Jungen eine Kreuzfahrerburg gewesen, die gegen Sarazenen und Türken gehalten werden mußte, das Jagdwehr auf die Straße gerichtet. Damals hatte es keine Domänenmauer gegeben. Noch eine Torheit seines Vaters. Die Steine behauen und zurechtgemacht, von Maurern aus Sligo zusammengesetzt. Sein Vater beaufsichtigte die Arbeiten, er beugte sich von seinem glänzenden kastanienbraunen Pferd, um den Arbeitern Befehle zu erteilen. Sie nickten freundlich und kümmerten sich dann nicht weiter um ihn, zähe und sorgfältige Handwerker, Kiefer hart wie Meißel. Manning, auf seinem Pony, trottete neben seinem Vater her, beobachtete den starken, selbstbewußten Arm, der Bögen beschrieb, der alle Angelegenheiten des Gutes erledigte. Er hatte es erledigt, zweifellos.

Mit einer Ernte wie dieser konnte er ein weiteres Jahr durchhalten, die Hütten ruhig, sicher vor der Geschichte geborgen, vor Pikenspitzen, Trompetenstößen. Die Treppe war schwarz, als er hinunterkletterte, gewunden. Er ging langsam, hinter ihm die Frau. Seine Hand stützte sich auf die unebenen Steine, kalt bei der Berührung. Unnütz. Ein Viehstall. Jungen, sie alle beide. Einer spielte Kreuzritter und Türken, der andere ließ diese kühne, nutzlose Mauer errichten. Aber sein Vater war so optimistisch gewesen, hatte mit seinem dicken Kopf Maurern, Architekten, Kutschenmachern zugenickt. Auf dem Hof trugen eingesunkene Pflastersteine eine seichte Pfütze aus stockigem Wasser.

Aus dem *Tagebuch der Ereignisse,* verfaßt von Malcolm Elliott im Oktober 1798

Die Straße nach Sligo biegt hinter Tobercurry nach Nordosten ab und führt durch das Dorf Collooney, dem wir uns nun in schnellem Schritt näherten. Es war höchst lehrreich zu sehen, wie unser Vormarsch auf die Landbevölkerung wirkte, denn wir hatten jetzt eine relativ dichtbevölkerte Gegend erreicht, hügelig, und doch mit viel gutem Farmland. Hütten lagen um uns verteilt, als ob ein Riese sie ausgelegt hätte, viele davon elende Löcher, wie man sie in Sligo sehen kann, andere jedoch wohlhabend und ordentlich, ihre geweißten Wände spiegelten die Sonne wider, und die Strohdächer waren gut in Schuß.

Die Leute wußten immer, daß wir uns näherten. Einmal sah ich einen barfüßigen Jungen, der über die Felder zu einer abgelegenen Hütte rannte: Auf diese Weise reiste die Nachricht zweifellos vor uns her. Aber vielleicht wissen auch die Erde und die Baumwurzeln, wenn eine Armee unterwegs ist. Die Leute hier versteckten sich nicht wie in Bellaghy. Sie standen auf den Feldern oder neben ihren Hütten, in einem Schweigen, das ich nicht deuten konnte. Aber viele jubelten uns auch zu und riefen in rauhem Irisch Grüße. Und einige schlossen sich uns an – vielleicht fünfzig, würde ich schätzen –, sie kletterten von Höfen in den Bergen zu uns herunter oder trampelten über die Weiden. Wortlos, überwältigt von ihrer eigenen Tollkühnheit oder der ungewöhnlichen Situation, mischten sie sich unter die irischen Truppen. Einige gehörten zu denen, die einige Meilen weiter sterben sollten, in Collooney. Von Hütte und Kaminfeuer losgerissen, aufgrund eines unergründbaren Impulses zu uns hingezogen, aus Neugier oder Haß oder Liebe zur Aufregung, dann tot, nach kaum mehr als einem kurzen Wortwechsel mit uns. Ich erinnere mich besser an die, die uns nur stumm beobachteten, dabei die Augen mit der Handfläche beschirmten oder sich die Ellbogen rieben.

Wie sie von unserem Kommen wußten, so wußten wir, daß Craufords Kavallerie uns verfolgte, einen halben Tagesritt hinter uns, niemals aufholend, wenn auch angriffsbereit, falls wir umkehren sollten. Unsere Männer, zu Pferd oder zu Fuß, sahen sich ab und zu um, als ob sie auf einer Straßenerhebung die ersten Dragoner zu entdecken erwarteten. Aber Humbert blickte sich niemals um, auch nicht, wenn ein Bauer über eine Mauer kletterte, um sich uns anzuschließen, oder wenn die Sergeanten Nachzügler mit der flachen Säbelklinge bearbeiteten. Er hatte eine seltsame Art, seine Untergebenen zu sich zu rufen – Sarrizen oder Fontaine oder Teeling – indem er seinen Arm ausstreckte und seinen Finger krümmte, wie man sonst Hunde zu sich ruft. Und was waren diese beiden – Humbert und Crauford – denn anderes als Hundeführer, und mit ihnen all die Lakes und Cornwallises und Hoches und Buonapartes? Damals kannten wir den Namen des Kavalleriekommandanten noch nicht, der uns auf dem Fuße folgte. Aber ich sah ihn später, nach Ballinamuck, einen großen Schotten mit sandfarbenen Haaren, mit abruptem cholerischem Benehmen. Er sah damals aus wie ein erfolgreicher Jäger, die Beute ist zur Strecke gebracht, die Hunde haben blutige Lefzen. Humberts Miene dagegen, ob wir gewannen oder verloren, ob in Castlebar oder Ballinamuck, war unerschütterlich, große Augen, die wie Rosinen in seinem groben, teigigen Gesicht steckten. Vielleicht ist das Soldatentum einfach ein Beruf wie jeder andere und erfordert Fähigkeiten und Gelegenheiten, eine Berufung, die sowohl den Sohn eines Lairds als auch einen Fellhändler ernähren kann.

Wir erreichten Collooney um elf Uhr morgens, und ruhten uns in den weiten Obstgärten des lokalen Großgrundbesitzers aus, der sich in seinem befestigten Haus, einem düsteren und kriegerischen Gebäude, wie es die Siedlerfamilien zu Anfang dieses Jahrhunderts bevorzugt hatten, als die Straßenräuber immer noch eine Gefahr darstellten, sorgsam verbarrikadiert hatte. Ich empfand eine seltsame Verwandtschaft mit diesem Mann, dessen Gesicht wir niemals zu sehen bekamen, obwohl er zweifellos durch die Schießscharten in seinen Fensterverschlägen unser Treiben im Auge behielt. Denn seine Leute waren auch meine, Siedler, die sich auf weiten, feindlichen Feldern niederließen, um das Königreich und ihr eigenes Leben nach besten Kräften zu schützen. Generation um Generation war diese Furcht zurückgegangen, war aber niemals ganz verschwunden. Sie lauerte noch in Phantasie und Alptraum – eine Armee aus wilden Papisten, fluchend und plündernd, barbarische Waffen schwenkend. Nun saß dieser Bursche da mit seiner Familie und seinem Hausgesinde, dem er zweifellos mißtraute, und der Alptraum wurde zur Wirklichkeit, als er durch seine Schießscharten spähte. Er konnte sehen, daß alle Hühner, Gänse und Truthähne von seinem Hof genommen und daß auf der Weide Feuer angezündet wurden, konnte unsere Leute einander in ihren fremden Sprachen zurufen hören, ausgelassen angesichts der Aussicht auf eine Stunde Ruhe und eine Mahlzeit. Nach allem, was er wußte, konnte es sich ja genausogut um das Vorspiel zu einem Überfall auf sein Haus handeln, und vielleicht verfluchte er sich, weil er sein Land nicht mit der Sicherheit Sligos vertauscht hatte.

Seine Leute und *meine. Unsere* Männer. Ich betrachte diese widerstreitenden Wörter jetzt, wo sie in diesem Kontobuch stehen, in dem ich meinen Bericht niederschreibe. Der Streit tobt in meinem Kopf, eine unordentliche Schlacht, deren Grenzen ich nicht abstecken kann. Denn jetzt, wo alle Pläne, Hoffnungen, Verschwörungen, Ideale in die Luft geflogen sind, was bin ich anderes als ein Wendehals von einem Siedler, der gegen seine eigenen Leute zur Waffe gegriffen hat? Der Mann in diesem Haus war kein englischer General oder Staatsmann, kein Cornwallis oder Pitt. Und er war auch kein Dubliner Schreiberling, der eifrig mit Englands Arbeit befaßt ist. Er war, wie ich seitdem erfahren habe, ein schlichter Mr. Oliver Adams, ein einfacher Mann, so blind und taub aller Politik gegenüber wie einst mein Vater. Bei meinem Prozeß werde ich, wenn mir das gestattet wird, eine schlichte und ehrliche Darstellung der Prinzipien vorbringen, die mich veranlaßt haben, der Society of United Irishmen beizutreten, und der Motive, aus denen ich zur Waffe gegriffen habe. Zweifellos wird diese Erklärung entweder als edel oder als unverschämt aufgefaßt werden, das hängt von den Sympathien der einzelnen Beisitzer ab. Aber eine solche Aussage wird wenig mit meinen komplexen Gefühlen an jenem Morgen, auf Mr. Adams' Land, zu tun haben. Kann politische Leidenschaft nicht ein Netz sein, das das Herz von allem entfernt hält, mit dem es großgeworden ist?

Ich gebe jedoch bereitwillig zu, daß meine animalischen Bedürfnisse an jenem Morgen wunderbar durch eins der Hühner des armen Mr. Adams befriedigt wurden, und wenn es auch verkohlt und nicht richtig gar war, so war es doch köstlicher als jedes Festmahl. Ich konnte sogar der Überlegung, daß ich in unglaublich großen Schritten vom Patrioten zum Hühnerdieb herabgesunken war, eine düstere Befriedigung abgewinnen. Nicht einmal der romantische Enthusiasmus meiner lieben Judith könnte einem solchen Fortschritt noch Größe zuschreiben. Ich war etwas entfernt von den anderen Offizieren, die von zwei französischen gemeinen Soldaten bedient wurden, eine Folge der Revolution, die Judiths Rousseau nicht vorhergesehen hatte, und recht weit von den französischen und irischen Soldaten, die sich von Anfang bis Ende dieses Feldzuges voneinander fernhielten, aus Gründen, die weit über ihre Sprachprobleme hinausgingen. Nicht, daß ich irgendeiner Seite Vorwürfe mache. Bis vor wenigen Jahren waren die Franzosen zweifellos Bauern oder Handwerker gewesen, die Kriegsmaschinerie hatte sie jedoch zu Soldaten gemacht, und sie trugen ihre Uniformen, als ob ihr Rücken noch nie eine andere Bekleidung gesehen hätte. Die Iren erschienen ihnen als ungeschickte und unwissende Barbaren, was sie ja schließlich auch waren.

Während wir es uns auf Kosten von Mr. Adams wohl sein ließen, kam ein kleiner Farmer mit der Nachricht in unser Lager geritten, daß eine beträchtliche Anzahl britischer Soldaten sich von Norden her näherte. Sein Name, wie er uns großartig verkündete, war Micheál Mór Gildea, aber der Beiname *mór* muß ihm aus Jux verpaßt worden sein, denn er war ein winzig kleiner Mann, kahlköpfig und schon in mittleren Jahren. Sein Pferd war ein jämmerliches Geschöpf, ausgestattet nach Bauernsitte mit einem Strohsattel, obwohl Gildea selber ein oder zwei Stufen über den normalen Bauern zu stehen schien und sogar einigermaßen Englisch sprechen konnte. Er keuchte vor Aufregung und sprach zuerst Randall MacDonnell an, vielleicht angezogen durch MacDonnells theatralische Feder, wurde dann aber bald zu Humbert und Teeling geführt, während wir anderen sie sofort umringten.

Von den Hängen seiner Farm hatte er Truppen gesehen, die sich von Sligo her durch Carriganat bewegten, das eine halbe Meile von Collooney entfernt liegt. Sie hatten inzwischen diese Stadt, die genau auf unserem Weg lag, eingenommen. Er konnte ihre Anzahl nur schwer schätzen; zuerst behauptete er, es handele sich »um Tausende und Abertausende«, dann um »Hunderte und Aberhunderte«, wenngleich er präziser aussagte, daß sie eine »große, todbringende Kanone« mit sich führten. »Sind das die Soldaten, die Sligo für den englischen König gehalten haben?« fragte Teeling. Er mußte diese Frage wiederholen, denn Gildea starrte mit offenem Erstaunen und großer Neugier unser Lager an. Und dazu hatte er auch allen Grund, denn unsere Männer waren aufgestanden und starrten ihrerseits ihn an. Sie wußten nur, daß er uns irgendwelche Nachrichten gebracht hatte, und seinem Benehmen hatten sie wohl entnommen, daß es keine guten waren. »Ja, sie sind aus Sligo«, antwortete Gildea. »Das habe ich Euch doch gesagt.« Teeling nickte und sagte dann zu Humbert: »Aus Sligo, über Ballysodare.« – »Ja«, sagte Sarrizen, mit dünnen Lippen, an Humbert gerichtet. »Aus Sligo. Und wir sind jetzt zwischen beiden eingeschlossen, wie eine Walnuß im Nußknacker.« – »Ich habe den Eindruck, Colonel Sarrizen«, erwiderte Humbert, »daß wir auf der Straße nach Sligo einen französischen Posten aufgestellt haben.« Humbert streckte den Arm aus, blickte dann Gildea an, ohne ihn zu sehen. »Es ist eine wütende und wilde Ketzerarmee«, sagte Gildea. »In blutroten Uniformen.« – »Größer als diese Armee?« fragte Teeling. Gildea blickte sich um, verwirrt von dieser Frage. »Er hat also Sligo verlassen, um uns anzugreifen«, stellte Humbert fest. »Er ist optimistisch.« Für Humbert war der Feind immer »er«, niemals »sie«. Wir stellten uns eine dunkle Masse von Männern vor, Lärm, Gewalt, aber er sah einen Kommandanten, einen Mann wie er selber, doch mit etwas Glück weniger klug, weniger findig. »Kein Zweifel, er hat Grund zum Optimismus«, sagte Sarrizen.

»Vielleicht«, erwiderte Humbert. »Vielleicht hat er das. Ich denke, wir werden mit diesem Burschen kämpfen.« Er holte ein Taschentuch hervor und wischte sich seine großen, blassen Hände ab.

Aber in diesem Moment zerriß ein Kanonenschuß die Luft, und die Kugel durchschlug den laubigen Schutz des Obstgartens.

Collooney, 5. September

Nach dem Regen kam ein so schöner und warmer Tag, wie man es sich im September nur wünschen konnte. Ohne Jacke saß er wie ein Schuljunge auf der Mauer des Obstgartens, seine Füße berührten die Spitzen der hohen Grashalme, dunkel- und hellgrün. Der Apfel, den er auf der Handfläche balancierte, war der Globus, gereift von der Sonne und der dunklen Erde. *Poma*. Vergil. Horaz. Ovid selber, der größte von ihnen. Niemals zu beschäftigt, um sich nicht die Zeit für ein paar Zeilen über einen Apfel zu lassen. Aber wenn sie durch die Stadt Rom stolzierten, brauchten sie schließlich auch keine Äpfel zu stehlen. Schickt die Rechnung bitte an meine Gönner. Sie hatten alle Gönner. Und warum auch nicht? O'Rahilly hatte auch welche, Landadel, der an den zurückweichenden Wassern von Boyne und Shannon gestrandet war. Ich habe meine: Silbermünzen und ein Glas Schnaps.

Warme Septembersonne erfüllte den Obstgarten. Unter den Bäumen hätten die Männer in ihren groben Hemden auch Landarbeiter sein können, die von der Arbeit ausruhten. Mauern, Blätter, runde Früchte glänzten. Kein Wind, die Mauer schützte sie. Als Junge in Kerry war er mit seinem Vater zu Gesindemärkten gegangen. Männer wurden wie Färsen und Bullen versteigert, starke Beine, starker Rücken, Rauschen des Windes. Landlose Männer, ohne Hoffnung auf Land, arbeiteten sie für Essen und Schillinge. Landlos wanderten sie über die Erntestraßen – Tralee, Killorglin, Kenmare. Sie standen schweigend bereit, sich zu verdingen, wenn Farmer und Viehzüchter an ihnen vorbeischritten, prahlerisch in ihrem Wohlstand, ihr Atem schwer von Speck und Whiskey, ihr Kopf klar und berechnend. Aber bei der Arbeit waren die gedungenen Männer wie diese hier im Obstgarten, faul und mit trägen Bewegungen, voller Klatsch und Neckereien. Große Bierkrüge wurden zu Mittag herumgereicht, Porter und Sonnenhitze arbeiteten im Laufe des Nachmittags und bis weit in den Abend hinein wie Hefe. Bis zur Dunkelheit, im Hochsommer bis neun oder zehn. Die Rufe der brütenden Vögel in ihren Nestern begleiteten sie, Wiesenläufer und Wasserhuhn. Frei wie ein Vogel.

Bilder, gefangen von Leimruten, von Netzen, wie Vögel gefangen werden, die von Gott weiß woher angeflogen kommen. Ungebeten, aber sie konnten auch nicht herbeigerufen werden. Aus alten Büchern, aus den Manuskripten von O'Rahilly und O'Sullivan, an den Rändern fleckig, so sorgfältig man auch damit umging. Nicht immer. Das kräftige Bein eines Mädchens, gerundeter Busen. Erntebilder, wenn das Korn eingebracht wird, oder Vögel. Oder der Wind. Im kalten Winter die Atlantikwinde, die gegen die Mauer schlagen, ein Raum, der nach schlafenden Tieren riecht, die Felder des Sommers, blühende Blumen. Festgehalten im Auge der Erinnerung, ein blühender Zweig.

Geraghty stützte zwei Hände auf die Mauer und zog sich hoch, um sich neben ihn zu setzen. MacCarthy schüttelte blühende Zweige und Atlantikwind aus seinen Gedanken.

»Schön, daß du auf einer Mauer sitzen und Äpfel essen kannst, während die Dragoner des Königs in vollem Galopp hinter dir her sind.«

MacCarthy biß in den Apfel. Die Säfte des Sommers überfluteten seinen Mund.

»Dein Freund Ferdy O'Donnell hat es besser getroffen«, sagte Geraghty. »Anführer all der Burschen in Killala. Das war ich in Ballina, bis ich gerufen wurde. Ich hatte das Hinterzimmer von Brennan's für mich. Solange es gutging, habe ich jeden Tag Speck gegessen.«

»Alles Gute nimmt ein Ende«, erwiderte MacCarthy.

»Hier marschieren wir wie die Gänse in die schwarzen, leeren Hügel von Donegal, und die englischen Soldaten sind hinter uns her. Ich habe wirklich Lust, mich heute Nacht von allem davonzumachen und zu versuchen, mich allein nach Ballina durchzuschlagen.«

»Und warum tust du es dann nicht?«

»Ach, ich habe doch die Männer aus Ballina hergebracht. Sie

haben großes Vertrauen zu mir. Malcolm Elliott bildet sich ein, er hätte die Männer aus Ballina gebracht, aber in Wirklichkeit war ich das. Ich war der erste im Ort, der den United-Eid abgelegt hat, und die anderen haben es mir nachgetan. Aber es hat keinen Zweck, nach Ballina zurückzugehen. Da sitzen jetzt die Loyalisten.«

»Dann kannst es dir doch genausogut auf einer sonnigen Mauer gemütlich machen, so wie ich.«

»Ich habe bei Pater Murphy gebeichtet, und er sagt, daß wir Gottes Willen erfüllen, wenn wir gegen die Ketzer kämpfen. Dasselbe würde er dir auch sagen.«

»Ich glaube nicht, daß er genug Zeit für all die Sünden hat, die ich ihm herunterleiern würde. Ich wüßte gar nicht, wo ich anfangen sollte.« Judy Conlon stand in ihrer Hüttentür, durch das Hemd zeichneten sich ihre nackten Beine in der Abendsonne ab. Kate Cooper beugte sich über ihn, die dunklen Haare fielen ihr über die Brust. Der rothaarige Kanonier in der Hauptstraße von Castlebar, dessen tote Augen in seine starrten.

»Nein, nein, Owen. Du weißt doch selber, daß es ein großer Trost ist, ohne Sündenflecken auf der Seele zu sein.« Ein tiefer Friede, die Hostie löste sich auf der Zunge auf, der Saft der Unschuld. Brennende Wachskerzen in der Kapelle von Tralee, Flammen aufrecht in der atemlosen Luft. Ovids Sprache. *Ad Deum, qui laetificat juventutem meam.*

»Wenn du bei Mr. Hussey aus Killala gebeichtet hättest oder bei deinem eigenen Priester in Ballina«, sagte MacCarthy, »dann hättest du überhaupt keine Absolution bekommen, sondern nur den Zorn Gottes. Sie hätten dir erzählt, daß wir die Arbeit des Teufels tun.«

»Ich bin aber zu Pater Murphy gegangen, und er ist genausogut Priester wie die beiden. Und ist eine Absolution nicht so gut wie die andere?«

MacCarthy warf das Kerngehäuse seines Apfels weg. Äpfel und Evas in Mengen, keine Schlangen: eine vom Glück begünstigte Insel. »Stimmt«, sagte er. »Deine Theologie ist unangreifbar.«

»Es kommt doch auf die Absicht an«, sagte Geraghty. »Wenn du entschlossen bist, Judy zu heiraten …«

»Absichten«, unterbrach ihn MacCarthy. »Wenn Absichten ausreichten, dann wäre ich ein zweiter heiliger Kieran.«

»Du bist ein seltsamer Mann, Owen«, sagte Geraghty und

rutschte von der Mauer. »Aber den Dichtern wird vieles vergeben, heißt es.«

»Ich hoffe, das stimmt«, erwiderte MacCarthy.

Geraghty hatte in Ballina ein warmes Bett und eine annehmbare Farm an der Moy verlassen. Keine Absolution würde sie ihm wiedergeben, keine geifernden Tiraden Murphys. Er ging mit festen Schritten, dem Gang eines wohlhabenden Farmers, seine Beine waren Säulen. Den wohlhabenden Farmern wird viel vergeben. Diesmal nicht.

Knien bei der Beichte, den Kopf senken. Unter freiem Himmel, wie die Menschen in den Zeiten der Penal Laws vor den Messefelsen gekniet waren. Kaum ein Dorf konnte keinen Messefelsen vorweisen, beschämt und mit schüchternem Stolz. Kein Wunder, daß das Land Priester wie Murphy hervorgebracht hatte, Liebe zu Christus und Haß auf die protestantischen Grundbesitzer brannten gemeinsam, Flammen züngelten aufeinander zu. Er brüllt uns an, uns, die Spalpeens, die von seinen Worten leben. Die Wachskerzen in der Kapelle von Tralee waren ganz anders, weiß und jungfräulich. Eine Kirche für Knechte, verachtet von unseren Herren. Heimlich, ein heimliches Jahrhundert lang, bewahrten wir ihre geheime Macht, dunkle Mysterien, heller als die Sonne. Wem Du die Sünden vergibst, dem sind sie vergeben. Sogar Murphy. Geheimnis des Glaubens.

Unten auf der Straße, auf der anderen Seite der Mauer, kam auf einem schweren Arbeitspferd ein kahlköpfiger Mann geritten. MacCarthy beobachtete, wie er erst mit MacDonnell redete, dem gefiederten, eitlen Fuchsjäger, dann abstieg und mit zu Humbert und den anderen Offizieren ging. Dann war er nicht mehr zu sehen, versteckt von ausladenden Ästen, runden Früchten, dichten Blättern. Alles sieht schon besser aus, wenn Bauern in mittlerem Alter auf ihren eigenen Pferden herreiten. Solide Sligoer Familie, bereit, für Gott und Irland zu kämpfen. Sonnenlicht flimmerte in den oberen Zweigen. Kein Wind. Als Junge in Kerry hatte er die Äpfel des Lords gestohlen, war auf Mauern mit Eisenspitzen geklettert, um an sie heranzukommen. Der heilige Augustin hatte das auch getan. Und hatte niemals aufgehört, darüber zu reden. Ohne Gnade neigt der Mensch zu schändlichen Taten. Was sollte denn der arme kleine Augustinus über Sünden wissen, ein Afrikaner, unwissend, Haut und Gemüt von greller Sonne verdunkelt.

Irgendwo auf der linken Seite explodierte eine Kanone. Die

Kugel schlug durch die sonnigen Blätter. Kerry verschwand. Die Blätter von Augustinus' Buch waren nicht mehr zu sehen. Der Junge, der in Tralee Äpfel gestohlen hatte, schrumpfte zusammen, zog sich zurück in einen schwerknochigen Mann auf einer Mauer. Der Obstgarten war zu einer neuen Falle geworden.

Aus dem *Tagebuch der Ereignisse,* verfaßt von Malcolm Elliott im Oktober 1798

Da Collooney die letzte Schlacht war, an der ich teilnahm, abgesehen natürlich von der gestaltlosen Katastrophe von Ballinamuck, werde ich versuchen, sie ausführlich zu beschreiben.

Die Truppen, die uns entgegenmarschierten, standen unter dem Kommando eines streitsüchtigen und energischen Offiziers namens Vereker. Die Kavallerie, die uns in Tobercurry begegnet war, hatte ihm unseren Vormarsch mitgeteilt, und er wußte sehr wohl, daß er die einzige Garnison zwischen uns und Ulster befehligte. Er war entschlossen, uns den Zutritt nach Ulster zu verwehren und uns aufzuhalten, ehe wir die Stadt Sligo erreichten, in der es von vor uns geflohenen Loyalisten nur so wimmelte. Dieser Entschluß spricht für seine Tatkraft und seine Schnelligkeit. Ich spreche hier, wenn auch bitter, mit einem gewissen Nationalstolz, denn Vereker war Ire, ein Mann aus Limerick, und die meisten seiner Männer gehörten zu seinem eigenen Milizregiment.

Er stellte sich quer über die Straße auf, und der Owenmore River, an dem an dieser Stelle eine hohe Mauer entlanglief, schützte seine Linke. Seine rechte Flanke zog sich bis zum Fuße eines steilen und felsigen Hügels hin. Dadurch stand er in einer Senke, vor seiner Kavallerie, und vor seiner Infanterie stand die Kanone, die uns seine Anwesenheit mitgeteilt hatte. Für Cornwallis und Humbert war das Kriegführen eine Art Schach, das sie mit blutigen Fingern spielten, für Vereker dagegen war es ein simples Damespiel. Wir rückten vor, und er beschloß, uns dabei aufzuhalten. Und wenn er es nur mit schlichten Bürgern wie mir zu tun gehabt hätte, dann wäre ihm das wohl auch gelungen, denn diese in unseren Obstgarten geschleuderte Visitenkarte versetzte uns in Panik. Ich weiß noch, wie Randall MacDonnell, ein Mann von beträchtlichem physischen Mut, zwanzig oder mehr irische Soldaten zusammenbrüllte, mit tief ins wutrote Gesicht gezogenem Hut.

Wir lagen eine halbe Meile vom Obstgarten entfernt ausgestreckt neben der Straße, die durch Weiden zum Rand eines Dorfes führte. Bartholomew Teeling, auf seiner schönen braunen Stute, den Säbel aus der Scheide gezogen und gefolgt von einer Abteilung berittener französischer Soldaten, ritt zu den irischen Truppen, um sie zusammenzurufen und marschbereit zu machen. Warum ich sie immer als Soldaten bezeichne, weiß ich selber nicht. Pflüger, angeführt von Dorfkämpfern, und einige Fuchsjäger wäre eine passendere Beschreibung, aber wenn es ein Wort gibt, das das alles umfängt, dann habe ich es nicht in meinem Wortschatz. Ich erinnere mich genau an Owen MacCarthy, der auf der Mauer des Obstgartens saß und seine langen Beine baumeln ließ, der Inbegriff der Dorftrottel, die wie Wasserspeier an jeder Dorfbrücke kleben. Als Teeling zurückritt, war er allein, denn er hatte es den französischen Reitern überlassen, mit den Iren fertigzuwerden und sie im Notfall mit Gewalt weiterzutreiben.

Während dieser zehn Minuten war die Luft von Lärm erfüllt, von brüllenden Männern, vom Hämmern der französischen Trommeln und von mindestens drei Entladungen von Verekers Kanone. Humbert, Sarrizen und Fontaine neben sich, ritt in voller Sicht des Feindes die Straße entlang, und Teeling schloß sich ihnen an. Dann ritten sie langsam zurück, und Teeling rief MacDonnell, O'Dowd und mich selber zu sich. Er stieg ab und fuhr mit der Hand über den Hals seiner Stute, eine lange, ruhige Hand, wie der Mann selber. Teeling war für mich immer die beeindruckendste Gestalt, unter den Iren wie unter den Franzosen. Es hat eine Zeit gegeben, in der er mir wohl als die Verkörperung unserer Prinzipien erschienen wäre.

»General Humbert hat mir die Ehre erwiesen, mir die Leitung der Iren im bevorstehenden Kampf zu übertragen. Er will die Franzosen den Fluß hinauf marschieren lassen, während die Iren die rechte Flanke des Feindes angreifen.«

»Was zum Teufel heißt das, seine Flanke angreifen?« fragte O'Dowd. »Das heißt, daß wir in Stücke geschossen werden, während sich die Franzmänner an der Mauer entlangschleichen.«

»Diesmal nicht, Mr. O'Dowd. Diesmal nicht. Der Feind ist entweder ein mutiger oder ein unerfahrener Soldat. Er hat sich in einer Suppenschüssel aufgestellt. Seine Flanke dürfte den

Hügel nicht berühren, sondern müßte sich auf höherem Gelände befinden. Jetzt ist er bloßgestellt. Wir werden durch das Dorf zurückgehen, den Hügel umkreisen und seine Rechte angreifen.«

»Und diese große verdammte Kanone wird Löcher in uns hineinpusten.«

»In uns nicht. Die Kanone ist schrecklich, und die Kanoniere scheinen Übung zu haben, aber die Franzosen werden sie übernehmen müssen. Wenn wir in Sichtweite des Feindes kommen, brauchen wir uns keine Mühe zu geben, im Glied zu bleiben. Wer ein Gewehr hat, soll losfeuern, und dann stürzen alle mit dem vor, was sie gerade haben, Piken, Bajonette, Sensen. Beschäftigt den Feind, haltet die Stellung und wartet auf die Franzosen.« Er blickte von einem zu anderen und lächelte. »Das sieht doch einfach genug aus.«

»Na, das ist das Ende«, sagte MacDonnell reuig und spuckte sich zwischen die Füße. »Vor uns die einen Bastarde und hinter uns die anderen.«

»Durchaus nicht«, widersprach Teeling ungeduldig. »Wenn Ihr tut, was ich gesagt habe, dann ist die Schlacht gewonnen, und die Straße steht offen.«

Ich blickte mich um und sah die Iren an, die besorgt vor sich hin starrten. Die Kanone explodierte wieder, und einige von ihnen fielen zu Boden. Ich dachte zuerst, sie wären getroffen worden oder in Ohnmacht gefallen, aber es war Furcht, die ihre Knie weichgemacht hatte. Was spielte es für eine Rolle, dachte ich, ob die Straße offenstand?

Während der vollen halben Stunde, die es dauerte, bis wir den Hügel umstellt hatten, konnten wir die Schlacht, das Donnern der Gewehrschüsse, die laute Kanone hören, aber nicht sehen. Es war klar, daß viele, vielleicht die meisten von unseren Männern außer sich vor Entsetzen waren. Ihre Augen waren, wenn ich ihren Blick auffing, glasig und stumpf, und ich sah einige heftig zittern, wie an einem Winterabend. Was ließ sie weitermachen? Vielleicht hatte jeder von ihnen die heimliche Illusion, als einziger Angst zu haben. Kilcummin, Crossmolina, Ballycastle, die Männer jeden Dorfes drängten sich beim Vormarsch eng aneinander.

Eine halbe Stunde kann sehr lang sein und sehr viel Raum für eine fast unendliche Menge von Gedanken und Vorstellungen bieten. So beobachtete ich, daß die Vögel verstummt waren: Der Lärm der Schlacht erfüllte allein die Luft. Es gibt viele Dutzende von Hügeln wie Knockbeg, »der kleine Berg« ist seine englische Bedeutung, felsig, mit grobem, üppigem Gras. Weit links von uns, in sicherer Entfernung von der Schlacht, lag sein Zwilling, an dessen Fuß sich zwei niedrige Hütten schmiegten. Vieh weidete auf einem Feld in der Ferne. Eine Ulmenpflanzung entzog es weitgehend unseren Blicken. Der Schlachtenlärm hatte jeden Anblick verändert und der Luft alle vertraute Bedeutung genommen.

Aber als wir endlich den Feind erblickten, denn so muß ich diese Iren aus Limerick und Sligo nennen, erschienen sie uns so wild und fremd wie wir zweifellos ihnen erschienen. Ihre Flanken hielten tapfer die Stellung und nahmen die Franzosen, die im Schutz der Mauer den Fluß heraufgekommen waren und jetzt haltgemacht hatten, um unser Eintreffen abzuwarten, unter lebhaften Beschuß. Das Gewehrfeuer von beiden Seiten wirkte wie das Gekläff wütender Hunde, und doch konnte ich mich über die Zähigkeit, mit der sie standhielten, nur wundern, denn überall lagen Männer, um die sich niemand kümmerte, leblos auf dem Boden oder krümmten sich vor Qual. Ich halte mich nicht für einen Mann, dem es an Mut oder Tatkraft fehlt, und doch verwirrt mich die Tatsache zutiefst, daß Männer in einer Schlacht Gefahren standhalten, bei denen sie unter anderen Umständen um ihr Leben rennen würden. Und doch schreibe ich das hier in dem Wissen, daß ich in einem Monat selber tot sein werde, und wäre nicht meine liebe Judith, so wäre mir der Tod willkommen.

Unsere Truppen verteilten sich nun auf einer ungefähren Linie im Winkel zur loyalistischen Flanke. Sie verstummten vor einem Schauspiel, an dem wir bald alle teilnehmen würden, obwohl wir es für den Moment noch anstarren konnten wie ein lebendes Bild. Viele schauten die Kanone an, die auf die Franzosen gerichtet war. Mehrere Soldaten bedienten sie, wurden aber dabei von einem Kanonier angeleitet, der sich für seine Aufgabe bis zur Taille entblößt hatte. Ihre Explosionen waren entsetzlich und tödlich, und eine Abteilung französischer Schützen nahm sie, ohne irgendeine Wirkung zu erzielen, unter Beschuß. Die Franzosen hielten die Stellung, und wir konnten gemeinsam vorrücken, und doch möchte ich annehmen, obwohl ich wenig von diesen Dingen weiß, daß die Kanone sie auf jeden Fall dort festgehalten haben würde, denn sie wurde mit professioneller Tüchtigkeit und hohem Tempo abgeschossen und neu geladen.

Teeling, O'Dowd, MacDonnell und ich standen einige Zeit zusammen und sahen nur zu, ich weiß nicht, wie lange. Neben mir bewegte sich etwas, und als ich den Kopf wandte, sah ich, daß Teeling eine Pistole hervorgezogen hatte, nicht die beschwerliche, die an seinem Sattel angeschnallt war, sondern eine Waffe für einen Gentleman, von bewundernswerter Handwerkskunst, mit einem Schaft aus dunklem, poliertem Holz und sehr elegant graviertem Metall. Als er sich ans Laden machte, ließ er sich von uns bestätigen, daß wir genau begriffen hatten, wie wir unsere Männer in die Schlacht führen sollten.

Und dennoch, dachte ich, blieb es ihnen überlassen, ob sie sich dem Kampf stellten oder nicht. Ich drehte mich wieder in meinem Sattel um. Sie standen in losen Gruppen zusammen, die, die Gewehre besaßen, standen jeweils vorn. Das war die ganze Disziplin, die die französischen Sergeanten ihnen hatten aufzwingen können oder die ihre Gruppenführer aufrechterhielten. Die Männer einer Gruppe, zufälligerweise aus meinem eigenen Ballina, waren auf die Knie gefallen und lauschten den fanatischen Ermahnungen Murphis, unseres »Kaplans«, ihre Augen auf das Kreuz gerichtet, das er über seinen Kopf gehoben hatte. Aus dieser Entfernung waren nur die glücklicherweise unverständlichen Geräusche seiner Stimme zu hören, boshaft und besessen, die schweren gälischen Silben wurden mit Leidenschaft aus seiner Kehle gerissen. Mit solchen Männern hatten wir versucht, eine moderne Nation zu schaffen, mit diesen zerlumpten Fußsoldaten, die vor einem Eiferer in schäbigem Schwarz knieten.

Teeling hatte mich mit leichter Erheiterung beobachtet, als könnte er meine Gedanken lesen. »Wir können es nur versuchen, Mr. Elliott. Wenn alles andere schiefgeht, dann könnt Ihr Euch darauf verlassen, daß die französischen Dragoner hinter ihnen sie vorwärtstreiben werden.«

»Wie Vieh.«

»Genau. Wie Vieh.« Seine Pistole war jetzt geladen und schußfertig, und er hielt sie in der offenen Hand, als wollte er sie wiegen. »Wie können Männer sonst zu diesem traurigen Geschäft getrieben werden?«

»Und das Gegeifer dieses blutrünstigen Priesters?«

»Das hilft vielleicht. Trommeln, Banner, Gegeifer, die Klinge eines Sergeantensäbels. Wie sonst?« Dann hob er die Stimme, damit O'Dowd und MacDonnell ihn hören konnten. »Folgt mir, sobald Ihr könnt.«

Danach drehte er sein Pferd nach rechts und ritt auf die loyalistischen Reihen zu. Es war eine plötzliche und überraschende Handlung. In diesem Moment ließ die Kanone die Erde wieder erbeben, und Lärm und Bewegung schienen zusammenzugehören. Er brachte seine schwere braune Stute in leichten Galopp und war bald so weit von uns entfernt, daß jeder Mann ihn sehen konnte, ein großer dünner Mann in blauer Uniform, der mit der Sicherheit und scheinbaren Sorglosigkeit eines Fuchsjägers dahinritt. Tatsächlich drängte sich meiner Vorstellung kurzfristig ein Bild einer Jagd auf, die Luft war klar und frisch, der weite Himmel zeigte das milde Blau des Herbstes, und das Feld, auf das er zuhielt, war von dunklem, lebhaftem Grün. Eine niedrige Mauer vor ihm: Die Stute übersprang sie mit Leichtigkeit. Der Lärm der Schlacht hielt weiter an, das Krachen des Gewehrfeuers. Aber viele der loyalistischen Soldaten starrten ihn an, und ich bildete mir ein, obwohl ich das bei dieser Entfernung nicht sehen konnte, daß einige Franzosen ihre Gewehre sinken ließen, um ihn zu beobachten.

Allein ritt er über das Feld, hinter dem tonlosen Gekläff unsichtbarer Hunde her. Die ersten ein, zwei Minuten, die er in Reichweite geraten war, zielte keines der Gewehre in seine Richtung, dann aber schlugen die Kugeln in den Boden vor seinem Pferd. Er hielt sich in Richtung ihrer Linien, machte dann kehrt und ritt auf den Kanonier zu, der bewegungslos neben seiner Kanone stand. Dann, als er fast auf Reichweite herangekommen war, zielte er mit der Pistole auf das Gesicht des Kanoniers und feuerte. Der Kanonier fiel rückwärts, als wäre er hochgehoben und dann zu Boden geschleudert worden, als er jedoch aufschlug, hatte Teeling schon wieder gedreht und hielt jetzt auf die Franzosen zu. Ein Offizier ließ auf ihn schießen, und zwei Kavalleristen jagten hinter ihm her, machten jedoch kehrt, als sie in Reichweite der französischen Gewehre waren. Er ritt im Galopp, als er die Franzosen erreichte, und ritt durch sie hindurch.

Eine volle Minute lang herrschte Totenstille auf dem Feld. Die Szene schien in einem riesigen Glas mit klarem Wasser versunken zu sein. Dann hörte ich hinter mir Stimmen, schwach und vereinzelt zuerst, dann immer lauter, und ich drehte mich um und sah, daß unsere Männer vor Aufregung und Begeisterung brüllten. Ich hatte sie seit den ersten Stunden nach Castlebar nicht mehr so angeregt erlebt, und ich fand eine tiefe, seltsame Freude im Grund dieser Erregung, einer Tat individueller Tapferkeit und Entschlossenheit, weit entfernt von den Handlungen von Pöbel, Mob und Armee. Meine Freude war so intensiv, daß ich fast den Zweck von Teelings Ritt vergessen hätte, obwohl meine Phantasie mir das Gesicht des Kanoniers hätte zeigen können, dessen Blut aus dem scheußlichen Loch hervorbarst, das hineingeschlagen worden war.

MacDonnell hob seinen Hut mit der absurden, protzigen Feder. »Habt ihr ihn gesehen, Jungs? Natürlich habt ihr das. Reitet einfach an diesen Trotteln vorbei und erschießt diesen dicken Bastard von einem Kanonier. Bei Gott, ich laß mich doch nicht von einem Mann aus Ulster mit einem leichten Morgengalopp ausstechen. Also los, jetzt haben sie doch keinen Kanonier mehr, der uns mit seiner riesigen Kanone beschießen kann.« Es war billiges Gegeifer, dachte ich, aber dann ging mir auf, daß er es ernst meinte, denn er war eine eitle, leere, harmlose Kreatur. Und er traf damit ihre Stimmung, denn sie stürzten los, zuerst die Männer einer Stadt, dann die einer anderen. Als die Franzosen sahen, daß wir vorrückten, begannen sie ihren Angriff auf die andere loyalistische Flanke.

Auf diese Weise wurde die loyalistische Garnison geschlagen und uns die Straße nach Ulster geöffnet.

Nach der Schlacht, als ich die Möglichkeit hatte, mit Teeling zu reden, bemerkte ich im Scherz, daß die Aussicht der Rückkehr in seine eigene Provinz seine Tat zweifellos inspiriert hätte. Er sah mich mit gelassenen grauen Augen an und lächelte, gab aber ansonsten keine Antwort.

»Ihr seid ein ganz entsetzliches Risiko eingegangen«, sagte ich. »Euer Beispiel hat die Männer angespornt, aber wenn sie gesehen hätten, daß Ihr von einer Kugel zu Fall gebracht worden wärt, dann hätten sie sich sicher nicht bewegt.«

»Ich habe kein Beispiel gegeben«, sagte er kalt. »Die Kanone hätte den französischen Vormarsch aufhalten können und mußte ausgeschaltet werden.« Er nickte und ging zu Sarrizen und Fontaine hinüber. Dann hielt er jedoch inne und sagte über seine Schulter: »Die Beispiele überlasse ich MacDonnell und Euren anderen Krautjunkern.«

Alle mir bekannten Bedeutungen des Wortes *Sieg* sagen, daß wir einen errungen hatten. Vereker zog sich nach Sligo zurück, und als er erst einmal dort war, beschloß er, die Stadt ihrem eigenen Schicksal zu überlassen. Von Sligo aus zog er, wie wir jetzt wissen, mit großer Eile am Südufer der Bucht von Donegal entlang nach Ballyshannon, wo die untere Erne in die Bucht mündet und die Grenze zwischen Connaught und Ulster bildet. Auf dem Feld von Collooney ließ er sechzig Tote zurück sowie Gewehre, Kisten mit Munition, die Kanone, und, für die, die solche Trophäen zu schätzen wissen, die Flagge von Limerick.

Und wir saßen da mit unseren Verwundeten, unter denen einige im Sterben lagen. Sie wurden von Baudry und den beiden anderen Chirurgen behandelt, die mit auf diesen Feldzug gekommen waren, zuerst die verwundeten Franzosen, dann die Iren. Sie bewegten sich hastig, fast brüsk und brutal, ihre Schürzen waren blutdurchtränkt, sie waren weniger Ärzte als Metzger, die auf rohes Fleisch einhackten. Es war ein Anblick, der mir arg auf den Magen schlug, aber dennoch zwang ich mich, zuzusehen, wie Baudry das Bein eines Jungen absägte, an den ich mich erinnern konnte, einer von zwei jungen Burschen, die sich uns vor wenigen Meilen angeschlossen hatten, in Tobercurry, wo sie mit ihren Sensen über eine Gutsmauer geklettert waren. Sein Bruder, wofür ich ihn hielt, kniete neben ihm, umklammerte mit aller Kraft seinen Arm und weinte hemmungslos. Aber das half alles nichts, denn der Junge starb dann und dort, vielleicht am Schock von Stahl auf Knochen und Fleisch. Baudry nickte, wischte dann seine lange Messerklinge ab und suchte seinen nächsten Patienten auf.

Aber welchen Zweck hatten denn überhaupt diese Dienste? Als sie zu Baudrys Zufriedenheit ausgeführt waren, nickte er Humbert zu, der uns daraufhin befahl, uns wieder in Marschformation aufzustellen. Die Verwundeten, die gehen konnten, durften uns begleiten, die anderen wurden zurückgelassen, sie waren Craufords Gnade ausgeliefert oder mußten versuchen, aus eigener Kraft irgendwie in die Berge zu gelangen. Ich weiß nichts über ihr Schicksal, aber wenn ich ein religiöser Mann wäre, dann hätte ich meine tiefstempfundenen Gebete für sie gesprochen. Einige von ihnen weinten bemitleidenswert, flehten herzzerreißend Männer aus ihren eigenen Dörfern an, die vor ihnen standen, unentschlossen und verzweifelt, die dann jedoch weitergetrieben wurden. Der Junge, dessen Bruder unter Baudrys Messer gestorben war, klammerte sich an den leblosen Körper und wurde brutal weggezogen. Armer Teufel, er kam mit uns wie betäubt, mit tränenüberströmtem Gesicht, und obwohl einige versuchten, mit ihm zu sprechen, sagte er nichts, sondern ging eine Weile schweigend weiter und brach dann wieder in Tränen aus. Er kannte keinen von uns. Mit welchem Recht haben wir Kinder in den Tod gelockt, gefangen von einem Aufleuchten des Metalls, von einem gefälschten Banner? Wir alle waren – obwohl ich nicht für die Franzosen sprechen kann – wohl bestürzt über Humberts Entscheidung, die Verwundeten zurückzulassen, und viele drehten sich um, um die Straße entlang nach ihnen Ausschau zu halten, solange sie noch zu sehen waren, ich tat das jedoch nicht. Ein bitterer Geschmack füllte jetzt unseren Mund, und nicht der Sieg, den wir errungen hatten.

Ich hatte angenommen, daß wir nach Norden gehen würden, in Richtung Sligo, um unseren Erfolg zu wiederholen, aber statt dessen hielten wir uns ostwärts, am Loch Gill, bis zum kleinen, primitiven Dorf Dromahair, das von den Ruinen einer verlassenen Burg dominiert wird. Es war spät am Abend, als wir ankamen, deshalb machten wir hier eine Pause. Ein niedriger Hügel lag hinter der Burg, und dorthin ging Humbert, gefolgt von Teeling, Sarrizen und Fontaine. Sie blieben fast eine halbe Stunde dort und hielten eine Art Kriegsrat ab, der nicht von der freundschaftlichsten Sorte war, denn mehrere Male konnte ich ihre lauten Stimmen hören. Einmal blickte ich zu ihnen hinüber und glaubte, Teelings Blick auf mich gerichtet zu sehen, aber sie waren zu weit entfernt, als daß ich sie genau hätte beobachten können. Bald kamen sie wieder herunter, Sarrizen und Fontaine sahen höchst unzufrieden aus, und Teeling erzählte mir, daß Humbert eine Besprechung mit allen Offizieren abhalten wollte, sobald wir unser Lager für die Nacht aufgeschlagen hätten. Dann gingen wir weiter, um die eine Stunde Helligkeit auszunützen, die uns noch blieb. Obwohl ich mir das vielleicht einbildete, hatte ich das Gefühl, daß uns alle eine Unruhe überkommen hatte, vielleicht weil die zurückgelassenen Verwundeten uns bedrückten, ich selber war jedoch von dem Anblick der vier Männer auf dem Hügel beunruhigt worden, die sich vom Abendhimmel abhoben, mit der zerstörten Burg irgendeiner alten Niederlage im Vordergrund.

Ich brauchte auch nicht zu lange auf Bestätigung zu warten. Wir waren erst zwanzig Minuten unterwegs, als Teeling mich einholte, und eine Weile ritten wir schweigend weiter. Dann sagte er: »Bei der Besprechung wird Humbert uns sagen, daß er einen Entschluß gefaßt hat. Ich werde ihn bei diesem Entschluß unterstützen. Auch Eure Zustimmung würde er begrüßen. Und ich ebenfalls.«

Ich brauchte keine Antwort zu geben, und nach einer Pause fuhr er fort: »Es scheint, daß wir Ulster doch nicht sehen werden. Er schlägt vor, uns bei Manor Hamilton nach Süden zu halten und dann im Gewaltmarsch die Midlands zu erreichen.«

Er sprach ruhig und auf so leichte und achtlose Weise, daß ich die Bedeutung seiner Worte einen Moment lang nicht erfassen konnte. Dann sagte ich jedoch »nein«, ebenso aus Unglauben wie aus Ablehnung, und mit so lauter Stimme, daß in unserer Nähe einige zusammenfuhren. Er legte mahnend die Hand auf meinen Arm, und ich sagte, jetzt leiser:

»Das können wir nicht tun.«

»Doch«, widersprach er. »Wir können bei Manor Hamilton die Straße nach Süden nehmen.«

»Die Midlands sind mindestens hundert Meilen entfernt. Wir sind nach Norden und Osten gegangen. Fort von den Midlands. Wenn das die ganze Zeit sein Plan gewesen wäre ...«

»Ich weiß nicht, ob es sein Plan war oder nicht. Und offenbar wissen Sarrizen und Fontaine das auch nicht. Aber jetzt ist es sein Plan, und ich bin absolut bereit, ihn zu unterstützen. Und das solltet Ihr auch.«

»Warum, um Gottes willen?« fragte ich und gab mir alle Mühe, meine Stimme zu dämpfen.

»Die französischen Offiziere haben alles Vertrauen in dieses Unternehmen verloren, das sie jemals gehabt haben. Hardys Schiffe sind nicht eingetroffen, und es ist sehr unwahrscheinlich, daß das geschieht, ehe Cornwallis uns erreicht hat. Sarrizen ist dafür, daß wir uns ergeben, solange wir von den Engländern noch ehrenhafte Bedingungen bekommen können.«

»Das kann er wenige Stunden, nachdem wir einen Sieg errungen haben, vorschlagen?«

»Einen Sieg«, wiederholte Teeling, und sein Tonfall ließ dieses Wort verächtlich klingen. »Einen Sieg über einen obskuren lokalen Colonel, der eine Miliz kommandiert hat. Das bedeutet sehr wenig. Aber dieser Bursche hinter uns, der uns an den Fersen klebt, ist eine andere Sache. Und irgendwo wartet Cornwallis mit einer großen Menge von Soldaten auf uns. So sieht es aus. Vielleicht können wir Sligo umgehen, vielleicht, mit mehr Glück als wir verdienen, können wir Donegal erreichen. Und dann? Das erwarten sie doch von uns. Aber wenn wir uns plötzlich losreißen, wenn wir verschwinden und in die Midlands gehen, was dann? Wir können dort auf Verstärkung hoffen. Wenn wir sie bekommen, können wir direkt auf Dublin losmarschieren. Es wäre den Versuch wert.«

»Ich habe noch nie einen so verzweifelten Vorschlag gehört«, sagte ich. »Das ist der reine Wahnsinn. MacDonnell und O'Dowd haben die Männer nur dadurch bei Laune gehalten, daß sie ihnen erzählt haben, daß wir bald in den Bergen von Donegal in Sicherheit sein werden. Und nun wollt ihr, daß sie der Küste den Rücken zukehren und tiefer ins Herz der Insel vorstoßen. Sie werden nicht gehen. Und die Franzosen werden nicht gehen.«

»Höchstwahrscheinlich«, gab Teeling zu. »Die Franzosen sind sehr schlecht gelaunt. Daran besteht kein Zweifel. Dann hat Humbert keine Wahl. Dann muß er morgen früh kapitulieren.« Er zuckte die Schultern. »Er hat einen guten Kampf geliefert. Nicht einmal das Direktorat erwartet das Unmögliche. Er kann mit ungeschmälertem Ruf nach Paris zurückkehren.«

Es war jetzt so dunkel, daß ich seine Züge nur mit Mühe erkennen konnte und deshalb versuchte, seine Stimme zu beurteilen, eine tonlose, gedehnte Stimme, mit dem gerollten r der Nordiren.

»Es ist möglich«, sagte er. »Wenn die Midlands sich erhoben haben. Wenn sie die Straßen nach Süden halten.«

»Wenn«, erwiderte ich. »Wir haben nichts von einer Rebellion in den Midlands gehört. Und zwischen uns und den Midlands steht eine Armee.«

Dennistoun ist ein guter Mann«, sagte er. »Ein entschlossener Mann. Ihr kennt ihn. Dennistoun ist ein Spiel wert.«

»Ihr werdet es nicht schaffen, sie dazu zu bringen«, sagte ich und bezog mich auf den Lärm, der uns umgab. »Sie sind jetzt schon in Panik. Seit wir Mayo verlassen haben, sind sie in Panik.«

»Aber sie können auch nicht zurückgehen«, erinnerte Teeling. »Franzosen können sich ergeben. Nicht aber irische Bauern, die gegen ihren König die Waffen erhoben haben. Sie sollten sich glücklich schätzen, dorthin zu gehen, wo Humbert bereit ist, sie mitzunehmen. Sie sollten sich für jeden Tag, den sie noch leben, glücklich schätzen.«

In diesem Moment brachte ich mein Pferd zum Stehen und wandte mich an diese gleichmäßige, irritierende Stimme.

Männer gingen in der Dunkelheit an uns vorbei. Ich flüsterte jetzt. »Ihr sprecht von ihnen wie von Toten. Wie von Männern, die unter einem Todesurteil marschieren.«

»Vielleicht nicht«, sagte er. »Wenn wir sehr viel Glück haben.« Er sprach immer noch leise, flüsterte jedoch nicht.

»Und das ist Humberts Ziel?« fragte ich sarkastisch. »Sie am Leben zu halten? Ich wußte nicht, daß er einen so tiefen Born von Menschlichkeit besitzt.«

»Durchaus nicht«, antwortete er leichthin. »Humbert hat immer nur ein Ziel gehabt. Zu gewinnen. Er wird jede Karte ausspielen, die er in der Hand hat.

»Und das ist seine letzte.«

»Fast. Ich kann mir keine andere vorstellen. Er will ganz verzweifelt gewinnen, und ich kann seine Verzweiflung nicht verstehen. Vielleicht kann das uns auch egal sein.«

»Und was ist mit Eurer eigenen Verzweiflung?« fragte ich.

»Eine sehr gute Frage. Ich glaube, daß Humberts Plan der beste ist. Und ich glaube, daß wir diesen armen Burschen gegenüber verpflichtet sind, die wir mit unseren Versprechungen und unseren schönen Reden von zu Hause fortgelockt haben. Wir sind auch dem Eid, den wir abgelegt haben und zu dem wir sie überredet haben, verpflichtet.«

»Ihnen auf jeden Fall«, sagte ich. »Aber nicht dem Eid. Der Eid ist in einer anderen Welt abgelegt worden.»

»Ich habe um Eure Unterstützung gebeten«, sagte Teeling mit dem Tonfall eines Mannes, der eine Unterhaltung beenden will. »Ich habe Eure Antwort noch nicht gehört.«

»Ach, was das betrifft«, sagte ich. »Die habt Ihr. Was haben wir denn für eine andere Wahl, als ihm zu folgen? Aber er wird sein Spiel verlieren.«

»Bisher hat er Glück gehabt«, erwiderte Teeling fast gleichgültig. »Glück und Geschick.«

Sein Glück blieb ihm auch in dieser Nacht treu, als er sich mit seinen Captains traf. Sie saßen im Halbkreis in der Dunkelheit um ihn herum, und er stand ihnen gegenüber, neben sich Teeling als Übersetzer. Wir konnten ihn kaum erkennen, eine schwere, undeutliche Gestalt, und nur eine Handvoll von uns konnten seine Worte verstehen. Was ihm den Sieg eintrug, war sein Tonfall, so zuversichtlich und lässig wie an jenem Morgen, als er auf der Treppe des Gerichtes in Castlebar stand. Zuerst kam Unglauben auf, dann Furcht, die durch Geschäftigkeit getarnt wurde, aber er entwarf ein Bild, das Hoffnung in ihnen entfachte – die Midlands in Flammen und die Straße nach Dublin offen. Dann bediente er sich ihrer Ängste, eine Armee hinter uns, die andere wartete auf uns irgendwo vorne. Er protzte schamlos, erinnerte an unsere Leistungen, machte aus jedem Scharmützel einen gewaltigen Triumph. Es war schon die ganze Zeit seine Absicht gewesen, sagte er ihnen, durch diesen langen Marsch in den Nordosten die Engländer irrezuführen und nun mit dieser plötzlichen Abdrehung nach Süden tief ins Land vorzustoßen. Noch in hundert Jahren, sagte er ihnen, würde die Welt von dem Marsch reden, den die Männer aus Mayo und die Männer aus Frankreich durch Irland zurückgelegt hatten. Dann legte er eine Pause ein und faltete die Hände locker auf seinem schwellenden Bauch. »Ich werde euch führen«, sagte er. »Ich habe euch hierhergeführt, und ich werde euch nach Dublin führen. In den Midlands warten tapfere Männer auf uns.«

»Zwischen uns und den Midlands warten auch sehr viele Männer darauf, uns töten zu können«, sagte Randall MacDonnell.

»Wenn sie das schaffen«, erinnerte Humbert. »Das wissen wir alle. Warum sollte ich euch täuschen? Aber ich werde es nicht zulassen. Und wenn wir uns mit den Männern in den Midlands zusammentun, dann werden wir unschlagbar sein. Vertraut auf mich. Ich kenne das Metier. Ich beherrsche dieses Metier besser als irgendein englischer General. Das habt ihr heute gesehen. Die ganze Garnison aus Sligo hat uns angegriffen, und wir haben sie zurückgeschlagen.«

»Eine Garnison«, erwiderte MacDonnell. »Cornwallis hat eine Armee.«

»Wenn wir an dieser Armee vorbei in die Midlands gelangen können, dann liegt sie hinter uns, und die Straße nach Dublin steht offen.«

»Ihr könnt von einer Rebellion in den Midlands reden soviel Ihr wollt«, sagte MacDonnell. »Aber wir haben kein Wort davon gehört.«

»Malcolm Elliott wohl«, sagte Teeling, und ich nahm mein Stichwort auf.

»Ich bin vor nicht ganz zwei Monaten dort gewesen«, erzählte ich. »In Longford und Granard. Sie sind besser organisiert als wir in Mayo, und es sind auch mehr. Ich kenne Hans Dennistoun, und Colonel Teeling kennt ihn auch. Ihr könnt euch darauf verlassen, daß er die Midlands zum Aufstand gebracht hat.«

»Wir haben uns auf eine zweite Flotte verlassen«, sagte MacDonnell. »Und die haben wir auch noch nicht gesehen.«

»Ihr könnt Euch auf diesen Mann verlassen«, wiederholte Teeling und zeigte westwärts. »Er wird Tag und Nacht hinter uns her sein, wenn wir ihn nicht abschütteln können. Er ist der Treiber, und er soll uns vor die Kanonen treiben. Aber wir werden ihr Spiel nicht spielen.«

Humbert konnte Teelings Worte natürlich nicht verstehen, legte ihm aber dennoch die Hand auf die Schulter, um ihn zum Schweigen zu bringen.

»Ich habe schon einmal zu euch gesprochen, in der Nacht vor Castlebar. Wißt Ihr das noch? Ihr wolltet die schlechte Straße nicht nehmen, am See entlang und dann über die Berge. Aber damals hatte ich recht. Wir sind diesen Weg gegangen, und wir haben die englische Armee geschlagen und einen berühmten Sieg errungen, der niemals vergessen werden wird. Ich wußte damals, was ich tat, und ich weiß es auch jetzt. Ich kann Euch nicht zwingen, bei mir zu bleiben. Ihr könnt alle davonrennen und einen Tag oder eine Woche am Leben bleiben. Eine Woche Leben ist besser als gar nichts. Aber Ihr wärt Toren und Feiglinge, wie die Männer, die Ihr hergeführt habt. Wir sind eine Armee, eine kleine Armee, aber doch eine Armee, und wir haben unsere Siege errungen. Nicht einmal sind wir geschlagen worden. Nun laßt uns in Gottes Namen als Armee südwärts marschieren. Es ist Euer Land, und Ihr habt ein Recht darauf. Es ist ein Land, für das es sich zu kämpfen lohnt. Aber es ist nicht mein Land. Ich werde Euch dahin führen, wohin Ihr gehen solltet, und ich werde Euch das Kämpfen beibringen. Alles andere kommt auf Euch an.«

»Und was ist mit Euren Franzosen?« fragte O'Dowd. »Werden die kämpfen?«

Noch ehe Teeling diese Frage fertig übersetzt hatte, explodierte Humbert. »Meine Franzosen! Meine Franzosen sind Soldaten! Wie könnt Ihr es überhaupt wagen, eine solche Frage zu stellen? Seht sie Euch doch an! Seht meine tapferen Sarrizen und Fontaine an! Sie sind Soldaten der französischen Armee, der Armee, die die Königreiche Europas herausgefordert hat. Sie haben in Italien und am Rhein gekämpft. Und sie haben in Irland gekämpft. Französischen Soldaten brauche ich keine Predigten zu halten.«

Fontaine und Sarrizen hatten Humberts Entschluß widerstrebend akzeptiert und nun, um ihnen Gerechtigkeit zu erweisen, muß ich zugeben, daß sie in der Dunkelheit tapfere und entschiedene Geräusche ausstießen. Sie glaubten, sich in ein hoffnungsloses Unternehmen gestürzt zu haben, aber es gelang ihnen, sich das nicht anmerken zu lassen. Humberts Zuversicht entsprach seiner Zähigkeit.

Es kommt mir angebracht vor, daß diese schicksalhafte Besprechung in der Dunkelheit stattfand, die nicht einmal von einem einzigen Lagerfeuer gemildert wurde. Schließlich hatten wir uns in einer Dunkelheit von Geist und Verstand bewegt, seit wir Sligo verlassen hatten. Jetzt, in der wahren Dunkelheit, schienen unsere Unentschlossenheit und unsere Verzweiflung sich um uns auszudehnen und Humberts Willenskraft und Entschiedenheit gegen sie anzutreten. Wir hatten uns unter sein Kommando gestellt und hatten keine andere Wahl, als dort zu bleiben. Er konnte durchaus verrückt oder besessen oder trunken vor Eitelkeit sein, aber das spielte kaum eine Rolle. Jetzt, wo ich Zeit und die besten Gründe zum Nachdenken gehabt habe, stelle ich fest, daß mir sein wahres Wesen unbekannt geblieben ist. Im Moment genießt er, wie ich gehört habe, eine höchst behagliche Haft im Mail Coach Hotel in der Dawson Street, während er darauf wartet, nach Frankreich zurückkehren zu dürfen. Britische Offiziere, die ihn dort besuchen, haben einen umgänglichen Mann von eher groben Manieren vorgefunden, von höchst unvollkommener Bildung und mit einer Vorliebe für den Kasernenhumor. Er erzählt gern und anschaulich vom Feldzug und ist vor allem auf Castlebar und auf den Gewaltmarsch nach Longford stolz, durch den er sich zwischen zwei Armeen hindurchgeschlängelt hat. Wir, die wir seinem Kommando folgten, sahen nur wenig von dieser Umgänglichkeit. Er war der nackte Wille – wütend, schmeichlerisch, was immer seinen Zwecken diente. Ich hätte niemals ein General sein können, und das bedaure ich durchaus nicht.

»Nun gut«, sagte er. »Jetzt müssen die irischen Offiziere ihren Männern nur noch klarmachen, daß wir südwärts gehen, um uns mit unseren tapferen Gefährten zusammenzutun und die letzten Schlachten zu schlagen, so wie wir die früheren geschlagen und gewonnen haben. Aber ehe wir losmarschieren, müssen wir unseren mutigen und guten Priester, der unsere Gefahren geteilt hat, bitten, Gott anzurufen, Er möge unsere Sache segnen. Denn die Männer, die gegen uns angetreten sind, sind nicht nur Fremde auf dieser Insel und ihre Unterdrücker, sondern sie sind Ketzer, deren Augen nicht das Licht Gottes geschaut haben, das Licht, das unsere gesegnte Kirche spendet. Die Kirche marschiert mit uns. Gott marschiert mit uns.«

Nicht einmal das blieb uns erspart. Auf Humberts Bitte, den Religion noch weniger interessiert als Tom Paine, lieferte der elende Murphy uns eine seiner bigotten Tiraden, die ihm so leichtfielen, und drückte uns allen das blinde Siegel seiner Frömmelei auf. Seine Stimme, rauh und heiser, paßte sehr gut zu seiner Rede und auch – obwohl ich hier vielleicht nur meine eigenen Vorurteile zeige – zur Sprache, in der er seinen Vortrag hielt, dieser irischen Zunge, die mir von Mooren und dem erbärmlichen Leben der Hütten erzählt. Und doch war ich nicht vor allem als Protestant beleidigt. Ich hatte unsere Verschwörung einst als Union der Herzen gesehen, die für immer die gemeinen Streitigkeiten der Konfessionen davonfegen sollte, die unser Land entstellen. Das hatte sich als törichte Hoffnung erwiesen, gehegt in Dublin und Belfast von Städtern, Anwälten, Kaufleuten und Ärzten. Unter dem dunklen Himmel von Irland, zwischen Meer und Moor und Hügel, zerfiel sie zu Staub.

Ich konnte nicht jedes Wort seiner Tirade verstehen, denn er sprach zu schnell, die Wörter sprudelten aus ihm heraus und stolperten übereinander, aber das war auch nicht nötig. Die Luft war kalt geworden, obwohl kein Wind wehte, und seine Stimme zerschmetterte das Schweigen. Ich wandte mich ab, noch ehe er fertig war, und drängte mich an den Rand der Menge, wo ich mich neben MacCarthy wiederfand. Er beugte sich vor und rieb sich die Ellbogen.

»Ein leidenschaftlicher Redner«, sagte ich.

MacCarthy räusperte sich und spuckte aus.

»Wir haben offenbar einen langen Marsch vor uns«, sagte ich.

»Ich habe schon einmal einen längeren gemacht«, sagte er. »Den ganzen Weg von Kerry. Aber ich habe ihn in aller Gemütlichkeit zurückgelegt. Eine Nacht in dieser Stadt, sechs Monate in jener. Eine viel angenehmere Methode, das kann ich Euch sagen.«

»Die Männer sind bereitwilliger, als ich befürchtet hatte.«

»Was sollen sie denn machen, die armen Luder? Dieser Bursche wird sie anstacheln«, sagte er und machte eine verächtliche Geste in Richtung Murphy. »Es war die beste Zeit meines Lebens, die Zeit, als ich auf Wanderschaft war. Und damals wußte ich es nicht. Man weiß es nie.«

»Nein«, sagte ich. »Man weiß es nie.«

Das sollte, mit einer Ausnahme, mein letztes Gespräch mit MacCarthy sein. Ich ließ ihn stehen und lehnte mich allein mit dem Rücken an einen Dornbusch. Murphys Stimme ging endlich von Geschrei in Gebrumm über, dann verstummte sie. Um mich herum kam Bewegung in die Menge. Wir würden bis zur Dämmerung hier Rast machen, und die Männer lagerten sich im weichen Gras des Weidelandes. Ich hörte sie reden, ihre Stimmen verwoben sich miteinander, Irisch und Französich. Ich fühlte mich von ihnen allen isoliert. In meiner Mitte gab es eine Leere, ohne Gedanken, in die die Erinnerungen ungebeten hineintrieben, bleich und bruchstückhaft.

Von Collooney nach Manor Hamilton, 5. und 6. September

Nach Collooney waren sie am Tage ihres Sieges in die Finsternis hineinmarschiert. Stumme, verängstigte Dörfer lagen hinter ihnen, an Flußbiegungen, an Kreuzwegen. Stumme Hütten beobachteten sie, ihre Fenster waren wachsame Augen, dunkel und glänzend, verschmutzt, altersdunkle Strohdächer fielen wie Haare über ihre niedrigen Stirnen. Kühe beobachteten sie von den Feldern her, hoben schwere Köpfe vom sauren Weideland. Französische Trommler schlugen den Takt für sie, ein hohler Herzschlag, Füße bewegten sich zu seinem Puls. Seine Kehle war ausgedörrt und sehnte sich nach Whiskey, heißer Milch, Brunnenwasser.

Er dachte an Teeling, einen jungen, strahlenden Fürsten, ein Gedicht in Körper und Kleidung, ein Reiter, vermählt mit Sonnenschein und Pferd, blauer Rock vor hohem Berggras, den Arm ausgestreckt. Jetzt, fast an der Spitze der Kolonne, ging Teeling neben seinem Pferd her, ein geteiltes Bild, mächtige, schwerknochige Stute und neben ihr ein großer dünner Mann mit hängenden Schultern. Bleischwere Kugeln der Müdigkeit fesselten seine Knöchel, ein großer Farmer, der sich neben seinem Ackergaul dahinschleppt. Aber in jenem Moment, als er über die Mauer gesetzt, als sein Pferd die Kanone von Collooney angeblickt hatte, war er eine Sagengestalt gewesen, Clanhäuptling oder Fürst, so mächtig wie Vers oder Violine. Wir folgten ihm, gefangen in den Schlingen seiner Tapferkeit. Wie Kinder, die den langen Schritten ihres Vaters folgen, der zum Markt oder zur Totenwache geht.

Nach diesem Ritt hatte ein Kind sich auf der Straße gewunden und geschrien, als Messer und Säge Knochen und Fleisch durchtrennnten. Ein Junge, der in Tobercurry über eine Mauer klettert, sein Bein der Preis für Teelings Sieg. Mit Recht haben die Dichter den Tod als Händler bezeichnet. Für unseren kleinen Sieg wanderten wir jetzt die Straße der Toten und Verstümmelten. Französische Händler, weiße Schürze und aufgekrempelte Ärmel, blutbeschmierte Unterarme. Wir schämten uns und sahen zu Boden, und doch sahen wir alles.

In seiner Nähe der Bruder des Jungen, betäubt und stumm, Tränenspuren im Gesicht unter dem schwarzen Schopf. Er schüttelte rauhe Hände ab, die auf seinen Arm gelegt wurden, seine dünnen Schultern beugten sich vor, um sein Elend zu schützen. Er wanderte mit Fremden unter einem fremden Nachmittagshimmel. Was hatte sie zu uns gebracht, die beiden, als sie über die Mauer kletterten, wie Jungen, die einen Obstgarten ausrauben wollen? Die Aufregung bewaffneter Männer auf der Straße, Querpfeifen, ein wehendes Banner. Eine Sünde, so dunkel wie Kains, lastet auf uns, denn wir haben Kinder aus ihren vertrauten Wänden gestohlen. Die Querpfeifen von morgen werden andere Kinder rufen, Spalpeens, die in den Piken, die auf müden Schultern ruhen, Ruhm glänzen sehen, Jungen, die tyrannische Väter mit rauhen Stimmen satt haben, Spaten, Sensen, brüllendes Vieh, Misthaufen, verräucherte Hütten, Wassertropfen vom undichten Dach. Vielleicht einen jungen Diener, der die Insignien der Sklaverei trägt, weiße Strümpfe und Schnallenschuhe. Wenn er hinter dem hohen Stuhl steht, dessen poliertes Holz den Kopf seines Herren zur Hälfte versteckt, hört er einen Tumult auf der Straße und läßt Silbergeschirr und Besteck und Mühsal fallen.

Plötzliches Sonnenlicht fiel auf eine entfernte Hügelkette. Gras glänzte. Eine helle, leere Welt streckte sich bis zum Horizont. Helligkeit zog ihn zu Hügel und Feld. Weit entfernt verlief ein Bergpfad, von dünnem Bleistift gezeichnet, eine zarte braune Linie, die durch Bergweiden in grünem Dunst mäanderte. Ein Schweigen weit wie der Himmel. Er war so stumm wie die Szene vor ihm, seine Gedanken ebenso ungeformt. War er denn im geringsten klüger als ein Pflüger oder Knecht, gefangen von denselben glänzenden Verlockungen? Weit hinter ihm, in Castlebar, saß Sean MacKenna jetzt im Vorderzimmer über dem Laden, sein Buch ruhte zwischen seinen aufgestützten Ellbogen. Stimmen umgaben ihn: Brid, Timothy. Und weit hinter Castlebar, in Killala selber, seine eigenen Manuskripte, scharfe Federn, sauberes weißes Papier in ihrer Schachtel in Judy Conlons Hütte. Vielleicht. Vielleicht hatten die Soldaten des Königs Killala aber auch eingenommen, hatten die Hütten angezündet. Lange Wortstränge, Bilder wie massives Gold wurden in Sekundenschnelle zu schwarzer Asche. Er sah zu, wie sie verbrannten. Eine andere Welt.

Spätabends machten sie in Dromahair halt, bei der Burgruine, und er beobachtete, wie Humbert auf den niedrigen Hügel stieg, um das Terrain zu überblicken, neben sich seine beiden französischen Offiziere und Bartholomew Teeling. Unbekannte Burg, die ganze Gegend unbekannt, hinter dem hellen Abend wartete die Finsternis auf sie. Er zitterte. Humbert zeigte nach Westen und dann nach Süden, mit ausgestrecktem Arm, eine Statue. Nur Humbert, eine schlaue, schwere Katze, war frei. Wir folgen. Wohin?

»Wenn wir sie alle so zurückschlagen wie diese Burschen da hinten, dann sind wir in drei Tagen in den Bergen in Sicherheit«, sagte Michael Geraghty zu ihm.

»Kann sein«, antwortete MacCarthy. »Aber die, die wir in Collooney zurückgelassen haben, nicht.«

»Wir schon«, sagte Geraghty. »Dieser Bursche hat einfach eine glückliche Hand.«

»Glaub ich nicht«, widersprach MacCarthy. »Ich glaube, sein Glück geht bald zu Ende, und unseres auch.«

»Jesus Christus, Owen«, sagte Geraghty schockiert und ängstlich. Er blickte sich um, um festzustellen, ob ihnen jemand zuhörte. »Was sagst du da für schreckliche Sachen! Warum sagst du so etwas?«

Er schüttelte den Kopf. »Ich weiß es nicht. Ich stand gerade hier, genau hier, wo wir jetzt auch stehen, und sah sie dahinten auf dem Hügel, ohne einen Gedanken im Kopf. Er streckte seinen Arm aus, um irgend etwas zu zeigen, und ich dachte, unser Glück geht zu Ende. Jetzt zeigt er auf unseren Tod.«

Er sah ein Zittern über Geraghtys Schultern laufen, wie ein Hase durch tiefes Gras.

»Ach, was wissen wir denn von diesen Dingen?« fragte Geraghty mit einer Stimme, die um Zustimmung bat. »Dieser

Mann weiß Bescheid. Schließlich ist er doch ein General aus Frankreich.«

»Allerdings. Und er wird nach Frankreich zurückkehren und uns da sitzenlassen, wo Jesus die Juden sitzenließ.«

»Das muß wunderbar sein«, sagte Geraghty sarkastisch, »die Zukunft daraus ablesen zu können, wie ein Mann den Arm ausstreckt.«

MacCarthy grinste und legte eine Hand auf Geraghtys Schulter. »Wirklich wunderbar.«

Und tatsächlich war es wunderbar. Etwas, dem er vertrauen konnte, ohne es zu verstehen, so wie Bilder zu seinen Gedichten kamen. Vernunft war ein Pflüger, der auf einer Schiefertafel rechnete, manchmal richtig, manchmal falsch. Bilder trugen ihre eigene Wahrheit in sich, tief unter dem Äußerlichen begraben. Ein Arm, vor dem Abendhimmel ausgestreckt.

Das Bild blieb bei ihm, als sie ihren Marsch wieder aufgenommen hatten, als sie in die Dunkelheit hineingingen. Er drehte sich einmal um und konnte Hügel und Burg hinter sich vor dem Westhimmel sehen, im letzten Licht, die Burg schwarz und unheilverkündend, stumm, ein kauerndes Tier, das den Horizont auf der Schulter trug. Die Bilder logen nicht, aber man verstand sie bisweilen falsch. Nachts brachte er sie zu Papier, und sie strahlten in der Macht ihrer Wahrheit, aber am nächsten Morgen waren sie leblos, dünn, verbogen. Eins war sicher. Sie kamen nicht aus ihm heraus. Sie kamen von irgendwoher, ein Geschenk an die Dichter.

Mit der Dunkelheit kam die Kälte, ein Vorzeichen des Herbstes. Jetzt würden die Nächte länger werden, jeden Tag ein wenig früher kommen. Im Dezember würde das Licht schon um vier oder fünf Uhr nachmittags aus der Luft entschwunden sein. Eine dunkle Welt. Sicherheit in der Dunkelheit. In Hütten und Schenken unten im Süden, sicher hinter dem Shannon, trafen sie sich in der Winternacht, Grog auf dem Tisch, Musik, die Dispute der Poeten. Seine Welt. Sie streckte sich über seine Erinnerung hinaus in die sichere Vergangenheit. Nicht das hier. Fremde Dunkelheit verwirrter Männer, eine Straße der Sterbenden. Durch eine ganze Welt von ihm getrennt, die schützende winterliche Dunkelheit von Munster.

Er lungerte am Rande des kleinen Halbkreises herum, der Humbert und Teeling zuhörte. Humberts Stimme ein Grollen, tief aus dem Bauch, und Teelings trockener nördlicher Akzent, rauh und unmelodisch. Ohne Überraschung hörte er, daß sie südwärts gehen würden, in die Midlands. Das erklärte den ausgestreckten Arm. Sie würden südwärts in irgendein gottverlassenes Moor stolpern, roter Torf naß unter ihren Füßen, verloren in der Wüste der Midlands, umgeben von Dörfern mit unbekannten Namen. »Die Kirche marschiert mit uns«, sagte Teeling, als er Humberts Rede übersetzte. »Gott marschiert mit uns.« Jahrhunderte zuvor, in Kinsale an der Küste von Cork, D'Aquila, Kommandant der Spanier, Spitzbart, Brustharnisch aus brüniertem Stahl, von Christus inspiriert, Ketzerhammer: »Christus ist niemals für diese Leute gestorben!« D'Aquila auch nicht. Nach der Kapitulation gab es die Ehren des Krieges für die Spanier, Christi Soldaten, frisches Obst von Mountjoy. Nicht für die Iren. Auf der Flucht vor den Engländern hatte O'Sullivan Beare seinen Weg durch Munster und Connaught geschlagen, hatte am Shannon seine Pferde geschlachtet. »Gott marschiert mit uns.« Murphy warf sich auf diese Worte, verzierte sie. Christi Stellvertreter. In der Dunkelheit sah MacCarthy ihn vor seinem inneren Auge, klein, O-beinig, ein Rand aus dicken roten Haaren um einen glänzenden Schädel. Wörter taumelten aus einem Mund mit allzuvielen Zähnen.

Er spürte, wie sie zuhörten. Trunken von Worten, die im Blut kochten wie Musik oder Whiskey. Heckenpriester, die Kirche seine Leidenschaft, Christi Wunden, berührte er die Springfedern ihrer Leidenschaften mit geübten Fingern. MacCarthy fühlte sich von den Worten, die er hörte, von denen, die ihnen lauschten, entfernt. Nur seine Angst verlieh der Dunkelheit Form. Ein Moor lag vor ihnen, irgendwo im Süden. Humbert schwenkte seinen Arm, um die Richtung zu zeigen, der Arm krümmte sich, wurde dann gerade gehalten. »Es wird eine große Niederlage sein«, rief Murphy. »Die Soldaten in ihren blutigen Röcken werden vor uns fliehen. Die Gälische Armee hat sich erhoben. Gott hat unsere Gewehre, unsere Piken gesegnet. In Castlebar und auf der Straße nach Sligo sind sie vor uns geflohen.« Murphy konnte das Moor nicht sehen.

MacCarthy trat zurück, zurück von den lauschenden Männern. Malcolm Elliott trat neben ihn. »Ein leidenschaftlicher Redner«, sagte Elliott. MacCarthy räusperte sich und spuckte aus. Der arme Elliott. Nach Murphys hohem Standard Ketzer und Ausländer. Cromwellsches Blut in seinen Adern, der Vater Richter, die Sonntage seiner Kindheit in der Familienbank seiner Kirche, lange Samtkissen und massive Bibel mit Goldrand, an Herbstmorgen Fuchsjagden, unbeschwerter Körper eines Jägers. »Halali«, zu den anderen Junkern. Was hatte ihn hier zu uns geführt? Pamphlete, gelesen an langen Winterabenden, in seinem gemütlichen Farmhaus aus behauenem Stein, windige Erklärungen, die Menschenrechte, Irlands Recht auf Souveränität, die Rechte der Katholiken, Parlamentsreform. Jetzt weiß er Bescheid, Murphy und Humbert haben alles erklärt. »Die Kirche marschiert mit uns. Gott marschiert mit uns.« – »Wir haben offenbar einen langen Marsch vor uns«, sagte Elliott. »Ich habe schon einmal einen längeren gemacht«, erwiderte MacCarthy. »Den ganzen Weg von Kerry.«

Nicht so lang, vielleicht, wie Elliotts Reise vom großen Haus zur Rebellenarmee, aber lang genug. Von Kerry nach Macroom und in die wilden Hügel von West Cork, nach Norden durch Kanturk nach Limerick, durch Clare nach Connaught, durch Galway nach Mayo. Der Marsch einer Armee war eine Kleinigkeit verglichen mit den Wanderungen seiner Jugend, der Musik der Schenken, blühendem Rotdorn, hellen, belaubten Hecken, Jahrmärkten und Wallfahrten. Der Faden seiner Jugend hatte sich auf den Straßen versponnen, die sich durch Täler, über Hügel schlängelten.

Er wartete eine Stunde, ausgestreckt im hohen, kalten Gras, den Kopf auf den Ellbogen gestützt, bis die letzten Stimmen verstummt waren. Dann machte er sich auf den Weg, über die Weide, in die Wälder auf der anderen Seite. O Christus, betete er, laß mich dieses eine Mal nicht ungeschickt sein und auf ihre wilden Sergeanten treten. Bei den Bäumen hörte er Schritte, die französischen Wachtposten. Er ließ sich auf den Boden fallen, sein Fuß rutschte ab, als er auf einen Kuhpfad trat. Der Aufprall seines Körpers kam ihm laut wie ein Kanonenschuß vor. Er lag da, mit zusammengepreßten Lippen, sagte Gedichte, Gebete auf, hielt sich die Ohren zu, um die Schritte nicht hören zu müssen. Dann rappelte er sich auf und rannte auf die Bäume zu, die ganze Zeit erwartete er, einen Schuß zu hören. Er blieb nicht stehen, sondern stürzte weiter, stieß gegen Baumstämme, gegen tiefhängende Zweige, die an seinen Kleidern zerrten. Hinter dem Wald lag eine weitere Weide, eine Steinmauer, offene Felder. Ungehindert rannte er nun in voller Geschwindigkeit, sein Herz hämmerte, seine Brust war fest und hart. Als Junge in Kerry war er so gerannt, aber jetzt war sein Körper schwer, ein plumpes Tier. In der Entfernung, hinter den Feldern, lag ein Hügel. Er hielt erst inne, als er ihn erreicht hatte, dann warf er sich mit dem Gesicht nach unten flach auf den Abhang. In der kühlen Luft schwitzte er. Er lauschte, hörte aber nur das Hämmern des Blutes in seinen Ohren. O Christus, betete er, laß sie nichts von mir wissen. O Christus, betete er, laß sie nicht hinter mir herkommen. Er betete ein Vaterunser und ein Gegrüßet seist du Maria und machte das Kreuzzeichen. Sein Gesicht war trotz der Bartstoppeln glitschig vor Schweiß.

Dort lag er, bis sein Blut sich beruhigt hatte, bis seine Nerven seine Beine und Hände nicht mehr schüttelten. Bald nahm er den Hang wahr, das dicke, feuchte Gras, seinen eigenen Körper, der es herunterdrückte, ein ruhiges Gewicht. Er drehte sich um und lag auf dem Rücken, starrte gedankenlos die wie Puder am Himmel verstreuten Sterne an, den kleinen, bleichen Mond. Nach so langer Zeit unter einer Menschenmenge erschien ihm die Stille wie eine physische Anwesenheit auf dem Hügel, eine kühle, lärmlose Stimme, ein Umhang, stärker als Dunkelheit. Er fuhr mit seiner Hand durch das Gras hin und her, dann riß er ein Büschel aus und hielt es in der Hand, die Wurzeln waren naß und erdig. Die Furcht lockerte langsam ihren harten Griff um seine Eingeweide.

Schließlich, sicher jetzt, daß er unbeobachtet entkommen war, stand er auf und wanderte die andere Seite des Hügels hinunter. Er füllte seine Lunge mit Luft, dann seufzte er. In der Ferne würde es andere Hügel geben. Er hatte der Armee den Rücken gekehrt und blickte südwärts. Er ging los, rannte jetzt nicht mehr, sondern ging mit raschen Schritten. Eine Viertelstunde später blieb er stehen und drehte sich um, um in die Dunkelheit, die er verlassen hatte, hineinzublicken.

In wenigen Stunden würden die Trommler für sie wieder den Takt schlagen. Die Armee würde zur Kreuzung marschieren und dann die Straße nach Drumkeerin und zum Loch Allen einschlagen. Über Kuh- und Treidelpfade würde er vor ihnen hergehen. Und in Drumshanbo, gebe Gott, würde er den Shannon überqueren. Sollten sie doch geradeaus weiterziehen, in die Midlands und ihre roten, unbekannten Moore. Er würde die andere Straße nehmen, ins süße Roscommon, würde in Athlone abermals den Shannon überqueren, dann durch ganz Connaught wandern und sich so tief in seinem eigenen Munster verkriechen, wie er nur konnte.

Wenn sie ihn doch nur für immer verlassen würden. Füße, Hufe, Trommeln, die endlich in der Stille verschwanden. Jetzt, von ihnen entfernt, erinnerte er sich an Gesichter, Stimmen. Lange Reihen auf den engen, gewundenen Straßen, Pike und Gewehr zerschnitten den Horizont eines staubigen Sommers, der Geruch von Gewehrfeuer und schwitzenden Pferden. Die Tage, die er bei ihnen verbracht hatte, gingen ineinander über. Regen weichte die staubigen Straßen auf. Der Himmel wurde klar, violette Hügel hellten sich auf und wurden blau. Nachts rührten sich Eulen weit weg in den Wäldern, Dachse, Wiesel liefen durch die Gräben. Randall MacDonnell ritt unbeschwert, seine schwarze Feder wippte auf und ab. Geraghty und die Männer aus Ballina schleppten sich in einem Haufen dahin, zusammengehalten von erinnerten Jahren, von den Scherben eines von Kanonenkugeln zerschmetterten Musters. Humbert stand auf seinem Hügel, umfangen von der Arroganz seines Geheimnisses. Vor Castlebar glitten die Männer auf dem vor Blut glitschigen Gras aus. Ein rothaariger Mann lag auf seiner Kanone. Ein Sack von zerbrochenen Bildern, er nahm ihn als Gepäck mit.

Weit im Süden erwartete ihn ein anderes Land. Weiche grüne Felder, Landzungen, die auf einen Ozean blickten, der freundlicher war als der von Connaught, Städte wie aufgereihte Perlen der Gastfreundschaft – Killarney, Mallow, Kanturk. Clonmel, die lieblichste der Städte, zivilisiert und elegant. Flüsse, die Dichter mit Worten vermählt hatten, Maigue, Shannon, Blackwater. Auch ein englischer Dichter, ihr größter. Der weite Shannon, der sich verbreiterte wie ein See. Ein See in Tarbert, nicht hier. Hier, in Drumshanbo, war der Shannon schmaler als Maigue oder Blackwater. Kurze Brücken, gedrungen und bucklig, führten hinüber. Meine Welt ist begrenzt von Fluß und Brücke. Eine Schenke am Kreuzweg meine einzige Festung. Eine Amsel, kurz in einer Schlucht zu sehen.

Grenzen des Schweigens dehnten sich in der Dunkelheit aus. Hinter ihnen zogen sich Gewebe aus Straßen, Flußübergängen, Uferpfaden, Dorfstraßen, Städten, begrenzt von Hütte, Markthalle, Zollhaus dahin. In seiner Jugend war er über die Straßen von Munster gewandert. Schulmeister, zuletzt in Macroom, ohne festen Wohnsitz. Amseln riefen. Whiskey in einer Dichterschenke. Im gelben Schatten eines Heuhaufens schlang eine Frau weiße, zaghafte Beine um ihn. Kerzenlicht fiel über die weiße Seite, seine Feder beschrieb Zeichen, schwarze Kurven und Bögen. Das Land des Friedens. Munster.

Erinnerte Freude, quecksilbernes Hochwasser überschwemmte die dunkle Weide seiner Angst. Es quoll aus südlichen Quellen, weit entfernt von bewaffneten Männern, blauen oder scharlachroten Röcken, eisen- und bleirülpsenden Kanonen, zerrissenem Fleisch. Heller Riß zwischen Hekken von bewaffneten Männern, leere Gesichter wie Gesichter an Kreuzen, ausgewaschen vom Regen der Jahrhunderte. Er entdeckte sich selber, dort, wo er sich seit Wochen versteckt hatte, in der stummen Dunkelheit. Kein Geräusch außer den rauschenden Feldern, bewegt vom schwachen Wind. Er hob seine Pistole, Trophäe aus Castlebar, und schleuderte sie in einem hohen, unsichtbaren Bogen. Er öffnete seinen weiten Dragonergürtel und ließ ihn zu Boden fallen. Dann entfernte er sich von Hügel und Aufstand.

Über eine Straße, auf der nur die schmalsten Karren passieren konnten, zu eng für eine Armee mit Wagen, begann er seine Wanderung nach Süden. Kuhhirtenpfad. Feiglingspfad? Munter rieb er diese beiden englischen Wörter, Cowherd und Coward, aneinander, die einander so ähnlich klangen. Er zitterte vor Freude und Angst seiner Einsamkeit. In der Dunkelheit hatte er sich gefunden. Im ersten schwachen Licht kniete er neben einem Bach, um zu trinken und sich zu waschen. Leere Felder zogen sich durch eine hügelige Landschaft. Die Luft war blaß und hieß ihn willkommen. Die ersten Vögel regten sich und begannen zu singen, Vogel rief Vogel. Frei wie ein Vogel.

14

Aus: *Ein unparteiischer Bericht der Ereignisse zu Killala im Sommer 1798* von Arthur Vincent Broome

Im Laufe meiner unzusammenhängenden Lektüre, zu der mir mein geistlicher Stand und meine geographische Situation reichlich Gelegenheit geboten haben, bin ich auf einige Berichte von Menschen gestoßen, denen das erregende Ungemach zuteil wurde, in belagerten Städten oder als unfreiwillige Bürger aufständischer Provinzen zu leben. Wenn ich diese Berichte über tapfer ertragene Gefahren, über Turbulenzen, Hunger und drohende Massaker lese, dann bin ich überrascht über ihre Einförmigkeit und die andauernde Intensität der Gefühle. Das alles paßt schlecht zu meinen eigenen Erinnerungen. Denn uns war in der Tat bewußt, daß große Gefahren, entfernte und unmittelbare, uns bedrohten, und während der letzten Tage mußten wir um unser Leben fürchten, wie ich an passender Stelle noch berichten werde. Und doch geschah es in jenen Wochen oft, daß vor allem simple Langeweile, verdrießliche Tatenlosigkeit unser Leben ausmachten. Die Bedrohungen, denen wir ausgesetzt waren, sporadisch und unvorhersagbar, spielten sich innerhalb der Monotonität unserer Tage ab. Aber vielleicht trügt mich meine Erinnerung, diese verräterische Spionin in unserer Vergangenheit.

Unsere Umstände waren zutiefst ungewöhnlich. Castlebar war der britischen Armee zugefallen, zusammen mit den meisten Bereichen Mayos – Foxford, Westport, Swinford, sogar Ballina, das nur knappe sieben Meilen entfernt lag. Alle wußten, daß General Lake mit einer großen und Lord Cornwallis mit einer noch größeren Armee durch Connaught zogen. Und doch blieb unsere unglückliche Stadt Killala in ihrer weiten Bucht weiterhin in Händen der Rebellen, zusammen mit dem Gebiet zwischen Enniscrone und Easky auf der rechten Seite der Bucht und zwischen Rathlackan und der Ödnis von Belmullet auf der linken. Wir wußten, zumindest hofften wir, daß auf die Vernichtung von Humberts Truppen sehr bald unsere Befreiung folgen würde, und doch war es eine arge Belastung, daß diese gewaltige Streitmacht nicht wenige tausend Männer hatte entbehren können, um ihre belagerten Landsleute und Glaubensbrüder sofort zu befreien. Es sah fast so aus, als ob Lord Cornwallis, erzürnt, weil wir den Ausbruch der Rebellion gestattet hatten, uns jetzt in unserem eigenen Saft schmoren ließ. Das war eine höchst ungerechte Annahme, die jedoch unter manchen Loyalisten geglaubt wurde, deren Gefühle für ihr Mutterland bestenfalls widersprüchlich waren.

Beunruhigende Gerüchte erreichten uns, die wir aus dem wilden Geplapper der Rebellen herausfiltern mußten. So hieß es zum Beispiel, daß die Krontruppen, die den Zugang nach Ulster schützen sollten, irgendwo in der Nähe der Stadt Sligo geschlagen worden waren. Und ebenso hieß es, daß sich die Midlands erhoben hatten und daß eine große Menge bewaffneter Rebellen nach Norden marschierte, um Humbert zu Hilfe zu kommen. Vor allem aber versicherten uns unsere prahlerischen Kerkermeister, daß eine zweite und sehr viel größere Flotte in Frankreich Segel gesetzt hatte und bald in der Bucht vor Anker gehen würde. Jedes dieser Gerüchte wurde in der Stadt mit trunkenen und lärmenden Aufzügen gefeiert, überschüttete meine Fenster mit heiserem und grobem Jubelgeschrei, und es ist ein Segen, daß die loyalistischen Damen, die meine Gefangenschaft teilten, die irische Sprache nicht beherrschten, denn man darf annehmen, daß die verwendeten Ausdrücke den Jargon der Schiffer auf der Themse noch übertrafen. Wenn ich in meiner Bibliothek stand, die »Captain« Ferdy O'Donnell mir gnädig zur Verfügung gestellt hatte, dann konnte ich mit Leichtigkeit hinunter auf die Straße und ihre entflammten und clownshaften Gesichter blicken.

Zuerst hegte ich die Hoffnung, daß selbst in einer so trunksüchtigen Stadt die Alkoholvorräte irgendwann erschöpft sein müßten, aber der Alkoholverzehr ließ nie nach, denn den Rebellen standen die Keller aller Gentlemen der Umgebung zur Verfügung, zusammen mit gewaltigen Schnapsmengen, die illegal und verbrecherisch gebrannt worden waren. O'Donnell, der in dieser allgemeinen Betrunkenheit eine Bedrohung seiner schwachen Autorität sah, unternahm anfangs den Versuch, sie zu unterdrücken, was jedoch ein vollständiger Mißerfolg war. Spätabends begab er sich in den Wolf Dog und fuchtelte mit Schwert und Pistolen herum, den Insignien seiner Herrschaft. Gegen Morgen wurde er von drei seiner »Corporals« nach Hause geschafft, zwei hielten ihn an den Schultern und einer trug seine Füße, während O'Donnell irgendein melodieloses und unendliches Lied grölte. Wieder einmal wurde mir mit Macht die Unmöglichkeit klargemacht, daß dieses Volk sich ohne Hilfe von gefühllosen französischen Soldaten oder von den schlauen Dubliner Ränkeschmieden der Society of United Irishmen, allesamt Atheisten, selber regieren könnte.

Ich werde hoffentlich nicht der Engherzigkeit bezichtigt werden, wenn ich dieses scheinbar harte Urteil über ein Volk fälle, das, wenn es sich selber überlassen bleibt, zu Höflichkeit, Freundlichkeit und großzügigem Betragen durchaus fähig ist. Es wäre unvernünftig anzunehmen, daß der Schöpfer die Tugenden an alle Nationen der Erde gleichmäßig verteilt hat, und die Kunst des Regierens ist den eingeborenen Iren so fremd, wie die Künste der Musik und der Poesie ihnen naheliegen. Der Beweis ist der Anblick von »Captain« O'Donnell, dem Kommandanten von Killala, der von seinen betrunkenen Genossen betrunken und angeheitert nach Hause getragen wird. (Ich übergehe die Tatsache, daß das Haus, in das er getragen wurde, nicht seines, sondern mein eigenes war, in pikiertem Schweigen.) Und doch war dieser Ferdy O'Donnell in vieler Hinsicht ein überlegenes Exemplar seiner Klasse und Rasse, dem wir, wie ich noch berichten werde, wohl alle unser Leben und unsere Sicherheit zu verdanken hatten.

Er war ein ansprechender junger Mann, groß und schlank, mit offenem, männlichem Auftreten, von freimütigem Betragen und so munter, wie die Umstände es gestatteten. Ehe er die Felder seines Vaters übernommen hatte, hatte er einige Jahre in einem der französischen Seminare verbracht, wo in früheren Zeiten irische Papisten zu Priestern ausgebildet wurden, und deshalb verfügte er über eine rudimentäre Bildung, gute Lateinkenntnisse und ein wenig Theologie, wenngleich letztere sich arg nach Rom und dem finsteren Mittelalter anhörte. Es war keine Bildung, die sein Gemüt vor dem Aberglauben, den bodenlosen Hoffnungen und Ängsten, den kindlichen Phantasien der Bauern hätte schützen können, und doch verlieh sie seinem Auftreten eine rauhe, aber gewinnende Höflichkeit. Warum ein Mann von seinen Fähigkeiten sich mit mörderischen und unwissenden Banditen zusammengetan haben mochte, war ein Rätsel, das ich niemals lösen konnte, und ich habe Grund zu der Annahme, daß er selber sich das auch fragte.

Eines späten Abends diskutierten wir diese Frage, vorsichtig und mit vielen Umschweifen meinerseits, während Ferdy die höfliche Ehrerbietung beibehielt, die ein so attraktiver Teil seines Wesens war. Wir saßen in der Bibliothek, O'Donnell auf der Stuhlkante, mit den Händen umklammerte er seine knochigen Knie. Es stand fest, daß er den Ernst seiner Situation voll erfaßte, ein bewaffneter Rebell gegen seinen König, und noch dazu einer, der andere Rebellen befehligte und für den es keine Gnade und kein Pardon geben konnte. Das heißt, falls Ordnung und rechtmäßige Regierung wieder hergestellt werden sollten. Was aber, wenn diese abstoßende und unnatürliche Kombination von Bauern, Atheisten und fremden Grenadieren triumphierte? Inwiefern würde das das Leben angenehmer oder wohlhabender für die Ferdy O'Donnells dieser Insel machen? Was konnte das Blutbad rechtfertigen, das sie angerichtet hatten, die verwüsteten Häuser, die Toten auf beiden Seiten? Er konnte nur antworten, starrköpfig und wiederholt, daß sein jüngerer Bruder ungerechtfertigt festgenommen und ins Gefängnis geworfen worden war, wogegen ich, wie er sehr gut wußte, höchst energisch protestiert hatte.

»Sicher, Euer Protest ehrt Euer geistliches Gewand zutiefst, Euer Ehrwürden, aber was hat er dem armen Gerry genutzt? Wenn die Franzosen nicht nach Ballina marschiert wären, dann säße Gerry dort immer noch im Gefängnis, und dabei ist er doch ebenso unschuldig wie Ihr selber.«

»Nein«, antwortete ich. »Gerry ist nicht im Gefängnis. Er ist ein bewaffneter Rebell und treibt sich irgendwo mit den Invasoren herum. Und wenn er nicht getötet wird, dann hat er gute Aussichten, gehenkt zu werden. Und dann vermutlich ohne Prozeß.«

»Ohne Prozeß, ja? Nichts für ungut, Euer Ehrwürden, das ist ein guter Witz. Wenn sie Gerry unbedingt hängen wollen, dann spielt es kaum eine Rolle, ob die Feierlichkeiten mit einem Prozeß anfangen. Was ist ein Prozeß in diesem Land denn jemals anderes gewesen als eine Methode, einen Mord in rote Roben zu kleiden, was meiner Meinung nach eine äußerst passende Farbe ist.«

»Würdet Ihr eine perfektere Justiz erreichen, wenn Ihr Malachi Duggan, einen unwissenden und brutalen Mann, in diese Robe kleiden würdet?«

Er rutschte voller Unruhe auf seinem Stuhl hin und her. »Meinesgleichen wird wohl niemals bei der Ernennung von Richtern viel mitzureden haben. Aber ich glaube, daß Mr. Elliott aus Ballina ein guter Richter wäre, und er kennt sich ja sogar mit Gerichten aus. Oder Teeling, der Mann, der mit den Franzosen gekommen ist.«

»Zwei tragisch verirrte Idealisten, die die ihnen zukommende Stellung im Leben verlassen haben. Nationen, Mr. O'Donnell, müssen vom vollen Gewicht von Eigentum und Bildung geleitet werden, sonst versinken wir alle in der übelsten Anarchie. Das ist die Lehre Eurer und meiner Kirche. Es ist die Lehre der Zivilisation.«

»Das weiß ich doch selber, Mr. Broome. Schließlich war ich im Seminar in Douai, als das unschuldige Blut von Priestern und Mönchen auf dem Pflaster von Paris vergossen wurde. Und setzt Mr. Hussey mir nicht morgens, mittags und abends zu und erzählt mir, daß mir das Sakrament verweigert werden wird?«

»Vielleicht zieht Ihr die Lehren von Mr. Murphy vor.«

Nur wenige Gestalten in dieser Rebellion sind so unangenehm wie Husseys entsetzlicher Kaplan, und obwohl ich kein rachsüchtiger Mensch bin, kann ich doch keine Trauer darüber vortäuschen, daß er in Ballinamuck unter dem Säbel eines Kavalleristen gefallen ist, zweifellos in seiner bevorzugten Stellung, mit erhobenem Kreuz, um den Segen des Schöpfers auf diese allerunchristlichste Rebellion hinabzurufen. Männer wie O'Donnell hatten zumindest die Entschuldigung, daß sie glaubten, ihre Unterdrücker zu bekämpfen, aber Murphy war in einen Heiligen Krieg gezogen, auf einen Kreuzzug gegen die protestantische Religion, entflammt von stinkenden und schwefligen theologischen Leidenschaften, die Jahrhunderte lang im Moor gebrodelt haben könnten. *Irland* und *Religion* waren für ihn Synonyme, die er mit dem Geschick eines Zauberkünstlers vermengte, um seine viehischen Gefolgsleute zu entflammen.

»Ach, Ihr wißt nur wenig über Männer wie Murphy, Euer Ehrwürden, aber ich habe im Seminar genug von ihnen kennengelernt. Arme, besessene Geschöpfe, dermaßen geblendet vom Licht des Glaubens, daß sie nur noch das Licht sehen können und nicht die Welt, die der Glaube eröffnet.«

O'Donnell selber hatte, wie man feststellen kann, seine Jahre im Seminar nicht unnütz vergeudet, und er besaß eine willige Zunge für diese glatten und dummen Spitzfindigkeiten, die die papistischen Geistlichen nüchterner und gerechter Überlegung vorziehen. Ich glaube, daß er meine Abneigung gegen den gräßlichen Murphy teilte, aber er konnte sich nicht dazu bringen, das einem Ketzer gegenüber zuzugeben, wie er mich sicher nannte, wenn ich außer Hörweite war. Denn das Wort *Ketzer* war oft von ihnen zu hören, als handle es sich bei der Kirche von England lediglich um eine Ansammlung von Katharern oder Albigensern. Es ist sicher eines der stärksten Argumente für eine Aufhebung der schändlichen Gesetze gegen das Papstwesen, daß die unterdrückten Leidenschaften, die in der Dunkelheit hausen, durch das wohltätige Sonnenlicht des normalen Lebens durchdrungen und ausgebrannt werden könnten, das werde ich gegen jegliche engherzige Beteuerung des Gegenteils vertreten. Das Papstwesen hat diesem Volk, das von Natur aus spontan und fröhlich ist, den Kindern unserer Inseln, während wir ihre graubärtigen Senatoren sind, seine eisernen Handschellen aufgezwungen.

Aufgrund meines geistlichen Gewandes, oder auch nur durch O'Donnells Schutz, konnte ich mich in der Stadt frei bewegen, und, auf Ehrenwort, sogar Pfarrangehörige auf abgelegenen Farmen besuchen. Es war eine graue und bedrückende Stadt mit ärmlichen Läden, einige kaum größer als Hökerbuden, mit übelriechenden Schenken, nicht weniger als vier, die Straßen glitschig und stinkend, wie sie sich zu dem trüben Wasser der Bucht hinzogen. Bei Dunst oder Nebel schienen die dicht nebeneinanderstehenden Gebäude zu schwitzen und waren von einem kalten, feuchten Film bedeckt. Nur am Wasser, beim primitiven Pier, kann man ein Gefühl von Offenheit und Weite erlangen, aber auch das hat seine eigene Düsterkeit. Seevögel stoßen durch den Nebel, Möwen, die verblüffendsten aller Vögel, das Symbol von Eleganz und Freiheit, die dem Wind ihren Willen aufzwingen, die aus der Nähe gesehen jedoch zu gierigen und rauhen Bettlern werden. Möwen, Turmfalken, Tölpel, Geschöpfe, die Wind und Wasser vermählt sind, erinnern uns daran, daß wir uns auf einer armen, zerlumpten Insel befinden, am verachteten und vergessenen Rand Europas.

Eine Brutstätte von Aberglauben und düsteren Einbildungen. Auf der kleinen Anhöhe Steeple Hill, leicht zu sehen von meinem Fenster aus, steht einer der zylindrischen, grotesk hohen Türme dieser Insel, in unvorstellbarer Vorzeit erbaut, über deren Ursprünge es zahlreiche Theorien gibt, gelehrte und phantastische. Daß sie der Verbreitung des Christentums vorangegangen sind, steht fest und wurde durch die sorgfältigen und klugen Forschungen von General Vallencey und anderen Liebhabern belegt. Die Bauern haben natürlich ihre eigenen Vorstellungen, aber es würde die Bereitwilligkeit meiner Leser überfordern, diese hier wiederzugeben. Ich habe sie in kleinen Gruppen am Turm stehen und auf die Bucht blicken sehen, aufs offene Meer. Denn fast bis ans Ende hofften sie immer noch auf die zweite Flotte, die Humbert ihnen so zuversichtlich versprochen hatte. Auf diese Weise gefangen zwischen ihren alten und ihren derzeitigen Illusionen, boten sie ein bedeutungsschwangeres Bild. Kinder des Nebels, leben sie eher durch Phantasie als durch Ideen. Lieder, Prophezeiungen, ausgedehnte geifernde Gedichte bevölkern ihre Vorstellung.

»Was in den Büchern steht, läßt sich nicht leugnen«, sagte O'Donnell. »Hat das gälische Volk in den Tagen unserer Fürsten und Herzöge nicht große Siege errungen, und sind nicht mit jeder Flut Schiffe voller Schätze und Kanonen aus Spanien und Italien und vom Papst selber gekommen?«

»Das ist Jahrhunderte her, mein Freund. Alles hat an der Boyne ein Ende genommen.« Und ich konnte nicht umhin, mich vom Gedanken an die farbenfrohen Bilder, von denen sein Kopf erfüllt war, bewegt zu fühlen, denn diese Fürsten und Herzöge waren nur rotbärtige Barbaren, die dunkle Wälder durchstreiften, glorifizierte Viehdiebe, mühelos durch den unerbittlichen Gang der Geschichte beiseite gefegt, der auch der Gang von Zivilisation und wahrem Christentum ist.

»Wir haben Ballina und Castlebar erobert«, sagte er starrköpfig. »Und Foxford und Westport.«

»Erobert und wieder verloren. Mein armer Freund, bedenkt Eure Lage, ich flehe Euch an. Im Moment befinden sich auf dieser Insel mehr Soldaten der Krone, als an der Schlacht an der Boyne teilgenommen haben.«

»Ach, bei Gott, dazu gehört schon einiges, Euer Ehrwürden. Damals bei dieser Schlacht gab es zwei Kronen in Irland. Und die beiden Könige, William und Charles.« Er grinste mich boshaft an, wie es die Art seines Volkes mit seiner primitiven Vorliebe für unangebrachte Scherze ist.

»Vor einem Jahrhundert«, wiederholte ich. »Die schlichte Tatsache im Moment ist, daß ein listiger und skrupelloser Franzose die Leute dieser Baronie von ihren wahren Verpflichtungen fortgelockt hat. Und der Tag rückt rasch näher, an dem sie für ihre Torheit teuer und mit Blut bezahlen werden.«

»Ich an Eurer Stelle, Mr. Broome«, sagte er, schlagartig ernüchtert, »würde die Sache nicht so ruhig sehen. Verzweifelte Männer ergreifen verzweifelte Maßnahmen. Wenn die britische Armee auf Killala vorrückt, dann könnten in der Stadt schreckliche Dinge geschehen, ehe sie hier eintrifft. Üble Burschen kommen und gehen ganz nach ihrem Belieben und lassen sich von niemandem etwas sagen. Malachi Duggan und seine Leute, zum Beispiel. Dem ist das hier doch restlos egal.« O'Donnell zupfte mit dem Daumen an seiner Amtsschärpe.

»Barbaren!«

»Barbaren, meint Ihr? Und was sind die hummerrückigen Soldaten, mit ihren Galgen an jeder Straßenkreuzung zwischen Castlebar und Ballina? Ich wundere mich über Euch, wie Ihr jeden Mann mit einer Pike zum Barbaren und jeden Mann mit einem verdammten englischen Bajonett zu einem Engel der Gerechtigkeit ernennt. Owen MacCarthy hat einmal eine wütende Satire über die Soldaten geschrieben, lange ehe die Unruhen ausbrachen. Es ist ein zusammengestoppeltes Ding, aber es hat auch gute Zeilen. Ich habe ihn um eine Abschrift gebeten, aber er meinte, es sei nicht der Mühe wert, es aufzuschreiben. Ich muß überlegen, ob ich mich noch an diese Zeilen erinnern kann.«

»Gebt Euch keine Mühe«, sagte ich kalt.

Hier war dieser MacCarthy, ein Mann, für den außer seiner Fähigkeit, in der archaischen irischen Sprache Gedichte zu verfassen, nur wenig sprach, ein pflichtvergessener Schulmeister, ein Säufer und Libertiner, ein Prahlhans, der in den Schenken herumlungerte. Und doch wurde er als Weiser zitiert, so wie Indianer und pelzige Sibirier angeblich Idioten und Irre verehren. Das gesprochene Wort, verziert mit lächerlichen Falbeln von Rhetorik und Kunstwerk, hat unter primitiven Menschen große Macht. Ich habe die Möglichkeit erwogen, daß Gedicht und Lied die Kindheit einer Rasse zum Ausdruck bringen, Philosophie und Geschichtsschreibung jedoch ihre ruhige Reife.

»Er weiß mehr als die meisten, Euer Ehrwürden. Er ist ein hervorragender Gelehrter in Latein, Englisch und Irisch.«

»Ach ja? Und doch konnte er bei seinen Studien genügend Zeit abknapsen, um dieses arme Mädchen in den Acres zu ruinieren.«

»Bei Gott, sie war nicht die erste, armes Ding. Er ist bei Frauen der reine Teufel, aber würde man das glauben, wenn man ihn ansieht? Rote Haare und eine geschickte Zunge werden immer siegen.«

Und doch war O'Donnell ein Mann, der die Unantastbarkeit seines eigenen Hauses mit größter Heftigkeit verteidigte, und mehrmals zügelte er mit Eifer und Zorn das beleidigende Betragen seiner Männer. Ein primitives und doch kompliziertes Volk, reizen diese Leute meine Neugier, ohne sie zu befriedigen. Denn sie bewahren eine strikte Anständigkeit in sexuellen Dingen, obwohl ihre überfüllten Wohnverhältnisse der Sünde viele Gelegenheiten bieten, und doch wird einem Mann wie MacCarthy eine Art Narrenfreiheit zugebilligt, und seine Ausschweifungen sind Hauptgegenstand von Scherzen. Diese Toleranz hatte jedoch ihre Grenzen und bezog sich nicht auf die unglückliche Frau. Sie lebte in der melancholischen Gegend, die als »die Acres« bekannt ist, auf Land, das gerade für einige Kühe ausreichte, und ernährte sich selbst aus ihren geringen Mitteln, denn MacCarthy, zu dessen Lastern auch Faulheit gehörte, rührte niemals eine Hand, um ihr zu helfen. Und wenn seine Sünde mit Augenzwinkern betrachtet wurde, so wurde ihr eine höchst ungerechte und unchristliche Schuldzuweisung zuteil. Armes Kind – denn obwohl Witwe, war sie kaum mehr –, sie schlüpfte zu ihren Einkäufen ins Dorf und ging dann zurück, mit Kapuze und barfüßig wie die anderen Frauen, das kleine, dreieckige Gesicht beschattet von den Falten ihres Schals. Und ich konnte auch O'Donnells Behauptung, daß sie mit ihrem Los zufrieden sei und sich nur grämte, weil MacCarthy weit weg war und in Gefahr schwebte, nicht akzeptieren.

Letzteres wenigstens teilte sie mit anderen Frauen, denn natürlich waren viele Hunderte von Männern, aus dieser Baronie und aus anderen, mit den Franzosen fortgegangen und konnten genausogut auf dem Mond oder bei den Tataren weilen. Wenige irische Bauern kommen jemals aus ihrer Gegend heraus, die den meisten eine ausreichende, ja, weite Welt bedeutet. Nun waren sie von den blauen, dunstigen Bergen im Osten verschluckt, in Landschaften, die die Zuhausegebliebenen sich kaum vorstellen konnten, im endlosen Raum. Dublin, Belfast, Cork, über die Karte einer kleinen Insel verteilte Wörter, waren entferntere Orte als Rom oder Bethlehem. Sie müssen das Gefühl gehabt haben, die Männer seien weggehext worden und würden erst nach Jahren oder vielleicht niemals zurückkehren.

Für unsere andere halbe Welt, die Welt meiner protestantischen Pfarrkinder, zeigte das Leben einen unterschiedlichen, aber ebenso erschreckenden Aspekt. Obwohl unsere Kirchen in Wexford während des dortigen Aufstandes bestialisch und wütend verwüstet worden waren, wurde den Kirchen von Mayo Achtung oder zumindest Vernachlässigung zuteil, und meinen Gottesdiensten wurden keine Hindernisse in den Weg gestellt. Sonntags hielt ich für eine Gemeinde, die größer und eifriger als jemals zuvor oder später war, Morgen- und Abendgottesdienste ab. Für die meisten von uns waren, da bin ich mir sicher, die weißgetünchten und ernsten Wände willkommene Botschaften aus der Welt der Höflichkeit und des Fleißes, von der wir so plötzlich und so gewaltsam abgeschnitten worden waren. Ich erinnere mich vor allem daran, daß ich meine Augen immer wieder auf einer Messingplatte ruhen ließ, die zur Erinnerung an Mr. Falkiners Großvater angebracht worden war und die den ernsten Wunsch seiner Familie zum Ausdruck brachte, daß er jetzt »ins Bürgertum des Himmels« eingetreten sein möge – ein nobler Ausdruck, in seinem frommen Glauben, daß wir im Jenseits einen gesegneten Zustand genießen werden, der dem besten, den wir hier auf Erden gekannt haben, entspricht. Mr. Falkiner und seine Familie, Mr. Saunders und seine, nahmen zu diesen Gelegenheiten ihre üblichen Bänke ein, die Männer über das mittlere Alter hinaus, aber beide immer noch groß und ungebeugt, die Frauen angemessen gekleidet und ruhig, die Hände in ihrem Schoß um ihre Gebetbücher gefaltet. Ich werde, hoffe ich, nicht für einen fanatischen Patrioten gehalten werden, wenn ich erkläre, daß ich in solchen Stunden innerlich fest und entschlossen wurde in meinem Wissen, daß die Menschen unserer Rasse, Männer wie Frauen, durch Widrigkeiten gestärkt werden und das Zäheste und Ausdauerndste in unserem Charakter hervorholen. Aber ach, wir waren keine vollständige Gemeinde, denn Captain Coopers Miliz schmachtete noch immer in der Markthalle, und ihre Frauen erinnerten uns durch ihre Anwesenheit daran, daß die Pfarre gelitten hatte und immer noch litt. Und selbst in diesen heiligen Stunden fehlte es uns nicht an Erinnerungen an unsere derzeitige Gefahr, denn ich sah einmal von meinem Buch auf und zum Fenster hinüber und entdeckte boshafte Gesichter, die hereinblickten, grinsend und mit mißtrauischen Augen.

Es schien eine Zeit zu sein, in der vorsichtige Reden angebracht waren, und deshalb beschränkte ich mich bei meinen Predigten darauf, meinen Zuhörern zu versichern, daß Gottes Wille geschehen würde, was nicht nur wahr, sondern sogar unangreifbar ist, und doch fürchte ich, daß meine Worte Ohren, die mit der protestantischen Martyrologie vertraut waren, sehr zahm vorkommen mußten. Denn für diese Engländer-in-Irland, wenn ich sie so nennen darf, erinnerte die Notlage, in die wir geraten waren, an die Lektionen und Sagen, die sie seit ihrer Kindheit gelernt hatten. Seit einigen Jahrhunderten hatten sie und ihre Vorfahren immer wieder die Geschichten der entsetzlichen papistischen Revolution von Ulster im Jahre 1641 erzählt, als die unseligen Protestanten dieser Provinz abgeschlachtet oder nackt auf die winterlichen Straßen getrieben wurden, Frauen und Kinder, von den brutalen Straßenräubern, die nach Aughrim durch das Land streiften, Halsabschneider und Briganten und Whiteboys, die sich gegen die einsamen und schutzlosen protestantischen Farmen zusammengerottet hatten. Eine melancholische Litanei, Jahrzehnt um Jahrzehnt, von Haß und Brutalität. Nun schienen unsere Rücken von den Wunden einer uralten Peitsche zu schmerzen, einer Geißel, die den britischen Geist testen sollte. Das Alte Testament wimmelte nur so von Episoden und Ausdrücken, die zu diesem düsteren Geschichtsbild paßten, aber ich hatte wenig Lust, mich in Schmähungen von Philistern und Kanaaniten zu ergehen. Viel besser war es, meine Herde an den barmherzigen Gott des Neuen Testamentes zu erinnern, an den Gott, der Sündern vergibt und die Hilflosen und Leidenden tröstet. Mr. Saunders vor allem reagierte auf meine Nachricht von dieser wohlwollenden Gottheit, als ob ich eine neue Ketzerei angebracht hätte. Und vielleicht war, wie es mir jetzt erscheint, der Gott Abrahams und Isaaks besser für ihre damaligen Schwierigkeiten geeignet, der Gott, der Sein auserwähltes Volk in allen Prüfungen und Widrigkeiten gestützt hatte.

Und doch hatte Mr. Saunders immerhin die Sicherheit und die relative Ruhe seiner Kirche am Sabbat, und ansonsten seine Schlafstätte unter meinem Dach, wo er mit anderen Loyalisten wohnte, deren Häuser von den Banditen zerstört worden waren. Ganz anders war die Lage von Captain Cooper und seiner Miliz, die in der stinkenden Markthalle zusammengepfercht waren. Wann immer ich heute Captain Cooper begegne, habe ich die Gelegenheit, über die Widerstandsfähigkeit des menschlichen Geistes nachzudenken. Wenn er vor mir steht, lärmend und zuversichtlich, beschäftigt mit den Angelegenheiten der Welt und seinen eigenen, als habe es für ihn niemals eine Zeit von Gefangenschaft und Erniedrigung gegeben, eine alte, verheilte Narbe, die nur noch eine hauchdünne Spur hinterlassen hat. Aber ich erinnere mich, auch wenn er es vergessen hat, an sein verheertes Gesicht mit den rotgeränderten Augen und dem struppigen schwarzen Bart. Er und seine Männer bekamen zwar zu essen, aber das nur sehr widerstrebend, und bisweilen mußten sie ganze Tage ohne Nahrung überstehen, weil ihre Kerkermeister so vergeßlich waren.

Er hatte sich ganz bewundernswert von der schwarzen und zornigen Verzweiflung erholt, in die er zuerst gestürzt war, und war nun fähig, die Moral der armen Männer zu heben, die die Gefangenschaft mit ihm teilten. Wenn ich die Markthalle besuchte und dabei die bescheidenen Vorräte mitbrachte, die Eliza aus ihrer geleerten Vorratskammer noch hergeben konnte, begrüßte er mich wie in früheren Tagen, mit herzlicher und selbstgefälliger Vulgarität, die mich immer täuschte, weil ich dann annahm, daß er ganz und gar wieder bei Verstand sei. Er erkundigte sich nach Gesundheit und Wohlergehen von Eliza und den anderen Damen unter meinem Dach, nickte dann auf meine Antwort hin kurz und sagte: »Gut, gut, gut! Hervorragend!« Dann verteilte er meine kleinen Köstlichkeiten an seine Gesellschaft und behielt selber vielleicht nur ein einziges Haferküchlein, an dem er langsam herumknabberte, um möglichst lange etwas davon zu haben. Erst nach einigen Minuten ging mir dann auf, mit schmerzlicher, plötzlicher Trauer, daß mit seinem Verstand nicht alles zum Besten stand.

»Und unser Freund, Mr. Duggan«, sagte er zum Beispiel und leckte sich die Krümel von den Fingern. »Ist er noch schwer beschäftigt? Sticht er das Vieh ehrlicher Leute ab? Verbrennt er die Ernte auf ihren Feldern?«

»Nein, nein«, versicherte ich ihm dann. »Wir haben in den letzten Tagen wenig von Duggan gehört. Und Ferdy O'Donnell hält Ordnung in der Stadt.«

»Ferdy O'Donnell! Dieser Bursche hat ein Auge auf mein eigenes Mount Pleasant geworfen. Vor einem Jahrhundert oder mehr war es O'Donnell-Land, schwarzes Papistenland. Wißt Ihr, wie diese Leute das Land bebaut haben? Mit einem Pflug, den sie mit einem Strohseil einem Pferd an den Schwanz gebunden hatten. Connaught war Dreck, ehe wir mit dem Schwert gekommen sind. Die Indianer haben ihren Boden besser behandelt als die papistischen Stämme.«

»Das ist lange her«, sagte ich töricht und sanft. Denn es stimmt, daß richtige Methoden für Farmarbeit und Landwirtschaft mit den Engländern gekommen sind. Wir haben aus England die Geheimnisse von Pflug und Saat, von Bestellung und Ernte mitgebracht.

»Lange her, meint Ihr?« fragte er scharf. »Erzählt das doch mal O'Donnell und Duggan. Bei Gott, die sind alle gleich. Wenn sie auf der Straße an Euch vorbeikommen, dann nehmen sie ihren Hut ab und verbeugen sich vor Euch, aber die ganze Zeit denken sie, daß wir nicht das Recht haben, hier zu sein. Kein Recht, ja? Bei Gott, wenn wir hier fertig sind, werden sie ihre Lektion über Rechte gelernt haben.«

Wenn er bei diesem Thema war, dann ließ er sich nicht ablenken, obwohl ich das immer wieder versuchte.

»Ballina ist zurückerobert worden«, erzählte ich ihm dann vielleicht. »Und die Rebellen geben selber zu, daß sich von Süden her riesige Krontruppen nähern. Eure Gefangenschaft ist entsetzlich, aber ihr Ende nähert sich.«

»Sie ist schlimmer als entsetzlich«, sagte Cooper. »Ich wundere mich wirklich, daß Ihr unseren Gestank ertragen könnt. Die verdammten Engländer haben uns hier in unserer eigenen Scheiße sitzenlassen und marschieren in aller Gemütlichkeit, mit fliegenden Fahnen und trällernden Querpfeifen. Ich schwöre bei Gott, daß die Protestanten dieser Insel die allergeplagtesten Kreaturen Gottes sind, mit den nacktärschigen Papisten auf der einen und den englischen Trotteln auf der anderen Seite.«

»Es steht fest, daß Gott uns harte Prüfungen auferlegt hat«, sagte ich. »Ich bete darum, daß wir sie gebührend bestehen werden. Ich bete darum, daß wir die Antwort geben, die Er hören möchte.«

»Wir kennen die richtigen Antworten sehr gut«, sagte Cooper. »Die Rebellen in diesem County werden eine Tracht Prügel verpaßt bekommen, die sie nicht mehr vergessen werden. Galgen und Pechüberzug. Croppies lie down. Es gibt nur eine Waffe, mit der man diesen Leuten beibringen kann, Frieden zu halten, und das ist ein Strick aus Hanf.«

»Friede wird nicht mit Waffen gelehrt«, erwiderte ich, aber

ich hätte genausogut schweigen können, denn er achtete nicht auf meine Worte. Wie er da in der Dunkelheit hockte, mit verdreckter Uniform, sein Bart eine verfilzte grobe Matte, sein Kopf rund und hart, hätte er auch sein erster Ahne sein können, ein Cromwellscher Soldat, wütend in seiner Frömmigkeit, sein Evangelium das Schwert.

»Bei Gott, Ihr irrt Euch, Mr. Broome«, sagte er. »Ich bringe nicht den Frieden, sondern das Schwert. Das steht in der Bibel, nicht wahr? In der protestantischen Bibel?«

»In der christlichen Bibel«, antwortete ich. »Eine verblüffende Aussage. So vieles im Neuen Testament spricht in einem ganz anderen Ton.«

»Nicht zu mir, nein«, murmelte Cooper und warf kurz seinen gedrungenen Kopf zurück.

»Wer durch das Schwert lebt, wird durch das Schwert umkommen. Auch das sind die Worte unseres Erlösers.«

»Und nie hat Er ein wahreres Wort gesprochen«, sagte Cooper. »Habt Ihr diese Burschen nicht gesehen, die mit riesigen Hirschfängern an der Hüfte hier herumstolzieren? Bei Gott, bald wird abgerechnet werden. Wenn Ihr Porter trinkt, müßt Ihr auch die Zeche bezahlen. Vor einem Jahr war das hier ein friedliches Land, und so Gott will, wird es das auch wieder werden.«

»So Gott will«, sagte ich, voller Freude, weil mir hier ein Gefühl begegnete, dem ich ohne Vorbehalte zustimmen konnte. »Wenn ich morgen nicht komme, dann übermorgen. Mrs. Broome und ich bedauern Eure derzeitige Lage zutiefst. Ich bin sicher, daß Euer heldenhafter Kampf in den Straßen dieser Stadt von der Regierung nicht vergessen werden wird.«

»Von der Regierung!« sagte Cooper. »Cornwallis und seine Buchhalter und englischen Paradiersoldaten. Erzählt mir nichts von der Regierung!«

Es war ein Befehl, den ich sehr bereitwillig befolgte, und nach wenigen sinnlosen Höflichkeiten konnte ich aus dem stinkenden Raum entkommen, denn, wie er wahrheitsgemäß gesagt hatte, die Luft roch entsetzlich und war bedrückend.

Und doch konnte mich ein Spaziergang von zwanzig Minuten weit weg von der grauen, steinigen Stadt in die grüne, üppige Landschaft bringen. Sogar im frühen Herbst zeigt sie ein höchst erstaunliches Grün, wie es sich weder in England noch in Frankreich findet, eine tiefe, verführerische Färbung, reich und gesund, genährt von den schweren Regenfällen. Schwarzes Vieh graste auf Bergweiden, gehütet von Frauen oder von Männern, die zu vernünftig waren, um in das unselige Dorf zu gehen. Ich legte mir die Gewohnheit zu, über die engen Straßen zwischen den Feldern zu reiten, unter dem Schutz meines schwarzen Anzuges und meines flachen, breitkrempigen Hutes. Am frühen Morgen erfüllten Vogelsang und der schwere Duft von Weizen, Mais und Gerste die vom Meer gewaschene Luft. Eine höchst üppige Ernte, und ihre Vernachlässigung konnte wirklich als sündhaft bezeichnet werden. Wie gnädig ist doch der Schöpfer in der Schlichtheit Seiner Belehrung, wenn Er uns aufträgt, die nächstliegenden Aufgaben zu erledigen: Die Sense des Mähers, das Netz des Fischers, der Hammer des Schreiners rufen uns zu unseren Pflichten. Ich bin der Ansicht, daß die Männer, die solch schlichte Menschen zu Plünderungen und Rebellion angestachelt haben, am schwersten gesündigt haben – eitle Krautjunker, Schenkenbarden, Anwälte ohne Praxis, betrunken von Rousseau und Tom Paine. Die schlichten Menschen dieser Welt sind immer die Beute der klugen und der skrupellosen. Höchst bereitwillig und meinem geistlichen Gewand zum Trotz würde ich die Hanfschlinge um den Hals von Mr. Theobald Wolfe Tone legen!

»Was haben sie denn zu verlieren«, fragte mich O'Donnell. »Diese Kuhhirten, wie Ihr sie nennt?« Mitternacht war längst vorbei, der Seewind schlug naß gegen die Fensterscheiben, und vor uns standen zwei Flaschen von meinem Madeira. »Kuhhirten, Spalpeens, Kätner, Tagelöhner. Eine schlechte Ernte in einem Jahr, und sie ziehen im Winter über die Straßen, kauern in Lumpen und Deckenfetzen in Gräben, nackter dem Regen ausgeliefert als Kühe oder Schafe oder Kartoffeln, und von viel geringerem Wert. Ihr werdet Ihnen mit Eurem Gerede von Henken keine Angst einjagen.«

»Aber Ihr doch nicht«, sagte ich. »Ihr habt Felder und Weiden, und Ihr habt eine Familie. Das alles habt Ihr töricht weggeworfen.

Ich hätte nicht so kalt gesprochen, höhnisch fast, hätte ich nicht den Wunsch empfunden, ihn auf irgendeine Weise aus seiner verzweifelten Lage zu retten, denn ich habe ja schon gesagt, daß er ein junger Mann mit verschiedenen schätzenswerten Tugenden war, wenn auch durchsetzt mit Lastern und einem törichten Temperament.

»Ich habe zugesehen, wie sie den armen Gerry ins Gefängnis gebracht haben«, sagte er. »Und da wußte ich, daß ich überhaupt nichts habe. Sklaven sind wir, auf unseren eigenen Feldern und in unserem eigenen Land. Den armen Niggern in Nordamerika geht es besser.«

Zu anderen Zeiten sprach er jedoch auch über die vielen bäuerlichen Vergnügungen und Zeitvertreibe mit einem Eifer und einer Liebe, die ich sehr rührend fand – von ihren Festen und Wallfahrten, sogar von ihren Totenwachen. Freude durchzog ihr hartes Leben. Hütten, die vor Musik barsten, wurden für mich lebendig, wenn er erzählte, die Füße der jungen Tänzer, die klagenden Violinen, vom Whiskey belegte singende Stimmen. Ihre Leben sind mir immer ein Geheimnis gewesen, aber bisweilen wird kurz eine Tür geöffnet und wenn ich hindurchspähe, dann kann ich Eindrücke sammeln, lebhaft, aber unklar. Eine gewisse Entfernung, dünn und scharf wie eine Messerschneide, trennte auch O'Donnell von den Menschen, über die er sprach, als erzählte er über eine Welt, an die er sich sehr gut erinnerte, die er aber verlassen hätte. Ich dachte damals, daß das sicher die Folge seiner Jahre im Ausland sei, im Seminar in Frankreich. Aber jetzt glaube ich, daß ihm klar war, daß sich durch seinen fatalen Akt der Revolution alles für ihn geändert hatte.

Während dieser ganzen Zeit, als wir im ungewissen lebten, näherte sich die elende Geschichte ihrem vorausbestimmten Ende. In jener Nacht des Seewindes und des Madeira verließ Humbert, viele Meilen östlich von uns, seinen Weg nach Norden und begann seinen Marsch in den Süden, vorbei am Loch Allen, in die Midlands. Colonel Crauford, heißt es, war vor Wut außer sich, als er Manor Hamilton erreichte und feststellte, daß die Falle zugeschnappt, die Beute jedoch entkommen war. Aber im Süden wartete eine größere Falle. Lord Cornwallis hielt eine Seite des Shannon, bei Carrick, und marschierte ostwärts, um sich um die Rebellionen in Longford und Granard zu kümmern. Humberts einzige Hoffnung lag jetzt in Umfang und Erfolg dieser Rebellionen, denn wenn die Hauptstraße nach Dublin offen war, dann konnte er in die unverteidigte Hauptstadt einmarschieren. In Killala ging ein Tag in den anderen über, während die Zeit für die beiden Armeen zu Stunden schrumpfte.

Es heißt, daß Lord Cornwallis kurz vor seinem Aufbruch eine Meldung aus Dublin erhielt, die ihm willkommene Erheiterung brachte. Die zweite französische Invasionsflotte war endlich in See gestochen, aber Admiral Warren erwartete sie bereits, als sie die irische Küste erreichte. Und es stellte sich heraus, wie meine Leser sicher noch wissen, daß sich der berühmte Theobald Wolfe Tone an Bord eines der Schiffe befand, den seine französische Uniform und sein Offiziersrang nicht vor seinem verdienten Schicksal retten konnten. Und so wurden die Knoten dieses elenden Unternehmens zusammengezogen. Ich habe nicht einmal einen billigen Stich von Mr. Tone gesehen, habe mir aber innerlich ein Bild von ihm gemacht, ein lebhafter kleiner Bursche mit scharfer Nase und dünnem Mund, nur Ehrgeiz und Egoismus, den Kopf vollgestopft mit humanitären Schlagworten, dessen Herz vor Bosheit zu bersten drohte. Aber vielleicht tue ich ihm Unrecht. Vielleicht begriff er das blutige Werkzeug, dessen Federn er berührte, nicht richtig. Ich weiß nur, was ich selber miterlebt habe, die Männer, die ich erschlagen gesehen habe, die brennenden Strohdächer, die Heimatlosen auf den Straßen. Möge der Allmächtige ihm größere Barmherzigkeit erweisen, als ich aufbringen kann!

Wenn ich versuche, mich an diese Tage und Nächte zu erinnern, während derer wir alle in Killala eingesperrt waren, Gefängnisse in Gefängnissen, dann erscheint es seltsam, daß ich mich am lebhaftesten an die Abende erinnere, die ich im Gespräch mit O'Donnell verbracht habe. Wenn mein Leser will, mag er sich uns vorstellen, ein Geistlicher, der über die mittleren Jahre bereits hinaus ist, kahl, aber mit einem albernen Kranz aus ergrauenden Haaren, die ihn auf den Kragen fallen, rundlich und weich nach einem halben Jahrhundert sitzenden Lebens, ohne Größe, die mir Würde verleihen könnte, statt dessen mit runden, vollen Beinen, die hin und her pendelten, als ich ihm gegenüber saß, wobei die Spitzen meiner schwarzen Stiefel kaum den Boden berührten. Und ein grobknochiger junger Bauer, ein festes, aber verwirrtes Gesicht, die Haut grob und leicht gerötet, eine große mörderische Pistole in seinem Gürtel. Als wir uns über den Tisch zueinander beugten, beugten wir uns aus zwei Welten heraus, die voneinander nichts wußten. Vielleicht zeigte mein Gesicht wie seines Verwirrung, als ich mich bemühte, ihn zu verstehen.

Ich kann jetzt, wann immer ich will, auf dem großen Anger von Castlebar stehen, dem Anger, wo ich eines Tages die aufgehängten Leichen der Rebellen sah, und an Markttagen Fiedlern und Sackpfeifern lauschen, deren Klänge mit dem Gebrüll der Rinder und dem Geschrei von Hausierer und Kartenspieler zusammenstoßen, und alles wirkt wie ein häßlicher, grober, primitiver Mißklang. An anderen Tagen jedoch, wenn ich ausreite, vielleicht, um einen kranken oder invaliden Pfarrangehörigen zu besuchen, dann wird durch das halbe Tal, oder vielleicht sogar aus einem Schenkenfester im grauen, von der See gezeichneten Dorf, eine Stimme zu mir getragen, und ich kann fast erraten, was sie mir sagen will, eine Stimme, die über Berggräser und rutschige Pflastersteine zu mir dringt.

15

Drumkeerin, 6. September

Sonnenlicht fiel glitzernd durch die hohen Hecken zu beiden Seiten der Straße, das weiche Sonnenlicht des frühen Morgens, und im Süden lagen die warmen, abgeernteten Felder. Die aufgeschichteten Heuhaufen kauerten auf dem Boden, kleine, unterwürfige Geschöpfe. Aus Hütten auf den niedrigen Hügeln im Süden stiegen Rauchfäden auf. Er konnte sie fast riechen, warmer Rauch von Torffeuern. Kein Wind. Die Rauchfäden stiegen gerade auf, ohne zu zittern. Niedrige Zäune zogen sich durch die Felder. Gut in Schuß gehalten, folgten sie den sanften Wellen der Landschaft. Das Land des Friedens. Er fuhr herum und blickte hinter sich. Ruhige Felder, so weit das Auge reichte. Eine fliegende Elster. Aufleuchten von Schwarz und Weiß.

Eine halbe Stunde später hatte er das Dorf erreicht. An der Straßenkreuzung vier Häuser, ein Hökerladen, eine Schenke, eine Schmiede. Hühner pickten in den Misthaufen. Metallisches Hämmern aus der Schmiede. Er wurde vom Ladenfenster, von den Hütten aus beobachtet. Er ging zur Schenkentür und klopfte.

Ein alter Mann kam schließlich aus dem inneren Zimmer. Zahnlos, eingefallene Wangen, Haare wuchsen aus einem braunen Muttermal auf seiner Wange.

»Könnte die Frau mir wohl ein paar Eier kochen und ein bißchen Brot mit Butter beschmieren?« fragte MacCarthy. »Und so lange trinke ich gern ein Glas.«

»Um Gottes willen, Mann, es ist früher Morgen.«

»Die richtige Zeit für Eier, also.« Er setzte sich auf eine Bank und ließ die Hände auf seinen Knien ruhen.

»Ihr seid früh unterwegs.«

»Offenbar, wenn jedes Gesicht im Dorf mich anstarrt. Wie heißt dieses Dorf?«

»Drumkeerin. Ihr müßt von weither kommen, um den Namen Drumkeerin nicht zu kennen.«

Er goß Whiskey in ein Glas, vorsichtig, und reichte es MacCarthy. »Das macht zwei Pence.«

»Ich bezahle es zusammen mit Brot und Eiern, wenn Eure Frau sie fertig macht.«

»Es gibt keine Frau. Eier und Brot kosten auch noch einmal zwei Pence. Vier Pence alles in allem.«

»Ihr seid ein schneller Rechner. Ihr müßt eine gute Schule besucht haben.«

Die langen dünnen Lippen brachten ein schnelles Lächeln zustande. »Schnelle Rechner, langsame Freier, sagt das Sprichwort.«

»Ach ja? Das habe ich noch nie gehört. Es muß ein Drumkeerinsches Sprichwort sein.«

Das Gold von Sonnenschein und üppigen Ernten war in seinem Glas. Es fing die Morgensonne. Whiskey lag auf seiner Zunge, vertraut und tröstlich. Whiskey, mein einziges Dorf. Wie lange noch?

Er hielt das Glas in der Hand, ging zur Tür, lehnte seine Schulter an und betrachtete die Straße. Die Schmiede war nun verstummt, und der Schmied musterte, eine Hand auf dem Blasebalg, die Schenke. Zwei jüngere Männer standen neben ihm. MacCarthy berührte die Stirn mit der Hand, und sie erwiderten diese Geste.

Er leerte sein Glas und kehrte zum Feuer zurück.

Eine Stunde später machten Eier und Brot sich in seinem Magen breit, unter vier Gläsern Whiskey, und er saß immer noch da, die langen Beine zum Feuer hin ausgestreckt. Ihm gegenüber saßen der Schmied, dessen Name Hugh Falvey war, und die beiden anderen Männer aus der Schmiede, Falveys Söhne. Alle vier hatten Gläser in der Hand und näherten sich rasch einer Freundschaft. Falvey wurde einmal in seine Schmiede gerufen, erledigte seine Arbeit aber schnell und kehrte dann zurück.

»Ihr könntet schlechteres tun als an Drumkeerin zu denken«, sagte er. »Seit zwei Jahren haben wir hier keinen Schulmeister mehr, und sie wachsen so wild und unwissend wie Hasen heran.«

»Kein Wunder«, erwiderte MacCarthy. »Ein Priester ist in einem Dorf dringend notwendig, aber die Zivilisation kommt mit dem Schulmeister. Einem guten Meister, der ihnen mit einem dicken Stock die Liebe zu Bildung einbleut.«

»Ach, bei Jesus«, sagte Michael Falvey. »Der Meister, den wir hatten, hatte einen dicken Stock, aber den hat er nicht bei den Jungen angewandt.« Sein Bruder kicherte.

»Von der Sorte gibt es viele«, sagte sein Vater. »Ihr werdet gute und schlechte Schulmeister finden, wie in jedem Gewerbe.«

»Das ist kein Gewerbe«, widersprach MacCarthy. »Was wären wir denn alle ohne Schulmeister, wenn nicht eine Bande von nacktärschigen Heiden?«

»Schulmeister Scanlon hat gutes Geld von uns bekommen«, sagte Falvey. »Und Hühner für seinen Kochtopf und Torf für sein Feuer. Drumkeerin ist kein unwissendes Dorf. Kennt Ihr ihn vielleicht, Mr. MacCarthy, oder wißt Ihr von seinem Ruf? Michael Scanlon, ein kleiner, untersetzter Mann mit O-Beinen. Michael Scanlon.«

»Das ist ein Name aus Limerick, Scanlon«, sagte MacCarthy, »und die Hälfte von ihnen heißt Michael. Michael gehört zu Scanlon wie Salz zu den Kartoffeln.«

»In Drumkeerin gibt es jetzt auch einen kleinen Scanlon«, sagte Michael Falvey, »aber die arme Dirne von Mutter hat kein Recht auf diesen Namen.«

»Seid Ihr selber vielleicht auch aus Limerick, Mr. MacCarthy?«

»Aber nein«, antwortete MacCarthy erschauernd.

»Aber Ihr kommt aus Munster«, sagte Hugh Falvey. »Das kann ich hören.«

»Ich bin aus Kerry.«

»Aus Kerry, ja? Es heißt, daß die besten Schulmeister aus Kerry stammen.«

»Das stimmt«, erwiderte MacCarthy. »Da reden die Vögel in den Bäumen in geometrischen Theoremen.«

»Schulmeister und Poeten«, sagte der Wirt. »Schulmeister und Poeten. Hat Owen O'Sullivan nicht in Kerry gelebt und geschrieben?«

Unwissender Höker! Erzähl ihnen von Kerry, und dann kommen sie dir mit O'Sullivan, als ob sonst kein Mensch jemals Wörter zusammengefügt hätte. Kein Wunder, daß der arme Scanlon ihrer Gesellschaft entflohen war!

»Ich gehe nach Kerry zurück«, sagte er, »und ich habe genug Erfahrung, um es mit jedem Schulmeister in Munster aufzunehmen.«

»Bei Gott, da habt Ihr Euch eine schlechte Zeit ausgesucht«, sagte Falvey. »Oben und unten Krieg, und die rotröckigen Soldaten sind auf allen Straßen.«

»Aber doch sicher nicht auf dieser Straße? Hier sieht es ziemlich ruhig aus.«

»Und gebe Gott, daß es so bleibt. Wenn Ihr aus dem Norden kommt, muß es doch überall um Euch herum gewesen sein.«

»Ich komme aus Manor Hamilton, und da ist es so ruhig wie hier.«

»Und stimmt es, daß ganz Mayo in den Händen der Iren ist, und daß die rotröckigen Soldaten und die Engländer vertrieben worden sind?«

»Und mit ihnen die großen Grundbesitzer?« fragte Michael Falvey.

»Das wird in Manor Hamilton behauptet. Und wenn es stimmt, dann wird das irische Volk es nicht bei Mayo belassen. Sie werden in den Süden marschieren. Was würde Drumkeerin dazu sagen?«

»Bei Gott, ich weiß, was ich tun würde«, antwortete Michael Falvey. »Ich würde vielleicht mit ihnen gehen, und Dominick wohl auch.« In Tobercurry kletterten zwei Jungen über die hohe Mauer der Domäne, um den Trommeln und Kanonen hinterherzulaufen. Einen haben wir bei Collooney im Graben zurückgelassen. Eine Welt von Collooney entfernt.

»Mein Arsch, ihr und gehen«, sagte sein Vater. »Warum sollte ein Schmiedesohn aus Drumkeerin mit einer Bande aus Mayo davongehen?«

»Aus Mayo und aus Sligo«, korrigierte MacCarthy. »Und Männer aus den Midlands, wenn das stimmt, was ich gehört habe.«

»Ihr scheint in Manor Hamilton ja viel zu hören«, sagte Falvey.

»Eine Rebellion läßt sich nicht geheimhalten.« Es war eine Rebellion. Das Wort berührte MacCarthy wie ein Finger aus Eis. Kein Wunder, daß die Soldaten Galgen errichteten.

»Es ist erstaunlich«, meinte der Wirt. »Da wird gekämpft, und morgen dort, und hier ist es so ruhig wie an einem Wintermorgen.«

Wartet nur. Einen Tag, höchstens zwei, dann bricht alles über euch herein. Männer aus Mayo, Franzosen, Pferde, Artillerie, dicht gefolgt von den Rotröcken. Drumkeerin wird gebeutelt werden, so wie der Wind die Pflanzungen beutelt. MacCarthy fühlte sich wie ein Engel der Verdammnis aus der

Bibel, der Vernichtung von Stadt zu Stadt trug. Aber dies hier war keine Stadt der Ebene, dieses arme Straßenkreuzungsdorf mit einer Schenke und einer Schmiede. Die weißgetünchten Wände umfingen ihn; Feuer erwärmte seine Knochen. Wie konnten die Unruhen diesen Raum erreichen? Er trank schnell, fast ohne den Whiskey zu berühren.

»Hattet Ihr Eure Schule in Manor Hamilton, Mr. MacCarthy?«

Er schüttelte den Kopf. »Weiter oben«, sagte er vage. »In Donegal.« Nun würde er Donegal niemals sehen. Kein Verlust. Kein Verlust, daß er die häßliche Provinz Ulster niemals sehen würde. Wie weit war es nach Kerry, Hunderte von Meilen, und welchen Willkomm würde er dort finden? Einen besseren, als die Soldaten für Drumkeerin bereithielten, bei Jesus. Wenn er nur Killarney erreichte, dann wäre er in Sicherheit. In der Stadt selber gab es vier Häuser, in denen er willkommen wäre, und hinter Killarney erstreckte sich ganz Kerry. Seen. Die Augen des Himmels. Weit und weich ihre Wellen, die Ufer umrandet von spitzenzarten Farnen. Gerade, schlanke Schilfrohre erhoben sich aus dem Wasser, sanft fingen sie den Wind. In Killorglin die Schenke von Patrick O'Reardon: Keine kahle Hütte wie diese hier, sondern ein nobles, geräumiges Zimmer, wo Poeten und Musiker tranken; Stimmen schickten Bilder, kristallin, perfekt, durch den Rauch, Liederwettbewerbe, Freundschaft. Hunderte von Meilen. Die Hälfte der Straßen Irlands lag zwischen Kerry und seinem Gesicht.

»Aber wir haben ein Recht auf unser Land«, sagte Michael Falvey. »Und wenn die Männer aus Mayo und Sligo es für uns zurückerobern, dann wünsche ich ihnen viel Kraft.«

Endlich sprach auch sein Bruder Dominick. Schweigsam, mit dünnem Körper und Gesicht, lehnte er an der Wand. »Sie hätten mehr Kraft, wenn sich die Männer aus den anderen Counties ihnen anschließen würden.«

»Männer aus Drumkeerin können sie jedenfalls nicht beanspruchen«, sagte sein Vater. »Auf dieser Straße wird es weder Rebellen noch Soldaten des Königs geben. Würdet Ihr da nicht zustimmen, Mr. MacCarthy?«

Er rutschte unbehaglich auf der Bank hin und her, dann antwortete er: »Ach, wer kann das sagen?« Eine Schenke, Männer, die sich am Feuer unterhielten. Was brauchte man mehr? Einen krähenden Hahn?

»So ist es. Die Männer aus den anderen Counties rebellieren, und wir bleiben zu Hause und verpassen Pferden Hufeisen. Wie ein Feld unter Wasser ist Drumkeerin. Tot.«

»Du hast gut reden«, meinte der Wirt. »Nimm du doch eine Sense und kämpfe gegen eine Kompanie von Soldaten des Königs auf fetten Pferden, mit Lanzen, die dich wie ein Schwein aufspießen.«

»Er hat ganz recht«, sagte Falvey zu seinen Söhnen. »In diesem Land ist die englische Armee ein Riese, und sie kann mit Riesenstiefeln über die hinwegstampfen, die ihr Widerstand leisten. So war es zu Cromwells Zeiten, und so ist es auch jetzt.«

Der Wirt nickte und ging schweigend mit der Flasche von einem zum anderen, um ihre Gläser wieder zu füllen. Hugh Falvey hielt sein Glas hin, wich aber Dominicks Blicken aus.

Sie wissen es. Schmiede und Wirte und kleine Bauern wissen es. Die Weisheit kommt zu ihnen, ein loser Staub auf ihren Schillingen. Schmiede und Schenke stehen fest auf der Erde, werden umpeitscht von nutzlosen Winden und dem Lärm der Rebellionen. Die Söhne stehlen sich davon, um sich Spalpeens und Wanderern anzuschließen, und der König, gegen den sie rebellieren, ist vielleicht nicht weiter entfernt als die Schmiede an der Straßenkreuzung.

Er trank den Whiskey halb leer und blickte dann Falvey an. »Ihr habt Glück, Mr. Falvey, daß Eure Schmiede so nah an der Schenke liegt. Ich habe nicht dieses Glück. Ich kaufe jetzt noch eine Runde für diese angenehme Gesellschaft, dann muß ich weiterziehen.«

»Das werdet Ihr nicht. Wenn Ihr Euch den Tag über beschäftigen könnt, dann seid Ihr zu einer Mahlzeit und einem Bett in meinem Haus mehr als willkommen.«

»Ich danke Euch, Mr. Falvey, aber ich muß jetzt aufbrechen. Ist es nicht entsetzlich, wie lange ein Mann in Drumkeerin braucht, um eine Schüssel voller Eier zu essen?«

»Würdet Ihr Euch nicht überlegen, in Drumkeerin Eure Schule zu eröffnen, und mit dem Priester darüber reden?«

Im Norden gingen Männer die Hauptstraße entlang, ein schwerfälliges Schiff, das den Staub durchquerte, bewaffnet mit Piken und Gewehren. Hier wollen sie, daß ich bleibe, an diesem ruhigen Ort, geschützt vor Geschichte und Gedichten. Diesen Ruhevernichtern.

Er schüttelte den Kopf. »Füllt das Abschiedsglas, Wirt, denn ich muß gehen, und Ihr müßt bleiben.«

»Bei Jesus, Ihr seid ein glücklicher Mann, Owen MacCarthy«, sagte Michael Falvey. »Ihr tragt die Werkzeuge Eures Handwerks in Eurem Kopf und könnt jede Straße einschlagen, die Euch gefällt.

»Ja, ich wurde schon zum Glück geboren«, sagte MacCarthy.

Aber vor der Schenke, auf der staubigen Straße, stand der Schmied neben ihm. »Kennt Ihr diese Straße, Mr. MacCarthy?«

»Nein, aber ich kann meinen Weg nach Süden finden.«

Falvey legte ihm die Hand auf den Arm. Breit, sommersprossig. »Haltet Euch den ganzen Nachmittag über am Ufer von Loch Allen, bis Ihr das Ende erreicht habt. Den Hals, könnte man sagen. Im Dorf Ballintra gibt es zwei Straßen. Die eine bringt Euch in den Süden. Und die andere führt über eine Brücke über den Shannon nach Drumshanbo, und hinter Drumshanbo in die Midlands, nach Longford und Granard, vorbei am Dorf Ballinamuck.«

Have you heard of the battle of Ballinamuck,
Where the oppressed people they ventured their luck.

»Ich werde wissen, welche Straße ich einzuschlagen habe«, sagte MacCarthy. »Ich danke Euch.«

Er blickte südwärts, auf Hügel in blauem Dunst. Besser, die Straße in Ballintra zu verlassen und über Pfade oder durch die Felder zu gehen. Phoebus auf der Schulter, geliebt von den Dichtern, sie wiederliebend.

Falvey packte seinen Arm fester. »Vor wem lauft Ihr davon, vor den Rebellen oder den Soldaten?«

MacCarthy blickte ihm in die Augen, klar und hervorstehend wie Duggans.

»Ihr seid ein schlauer Fuchs, Mr. Falvey. Ich sollte hier in Drumkeerin bleiben und Unterricht bei Euch nehmen.«

»Vor den Rebellen?«

»Vor allen. Ich war bis letzte Nacht bei den Rebellen. Ich habe mich weggeschlichen. Ich will ganz Irland zwischen sie und mich legen.«

»Und wo sind sie?«

»Letzte Nacht waren sie in Manor Hamilton. Jetzt sind sie näher.«

Starke Finger, an Eisen geformt, bohrten sich in seinen Arm.

»Wie zum Teufel meint Ihr das, daß sie jetzt näher sind?«

»Sie wollten heute morgen nach Süden gehen, in die Midlands.«

»Durch Drumkeerin also?«

»Vielleicht über diese Straße.«

»Und warum zum Teufel habt Ihr uns das nicht gesagt, Mann? In einigen Stunden werden sie durch das Dorf trampeln. Das wißt Ihr doch, nicht wahr? Wie sind sie denn überhaupt?«

»Ach, sie sind Männer wie Ihr und ich. Arme landlose Maulaufreißer aus Mayo. Sie werden kaum Interesse an Drumkeerin haben.«

»Und die Hummerrücken werden sie verfolgen, und die sind durchaus keine Männer wie Ihr und ich. Die würden nicht davor zurückschrecken, einem Mann drei Wände einzuschlagen und ihn an der vierten zu hängen. In Christi Namen, was habt Ihr uns da eingeschleppt, Ihr Luder aus Kerry?«

»Ausgerechnet ich? Ich wünsche mir nichts dringender, als von ihnen befreit zu sein. Was scheren mich Mayo und Sligo und auch Drumkeerin? War ich nicht ein glücklicher Mann, als ich den Namen Eures stinkenden Dorfes noch nicht kannte?«

»Dann macht, daß Ihr wegkommt, gemeines Arschloch. Seid Ihr denn überhaupt ein Schulmeister? Ich habe drinnen einen Sohn, der die schönste Handschrift schreibt, und morgen zieht er vielleicht mit diesen Vagabunden davon.« Er hob die Stimme zu einem plötzlichen Schrei. »Warum hier, in Jesu Namen, warum hier?«

MacCarthy befreite seinen Arm. »Warum irgendwo? Warum Killala? Warum Castlebar? Hat dieses verdammte Drumkeerin freies Geleit durch die Geschichte?«

Farmer bestellten die Felder bei Aughrim, bei Limerick, an der Boyne. Armeen verschlingen uns, spucken Knochen und Knorpel aus, kosten das Fleisch und das Blut. Pflugscharen in Aughrim pflügen Gewehrkugeln um, Knochensplitter.

»Ach«, sagte Falvey und drehte seinen Kopf den dunstigblauen Bergen zu. »Seid Ihr überhaupt ein Schulmeister?«

»Ich wünsche Euch Glück, Mr. Falvey. Und auch Euren Söhnen. Vielleicht kommt Drumkeerin ja ungeschoren davon. Sie eilen vielleicht durch den Ort, wie ein Kälteschauer durch eine Ziege.«

»Vielleicht«, erwiderte Falvey. »Wir müssen das Beste hoffen.«

»Ich bin hier freundlich empfangen worden, und es tut mir leid, daß ich beim Aufbruch Euren Zorn mitnehme.«

Falvey, der ihn immer noch nicht wieder ansah, schüttelte den Kopf, seine Stimmung änderte sich. »Der mißratene Sohn bedeutet für einen Mann immer Qual und Kummer, und doch ist es der Sohn, der am meisten geliebt wird. Habt Ihr sein Gesicht gesehen? Ein paar Rufe, und das Glitzern einer Pike würden ihn mir wegnehmen. Gottes Fluch über sie, seid froh, daß Ihr sie los seid.«

Augen wurden unter breiter, dunkler Stirn feucht, der Mund eine dünne, nach unten gerichtete Linie. Was hatten Worte hier für einen Wert? Werde ich zum Aussätzigen werden, der Unglück von einem Dorf zum anderen trägt? Nicht hinter Ballintra. Nicht, wenn ich mich auf dieser Seite des Shannon halte und meinen Weg in den Süden finde.

»Haben sie denn überhaupt eine Aussicht?«

»Ich weiß es nicht. Ich verstehe überhaupt nichts von den Manövern einer Armee. Es heißt, daß die Midlands sich erhoben haben, und die Burschen kommen von oben, um sich mit ihnen zusammenzuschließen. Aber die Engländer sind überall.«

»So war es immer schon.«

»Ich habe das alles satt. Ich würde gern tief Luft holen und den letzten Monat aus mir herauskotzen. Verbrannte Hütten, gehenkte Männer, Männer, denen wie Schweinen die Gurgel durchgeschnitten wurde.«

»Aber was sollen wir denn sonst tun? Wir haben ein schreckliches Leben, und vor uns haben unsere Väter so gelebt, und nach uns werden unsere Söhne so leben. Welche Gerechtigkeit gibt es denn für uns außer der, die wir uns mit einer Pikenspitze holen können?«

»Bei Gott, Mr. Falvey, Ihr seid so verwirrt wie ich selber. Ich weiß nicht mehr, was ich will, außer Kerry mit heiler Haut zu erreichen. In Mayo war ich sicher genug, in einem behaglichen Haus und einem warmen Bett.«

Falvey sah ihn nicht mehr weggehen; er drehte sich um und ging in die Schenke zurück.

Jetzt war der Morgen wirklich da. Die Sonne hing über den Kornfeldern. Auf seiner linken Seite trug ein Mädchen Wasser über das Feld. Als sie ihn sah, blieb sie stehen. Die schweren

Eimer zerrten an ihren Armen. Er hielt sich die Hand über die Augen, um sie beobachten zu können. Lebhaft, zart, hoben sich ihre Züge im Profil vom Himmel ab. Hinter ihr wühlten Schweine vor einer Hütte herum. Ballinamuck, die Stadt des Schweines. Ein häßlicher Name. Moorwasser, leblos und braun. Er wartete darauf, daß sie ihren Kopf drehte, aber sie wich seinem Blick aus. Trügerischer früher Herbst umgab sie, das Schweigen des Morgens.

Aus: *»Die ersten Dienstjahre. Mit Cornwallis in Irland«*, von Generalmajor Sir Harold Wyndham

Ein solider und klarer Sinn für Proportionen war durchaus nicht die geringste von Lord Cornwallis' Tugenden. Für einen Generalgouverneur von Indien muß die Aufgabe, tausend Franzosen und ihre eingeborenen Verbündeten zu unterwerfen, wie eine Farce gewirkt haben, aber er machte sich mit ruhigem und gelassenem Ernst ans Werk, was einige seiner Untergebenen, zum Beispiel General Lake, zu ihrem Vorteil hätten beobachten sollen. Er sollte die Vorzüge dieser Haltung in den letzten Tagen des Feldzuges unter Beweis stellen, als aus verschiedenen Richtungen beunruhigende Nachrichten eintrafen.

Daß die zweite französische Invasionsflotte unterwegs war, störte ihn nicht sonderlich, denn er ging davon aus, daß die vorliegende Angelegenheit längst erledigt sein würde, ehe sie auch nur an Land gehen konnten – falls sie Admiral Warren entkommen würden, was sehr unwahrscheinlich war. Der Ausbruch einer zweiten Rebellion in den Midlands war dagegen schon beunruhigender, vor allem weil er kaum Männer abstellen konnte, um diese Flammen zu löschen. Der Bericht aus Mullingar war wirklich höchst schwerwiegend, denn mehrere tausend Rebellen hatten sich erhoben, mit der Absicht, Granard und Longford einzunehmen. Die Rebellion ähnelte nun dem gefährlichsten Typ Feuer, das in einem Flügel des Gebäudes auflodert, wenn im anderen die Flammen gerade erst gelöscht worden sind. Er setzte gerade Befehle für die Argyll Fencibles auf, die er zur Verteidigung von Granard abstellen wollte, als ein Bote von Lake eintraf und uns mitteilte, daß Humbert nach Süden, in die Midlands marschierte.

Etwa eine Woche später sollte ich von Craufords eigenen

Lippen von der Wut hören, die ihn überkommen hatte, als er beim Einmarsch in die Stadt Manor Hamilton feststellte, daß Humbert entkommen war. Er konnte sich sofort denken, was geschehen war: Daß Humbert plötzlich kehrtgemacht hatte und nun am Ufer von Loch Allen südwärts marschierte, um dann den Shannon zu überqueren und sich einen Weg in die Midlands zu suchen. Jetzt, wie beim ganzen Feldzug, war er wie ein Wolf auf der Jagd, lebhaft und wütend, und wäre in der Defensive sicher zum Bären geworden – ein großartig kämpfendes Tier, kühn und voller Kraft.

Auf dem Ritt nach Süden, nach Loch Allen, fand er die Spuren seiner Beute, denn Humbert hatte die schwereren Kanonen, die Trophäen von Castlebar, zurückgelassen und nur die leichten fahrbaren behalten – die sicheren Anzeichen eines Gewaltmarsches. Drumkeerin, das erste Dorf auf der neuen Route, erreichte Crauford nur wenige Stunden, nachdem die französischen Truppen es verlassen hatten, und hier legte er eine Pause ein, damit Männer und Pferde sich ausruhen und Lake vorrücken konnte. Und in Drumkeerin ging er, wie ich zugeben muß, auf seine übliche brüske Weise ans Werk, denn ohne Prozeß oder Urteil hängte er den lokalen United-Irish-Anführer, einen Schmied namens Falvey, der einen seiner Söhne zu Humberts Armee geschickt hatte. Falvey verfluchte den König, wie Crauford berichtete, bat den Allmächtigen um Vergebung und beteuerte seine Unschuld, als er in den Tod ging, ein Widerspruch, der unter den Anführern der Rebellen sehr häufig zu beobachten war.

Es war für mich, das muß ich gestehen, eine sehr quälende Erfahrung, aus Craufords eigenem Munde die Methoden zu hören, die er so gelassen angewandt hatte, durchsetzt von Berichten über Unternehmungen, rasche Entscheidungen, die meine tiefe und bereitwillige Bewunderung erregten. Er war durchaus kein grausamer Mann, aber er war davon überzeugt, daß sich die Rebellen außerhalb des Gesetzes gestellt und deshalb den Tod verdient hatten. Solche Gefühle wirkten auf Lord Cornwallis natürlich abstoßend, wie er immer wieder unter Beweis stellte, und doch mußte auch dieser höchst humane und christliche Kommandant Craufords Tatendrang und Kühnheit loben, und dieses Lob, das auch in den Berichten nach London erwähnt wurde, führte Crauford auf den geraden Weg zu den Ehrungen, die er unter Wellington auf der Iberischen Halbinsel erlangen sollte. Aber für mich war es erschütternd, Crauford gegenüberzutreten, wenn er bequem dasaß, ohne Stiefel und mit geöffnetem Uniformrock, und zu wissen, daß diese festen, kantigen Lippen befohlen hatten, Männer auszupeitschen und zu hängen. Mein jugendliches Gemüt konnte sich nur zu leicht vorstellen, wie seine Dragoner mit gezücktem Säbel über Dörfer wie Tobercurry und Drumkeerin herfielen. Daß die rote Leidenschaft der Schlacht jeden Mann um Überlegung und Barmherzigkeit bringen kann, mußte ich selber höchst bitter auf dem Feld von Ballinamuck lernen, nur einen oder zwei Tage später. Und doch bin ich davon überzeugt, daß der beste Soldat sein Schwert benutzt wie der Chirurg sein Skalpell, der das nötige Blut vergießt, aber keinen Tropfen mehr. Cornwallis war ein solcher Mann, und obwohl ich gehört habe, daß er als »politischer General« verurteilt worden ist, möchte ich das abstreiten.

Wir verbrachten diesen Abend als Gäste von Mr. Otway von Summerhill, einem hübschen Haus, das auf einer Anhöhe am Shannon steht, etwa zwei Meilen von Carrick entfernt. Dort ist der Fluß sehr schön, breit, aber schnell fließend, überspannt von einer Brücke mit eleganten Bögen. Ein Fluß, der von der Geschichte ärger besudelt worden ist als die Boyne: Wären solche Flecken sichtbar, dann müßte er rostbraun sein. Seit Jahrhunderten ist Carrick die Stadt, durch die der obere Fluß gehalten wird, wie wir ihn jetzt hielten, und doch ist es nur eine irische Kleinstadt, schöner als die meisten, mit breiten und gepflegten Straßen, und die Häuser des Landadels, wie Summerhill, sind klare und solide Siegel auf dem Land.

Cornwallis saß in der kleinen achteckigen Bibliothek, erteilte seine Befehle und setzte seine Truppen mit Hilfe einer Landkarte ein, die vor ihm auf dem Tisch ausgebreitet war, und ich stellte fest, daß der Feldzug sich jetzt in einem enggezogenen Kreis bewegte. Er fuhr den Kreis mit einem Finger mit dicken Gelenken nach. Auf seinem Weg nach Süden am Ufer des Loch Allen würde Humbert natürlich versuchen, den Shannon zu überqueren, aber nicht in Carrick, denn er wußte, daß wir diese Stadt hielten. Also würde er die Brücke in Ballintra nehmen, sieben Meilen nördlich von uns. Cornwallis hatte nicht vor, ihn dort anzugreifen, er überließ Lake die Verfolgung. Statt dessen würden wir früh am Morgen nach Osten gehen, uns dabei zwischen dem Franzosen und den Rebellen in den Midlands halten und flexibel genug sein, um Humbert anzugreifen oder den Garnisonen in den Midlands zu Hilfe zu kommen, je nach Lage der Situation. Die beiden Armeen würden, kurz gesagt, ein Wettrennen zur Stadt Granard veranstalten.

»Aber keiner von uns wird Granard erreichen«, sagte Cornwallis und zog einen kleinen, ordentlichen Kreis um die Stadt. »Wir werden ihn in einem dieser Dörfer im Norden abfangen – in Cloone vielleicht oder Ballinamuck.« Er zog einen zweiten, größeren Kreis, der mit dem ersten zusammenstieß. Dann nahm er seine Brille ab, klappte sie zusammen und steckte sie in ihr rotes Lederfutteral. »Die Jagd geht zu Ende.«

Colonel Atkinson war unruhig, ein kleiner Kloß von einem Mann, aber ein zuverlässiger Offizier. »Sollten wir nicht lieber sofort aufbrechen, Sir? Der Franzose macht einen Gewaltmarsch, und wir wissen, wie schnell er sein kann.«

»Nicht schnell genug, Atkinson. Seht Euch die Karte an. Er hat keine Flügel, wißt Ihr. Er hat einen langen Marsch hinter sich, mit nur wenigen Stunden Ruhe, und er wird erschöpft auf dem Feld eintreffen. Genau wie Lake, der Arme. Aber wir werden die Vorteile eines guten Schlafes haben. Schlaf ist ein Bataillion wert.« Er klopfte mit seinem Brillenfutteral auf die Karte. »Der Franzose ist sehr gut, nicht wahr? Meine Güte, was er alles geschafft und welche Entfernung er zurückgelegt hat, und das alles mit tausend Mann und einer Bande von Bauern. Ich freue mich darauf, mich mit ihm zu unterhalten. Aber er spricht wohl kein Englisch, oder?«

»Ihr wart selber auch nicht allzu schlecht, Mylord«, sagte Atkinson, der die Karte betrachtete. »Wenn Ihr in Dublin auf die anderen gehört hättet, dann stünde die Stadt diesem Burschen jetzt offen.«

»Ach nein«, erwiderte Cornwallis. »Das wäre nicht gegangen.« Er streckte sich aus. »Er ist schnell wie ein Reh, dieser Franzose, aber jetzt kann er nirgendwo mehr hinrennen, nur noch gerade in unsere Gewehre.«

»Er will die Rebellion in den Midlands ausnutzen, um an unserer Flanke vorbeizuschlüpfen«, sagte Atkinson.

»Das will er. Ja, sicher. Aber wir wollen etwas anderes. Wenn er County Longford erreicht, dann wird es dort keine Rebellion mehr geben. Die Unverschämtheit dieser nacktärschigen Bauern! Was können Iren denn schon ausrichten, wenn sie keine Franzmänner haben, die ihnen Eisen ins Rückgrat bringen!«

»Meine Güte«, sagte Atkinson. »Was ist bloß in sie gefahren, sich gegen alle Aussicht auf Erfolg zu erheben, gegen den gesunden Menschenverstand?« Er war ein freundlicher Mann. Seit seinem Eintreffen in Irland wechselte er ununterbrochen Briefe mit seiner Frau in Dorsetshire. Sie hatten einen Jungen, ihren ältesten, bei Wellington.

»Wer kann denn hoffen, diese armen Geschöpfe zu begreifen«, antwortete Cornwallis. »Sie leben in einer anderen Welt, eingeschlossen von ihrem Aberglauben und ihrer barbarischen Sprache. Und ich fürchte, daß ihr Landadel und die anderen Adeligen wenig unternehmen, um sie zur Zivilisation zu bringen. Gott gebe, daß wir mehr für sie tun können.«

»Sie sollten zumindest genug Verstand haben, um zu begreifen, daß ihre Sensen und Piken nichts gegen eine Armee ausrichten können.«

»Sollten sie schon«, stimmte Cornwallis zu. »Sollten sie schon. Aber vielleicht erzählen ihre Priester ihnen, daß ihre heilige Sache sie vor Gewehr- und Kanonenkugeln schützen wird. Das haben in Wexford viele geglaubt. Aber bitte, vergeßt nicht, daß nur ein kleiner Teil der Bauern in diese elende Affäre verwickelt ist. Die meisten sind wie alle anderen armen Geschöpfe. Sie wollen nur Essen im Bauch und ein bißchen Ruhe.«

»Ein bißchen Strick wohl eher, was Humberts Bauern betrifft«, meinte Atkinson.

»Sie sind Rebellen gegen die Krone«, sagte Cornwallis nach einer Pause. »Sie haben Eigentum zerstört und sie haben gemordet. Das ist der üble Teil der Geschichte.« Er wandte sich plötzlich an mich. »Nun, junger Mann, wie denkt Ihr jetzt über die Dinge, die Soldaten tun müssen?«

Ich brachte eine Art Antwort heraus. Ich wußte kaum, was er von mir erwartete.

»Für die elenden Armen dieser Insel muß etwas getan werden«, sagte er. »Aber sie müssen auch lernen, daß Rebellion das schändlichste aller Verbrechen ist. Lieber Gott, müssen wir ihnen diese Lektion jedes Jahrhundert von neuem erteilen? Wollen sie sie denn wirklich mit Cromwells Methoden erteilt bekommen? Das lasse ich nicht zu, bei Gott. Wenn die Grundbesitzer erwarten, daß die Insel von Henkern zur Ruhe gebracht wird, dann sollen sie sich einen Türken holen.«

Ich weiß jetzt, daß Cornwallis, noch am Vorabend der Schlacht, über seinen Plan nachdachte, die Farce von einer »Nation« aus gierigen Grundbesitzern und käuflichen Gesetzgebern zu beenden, um die beiden Königreiche Großbritannien und Irland zu vereinigen und damit allen Iren, Herrn und Knecht gleichermaßen, die Wohltaten und Sicherheiten britischen Gesetzes und den Wohlstand britischen Handels zu bringen. Und innerhalb von zwei Jahren wurde dieser Plan ja auch zur glücklichen Vollendung gebracht. Irland wird nie ein reiches Land sein, aber seit der Union hat es sich als fähig erwiesen, als Englands Kornkammer zu fungieren und damit seinen eigenen bescheidenen Anteil an unserem Wohlstand sicherzustellen. Und so wird es sein, solange die Kartoffel den Armen eine billige und nahrhafte Speise bieten kann. Irland hat auch in diesem Jahrhundert immer wieder die üblichen Unruhen durchzumachen: Es ist von den Steuerkriegen und neuen Ausbrüchen des Whiteboytums geschüttelt worden; O'Connell, dieser aufgeblasene Demagoge, hat seine unwissenden Massen erneut aufgewiegelt, aber seine Bevölkerung wächst weiterhin an. Während ich diese Zeilen schreibe, stehen mehr Iren auf den Feldern als zu irgendeinem anderen Zeitpunkt in Irlands unruhiger Geschichte. Mögen die Union und die Kartoffel lange gedeihen, sage ich, und dreimal hussa für den ehrlichen Paddy in seiner Hütte.

Es ist seltsam, sich zu überlegen, daß die Pläne dafür im fähigen Kopf dieses alten Mannes gewälzt wurden, als er in der kleinen Bibliothek von Summerhill saß und Mr. Otways Livius und Gibbon den Rücken zukehrte. Er bestand auf Whiskeygrog für uns alle, ehe er uns ins Bett schickte, und hielt seinen Becher für einen zweiten und dritten hin. Ich war inzwischen schon leicht beschwipst, er jedoch so kläräugig wie immer, während er über seinen Feldzug in Amerika vor zwanzig Jahren erzählte und sehr interessant über Washington sprach, den er für einen überschätzten Kommandanten hielt, wenn auch für einen Mann von schätzenswerten charakterlichen Qualitäten. Ich verließ ihn als letzter und wartete, bis sein Bursche seinen Schlafrock und seine türkischen Pantoffeln gebracht hatte. Ich erinnere mich voller Zuneigung und Achtung an ihn, denn er war nicht nur mein Kommandant, sondern auch mein Vater im Felde, ein weiser Priamus, der einen ahnungslosen Welpen anleitete.

Eine weite Buchenallee führte vom Haus zum Fluß, und ehe ich ins Haus ging, machte ich dort einen Spaziergang. Ich fand es angenehm, diese halbe Stunde für mich selber zu haben, im Felde hocken wir aufeinander, und Gedanken können nicht wirklich unser eigen genannt werden. Es gab keinen Wind; die schwerblättrigen Buchen waren im Sternenlicht kaum zu erkennen. Bald war ich mit dem Fluß allein, der unsichtbar vor mir dahinfloß und dessen munteres Gemurmel meine Seele mit seltsamer Zufriedenheit erfüllte. Ich bin, auf meine Weise, immer ein ebenso treuer Verehrer der Natur gewesen wie Mr. Wordsworth, obwohl ich wenig Geschick darin habe, Worte zu finden, um von meiner Gottheit zu erzählen, eine Fähigkeit, die die Trommelwirbel und das knirschende Zaumzeug meines Metiers beschämt.

Weit weg, zu meiner Linken, leuchteten auf der Brücke schwach zwei Laternen, wie gefallene Sterne. Unter den Bögen der Brücke floß das Wasser des Shannon den weiten Weg zum Meer. Aber ich wandte meinen Kopf eher seiner Quelle zu und dachte darüber nach, daß die Armeen einander jetzt so nah waren, denn in diesem Moment gingen die Rebellen wohl am Loch Allen entlang und würden irgendwann gegen Morgen den Fluß erreichen. Es gehört zu meinem Beruf, Landschaften zu Fetzen zu reißen, rote Blitze über sie zu jagen, sie zu zerstören, wie ein Betrunkener vielleicht einen Stich zerstört. Und vielleicht liebe ich gerade aus diesem Grund die Natur in ihrer Ruhe, und ich habe in ihr immer meine wahrsten und tiefsten Gefühle gefunden. Ein seltsames Geständnis für einen alten Soldaten, mag der Leser wohl denken.

Mit diesen Gefühlen hätte ich Lord Cornwallis sicher erheitern können, denn er war in jeder Faser ein Mann des alten Jahrhunderts. Amerika, Indien, Irland – die Schauplätze seiner Karriere waren auf der ganzen Welt verteilt, aber er hatte nirgendwo Romantik entdeckt, sondern sprach von ihnen wie von ärgerlichen Aufgaben, die ihm zugewiesen worden waren. Das große Königreich der Moguln, Amerika mit seinen endlosen Wäldern und gewaltigen Flüssen, seinen bemalten rothäutigen Wilden, und nun dieses neblige Moor, in dem die Geister seiner entsetzlichen Geschichte spukten – alle waren für ihn dasselbe, er war ein Soldat und ein Staatsmann, der seinem König nach besten Kräften diente. Er verfügte, wie andere seiner Generation, über die sichere Überzeugung, daß die Welt einen Sinn hatte. Und doch, als er sich Washington in Yorktown ergeben hatte, hatte er da die Kapellen nicht »The world turned upside down« spielen lassen?

Für einen jungen Mann wie mich, dessen Schwert noch unblutig war und der sich seine Sporen erst verdienen mußte, war diese düstere Insel groß wie der Globus selber, und als ich am Fluß stand, versuchte ich mir vorzustellen, wie die Armee sich näherte – Humbert, mit seinen dunklen Veteranen und den irischen Rebellen. Während der langen Jahrhunderte hat Irland wie ein Brander neben uns gehangen, wie ein mitgenommener, schwarzrümpfiger Pirat neben einem Kriegsschiff hängen mag. Tagsüber waren seine Felder so hell und üppig wie in England, nachts aber waren sie einsame Moore, die sich zu wilden Bergen hin erstreckten. Es gab keinen Wind, kein Geräusch außer dem des Wassers zu meinen Füßen, dieses großen zentralen irischen Flusses. Strongbow, Bagenal, Grey, Mountjoy, Cromwell, William – Cornwallis war nur einer in der Reihe von Befehlshabern, die diese Insel unterwerfen sollten. Das waren meine jugendlichen Überlegungen, romantisch, melancholisch, ein wenig furchtsam, am Vorabend unseres Marsches ostwärts nach Ballinamuck.

Drumshanbo, 6. September

Loch Allen lag offen vor ihm, zwischen den sanften Hügeln. Die Straße machte eine Biegung und führte dann am Ufer entlang. Schilf wuchs am Rand, gerade, blaßgrün. Er kletterte auf eine niedrige, grasbewachsene Anhöhe und setzte sich hin, um über das ruhige blaue Wasser auf das gegenüberliegende Ufer zu starren. Die Geräusche des Seewassers, sanft und eindringlich, erfüllten seine Gedanken. Klänge verwoben und verschlungen, er las die Musik des Wassers. Staub zerschmetterter Diamanten, Sonnenlicht brach sich auf der Oberfläche. Das Wasser tadelte die ausgedörrten Straßen von Mayo und Sligo. Grobes Gras lag unter seinen Händen. See, Ufer, Hügel waren vor der Geschichte geborgen. Ganz anders als die Hügel von Munster, wo sich die Geschichte an jeden Felsen klammerte, sich um Wurzeln rankte, mit Schilf und Gräsern verwoben war. Den See der Franzosen, so nennen sie ihn vielleicht irgendwann, oder den See der Bewaffneten. Noch nicht. Hier könnte man für immer ausruhen, die Hände hin unter dem Kopf verschränkt, leise vor sich hinsingend oder die Wolken betrachtend, oder in Erinnerung verloren.

Das Uferland seines Lebens war durcheinander, ein Tumult des Lärms, ein Aufflammen von Formen und Gesichtern, Kanonenschüssen und rennenden Männern, Körpern, die Adern und Gedärm auf dem Weideland leerten. Humbert eine große Katze neben einem mitternächtlichen Feuer, Duggans Bullenschultern, seine blutunterlaufenen Augen. Oben in der Hauptstraße von Castlebar lag ein rothaariger Soldat auf seiner Kanone. Bilder wirbelten durch seinen Kopf und schlugen gegen seinen Schädel. Sollte die Zeit doch die Farben ausbleichen. Er wollte nur das Weiß der Wolken, plätscherndes Wasser. Keines war ein Bild, das er sein eigen hätte nennen können, sie waren ihm aufgezwungen worden.

Sein Wesen lag verborgen hinter diesen widerstreitenden Bildern, und er rief es an wie einen Freund in der Ferne; wie eine Wanderung über die Straßen von Kerry und Westcork, die Bequemlichkeit einer Schenke, seine Füße gegen eine Bank gestützt, oder die langen weißen Beine einer Frau neben seinen, ihre Brust offen für seine Berührung. Oder, am lebhaftesten, nächtliche Einsamkeit, wenn er mit Wörtern umging, hell wie Juwelen, stärker als Ketten. Im festen Turm seiner Sprache war er unbesiegbar. Nun war er bis auf die Haut von seinen Gefühlen entblößt. Sollten sie ihm doch nachkommen, sie würden ihn nicht mehr finden. Er sehnte sich nach Munster, einem vertrauten alten Mantel, um seine Nacktheit zu bedecken.

Ein Karren, der nach Ballintra unterwegs war, hielt und bot an, ihn mitzunehmen, und er setzte sich neben den Kutscher. Ein verkrümmter alter Mann, die verkrüppelten Knochen seines Rückens nach vorn gedrängt, die Schultern neben seinen Ohren. Sie schuckelten dahin, am schilfbestandenen Seeufer entlang.

»Wenn du Erntearbeit suchst, dann kommst du zu spät.«

»Suche ich nicht.«

»Von überall sind Männer angestellt worden, aus gottverlassenen Mooren und sonstwo. Es ist eine gute Ernte, Gott sei Dank.«

»Das sehe ich.«

»Aber du bist doch sicher Landarbeiter.«

»Bin ich nicht. Ich bin Schulmeister.«

»Schulmeister, ja, mit solchen Schultern und Armen wie ein afrikanischer Affe. Du mußt doch Landarbeiter sein.«

»Für mein Aussehen bin ich nicht verantwortlich«, sagte MacCarthy. »Es gibt kein Gesetz, das sagt, ein Schulmeister muß ein Zwerg sein.«

»Dann mußt du ein verdammt komischer Schulmeister sein, wenn ich das mal sagen darf.«

»Da will ich nicht mit dir streiten.«

»Wenn du eine Schule suchst, dann bist du hier fehl am Platze. Sie haben keine Schule in Ballintra, und sie wollen auch keine, und Drumshanbo hat schon eine feine Schule.«

»Ich suche keine Schule. Ich gehe nach Hause. Nach Kerry.«

»Nach Kerry!« Der Bauer ließ seine Zügel sinken und drehte den Kopf, um ihn anzusehen. »Wo doch die Straßen bei Carrick von englischen Soldaten nur so wimmeln, die nichts als Rache und Unterdrückung im Sinn haben? Und wenn du den Shannon überquerst, um über die Straße von Drumshanbo nach Süden zu gehen, dann gerätst du in noch ärgeren Irrsinn. Longford und Granard sind verrückt geworden und denken nur noch an Piken und Freiheitsbäume und diesen ganzen Unsinn.«

»Ich gehe nicht über den Shannon«, sagte MacCarthy. »Auf keinen Fall. Ich gehe nicht nach Drumshanbo.«

»Du hättest lieber bleiben sollen, wo du warst, bis dieser ganze Unsinn vorbei ist.« Der Bauer griff wieder zu den Zügeln.

MacCarthy blickte über den See. Die Wasseroberfläche bewahrte ihr Geheimnis. Schlicht und gerade wuchsen die Schilfrohre aus ihren verworrenen Wurzeln.

»Kommst du aus Mayo? Alle wissen, daß Mayo in die Hände von Kuhhirten und gotteslästerlichen Franzmännern gefallen ist.«

»Das stimmt«, sagte MacCarthy. »Es war kein Ort für einen frommen, gebildeten Mann.«

»Bestimmt nicht. Ein Irrsinn hat dieses Land befallen, noch viel schlimmer als die Whiteboys. Nur die rotröckigen Soldaten, die hin und her trampeln, schießen und henken, werden dem ein Ende machen. Gottes Fluch auf die wilden Burschen, die das alles über uns gebracht haben.«

»In Mayo sind sie arg herausgefordert worden«, sagte MacCarthy. »Verbrannte Hütten, und die Miliz immer am Werk mit Peitsche und Dreieck.«

»Ach«, erwiderte der Bauer. »Die werden noch viel mehr Dreieck zu schmecken bekommen, bis alles vorbei ist, und diese Verrückten in Longford auch.«

»Was ist das für eine feine Schule in Drumshanbo?« fragte MacCarthy.

»Es ist eine bekannte Akademie. Sie hat Schüler aus so weit entfernten Orten wie Mohill angezogen. Der Schulmeister kann mit seinem Latein einen Priester in Grund und Boden reden. Allerdings hat er nicht den allerbesten Ruf.«

»Wie heißt er?«

»Er heißt Martin Laverty. Es würde mich nicht überraschen, wenn du von ihm gehört hättest.«

MacCarthy wandte den Blick vom See ab und starrte ihn an. »Bei Gott, ich kenne wirklich einen Schulmeister namens Martin Laverty. Ist er ein großer Mann, mit einem krummen Rükken, so wie du?«

»Er ist blind.«

MacCarthy schüttelte den Kopf. »Der Martin Laverty, den ich kenne, ist nicht blinder als ich.«

»Dieser hier wohl. Er bildet Jungen für das Seminar aus, mehr weiß ich nicht, und er hatte eine Tinkerfrau, aber die ist weggelaufen. Er hatte arge Schwierigkeiten mit dem Priester, bis diese Tinkerfrau weggelaufen ist.«

»Ein großer Mann mit krummem Rücken«, wiederholte MacCarthy, »und in ganz Munster wegen seiner Gedichte bekannt. Es gibt ein Gedicht von ihm, für das ich goldene Sovereigns bezahlen würde, um es gemacht zu haben. Bei Christus, das ist ein schönes Gedicht. Ach, was hätte denn der Mann, der dieses Gedicht gemacht hat, im County Leitrim zu suchen?«

»Davon weiß ich nichts«, sagte der Bauer. »Ich habe nie gehört, daß von seinen Gedichten die Rede gewesen wäre. Aber er trinkt schrecklich viel, das kann ich dir sagen. Es macht dich krank, zu sehen, wie er versucht, nach Hause zu finden, wenn die Schenke dichtgemacht hat, so betrunken wie seine Tinkerfrau. Wie kann ein blinder Mann unterrichten, kannst du mir das erzählen, aber sein Kopf ist vollgestopft mit Latein.«

»Gnädiger Gott, was für ein Schicksal!« sagte MacCarthy. »Blind in Drumshanbo.«

»Es gibt in Leitrim keine schönere Stadt. Aber du sprichst von einem Ort, den du noch nie gesehen hast. Ein blinder Säufer von einem Schulmeister wie Martin Laverty sollte dankbar sein, daß er in Drumshanbo sein Auskommen hat.«

»Der Martin Laverty, den ich kenne, ist ein Dichter, und er hat seine Schule in Ballyvourney, in Westcork. Und er hat ein schönes Gedicht gemacht, einen Aisling. Wenn es dunkle Nacht wäre, dann würde ich deinen Karren zerschlagen und anstecken, nur um dieses Gedicht zu lesen. Und wenn ich es in den Flammen deines verrotteten Holzes nicht lesen könnte, dann würde ich Drumshanbo verbrennen.«

»Wer um Gottes willen bist du?« rief der Bauer entsetzt. »Beschimpfst mich wie ein Irrer in meinem eigenen Karren! Ein Vagabund, den ich aus lauter Herzensgüte aus dem Straßengraben gefischt habe!«

»Ich bin Owen MacCarthy aus Tralee, du eingeschrumpfter kleiner Scheißkerl, und ich bin noch nicht so tief ins Elend gesunken, daß ich auf einem Haufen stinkender Zwiebeln sitzen und mir anhören muß, wie Poeten geschmäht werden. Du kannst anhalten und mich absteigen lassen.«

»Das kann ich allerdings. Du bist wirklich ein ganz besonderer Irrer. Und meine Freundlichkeit hast du mir schlecht vergolten.«

»Willst du reine Höflichkeit vergolten haben, du mieser Geizkragen?« MacCarthy stieg ab und sah ihn an. »Die schönste Stadt in Leitrim. Bei Gott, das ist ein hohes Lob. Wenn die Hunde und Katzen von Kerry von Drumshanbo gehört hätten, dann würden sie zum Pissen herkommen.«

Erst nach fünf langen Stunden kam er in Ballintra an, und dort, wie Falvey ihm gesagt hatte, war die Kreuzung – die Straße nach Süden, und die Straße über die Brücke, die nach Drumshanbo führte. Er stand auf dem steilen Buckel der Brücke und blickte nach unten. Größter alle Flüsse, von Sagen umsponnen, floß er nach Limerick und zum offenen Meer, durch unbekannte Counties, durch Seen, die er nie gesehen hatte, strömte südwärts vorbei an Dörfern, deren Namen er niemals gehört hatte. Aber wenn er Glück hatte, dann würde er in einer Woche in Paddy Tubridys Schenke in Athlone sein, wo der Fluß unter einer schönen fünfbogigen Brücke dahinfloß. Sicher vor allem Leid, die Luft erfüllt von freundlichen Stimmen, der Krug mit goldfeurigem Whiskey in bequemer Reichweite. Danach ein einfacher Weg, nach Süden bis Rathkeale, dann wieder nach Süden bis Newcastle West. Seine Beine waren niemals stärker gewesen, und er hatte Schillinge und zwei Sovereigns in der Tasche. Er würde für immer davon befreit sein, von dem dünnen, hysterischen Rattern der französischen Trommeln, den schwerfälligen Sensen und den mörderischen Piken, dem blutdurchtränkten Gras. Unter seinen Füßen schwamm ein Zweig südwärts, nach Athlone.

Aber es war keine Reise, die man mit trockenem Mund antreten sollte. Und dazu bestand auch keine Notwendigkeit, nicht, wenn Martin Laverty tatsächlich in Drumshanbo wohnte, blind, gemieden sogar von Tinkerdirnen. Er wandte den Kopf und blickte zurück auf die Straße nach Süden, wie um festzustellen, daß sie immer noch da war und auf ihn wartete, und er versuchte zu erraten, wieviele Stunden Sonne ihm noch blieben. Dann, gezogen wie der Zweig von zufälligen Strömungen, überquerte er die Brücke nach Drumshanbo.

Es war eine angenehme Stadt, da hatte der Farmer recht gehabt, sauber und gepflegt, mit Kirche und Kapelle, sein Dorfanger geschützt von einem niedrigen Zaun, Hökerladen, zwei Schenken, eine Markthalle. Er ging in die nähergelegene Schenke, löschte seinen Durst, kaufte sich dann eine Flasche und fragte nach dem Weg zum Haus des Schulmeisters.

Eine lange Hütte mit tiefgezogenem Dach am anderen Ende des Dorfes, schmutzig gelb unter dem Strohdach. Er stieß die Tür auf und rief: »Martin, Martin Laverty!« Schulbänke waren an das erloschene Feuer gezogen worden. Ein Bücherschrank stand an der einen Wand. »Martin Laverty!« rief er wieder und wartete.

Schließlich erschien Laverty aus dem anderen Zimmer, ein Mann mit krummem Rücken, der sich mit einer Hand am Türrahmen aus grobem Holz festhielt. Seine Augen, blaßblau und weit, starrten an MacCarthy vorbei.

»Ich bin Owen MacCarthy, Martin. Owen MacCarthy aus Tralee.«

Es dauerte lange, ehe Laverty mit einem kurzen kläffenden Lachen antwortete. »Stimmt nicht. Stimmt überhaupt nicht. Was sollte Owen MacCarthy denn in Drumshanbo zu suchen haben? Wer hat dir den Namen von Owen MacCarthy genannt, du Schurke?«

»Was treibt Martin Laverty denn hier? Bei Gott, ein Mann, der mit dem Karren nach Ballintra unterwegs war, hat mir gesagt, daß du hier Schulmeister bist, und ich wollte ihm nicht glauben.«

»Hat er dir gesagt, daß ich blind bin? Komm her, damit ich dich in den Arm nehmen kann.«

MacCarthy stellte den Krug auf eine Schulbank, ging durch das Zimmer zu Laverty. Der legte die Arme um ihn und zog ihn an sich. Laverty fuhr rauh mit der Hand über MacCarthys Gesicht und ließ sie einen Moment dort liegen.

»Ja, bei Gott, du bist es«, sagte Laverty. »Entweder bist du Owen MacCarthy oder ein großer Kuhhirte, der mir einen Streich spielen will.«

MacCarthy trat zurück und rezitierte, während seine Hände immer noch auf Lavertys Schultern ruhten, die ersten Zeilen des Aisling. Er starrte in Lavertys Augen, blau, aber von etwas, das feiner war als ein Häutchen, überzogen.

»Owen, Owen. Du bist willkommen in diesem Hause. Einen Moment noch, dann hole ich uns etwas zu trinken.«

»Aber du kannst doch nicht glauben, daß ich mit leeren Händen gekommen bin. Ich habe einen vollen Krug mitgebracht. Jetzt brauchen wir nur noch zwei Gläser.«

Sie saßen trinkend auf zwei Schulbänken, einander gegenüber, neben MacCarthy die Flasche.

»Das ist die verdammteste komische Geschichte, die ich je erlebt habe, Owen. Es dauert schon vier Jahre, fast fünf. In meiner Familie hat es allerdings schon Blindheit gegeben. Mein Vater wurde blind, und meine Schwester als kleines Mädchen. Ich weiß nicht. So was vererbt sich ja, heißt es. Zuerst habe ich mir keine Sorgen gemacht. Ich sah nur etwas unklar, und das kam und ging. Aber so wie es jetzt ist – weißt du, Owen, wir glauben, daß ein Blinder in ewiger Nacht lebt, aber das stimmt überhaupt nicht. Es ist, als ob dir jemand einen Topf Milch ins Gesicht gegossen hätte. Ich kann Tageslicht und Nacht unterscheiden, und bei Tageslicht kann ich Umrisse und Gestalten erkennen. Sie schweben vor mir. Zwischen ihnen und mir hängt ein dünner Vorhang, und über ein Jahr lang habe ich versucht, diesen Vorhang zu fassen zu bekommen und niederzureißen.«

»Aber du hast doch sicher nicht wegen deiner Blindheit Ballyvourney verlassen? Kein Mann dort genoß größere Achtung oder Zuneigung.«

»Nein, das nicht. Als mir klargeworden war, daß dieser Vorhang immer da sein würde, habe ich den Verstand verloren und bin auf Wanderschaft gegangen. Ich war ein Jahr in Buttevant und danach in Kanturk. Kennst du Kanturk?«

»Allerdings. Dort liegen die Ruinen einer großen Burg der MacCarthys. Da warst du doch sicher in guten Händen.«

»Ach, das war es ja gerade. Ich wollte weder in guten noch in schlechten Händen sein, und ich wollte niemandes Mitleid. Bei Gott, ich war der beste Dichter in Cork, und das ist keine Kleinigkeit. Sei nicht geizig mit der Flasche, Owen.«

Staub hing in der Luft. Der Raum war seit einem Monat nicht mehr ausgefegt worden, und es hatte auch niemand ein Fenster aufgemacht.

»Ich bin ja selber in einem abgelegenen Winkel ausgekommen, Martin. In einem Dorf an der wilden Küste von Mayo.«

Es war, als habe er nichts gesagt. Die milden Augen waren nach innen gekehrt.

»Bis vor einem Monat hat sich eine Tinkerfrau um mich gekümmert. Eine von den Coffeys. Aber du weißt ja selber, wie sie sind. Sie muß gedacht haben, ich wäre blind und blöd. Ich habe eines Nachts hinter der Tür gewartet, bis sie nach Hause kam, und ihr die Prügel ihres Lebens verpaßt. Bei Gott, ich hätte auf ihren Rippen fast meinen Stock zerbrochen, und sie jaulte wie ein Schwein. Seitdem bin ich allein. Die Jungen kommen erst wieder, wenn die Ernte eingebracht ist. Niemand weiß, was Ärger ist, solange er keine Tinkerfrau in sein Bett genommen hat.«

»Oben in Mayo hatte ich ein feines, ruhiges Mädchen«, sagte MacCarthy. »Eine junge Witwe, aber du konntest ihre Taille mit deinen beiden Händen umspannen.«

Laverty hielt ihm wieder sein Glas hin. MacCarthy füllte es, dann sein eigenes.

»Waren wir nicht tolle Burschen, Owen? Ich und du und Dermot und die anderen? Die Luft war hell und ließ unsere Worte glänzen. Du warst allerdings eher für Melancholie. Vor nicht zwei Monaten habe ich noch an das Gedicht gedacht, was du zum Tode deines Vaters gemacht hast. Dieses Gedicht könnte der Sonne ihr Licht nehmen.«

MacCarthy schüttelte den Kopf. »Ich kann nicht glauben, daß ich dich hier gefunden habe, Martin Laverty mit einer Heckenschule in Leitrim.«

»Das ist keine Heckenschule. Das ist eine klassische Akademie, und die meisten Jungen wollen danach ins Seminar. Es ist ein ruhiges Leben, und hiermit habe ich mich abgefunden.« Er berührte seine Augen mit der Hand. »An schönen Abenden gehe ich zur Brücke und lausche dem Shannon. Ich stehe eine Stunde da, manchmal, dann gehe ich in Dunphys Bierhaus. Ich bin jetzt ganz allein.«

»Wissen die Leute hier denn überhaupt, wer du bist?«

»Ach, das sind schlichte, arme Leute. Micheál O'Tuama war letztes Jahr eine Woche hier und hat mir seine ganzen neuen Gedichte aufgesagt. Bei Gott, er ist ein fleißiger Mann.«

»Das war er immer schon«, sagte MacCarthy. »Fleißig ist das richtige Wort.« Er sah sich in dem staubigen Zimmer um. Manchmal erfüllt mit dem Lärm von Jungen, Stimmen, die über lateinische Wörter groß wie Felsblöcke stolperten, im Kamin glühten rote Torfsoden. Jetzt war es das Zimmer eines Blinden, eingeschrumpft und freudlos. »Du solltest in den nächsten beiden Tagen oder so einen Bogen um die Brücke machen, Martin«, sagte er. »Die Rebellen und die Franzosen werden hierher kommen, und nach ihnen die rotröckigen Soldaten.«

Laverty schmatzte, um den Whiskey zu schmecken. »Und woher weißt du das, Owen?«

»Weil ich bei ihnen gewesen bin. Ich war seit Killala bei ihnen, aber ich bin weggelaufen. Ich glaube, ihr Glück ist zu Ende.«

»Gott gebe ihnen den Sieg«, sagte Laverty im flachen, glatten Tonfall eines Mannes, der den Rosenkranz betet, leere, klappernde Worte. »Möge jetzt das Jahr der Gälen sein, und möge der Fremde mit dem Schwert aus Irland vertrieben werden.«

»Nicht dieses Jahr«, sagte MacCarthy.

»Du warst immer schon ein mutiger Mann, Owen. Als du noch in Macroom gewohnt hast, hieß es, du wüßtest mehr als gesund war über Paddy Lynch, den Whiteboy.«

»Was ich über Paddy Lynch weiß, ist, daß sie ihn in Macroom gehenkt haben. Und diese Burschen werden gehenkt oder von Kanonen zerschossen werden.«

»Wann immer du zu Dunphy gehst, hörst du Gerede über Piken und ähnliches. Und sie haben Lieder darüber gemacht, Lieder, du würdest es nicht glauben, sie sind ganz entsetzlich, und Kuhhirten und Spalpeens brüllen sie aus voller Lunge. Das Jahr der Freiheit nennen sie es.«

»Das Jahr ist fast vorbei«, sagte MacCarthy. Er füllte wieder ihre Gläser und schüttelte dann den Krug. Halbleer.

»Zuerst Wexford«, sagte Laverty und schloß beide Hände um sein Glas. »Und dann Antrim und Mayo. Und nun Longford und vielleicht auch Cavan.«

»Vielleicht«, erwiderte MacCarthy. »Wir sind durch ganz County Sligo marschiert, und einige Leute sind auf den Straßen zu uns gekommen, junge Burschen, die wenig Ahnung hatten, und Spalpeens, die jetzt nach der Ernte nichts besseres zu tun haben. Aber viel mehr sind auf ihren Feldern geblieben und haben uns angestarrt. Es ist ein schönes Leben, in der Schenke zu stehen und Lieder zu singen.«

»Wenn es im Himmel überhaupt einen Gott gibt«, sagte Laverty, »dann muß Er doch sehen, daß das Volk der Gälen sein Blut vergießt.«

»Das sieht er bestimmt«, meinte MacCarthy. »Das ist ja wohl kaum zu übersehen. Ich habe es gesehen, und es macht mich krank. Ich wäre gern in diesem Moment sicher in Munster.«

»Ich muß dir etwas sagen«, sagte Laverty. »Ich habe seit drei Jahren kein Gedicht mehr geschrieben. Ich werde nie mehr ein Gedicht schreiben.«

»Wirst du doch«, sagte MacCarthy rasch.

Laverty schüttelte den Kopf. »Ich dachte zuerst, es läge an der Blindheit. Aber viele große Dichter sind doch blind gewesen. Ich will nicht. Es hat mich verlassen, was immer es war. So wie ein Harfner, der spürt, wie seine Finger steif werden. Ich kann Wörter zusammenfügen, aber sie sind wie tote Fische, die die Flut an Land gespült hat. Nachts habe ich hier alle Zeit, die man sich wünschen kann, und ich sage mir meine eigenen Gedichte auf, und ein paar von deinen, und MacConmaras und ein oder zwei von O'Tuoma. Wenn ich allein bin und nicht einmal die Tinkerfrau mir zuhört, dann bin ich O'Rahilly, ich bin Ferriter. Sie schaffen um mich eine Welt. Ich labe mich an Farbe und Klang, bis ich davon erfüllt bin. Aber ich danke Gott für mein gutes Gedächtnis. Ich könnte jetzt genausowenig ein Gedicht machen wie einen Schiffsrumpf.«

»Diese Fähigkeit wird zu dir zurückkommen, hab keine Angst«, sagte MacCarthy.

Aber er sah den Blinden voller Entsetzen an. Eingefallene Wangen, Papageienschnabel, milchige Augen, ausgeschlossen von der Schönheit der Schöpfung, lange, ruhige Hand, die über das verschmutzte Halstuch strich. Einen Moment lang überkam ihn die Angst, Laverty könnte von einer Infektion befallen worden sein, die immer noch in der toten, staubigen Luft hing. Die langen Monate zwischen Gedichten waren ihm ein vertrautes Elend, ein saurer metallischer Geschmack in der Seele. Aber nicht drei Jahre, eingeschlossen mit den Toten, schwere Zunge, Wörter, die ihn mit ihrem veränderlichen Gewicht verspotteten.

»Wird sie nicht«, antwortete Laverty. »Aber egal.«

Er war in seinen Gedichten niemals Risiken eingegangen, hatte sich sicher an die Konvention geklammert, war aber dennoch ein wahrer Poet. Was war diese Gabe geworden, ein verrostetes Schloß, dessen Schlüssel weggeworfen worden war. MacCarthy goß sich eine gute Portion Whiskey ein, auf dieses Bild hin.

»Du warst immer schon besser als ich, Owen, und ich war nie neidisch auf dich. Du warst besser als ich, und O'Tuoma auch und O'Moran und MacConmara. So wie O'Sullivan besser als ihr alle war.«

»Jesus, Mann, gib mir doch eine Chance. O'Sullivan wird nach dem Werk seines ganzen Lebens beurteilt.« Wenn ich diesen Namen je wieder hören muß. »Du nimmst O'Sullivan zu wichtig. Das macht ihr alle.«

Die Lippen unter dem Papageienschnabel öffneten sich zu einem Grinsen. »O'Sullivan ist besser als du, Owen. Das weiß jeder Dichter in Munster. Aber was spielt das für eine Rolle? Es ist keine Schande, hinter Owen Ruagh O'Sullivan herzutrotten. Wir trotten doch alle hinter diesem Burschen her.«

MacCarthy leerte sein Glas und goß sich erneut ein. »O'Sullivan hat viele miese Gedichte zusammengeschustert, und andere, deren Lob ich gehört habe, hätten von einem halbem Dutzend anderer Burschen geschrieben worden sein können. Immer gelten die, die sicher und tot sind, als die großen. Als O'Sullivan noch lebte, war es O'Rahilly, der gepriesen wurde. Das weiß ich noch.«

»Da sagst du etwas Wahres«, erwiderte Laverty und hielt ihm sein Glas hin. »Wir alle kommen ganz am Ende der Entwicklung, Owen, wenn wir in den Schenken von Cork und Kerry herumprotzen und uns gegenseitig unsere Gedichte vorführen wie Schulkinder. Aber nach uns wird niemand mehr kommen. Nach uns wird es keine jungen Burschen mehr geben, die Blut schwitzen, um eine Zeile zu formulieren. Die Welt wird sich von uns wegdrehen, und wir werden nach Luft schnappen wie Fische am Strand.«

»Ich schwöre bei Gott, Martin, die Einsamkeit von County Leitrim hat dich zum Wahnsinn getrieben. Wie sollte es denn eine Welt ohne Dichter geben? Das wäre eine häßliche Welt mit stummem Vieh auf den Feldern und hartem Sonnenlicht, das auf die Straßen von miesen Kaffs fällt. Wir sind die Zungen Irlands, Mann. Trink aus, in Jesu Namen, und laß uns losgehen.«

In der Mittagssonne wanderte ein Tölpel durch die Dorfstraßen, mit leeren Augen, seine schlaffe, weißbepelzte Zunge hing ihm aus dem Mund. Diese entsetzliche Vision erschien MacCarthy hinter Lavertys gebücktem Rücken. Es war für einen Dichter Blasphemie, gegen die Poesie zu sprechen: Er war gestraft worden, geblendet, zum Schweigen verurteilt.

»Hör zu«, sagte er. Er beugte sich vor, ließ die Hände auf den Knien ruhen und sagte Lavertys berühmten Aisling auf, das Gedicht, das von Macroom bis nach Tralee bekannt war. Er sprach ruhig, mußte sich ab und zu Mühe geben, sich an die Worte zu erinnern. Seine Stimme erfüllte das Zimmer. Geordnete Klangverwicklungen verbannten den unangenehmen Anblick. Wiesen entsprangen seinen Worten, Frühlingsblumen, ein Bach floß zwischen sanften Ufern, Obstbäume trugen Frucht, rund und rot. Als er sprach, traten Laverty Tränen in die Augen, zwängten sich am trübenden Häutchen vorbei. Er endete ruhig, seine Worte senkten sich zum Schweigen. Erinnerung hielt sie in der staubigen Luft.

»Es kam zu mir wie der Atem«, sagte Laverty schließlich. »Zwanzig Menschen können dieses Gedicht auswendig, soviel ich weiß, und ich habe es an einem einzigen Abend gemacht. Keine fünf Zeilen mußte ich danach noch überarbeiten. Ich weiß noch gut, wie ich es gemacht habe, in einer bitteren Januarnacht in Ballyvourney, mit Frost auf den Feldern, die Hügel schwarz wie Saatkrähen. Ich habe es selber gemacht. Mein Gott, Owen, ich war so glücklich in dieser Nacht, daß ich mich gar nicht fassen konnte. Ich wußte genau, daß es ein gutes Gedicht war. Ich wußte das bei jeder Strophe.«

»Das wußtest du verdammt gut«, erwiderte MacCarthy. »Also hör auf mit diesen düsteren Gedanken. Man könnte ja denken, das Ende der Welt wäre gekommen.«

Aber er spürte die Kälte des Winters von Ballyvourney in der Luft um ihn herum, die Kälte, die sich durch Stulpen und Halstücher stielt, das frostige Schweigen einer leblosen Welt. Fröstelnd wandte er sich wieder der Flasche zu. Lange Reihen von Männern trotteten am Loch Allen entlang, mit gesenkten Köpfen. Unversöhnlich hinter ihnen die rotröckigen Reiter, ihre Gesichter vom Haß verzerrt, unkenntlich. Unbekannte Straßen lagen vor ihm, Dörfer voller Fremder erwarteten ihn. Sein Mißgeschick hatte ihn zu diesem blinden Mann gebracht, der in einer dunklen Welt wohnte, und dessen Kehle zum Schweigen gewürgt worden war. Voller Freude hatte er in den sicheren Feldern hinter Manor Hamilton seine Pistole weggeworfen, hatte sich aufgemacht, um sich auf heckengeschützten

Straßen wiederzufinden. Jetzt schwebte er in Gefahr. Auf dieser Seite des Shannon konnte es für ihn kein Glück geben. Laverty, blicklos, verkrümmt, hätschelte seinen Whiskey, seine Gedanken weilten in der Vergangenheit, bei einem jungen Dichter mit schöpferischer Macht.

MacCarthy stand auf und ging zur Tür. Hinter dem Dorf, im letzten Licht vor der Dunkelheit, glitzerte der Fluß, ein Silbernetz auf dem anderen. Rasch verglühendes Sonnenlicht fiel auf die Quader der Brücke. In der Stille des luftlosen Zimmers konnte das Ohr seiner Phantasie die raschen französischen Trommelwirbel hören, die schweren Schritte der Pikenträger. Auf der anderen Seite der Straße rannte ein Kind aus einer Hütte, barfuß, ein kleines Gesicht unter einem verfilzten braunen Haarschopf. Jenseits eines kleinen Feldes flogen Vögel nach Hause, ein Gewirr von schwarzen Schwingen.

»Du bist mit der Gälischen Armee marschiert«, Lavertys Stimme erreichte ihn aus dem dunklen Zimmer, und die konventionelle großsprecherische Phrase ging ihm auf die Nerven. Sarsfields Clangefolgschaft, Sarsfields Kavallerie: die Gälische Armee. Die kalkweißen Paläste, angesteckt von Tyrone, Schlachtordnungen uralter Gefechte. Aughrim, Limerick, Kinsale – die Litanei eines Poeten. Nicht Kuhhirten mit Sensen, die unbeholfen dahinstolperten, um auf Weiden zu sterben, kichernde und schluchzende Spalpeens, die in die Ewigkeit torkelten. »Die Gälische Armee überquert die Brücke von Drumshanbo«, sagte Laverty. »Daraus könntest du ein Gedicht machen.«

»Ich schenke dir das Thema«, erwiderte MacCarthy. Das passende Gedicht für einen Blinden, der die Vogelscheuchen, den von Regen und Wetter ausgebleichten Fries, die verwirrten, verängstigten Gesichter nicht sehen würde.

»Du bist von ihnen weggelaufen«, sagte Laverty. Seine Stimme überschlug sich vor Mißbilligung.

»Was weißt du denn schon«, antwortete MacCarthy, der seine Schulter gegen die Tür lehnte. »Es ist ein Haufen von Bauern aus Mayo und Sligo, hin- und hergeschoben von Franzosen, die sich einen Dreck um sie scheren. Die Galgen sind schon für sie gebaut worden.«

»Ach, es ist alles dasselbe. In diesem Land gibt es kein Glück. Was sind wir denn anderes als ein armes, unseliges Volk?«

»Jesus, warst du nicht ein Idiot, daß du die Poesie aufgegeben hast!« sagte MacCarthy. »Du hast doch Stoff genug für hundert tränenreiche Klagen.«

»Du darfst nicht alles mißverstehen, was ich sage. Ich habe die Wahrheit gesprochen. Wir wurden in Aughrim und in Limerick vernichtet. Der alte Stamm ist nach der Niederlage davongesegelt, und seither sind wir Schafe ohne einen Hirten. Es war ein schwarzes, bitteres Jahrhundert, und kein Gedicht kann ihm irgendeinen Glanz verleihen.«

»Sehr wahr«, stimmte MacCarthy zu, »aus mir hat der Whiskey gesprochen.«

Die stille Straße mit ihren Hütten und niedrigen Läden unterschied sich in nichts von den Städten seiner Kindheit. Die Jugend hatte sie vergrößert, hatte ihre Namen wie goldene Guineen durch die Zeilen seiner Gedichte gewirbelt. Tralee, Macroom, Killmallock: Auch sie waren doch nur schmutzige Anhäufungen von Hütten, Schenken, die durch Whiskey und Lieder zu Säulenhallen wurden. Aber die Dichtkunst war eine mächtige Magie, die nackten Füße der Tanzenden bewegten sich über Lehmböden, zum Klang von Harfe und Geige. Allein, abends vor Einbruch der Dunkelheit, als er einen Hügelkamm bestieg, streckte sich ein Tal vor ihm aus, Aherlow, und in der Ferne Slievenaman. Zerstörte Türme lagen hinter Hügeln verborgen, die eleganten Bögen zerfallener Abteien. Als barfüßiger Junge war er über ihre Wendeltreppen geklettert. Die Winde wisperten durch die zerschlagenen Fenster einer toten Vergangenheit.

Sie leerten seinen Krug, dann tranken sie auch Lavertys leer. Durstig gingen sie durch das Dorf zu Dunphy. Es war Nacht geworden. Eine Uhr an der sauberen protestantischen Kirche mit ihrem dürren Turm sagte ihm, wie spät es war: neun Uhr. Wie nahe waren sie jetzt schon gekommen, Trommeln und Piken und wunde Füße? Krummrückig ging Laverty neben ihm, einen Stock in der rechten Hand, mit dem er in den Boden stach. MacCarthy, jetzt betrunken, lehnte den Rücken an das Gitter des Friedhofes, reckte die Arme und faßte seine Eisenspitzen.

»Du bist düster wie eine Eule, Martin Laverty, aber das bin ich nicht. Oh, nein, bei Jesus, ich nicht. Mein Leben liegt noch vor mir.«

»Du hast deine beiden Augen, um das Tageslicht zu sehen«, sagte Laverty.

Mit schweren Schultern hielt sich MacCarthy an den Spitzen fest und ließ sein Gewicht an den Armen hängen.

»Wir sind ein feines Paar, das wir hier im County Leitrim angespült worden sind. Es ist ein schäbiger Ort. Heute habe ich einem Mann gesagt, die Hunde und Katzen von Kerry würden zum Pissen herkommen, wenn sie von Leitrim gehört hätten. Sie würden zum Pissen herkommen.«

Er ließ die Arme sinken und drehte sich um, um die Uhr anzustarren. Schlank, vom Mondlicht vergoldet, formten ihre Zeiger einen rechten Winkel. Protestantische Kirchtürme ragten im ganzen Königreich auf, innerhalb ihrer Gitter geborgen. Behütet von ihrem eigenen Mond, standen sie enfernt von den Ruinen der Festungen. Wohlgepflegter Rasen und polierte Grabsteine schützten sie vor den elenden Hütten. Englische Sprache marschierte Meile um Meile mit den protestantischen Grabsteinen. DER ERINNERUNG GEWEIHT. IM VERTRAUEN AUF DIE BARMHERZIGKEIT DES ERLÖSERS. PFLICHTGETREUER SOHN. Sprache von Ordnung und Macht, die Sprache von morgen. Irgendwo an der Straße, hinter dem Dorf, lag das Gutshaus, breite Alleen aus zertrümmerten Steinen, Pfeiler am Eingang, gekrönt von steinernen Adlern, mit harten Augen, Schnäbeln, Klauen.

»Was sagt die Uhr?« fragte Laverty.

»Es ist spät«, antwortete MacCarthy. »Die Zeit geht zu Ende.«

Bei Dunphy umringten die Männer einen Fremden, einen Mann aus Granard. Er war ein fetter, breitschultriger Mann, der den Gürtel eng um seinen hervorquellenden Wanst festgezurrt und eine Pistole in den Gürtel gesteckt hatte.

»Ihr wärt Idioten, wenn ihr mir nicht glauben würdet«, sagte er. »In Longford und Granard ist jeder Mann in Waffen, und die Männer aus Cavan erheben sich. Das sind doch mindestens fünftausend.«

Als sein Glas leer war, wurde es vom Wirt wieder gefüllt. Der Mann hielt es in der Hand, während er erzählte.

»Die United Men halten alles Land von hier bis Mullingar. Bei Gott, so etwas habt ihr noch nie gesehen. Milizleute und Grundbesitzer sind umgebracht worden. Bei Jesus, die Miliz verkriecht sich in Mullingar und traut sich nicht heraus, um mit uns zu kämpfen. Wir würden sie abstechen. Wir würden sie in Fetzen hacken.«

Laverty klopfte auf den Tresen und kaufte für sich und MacCarthy zu trinken. MacCarthy leerte sein Glas schnell und bat um ein zweites. Der Raum war stickig und roch nach Schweiß. Er lehnte sich gegen den Tresen, Erschöpfung setzte ihm zu.

»Bei Gott, es ist wunderbar«, sagte einer der Dorfbewohner. »Zuerst Mayo und jetzt Longford. Das gälische Volk erhebt sich.«

»Es ist wunderbar, daß sich die Leute in Leitrim nicht auch erhoben haben«, sagte der Mann aus Granard. »Es ist wunderbar, daß sie in den Schenken von Drumshanbo auf ihrer eigenen Spucke stehen. Seid ihr denn überhaupt Iren?«

»Es ist ein ruhiger Ort«, sagte Dunphy. »In Drumshanbo hat es noch nicht einmal Whiteboys gegeben.«

»Whiteboys, ja?« rief der Mann aus Granard verächtlich. »Leute, die sich bei Nacht auf die Weiden schleichen, um Vieh abzustechen. Die United Men sind die richtigen. Wir haben keine Weide erobert, sondern ganz County Longford.«

»Bei Gott, das ist wunderbar«, wiederholte der Dorfbewohner. »Und bist du selber auch ein United Man?«

»Weißt du nicht, was das hier ist?« fragte der Mann aus Granard und legte die Hand auf seinen Pistolengriff. »Ich bin ein Captain der United Men. Hans Dennistoun hat mich zum Captain gemacht.«

»Dann trink doch noch ein Glas auf deinen Rang«, sagte Dunphy und hielt die Flasche über das Glas.

»Mach ich«, sagte der Captain aus Granard umgänglich.

»Macht er«, sagte MacCarthy zu Laverty. »Was für ein höflicher Mann.«

»Seiner Stimme nach zu urteilen ist er ein großer Mann«, sagte Laverty.

»Ein großer Mann«, bestätigte MacCarthy. »Ein Captain. Er hat eine große, mörderische Pistole von der Größe einer Kanone.«

Die Männer aus Drumshanbo starrten die Pistole an, als sei der Tumult von Longford in ihre Schenke getragen worden und habe sich zu Metall verhärtet. Sie wandten sich ab, suchten die Blicke ihrer Dorfgenossen, und dann sahen sie wieder verstohlen zur Waffe hin.

»Sie haben die Städte«, sagte der Captain aus Granard. »Sie haben Granard und Longford, aber sie sitzen verängstigt im Ort, während wir im ganzen süßen County Longford umherstreifen können.«

»Einer von euch«, sagte Dunphy vorsichtig, »ist bis ganz nach Drumshanbo gestreift.« Es war eine Frage, und sie hing in der Luft.

»Nicht gestreift«, antwortete der Captain aus Granard. »Einige von uns sind ausgesandt worden, um die Männer aus Mayo zu finden und ihnen zu erzählen, was in Longford geschehen ist. Ich werde am Loch Allen entlang nach Sligo reiten. Ich wäre jetzt noch unterwegs, wenn es nicht dunkel geworden wäre.«

»Das ist gar nicht nötig«, sagte MacCarthy, aber nur Laverty hörte ihn. Er hob die Stimme. »Du brauchst dir keine Mühe zu machen«, sagte er. »Die Männer aus Mayo sind selber am Loch Allen. Sie werden morgen in Drumshanbo sein.«

Sie drehten sich um, um ihn anzublicken. Der Captain aus Granard starrte ihn aus kleinen, tief eingesunkenen Augen an. »Was zum Teufel soll das heißen?«

»Du brauchst die Männer aus Mayo nicht zu suchen«, wiederholte MacCarthy. »Sie werden morgen auf dem Weg nach Longford über die Brücke kommen. Und die Franzosen auch.«

Der Captain aus Granard stellte sein Glas auf den Tresen und fragte Dunphy: »Wer ist dieser Mann?«

»Ein Freund von mir«, antwortete Laverty rasch, wobei er seine blicklosen Augen in Richtung der Stimme wandte.

»Und warum ist er hier, Martin?« fragte Dunphy.

»Sie werden die Brücke überqueren«, sagte MacCarthy, »und die englische Kavallerie wird sie verfolgen. Geh zurück und erzähle das den Leuten in Longford.«

»Jesus, Maria und Joseph«, sagte einer der Dorfbewohner.

»Er war zusammen mit mir Schulmeister in Munster«, erklärte Laverty. »Ich kenne ihn seit damals, als ich noch sehen konnte. Er ist ein sehr ehrbarer Mann.«

»Damals vielleicht«, sagte Dunphy. »Jetzt nicht. Jetzt ist er betrunken.«

»Was weiß ein Schulmeister aus Munster schon über die Männer aus Mayo?« fragte der Captain aus Granard in die Runde.

»Gott schütze uns«, sagte ein anderer Dorfbewohner. »Die Männer aus Mayo und die englische Kavallerie. Hier wird Blut fließen.«

»Hier oder woanders«, sagte MacCarthy. »Tausende von englischen Soldaten erwarten sie in Carrick. Das müssen die in Longford doch wissen.«

»Von dir weiß ich aber überhaupt nichts«, sagte der Captain aus Granard. »Wer zum Teufel bist du?«

»Ich war dabei«, antwortete MacCarthy. »Ich war in Mayo und Sligo dabei. Ich habe gesehen, wie sie nach Süden gegangen sind.«

Laverty legte ihm eine mahnende Hand auf den Arm.

»Ist hier irgendwer, der diesem Burschen glaubt?« fragte der Captain aus Granard. »Wenn du in Mayo dabei warst, dann wärst du auch jetzt, in der Stunde ihres Triumphes, dabei und säßest nicht betrunken in Drumshanbo herum. Willst du etwa behaupten, ein United Man zu sein?«

»Stunde des Triumphes«, wiederholte MacCarthy. »Sie rennen davon, so schnell sie können, und die englischen Reiter setzen ihnen nach. Die einzige Hoffnung, die sie noch haben, ist, daß die Männer aus Longford die Straße nach Dublin offen halten. Mach, daß du zurück nach Granard kommst und erzähl ihnen das.«

»Bist du überhaupt ein United Man? Dann sag den Eid auf.«

»Du großer blöder Ochse«, brüllte MacCarthy, als Lavertys Hand sich fester um seinen Arm schloß. »Erzähl mir hier nichts von Eiden.«

»Möge die Haut des Königs die Trommel der United Men werden, und möge ganz Irland von der Mitte bis zum Meer frei sein. Das ist der Eid der United Men, und es gibt keinen United Man im Königreich, der ihn nicht kennt.«

»Ein entzückender Eid«, sagte MacCarthy, »in edle und stattliche Sprache gekleidet. Ich bin selber Dichter, und bei Gott, ich beneide euch um diesen Eid.«

»Hier ist ein Glas für dich, Owen«, sagte Laverty und schob das Glas mit seiner freien Hand zu ihm hinüber.

MacCarthy hob das Glas auf, seine Hand zitterte vor Alkohol und Zorn. Whiskey schwappte über seine Finger.

»Seht euch diesen Kerl an«, sagte der Captain aus Granard. »So betrunken, daß er das Glas nicht mehr an die Lippen kriegt. Wenn ihr euch diesen Mann anseht, dann begreift ihr, warum wir Sklaven in unserem eigenen Land waren.«

»Da hat er wirklich recht, Martin«, sagte Dunphy. »Bring deinen Freund hier weg, ehe er zu Schaden kommt.«

»Es ist schon finstere Nacht«, sagte Laverty zu MacCarthy. »Komm mit mir in die Schule und bleibe bis morgen dort.«

»Ich gehe, wenn ich will, und ich bleibe, wenn ich will«, erwiderte MacCarthy. »Und ich habe nicht den Wunsch, in dieser Stadt zu bleiben. Kann denn niemand diesen Mann zur Vernunft bringen und ihn überreden, nach Granard zurückzukehren?«

Mahnend, mit einer Stimme trocken wie Stroh, bat Laverty. »Laß das jetzt, Owen. Führ mich zu der Bank am Kamin, damit wir in aller Ruhe zusammen einen trinken können.«

»Das könnt ihr gern«, sagte Dunphy. »Ihr könnt etwas zu trinken haben und braucht nicht zu bezahlen.«

Der Mann aus Granard sagte: »Nicht du redest hier, sondern der Whiskey. Das macht mir nichts aus. Aber ob du trinkst oder nicht, du solltest nicht so streitsüchtig sein. Du hast eine scharfe Zunge.«

MacCarthy nickte zu seinem Gürtel hinüber. »Du hast da eine schöne große Waffe.«

»Allerdings.« Das schwere, bleiche Gesicht öffnete sich zu einem plötzlichen Grinsen, gelbe Zähne, dunkel im Schein der flackernden Flamme. Ungeschickt zog er die Pistole aus dem Gürtel und hielt sie den anderen hin. »Vor zwei Tagen habe ich mit dieser Pistole einen Mann getötet. Glaubt ihr mir das?«

»Ich bestimmt«, antwortete MacCarthy. »Wenn du mit dieser Maschine in der Luft herumwedelst, dann wundere ich mich, wenn du überhaupt noch Familie hast.«

»Waffen sind mir nicht fremd«, erklärte der Captain aus Granard, schob die Pistole aber wieder in seinen Gürtel. »Ich kenne mich mit ihnen aus.«

»Das tust du sicher«, sagte MacCarthy. »Aber du kennst dich nicht mit Armeen aus. Genausowenig wie ich. Und deshalb sind wir Sklaven. Wenn du auf mich hören würdest, dann würdest du den Männern aus Mayo und auch dir selber einen guten Dienst erweisen. Aber das geht mich alles nichts an.«

Er machte kehrt und ging zur Bank neben dem Kamin, wobei er es Laverty überließ, mit Dunphys Hilfe zu ihm zu finden.

»Hier«, sagte Dunphy und reichte ihnen ihre Gläser. »Trinkt jetzt in aller Ruhe einen und macht dann, daß ihr in Martins Schule zurückkommt. Ihr habt einen langen Abend hinter euch, ihr beiden.« Er versetzte Laverty einen Rippenstoß.

»Machen wir«, antwortete Laverty.

MacCarthy stützte seine Ellbogen auf die Knie und blickte zu Dunphy auf. Der Raum war stickig vom Geruch der aneinandergedrängten Körper, deren Umrisse schwach von der Kerzenflamme beleuchtet wurden. Der Whiskey hatte einen ekelhaften, süßen Geschmack in seiner Kehle zurückgelassen.

»Glaubst du ein Wort von dem, was ich sage?«

»Ich weiß es nicht«, antwortete Dunphy. »In dieser Stadt ist es immer ruhig. Einige von den Burschen, die du hier siehst, prahlen viel, aber das ist alles nur Gerede. Ich weiß nicht, was ich von euch beiden halten soll, von dir und von diesem großen Kerl aus Granard. In diesem Dorf hier sind wir immer ein bißchen zurück.«

»Wir sind alle ein bißchen zurück«, sagte MacCarthy.

Geisterhaft, angestrahlt vom blassen Mond, schoben sich vergoldete Uhrzeiger durch die Zeit.

»Es ist wundervoll«, sagte Dunphy. »Die Midlands haben sich erhoben, und die Männer aus Mayo marschieren hierher.«

»Du hast immer schon ein schreckliches Temperament gehabt, Owen«, sagte Laverty, nachdem Dunphy sie verlassen hatte. »Du bist zu alt, um dich in Schenken herumzustreiten.«

»Die Gälische Armee!« sagte MacCarthy. »Sie schnallen einem Dorfkämpfer einen Gürtel um und nennen ihn Captain.«

»Das ist eben alles, was wir haben.«

»Sie haben mehr. Reiter mit Schwertern und Männer in Uniform, die alle vier Ecken der Welt gesehen haben. Engländer oder Franzosen – es ist alles dasselbe.«

Laverty drehte sein Glas zwischen den Fingern.

»Es stimmt«, sagte MacCarthy. »Die Franzosen interessieren sich nicht mehr für uns als für Ziegenkacke. Sie sind hierhergekommen, weil sie ihren eigenen Krieg mit den Engländern haben, und sie haben ein paar Tausend von uns zusammenscharen können, die ihre Drecksarbeit erledigen. Wir sind eine Nation von Küchenjungen und Stallknechten.«

»Das ist nicht deine Sache. Du bist Dichter, nicht Soldat. Du hast eine edle Berufung.«

»Gedungene Knechte und Kuhhirten«, beharrte MacCarthy. »Und wann sind Kuhhirten denn jemals frei gewesen?«

»Ach, wir waren trotzdem einst ein großes Volk. Das sagen uns die Gedichte. Du hast es selber geschrieben.«

Stattliche Trottel, Perücken auf verfilzte schwarze Haare gestülpt, so ritten die Edlen Irlands hinter James an die Boyne – Clancarty, Mountcashel, MacMahon, O'Gorman. Ihre Truppen trotteten hinter ihnen her, barfüßig, verängstigt oder wütend, Pike oder Büchse von ungeschickten Händen umklammert. William hatte sie erledigt. Hatte sie an der Boyne zersprengt, hatte sie in Aughrim dem Erdboden gleichgemacht. Hinter Limericks Mauern waren sie verhungert. Patrick Sarsfield, Irlands Liebling, segelte nach Frankreich mit seinen Tölpeln, kehrte dem barfüßigen Mob am Ufer in Limerick den breiten Rücken zu. Gekrönt vom Lorbeer einer komplizierten Sprache ritten tote Helden durch die verschlungenen Zeilen der Poesie, edel und höfisch, nobel in der Niederlage. Pflüge und Hütten, stinkende Misthaufen und die Straßen zum Betteln. Gedichte schützen uns.

»Ja, wie wahr«, sagte er. »Ein großes Volk.« Schafe ohne Hirten. Dunkles Gold im Kerzenlicht.

Weit entfernt eine Kreuzung, die Brücke von Drumshanbo über den Shannon. Er drehte sich um und betrachtete die Männer, die sich um den Captain aus Granard scharten. Er bringt ihnen ein Wunder, die Midlands haben sich erhoben, Banden mit scharfen Schwertern greifen Milizkompanien an, schlagen auf Zügel ein. Gedichtfetzen schwebten zu ihnen hinab, die Gälische Armee, die den Schenkenstaub durchdrang.

»Warst du je in Granard, Martin?« fragte er.

»Ob ich je in Granard war? Aber sicher, vor zwei, drei Jahren, als sie den berühmten Harfenwettbewerb hatten. Ach, das war herrlich, Owen! Da waren Harfner aus ganz Connaught und Munster, und sie spielten im Wettbewerb alle gegeneinander. Auch die Harfner aus Munster.«

»Die besten Harfner kommen aus dem Norden«, sagte MacCarthy. »Und die besten Dichter aus Munster. Das weiß doch jeder.«

»Sogar Art O'Neill war da, der beste aller Harfner. Aber seine Finger waren vom Alter so steif, daß er ihnen keine Musik mehr entlocken konnte, und ein Mann namens Fallon trug den Preis davon. War das nicht eine erbärmliche Schande für einen Mann wie O'Neill?«

»Vor zwei Tagen«, erzählte der Captain aus Granard gerade, »auf der Straße vor Ballinalee, waren wir mit vierzig oder fünfzig Mann, und ich war der Captain. Die meisten von uns hatten Sensen, und ein paar von den Jungs hatten nur lange, oben angespitzte Stangen.«

»Heilige Mutter Gottes«, sagte ein Dorfbewohner. »Und damit habt ihr die Engländer angegriffen?«

Drei oder vier von uns hatten richtige Waffen, die wir Mr. Shaw in Castlehaven abgenommen hatten. Daher habe ich auch meine Pistole. Aber die anderen hatten Sensen und diese Stangen. Und dann kamen acht Leute von der Castlepollard Miliz, aus Westmeath, auf uns zu. Lord Longfords Miliz. Wir haben sie abgeschlachtet. Wir haben sie von ihren Pferden gezerrt und umgebracht. Ein großer Kerl, den sie vom Pferd gezogen hatten, kam wieder hoch. Ich habe ihm diese Pistole vors Auge gehalten und abgedrückt.«

»O Jesus«, sagte der Dorfbewohner und blickte die anderen an.

»Sie wollte nicht feuern. Sie machte nur ein winziges Klikken, das man kaum hören konnte. Und da habe ich sie in der Hand umgedreht und ihm mit dem Kolben auf den Kopf geschlagen, bis er tot war.«

»Ich habe O'Neill gekannt«, sagte MacCarthy.

»Er war so alt geworden, Owen! Und er war so blind wie ich selber. Er war neunzig, das schwöre ich bei Gott. Hast du gewußt, daß er einmal in Schottland war und vor den Herren im Hochland gespielt hat?«

»Ich möchte ja wissen, wieso du nicht davon gehört hast, wie er einmal vor Brian Boru gespielt hat! Du kannst was von der Weltgeschichte lernen, wenn du dich mit Art O'Neill unterhältst, wo er doch immer im Mittelpunkt stand.«

»Na ja. Ich kann nur wiedergeben, was er mir erzählt hat. Er hat mir gesagt, er hätte für Murtoch Óg O'Sullivan gespielt. Ich weiß nicht, ob das stimmt oder nicht.«

»Es stimmt«, sagte MacCarthy. »Ich habe das oft gehört. Murtochs Geldsack war immer offen. Er war ein großzügiger Mann.« Strahlendster Held der Wild Geese, behende Möwe, die über den Küsten von Munster und Frankreich schwebte. Als die Engländer ihn schließlich zu fassen bekamen, hatte er einen grausamen Tod, sein Körper wurde an einem Strick von Beare nach Cork City geschleift.

»Sie waren schon tolle Burschen, findest du nicht, er und Art O'Leary? Die letzten von unserem eigenen Adel. Nach ihnen blieb uns nur noch unser eigener Dreck. Und wann sind sie getötet worden, vor zwanzig oder dreißig Jahren?«

STATTLICH, GROSSZÜGIG UND TAPFER wird auf dem Grabstein in Kilcreagh O'Leary genannt, vor Macroom niedergeschossen, weil ein englischer Shoneen sein Pferd begehrte. Kein Schwert konnte O'Leary bezwingen, kein Mann seinem Zorn standhalten und keine Frau ihm ihr Bett verweigern.

Aber es war seine Frau, die seine große Klage schrieb.

»Da hast du recht«, sagte MacCarthy. Aber vielleicht waren sie nur Krautjunker gewesen, wie Randall MacDonnell, Misthaufenprahler, glorifiziert von der Sage.

»Das wäre eine gute Geschichte«, sagte Laverty. »Murtoch O'Sullivan gekannt zu haben.«

»O'Neill war der richtige, um sie zu erzählen«, sagte MacCarthy.

»Ich wußte wirklich nicht, daß der arme Art O'Neill dir derartig zuwider war.«

»Zuwider, meinst du? Er war der beste Musiker Irlands, und er beendete sein Leben damit, daß er in den Küchen der großen Häuser Jigs spielte.«

»Es heißt, wann immer er in Granard war, habe er beim Ratsherrn Edgeworth vorbeigeschaut und sei sehr gut aufgenommen worden.«

»In der Küche«, sagte MacCarthy. Er leerte seinen Whiskey zur Hälfte. »Ich kenne die Küchen der großen Häuser gut. Boxty* und einen Becher Bier.«

»Dunphy hat recht«, meinte Laverty. »Wir sind hier ein bißchen zurück.«

Plötzliches Gelächter am anderen Ende der Schenke. Gierig nahmen sie an den Prahlereien des Captains aus Granard Anteil. MacCarthy sah zu, wie er die Arme ausbreitete. Im Süden, bei Granard und Longford, waren die Bauern über die berittene Miliz hergefallen, Piken hatten Zaumzeug durchbohrt, Reiter waren zu Boden gezerrt worden. In der gemütlichen Schenke zelebrierte der Captain aus Granard, ein ruhender Odysseus, seinen Triumph. Die Gesichter, die ihn umringten, waren vor Aufregung verzerrt.

»Ich bin ins Haus von Mr. Shaw in Castlehaven gegangen«, sagte er, »mit acht oder neun anderen. ›Mr. Shaw‹, sagte ich. ›Es tut mir leid, diesen ruhigen Abend stören zu müssen, aber wir brauchen Waffen für die Irische Republik und um den Fremden ins Meer zu treiben.‹ Sie alle saßen da im Salon, in dem großartigsten Zimmer, das ihr je gesehen habt, er und seine Frau und ihre Tochter Anne, ein ruhiges, hübsches Mädchen. Sie stickte gerade. Dieses Zimmer war möbliert wie für

* Boxty: eine Art Fladen aus geriebenen und pürierten Kartoffeln, vor allem im nördlichen Irland verbreitet

zwanzig Leute – Tische und Bilder an den Wänden, ein großer Schrank mit Hunderten von Büchern. ›Ihr macht einen großen Fehler‹, sagte er zu mir. ›Das glaube ich nicht, Mr. Shaw‹, antwortete ich. ›Das glaube ich durchaus nicht.‹ Und wir nahmen drei Jagdgewehre und ein weiteres Gewehr und diese Pistole mit, mit der ich den Milizmann getötet habe.«

»In Drumshanbo gibt es genug Waffen für eine Armee«, sagte ein Dorfbewohner. »Im Haus von Mr. Forrester. Es heißt The Rise.«

»Die könnten besser verwendet werden«, sagte der Captain. Kuhhirte, gegürtet und zur Schlacht gewappnet. MacCarthy hatte ihn schon früher gesehen, in alten Holzschnitten aus den elisabethanischen Kriegen, die in den Bibliotheken von Munster verrotteten. Rauhe Holzsoldaten.

MacCarthy leerte sein Glas und legte Laverty dann die Hand auf die Schulter. »Ich breche jetzt auf, Martin. Einer von diesen Männern hier bringt dich sicher nach Hause.«

»Warte!« sagte Laverty verwirrt. Er streckte die Hand aus und legte sie auf MacCarthys. »Du kannst doch jetzt nicht aufbrechen, Owen. Es ist finstere Nacht.«

»Es wird bald genug wieder hell«, sagte MacCarthy. »Vergiß nicht, was ich dir erzählt habe. Bleib in deiner Schule in Sicherheit. Morgen früh werden die Männer aus Mayo und die Franzosen hier sein, und kurz nach ihnen die englischen Reiter. Und diese Reiter sind wütende, grausame Leute.

»Niemand geht in der Dunkelheit über diese Straßen«, sagte Laverty. »Ich selber würde das nicht tun, und ich bin doch sogar blind.«

»Ich möchte meine eigene Gegend erreichen«, sagte MacCarthy. »Ich möchte wieder den Shannon überqueren und meinen Weg nach Kerry finden. Und statt dessen werde ich nach Granard gehen. Was bin ich doch für ein Idiot!«

»Nach Granard!« sagte Laverty mit scharfem Flüstern. »Du bist wirklich verrückt! Dieser Mann dort kommt gerade aus Granard, und du hast doch gehört, was er gesagt hat. In Granard gibt es nur roten Mord.«

»Nach Kerry führt mehr als eine Straße«, erwiderte MacCarthy. »Und mein Glück ist noch lange nicht zu Ende.«

»Narren haben kein Glück«, sagte Laverty entschieden. »Der Weg, der dich über Longford nach Kerry führen könnte, wäre wirklich sehr lang.«

»Der Weg von Mayo nach hier war auch sehr lang«, sagte MacCarthy. »Ich habe ersteres gesehen, und ich kann durchaus auch letzteres noch sehen.«

»Dein Glück besteht darin, daß du noch sehen kannst und am Leben bist«, sagte Laverty. »Und du wärst wirklich ein Narr, wenn du das aufs Spiel setzen wolltest.«

»Keine Angst«, sagte MacCarthy. »Ich werde mich vor der Gefahr verstecken, und eines Tages schicke ich dir aus Tralee eine Nachricht.«

»Darauf werde ich nicht warten«, erklärte Laverty. »Und wenn sie einträfe, dann könnte ich sie nicht lesen.«

»Du hast doch Musterschüler, die das für dich erledigen können«, sagte MacCarthy. Er schob Lavertys Hand beiseite und erhob sich.

Laverty versuchte, ihn festzuhalten, aber er wich aus.

»Er ist ein schwarzherziges Luder«, sagte ein Dorfbewohner zum Captain aus Granard. »Dieser Mr. Forrester von The Rise. Ich habe wirklich allen Grund zu dieser Behauptung. Er ist mein eigener Grundherr. Jedes Quartal müssen wir in seiner Küche die Pacht bezahlen, und wir müssen alle am selben Nachmittag kommen und in einer langen Schlange stehen, die von der Küchentür über den ganzen Hof reicht. Er befiehlt einen nach dem anderen in die Küche, und da sitzt er hinter dem Tisch und wir stehen mit dem Hut in der Hand vor ihm. Wenn jemand seine Hütte neu gedeckt hat, dann weiß er es und hebt entsprechend die Pacht an.«

»Heute nacht ist er nicht in seiner Küche«, sagte der Captain. »Er sitzt zitternd in seinem Salon. ›Es tut mir leid, Euch in Eurem Salon stören zu müssen‹, solltet ihr zu diesem Mann sagen.«

»Ach, der alte Forrester«, sagte ein anderer Mann. »Der ist nicht der schlimmste. Als sein Sohn großjährig wurde, hat er ein großes Fest gegeben, und die Leute sind von weither gekommen. In der Scheune gab es viele Bierfässer, und als die Nacht kam, waren wir alle betrunken. Im Park steht ein Denkmal, um an dieses Fest zu erinnern. ›Nicholas Forrester, aus Anlaß seiner Großjährigkeit‹ steht daran. ›Der Stolz seiner Eltern, verehrt von ihren Pächtern.‹«

»Verehrt von den Pächtern, mein Arsch«, sagte der erste. »In Drumshanbo könnten zwei oder drei Mädchen eine andere Geschichte erzählen.«

»Er hat Steinmetze aus Boyle kommen lassen, die das Denkmal errichten sollten. Das waren phantastische Handwerker.«

Der Captain aus Granard lachte und legte ihnen die Arme um die Schultern.

»Mein ganzes Leben lang habe ich von Art O'Neill gehört«, sagte MacCarthy zu Laverty. »Und dann habe ich ihn eines Nachts in der Schenke in Macroom gesehen, er stolzierte herum wie ein Lord und war so betrunken, daß er mehr vergoß, als er in den Mund bekam.« Aber als er die Harfe hervornahm, überschüttete er den Raum mit Münzen von Silber und Gold.

»Wir haben nicht über Art O'Neill geredet.«

»Wir haben nur noch eine kleine Welt, in der wir leben können«, sagte MacCarthy. »Und ich glaube, sie geht zu Ende.«

»Wir hatten jedenfalls einen guten Abend«, sagte Laverty. »Aber jetzt habe ich Angst. Ich kann nichts sehen.«

MacCarthy bückte sich und küßte ihn auf die Wange, dann ließ er ihn sitzen. Als er sich einen Weg durch den vollgestopften Raum bahnte, entdeckte ihn der Captain aus Granard.

»Meister!« rief er. »Du solltest rüber nach Granard gehen. Da gibt es ein wundervolles Schauspiel. Die Gälische Armee ergießt sich über Longford wie eine gewaltige Woge.«

»Die Leute aus den Midlands haben doch keine Ahnung von Wogen«, erwiderte MacCarthy.

Eine schwarze Nacht. Er konnte die Hütten gegenüber kaum erkennen, Brücke, Fluß, Straße. Leichter Regen fiel. Er ging zur Brücke und blieb auf ihrem Buckel stehen. Er hörte unter sich Wasser, der Shannon floh ins Meer. Es gab so viele Straßen in Irland, daß einen das Schicksal ganz bestimmt auf einer davon erwartete. Welcher Mann war seinem Schicksal auf klügere Weise entronnen als Paddy Lynch, der Whiteboy, der sich schließlich wie ein Wolf in den Höhlen der Boggeraghs versteckt hatte und nachts die abgelegenen Herrenhäuser überfiel? Und während all dieser Zeit erwartete ihn das Schicksal in seinem eigenen Macroom, gefürchteter und gehaßter Zwilling, eine Plattform auf dem Platz neben der Markthalle, ein Galgen und ein Stück Seil.

In dieser Stadt hatte MacCarthy Art O'Neill spielen hören, einen Mann so alt wie die Geschichte, dem dünne weiße Haare auf die Schultern fielen, der sich über seine Harfe bückte, mit

Fingernägeln lang und hart wie Krallen. Ein wundervoller Musiker, füllte er die stille Schenke mit den Klängen. Sie verbreiteten sich in den dunklen Straßen von Macroom, dieser geschützten Stadt unter den Hügeln, sie schwebten in dunklen Nächten an Lynchs gehenktem Leichnam vorbei, der mit Teer überzogen war und schwere Ketten trug. Finger wie Krallen glitten von Klage zu Jig, rasch und spielerisch wie Füße auf Lehmboden. Hier, in dieser Stadt, erhoben sich die Hügel von Munster unter dem strahlendblauen Himmel von MacCarthys Erinnerung. Weich wie die Brüste von Frauen wölbten sie sich unsichtbaren Ozeanen entgegen. Hände auf harten Stein gepreßt spürten seine Finger die Wölbung der Brücke. Erinnerte Musik erreichte das Ohr seiner Vorstellung, vermischte sich mit dem Geräusch des Wassers, das unter seinen Füßen floß. Die Geräusche schlossen sich zu einem einzigen Gefühl zusammen, flüchtig und mächtig.

Er stieß sich von der niedrigen Brüstung ab, als müsse er ein gewaltiges Gewicht wegschieben. Lebwohl, Shannonstrom, sagte er laut, und der Klang seiner Stimme trieb die Klänge der erinnerten Musik zurück ins Nichts. Eine Welt verschwand mit ihnen, seine Erinnerungen an O'Neills knorrige Finger, an die Sagen über O'Neill und O'Leary, verlorene Fürsten einer unmöglichen Vergangenheit, die Stimmen der Dichter in einer winterlichen Schenke, Sommer erblühte aus den Wurzeln der Sprache. Minute um Minute schoben vergoldete Zeiger auf dem weißen Zifferblatt einer fremden, unsichtbaren Kirche seine Vergangenheit beiseite, eine reiche Welt der Erinnerungen und Empfindungen. Er wandte sich von der Brücke ab und ging an der Schenke vorbei. Die Kerzenflammen flackerten hinter ihrem einzigen Fenster, undeutlich und bleich. Dann, dem dahinfließenden Fluß den Rücken gekehrt, schlug er die Straße nach Granard ein.

16

Moore Hall, Anfang September

In diesen letzten Tagen des goldenen Sommers fand Moore nur noch in seiner Arbeit Trost. Seine »Geschichte der Girondisten« füllte bereits das vierte und fünfte der hohen, gebundenen Manuskriptbücher und wurde nun im sechsten fortgeführt. Ihr Aufstieg zur Macht, ihre umsichtige Herrschaft, ihr Fall und ihre absolute Vernichtung lagen abgeschlossen in der Vergangenheit, Themen für Spekulation und Forschung. Und doch hatten sie geholfen, diese neue, unbegreifliche Welt einzuleiten. Die Ideale, die sie hochgehalten hatten, wurden von den meisten liberalen Engländern geteilt, ihr Schicksal war entsetzlich und vernichtend gewesen. Einer nach dem anderen war die Stufen zur Guillotine hochgestiegen, nicht länger Schauspieler auf der Bühne der Ereignisse. Nachdem sie eine Welt umgestürzt hatten, waren sie von deren letzten Zuckungen vernichtet worden. Ihre glänzende Rhetorik hatte sie nicht gerettet, und auch nicht ihre kurze Allianz mit dem Mob von Paris. Ein ereignisreiches Schauspiel – die Flucht des Königs nach Varennes, die Septembermassaker, die phantastischen Reden des Konvents, die Prozesse und Hinrichtungen – alles lag für den Historiker bereit. Aber Moore suchte Bedeutungen und Zusammenhänge unter der Oberfläche. Wer einen Teil des Musters verstand, würde alles verstehen. Den Terror, den Fall zuerst Girondes, dann Dantons, schließlich Robespierres, das korrupte und von Furcht verhärtete Direktorat, Buonaparte, hager und voller Hunger nach Ruhm, sogar Humbert und seine Armee von Bauern aus Mayo.

Wie besessen stürzte er sich in die Intrigen und Streitigkeiten der Toten, während er in Wirklichkeit sein Gemüt gegen die eigenen Sorgen und Schmerzen abstumpfte. Indem er in Gedanken an den Quais von Paris entlangwanderte, seine politischen Clubs besuchte, die in schlechterleuchteten Straßen verborgen waren, floh er aus Mayo. Er öffnete sein Gemüt für Gewicht und Bedeutung von Paris, eine starke und raffinierte

Droge. Die Gutsangelegenheiten, die er zu seinem Stolz bisher immer ohne die Hilfe eines Verwalters geregelt hatte, waren im Moment eine verwirrende Mischung aus Gewöhnlichem und Abnormalem. Mit einem Ruck, wütend über die Notwendigkeit, widmete er ihnen bisweilen seine Aufmerksamkeit. Die üppige Ernte mußte auf den Markt gebracht werden, über vom Militär verstopfte Straßen. Bäuerinnen suchten sein Büro auf und erklärten, daß die Schnitter, ihre Männer und Söhne »fort« seien und fügten vielleicht hinzu »das wißt Ihr ja selber sehr genau, Sir«. Das wußte er allerdings sehr genau, denn er hatte in Briefen nach Dublin und London bereits die ersten Schritte unternommen, die mit viel Glück vielleicht das Leben seines Bruders John retten würden.

Zweimal pro Woche ritt er über die enge Straße nach Castlebar, ein schlanker, tadellos gekleideter Mann in braunen Hosen und dunkelbraunem Rock, pergamentweißes Leinen an Handgelenken und Hals, um seinen Bruder zu besuchen. Bekannte begegneten ihm unterwegs und wollten anhalten, um mit ihm zu reden, aber Moore nickte nur höflich mit blassem, unbewegtem Gesicht und berührte seine Hutkrempe mit der Peitsche. Es war eine lange Peitsche aus geflochtenem Leder, die er aufgerollt bei sich trug, sein einziges Zugeständnis an die unruhigen Zeiten. Er wollte nicht mit Bekannten sprechen, denn er suchte weder ihre Sympathie noch ihre Bosheit. Die Moores waren, bis auf John, eine steife und unzugängliche Familie. Der alte Kaufmann aus Alicante hatte sie schweigend beherrscht, Schweigen hatte seine Liebe zu Loch Carra und dem Haus, das darauf blickte, verborgen. Katholischer Landadel aus den Zeiten der Penal Laws, hatten sie aus dem Schweigen Schutz und Waffe gemacht, hatten es zu ihren eigenen Zwecken geformt. Das Schweigen des Jahrhunderts, das der Niederlage von Augrhim gefolgt war, war ihnen in Fleisch und Blut übergegangen, zäher und ausdauernder als Londoner Manieren und Whigpolitik. In Moore jedoch kam noch seine Verachtung für Narren, sein eingefleischter Abscheu, hinzu.

Die Ritte nach Castlebar waren eine schmerzliche Pflicht. Die Spuren der Schlacht waren verschwunden, zusammen mit allen Zeichen der Besetzung durch die Rebellen und die Franzosen. Britische Soldaten und Milizkompanien patrouillierten durch die Straßen, mit geröteten Gesichtern angesichts der Aussicht auf Sieg und unter ihrer früheren Niederlage leidend. In der grauen Stadt voller karger, häßlicher Läden und Lagerhäuser waren Protestanten wieder durch ihre Haltung und ihren Schritt zu erkennen. Es war eine Garnisonsstadt. Irgendwo im Süden stand eine letzte Schlacht mit den Rebellen bevor, was für Castlebar jedoch wichtig war, war die Tatsache, daß Killala und seine Umgebung immer noch in Händen der Rebellen waren. Kleine Gruppen von mutmaßlichen Rebellen wurden jeden Tag in die Stadt getrieben – fünf oder sechs unrasierte Bauern, verfilzte schwarze oder rote Haare über rauhen, grobknochigen Gesichtern. Große Augen, die Berge und braunes, leeres Moorland angestarrt hatten, die Augen von Belmullet, verdrehten sich in dumpfem Entsetzen vor Ladenfenstern, Gericht, Gefängnis. Moore, der unbewegt auf seinem kastanienbraunen Wallach saß, sah zu, wie eine Gruppe von Rebellen in das überfüllte Gefängnis geschoben wurde. Soldaten marschierten vor und hinter ihnen, schwitzten in ihren schweren roten Uniformen, obszöne, fröhliche Männer.

Sieben Leichen hingen am grob zusammengehämmerten Galgen vor dem Gefängnis, ihre Körper zogen schwer nach unten. Zwei Soldaten waren unter ihnen postiert, sie lehnten ihre Schultern an die Galgenpfosten. Die Gefängnisfenster blickten am Galgen vorbei auf den Dorfanger, ein weites Dreieck aus Gras, das von Fußwegen durchkreuzt wurde. Castlebar hatte gelernt, dem Anblick der sieben dunklen Gesichter auszuweichen. Aber Moore zwang sich bei jedem seiner Besuche in der Stadt dazu, sie anzustarren. Sie hingen dem Dorfanger gegenüber, grotesk und entsetzlich, Masken eines schändlichen Todes.

John war allein in einer Zelle, deren hohe vergitterte Fenster auf den Rasen blickten. Das Gefängnis hatte seine helle Haut, seine leuchtenden Augen nicht geändert, aber es hatte seine nervöse Beredsamkeit, seine impulsiven Gesten erstickt. Er wirkte auf seinen Bruder wie im Fieber, erklärte jedoch immer wieder, daß er sich gesund fühle. Aber sein Gemüt war krank, das wußte George.

Sie verbrachten immer eine Viertelstunde schweigend. George hockte auf dem niedrigen dreibeinigen Schemel, John saß ihm gegenüber auf dem schmalen Strohbett.

»Es ist schrecklich«, sagte John. »Ich kann den Anblick vom Gras oder vorübergehenden Leuten nicht ertragen. Immer sind die Leichen da, hängen an diesem grauenhaften Galgen.«

»Hast du sie gekannt?«

»Wie soll ich das wissen?« John zuckte die Schultern. »Die Gefängniswärter wollen es mir nicht sagen. Ich kann ihre Gesichter nicht sehen. Was hatten sie für einen Prozeß? Wer sind sie?«

»Wenn du möchtest, dann kann ich ihre Namen in Erfahrung bringen.«

John vergrub das Gesicht in den Händen, dann blickte er George wieder an. »Vielleicht haben sie überhaupt nichts getan. Arme Landleute, die die Miliz aufgegriffen hat. Oder vielleicht waren das Männer, mit denen ich gesprochen und die ich ermutigt habe.«

»Ja«, sagte Moore. »Vielleicht.«

»In den Zellen unten sind Dutzende von ihnen, zusammengepfercht wie Tiere, die sich um jeden Bissen streiten.«

»Du hast Anspruch auf besondere Behandlung«, sagte Moore. »Du warst schließlich Präsident der Republik Connaught.«

»In manchen Nächten schlafe ich ein«, sagte John, »und wenn ich aufwache, dann glaube ich einen Moment lang, ich läge in meinem Zimmer in Moore Hall. Ich öffne die Augen, um die Bücherregale, die hellen Blumen auf der Tapete zu sehen. Und statt dessen sehe ich das hier.«

»Wir haben Grund zur Hoffnung«, sagte Moore. »Ich habe an einige Freunde geschrieben.«

»Sie hatten keine Freunde«, erwiderte John und nickte zum hohen vergitterten Fenster hinüber.

»Nein«, stimmte Moore zu. »Sie nicht.«

»Ist es gerecht, daß sie hängen und ich freikomme?«

»Von Freikommen war keine Rede«, sagte Moore. »Man wird sehr gewichtige Anklagen gegen dich erheben. Anklagen, für die du gehenkt werden kannst. Unsere einzige Hoffnung ist, vielleicht ein Urteil auf Deportation zu erwirken. Und in einigen Jahren vielleicht, wenn diese Eskapade in Vergessenheit geraten ist ...« Er zuckte die Schultern und schlug seine langen Beine wieder übereinander. Das Licht der sinkenden Sonne fiel auf seine polierten Stiefel.

»Eskapade! Um Himmels willen! Männer werden in der ganzen Provinz festgenommen und am Straßenrand aufgehängt. Männer, deren Verbrechen die Teilnahme an einem Aufstand war, den ich mit organisiert habe.«

»Das ist sehr wahr. Es wäre grausam von mir, dir falsche Hoffnungen zu machen. Nach dem Aufstand von Wexford haben sie Colclough und Bagenal Harvey gehenkt, die beide Gentlemen waren. Gewissermaßen Gentlemen wenigstens. Protestantische Krautjunker. Harvey war Anwalt und hatte gute Beziehungen. Wenn die Regierung Wolfe Tone zu fassen bekommt, wird er auf jeden Fall gehenkt, und für die Welt ist das ein geringer Verlust.«

»Ich bin nicht anders als sie«, sagte John. »Nicht anders als Malcolm Elliott.«

»Da irrst du dich«, widersprach Moore. »Du bist anders. Du bist mein Bruder, und ich habe Freunde in London. Freunde in hohen Positionen. Unsere erste Aufgabe besteht darin, dich aus Castlebar weg und an einen sichereren Haftort zu bringen. Die Atmosphäre hier macht mir Sorgen. Es ist die Atmosphäre eines Standgerichts. Wenn die protestantischen Gentlemen aus Mayo auf ihre Güter zurückkehren, dann werden sie Blut im Sinn haben.«

»Nicht anders als sie«, sagte John und nickte noch einmal zum Galgen hinüber.

»Bist du sicher, daß du zu ihnen willst? Mein Einfluß in dieser Gegend ist im Moment ein bißchen geringer, aber ich kann dir einen raschen Prozeß besorgen, und über dessen Ende kannst du ganz sicher sein. Möchtest du diese Woche noch gehenkt werden?«

»Das ist ein grausamer Köder, George. Er ist deiner unwürdig.« John wandte den Blick ab. »Niemand möchte sterben.«

»Manche schon«, sagte Moore. »Ich bin froh, daß du nicht zu ihnen gehörst.«

»Ich bin ein geeignetes Objekt für deine Ironie«, erwiderte John. »Das ist eine Kunst, die ich nie gepflegt habe.«

»Es wird sogar schwer sein, dich weg von hier und in ein Gefängnis im Süden zu schaffen. Ich muß mich auf die guten Dienste von Dennis Browne verlassen, wenn er nach Mayo zurückkehrt. Ich nehme an, daß das bald der Fall sein wird.«

»Aus Galway?«

»Er ist von Galway nach Dublin gegangen. Du kannst dich darauf verlassen, daß Dennis Browne sich auf die Macht zubewegt. Das ist ein Instinkt der Brownes. Als Familie sind sie immer höchst erfolgreich gewesen.«

»Du bist ein seltsamer Bursche, George. Du predigst die Tugend der Klugheit und doch benutzt du das Wort *erfolgreich* fast als Vorwurf. Ein Mann wie Dennis Browne sollte deine ganze Bewunderung haben.«

»Im Moment hat er meine ganzen Hoffnungen und sollte auch deine haben. Er ist der oberste Richter von Mayo. Wenn dich irgendwer hier herausholen kann, dann Dennis Browne.«

»Warum sollte er? Er will mich wahrscheinlich hängen sehen. Die Rebellen haben Westport eingenommen und ihn nach Galway vertrieben.«

»Da könntest du recht haben. Aber ich werde mit ihm reden. Er ist schließlich ein Browne, und wir sind Moores. Wir haben eine lange gemeinsame Vergangenheit, die Moores und die Brownes. Zwischen uns bestehen Blutsbande.«

»Die werden bei seiner derzeitigen Stimmung eine geringe Rolle für ihn spielen.«

»Wir werden sehen«, sagte Moore. »Ich habe mir eine Art Studie von Dennis Browne gemacht, wie übrigens auch dein Vater. Die Brownes verwalten Mayo. Sie sind eine geschickte Familie.«

»Erfolgreich. Geschickt. Deine Ironie ist ein phantastisches Instrument, George.« Plötzlich lächelte John seinen Bruder an. »Sogar hier an diesem elenden Ort bekämpfen wir einander.«

Moore erwiderte das Lächeln. Die Jahre, die Liebe, die alten Streitigkeiten und Versöhnungen verbanden sie.

»Hast du noch immer nichts von Thomas Treacy gehört?« fragte John. »Oder von Ellen?«

»Nein«, antwortete Moore sanfter. »Sie sind hinter der Front der Rebellen. Aber sie sind jetzt sicher genug, und das wird auch in Zukunft so bleiben. Da bin ich mir sicher.«

»Sicher«, echote John ungläubig. »Was passiert, glaubst du, wenn die Armee nach Killala marschiert? Es wird von Feuer und Schwert zerstört werden.«

»Von Feuer und Schwert gar? Die Romane, die du immer gelesen hast, haben dir ein reiches Arsenal an literarischen Phrasen beschert. Tom Treacy ist ein loyaler Untertan der Krone. Ihm, Ellen oder Bridge-end House wird nichts geschehen.«

»*Loyaler Untertan der Krone* ist selber auch kein schlechter literarischer Terminus, findest du nicht?«

Die Brüder lächelten einander immer noch an. John war zu jedem Besuch ordentlich rasiert, und die goldenen Haare, nach republikanischer Mode kurz geschoren, waren sorgfältig aus der hohen, blassen Stirn gekämmt. Jetzt, als er in die dunkelblauen Augen blickte, die hier, in der düsteren Zelle nur undeutlich zu sehen waren, spürte Moore die vermischten Schmerzen von Traurigkeit und Liebe. Eher Sohn als Bruder, der liebste von den Träumen seines Vaters, Kind seines Alters. Moore hörte Hufschläge, Johns Freudenrufe, als er über eine Mauer gesetzt war. Er sah John und Ellen zusammen im Schein einer Lampe sitzen, Johns Augen strahlten, Worte sprudelten aus ihm heraus. Eines Tages würde Moore Hall ihm gehören. Jetzt nicht mehr.

Die Rufe von Kindern drangen durch das Fenster. Unter dem Galgen, sie starrten die schwarz angelaufenen Gesichter an.

»Gibt es Nachrichten von unserer Armee?« fragte John. »Hast du irgend etwas gehört?«

»Es ist vielleicht deine Armee«, antwortete Moore. »Meine ist es ganz bestimmt nicht. Ich habe Gerüchte gehört, weiß aber nichts sicher. In einer Woche ist alles vorbei. Das ist dir doch klar, oder? Die Regierung hat ein Netz über sie geworfen, und jetzt wird sie das Netz zusammenziehen.«

»Ja«, sagte John. »Jetzt ist alles vorbei. Bis auf das Töten.«

»Bis auf das Töten.«

»Spielt das gar keine Rolle für dich?«

»Eines Tages wird es eine Rolle spielen. Wenn ich Zeit habe. Wenn du sicher außer Landes bist. Ich hasse dieses Abschlachten, egal, ob es von Rebellen oder Rotröcken oder Pariser Pöbel ausgeht.«

In seiner Bibliothek waren die Notizen ordentlich aufgestapelt, die Quellen standen in den Regalen in der Nähe seiner suchenden Hand: Reden, Journale, Pamphlete. Seine Hand, gefangen in einem Lichtkreis im dunklen Zimmer, bewegte sich gleichmäßig von Zeile zu Zeile, schnellte zum Tintenfaß hinüber. Die Feder, eine Vogelschwinge, saugte schwarzen Nektar auf.

»Ich bin genauso schuldig wie die, die getötet werden«, sagte John. »Wer könnte schuldiger sein?«

»Die ohne Freunde«, antwortete Moore. »Darauf läuft es immer hinaus, John. Auf Geld und Macht. Wer hat das besser gewußt als unser Vater? Es war sehr lehrreich, wenn er über dieses Thema sprach.«

»Er hat mich zu sehr geliebt, um mir Vorträge zu halten«, sagte John.

Nachmittags gingen der steifrückige alte Mann und der Junge mit lose verschränkten Händen durch die lange Allee.

Moore, ruhig und ernst, sah vom Fenster aus zu.

»Er hat dich geliebt«, stimmte Moore zu. »Er hat uns beide geliebt, aber du warst sein Liebling. Ich habe eine andere Seite von ihm gekannt, John. Er konnte ein harter, gieriger Mann sein. Das mußte er. Es war ein schlechtes Jahrhundert für uns, aber ihm ging es glänzend. Macht ist alles, sagte er immer zu mir, Macht und Geld.«

»Darüber hat er mit mir nie gesprochen«, sagte John. »Er hat mir von Spanien erzählt. Apfelsinenbäume, die Spitzen und der steife Brokat der Frauen, die Sonne.«

Moore bückte sich, hob seinen Hut vom Boden auf und wischte sorgfältig den Staub von der Krempe.

»Ich komme am Donnerstag wieder«, sagte er.

Er stand auf und hob die Schultern, damit sein Rock besser saß. Dann setzte er den Hut auf und schob sich die steife Krempe sorgfältig in die Stirn.

»Behandeln sie dich immer noch gut?«

»Ja«, antwortete John. »Ich kann mich nicht beklagen. Welchem von unseren Freunden sollte ich dafür dankbar sein?«

»Keinem geringeren als König George. Genauer gesagt, seinem Kopf, der in Kronen und halbe Kronen eingestanzt ist.«

»Geld und Macht«, sagte John. »Du hättest Schulmeister werden sollen, George. Du bekommst es nie über, mir Lektionen zu erteilen.«

»Du warst aber nicht immer bereit, sie anzunehmen«, sagte Moore. »Großer Gott!« rief er plötzlich. »Ich hasse es, dich hier zu sehen, John. Wir werden alles versuchen. Irgend etwas muß doch klappen.«

»Was ich getan habe, hat nicht geklappt. Ich habe versucht, dieses unglückliche Land zu befreien, und jetzt sitze ich hier.«

Sein Land zu befreien. Seine Gedanken waren vollgestopft mit Romanphrasen, Schauspielgesten, schaler, abgenutzter Rhetorik der Freiheitsapostel. Aber Moore erinnerte sich an seine Stimme, an sein Lachen, über eine Wiese getragen, ein Junge auf einem hohen Pferd.

»Ich bin wirklich sehr traurig, daß ich dir diesen Schmerz bereitet habe, George. Wir sind ein komisches Brüderpaar, aber du hast meine tiefe Zuneigung.«

Er stand steif, aber unsicher da, wie die Worte, die er verwendete. Ein blasser Sonnenstrahl fiel über sein Gesicht, spärliches Licht, Stäubchen tanzten darin. Eher Sohn als Bruder. Liebe und Kummer schmerzten Moore. Er sehnte sich danach, die Arme um seinen Bruder zu werfen. Ein junges Füllen, das aus seiner Weide entkommen war, hatte er sich auf düstere, verworrene Wege begeben. Dann, erschöpft, verständnislos, war er gestellt worden. Vater und junger, verwöhnter Sohn, Moore hatte sie unbewegt vom Fenster her beobachtet. Er bewegte sich auch jetzt nicht. Seine Beine, schwer wie Steinsäulen, hielten ihn dort fest, wo er stand.

»Bis Donnerstag«, sagte er und klopfte an die Eisentür.

»Hier kriecht die Zeit verdammt langsam dahin, George. Bringst du mir ein paar Bücher mit?«

»Romane?« fragte George.

Außerhalb des Rebellenlandes westlich der Bucht von Killala waren die Straßen von Nordmayo offen. Kompanien aus regulären Soldaten und Miliz patrouillierten, zeigten aber keinen Wunsch, Gentlemen in braunen Röcken, gebürsteten Hüten, Stiefeln aus feinem poliertem Leder anzuhalten. Moore konnte reiten, wohin er wollte. Am frühen Abend, wenn sein Gemüt von einem Tag am Schreibtisch besänftigt war, ritt er durch die Allee und zum Tor hinaus, durch die massiven steinernen Torpfosten, gekrönt von Adlern, deren Krallen große Globen, größer als Kanonenkugeln, umklammerten. Abgebrannte Herrenhäuser blickten von den Hügelkämmen auf ihn herab, ihre Besitzer waren nicht zurückgekehrt, um die Ruinen in Besitz zu nehmen.

Er versuchte, sich Moore Hall vom Feuer zerstört vorzustellen, undeutliche Gestalten trugen Fackeln durch die Nacht, Flammen züngelten von Zimmer zu Zimmer, die schweren gelben Vorhänge des Eßzimmers brannten, seine Bücher loderten wie Zunder, Flammen jagten über die Rosenholztische und die aus London herübergeschifften Kommoden. An einer Wand hing das Portrait seiner Eltern in spanischer Hoftracht, aus Alicante mitgebracht, das reich gewirkte Kleid paßte nicht zum blassen nördlichen Gesicht seiner Mutter, der Hintergrund war schwarz und dumpfrot. Rote Flammen krochen über den Blasen werfenden Fußboden darauf zu. Moore Hall, eine ausgebrannte Schale am Loch Carra, große viereckige Augen aus zersprungenen Fenstern. Im Laufe der Zeit würde Efeu die Schale überziehen. Jetzt noch nicht.

Abends trieben Hirten ihre Kühe nach Hause, schlugen ihnen sanft mit Haselgerten auf die Flanken. Barfuß, die Beine mit Dung beklebt, gingen sie neben ihren trägen, geduldigen

Tieren. Wenn sie Moore sahen, nickten sie ernst. Vielleicht waren es seine eigenen Hirten. Seine Pächter und Unterpächter kannte er gut, ihre Gesichter, ihre Namen, Art, Größe und Lage ihres Landes, Namen und Zahlen in einem Kontobuch. Aber diese Hirten, Lehmhütte und ein Viertelhektar Kartoffeln im Tangbeet – wer kannte ihre Namen, ihre Familien, ihre Taten? Keine leere Schale würde ihren Niedergang anzeigen. Ihre Hütten, schlecht gedeckte Klumpen aus Lehm und Steinen, lagen über das Land verteilt, in Moor und kargem Bergland. Sie lebten unterhalb der Geschichte, und dort starben sie auch – Teague, Patrick, Michael.

Aber die Geschichte, Moores Element, umgab ihn auf allen Seiten, in Gefängniszellen, an Galgen, verbrannte Häuser, Soldaten auf der Straße. Wenige Meilen von Moore Hall entfernt standen die Ruinen der Abtei von Ballintubber, zerstört und abgedeckt von Cromwells Soldaten. In der Abenddämmerung ritt er dorthin, schob die grobe Tür, die in den Tagen der Penal Laws fromme Seelen dort angebracht hatten, auf und ging an den zerbrochenen Steinen vorbei zum leeren Altar. Die schmalen Steinfenster waren wunderbar bearbeitet; er ließ die Finger über verschlungene Muster fahren. Er kniete neben einem Grab und betrachtete im letzten Licht seine Figuren, Heilige und Engel, deren Gesichter von Soldaten zerschlagen worden waren, die Götzendienst verabscheuten, deren Körper jedoch immer noch in lange Gewänder aus mittelalterlichem Stein gekleidet waren. Wessen Grab bewachten sie? Jetzt vergessen, falls nicht irgendein zerfetztes Manuskript eine Erwähnung bewahrte. Auch sie waren unter die Geschichte geraten.

Geschichte bestand nicht aus Objekten, einfachen Schalen der Vergangenheit, hieroglyphischen Windungen. Sie bestand aus Beziehungen, aus durch Macht und Leidenschaft gebildeten Mustern. Sie lebte mit Cornwallis und Buonaparte auf dem Schlachtfeld, mit Pitt und Fox im Unterhaus, mit Saint-Simon in den Geheimnissen von Versailles, diesem absurden pedantischen Höfling, der den Einfluß in Zoll gemessen hatte. Sein Vater hatte mit ihm über Macht, mit John jedoch über Apfelsinen gesprochen, für jeden die passende Gabe. Abgewiesene Gaben, denn John hatte seine Apfelsine weggeworfen, seine Zukunft, und Moore selber war nur ein Student der Macht, ein Connaisseur der Tat, ohne Übung in der Führung von Menschen, seine Ironie ein Schutz gegen Erfahrung. Geschichte war der schwere Schwertgriff eines Soldaten, der die steinernen Köpfe von Heiligen und Engeln zerschlug, gewichtig in seiner Gewißheit.

Er würde nach Moore Hall zurückreiten, schwere Blöcke aus Portland-Stein, aufgetürmt durch den unerschütterlichen Willen eines alten Mannes, eines aus dem Exil heimgekehrten, dessen Koffer schwer waren vom Gold, das die Weinberge eines fremden Landes ausgeschwitzt hatten, in den sonnigen Hügeln Spaniens. Hier in Mayo, blauer See, rotes Moor, Schweigen von Wiese und Weide, hatte er das Siegel seines Willens gezeigt, hatte seine Domäne neben Architekt und Maurer abgeschritten. Hier ruhte er sich nachts auf dem Balkon aus, ein Weinglas in der Hand, und starrte auf den See. Woran erinnerte er sich dabei? Im Grunde war Geschichte Erinnerung. Geschichte war sein Vater.

The Moat, Ballina, Anfang September

Auf The Moat jedoch, Malcolm Elliotts Gut bei Ballina, am trägen Wasser der Moy, dehnten sich unbeerntete Felder bis zum Fluß hinunter. The Moat gehörte zu einigen verstreuten Gütern, die sich auf neutralem Boden zwischen der Armee, die in der Stadt in Garnison lag, und den Rebellen in Killala befanden. Kavalleriepatrouillen ritten bisweilen nach Norden, um scheinbar irgendeine Pflicht zu erfüllen, Hufschläge, Sonnenlicht glitzerte auf Säbeln, einige Stunden später kehrten sie zurück, die Reiter entspannt und lustig, vielleicht mit Ausnahme des jungen Offiziers. Judith beobachtete sie vom Wohnzimmerfenster aus, mit zerrissenen Gefühlen. In Englands Uniform waren sie einerseits ihre Verwandten und andererseits ihre Feinde. Irgendwo im Norden oder in den Midlands jagten Männer in dieser Uniform Malcolm. Aber nachts schlichen sich Rebellen in kleinen Gruppen, zu dritt oder zu viert, aus den Bergen, um eine der Hütten zu besuchen. Judith bekam sie nie zu sehen. Morgens erzählte ihr die Köchin, Mrs. Hennessey, von ihnen.

»Sie sollten mit mir reden«, sagte dann Judith, frustriert und hilflos in der vollgestopften, unordentlichen Küche. »Ihre Sache ist doch auch meine. Ich bin Malcolm Elliotts Frau. Das müssen sie doch wissen!«

»Gott verbiete, daß sie in dieses Haus kommen«, antwortete dann Mrs. Hennessey und stemmte die mehlbestäubten

Hände in ihre von einem formlosen schwarzen Kleid verdeckten Hüften. »Eine Bande von verängstigten Vagabunden auf der Suche nach Whiskey. Wenn die Soldaten sie erwischen, dann werden sie an den Hacken aufgehängt.«

»Sie sind mutige Männer, die für ihr Land kämpfen.«

»Mutige Männer, ja? Was wißt Ihr denn schon darüber, Ma'am. Das sind doch dieselben feigen Drückeberger, die vor zwei Wochen durch den County gezogen sind und den Leuten die Häuser über dem Kopf angesteckt und Stühle, Seidenkleider und Silberschüsseln weggeschleppt haben. Heute nacht sitzen in den Hütten von Ballygawley Familien, die ihre Kartoffeln von Porzellantellern essen. Von wegen für ihr Land kämpfen. Eher könnte man sagen, daß sie um den Besitz ihrer Nachbarn kämpfen.«

Mrs. Hennessey hatte zwei Freundinnen, Witwen aus Ballina, die zweimal die Woche aus der Stadt hergewandert kamen und mit ihr am großen Holztisch in der Küche saßen und redeten, wobei sie endlose Tassen starken braunen Tee tranken. Sie mißbilligten alle Beteiligten gleichermaßen, Rebellen, Miliz, Rotröcke. Alle hatten gegen das geordnete Leben verstoßen, alle hatten aufgrund der unergründlichen, ursprünglichen Ungeheuerlichkeit des Lebens gehandelt. Die Rebellen waren Vagabunden und Diebe, die Soldaten brutale Wilde. Die beiden alten Frauen waren entsetzt und entzückt. Sie brachen rechtzeitig auf, um Ballina vor der Dunkelheit zu erreichen. Einmal begegnete Judith ihnen auf der Allee. Sie lächelten und knicksten unbeholfen, ohne ihr ins Gesicht zu blicken. Sie war einsam.

Abends beugte sie in dem kleinen Büro, das Malcolm als Bibliothek benutzte, ihren Kopf zur Lampe mit dem grünen Schirm hin und blätterte die Seiten der Bücher um, die sie zusammen gelesen hatten, in London und dann in The Moat – *Emile* und *La nouvelle Héloïse*, Paines *Rights of Men*, Volneys *Les ruines*. Eine Ladung der Beredsamkeit, verpackt, verschnürt und zu Schiff nach Mayo gebracht. Wasserfarben einer neuen Welt, licht und luftig. Aber Mayo war alt, düster, zäh und hielt seine Geheimnisse fest – drei alte Frauen, wie die Parzen, hockten in einem zugigen Zimmer, dessen Boden mit unebenen Fliesen belegt und von Kartoffelschalen verschmutzt war, am Feuer. Sie schlief für eine Stunde ein, und das Buch glitt aus ihrer Hand. Wenn sie in dem kleinen Zimmer erwachte, während die Nacht gegen das Fenster drückte und das Feuer erloschen war, blieb sie ruhig sitzen und mochte sich nicht bewegen. Rousseau, gekrönter Dichter der Einsamkeit, lag zu ihren Füßen. Irgendwo in der Ferne war Malcolm in unvorstellbare Ereignisse verwickelt, in Romanstoffe, marschierende Armeen, Schlachten, Triumphe, eine Republik. Als ob ein Buch ihn verschluckt hätte.

Sie nahm die Lampe mit an ihr Bett und stellte sie auf den Nachttisch. In ihrem losen Nachthemd, mit offenen Haaren, starrte sie ihr Spiegelbild an. Graue Augen, kleines ovales Gesicht, erwiderte es ihr Starren aus der tiefenlosen Oberfläche des trüben Spiegels. Dunkles Land, eine dunkle See trennten sie von ihrem Londoner Zuhause. Eines Nachts nahm sie die französische Übersetzung von *Gullivers Reisen* mit, und der Brief an ihren Mann von der Society of United Irishmen fiel auf den Boden, als sie das Buch öffnete. Sie legte ihn auf die Bettkante, beugte sich vor, um genug Licht zu haben. Ein Appell aus der fernen Welt der Bücher, Ideen, Prinzipien, hatte er ihn vom Gut, von ihr fortgeholt. Die klangvollen Phrasen bewegten jetzt ihre Gefühle, aber nur schwach, wie Musik, die vom anderen Flußufer herüberschwebt. Sorgfältig faltete sie den Brief und steckte ihn wieder ins Buch. Kleine Männer und große Männer, hatte Doktor Johnson geringschätzig über dieses Buch gesagt.

Links von The Moat, zwei Meilen entfernt, stand Derrybawn, das Haus von Sir Talbot Parson. Leer, eines der verwüsteten Häuser. Seine hohen, eleganten Fenster, die auf einen Ziergarten hinausblickten, waren aus ihren Rahmen gerissen worden. Einen ganzen langen Nachmittag hatte eine kleine Armee von Männern und Frauen Möbel, Vorhänge, Geschirr, Bilder, Whiskey- und Weinfässer, Kleider und Mäntel, Stühle, Tische, Betten in den Garten getragen. Zerrissene Bücher, zerfetzte Gemälde lagen immer noch im Garten herum, geschützt von einer Artemis aus weißem Marmor. Rechts von The Moat, in Cloverdale, lebte Mrs. Hendricks, Witwe eines Parlamentsabgeordneten für Mayo, eine große, herrische Frau mit roten Wangen und einer messerscharfen Nase. Judith, die sich nach Gesellschaft sehnte, besuchte sie einmal, wurde jedoch weggejagt. Mrs. Hendricks' Stimme, wütend und rachsüchtig, verfolgte sie die Allee hinab. »Rebellin! Dirne von Rebellenfrau! Hure!« Andere Nachbarn gab es nicht.

Der Stalljunge war fort. Wie Malcolm war er bei den Rebellen. Sie dachte voller Zuneigung an ihn. Er hieß Teague, ein kurzer, dickbeiniger Junge, ein runder Kopf, der auf einem dicken Hals balancierte, bereitwilliges Lächeln, ein Schopf gelber Haare. Ein Pferd war noch übrig; die anderen waren von den Franzosen requiriert worden. Sie sattelte es eines Morgens und ritt westwärts, auf Loch Conn zu. Es war ein klarer Septembertag, feine Wolken, eine Lerche hoch in der Luft. Weit weg von The Moat, befreit von ihren Gedanken und Erinnerungen, hoben sich ihre Geister.

Für eine in London aufgewachsene Frau ritt sie gut, ihr schlanker, kleinbrüstiger Körper aufgerichtet, ihre Hände gingen behutsam mit dem Pferd um. Bei all ihrer Trostlosigkeit war die Landschaft voller Licht. Wie die Moore von Schottland oder Yorkshire vielleicht. Landschaften der Phantasie, ohne Grenzen. Aber in Garrycloona umringten Bauern sie, ein Dutzend, die Stöcke und Sensen trugen. Sie sprachen kein Englisch. Ihre Sprache, fremde, unheilverkündende Gutturale, brach wie eine Welle über sie herein. Verängstigt schlug sie rechts und links mit ihrer Peitsche um sich und ritt durch sie hindurch. Malcolm kämpfte für sie, für ihre Nation, aber sie konnte nicht ihre Sprache sprechen.

Er kämpfte nicht für sie, sondern für ein Wort. Irland. Nicht für Moore und Flüsse, nicht für Menschen, sondern für ein Wort. Das Wort war eine Glocke, vibrierend und klangvoll, sie ertönte in ihrer Erinnerung an Gespräche. Irland. Irland wurde unterdrückt. Irland mußte um seine Freiheit kämpfen. Irland mußte seinen Platz unter den Nationen der Welt einnehmen. Nicht Derrybawn, geplündert, seine Zimmer dem Regen offen preisgegeben, oder die Küche von The Moat mit ihrem Klatsch, den gewöhnlichen alten Frauen. Es war jetzt ein kaltes Wort, dünn und farblos wie Eis auf einem winterlichen Weiher.

Sie ritt ohne Eile zurück, ihr schlanker, gerader Körper wiegte sich sanft im Sattel, durch Ballina, wo die Soldaten lärmten. Die grünen Freiheitszweige waren von den Hüttenpfosten verschwunden, und die kleinen protestantischen Läden hatten wieder geöffnet, ihre Vorräte waren erneuert worden, grobe Bretter verbargen ihre zerschlagenen Fenster. Eine Regimentskapelle übte, schrille Querpfeifen und ratternde Trommeln. Die Musik schien von zu Hause zu ihr herüberzuschweben, Sommernachmittag in London. Eine Militärparade. Als kleines Mädchen stand sie mit ihrem Vater am Fenster in der Jermyn Street, als die Kapelle unter ihnen vorbeimarschierte. »Dirne von einer Rebellenfrau!« schrie Mrs. Hendricks die Allee hinab. Sie ritt über die fünfbogige Brücke. Ein Corporal ließ seine Leute an die niedrige Brüstung treten, damit sie passieren konnte, eine Dame, kleines, hochmütiges Gesicht, grünsamtenes Reitkostüm, hoher schwarzer Hut.

Aber in The Moat lag eine riesige Karte von Irland auf dem Tisch, an den Ecken mit Büchern beschwert. Hügelketten, blaue Seidenfäden von Flüssen, mundfüllende Namen, Clonakilty, Lisdoonvarna. Irgendwo, vielleicht in der Mitte der Karte, gab es eine andere Armee, blaue Uniformen, dunkle Mittelmeergesichter. Bauern marschierten neben ihnen, wie die, die sie in Garrycloona mit Sensen umringt hatten. Alle Namen hatten in dieser fremden Sprache eine Bedeutung. Malcolm hatte versucht, sie ihr beizubringen. Ein Wort hatte ihn weggetragen, in die Karte. In dieser Sprache hieß es nicht Irland, sondern Eire. Kühne schwarze Linie auf der Karte, die Hauptstraße nach Westen von Dublin: Kinnegad, Mullingar, Longford. Im Norden von Longford lag Granard, wo sie für eine Nacht ihre Reise unterbrochen hatten, ein junger Landedelmann aus Mayo und seine Londoner Braut.

Sie verließ die Karte, um durch das stille Haus zu wandern, zum Teil Farmhaus, zum Teil Festung, in den Zeiten der Straßenräuber erbaut. Im Wohnzimmer hing ein Urahn über dem Kamin, ein hageres Gesicht unter weißer Perücke. Erbauer von The Moat, Enkel eines Cromwellschen Soldaten, hartnäckiger Kolonist in einem fremden, wilden Land. Eine Eichenvitrine mit einer Glastür, die noch vor einem Monat Musketen, Jagdgewehre, zwei alte Schwerter in schmutzigen Scheiden enthalten hatte. Darüber das grob gemalte Bild eines Hengstes, grobe Knochen und glänzende Flanken ließen den üblichen Hintergrund aus Hügel, Bäumen, Kirchturm winzig klein wirken. Hinter dem Fenster zogen sich die unbeernteten Felder zum Fluß hin. Ferner Horizont der Bergwüste. Echos von Malcolms und ihrer Stimme schwebten durch die leeren Zimmer, dünn und hohl wie Spinettmusik.

Die schwarzen Nächte bedrückten sie. Allein, beängstigt von einem fremden Land und seinen Menschen, sehnte sie sich nach der Geschäftigkeit von London, nach der Wärme ihrer Familie, nach den Menschenmengen in den Straßen, den Rufen der Straßenhändler. Sie suchte Trost in Tagträumen, Phantasien. Die Patrioten zogen im Triumph in Dublin ein, grüne Banner wehten in der klaren, hellen Luft, Trompeten mit klarem Klang wie Silbermünzen auf einem Marmortisch. Malcolm in einer Uniform so grün wie ihr Reitkostüm, besetzt mit Gold und Silber. Eine Harfe, goldene Fäden auf grüner Seide, ohne die Fessel der Krone. Eine gewaltige Menschenmenge strömte aus Dame Street und Sackville Street zum Park. Der Traum eines Schulmädchens, zusammengesetzt aus strahlendbunten Bildern, die steifen Figuren von Märchenbuchhelden, darunter patriotische Unterschriften. Dünn wie Gaze löste der Tagtraum sich auf, verschwand. Dunkelheit und Stille machten sich über sie lustig.

Bridge-end House, Ballycastle, Anfang September

Sie sollte nur an John im Gefängnis von Castlebar denken, aber das Wort *Gefängnis* brachte ihr kein Bild. Eine Steinzelle, Stroh auf dem groben Steinboden, eine geschlossene, verriegelte Tür. Er konnte die Zelle nicht verlassen, konnte nicht ins Sonnenlicht hinausgehen. Sie selber war auch nicht frei: Seine Haft war die Achse, um die ihre Welt sich drehte, und sie konnte sie sich nicht vorstellen, konnte sich ihn nicht in der Zelle vorstellen, blaue Augen und goldene Haare, verdüstert von den Schatten der Gefangenschaft. Was sie sich nicht vorstellen konnte, hatte für sie keine Bedeutung, war formlos und entsetzlich. Die Torheit der Männer! Sie hatte ihm doch gesagt, daß es so enden würde. Im Nähzimmer, Sonnenschein auf hellen Stoffresten, Baumwolle, Seide, Musselin, dunkelblauer sinnlicher Samt. Er hatte nicht auf sie gehört. Ihren Körper an seinen gepreßt, hatte sie geschluchzt. Seine Hand auf ihrem Kopf, die ihre Haare streichelte. Sie erinnerte sich daran, Scheren auf dem niedrigen Tisch, ihre Klingen so scharf wie Messer. »Für uns wird es kein gemeinsames Leben geben«, hatte sie ihm gesagt. »O doch«, hatte er geantwortet. »Du wirst es schon sehen.« Sie konnte nichts sehen.

Ihr Vater konnte ihr nicht helfen, seine Worte waren ungeschickt, tappten zwischen Trost und unvorstellbarer Wahrheit herum, die Sprache eines entfernten Gesetzes, das die Macht über Tod, über Freiheit besaß.

»Es ist ein Kapitalverbrechen«, sagte er. »Das ist so in jedem Land, Frankreich, Spanien, hier. Hochverrat. Es ist ein schlimmeres Verbrechen als Rebellion. Es läßt sich nicht wegargumentieren.« Manchmal erzählte er ihr jedoch auch, daß George etwas in die Wege leiten würde, er hatte Freunde in London, mächtige Freunde. Sie waren eine kluge Sippe, diese Moores. Spanien hatte sie reich gemacht, Weinberge und Olivenbäume, Schiffe aus Alicante und Cádiz. Fässer voller Wein und Cognac wurden in der Dunkelheit an die Strände von Mayo und Galway getragen, Zöllner bestochen, damit sie in die andere Richtung blickten. »Der halbe Landadel von Connaught hat bei ihnen gekauft. Eine kluge Sippe. Wir sind hiergeblieben und verrottet. Das wird John jetzt nicht helfen. Sie hassen die Moores, alle diese aufgestiegenen Cromwellschen Krautjunker. Sie hassen George, sie hassen sein Auftreten. Er ist ein kalter, stolzer Mann.«

»Aber er wird etwas in die Wege leiten. Das hast du gerade erst gesagt.« Etwas in die Wege leiten; wie wurden Dinge »in die Wege geleitet«?

»Hier nicht. Nicht in Mayo. In London. Da ist er mit Fox befreundet, mit Sheridan. Sie haben jetzt keine Macht. Wenn Burke noch lebte. Er war sehr eng mit Burke befreundet.«

»Was kann London für ihn tun?« fragte Ellen. »Er sitzt in einem Gefängnis in Mayo. Sie haben einen Galgen gebaut, am Dorfanger.« Sie erinnerte sich an den Dorfanger, ordentlich und gepflegt. An Markttagen schlenderten Grundbesitzer und ihre Frauen über seine Wege, die Männer riefen einander zu, lärmend, ihre Taschen waren vollgestopft mit gebündelten und verschnürten Pfundnoten. Sie konnte sich den Galgen nicht vorstellen, hölzern, entsetzlich, eine Schlinge aus Hanf.

»Deportation«, sagte ihr Vater. »Das ist eine alternative Bestrafung. Guter Gott, Kind! Wenn Lord Edward Fitzgerald nicht im Gefängnis an seinen Wunden gestorben wäre. Glaubst du, sie hätten den Bruder des Herzogs von Leinster wie einen gemeinen Verbrecher gehenkt? So etwas läßt sich in die Wege leiten.«

In die Wege leiten: ein Männerausdruck. Sie waren alle Männer: George, Fox, Sheridan, der Herzog von Leinster. Glatt und undurchlässig, am Strand aufgelesener Kieselstein, hielt und verbarg das Wort Johns Leben.

Sie standen auf der Terrasse, von der aus sie vor einigen Wochen durch das Messingfernrohr geschaut hatten. Drei Schiffe aus Frankreich, Männer in blauen Uniformen. »Verdammt seien sie«, sagte Treacy, als er an diese Schiffe dachte. »Sie haben die Kirchen in ihrem eigenen Land verwüstet. Sie haben

Altäre entweiht, Tabernakel. Priester sind in den Straßen und Kellern von Paris zu Tode erstochen worden. Frankreich, die älteste Tochter der Kirche. Damit haben sie einst geprahlt. Ihr König ermordet und ihre strahlende junge Königin. Jetzt haben sie ihren Wahn zu uns getragen. Und was haben wir davon? Wir sind hier eingeschlossen und warten darauf, daß die protestantischen Dragoner über uns herfallen. Banden von gesetzlosen Straßenräubern ziehen durch die Baronie! Ein törichter Junge wartet im Gefängnis von Castlebar auf seinen Tod. Verdammt seien sie!« Er wartet auf seinen Tod. Aber etwas würde für ihn in die Wege geleitet werden. Sie war so groß wie ihr Vater, mit schmaler Taille: Das MacBrideblut, sagte ihr Vater, die MacBrides waren alle groß. Es war nicht vorteilhaft bei Frauen, aber ihre feinen Züge glichen das aus; die Treacys waren eine gutaussehende Familie, das fanden alle. Sie sagte: »Sie haben uns Freiheit gebracht, behauptet John. Gewehre und Soldaten, die in den Kriegen Europas gedrillt worden sind. Eine Möglichkeit, um die Freiheit zu kämpfen.« *Freiheit:* noch so ein Wort. Ihrem Vater gefiel es nicht: Der glatte Kieselstein wurde wieder in die Bucht geworfen. »Die Freiheit des Gefängnisses von Castlebar«, sagte er.

Männer lebten von Worten, Abstraktionen, töteten für sie und wurden von ihnen getötet, Worte unberührbar wie Rauch, aber mit der Macht, Gefängnismauern zu errichten, Schwerter zu schmieden, das Holz für die Galgen zu fällen und zu hobeln. »Die älteste Tochter der Kirche«, was in Gottes Namen bedeutete das? Tabernakel zerschlagen und Blut auf dem Pflaster von Paris. Aber Frauen leben in ihren Worten, machtlos und verständnislos. Freiheit war ein Wort, Liebe nicht: Liebe war Johns Hand, die ihr Haar streichelte. Ein Wort hatte ihn ihr weggenommen, hatte seine Hand entfernt.

»Er war ein guter Junge«, sagte Treacy. »Ein stolzer Junge. Wie ein Füllen. Ich habe ihn sehr gern gehabt, Ellen. Das weißt du.«

»Was ist ›Verbannung‹?« fragte sie. »Sie würden ihn irgendwo hinschiffen, nicht wahr, aber er wäre in Sicherheit.«

»Mit Taschendieben«, antwortete ihr Vater. »Taschendieben und Zuhältern und Schafdieben. Vielleicht könnte George etwas Besseres in die Wege leiten. Wenn er Zeit schinden kann. Spanien, Nordamerika. Wenn sich alles verzögern läßt. Er sollte Curran als Verteidiger nehmen. Curran oder Bushe. Es hat eine Zeit gegeben, in der Dennis Browne das alles für ihn erledigt hätte, aber wenn Dennis Browne nach Tyrawley kommt, dann mit Feuer und Schwert. Die protestantischen Tyrannen werden aus ihrer Rache ein Fest machen, Gott verfluche sie alle. Du kannst dich nicht mehr an die Zeiten der Penal Laws erinnern, Kind, und ich auch nicht, aber mein Vater hat sie erlebt, dein Großvater. Priester wurden wie Wölfe gejagt, auf ihren Kopf stand ein Preis. Das alles schien nachzulassen, aber jetzt wird es wieder losgehen. Die Klugen sind nach Spanien oder Frankreich gegangen, wie die Moores. Und die Schurken haben ihr Mäntelchen nach dem Wind gehängt und ihrem Glauben abgeschworen, haben das Sakrament verleugnet. Wir waren Landadel, Ellen. Das darfst du nie vergessen. Von so nobler Geburt wie die Moores oder die Brownes. Als die Coopers und die Saunders und die Falkiners noch Lehrjungen in London waren.«

»Das alles spielt in Nordamerika keine Rolle, sagt John. Könnte George wohl in die Wege leiten, daß er nach Nordamerika gehen kann? Wie könnte sich das machen lassen?«

Aber er hörte sie nicht. Seine Gedanken weilten wieder in der Vergangenheit, die ihm wirklicher erschien als die Gegenwart, die Terrasse, auf der sie standen, helles Sonnenlicht auf der nicht eingebrachten Ernte, träges Wasser der Bucht in der Ferne, ein Gefängnis in Castlebar. Lieber Gott, dachte sie, gib mir Geduld mit ihm. Die Vergangenheit war sein Leben, eine Schachtel voller zerfallender Pergamente, Schränke voll trübem Silber, seine Erinnerungen an ihre Mutter.

Als ob der Gedanke von ihr zu ihm übergesprungen sei, wandte er sich plötzlich zu ihr um und lächelte. Schwacher Wind zauste die dünnen, langen Locken. »Du hättest deine gute Mutter an dem Tag hören sollen, als sie erfuhr, daß die O'Driscolls nach Amerika gehen wollten. ›Mutter Gottes‹, sagte sie, ›die roten Indianer werden sie aufessen. Sie werden sie lebendig über glühenden Kohlen rösten und sie dann aufessen.‹ Deine Mutter wußte wenig über die Welt. Sie erinnerte sich an irgendein frommes Buch mit Holzschnitten von jesuitischen Märtyrern. Den O'Driscolls geht es in Amerika hervorragend.«

»John und mir könnte es in Amerika auch hervorragend gehen«, sagte sie. »Wenn George das in die Wege leiten kann. George und seine Freunde in London.«

»Sie haben irgendwo am Hudson eine Farm. Die Indianer sind schon vor Jahrhunderten von dort vertrieben worden. Sie streifen jetzt durch die Ebenen im Westen. Was deine Mutter von der Welt wußte, kannte sie aus Stichen und Holzschnitten – die Alhambra in Spanien, und Venedig mit seinen Kanälen und Brücken. Sie konnte sie stundenlang bewundern. Romane und Bücher mit englischen Gedichten. *The seasons* von Thomson war ein Lieblingsgedicht von ihr. Und Goldsmith natürlich. *The deserted village.* Du mußtest es auswendig lernen, als du noch viel zu jung für eine solche Aufgabe warst. Weißt du das noch?«

»Ja«, antwortete Ellen sanft. »Das weiß ich noch.« Sonnenschein fiel ins Wohnzimmer, fiel auf ausgefransten Teppich und verblaßten Damast. Sie saß auf dem Teppich, die langen Beine im Schneidersitz. Ihre Finger erinnerten sich daran, wie der Teppich sich anfühlte, rot und blau unter ihren gespreizten Händen. »Ich erinnere mich noch an Bruchstücke«, sagte sie zu ihrem Vater. »Ich habe sie nicht verstanden.« – »Wo der schwarze Galgen düster neben dem Wege aufragt«, sagte sie zu ihrer Mutter. »Ich weiß nicht, was ein Galgen ist.« – »Diese Stelle ist nicht wichtig«, sagte ihre Mutter. »Der zweite Teil ist sehr traurig, aber der Anfang ist wunderbar. ›Das war dein Zauber, aber aller Zauber ist geflohen.‹ An der Stelle ändert es sich nun und wird sehr traurig.« »Traurigkeit finde ich nicht schön«, sagte sie zu ihrer Mutter. »Das tut niemand«, antwortete ihre Mutter. »Aber Traurigkeit in einem Gedicht ist nicht dasselbe.« Ihre Mutter kannte den Unterschied zwischen Worten und Gefühlen, Worten und Dingen. Vielleicht war das die geheime, unnütze Weisheit der Frauen.

»Es war eine gute Ehe«, sagte ihr Vater. »Unsere Familien hatten sie arrangiert, aber wir waren sehr glücklich miteinander. Wir hatten großes Glück. Viele Ehen sind nicht glücklich, aber die Leute kommen irgendwie zurecht. Wo kämen wir auch hin, wenn nicht?«

»Wie wahr, wohin«, sagte sie trocken. Familien waren wichtig, Kinder waren wichtig, Familien und Land, enge Netzwerke von Verwandtschaft und Verbindungen. Warum sollten arrangierte Ehen nicht genausogut sein wie die anderen, wenn nicht sogar besser? Aber sie und John waren … sie erinnerte sich an seine Hände, an seine Lippen auf ihren. Und wie war es mit ihren Eltern? Man konnte nie wissen. Sie hatten großes Glück, sagte ihr Vater. Sie erinnerte sich an seine Trauer, an ihre eigene. Sie hatte jetzt ihre eigene Trauer, Johns unvorstellbares Schicksal, Nordamerika oder schwarzer Galgen. *Freiheit* war ein Wort, wie *Traurigkeit* in den Gedichten, oder die Sprache der Romantik in den Romanen, die ihre Mutter an Spätnachmittagen gelesen hatte, mit leichtem Lächeln, sanften Seufzern. Als sie sich an ihre Mutter erinnerte, biß sie sich rasch auf die Lippen und wandte sich von ihrem Vater ab. Vielleicht hatten die Romane ihr von ihren nie erfahrenen Gefühlen erzählt, nur halb geglaubt, unerreichbar.

»Keine Angst«, sagte ihr Vater, der sie mißverstanden hatte. Eine Hand legte sich ungeschickt auf ihre dünne, feinknochige Schulter. »George wird etwas in die Wege leiten.«

In die Wege leiten. Auch für ihn war das nur ein Wort, das war ihr plötzlich klar. Was wußte er denn von diesen Angelegenheiten, ein Farmer, dem die Geschichten über die Penal Laws keine Ruhe ließen, der die Schatten des verlorenen Adels hegte? Irgendwo in London gab es große Männer, Georges Freunde – Fox, Sheridan, Lord Holland. Wenn sie es wünschten, konnten sie auf irgendeine Weise eine Gefängniszelle in Castlebar, in der Wildnis von Mayo öffnen. Wie? Seit einem Jahrhundert machtlos, die Treacys und die MacDonnells und die O'Driscolls. So machtlos wie Frauen. Ihr Vater legte ihr die Hand an die Wange, drehte ihren Kopf, bis sie ihn ansah.

»Er ist sehr töricht gewesen«, sagte ihr Vater sanft. »Das ist dir doch klar, Kind, nicht wahr? George hat ihn gewarnt, und ich auch. Sein Leben ist verwirkt. Das mußt du akzeptieren. Das ist schwer, das weiß ich. Ich weiß, daß du ihn sehr geliebt hast.«

Ihr Vater wußte nichts von ihren Körpern, die sich zueinander drängten, von der Berührung ihrer Lippen, ihrem Bewußtsein seiner Haut unter der Wolle. Ihr Vater kannte *Liebe,* ein Wort. Die Leute kommen irgendwie zurecht.

»Wie habt ihr euch kennengelernt«, fragte sie, »Mutter und du?«

»Ach, das war auf einem Ball«, antwortete er, überrascht und froh über diese Frage. »Im Haus der O'Connors, Clonalis, unten in Roscommon. Die Reise dahin dauerte zwei Tage, für deine Großeltern und deinen Onkel und mich. Wir waren bewaffnet, dein Onkel und ich, obwohl die protestantischen Gesetze den Papisten das Waffentragen verboten. Aber damals waren die Straßen gefährlich, es gab Straßenräuber und Wegelagerer. Zu dieser Zeit wurde das erste katholische Komitee gebildet, und Charles O'Conor und Lord French waren die wichtigsten Vertreter für Connaught. Der Ball war für den papistischen Landadel eine höchst willkommene Möglichkeit, sich zu treffen und die Petition für die Rechte zu diskutieren. Aber es war trotzdem ein richtiger Ball, und die Frauen waren wunderbar, ich erinnere mich noch an ihre Kleider und ihre weichen Gesichter im Kerzenschein. Art O'Neill hat in dieser Nacht für uns gespielt, der größte aller Harfner. Deine Mutter stand mit den anderen jungen Frauen zusammen, und sie war einen ganzen Kopf größer als die anderen. Sie war die größte junge Frau, die ich je gesehen hatte. Wer ist das, fragte ich deine Großmutter, und sie sagte, sie sei eine MacBride. Ich habe an diesem Abend zweimal mit ihr getanzt und hätte es gern ein drittesmal gemacht, aber sie sagte, das würde Aufsehen erregen, und da hatte sie natürlich recht. Deine Mutter war eine höchst vernünftige Frau, aber das weißt du natürlich.«

»Aber ohne das Katholische Komitee hätte es keinen Ball gegeben«, sagte Ellen. Worte. Abstraktionen. Komitees und Petitionen.

»Aber natürlich«, entgegnete er verwirrt. »Damals gab es immer Bälle, und sie waren wunderbar. Und solche Musik wie damals gibt es heute nicht mehr. Alle Harfner sind tot. Wie die Dichter.« Er schüttelte den Kopf. »Wir waren ein großes Volk, und Musik und Dichtung wurden bei uns geehrt, wie auch schon bei unseren Großeltern. Und in der ganzen Zeit waren wir vogelfrei auf unserem eigenen Land.«

»Heute gibt es auch Vogelfreie«, sagte sie und wandte sich wieder von ihm ab, damit er die Zornestränen in ihren Augen nicht sehen konnte. »Die Gefängnisse von Ballina und Castlebar sind voll von Vogelfreien, die ihr Urteil erwarten.«

»Das ist etwas ganz anderes«, widersprach er. »Rebellen, die gegen ihren rechtmäßigen König zur Waffe gegriffen haben. Das Katholische Komitee war ein Komitee von Gentlemen. Wir begannen unsere Petition damit, daß wir dem König unsere Ergebenheit erklärten. Dieser elende kleine Deutsche ist unser rechtmäßiger König. Frauen können das nicht verstehen. Es gehört nicht in ihre Welt.«

Welt. Im Arbeitszimmer ihres Vaters stand eine Welt, ein Globus, zwei Fuß im Durchmesser und ganz rund, auf einem hölzernen Ständer, große blaue Ozeane und braune, weiße und rote Erdteile. Wenn man die Hand darauf legte und ihn anstieß, dann drehte er sich um seine Achse aus Messing, in seinem Rahmen aus gebogenem Olivenholz. Ozeane und Erdteile verschwammen miteinander. Aber wenn er sich verlangsamte, wenn er wieder bewegungslos dastand, dann konnte man sehen, daß er eine Naht hatte, eine dünne Linie, fast unsichtbar, zog sich von Pol zu Pol, durch Ozeane, Erdteile. Zwei Hälften durch die Geschicklichkeit eines Handwerkers zusammengefügt.

»Die Ernte ist verloren«, sagte sie, als sie ihre Stimme wieder in der Gewalt hatte und über die gelben Felder blickte.

»Es war die beste Ernte seit zehn Jahren«, erwiderte Treacy. »Und die Spalpeens kämpfen in den Schenken von Killala um Freiheit.«

»Einige«, sagte sie. »Andere sind in Castlebar.«

Aber als sie sich umdrehten, um ins Haus zurückzugehen, legte er ihr überraschend den Arm um die Schultern und zog sie wortlos an sich. »John hat Freunde«, sagte er schließlich. »Du wirst schon sehen. Wir werden beide sehen.«

Zwei Tage später sattelte sie eine der beiden Stuten, die die Franzosen ihnen gelassen hatten und ritt nordwärts nach Ballycastle zu Grace MacDonnell. Auf der Straße kam sie an einer Gruppe von Männern vorbei, acht oder zehn, drei mit Piken und einer mit einer Schärpe um die Taille und einer Pistole im Gürtel. Als sie sie erkannten, berührten sie die Stirn mit der Hand. Das Jahr der Freiheit. »Ihr seid auf dieser Straße so sicher wie in Eurem eigenen Haus, Miss Treacy«, sagte der Mann mit der Pistole. »Von Killala bis zum Meer gehört alles der Republik.« Das einzige englische Wort, *Republik,* kam abgehackt und schwerfällig aus seinem Mund. »Haben wir das hier?« fragte sie ihn. »Eine Republik?« – »So wird es genannt«, antwortete er. »Das bedeutet, daß wir das Land haben und behalten.« – »Dann ist es ein so gutes Wort wie jedes andere«, sagte sie. »Bald wird uns das ganze Land gehören«, sagte er. »Von der Mitte bis ans Meer. Eine große gälische Armee erhebt sich in den Midlands und wird sich mit unseren Jungs, die aus Mayo losmarschiert sind, und den Franzosen mit ihren großen, Tod verbreitenden Kanonen zusammenschließen.« – »Das wird ein großer Tag sein«, sagte sie und hob ihre kurze, geflochtene Peitsche an den Schirm ihrer Samtmütze. »Allerdings«, antwortete er.

»Acht Spalpeens und ein Bauer, der sich eine Schärpe um den fetten Wanst gebunden hatte«, erzählte sie Grace MacDonnell. »Und ein neues Wort für ihre englische Fundgrube. *Republik.*

Bei Gott, sie treiben mich noch zum Wahnsinn mit ihren Worten.«

»Es ist immerhin kein Wort, das dir fremd vorkommen sollte«, sagte Grace liebenswürdig, aber mit leichter Spitze. »Keine Proklamation ist ohne dieses Wort verkündet worden, und ohne Johns Namen als Präsident. Präsident der Republik Connaught.«

»Proklamationen«, sagte Ellen. »Präsident. Gut, daß in dieser Baronie das Latein immer gepflegt worden ist.«

Ohne Pferde, ohne den reichen Dunggeruch ihrer Ställe hatte die MacDonnell-Farm viel von ihrem Charakter verloren. Ellen saß bei Grace in deren Schlafzimmer, sie blickten sich über einen mit Teekanne, einem Kessel heißen Wassers, Tellern mit Butterbroten und einem Topf Marmelade gedeckten Tisch an.

»Die Gälische Armee sammelt sich in den Midlands, hat der Kerl mit der Schärpe gesagt. Die Republik wird von der Mitte bis zum Meer reichen. Eine Zeile aus einer Schenkenballade, aber er hat sie von sich gegeben, als ob er sie gerade selber verfaßt hätte.«

»Er ist nicht der einzige, der das sagt«, meinte Grace. »Du hörst es von allen Seiten, und gebe Gott, daß es stimmt. Der arme Randall ist irgendwo in den Midlands, und die meisten Männer vom MacDonnell-Land sind bei ihm. Dir sollte dasselbe Gebet auf den Lippen liegen. Wenn die Gälische Armee in den Midlands triumphiert, dann werden die Türen des Gefängnisses von Castlebar aufgerissen, und John wird zu dir zurückkommen.«

»Sie werden in den Midlands zerschlagen werden«, sagte Ellen. Sie hielt vorsichtig ihre Tasse in der Hand und blickte hinein. »Die Soldaten des englischen Königs werden sie zermalmen, und dann werden sie in aller Ruhe nach Norden, nach Tyrawley marschieren. Es ist gar nicht schwer zu erraten, was in zwei Wochen geschehen wird. Die Engländer werden diese Insel nicht wegen tausend Franzosen und ein paar tausend Bauern mit Piken aufgeben. Das ist die Wahrheit, der Rest sind nur Worte und Proklamationen und grüne Banner. Ein Kind oder ein Schulmädchen könnte dir das erzählen, wenn es sich das eine Stunde lang überlegte.«

»Ich habe dich noch nie solchen Unsinn reden hören«, erwiderte Grace. »Und noch dazu mit einer so festen Stimme, als ob du aus dem Katechismus vorlesen würdest. Das hast du bestimmt alles von deinem Vater. Dein Vater lebt in einer anderen Welt, und unsere ist neu. Mein Vater war genauso schlimm. Sie sind wie die Elche aus alten Zeiten, die die Torfstecher im Moor ausgraben, riesige Knochen, die einem Elefanten gut stehen würden. Du hast nicht wie ich hier am Tor gestanden, als Randall mit hundert Männern und zwei gewaltigen Pistolen und dem Schwert, das ein MacDonnell in Aughrim getragen hat, davongeritten ist.«

Die Spaten der Torfstecher haben noch ganz andere Dinge aus dem Moor befördert, dachte Ellen, Broschen und Armbänder aus dunklem verschlungenem Gold, Knochen, die an steifem, zerfallenen Stoff festhingen, Fetzen von bunten Kleidern, eiserne Schwerter so verrostet und brüchig, daß die gebogenen Schaufeln der Torfstecher sie zerstörten.

»Keine neue Welt beginnt mit einem hundert Jahre alten Schwert«, sagte sie. »Aus einer verlorenen Schlacht.«

»Du wirst schon sehen«, sagte Grace. »Endlich haben wir nicht mehr die Stiefel der Protestanten im Nacken, und sie werden auch nicht zurückkehren. Es war einst unser Land, und es wird wieder unser Land sein.« Sie ließ ihre Hände auf ihren Knien ruhen und sprach Irisch. »Das gälische Volk hat sich erhoben.« Sie war klein, anders als ihr Bruder, aber sie hatte seine großspurige Haltung, und obwohl sie diese Worte voller Leidenschaft aussprach, steckte dahinter das Grinsen ihres Bruders, rücksichtslos und voll lässiger Vertraulichkeit.

»Sie haben sich wie eine Welle erhoben«, sagte Ellen ruhig. »Und wie eine Welle fallen sie wieder in die See zurück. Die Engländer haben ganz Connaught von Athlone bis Castlebar zurückerobert. Castlebar stand ihnen offen, und sie haben sein Gefängnis mit Rebellen gefüllt. Mein eigener John wartet auf seinen Prozeß. Und wenn sie unsere Männer in den Midlands besiegt haben, werden sie nach Tyrawley marschieren und reiten, mit Dennis Browne an ihrer Seite. Und da hast du dann deine Republik und deine Proklamationen und deine Gälische Armee. Du solltest jetzt dein Englisch üben, denn sie werden die Regeln und Gesetze und Bestimmungen für Connaught auf Englisch verkünden, wie sie es seit Aughrim und noch früher immer getan haben.«

»Du bist ja eine großartige kleine Kriegsstrategin geworden, Ellen«, sagte Grace auf englisch. »Ich verstehe wirklich nicht, warum sie dich noch nicht zu Captain, Colonel oder gar General gemacht haben, in einem schönen hummerroten Reitkostüm, wo du die Protestanten und die englische Armee doch so sehr liebst.«

»Ich bin eine genauso gute Katholikin wie du, Grace MacDonnell«, sagte Ellen verstimmt, aber mit ruhiger, gelassener Stimme. »Und ich schere mich nicht für zwei Pence um England oder den englischen König. Ich bin so irisch wie du, was immer das vielleicht bedeutet, und das weißt du genau.« Aber was bedeutete es? Sie erinnerte sich daran, wie ihre Mutter englische Gedichte, englische Romane gelesen hatte, ein betrogener Baronet, ein edler englischer Graf, ein in der Wiege mit einem Wechselbalg vertauschtes Kind, große Bälle in London, die großen englischen Lords und Ladies in Kurorten, Bath und Weymouth. »Sie leben in der großen Welt«, hatte ihre Mutter ihr erzählt, respektvoll und neugierig. »London muß wie Paris sein, aber die Leute sind mehr so wie wir.« Ihr Vater dagegen, der nach Süden gereist war, nach Roscommon, zu einer Frau, die er nie zuvor gesehen hatte, hatte Waffen bei sich getragen, die das englische Gesetz ihm untersagte. Art O'Neill, der letzte und größte aller Harfner, hatte seine Klänge in einem Bauernhaus in Roscommon tönen lassen, als »Burg« bezeichnet, weil die einst königlichen O'Conors dort lebten, ein alter Mann, blind, seine Fingernägel hart und gerippt wie Horn. »Ich bin so irisch wie du«, sagte sie noch einmal zu Grace MacDonnell. »Was immer das bedeuten mag.«

»In diesem Sommer ist es einfach genug, was es für mich bedeutet«, sagte Grace. »Und für die O'Dowds und die Geraghtys und die Blakes aus Barraclough und für Randall irgendwo in den Midlands und für deinen John im Gefängnis von Castlebar und für diese Männer mit Piken, die dir auf der Straße begegnet sind, ist es auch einfach.«

»In der Tat«, sagte Ellen. »Die Gälische Armee hat sich erhoben, wie die Gedichte von O'Bruadar und O'Rahilly und O'Sullivan und MacCarthy, dem Schulmeister von Killala, prophezeit haben.«

Plötzlich grinste Grace, und ein unangebrachter Schalk erhellte ihr Gesicht. Sie senkte die Stimme. »In den letzten Wochen hat sich nicht nur die Gälische Armee erhoben, wenn das stimmt, was überall zwischen Killala und Ballycastle erzählt wird. Ein Pächter, der auf dem Cooperland eine Hütte hat, hat in den Schenken von Killala verbreitet, daß Owen MacCarthy die Nacht auf Mount Pleasant verbracht hat, und zwar in Kate Mahoneys Bett. Da hat sich in der Tat etwas erhoben, wenn du verstehst, was ich meine.« Anstandshalber legte sie ihren Finger an die Lippen, der ihr Grinsen jedoch nicht verbergen konnte.

»Grace MacDonnell!« rief Ellen, plötzlich durch ihren Schock in die Gegenwart versetzt. Ihr Vater hatte schon recht, die MacDonnells waren nur grobe Krautjunker, deren Leben aus Ställen, Zucht, Fuchsjagden und Jagdhunden bestand, und Randall hatte noch dazu eine Magd, die sich um seine leiblichen Bedürfnisse kümmerte. »Ich bin schockiert und überrascht darüber, daß du Klatsch weitererzählst, den ein gemeiner Mann in den Schenken von Killala verbreitet hat.«

»Aber du hast trotzdem verstanden, was ich meine«, sagte Grace. »Und was habe ich denn gesagt, was dich überraschen kann? In der ganzen Baronie gibt es doch keine Frau, die nicht weiß, daß Kate Mahoney Cooper zum Altar gebracht hat, indem sie erst in sein Bett gestiegen ist, und solche Frauen ändern sich nicht. Das liegt in ihrer Natur.«

»Deswegen brauchst du die Geschichte nicht zu wiederholen. Nicht einmal vor einer Freundin.«

»Geh zu Gott«, sagte Grace lachend. »Als nächstes wirst du mir erzählen, daß Owen MacCarthy ein Keuschheitsgelübde abgelegt hat und als Franziskaner auf Erden wandelt. Vor dem ist doch keine Frau in der Baronie sicher, sei sie nun Jungfrau, Frau oder Mutter.«

»Er hat mehr als eine Nacht in Bridge-end House verbracht, und er hat mich immer mit größter Achtung behandelt und nur sehr taktvolle Sprache verwendet.«

»Das kommt daher, daß er Achtung vor deinem Vater hat, vor seinen Bücherregalen und seinen Kisten voller Gedichte, die die Alten, O'Rahilly und die anderen für ihn aufgeschrieben haben. Und bei mir war er auch immer kreuzbrav, als könne er kein Wässerchen trüben. Und zwar, weil Randall mit Peitsche und Knüppel auf ihn losgehen würde, wenn er mir auch nur die Hand auf die Schulter legte. Du kennst Owen MacCarthys Ruf so gut wie ich, und wenn nicht, dann solltest du dich bei Judy Conlon in den Acres von Killala erkundigen oder bei Ferdy O'Donnells Magd. MacCarthy ist doch Dichter, nicht wahr, und die haben alle ihre Laster. Das und den Suff.«

»Und wenn schon«, sagte Ellen unbehaglich. Sie würde als totale Närrin dastehen, wenn sie das abstritte.

»Und wenn er Kate Mahoney in Sam Coopers Bett hat, dann kann ich ihm wirklich nur alles Gute wünschen«, sagte Grace.

»Noch ein Sieg für die Gälische Armee«, meinte Ellen. »Aber trotzdem ist es eine Sünde, Skandale zu machen oder darüber zu klatschen.«

»Es wird nicht der letzte Sieg sein«, sagte Grace. »Wir werden Randall im Triumph nach Tyrawley zurückreiten sehen, und die anderen Männer auch. Sie werden in Tyrawley bestimmen, wie es in ihrem eigenen Land ja nur richtig ist. Und diese miese Bande von gelbgesichtigen Protestanten, die über uns geherrscht hat, wird in den Staub gezogen.«

Ellen stand auf und trat ans Fenster. Leere Ställe und ein mit trockenem Dung beschmutzter Hof. »Vielleicht ist Randall deshalb losgeritten, aber John hatte etwas ganz anderes vor. Er wollte ein freies Land, wo alle in Frieden miteinander leben, Katholiken und Protestanten und Dissenter.« Grace's leidenschaftliche Worte hallten noch in ihren Ohren nach, und ihre eigenen klangen töricht und schal ohne Johns Glut.

»John hat doch keine Ahnung von Mayo«, sagte Grace, »und sein Bruder weiß noch weniger. Entweder bestimmen sie in Mayo oder wir, mehr ist dazu nicht zu sagen. Randall hat einige von Johns Proklamationen mitgebracht, und bei Gott, solchen windigen Unsinn hatte ich noch nie gelesen. Alles über die Menschenrechte und das Ende des religiösen Zwiespaltes, der uns so lange schon trennt und der ganze Rest. Randall hat angefangen, es uns vorzulesen, aber er konnte vor Lachen nicht sprechen, und dabei mag Randall John sehr und hat große Achtung vor ihm.«

Sie ging mit John durch die laubige Allee von Bridge-end House, und sie standen auf der Brücke, der Bach unter ihnen war seicht und träge. Kiesel und Steine, glattpoliert, ruhten auf dem sandigen Boden des Baches. »Ich möchte lieber über uns reden«, sagte sie zu ihm. »Worüber haben wir denn sonst geredet?« fragte er. »Über uns und über das Land, in dem wir leben werden.« – »Das Land interessiert mich nicht«, sagte sie. »Was geht es uns denn an?« – »Mir ist es wichtig«, sagte er, »du wirst schon sehen. Frauen interessieren sich nicht für diese Dinge.« – »Für dich«, sagte sie, »interessiere ich mich sehr. Alle diese Worte. Wenn sie alle gesprochen sind, dann wird das Land immer noch dasselbe sein, du aber bist tot oder im Gefängnis.« – »Wenn wir verlieren«, sagte er. »Ihr werdet verlieren«, erwiderte sie. »Es treibt mich zur Verzweiflung, daß du das nicht einsehen kannst.« Die Worte der Männer waren polierte Steine in einem Flußbett, undurchsichtig und leblos.

Worte ertränken sie, zerren sie unter die Wasseroberfläche.

Noch immer am Fenster stehend, sagte sie ruhig zu Grace MacDonnell: »Ich wünsche aus ganzem Herzen, daß ich mich John hingegeben hätte. Ich wünschte, ich hätte ihm meinen Körper gegeben.«

»Ellen!« rief Grace. Nun war sie schockiert und verwirrt. »Wie bist du bloß auf einen so entsetzlichen Gedanken gekommen?«

»Du brauchst eine solche Frage wirklich nicht zu stellen«, antwortete Ellen. »Er ist in Castlebar im Gefängnis und wird wahrscheinlich gehenkt oder irgendwohin verbannt werden, wo ich ihn viele Jahre lang nicht sehen werde. Und wir haben einander nie gekannt.«

»Das will ich auch hoffen!« sagte Grace. »Eine junge Frau, die so etwas tut, verliert für immer alle Ehre. Welcher andere Mann würde dich denn noch wollen, wenn er es wüßte, und wenn nicht, dann hättest du ihn schrecklich getäuscht, und die Ehe würde von Anfang an schiefgehen. Die Gesetze der Kirche sind von großer Weisheit.« Sie fügte noch hinzu: »Und natürlich auch von großer Tugend.«

»Das spielt keine Rolle für meine Gefühle«, sagte Ellen. Ihr langer, gerader Rücken war Grace zugekehrt, sie rieb sich die Ellbogen und starrte in den kahlen, sonnenbeschienenen Hof hinunter.

»Es ist ein natürlicher Gedanke«, gab Grace zu. »Aber trotzdem sündhaft.«

»Mein Vater glaubt, daß George ihn auf irgendeine Weise nach Nordamerika oder Spanien schaffen kann, und da könnte ich zu ihm gehen, so schlimm das für meinen Vater auch wäre. Aber ich glaube das nicht so recht. Wenn die Engländer gewinnen, dann kommt die große Abrechnung, und mit Barmherzigkeit werden sie nur wenig im Sinn haben. Sie werden mit Rache im Herzen kommen, wie sie es immer getan haben.«

Grace erhob sich und ging durch das kleine Zimmer, um neben sie ans Fenster zu treten. »Hör doch auf mit diesen Gedanken. Du hast kein einziges Wort von dem gehört, was ich gesagt habe. Der Tag der Abrechnung ist für die Engländer gekommen, für die Engländer und Cromwells Leute. Und er ist schon lange überfällig.«

Ellen drehte sich zu ihr um und lächelte. »Das wird ein großer Tag sein«, sagte sie, wie zu dem Bauern mit der Schärpe und der Pistole. Was hat es denn für einen Sinn, mit ihnen zu reden, mit ihrem Vater oder den Männern auf der Straße oder mit Grace MacDonnell, die seit ihrer Kindheit ihre beste Freundin gewesen war? Was hatte es für einen Sinn gehabt, mit John zu reden, dessen Worte glitzerten und bunt bemalt waren wie Kinderspielzeug? Sie war allein mit ihrem Kummer und ihrer Liebe. Was die Zukunft bringen würde, konnte jeder sehen, aber niemand außer ihr wollte hinschauen. Wenn Männer unter Worten und Illusionen und Einbildungen lebten, dann auch Grace MacDonnell, ganz zu schweigen von Judith Elliott, dieser hübschen und eleganten Närrin, mit der Malcolm Elliott verheiratet war und die ihn sicher in die Schlacht geschickt hatte wie Grace Randall, mit leeren, glühenden Worten.

»Ganz bestimmt«, versicherte Grace ihr. »Du wirst schon sehen.« Sie erzählten ihr alle, daß sie eines Tages sehen würde, als wäre sie auf irgendeine Weise blind, während vor ihnen die Welt so offen lag wie vor Adam und Eva in den traurigen und ernsten Gedichten, die ihre Mutter so sehr geliebt hatte.

»Vielleicht«, sagte sie. »Vielleicht werde ich sehen.« Aber sie sah nur ihre Gefühle, nur ihre Gefühle waren wirklich für sie, Trauer und böse Vorahnungen und ihre Sehnsucht nach John.

Später, als sie im Hof auf ihre kleine, muskulöse Stute stieg, legte Grace ihr die Hand auf den Arm. »Du bist wirklich ein schreckliches Mädchen«, sagte sie lächelnd, »daß du dich in eine Kate Mahoney verwandeln und aus Leidenschaft mit John Moore im Heu herumrollen willst.«

»Nicht aus Leidenschaft«, antwortete Ellen nüchtern. »Ich habe kein Wort dafür, aber so empfinde ich eben. Ich bereue es bitterlich, daß er mich nicht gekannt hat.«

»Ich habe mich oft gefragt, wie es wohl sein wird«, sagte Grace.

»Haben wir das nicht alle?« antwortete Ellen und erwiderte ihr Lächeln. »Es ist eine der wenigen Fragen im Leben, die sich auf irgendeine Weise selber beantworten.«

»Und die Antwort ist sicher nicht besonders umwerfend«, sagte Grace. »Sonst würden die verheirateten Frauen viel mehr darüber reden.«

Am Tor, durch das Randall mit dem Schwert von Aughrim geritten war, hinter sich die Männer vom Land der MacDonnells, rief Grace: »Vergiß nicht, die Gälische Armee hat sich erhoben.« Aber Ellen ritt davon, ohne zu einer Antwort den Kopf zu drehen.

Auf dem Heimweg nach Bridge-end House begegnete ihr niemand. Die Straße war leer und still wie in der Nacht, und dabei schien noch die helle Nachmittagssonne, die zu dieser Jahreszeit Hügel, Feld und Wiese unter einem Film von durchscheinendem Lack festhält, wie auf dem alten niederländischen Bild, das im Wohnzimmer der O'Dowds in Enniscrone hing. Aufmerksam achtete sie auf Details, auf ein unbestelltes Feld, eine Weide, auf der unter Bäumen mit tiefhängenden Zweigen kleine schwarze Rinder standen, einen einsamen Dornbusch. Eine leere Hütte am Straßenrand. Die Männer waren vielleicht mit den Rebellen gegangen, aber wo waren die Frauen? Dann fiel es ihr ein: Ein Hof ohne Frauen, zwei Brüder, schweigsame Männer mit harten Zügen, Männer, die von dem bitteren, mageren Boden zum Schweigen gebracht worden waren. Auf einem Feld hinter der Hütte lag eine große schwarze Schieferplatte auf zwei Steinen: Ein Messefelsen aus Penal-Laws-Zeiten, wie ihr Vater ihr erzählt hatte. An Sonntagen hatten die Bauern sich hier versammelt, dicht zusammengedrängt, die Frauen in schwarzen Umhängetüchern, vor ihren Augen verwandelte ein halb vogelfreier Priester Brot in Fleisch, Wein in Blut. Es war jetzt anders, hatte er ihr erklärt, es gab eine Kapelle in Killala und eine in Ballycastle, die Messe wurde offen von in Irland ordinierten Priestern gelesen. Geschichte drang zu dem niederländischen Bild vor, zerstörte den Lack; unter der rissigen Oberfläche bewegten und änderten sich die Dinge. Sie haßte die Geschichte. Die Geschichte hatte ihr John weggenommen.

Auf einer Anhöhe, von der aus sie in der Ferne die Bucht sehen konnte, hielt sie an und saß bewegungslos da, die Zügel schlaff in ihren schmalen, tüchtigen Händen. Die Bucht war leer, kein Segel oder Schiffsrumpf zu sehen, das Wasser leblos und grau. Geschichte war über dieses Wasser zu ihnen gekommen, drei ausländische Schiffe voller Männer, Gewehre, Kanonen hatten Anker geworfen. Geschichte war am Strand von Kilcummin an Land gegangen, beobachtet von Fischern, die vor ihren Hütten standen. Gedichte waren wahr geworden. Nicht die ihrer Mutter, nicht die von Goldsmith oder *The Seasons* von Mr. Thomson. Die andere, ältere Poesie, die auf Pergamentbögen im Arbeitszimmer ihres Vaters stand, die schwarzen Buchstaben eines vom Englischen weit entfernten Alphabets, mit Prophezeiungen über Schiffe aus Frankreich, Gold aus Spanien, die Befreiung der Gälen. Geschichte, Poesie, Abstraktionen, Wörter, die ihre Welt verändert und zerstört hatten. Doch trotz all dieser Worte war die Welt noch da, zäher und wütender als Sprache. Eine Welt von Mooren, in denen Männer starben, mit aufgeschlitzten Bäuchen, eine Welt der schwarzen Galgen, der Gefängnistüren, die zu öffnen Worte nicht stark genug waren. Aufrecht, mit schmalen Schultern, weiser als ihre Jahre erwarten ließen, weiser als ihr Vater oder ihr Geliebter, starrte sie die Bucht an wie eine Feindin, der zu widerstehen oder die zu bekämpfen sie nicht stark genug war.

Von dieser Weisheit wußte sie jedoch nichts. Jede Stimme in ihrer Gesellschaft versicherte ihr, daß sie nichts von den Angelegenheiten der Männer, der Nationen, der Armeen wußte, die sich durch Landschaften bewegten, die viel größer waren als die Grenzen der ihr zugewiesenen Welt. In dieser anderen, größeren Welt wurden Dinge von Männern »in die Wege geleitet«, Höfe wurden verkauft und gekauft, Komitees gebildet, Männer verließen Hütten und Herrenhäuser, um Worten einer Proklamation zu folgen, einem Banner aus grüner Seide. Ihre kleine Welt wurde von einem Nähzimmer begrenzt, von Resten aus hellem Brokat, aus Baumwolle, ihre Mutter verloren in die Klänge gemurmelter Verse, unwahrscheinlicher Romane. Weisheit ruhte in der heiseren Stimme ihres Vaters, seine Klugheit war gestärkt durch sein Wissen um die Vergangenheit, oder in Johns eifriger Stimme, seinen neuen, frischgeprägten Worten, seinem Gerede von der Zukunft. Weisheit waren Bauern, die an Markttagen feilschten, ein Viehzüchter, die Feder in der Hand, über seine Kontobücher gebeugt. Sie war nicht stolz auf ihre rasche, lebhafte Intelligenz, auf ihre nüchterne Beurteilung, ihren festen Zugriff auf das Praktische. Es waren Tugenden, von denen sie nicht wußte, daß sie sie besaß. Sie wußte nur, daß sie verwirrt und wütend war, worauf, wußte sie allerdings nicht, und daß sie über Johns Verlust verzweifelt war.

Sie ritt weiter nach Bridge-end House, zu ihrem Vater, der ihr noch einmal versichern würde, daß George etwas in die Wege leiten könnte, daß John ein glücklicheres Schicksal haben würde als den schwarzen Galgen in Goldsmiths Gedicht.

Spät in dieser Nacht, allein in ihrem Zimmer, tat sie etwas, das sie überraschte und schon, während sie es tat, schockierte.

Vorsichtig zündete sie die beiden Kerzen an, die auf den Seiten des Spiegels standen, der einst ihrer Mutter gehört hatte. Dann betrachtete sie sich im Spiegel, zog ihr bescheidenes Nachthemd aus weißem Musselin aus und stand bewegungslos da, während sie ihren nackten Körper anstarrte. Sie hatte sich so selten angeschaut, daß es fast der Körper einer Fremden war, einer jungen, wilden Frau, eines Eindringlings in ihre Privatsphäre. Als sich der Schock gelegt hatte und sie imstande war, die Fremde als sie selber zu akzeptieren, sah sie sich ins Gesicht, unklar im trüben Spiegel, im schwachen Kerzenlicht, ein nachdenkliches Gesicht, das gelernt hatte, seine Gefühle zu verbergen. Es war ein hübsches Gesicht, das war ihr oft genug gesagt worden. Aber es hatte zu harte Knochen, um schön zu sein, das hatte ihre Mutter ihr gesagt, sanft und fast um Entschuldigung bittend. Die Wangenknochen waren zu hoch, das kleine Kinn zu energisch, der Mund zu dünnlippig und zu breit. Es gab Moden in der Schönheit, natürlich, wie in jeder anderen Hinsicht, und sie war unmodern geboren worden. Aber ihre Augen waren schön, das hatte ihre Mutter ihr erzählt, sie waren ihre beste Gabe, und sie sollte das Beste daraus machen. Blaue Augen, denen das Kerzenlicht durchaus nicht schmeichelte, betrachteten den Körper der Fremden, der ihr eigener war; zu groß für eine Frau, wie ihr alle Welt erzählte. Ich bin ich, hatte ihre Mutter ihr gesagt, alle MacBride-Frauen sind groß, daran läßt sich nichts ändern, wir können nur aufrecht stehen und das Beste daraus machen. Die Brüste der Fremden waren klein, spitz. Sie hob die Hand, um sie zu berühren, dann, schuldbewußt und beschämt, ließ sie sie wieder sinken. Der Körper war überschattet, schlanke Hüften und lange Beine. Sie drehte sich um, der Körper der Fremden, der ihr eigener war, drehte sich mit ihr. Plötzliches Licht zeigte im Dunkel des Spiegels ihre Hüfte, in der dunklen, tiefenlosen Oberfläche des Spiegels. Sie hob beide Arme und legte die Hände auf die Wangen, sah sich aber weiter an, jetzt bewegungslos.

Dann, so vorsichtig wie zuvor, nahm sie ihr Nachthemd vom Stuhl und zog es wieder an, blies beide Kerzen aus. Kerzenduft hing kurz in der Luft, war dann verschwunden. In der Dunkelheit ging sie durch das vertraute Zimmer zu ihrem Bett. Vor dem Fenster lagen Feld und Weide in der Dunkelheit, das Mondlicht war zu schwach, als daß sie etwas hätte sehen können.

Sie lag bewegungslos im Bett, die Hände an den Seiten, und starrte in die Dunkelheit. Dann begann sie still zu weinen. Tränen stiegen ihr in die Augen und rollten dann über ihre Wangen. Sie hob nicht die Hand, um sie abzuwischen. Sie weinte um John, in seinem dunklen, unvorstellbaren Gefängnis, der niemals den Körper der Fremden, der ihr eigener war, gekannt hatte; um ihre Mutter, die halb im Schlaf dasaß, während das Sonnenlicht auf das törichte Buch in ihrem Schoß fiel; um Randall MacDonnell, der lärmend und zuversichtlich zwischen den Torpfosten durchritt; um die Männer aus Tyrawley, die irgendwo durch die Dunkelheit der Midlands stolperten, bewaffnet mit Piken und Sensen; um ihren Vater, der neben ihr auf der Terrasse stand, tröstend und verwirrt, während der Wind seine Haare zauste. Sie weinte um ihren eigenen Kummer, um die Qual und das Wissen, die in ihr eingesperrt waren und sich nicht mitteilen ließen. Dann, viel später, ihre Hände lagen immer noch zu ihren Seiten, die Tränen trockneten auf ihren Wangen, schlief sie ein.

Die Straße nach Granard, 7. September

Eine Feenfestung. Hohes Gras zitterte auf dem Lehmhügel im schwachen Wind. Vieh graste in der Nähe. Glücklich war der Mann, dem es gehörte, glatte, glänzende Flanken und Beine. Die Mächte der Luft fuhren von diesem Ort aus, wenn man den alten Männern glauben mochte, eine mächtige Schar, die die Luft füllte wie Sturmwolken. Feenfestungen und Feenhügel, Dolmen und Steinkreise, ihre Wohnsitze gab es im ganzen Land, ein Netzwerk der *Sidhe*. Dornbüsche waren ihnen heilig; man durfte niemals Zweige davon abschneiden. Ihm hatten sie zwar nie geholfen oder geschadet, aber man wußte ja nie.

Sein Vater hatte an sie geglaubt. »Nur ein Narr würde sein Messer an einem alleinstehenden Dornbusch benutzen, das weiß doch jeder.« Heisere Stimme, schwer vor Schleim. Sie saßen zusammen in der Lehmhütte, verfaultes Stroh über ihren Köpfen. Erschöpfung hing wie Ketten an seinem Vater, zog die schweren Schultern nach unten. Der Vater saß auf verstreutem Stroh, der Junge neben ihm, ernstes Gesicht und verfilzte Haare. »Ach, bei Jesus, nein. Die Angst würde meine Hand festhalten. Wenn du dem alleinstehenden Dornbusch einen Zweig abschneidest, dann bricht bestimmt Unglück über dich herein.« Der Vater wiegte den Krug mit dem Whiskey im Arm wie ein Kind. Whiskey kämpfte gegen die Erschöpfung. »Jetzt gibt es mehr Arbeit, als Leute vorhanden sind. Morgen werden wir früh aufstehen und zu Junker Coghill gehen. Für uns gibt es kein Betteln, Junge. Überlaß das dem Pöbel.« Aber in einem Winter hatten sie in ganz Kerry und dann in Limerick gebettelt, hatten auf Höfen gestanden und Bauersfrauen angefleht, oder an Kreuzwegen, wo sie neben reitenden Männern hergerannt waren. »Bitte, Euer Ehren, nur ein paar Kupfermünzen für den kleinen Mann hier. Seht ihn Euch doch an, bitte, Sir.« Bei der Erinnerung füllte sein Bauch sich mit Scham. In den kalten Nächten hatte sein Vater den Arm um ihn gelegt. Im gestohlenen Schutz einer Scheune redete er den Jungen in den Schlaf, lose, unzusammenhängende Geschichten, teilweise vergessen oder doppelt erzählt. Ein Junge wie er, arm und zerlumpt, aber eine große Dame liebte ihn, nahm ihn in ihren Palast. Dort war alles zu seinem Vergnügen eingerichtet, Schinken und gekochtes Huhn. Im Schlaf hoben und strafften sich die schweren Muskeln seines Vaters.

Owen MacCarthy, Dichter und Schulmeister, dachte an seine Kindheit, an ein unwahrscheinliches Elend. Er befand sich zwei Meilen vor Drumlish, das Meer seines Lebens lag zwischen ihm und seinem Vater. Zuneigung zog an ihm wie die starke Flut. Die Winde von Kerry beutelten den alleinstehenden Dornbusch, der der Erinnerung an seinen Vater geweiht war. Er sagte der leeren Luft ein Gedicht auf, vertrieb seine Kindheit. Eine ausländische Landschaft, Moorland und nasse Weiden.

Drumlish war niedergebrannt worden. Es stank nach verkohltem Strohdach. Hütten mit eingeschlagenen Türen starrten ihn an. Zyklopen. Geister waren aus dem Feenhügel ausgeschwärmt und hatten die Menschen fortgetragen. Die Kälte des Winters packte ihn, und er zitterte. Vierzehn, zwanzig Hütten, zwei Läden, eine Schenke. Einsamkeit umgab ihn, zog sich bis zu den Mooren hin. Leer. Dorf der Toten. Rasch, mechanisch, machte er ein Kreuzzeichen. Er war entsetzt und wußte nicht, wohin er fliehen sollte.

Er ging zu einem Laden und stieß die Tür auf. Der Gestank wurde zu einem Teil seiner Gedanken. Er dachte in dreckigem Rauch. Auf dem Boden, neben der niedrigen Theke, lag ein

Mann bequem ausgestreckt. Er grinste MacCarthy an, seine milden blauen Augen waren auf die Tür gerichtet. Sein Hals war ein Klumpen aus Blut, zerfetztem Fleisch, Knochen. Tot. MacCarthy trat zurück, packte die Tür mit beiden Händen. »O Jesus, Maria und Josef. O rette mich, Heilige Maria, Mutter Gottes.« Er hörte sich selber sprechen, wie die Stimme eines neben ihm stehenden Mannes. Er ging rückwärts aus dem Laden.

Er stand wieder auf der Straße und rief: »Wo seid ihr?« Im dumpfen Licht machten die Hütten sich über ihn lustig. Er ging die Straße entlang zur Schenke, einer großen Hütte, Fenster zu beiden Seiten der zerstörten Tür. Er zögerte, dann trat er ein.

Hinter dem Tresen stand ein kleiner, kahlköpfiger Mann mit einer Pistole in der Hand. Er hob die Pistole und richtete sie auf MacCarthy, schwarz, schwer, die Mündung so groß wie das Tor der Hölle.

»Wer bist du?«

»Um Gottes willen, ziel mit diesem Ding woanders hin. Du könntest ein Loch in mich hineinpusten.«

»Wer bist du? Woher kommst du?«

»Ich heiße MacCarthy. Ich bin unterwegs nach Granard.«

»Nach Granard, ja?« Der Mann legte die Pistole auf den Tresen, neben eine Flasche. »Den Weg kannst du dir sparen.«

MacCarthy trat einen Schritt vor, und der Mann legte warnend die Hand auf den Pistolenkolben.

»Du kannst mir ein bißchen Whiskey verkaufen«, sagte MacCarthy.

Lippen teilten sich zu einem Grinsen. Dunkle, unregelmäßige Zähne. »Nimm dir, soviel du willst. Das habe ich auch gemacht.« Er griff unter den Tresen und holte ein zweites Glas. Vorsichtig, den Blick auf die Pistole gerichtet, füllte MacCarthy sein Glas und hob es an die Lippen. Vertrauter Geschmack, der ihm Trost brachte.

»Ich habe dich draußen rumlärmen hören, du hast laut genug gebrüllt, um Tote zu erwecken.«

»Im Laden liegt ein Toter.«

»Ich habe ihn gesehen. Bei Jesus, den haben sie fertiggemacht. Jetzt gehört ihm das Dorf. Ihm gehört Drumlish.«

MacCarthy nahm noch einen Schluck. »Du bist wirklich ein seltsamer Wirt.«

Das Grinsen verbreiterte sich. »Ich bin kein Wirt. Ich bin eine

Stunde vor dir hergekommen. Wir haben die Schenke für uns.«

»Was um Himmels willen ist hier passiert?«

»Die Armee ist passiert. Sie müssen nach dem Kampf bei Granard hier durchgekommen sein. Oder davor. Sie haben den Ladenbesitzer umgebracht und die Hütten verbrannt. Die Leute sind irgendwohin geflohen. Sie werden zurückkommen. Für diesen Whiskey bezahle ich keine verdammte Kupfermünze.«

MacCarthy schüttelte den Kopf. »Die Armee kann doch nicht hier gewesen sein. Ich war letzte Nacht in Drumshanbo, und da lag ich noch vor ihnen.«

»Drumshanbo hat nichts damit zu tun. Die britische Armee hat Carrick verlassen, und sie haben das Land von dort bis Granard und noch weiter besetzt. Heute morgen haben sie die Rebellen in Granard vernichtet, und jetzt gehen sie nach Norden, um mit dem Franzosen zu kämpfen. Sie sind überall. Ich kann nicht begreifen, wieso so viele Soldaten in einem einzigen County Platz haben.«

MacCarthy trug sein Glas zu einer Bank und setzte sich.

»Die Rebellen sind in Granard geschlagen worden? Weißt du das ganz sicher?«

»Bei Gott, niemand kann es besser wissen als ich. Ich war mit ihnen dort. Bist du selber auch ein United Man?«

»Ich weiß nicht, was ich bin.«

»Ich war ein Captain bei den United Men.«

»Das glaube ich gern«, sagte MacCarthy. »Mir ist noch keiner begegnet, der nicht mindestens Captain war. Gestern Nacht habe ich in Drumshanbo einen getroffen.«

»Ich bin ein berühmter United Man. Captain Francis Reagan.« Er steckte die Pistole in seinen Hosenbund, nahm Flasche und Glas und setzte sich zu MacCarthy. »Ich bin berühmt in Granard und Ballynalee. Jetzt ist das alles egal. Sie haben uns arge Prügel verpaßt und uns restlos vernichtet.«

MacCarthy schüttelte den Kopf. »Aber ihr wart doch zu Tausenden. Das habe ich überall gehört.«

»Waren wir auch. Wir müssen an die achttausend gewesen sein. Aber sie haben uns geschlagen. In Mullingar und in Longford und jetzt in Granard. Aber wir haben in Granard gut gekämpft. Überall auf den Wiesen von Granard liegen Leichen.«

»Dann ist es vorbei«, sagte MacCarthy. »Dann besteht keine

Hoffnung mehr.« Als er das sagte, empfand er eine unerwartete Erleichterung. »Waren da viele Engländer?«

»Engländer und Miliz«, antwortete Reagan. »Sie kamen so dicht wie Brombeeren an den Büschen. Tausend, vielleicht tausendfünfhundert. Mit Kavallerie und Sergeanten und Artillerie. Sie haben uns Stück für Stück fertiggemacht. Erst in Longford, dann in Granard.«

MacCarthy trank seinen Whiskey aus. Ekel lag wie ein Stein in seinem Bauch. »Ihr seid von tausend Männern geschlagen worden.« Clowns und Kuhhirten.

»Aber gegen diese Burschen gab es einfach kein Standhalten. Wir haben in Granard eine halbe Stunde gekämpft, dann haben wir kehrtgemacht und sind weggerannt. Die Kavallerie hat uns niedergeritten und mit den Säbeln um sich geschlagen.«

Sie rannten voller Entsetzen davon, die Arme über den Kopf gereckt. Schwere Beine, wie geschaffen für Pflug und Spaten, rannten über die Weiden. Vertraute Hügel blickten auf ihren Tod hinab. Reife Ernten hinter ihnen, die süße, schwere Luft des Spätsommers.

»Es war ein Gemetzel«, sagte Reagan. »Vor Granard habe ich mich hinter einer Hecke versteckt und mir die Ohren zugehalten, aber ich konnte sie immer noch schreien hören. Lange Zeit wurde kein Pardon gegeben. Wenn ein Mann schreiend wegrannte, dann ritt ihm ein Soldat hinterher und machte ihn nieder. Einer von ihnen war mir so nahe, daß ich das Sausen seines Säbels hören konnte, als er auf den Burschen einhieb. Aber nach einiger Zeit haben sie Pardon gegeben, und wer noch lebte, wurde abgeführt. Und die ganze Zeit saß ich in der Hecke, und niemand hat mich gesehen.«

»Das ist das Ende«, sagte MacCarthy.

»Ach, bei Gott, das weiß man nie. Ich habe zwanzig oder mehr von den Burschen auf dem Weg hierher getroffen. Sie wollten auf Nebenwegen in den Norden gehen und versuchen, die Franzosen zu finden. Tausende und Abertausende Franzosen sind unterwegs nach hier, mit Kanonen und Kavallerie. Es wird eine große Schlacht zwischen den Franzosen und der englischen Armee geben.«

»Die Franzosen fliehen selber«, sagte MacCarthy. »Und hinter ihnen kommt noch eine englische Armee.«

Reagan warf ihm einen plötzlichen verwirrten Blick zu. Das veränderte sein Gesicht, zeigte gewitzte Fältchen um seine Augen.

»Ist das wahr?«

»Ja. Sie haben jetzt sicher schon den Shannon überschritten. Sie haben sich auf euch hier verlassen. Und es sind nicht so viele, wie du denkst. Vielleicht tausend Franzosen und genauso viele von uns.«

Reagan schüttelte den Kopf. »Bei Gott, dann sind wir erledigt. Jede Straße in den Süden ist von englischen Soldaten verstopft. Ich stand auf einer Anhöhe und konnte sie in der Ferne sehen. Sie hatten nur ein oder zwei Regimenter nach Granard geschickt. Die Engländer haben uns in einem Sack gefangen.«

»Das glaube ich dir gern«, erwiderte MacCarthy. »Schließlich bist du Captain.«

»Ach«, Reagan räusperte sich und spuckte auf den dreckigen Lehmboden. »Ich bin Soldat. Ein richtiger. Ich war zwanzig Jahre lang in der französischen Armee, in Dillons Regiment. Als das Regiment aufgelöst wurde, bin ich heim nach Longford gegangen, zu meiner Schwester. Deswegen war ich den United Men so wichtig. Ich habe sie gedrillt, schon vor Monaten. Die Engländer kennen jetzt sicher meinen Namen, und auf mich wartet ein Strick.«

»Sie haben meinen Namen wohl auch«, sagte MacCarthy. »Ich war Schulmeister in Killala, und da habe ich mich den Franzosen angeschlossen.«

Reagan nickte und füllte fast abwesend ihre Gläser. Er hielt die Flasche ins Sonnenlicht, das durch die Tür fiel. »Kennst du diese Straßen?«

»Nein«, antwortete MacCarthy. »Nur die eine Straße von Drumshanbo hierher.«

»Sie könnten diese Straße oder die Straße von Cloone nehmen. Aber die Engländer haben bestimmt beide Straßen besetzt, und sie werden ihre Artillerie aufrücken lassen. Ich weiß nicht, wohin ich fliehen soll, das ist die Wahrheit. Wir sind hier genauso sicher wie auf den Straßen. Die Hügel sind vielleicht am sichersten, wenn wir durch die Moore dorthingelangen. Danach werden sie die Hügel durchkämmen und nach Leuten wie uns beiden suchen, aber das dauert noch eine Weile.«

MacCarthy ging hinter den Tresen und fand einen Laib Brot und einen runden Käse. Der Käse war trocken und zäh. Er brach ihn in zwei Stücke und reichte eins Reagan, der ihm dankte und sich den Mund vollstopfte.

Als er wieder sprechen konnte, sagte er: »Zwanzig Scheißjahre in Dillons Regiment, und ich hab es nie weiter gebracht als bis zum Gemeinen. Ich wollte das auch nie. Sie haben mir gesagt, geh dahin, und ich bin gegangen, und tu das, und ich hab es getan. Aber ich weiß, wann es ein Gemetzel geben wird. Du kannst es in der Luft spüren, so wie Regen, ehe er losbricht.«

»Weder Berge noch Straßen werden sicher sein«, sagte MacCarthy. »Hier stehen wir vor einem Mann, der ermordet in seinem Laden liegt. Heilige Mutter Gottes, was haben sie mit diesem Dorf gemacht, diese Metzger mit ihren blutigen Händen?«

»Was eine französische Armee auch gemacht hätte«, antwortete Reagan. »Und jede andere auch. Ich habe schon Schlimmeres gesehen. Sie werden jetzt jede Straße dichtmachen, und sie werden jedes Geschöpf mit zwei Beinen, das Hosen trägt, umbringen.«

»Sie sind ein Haufen Metzger«, sagte MacCarthy. »Sengen und Morden nur zum Vergnügen, wie andere Leute Dachse jagen.«

»Ich habe schon Schlimmeres gesehen«, wiederholte Reagan. »Gebe Gott, daß wir nicht auch Schlimmeres sehen, ehe dieser Tag zu Ende ist.«

Der Käse war ziemlich erbärmlich. MacCarthy kaute ihn ohne Vergnügen. »Was ist denn in dich gefahren«, fragte er, »daß du zu den Brigaden gegangen bist?«

Reagan spülte die letzten Käsekrümel hinunter. »Das ist so lange her, daß ich mich kaum noch erinnern kann. Ich war damals ein junger Bursche. Ein Anwerber ist gekommen. Er war Major, Major Nugent, die Nugents sind eine alte Familie hier. Er hatte einen Sergeanten bei sich. Er nahm sich ein Zimmer im Haus seines Bruders in Castlepollard und ließ überall erzählen, daß er passende Leute für die irischen Brigaden in Frankreich suchte. Vor ihm und, soviel ich weiß, auch nach ihm hat es in diesen Counties kaum je Anwerber gegeben. Die meisten Soldaten für die Brigaden haben sie aus Cork und Kerry geholt.«

»Ja«, sagte MacCarthy. »Das weiß ich.«

Er hatte sie eines Nachts beobachtet von einem Hügel oberhalb von Carhen. Ein Dutzend Männer wurde in zwei Boote gepfercht. Francs klimperten in ihren Ohren, vor ihnen lagen eine rauhe Reise und ein fremdes Land. Anwerber in Schenken, schlaue, zuversichtliche Männer, den Hut auf die Seite geschoben, gerissen wie Viehzüchter. Stoff für Gedichte: Die

Wild Geese. Irlands Ruhm. Namen, die der Wind zurückhielt. Dillon, Lally, O'Brien, perückentragende Kommandanten, ihre Rösser trugen sie über die Schlacht, ihre Gesichter streng und triumphierend. In Fontenoy warfen sie das Ruder herum, die französische Niederlage stand schon fest, aber dann fegten die Dragoner aus Clare über das Schlachtfeld. Wir haben ihre Loblieder verfaßt, ihre Triumphe gepriesen, ihre Niederlagen verschwiegen. Eines Tages würden sie zurückkehren, entsetzlich würde ihre Rache sein, würde Aughrim und die Boyne wiedergutmachen. Hier waren sie. Ein verängstigter Veteran von Frankreich und Granard, der sich in einer toten Stadt volllaufen ließ.

»Spalpeens und Tinker*, das hatten wir in Granard«, sagte Reagan, als habe er MacCarthys Gedanken gelesen. »Wie sollten die denn gegen eine richtige Armee kämpfen können? Ich habe mein Gewehr in der Armee von König Louis getragen. Zwanzig Jahre lang.«

»Das ist jetzt alles egal«, sagte MacCarthy. Er griff nach einer ungeöffneten Flasche Whiskey und schob sie in die hintere Tasche seines Rocks.

»Sag mal«, fragte Reagan verwirrt. »Wo willst du hin?«

»Ich weiß nicht«, antwortete MacCarthy. »Weg hier.«

»Wir wären sicherer, wenn wir zusammenblieben«, sagte Reagan. »Ein bewaffneter Mann und ein großer kräftiger Bursche wie du.«

MacCarthy ging zur Tür und schaute hinaus auf die leere Straße. »Es ist schon nach Mittag«, sagte er. »Die Zeit wird knapp.«

»In den Hügeln«, sagte Reagan. »Wenn wir uns in den Hügeln verstecken, sind wir ziemlich sicher.«

MacCarthy bemerkte ein plötzliches Flehen in seiner Stimme. Er ist ein alter Mann. Zwanzig Jahre bei den Franzosen und jetzt das hier. Er wandte den Kopf, um ihn anzusehen. Reagan hatte sich von der Bank erhoben und stand MacCarthy jetzt gegenüber, während er das Glas in seiner zitternden Hand hielt. Allein würde er die Hügel nie erreichen. Sie würden ihn in dieser Schenke finden, blöd vom Whiskey, seine Hose feucht von Pisse. Vielleicht nicht. Vielleicht wanderte er los, bis er eine Hütte fand, er würde mit seiner Pistole

* Tinker: Verächtliche Bezeichnung für Irlands nichtseßhafte Bevölkerung, die sich selber »Travellers« oder »Travelling People« nennt.

herumprotzen, Essen und Trinken verlangen, mit Granard prahlen. Dumpfes Mitleid stieg in MacCarthy auf und verebbte. Er schüttelte den Kopf.

Mit rotangelaufenem Gesicht sagte Reagan: »Na gut. Dann geh doch und laß dich auf der Straße abschlachten. Ich komm allein besser zurecht. Ich bin schon öfter in bösen Klemmen gewesen.«

»Viel Glück«, sagte MacCarthy.

»Du wirst das Glück brauchen«, erwiderte Reagan.

Die leeren Hütten machten ihm Angst, Schweigen und schwelendes Strohdach. Eine flache Landschaft mit niedrigen Hügeln, die vielleicht zehn Meilen vom Dorf entfernt waren. Ein Hund kläffte ihn an, nutzloser Wachtposten. Weicher, leichter Regen fiel. Dunst, dahinter eine bleiche Sonne. Hinter den Hügeln lagen Cloone und Ballynamuck, die Stadt des Schweines.

Aus: *»Die ersten Dienstjahre. Mit Cornwallis in Irland«*, von General Major Sir Harold Wyndham

In den Annalen der modernen Kriegführung stellen Einkreisung und Vernichtung der französischen Armee in Irland nur die allerkürzeste Fußnote dar, und sie verdienen wirklich kaum Aufmerksamkeit. Im selben Moment kündigten sich weit entfernt im Mittelmeer große Ereignisse an, als zwei große Befehlshaber, Nelson und Buonaparte, einander maßen. Im folgenden Jahrzehnt sollte die halbe Welt zum Kriegsschauplatz werden, von Ägypten über Spanien bis nach Rußland. Gemessen an diesem gewaltigen Konflikt war unsere kleine Affäre in Irland eine armselige Sache, ein Handgemenge auf einer Weide.

Damals erschien es mir nicht so. Carrick bot an diesem Morgen das schönste und erregendste aller Schauspiele, eine Armee, die sich darauf vorbereitet, dem Feind gegenüberzutreten. Die Rufe der Sergeanten hallten von den niedrigen grauen Mauern dieser verschlafenen Stadt am Shannon wider, Kanonenkarren rumpelten über die engen Straßen. Hochländer, irische Landwehr und Miliz, Regimente aus regulären Soldaten drängelten und stießen aufeinander. Es war jedoch die Kavallerie, die mein Herz gewann. Sie ritten die Straßen hinab, vorbei an Otways Eingangstor, schwere, langbeinige Männer, deren Schenkel ihre Hosen fast zum Platzen brachten. Musikfetzen drangen durch die neblige Luft zu mir, schrille Querpfeifen und ratternde Trommeln.

Ein lebhaftes Gefühl hielt mich gefangen. Ich wollte auf sie zurennen, etwas schreien, ich wußte nicht was. Es war die beste Armee der Welt, und sie zog in die Schlacht. Ich war noch sehr jung, das darf man nicht vergessen. Andere Männer meines Alters besuchten noch die Universität, stopften ihre Köpfe voll mit Horaz und Livius. Was würden sie später für Erinnerungen haben? Doch nur an Büffeln und Feste in zugigen Zimmern. Querpfeife und Trommel begleiteten uns, unsere Farben bildeten einen scharlachroten Fluß, der durch eine braune Landschaft strömte, Stahl und Silber glänzten.

»Wert, sich daran zu erinnern«, sagte Cornwallis plötzlich zu mir. »Aber es ist gar nicht so, müßt Ihr wissen. Mit diesen Säbeln wird losgeschlagen, den Pferden werden die Bäuche aufgeschlitzt. Bei Gott, ich möchte morgen um diese Zeit nicht Monsieur Franzmann sein.« Es war zwar noch früh, aber er war aufgestanden, um den Abmarsch zu sehen, mit klarem Blick und frisch rasiert. »Er wird Granard niemals erreichen, unser Monsieur Humbert. Er kommt vielleicht an Cloone vorbei, aber Granard erreicht er nicht. Wir werden ihn erwarten. Er kann eine üble kleine Schlacht liefern, wenn er wütend genug ist.«

Es war ein kalter Morgen, Dunst lag über den Stoppelfeldern. »Warum sollte er kämpfen«, fragte ich, »wenn er doch nicht gewinnen kann?«

»Warum?« Cornwallis blickte mich über den Brillenrand hinweg an. »Warum? Für die Ehre von La belle France natürlich. Generäle machen das immer so. Ein großer Teil des Generalseins ist kindisches Gehabe. Ein General muß einen anständigen Kampf liefern und eine anständige Anzahl seiner Leute umbringen lassen. Dann kann er ehrenhaft kapitulieren. Wenn ein Ladenbesitzer seine Geschäfte nach diesem Prinzip führte, dann stünde er bald vor dem totalen Bankrott. Es ist höchste Zeit, daß Ihr und ich frühstücken, junger Mann.«

Auf der Allee blieb er jedoch stehen und drehte sich zu mir um. »Die Rebellen werden bei allem die Verlierer sein. Rebellen gegen die Krone. Was wissen sie denn schon über die Krone, diese elenden Geschöpfe. Ich habe in Wexford beobachtet, wie sie zum Galgen gegangen sind. Große dunkle Augen. Keine Hilfe.«

Bauern, die zum Galgen stolpern. Es war zwar die Pflicht eines Soldaten, ihr fehlten jedoch Ritterlichkeit und Mut, die mir in jenen Tagen äußerst wichtig waren. Cornwallis las mir die Gefühle vom Gesicht ab.

»Französische Generäle jagen und paradieren ist nur ein Teil dieses Geschäfts, junger Mann. Wir sorgen für Ordnung, wie Spülmädchen. Wir dienen als gewöhnliche Henker. Und meistens gelingt uns das überhaupt nicht gut.«

Aber seine finstere Weisheit konnte mir an diesem Morgen keinen großen Eindruck machen, denn meine Augen waren von Farbe geblendet und meine Ohren mit kriegerischer Musik erfüllt. Und ich glaube, das merkte und respektierte er, denn wir hatten ein sehr angenehmes Frühstück, mit Tee für mich und seine zahllosen Tassen Schokolade.

Nach dem Frühstück ließ er sich sein Schreibzeug bringen und kritzelte in seiner ungeduldigen Handschrift einen kurzen Brief, den er dann mit Sand bestreute und mir gab.

»Nun denn, Prinz Hal«, sagte er. »Ich möchte, daß Ihr Euch eine Kavallerieeskorte nehmt und General Lake diesen Brief bringt. Ihr werdet aller Wahrscheinlichkeit vor Cloone auf ihn stoßen. Ihr könnt den Brief lesen, wenn Ihr wollt. Ich teile ihm mit, daß der Vormarsch des Feindes abgeriegelt ist und daß ich zum Angriff übergehen werde. Wenn er eine frühere Gelegenheit zur Schlacht findet, dann darf er eröffnen.«

Ich war natürlich überrascht und geschmeichelt, weil er mir einen so wichtigen Auftrag erteilte, und ich wollte ihm danken, aber er brachte mich mit einer lässigen Handbewegung zum Schweigen.

»Ihr überbringt für mich einen Brief, das ist alles. Aber dadurch könnt Ihr an Eurer ersten Schlacht teilnehmen. Das wollt Ihr doch, nicht wahr? Natürlich wollt Ihr. Nach morgen werdet Ihr nicht mehr derselbe sein. Ihr werdet wissen, daß es ein Handwerk ist wie jedes andere. Aber ein gefährliches Handwerk. Paßt auf Euch auf.«

Seine Freundlichkeit gab mir Vertrauen. »Es ist ein Handwerk, das schon sehr lange Euer Interesse fesselt, Mylord.«

Er warf mir einen scharfen Blick zu, dann lächelte er. »Es hat seine Anziehungskraft. Wenige Soldaten werden seiner je müde. Ich habe einen Essay von irgendeinem Schreiberling über diesen Burschen Washington gelesen. Er war im Herzen offenbar ein Bauer und war am glücklichsten auf seiner Plantage, unter seinen Sklaven. Strenge Pflicht rief ihn ins Feld. Ich glaube davon kein Wort. Allerdings werdet Ihr keine richtige Schlacht sehen – eine Handvoll Franzosen und eine Bauernmeute. Es wird ein häßliches Geschäft werden. Es ist nur gut, wenn Ihr es seht.«

»Aber wenn das Ergebnis feststeht …« begann ich.

»Die Franzosen sind natürlich Soldaten«, sagte er, als ob er mich nicht gehört hätte. »Aber die Iren sind gemeine Rebellen. Das ist das Häßliche an der Sache. Wir müssen unser Bestes tun. Unnütze Grausamkeit hat keinen Zweck.« In Gedanken schien er mit einer unausgesprochenen Sorge zu kämpfen. »General Lake hat diese Lektion nie gelernt. Er ist ein derber, grober Bursche und ein verdammt schlechter Soldat. Das sage ich Euch im Vertrauen.«

»Natürlich, Sir«, versicherte ich ihm.

»Wir sind haarscharf davongekommen, das kann ich Euch sagen. Wenn die Franzosen mehr Soldaten geschickt hätten, dann wären die Bauern aus dem ganzen Land zu ihnen geströmt. Den Iren muß eine Lektion erteilt werden. London wird das erwarten. Wir sind auch Schulmeister, wißt Ihr. Spülmädchen und Schulmeister und Henker. Die Lektionen, die Armeen erteilen, sind hart.«

»Wir werden ihnen anständige Prügel verpassen«, sagte ich in meiner Unschuld.

Er lächelte mich an, aber es war ein abwesendes Lächeln, ohne Humor. »Allerdings, Mr. Wyndham. Das werden wir tun. Wir werden ihnen anständige Prügel verpassen.« Meine Worte schienen, als er sie wiederholte, die eines Schuljungen zu sein, was er sicher beabsichtigt hatte. Er schenkte sich noch eine Tasse Schokolade ein. Er hatte ein Service, das ihn ins Feld begleitete, schmale Porzellantassen, rot glasiert, deren Oberfläche mit einem Blumenmuster versehen war.

Aber seine Worte konnten mir den Morgen nicht verderben. Die Aufgabe, mir eine Kavallerieeskorte zu suchen, und die Wichtigkeit meines Auftrages versetzten mich in Hochstimmung, aber ehe ich mich meiner Aufgabe widmete, hielt ich noch einmal am Eingangstor an, um den Abmarsch der Armee aus Carrick zu beobachten. Mir fehlt die literarische Geschicklichkeit, um den Glanz dieses Morgens oder meine eigene Aufregung zu schildern. Wörter sind armselige Gegenstände, stumpfe Holz- oder Eisenblöcke, die ungeschickt zurechtgehämmert worden sind. Was gäbe ich jetzt nicht darum, diese

Aufregung und den Glanz in den Augen meiner Jugend noch festhalten zu können. Und doch habe ich alles lebhaft im Gedächtnis, den weiten, grauen Fluß, die hügelige Landschaft, die Reihen der marschierenden Männer, ihre Musik und die hellen Farben. Ich würde kein Jahr meines Lebens gegen meine Erinnerung an jenen Morgen eintauschen. Die Szenen, deren Zeuge ich an den nächsten beiden Tagen werden sollte, trachteten diese Erinnerung zu beflecken, wie Blutflecken den Rand einer Buchseite. Der Fleck ist jetzt alt und verblichen, ein stumpfes schwaches Braun, aber das Bild ist lebhaft und hell. Es war der letzte Morgen meiner Jugend. Bald würde ich, wie ein Jäger sagen würde, an Blut gewöhnt werden.

Aus dem *Tagebuch der Ereignisse,* verfaßt von Malcolm Elliott im Oktober 1798

Gegen Abend erreichten wir das Dorf Cloone, ein jämmerliches Dorf an einem steilen Hang, dominiert von seiner Kirche, einem bescheidenen Gebäude mit dünnem Turm. Wir lagerten auf dem Friedhof, obwohl das vielleicht ein zu formeller Ausdruck ist, denn wir waren völlig erschöpft und ließen uns dankbar neben den Grabsteinen zu Boden fallen. Ich erinnere mich noch an eine Grabinschrift, die geschwungenen Buchstaben waren von Regen und Wetter ausgebleicht. DEIN GLAUBE HAT DIR GEHOLFEN. GEHE IN FRIEDEN. Französische Grenadiere oder irische Rebellen, ich bezweifele, daß einer von fünfzig das lesen konnte, und es schien ausdrücklich zu meiner Belehrung dazustehen. Wir hatten einen Gewaltmarsch zurückgelegt und hatten am düsteren Ufer des Loch Allen weder zum Essen noch zum Ausruhen haltgemacht und in Drumshanbo den Shannon überquert, wo unsere Nachhut den Versuch machte, die Brücke zu zerstören. Das verhinderte jedoch die schnelle Reaktion von Colonel Crauford, und im Scharmützel wurden Sarrizen und an die sechzig Franzosen getötet oder gefangengenommen. Zwischen Humbert und Fontaine, der dadurch zu seinem Hauptbefehlshaber wurde, bestand jetzt äußerste Feindseligkeit, und sie redeten kaum miteinander.

Ein düsterer Fatalismus hatte die französischen Soldaten überkommen, der dem kargen und ungastlichen Land zutiefst entsprach, den verstreuten Höfen, den vom Ried erstickten Seen. Und doch fühlte ich mich ihnen näher als den Iren, meinen eigenen Landsleuten, in deren Augen ich nur Erschöpfung und Verwirrung sehen konnte. Einer von ihnen, ein starker, breitschultriger Bauernbursche, trug immer noch die Fahne aus sattgrüner Seide. In der windlosen Luft hing sie schlaff an ihrer Stange. O'Dowd und seine Krautjunker ritten zusammen und starrten geistesabwesend auf den dunklen See.

Natürlich glaubten wir, daß wir unterwegs waren, um uns mit den Rebellen der Midlands zusammenzuschließen, aber Longford, wenn es auch nur dreißig Meilen entfernt war, schien diesen Leuten weiter weg zu sein als Mayo. In Drumshanbo hatten wir viel über den Aufstand gehört, und wir erfuhren sogar, daß uns ein Captain der United Men entgegengeschickt worden war, wenn wir auch über diesen Mann sonst nichts in Erfahrung bringen konnten. Wir wußten nur, daß Crauford dicht hinter uns war und daß die Hauptmacht der britischen Armee uns irgendwo im Süden erwartete. Ich glaube, daß die Iren auf irgendeine vage, unklare Art daran glaubten, daß sich in den Midlands, und wenn nicht dort, dann irgendwo anders in Irland, ein gewaltiges Heer gesammelt hatte, die »Gälische Armee«, und von dieser schattenhaften Menge erwarteten sie sich Rettung.

Wir hielten erst in Cloone an, und Humbert ließ uns nur ausruhen, weil wir einfach nicht mehr weiterkonnten. Die Männer verteilten sich von der Kirchentür bis zum Fuße des grasbewachsenen Hügels, sie streckten sich der Länge nach aus oder umklammerten im Sitzen mit den Händen ihre angezogenen Knie. Sie sahen einander oder, verstohlen, Humbert an, der niemals müde wurde, und dessen große dunkle Augen die Landschaft musterten. Teeling war jetzt sein einziger Vertrauter, und sie standen nebeneinander vor den schmalen, glaslosen Fenstern der Kirche. Sie ähnelte der Kirche von Ballina, bekannt und vertraut.

DEIN GLAUBE HAT DIR GEHOLFEN. GEHE IN FRIEDEN. Es war der Grabstein eines Mannes namens Thomas Ticknell, der 1701 im gesegneten Alter von 81 Jahren gestorben war. Er war vielleicht mit Cromwell herübergekommen, hatte den Kopf vollgestopft mit Kanonenfeuer und der Bibel, hatte hier Land in Besitz genommen, sich niedergelassen wie ein Kolonisator unter Indianern. Seine Leute waren auch meine. Ich las unsere Namenszüge im schmächtigen Kirchturm und der Grabinschrift. In der Kirche waren an weißgetünchten Wänden Steintafeln angebracht, und ich hätte unsere Verwandten finden können – Harvey, Greene, Atkinson, Benson, Elliott. Bruchstücke einer Welt, die für mich einen stummen Vorwurf bedeuteten. Warum bist du mit diesen mörderischen Pikenmännern hergekommen, mit irischplappernden Papisten? Auf dem unkrautüberwucherten Friedhof tadelte mich der Anstand meiner Kindheit, Kirchtürme erhoben sich auf der Insel wie mahnende Zeigefinger, und jeder versicherte uns, daß wir zusammengehörten, daß wir gekommen waren, um zu bleiben. Ich erinnerte mich an meinen Vater, groß und salbungsvoll, der über unsere Weiden schritt, während ich rennen mußte, um mit ihm Schritt zu halten. Biblische Phrasen, eine Erbschaft an Wörtern, durchsetzten seine Sprache. In Ballina stand über ihm ein Grabstein wie dieser hier.

Solche Überlegungen passen zu meinem derzeitigen Aufenthaltsort, einem kalten grauen Gefängnis am äußersten Stadtrand von Dublin, wo ich die Vollstreckung des Urteils erwarte, das über mich verhängt worden ist. Der menschliche Geist jedoch, aufnahmefähig und verschwenderisch, kann uns in einem einzigen Moment ungebeten mit Erinnerungen überschwemmen, reich an Bildern und Gerüchen. Ich war bei einem fremden Volk, von ihnen getrennt durch Rasse und Glauben, ja, sogar durch die Worte auf unseren Lippen. Und doch hatten wir in den lichten und optimistischen Dubliner Tagen eine Society of United Irishmen gebildet und geglaubt, daß solche Unterschiede unter der milden Sonne der Vernunft dahinschmelzen würden.

Wie um meine Gedanken zu bestätigen, erhob sich Murphy, ihr hassenswerter Priester, um zu ihnen zu sprechen, unermüdlich wie Humbert, wie eine Krähe in rötlich angelaufenes Schwarz gekleidet. Mein Irisch ist so fehlerhaft, daß ich nur ein Drittel von seinem Gerede verstehen konnte, aber er sprach mit seinem Gesicht und seinem vierschrötigen Körper, die Hände vor der Brust gefaltet. *Ketzer, Protestant, Engländer,* diese Wörter waren die plumpen Felsen in der wirbelnden Strömung seiner Rede. Unversöhnlich, nachtragend, hätte er auch ein gejagter Geistlicher aus der Cromwellzeit sein können, der eine Bande von Fußsoldaten aufstachelte. Seine Zuhörer jedoch, obwohl respektvoll, waren nun zu müde, um auf ihn zu achten. Hinter ihnen lauschten die Franzosen mit müder Geringschätzung.

Wir gruben Knochen aus den flachen Gräbern am Hang, um

Feuer unter unseren Kochtöpfen anzuzünden. Die Feuer waren Leuchttürme für Crauford, aber er wußte ohnehin schon, wo wir waren, dieser Fuchsjäger, der zum Abschuß reitet. Ich hockte neben zwei Männern aus Crossmolina. Einer stach mit seinem Messer in den Topf, hielt es mir dann hin, und ich nahm die Kartoffel mit beiden Händen. »Es ist eine traurige Angelegenheit für einen Gentleman wie Euch«, sagte er auf englisch. Ein tiefer Abgrund trennte uns, überbrückt von seiner Höflichkeit.

»Müssen wir noch weit gehen?« fragte er.

»Nicht weit«, antwortete ich. »Wir sind weniger als einen Tagesmarsch von Granard entfernt.«

»Die Gälen versammeln sich zu Scharen in Granard«, sagte er.

»Das glauben wir«, erwiderte ich, aber er hatte das Zögern in meiner Stimme gehört und sein Blick, wild wie der eines Berghasen, wandte sich von mir ab.

Ich dachte wieder an Judith, deren milde Augen vor Leidenschaft hell wurden. Landschaft, Musik, Pöesie, Mondlicht auf einer blühenden Hecke – sie bewegten ihr Herz, und ich wurde von ihr bewegt. Mayo, das mir nur die harten, anspruchsvollen Geschäfte des Gutes bedeutete, erblühte in ihrer Phantasie. Oft saß ich bei der Arbeit im Zimmer, in dem ich die Gutsangelegenheiten erledigte, wo die schweren, in Leder gebundenen Kontobücher aus der Zeit meines Vaters auf dem Boden aufgestapelt waren, und sie platzte herein, redete noch im Laufen, ihre Augen waren strahlend und sanft. Es war immer eine Kleinigkeit, oder was ich für eine Kleinigkeit hielt, obwohl ich jetzt weiß, daß solche Augenblicke uns in Liebe verbanden. Plötzlich wußte ich, daß ich sie nicht wiedersehen würde. Ich dachte an sie, obwohl ich weiterhin beobachtete, wie sich der Mann aus Crossmolina den Mund vollstopfte, und das Wissen überkam mich mit der flachen Gewißheit des Mittags. Tatsächlich irrte ich mich jedoch, denn sie durfte mich vor dem Prozeß und seither noch zweimal besuchen, was ich der Menschlichkeit des Staatsanwaltes verdanke.

Meine Gedanken in dieser letzten Nacht waren also ein Tumult. Ich sah mein Leben als helles, kleines Zimmer am Ende eines dunklen Korridors. Das Zimmer war voller Menschen – Judith, meine Eltern, Tone und Emmet gestikulierten wie die Figuren eines Puppentheaters, der Auktionator aus Castlebar, von dem ich einen Wallach gekauft hatte, eine Frau aus London, der ich den Hof gemacht hatte, ehe ich Judith kannte. Meine Erinnerungen waren Glassplitter, scharf wie Rasierklingen. Ich hielt sie ganz fest, obwohl sie mich bis aufs Blut schnitten.

Irgendwann in der Nacht, gegen ein oder zwei Uhr, glaube ich, trafen zwanzig Männer aus Granard ein, die in der Dunkelheit den steilen Hang hinaufstolperten, und von ihnen erfuhren wir, daß der Aufstand in den Midlands niedergeschlagen und die Falle zugeschnappt war. Obwohl sie uns gesucht hatten, brachte nur der Zufall sie nach Cloone, und unsere Wachtposten schossen auf sie, zum Glück ohne zu treffen. Wir waren für sie ein ebenso großer Schock wie sie für uns, denn die Gerüchte hatten behauptet, wir bildeten eine mächtige Armee – Tausende und Abertausende Franzosen und ebenso viele Rebellen, mit Kavallerie und entsetzlichen, furchteinflößenden Kanonen. Statt dessen fanden sie nur andere Flüchtlinge, die auf einem Friedhof Schutz gesucht hatten.

Sie hatten einen Anführer, eine Art »Captain« oder »Colonel«. Er schaute uns in der Dunkelheit an, als ob er nicht glauben könnte, daß er uns gefunden hatte, und Teeling konnte nur Antworten auf seine Fragen bekommen, indem er seine Arme packte und ihn schüttelte. Er prahlte langatmig damit, wie sie ein Gebäude in Edgeworthtown besetzt, wie sie Milizkompanien besiegt hatten, und immer wieder erzählte er von einer Schlacht bei Granard. Seine Worte waren die Worte von Schenkenballaden, leer und großspurig. Er schien ein Lied für sich selber zu üben, das andere dann singen sollten. »Wir haben unsere Piken gegen die Milizkavallerie erhoben«, sagte er. »König Georges Regiment haben wir in die Flucht geschlagen.« Er dichtete die Ereignisse um, bevölkerte eine Katastrophenlandschaft mit Helden.

Denn es war eine Katastrophe, und schließlich brachten wir die Wahrheit aus ihm heraus. Die Rebellen waren getötet oder in die Flucht geschlagen worden, und die Briten zogen sich in einem festen, schweren Knoten auf den Straßen zusammen. Die Niederlage war vollständig gewesen. Mindestens tausend Mann, wenn wir seine Übertreibungen abrechneten, lagen tot in den Feldern vor Granard. »Sie haben wie wilde Wölfe gekämpft«, erzählte er Teeling, »und mit berstenden Herzen.« – »Sie sind zerschlagen worden«, sagte Teeling auf französisch zu Humbert. »Das sind die Überlebenden.« Humbert, der das auch begriffen haben mußte, nickte, starrte den Mann aus Granard jedoch weiterhin an.

»Heilige Mutter Gottes«, sagte Randall MacDonnell zu mir. »Habt Ihr den gehört? Wir sind so gut wie tot. Habt Ihr diesen Mann gehört? Wir kommen hier nicht mehr heraus.«

Aber mir fiel nichts ein, was ich ihm hätte sagen können, und wir standen schweigend nebeneinander, bis Teeling zu uns trat. Im schwachen Licht der Sterne konnte ich sein langes blasses Gesicht erkennen, aber seine Stimme verwirrte mich, sie war ruhig und rauh.

»Morgen wird alles vorbei sein«, sagte er. »Wir brechen morgen früh auf, aber sie werden uns bis Mittag erreicht haben. General Humbert schlägt vor, nach Ballinamuck zu gehen, einem Dorf, das dieser Einheimische kennt. Es gibt dort einen guten Hügel und ein Moor, das unsere Flanke schützt. Es wird keine großartige Schlacht werden.«

»Kämpfen sollen wir?« fragte MacDonnell, in dem Empörung und Furcht rangen. »Was soll das denn nützen?«

»Wenn wir gute Ordnung halten, können wir ein oder zwei Stunden kämpfen. Das wird die Sache beenden.«

»Aber wenn wir eine Stunde lang kämpfen, dann kommen wir alle dabei um«, sagte MacDonnell. »Und wozu soll das gut sein? Wir sollten ein paar Männer mit weißen Fahnen losschikken und uns jetzt ergeben, ehe sie uns mit ihren verdammten Kanonen in Fetzen schießen.«

»Es wird viel schwerer sein, sich zu ergeben, als Ihr Euch das vorstellt. Für uns. Für die Franzosen sieht es anders aus.«

»Sie würden uns doch nicht kaltblütig ermorden.«

»Ermorden?« fragte Teeling, als wolle er das Wort abwägen. »Das heißt nicht Mord, Mr. MacDonnell. Wir sind bewaffnete Rebellen gegen die Krone. Die Briten sind nicht verpflichtet, uns zu schonen. Ich glaube nicht, daß sie dazu Lust haben werden.«

Erst nach einer langen Pause antwortete MacDonnell mit leiser, tonloser Stimme: »Ich nenne das Mord.«

»Ich auch. Und Mr. Elliott hier auch. General Humbert nicht. Er hat den Bauern in der Vendée kein Pardon gegeben. Wir werden von den Kriegsregeln nicht geschützt.«

»Die Kriegsregeln erlauben, unbewaffnete Männer abzuschlachten?« fragte ich. »Männer, die sich ergeben haben? Ja, das würde ich als Mord bezeichnen.« Jetzt erstaunt es mich, daß wir so ruhig über unseren eigenen Tod sprachen, aber so war es eben. Die menschliche Neigung, gegen die Katastrophe zu argumentieren, ist unnachgiebig.

»Mein Gott«, sagte MacDonnell. »O mein Jesus.« Ob das ein Gebet oder ein Fluch sein sollte, konnte ich nicht sagen.

Aber als wir miteinander sprachen, war alles um uns herum in Bewegung. Die Iren, die sich müde zum Wachwerden zwangen, begriffen nur langsam, durch Bruchstücke von Gerüchten und Gesprächen, daß uns im Süden keine Hilfe erwartete. Nun packte sie die Angst wie eiserne Ketten, schrecklicher als Finsternis oder Verwirrung. Ich ging zu den Männern aus Ballina, um ihnen so gut wie möglich zu erklären, was geschehen war, aber meine Worte blieben ohne Wirkung. Sie hatten so fest daran geglaubt, daß sie eine Gälische Armee erwartete, daß nichts sie vom Gegenteil überzeugen konnte. Gleichzeitig begriffen sie jedoch, daß im Süden irgendeine Katastrophe passiert war. Es hatte keinen Zweck, mit ihnen zu diskutieren, und nach einer Weile verließ ich sie.

Humbert blickte nach Süden, die Arme hinter dem Rücken verschränkt. Ich konnte seinem Gesicht nicht ansehen, was er empfinden mochte. Keiner seiner Pläne hatte sich erfüllt. Das Land hatte sich nicht erhoben, die Flotte aus Frankreich war nicht angekommen, die Straße nach Dublin war versperrt. Er war umgeben von den Männern, die er durch Irland geführt und gezerrt hatte, Fremde, entfernt und unbekannt wie Lappländer. Er dachte, vielleicht, daß er nun endlich gefangen war. *Er* war gefangen. Nicht eine Armee von zweitausend Mann, sondern ein Kommandant, so groß ist die Eitelkeit der Generäle. In einem Dorf namens Cloone, ein häßlicher Name auf einer Landkarte. Als ich noch dastand und ihn beobachtete, zuckte er plötzlich die Schultern und richtete sich gerade auf.

Er sah, daß ich ihn beobachtete, und kam auf mich zu. »Eure Iren hier unten waren nutzlos«, sagte er mit schnarrender, wütender Stimme. »Schlimmer als nutzlos. Sie haben mich in dieses finstere Moor geschleift. Sie haben verdient, was mit ihnen passieren wird.«

»Sie haben uns vertraut«, erwiderte ich. »Und sie bezahlen jetzt schon dafür. In Granard sind sie zu Hunderten umgebracht worden.«

»Da unten werden sie auch zu Hunderten getötet werden«, sagte er und zeigte mit dem Arm in den dunklen Süden. »Ich habe mich früher gefragt, warum die Engländer die Iren so sehr verachten. Jetzt verstehe ich.«

Er nickte mit dem Kopf zu den Männern hinüber, die auf dem Hang unter uns unsichtbar waren. »Ihr wolltet mit diesen Leuten eine Revolution machen. Ihr seid ein Narr.« Er wandte sich ab und ließ mich stehen.

Gegen Morgen, im ersten schwachen Licht, sammelten wir uns zum Abmarsch, allerdings mit Schwierigkeiten. Die französischen Soldaten hatten keine Lust auf eine Schlacht, und die Sergeanten mußten sie mit Säbeln antreiben. Die Iren dagegen waren so verwirrt, daß sie alle Befehle befolgten, allerdings nur langsam, als ob sie noch nicht ganz wach wären. Wir waren keine Armee mehr, das konnte sogar mein ungeübtes Auge erkennen, wir benahmen uns aber wie eine, teilten uns in Kolonnen ein. MacDonnell war es irgendwie gelungen, seine alte Laune oder zumindest seinen Stil wieder zu erlangen, denn er benahm sich, als ob er zu einer morgendlichen Jagd gesattelt hätte, neckte seine Leute und schmeichelte ihnen mit rauhen Komplimenten. Eitelkeit und Rücksichtslosigkeit hatten ihn zu uns geführt, einen lärmenden Reiter mit einer albernen Feder am Hut, aber nun sollte er seine Fähigkeiten unter Beweis stellen. Ich beobachtete ihn mit mildem Neid. Ich selber hatte schon längst das Vertrauen in unser Unternehmen verloren und wartete mit dumpfem Herzen auf sein unausweichliches Ende.

In der Dämmerung, Stunden vor unserem Aufbruch, stießen noch weitere Männer zu uns, die bei Granard mitgekämpft hatten, Männer, die nach Norden ausgewichen waren, weil ihnen kein anderer Weg mehr offenstand, oder Männer, die den Gerüchten, wir näherten uns mit einer mächtigen Armee, Glauben geschenkt hatten. Mehr als die Hälfte hatte immer noch Piken oder andere Waffen, und Teeling bildete aus ihnen eine Kompanie. Daß sie mit der Gegend vertraut waren, schien ihre Verwirrung und Angst nur zu vergrößern. Schließlich schloß sich, eine Stunde ehe wir Cloone verließen, auch Owen MacCarthy uns an, der Schulmeister aus Killala, der kurz vor Manor Hamilton desertiert war.

Er wirkte noch erschöpfter als wir anderen, seine Augen unter den verfilzten roten Haaren waren tief eingesunken. Er stand unschlüssig auf dem Pfad, der den Hügel hinab führte, dann kam er auf meine eigenen Männer aus Ballina zu, von denen einer, Michael Geraghty, sein Freund geworden war.

Randall MacDonnell lehnte sich aus dem Sattel herab und brüllte: »Owen MacCarthy! Du hast uns vermißt!«

MacCarthy blickte zu ihm hinüber. »Wir kommen hier nicht mehr heraus. Ich bin bis auf eine Meile an Mohill herangekommen, und überall wimmelt es von britischen Soldaten.«

Teeling ging zu ihm hinüber. »Sprecht Englisch. Wo seid Ihr sonst noch gewesen?«

»Ich habe in Drumlish angefangen. Sie haben es abgebrannt und einen Mann in seinem eigenen Laden ermordet. Dann bin ich in Richtung Mohill gegangen, aber als ich die Soldaten entdeckt habe, bin ich auf diese Straße abgebogen. Ich habe einen Teil der Nacht in einer Höhle verbracht, mit um die Knie gefalteten Händen.«

»Es wäre weiser gewesen, wenn Ihr in der Höhle geblieben wärt.«

»Aber ich bin doch kein Fuchs oder Dachs. Ich hatte eine Flasche bei mir, und als sie leer war, bin ich in die Dunkelheit hineingegangen. Die Engländer haben die ganze Welt besetzt. Sie haben Drumlish abgebrannt, diese verdammten Bestien. Man sollte doch denken, daß Männer, die zu einer Schlacht marschieren, keine Zeit haben, um Dörfer anzustecken.«

»Sie haben es nicht eilig«, sagte Teeling. »Sie haben noch den ganzen Tag.«

Als die schwere Golduhr meines Vaters Punkt sechs Uhr zeigte, marschierten wir los, zwei lange, auseinandergezogene Kolonnen. Humbert blieb auf seinem Pferd noch eine Weile auf dem Hügel und hielt ein Fernrohr ans Auge. Vielleicht konnte er bei Mohill die ersten Engländer sehen.

Als wir losmarschierten, drehte ich mich um, um die Kirche anzusehen. Tugendhaft und verächtlich, fühlte sie sich erhaben über unseren Tumult. Sie war der Kirche von Ballina so ähnlich, daß beide nach demselben Entwurf hätten gebaut sein können. Und noch einmal regte sich meine Erinnerung. Karg, schmucklos, wachte sie über Thomas Ticknell, Cromwells schlummernden Soldaten.

17

Aus: »Die ersten Dienstjahre. Mit Cornwallis in Irland«, von Generalmajor Sir Harold Wyndham

Ich brach mit meiner kleinen Eskorte auf und kam mir wie eine höchst bedeutende Persönlichkeit vor, da ich den Schlachtbefehl überbrachte und mich, wenn auch nur für eine Stunde, an die Spitze einer Reitergruppe setzen durfte. Ich bot nun das gleiche klirrende, scharlachrot leuchtende Schauspiel wie die Dragoner, die ich beneidet hatte. Cornwallis hat sich über meinen Anblick sicher amüsiert, denn die Farbe des Krieges war in seinen Gedanken schon längst verblichen, und der Krieg war für ihn nur noch eine Pflicht, die sorgfältig erfüllt werden mußte.

Die Landschaft wurde, nachdem wir den freundlichen Fluß verlassen hatten, etwas düster, Ackerland, immer wieder unterteilt von Steinmauern, gelbwerdende Felder, niedrige Hügel. Aber der Morgen war wunderbar und die Luft belebend wie Wein. Vögel, Stare und Saatkrähen, in überraschender Zahl, brachen plötzlich wie Kartätschen aus den Bäumen. Weit von der Straße entfernt, an schmalen Wegen, standen die Hütten der Einheimischen. Ich entdeckte dort keinen Menschen, und es war seltsam, sie ohne die üblichen Schwärme von lärmenden Kindern zu sehen. Es war wirklich eine stumme Szene, abgesehen vom Getrappel unserer Hufe, den Rufen der Vögel, einem unerwarteten Flügelschlag.

Erst als wir uns Mohill nähertern, das sich halbwegs zwischen Carrick und Cloone befindet, stießen wir auf verbrannte Hütten. Das Dorf selber war unangetastet, soviel ich sehen konnte, aber die umliegenden Hütten waren abgebrannt, und der Gestank derer, die näher zur Straße hin standen, wurde zu uns hingetragen. Es schien ein armseliger Anfang für eine Schlacht, und ich wandte mich um, um die Reaktionen meiner Begleiter zu sehen, aber ihre ungerührten Gesichter sagten mir nichts.

Eine Meile hinter dem Dorf wurde uns ein höchst unerwarteter Anblick zuteil, etwa fünfzig französische Gefangene wurden unter Bewachung in Richtung Carrick geführt. Der kommandierende Offizier, ein Captain Millett, wie sich herausstellte, ritt heran, um mich zu grüßen. Er erklärte, dies sei die Nachhut von Humberts Armee, gefangengenommen von Crauford, als sie versuchten, in Drumshanbo die Brücke über den Shannon zu sprengen.

»Habt Ihr geholfen, sie gefangenzunehmen?« fragte ich.

Aber er lachte und antwortete: »Ich bin nur ein armer Landwehroffizier. Crauford befehligt Dragoner. Er hat einen ihrer Generäle mit einem komischen französischen Namen erwischt.« Er kratzte sich am Kinn. »Sprecht Ihr Französisch? Fragt doch mal, wie ihr General heißt.«

Ich rief die Gefangenen an, und einer von ihnen antwortete: »Sarrizen.«

»Sarrizen, genau. Wie ein verdammter Türke. Der Sarazenenkopf, wie auf dem Kneipenschild.«

»Ist er nicht bei ihnen?«

»Er ist bei Billy Lake und verdammt froh darüber. Zehn Minuten, nachdem Crauford ihn angegriffen hatte, ritt er auch schon mit dem Hut auf dem Schwert herum, um sich zu ergeben. Und diese Jungs hier sind auch verdammt froh, über eine Landstraße zu gehen und im Sonnenschein die Arme baumeln zu lassen. Ich wäre jedenfalls nicht gern am scharfen Ende von Craufords Säbel.«

Sie wirkten weder froh noch traurig, sondern einfach nur erschöpft. Ich dachte an ihren außergewöhnlichen Marsch von Mayo nach Longford. Einige von ihnen waren dunkle Südländer, die meisten jedoch hätten mit Milletts Männern die Röcke tauschen können. Der Unterschied lag in ihren Augen, rund und dunkel vor Müdigkeit.

»Wo ist Lake?« fragte ich. »Ich habe Befehle von Lord Cornwallis für ihn.«

Millett klopfte seinem Pferd den Hals. »Dann solltet Ihr Euch beeilen, sonst verpaßt Ihr das Halali. Crauford hat den Franzmann am Schwanz gepackt, und Lake will jetzt die Lücke schließen. Infanterie, Kanonen, alles, was dazugehört.«

»Aber wo soll ich hin?« Mir ging langsam auf, daß Schlachten nicht so ordentlich sind wie ein Frühstückszimmer in Carrick.

»Nach Cloone. Haltet Euch auf dieser Straße und biegt an

der Kreuzung nicht ab. Von dort aus müßtet Ihr alles sehen können; die Stadt liegt auf einem Hügel. Der Feind hat letzte Nacht dort kampiert. Auf einem Friedhof.« Er blickte auf einen seiner Soldaten hinab, einen hochgewachsenen Jungen, der sich auf sein Gewehr stützte. »Wißt Ihr, was diese Wilden gemacht haben? Sie haben die Knochen aus den Gräbern geholt.«

»Was?« fragte ich. Die grotesken Worte sprangen mich aus dem Nichts heraus an.

»Die Eingeborenen. Die Rebellen. Sie haben die Knochen der Toten als Feuerholz benutzt. Überall auf dem Friedhof liegen Knochen herum, zwischen den Steinen.«

Ein häßliches, unzusammenhängendes Bild versuchte, in meiner Vorstellung Form anzunehmen.

»Wilde«, sagte Millett. »Wißt Ihr ein anderes Wort für sie? Ich will verdammt sein, wenn ich das tue.«

Ich gab keine Antwort. Wie Tiere in ihrem Bau, dachte ich, die Erde mit Knochen übersät.

»Deshalb hab ich auch mit denen da ein Hühnchen zu rupfen«, sagte er und nickte zu den Franzosen hinüber. »Daß die diesen Wilden Gewehre in die Hand gedrückt haben. Ich bin bestimmt so tolerant wie jeder andere, aber bei Wilden ziehe ich die Grenze. Ich war in Wexford. Ich habe gesehen, was da unten mit den armen Protestanten passiert ist.«

»Was wird jetzt aus ihnen?« fragte ich und nickte wie er zu den Franzosen hinüber.

»Mit denen? Die werden ausgetauscht. Dann geht es zurück nach La belle France. Sie haben bestimmt keine Lust, dieses verdammte Land wieder zu besuchen.«

»Nein«, sagte ich. Trotz der Herbstsonne war die Luft kühl.

»Ich habe den ganzen Tag, um sie nach Carrick zu bringen«, sagte er, »aber Ihr solltet lieber keine Zeit vergeuden.«

»Nein. Ich habe noch nie eine Schlacht gesehen.«

»Ich auch nicht«, sagte er. »Aber ich kann ohne diesen Anblick leben. Nicht, daß es eine große Schlacht geben wird. Sarrizen sagt, sie könnten jeden Moment vor Erschöpfung umkippen.«

Von der anderen Seite des Hügels kam, schwach und leise, ein Geräusch wie von Möbeln, die in einem abgelegenen Zimmer über den Fußboden geschoben werden. Wir blickten uns an.

»Ja«, sagte er. »Das könnte die Artillerie sein.«

Er hob die Hand ein kleines Stück, dann ließ er sie wieder sinken. »Viel Glück, Mr. Wyndham.«

»Euch auch.«

»Hier brauch ich keins«, sagte er. »Ich werde gemütlich in Carrick sitzen und zusehen, wie diese Jungs ihre Frösche essen.«

Ich habe Millett niemals wiedergesehen. Seine Kompanie gehörte zu denen, die an den letzten Operationen in Killala und an der Straße nach Belmullett teilgenommen haben, und dort zogen sie sich einen Ruf der Härte gegenüber der Bevölkerung zu, um den man sie nicht beneiden konnte. Als ich die Anhöhe erreicht hatte, drehte ich mich um, um ihm zuzuwinken, aber er sah mich nicht.

Cloone befindet sich, wie er mir gesagt hatte, auf einem hohen Hügel. Als wir darauf zuritten, hörte ich die entfernten Geräusche öfter, und selbst mein ungeübtes Ohr konnte es jetzt als Kanonenfeuer identifizieren.

Obwohl Lake vorgerückt war, wurde Cloone von einem Regiment gehalten. Der Friedhof wimmelte von Männern in Uniform. Ich mußte absteigen, um an ihnen vorbei zur Kirche zu gelangen, wo eine Gruppe von Offizieren stand und nach Süden blickte. Ich versuchte, mich und meinen Auftrag vorzustellen, aber sie achteteten nicht auf mich. Einer von ihnen, ein Major, hielt ein Fernrohr aus Messing ans Auge. Sehr weit entfernt waren ungeheuer viele Männer in einer Weise verteilt, die für mich überhaupt keinen Sinn ergab. Einige bewegten sich, Gruppen von Reitern und Infanterie rückten in unordentlichen Reihen vor. Eine dichte, solide Masse von Männern stand bewegungslos auf einem Hang. Die Kanonen sahen nicht größer aus als schwarze Holzsplitter. Als ich sie anstarrte, sprachen sie wieder. Rauch umgab sie. Auf der linken Seite des Hügels, etwa eine Meile entfernt, drängten sich die Hütten eines Dorfes, wie Kinderspielzeug. Die Kanonen sprachen wieder, und ehe der Lärm sich ganz gelegt hatte, ritt eine Gruppe von Reitern auf den Hügel zu. Hinter Hügel und Dorf erstreckte sich rotes Moor bis an den Horizont.

Einer der Offiziere war ein junger Mann in meinem Alter, mit einem glatten, blassen Gesicht und zarten, mädchenhaften Zügen. Ich packte ihn am Arm und fragte, was passierte. Er drehte sich ungeduldig zu mir um, seine Augen waren so erfüllt von der Schlacht, daß er mich kaum wahrnahm. Aber ich hielt seinen Arm weiter fest und wiederholte die Frage. Ich glaube, daß die Möglichkeit, sein überlegenes Wissen zu demonstrieren, ihm durchaus willkommen war, als er mich endlich verstanden hatte.

»Da unten ist Humbert«, sagte er und zeigte auf den Fuß des Hügels. »Er hat noch geschafft, den Hügel zu besetzen, ehe wir ihn zwingen konnten, sich umzudrehen und zu kämpfen. Vor ein paar Minuten hat er seine Hauptstärke an den Osthang verlegt, um sich unserer Kavallerie zu stellen.« Wieder sprach die Kanone, diesmal war es ein abgerisseneres Geräusch. »Das ist das letzte Sperrfeuer, wenn wir Crauford nicht den Kopf abschießen wollen.«

»Dann sind das Craufords Dragoner?« fragte ich.

»Craufords oder Lord Rodens. Wie soll man das bei dieser Entfernung sagen?«

Nun rückte auch eine Abteilung Infanterie auf den Hügel vor, in einer Art von langsamem Trab, im rechten Winkel zum Dorf.

»Und die Rebellen? Wo sind die?«

»Bei Humbert, möchte ich meinen. Da unten, vielleicht, und halten die Straße, die vom Hügel ins Dorf führt. Ich glaube, General Lake ist im Dorf. Er ist in diese Richtung geritten.«

»Rebellen, die auf einem Hang hocken«, sagte der Major, ohne sein Fernrohr zu senken. »Lake muß sich ja wieder vorkommen wie in Wexford. Bei Vinegar Hill.«

»Ich möchte wissen, ob er hier wieder genauso lang braucht«, sagte mein Leutnant, und der Major lachte.

»Er müßte jetzt mehr Vertrauen zu sich haben«, sagte der Major. »Schließlich hat er doch das Rennen von Castlebar gewonnen.«

»Vielleicht vertraut Lord Cornwallis ihm«, sagte ich. »Ich bringe eine Depesche.«

Der Major wandte sich zu mir um. »Wer zum Teufel seid Ihr?«

»Lord Cornwallis' Adjutant«, antwortete ich, aus unerklärlichen Gründen verstimmt. »Ich bringe einen Befehl für General Lake. Er soll den Feind angreifen.«

»Ach, wirklich? Lake ist diesem Befehl zuvorgekommen. Heute wird es kein zweites Castlebar geben. Cornwallis verliert keine Schlachten. Die Kavallerie, die er aus Carrick geschickt hat, ist hinter diesem Hügel und hält die Straße nach Granard.«

»Vielleicht sollte ich ins Dorf reiten«, überlegte ich.

»Tut das, junger Mann. Soweit ich sehen kann, besteht da keine Gefahr. Die Sache wird zwischen dem Hügel und dem Moor erledigt werden.«

»Wie heißt das Dorf?« fragte ich.

Er zögerte einen Moment und kniff die Augen halb zu. »Ich will verdammt sein, wenn ich das weiß. Weiß jemand von euch, wie es heißt? Die Iren müssen das doch wissen. Da drüben ist ein Regiment aus Longford.« Er zeigte mit seinem Fernrohr darauf.

Eine Schlacht wurde auf britischem Boden ausgetragen, und wir wußten nicht, wie wir sie nennen sollten. Ballinamuck. Jahre später fragte ich in Indien einen irischen Offizier meiner Kompanie, was dieser Name bedeutete. Er war beleidigt durch die Unterstellung, daß er diese Sprache verstünde.

»Er hat eine Schlacht verloren«, sagte ich.

»Was?«

»Lord Cornwallis. In Yorktown. Er hat die amerikanischen Kolonien verloren. Er hat es mir geschildert. Als er Washington sein Schwert schickte, ließ er die Kapellen ›The world turned upside down‹ spielen.«

»Das war etwas anderes«, erklärte der Major und widmete sich wieder der Schlacht. Es war seltsam, wie sehr die Szene diesen Stichen von Schlachtplänen ähnelte, die mir immer als unwahrscheinlich sauber und ordentlich erschienen sind, mit ihren Linien und Bögen, die die Stellung von Kavallerie und Infanterie anzeigen sollen, ihren Dreiecken für die Positionen der Artillerie. Unsere Kavallerie und Infanterie rückten immer noch vor, und nun verließ ein zweites berittenes Regiment das Dorf. Seine Angriffslinie befand sich unmittelbar neben der rechten Flanke unserer Infanterie, während Crauford links stand, und wenn der Leutnant mit seiner Annahme recht hatte, dann würde er die Rebellen angreifen, die die Straße hielten. Es gab für Humbert keine Rückzugsmöglichkeit, falls er nicht den Hügel hinaufklettern oder ins weiche, nasse Moorland zurückfallen wollte.

Vor mir schien eine Landkarte sich entfaltet zu haben, die Farben waren verschwommen und unklar, die Linien und Umrisse jedoch scharf. Die Aufregung, die ich vorher empfunden hatte, stieg wieder in mir auf. Niemand, glaube ich, hat seine erste Schlacht jemals unter angenehmeren Bedingungen erlebt, und deshalb verabschiedete ich mich mit einem Gefühl von heftiger angenehmer Erwartung von meinen neuen Freunden in Cloone und ritt ins Dorf Ballinamuck hinab.

Aus dem *Tagebuch der Ereignisse,* verfaßt von Malcolm Elliott im Oktober 1798

Über diese elende halbe Stunde in Ballinamuck möchte ich nur wenig sagen. Ich habe gehört, daß Humbert und die anderen Franzosen sie in Dublin ausgiebig diskutiert haben, wo sie viel Besuch hatten, und sicher ist ihr Bericht für die Nachwelt aufgezeichnet worden. Auch wenn ich dieses Desaster beschreiben wollte, so würde ich es nicht schaffen, denn alles ging so schnell, und meine Erinnerung ist bruchstückhaft und verwirrt. Ich staune über die Klarheit und Präzision, über die Militärgeschichtler verfügen, denn meine Schlachterfahrung ist die eines blutigen Tumultes, in dem Männer einander wie Vieh abschlachten und ihre Gedanken von dem Geschrei und dem Schrecken, in den sie sich verwandeln, abgelenkt werden.

Wir befanden uns halbwegs zwischen Cloone und Ballinamuck, als sie über uns hereinbrachen, und unser Marsch wurde zum Chaos ohne jegliche Ordnung. Wir drehten uns um und kämpften in Ballinamuck, weil wir keine Wahl hatten und weil Humbert über den Vorteil froh war, den der Hügel uns bot. Es ist wichtig für den Stolz eines Generals, den Vorschriften seines Handwerks zu gehorchen und hochgelegenes Terrain und so weiter auszunützen. Die Franzosen und vielleicht ein Drittel der Iren, zu dem auch ich gehörte, wurden auf dem sanften Hang des Hügels postiert, die anderen Iren, unter Teelings Kommando, auf der Straße, die vom Hügel ins Dorf führte. Er brüllte tapfer seine Befehle, sagte uns, wo wir stehen und wie wir uns verhalten sollten, aber seine Stimmung schien mir eher wie wilde Verzweiflung. An Artillerie hatten wir jetzt nur noch zwei kleine fahrbare Kanonen, die er unter Aufsicht der Kanoniere Magee und Casey auf der Straße ließ. Ich halte es für möglich, daß die Iren den ersten britischen Angriff aus dem Dorf abbekommen sollten. Sein Zorn, denn ich kann ihn nicht anders nennen, richtete sich nicht auf die Briten, sondern auf seine Verbündeten, und er sprach sogar zu Teeling voll barscher Verachtung.

Tatsächlich wurden wir zuerst von Craufords Dragonern angegriffen, die schrägwinklig zum Dorf in einer Reihe vorrückten und mit schrecklichem Geschrei die Hänge heraufritten, wobei sie mit ihren Säbeln die Luft zerschnitten. MacDonnell und seine Pikenträger konnten sie jedoch ein kurzes Stück zurückwerfen. Ich konnte MacDonnell zwischen den englischen Reitern sehen, seine theatralische Feder wippte auf und ab. Und doch flößte sein Mut mir keinen Stolz ein. Ich empfand nur Angst, ein dünner Nerv schlug in meinem betäubten Gehirn. Zu diesem Zeitpunkt hatte ihre Artillerie uns bereits Verluste beigebracht. *Verluste beigebracht*: eine schöne neutrale Phrase. Kartätschen und Kugeln rissen Brüste und Bäuche auf, die Brüste waren blutüberströmt und aus den Bäuchen quollen die Eingeweide. Ein Mann kniete neben mir im Gras, seine gespreizten Hände hielten Gedärm, das zwischen seinen roten Fingern hervorquoll.

Humbert befahl mir, mit den Männern aus Ballina MacDonnell zu Hilfe zu kommen, der jetzt zurückgeworfen worden war. An vielen Stellen war das Gras bereits glitschig vom Blut, und vor lauter Eile stolperten wir über Verwundete, die unsere Knie umklammerten. MacDonnell drehte sich um und sah mich an: Seine Augen waren groß und starr, sein Mund schlaff. Ich hatte bei seiner energischen Verteidigung angenommen, daß ihn seine Tollkühnheit eines Fuchsjägers aufrechterhielt und ihn für kindisch bis zum Schluß gehalten, aber jetzt sah ich, daß er panische Angst hatte. »Heilige Maria, Mutter Gottes, bitte für mich«, sagte er, und dann, während seine Stimme in einen Schrei umschlug, ließ er eine Reihe von Obszönitäten in irischer Sprache folgen.

Nun rückte auch die britische Infanterie gegen uns vor, die Männer gingen ruhig durch das hohe Gras und hielten ihre Gewehre vor sich. Ich wandte den Kopf, um Craufords Kavallerie zu sehen, die für einen zweiten Vorstoß bereit stand. Magee feuerte unsere beiden fahrbaren Kanonen ab, und ich sah mehrere Briten stolpern und fallen. Teeling lenkte sein Pferd neben die Kanonen, er hielt das Schwert gezückt in der Hand. Nun machte er eine Geste mit dem Schwert, als wollte er uns fragen, ob er seine Männer von der Straße zu uns auf den Hügel verlegen sollte. Humbert bedeutete ihm, in der alten Stellung zu verharren. Humbert war vom Pferd gestiegen und stand mit weit gespreizten Beinen da, die Hände in die Hüften gestemmt. Er bewegte immer wieder den Kopf, als suche er etwas, das er nicht finden konnte. Wie als Antwort auf unsere Kanonen gaben die Engländer jetzt eine Gewehrsalve ab, die die Franzosen beantworteten. Unter den Iren hatte nicht einer von zehn ein Gewehr. Die anderen waren mit Piken bewaffnet und hatten bisher nichts tun können, als in unserer Stellung Kartätschen und Gewehrkugeln zu erwarten. Einige erbrachen sich, bückten sich mit auf die Knie gepreßten Händen.

Crauford ging kein Risiko mehr ein. Er hielt seine Dragoner zurück, während die Infanterie auf uns zukam und im Gehen neu lud, dann verließ eine zweite Abteilung Kavallerie das Dorf. Nun blieb die Infanterie stehen und gab eine zweite Salve ab. Crauford schwang seinen Säbel und rückte im Galopp vor.

Ich befahl meinen Männern, ihre Piken bereitzuhalten und MacDonnells Befehle zu befolgen, falls ich fallen sollte. Aber sie hörten mich nicht mehr. Sie packten ihre Piken und warteten, nicht, weil ich ihnen das gesagt hatte, sondern weil es nichts anderes zu tun gab. Hinter uns zog sich mehrere Meilen weit das Moor bis zu einer niedrigen Hügelkette hin. Hinter den Hügeln wurde nicht mehr gekämpft. Kühe standen auf ihren Weiden. Vielleicht saßen in Bauernhäusern wie meinem auf The Moat Männer bei ihrem Morgentee.

Crauford ritt durch uns hindurch wie ein Mann, der durch einen Wurf Welpen schreitet. Er suchte nicht uns, sondern die Franzosen hinter uns. Ein Dragoner schlug nach mir und verfehlte mich, dann ritt er weiter, ohne mir einen zweiten Blick zu gönnen. Aber MacDonnell wurde von einem Säbel voll in den Hals getroffen; das Blut spritzte heraus, als ob die Klinge einen Brunnen geöffnet hätte. Als Crauford die Franzosen erreicht hatte, kam es zu einem blutigen Handgemenge, das jedoch nicht länger als fünf Minuten dauerte. Humbert, der endlich entdeckt zu haben schien, was sein hin- und herfliegender Blick die ganze Zeit gesucht hatten, steckte seinen Hut auf seine Schwertspitze und hielt ihn zum Zeichen der Kapitulation hoch in die Luft. Die Wucht von Craufords Angriff ließ sich jedoch nicht aufhalten, und seine Männer stießen mit den Franzosen zusammen, die ihre Gewehre wie Schwerter hochhielten, um die Hiebe abzuwehren. Der Angriff war jedoch nach ein oder zwei Minuten vorbei. Die französischen Offiziere ahmten Humberts Signal nach, und die Männer legten ihre Gewehre auf das glitschige Gras. Die zweite Abteilung Kavallerie war jetzt zum Stehen gekommen und blickte auf

Teelings Iren, während die Infanterie immer noch vorrückte. Craufords Trompeter gab ihnen ein Signal. Es teilte ihnen zweifellos mit, daß der Widerstand auf dem Hügel eingestellt worden war. Aber ich sah, daß Teeling seinen Männern nicht befohlen hatte, die Waffen zu senken.

Ich wandte mich von Teeling zu Humbert. Er reichte Crauford sein Schwert, und der berührte seinen Hut mit den Fingern und nahm es dann entgegen. Er hielt es einige Zoll vom Griff entfernt fest, als ob er es wiegen wollte, dann reichte er es an einen Dragoner weiter. Dannach blickte er mir voll in die Augen. Er hatte ein langes Gesicht mit hohen Wangenknochen, das Gesicht eines Jägers, und obwohl seine Augen ruhig und kalt waren, hoben und senkten seine Schultern sich.

Aus: »Die ersten Dienstjahre. Mit Cornwallis in Irland«, von Generalmajor Sir Harold Wyndham

Es könnte wohl behauptet werden, daß ich bei der Schlacht von Ballinamuck überhaupt nicht zugegen war, denn ich beobachtete sie von Cloone aus, und sie war schon beendet, ehe ich Ballinamuck erreichte. Einige Meilen hinter Cloone ist die Straße dicht bewaldet, und ich sah nichts, als ich den krachenden Kanonen und dem ratternden Gewehrfeuer entgegenritt, aber noch ehe ich die Bäume hinter mir gelassen hatte, hörte ich, schwach zuerst, das Geschrei von Männern. Ich schien durch einen Tunnel von einer Welt in die andere zu reiten.

Aber hinter den Bäumen lagen Felder, Hügel und Moor im gleichmäßigen Licht des Morgens, einer hellen Klarheit, die die lebhaften Uniformen, die schönen Pferde, die Kanonen offenbarte. Die Szene, die so ordentlich gewirkt hatte, als ich sie von Cloone aus sah, war ein Chaos von Bewegungen und Geräuschen, Hufe, polternde Räder, Gebrüll, Rauchwolken, Trommelwirbel. Ich hielt auf einer leichten Anhöhe an, wie Generäle auf den alten militärischen Drucken, die oberhalb der Schlacht auf ihrem Pferd sitzen, mit einer zusammengefalteten Karte gestikulieren, und ich konnte die Aktion, die die Schlacht beendete, genau sehen, Craufords zweiten Angriff auf den Hügel. Es war ein ungeheuer erregender Augenblick, scharlachrote Reiter und ihre schwarzen und kastanienbraunen Pferde jagten unbezwingbar vorwärts, stoben an den Pikenträgern vorbei und griffen pfeilgerade die Franzosen an.

Ich spornte mein Pferd an, aber ehe ich das Dorf erreicht hatte, waren Angriff und Schlacht vorbei. Das plötzliche Ende überraschte mich.

Und doch war Ballinamuck in Wirklichkeit nur ein blutiges Handgemenge, und unsere Überlegenheit an Männern und Waffen war so groß, daß es kaum den Namen Schlacht verdient. Ich hatte gesehen, wie die Pikenträger ihre schrecklichen Waffen hin und her geschwungen und wie die Säbel zugestoßen hatten, und aus meiner Entfernung wirkte es wie das unblutige Vergnügen von Kindern, die in einem Garten spielen. Aber eine Stunde später, als ich zwischen den gefallenen Körpern herumwanderte und mehrmals auf die Piken trat, die neben ihnen lagen, wußte ich, daß das Vergnügen durchaus blutig gewesen war. Die irische Pike ist ein seltsames Instrument für ein modernes Schlachtfeld – ein langer, gerader Schaft aus Eschenholz mit dreigeteilter Spitze, einer breiten Klinge in der Mitte und zwei gekrümmten kürzeren Spitzen zum Packen oder Reißen. Es war eine Waffe aus einem früheren Jahrhundert, und aus einem früheren Jahrhundert stammten auch die Elenden, die sie trugen und die sich schwerfällig aus dem Moor der Vergangenheit herausbewegten. Sie lagen zusammen auf dem Feld, Waffe und Mann, gebrochen vom Rad der Geschichte.

Als ich das Dorf erreicht hatte – die übliche enge, dreckige Straße aus elenden Hütten –, war das Echo von Kanone und Muskete aus der Luft verschwunden. Die Straße war überfüllt. Ich konnte nur um Haaresbreite einem mit schweren Säcken voller Kartätschen beladenen Wagen ausweichen. Lake hatte genug Munition in diese Schlacht mitgenommen, um eine Armee aufzureiben, aber seine Ordnung war lasch und das Dorf eine Szene von hektischer, schlechtgeleiteter Aktivität unter der Führung von gestikulierenden Captains und brüllenden Sergeanten. Damals konnte ich diese Dinge noch nicht beurteilen und glaubte, dieses Chaos sei für die angemessene Einteilung seiner Truppen notwendig. Die Stimmung seiner Leute konnte ich jedoch einschätzen. Ein erschöpfender und unangenehmer Feldzug ging zu Ende, und trotz der vielen wütenden Befehle, die ihnen zugebrüllt wurden, waren sie fröhlich und gutgelaunt.

Lake hatte auf einer Weide unterhalb des Dorfs Stellung bezogen, die einen Blick über die lange, schmale Ebene bot, die sich zum Feind hinüberstreckte. Er hatte seine langen, dicken

Beine weit gespreizt, ein schlaffer, großer Mann, dessen Gesicht von einer kriegerischen, schnabelartigen Nase beherrscht wurde. Er dominierte über die Offiziere, die in seiner Nähe standen, durch Größe und Rang gleichermaßen. Trotz des Tumults entdeckte er mich fast sofort und rief fröhlich: »Fast rechtzeitig, Mr. Wyndham, fast rechtzeitig.«

Ich stieg ab und salutierte. »Lord Cornwallis schickt mich mit dem Befehl, den Feind anzugreifen.«

»Diesen Befehl habe ich haargenau befolgt«, sagte er. »Haargenau. Seht dort hinüber!«

Am Shanmullah Hill – obwohl wir den Namen natürlich noch nicht kannten – bot sich ein außergewöhnlicher Anblick. Die Franzosen hatten sich zu einer dichten Gruppe zusammengezogen und standen so ruhig da wie Männer, die auf den Beginn eines Pferderennens warteten. Unten an der Westseite des Hügels standen die Rebellen, durch die Crauford hindurchgestoßen war. Eine zweite und weitaus größere irische Gruppe war auf der Straße postiert, die vom Hügel ins Dorf führte, und dort stand sie immer noch. Sie hatten ihre Waffen nicht fallen lassen, sondern hielten sie in jeglichem Winkel. Ein französischer Offizier saß auf seinem Pferd zwischen ihnen, das heißt, ich hielt ihn wegen seiner Uniform für einen französischen Offizier, in Wirklichkeit handelte es sich jedoch um Bartholomew Teeling, einen berüchtigten United Irishman. Er gehörte zu den Männern, die später nach Dublin gebracht wurden, wie auch einer der Männer auf dem Hügel, ein Grundbesitzer aus Mayo namens Elliott. Dort wurde ihnen das Schicksal zuteil, das ihren Verbrechen angemessen war. In mehreren Reihen war am Fuße des Hügels unsere massive Infanterie aufgebaut, deren Seiten Craufords Dragoner und Rodens Reiterei flankierten.

Die Luft muß von Geschrei erfüllt gewesen sein, und doch erinnere ich mich an eine Stille, die mich bedrückte, wie der Himmel nach einem Donnerschlag.

»Am besten sollten wir vielleicht die Gefangenen hierher bringen«, sagte ein Colonel zu Lake. »Damit ihnen nichts passiert.«

Lake biß sich auf die Lippen und nickte dann. »Das stimmt«, sagte er. »Auf dem Hügel herrscht ein einziges Durcheinander.«

Es war ein klarer, windstiller Morgen. Der weite irische Himmel, eine kleine Insel, aber der größte Himmel der Welt, wölbte sich in weichem Blau über uns. Der Himmel verschwamm mit der Stille, ein endloses blaues Schweigen.

Lake wandte sich an seinen Adjutanten. »Reitet nach unten, und teilt Colonel Crauford mit, daß ich alle französischen Gefangenen ins Dorf gebracht haben möchte. Und erinnert ihn daran, daß sie ehrenhaft kapituliert haben.«

»Crauford kennt die Regeln des Krieges so gut wie wir alle«, sagte der Colonel steif. Er war ein Ire, mit schwachem, aber unverwechselbaren Akzent. »Er hat das Schwert des Franzosen angenommen.«

Der Adjutant hatte den Hügel zur Hälfte erreicht und befand sich auf der Höhe der Infanterie, als Crauford sich bewegte und seine Männer mit auf Schulterhöhe erhobenen Säbeln die Rebellen am Hang angreifen ließ. Sie ritten mit wütendstem Gebrüll los, das sich bald mit den Schreien der Iren vermischte. Der Adjutant hielt sein Pferd an und blickte sich zu Lake um. Crauford ließ nur die Männer auf dem Hügel töten, und er hatten den Befehl erteilt, Elliott und andere mit Offiziersrang zu schonen. Es schien endlos lange zu dauern. Die Soldaten brüllten immer weiter, um ihre Wut aufrechtzuerhalten, vielleicht, oder um ihre Gedanken mit ihrem eigenen Lärm zu erfüllen, aber ich glaube nach allem, was ich seither über die Notwendigkeiten des Krieges gelernt habe, daß sie so gedankenlos zuschlugen wie Männer, die in einem Schlachthof arbeiten. Eine Stunde später wurden sie vielleicht schamrot bei dem Gedanken daran, was sie getan hatten. Und ein paar Jahre später würde bei Schenkenunterhaltungen jeder seine Geschichte über den Mann haben, den er verschont hatte oder über den Schurken, der versucht hatte, einem Kameraden in den Rücken zu stechen. Denn tatsächlich packten viele Rebellen ihre Waffen und versuchten, sich zu verteidigen, aber sie waren überrascht worden. Ich konnte meine Augen nicht vom Hügel losreißen, und ich war verwundert darüber, daß kein Blut vom Himmel fiel. Aber der Himmel blieb klar und hell, und noch immer waren die Gestalten auf dem Hügel balgende Kinder, die Krieg spielten. Die Franzosen standen ruhig auf der Seite und wandten dem Gemetzel den Rücken zu.

Crauford ließ seine Soldaten vor- und zurückreiten, ihre Hufe traten gleichgültig auf die gefallenen Körper. Dann sammelte er sie und führte sie über das Feld zu uns herüber. Als er die Infanterie passierte, brüllten die Männer und hoben ihre

Helme. Er ritt an ihnen vorbei, ohne den Kopf zu drehen, aber Lake hörte ihnen ärgerlich zu und kaute auf seiner Unterlippe.

Crauford hatte seinen Teil der Arbeit erledigt, denn sein Schwert war, als er es zum Salut hob, rot und naß. Ich hätte mich fast übergeben müssen. Zum erstenmal hatte ich gesehen, wie in einer Schlacht Blut vergossen wurde, tiefrot und glänzend, noch nicht geronnen. Er brachte es vom Hügel mit zu uns.

»Ein rascher Ritt«, sagte er zu Lake. Er keuchte vor Anstrengung, versuchte jedoch, Haltung zu bewahren. Er blickte von einem zum anderen.

»Ich hatte den jungen Boxhill losgeschickt, um Euch Eure Befehle zu überbringen«, sagte Lake mit mühsam beherrschter Stimme.

»Aber ich habe nicht auf sie gewartet«, antwortete Crauford, sah mich an und zwinkerte mir zu. »Genausowenig wie Ihr auf die von Lord Cornwallis.«

»Im Gegensatz zu Euch«, sagte Lake, »war ich dazu ermächtigt, nach meinem Gutdünken vorzugehen. Ihr dagegen hattet absolut nicht den Befehl, Unbewaffnete niederzureiten.«

»Unbewaffnet?« erwiderte Crauford. »Das ist allerdings eine Frage der Definition. Diese Leute da drüben können wirklich nicht unbewaffnet genannt werden.« Er zeigte auf die Iren auf der Straße, die sich auf Teelings Befehl hin auf unseren Angriff vorbereiteten. »Mit Eurer Erlaubnis, Sir, werde ich diesen Leuten eine Prise Stahl zu schmecken geben.«

»Diese Erlaubnis bekommt Ihr nicht, Sir. Die Infanterie kann sich um sie kümmern.«

Obwohl sie ihre Piken bereithielten, standen die Rebellen so ruhig da wie die Franzosen, die sie vom Hang her beobachteten, und die Kavalleristen, die Elliott und seine Handvoll Überlebender bewachten.

»General«, sagte der irische Colonel. »Ich möchte vorschlagen, ihnen die Möglichkeit zur Kapitulation zu geben.«

»Ihr redet von Kapitulation?« fragte Lake zornig. »Rebellen gegen die Krone, die mit der Waffe in der Hand dastehen? Nein, bei Gott!« Er schob seine flachen Hände in die Hosentaschen. »Wir werden sie ins Moor treiben und die gefangennehmen, die das überleben. Gebt ihnen eine Prise Stahl zu schmecken, wie Crauford sagt. Sie sind noch immer bewaffnet«, fuhr er klagend fort. »Das sehr Ihr doch selber.«

Er braucht Bajonette, die so blutig sind wie Craufords Säbel, dachte ich. Er muß die Schande von Castlebar tilgen.

Der Colonel hatte seine Meinung vorgebracht. Nun zuckte er die Schultern. »Also gut, ins Moor. Oder bis sie die Waffen hinwerfen. Vielleicht habt Ihr keine Wahl.«

»Überhaupt keine«, sagte Lake energisch. »Ganz und gar keine Wahl.«

Er winkte seiner Ordonanz, die sein Pferd herbeiführte. Für einen Mann seiner Größe und seines Gewichts stieg er behende in den Sattel, als wolle er zu einer Parade reiten. Sein Stab wandte sich langsamer den eigenen Pferden zu, wie Männer, die eine unangenehme Pflicht hinnehmen müssen.

Dann entdeckte Lake mich und fragte: »Das ist doch Eure erste Kostprobe von Kampfhandlungen, nicht wahr mein Junge? Kommt doch mit. Ihr braucht Euch wirklich nicht ausgeschlossen zu fühlen.«

Ich holte tief Atem und nahm all meinen Mut zusammen. »Selbstverständlich, Sir, wenn das Euer Wunsch ist. Aber Lord Cornwallis hat mir lediglich aufgetragen, diesen Befehl abzuliefern und dann nach Carrick zurückzukehren.«

Er starrte mich mit gespitzten Lippen an. »Ihr steht nicht unter meinem Befehl«, sagte er zornig. »Reitet oder bleibt, wie Ihr wollt.« Hinter seinen wäßrigen blauen Augen kämpften Wut und Unentschlossenheit.

Ich sah zu, wie sie über die lange Weide ritten. Als sie sich der Infanterie näherten, kamen ihm einige ihrer Offiziere entgegen und schienen dann zu verhandeln. Ich bemerkte jetzt den Geruch der Schlacht, die vom Rauch verseuchte Luft. Die Männer mochten Lake nicht besonders, nun aber jubelten sie ihm zu und schwenkten ihre Helme über den Köpfen. Zur Antwort zog er das Schwert und hielt es mit ausgestrecktem Arm so, daß die Spitze auf den Boden zeigte. Er blickte über das Feld zu den Iren hinüber. Auf ein Kommando, das ich nicht hören konnte, begannen die Trommler einen gleichmäßigen, dumpfen Wirbel.

Allgemein kam man überein, und sogar Crauford gab dazu seine gleichgültige Zustimmung, daß die Rebellen beträchtliche Tapferkeit zeigten, als sie ins Moor getrieben und mit ebensoviel System niedergemacht wurden, wie sie vielleicht Metzgerlehrlinge in einem Schlachthof an den Tag legen würden. Sie kämpften an dem unsicheren Rand zwischen Weide und Moor, dann machten sie kehrt und versuchten zu fliehen, dicht gefolgt von der Infanterie, deren Gewehre mit aufgepflanztem Bajonett sich auf und ab, vor und zurück bewegten. Ich sah zu, wie sie starben. Ihnen meinen Rücken zuzukehren, wäre hart und gefühllos und unmenschlich gewesen. Ich war schwach vor Schock, und mein Magen drehte sich um.

Eine Stunde später, als die wenigen Gefangenen ins Dorf getrieben wurden, konnte ich den ersten Blick auf diese unseligen Jammergestalten werfen. Sie waren Abgesandte aus einer niedrigeren Welt, mit langen, versteinerten Gesichtern, groben, verfilzten Haarmähnen über ihren Ohren; Erschöpfung und Entsetzen hatten ihre Augen tief in die Höhlen sinken lassen, die Augen dummer und verständnisloser Tiere. Ihre Jakken, schmutzig und formlos, waren eher Haut denn Kleidungsstück, schlotterten lehmverklebt um sie herum. Sie drängten sich in der engen Straße aneinander. Eine Abteilung Soldaten reichte zu ihrer Bewachung aus. Hier und dort lenkte ein lebhaftes Gesicht, ein absurdes Kleidungsstück den Blick auf sich. So war es bei einem Mann namens Cornelius O'Dowd, einem Krautjunker aus Mayo, der sich Epauletten an seinen dunkelblauen Rock geheftet hatte und der ein Gesicht machte wie ein Dorfgauner, der sich auf einer Hochzeit daneben benommen hat. Und ein großer grobknochiger Bauer mit flammendroten Haaren, der sich auf irgendeine Weise in den Rock eines Gentleman gezwängt hatte, der um einige Nummern zu klein für seine gewaltigen Schultern war. Er pfiff tonlos, während er neben einem seiner Gefährten stand, dessen Arm am Ellbogen zerschlagen war und nutzlos und grotesk verbogen herunterhing. Einige waren die reinen Knaben, vierzehn oder sechzehn Jahre alt und vielleicht deswegen verschont worden, aber ich kann mir nicht vorstellen, daß es in der Hitze des Gemetzels im Moor noch Zeit für solche Überlegungen gegeben haben könnte. Diese Gefangenen waren einfach ein Rest, der aus keinem anderen Prinzip als aus dem des Zufalls gerettet und mit Hilfe von Flüchen und Bajonettstichen und Gewehrhieben ins Dorf getrieben worden war.

Batholomew Teeling und Malcolm Elliott sah ich nur für eine Minute; sie wurden zum Verhör zu Lake gebracht. Elliott war ein unbedeutender Mann mit einem groben, unsympathischen Gesicht, Teeling dagegen, wie ich zugeben muß, war eine beeindruckende Erscheinung, groß und gefaßt, fast würdevoll. Ich dachte deshalb nur um so schlechter über ihn. Beide waren gebildete Männer von einiger Lebensart, und

Männer wie sie mußten für die Notlage, in die ihr Land geraten war, zur Verantwortung gezogen werden. Ohne sie hätten die Bauern, die von Craufords Dragonern getötet oder im Moor erschlagen worden waren, ihr Leben auf den freundlichen Feldern ihres heimatlichen Mayo beenden können.

Zwischen unseren Jungen und den einfachen französischen Soldaten entstand bald eine rauhe, aber herzliche Sympathie, denn beide Seiten wußten, daß die Gefahr nun vorbei war, und die Franzosen wußten, daß nichts Anstrengenderes als die unruhige Heimreise noch auf sie wartete. Und ihre Ansichten über die Rebellen, die auch die Franzosen inzwischen als ungewaschene Wilde innig verachteten, verbanden sie. Ich selber jedoch bedauerte die Iren, als sich sich dort zusammendrängten, verloren und verängstigt. In den folgenden Wochen entwickelte sich die ritterliche Mode, Humberts Kühnheit und Geschicklichkeit, seine militärische Leitung eines verzweifelten Unternehmens zu preisen, aber es wäre besser für alle und nicht zuletzt für die Rebellen gewesen, wenn er in Killala besiegt worden wäre, als seine Soldaten an Land gingen. Denn er war zwar an sein vorherbestimmtes Ende gekommen, aber er hatte einfache Bauern mit hineingezogen, die vom Talmiglanz der Fahne, die er für sie mitgebracht hatte, geblendet worden waren.

Die Fahne überlebte die Schlacht natürlich. Ein Soldat entdeckte sie im Moor und verkaufte sie für fünf Schilling an einen Offizier in Longfords Regiment, der sie nach Ballinamuck und dann nach Carrick brachte, wo sie ein spöttisches Interesse erregte. Es war ein großes Viereck aus guter grüner Seide, das mit einer goldenen Harfe bestickt war. Es kam zu scherzhaften Spekulationen, welches Regiment sie am ehesten verdient hatte, als Trophäe, die man zwischen anderen, würdigeren aufhängen konnte, und mit allgemeiner Zustimmung wurde sie Craufords Dragonern angeboten, was er jedoch lachend ablehnte. Schließlich wurde sie an Dennis Browne aus Mayo weitergereicht, und vermutlich ist sie immer noch irgendwo in Westport House verstaut.

Ich kehrte mit General Lakes Stab nach Carrick zurück, wobei der General Stiefel an Stiefel mit dem schweigenden Humbert ritt. Er war ein mürrischer Kerl mit tristem Gesicht, schweren Wangen, und die Haut unter seinen Tränensäcken hatte dieselbe Farbe wie Heu. Wir ließen die Gefangenen,

Franzosen und Rebellen, bis zum nächsten Tag in Ballinamuck. Als wir das Dorf verließen und am Feld vorbeiritten, stimmte eine der Kapellen der irischen Landwehr, Trommeln und Flöten, den »Lilliburlero« an, und Lake drehte sich in seinem Sattel um, um ihnen zuzuwinken. Ich hatte dieses beschwingte Lied protestantischen Triumphes noch nie gehört, älter als die Boyneschlacht, eine freche, schmissige Melodie, die durch das Dorf zu stolzieren schien. »Gut gemacht, ihr mutigen Iren!« rief er ihnen zu, und als Antwort wirbelten die Trommeln lauter und die Flöten fröhlicher und schriller.

Ballinamuck, 10. September

Zwei Tage nach der Schlacht begab sich Richard Lovell Edgeworth, der gelehrte und exzentrische Gutsherr von Edgeworthstown, in einer offenen Kutsche zum Schlachtfeld, begleitet von seiner Tochter Maria, die später als Romanautorin zu Ruhm gelangen sollte. Er war ein eckiger, nervöser Mann, eine Ansammlung von Rädern, Federn und Spiralen, über die eine Haut gezogen worden war. Er war lässig gekleidet, sein Halstuch war locker gebunden, sein Hut thronte auf seinen sandfarbenen, kurzgeschorenen Haaren. Marias geblümtes Musselinkleid und der Schal um ihre schmalen Schultern schienen einen Nachmittagsbesuch auf einem benachbarten Gut anzudeuten. Sie fuhren durch die Dorfstraße von Ballinamuck ohne nach rechts oder links zu blicken, dann schlugen sie die schmale Straße nach Shanmullah Hill ein, wo die Iren die Schlacht begonnen hatten.

Auf dem Weideland waren Zelte aufgeschlagen worden, und in der Ferne bewegten sich Gestalten zwischen den Büschen am Rand des Moors. »Wer ist das?« fragte er, mit harscher, hoher Stimme. »Was treiben diese Leute da?«

Auch Maria war kurzsichtig, aber als sie die Bewegungen der Gestalten in der Ferne beobachtete, wirkten sie vertraut. »Sie pflücken Beeren«, sagte sie entschieden. »Das müssen Brombeersträucher sein.«

»Sie pflücken Beeren? Eine schöne Aufgabe für Soldaten.« Er trommelte mit den langen Fingern auf seinen Knien. »Ein County ist ruiniert, Häuser abgebrannt, Männer sind auf ihrer eigenen Türschwelle vom Nabel bis zur Gurgel aufgeschlitzt worden. Und jetzt pflücken sie Beeren.«

»Es wäre doch wirklich dumm, die Beeren an ihren Sträuchern verderben zu lassen.«

Es war ein wunderbarer Tag. Felder, Weiden, Hügel lagen unter einem warmen, tiefblauen Himmel, den Wolken mit der Farbe von Engelwurz bedeckten. Die glockenförmigen Zelte ließen an Karneval denken. Als sie näherkamen, sah sie, daß die Soldaten die Beeren in ihren hohen Helmen sammelten. Hinter ihnen erstreckte sich das rötliche Moor bis zu den niedrigen Hügeln am Horizont. Aber ihr Vater zeigte auf den Hügel, der in ihrer Nähe lag.

»Das ist Shanmullah«, sagte er. »Hier haben die Franzosen gedreht und sich zum Kampf gestellt. Ein Soldat sucht sich immer als erstes einen Hügel, auf dem er stehen kann. Cornwallis' Soldaten sind um sie herumgeschwärmt. Ein billiger Sieg, aber wir werden ihn zweifellos als gewaltigen Triumph beschrieben hören.«

»Was spielt das für eine Rolle?« fragte Maria. »Die Rebellion ist vorbei. Dafür müssen wir dankbar sein.«

»Verschwendung«, sagte Edgeworth. »Jahrelange Verschwendung und Fehlverwaltung. Ich habe mit allen mir zur Verfügung stehenden Mitteln versucht, die Lage zu verbessern. Ich habe im Unterhaus darüber gesprochen, ich habe Pamphlete veröffentlicht, ich habe umfangreiche Korrespondenzen mit gebildeten und einflußreichen Männern geführt. Niemand wollte auf mich hören.«

»Hätten sie es doch getan, Vater«, meinte Maria. »Du bist der klügste Mann im Königreich.«

»Nicht der klügste«, widersprach Edgeworth. »Viele andere sind klüger. Aber ich bin der umsichtigste, der gründlichste. Niemand hat auf mich gehört. Ich habe immer wieder dargelegt, daß den irischen Kindern Sparsamkeit und Nüchternheit beigebracht werden müssen. Ich habe erklärt, wie diese Insel durch Moorkultivation in einen blühenden Garten verwandelt werden kann. Arthur Young selber hat mich gelobt. Du hast seine Briefe gelesen.«

Das alles stimmte, wie sie wußte. Sie war seine Sekretärin. An den langen Abenden diktierte er ihr, während er im Wohnzimmer hin und her lief und ab und zu stehenblieb, um die statistischen Tabellen, die vor ihm auf dem langen Tisch lagen, zu Rate zu ziehen. Die trockene Stimme, Zahnräder einer Maschine, warf Tatsachen, Belege, Beweise, Argumente, Theorien aus. Jedes Pamphlet widmete sich einem Problem, Ödland, Erziehung, Parlamentsreform, der Unterdrückung lokalen Aberglaubens, einem produkiveren Kanalsystem. Diese Briefe wurden an englische Gelehrte, Bildungsgesellschaften, politische Laienökonomen geschickt. Antwortbriefe trafen dann in Edgeworthstown ein, schmeichelnd und verehrungsvoll: »ein erstaunlicher Reichtum an überzeugenden und detaillierten Belegen«, »ein scharfer Verstand, der die vielfältigen Probleme eines schlechtregierten Landes untersucht«, »ein wahrer Apostel von Wissenschaft und Vernunft«. Nichts passierte. Alles Verschwendung.

Bei der ersten Zeltreihe hielt er und rief drei Soldaten an, die neben einem Topf hockten, der über einem flachen Feuer hing. Einer der Männer blickte auf und antwortete, aber er konnte die Worte nicht verstehen. »Was?« rief er wieder, und der Mann wiederholte seine Antwort, nun mit einem leichten, spöttischen Lächeln.

»Was hat er gesagt, Kind? Was hat er gesagt?«

»Ich glaube nicht, daß er Englisch spricht, Vater. Das sind Hochländer.«

»Hochländer!« rief Edgeworth. »Hochlandschotten. Da sollen Barbaren Barbaren fangen. Wilde Clansmänner mit nacktem Hintern in ihren ersten langen Hosen. Ich werde bestimmt einen Herzanfall erleiden, noch ehe dieser Monat vorbei ist, und du kannst Lord Cornwallis dafür verantwortlich machen.«

Er verschränkte die langen Arme vor der Brust und wartete. Bald erschien aus einer entfernten Zeltreihe ein junger Offizier, der aufs Dorf zu ritt. Er hielt neben ihrer Kutsche an.

»Sind das Eure Schurken?« rief Edgeworth.

Der Offizier sah zuerst die drei grinsenden Hochländer und dann Edgeworth an. »Das sind sie, Sir. Das sind sie in der Tat. Meine Schurken. Mein Name ist Sinclair, Sir.«

»Ich bin Edgeworth aus Edgeworthstown. Ich bin Parlamentsangehöriger und gehöre zu den Richtern dieses County.«

»Eine Ehre.« Sinclair legte seine Hand an seinen Hut.

»Der Teufel hole Eure Ehre. Ich suche Euren kommandierenden Offizier.«

»Das ist Colonel Gran. Er ist heute morgen nach Carrick geritten. Vielleicht kann ich Euch helfen.«

»Vielleicht«, erwiderte Edgeworth zweifelnd. »Mein Verwalter heißt Hugh Laffan. Er ist als United Irishman festgenommen worden, und seine Hütte wurde seiner Frau und seinen Kindern über dem Kopf angesteckt. Er ist nicht mehr United Irishman als Ihr oder ich. Ich möchte ihn finden, und ich möchte, daß er mir so bald wie möglich zurückerstattet wird.«

»Hier werdet Ihr ihn nicht finden«, sagte Sinclair verwirrt. »Das hier ist ein Schlachtfeld. Es war zumindest eins.«

»Ich war schon in Granard«, erklärte Edgeworth. »Da ist er nicht. Der dortige Kommandant hat vorgeschlagen, daß ich es hier bei Euch versuche. Ich habe nicht die Zeit, um kreuz und quer durch die Gegend zu reiten.«

Sinclair schüttelte den Kopf. »Wir hatten nur die Gefangenen, die wir nach der Schlacht gemacht haben. Sie sind in Carrick. Bei denen werdet Ihr Euren Mann nicht finden. Wenn ich Ihr wäre, dann würde ich es in Mullingar und Longford versuchen.«

Edgeworth wandte sich an Maria. »Hast du das gehört? Ein Mann wird auf seiner eigenen Türschwelle festgenommen, und er könnte überall sein. Longford, Mullingar, Carrick. Und ein halber County abgebrannt.« Er wandte sich wieder an Sinclair. »Die Rebellen stecken die Häuser des Landadels an und Ihr die Hütten der Bauern. Und beide Seiten haben sich alle Mühe gegeben, aus diesem County eine qualmende Ruine zu machen.«

»Es tut mir leid«, sagte Sinclair. »So etwas passiert bei einer Rebellion.«

»Es tut Euch leid. Das ist eine angenehme Nachricht. Wie würde es Euch gefallen, wenn ich Euren schäbigen Berg ansteckte und dann erklärte, es täte mir leid?«

»Ich komme von keinem schäbigen Berg«, erwiderte Sinclair steif. »Mein Vater ist Pastor in Edinburgh.«

»Hast du das gehört, Maria? Merk es dir gut. Edinburgh, das Athen des Nordens. Und ihre Pastoren produzieren Junge, die die Counties von Irland verwüsten.«

Sinclair ahnte jetzt vage, daß er sich auf eine Unterhaltung eingelassen hatte, auf die er keineswegs vorbereitet war. »Ich habe noch nie von Euch gehört, Sir, bis Ihr mir eben Euren Namen genannt habt ...«

»Dann seid Ihr nicht nur ein boshafter junger Mann, sondern auch ein unwissender.«

»Mr. Edgeworth, Beschwerden über das Benehmen der Truppen Seiner Majestät sollten bei Lord Cornwallis vorgebracht werden. Es steht Euch schlecht an, einem Leutnant, der

Euer Gut seines Wissens nie zuvor gesehen hat, eine derartige Standpauke zu halten. Dieses Regiment hat keine Hütten angesteckt, das kann ich Euch versichern.«

»Zweifellos, zweifellos«, erwiderte Edgeworth spitz. »Ich bitte Euch in diesem Fall um Verzeihung. Was in diesem County geschehen ist, ist eine Schande für unsere gemeinsame Humanität und hat mich arg verstört.«

»Das kann ich verstehen, Sir. Ich habe an dieser Schlacht hier teilgenommen, und es war ein übles Geschäft. Krieg ist ein übles Geschäft, wie ich feststelle. Um ganz offen zu sprechen, ich glaube nicht, daß ich mir einen Beruf gesucht habe, der meinem Wesen entspricht.«

Edgeworth betrachtete ihn genau, dann nickte er. »Ich habe zu scharf gesprochen, Mr. Sinclair. Das ist einer meiner Fehler, ich gebe es zu. Ich bin ein gerechter Mann, hoffe ich.«

»Sind hier viele Gefangene gemacht worden?« fragte Maria plötzlich.

Sinclair zögerte lange, ehe er ihr antwortete. »Sehr wenige«, sagte er schließlich. »Etwa achtzig.« Er rutschte auf seinem Sattel herum »Etwa achtzig Eingeborene. An die neunhundert Franzosen.«

»Das verstehe ich nicht«, sagte sie. Sie war eine junge Frau mit scharfen Zügen, und sie saß steif und aufrecht in der Kutsche.

Sinclair streckte den Arm aus und zeigte auf einen Hügel. »Die Rebellen sind zurückgefallen, hinter diesen Hügel ...«

»Ja, ja«, fiel Edgeworth ihm ins Wort. »Shanmullah Hill. Die Dinge haben Namen, Mr. Sinclair, sogar in diesem Land.«

»Von dort sind sie ins Moor zurückgefallen.«

»Und dort haben sie sich ergeben?« fragte Maria. Jetzt beugte sie sich vor, und ihre kurzsichtigen Augen betrachteten ihn genau.

Sie kennt meine Antwort schon, dachte Sinclair. Er wünschte sich weit weg von Ballinamuck, weit weg von Irland. Die drei Hochländer beobachteten sie verständnislos.

»Sie waren Rebellen«, sagte er endlich. »Sie haben sich gegen ihren rechtmäßigen Herrscher erhoben.«

»Das stimmt«, sagte Edgeworth. »Das ist die Definition eines Rebellen.«

»Und dort haben sie sich ergeben?« wiederholte Maria.

Sinclair holte tief Atem und ließ die Luft dann langsam wieder entweichen. »Ihre Kapitulation wurde nicht angenommen. Sie wurden niedergemacht. Ich – wir – haben sie niedergemacht.«

Maria sprang auf die Füße, eine kleine, ungraziöse Frau, und streckte den Hals in Richtung Moor.

»Ich kann nicht so weit sehen«, sagte sie. »Ich kann nicht sehen.«

»O mein Gott«, sagte Edgeworth leise.

»Das ist nur gut so, Miss Edgeworth. Ihre Leichen sind im ganzen Moor verteilt, hinter den Hecken.«

Edgeworth nahm seine Brille ab und hielt sie in die Luft. »Ihr habt sie alle getötet?«

»Nicht alle. Die meisten wurden im Moor getötet, einige wurden im Dorf gehenkt. Sie haben darum gelost. Die mit den kürzeren Strohhalmen wurden gehenkt. Und siebzig sind nach Carrick gebracht worden. Mir ist seit zwei Tagen schlecht vor Ekel, aber ich habe geholfen, sie umzubringen. Ich habe diese Burschen drüben ins Moor geführt.«

Maria stand immer noch bewegungslos in der Kutsche. Ihr Vater sagte: »Sie liegen dort seit zwei Tagen, wie Schafskadaver.«

»Sie sind als Rebellen gestorben«, sagte Sinclair starrköpfig und starrte den Hals seines Pferdes an. »Sie sind mit Piken in den Händen gestorben. Sie waren eine mörderische Bande, wißt Ihr.«

»*Sie* waren das«, sagte Maria mit verächtlicher Ironie. »*Sie* waren mörderisch.«

Edgeworths Augen, die lebhaft und schnell gewesen waren, zeigten Verwirrung und Schock. »Ich glaube das nicht«, sagte er. »Ich kann nicht glauben, daß Lord Cornwallis einen solchen Befehl erteilt hat.«

»Es war General Lakes Befehl«, erklärte Sinclair. »General Lake war Oberbefehlshaber auf dem Feld.«

»Eine von Gott verfluchte Insel«, sagte Edgeworth. Seine rauhe, schrille Stimme war halb erstickt.

»Sprecht mit Lake«, rief Sinclair gequält. »Sprecht mit Cornwallis. Was hat es denn für einen Sinn, mit mir zu reden?«

Die Hochländer waren jetzt aufgestanden, aufmerksam auf die fremde Sprache lauschend, und ließen ihre Blicke von Sinclair zu Edgeworth und wieder zurück wandern.

»Sie sollen ein Exempel sein, nicht wahr?« fragte Edgeworth. »Eine Warnung an Rebellen. Sie sind ein Exempel, das beweist, daß wir genauso barbarisch sind wie irgendein Pikenträger aus Mayo oder Wexford.«

»Wenn ich nur schärfere Augen hätte, dann könnte ich sie sehen«, sagte Maria. »Aber ich sehe nur das Moor.«

»Ich kann sie sehen«, sagte Sinclair.

»Dieser ganze alte Haß«, sagte Edgeworth. »Und diese Leute haben nie eine richtige Lebensweise gelernt. Trinken sich blödsinnig. Kriechen vor ihren Priestern.«

»Ich weiß wenig über sie«, erwiderte Sinclair. »Wir sind vor sechs Wochen hergekommen. Sie sind den Hochländern sehr ähnlich, finde ich.«

»Wenn die Moore kultiviert würden, dann gäbe es für sie alle genug Land«, sagte Edgeworth. Er gestikulierte vage mit seiner Brille. Ein plötzlicher Sonnenstrahl ließ die Gläser funkeln. »Meine Pamphlete über diese Frage wurden von Arthur Young gelobt.«

»Ihr solltet Euren Verwalter in Longford suchen«, sagte Sinclair. »Zuerst Longford, dann Mullingar.«

Maria legte ihrem Vater die Hand auf dem Arm.

»Ich habe versucht, eine Milizkompanie zusammenzubringen«, erzählte Edgeworth. »Aber ich habe auch Papisten genommen, und deshalb wollte die Regierung mir keine Waffen geben. Nachbarn haben nach Dublin geschrieben und vor mir gewarnt.«

»Es gibt viele Papisten bei der Landwehr«, sagte Sinclair. »Die North Corks.«

»Ich kenne dieses Volk«, sagte Edgeworth. »Sie werden nicht von der Vernunft geleitet. Alle jemals geschriebenen Gesetze und Pamphlete bedeuten ihnen weniger als ein Gedicht. Ich habe über die Gefahr der Gedichte in diesem Land geschrieben. Das ist ihre einzige Akademie, wilde, in Schenken gesungene Worte. Haß erzeugt Haß. Ich habe es versucht. Niemand hat auf mich gehört.«

Maria setzte sich und nahm ihm die Zügel ab. »Ich wünsche Euch eine gute Heimreise nach Schottland«, sagte sie zu Sinclair.

»Noch nicht«, sagte Sinclair. »Die Rebellen halten immer noch Teile von Mayo.«

»Haß und Intoleranz«, sagte Edgeworth. »Woanders sind sie ausgerottet worden.«

»Hier nicht«, meinte Sinclair.

Maria bickte wieder aufs Moor. Die Soldaten kehrten aus

den Büschen zurück und ließen die Helme voller Beeren an ihren Riemen hin- und herschwingen. Sie schlug mit den Zügeln auf die Kruppe ihres Pferdes, und die Edgeworths wandten sich vom Moor ab und fuhren durch das Dorf Ballinamuck zurück auf die Straße nach Longford.

TEIL DREI

18

Aus: *Ein unparteiischer Bericht über die Ereignisse zu Killala im Sommer 1798* von Arthur Vincent Broome

Wenn ich es recht erinnere, dann gibt es einen Essay von Oliver Goldsmith oder einem ähnlichen Autor, in dem ein Liebhaber des geistreichen Paradoxon argumentiert, daß niemand so frei ist wie ein Gefangener. Es war immer schon die Art der mittellosen Schreiberlinge, solche Verzerrungen des gesunden Menschenverstandes zu ersinnen, um dadurch die Bewunderung gedankenloser Leser zu erringen, die sich einbilden, nun eine neue Gedankentiefe gefunden zu haben. Wenn ich Goldsmith für den Urheber dieser Torheit halte, dann vielleicht im Kontrast zu seinem großen und weisen Freund Dr. Johnson, dessen Schriften durch die Vernunft seines Urteils nur um so mehr strahlen. Aber schließlich war Goldsmith, was ich erwähnen muß, ein Ire und das Produkt einer Heckenschule, wo ihm zweifellos eingeredet wurde, daß Phantasie ebensoviel wert sei wie Vernunft und Abwägung. Und doch, wie hätte er ohne diesen Hauch von Phantasie uns jemals ein so anrührendes oder erinnernswertes Gedicht wie *Deserted Village* geben können? Wer hat dieses Gedicht gelesen, ohne es zu lieben, und wer hat es nicht gelesen?

Hätte der sanfte und sentimentale Geist Goldsmith's Killala im September 1798 besucht, dann wäre er vor Entsetzen geflohen, das können wir sicher annehmen. Killala war nun schon seit vielen Tagen die Hauptstadt und das Zentrum unserer auf den Kopf gestellten Welt, und nur das humane Auftreten Ferdy O'Donnells verlieh der Stadt einen Anschein von Ordnung, während sie in Wirklichkeit von gesetzlosen Banden, die sich gegen seine strenge Disziplin auflehnten, geleitet wurde. Mein eigenes Haus, wie auch andere in der Stadt, war überfüllt von Loyalisten, deren Wohnsitze überfallen worden waren und nun das zweifelhafte Vergnügen hatten, durch Vorhangspalten die zu beobachten, die ihnen den Ruin gebracht hatten. In der Markthalle schmachtete noch immer unsere Miliz, Geiseln des Schicksals, wie wir alle. Denn was mich besonders belastete, war ein melancholisches Paradoxon. Ich zweifelte niemals am Sieg der britischen Truppen, und doch sah ich darin unsere größte Gefahr. Denn die Niederlage der französischen und rebellischen Kämpfer im Süden würde uns der Wut der verzweifelten und rachsüchtigen Rebellen ausliefern.

Man soll sich unsere Situation nicht nach Vorbild der Berichte über den Terror in Paris vorstellen. In Paris war städtischer Pöbel am Werk, angestachelt von skrupellosen Pedanten im Dienste einer idealen gesellschaftlichen Ordnung. Die Rebellen von Killala waren Bauern, angetrieben von tiefen, langgehegten Leidenschaften, die ihrem Handeln eine ursprüngliche Brutalität verliehen. Es mag als übertrieben sorgfältige Unterscheidung wirken, wenn ich darauf hinweise, daß unsere Kehlen nicht von städtischen, sondern von ländlichen Schurken aufgeschlitzt werden würden, und doch hatte ich das Gefühl, wenn ich sie ansah, in eine tiefe und entstellte Vergangenheit zu blicken, wie ein Spaten vielleicht aus dem Moor zu Tage fördern mag, Relikte einer verlorenen Welt, eingelegt in der salzigen Vergangenheit. Einige Berichte von loyalistischen Pamphleteschreibern sind über diese Rebellion veröffentlicht worden, zusammen mit dem Werk so geschickter Künstler wie Mr. Rowlandson, das die imaginären Portraits ihrer Anführer liefert – lange, affenhafte Lippen, niedrige, brutale Stirn, kurze Tonpfeifen, und was sonst dazu gehört. Ich kann darin nicht die Züge Ferdy O'Donnells oder des verabscheuungswürdigen Malachi Duggan finden, noch nicht einmal des groben und bösartigen Schurken, der sich selber zum »Captain« O'Kane ernannt hatte. Die echten Iren haben nur wenig Ähnlichkeit mit solchen Karikaturen.

Mein Leser mag sich einen angenehmen Abend der allerletzten Sommertage vorstellen, der Himmel ist noch hell, ein leichter Wind weht vom Atlantik her durch die kleine Stadt, ein Abend wie geschaffen für Tee und Unterhaltung, oder vielleicht für das Lesen eines Romans in einem stillen Garten, während weiches Sonnenlicht den Rasen überflutet. Vor einem liegt die Aussicht auf ein Abendessen, bei dem sich Freunde um den Tisch versammeln, auf Neuigkeiten und unschuldigen Klatsch, über die Angelegenheiten der Pfarrei und der weiten Welt dahinter. Ein solches Bild, denke ich, gehört nicht nur zu einer anständig geordneten Gesellschaft, sondern auch zur Zivilisation selber. Eine Zeitlang, in meinen ersten Wochen in Killala, dachte ich, daß Irland, ebenso wie England, ein solches Leben bieten könnte. Natürlich taten meine liebe Eliza und ich unser Bestes, um es zu erreichen, wobei uns neue Freunde wie Mr. Falkiner fröhlich halfen. Aber fast von Anfang an, wie ich schon früher in meinem Bericht erwähnt habe, lauerte in mir der Verdacht, daß etwas Uraltes in Irland einem solchen Versuch moralischer Kultivierung widersteht.

Soll ich »Captain« O'Kane einen Abgesandten aus dieser düsteren Welt nennen? Was kann ich über eine solche Kreatur anderes sagen, als daß er aus den Nebeln erschien, angetrieben von einer mysteriösen Energie? Er war nicht in Mayo geboren, hatte aber einige Jahre Land in Belmullet gepachtet, nahe beim rauhen, bleigrauen Ozean. Es hielt sich das hartnäckige Gerücht, daß er einst Priester gewesen war, dem wegen seines aufrührerischen und sündhaften Benehmens sein Amt genommen worden war. Er stritt dieses Gerücht nicht ab, sondern gestattete es, daß seinem Namen die Bewunderung zuströmte, die die irischen Bauern sogar den unwürdigsten Vertretern ihrer Geistlichkeit zukommen lassen. Er verfügte offensichtlich über irgendeine Bildung, denn er besaß ein reichliches Repertoire an wohlklingenden Phrasen, die er problemlos zum Entzücken seiner Anhänger und zum verächtlichen Abscheu der Loyalisten aus dem Ärmel schütteln konnte, erlogene Hinweise auf die »Gälische Armee« und auf das Vergnügen, knietief in »sächsischem Blut« zu waten. Er war ein kleiner, dicker Mann, O-beinig, mit tiefrotem Gesicht und einem vulgären Mund.

Er kam eines Tages in mein Haus stolziert, als er genau wußte, daß O'Donnell in Crossmolina war, und teilte mir mit, daß unsere Leben von den Launen der Rebellenarmee abhingen. »Ihr seid allesamt ein Riesenhaufen von Kuckucken«, sagte er und lehnte sich gegen einen Bücherschrank. »In ganz Irland habt Ihr Euch in andrer Leuts Nestern niedergelassen. Jetzt ist für das gälische Volk die Zeit gekommen, um sich von Euch allen zu befreien. Mit Euch zu machen, was ihr jahrhundertelang mit uns gemacht habt.« Er mochte getrunken haben, denn er schwankte, als er da vor mir stand, während Jeremy Taylor und Lancelot Andrews hinter seinem kahlen Kopf eine Art Heiligenschein bildeten. »Wir sollten Euch allesamt ins Meer fegen.«

Und wie fegt man Kuckucke ins Meer, bitte sehr, dachte ich.

»Das wäre ein schlechter Dienst an Eurer Sache«, sagte ich so gelassen, wie ich nur konnte. »Eure Armee wird Euch für die Sicherheit der Zivilbevölkerung verantwortlich machen.«

Er machte ein würgendes Geräusch, als wollte er auf meinen türkischen Teppich spucken. »Ihr hättet uns schon längst umgebracht, Mann, Frau und Kind, aber Ihr habt uns gebraucht, um Eure Felder zu bestellen und Euer Vieh zu hüten.«

»Ich halte es für eine entsetzliche Sünde, die Hilflosen zu mißhandeln«, sagte ich, »und so muß es jedem Christen gehen.«

»Hilflos«, verspottete er mich. »Das überlegt Ihr euch erst jetzt, wo ihr die Hilflosen seid. Die Sache liegt doch genau andersherum.«

Ich gab ihm keine Antwort, denn es kam mir klüger vor, das Feuer seines Zorns nicht mit frischen Kohlen zu versorgen. In den vergangenen Wochen hatte ich oft Gelegenheit gehabt, über die Geschichten von Männern und Frauen aus Wexford nachzudenken, die auf den Brücken mit Piken erstochen und dann in den Fluß geworfen worden waren, und das einfach nur, weil es sich um Protestanten handelte.

»Ich schwöre bei Gott«, sagte er, »wenn ich Eure kleinen Narrenkappen von Kirchtürmen ansehe und wenn ich Eure Sprache höre, dann werde ich vom Ekel fast erwürgt.«

»Diese Sprache ist Euch nicht fremd« erwiderte ich. »Ihr drückt Eure Gefühle höchst lebhaft aus.«

Seine blaßblauen Augen schienen ihm aus dem Kopf zu quellen, und sein rotes Gesicht verdüsterte sich. »Ich habe Eure Sprache nicht aus eigenem Wunsch gelernt. In Eurer Sprache werden Geld gezählt und Felder gemessen. Man wäre ja ein Narr, wenn man kein Englisch lernte.« Er fuhr plötzlich herum, packte mit beiden Händen Bücher und warf sie auf den Boden. Die fielen auf seine Stiefel, solide Bände, gefüllt mit dem Wissen der Welt, dem Schicksal der Imperien, den Geheimnissen der Menschenseele.

»Sie wurden für Euch geschrieben«, sagte ich. »Für Euch ebenso wie für mich oder jemanden sonst.«

»Wurden sie nicht«, sagte er. »Ihr wolltet uns so unwissend halten wie Tiere auf dem Feld.«

Er trug einen der blauen Röcke, die die Franzosen verteilt hatten, aber seine Hose war aus rauhem Selbstgesponnenen. Zwei Pistolen waren in seinen weiten Gürtel gesteckt, Kanone und Artillerie egal welchen Krieges, den er gerade ausfocht. Ich ließ die Bücher dort liegen, wohin sie gefallen waren, obwohl mich ihr Anblick quälte, denn zumindest bei einem war der Rücken gebrochen. Er stand vor mir, wütend und unentschlossen zugleich, als erwäge er eine Gewalttat, die seine Klugheit verhindern wollte. Und ich konnte auch keine Worte finden, die mir als ungefährlich genug erschienen. Ich sah mich in dem goldgerahmten Spiegel über dem Tisch aus Kirschholz. Wir waren beide kleine, korpulente Männer.

»Nehmt Euch also in acht«, sagte er schließlich, eine Antiklimax, die ihn nahezu dämlich wirken ließ. »Ihr seid allesamt Ketzer und Tyrannen.«

Wie anders war sein Auftreten jedoch, wenn er Ansprachen an seine Anhänger hielt! Die grobe graue Straße war seine Kanzel. Die Adern an seinem Hals strafften sich wie dicke Seile, und seine Stimme war das Gebrüll eines Bullen; sein Irisch, dessen Bedeutung ich nur ahnen konnte, ergoß sich wie ein Sturzbach über sie. Sie tranken seine Worte wie Durstige und wurden davon berauscht.

Ich beschrieb diesen bedrohlichen Besuch O'Donnell, als er aus Crossmolina zurückkehrte, und ohne Überraschung nickte er und ließ sich auf einen Stuhl fallen.

»Dieser Bursche ist halb verrückt«, sagte er, »und immer rollt der Whiskey in seinem Kopf herum.« »Das solltet Ihr den Elenden erzählen, die ihm zuhören.«

»Dieser lausigen Bande von Schenkenkehricht? Die brauchen uns erst mal nicht zu interessieren. Aber meine eigenen Männer fangen an, nervös zu werden. Wir sind hier eingeschlossen, und von draußen kommt keine Nachricht.«

»Ich habe es Euch schon einmal gesagt, Captain O'Donnell«, sagte ich. »Ihr solltet nach Ballina reiten und Euch mit dem dortigen Kommandanten einigen.«

»Würde er das denn wollen? Das wäre ganz reizend von ihm. Die Rotröcke von Ballina werden von Ellison kommandiert, einem üblen Orangistischen Bastard. Wir beide hätten bestimmt eine nette Unterredung.« Er schüttelte den Kopf. »Ich habe mein Wort gegeben, daß ich Killala für die United Men halten werde, und ich werde es halten.«

»Was hat das denn jetzt noch für einen Sinn?« fragte ich. »Die Franzosen sind irgendwo im Süden, und die Soldaten halten Mayo von Westport bis Ballinrobe. Mit Ausnahme dieser gottverlassenen Wüste.«

Er schüttelte wieder den Kopf, gab aber keine Antwort.

»Ihr habt nicht nur die Sicherheit der Loyalisten zu bedenken, sondern auch die Eurer eigenen Leute.«

»Ich würde ihnen einen schlechten Dienst erweisen, wenn ich sie Ellison auslieferte. Er ist nur eine Taschenausgabe von Dennis Browne drüben in Westport.«

»Mr. Hussey, Euer eigener Pfarrer, stimmt mit mir überein.«

»Mr. Hussey ist Sohn eines reichen Viehzüchters in Westmeath, und er kehrt jedes Jahr nach dort zurück, um rotes Fleisch zu essen und spanischen Wein zu trinken. Für ihn ist es leicht, Nichtseßhaften und Menschen mit Höfen an den Steilhängen der Hügel von Mayo Unterwerfung zu predigen. Wenn wir allesamt gehenkt würden, dann würde Mr. Hussey von Gottes Willen reden und eine Predigt gegen Gesetzlosigkeit halten. Als der arme Gerry ins Gefängnis von Ballina gekarrt wurde, war von Mr. Hussey kein Mucks zu hören.«

Wir unterhielten uns am späten Abend, als die Luft nach einem kurzen Schauer rein war. Sanftes Licht fiel auf meine armen geschundenen Bücher. Meiner eigenen scharfen Besorgnis zum Trotz konnte ich diesem verwirrten jungen Mann, in dem eine ganz offensichtliche Herzensgüte mit weniger würdigen Empfindungen rang, meine Sympathie nicht versagen. Er saß mit weit gespreizten Beinen da und umklammerte mit seinen groben Bauernhänden seine Knie. Vom Fenster aus konnte ich über die schäbige Straße auf den trüben Atlantik blicken, der uns diese Fracht aus Zerstörung und Mord gebracht hatte. Wir alle, Rebellen wie Loyalisten, waren im gemeinsamen Elend gefangen.

Mit soviel Behutsamkeit und Takt, wie ich nur aufbringen konnte, machte ich ihm klar, wie verzweifelt seine Lage war, aber er selber wußte das auch sehr gut.

»Wir haben kein Wort von den Franzosen gehört«, sagte er, »aber es ist klar, daß das Land sich nicht erhoben hat. Es besteht kaum Hoffnung für uns, wenn die Franzosen ihre zweite Flotte nicht schicken, und dazu brauchen sie Killala nicht. Was ich nicht verstehe, ist, warum die Engländer uns nicht angreifen. Wir haben doch nur Piken und ein paar hundert Gewehre und drei Kanonen, die wir nicht richtig bedienen können, zu unserer Verteidigung. Das und eine Markthalle voll Miliz.«

Ich brauchte einen Moment, um die Bedeutung dieser Worte zu verstehen, und dann muß meine Miene wohl für mich gesprochen haben.

»Ach, sicher«, sagte er. »Ich werde doch nicht zulassen, daß O'Kane die Loyalisten von Killala abschlachtet, solange ich sie noch als Druckmittel benutzen kann.«

Ich war von seinen Worten entsetzlich betroffen, wußte nicht, was ich antworten sollte, und suchte Inspiration im Anblick von Fenster, Spiegel, Büchern.

»Das werde ich nicht«, wiederholte er und sprach ebenso zu sich selber wie zu mir. »Das werde ich nicht.«

»Ich will nicht glauben, was Ihr da eben gesagt habt, Captain O'Donnell. Ihr würdet doch niemals so tief sinken, daß Ihr oder Eure Leute unbewaffnete Männer abschlachtet.«

Er machte eine verächtliche Kopfbewegung zur Markthalle hinüber. »Es kann bald so weit sein, daß ich meinen eigenen Hals und den meiner Gefährten retten muß. Und Ihr könnt Euch darauf verlassen, daß ich mich dieser Leute bedienen werde. Sie haben uns seit einem Jahrhundert tyrannisiert und uns ihre Stiefel in den Nacken gesetzt.«

»Das ist Unsinn«, sagte ich. »und Ihr wißt das genau. Der arme Cooper mit seinen Hypotheken ist der einzige Grundbesitzer unter ihnen. Sie sind Krämer, Küfer und Schreiner. Ein Müller. Einige wenige Männer mit kleineren Höfen als Eurem eigenen. Sie sind ganz genau wie Ihr, nur seid Ihr eben Papist und sie sind Protestanten.«

»Es ist erstaunlich«, sagte er, »wie wenig Ihr über dieses Land wißt, Euer Ehrwürden.« Und nun besserte sich seine Stimmung, nach dem quecksilbrigen Temperament seiner Rasse. »Aber es muß doch nicht so weit kommen. Wir haben schließlich eine starke Armee mit Kanonen und Soldaten aus Frankreich gesehen. Sie haben die Engländer Hals über Kopf aus Castlebar vertrieben, und die sind auf ihrem überstürzten Rückzug übereinander gestolpert.«

»Glaubt Ihr wirklich«, fragte ich, »daß die britische Regierung Irland einfach hergeben wird? Ihr seid ein Mann von vernünftigem Urteil, Captain O'Donnell, und ich flehe Euch an, es anzuwenden.«

»Ach«, sagte er, »was nutzt das ganze Gerede? Ich setze meinen Pflug in die Furche, und dann gibt es kein Zurück. Wie oft habe ich nicht in meinem eigenen Haus gesessen und zugehört, wie Owen MacCarthy seine Gedichte über die Schiffe aus Frankreich und die Befreiung der Gälen rezitiert hat. Die Schiffe sind denn auch gekommen, und das haben wir nun davon.«

»Ihr hättet doch bessere Unterhaltung finden können als die Worte eines Schenkendichters.«

»Schenkendichter, sagt Ihr?« entgegnete er heftig. »Ihr wißt wenig über uns oder habt Euch kaum je die Mühe zu lernen gemacht.« In diesem Moment hätte er der schreckliche O'Kane sein können, doch seine Sprache zeigte nicht O'Kanes Wut auf mich. Er schien die Geschichte selber zu hassen. »Unser Leben war ein Haus mit verschlossener Tür und verriegelten Läden.«

Mit diesen Worten verließ er mich ohne weiteren Abschied, und ich war wieder allein mit meinem Zimmer voller Bücher die mir nun kostbarer erschienen als je zuvor.

Auf so gefährliche Weise lebten wir unser Leben. Nur selten erfuhren wir etwas aus der Welt außerhalb Ballinas, wenn irgendein Hausierer oder Wandersmann, der durch die britischen Linien gezogen war, unser Dorf erreichte. Jeder brachte einen Sack wilder Geschichten, aufgesammelt in Schenken oder an Kreuzwegen. Die Leichtgläubigen konnten diesen Berichten entnehmen, daß die Rebellen, eine gewaltige Armee, bei denen die Franzosen höchstens Hilfsdienste leisteten und die Kanone mit ihrem gewaltigen Lauf bedienten, durch Connaught gefegt waren, einen Sieg nach den anderen errungen hatten und dann verschwunden waren, vielleicht nach Ulster, vielleicht in die Midlands. Diese Geschichten wurden in den Schenken von Killala sehr wichtig genommen, und jedem dieser Boten wurde applaudiert und eingeschenkt. Wir Loyalisten maßen diesen großspurigen Behauptungen nur geringe Bedeutung bei, aber es war doch höchst unangenehm, sie zu hören und die Szenen der Trunkenheit, die ihnen folgten, ansehen zu müssen.

Eines Nachmittags Anfang September erschien jedoch eine andere Art von Besucher, ein Wahrsager namens Anthony Duignan, eine Vogelscheuche mittleren Alters mit einer riesigen Geschwulst von scheußlicher Färbung, der englisch und irisch sprach und von einer Sprache in die andere überging, ohne besondere Rücksicht auf die Bedürfnisse seines Publikums zu nehmen. Ich weiß nicht mehr, ob ich, als ich Irlands umherstreifende Bevölkerung erwähnt habe, auch von den Wahrsagern gesprochen habe. Wie Sackpfeifer, Fiedler, Dichter, Trinker, Tanzmeister ziehen sie von Dorf zu Dorf. Wie ihr Name schon sagt, handeln sie mit Prophezeiungen, erzählen Geschichten und treiben ein wenig simple Magie, und die Landleute betrachten sie als Halbirre, unzuverlässig und verlogen, und doch begabt mit okkulter und übernatürlicher Macht. Sie können natürlich nur unter einem primitiven und leichtgläubigen Volk gedeihen, wie ich leider sagen muß, dessen Gemüter bereits von den Zeremonien und dem Hokuspokus des papistischen Glaubens aufgeweicht worden sind.

Ich stand am Fenster und blickte auf ihn und auf die Menge von Männern und Frauen hinab, die sich um ihn versammelt hatte. Ein leichter Regen fiel, und die ganze Welt schien grau zu sein – Häuser, Straße, Himmel, sogar die Luft. Aber seine Stimme, ein melodiöser Singsang, war ein Faden von heller, unsichtbarer Farbe. Er hatte sich wie eine Elster auf alte Gerüchte, Liederfetzen, verblaßte Prophezeiungen gestürzt und sie mit dem schmutzigen und ausgefransten Gewebe gälischer Sage verwoben, diesem Stoff der unverständlichen Wunder. Gegenwart und Zukunft und die wundersame Vergangenheit waren für ihn eins, und er war außer sich vor Aufregung, als ob er in eines der grotesken Epen seiner Rasse hineingewandert wäre. Der Pöbel lauschte ihm bisweilen mit Gelächter und Rippenstößen, einmal schubsten sie ihn mit gutmütiger Geringschätzung gegen die Mauer meines Wohnhauses. Aber bisweilen schienen sie auch mit offenem Mund seinem Zauber zu erliegen. Aber ob sie nun höhnten oder staunten, sie versorgten ihn jedenfalls großzügig mit Malzwhiskey, was ihn natürlich noch redseliger machte. Er trank, bis der Alkohol ihm über sein unrasiertes Kinn tropfte. Als ich in seine wilden, irren Augen hinabsah, als ich sah, wie seine Lippen nach Worten suchten, glaubte ich, in einen Abgrund von Zeit zurückgeschleudert worden zu sein, in eine dunkle Welt, die meine eigenen Ahnen schon vor Jahrhunderten verlassen hatten.

»Duignan der Verrückte«, sagte O'Donnell, der neben mich ans Fenster getreten war.

»Wenn er verrückt ist, warum hören sie ihm zu?« fragte ich. »Jemand wie er sollte wie ein Bettler aus der Stadt verjagt werden.«

»Er redet wieder vom schwarzen Schwein«, sagte er. »Vor zwei Nächten war er in Ballycastle, und die Schenke hat vor Entsetzen und Aufregung gebrüllt.«

»Schwarzes Schwein, sagt Ihr«, wiederholte ich. Mich konnte jetzt nichts mehr überraschen.

»Die Wahrsager reden schon davon, solange ich mich erinnern kann«, sagte O'Donnell. »Es war eine schreckliche magische Kreatur, die durch Ulster tobte und dabei einen tiefen Graben aufwühlte, und am Ende verschwand sie wieder.«

Verrückt war, schien mir, ein viel zu sanfter Begriff. Hier stand ein Mann und redete von übernatürlichen Schweinen, und die Menschen hörten ihm zu. O'Donnell lauschte mit überlegenem Lächeln, aber seine Augen zeigten, daß irgend etwas in ihm auf die herumwirbelnden Wörter achtete.

»Im Tal des schwarzen Schweines wird Irland verloren und gewonnen werden«, sagte O'Donnell. »Es ist ein Tal irgendwo in Ulster, aber niemand weiß wo. Tote Helden werden aus der Erde auferstehen.« Seine schweren Schultern durchlief ein leichtes Beben, das er zu unterdrücken versuchte.

Duignan sprach jetzt irisch, zur Erleichterung seiner Zuhörer. Sie waren verstummt.

»Er wirft alles mit den derzeitigen Ereignissen durcheinander«, erklärte O'Donnell. »So bearbeiten diese Burschen einfache Menschen. Seht Euch doch an, wie sie mit offenem Mund dastehen! Er weiß, wie er mit ihnen umzugehen hat. Bei Gott, wir sind ein schlichtes Volk. Er sagt, daß in der Stadt des Schweines eine schreckliche Schlacht geschlagen worden ist und daß das Blut des Volkes den Boden rot gefärbt hat. Das heißt auf irisch Ballinamuck. Die Stadt des Schweines.«

Das Wort war jetzt im irischen Sturzbach des Irren verständlich. Es tauchte immer wieder auf – Ballinamuck – Ballinamuck.

»Liegt das in Ulster?« fragte ich.

»Das weiß ich nicht. Es gibt sicher Dutzende von Orten dieses Namens.«

Einer der Männer packte Duignan an der Schulter und brüllte ihn an, und Duignan brüllte zurück.

O'Donnell lachte. »Dieser gerissene Schurke! Sie wollen wissen, wer die Schlacht gewonnen hat, und Duignan sagt, er weiß es nicht. Was er weiß, hat er aus ...« Er suchte nach einem Wort.

»Aus einem Traum?«

»Einem Traum oder einer Vision. Irgend so etwas.« O'Donnell zog den Vorhang vor das Fenster. »Irgendwo wird es eine Schlacht geben«, sagte er, »und dieser Bursche wird sie entsprechend darstellen. Sie werden ihn wochenlang mit Getränken versorgen.«

Auf diese seltsame und unerklärliche Weise erfuhren wir zuerst von der Schlacht von Ballinamuck. Ich habe mir das Gehirn zermartert, um mich an das genaue Datum zu erinnern, denn ich sehe das so: Irgendwo im Süden hatte Duignan von der Schlacht gehört und sie sorgfältig mit der wirren alten Sage vom schwarzen Schwein verwoben. Diese Sage ist, wie ich gehört habe, in der Tat sehr alt und gehört zu den Fenierepen, die bis in graue Vorzeit zurückreichen. Und doch ist Ballinamuck nur ein Weiler, und deshalb war noch Wochen später in ganz Irland immer nur die Rede von der Schlacht von Longford. Und ich habe noch dazu den seltsamen Gedanken und kann ihn auch nicht loswerden, daß Duignan in Killala war, ehe diese Schlacht stattgefunden hat. Das kann natürlich nicht der Fall gewesen sein, und ich bedaure sehr, daß ich damals kein Tagebuch geführt habe. Sicher spielte meine Erinnerung mir einen Streich, was auch kein Wunder ist, da sie so argen Belastungen ausgesetzt worden ist. Doch wenn meine Antworten nicht stimmen, welche bleiben dann noch? Noch jetzt blicke ich manchmal durch dasselbe Fenster in eine Dorfstraße, die nun wieder in ihrem ruhigen Verfall schlummert, und ich erinnere mich an den verrückten Wahrsager. In meiner Vorstellung bricht seine Stimme das Schweigen ... Ballinamuck ... Ballinamuck. Und die eiskalte Hand, mit der das Okkulte uns packen kann, berührt auch mich.

»Er war früher vielleicht Schulmeister«, sagte O'Donnell. »Der arme Teufel. Man kann hören, daß er ein gebildeter Mann ist.«

Carrick, Mitte September

An die siebzig Rebellen hatten die Schlacht von Ballinamuck überlebt, ihre Anzahl in den Gefängnissen wuchs jedoch täglich, da die Patrouillen immer neue Verdächtige nach Carrick brachten. Sie alle wurden in einem großen Getreidelager untergebracht, das am Fluß lag und zum Schutz vor Dieben über runde vergitterte Fenster verfügte. Einige der Neuankömmlinge waren tatsächlich Rebellen, die durch das Moor geflohen oder auf dem nächtlichen Marsch nach Cloone desertiert waren. Die meisten jedoch waren auf puren Verdacht oder die Anschuldigungen von Loyalisten hin festgenommen worden – Shebeenprahler und Dorfkämpfer, ein halbverrückter Sänger, der eine zerbrochene Fiedel an seine Brust drückte, ein Arzt und ein Viehzüchter, der »fortschrittliche« Vorstellungen hegte, ein Krautjunker mit einem Vorrat an Zitaten von Tom Paine und einer papistischen Ehefrau.

Zuerst forderte der Krautjunker Dominick Vesey aus Carrick House einen Rechtsanwalt, dann gab er jedoch auf und saß nun hoffnungslos mit dem Arzt und dem Viehzüchter zusammen, ein kleiner Kreis besserer Leute. Was mit ihnen oder den Überlebenden von Ballinamuck geschehen sollte, wußte niemand, weder die Gefangenen noch die irischen Landwehrleute, die sie bewachten. MacCarthy und Geraghty sollten nach Mayo zurückgeschafft werden, wenn die Armee nordwärts marschierte, und das verlieh ihnen eine fast beneidenswerte Bedeutung. Die anderen hingen in der Vorhölle, die Unschuldigen wie die Schuldigen. Unschuld wurde wie ein Zweig in einem raschfließenden Bach umhergeworfen. Alle waren sich ihrer Haft bewußt, eines zufälligen und gewichtigen Makels.

Es war ein luftiges Gefängnis. Ein großer Mann konnte, wenn er sich zu seiner vollen Höhe aufrichtete, auf den Fluß und auf die bewaldeten Felder auf dem anderen Ufer sehen. Hin und wieder ritt ein Gentleman über den Pfad, der am Flußufer entlangführte, den Hut schräg auf dem Kopf, die Rockschöße fielen über den Sattel. Er konnte reiten, wohin er wollte, auf Märkte und Kirchweihfeste, konnte die Schenken betreten und mit seinem Schilling auf den Eichentresen klopfen. Er war so weit von ihnen entfernt wie Chinesen oder schwarze, barfüßige Afrikaner.

Geraghtys Arm war in Ballinamuck zerschossen worden. MacCarthy brach Latten von der Wand und zwang den Arzt, den Arm zu schienen.

»Mit Verrat habe ich nichts zu tun«, sagte Dr. Cumiskey. »Ohne die Bosheit meiner Nachbarn wäre ich ein freier Mann auf den Straßen von Carrick.«

»Ihr habt jetzt damit zu tun«, erwiderte MacCarthy. »Und Ihr solltet die Übung in Eurem Beruf nicht verlieren. Man weiß schließlich nie.«

Geraghty saß geduldig da, als Cumiskey Hemdfetzen um seinen Arm wickelte.

»Dieser Bursche hier«, sagte Cumiskey. »Spricht der überhaupt Englisch?«

»Tut er nicht. Es ist ein so tiefes Geheimnis für ihn wie die Sprache der alten Ägypter.«

»Ich hatte das Mißgeschick, in Leitrim dem Katholischen Komitee als Sekretär zu dienen. Ein völlig legales Engagement. Danach habe ich mich nicht mehr um öffentliche Belange gekümmert. Ich bin niemals Mitglied der United Irishmen gewesen. Ich habe mich gegen sie ausgesprochen.«

»Ihr habt mich überzeugt«, sagte MacCarthy. »Wenn Ihr mit dem Arm fertig seid, dann klopft an die Tür und sagt ihnen, sie sollten Euch gehen lassen.«

»Für Euch ist das nicht dasselbe. Ich habe eine Frau und zwei kleine Töchter, eine lernt gerade Lesen. Sie sind in die Praxis gekommen und haben an die Tür gehämmert. Ich dachte, sie brauchen Hilfe für ihre eigenen Verwundeten.«

»Ich weiß«, sagte MacCarthy.

»Was um Himmelswillen habe ich mit einem wilden Amadán wie diesem zu tun, der in der Wildnis von Mayo wütet und mordet?«

»Überlegt Euch das mal. Vielleicht findet Ihr die Antwort.«

Cumiskey zog mit geübter Hand an den Stoffetzen und verknotete sie dann. »Mein Gott, Mr. MacCarthy. Mein Haus liegt in dieser Stadt. In zehn Minuten könnte ich hingehen. Die Hölle scheint sich aufgetan und mich verschlungen zu haben.«

MacCarthy blickte in Geraghtys unbewegtes Gesicht. »Er wird jetzt wieder so gut wie neu«, sagte er auf irisch. Geraghty zuckte die Schultern. MacCarthy erhob sich. Bitter, hier festzusitzen und an eine Tochter zu denken, die jetzt lesen lernte, deren Finger sich über die Buchstaben bewegten, Symbole, die Wunder, Geheimnisse enthielten.

»Wir haben Euch das eingebrockt«, sagte er zu Cumiskey. »Ihr hattet nichts damit zu tun.«

»Das hatte ich allerdings nicht. Und auch sonst niemand unter meinen Bekannten.« Er war adrett gewesen, als er ins Lagerhaus eingeliefert wurde; nun bedeckten graue Bartstoppeln seine Wangen, und sein Rock war verdreckt.

»Es hat am Ende der Welt angefangen«, sagte MacCarthy. »Mit Männern, die wegen ihrer grausamen Behandlung wütend waren und mit hochmastigen Schiffen aus Frankreich.«

Er ging weg, bahnte sich vorsichtig einen Weg durch die Männer, die mit hängenden Schultern auf dem Steinboden saßen. Cumiskey folgte ihm.

»Das Katholische Komitee bestand aus loyalen Untertanen der Krone. Wir kamen aus den achtbarsten Klassen, waren Anwälte und Ärzte. Kaufleute, die sich für das Wohlergehen der Gemeinde interessierten. Wir versuchten nur, unsere vielen

Probleme friedlich und legal zu beheben. Unsere Petition an die Krone drückte bereitwillig unsere Ergebenheit für König George aus.«

»Hervorragend«, sagte MacCarthy. »Der König wird Euch in dieser Stunde der Not nicht vergessen.« Er lehnte sich an die Wand und zuckte die Schultern.

»Ihr Heckenschulmeister seid für vieles verantwortlich«, sagte Cumiskey. »Ihr unterrichtet Küchenlatein und Aufruhr. Und das nennt Ihr dann auch noch Bildung, oder etwa nicht?«

»Ich weiß nicht, wie ich es nenne. Es ist alles, was ich habe.«

»Ihr steckt in der Vergangenheit fest wie ein Kalb im Sumpf. Einige von uns haben sich als so zivilisiert erwiesen wie jeder Protestant. Und dann brecht Ihr mit wilden Bauern aus den Bergen über uns herein.« »Meine Güte, Mann. Es ist wirklich keine besondere Tugend, im Flachland zu leben. Und diese Burschen hier haben Euch nicht die Landwehr auf den Hals gehetzt, das waren Eure zivilisierten protestantischen Nachbarn. Ich habe Eure Vorwürfe satt, und ich finde langsam, sie sind ein zu hoher Preis dafür, daß Ihr Michael Geraghtys Arm geschient habt.« Er hob plötzlich seinen eigenen Arm und fuhr sich mit der Handfläche über die Wange.

Cumiskey machte einen Sprung rückwärts. »Weiter so. Schlagt mich nur. Was hat ein Heckenschulmeister denn sonst für Argumente, wenn sein Repertoire an Redensarten erschöpft ist?«

»Ich habe durchaus nicht den Wunsch, Euch zu schlagen, Dr. Cumiskey, und ich wünsche bei Jesus, Ihr würdet wieder dahin gehen, wo ihr hingehört, zu Mr. Vesey und Eurem Freund, dem Viehzüchter. Ich fühle mich krank und erschöpft, und ich brauche keinen Terrier, der an meinen Strümpfen zerrt.«

Plötzlich brach Cumiskeys Zorn in sich zusammen. »Ich bin selber krank und erschöpft, Mr. MacCarthy, und außerdem habe ich Angst.«

»Wir haben alle Angst«, erwiderte MacCarthy. »Der Raum stinkt von unserer Angst.«

»Was sollte das alles, Mr. MacCarthy? Könnt Ihr mir wenigstens das sagen? Bauern und Franzosen schneiden Irland auf wie mit einem Messer!«

MacCarthy zuckte die Schultern. »Es stand alles in einer Proklamation. Die Franzosen hatten sie mitgebracht, zusammen mit einer grünen Flagge.«

Zuletzt in einem Moor gesehen, fast versteckt unter einem Leichnam, die Farbe der Hoffnung.

Danach machten Cumiskey und Vesey und der Viehzüchter, Hickey, bei ihren Unterhaltungen für MacCarthy Platz, aber sie vergaßen nie, daß er schuldig und sie selber unschuldig waren. Sie würden nicht lange im Gefängnis bleiben. Haß und Hysterie hatten sie hergebracht, aber sie würden bald entlassen werden. »Der König«, »Lord Cornwallis«, »Mr. Grattan«, »Ratsherr Curran«, vage, wohltätige Gottheiten füllten ihre Reden, Wächter, die das Unrecht, das sie erlitten hatten, entdecken mußten. Manchmal jedoch, in kühnem Geflüster, priesen sie die Rebellen.

»Jesus, Junge«, sagte Vesey. »In Castlebar habt Ihr es ihnen gegeben. Ich kann mit Eurer Sache nichts anfangen, aber Ihr habt es ihnen gegeben.«

»Ich habe keine Sache«, erwiderte MacCarthy.

»Bei Gott, Owen, sie werden keine Ruhe geben, bis sie nicht jeden Iren im Gefängnis haben.«

Edmund Spensers Plan.

»Es könnte schlimmer sein«, sagte MacCarthy. »In Clonmel haben sie ein scheußliches Gefängnis, und der Gefängniswärter ist eine Bestie. Ich habe einen Monat dort verbracht, und danach war ich halbtot.«

»Was um Gottes willen hat Euch denn dahin gebracht?«

»Unfug. Es ist lange her, und ich war damals noch jung. Sie hatten einen Jungen, der nicht viel älter war als ich, gehenkt, und ich habe ein Lied über ihn gemacht.«

»Wenn wir wieder in Mayo sind, darf meine Frau mich vielleicht besuchen.«

»Ja«, sagte MacCarthy. »Vielleicht.«

»Wenn ihr die Ernte verdorben ist, dann prügele ich sie windelweich. Bei Gott, das werde ich.«

Vesey, der Krautjunker, wurde entlassen, nachdem Freunde sich für ihn eingesetzt hatten, und verließ das Lagerhaus arg gedrückt, ohne die geringste Großspurigkeit. Das Gefängnis hatte ihn von seinen Zitaten aus den *Menschenrechten* geheilt. Ein Junge mit wildem Blick nahm seinen Platz ein, der aus Roscommon stammte und der in den Schenken mit seinen wilden Rebellentaten geprotzt hatte. Geraghty verachtete ihn.

»Er hat sich einen schlechten Moment für seine Prahlereien ausgesucht«, sagte MacCarthy. »Warte nur ein paar Jahre. Dann wirst du auf jeder Straße in Connaught auf irgendeinen

Stromer stoßen, der dir erzählt, daß er bei den Whiteboys oder den United Irishmen war.«

»Ich bin vorher nie auch nur zehn Meilen aus der Baronie herausgekommen«, sagte Geraghty.

Dämmerung, und die Straße führte zu einem unbekannten Dorf hinab, eine Schenke voller Whiskey und Männern wartete, die seine Lieder hören wollten. Fremde Hügel vor dem dunklen Himmel.«

»Du warst doch noch gut dran«, sagte MacCarthy. »Jeden Morgen warteten deine eigenen Felder auf dich.«

»Stimmt«, sagte Geraghty. »Ich bin noch gut dran.«

Das runde Fenster mit seinen verrosteten Gitterstäben zog MacCarthy an, und oft stand er stundenlang davor. Abends gingen zwei Landarbeiter am Fluß entlang, ohne Eile, die Abendluft kühlte ihre schweißdurchtränkten Hemden. Oder dieser Gentleman ritt vorbei, dessen Hut immer schief gerückt war, und »Zum Teufel« zur Welt sagte. »Ich habe ein Pferd und einen saubergebürsteten Hut und eine goldene Uhr.« Der Fluß, der ihn von ihnen trennte, floß nach Munster. Der weite Shannon, der sich zum Meer verbreiterte: Edmund Spenser, Völkervernichter und Poet.

Cumiskey trat neben ihn ans Fenster, exakt und pedantisch, der Schmutz des Gefängnisses war bei aller Mühe nicht von seinem braunen Rock zu entfernen. Örtlicher Gelehrter, Organisator von Petitionen, zivilisiert wie jeder Protestant.

»Ihr seid doch nicht aus Mayo, Mr. MacCarthy. Das verrät Euer Akzent.«

»Kerry«, antwortete MacCarthy. »Ich bin in der Nähe von Tralee geboren.«

»Dem klassischen Königreich. Der berühmten Wiege der Schulmeister.«

»Und Dichter«, fügte MacCarthy hinzu.

»Die ganze Insel bringt Dichter hervor«, sagte Cumiskey. »Oliver Goldmith. *The Deserted Village*. Das müßt Ihr doch kennen.«

»Doch«, sagte MacCarthy. »Aber die Gedichte in irischer Sprache kenne ich besser.«

»Das habt Ihr mir voraus.« Wenn er noch Schnupftabak gehabt hätte, dann hätte er jetzt geschnupft, braune Krümel auf dem nach unten gekehrten Handgelenk. »In den ländlichen Gegenden wird immer noch gedichtet. Manches ist wunderschön.«

Auf dem anderen Ufer erhob sich eine Elster, schwarz und weiß, in niedrigem Flug.

»Manches«, sagte MacCarthy.

»Habt Ihr je daran gedacht, englische Übersetzungen der besten Gedichte zu veröffentlichen? Dann wären sie bei der gebildeten Öffentlichkeit besser bekannt.«

Wo war die zweite Elster? Eine bedeutete Kummer, zwei Freude. Ein kleiner Junge saß in Kerry neben seinem Vater auf dem Boden und studierte den Flug der Vögel. Ich habe es von meinem Vater gehört, deinem Großvater, Junge, und er war so voller Weisheit wie ein Ei voller Dotter. Wunderbar, daß wilde Geschöpfe der Luft den Menschen Botschaften bringen und sie vor den Wechselfällen des Schicksals warnen können.«

Mein Großvater konnte jederzeit auf irisch losreden«, erzählte Cumiskey. »Er sprach natürlich perfekt englisch. Er brauchte Irisch, um mit seinen Tagelöhnern zu reden.«

»Natürlich«, sagte MacCarthy.

Worte, vermählt mit Spaten und Furche, komplizierter Klang, an die dunkle Erde gebunden.

Wenn er nachts neben den Männern aus Killala lag, dann hörte er ihre Stimmen in den Kadenzen, die seine Welt geformt hatten. Englisch zu sprechen bedeutete, den Mantel eines anderen zu tragen, steif an Schultern und Rücken. Ärzte sprachen englisch, Mittelsmänner, Kaufleute, Rechtsanwälte. Irgendwann, bald, in Castlebar würden sie ihn in dieser Sprache verurteilen. Das Englische erledigte die Arbeit der Welt, schiente gebrochene Knochen, machte Gesetze und Bücher. Das Englische hat uns zerschmettert. Wir leben in einer Pfütze der Finsternis am Rande der Welt. Ein Gedicht von O'Rahilly fiel ihm ein, nüchtern, sardonisch. Eine Welt erblühte in seinen Wendungen. Tagelöhner rezitierten es. Wenn er in der Finsternis dalag, sagte er sich Gedichte auf, leise flüsternd, ungehört. O'Bruadair, O'Rahilly. Hinter ihnen sah er Schenken, Täler, massive Burgtürme auf den Landzungen Kerrys, die flinken Füße der Tanzenden.

Martin Brady, der Sänger mit der zerbrochenen Fiedel, war eine glücklose Kreatur, nicht richtig im Kopf. Die Miliz hatte ihn festgenommen, als er in einer Schenke an einer Kreuzung Rebellenlieder gesungen hatte, aber genausogut hätte es sich um »The Loyal Briton« handeln können. Er hatte Pech gehabt. Was immer die Leute wollten, hatte er im Repertoire und trug es mit klarer, heller Tenorstimme vor. Er war ein magerer

Mann, dessen Knochen für mehr Fleisch konstruiert waren, als er aufweisen konnte, lange, gestikulierende Arme und schmale Füße, die keine Ruhe kannten. Glatte, schwarze Haare fielen ihm ins Gesicht und über den Kragen. Ein Gewehrkolben hatte die Fiedel zerstört, aber er ließ sie nicht los und schwor, einen Mann in Athlone zu kennen, der sie reparieren würde. Nachts oder an den langen Nachmittagen sang er still vor sich hin, und die Noten tanzten in den Sonnenstrahlen, die durch das Fenster fielen. Kaum einer achtete auf ihn.

»Ich habe Lieder von dir«, erzählte er MacCarthy. »But when I'm drinking I'm always thinking ...«

»Ich habe es zuerst auf irisch geschrieben und dann auf englisch«, sagte MacCarthy. »Weil ich sehen wollte, wie sich der Klang ändert. Das war eine törichte Idee.«

Bradys Lieder waren ein Flickwerk aus Englisch und Irisch, wie ein alter Mantel. MacCarthy sah ihn an einem Schenkenkamin vor sich, seine Blicke schossen unter verfilzten Haaren eilig hin und her. »Na los, Jungs, was wollt ihr hören? ›The Coolin‹, ja?« Oder in der Küche eines Herrenhauses oder eines wohlhabenden Bauernhofs. »Es gibt kein Lied, das ihr mir nennen könnt, das ich nicht in dieser Geige habe. Sagt den Titel, und ich dreh den Schlüssel um.« Waren sie aus der zerbrochenen Fiedel entflohen, Bataillone und Regimenter aus Noten, die aus dem zerschlagenen Holz gestürzt waren? In einer Fiedel lag Magie. Sie hatte ihr eigenes Leben.

»Hör dir das an«, flüsterte er MacCarthy zu. »Das hat noch niemand gehört. Ich habe es durch das ganze Land getragen.« Er warf den Kopf in den Nacken und schloß die Augen. Sein Adamsapfel hüpfte bei seinem einleitenden Schlucken.

»Have you heard of the battle of Ballinamuck,
where the oppressed people they ventured their luck ...«

»Sehr gut«, sagte MacCarthy. Sie rannten in wildem Entsetzen durch das trügerische Moor. Überall die herniedersausenden Klingen der Kavallerie. Das Geschrei geschlachteter Schweine. Ballinamuck, die Stadt der Schweine.

»Ich kann so leicht ein Lied machen wie jemand anders mit einem Spaten Torf umdreht. So einfach.«

»Das ist wirklich eine Begabung«, sagte MacCarthy höflich. »Es ist mein Pech, daß sie mich gerade da verhaftet haben. Die

Hälfte der Leute bei Grogan's sprach englisch. Schiffer vom großen Kanal. Ich habe ›Monaseed‹ gesungen. Kennst du dieses Lied?«

»Ja«, sagte MacCarthy. Er wollte es nicht kennen.

»Zwischen dir und mir gibt es wirklich einen himmelweiten Unterschied«, meinte Brady. »In Athlone werden sie mich als Lügner beschimpfen, wenn ich ihnen erzähle, daß Owen Ruagh MacCarthy meine Lieder gehört hat. Aber ist das nicht gut? ›Have you heard of the battle of Ballinamuck, where the oppressed people they ventured their luck‹?«

»Es ist ein guter Reim«, antwortete MacCarthy. »Einen besseren Reim könntest du gar nicht finden.«

»Ich kann in eine Stadt gehen, wo ein englisches Wort so selten ist wie eine goldene Guinee, und wie ein Bischof empfangen werden. Hör zu.«

Roisín dubh. Wer das wohl geschrieben hatte? Älter als O'Rahilly. Wort und Klang zusammengeschirrt wie Mann und Frau. Dahinter lag eine Welt, nach der MacCarthy sich in dem scheußlichen, stinkenden Raum schmerzhaft sehnte. Bradys Gedächtnis war ein Elsternnest, Silberringe und Zinnfingerhüte unter Zweigen versteckt.

»Sie hatten überhaupt keinen Grund, mich festzunehmen und meine Fiedel zu zerbrechen. Ich kann loyalistische Lieder auf englisch, die die Miliz und die Landwehr sehr bewundern. Ich hätte sie dazu bringen können, im Takt mit den Füßen zu wippen.« Seine eigenen Füße zuckten. Ausgelatschte grobe Stiefel, mit Lehm bedeckt.

»O ye bright sons of Mars,
who defend our green isle ...«

MacCarthy nahm die Geige aus Bradys Schoß und wog sie in der Hand.

»Das ist ein Milizlied«, sagte Brady. »Ich habe es letzten Monat den Milizleuten in Mullingar vorgesungen, und sie haben Whiskey in mich hineingegossen, bis er mir zur Nase wieder herauskam.«

Ein gezackter Splitter aus dunklem, poliertem Holz hing lose herunter. Vorsichtig entfernte MacCarthy ihn und ließ ihn in die klaffende Wunde fallen. Kein Geigenbauer in Athlone konnte sie reparieren, so geschickt er auch sein mochte.

»Ye bright sons of Mars«, sagte er.

»Wer immer Mars sein mag«, sagte der Sänger.

»Ein Schlachtengott«, erklärte MacCarthy. »Bei den Römern. Mit einem Brustharnisch, der wie die Sonne funkelte und einem Blitzstrahl in der bloßen Hand.«

»Schaut an«, sagte Brady. »Da habt ihr den wahren Gelehrten. Was bin ich neben dir?«

»Wir sind beide nicht viel«, antwortete MacCarthy. »Säcke voller alter Wörter.« Er gab die Fiedel zurück und stand auf.

Ein träges Lächeln von Brady. Lücken zwischen seinen gelben Zähnen. »Du hast ein Lied über eine Frau gemacht.«

»Aber sicher doch, bei Jesus. Ein Dutzend.« Auf Wiesen, kräftige, weit gespreizte Beine, wilde, scheue Körper unter ihm. »Frauen, Trinken, Stromern. Es gibt überhaupt keinen Unfug in Irland, über den ich noch kein Lied gemacht habe.« Das Kleingeld meines Handwerks. Die echten Gedichte waren langsam, geheimnisvoll, frisches Licht strahlte aus den glatten Seiten ihrer Rituale.

Tage vergingen. Das Lagerhaus war ein toter Arm des Krieges, seine schwere Tür ein Wehr. Die Männer aus Mayo, Pilger nach Ballinamuck, schwiegen im Wissen um die Rache, die sie verdient hatten; Männer mit Piken, allesamt, und einige hatten Herrenhäuser angesteckt. Sie erinnerten sich an Häuser, die sich rot vor dem Abendhimmel abzeichneten. Die anderen wurden von der Flut hereingespült, ihre Münder schlaff vor Unglauben und Furcht. Wenn sie ein Pamphlet der United Irishmen gelesen hatten, dann waren sie verdächtig, oder wenn sie die falsche Petition unterzeichnet hatten. In den Midlands wurde ordentlich aufgeräumt, Aufruhr wurde ausgekratzt, so wie man verbrannten Porridge aus einem Kochtopf kratzen würde.

Cumiskey wurde freigelassen. Es sprach für ihn, daß er sich vorher noch um die Verwundeten kümmerte. Er kniete neben O'Murtha, einem der Männer aus Belmullet, und auf MacCarthy wirkten sie wie Geschöpfe von zwei verschiedenen Planeten. O'Murtha war ein schwerer, grobknochiger Spalpeen mit langen, muskulösen Armen.

Cumiskey zeigte auf die dunkler werdende Wunde, die vom Knie bis zum Knöchel reichte. »Da ist nichts zu machen«, sagte er. »Sie ist brandig. Ich kann für diesen Mann genausowenig tun wie eine alte Frau mit einem Kräutersack.«

»Es ist trotzdem ein großer Trost«, meinte MacCarthy. »Immerhin seid Ihr ein Arzt aus der Stadt Carrick.«

»Es ist eine kriminelle Vernachlässigung hilfloser Gefangener«, sagte Cumiskey. »Ich kann einfach nicht glauben, daß Lord Cornwallis davon weiß. Ein Mann, der wegen seiner Menschlichkeit berühmt ist!« Er rückte die Brille auf dem Rükken der kleinen, weichen Nase zurecht. Geschwungene Gläser, eingefaßt in Gold, regelten sie seine Welt.

»Ein großer Trost«, wiederholte MacCarthy.

Cumiskey stand unbehaglich da. In seiner Vorstellung hatte er diesen übelriechenden, überfüllten Raum bereits verlassen, trottete am Fluß entlang zu seinem Haus, in seine Praxis mit ihren scharfen Messern, wo seine kleine Tochter die Buchstaben des Alphabetes zu ergründen versuchte. Verlegenheit hielt ihn zurück.

»Es ist wirklich ein großes Unglück, daß Ihr Euch so tief in dieses entsetzliche Abenteuer verstrickt habt. Gewalttätigkeit kocht unter der Oberfläche dieser barbarischen Counties.«

»Wirklich ein Unglück«, stimmte MacCarthy zu.

Er beobachtete, wie Cumiskey ins Sonnenlicht hinausging. Landwehrmänner blickten kurz auf, sahen ihm gleichgültig nach. Die Landwehr von Nordcork. Englische Bücher erwarteten ihn, Wörter marschierten über ihre Seiten, in Reih und Glied wie ein Regiment, beschäftigt mit den Angelegenheiten der Welt. Das Englische ließ Räder sich drehen, schickte Schiffe aus Häfen, Regimenter bewegten sich auf sein Kommando. Goldsmith, dieser scheue Stotterer aus Longford, hatte seinen Platz unter Londons Dichtern gefunden, ihre Worte hallten wider von Macht, Imperium der Iamben. Große Ozeanwellen schließen uns ein.

Sprachscherben lagen zu seinen Füßen; gebrochene Echos füllten den Raum. Er hörte seine Stimme in den Schenken von Munster brüllen, sah, wie sich MacKenna kurzsichtig über immer wieder abgeschriebene Manuskripte beugte. Eine Sprache für Pachttage und Bierhausschreihälse. Schenken in tiefen Tälern unter den Hügeln von Kerry. Wer spricht irisch außer uns, zu Wind und Moor? Merriman unterrichtet in Limerick. Ihre Eltern wollen, daß sie Englisch lernen. Weit entfernt von Kerry werden sie mir die Schlinge um den Hals legen. Am letzten Ende dieses Jahrhunderts werde ich erwürgt, und meine Gedichte werden zu Kuriositäten werden.

Dublin Castle, 13. September

»Trench wird sich um die Rebellen in Nordmayo kümmern«, sagte Cornwallis. »Ein oder zwei englische Regimenter und Landwehr. Das macht einen guten Eindruck. Irische Rebellen besiegt von loyaler irischer Landwehr.«

»Macht sie nieder«, sagte Dennis Browne. »Wenn die Ordnung wiederhergestellt ist, werden sich die Richter von Mayo und Galway um sie kümmern, darauf könnt Ihr Euch verlassen.«

»Das glaube ich Euch, Mr. Browne, das glaube ich Euch aufs Wort«, sagte Cornwallis. Am dunklen, polierten Tisch wandten sich die Gesichter ihm zu. Die Gentlemen von Connaught. Parlamentsmitglieder. Richter. Die Mißverwalter dieses Moores. Wollten unbedingt ihre Miliz losjagen. »Ich habe eine wichtigere Aufgabe. Eine zweite französische Flotte ist in See gestochen. Wenn es ihr gelingt, an Admiral Warren vorbeizukommen, dann schlage ich vor, die Franzosen am Strand zu zerschlagen. Egal, wo sie an Land gehen.«

»Verdammte, verfluchte Franzosen«, sagte John Broderick. »Stellen eine Provinz auf den Kopf und enden dann als Staatsgäste im Mail Coach Hotel.«

»Das würden wir auch für britische Offiziere erwarten, falls sie das Mißgeschick hätten, auf französischem Boden in Gefangenschaft zu geraten.«

»Die Damen schlendern durch die Dawson Street, um einen Blick auf sie zu werfen, als ob es sich um königliche Prinzen handelte«, schimpfte Broderick. »Und dabei sind sie doch bloß Banditen. Zwischen Mayo und Longford sind vierzig Häuser bis auf die Grundmauern niedergebrannt worden.«

»Nicht von den Franzosen«, erwiderte Cornwallis geduldig. »Unser Freund Humbert ist ein höchst bemerkenswerter Schurke. Wenn er zurück nach Frankreich kommt, wird es ihm schlechter ergehen. Sie sind heutzutage verdammt unhöflich, wenn sie es mit besiegten Generälen zu tun haben.« Er lächelte die Tischplatte an. »Das ist mein wunder Punkt. Ich war auch einmal ein besiegter General.«

Die Gentlemen aus Connaught betrachteten taktvoll ihre Ärmel. Bei einigen handelte es sich dabei um Uniformärmel. Miliz. Landwehr. Ein warziger kleiner Junker beugte sich vor. Wie hieß er doch noch? Herr über ein trockengelegtes Moor und ein paar hundert nacktärschige Bauern. »Browne hat recht. Kümmert Euch nicht um Connaught. Wir bringen das schon für Euch in Ordnung.«

»Ja«, sagte Cornwallis trocken. »Nachdem die britische Armee sich für Euch geschlagen hat.« Er gab Wyndham ein Zeichen, und der beugte sich vor und reichte ihm ein Protokollbuch. »Der Präsident ihrer kostbaren Republik war ein junger Landbesitzer namens Moore. Er sitzt im Gefängnis von Castlebar.«

»Er ist der Bruder eines Grundbesitzers«, korrigierte Broderick. »Er ist der Bruder von George Moore aus Moore Hall. Ein Papist, der den Kopf voller seltsamer Vorstellungen hat.«

»George Moore?« fragte Cornwallis. »Durchaus nicht. Wir haben gemeinsame Freunde. Er befaßt sich aus Liebhaberei mit Geschichte. Es tut mir verdammt leid, daß ihm dieses Mißgeschick widerfahren ist. Sein Bruder muß ein leichtsinniger Bursche sein.«

»Das stimmt«, sagte Dennis Browne. »Ich kenne sie beide. Unsere Familien sind verbunden, wenn ich das so sagen darf. Das reicht weit zurück. In die Zeit, als auch die Brownes Papisten waren.« Er blickte Broderick voll an und lächelte.

»Wie dem auch sei«, fuhr Cornwallis fort. »Der wahre Aufwiegler scheint ein Anwalt namens Elliott gewesen zu sein. Es besteht kein Zweifel daran, daß er zum Direktorat der United Irishmen gehört hat. Ein Busenfreund von Tone und Emmet und den anderen. Wir werden ihn hier in Dublin vor Gericht stellen, zusammen mit Bartholomew Teeling. Einige der lokalen Anführer werden nach Castlebar zurückgeschickt – ein Schulmeister und ein paar andere Gauner.«

»In Castlebar gibt es Stricke genug für sie, bei Gott«, sagte ein anderer Richter. Cornwallis kannte ihn. Ein hitziger kleiner Mann von irgendeinem Seeufer. Loch Cong.

Cornwallis wandte sich an Wyndham. »Stellt fest, ob die Gefangenen in Carrick einen Arzt gehabt haben. Einige von ihnen sind vielleicht verwundet worden. Wir behalten sie noch einige Wochen da, bis in Killala alles erledigt ist. Ich habe sie gesehen. Unwissende und bemitleidenswerte Jammergestalten.«

»Es sind Männer, die Häuser angesteckt und die Pike nach Longford getragen haben«, sagte der Warzenmann. »Wenn sie am Galgen aufrecht stehen können, dann gehören sie auch dorthin.«

Ein blutrünstiges Volk. Wir haben sie angestachelt. Schon

seit Elizabeth. Hier in dieser Burg. Soundsoviel für den Kopf eines Rebellen. Hergebracht in einem Sack, dann die Goldmünzen hingezählt. Mein Gott, wie diese Leute einander hassen! Blinde, die mit Dolchen in einem Faß kämpfen.

»Wie Ihr die Ordnung – die zivile Ordnung – in Mayo wieder herstellt, ist Eure Angelegenheit«, sagte er. »Aber über die militärischen Gefangenen entscheide ich.«

»Keine Angst, Lord Cornwallis«, sagte Dennis Browne. »Keine Angst. Gebt uns einen Monat, dann ist Mayo so friedlich wie Yorkshire. Es ist schließlich unser Land. Es ist zwar arm, aber wir würden es nicht einmal gegen Indien eintauschen.« Er ließ seinen Blick über die anderen gleiten, als wolle er seinen Worten auch ihr Gewicht verleihen. »Wir sorgen Euch für Ordnung, das kann ich Euch versprechen.«

Er würde sein Wort halten. Grundbesitzern, Vizekönigen und Henkern gegenüber. Der echte Ire, umgänglich, zuvorkommend, wieselschlau. Die anderen waren Bauerntölpel, dieser hier dagegen war wirklich ein gerissener Gentleman. Cornwallis würde ihm keine zehn Yards über diesen Raum hinaus vertrauen. Krumm wie ein Widderhorn, ohne Prinzipien, charmant. Die Macht der Krone in Irland ruhte auf Dennis Browne und einer Handvoll Männern wie ihm. Mein Gott, was für ein Land! Cornwallis seufzte.

Als die anderen gegangen waren, zögerte Browne immer noch, beugte sich über den Tisch und summte vor sich hin.

»Ihr habt wirklich recht«, sagte er. »In bezug auf Töten und Aufknüpfen und Bauernjungen am Dreieck auspeitschen. Wir brauchen Ordnung und Gerechtigkeit, keine willkürliche Grausamkeit.«

»Ich bin durchaus Eurer Ansicht, Mr. Browne.«

»Ich denke dabei vor allem an einen Jungen, an den, den Ihr erwähnt habt. Ihr habt selber das richtige Wort für ihn gefunden, leichtsinnig. Es ist schwer, so einen jungen Burschen von Unfug fernzuhalten.«

»Die Anklage gegen ihn lautet nicht Unfug, sondern Hochverrat.«

»Verrat ist nur ein Wort«, sagte Browne. »Wie jedes andere. John Moore wäre heute ein Captain der Landwehr, wenn Malcolm Elliott ihm nicht Gift ins Ohr geträufelt hätte. Elliott war der Aufwiegler, das habt Ihr selber gesagt. Es erscheint mir wirklich wie ein Wunder, daß Ihr diese ganze Angelegenheit so gut im Griff habt.«

»Es ist kein Wort«, widersprach Cornwallis. »Es ist ein Verbrechen, das durch den Strang bestraft wird. Der junge Mr. Moore war Präsident der Republik Connaught.«

Browne lachte, wie über eine außerordentlich geistreiche Bemerkung. »Ihr könnt ihn genausogut als römischen Kaiser bezeichnen. Da habt Ihr es. George hätte ihn fester am Zügel halten sollen, aber der steckt seinen Kopf doch nur in seine Geschichtsbücher. Wie Ihr selber gesagt habt.«

»Ich weiß nicht so recht, worauf Ihr hinauswollt, Mr. Browne. Wollt Ihr andeuten, daß der offizielle Führer der Rebellion nicht vor Gericht gestellt werden sollte?«

»Aber nicht doch!« Browne hob abwehrend seine starken weißen Hände. Er lächelte Cornwallis an und dachte: Jetzt spiel hier nicht den dumpfen, unbeweglichen Engländer, du Bastard. »Aber nicht doch.«

»Was dann?«

»Diese Burschen, mit denen wir gerade gesprochen haben. Gutherzige Knaben, einer wie der andere. Aber als besonders gescheit würde ich sie niemals bezeichnen. Würdet Ihr das? Den Frieden in Mayo wiederherzustellen ist mehr, als Johnny Broderick erreichen kann, wenn er mit einer Kompanie Miliz und einem tragbaren Galgen durch Tyrawley trampelt. Mayo ist wie jede andere Gegend auf der Welt, es ist wie ein Machtgewebe – Lord Glenthorne und mein Bruder Altamont und ich selber. Die großen Grundbesitzer. Und ich würde George Moore dazu rechnen. Papist oder nicht. Es wäre durchaus kein Schaden für die Krone, sich George Moore zu verpflichten.«

Ehe er antwortete, betrachtete Cornwallis ihn ausgiebig. Ein attraktiver Mann, keiner von diesen rotgesichtigen Krautjunkern. Blasses, beherrschtes Gesicht, braune sanfte und wachsame Augen, bereitwilliges, kurzes Lächeln. Ein geistreicher Mann mit einem Talent für Ironie. Ein egoistischer Mann, der seine eigene Klugheit zu sehr liebte.

»Und für Euch wäre es auch kein Schaden«, sagte Cornwallis. »Würdet Ihr mir da nicht zustimmen?«

Das Lächeln kam so schnell wie Frühlingsregen. »Würde ich durchaus. Georges Freunde in England sitzen in guten Stellungen. Und ich habe den Verdacht, daß in Zukunft die meisten Angelegenheit Irlands von London aus geregelt werden. Die Tage unseres kleinen Parlamentes hier in Dublin sind gezählt, nehme ich an. Aber Ihr wißt darüber sicher mehr als ich. Viel mehr. Nein, Ihr habt recht. Ich wäre sehr froh über die Gelegenheit, George einen Gefallen tun zu können.«

»Und zu einem solch geringen Preis«, sagte Cornwallis. »Wir brauchen nur einen Verräter freizulassen.«

»Nicht freilassen«, widersprach Browne heftig. »Ihn nicht hängen. Es gibt andere Strafen. Deportation ist ein ausreichend düsteres Schicksal für einen jungen Mann. George wäre sehr dankbar, wenn man sich darauf einigen könnte. Und ich habe Euch die Wahrheit über John gesagt. Ich kenne ihn gut. Er ist kein Verräter, sondern ein verzogener Junge. Verzogen zuerst von seinem Vater und dann von George. Er ist ein stolzer junger Bursche. Er würde Euch gefallen, glaube ich.«

»Das bezweifele ich«, sagte Cornwallis. »Er ist alt genug, um Recht und Unrecht unterscheiden zu können, und es war ein sündhaftes Unrecht von ihm, arme Bauern, die nicht wie er Freunde bei Hof haben, zur Illoyalität zu verführen. Es ist höchste Zeit, daß die Leute dieses Landes, hoch und niedrig, arm und reich, lernen, daß das Gesetz mächtiger ist als ihre Leidenschaften und Torheiten.«

»Aber Ihr sagt doch jetzt nicht, daß der arme junge John Moore hängen muß? Das würde sicher nicht nur Georges Herz brechen.«

»Das habe ich nicht gesagt«, antwortete Cornwallis. »Wir müssen uns etwas ausführlicher über die Veränderungen unterhalten, die sich in den nächsten Jahren in Irland abspielen werden. Ihr seid ein sehr fähiger Mann, Mr. Browne, und Euer Rat ist immer willkommen. Aber bitte, laßt diesen Akzent, den Ihr ab und zu auflegt, nicht wieder in Eure Rede kriechen. Ihr seid viel überzeugender, wenn Ihr Euch wie ein Engländer anhört.«

»Bei Gott«, sagte Browne. »Es gibt verdammt wenig Engländer, die dieses Land so gut verstehen wie Ihr. Seid Ihr sicher, daß Ihr keinen Tropfen irisches Blut habt?«

»Ich möchte nicht unhöflich sein, Mr. Browne, wenn ich höchst energisch darauf bestehe, daß das nicht der Fall ist.«

Browne lächelte wieder, diesmal ein breites, echtes Lächeln des Entzückens. »Sprechen wir also ein wenig über Irland, wenn Ihr Zeit habt. Kein Thema steht meinem Herzen näher.«

Eine Stunde später blickte Cornwallis aus den Staatsgemächern in den oberen Hof der Burg. Regen prasselte auf das Kopfsteinpflaster, und die beiden Soldaten, die am Eingangstor unter der Statue der Justitia mit der Augenbinde Wache standen, waren triefnaß. Besser für England, wenn die ganze Insel versänke, ohne eine Spur zu hinterlassen. Sie bestand zur Hälfte ja schon aus Wasser: Regen, Moor, Flüsse, Seen voller Schilf. Eine Gestalt in braunem Mantel beantwortete die Fragen der Wachposten und rannte dann über den Hof, wobei sie den Hut im stürmischen Wind mit beiden Händen festhielt. Ein Schreiber? Vielleicht ein Denunziant. Irland zog sie heran: Sie gingen einen Schritt in Richtung Verrat, dann machten sie voller Panik kehrt und rannten zur Regierung. Wir handeln mit ihnen in dieser weitläufigen Burg, wo sich moderne Ziegel mit Tudortürmen verbinden. Elizabeth kaufte Köpfe von ihnen, bluttriefende Häuptlingsköpfe mit blicklosen Augen, an dünnen Haaren aus dem Sack gezogen.

Die anderen waren genauso schlimm, Irlands Landadel – Anglo-Iren oder Engländer-in-Irland oder wie immer sie sich nun nannten. Schleppten ihren Dialekt nach London und kehrten wieder heim, um auf ihren verschuldeten Landsitzen zu frieren. Landhonoratioren, die für ein Amt, ein freundliches Wort aus Dublin Castle intrigierten, ihre Frauen wärmten sich an den Kerzen der Bälle des Vizekönigs. Dennis Browne war ein Musterexemplar, den Mund vollgestopft mit umgänglichem Spott, die braunen Augen jedoch wachsam und verräterisch. Was nutzte ihm das Leben eines törichten jungen Mannes, wenn er es nicht für einen ungenannten Plan brauchen konnte? Genausogut könnte er mit einem Mogulfürsten oder einem indianischen Sachem verhandeln. Nicht mehr lange. Nur noch so lange, wie sie brauchen würden, um mit ihrem Puppenhausparlament voller silberzüngiger Redner und bestochener Postenjäger aufzuräumen.

»Sir?«

Cornwallis drehte sich zu Wyndham um.

»Die Depeschen vom Postschiff«, sagte Wyndham. »Sie bleiben bis zum Morgen.«

»Kein Wort von Nelson also«, sagte Cornwallis. »Oder von Buonaparte. Da draußen steht Europa auf dem Spiel – Ägypten, das Mittelmeer – und wir sitzen in diesem Sumpf fest. Egal. Ich habe ein gutes Rennen geliefert – fast vierzig Jahre. Die Angelegenheiten dieses verdammten Landes ein für allemal in Ordnung bringen, und dann das Leben eines Edelmannes führen, eh? Er ist nicht viel älter als Ihr selber, dieser Monsieur Buonaparte. Und schon ist er der neue Alexander. Pech gehabt, daß Ihr nicht als Franzose geboren worden seid.«

»Ja, Sir.«

»Habt Ihr je daran gedacht, Mr. Wyndham, daß Ihr in einem Jahr oder so in einem neuen Jahrhundert dienen werdet?«

»Es wird dieselbe Armee sein.«

»Das ist allerdings ein Punkt, den Ihr mit Monsieur Buonaparte diskutieren solltet. Er hat andere Vorstellungen. Frech wie Dreck und gerissen wie ein Fuchs. Wenn man dem Burschen freie Hand läßt, dann stellt er die Welt auf den Kopf. Das dürfen wir nicht zulassen, oder? Oder?«

»Nein, Sir«, antwortete Wyndham und legte die Depeschen sorgfältig mitten auf Cornwallis' leeren, massiven Schreibtisch.

»Sie sind neue Männer«, sagte Cornwallis. »Buonaparte und auch Humbert und dieses ganze Pack in Paris. Ein höchst bemerkenswerter Mann, dieser arme Humbert. Wußtet Ihr, daß er kaum seine Unterschrift auf ein Stück Papier setzen kann? Ein höchst bemerkenswerter Mann.«

»In Ballinamuck hat er sich nicht besonders hervorgetan«, sagte Wyndham.

»Ach, Ballinamuck. Er ist nicht der einzige, der seinen guten Ruf in Irland ruiniert hat – Essex, Raleigh, Lauzun, dieser Spanier. Schade, daß Lakes Schlacht keinen erhabeneren Namen hatte – Ramillies, Malplauquet, Yorktown. Ich habe vor, meinen eigenen Ruf heil hier herauszuretten. Irland ändert sich, Mr. Wyndham, und zwar jetzt. Zu viele halbe Maßnahmen in zu vielen Jahrhunderten. Das können wir uns nicht mehr leisten. Nicht, solange die Franzosen marschieren. Irland muß britisch werden. Wir müssen sein elendes kleines Parlament zerschlagen und es mit Stahlketten an uns binden. Pitt will es so. Und ich auch.«

»Ein gewaltiger Auftrag, Sir.«

»Meinen Sie, Mr. Wyndham? Vielleicht. Vielleicht sind wir nicht klug genug, um ein neues Irland zu schaffen, aber zumindest können wir das alte zerschlagen. Wir brauchen nur genug Galgen und genug Männer wie Dennis Browne.«

Zwischen Carrick und Castlebar, 17. September

Dennis Browne reiste mit General Trenchs Armee nach Mayo zurück, und Trench, der weniger genau beurteilte als Cornwallis, hielt ihn für einen höchst sympathischen Mann, jeder Zoll ein Ire natürlich, so gut gelaunt wie der Tag lang ist, voll witzigen und trockenen Humors, aber mit Einschlägen von scharfem Verstand. Seine Sprache war eine Freude, genau wie die von Sir Lucius O'Trigger in *The Rivals*, aber schließlich war Sheridan auch selber Ire und hatte angeblich einen teuflischen Dialekt.

Er stellte Browne diese Frage, als sie in der offenen Kutsche dahinfuhren. Hinter und vor ihnen klapperte die Kavallerie über eine gerade Wagenstraße gen Norden. Weit hinter ihnen marschierte die Infanterie, und noch weiter dahinter die Bagage, zu der auch fünf Gefangene auf einem Karren gehörten, die zu ihrem Prozeß nach Castlebar gebracht wurden.

»Sheridan?« erwiderte Browne. »Der doch nicht. Er war schließlich in Whytes Akademie in der Grafton Street, wo einem jeder Hauch von Dialekt ausgeprügelt wird, so wie man einem dummen Diener mit der Reitgerte kommen würde. Wir fahren jetzt dahin, wo Ihr die richtige Sprache hören werdet, aus der die Kleeblätter nur so herauswachsen.«

»Kleeblätter wachsen aus ihr heraus«, wiederholte Trench. »Ihr beherrscht die irische Redeweise selber sehr gut, Mr. Browne.« Der Ehrenwerte Dennis Browne, Mitglied des Irischen Parlamentes, High Sheriff von Mayo, Lord Altamonts Bruder.

»Und warum sollte ich nicht? Es ist doch mein Land, Mayo. Wir sind seit den Tagen Elizabeths hier.«

»Und jetzt irischer als die Iren?«

»Das ist es, General. Da habt Ihr es!« Er streckte seinen kurzen, muskulösen Arm aus und zeigte mit dem kurzen Zeigefinger auf ein befestigtes Haus am Hang, halb verborgen von einer Pflanzung. »Dieser Bursche dort drüben, Geoffrey Rodgers aus Rodgers Hall. Seine Familie ist vor hundert Jahren mit William herübergekommen. Sie stapfen nur hinter den Brownes her. Gebt uns noch ein Jahrhundert, und wir werden sie zu guten Iren gemacht haben.« Dennis Browne, Magister Artium der Universität Oxford, gelehrt in der griechischen Sprache, Autor mehrerer wortreicher, wohlformulierter Essays zugunsten katholischer Emanzipation.

»Ich gebe offen zu, Mr. Browne, daß ich das Eure für ein entzückendes, aber verblüffendes Volk halte.«

»Und warum solltet Ihr das nicht? Wir verblüffen uns ja selber. Wir sind das Rätsel und die Verblüffung der Welt.«

»Soviel Wärme und Freigebigkeit, fröhliche und respektvolle Bauern, und dann diese düstere, mörderische Geschichte.«

»Ach, das ist etwas anderes, General, etwas ganz anderes. Wir haben auch eine häßliche und mörderische Seite. Ihr seid wirklich ein kluger Mann, daß Ihr sie entdeckt habt.« Er blickte Trench aus den Augenwinkeln an. War er zu weit gegangen? Nein. Bei dem konnte man überhaupt nicht zu weit gehen. »Sie arbeitet sich durch unsere Körper hindurch, wie Gift, und dann bricht sie auf unserer Haut in großen, häßlichen Beulen aus.«

»Vielleicht brauchtet Ihr einen Chirurgen mit seiner Lanzette.«

»Seid Ihr das nicht selber? Oberster Chirurg in Irland, und der beste seit William.«

»Chirurgen heilen nur wenig«, sagte Trench. Nachdenklich der weise Soldat. »Ihr braucht einen Arzt, der durch Medizin heilt. Aderlaß ist bestenfalls eine traurige Kur.« »Wie wahr, General, wie wahr.« Die versteckten Ursachen der irischen Unzufriedenheit, ein General, in dem ein Pamphlet steckte. Warum nicht? Burgoyne hatte schließlich ein Stück geschrieben.

»Wie denkt Ihr denn selber über diese Frage, Mr. Browne? Hier habt Ihr einen Fremden Euch über Euer eigenes Volk belehren lassen.«

»Was heißt hier Fremder, General, was heißt hier Fremder? Ihr seid so willkommen wie die ersten Frühlingsblumen.« Browne streckte die Hand aus der Kutsche. Seine Finger strichen über dunkles, glänzendes Holz. »Vor ein paar Wochen war ich drüben in Galway und zitterte unter den Atlantikwinden, und Mayo war den Rebellen nackt preisgegeben. Ohne die britische Armee hätte es in diesem Land ein Blutbad gegeben. Miliz und Landwehr haben nicht viel Gutes geleistet. Das Parlament in Dublin kann nach Herzenslust reden und Lava speien, aber am Ende bringt immer die britische Armee die Angelegenheiten hier in Ordnung.«

»Ihr seid Mitglied dieses Parlaments, Mr. Browne?«

»Allerdings. Ebenso wie mein Bruder.« Verschiedene Türen: Oberhaus, Unterhaus. Großes graues Gebäude von massiven und eleganten Schwüngen, gegenüber dem Trinity College. »Einen halben Bogenschuß vom College, aber eine halbe Welt von Klugheit und Wissen entfernt.« Jonathan Swift. Ehrgeizig und arm, eine schattenhafte Verbindung mit Sir William

Temple. Stolz nagte an ihm wie eine Ratte. England bot Macht, Einfluß, Freunde. Schließlich ließen sie ihn fallen, schickten ihn zurück, um hier in St. Patrick zu verfaulen. Passende Strafe.

»Eine Antwort, Mr. Browne«, forderte Trench munter. »Enträtselt einem armen, unwissenden Engländer Euer Land.«

»Wer das könnte, wäre ein Weiser«, antwortete Browne. »Lord Cornwallis glaubt, die Lösung zu haben, nehme ich an. Eine Union mit England.«

»Tatsächlich«, sagte Trench. »Ich habe auch solche Gerüchte gehört. Hat er Euch das gesagt?«

»Er hat ein oder zwei Andeutungen gemacht«, sagte Browne. »Mehr nicht. Ein vorsichtiger Bursche, dieser Lord Cornwallis.«

Trench nickte nachdenklich. »Das scheint die beste Lösung zu sein, meint Ihr nicht? Eine Union unserer Schwesterkönigreiche. Es hat schon einmal funktioniert – es war die Rettung für Schottland.«

Vielleicht war er ein Meister der Ironie. Browne starrte ihn sprachlos an.

»Es ist allerdings keine leichte Aufgabe«, fuhr Trench fort. »Nicht alle Eure Landsleute haben einen so klaren Blick für diese Frage wie Ihr. In Eurem Parlament sitzen auch viele Hitzköpfe.«

»Hitzköpfe mit leeren Taschen«, sagte Browne.

Soll er selber das Rätsel lösen. Cornwallis hat das sofort geschafft. Cornwallis hat einen klaren Verstand in seinem großen Schädel. Er spielt den derben Landedelmann, Onkel Toby, aber er ist gerissen wie kein anderer und stahlhart unter seinem feinen Wollstoff. Er weiß, was er will und wie er es bekommen kann: die andauernde Befriedung Irlands. Und er weiß, wessen Hilfe er dazu braucht. Dieser hier ist ein Kind, dessen Verstand sich hinter seinen Trommelwirbeln, seinen Gewehrsalven bewegt.

»Bestechung?« fragte Trench. »Kann ein Parlament bestochen werden?«

»Und sogar billig«, antwortete Browne. »Sie werden billig zu haben sein. Pensionen, Pfründe, ein paar Titel.«

»Ihr eigenes Parlament beenden! Für das Ende ihres eigenen Landes stimmen!«

»Bei Gott, einige von ihnen werden bedauern, daß sie nur ein einziges Land zu verkaufen haben.« Dick Martin oben in

Ballinahinch, im wildesten Connemara, Herr über dreißig Meilen Moor und eine Bevölkerung aus Fasanen und Waldschnepfen. Ställe, deren Fußböden mit grünem Connemaramarmor ausgelegt waren, tief wie der Ozean, während er unter einem Dutzend Hypotheken schwankte, die in Büros in der Capel Street versteckt lagen. Er könnte schon morgen ruiniert sein, zwei schlechte Ernten würden ihn erledigen. Martin würde mit dem Hut in der Hand dastehen, um seine Stimme zu verkaufen, wie Hunderte anderer auch. Nicht dieses Jahr, allerdings. Nicht mit einer Ernte wie dieser, gelbe Heuballen unter der milden Sonne, liebliches Land, das dem Herbst entgegenreifte. Die beste Ernte seit zwanzig Jahren, und die Männer von Mayo hatten sie verlassen, um einem französischen Banner und geifernden Heckenpriestern zu folgen. Und rhapsodischen Schulmeistern, wie diesem Kerl, den wir nach Castlebar zurückkarren. Bei Jesus, sie werden dafür bezahlen.

»Natürlich, wenn es im besten Interesse des Landes liegt«, meinte Trench, der sein Gewissen mit Dummheit beschwichtigte. »Unserer beiden Länder.«

»Genau meine Rede«, erwiderte Browne. »Ihr habt mir die Hand in den Mund gesteckt und mir die Worte von der Zunge genommen.«

Die Worte von der Zunge genommen: ein entzückendes Volk. Sie werden uns bereichern, diese ganze Phantasie, und ein Geist lebhaft wie ein Gebirgsbach. Die Union wird allerdings nicht all ihre Probleme lösen. Diese entsetzliche Armut, Bettler am Straßenrand, ganze Familien, barfuß, mit zerrissenen, längst nicht mehr dem Anstand genügenden Kleidern. Hütten, in denen ein englischer Bauer nicht einmal sein Pferd unterstellen würde, mit Lehm verschmierte Steine, darüber ein undichtes Strohdach. In den Hütten zweifellos unvorstellbare Schändlichkeiten, Kinder und Erwachsene drängten sich im Schlaf aneinander. Nein, hier war etwas ganz entsetzlich falsch gegangen. Das in Ordnung zu bringen, war Gott sei Dank nicht die Aufgabe eines Soldaten. Verjagt sie aus Castlebar, und dieser kleine Feldzug ist beendet. Wer kommt gut dabei weg? Sicher nicht Lake, nicht nach dem Debakel von Castlebar. Auch Humbert nicht, im Grunde nicht. Schlau, aber skrupellos, wie alle Franzosen. Cornwallis, zweifellos, aber welche Ehre liegt schon darin, eine mächtige Armee zu sammeln, um ein paar tausend Franzosen und Eingeborene zu besiegen?

»Welch reiches Ackerland«, sagte er. »Welch hervorragende Ernte. Richtige Regierung und Gesetze, Sicherheit für Leib und Leben – es könnte der Garten Europas werden.«

»Das könnte es wirklich«, sagte Browne, »aber was wissen wir denn schon über solche Dinge. Wir müssen auf England blicken.«

»Auf die Zukunft«, sagte Trench. »England kann Euch eine Zukunft bieten.«

»Das stimmt«, bestätigte Browne.

»Aber Ihr dürft nicht sklavisch alles nachahmen. Jede Nation hat ihren eigenen Geist. Die Welt wäre soviel ärmer ohne Irlands Fröhlichkeit und Witz. Musik, Poesie. Ihr habt uns so viel gegeben – Swift, Goldsmith, Sheridan, Macklin. Unser schönstes Beispiel für das Pathetische – *The Deserted Village*.«

»Das habt Ihr schön gesagt, Sir. Das stimmt wirklich. Seid Ihr sicher, daß Ihr nicht auch einen Tropfen hibernisches Blut in Euren Adern habt, General?«

Trench lachte entzückt. »Davon habe ich nie gehört. Es wäre eine Ehre, das kann ich Euch versichern.«

Eine Ehre. Glücklich das Land, das sich solche Leute leisten kann.

»Es ist wirklich schade, daß Ihr das Mayo, das ich kenne, nicht sehen werdet. Ehe es vom Wahn überfallen wurde.«

»Keine Angst«, versicherte Trench ihm. »Ich werde Euch Mayo sicher und ruhig zurückerstatten.«

»Daran habe ich nie gezweifelt«, sagte Browne. »Nicht eine Sekunde lang. Und wenn irgendwelche störenden Ecken und Kanten übrig sind, dann könnt Ihr Euch darauf verlassen, daß die Gentlemen von Mayo sie glätten werden.«

»Ecken und Kanten?« fragte Trench verwirrt.

»Das da oben ist ein komisches, verzwicktes Stück Land«, erklärte Browne. »Wir waren eben von der Geschichte isoliert. Wir sind unsere eigene kleine Welt, könnte man sagen. Alles bei uns wieder in Ordnung zu bringen wird nicht leicht sein. Lord Cornwallis wird alte Füchse aus Mayo wie mich dazu brauchen. Wir haben uns lange darüber unterhalten. In Dublin Castle.«

»Ah.« Trench nickte weise. Dublin Castle. »Eurer armes Land wird Männer wie Euch brauchen.«

»Ich werde da sein«, versprach Browne. »Es ist schwer zu wissen, was so ein Land wie dieses braucht. Alles, was ein ehrlicher Mann tun kann, ist, in sein eigenes Herz zu schauen.«

Als ehrliche Männer fuhren sie Seite an Seite nach Mayo. In aller Bequemlichkeit lehnten sie sich auf dem sonnenwarmen Leder zurück, jeder hatte einen Arm auf die Rückenlehne gelegt, die Hände zeigten in entgegengesetzte Richtungen.

Zwischen Carrick und Castlebar, 17. September

MacCarthy sah sich den Shannon ein letztes Mal gut an. Er wurde von Trenchs Armee nach Norden gebracht, in einem der Proviantwagen, er, Geraghty und drei andere, verschnürt wie Truthähne. Der Shannon floß unter ihnen dahin, als sie über die Brücke von Carrick polterten, eifrig auf seiner Reise in den Süden.

»Jetzt bringen sie uns alle nach Hause«, sagte Geraghty. »Nur dich nicht.«

Kaufmannshäuser aus hellroten Ziegeln, geräumig und sauber. Er hatte auf der Brücke von Drumshanbo gestanden und ein Blatt vorbeitreiben sehen. Wie viele Brücken wölbten sich über den Shannon? Den größten aller Flüsse. In Limerick war er so breit, daß jemand am anderen Ufer nicht verstehen konnte, was man zu ihm hinüberschrie.

»Sollen sie uns doch hier hängen, dann haben wir es hinter uns«, sagte Paddy Tubridy, ein Dorfkämpfer aus Enniscrone, fleischiges Gesicht, mörderisch in seiner brutalen Wut. »In Castlebar stellen sie uns öffentlich aus, mit Tinkern und Fiedlern. Sie machen einen Feiertag aus uns, die Luder.«

»Hör doch auf damit«, sagte Geraghty. »Die hängen doch jetzt keinen mehr.«

»Du bist ein Idiot«, sagte Tubridy.

»Es ist komisch«, überlegte Mac Carthy, »daß ein Fluß an einem Ort so aussehen kann und anderswo ganz anders, und daß es doch immer derselbe Fluß bleibt.«

Tubridy spuckte auf den Karrenboden. Ein häßlicher Bulle, jetzt angepflockt, mit abgesägten Hörnern. »Schade, daß ich nicht mehr von ihnen mit meiner Pike erwischt habe.« Unter schweren Lidern blickte er auf die Landwehrmänner, die neben ihnen gingen, die scharlachroten Röcke ein munterer Farbfleck an diesem warmen Morgen.

»Du hast dein Bestes getan«, meinte Geraghty. »Engel hätten nicht mehr tun können.«

Er wandte die Augen wieder ihm zu, im trübem Zorn.

»Jetzt fürchtet sich doch niemand mehr vor dir«, sagte Geraghty, »wo deine Arme mit Stricken aus Limmerick auf dem Rücken zusammengebunden sind. Ein Kind könnte dich mit einem Stock stechen.«

In übleren Orten als Carrick habe ich die Goldmünzen meiner Jugend ausgegeben. Ich hätte ein Leben haben können wie Sean MacKenna aus Castlebar, jedes Jahr dasselbe Schulzimmer, ehrerbietig den Priestern gegenüber, mit gelüftetem Hut und bereitwilligem Lächeln, verheiratet mit einer Frau, kein Blick für eine andere, ihre Beine und ihr Bauch weich vom Kinderkriegen, und mein eigenes Ding ungestüm wie ein Hahn. Nachts, pünktlich wie die Uhrschläge, würde ich mich vor mein Papier und eine Flasche mit der besten Tinte setzen.

Schön im Morgenlicht, jetzt auf dem anderen Flußufer, die Häuser von Carrick. Vielleicht beschäftigte sich in einem von ihnen gerade der kleine Arzt mit seinen Flaschen, und seine Tochter beugte sich über ihr Buch mit englischen Buchstaben.

»Gott verfluche diese Stadt«, sagte einer der Männer. »Und Gott verfluche dieses schwarze Moor.«

»Das wird er sicher verfluchen «, sagte ein anderer. »Einen Ort, wo Männer mit hocherhobenen Händen aufgeschlitzt worden sind. Dort, wo sie beerdigt sind, wird nie mehr etwas wachsen.«

MacCarthy betrachtete sie mit vagem Interesse. Ballinamuck lag weit von der Brücke, der Straße, dem in der Sonne glitzernden Fluß. Die Straße schlängelte sich durch Weideland und Schlehenhecken. Eine Landschaft für Dichter, Wiesen, die sich zum Fluß hinzogen. Eine Jungfrau, lichter als Aurora, erschien auf der grünen Wiese, blendete das Auge in einer Vision. Die Wiese lebte im Gedicht, wurde niemals vom Winter berührt, kein bitterer Wind beutelte jemals die Schlehen.

Hinter den Weiden führte die Straße einen steilen Hügel hinauf. MacCarthy kam mühsam auf die Füße, um den Fluß sehen zu können.

»Runter da!« rief ein Landwehrmann nervös auf irisch.

»Sofort«, antwortete MacCarthy. »Nur einen Moment.«

Fluß und Stadt lagen vor ihm, der Fluß strömte schnell an der ordentlichen, schönen Stadt vorbei. Nirgends in Irland gab es einen so lieblichen Fluß, man könnte gut sein Leben daran verbringen, ohne jemals ans Weggehen zu denken.

»Setz dich in den Karren, Croppy, sonst komm ich dir mit meinem Gewehrkolben.«

»Du bist ja aus Kerry!« sagte MacCarthy überrascht.

»Ja.«

»Daher komme ich auch«, sagte MacCarthy. »Ich bin bei Tralee geboren und aufgewachsen.«

»Ich weiß genau, wer du bist, Owen MacCarthy, und du hast dir selber und Kerry arge Schande gemacht.«

Unbeholfen mit seinen gefesselten Armen ließ sich MacCarthy wieder auf dem Karrenboden nieder.

Kerrygesicht unter spitzem steifem Dreispitz, über hummerrotem Rock.

»Wir sind jetzt beide weit weg von Kerry«, sagte MacCarthy.

Aber der Mann aus Kerry starrte mit zusammengekniffenen Lippen auf die Straße vor ihm.

»By Killarney's fair lakes where I oftentimes strayed«, zitierte MacCarthy. »Kennst du das?«

»Das kenne ich«, antwortete der Landwehrmann und fiel dann zurück, um den Karren vorbeipoltern zu lassen.

Was war denn Schlimmes an so einem Burschen, der tat, wie sein Grundbesitzer ihm geheißen hatte, und der auf seinen roten Rock stolz war? Er würde niemals mehr so einen schönen Rock bekommen, aus so weichem und festem Tuch.

Vorbei an üppigen Weiden in der Septembersonne, der Herbst noch kaum spürbar in der Luft, hielt der Karren gen Norden auf Mayo zu. Normannische Burgtürme bewachten in der Ferne ihre Hügel, Feenfestungen standen stumm Wache. Landarbeiter sahen zu ihnen herüber, regungslos wie Berghasen, abends wurden sie zur Kneipengeschichte. Proviant und Munitionssäcke reisten mit ihnen, Soldaten und Landwehrleute dicht an dicht wie Brombeeren am Strauch, Kanonen mit großer Mündung. Edmund Spenser und Oliver Goldsmith reisten mit ihnen und große, überfüllte Bibliotheken voller in Englisch gedruckter Bücher und Gesetze, Frachtscheine und Proklamationen, John Milton und Richard Steele, Redner mit weißen Perücken und ein neues Alphabet. Ein Bild erfüllte MacCarthys Gedanken: General Trenchs Armee brachte eine große schöne Uhr nach Mayo, deren poliertes Gehäuse glänzte und deren zarte, starke Federn die letzten Stunden seiner Welt mit ihrem Ticken begleiteten.

19

Aus dem Tagebuch des Sean MacKenna, September 1798

Donnerstag. Heute hat General Trench eine große Armee aus dem Süden nach Castlebar gebracht, die gegen die Rebellen in Killala kämpfen soll. Sie sind am Dorfanger, an Gericht und Gefängnis vorbei durch die Hauptstraße von Castlebar marschiert, dann Stoball Hill hinauf und wieder hinab, und haben ihre Zelte genau auf den Feldern aufgeschlagen, auf denen Lakes Soldaten in die Flucht geschlagen wurden.

Wir hörten sie lange, ehe wir sie sahen, denn sie hatten insgesamt fünf Regimentskapellen mit Querpfeifen und Flöten und Trommeln und Kornetts, und die Musiker jeder Kapelle wetteiferten, welche Kapelle den besten und schönsten Lärm machen könnte, als sie in die Hauptstraße einbogen. Alle Einwohner von Castlebar sahen zu, egal, wo sie politisch oder konfessionell standen. Armeen üben eine Macht über das menschliche Gemüt aus, das läßt sich nicht leugnen – die fröhlichen Farben der Uniformen, der Banner und Flaggen und Standarten, die schwarzen Kanonen, die Kavalleriemänner, die auf uns herabblicken wie wachsame Helden aus dem alten Troja und die Offiziere wie kleinere Gottheiten, mit einem Wissen um Tod und Schlachten, verborgen hinter bleichen, herrischen Gesichtern. Sie sahen so stolz aus wie Männer, die nach einigen guten Gläsern und dem Bewußtsein, daß ein Feiertag bevorsteht, aus der Schenke kommen. Die Loyalisten von Castlebar jubelten ihnen zu, und einige von uns taten es ihnen vor Begeisterung über ihre fröhliche Musik und ihr Auftreten nach. Als ein Regiment am Laden vorbeikam, fing auch Timothy an, im Takt der Musik mit dem Fuß aufzustampfen und sich selber als schöner Held mit tödlichem Gewehr zu sehen. Ich legte ihm eine Hand auf die Schulter, um ihn zur Ruhe zu bringen, aber er begriff meine Geste nicht und blickte verwirrt zu mir auf. Und deshalb marschierte er weiter, als wir dort Hand in Hand standen, und seine Füße waren lebhaft mit dem nichtssagenden Unsinn des »Lilliburlero« befaßt. Es ist gut für

Kinder, daß sie das Aussehen und die Farben der sichtbaren Welt vor sich haben, nicht überschattet von düsterem Wissen. Das Regiment an jenem Abend, wie ich inzwischen erfahren habe, waren Fraser's Fencibles aus Schottland, die für ihre Grausamkeit berüchtigt waren. Und doch zwinkerte einer der Soldaten Timothy zu, als er ihn entdeckte, und Timothy winkte mit seiner freien Hand und sah dann zu mir hoch, ob ich das auch bemerkt hätte.

Nach den Soldaten und den Reitern mit ihren langen Schwertern und den Kanonen kamen viele Wagen mit Munition und Kanonenkugeln und Proviant, und dann, ganz am Ende, bewacht von zwei Reihen von Soldaten, ein Karren, in dem fünf Männer saßen. Im ersten Moment wußten wir nicht, was wir da sahen, aber dann bemerkten wir, daß ihre Hände auf dem Rücken gefesselt waren. Ich erkannte als ersten Michael Geraghty, einen wohlhabenden Farmer aus Ballina, und gleich darauf blickte ich Owen ins Gesicht, der hinten im Karren saß und sich mit hochgezogenen Knien an die Bretter lehnte. Er trug immer noch den feinen Rock, den er irgendwo gefunden hatte, aber nun war der zerfetzt, mit Lehm und Dreck verschmiert, und ein Jackenaufschlag war abgerissen, weswegen ein schmutziges Hemd zu sehen war. Seine Augen waren verquollen und aufgedunsen, und seine Wange zeigte einen verfärbten Bluterguß.

»Owen!« rief ich. Aber er blickte nicht in meine Richtung, im Gegensatz zu einigen anderen. In diesem Moment entdeckte ihn Timothy und brüllte voller Verwirrung: »Da ist Owen. Sieh mal, Owen!« Aber auch ihn sah Owen nicht an. Und ehe ich wußte, was er tat, hatte Timothy seine Hand losgerissen und rannte auf den Karren zu. Er und Owen waren dicke Freunde, und Owen hatte immer irgendein kleines Geschenk für ihn, wenn er von einer seiner Wanderungen zurückkehrte, und sei es auch nur ein Pfirsichkern, aus dem ein Körbchen geschnitzt worden war. Noch ehe er den Karren erreicht hatte, packte ihn ein Soldat, hob ihn hoch und warf ihn zu mir zurück, wenn auch nicht auf unfreundliche oder brutale Art. »Owen«, rief ich wieder. »Kannst du mich nicht hören? Ich bin Sean MacKenna!« Nun fing Timothy an zu weinen, verwirrtes Schluchzen, das seinen Körper schüttelte, als er sich gegen meinen schützenden Arm lehnte. Owen richtete die Augen auf mich, aber es waren die Augen eines Fremden, er schien mich nicht zu erkennen. Endlich hatte uns der Karren passiert, und ich drehte Timothy zu mir herum und küßte seine beiden nassen Wangen. Die Stadt beruhigte sich, Männer sahen einander an, viele blieben stumm. Die Schenken füllten sich langsam. Timothy und ich gingen zurück in den Laden.

Westport, Ende September

Als er erfuhr, daß Dennis Browne nach Westport, das schöne Haus seines Bruders in Cahenamart, zurückgekehrt war, ritt Moore hinüber. Er brach sehr früh am Morgen auf und traf zur klaren, warmen Mittagsstunde ein.

Die Straße führte einen steilen Hügel hinauf, und Moore hielt an und blickte über Acker- und Weideland, die über sanftgeschwungene Hügel zur Clew Bay mit ihren zahllosen Inselchen abfielen. Am Horizont war der glitzernde Atlantik ein Emailleozean, auf dem in der Ferne zwei Segel aus Perlmutt ruhten. Auf seiner Linken lag die Stadt, vor zwanzig Jahren von Wyatt entworfen. Hinter der Stadt umgaben Domänenmauern aus behauenem Stein Ziergärten, einen von geschwungenen Brücken überwölbten Fluß. Und Westport House, das schönste von Cassel, diesem deutschen Meister der Fassaden und des schweren schwarzen Marmors, in Irland geschaffene Haus. Im Vergleich damit war Moore Hall eine grobe, unvollendete Skizze, Glenthorne Castle eine exotische Phantasie. Siebzig Jahre alt, hatte es die Zeit gut überstanden, ein Siegel der Macht zwischen Hügeln und Bucht. Vor den Hügeln von Mayo glitzerten die Fenster seiner Fassade mit ihren neun Erkern dem Wasser entgegen, steinerne Adler mit ausgebreiteten Flügeln ragten auf den Gesimsen auf, am Ziergiebel, reich verziert und barock, das Wappen der Earls von Altamont, bewacht von Wolfshund und Hengst. Altamont, Sligo, Westport, Mount Eagle – wenn man diese Titel einen nach dem anderen abschälte, dann kam man am Ende bei den Brownes aus Mayo an.

Auf diese Entfernung bildeten am klaren, windstillen Mittag Haus, Stadt, Fluß, Weiden, Bucht ein gemaltes Panorama, jeder Teil von symbolischem Wert. Weit weg, am Ziergiebel, vom Hügelkamm nicht zu sehen, sagten steinerne Schnörkel unter einem steinernen Wappen SUIVEZ RAISON. Die Brownes hatten gemischtes Blut, O'Malley, Bourke, Bermingham – gälische Piratin, normannischer Ritter, Tudor-Abenteurer. In den ersten Jahren des 18. Jahrhunderts war John Browne, geächteter Papist und Jakobit, Soldat unter Sarsfield, Überlebender der großen Katastrophe von Aughrim, im Schutze der Hügel, aus Geldmangel, zum Schmuggler geworden. Schiffe mit schwarzen Rümpfen aus Frankreich und Spanien waren hier mit Wein, Spitzen, Cognac, Seidenballen vor Anker gegangen, Profit, aber niemals genug. Im Jahre 1705 hatte er sich für tot erklären lassen, hatte aber noch sieben Jahre im Versteck überlebt, ein Gespenst, das zusah, wie sein Sohn das Vermögen der Brownes wiederherstellte. Peter war geschickt und entschlossen und machte die schicksalhafte Reise nach Dublin, wo er König George die Treue schwor und Papst und Stuarts alle Gefolgschaft versagte, den römischen Irrtümern abschwor und in die rechtmäßige protestantische Kirche aufgenommen wurde. SUIVEZ RAISON.

Wer hatte ihm vertraut? Wie die *Marrano*-Granden Spaniens waren diese jakobitischen Offiziere, die in den Jahrzehnten nach Aughrim protestantisch geworden waren. Aughrim war eine Wasserscheide gewesen, ein schwarzer Strich unter der Geschichte, der alt und neu trennte. Ratifiziert in Limerick durch Vertrag und Kapitulation, unterschrieben von »Patrick Sarsfield, Earl von Lucan, Pierce Viscount Galmoy, Colonel Nicholas Purcell, Colonel Nicholas Cusack, Sir Toby Butler, Colonel Garrett Dillon, Colonel John Browne von Mayo«. Sarsfield und Dillon segelten nach Frankreich, um einem fremden katholischen König zu dienen. John Browne kehrte nach Mayo zurück, ein versteckt lebender Schmuggler, ein Toter, der zusehen mußte, wie sein Sohn König und Kirche wechselte, aus einer alten Welt in eine neue überging. Beschämt, trotzig unter dem vorwurfsvollen Blick seiner frommen Frau, entläßt der Sohn den Kaplan, läßt die Kapellentür mit Brettern zunageln. Staub verdreckt langsam Kelch und Hostiengefäß. Ein Fisch in fremdem Wasser, besucht er mit seinen protestantischen Nachbarn den Sonntagsgottesdienst. Gelangweilt, aber ohne zu klagen, wandern seine Blicke über die kahlen, weißgetünchten Wände, unbesudelt von Götzenbild oder Idol. Keine Messe: kein Hokuspokus, der Wein in Blut, Brot in Fleisch verwandelt. Endlich in Sicherheit vor den »Entdeckern«, sein Eigentum gerettet, mit dem Recht zu erben und zu vererben. Und schließlich heiratet der Sohn des Sohnes, unverdorben vom papistischen Ritual, der nur weißgetünchte Wände und das allgemeine Gebetbuch kennt, eine Protestantin, wird zu

Anwalt, Richter, Gentleman erhoben. So ging, wie die alten Chronisten es vielleicht ausgedrückt hätten, der alte Adel dahin. Aber die Chronisten sind auch dahingegegangen, wie die Dichter und die Harfner.

Nicht so die Brownes aus Mayo. Mit leichtem Schritt wechselten sie aus einer alten Welt in die neue über: Jakobit wurde zu Hannoverianer, Tory zu Whig, Papist zu Protestant. Man sollte ihre Gesichter an den Wänden von Westport House studieren: der gerissene alte Colonel, gekleidet in das nüchterne Braun des Friedens; der politische Sohn in Seide und Perücke, kleine fleischige Wangen über den Spitzen; der Enkel, in ganzer Größe vor dem Panorama, in der einen Hand die Pläne des Architekten, die andere zeigte auf ein Haus, das am Ozean gebaut wird; der Urenkel, der Vater von Dennis Browne, kriegerische Gestalt in König Georges Hummerrot, hinter ihm, vor den Fenstern des Salons, ein kleiner Ausschnitt von Terrassen und Spazierwegen. SUIVEZ RAISON: »Mr. Brownes Haus ist sehr schön auf dem Südufer eines Baches gelegen, über den er zwei anmutige Brücken gebaut hat; auch hat er Wasserfälle im Bach anlegen lassen, die vom Haus aus zu sehen sind, das aus behauenem Stein erbaut ist, einem groben Marmor, der sich hier findet. Es ist ein ausgesprochen schönes Haus, entworfen und erbaut von Mr. Cassel. Mr. Browne plant, das Dorf zu entfernen und das Haus von einem Park umgeben zu lassen; rundum erheben sich anmutige niedrige Hügel, die vorteilhaft bepflanzt worden sind, und die Bäume wachsen sehr gut. Die Flut erreicht gerade das Haus; die Wasserfälle ziehen die Lachse an. Im Haus gibt es schöne Kamine aus Castlebarmarmor, von einem schönen Schwarz ohne weiße Einschläge wie der Probierstein, den die Italiener Paragone nennen und sehr schätzen.« So schrieb Bischof Pococke im Jahre 1752, dieser unermüdliche Reisende, geschwätzige, plumpe Autor, anglikanische Bischof nach seinem Besuch bei einem anglikanischen Magnaten. Nur Mayo wußte noch, was die Brownes einst gewesen waren – Drahtzieher, Vermittler, geschickte Verhandlungspartner. Wer eine Angelegenheit hat, die Vermittlung braucht, soll damit zu Dennis Browne gehen. Jetzt war Moore gekommen.

Bewegungslos auf seinem glänzend-kastanienbraunen Pferd sitzend, betrachtete Moore die Szenerie, wie er ein historisches Dokument betrachten würde. Das große Haus war eine Demonstration der Macht, die neue wohlhabende Stadt deren

Illustration, die Bauernhöfe und der Kai in der Ferne die ergänzenden Fußnoten. Wie diese mittelalterlichen Bilder, die die Gelehrten erklären mußten, da ihre Tiere nicht legendär, sondern symbolisch waren. Pococke konnte das Bild nicht verstanden haben, der exzentrische Geistliche, der in geschlossener Kutsche über enge, tiefgefurchte Straßen holperte. Und der arme Mr. Broome aus Killala auch nicht, dessen Kopf vom schwarzen Hut bis zum weißen Kragen mit wohlwollender Ignoranz vollgestopft war.

Im Eßzimmer hingen keine Portraits. Weiß-blaue Wände, die ausgefeilten Stuckarbeiten Ducarts, des sardischen Meisters, von Lord Glenthorne nach Mayo geholt, dann drei Jahre verweilend, um die Wände der minderen Lords zu verzieren. Verzwickte, steife Allegorien zogen sich über die Decke hin: Die Zeit rettet die Wahrheit vor den Angriffen von Zwietracht und Neid. Dennis Browne konnte Allegorien deuten, viel besser als Altamont, sein abwesender Bruder, Herr dieses Hauses.

Er steckte eine Walnuß zwischen die Kiefer eines Nußknakkers. Eine kleine braune Welt zerbrach, und er suchte sich den Kern heraus.

»Es ist eine üble Sache, Moore. Ein verworrener Bauernaufstand. Bauern schwärmen durch das ganze Land und morden und sengen. Bei Gott, wenn Altamont hier gewesen wäre, dann hätten sie ihn in seinem Bett aufgespießt. Ich habe in Galway Zeit genug gehabt, um mir über unsere Bauern Gedanken zu machen, während ich mir in den Atlantikwinden den Hintern blau gefroren habe.«

»Wir sprechen nicht über Bauern«, widersprach Moore. »Wir sprechen über John.«

»Noch schlimmer.« Browne wischte sich die Reste der Walnußschale vom steifen Leinen. »Noch schlimmer. Ich kann die kleinen Halb-Sirs verstehen, die O'Dowds und MacDonnells. Sie sind schließlich nur Bauern mit Allüren. Pferde, Pistolen und ein Fetzen jakobitisches Pergament im Westzimmer. Aber dein Bruder und Malcolm Elliott sind gebildete Männer. Sie wußten, worauf sie sich eingelassen haben.«

»Das bezweifele ich. Elliott sicher, aber nicht John. Er ist ein Junge. Außerdem ist er ein Moore, und die Moores haben Anspruch auf die Freundschaft der Brownes.«

»Würde ich das je bestreiten? Obwohl, vergiß nicht, dein Vater hat niemals die Freundschaft meines Vaters gesucht.«

»Die Ansprüche sind älter als unsere Väter. Sie reichen über ein Jahrhundert zurück.«

»Wie hat dein Vater meinen doch genannt? Den Sohn des Wendehalses.«

»Er war ein altmodischer Mann«, sagte Moore.

»Deiner ja«, erwiderte Browne. »Meiner nicht. Nach Aughrim mußten wir uns alle in einer neuen Welt zurechtfinden. Dein Vater ist nach Spanien gegangen. Die Brownes haben ihre Mäntel nach dem Wind gehängt. Was spielt das für eine Rolle? Sie waren beide Männer mit Courage. Auf ihr Wohl.«

Der Mantel hing draußen in der Halle, eingeschlossen in Glas und schwarzes Walnußholz, ein scharlachroter Mantel mit goldenen Epauletten und Litzen.

»Was sollten wir denn sonst tun?« fragte Browne. »Verbauern, wie die Treacys und die MacDonnells? Wir doch nicht, verdammt. Die Protestanten hatten gewonnen und hielten uns an den Eiern. Sie hätten uns ausbluten lassen, hätten uns jedes Stückchen Land genommen. Wir sind der alte Stamm von Mayo, George, starke Bäume, die den Winden standhalten.«

»John gehört auch zum alten Stamm von Mayo«, sagte Moore »Und jetzt sitzt er mit Aussicht auf den Galgen im Gefängnis von Castlebar.«

»Ehe das Rennen zu Ende ist, wird er den Galgen vielleicht noch genauer zu sehen bekommen.«

Barhäuptig ließ John sein Pferd über eine hohe Steinmauer springen, dann winkte er mit dem Hut nach Moore Hall hinüber. Ihr Vater, der über dem Säulengang neben seinem Stuhl stand, erwiderte den Gruß.

»Wenn er hier vor Gericht gestellt wird, ja«, sagte Moore. »Wenn der Landadel von Mayo das Urteil fällt. Cooper würde mit eigenen Händen die Schlinge anziehen.«

»Was spielt es denn für eine Rolle, wo sein Prozeß stattfindet?« fragte Browne. »Mein Gott, George, er war Präsident ihrer verdammten Republik.«

»Genau. Und hat nicht an den Kämpfen teilgenommen. Bring ihn in irgendeinem Gefängnis im Süden unter und warte auf ruhigere Zeiten.«

Browne blickte Moore aus seinen schlauen Augen an. »Bis deine Freunde in London ein paar Drähte gezogen haben.«

»Wenn ich sie dazu überreden kann. Und ich brauche deine Hilfe. Ich muß deine Hilfe haben, Dennis, du bist der erste Mann von Mayo. Wir müssen uns nicht streiten. Ich möchte

Johns Leben retten, wenn ich das kann. Es wird die Ruhe in Mayo nicht wiederherstellen, wenn John gehenkt wird. Die Krone kann es sich leisten.«

»O'Dowd wird hängen, weißt du, und Elliott und der ganze Rest. Und sie haben nicht mehr getan als John. Vielleicht sogar weniger.«

»Das ist mir klar«, sagte Moore. »Ich bin auch nicht hier, um über Gerechtigkeit zu diskutieren. John ist mein Bruder, und ich möchte ihn retten.«

Browne lachte und zog den Stöpsel aus einer Brandykaraffe. »Bei Gott, du bist ein kühler Bursche, George. Ich habe diese Seite noch nie an dir gesehen. Elliott muß baumeln, und John geht nach Hamburg oder Amerika.«

»Oder Spanien. Er ist als spanischer Untertan geboren. Ich behaupte ja gar nicht, über Prinzipien zu reden.«

»Dieser Weinbrand wurde auch in Spanien geboren«, sagte Browne. »Aber jetzt gehört er Mayo.« Er füllte ihre Gläser.

»Aufgrund von Gesetzesbrüchen«, sagte Moore. »Die Küstenwache hat das Schiff, das ihn zur Clew Bay gebracht hat, nie gesehen, und der Zoll hat keine Ahnung vom dem Faß. Du hast ein hervorragendes Beispiel gefunden.«

»Eine Flasche Brandy ist eine Sache«, sagte Browne. »Ein Rebell gegen seinen Herrscher eine andere.«

Sie saßen schweigend da und nippten am Weinbrand. Spaniens Hitze war ein leises, klagendes Echo in Moores Glas.

»Was haben sie denn erwartet«, fragte Browne. »Er und Elliott? Den Pöbel aufwiegeln und Franzosen ins Land holen!«

»Sie waren United Irishmen. Du weißt so gut wie ich, was sie wollten. Eine Republik, eine geschriebene Verfassung, totale Trennung von England.«

»Eine Verfassung«, wiederholte Browne. »Randall MacDonnell würde eine Verfassung nicht einmal erkennen, wenn sie ihn ins Bein beißen würde. Er ist gefallen, weiß du. In Longford.«

»John lebt noch.«

»Im Parlament hat es keine größeren Freund der katholischen Emanzipation gegeben als mich. Ich habe mich dafür immer wieder ausgesprochen. Wendehals oder nicht, ich bin auch ein halber Papist.«

»Sie wollten ein bißchen mehr.«

»Wollten sie nicht! Eine Bande von großspurigen Kaufleuten! Was immer sie wollten, in Mayo ist dafür kein Platz.«

»Es sieht so aus.«

»Es wird nicht ausreichen, diese Rebellion zu beenden«, sagte Browne. »Diesem Volk muß die Furcht vor Gott und vor der Krone eingebleut werden. Sie sind Narren, wenn sie die britische Armee fürchten. Sie werden Dennis Browne fürchten lernen.«

»Hast du etwas Bestimmtes vor?«

»Allerdings. Ich werde Loyalität in sie hineinprügeln. Noch in hundert Jahren wird Dennis Browne in den Hütten von Mayo verflucht werden.«

»Nun ja«, sagte Moore. »Das ist wirklich der seltsamste Ehrgeiz, der mir je enthüllt worden ist.«

Von Wand und Decke erteilte die Vergangenheit ihnen Ratschläge. Zwietracht und Neid wichen zurück. Zeit hob die träge Gestalt der Wahrheit vom Boden auf. Figuren aus weißem Stuck hoben sich elegant vor dem blauen Hintergrund ab.

»Mach Schluß«, sagte Moore. »Dragoner schlagen auf verängstigte Menschen ein, die Ernte wird verbrannt, Witwen werden auf die Straße gejagt, und der Winter kommt. Ich werde niemals glauben, daß du das willst.«

»Alles geht zu Ende, George. Cornwallis und Pitt wollen eine Union mit England durchdrücken. Cornwallis hat im Castle gesessen und mir alles erzählt. Es wird bald allgemein bekannt sein. Er wird jedes Parlamentsmitglied an der Schulter packen und einschüchtern oder bereden oder bestechen, bis er für die Auflösung des Königreiches stimmt. Was sagst du dazu?«

Moore zuckte die Schultern. »Von mir aus. Ich bin kein Patriot. Nicht England hat mich gedemütigt und mir bürgerliche Rechte und Freiheiten verwehrt. Warum sollte ich mich auch nur ein Jota um ein Parlament scheren, in dem ich nicht sitzen darf? Noch vor einem Jahrzehnt durfte ich nicht einmal stimmen. Diese Nation wird von einer Bande von tyrannischen Protestanten geleitet, die noch dazu korrupt sind. Ich werde ihnen keine Träne nachweinen.«

»Da sagst du die Wahrheit, George. Und mich kümmert es genausowenig. Mayo ist wichtig.«

»Ja«, stimmte Moore zu. »Mayo ist wichtig. Ich gehe also davon aus, daß Castlereagh und Cornwallis deine Stimme bekommen, ohne sich die Mühe einer Drohung oder die Ausgabe einer Bestechung machen zu müssen?«

»Aber sicher. Und ich werde ihnen nicht nur meine Stimme

geben können. Ich werde ihnen Mayo geben, in Stoff eingewickelt und mit rotem Band verschnürt und mit rotem Wachs versiegelt. Ich freue mich aufs Londoner Parlament, George. Eine größere Bühne für mein Talent.«

»Ich glaube nicht, daß du sie dort finden wirst«, erwiderte Moore. »Iren in London stellen fest, daß sie Vettern vom Lande sind, wie die schottischen Lairds mit ihren Kappen. England schmaust an der Tafel und wirft Irland die Reste zu.«

»Vielleicht«, sagte Browne. »Doch vielleicht unterschätzt du meine Energie. Aber ich werde Unterstützung brauchen, und alle Hilfe, die ich bekommen kann. Deine Unterstützung wäre mir sehr willkommen, George.«

»Meine!« rief Moore, wie überrascht, obwohl er darauf gewartet hatte. »Was könnte dir denn ein armer papistischer Bauer nützen?«

»Na komm, George. Du bist doch ein Mann mit guten Beziehungen. Du bist eng befreundet mit diesen Leuten in London.«

»Mit Fox, Sheridan, Lord Holland. Meine Freunde sind Whigs. Im Moment sind sie außer Dienst und beim König in Ungnade. Sie sind gegen den Krieg mit Frankreich.«

Browne zuckte die Schultern. »Und da gibt es noch etwas Näherliegendes. Dein Wort wiegt beim katholischen Landadel mehr als meins. Wenn du für eine Union sprichst, dann hören sie auf dich.«

»Ich soll ihnen einreden, daß sie kein Land brauchen«, sagte Moore voller Widerwillen.

»Was haben sie denn jetzt für ein Land? Das hast du selber gesagt. Ich bitte dich doch nur, deine Ansichten in der Öffentlichkeit vorzutragen. Sie sind eine sture Bande, dieser katholische Landadel. Sie würden sich durchaus an eine Nation anklammern, die sie seit einem Jahrhundert mißhandelt.«

»Du meinst, sie werden glauben, daß eine schlechte Nation immer noch besser ist als gar keine.«

Browne nickte. »Ich glaube, sie werden es genauso formulieren. Aber du könntest ihnen die Vorteile einer Union höchst überzeugend darstellen, noch dazu, ohne deine eigene Überzeugung zu verraten. Bei einer Union würde es ihnen viel besser gehen, George. Katholische Emanzipation wird viel eher aus London kommen als von diesen Burschen in Dublin. Du solltest das mit Cornwallis diskutieren. Er ist in dieser Hinsicht ein höchst aufgeklärter Mensch.«

»Ich glaube«, sagte Moore nach einer Pause, »daß ich gern noch einen Tropfen Weinbrand hätte.«

»Tut mir leid!« rief Browne. »Ich bin ein unaufmerksamer Gastgeber.« Als er eingeschenkt hatte, hielt er die Karaffe aus scharfgeschliffenem Kristall ins Licht und musterte ihren Inhalt. »Gott segne die Tage, als dieser Weinbrand eine Bindung zwischen deiner und meiner Famlie war. Vor unserer Zeit. Dein Vater schickte ihn aus Alicante, und mein Großvater wartete in der Clew Bay am Strand, um die Fässer in Empfang zu nehmen. Und der Zöllner war bestochen und betrunken. Wir waren damals ein Herz und eine Seele, der ›spanische‹ Moore und der Wendehals. Die Moores und die Brownes. Der alte Stamm von Mayo.«

»Sie waren gute Händler«, meinte Moore. »Und diese Kunst habe ich nie gemeistert.«

»Du hattest das auch nie nötig«, erwiderte Browne. »Dein Vater hat dich zum reichen Mann gemacht. Aber es holt uns alle ein, früher oder später. Wir müssen alle handeln, so geht es eben zu auf der Welt. Wenn auch nicht immer um Geld.«

Moore leerte sein Glas auf einen Zug. Seine Kehle brannte. Ein Körper aus leblosem Gips, ruhte Wahrheit in den Armen der Zeit.

»Wir sind vom Thema abgekommen«, sagte er.

»Das stimmt«, erwiderte Browne. »Aber nicht weit. Die Brownes und die Moores. Wir haben einen weiten Weg zusammen zurückgelegt. Nach Aughrim dachten sie, sie hätten uns erledigt, aber wir sind wieder aufgestiegen, jeder auf seine Weise. Johns Angelegenheit ist verzwickt, aber ich glaube schon, daß wir sie klären können. In Clonmel gibt es ein Gefängnis, das ihm vielleicht besser gefällt als das in Castlebar. Und nach einiger Zeit, einem Monat oder so, ein Gefängnis in Waterford, das ihm vielleicht noch eher zusagt.« Er füllte wieder ihre Gläser. »Waterford liegt an der Küste. Eine wunderbare Hafenstadt – Hamburg, Barcelona. Du hast eine guten Kopf für die Politik, George. Du solltest deine Vorstellungen mit Cornwallis diskutieren. Er ist sehr offen in seinem Umgang mit den Iren. Von der richtigen Sorte.«

»Dann haben wir einen Handel abgeschlossen, nehme ich an.«

»Was für einen Handel?« fragte Browne verblüfft. »Ich versteh dich nicht. John ist leichtsinnig, aber er ist ein guter Junge.

Ich will ihm gern helfen, so gut ich kann. Wozu sind Freunde denn sonst da?«

Am folgenden Abend stand Moore auf dem Balkon über dem Säulengang, wo sein Vater einst seine Abende verbracht hatte. Seine Hände ruhten auf den glatten, kühlen Steinen der Brüstung. Still nach dem Regen, lag das Wasser von Loch Carra grün unter dem Himmel. Ein Zug Saatkrähen kreiste darüber, eine schwarze Schar. Irgendwo auf dem Gut, so reich bevölkert wie ein Dorf, konnte er Lärm hören, die Rufe der Hirten, das Hämmern der Schmiede. In anderen Monaten hatte er um diese Tageszeit in der Ferne Gesang gehört, Tonfolgen, die sich mit der weichen, feuchten Luft verbanden. Er hörte jetzt nichts. Die Flammen des August hatten alle Lieder verbrannt. Geschrei und dumpfe Hammerschläge vereinten sich mit der Stille.

Er hatte einen geringen Preis für das Leben eines Bruders gezahlt. Sein Vater würde es für ein gutes Geschäft gehalten haben. Keinen Schilling zu bezahlen, nur sein Versprechen, den Interessen Englands und Dennis Brownes zu dienen. Niemals würde er die Welt aus seiner Loge kühler, überlegener Erheiterung betrachten, bewerten, schätzen, verurteilen. Seine Ironie, auf die er als Ausdruck seiner Intelligenz stolz gewesen war, würde zur Schale werden, jedes Jahr brüchiger und dünner, eine Manieriertheit, eine Geste. Johns rücksichtslose Torheit hatte ihn an Händen und Füßen gebunden, hatte ihn einer Welt ausgeliefert, die er zu verachten gelernt hatte. Was war er doch für ein Tölpel gewesen, zu glauben, er könnte der Geschichte entfliehen, deren Quellen so greifbar waren wie die Leidenschaft eines Bruders, der Ehrgeiz eines Nachbarn. Geschichte war Dennis Browne, unbefangen in seinem Eßzimmer, ein Glas in der Hand, die Beine lang ausgestreckt, oder John, unrasiert im Gefängnis von Castlebar.

Wo hatte die Kette angefangen, deren letztes Glied dieser Handel mit Dennis Browne war? In irgendeiner Shebeen im Gebirge, wo Whiteboys ihre schmerzliche Bürde von Vertreibungen, ihre groteske, erfundene Geschichte immer wieder aufleben ließen. Oder in Dublin, bei Anwälten und Kaufmannssöhnen, deren Köpfe mit Tom Paine vollgestopft waren; in der Stadt erzogen, dachten sie in Pamphleten. Oder in Paris, wo Wolfe Tone, Marktschreier mit fruchtbarem Geist, der zweifellos große, leere Gesten machte, dem Direktorat, dieser

Bande von Schwindlern und Opportunisten eine Insel voller Rebellen versprach. Oder als gefährliche Idee in Humberts Kopf, leicht zu erringende Inselehren, während Buonaparte eine halbe Welt entfernt war. Moores Gedanken trieben zu neuen Möglichkeiten, eine Welt auf der anderen, Motive, Wahrscheinlichkeiten, Pantomimen, die im Theater seiner Phantasie gestikulierten. Abstraktionen an einem grünen See. Er war zu Hause. Mit rauhem Ruf ließen die Saatkrähen sich geräuschvoll in den Buchen nieder.

20

Aus: *Ein unparteiischer Bericht über die Ereignisse zu Killala im Sommer 1798* von Arthur Vincent Broome

Der 23. September, der letzte Tag der selbsternannten »Republik Connaught« war einer jener Tage, die unserer Baronie ihren freudlosen und nicht beneidenswerten Ruf eingebracht haben. Ozean, Küste und Stadt lagen grau und trübe unter einer schmutzigen Wolkendecke. Seit der Morgendämmerung fiel ein leichter Regen, ein so weicher Nebel, daß er zur Luft zu gehören schien. Der alte Wachtturm auf Steeple Hill diente den Rebellen als Ausguck. Einige Männer waren innen hochgeklettert und beugten sich von seiner zerbrochenen Spitze gen Süden, sie hockten dort wie Wasserspeier. Wir konnten sie im unklaren, blassen Licht gerade erkennen, ihre Kleider waren so farblos wie Stein und Regen. Die Hunde der Stadt, eine Bande von dürren Kötern, war in der Dämmerung erwacht und kläffte und schnappte nach den Gruppen von Männern, die unter meinem Schlafzimmerfenster vorbeikamen. Auf dem Teil der Bucht, den ich im Blick hatte, war kein Segel zu entdecken, wie schon seit Wochen nicht. Es war ein großer Kübel voll üblem Wasser.

Nur wenige in meinem Haus hatten in dieser Nacht geschlafen. Die Loyalisten im oberen Stock fürchteten sich sehr und wurden von meiner lieben Eliza nach besten Kräften getröstet. Ich betete mehrmals mit ihnen und versuchte, ihnen ein demütiges Vertrauen zur Vorsehung einzuflößen. In diesen Stunden fühlte ich mich ihnen näher als je zuvor. Ihr Leben lang, schon durch die ersten Geschichten, die Mütter oder Ammen oder Schulkameraden ihnen erzählt hatten, war ihnen beigebracht worden, daß die Papisten eine düstere, meuternde Rasse waren, mit Gewalttätigkeit verheiratet wie mit einer Hexe. Nicht einmal ein so großzügiger und weitherziger Mann wie mein lieber Freund Mr. Falkiner war frei von diesem schwelenden Verdacht, der an eine Manie heranreichte. Es hat keinen Sinn, gegen eine Manie zu predigen, und wenn ich es versucht hätte, dann hätten sie mich für verrückt gehalten, denn die Ereignisse hatten loyalistischen Glauben und protestantische Frömmigkeit ja nur bestätigt. Denn während wir wie Gefangene im Haus des protestantischen Pastors, nämlich in meinem Haus, festsaßen, drangen durch Bretter und Verputz Geschrei und Flüche zu uns herein.

Unter uns, in den wichtigsten Zimmern, war die ganze Nacht ununterbrochen Lärm und Gerede zu hören gewesen, Stimmen hatten sich in wütender und unverständlicher Diskussion erhoben. Einmal, gegen drei oder vier Uhr morgens vielleicht, hörten wir die Tritte einiger Männer auf der Treppe, und die Vorstellung eines schrecklichen und unmittelbar bevorstehenden Schicksals überkam uns, aber die Schritte machten kehrt, ehe sie in unserem Stockwerk angekommen waren.

Ich verdrängte energisch alle Überlegungen über den Inhalt dieser Streitigkeiten aus meinen Gedanken. Die Rebellen erwarteten sich Vergeltung, deren Zeitpunkt einzig noch nicht feststand, und Furcht leitete ihre Beratungen. Die ganze Nacht lang wurden ihnen Meldungen ihrer Patrouillen gebracht, die sie darüber informierten, daß aus allen Richtungen Soldaten angerückt kamen, wobei diese Berichte einander oft so widersprachen, daß kein Verlaß auf sie sein konnte. Gegen Mitternacht schickte O'Donnell seinen Vetter, Roger Maguire, mit einem Dutzend Reitern aus, und schon nach wenigen Stunden kehrten sie zurück und berichteten über ihren Zusammenstoß mit einer kleinen Abteilung britischer Soldaten. Maguire (er gehörte zu denen, die am nächsten Morgen getötet wurden) war ein energischer und intelligenter junger Mann, auf dessen Wort Verlaß war. Entsetzen, vermischt mit wilder und unchristlicher Wut, überkam jetzt die Rebellen, und nun fand die letzte Diskussion (falls das die richtige Bezeichnung ist) darüber statt, was mit den loyalistischen Gefangenen geschehen sollte, und zwar nicht nur mit der Miliz in der Markthalle, sondern auch mit den unschuldigen Männern, Frauen und Kindern, die unter meinem Dach Zuflucht gesucht hatten.

Ich wurde natürlich nicht direkt über ihre Beratungen informiert, sondern weiß aus verschiedenen Quellen darüber Bescheid, vor allem durch die vor seinem Tode abgegebene Erklärung von »Colonel« Patrick Barrett. Diese Erklärung, bei der ich selber zugegen war, muß *cum grano salis* genommen werden, denn in den beiden Stunden, die zwischen seiner Verurteilung und seiner Hinrichtung verstrichen, gab er sich alle Mühe, sich in einem positiven Licht zu zeigen, wenn er sich schon nicht reinwaschen konnte. So stellt er sich selber als standhaften Unterstützer von O'Donnells Bemühungen dar, einen Anschein von Humanität aufrechtzuerhalten, und gleichzeitig als entschiedener Feind von O'Kane und Malachi Duggan, die uns ganz einfach allesamt abschlachten wollten, ehe sie sich zur Schlacht stellten. Zu diesem entsetzlichen Zweck waren die Schritte die Treppe hochgepoltert, waren in letzter Sekunde jedoch von O'Donnells geladenen Pistolen zurückgehalten worden. Es ist mir unbegreiflich, daß O'Donnells Verstand angesichts der Aufgabe, ein Massaker zu verhindern, nicht einfach aufgab, wo er sich doch gleichzeitig auf eine hoffnungslose Schlacht vorbereiten mußte. Vorbereitungen, das dürfen wir nicht vergessen, zu denen ihm jegliche Erfahrung fehlte, so daß er andauernd Fehler beging, Patrouillen mit sinnlosem Ziel ausschickte und dadurch seine Verteidigung schwächte.

Über Barrett selber kann ich kein Urteil abgeben. Seine Beine waren von einer Kanonenkugel zerschlagen worden, und er lag mit anderen Männern auf dem schmutzigen Boden einer Hütte in den Acres. Er gab seine Erklärung in der Nacht ab, und ein Subaltern-Offizier schrieb sein stockendes Englisch im Licht einer tropfenden Kerze auf, während ein halbes Dutzend von uns sich um ihn versammelt hatte. Er wollte unbedingt mit einem Priester seines eigenen Glaubens sprechen, aber Murphy lag tot in Ballinamuck, und Mr. Hussey war an einen sicheren Ort geflohen, um nicht der fehlgeleiteten Rache der Soldaten zum Opfer zu fallen. Ich bot an, mit ihm zu beten, aber er lächelte, ohne eine Antwort zu geben. Ich weiß überhaupt nichts über seine wahren Gefühle, denn in mancher Hinsicht schien er unbedingt die Wahrheit sagen zu wollen, während er andererseits auch ganz offenbar unser Mitleid erwecken wollte, obwohl er wissen mußte, daß es keine Möglichkeit der Begnadigung gab, da seine Schuld ganz außer Frage stand.

Er war ein gutaussehender Mann von Mitte Dreißig, im Alter O'Donnells, mit blonden Haaren und rötlichem Gesicht und einer breiten Brust. Er litt große Schmerzen, die immer wieder sein Gesicht verzerrten, und die Worte mußten ihm mühsam entrungen werden.

»Er war wie ein wildgewordener Bulle«, sagte er über O'Kane,

»und er brüllte Ferdy an, daß die Ketzer abgestochen werden müßten, und je mehr er brüllte, desto weißer wurde Ferdys Gesicht. Sie hatten beide getrunken, wie die anderen auch.«

»O'Donnell war betrunken?« fragte der Subalterne.

»Nicht betrunken, aber er hatte getrunken. Ich habe selber ein paar gute Gläser aus O'Donnells Krug bekommen.«

»Aber es gab Rebellen, die die Frauen und die anderen Gefangenen ermorden wollten«, sagte der Subalterne.

»Stimmt«, antwortete Barrett. »Ziemlich viele sogar.«

»Und diese Frage wurde dann diskutiert.«

»Diskutiert?« Ich bin nicht sicher, ob er das Wort verstanden hatte. »Es geschahen immer drei oder vier Dinge gleichzeitig, die Männer kamen mit neuen Meldungen, und Ferdy und O'Kane stritten sich. Dann passierte eine Stunde lang überhaupt nichts, und die Männer standen nur im Zimmer herum. Aber meistens saß Ferdy am großen schwarzen Tisch.« Er meinte meinen Mahagoni-Eßtisch, der noch immer die Narben der Besetzung durch die Rebellen zeigt.

Der Subalterne schrieb nicht weiter. »O'Kane ist tot«, sagte er. »Und O'Donnell auch. Ebenso ein Mann namens Maguire, einer der Anführer der Rebellen. Wenn irgend jemand übrig ist, der für das Verhalten der Leute verantwortlich war, dann Ihr. Seid Ihr nicht zum Colonel ernannt worden?«

»Ach«, sagte Barrett. Er erlitt einen Schmerzanfall. »Was bedeuten schon diese Wörter? Ich hatte hundert Männer aus Crossmolina hergeführt, und deshalb setzten die Franzosen mir einen komischen Hut auf den Kopf und nannten mich Colonel. Es gab Majore und Captains und Colonels. Wir hatten auch ein paar Generäle, aber die sind mit der Armee weggegangen.«

»Wir wissen Bescheid über die Generäle«, sagte der Subalterne.

»Aber jeder wußte, daß Ferdy O'Donnell hier das Kommando hatte. Er war der Mann, dem die meisten von uns gefolgt sind, ich auch. O'Donnell ist hier ein großer Name.«

»Und O'Donnell, behauptet Ihr, hat den Mord an den Menschen verhindert, die bei Mr. Broome hier Zuflucht gesucht hatten.«

»Das stimmt«, unterbrach ich sie. »Ohne Mr. O'Donnells Verhalten während der Rebellion entschuldigen zu wollen.«

Der Subalterne blickte mich ungeduldig an. »Das ist mir bewußt, Mr. Broome.«

»Verhindert?« fragte Barrett. »Bei Gott, das hat er. Ich habe gehört, wie er gedroht hat, O'Kane eine Pistolenkugel zu verpassen. Und das hätte er gemacht, bei Gott. Er war sehr aufgeregt.«

»Und die Miliz«, sagte der Subalterne. »Die Gefangenen in der Markthalle? War O'Donnell auch um ihre Sicherheit so besorgt?«

Barrett ließ sich Zeit für seine Antwort. »Die Miliz«, sagte er. »Nun ja, sie waren unsere Gefangenen, so wie ich Euer Gefangener bin, und Ihr seht ja, was mit mir geschieht.«

Er ließ seinen Blick vom Subalternen zu mir wandern, und dann von mir in eine dunkle Ecke der Hütte, die das Licht der Kerze nicht mehr erreichte.

Im ersten klaren Licht stießen die Wachen im Turm einen Ruf aus, der etliche Rebellen Steeple Hill hinaufrennen ließ. Sofort schlossen sich ihnen ihre Anführer, auch Maguire, O'Donnell, O'Kane und Barrett an. Alle blickten über die Mündung auf das zu Sligo gehörige Ufer Tyrawleys. Ich war sicher, daß sie irgendeine Truppenbewegung sahen, deren Bedeutung ich mir jedoch nicht vorstellen konnte. Nach einer Weile machte O'Donnell kehrt und kam zurück in mein Haus. Die anderen »Offiziere« folgten ihm, viele Rebellen blieben jedoch auf Steeple Hill, und andere schlossen sich ihnen an. Sie blieben eine Stunde dort und stießen ab und zu ein überaus entsetzliches Geschrei aus. O'Donnell ging allein ein zweites Mal hinüber, und nun brüllten sie ihn an, als er auf die Mündung blickte. Gleich darauf kam er zurück, und diesmal stieg er die Treppe hoch und klopfte an meine Tür.

Sein Gesicht war verzerrt und weiß wie Pergament, und seine Augen aus Schlafmangel bleischwer und verquollen. »Mr. Broome, es gibt etwas, was Ihr sehen solltet. Die Leute wollen, daß Ihr es seht, und ich glaube, sie haben recht.«

Ich setzte meinen Hut auf und verließ mit ihm das Zimmer, aber Eliza lief mir nach und warf sich auf dem Treppenabsatz in meine Arme.

»Du brauchst dir keine Sorgen zu machen«, sagte ich und streichelte ihre Schulter. »Ich gehe kurz mit Mr. O'Donnell aus, dann kommme ich wieder.«

»Das wird er ganz bestimmt, Ma'am«, sagte O'Donnell.

Eliza blickte ihn unsicher an. Unter meiner Anleitung hatte sie ein gewisses Vertrauen zu O'Donnell entwickelt, aber nun war er keine beruhigende Gestalt, mit seiner zerstreuten Miene, seinen riesigen Pistolen und seinem französischen Schwert.

»Was ist denn los?« fragte sie mit zitternder Stimme.

»Ich weiß es nicht«, antwortete ich wahrheitsgemäß.

»Ich bringe ihn bald zurück, Ma'am«, sagte O'Donnell, »und dann kann er Euren Freunden erzählen, was los ist. Was ich tue, ist zum Besten. Unten sind sehr wütende Leute, und in ihrer Wut sind sie außer sich.«

Das war nicht die allertaktvollste Versicherung, aber er redete unkonzentriert, seine Gedanken waren anderswo.

Die Morgenluft war kühl, und der feine Regen traf mein Gesicht, wo meine breite Hutkrempe es nicht schützte. Wir stiegen den schmalen Fußweg von Steeple Hill hoch, bis nach oben, zum Turm, und drehten uns ostwärts, während Gruppen von Männern uns anstarrten. Ein Mann packte meinen Arm und brüllte etwas auf irisch, was ich natürlich nicht verstand. Was ich sah, hatte ihre Aufmerksamkeit durchaus verdient.

So weit das Auge reichte, zog sich eine Kette von Feuern dahin, wie unregelmaßig verteilte Signalfeuer, und dafür hielt ich sie auch zuerst. Ich wunderte mich darüber, daß sie im Regen brennen konnten, aber dann sagte mir der Himmel über den Flammen, daß es in Sligo nicht regnete.

»Ist das die Armee?« fragte ich. »Sind das die Lagerfeuer der Armee?«

O'Donnell blickte mich wütend an, als ob ich einen beleidigenden Witz gemacht hätte.

»Ich begreife nicht«, sagte ich. »Wozu brauchen sie diese Feuer?«

»Wozu sie sie brauchen, fragt Ihr?« schrie er. »Wozu? Seid Ihr blind, Mann? Sie machen sich die Mühe, jede Hütte anzustekken, die sie finden können, und Gott weiß, was sie die Menschen leiden lassen.«

Ich wußte sofort, daß er recht hatte. Die lange Reihe von Feuern nahm Muster und Bedeutung an. Mein Ohr hörte immer noch das Echo seines gestelzten Ausdrucks, *leiden lassen*, das vielleicht in den Gebeten seines Glaubens verwendet wurde.

Der Mann, der mich am Arm gepackt hatte, brüllte mich wieder an. »Er sagt, das alles wird in einigen Stunden in Killala passieren, das und noch Schlimmeres. Bei Gott, er hat recht. Zweifelt Ihr daran, daß er recht hat?«

»Dreißig«, sagte ich. »Das müssen mindestens dreißig Feuer sein.«

»Es macht keine große Mühe«, sagte O'Donnell, »ein bißchen Stroh anzustecken. Eine Armee kommt von Süden und eine von Osten auf uns zu.« Er rieb sich mit beiden Fäusten das Gesicht. »Und ich schwöre bei Gott, ich weiß nicht, was ich tun soll. Habt Ihr jemals so etwas gehört, Mr. Broome? Es gibt keinen Graben, in dem wir uns verstecken könnten, aus dem sie uns nicht ausräuchern würden.«

»Es gibt nur eines, was Ihr tun könnt, Mr. O'Donnell«, sagte ich.

»Uns ergeben, meint Ihr?« Er zeigte auf die Feuer. »Meint Ihr, diese Leute hätten sich ergeben dürfen?«

»Ihr müßt den Versuch machen«, erwiderte ich. »Wie könnt Ihr denn hoffen, einer Armee Widerstand zu leisten?«

Er schüttelte den Kopf, drehte sich auf dem Absatz um und lief den Hügel hinab. Ich folgte dicht hinter ihm, blickte mich jedoch einmal um, als ich das Gebrüll der Männer hörte, und als ich ihren Blicken folgte, sah ich, daß eine weitere Hütte angesteckt worden war. In der Luft schien eine Mischung aus Entsetzen und Wut zu liegen, in dieser nassen, klebrigen Luft, in der es weder Leben noch Frische gab.

»Gegen Mittag«, sagte Barrett dem Subalternen, »waren die beiden Armeen gut zu sehen. Eine kam aus Castlebar, die andere aus Sligo. Es waren mindestens zehntausend Rotröcke. Und wenn wir irgendwohin fliehen oder uns verstecken konnten, dann nur in der Bucht selber.«

»Das habt Ihr schon gesagt«, sagte der Subalterne. Seine Hand war müde vom Schreiben, und vielleicht sah er in der Aufgabe, die ihm übertragen worden war, keinen Sinn. Aber General Trench wollte einen Bericht über die Pläne der Rebellen, um seine Meldung abzurunden. »Und war es O'Donnells Entscheidung, die weiße Flagge zu schicken?«

»Ja«, antwortete Barrett. »Er schickte Maguire und sechs Reiter, und er zwang Captain Cooper von der Miliz, sie zu begleiten.«

»Was waren Maguires Instruktionen?«

»Er sollte den englischen Soldaten mitteilen, daß wir uns ergeben und am Leben gelassen werden wollten, und wenn uns dieses Versprechen nicht gegeben würde, dann würden wir alle Milizleute töten.«

»Und war das Eure Absicht? Die Miliz zu töten?«

Barrett zögerte. »Einige sagten eins, die anderen etwas anderes. Ich hätte es entsetzlich gefunden, unbewaffnete Männer abzustechen.«

»In der Tat«, sagte der Subalterne trocken. »Und was fand O'Donnell?«

Ein Soldat hielt eine Lederflasche an Barretts Lippen.

»Hatte O'Donnel vor, die Milizleute umzubringen?« fragte der Subalterne.

Ich beugte mich gespannt vor, denn ich hatte mir diese Frage lange überlegt. Diese Bewegung erregte Barretts Aufmerksamkeit, und er sprach zu mir.

»Wir redeten alle drüber, was Maguire den Soldaten sagen sollte, und nicht darüber, was wir danach tun würden.«

»Aber General Trench wollte ihre Kapitulation nicht akzeptieren«, sagte ich zum Subalternen, wie als Frage. »Ist es so gewesen?«

»Wie soll ich das wissen?« fragte der Subalterne spitz. »Was weiß ich denn über diese Dinge? Was spielt es jetzt für eine Rolle? Maguire wurde niedergeschossen, und damit war der Fall erledigt.«

»Mit der weißen Flagge in der Hand niedergeschossen«, sagte ich.

»Als O'Donnell Maguire von seinem Pferd fallen sah, stieß er einen schrecklichen Schrei aus«, sagte Barrett. »Wir standen auf Steeple Hill, keine drei Felder davon entfernt. Maguire wurde erschossen, und einer seiner Männer auch, und dann löste Cooper sich von ihnen und ritt zu den Engländern und brüllte seinen Namen. Danach wußten wir, daß von Kapitulation keine Rede sein konnte. Es würde kein – was haben sie noch für ein Wort für Gnade?«

»Pardon«, sagte der Subalterne. »Es würde für die Rebellen kein Pardon geben.«

»Stimmt«, meinte Barrett. »Als wir das wußten, wurde selbst O'Kane blaß. Dann zog er sein Schwert und rief: ›Bei Gott, jetzt werden wir diese Bastarde erledigen!‹«

»Womit er die gefangenen Milizleute meinte?«

»Ja, die Miliz.« Barrett ließ die Hände auf seine Knie sinken, dann hielt er sie naß und glänzend ins Kerzenlicht. »Meine armen Beine sind zerstört«, sagte er. Noch einmal bedrängte ich ihn, die Hände zu falten und den Erlöser demütig um Vergebung für seine Verfehlungen zu bitten.

Peinlich berührt ließ der Subalterne seine Feder wieder sinken und wandte seinen Blick von uns ab. Barrett holte tief und seufzend Atem.

»Ferdy befahl mir, meine Männer aufzustellen, mit ihnen eine Meile die Straße hinunter zu gehen und dort auf die anderen zu warten. Und das dauerte nicht lange, denn sie waren wütend, obwohl viele auch Angst hatten. Ich hatte selber Angst. Dann verließen wir die Stadt, und ich weiß nichts mehr über die Gefangenen.«

»Aber O'Donnell und O'Kane gingen ins Dorf zurück, oder? Sie gingen zur Markthalle und ließen die Gefangenen herausbringen.«

»Ich habe Euch doch gesagt, daß ich nicht weiß, wohin sie gegangen sind oder was sie getan haben, oder?« Im flackernden Licht waren seine Augen dunkel und ausweichend.

»Er kam erst in mein Haus«, sagte ich. »Dort habe ich mit ihm gesprochen.«

»Wirklich?« fragte der Subalterne überrascht. »Wißt Ihr noch, was er gesagt hat?«

»O ja«, antwortete ich. »Das weiß ich noch.«

Er stand schwankend vor mir. Auf dem Tisch stand eine Flasche Brandy, und er hielt ein Glas in der Hand.

»Sinnloses Morden verhindern, habt Ihr gesagt?« fragte er. »Aber sie sind doch hergekommen, um uns zu ermorden, und das werden sie auch tun.«

Ich wußte nicht, was ich ihm sagen sollte.

»Als ob sie auf Dachse oder Füchse Jagd machten«, sagte er. »Sie haben die meisten von uns in Longford oder wo auch immer vernichtet, und nun sind sie hergekommen, um den Rest zu erledigen.«

Ich konnte nicht begreifen, warum er hier mit mir redete, während seine Männer sich auf die Schlacht vorbereiteten.

»Es ist eine verrückte Sache«, sagte er, »und das war es von Anfang an. Das hat Owen MacCarthy gesagt, und er war genauso verrückt wie wir anderen. Ich weiß nicht mehr genau, wann es angefangen hat, aber es war lange bevor die Franzosen gekommen sind. Die Franzosen haben die Lunte angezündet, aber das Pulver lag schon bereit!«

»Ich kann Euch keinen Rat geben«, sagte ich. »Sie hätten Eure Kapitulation annehmen sollen. Dieser unglückliche Maguire – ein Unfall – ich wäre absolut bereit, selber mit einer weißen Flagge zu ihnen zu gehen ...«

Er schüttelte den Kopf. »Der Kampf wird nicht lange dauern«, sagte er. »Und danach wird die Stadt wieder Euch gehören.«

Sie hatte mir nie gehört. Und auch nicht ihre Menschen oder die Felder und Hügel, die sich um sie herum erstreckten. Sie gehört mir auch jetzt nicht.

Er hob sein Glas und leerte es, wobei er sich verschluckte.

»Ich werde wohl nicht zurückkommen«, sagte er. »Falls sie mich nicht zurückschaffen, um mich zu hängen. Was für eine verrückte Rede!«

»Mr. O'Donnell«, sagte ich. »Ich bin – wir alle in diesem Haus sind Euch für Eure Menschlichkeit, zu deren Zeugen wir alle geworden sind, äußerst dankbar. Und Ihr könnt Euch darauf verlassen, daß wir das auch der Armee mitteilen werden.«

Er lächelte ohne Humor. »Das wäre sehr freundlich von Euch.« Er drehte sich um und wollte gehen, blieb dann aber stehen und zog eine der Pistolen aus seinem Gürtel. »Ich lasse sie für Euch hier. Dann seid Ihr vielleicht sicherer.« Er legte die tödlich aussehende Waffe auf den Tisch und verließ das Zimmer.

Einen Moment lang starrte ich die Tür an, dann wanderten meine Augen zum Tisch hinüber. Ich hatte noch nie eine Pistole in der Hand gehalten und wußte nicht, wie man sie bediente, abgesehen davon, daß man zielte und dann abdrückte. Ich hob sie auf und hielt sie in der offenen Hand, überrascht von ihrem Gewicht. Dann legte ich sie vorsichtig zurück, ging hinauf und stellte mich ans Fenster.

»Hier sah ich, daß eine Gruppe von Gefangenen aus der Markthalle gezerrt wurde, vielleicht fünfzehn oder zwanzig, die die scharlachroten Röcke und die weißen Hosen der Miliz trugen, die allerdings arg verdreckt waren. Eine Menge von Männern und Frauen wimmelte um sie herum, und sie drängten sich aneinander und wußten nicht, wohin sie blicken sollten. Der Regen fiel jetzt dichter. Während ich zusah, löste sich ein Mann aus der Menge, der seine Pike wie einen Speer in Hüfthöhe hielt, und stieß sie mit rascher, aufwärtsgerichteter Bewegung einem Milizmann in den Bauch. Einen entsetzten Moment lang verstummte die Menge; das einzige Geräusch war der gequälte Schrei des Milizmannes. Sein Gewicht hing an der Pike und zog sie nach unten, und der Rebell, der sie festhielt, trat einen Schritt vor. So standen sie da, verbunden durch den Pikenschaft, Männer von ähnlichem Bau, korpulent und groß. Dann stürzte der Milizmann zu Boden und riß im Fall die Pike aus der Hand des Angreifers.

Von oben aus konnte ich die gefallene Gestalt klarer sehen als die Menschen, die am Rande der Menge standen. Ich preßte meinen Kopf ans Fenster und schloß die Augen, als ob ich in meiner kindischen Panik hoffte, diese Szene auszulöschen, für immer irgendwo in der Dunkelheit meines Schädels zu verlieren. Mit zusammengekniffenen Augen hörte ich, wie das Geschrei wieder losging, aber da alles auf irisch ablief, war es nur noch furchterregender. Dann kam ein zweiter Schrei, gedehnter als der erste, aber wie dieser hoch und unmenschlich, wie der Schrei eines geschlachteten Tieres. Mit äußerster Willensanstrengung öffnete ich meine Augen. Im Nebenzimmer hörte ich Bewegung, und ich wußte, daß sich auch dort entsetzte Gesichter an die Fensterscheiben preßten. Wie kann ich die Gefühle beschreiben, die mich jetzt überwältigten? Am allerwenigsten dachte ich in diesem Moment daran, daß ich ein Diener des Allmächtigen war. Menschenleben war vernichtet worden, zwei Geschöpfe Gottes waren willkürlich getötet worden. Das seltsamste war, daß der Regen durch meine Gedanken strömte. Sie wurden in diesem armseligen Regen abgeschlachtet, einem Nieseln des Nichts, und ihr Blut floß über Dreck und nasses Kopfsteinpflaster. Mein Fenster schützte mich, Glas, auf das der Regen trommelte. Jetzt sah ich O'Donnell, er drängte sich durch die Menge, packte Männer an den Schultern und stieß sie rauh beiseite. Aber mitten in der Menge hatten zwei Männer einen weiteren Milizmann gepackt und zwangen ihn in einer Travestie des Gebetes in die Knie.

Sein Leben hing an einem Faden, und dieses Wissen war zu entsetzlich, als daß ich es ertragen hätte. Ich wandte mich vom Fenster ab und rannte aus dem Zimmer. Auf dem Treppenabsatz stieß ich mit Mr. Gardiner und Mr. Sammons zusammen, die mit äußerster Anstrengung versuchten, mich zurückzuhalten, aber ich befreite mich aus ihrem Zugriff und rannte die Treppe hinunter. Dann packte ich die Pistole auf dem Eßzimmertisch und rannte auf die Straße, wobei ich die schwere, törichte Waffe über meinem Kopf schwang. »Aufhören, aufhören!« rief ich. »Blut! Mord!« Dann rannte ich an einer Gruppe von Männern vorbei die Straße hinunter.

Ich sollte die Milizmänner oder ihre Folterer jedoch nicht erreichen. Auf halbem Weg packte mich ein Mann bei den Schultern und schleuderte mich gegen einen verbarrikadierten Laden, wo er mir die Pistole entrang. Wir blickten einander einen Moment lang in die Augen, und ich erinnere mich an sein Gesicht wie an ein Fragment aus einem Alptraum, ein fleischiges Gesicht mit hervorquellenden Augen. Er hielt die Pistole wie eine Keule, am Lauf, und hob sie hoch. Dann, wie ich später erfahren sollte, traf er mich damit am Kopf, über dem Ohr. Ich fiel vor der Tür zu Boden und lag dort wie ein Toter, wie lange weiß ich nicht, denn als nächstes erinnere ich mich, daß sich Mr. Gardiner über mich beugte, neben einer mir unbekannten Frau, einer Methodistin. Inzwischen hatten die Rebellen die Stadt verlassen, um gegen die vorrückende Armee zu kämpfen, und nun, für kurze Zeit, gehörte die Straße den Hilflosen.

Mein Kopf drehte sich vor Schmerzen und Schwindel, und ich beugte mich vor und erbrach mich über die Pflastersteine, wobei ich allerdings auch meinen Rock verschmutzte. Die Straße war ein Chaos von Empfindungen, Geräuschen, Gesichtern, sich bewegenden Gestalten. Regen fiel auf meine Sinne. Ich berührte den Schmerz mit der Hand, aber Mr. Gardiner zog sie fort, meine Finger waren klebrig von Blut. »Wir können ihn nicht hierlassen«, hörte ich Mr. Gardiner sagen, aber die Frau widersprach ihm und sagte, es könnte noch schlimmer kommen, wenn ich bewegt würde. Daraufhin klopfte Mr. Gardiner an die Ladentür, drückte, als er keine Antwort bekam, auf die Klinke, und stellte fest, daß die Tür unverschlossen war. Wie sie mich hineingetragen haben, weiß ich nicht mehr. Mr. Gardiner war ein dürrer Kerl, der nur aus Ellbogen und Knien zu bestehen schien, und die Frau, wenn auch stämmig, war nur eine Frau. Sie legten mich auf den Boden, wo ich wieder das Bewußtsein verlor.

Zwei Stunden später starb Ferdy O'Donnell in den Straßen von Killala, keine zehn Yards von dem Laden entfernt, in dem ich verletzt lag. Die »Schlacht« von Killala war ein Gemetzel, bei dem die Rebellen mit der Verbissenheit von Männern, die wissen, daß sie verloren sind, kurz standhielten. General Trenchs Männer ließen einen Kugelregen auf sie niedergehen und trieben sie dann mit Säbel und Bajonett vor sich her. Als sie schließlich aufgaben, zogen sie sich in die Stadt zurück, da sie keine andere Rückzugsmöglichkeit hatten. Die Straße, durch die sie flohen, dicht gefolgt von Trenchs Kavallerie, wird von der Landbevölkerung heute *Casán an áir* genannt, Straße des Gemetzels. Wie viele dort getötet wurden, kann ich nicht sagen, aber die entsetzliche Tatsache ist, daß in den engen Straßen von Killala sechshundert ums Leben kamen.

Ich war bei Bewußtsein und hörte, wie sie starben.

Vor der Ladentür herrschte Chaos, Geschrei, Gebrüll, die Geräusche von Hufen und Füßen in Stiefeln. Unsere Soldaten teilten eine schäbige Sorte von Tod aus, eine Art Schlächterei. Ich muß mir immer wieder sagen, daß es im Krieg eben so zugeht, während unsere romantischen Vorstellungen keine Ähnlichkeit damit haben, und doch überzeugt dieser Gedanke mich nicht. Ich kann bezeugen, daß die Straßen rot vor Blut waren, was ich nicht als Redensart meine, sondern als simple Tatsache. Eine ziemliche Anzahl Rebellen, vielleicht siebzig oder achtzig, kletterte Steeple Hill hinauf und wartete dort auf den baldigen Tod. Später lagen ihre Leichen am Fuße des Wachtturmes. Die meisten waren mit dem Bajonett erstochen worden. Hundert oder mehr erreichten noch die Acres, wo sie zusammen mit etwa zwanzig Hüttenbewohnern vernichtet wurden. Andere flohen in Richtung Rathfran, an der Küste, wo einige ertranken, als die Flut kam, während andere unter dem Gewehrfeuer fielen, das auf sie gerichtet wurde. Aber sie alle zusammen machten doch nur den kleineren Teil aus. Die meisten wurden in den Straßen getötet, und ich hörte alles, obwohl ich es barmherzigerweise nicht sehen mußte. Wenn ich heute durch diese Straßen gehe, dann bin ich bisweilen überrascht, daß die Schreie der Sterbenden nicht mehr in der Luft hängen.

Nachmittags fühlten Mr. Gardiner und ich uns tapfer genug, um den Laden zu verlassen und die Rückkehr in mein Haus zu wagen. Ich traute mich nicht, nach rechts oder links zu blicken, um nicht vom Entsetzen überwältigt zu werden, aber wir waren dazu gezwungen, uns so unauffällig wie möglich an den Soldaten vorbeizuschleichen und uns darauf zu verlassen, daß mein geistliches Gewand uns freies Geleit durch den Schauplatz des Gemetzels geben würde. So viele lagen auf den Pflastersteinen, da der Tod jegliche Würde verloren hatte. Einmal blickte ich törichterweise zu Steeple Hill hinauf und sah dort die Leichen liegen, und mehrere Hochländer standen müßig daneben und stützten sich auf ihre Gewehre. Und ich fand auch, nein, ich stolperte geradezu über den unseligen Ferdy O'Donnell.

Er war noch nicht ganz tot. Sein Säbel lag neben ihm, die in

Frankreich geschmiedete Klinge, die diesen gewalttätigen Wahn über uns gebracht hatte. Ich kniete neben ihm und unterdrückte meine Übelkeit. Seine Brust war zertrümmert und bedeckt von dunkler werdendem Blut. Mr. Gardiner zog mahnend an meinem Arm, aber ich kniete auf dem Boden und nannte meinen und dann seinen Namen in der Hoffnung, daß er mich erkennen würde. Jeder Roman braucht sein Ungeheuer, und O'Donnell ist durch die Federn der Regierung und die Berichte der loyalistischen Historiker wie Sir Richard Musgrave in diesen Dienst gepreßt worden. In den Häusern mancher Protestanten in Mayo werden Kinder zu gutem Betragen angehalten, weil »Ferdy O'Donnell sie sonst holt«. Es wäre angebrachter, den viehischen Duggan oder den halbirren O'Kane als Kinderschreck zu verwenden, die auch umgekommen sind, aber die Zeit hat diesen Namen keinen Widerhall verliehen. Ich kann O'Donnell weder in diesen Darstellungen noch in der elenden Schenkenballade erkennen, die ihn als »Erins Liebling« preist. Er sprach mit krächzender Stimme wie der eines Raben, und ich senkte den Kopf, um seine Worte hören zu können. Aber er sprach irisch, und ich konnte ihn nicht verstehen. Danach erhob ich mich und ließ ihn sterben. Ich erinnere mich, wie sein Körper in der Straße ausgestreckt dalag, und wie er seine letzten Worte zum Regen sprach.

Danach gingen wir nach Hause, wie Londoner Gentlemen, die auf einer verdreckten Durchgangsstraße ihren Weg suchen, und meine liebe Eliza und die loyalistischen Familien, die bei uns Zuflucht gesucht hatten, begrüßten uns voller Jubel. Etwa eine Stunde später suchte ein Colonel Timmins uns auf, zweifellos hatte er sich diese Zeit bei weitaus finstereren Aufgaben abgespart, um uns zu versichern, daß wir wirklich gerettet waren, und ich dankte ihm mit aller Höflichkeit und Geistesgegenwart, die ich aufbringen konnte. Ich muß einen äußerst albernen Anblick abgegeben haben, da ich in einem Sessel mit hoher Lehne saß und einen Leinenverband wie einen indischen Turban um meinen Kopf gewickelt hatte. Er riet uns, uns vorerst nicht auf die Straße zu wagen, wo ab und zu ein vereinzelter Gewehrschuß uns darauf hinwies, daß die »Säuberungsaktion« noch nicht beendet war.

Bis zum Abend verließ ich diesen Sessel dann auch nicht mehr, denn ich fühlte mich weiterhin schwindlig und krank, und in meinem Kopf verspürte ich einen entsetzlichen Druck und beträchtliche Schmerzen. Eliza brachte mir eine Schüssel

Porridge, aber ich konnte nur einen Blick darauf werfen und mußte dann abwinken. Schließlich fühlte ich mich jedoch erholt genug, um aufzustehen und ans Fenster zu treten, was ich aber sofort bereute. Der Regen hatte sich gelegt und die Luft war klar. Der Himmel sah leicht grünlich aus und zeigte einige ausgefranste Wolkenstreifen. Ich blickte durch die Straße zur Markthalle hinunter. Dort ragte eine am Ende gekrümmte Eisenstange aus der Wand, etwa zwei Fuß höher als der Kopf eines großgewachsenen Mannes. Diese Stange war nun als Galgen in Dienst genommen worden, und der Körper eines Mannes hing daran an einem kurzen Strick. Ich wandte mich vom Fenster ab und ging auf die Straße, obwohl Eliza beunruhigt protestierte. Sie packte mich am Arm, aber ich machte mich frei.

Die Leichen lagen immer noch auf der Straße, waren jedoch auf die Seiten geschoben worden, an die Mauern der Läden und Hütten. Am Ende der Straße baumelte der Gehenkte als finstere Masse vor dem grünen Himmel. Ich ging mit zögernden Schritten darauf zu, aber ehe ich angekommen war, begegnete ich Stanner, einem unserer Milizleute aus Killala, einem Mann mittleren Alters, der einen Lebensmittelladen hat. Er trug einen vier Wochen alten Bart, und seine Uniform war unbeschreiblich verdreckt.

»Wir sind ein freies Volk, Mr. Broome!« rief er. »Wir sind ein freies Volk! Gepriesen sei der Name des Herrn!« »Tod«, sagte ich. »Blutvergießen und Tod. Überall um uns herum.«

»Habt Ihr meinen Laden gesehen, Mr. Broome? Habt Ihr gesehen, wie mein Laden im letzten Monat zugerichtet worden ist? Wir waren im Rachen der Schlechtigkeit gefangen, aber wir sind durch Gottes Gnade gerettet worden.«

»Aufhören!« sagte ich. »Es muß aufhören, oder wir werden für immer blutbesudelt sein.« Ich muß an einem Fieber gelitten haben, denn ich hatte das Gefühl, daß sogar aus den Mauern der Stadt Blut flösse. Es lag in Pfützen auf dem Boden und rann zwischen den Pflastersteinen dahin.

»Sie sind Barbaren«, sagte Stanner. »Wir waren in diesem Pesthaus schon dabei, unser Augenlicht zu verlieren. Als wir ins Licht heraustraten, schnitt es uns in die Augen. Das bißchen Sonnenlicht, das durch den Regen hindurchkam, meine ich. Sie hätten uns auf der Straße erstochen, hätten unsere Eingeweide herausgerissen.«

»Ihr habt grausam leiden müssen«, sagte ich und wandte

mich von ihm ab. Ich rannte die Straße hinunter, stieß Soldaten und glotzende Städter beiseite. Sie hatten Duignan gehenkt, den Wahrsager. Ich hatte noch nie einen Gehenkten gesehen. Sein Gesicht war dunkelrot, die Zunge hing aus seinem schlaffen Mund. Seine dünne Hose war auf unziemliche und abstoßende Weise besudelt. Was hatte dieser törichte und elende Bursche getan? Vielleicht war er auf die Soldaten zugerannt und hatte sein unverständliches Kauderwelsch geschrien? Vielleicht hatte er auch gar nichts getan und sie nur aus seinen runden Mondkalbaugen angestarrt.

Eine neue Woge der Übelkeit überkam mich, und ich mußte mich an die Mauer lehnen. Vielleicht war ich wieder dabei, mein Bewußtsein zu verlieren, denn als nächstes erinnere ich mich an einen Arm, der um meine Schultern lag, und ich öffnete meine Augen und stellte fest, daß ich in die von Captain Cooper blickte.

»Kommt weg hier, Mr. Broome«, sagte er. »Ich bringe Euch nach Hause.« Er hatte einen schweren verfilzten Bart, genau wie Stanner, und seine Augen waren rotgerändert.

»Gehenkte«, sagte ich. »Tote überall auf den Straßen, und jetzt auch noch ein Gehenkter.«

»Das ist nicht der einzige«, erwiderte Cooper. »Sie haben auf dem Kai einen Galgen gebaut und halten über die Männer Kriegsgericht und hängen sie. Es ist der reine Irrsinn. Sie sind alle verrückt geworden. Ich verlasse diesen Ort, bei Jesus. Ich gehe zurück zu Kate nach Mount Pleasant. Aber zuerst bringe ich Euch in Euer Haus zurück.«

»Dazu sind sie nicht befugt«, sagte ich.

Er lachte eine Art humorloses Lachen und nahm mich beim Arm. »Nein, Sir«, sagte ich und wollte mich nicht rühren. »Das ist meine Pfarre. Ich werde mich nicht in meinem Bett verstekken. Ich verlange zu erfahren, was in meiner Pfarre passiert.«

»Seht Euch doch um, Mann, dann seht Ihr, was passiert. Ihr braucht gar nicht erst zu fragen. Ich habe das alles so satt. Blut und Tod.« Er echote meine Worte, und ich sah plötzlich, trotz meines unausgeglichenen Zustandes, daß auch er gequält und am Rande von Hysterie und Tränen war. »Meine eigenen Männer wollen nicht auf mich hören«, sagte er, »und die englischen Soldaten erst recht nicht. Die Hochländer sind die schlimmsten. Ich habe gesehen, wie sie einem Mann den Schädel eingeschlagen haben. Wenigstens damit ist jetzt Schluß. Jetzt haben sie das Kriegsgericht.«

»Und den Galgen«, sagte ich. »Bleibt in diesem Leichenhaus, wenn Ihr unbedingt wollt«, rief er in plötzlichem Zorn. »Ich gehe nach Hause, und wenn sie diese verdammte Uniform haben wollen, dann sollen sie danach schicken.« Dann ließ er meinen Arm los und ging weg.

Ich rannte in entgegengesetzter Richtung die Straße hinunter, zum Kai, blieb jedoch bei Ferdy O'Donnells Leichnam stehen. Er lag mit dem Kopf zur Straße. Ich fing an zu weinen. Große Tränen lösten sich aus meinen Augen und strömten mir die Wangen hinunter. Vielleicht hätte er die Leute getötet. Ich werde niemals wissen, was er in dieser letzten Stunde gedacht hat. Ich nahm seine Hand in meine und drückte sie auf meine Tränen.

»Möchtet Ihr dem noch etwas hinzufügen?« fragte der Subalterne.

»Ich weiß nicht mehr, was ich gesagt oder nicht gesagt habe«, antwortete Barrett. »Was spielt das für eine Rolle?«

»Ihr müßt Euch jetzt sammeln«, sagte ich. »Ihr müßt beten.«

»Könnt Ihr schreiben?« fragte der Subalterne. »Könnt Ihr Euren Namen unter dieses Schriftstück setzen?«

Ich legte ihm die Hand auf den Arm. »Laßt ihn allein, junger Mann. Gebt ihm ein wenig Zeit zum Alleinsein.«

»Wieviel Zeit habe ich?« fragte Barrett.

»Bis zum ersten Morgengrauen.«

»Es ist fast schon soweit«, sagte jemand.

Aber in der Hütte gab es nur das schwache Licht der Kerze.

»Ich bleibe bei Euch«, versprach ich Barrett.

»Ich würde so viel für einen Priester geben«, sagte Barrett. »Ich werde eine schwarze, dreckige Seele zum Gericht bringen.«

»Ihr müßt beten«, mahnte ich. »›Wo es wahre Reue gibt.‹ Unser Gott ist barmherzig.«

Plötzlich lächelte Barrett mich an. »Das war eine komische Beichte«, sagte er. »Vor einem protestantischen Geistlichen und einem englischen Offizier. Das muß reichen.«

»Nun gut«, sagte der Subalterne. »Wir geben Euch ein wenig Zeit für Euch selber.« Er erhob sich, und sein Körper verdüsterte die Kerzenflamme.

»Ich werde bei Euch bleiben«, versprach ich noch einmal. »Bis zum Ende. Ihr werdet nicht allein sein.«

Barrett gab keine Antwort.

Vor der Hütte standen der Subalterne und ich in der Dunkelheit beieinander, durch die langsam das erste Licht hindurchsickerte.

»Es tut mir leid, daß der arme Teufel keinen Priester bekommen konnte«, sagte er. »Sie glauben, daß ihre Priester ihnen die Sünden vergeben können, nicht wahr?«

»So ungefähr«, antwortete ich. »›Wo es wahre Reue gibt.‹«

»Ist das die Wahrheit, was glaubt Ihr?«

»Ein Teil der Wahrheit«, antwortete ich. »Ein Teil davon ist wahr.«

»Hätte er das auch seinem Priester erzählt?«

»Das weiß ich nicht«, sagte ich.

21

Weymouth, England, Ende September

Der König weilte zur Kur in Weymouth, das er seit 1789 regelmäßig besuchte. Vor zwei Tagen hatten die Offiziere der Fregatte *Argus* ihm Piken überreicht, die aus dem Moor von Ballinamuck stammten. Seine Majestät nahm eine davon in die Hand und bestaunte die grobe Arbeit, den Schaft aus Eschenholz und, in irgendeiner Schmiede von Mayo grob zurechtgehämmert, den flachen Speer mit dem kurzen tödlichen Haken darunter. Wilde an der Küste Afrikas hatten sicher solche Waffen. Seine Majestät schüttelte den Kopf und ließ die Piken in seine Kuriositätensammlung schaffen.

Der König schlenderte über die Esplanade, als ein Bote, der die hundertdreißig Meilen in siebzehn Stunden zurückgelegt hatte, ihm Nelsons Meldung brachte. London wußte es bereits. Die Nachricht war am Vortag eingetroffen, und die Glokken von St. Paul hatten geläutet, dann die einer zweiten Kirche, die einer dritten, schließlich die der ganzen Stadt. In dieser Nacht wurde die Stadt festlich beleuchtet, und die Kanonen des Tower feuerten einen Salut nach dem anderen. Seine Majestät las die Depesche zweimal, beim erstenmal geradezu hysterisch, nachdem er die ersten drei Wörter gelesen hatte, beim zweitenmal langsamer. Zum Erstaunen der Menge auf der Esplanade fing er an zu weinen. Große Tränen rollten über seine Wangen, und sein schwerer Körper bebte. Alle dachten, ihm sei eine Katastrophe gemeldet worden. Dann, fast genauso überraschend, begann er, ihnen die Meldung laut vorzulesen, wobei in seiner Stimme, die rauh und sanft zugleich war, ein dünner, nervöser Unterton der Erleichterung lag.

»Admiral Lord Nelson bittet um Erlaubnis, Seiner Majestät und ihren Lordschaften der Admiralität zu berichten, daß die französische Flotte im Mittelmeer in der Bucht von Aboukir an der Nilmündung zerstört worden ist. General Buonapartes Armee ist in Ägypten ohne Hoffnung auf Verstärkung isoliert. Das Mittelmeer ist jetzt ein britisches Meer und wird es auch bleiben. Die Zerstörung der französischen Flotte konnte ohne Verlust an britischen Schiffen erreicht werden.«

»Das ist ein höchst wundervoller und hervorragender Sieg, Euer Majestät«, sagte Lord Stanley. »Innerhalb eines einzigen Monats sind in Irland die Rebellion und in Ägypten der Feind besiegt worden. An beiden Enden der Welt.«

Aber der König hatte ihn kaum gehört. Er hielt die aufgerollte Depesche in der Hand und schritt bis zum Ende der Esplanade. Phantasielos und unbereist, vermischte er in seiner Vorstellung vage Landschaften, grüne Ebenen, die sandige Wüste, tiefblaues Wasser. Britische Infanterie stürmte feindliche Stellungen, ein Wirbel von Scharlachrot. Offiziere führten sie an, zeigten mit gezogenen Schwertern auf den Feind. Auf stillem Wasser, unter dem blauweißen Himmel eines kolorierten Stiches, schlugen britische Schiffe den Feind, schwarze Kanonen ragten aus den Schießscharten, weiße Rauchwolken stiegen auf. Die britische Flagge wehte, gegen alle Logik, am windstillen Himmel. Er war der Enkel und Urenkel von deutschen Provinzfürsten, aber sein Herz wurde weit in patriotischer Glut. Die Vorsehung hatte sich einmal mehr auf Englands Seite gestellt, ohne Eile, sondern gemessenen Schrittes. Über Moorland, Wüste, den weiten Ozean. Wahrlich ein vom Himmel gesegnetes Volk.

An diesem Abend besuchte Seine Majestät das Theater, wo ein hastig entworfenes Tableau Vivant vorgeführt wurde. *Britannia zertritt Anarchie und Rebellion.* Aboukir. Er sprach das fremde Wort aus, formte die Silben voller Vergnügen. Britannia, deren Brüste in triumphierender Empörung schwollen, trat die Rebellion mit festen, sandalenbekleideten Füßen in den Staub. Die Anarchie hockte daneben und blickte ängstlich zu ihr auf. Es war eine beeindruckende Szene, und der König applaudierte heftig. Er versuchte, sich an den Namen des irischen County zu erinnern, wo die Franzosen gelandet waren. Alles war gut ausgegangen.

Dublin, Ende September

Humbert und seine Offiziere waren im Mail Coach Hotel auf dem Südufer der Liffey in der Dawson Street untergebracht. Die Gegend war wenige Jahrzehnte früher in Mode gekommen, als der Marquis von Kildare dort sein großes Stadthaus erbaut hatte. »Wo ich hingehe«, sagte er seinen Kritikern, »folgen mir die anderen. Und sie folgten, Adelige, Parlamentsmitglieder, Anwälte, Bankiers, Kaufleute. Ihre Häuser blickten auf Plätze mit vielen Bäumen oder lagen sich an weiten, staubigen Straßen gegenüber. Eine angenehme, lässige Gesellschaft, die sich ihrer Modernität bewußt war, wohnte in Gebäuden ohne Vergangenheit, ohne Geschichte, unverdüstert von den Schatten des Nordufers, eines Dublins, das sich an Straßenräuber und Gauner erinnerte, an Sänften, an Fackellicht in engen Gassen. Hier war die Stadt frisch und neu, mit neuen Ziegeln und Steinen. Wind aus den Bergen vertrieb den beißenden Rauch der Torffeuer, plötzliche Schauer reinigten die Straßen. Der Weg von Stephen's Green nach College Green war ein angenehmer Spaziergang, vielleicht zehn Minuten, Kopfnicken für die Bekannten, ein Schwätzchen mit einem Freund, und am Ende der Grafton Street blickten Trinity College und das Parlament einander an, weit entfernt von Rebellion und den Mooren von Mayo. Ein Reiterstandbild von König William beherrscht College Green, protestantisches Symbol für eine protestantische Stadt. Rechts, nach einem Spaziergang durch die Nassau Street am Gitter von Trinity entlang, dann wieder links, und man steht in der Dawson Street.

In diesen Wochen machten viele Dubliner diesen Spaziergang, in der Hoffnung, einen Blick auf die französischen Offiziere werfen zu können, die oft an den Fenstern zu sehen waren. Vor allem Fontaine war von Natur aus galant und warf den Arm in Arm gehenden jungen Damen bisweilen eine Kußhand zu, wenn sie schüchtern unter gesenkten Wimpern zum Fenster hochblickten. Sie eilten dann vorbei, blieben an der Ecke Anne Street stehen, und jede erzählte der anderen, was sie gesehen hatte. Die französischen Offiziere hatten großen Erfolg bei den Dublinern, die jetzt, nachdem alle Gefahr vorbei war, das Gefühl hatten, ein äußerst romantisches Abenteuer erlebt zu haben. Sie hatten verzweifelte, verhärtete Jakobiner erwartet, aber diese Männer waren, trotz ihrer verschlissenen Uniformen, eher Dandys. Es wurde unter britischen Offizieren Mode, sie zu besuchen und aus erster Hand über ihre Pläne und Unternehmungen zu hören, und die aufmerksameren konnten die Spannung zwischen Sarrizen und Fontaine spüren. Niemand konnte jedoch die Verachtung und den Abscheu überhören, mit denen sie über ihre irischen Verbündeten sprachen. Humbert selber dagegen empfing keine Besucher. Er hatte sich ein großes Zimmer hinten im Hotel ausgesucht, im ersten Stock, und blieb hinter seiner geschlossenen Tür. Die eine Ausnahme, die er machte, war Cornwallis, der ihn an einem späten Vormittag im September besuchte.

Cornwallis trug Uniform, scharlachrot vor dem blassen Dubliner Himmel, als er aus seiner Kutsche stieg. Auf seinen Stock gestützt ging er langsam die Stufen hinauf, beobachtet von einigen Bürgern. Als sie ihn erkannten, stimmten sie Jubelrufe an, die er unerwartet mit einem Winken belohnte. »Cornwallis, unser Held, der uns vorm Feind errettet« rief jemand, der eine Straßenballade zitierte. Cornwallis drehte ihm den Rükken zu, grunzte und humpelte ins Hotel.

Humbert erhob sich, um ihn zu begrüßen. Er hatte hinter einem kleinen Eßtisch gesessen, bei einer Flasche Brandy. Seine Uniform war zerknittert, und dunkle glänzende Bartstoppeln bedeckten seine Wangen.

Cornwallis winkte mit der Hand. »Setzt Euch, General, setzt Euch.« Er setzte sich selber auch, zog aber zuerst einen dritten Stuhl heran. Sehr sorgfältig und sanft legte er seinen linken Fuß darauf. »Gicht«, sagte er. »Ein verdammt schmerzhaftes Leiden. Als ob man von hundert Dolchen durchbohrt würde.« Er sprach sehr gut französisch, allerdings mit erbärmlicher Aussprache.

»In meinem Land«, antwortete Humbert, »heißt es ›die Krankheit der Aristokraten‹.«

»Das stimmt nicht. Ich kannte einmal einen Lakaien mit Gicht. Vielleicht hatte er zu gut gegessen. Davon kommt es, davon und vom Wein.«

»Wir stehen in Eurer Schuld«, sagte Humbert steif, »wegen der Höflichkeit, die uns erwiesen worden ist.«

»Aber nicht doch, mein lieber Freund. Ihr werdet bald nach Hause kommen. Eure Überfahrt wird gerade in die Wege geleitet. Über Hamburg.« Er faltete die Hände über seinem Bauch und lächelte. »Ihr sehnt Euch sicher sehr danach, Paris wiederzusehen.«

»Ja, sehr«, erwiderte Humbert trocken.

»Bei Gott, Sir, Eure Regierung wird keinen Grund haben, Euch Vorwürfe zu machen. Ein brillanter Feldzug, wenn ich das sagen darf.«

»Meine Regierung sieht lieber Siege als brillante Feldzüge.«

»Das tun alle Regierungen«, sagte Cornwallis. »Alle Regierungen. Es ist unser Geschäft, Schlachten zu gewinnen. Und wenn wir eine verpatzen, wir Generäle … Ich spreche aus Erfahrung, wie Ihr sicher wißt. Ihr habt hier versagt, auf dieser elenden Insel. Ich dagegen habe einen kompletten Kontinent verloren. Da seht Ihr wirkliche Nachlässigkeit. Aber zum Teufel, Ihr hättet einfach nicht gewinnen können. Nicht in tausend Jahren. Ihr wart an Männern und Kanonen unterlegen und hattet außer diesen elenden Bauern keine Verbündeten. Ihr habt in Castlebar hervorragende Arbeit geleistet, aber danach saßt Ihr in der Klemme. Ihr konntet nicht bleiben, und Ihr konntet auch nicht weg.«

»Wenn die zweite Flotte eingetroffen wäre, als ich Castlebar noch unter Kontrolle hatte …«

»Wenn«, wiederholte Cornwallis und zuckte mitleidig die Schultern. »Jetzt ist sie eingetroffen, ich dachte, ich komme vorbei und erzähle Euch davon. Ein Kriegsschiff, acht Fregatten, ein Schoner. Warren hat sie an der Küste von Donegal abgefangen.«

Humbert saß ruhig da. »Welches Kriegsschiff? Wißt Ihr das?«

»Die *Hoche.* Sie hat einen guten Kampf geliefert. Hat erst nach vier Stunden die Fahne eingeholt. Dieser Bursche Wolfe Tone war an Bord. Er kommt jetzt nach Dublin. In Ketten.«

»Ach. Also hat es mit Hoche angefangen und endet mit seinem Namen. Hoche und Tone. Was für ein Paar!«

»Mr. Tone fordert die Rechte und Privilegien eines Generaladjutanten der französischen Armee.«

»Das ist er auch. Und Bartholomew Teeling ist Colonel der französischen Armee. Er müßte hier bei mir sein, statt im Gefängnis auf seinen Prozeß zu warten. Ich habe Euch das nachdrücklich mitgeteilt.«

»Das läßt sich nicht machen, alter Junge. Mr. Tone und Mr. Teeling sind Untertanen der britischen Krone und haben Hochverrat begangen. Dafür werden sie hängen.«

»Das ist ungerecht«, erklärte Humbert. »Als Soldat müßt Ihr diese Ungerechtigkeit empfinden. Teeling war der tapferste unter meinen Offizieren. Ein ritterlicher Mann. Er hat die Personen und den Besitz Eurer Loyalisten geschützt.«

»Tut mir leid«, erwiderte Cornwallis. »Ich kann diesen Fall nicht als Soldat beurteilen. Verrat ist ein zutiefst verdammenswertes Verbrechen. Vor allem, wenn er keinen Erfolg hat.«

Nun lächelte Humbert. Er betrachtete Cornwallis durch halboffene Augen, eine große, schläfrige Katze. »Vielleicht«, sagte er. »Ich habe protestiert. Ich werde Colonel Teeling vermissen.«

»Und Tone?«

»Teeling ist ein seriöser Mann, ein hervorragender Mann. Ich konnte Tone mit seinen Witzen und seinen Liedzeilen nie verstehen. Hoche war begeistert von ihm.«

»Ein verdammter Störenfried«, sagte Cornwallis. »Ein Verräter und ein Störenfried. Ich habe gehört, daß General Buonaparte ihm mißtraute.«

Die Katze wandte ihren großen Kopf von Cornwallis ab und schaute aufs Fenster. »Das habe ich auch gehört.«

»Da habt Ihr einen bemerkenswerten Mann«, sagte Cornwallis. »Euren General Buonaparte. Er steckt jetzt in einer verzweifelten Klemme, nicht wahr? Sitzt mit seiner Armee fest in Ägypten. Er hätte sich in der ganzen Welt einen Namen machen können. Dieser Italienfeldzug, wie? Das Wechselspiel des Krieges. Es macht uns groß oder ruiniert uns.«

»Er ist ein höchst bemerkenswerter Soldat«, sagte Humbert.

»Ihr müßt ihn gut kennen«, sagte Cornwallis.

»Nicht gut«, erwiderte Humbert. »Nicht gut genug, um ihn mit einem britischen General zu diskutieren.«

»Ich habe verstanden«, sagte Cornwallis. »Aber ich muß zugeben, daß ich sehr neugierig auf ihn bin. Wer ist das nicht?«

»Ihr werdet bald genug mehr von ihm wissen«, sagte Humbert. »Ich glaube, das werden wir alle.«

»Es gibt nicht mehr viel zu wissen«, meinte Cornwallis. »Er wird da unten in Ägypten verrotten. Ach, aber dieser Italienfeldzug! Er hat Vorzügliches geleistet. Ihr Franzosen habt wirklich gewaltige Energie. Buonaparte fällt in Ägypten ein, Ihr in Irland! Ein ehrgeiziges Volk, das das Evangelium der Revolution rechts und links verbreitet, könnte man sagen.«

»Wir haben vor, die Revolution zu verteidigen, wenn Ihr das sagen wollt. Wir haben sie gegen Europas Monarchen verteidigt, und wir werden sie gegen das britische Empire verteidigen. Wir werden uns nicht ersticken lassen.«

»Ist das so?« fragte Cornwallis. »Nun gut. Aber anfangs hatte ich eine andere Vorstellung. Nur eine Vorstellung allerdings.« Er beugte sich vor. »Ich hatte die Idee, daß die Befreiung Irlands nicht Euer eigentliches Ziel war, General Humbert. Ich hatte die Idee, daß Ihr als siegreicher General nach Paris zurückkehren wolltet, solange Buonaparte sicher in Ägypten war.«

Humbert riß die Augen auf. »Aber warum denn bloß?«

»Nun, um Eure Revolution zu verteidigen, natürlich. Nicht gegen die Briten, sondern gegen General Buonaparte.«

Humbert lächelte, aber seine dunklen, schweren Augen blieben groß und wachsam. »Ihr Briten entwickelt wirklich seltsame Vorstellungen von anderen Völkern. Frankreich ist eine Nation, General, eine große Nation. Es ist keine Meute von ... von Banditen.«

»Von korsischen Banditen, hättet Ihr fast gesagt. Vielleicht habe ich völlig unrecht. Sicher habe ich das. Aber im Grunde spielt es doch keine Rolle, nicht wahr? Ihr beide habt Schiffbruch erlitten, Ihr Armen. Ihr und Buonaparte.«

»Ihr seid – Ihr müßt verzeihen, daß ich das sage – Ihr seid zu selbstzufrieden, Ihr Briten. Wir werden unsere Angelegenheiten regeln, wir Franzosen, und werden uns vor Euch verteidigen, Ihr könnt Irland gerne haben. Es ist ein äußerst ungesundes Land.«

»Das ist es für Euch gewesen«, sagte Cornwallis. »Aber die Iren sind ein bezauberndes Volk, nicht wahr?«

»Sie sind Pöbel«, sagte Humbert mit plötzlicher Wut. »Sie sind das rückständigste Volk Europas.«

Cornwallis nickte. »Überlaßt sie lieber uns. Ich will verdammt sein, wenn ich wüßte, was wir ohne sie anfangen sollten. Es ist so, als ob man eine invalide Frau oder eine schwachsinnige Tochter hätte.« Er hob sein gichtiges Bein auf den Fußboden und stand auf. »Vielleicht können wir uns noch einmal unterhalten, ehe Ihr uns verlaßt.«

»Das wäre sehr angenehm«, antwortete Humbert und fügte mit feinem Sarkasmus hinzu: »Es ist interessant, auf diese Weise Vertraulichkeiten auszutauschen.«

In der Tür blieb Cornwallis stehen. »Ich habe einen Brief vom Pastor in Killala bekommen. Ein Mann namens Broome.«

Humbert lächelte breit. »Ich werde Mr. Broome nicht vergessen. Ein netter kleiner Mann. Ein wenig töricht, vielleicht, aber gütig.«

»Ja, so sieht es aus. Er macht sich Sorgen über das Benehmen unserer Soldaten dort oben – meiner eigenen Leute, Ihr versteht schon. Und er lobt den jungen Burschen, dem Ihr das Kommando über die Rebellen übertragen hattet. O'Donnell. Erinnert Ihr Euch an ihn?«

Humbert dachte nach und schüttelte dann den Kopf. »Das sollte ich wohl. Wenn ich ihm das Kommando übertragen habe, dann sollte ich mich an ihn erinnern. Es gab so viele von ihnen. Wir haben ihnen Gewehre gegeben, und sie haben die Kugeln vergeudet und auf Krähen geschossen.«

»Es spielt keine Rolle. Er ist in den Kämpfen getötet worden. Broome scheint einen Narren an ihm gefressen zu haben, aber Trench bezeichnet ihn als mörderischen Schurken.«

»Trench hat wahrscheinlich recht«, erwiderte Humbert. »Die meisten von ihnen waren Schurken.«

Cornwallis' Kutsche mit ihrer Eskorte rumpelte die Dawson Street und die Nassau Street hinab, dann über College Green und durch die Dame Street zum Schloß. In der Dame Street, schön und wohlproportioniert, blieben Soldaten und Kaufleute stehen und starrten auf die Kutsche, um einen Blick auf den Vizekönig zu erhaschen. Bei Cork Hill begann eine Gruppe von Knirpsen zu jubeln. Cornwallis beugte sich vor und hob die Hand. Ein Balladensänger lehnte an den roten Ziegelsteinen des Theaters. Sein Mantel reichte ihm bis zu den Knöcheln, unter einem schlaffen Hut hingen schwarze Haare glatt herab.

»In the County of Longford, one September morn
Lake roused himself early and blew on his horn.
The rebels they were scattered, the French hat a frigth,
And the Crown was triumphant before it was night.«

Er hielt den Vorübergehenden ein Liedblatt hin. Seine Augäpfel waren nach innen gedreht. Vor einem Monat hätte dieser Bursche »The French Are on the Sea« gesungen. Bei Gott, wenn sie aus Lake einen Helden machen wollten, dann hatten sie etwas zu tun. Humbert dagegen! Gebt dem Mann eine richtige Armee, und Gott schütze uns alle! Er wird niemals eine bekommen. Vielleicht, wenn er Glück hat, ein minderes Kommando in der Provinz oder in Westindien. Dieser andere Bursche, unten in Ägypten, das war eine andere Sache. Er will sein eigenes Schicksal gestalten, dieser Bursche. Einer von den neuen Männern. Die Welt steht kopf.

Die Kutsche fuhr auf den unteren Schloßhof, rumpelte über das Kopfsteinpflaster.

In dieser Nacht betrank sich Humbert zum erstenmal, seit er Paris verlassen hatte. Er saß allein im dunklen Zimmer, leerte die Cognacflasche und ließ sich eine neue bringen. Sogar Cornwallis, dieser fette, träge englische Aristo, wußte, was passiert war. Er hatte »eine Vorstellung«. Paris war im Moor von Ballinamuck verloren worden. Alle seine Prahlereien und Hoffnungen waren dort versunken, und jetzt würde er nach Hause geschafft werden, eine freundliche Geste des Feindes, als besiegter General. Eine lächerliche Niederlage, nachdem er in Begleitung von wilden Pikenträgern durch Irland getappt war. Tone hatte ihn mit seinen geschliffenen Lügenreden über eine Insel, die reif war für die Revolution, betrogen. Mit geschlossenen Augen sah er Tone noch einmal vor sich, ein Dandy in seiner französischen Uniform, lange Säbelnase, weicher, femininer Mund, lief er im Zimmer hin und her, gestikulierte beim Sprechen, Scherze und Leidenschaft, schrille Kakadustimme. Komödiant. Er zündete die Kerze an und goß sich noch ein Glas ein.

Angenehmer, an den Nachtmarsch nach Castlebar zu denken, am dunklen See entlang, Bauern zogen wie Lasttiere die Kanonen, Strohfeuer von Hütten in der Ferne führten sie. Die Taktik der Vendée, von Quiberon, plötzlich, unerwartet. Wenn die zweite Flotte rechtzeitig gekommen wäre. Er hatte eine Woche auf sie gewartet. Was hatte sie in Brest festgehalten? Intrigen, Pfuscherei, schlechtes Wetter? Es spielte keine Rolle. Alle Fähigkeiten der Welt waren nutzlos ohne Glück. Einst hatte er beides gehabt. Kaninchenfellhändler, hochgeworfen von der Revolution. *Ci-devant*-Gentlemen gehorchten ihm, Sarrizen, Fontaine; grollend, hochnässig gehorchten sie ihm. Nun war sein Glück zu Ende. »Ich mache mein eigenes Glück.« Buonapartes Prahlerei. Nicht mehr, vielleicht. Nacht auf dem Hügel von Cloone. Vom Friedhof aus sah er im Licht des Morgens die Engländer sich verteilen, ein Netz, das sich zuzog. Eines Tages würden Bauern den Hügel vielleicht ihren Kindern zeigen. Hier haben die Franzosen gelagert. Die ganze Nacht brannten ihre Feuer. Zwischen den Grabsteinen. Sinnlos.

Dublin Castle, Ende September

»Da es scheint, daß sich während der jüngst vergangenen Invasion viele der Bewohner des County Mayo und der angrenzenden Counties den französischen Truppen angeschlossen und von ihnen Waffen und Munition erhalten haben, und da es angebracht erscheint, allen Personen, die von Intriganten dazu angestachelt worden sind, Gnade zu erweisen, bieten wir hiermit unsere Verzeihung jedem an, der sich dem Feinde angeschlossen hat, wofern er sich irgendeinem Offizier Seiner Majestät in diesem Lande stellt und ein französisches Gewehr und Bajonett und alle Munition in seinem Besitz abliefert; wofern er keinen höheren Rang als den eines gemeinen Soldaten innehatte, und wofern er den Behörden ausführlich Mitteilung macht über Namen und Handlungen der Männer, die in höherem Rang als Gemeine Dienst getan haben und dadurch vielleicht wegen Hochverrates verurteilt werden können.

Cornwallis.«

Dublin Castle, Ende September

»Nachdem ich unter Eid gemachte Aussagen über die untengenannten Personen erhalten habe, denen zufolge dieselben sich des Hochverrates schuldig gemacht haben, als sie unlängst den Franzosen bei ihrer Invasion in diesem Lande behilflich waren, setze ich eine Belohnung von hundert Pfund Sterling aus für die Festnahme oder für Hinweise, die zur Festnahme der folgenden Personen führen: Christopher Crump, Esq., M. D. aus Oury, Valentine Jordan, Esq., aus Forkfield, John Gibbons aus Westport, Rev. Myles Prendergast, Mönch, aus Westport, Rev. Michael Gannon aus Louisburgh, Priester, Rev. Manus Sweeney aus Newport, Priester, Mr. Peter Gibbons aus Westport, Verwalter von Lord Altamont, Mr. Peter Cleary aus Newport, Kaufmann, James MacDonnell, Esq., aus Newport, Thomas Gibbons aus Croc, Bauer, Austin O'Malley aus Borrisool, Thomas Fergus aus Murrisk, Bauer, James MacGreal aus Kilguever, Hugh Maguire aus Crossmolina, Bauer, Edmond Maguire aus Crossmolina, Bauer, Hugh Maguire Jr. aus Crossmolina, Patrick Dunphy aus der Stadt Ballina, Schreiner, Michael Canavon aus der Stadt Ballina, Anstreicher, Thomas Rigney aus Ballymanagh, Pat MacHale aus Crossmolina, Bauer, James Toole, zuletzt in County Tyrone, Pat Loughney aus Raheskin, Bauer, Martin Harkan aus Cloongullane, John Heuston aus Castlebar, Kerzenmacher, Malachi Duggan aus Kilcummin, Bauer.

Alle, die den hier Erwähnten Hilfe oder Obdach gewähren, oder anderen, die noch genannt werden, werden des Schwerverbrechens, Hochverrat zu unterstützen, schuldig befunden werden.

Der Bevölkerung von County Mayo wird hiermit versichert, daß niemand, der sich in irgendeinem Rang den französischen Truppen angeschlossen hat, die Gnade des Königs erlangen kann, solange er sich nicht einem der Offiziere Seiner Majestät oder Mr. Dennis Browne aus Browne Hall, dem High Sheriff des County, ergeben hat. Bis dahin wird er als vogelfreier Geächteter gelten und der Strenge und den Bestrafungen des Kriegsrechtes unterworfen sein.

Cornwallis.«

Westport House, Ende September

Mein lieber Trench:
Ich danke Euch sehr für Euren Brief, dem ich entnommen habe, daß Mr. John Moore, Gefangener, unter Bewachung in ein Gefängnis in Waterford gebracht worden ist. Ich glaube, wie Ihr wißt, daß es dem allgemeinen Interesse der Krone und im besonderen der Wiederherstellung der gesellschaftlichen Stabilität in diesem County nur dienen kann, daß er von hier entfernt worden ist. Ich bin inzwischen höchst energisch gewesen in meinem Versuch, Lord Cornwallis' feste und doch humane Politik zu verfolgen. Ich habe im westlichen Teil dieses Countys ein System von Spitzeln aufgebaut, mit dessen Hilfe ich in Kürze eine vollständige Liste aller, die an dieser elenden und verfluchten Rebellion teilgenommen haben, in Händen zu haben hoffe, und ich vertrete entschieden die Ansicht, daß jeder, der einen höheren Rang als den eines gemeinen Soldaten eingenommen hat, auf Hochverrat verklagt werden und im Falle eines Schuldspruches die entsprechende Bestrafung, d. h., den Tod durch den Strang, erleiden soll. Die Hauptdrahtzieher der Verschwörung waren aller Wahrscheinlichkeit nach Malcolm Elliott, Randall MacDonnell und Cornelius O'Dowd. Die beiden letzteren sind in Longford getötet worden, während ersterer in Dublin auf seinen Prozeß wartet. Es ist deshalb von äußerster Wichtigkeit, daß die Prozesse und Hinrichtungen anderer Hauptschuldiger in Castlebar stattfin-

den, damit der Bevölkerung die Torheit und Verwerflichkeit einer Rebellion klar vor Augen geführt wird.

Unter den Männern, die im Gefängnis von Castlebar auf ihren Prozeß warten, möchte ich vor allem drei besonders erwähnen. Peter Gibbons aus Westport war Verwalter meines eigenen Bruders und hat den Rebellen Zutritt zu Westport House gewährt; er war der Rebellenführer der Westküste dieses County. Malachi Duggan, den ich am Dienstag festgenommen und Euch geschickt habe, ist ein berüchtigter und brutaler Banditenführer. Er gründete und führte die »Whiteboys von Killala«, unter welchem Namen die United Irishmen anfangs ihre Ziele verbargen und die in den Wochen der Rebellion viele harmlose Loyalisten töteten und viel Besitz zerstörten. Den dritten Namen, den von Owen MacCarthy, bringe ich voller Bedauern zu Papier, denn er ist ein begabter Dichter in der irischen Sprache, und seine Verse haben mir und anderen, die diese uralte Sprache lieben, sehr viel Freude bereitet. Und doch gehört er zu dem verworfenen Stamm der Heckenschulmeister, die seit Jahrhunderten in diesem Lande den Aufruhr am Leben halten. Seine Teilnahme am Aufstand steht außer Frage, und ich bin davon überzeugt, daß seine öffentliche Hinrichtung der Bevölkerung unsere Absichten auf das lebhafteste klarmachen wird.

Ich bin sicher, daß Lord Cornwallis, bei aller Großmut und Toleranz, mit uns beiden darin übereinstimmen wird, daß dieser County ein für allemal von Unzuverlässigkeit gesäubert werden muß.

Dennis Browne

Dublin, 22. Oktober

Leonard MacNally, Esq., Rechtsanwalt, an Edward Cooke, Esq., Unterstaatssekretär für Irland, Dublin Castle, ohne Unterschrift, mit dem Vermerk *Dringendst. Höchst vertraulich.*

Als Anwalt des verstorbenen Malcolm Elliott habe ich vor seinem Prozeß und an den beiden Tagen vor seiner Hinrichtung mit ihm viel Zeit verbracht. Ich habe auch mit seiner Witwe gesprochen, einer sehr schönen jungen Engländerin, die mit seinem Leichnam nach Mayo zurückgekehrt ist. Elliott war zwar

Mitglied der Provinzialexekutive von Connaught, aber seine Gespräche mit mir konnten unserem bisherigen Wissen nichts hinzufügen. Die Ereignisse der letzten beiden Monate hatten all seine Illusionen zerstört, und er war mißmutig und verzweifelt. Seine Haltung erinnerte mich stark an Bagenal Harvey, bekannt aus Wexford, wie Elliott ein Gentleman mit weitgehenden republikanischen Vorstellungen, der sich im Elend einer Rebellion der Knechte wiederfand und seinen Geschmack am Aufruhr dabei einbüßte. Er erschien mir, wie ich zugeben muß, als ein viel attraktiverer Vertreter, denn er war ein Mann von beträchtlicher Intelligenz, und seinen Widerwillen richtete er eher gegen sich selber als gegen seine Verbündeten.

Eine Übereinkunft mit Cornelius O'Grady aus Limerick, einem Mitglied der Provinzexekutive für Munster, der auch in Kilmainham gefangensitzt, wenn auch aufgrund einer minder schweren Anklage, könnte sich als ergiebiger erweisen. Auch hier vertrete ich zusammen mit Mr. Curran die Verteidigung. Er ist ein ganz anderer Mann als Elliott oder Teeling, ein breiter, jovialer Getreidehändler, den seine derzeitige Lage allerdings sehr bedrückt. Ich bin sicher, daß er ein Angebot der Krone akzeptieren und Namen und Aufbau seiner Provinzexekutive preisgeben würde, und ich würde ihn dahingehend ermutigen. Aber ich muß, wie immer, darauf bestehen, daß die Krone ihrerseits die Abmachungen hält, denn ich möchte mich nicht an schäbigen Geschäften beteiligen.

Ich muß Euch selber noch einmal daran erinnern, so peinlich das für mich und Euch auch sein mag, daß Ihr es bei mir nicht mit einem schnöden Denunzianten zu tun habt, einem Samuel T. oder Thomas R. Noch viel weniger gehöre ich zu Higgins' Bande von Spitzeln und Wendehälsen, die heimtückisch und um des Profites willen Männer verraten, die ihnen an Rang Geist und Ehrgeiz überlegen sind. Wie Ihr sehr gut wißt, habe ich mich der Society of United Irishmen aus dem ehrlichen, wenn auch irregeleiteten Wunsch angeschlossen, das Schicksal meiner unglücklichen Landsleute zu verbessern und ihre Rechte zu erweitern. Erst, als ich davon überzeugt war, daß ihr Unternehmen ganz anderen Zwecken dienen würde, habe ich der Krone meine Dienste angeboten. Und für die Krone habe ich in der allerwiderwärtigsten Weise gearbeitet, da ich die heilige Beziehung, die zwischen einem Angeklagten und seinem Anwalt besteht, mißbraucht habe. Dafür bin ich mit einer Pension von dreihundert Pfund nach der Geheimliste und einigen geringfügigen zusätzlichen Summen belohnt worden, die mir wie den gewissenlosen Elenden zugeworfen würden, die sich auf den unteren Hof schleichen, sowie mit dem vagen Versprechen eines ehrenhaften Amtes irgendwann in der Zukunft.

Mir sind bessere Versprechungen zuteil geworden, als ich zuerst mit Lord Castlereagh und Euch selber zu tun hatte.

Ihr könnt Euch darauf verlassen, daß meine Dienste für dieses Königreich von unschätzbarem Wert sind. Gefährliche Verschwörer sind noch immer nicht ausfindig gemacht, vor allem in den südlichen Counties, und Ihr werdet sie auch nicht finden, solange Ihr weiterhin solche Tyrannen wie Lord Carhampton und Mr. Dennis Browne auf die Bauern loslaßt oder an jeder Wegkreuzung einen Galgen errichtet. Für diese Aufgabe braucht Ihr jemanden, dem das öffentliche Wohl ebensosehr am Herzen liegt wie mir und der sich unter den fortschrittlicheren Elementen der Bevölkerung wegen seines Patriotismus einen guten Ruf verdient hat.

Wir leben in bösen Zeiten. Als ich bei Malcolm Elliott in seiner engen Zelle saß, konnte ich mich des Gedankens nicht erwehren, daß viele begabte und ehrenwerte Männer durch diese elende Affaire ruiniert worden sind. Und ich erinnerte mich, mit einem Schmerz, für den es kein Heilmittel gibt, an Worte eines großen antiken Autors, der uns mitteilt, daß keine Pflicht höher oder schmerzlicher ist als die, die uns zwingt, unsere Freunde der Bestrafung durch den Staat auszuliefern.

Aus den Erinnerungen, die Judith Elliott ihrem Manuskript *Ganz in Grün: Erinnerungen einer irischen Patriotin* anfügte.

Ich brachte Malcolm nach Ballina zurück, begrub ihn dort bei seinen Ahnen und ließ über ihm einen schlichten Stein aufstellen, der sein Geburts- und Todesdatum trägt (1798, dieses fatale Jahr!) und die Worte DULCE ET DECORUM EST PRO PATRIA MORI.

Mehrere Jahre lang versuchte ich, das Gut zu leiten, obwohl ich wenig davon verstand, bis schließlich Mayos Einsamkeit zu bedrückend wurde. Die ersten Monate waren bitter, denn sogar während ich mich der tiefen Trauer über meinen eigenen Verlust hingab, war mir die *dragonnade* des County durch die

Truppen der Krone unter Kommando von General Trench und mit der grausamen Hilfe von Mr. Dennis Browne, High Sheriff und Bruder von Lord Altamont, schmerzlich bewußt. Viele Weiler wurden abgebrannt, vor allem in den abgelegenen Gebieten hinter Belmullet, und viele Bauern oder Höker wurden ans Dreieck gebunden, worauf ihre Rücken zu blutigen Riemen zerschlagen wurden. Fast jeden Tag wurde in Castlebar jemand gehenkt, und die Galgen trugen ihre tote Last von Leichnamen, die mit Teer überzogen und in Eisen geschlossen waren. Michael Geraghty, ein Pächter auf dem Elliottland, gehörte zu den Gehenkten, nachdem er zu diesem Zweck vom Schlachtfeld von Ballinamuck hergebracht worden war, und ich versuchte, seine Witwe schwesterlich zu trösten, jedoch mit geringem Erfolg, denn sie sprach kaum hundert Worte Englisch, eine große, schwere, zu früh gealterte Frau, barfüßig und schlampig. Tiefe Gräben der Klasse und der Sprache und tatsächlich auch der Nationalität trennten mich von den Familien all jener, die Malcolm in die Schlacht geführt hatte, denn, Malcolms Gesellschaft beraubt, wurde mir immer klarer, daß sein Volk nicht das meine war und es auch nie gewesen war.

Die Familien des Landadels, das brauche ich wohl kaum zu erwähnen, behandelten mich mit einer kalten und fast verächtlichen Unhöflichkeit als Witwe eines gehenkten Rebellen, die ihre patriotischen Gefühle nicht verhehlte, denn ich ließ keine Gelegenheit aus, um Colonel Elliott und den mutigen Kampf, den er um Irlands Freiheit geführt hatte, zu erwähnen. Einige wenige, vor allem Mr. und Mrs. Broome und Mr. Falkiner, bewiesen mir zwar unerschütterlich ihr Mitleid und ihre Höflichkeit, aber auch das erschien mir als unerträglich. Sie sahen in mir, da bin ich sicher, eine verlorene und verwirrte junge Engländerin, über alle Maßen durch ihr verstreutes und fast bankrottes Gut belastet, die einen Ehemann beweinte, der ihrer Ansicht nach für eine unwürdige Sache gefallen war. Ich erinnere mich an einen Abend bei Mr. Broome, in Killala, als ich abermals in glühenden Worten über Malcolms Tapferkeit sprach und über die Selbstlosigkeit, die ihn an die Spitze eines kühnen und hoffnungslosen Unternehmens gestellt hatte. Mr. Broomes Kopf wackelte zwischen den Kerzen voller Mitleid hin und her, seine Haare bildeten einen zerzausten grauen Heiligenschein um seinen kahlen Schädel. Hinter ihm, vor dem hohen Fenster, lag das trübe Wasser der Bucht, düster und leblos. Ich fühlte mich einsam und verängstigt.

Aber bereits nach zwei Jahren war, so seltsam das klingt, die Rebellion in Mayos Erinnerung langsam verblaßt, oder hatte sich vielmehr in die Vergangenheit zurückgezogen, die Sage und Tatsache vermischt und die fast greifbar über der schwermütigen irischen Landschaft liegt. *Bliadhain na bhFranncaigh*, wie die Bauern jetzt sagen, das bedeutet, das Jahr der Franzosen, und sie sprachen davon wie von einem lange zurückliegenden Ereignis, von der Gegenwart ebensoweit entfernt wie ein Pferderennen, das ein Jahrzehnt vor den elisabethanischen Kriegen stattgefunden hat. Lieder wurden gesungen, die meisten auf irisch, einige jedoch auch auf englisch, die vor allem den jungen Ferdy O'Donnell oder Malachi Duggan feierten, den Malcolm mir als absolut gräßlichen Schurken beschrieben hat, der in der volkstümlichen Phantasie jedoch zu einer Art Robin Hood geworden ist. Ich hab kein Lied gehört, das die Erinnerung an Malcolm Elliott, ihren tapferen Anführer, bewahrt hätte. An ihn erinnert in seinem Land nur ein schlichter Grabstein auf dem Friedhof von Ballina. Ein Bergpfad, der nach Castlebar führt, ist jetzt als »Straße des Strohs« bekannt, denn dort waren die Rebellen in der Nacht von den angezündeten Strohbündeln der Hüttenbewohner geführt worden. Und Ballinamuck, weit weg in Longford, galt jetzt als Ort des Entsetzens und der Zerstörung, war aber zum Glück weit vom alltäglichen Leben entfernt. Englischsprechende Kinder hatten einen Vers gemacht, den sie einander gern zuriefen: »Sei ein guter Junge, und ich kauf dir ein Buch und schick dich zur Schule in Ballinamuck.« Die angesteckten Hütten bekamen neue Dächer, und die Iren verfügen über eine primitive und gefühllose Fähigkeit, Trauer und Vergnügen zu verbinden, Grausamkeit und Blutvergießen mit einem Strom leichter Sentimentalität zu überfluten. Aber natürlich sind nicht sie selber daran schuld, sondern die harten Tatsachen ihrer schrecklichen Geschichte.

Schließlich war es jedoch die Landschaft selber, die ich unerträglich bedrückend fand, die Landschaft, in der ich einst eine magische Kraft und Schönheit gesehen hatte. Der Fluß Moy, der die Grenze des Gutes bildet, floß langsam und träge nach Killala und zur See, und das rote Moor, das sich nach Westen hinzog, war trostlos und düster. Die niedrigen Hügel, in denen elende Kätner hockten, waren formlos und nichtssagend. Und über allem wölbte sich der endlose irische Himmel, manchmal hell wie Porzellan, meistens jedoch sonnenlos und schwer, beängstigend in seiner Fähigkeit, Erde und Wasser unter ihm jeglicher menschlichen Definition zu entziehen. Es war eine Landschaft, die dunkle und unergründliche Geheimnisse hütete, und vor der ich fremd und schutzlos stand.

1804 beschloß ich, nach England zurückzukehren und das Gut den fähigen Händen von Mr. Robert MacAdoo, einem schottischen Landwirtschaftsexperten, anzuvertrauen, der seither meine irischen Interessen sehr gut und sorgfältig vertreten hat. Kurz gesagt, ich bin »abwesend« geworden, eine Art der Gutsbesitzer, die Malcolm immer zutiefst verachtet hat, und doch bin ich sicher, daß er nicht gewünscht hätte, daß ich in Mayo bleibe, einsam und bedrückt von unglücklichen Erinnerungen. Auf meiner Heimreise machte ich in Dublin Station und besuchte Mr. Leonard MacNally, den Anwalt, der Malcolm bei seinem Prozeß so heldenhaft verteidigt hat. Dort zumindest, im Herzen Mr. MacNallys, lebt die Erinnerung an Malcolm Elliott, und die Sache, für die er gekämpft hat, wird geehrt und geliebt. Er hielt meine Hand in seinen beiden Händen. »Denkt nicht zu schlecht über uns«, flehte er mich an. »Wir sind ein verwirrtes und geteiltes Volk, aber wir haben unsere Erinnerungen an die Toten, und eines Tages, so Gott will, wird aus diesen Erinnerungen der Freiheitsbaum erblühen.« Ich bete darum daß das geschehen möge, und doch fehlt mir seine gelassene und rührende Zuversicht. Wir schlenderten zusammen durch die Straßen der Stadt, und er machte mich auf Sehenswürdigkeiten aufmerksam, von denen er wußte, daß sie mein Interesse erwecken würden – das Haus, in dem der arme Lord Edward verhaftet worden war, das Haus, in dem Malcolm seinen schicksalhaften Besuch beim Direktorat ablegte, einen Monat vor dem Aufstand. Es war ein sonniger Tag, und hinter den Reihen aus Ziegeln und Steinen funkelten in der Ferne die Hügel von Dublin. Seine Stimme brachte mir die Vergangenheit zurück, und doch war es eine Vergangenheit, die nur aus dieser Stimme und aus Schatten bestand, die über die Leinwand meiner Vorstellung flackerten. Uns umgab die Geschäftigkeit einer Stadt, der das edle Unternehmen gleichgültig war, dem Malcolm seine Hoffnungen, seine Energie und schließlich auch sein Leben geweiht hatte.

Das Leben hat es gut mit mir gemeint. 1811 heiratete ich Mark Matthews, der als Aquarellmaler und als Autor einiger entzückender Bücher über die Städte auf Italiens Hügeln nicht unbekannt ist. Viele Jahre unseres gemeinsamen Lebens haben wir in dieser duftenden und sonnengetränkten Landschaft verbracht, denn Mr. Matthews ist britischer Konsul in Florenz, und wir haben in der großen britischen Kolonie dieser Stadt viele Freunde. Die Geschichte von Malcolm Elliott, sein Anteil an der Rebellion in Mayo und sein tragischer Tod sind für sie die allerromantischste Sage. Die Engländer sind galant und ritterlich denen gegenüber, die ihnen mit mannhaftem und offenem Geist gegenübertreten, und kein anderes Volk hat einen derart glühenden Respekt für kühnes Streben. Lord Edward und seine Pamela, Robert Emmet und seine Sarah, Malcolm Elliott und ich Arme – auf uns wird für immer das bleiche Licht einer alten Romanze liegen.

Kein Schatten von sinnloser Eifersucht hat Mr. Matthews' Gefühle verdüstert. Statt dessen hat er mir nach meiner Beschreibung zu meinem 38. Geburtstag ein Portrait von Malcolm angefertigt, das jetzt in unserem Salon hängt. Im Jahre 98 war Mr. Matthews bei der Landwehr in Somerset, und es war der pure Zufall, daß er nicht nach Irland geschickt wurde. Wie seltsam ist doch das Wirken der Vorsehung! Oft, im Scherz, erinnert er mich daran, daß »das Jahr 98« noch eine andere Bedeutung hat. Es war das Jahr, das die Veröffentlichung der *Lyrical Ballads* von Mr. Wordsworth und Mr. Coleridge sah. »Und was wird die Geschichte für wichtiger halten«, fragt er mich dann neckend, »›The Ancient Mariner‹ oder einen obskuren Aufstand in Mayo? Soviel ich weiß, gab es doch unter den Rebellen von Mayo keinen Dichter?«

Alles war Poesie, denke ich dann. Alles war ein Traum.

22

Zwischen Waterford und Moore Hall, Mitte Oktober

Im Oktober wurde John Moore aus Moore Hall, Gefangener, unter Bewachung von Hompeschs Kavallerie, in das Gefängnis von Waterford im Süden Irlands überführt. Waterford ist eine Hafenstadt, und Moores Zellenfenster ging nach Süden, in Richtung Spanien. Er fühlte sich niemals wohl genug, um sich von seiner Pritsche zu erheben und über die Stadt, über die weiten Kaianlagen, aufs Meer zu blicken. Aus Castlebar hatte er einen Wechsel über zweitausend Pfund für die Bankiers seines Bruders in Dublin und ein Gefängnisfieber mitgebracht, zwei hektische rote Flecken auf seinen Wangen. Nach einer Woche hatte sein Zustand sich dermaßen verschlechtert, daß er in die Royal Oak Tavern gebracht wurde, wo er am 19. Oktober starb.

George Moore ritt nach Waterford, als er von dem gefährlichen Zustand seines Bruders erfahren hatte, kam jedoch zu spät. Er stand neben dem Leichnam. Die Haut spannte sich über den Gesichtsknochen und war von gelben Bartstoppeln bedeckt. Die Augen waren geschlossen worden, aber der Mund stand halb offen und verlieh dem Gesicht einen öden, leeren Ausdruck. George blieb eine Weile neben dem Leichnam sitzen, dann ging er nach unten in den Schankraum, wo der Kommandant der Garnison von Wexford, Colonel Harrison, ihn bereits erwartete.

»Es ist ein großes Unglück, Mr. Moore. Hier im Wirtshaus hatte er es gemütlich, und natürlich bekam er die richtige Pflege, mein eigener Regimentschirurg hat sich um ihn gekümmert. Er wurde regelmäßig zur Ader gelassen. Es gab einfach keine Hoffnung für ihn.«

Moore nickte. »War er bei Verstand?«

»Am Ende nicht. Nicht, als ich ihn besuchte. Es war ein Fieber, Ihr wißt schon.«

»Ja«, sagte Moore. »Ein langes Fieber.«

»Es war sehr schwer«, meinte Harrison. »Armer Junge. Wir

haben ihn nicht als Gefangenen betrachtet.«

»Ihr wart sehr rücksichtsvoll«, sagte Moore. »Ich stehe in Eurer Schuld.«

»Mayo«, sagte Harrison. »Ihr werdet eine lange Reise mit ihm haben. Da oben sind die Straßen schlecht, nicht wahr?«

»Er wird hier bestattet werden«, sagte Moore. »In Waterford.«

Harrison räusperte sich. Ein schwieriger Umgang, dieser Moore, kalt und überheblich. Er hatte einen Krautjunker aus Connaught erwartet, nur Dialekt und Tränen.

»Er ist nicht der einzige Gentleman, der in diese elende Geschichte hineingeraten ist«, sagte er. »In Wexford hat es auch etliche Gentlemen gegeben. Wohlhabende Männer.«

»Das habe ich gehört«, erwiderte Moore.

»Ihr wollt sicher mit dem Pastor sprechen.«

»Mit dem Priester«, korrigierte Moore. »Die Moores aus Mayo sind Katholiken.«

»Das wußten wir nicht«, sagte Harrison, wie, um sich rasch zu entschuldigen. »Wir hätten einen Priester holen können. Er war im Delirium. Macht das etwas aus?«

»Ich glaube ja«, antwortete Moore. »Ich werde die Beerdigung arrangieren. Ihr seid sehr umsichtig gewesen. Wirklich sehr freundlich.« Er setzte den Hut auf und zog die Handschuhe an.

Harrison begleitete ihn auf die Straße. »Wenn ich Euch irgendwie behilflich sein kann …«

Moore wandte sich zu ihm um. Winter lächelte aus seinem langen, bleichen Gesicht. »Wir haben Eure Höflichkeit bereits viel zu sehr beansprucht.«

Harrison wandte den Blick vom Winter, von den kühlen blauen Augen ab. Verdammt unangenehme Angelegenheit, wenn der Bruder eines Gentleman wegen Verrates eingesperrt und wie ein gewöhnlicher Verbrecher von Castlebar nach Waterford gekarrt wird. Dieser Bursche hier hatte auch nicht den Wunsch, es weniger unangenehm zu machen. Londoner Manieren wie ein Schlag ins Gesicht.

»Es gab keine Effekten«, sagte er. »Nicht einmal eine Taschenuhr. Aber er hatte einen Wechsel …«

»Das weiß ich«, unterbrach Moore ihn. »Ich werde mich darum kümmern.«

Die Straße endete am Kai, wo ein Schiff sich sanft in seiner Vertäuung wiegte.

»Brite«, erklärte Harrison. »Fährt nach Santander. In Spanien.«

»Wir sind in Spanien geboren«, sagte Moore. »Mein Bruder und ich. Ich hatte gehofft, daß vielleicht ...« Er schüttelte den Kopf. »Ich wünsche Euch einen guten Tag, Colonel.«

Seltsamer Bursche.

Moore verbrachte die Nacht in Athy, an der Barrow, und reiste dann nach Mayo weiter. Es war ein trister, windstiller Tag, eine Landschaft aus Weideland, niedrigen Hügeln. Er betrachtete sie, weil er nichts Besseres zu tun hatte. Er hatte keine Bücher oder Zeitungen bei sich. Bei Edgeworthstown schlug das Wetter um. Regentropfen fielen in die Kutsche. Dummer Mann, dieser Edgeworth, geschäftiger kleiner Pedant mit einem Kopf wie ein Uhrwerk. Keine Effekten hinterlassen, nicht einmal eine Taschenuhr. Er hatte die Beine übereinandergeschlagen, seine Hände ruhten auf den Knien. Später war immer noch Zeit genug, um John heimzuholen. Jetzt nicht, er wäre eine lokale Kuriosität, ein Gutsbesitzerssohn, der sich mit rebellischen Kuhhirten abgegeben hatte und im Gefängnis krank geworden war.

Der Regen fiel dichter. Nebel verbarg die Hügel. Irgendein Fluch hat uns hier gehalten, weit weg von der olivenfarbenen Wärme Spaniens, der von Büchern übersäten Villa an der Themse. Ein Sommerzimmer mit Blick auf den Fluß, Kupferschalen voller Chrysanthemen.

»Du solltest sie kennenlernen, George. Sie sind hervorragende Leute. Tom Emmet ist Musiker. Hättest du das gedacht? Er hat ein kleines Haus draußen in Rathfranham, nahe den Dublin Hills. Er und Tone spielen Duette. Spinett und Flöte. Tone spielt die Flöte sehr temperamentvoll.«

»Wirklich? Ein sehr begabter Gentleman.«

»Er ist ein sehr umgänglicher Mann. Er hat Russell und mich eingeladen, mit Mrs. Tone und ihren Kindern zu essen, und er liebt sie zutiefst.«

»Sein Freund Knox hat mir erzählt, wie umgänglich er ist. Mrs. Tone ist ihm offenbar nicht Umgang genug. Er braucht auch noch Dick Martins Frau.«

»Das stimmt nicht«, sagte John. »Und außerdem solltest du der letzte Mann auf der Welt sein, der so etwas kritisiert. Ich kenne deinen Londoner Ruf. Vater hat ihn auch gekannt. Na, komm schon, George. Wir sind doch beide Männer von Welt.«

Wie alt war er da, neunzehn, zwanzig? Männer von Welt.

»Ich kann nicht hoffen, es in dieser Hinsicht mit ihm aufnehmen zu können. Mr. Tone ist umgänglich genug, um eine ganze Nation zu umarmen. Und ausgerechnet Irland. Er beweist schlechten Geschmack.«

»Du bist selber Ire, George. Das sind wir beide.«

»Sind wir das? Was sind wir? Iren? Engländer? Spanier? Ich bin mir da nie sicher gewesen. Wohl eher Engländer, möchte ich meinen. Ich bin in London am glücklichsten. In London habe ich meine Freunde.«

»Burke? Sheridan? Halten die sich für Engländer? Die Engländer wissen das besser.«

»Was spielt das für eine Rolle?«

»Für Vater hat es eine Rolle gespielt. Er hat uns aus Spanien nach Hause gebracht.«

»Nicht nach Irland. Nach Mayo.«

Plötzlich lachte John. Das süße Gebell eines Hundes bei Einbruch der Nacht. »Du bist genauso verrückt wie wir anderen, George. Trauerkloß, hat Vater dich genannt. Du hast ihm geglaubt. Aber du bist gar nicht so. Ich kenne dich.«

Ich habe ihn auf dem nächstgelegenen Friedhof begraben, fremde Erde fiel auf den Sarg. Ein fetter, nervöser Priester plapperte Latein. Britische Soldaten sahen von der anderen Seite der Mauer her zu, eine Handvoll Bauern. Nicht für immer. Ich bringe ihn nach Mayo zurück. Ich habe ihn geliebt. Er hat es gewußt.

In Longford ließ er seinen Kutscher eine Mahlzeit bestellen und stand barhäuptig auf der breiten, verregneten Straße dieser häßlichen Stadt.

»Bleiben wir hier über Nacht, Sir?« fragte Walsh.

»Nein. Ich lasse das Haus nicht gern herrenlos. Kümmere dich um die Pferde und sieh zu, daß du etwas zu essen bekommst.« Er drehte sich um und ging ins Gasthaus.

Ein seltsamer, kalter Mann, der seinen Bruder soeben in Waterford begraben hatte. In Ballintubber wäre Pater Lavelle auf den Messefelsen gesprungen, um eine Lobrede zu halten. Walsh konnte ihn vor sich sehen: Im Longford der breitschultrigen Viehhändler konnte er sehen, wie Lavelles untersetzter Körper mit ausgestreckten Armen auf dem flachen, breiten Felsen balancierte, hinter ihm der Himmel, saubergefegt von den Atlantikwinden. »Ein junger Mann der Moores hat uns verlassen, hat die Schönheit von Mayo und die traurigen Leiden dieser sündigen Welt verlassen. Niemand unter uns erinnert sich nicht an John Moore auf seinem Pferd, an einem Morgen wie diesem, sein scharlachroter Rock strahlend wie die Sonne ...« Bei Lavelle konnte man sich darauf verlassen, kein Wort, das nicht vor Lob überquoll, kein Wort über den schmählichen Tod im Gefängnis. Frauen in schwarzem Umhang am Rande der Menge. Und vorher eine richtige Totenwache mit Whiskey und Fässern voll Porter. Der alte Herr hätte gewußt, was er zu tun hatte, auch wenn er ein halber Spanier gewesen war.

Schales, süßliches Bier, kalter Schinken, Pellkartoffeln. Moore schob den Teller beiseite und bestellte eine Flasche Brandy.

»Vor einem Monat war es hier nicht so ruhig«, sagte der Wirt. »Die Rebellen kamen von allen vier Seiten auf die Stadt zu. Mindestens tausend. Gott sei Dank sind wir eine Garnisonsstadt. Die Soldaten haben sie zurückgeschlagen.«

»Eure Nachrichten sind fade«, sagte Moore. »Wie Euer Schinken.«

Beleidigt und kriecherisch entfernte der Wirt sich rückwärts, blieb dann aber stehen und blickte ihn an. »Ihr solltet lieber die Nacht hier verbringen, Sir. Ihr seid doch ein Gentleman aus England, oder nicht?«

Moore lächelte, ohne von seinem Glas aufzuschauen. »Das habe ich gerade mit meinem Bruder diskutiert. Mein Bruder ist Ire. Er kann es beweisen.« Unrasiert und zitternd in einer feuchtwandigen Zelle. Er hat es bewiesen. »Mein Vater ist Spanier, mein Bruder ist Ire. Was bin ich?«

»Seid Ihr mit dem Brandy zufrieden?« fragte der Wirt nervös.

»Kommt drauf an«, antwortete Moore. »Ist es irischer Brandy?«

»Sicher, durchaus möglich Sir. Durchaus möglich. Es gibt Iren namens Lynch, die Brandy aus Spanien liefern. In den bösen Zeiten sind viele Iren nach Spanien gegangen und ins Weingeschäft eingestiegen. Und sie sind niemals wieder nach Hause gekommen. Nicht eine verdammte Ausnahme.«

»Nein«, sagte Moore. »Nicht eine verdammte Ausnahme.«

Er nahm Brandy und Glas mit zurück in die Kutsche und warf Walsh einen Schilling zu. »Geh zurück und kauf dir etwas zu trinken. Du wirst da oben eine kalte Fahrt haben.«

»Jesus, Mr. Moore. Wir werden in der stockfinsteren Nacht über die Straßen der Christenheit fahren.«

»Wenn du das hier als Christenheit bezeichnest, dann hast du noch viel zu lernen.«

Moore machte es sich auf dem Sitz bequem und öffnete den Pistolenkasten, der neben ihm lag. Duellpistolen. Noch ein Sport dieser idiotischen Insel. Noch ein schöner Sport dieses blutrünstigen Landes. Bauerntölpel stellten Duellregeln auf, die Froissart beschämt hätten. Niemand darf ein Knie beugen oder mit der linken Hand das Auge bedecken, darf jedoch auf jeder Höhe zwischen Hüfte und Auge anlegen. Laßt die Armen verhungern und erschießt euch gegenseitig. Invasionsarmeen brauchen sie doch nicht. Er lud die Pistolen.

Sie durchquerten Irland in der Dunkelheit auf Poststraßen nach Norden und Westen. Ab und zu eine Abteilung Soldaten, Trunkenbolde, die aus einer Shebeen in den Bergen nach Hause wanderten, aus Weiden mit zerbrochenen Zäunen entkommenes Vieh unterbrachen die Reise. Sonst nichts. Walsh verirrte sich zweimal und klopfte verängstigte Kätner wach, um nach dem Weg zu fragen. In der frühen Dämmerung leuchteten die Lichter der Herrenhäuser durch die Zweige der sie beschützenden Pflanzungen, weit weg hinter Mauern aus behauenem Stein.

Moore trank still und stetig aus der schweren Brandyflasche, er trank wie eine Medizin, seine Hand wurde vom Schaukeln der Kutsche nicht geschüttelt. Der Regen ließ nach, machte die Straße passierbar. Auf der Brücke über den Shannon hielten Wachtposten ihn an und hielten eine Laterne ans Fenster.

Englische Landwehr. Yorkshire-Akzente. Moore zwinkerte im plötzlichen Licht. Er reichte seinen Paß hinaus unterschrieben von Dennis Browne, High Sheriff des County und von Trench, kommandierender General. Der Paß wurde wieder gefaltet und zurückgegeben. George Moore, Esquire, aus Moore Hall, County Mayo.

»Ihr habt noch eine lange Reise vor Euch, Sir.«

»Ich habe meinen Bruder aufs Schiff gebracht«, antwortete Moore. »Er ist nach Spanien gefahren. Von Waterford.«

»Hinter der Brücke werden die Straßen schlechter«, sagte der Wachtposten. »Das wißt Ihr sicher, Sir.«

Moore steckte den Paß wieder in die Tasche.

»War das den überhaupt ein Ire?« fragte einer der Soldaten den Corporal. »Er hat gesprochen wie ein Gentleman.«

»Er war ein Gentleman«, antwortete der Corporal. »Das stand auf Trenchs Geleitbrief. Aber er war trotzdem Ire. Hast du mal hineingerochen? Es stank nach Schnaps.«

»Ich wünschte, das hätte ich«, sagte der Soldat und schlug sich die Arme um den Leib, um sich vor der kühlen Nachtluft zu schützen.

Westlich des Shannon. Wohin Cromwell die überlebenden Reste des katholischen Landadels getrieben hatte. Nicht die Moores, wir sind immer in Mayo gewesen. Wir erwarteten sie, als sie im Winter angezogen kamen, lange Trecks von Frauen und Kindern, Hirten, Vieh. Proviantkarren beladen mit Möbeln aus in Meath und Carlow verlassenen Häusern. Keine Schwertträger beschützten sie; kein Papist durfte bewaffnet durch das Königreich reisen. Sie suchten die Felder, die ihnen zugewiesen worden waren, dünnsodiges Ackerland, eingerahmt von Moor und Berg. Nicht schlimmer als anderswo, in anderen Counties. Unsere Geschichte. Wehe den Besiegten.

Das Glas rutschte ihm aus den Fingern. Als er danach suchte, zerbrach es unter seinem Absatz. Er trank aus der Flasche. Juden und Mauren in Spanien gejagt, Hugenotten in Frankreich, Indianer in Amerika. Ein Mann mit Peitsche und Pistole ist mächtiger als zehn nackte Männer im Hemd. Rauhe Justiz. Brandy bedeckte einige seiner Gedanken, machte andere zu unbeständigen Irrlichtern aus betrunkener Weisheit. Wie glücklich wär ich mit dem einen, wäre der Zauber des andern weit fort. Sheridans Lied. Was war Sheridan? Ire? Engländer? John ritt Kieswege hinunter, hinter Domänenmauern aus glatten, grauen Steinen, kühl bei der Berührung, schloß sich irisch plappernden Bauern an. Banner, gesponnen aus französischer Seide, grün gefärbt, um Narren in seinem Gewebe zu fangen. John gefangen. Die Harfe ohne die Krone. Trauer. Gewalt. Zerfetzte Körper. Ich. Letzter Moore. Billiger Roman. Hätte John gefallen. Pistolenkasten neben mir auf dem Sitz. Narr.

Unsichtbar streckte sich das Moorland von ihm zu den Bergen in der Ferne. Moorseen, kühl in der regenreichen Herbstluft Connaughts. In der schwarzen Kälte zitterte Moore und trank weiter. Dachte an eine englische Dame. Mrs. Sophie Germain. London und Wiltshire. Weiße Haut, rosa auf Wangen und Busen. Eine Woche langer Nachmittage in Landgasthäusern. Schwarze zerzauste Haare auf weißem Kissen, große braune Augen. Nachmittagsssonne strömt durch die vorgezogenen Vorhänge. Diese Erinnerung kann mich nicht wärmen. »Gibt es viele Iren wie dich?« – »Das kann ich nicht sagen. Ich kenne nicht viele Iren.« – »Wie ist es in Irland?« – »Wie überall. Seen, Straßen, Häuser, Menschen.« – »Wie Spanien?« – »Nein, nicht wie Spanien.« – »Es hat dir etwas Fremdes gegeben. Das paßt sehr gut zu dir.« – »Spanien?« – »Nein, Irland.« – »Höre ich mich irisch an?« – »Ja. Jetzt gehörst du mir. Mein Ire. Das Leben ist dort sehr lustig, habe ich gehört.« – »Das denken die Narren. Es ist ein hervorragendes Land für Narren.« – »Mein Ire.« Ihre Finger fuhren über seine Brust. Melancholie kratzte an den Rändern seiner Lust. Ihr Ire.

Sie verschwand aus seinen Gedanken, die in der rumpelnden Kutsche eingeschlossen waren. Streitsüchtig und barsch schritt sein Vater neben dem unvollendeten Haus den Boden ab, und Moore ging neben ihm. Sonntag. Nichts zu hören, außer dem Piepsen junger Vögel. Schwärme von Saatkrähen kreisten um ihre Nester. Hinter der jungen Pflanzung streckte sich kühl und grün das Wasser von Loch Carra aus, die Farbe eines Banners, dessen Seide erst in vielen Jahren gesponnen werden sollte. »John wird heiraten«, sagte sein Vater. »Er wird seine Energie und seinen Körper nicht mit den Londoner Huren vergeuden.« – »Ich auch nicht. Huren haben mir noch nie gefallen.« – »Und Bücher. Bücher und Dirnen. Bei Gott, da hast du eine hübsche Kombination. Du bist so heidnisch wie ein Protestant.« – »Ihr täuscht Euch in mir, Vater. Ihr habt Euch immer in mir getäuscht. Ich liebe diesen Ort. Den See. So wie Ihr.« – »Sie haben uns unser Land weggenommen. Haben mich ohne einen Penny in ein fremdes Land geschickt.« – »Jetzt sind wir wieder hier. Die Zeiten ändern sich.« – »Dieser Mann, mit dem du in London das Duell hattest. Es stand in den Zeitungen von Dublin, jeder Protestant konnte es lesen. Wie hieß er doch noch?« – »Germain.« – »Ihr habt euch wegen einer Frau geschlagen, nehme ich an?« – »Durchaus nicht. Wegen einer Kartenpartie. Wir hatten sehr lange gespielt und getrunken.« Sehr schicklich, sehr englisch. Ihr Ire. In diesem Land wäre die Frau in ihrer Kutsche zum Zuschauen gekommen. »John wird anders sein.« – »John ist immer anders gewesen. Ihr habt Euch immer große Mühe gegeben, mir das klarzumachen.« – »Ich habe euch beide geliebt. Die Heilige Jungfrau ist meine Zeugin, ich habe euch beide geliebt.« Tot in einem Wirtshaus in Waterford, gespannte Haut und Wangen mit gelben Bartstoppeln. Jetzt ist er anders.

Schlief ein. Wachte auf. Immer noch Nacht. Er sang Fetzen von Gedichten, Liedern, unzusammenhängend, sinnlos.

»Oh, the French are on the sea, says the *Sean Bhean Bhocht*.« Große Woge, die über Downpatrick Head hereinbricht und einen zerbrochenen Bruder nach Waterford schwemmt. Die Geschichte ertränkt uns, meuternde, unförmige Wellen. »Hast du das gehört?« brüllte er dem Kutscher zu, der nichts hörte. »Das Lied kenne ich, bei Gott. John hat es oft gehört.« Drekkige, regendurchtränkte Insel. Kann sie jetzt nicht verlassen.

Als sie Ballyhaunis erreichten, war er laut und streitsüchtig. Die leere Flasche kullerte vor seinen Füßen hin und her. Er bestand darauf, am Gasthaus anzuhalten, den Wirt wachzuklopfen und eine weitere Flasche zu kaufen. Ein Schluck daraus erledigte ihn. Er hing auf dem Stuhl am langen Tisch, wilde Augen und rote Wangen, Hemd und Weste bekleckert. Mein Ire. Weiße Hand stahl sich auf seinen Bauch. Er hielt das Glas in beiden Händen und senkte darüber den Kopf, trank es halb leer, verschluckte sich und spuckte alles wieder aus. »Alles nur zum Besten«, sagte er, und sein Kopf fiel ihm auf die Brust. »Hab ihn aus dem Land geschafft. Endlich in Sicherheit.« Walsh hatte Moore noch nie betrunken gesehen und war entsetzt. Eine andere Seele schien Besitz von seinem Körper ergriffen zu haben, brüllte wilden Unsinn und verzerrte das Gesicht. »Ich habe ihn auch geliebt, Vater«, sagte er und blickte Walsh direkt in die Augen. »Dich auch. Hab ich dir einmal gesagt. Jetzt ist er fort.«

»Jesus, Maria und Joseph«, sagte die Wirtsfrau. »Was sollen wir mit ihm machen?«

»Kann er nichts zu trinken vertragen?« fragte der Wirt.

»So viel nicht«, antwortete Walsh. »Das kann keiner.«

»Wer ist er?«

»Ein Gentleman aus Mayo. Helft mir, ihn ins Bett zu bringen.«

»Weiß Gott, er ist ein Gentleman, aber ein seltsamer. Nun seht ihn euch doch an.«

»Er kann uns hören«, sagte Walsh.

Am frühen Nachmittag jedoch, als sie Castlebar erreichten, war er wieder er selber, frischrasiert, saubere Kleider, frische Wäsche. Der klare Himmel von Mayo spiegelte sich im langen spitzen Gesicht mit seinen wachsamen blassen Augen. Zu seinen Füßen rollte keine Flasche umher, sein Pistolenkasten war geschlossen. Nur das Glas, das seine Stiefel zu Pulver zertreten hatten, berichtete noch von der langen Nacht.

In der Hauptstraße von Castlebar blockierte eine Menschenmenge den Weg.

»Aus dem Weg«, brüllte Walsh sie an und hob die Peitsche.

Moore beugte sich aus dem Fenster. »Nein.« Er öffnete die Tür und trat auf die Straße hinaus.

Britische Soldaten, Landwehr, Bauern, Städter. Er wandte sich an einen jungen Offizier, spürte dann jedoch eine Hand auf der Schulter. Milizuniform, kurzer, untersetzter Körper und kleines, dickes Gesicht. Cooper. Der Mann, der wegen der Whiteboys zu ihm gekommen war. Sprecht für uns mit Dennis Browne. Zwischenfälle in Killala. Ehe das alles angefangen hatte.

»Bei Gott, Ihr seid am richtigen Tag gekommen, Moore. Aber der nächste Freitag wird noch besser sein. Dann solltet Ihr wieder herkommen. Die Kompanie hat Dienst in Killala, aber ich bin heute hier, und am Freitag wieder. Ich möchte keinen einzigen Tag versäumen. Bei Jesus, das will ich nicht.«

»Was für einen Tag?« fragte Moore. Abwesend, kalt, blickte er auf die kleine Hand auf seinem Ärmel. Cooper zog sie zurück und rieb sich damit über die lederne Reithose.

»Ich habe einen elenden Monat als Gefangener verbracht und darauf gewartet, und, bei Gott, es hat mich am Leben gehalten. Bei Gott, Euer Dennis Browne schafft eine Menge, wenn er erst einmal angefangen hat. Aber die Nachmittage sind nicht gut, und abends sind alle betrunken. Ihr müßt morgens kommen. Heute war ein guter, scharfer Morgen. Er hat mir Jahre gebracht.«

»Was denn?« fragte Moore.

»Na, die Kriegsgerichte natürlich. Die Hinrichtungen. Worüber reden wir denn sonst, mein guter Mann?«

»Ich bin nicht Eurer guter Mann.« Der Herr von Moore Hall zum Bauern aus Killala. Was spielt es schon für eine Rolle?

»Wir erledigen sie schubweise. Drei oder vier pro Woche.«

Miese Garnisonsstadt – Gericht, Gefängnis, Läden, Schenken. Die Hauptstadt von Mayo. Moore blickte die Straße hinunter, die sich zwischen verstreut liegenden Hütten hinzog, hinauf zum Hof des Gerichtes, über der Menschenmenge.

»Hinrichtungen haben mir niemals besonderes Vergnügen bereiten können.«

»Na ja«, Cooper gab nach. »Ich bin auch kein blutrünstiger Mann. Aber das hier ist etwas anderes. Jetzt sind sie geschlagen, und wir werden ihnen Gottesfurcht beibringen. Seht

Euch im County um. Seht Euch an, was sie angerichtet haben.«

»Ihr beruft Euch großzügig auf Gott«, sagte Moore und fuhr im selben gleichgültigen Tonfall fort: »Ihr hättet meinen Bruder gehenkt, wißt Ihr. John, meinen jüngeren Bruder.«

»O Jesus«, sagte Cooper, verwirrt und verlegen. »John hatte ich vergessen. Ich hatte Euren Bruder vergessen. Ich bitte um Verzeihung. Gut, daß Ihr ihn hier herausgeholt habt. Wo ist der arme Junge jetzt? In Clonmel, nicht wahr, oder Waterford?«

»Waterford«, antwortete Moore. »Seine Schwierigkeiten sind geklärt. Ich nehme an, daß er bald nach Spanien gehen darf. Wir haben dort geschäftliche Interessen, wie Ihr wißt.«

Cooper wußte. Moores, Brownes, Martins, Glenthornes. Nichts konnte ihnen etwas anhaben. Landadel. Alles über einem Glas Sherry arrangiert – Ehen, Freundschaften, die Jagd, sogar ein Fall von Hochverrat. Aber John war ein anständiger, stolzer Bursche. Cooper mißgönnte ihm Spanien nicht. Nicht, wie dieses Glas kaltes Wasser.

»Das ist eine willkommene Nachricht«, sagte er.

»Diese Burschen, die Ihr schubweise erledigt«, sagte Moore. »Sie hätten geschäftliche Interessen in Spanien haben sollen. Sie waren kurzsichtig.«

Cooper blickte scharf in das unbewegte Gesicht, die bleichen Augen. Kalter, spöttischer Bastard. Augen wie arktisches Eis.

»Ich habe meinen eigenen Grund zur Freude«, sagte er.

»Da bin ich mir sicher«, erwiderte Moore. »Einen Strick aus Hanf und eine Falltür.«

Verwirrt fuhr Cooper sich mit der Hand über das runde Kinn. Ein vulgärer Mann.

»Ihr dürft mich nicht mißverstehen. Tatsache ist, Moore, daß meine Frau Kate, während ich noch im Gefängnis schmachtete und vor Wut fast verrückt wurde, bereits unser Kind erwartete. Sie erwartete mich mit dieser Nachricht, als ich nach Mount Pleasant zurückkam.«

»Da gratuliere ich Euch, Sir. Und auch Mrs. Cooper. Wir sind uns nie begegnet, glaube ich.«

»Ihr habt vielleicht ihren Vater gekannt, Mick Mahoney, den Viehzüchter. Er hatte Land bei Ballycastle und Crossmolina.«

»Ich habe den Namen gehört«, sagte Moore. »Ihr habt einen würdigeren Grund zum Glücklichsein als eine Hinrichtung, und ich wünsche Euch wirklich alles Gute.«

»Sie galt im County als große Schönheit. Und das ist sie immer noch. Eine schwarzhaarige Frau.«

»Schwarzhaarige Frauen sind oft schön«, sagte Moore.

»Aber eine sehr pflichtbewußte Ehefrau«, fügte Cooper eilig hinzu. Moore hatte in Mayo zwar ruhig gelebt, aber sein Ruf war ihm aus London gefolgt. »Eine sehr pflichtbewußte Frau. Sie ist eine der Euren.«

»Eine der meinen?«

»Eine Papistin. Ich habe niemals versucht, sie zu ändern. Sie geht zur Beichte und zur Messe, ebenso wie Ihr.«

»Häufiger, hoffe ich. Ihr habt Freitag erwähnt. Warum ist Freitag ein besonderer Tag?«

»Freitag?« Cooper zwinkerte. »Ach, Freitag. Am Freitag hängen sie Owen MacCarthy.«

»Wer ist das?«

„Das ist eine gute Frage.« Cooper spuckte aus und trat den Schleimklumpen mit der Stiefelspitze in den Boden. »Er war der Schulmeister von Killala und einer der Rädelsführer bei den Whiteboys. Er hat diese verdammte Proklamation geschrieben, mit der alles angefangen hat. Die, die ich Euch nach Moore Hall gebracht habe.« Clownischer Knecht, kümmerst dich um Kühe, nicht um Kinder.

»Ich erinnere mich«, sagte Moore. »Ein höchst ungewöhnliches Dokument. Es hatte etwas Dichterisches, fand ich.«

»Er ist ein Dichter«, erklärte Cooper. »Und sogar ein verdammt guter, behauptet Kate. Das sind diese Schulmeister oft. Und sie sind auch oft die größten Schurken, die ungehenkt herumlaufen.«

»Aber diese Unterlassung werdet Ihr am Freitag wiedergutmachen.«

»Er hat alles zugegeben«, erzählte Cooper. »Die Proklamation und alles andere. Ein paar muntere Burschen von der Miliz aus Killala haben ihn eines Abends im Gefängnis von Castlebar besucht. Er brauchte allerdings kaum überredet zu werden. Er ist geschlagen. Ballinamuck hat ihm den Kampfgeist und auch die Poesie ausgetrieben.«

Eine staubige Straße, die Häuser grau und trist in der gleichmäßigen Nachmittagssonne. In einer Nebenstraße, von ihnen nicht zu sehen, jaulte ein Hund vor Schmerz.

»Gott verdamme dich«, sagte Moore sanft. »Gott verdamme uns alle. Gott verdamme dieses Land.«

Cooper beobachtete, die Beine weit gespreizt, die Hände in die Hüften gestemmt, wie die Kutsche nach Ballintubber davonfuhr. Moore hatte einen Hauch von Winter in sein Vergnügen gebracht. Englischer Akzent durch die lange arrogante Nase gesprochen, der papistische Glaube vorgeführt wie eine Dekoration. Mayo kam langsam wieder in Ordnung, dank des zähen Schlags seiner loyalen Protestanten, einer Prise Peitsche, eines Seilendes. Aber nichts konnte Moore etwas anhaben, nicht einmal die Schande eines Bruders. Die großen Familien waren alle gleich – Browne oder Moore, Protestant oder Papist. Sie lebten in einer Verschwörung von Verwandtschaften und geheimen Bündnissen, sprachen eine Geheimsprache, die gewöhnlichen Leuten wie ihm selber eine Abfuhr erteilte, obwohl sie doch Rückrat und Sehnen Irlands bildeten. Ich schwöre bei Jesus, dachte Cooper, ich habe mit Mick Mahoney mehr Gemeinsamkeiten als mit diesen Bastarden.

Aber gegen Abend war er wieder er selber, saß mit zwei Offizieren der Landwehr aus Kerry im Wolf's Head und beschrieb ihnen das Eintreffen der Franzosen und die Verteidigung von Killala.

»Es hätte uns genauso leicht passieren können«, sagte Captain Stack. »96, als Hoches Flotte zu Weihnachten in die Bucht von Bantry getrieben wurde, mit Wolfe Tone an Bord des Flaggschiffes. Es war nur dieses Wunder von einem Sturm, das ihre Landung in Kerry verhindert hat. Sie hätten Tralee niedergebrannt, diese Bastarde.«

»Die Leute da unten«, sagte Lieutenant Hassett, »nennen diesen Sturm ›den protestantischen Wind‹.«

»Wir haben Glück mit unseren Winden«, sagte Cooper, »schon seit den Tagen der Armada.«

»Das ist mehr als Glück«, meinte Stack. »Davon bin ich überzeugt. Ich glaube, daß alles Vorsehung ist. Wir sind ein Volk, das unter Gottes Schutz steht. Wie anders hätten wir überleben können, eine kleine Garnison, umgeben von einer großen Masse von Ignoranz und Götzendienst?«

Aber Cooper war sich da nicht so sicher. Winde kamen und gingen. Vor der Küste von Mayo gab es schreckliche Stürme, und Kerry war noch schlimmer. Aber es war tröstlich, sich die Protestanten von Irland als von der Vorsehung beschütztes Volk vorzustellen, ein genügsames, wortkarges Volk, Erben Cromwells, energisch in Widrigkeiten, gottesfürchtig, gegen

Götzendienst und Aberglauben gefeit. Ein Volk mit einer ungebrochenen Tradition aus Mut und Achtbarkeit. Aus der Stärke dieses Gefühls heraus bestellte er sich noch ein Glas Porter.

»Allerdings«, sagte Stack halb scherzhaft, halb spöttisch, »kann ich nur für die Protestanten von Kerry sprechen. Die Protestanten von Mayo können ein ganz anderer Fall sein. Die Protestanten von Mayo können halbe Papisten sein, was weiß denn ich? ›Verdorben‹ ist das Wort, das wir in Kerry für einen Protestanten haben, dem das passiert. Zuerst sucht er sich eine papistische Frau, und dann setzt die Fäulnis ein. Wenn die Kinder kommen.«

Cooper blickte ihn über seinen Bierkrug hinweg an. War das ein Zufallstreffer, oder hatte Stack etwas über ihn gehört?

»Mit ihren Frauen ist alles in Ordnung«, sagte Cooper. »Mit einigen. Legt sie mit guten protestantischen Bauern ins Bett, und ihr bekommt die beste Zucht von Europa. In solchen Fällen regiert der Mann. Und protestantische Männer sind von Geburt an zum Regieren erzogen. Das ist unsere besondere Fähigkeit.«

»Man bleibt besser bei seinesgleichen«, sagte Hassett.

»Allerdings«, stimmte Stack zu.

»In anderen Teilen des Königreichs gilt Kerry als Wiege des Verrats«, sagte Cooper. »Der Bursche, der am Freitag baumeln muß, ist aus Kerry.«

»Von dort vertrieben«, sagte Hassett. »Mit eingekniffenem Schwanz. Ich weiß alles über diesen Burschen. Er ist in Tralee geboren, und sein Vater war Tagelöhner bei meinem eigenen Großvater. Die Leute in Mayo haben diesen Burschen aufgenommen und ihm seine eigene Schule gegeben. Kerry weiß, wie man mit wilden Knaben umspringt.«

»›Wild‹ ist das richtige Wort«, sagte Stack. »Schließlich hat er Kerry schon vor vielen Jahren verlassen, und sie reden immer noch über ihn. Und die Priester selber haben ihn vom Altar aus angeprangert.«

»Einer jedenfalls«, sagte Hassett. Sein Mund verzog sich zu einem Lächeln der Erinnerung. »Im Osten, in Castleisland. Zwei Mädels kriegten gleichzeitig einen dicken Bauch, und beide nannten MacCarthy als den Glücklichen, gewissermaßen. Die Papisten behaupten immer noch, daß er mit keiner Frau allein sein konnte, sei sie nun Jungfrau, Frau oder Mutter.«

Aber Stacks Mund blieb fest. »Die Papisten haben wenig

genug, womit sie prahlen können, wenn sie sich so etwas merken.«

»Ach, Ehre wem Ehre gebührt«, meine Hassett. »Er konnte wunderschöne Lieder schreiben. Und wegen der Lieder wird er in Erinnerung bleiben, nicht wegen der anderen Sache.«

»Das wird ihn am Freitag auch nicht viel nutzen«, sagte Cooper.

»Ich kenne diese Leute«, meinte Stack. »Kerry ist ein Brutplatz für ihresgleichen. Da habt ihr recht. Sich betrinken und irgend jemandes Tochter aufs Kreuz legen, und am nächsten Tag zur Beichte und eine Hymne an die Seligste Jungfrau schreiben.«

„Oder eine Whiteboy-Proklamation«, sagte Cooper. Clownischer Knecht, kümmerst dich um Kühe, nicht um Kinder.

»Sie haben die passende Religion«, meinte Stack. »Gib deinen Schilling für Schnaps aus und denk nicht an morgen. Mit der Beichte geht es genauso.«

»Hier hat er es auch so getrieben«, erzählte Cooper. »Hat in einer Hütte mit einer wilden jungen Witwe gelebt. Aber sie war ein sehr hübsches kleines Ding, wenn man sie gut gewaschen hätte. Und Gott weiß, mit welchen anderen Frauen.«

»Als er aus Kerry verjagt worden ist«, sagte Hassett, »ist er in Macroom gelandet, und ich habe von einem Viehzüchter aus Macroom eine Geschichte über ihn gehört. Offenbar interessierten MacCarthy und der Priester sich für dasselbe Mädel, eine Magd in einem der Herrenhäuser.«

»Ihre Priester sind die schlimmsten«, sagte Stack. »Pharisäer.«

»Mach weiter mit der Geschichte«, bat Cooper und beugte sich vor.

Das war schon besser, eine gemütliche Schenke mit Burschen wie diesen beiden, scharlachrote Ellbogen stützten sich auf den Tisch, Witze und Geschichten, denen gemeinsame Loyalitäten Salz und Würze verliehen. Die aufgeweichte Straße zum Gefängnis, wo der Mann saß und darauf wartete, gehenkt zu werden, war tausend Meilen entfernt, eine abgelegene Arktis, weit weg von der Wärme der Schenke.

Als Moores Kutsche durch das Tor von Moore Hall fuhr, endete eine Hälfte seines Lebens. Die andere Hälfte, eine langsame Entwicklung zur Hinnahme seines Charakters und Schicksals, enthüllte sich ihm erst nach einigen Jahren.

Die ersten Monate des Jahres 1799 widmete er der Erfüllung des Versprechens, das er Dennis Browne im Austausch für Johns Entfernung aus dem Gefängnis von Castlebar gegeben hatte. In einer Serie von Pamphleten, insgesamt fünf, argumentierte er für die Auflösung des irischen Parlamentes und für die Union der beiden Königreiche Großbritannien und Irland. Es war in jener Zeit das große Thema und überschattete sogar Buonapartes fehlgeschlagenen Versuch, Accra einzunehmen – »dieses elende Loch, das zwischen mich und mein Schicksal kam«. Die ersten beiden Pamphlete mit allgemeinen Erörterungen drückten sich zu vage aus, um besondere Wirkung zu erzielen, die drei anderen jedoch trugen mit großer Überzeugungskraft die Gründe vor, aus denen katholischer Adel und Mittelklasse die Union als beste Möglichkeit, ihre bürgerlichen und politischen Rechte wiederherzustellen, unterstützen sollten. Diese Pamphlete erzielten sofortigen Erfolg und führten zu einer ausgedehnten Korrespondenz mit Erzbischof Troy und Lord Kenmare. Er fuhr mehrmals nach Dublin, um der Katholischen Assoziation seine Ansichten vorzutragen, und Historiker stimmen darin überein, daß er eine der wichtigsten Stimmen darstellte, die die katholische Gemeinde dazu brachten, die Politik von Pitt und Cornwallis zu unterstützen. Pitt schrieb ihm einen herzlichen Brief, in dem der Premierminister andeutete, daß ein vereinigtes Parlament sich recht bald der Frage der katholischen Emanzipation widmen würde.

Moore interessierte sich weder für Pitts Dankbarkeit noch für Erzbischof Troys Bewunderung. Er hatte seine tatsächliche politische Überzeugung zum Ausdruck gebracht. Die »Protestantische Nation«, wie sie nun genannt wurde, wirkte auf ihn hoffnungslos bestechlich und korrupt, und sein Parlament erschien ihm als Versammlung von Postenjägern, aufgelockert durch eine Handvoll von patriotischen, aber erfolglosen Rhetorikern. Jegliche Hoffnungen auf Reform oder Abschaffung der Benachteiligung von Katholiken lagen in London. Seine eigenen Instinkte und Vorlieben waren eher englisch als irisch, und er war davon überzeugt, daß England sein Land in die moderne Welt ziehen würde. Es war eine äußerst zaghafte und abwartende Zuversicht, denn er glaubte nicht, daß England aus anderen Motiven als aus Egoismus und der Notwendigkeit handeln würde, sich selber zu schützen. Auch diese Ansichten trug er in seinen Pamphleten mit einer Offenheit vor, die seinen Argumenten nur Gewicht verlieh. Und dieser Zynismus schien gerechtfertigt, als das Land das schlechtverhohlene Vorgehen von Cornwallis und Castlereagh beobachtete, die die Parlamentsabgeordneten in Dublin mit Pensionen, Titeln und versprochenen Pfründen bestachen. Die »Protestantische Nation«, betonte er immer wieder, hatte das Überleben nicht verdient und bewies das dadurch, daß sie ihre Existenz durch Bestechung beenden ließ.

Und doch erfüllte ihn dieses kurze Abenteuer in der praktischen Politik mit Ekel und Selbsthaß. Er hatte geschrieben, was er für die Wahrheit hielt, aber das war als Bezahlung einer Schuld an Dennis Browne geschehen, der sich in Mayo seit Monaten seiner unbarmherzigen militärischen Verfolgung hingab. Auf Brownes Initiative hin hatten Kompanien von Miliz und Landwehr immer wieder das Land durchkreuzt, hatten Weiler abgebrannt, in denen sich Rebellen versteckt hielten, und Verdächtige an den Hüttentüren ausgepeitscht, um sie dann am Strick in die Gefängnisse von Castlebar und Ballina zu schleifen. Denunzianten, die unter der Leitung von Paudge Nally arbeiteten, einer von Brownes Kreaturen, informierten über Rebellen, die in abgelegenen Dörfern Zuflucht gesucht hatten, und diese wurden dann in den Mooren oder in den Bergen gestellt, verängstigte Männer in verdreckten und feuchten Kleidern. An der Kreuzung von Ballintubber, auf Moores Land, wurde ein Stäupdreieck aufgestellt und blieb dort, bis er es mit eigenen Händen abmontierte. Und während er seine Pamphlete schrieb, während er mit Geistlichkeit und Landadel korrespondierte, mit den katholischen Bankiers und Kaufleuten von Dublin und Limerick, sah er, am Rande seiner Vorstellung, immer Dennis Browne in Westport House vor sich, der sich über den Tisch zu ihm beugte, einschmeichelnd und voller Andeutungen. Moore fühlte sich besudelt und ohne Möglichkeit, je wieder rein zu werden.

Einmal besuchte ihn Thomas Treacy von Bridge-end House, der nach Dublin unterwegs war. Am kühlen Abend saßen sie zusammen auf dem Balkon.

»Euer Vater hat oft hier gesessen«, sagte Treacy. »Wißt Ihr das noch?«

»O ja«, erwiderte Moore. »Das weiß ich noch.«

»Ich wünschte, er könnte Euch jetzt sehen«, meinte Treacy. »Endlich nehmt Ihr Euren rechtmäßigen Platz unter uns ein. Er hatte große Achtung vor Euren Geisteskräften, George.

Große Achtung. Er hatte das Gefühl, daß Ihr in London Eure Fähigkeiten vergeudetet. Ihr wart der Kluge, und John war …« Er unterbrach sich.

»Er hat John geliebt«, sagte Moore. »Wir beide haben ihn geliebt.«

»Ich auch.« Treacy wandte den Blick von ihm ab und blickte auf das Dunkelgrün des abendlichen Sees. »Ich sollte Euch wohl von Ellen erzählen. Ich glaube, sie fängt an, sich für einen jungen Mann zu interessieren. Ihr kennt ihn vielleicht, Dominick O'Connor aus Roscommon. Eine gute Familie. Sein Vater ist ein Vetter von O'Connor von Clonalis. Es ist natürlich noch nichts abgemacht. Dazu ist es noch zu früh.«

»Das ist eine willkommene Nachricht«, erwiderte Moore ohne Ironie. »Ich mag Ellen sehr. Sie hat Verstand und Witz.«

»Ich hatte mir für sie ein anderes Leben gewünscht«, sagte Treacy, dessen Augen immer noch auf den See gerichtet waren. »Sie waren sehr verliebt. Sie und John. Sie war untröstlich. Ihr könnt Euch sicher vorstellen, wie ihr zu Mute war.«

»Ja«, sagte Moore.

»Mein Gott, was für eine Verschwendung«, fuhr Treacy fort. »Aber er hatte die besten Absichten. Das dürft Ihr nicht vergessen, George.«

»Die Geschichte beurteilt uns nicht nach unseren Absichten«, sagte Moore.

»Die Geschichte beurteilt uns überhaupt nicht«, widersprach Treacy. »Gott beurteilt uns.«

»Das stimmt«, sagte Moore.

»Ich habe darüber nachgedacht, als ich Eure letzte Arbeit las. Es war sehr liebenswürdig von Euch, sie mir zuzusenden. Es ist Gottes Urteil über diese protestantische Nation, daß sie nun endlich im Schmutz untergeht. Sie haben uns seit der Boyne, seit Cromwell, tyrannisiert. Wegelagerer und hochgekommene Schreinergesellen, und ihre Söhne und Enkel und Urenkel. Gottes Urteil. Das hättet Ihr ruhig erwähnen können.«

»Das wird auch in Zukunft so bleiben«, sagte Moore. »Besitz und Handel dieses Landes sind fest in protestantischer Hand. Das wird sich nicht ändern. Aber bei einem Londoner Parlament besteht für uns die Chance, daß wir unsere Rechte zurückerhalten. Nur die Chance. Mehr habe ich nicht gesagt.«

»Ein sehr einleuchtendes Argument«, meinte Treacy. »Wenn Euer Vater doch nur … Er wäre so stolz auf Euch gewesen.«

»Wir könnten unsere Rechte erlangen«, sagte Moore. »Das gelingt den Papisten vielleicht. Aber das Land wird jegliche Unabhängigkeit verlieren, die es noch hatte. John wäre nicht stolz darauf.«

»John war nur ein Junge«, sagte Treacy. »Welche Rechte hätten uns die Franzosen denn gegeben? Halsabschneider und Gotteslästerer.«

»Ja«, sagte Moore, »Das weiß ich.« Er fuhr sich mit der Hand über die Augen, rieb sie. »Ich hatte ein Geschäft mit Dennis Browne gemacht«, sagte er. »Browne hat John hier herausgeholt und in ein sicheres Gefängnis im Süden gebracht. Nach einiger Zeit hätten wir ihn außer Landes geschafft. Nach Amerika vielleicht. Oder Spanien. Und als Gegenleistung habe ich mich bereit erklärt, mich für die Union einzusetzen. Ich bin gekauft worden. Wie diese elenden Zeitschinder in Dublin, die sich mit Orden und Pensionen bestechen lassen. Auch ich hatte meinen Preis.«

Treacy wandte den Kopf und sah ihn an. Er schwieg verwirrt einen Moment, ehe er sprach. »Aber Ihr seid doch von dem überzeugt, was Ihr geschrieben habt?«

»O ja«, sagte Moore. »Von jedem einzelnen Wort. Aber ohne unsere Abmachung hätte ich nichts geschrieben. Ich habe Browne das Bett gemacht.«

»Das ist eine unangenehme Art, sich auszudrücken, wirklich«, sagte Treacy. »Ihr habt diesen Handel doch gemacht, um Johns Leben zu retten. Allmächtiger Gott! Dennis Browne ist ein verachtenswerter Mann. Das hätte ich nicht von ihm erwartet.«

»Er hat seinen Teil der Abmachung gehalten, und ich meinen. Es war ein sinnloses Geschäft. John ist tot.«

»Nicht sinnlos«, sagte Treacy sanft. »Ihr habt es doch für John getan. Um John zu retten.«

»Ich hätte alles versprochen. Lügen zusammengeschrieben, ihm Geld gegeben. Alles.«

»Aber das habt Ihr nicht. Ihr habt lediglich versprochen, Eure wahren Ansichten öffentlich bekannt zu machen. Euch plagen Gewissensskrupel, von denen Euch jeder intelligente Priester sofort befreien könnte. Sprecht mit Hussey. Ich kann Euch versichern, daß er Eure Schriften bewundert.«

»Ach, das!« Moore lächelte. »Ich bin selber eine Art Experte für Gewissensskrupel. Ich brauche Mr. Hussey nicht zu konsultieren.« Er schüttelte ungeduldig den Kopf. »Laßt uns von etwas anderem reden. Wir sollten einen so schönen Abend nicht vergeuden.«

Aber Treacy ließ nicht locker. »Selbst wenn Ihr ihn bestochen oder wenn Ihr geschrieben hättet, woran Ihr nicht glaubt ...«

»Ich hasse Geschäftemacherei«, sagte Moore. »Und Geschäftemacher.«

»Unser Erlöser dachte anders«, widersprach Treacy. »Er hat mit dem Vater einen Handel über unsere Erlösung abgeschlossen.«

»Eine gotteslästerliche Analogie«, sagte Moore. »Mr. Hussey wäre sie nicht willkommen.«

Wie konnte er sich jemandem wie Treacy erklären, einem Durchschnittsmenschen, bäuerlich und fromm? Er machte gar nicht erst den Versuch. Seine Integrität war vom Ruß der Umstände besudelt worden. Geschichte, Gesellschaft hatten für ihn als Netzwerke der Macht existiert, komplizierte Gewebe von Ursache und Wirkung, Schwäche und Stärke, Autorität und Unterwerfung. Aber sein Geist, die Macht seines Intellekts, hatte ihn aus diesem Gewebe gerettet. Kühl und überlegt, seine Gedanken in den konservierenden Alkohol der Ironie getaucht, hatte er getestet, gewägt, abgeschätzt, beurteilt. Seine Unabhängigkeit hatte in der Freiheit seines Geistes gewurzelt, für alles Denkbare offen und ohne Verpflichtung. Seine Gedanken waren Vögel, die die Erde umkreisten, sich fallen ließen und sich dann wieder hoch emporschwangen. Browne hatte die Netze ausgespannt, und seine Gedanken flatterten hilflos zwischen ihren Maschen. Um John zu retten, hatte er mehr gegeben als Gold. Er hatte seine Ideen gezwungen, Brownes Befehle auszuführen. Es war eine passende Ironie. Sein Vater hätte sie zu schätzen gewußt und wäre entzückt gewesen, seinen affektierten Sohn erniedrigt zu sehen. Verdammt sollte er sein.

Treacy hatte natürlich recht. Er litt an Gewissensskrupeln, aber nicht in der christlichen Bedeutung dieses Wortes. Moore war in erster Linie Historiker, hielt sich jedenfalls dafür, und Historiker verkauften die Wahrheit nicht an Politiker, nicht für Gold oder Macht oder das Leben eines Bruders. Das war Moores einzige Frömmigkeit, und die Geschichte deutet an, daß dies zu unrecht so war.

Am Ende fand die Union dann im Jahre 1800 statt, während die katholische Emanzipation noch dreißig Jahre auf sich warten ließ, und zu diesem Zeitpunkt war Moore bereits tot. Er hatte sich später nicht mehr am öffentlichen Leben beteiligt, obwohl er mehrmals gedrängt worden war, eine leitende Position in der Katholischen Assoziation zu übernehmen. Er veröffentlichte nichts mehr, und allgemein nahm man an, daß er seine Forschungen über die Geschichte der Französischen Revolution fortsetzte. In Mayo galt er als gelehrter, sogar als tiefsinniger bedeutender Forscher, während sein Name in London vergessen war und man sich nur noch an seinen kurzen, frühen Essay über die Whigs erinnerte.

1805 heiratete er, und diese Verbindung erregte in Mayo sehr viel Kommentare und Klatsch, denn er heiratete Sarah Browne, Dennis' Nichte, die nach dem Ende ihres skandalösen Verhältnisses mit Lord Galmoy, einem berüchtigten Lebemann, nach Irland zurückgekehrt war. Moore hatte sie drei Jahre zuvor kennengelernt, als seine Gutsangelegenheiten ihn nach Woodlands, Brownes Haus, geführt hatten.

Es war ein bescheidenes Haus, viel kleiner als Westport House, der Wohnsitz seines Bruders. Dieser Bruder war nicht mehr Lord Altamont: Bei Ausrufung der Union war er zum Marquis von Sligo ernannt worden, teilweise als Belohnung der Regierung für Dennis' Dienste. Dennis war auch auf andere Weise belohnt worden: Er war nun Parlamentsmitglied in London und der mächtigste Mann von Connaught. Unter den Bauern hatte sein Vorgehen im Jahre 98 ihm den Ruf eines Ungeheuers eingetragen, der seinen Tod um viele Jahrzehnte überdauern sollte, was ihm aber wenig ausmachte. Er hatte versprochen, Mayo zu befrieden, und nun herrschte in der Tat Friede. Die letzten Gehenkten waren unter ihrem Überzug aus Teer verfault und von den Galgen abgenommen worden. In den Shebeens wurden Haßlieder über ihn gesungen, aber das interessierte ihn nicht. In Irland wurde Macht nur selten von allgemeiner Beliebtheit begleitet.

Woodlands war schwerfällig proportioniert. Ställe und Hundezwinger lagen dicht beim Haus; ihre Gerüche erfüllten die Luft im engen Hof, und die unebenen Pflastersteine waren mit dem beschmiert, was Pferde und Hunde fallengelassen hatten. Aus den Nebengebäuden drangen die Rufe von Männern zu Moore herüber, das gutgelaunte Scherzen von Kutschern und Stallburschen.

»Wir führen hier ein schlichtes Leben«, war Brownes erster

Willkommensgruß. »Keine Rede von Musikzimmern und künstlichen Seen und chinesischen Tapeten wie bei meinem Bruder. Hast du solche Tapeten schon mal gesehen? Pagoden und Mingreiter und Gott weiß, was sonst noch, und das an den Wänden von Mayo.« Er legte Moore eine Hand auf die Schulter. »Komm herein, Mann. Komm herein.«

»Ich wollte nur die Gerichtsabgaben diskutieren«, sagte Moore steif. »Das weißt du doch, nicht wahr? Das habe ich in meinem Brief wohl klargestellt. Es ist nett von dir, mich zu empfangen.«

»Aber sicher«, sagte Browne. »Aber sicher. Du bist ein Labsal für müde Augen. Es ist schon Jahre her.«

Die Eingangshalle war dunkel. Portraits hingen an den Wänden, dunkel und undeutlich, weiße Gesichter schimmerten unter Lack und Staub.

»Armseliges Geklecks«, sagte Browne. »Die guten hängen natürlich in Westport House. Der Alte und Peter und dann der Großvater. Das hier ist die zweite Garnitur – Vetter und so was. Bis auf einen. Sieh dir das an, ja?« Er führte Moore vor das Portrait eines Mannes in militärischer Kleidung des 17. Jahrhunderts, leuchtende Farben, Adlernase. »Da hast du ihn in all seiner Pracht, Colonel John in seiner Regimentsuniform, bereit, um mit König James davonzureiten und ein paar protestantische Schädel einzuschlagen. Kein Wunder, daß Bruder Sligo das nicht an seinen Wänden haben will. Aber damals waren wir ja schließlich alle Papisten – Moores und Brownes und Treacys.« »Ein energisch aussehender Bursche«, meinte Moore.

»Kein schlechtes Stück Leinwand«, sagte Browne. »Ein Londoner Künstler namens Turville.«

»Sie setzten sich zu ihrem Gespräch in Brownes Arbeitszimmer, ein kleines, gemütliches Zimmer, in dem an einer Wand an diesem kühlen Spätnachmittag ein Torffeuer brannte. Bücherregale zogen sich an zwei Wänden bis zur Decke hin. Hohe Doppelfenster gingen auf eine Wiese hinaus. Nebel lagerte auf dem gelb werdenden Gras, eine Herde schwarzer Rinder graste in einiger Entfernung unter Bäumen. Ein Bild, hell vor dem Licht des Feuers: Westport House, von einem fernen Hügel aus gesehen, dahinter Clew Bay. Ein förmliches, unbeholfenes Gemälde, ebensosehr Karte wie Landschaft, Pflanzungen und Alleen waren bis ins letzte Detail dargestellt.

»Bei Gott, der Junge, der das gemacht hat, wollte was liefern fürs Geld«, sagte Browne. »Wenn er genug Platz gehabt hätte, dann hätte er jeden Baum mit untergebracht.«

»Es ist ein schönes Haus«, sagte Moore.

»Stimmt«, erwiderte Browne. »Und auf Dauer gebaut. Westport hat eine große Zukunft, George. Eine große Zukunft. Killala und Ballina haben ausgespielt. In fünf Jahren wird dieser Hafen dort von Getreideschiffen für England nur so wimmeln. Connaught hat eine große Zukunft, Gott sei Dank. Wir werden Englands Ernährer werden. England und Meister Buonaparte werden sich einen langen, langen Krieg liefern, und die Bauern und Grundbesitzer von Irland werden Unmengen von englischen Pfundnoten in ihren Hosentaschen finden.«

»Verlaß dich nicht auf die Geschichte«, mahnte Moore. »Vor ein paar Jahren, als wir uns zuletzt unterhalten haben, war Meister Buonaparte ein besiegter General und saß in Ägypten fest. Heute ist er der Herr Frankreichs. Die Dinge ändern sich.«

»Keine Angst«, erwiderte Browne. »Die Geschichte überlasse ich deiner Obhut.«

»Zu den Gerichtsabgaben«, sagte Moore und zog die Papiere aus der Tasche.

Sie brauchten nur eine Stunde, um ihre Angelegenheiten zu regeln. Beide Männer hatten Sinn für Zahlen und einen Instinkt für Einzelheiten. Schließlich warf Browne seine Feder auf den Tisch und streckte sich. »Du bleibst doch zum Abendessen, nicht wahr George? Fasan und gebackener Schinken und Stachelbeertorte. Ich habe den Fasan mit meinem eigenen Gewehr erlegt.«

»Wenn ich jetzt aufbreche«, antwortete Moore, »dann bin ich noch vor Einbruch der Nacht in Moore Hall. Ein andermal vielleicht.«

»Nichts ist so gut wie die Gegenwart«, sagte Browne. »Jetzt bist du hier, und es ist lange her. Jahre. Du bleibst doch sicher über Nacht.«

Warum nicht, dachte Moore. Was spielt das denn für eine Rolle? Alles ist vorbei, lange her.

»Ich habe eine nette Überraschung für dich«, sagte Browne. »Meine Nichte ist hier. Sarah ist hier. Sie wohnt bei mir. Du hast sie doch in London kennengelernt, nicht wahr?«

Moore erinnerte sich an sie. Schlank. Schwarze Haare, braune Augen. Die besondere Freundin von Dick Galmoy. Entehrt. Er hatte sie nicht gut gekannt.

»Sie wird hier besser dran sein«, meinte Browne. »London ist kein Ort für eine Irin.«

»Ich habe London immer gemocht«, sagte Moore. »Eine zivilisierte Stadt.«

»Eine schöne Stadt«, sagte Browne. »Ich verbringe jetzt sechs Monate im Jahr dort.« Dennis Browne, Parlamentsmitglied für Mayo. »Es ist eine Stadt für Männer. Du weißt doch sicher Bescheid über sie. Über sie und Galmoy.«

»Ich kann mich nicht erinnern ...«, begann Moore ausweichend. Browne fiel ihm ins Wort.

»Gut, daß sie ihn los ist. Sehr gut. Sie sind eine Schande für Irland, Welpen wie Galmoy.«

»Ich habe ihn nicht gut gekannt.«

»Ein anständiges irisches Mädchen bei einem Ball im Castle kennenlernen und sie überreden, mit ihm nach England zu gehen. Er hat furchtbare Schande über sie und ihre Eltern gebracht. Männer wie Galmoy sind eine Schande für Irland, vergeuden und verspielen ihr Geld in London. Die Engländer lachen über sie, und warum sollten sie auch nicht? Gut, daß sie diesen Burschen los ist.«

»Es tut mir leid, daß ich sie nicht besser kennengelernt habe«, sagte Moore. »Sie war eine hübsche und kluge Frau, wenn ich mich recht entsinne.«

»Klug, sagst du? Alle Brownes sind klug, mit Ausnahme des armen Sligo, und der hat es Gott sei Dank nicht nötig. Sie ist so klug wie ein Ei voll Dotter ist. Wenn du sie ansiehst, würdest du schwören, daß sie Irland verlassen hat, um ins Kloster zu gehen. Ach, welche Familie hat denn nicht ihr Ungemach? Wer wüßte das besser als du?«

Moore gab keine Antwort. Die Offenheit, mit der Browne über sie sprach, setzte ihn in Verlegenheit. Wie alt mochte sie jetzt sein? Ende zwanzig vielleicht, oder dreißig. Kein hohes Alter in diesem Land, aber die Gerüchte hatten ihren Ruf sicher beschädigt. Sie mochte klug sein, aber es war Torheit gewesen, mit Dick Galmoy durchzubrennen.

»Woran denkst du?« fragte Browne scharf.

Moore lächelte. »Daran, daß ich kluge Frauen bewundere.«

Browne musterte ihn, jetzt lag die Schärfe in seinen Augen. »Sei vorsichtig und bewundere sie nicht zu glühend, George. Es wäre doch schade, wenn irgend etwas unsere Freundschaft störte.«

»Sind wir das?« fragte Moore. »Freunde?«

Browne ließ ihn vor dem Essen eine Stunde allein und er erkundete das Gut. Es war ein schöner, klarer Abend, kühl, ein schwacher Wind wehte über die Felder. Ein Hauch von atlantischem Salz in der Luft weckte seine Erinnerungen. Ein Pfad entlang der Wiese führte über einen Bach, über den sich eine kurze, bucklige Brücke wölbte. Dahinter lag ein Pavillon. Der Bach führte viel Wasser und floß geräuschvoll unter seinen Füßen dahin, als er auf der Brücke stand. Vielleicht sitzt sie im Pavillon, dachte er. Und liest oder denkt an London.

Sie setzte sich zu ihnen in das enge, unordentliche Eßzimmer, unter ihren Füßen ein roter, abgenutzter türkischer Teppich, an den Wänden Portraits in gedämpften Farben, sie saß ihrem Onkel gegenüber am Ende des Tisches aus Olivenholz. Moore hatte keine klare Erinnerung an sie gehabt – schlank war sie sicherlich, und braunäugig, aber ihre Haare waren durchaus nicht schwarz, sondern braun und unmodisch frisiert. Ihr Hals war lang über einem braven Kleid aus blauem Samt. Sie sagte beim Essen wenig, hörte jedoch jedem Mann aufmerksam zu und blickte ihn aus wachsamen, ruhigen Augen an. Sie lächelte oft, ein rasches, halbes Lächeln, das kam und gleich wieder verschwand. Ihre Zähne waren sehr weiß, aber nicht gerade.

Mit Fingern und spitzem Messer zerlegte Browne den Fasan. »Das ist wunderbar«, sagte er. »Eine Browne wieder in Mayo, wo sie hingehört, und ein Freund, der unsere Mahlzeit teilt. Wir sehen dich nicht oft genug, George. Niemand sieht dich oft genug. Du solltest dich mehr am Leben im County beteiligen.«

»Jagt Ihr nicht, Mr. Moore?« fragte sie. Eine farbige Stimme. Silbergestreifte Farben.

»Ich schreibe«, sagte Moore. »Und ich leite mein Gut selber. Ich habe viel zu tun.«

»Sein Bruder war der geborene Jäger«, erklärte Browne. »George ist ein ganz anderer Typ.«

»Und was schreibt Ihr?« fragte sie.

»Geschichte«, sagte Moore. »Eine Art Geschichte. In der letzten Zeit geht es nicht so gut.«

Browne hatte beim Sprechen den Mund voll Fleisch. »Vor ein paar Jahren ist die Geschichte an seine Türschwelle geschwemmt worden. Das war ihm nicht willkommen.«

»Ich lese niemals Geschichte«, sagte sie. »Gedichte und Romane. Mehr Romane, als gut für mich ist. Aber nicht Geschichte. All diese Probleme und Daten.«

»Meine wird genauso trocken sein wie alle anderen«, sagte Moore. »Falls ich sie je vollende.«

Sie griff zu ihrem Weinglas. Moore fiel ein, wo er sie gesehen hatte. In Holland House. Damals war sie anders gewesen, ihre Stimme rauh und eifrig. Es war ein großes Fest gewesen. Aber sie war keine Frau, die man leicht vergessen konnte. Jetzt nicht.

»Ihr seid in einer tristen Zeit nach Hause gekommen, Miss Browne.«

»Trist?« widerholte sie. »Ich bin nicht sicher, was Ihr meint.«

»Der County hatte Probleme. Es hat viel Leid gegeben.«

»Jetzt ist er sicher«, sagte Browne. »Und bald wird er wohlhabend sein. Das habe ich dir doch gesagt, George.« Er griff nun auch zum Glas. »Hör nicht auf ihn, Sarah.«

»Nicht auf einen Historiker hören? Ich bin sicher, daß ihm das nicht gefallen würde, nicht wahr, Mr. Moore?«

»Euer Verwandter kennt Mayo besser als ich«, sagte Moore. »Er hat sich in Mayo einen Namen gemacht.«

Sie war empfänglich für seine Ironie. »Hast du das, Dennis? Was hast du dir für einen Namen gemacht?«

»Jeden, der mir gegeben wird. Ich habe mehr getan und das weiß George. Ich habe den Frieden hier wiederhergestellt.«

»*Pacem appellant*«, sagte George.

»Was mag das bedeuten, Mr. Moore?« fragte sie. »Ich kann kein Latein. Kein Latein und keine Geschichte. Ich bin eine unwissende Frau aus Mayo.«

»›Sie nennen es Friede‹«, erklärte Moore.

»Sag ihr auch den Rest«, verlangte Browne wütend. »›*Solitudinem faciunt et pacem appellant*. Sie schaffen eine Wüste, und nennen es Friede.‹ Na gut. Aber es ist eine Wüste, in der wir leben können.«

»Die von uns, die noch leben«, sagte Moore.

»Darüber weiß ich nichts«, sagte sie. »Über dieses ganze Leid.«

»Verzeihung«, sagte Moore. »Euer Verwandter und ich haben schwere Tage duchlebt. Wie alle in Mayo. Wir hatten unsere Meinungsverschiedenheiten. Das ist jetzt alles vorüber. Wie er sagt, der Friede ist wiederhergestellt.«

»Einmal wenigstens waren wir einer Meinung«, sagte Browne. »Weißt du noch, George?«

»Ja«, antwortete Moore.

Browne lächelte Sarah an. »Für die Ohren einer Frau paßt

nur ein Gespräch über Seidenkleider und Flitter vom Jahrmarkt und blühende Schlehenbäume.«

»Du bist ja poetisch geworden«, sagte sie.

»Es sind nicht meine Worte«, antwortete Browne. »Sie stammen aus dem Lied eines Schulmeisters in Killala. Eines Liedes in irischer Sprache.«

»Eines Schulmeisters, der 98 gehenkt wurde«, sagte Moore.

»All dieses Leid«, wiederholte sie. »Immer sind Dichter dabei.«

O Dennis Browne,
wenn ich dich träfe,
schüttelte ich dir die Hand.
Nicht, um dich zu grüßen,
sondern um dich zu packen,
und dich zu hängen,
strampelnd
an einem Hanfseil.

Als er am nächsten Morgen erwachte, dachte er nur an sie, als ob sie ein Parfüm hinterlassen hätte, diskret und erotisch. Ranken der Erinnerung, die Bewegung ihres Arms, als sie ihr Weinglas hob, die kleine Hand, die es hielt, die großen dunklen Augen, die mehr wußten, als die Lippen verrieten. Es war eine Empfindung, die ihn unerwartet überkommen hatte, und er fühlte sich seiner eigenen Melancholie gegenüber treulos. Die Frau, die Dick Galmoy einst nach Holland House gebracht hatte, ein Preis, der zur Schau gestellt werden mußte, Dick Galmoys wilde Irin.

Er zog sich an und wanderte dann noch einmal über den Wiesenweg zur kleinen Brücke. Er überquerte den Bach und ging zum Pavillon. Wie er erwartet hatte, fand er sie dort, und es überraschte sie nicht, ihn zu sehen. Sie steckte ein Stück Papier in ihren Roman und legte das Buch auf einen Korbtisch neben ihrem Stuhl. Dann erhob sie sich, um ihn zu begrüßen.

»Ihr habt Euch an mich erinnert«, sagte sie.

»Einmal sind wir uns begegnet«, erwiderte er. »Einen Abend. Ihr habt damals anders ausgesehen.«

Sie gingen zusammen den Weg entlang, neben ihnen der schmale, raschfließende Bach.

»Seid Ihr froh darüber, wieder hier zu sein?« fragte er. »In Mayo?«

»Weder froh noch unfroh«, antwortete sie. »Hier bin ich eben. Auf dem Schiff war ich sehr aufgeregt, aber jetzt wirkt nichts vertraut auf mich. Ich mag Dennis' Haus nicht, gefällt es Euch? Ich mag Westport House.«

»Es ist sehr großartig«, sagte er. »Ein besseres Haus für eine Frau. Werdet Ihr dort leben?«

»Ich mag die Bucht«, erwiderte sie. »Und die Inseln. Ich mag das Pittoreske sehr.«

»Und Romane.«

»Ja«, sagte sie. »Ich bin eine törichte Frau. Töricht und eigensinnig. Das wird mein Ruin sein, früher oder später.«

»Ihr seid durchaus nicht töricht«, widersprach er. »Seit gestern abend seid Ihr mir ein Rätsel. Ihr erinnert mich an jemanden. Ihr seid mir ein Rätsel.«

»Das ist aber eine sehr persönliche Bemerkung nach einer so kurzen Bekanntschaft.«

»Aber Ihr seid nicht beleidigt«, sagte er.

»Wie könnt Ihr das wissen?«

»Werdet Ihr jetzt hier bleiben?«

»Wohin sollte ich sonst gehen? Ich würde London zu dieser Jahreszeit nicht angenehm finden.«

»Ich ziehe London vor«, sagte Moore, der sie bewußt mißverstand. »London oder Paris. Ich erinnere mich an Spanien, wie Ihr Euch in London an Mayo erinnert habt. Aber jetzt habe ich mich hier eingelebt. Ich werde nicht mehr weggehen.«

»Ihr habt nicht das Aussehen eines Mannes, der sich zu Hause fühlt. Ihr seht unglücklich aus.«

Sie hatten die Bäume erreicht. Dahinter stand Brownes Haus, kahl und gedrungen.

Sie blieb stehen und blickte ihm ins Gesicht. »Wißt Ihr, warum ich zurückgekommen bin? Fragt meinen Onkel nicht. Er würde für Euch eine Geschichte erfinden. Galmoy hat sein Geld aufgebraucht und mich sitzenlassen. Er hat mir den Stuhl vor die Tür gesetzt. Sonst wäre ich noch bei ihm.«

»So sehr hängt Ihr also an ihm?«

Sie brach einen Zweig vom Baum und betrachtete ihn. »Ich habe ihn verachtet«, sagte sie. »nach dem ersten Jahr. Er ist ein dummes Geschöpf, nur Prahlerei und gutes Aussehen. Es war ein ermüdendes Leben für eine Frau wie mich, ohne Gesellschaft, außer der von Männern und anderen Frauen wie mir.«

»Wie Lady Holland«, sagte Moore.

»Wie Lady Holland. Macht Ihr Euch über mich lustig?«

»Durchaus nicht«, antwortete Moore. »Ich würde mich nie über Euch lustig machen.«

»Nie? Auch dann nicht, wenn Ihr mich besser kennt?«

»Dann erst recht nicht.«

»Nehmt Euch in acht, Mr. Moore. Ich bin durchaus nicht so, wie Ihr vielleicht gehört habt.«

»Ich weiß nur, was Ihr mir erzählt«, sagte Moore. »Erzählt mir gar nichts, wenn Ihr nicht mögt.«

»Ich bin eine enttäuschende Frau«, erwiderte sie. »Das ist mir oft gesagt worden.«

»Wir passen gut zueinander«, sagte Moore. »Ihr werdet schon sehen.«

Vier Monate später wurde Sarah Browne Moores Geliebte. Er hielt sie durchaus nicht für eine enttäuschende Frau, und er war entzückt von ihrem seltsamen Wesen, in dem sich Offenheit und Zurückhaltung vermischten. Sie war nicht ganz verliebt in ihn, überlegte er sich, aber fast. Er selber war damit zufrieden, daß sie ihm gefiel, daß ihre Art ein Rätsel war, das seine Gefühle anreizte. Ihre Sinnlichkeit, und wie er gleich am ersten Abend vermutet hatte, war sie eine höchst sinnliche Frau, geriet mit ihrer trockenen, selbstverachtenden Intelligenz durcheinander. Wie er ihr gesagt hatte, paßten sie gut zueinander und stellten aneinander keine hohen Ansprüche. Zuerst führten sie ihre Affäre mit Diskretion, nach einigen Monaten jedoch war sie das allgemeine Thema im County. Moore hatte erwartet, daß Browne ihn zum Duell fordern würde, nachdem er von der Beziehung gehört hatte, aber statt dessen gab Browne vor, nichts zu wissen. »Vielleicht weiß er es wirklich nicht«, sagte er einmal zu ihr. »Er weiß es«, erwiderte sie. »Wir sind eine unberechenbare Familie.«

Sie heirateten drei Jahre nach Beginn ihrer Beziehung, und ihr Sohn, der acht Monate später auf die Welt kam, wurde nach seinem Vater und Großvater George getauft. Er wurde als Katholik getauft und erzogen. Moore hätte darauf bestanden, aber seiner Frau waren diese Fragen ohnehin nicht wichtig. Sie ließen sich zwar selten in der Gesellschaft sehen, aber der County hielt die Ehe für einen Erfolg, und vielleicht war sie das ja auch.

Er beendete niemals seine Geschichte der Girondistischen Partei während der Französischen Revolution. Er arbeitete noch einige Jahre nach seiner Hochzeit daran, aber jedes Jahr empfand er geringeres Interesse für diese Aufgabe und weniger Vertrauen in seine Fähigkeit, sie zu beenden, oder in seine Fähigkeit, die Triebfedern von Politik und Geschichte zu begreifen. Die ersten beiden Bände des Manuskriptes sind erhalten, sein Stil ist ausgefeilt, aber vielleicht zu förmlich und zu steif, seine Schrift elegant, die Tinte braun und verblichen. Außerdem gibt es Entwürfe für Kapitel, korrigiert, durchgestrichen, teilweise neu geschrieben. Und Notizen für weitere Kapitel, Kolonnen von Namen und Daten, unsichere Epigramme und zaghafte Verallgemeinerungen. Er saß am Ende mit einer gefrorenen Pfütze der Geschichte da, trübes Wasser, gefroren in der Senke eines Waldpfades, tote Blätter und zerbrochene Zweige, undeutlich unter seiner verdreckten Oberfläche.

Während des ganzen 19. Jahrhunderts hielt sich unter den Bauern das Gerücht, John Moore sei gar nicht in Waterford gestorben, sondern nach Spanien geflohen und zurückgekehrt, um seinen Bruder zum Duell zu fordern, als er hörte, daß dieser eine Verwandte von Dennis Browne heiraten wollte. Das Duell soll in der Ödnis hinter Ballintubber bei der Abteiruine stattgefunden haben. Keiner der Brüder wurde verletzt, und John kehrte nach Spanien zurück. Eine holprige Ballade über dieses Duell lebte in den Schenken weiter, ein erbärmliches Machwerk, in dem John eine smaragdgrüne Rebellenuniform trug, wie Robert Emmet auf einem kolorierten Stich. Die Sage entsprang dem allgemeinen Haß auf Dennis Browne, sie hatte nichts mit George Moore zu tun, dieser distanzierten Gestalt hinter den Mauern von Moore Hall.

Als Moore in den zwanziger Jahren ein alter Mann war, allerdings nicht so alt, wie sein Vater geworden war, brach in Mayo die Ribbon-Verschwörung aus, wie auch an anderen Orten im Land, Pächter rotteten sich zusammen, um eine Reduzierung der Pachtsätze zu erzwingen, ungefähr wie die alten Whiteboys. Mickey O'Donnell, ein Neffe von Ferdy, wurde als einer der Rädelsführer vor Gericht gestellt. Moore bezahlte seine Anwaltskosten und trug sie gewissenhaft, aber auf kuriose Weise in sein Kassenbuch ein: »Für die Verteidigung vor dem Gericht von Castlebar von Mr. M. O'Donnell, einhundert Pfund an Daniel O'Connell, Rechtsanwalt. John Moore *in memoriam.*« Es war verschwendetes Geld. O'Donnell wurde in die Sträflingskolonie von Van Diemensland deportiert.

An diesem Abend brachte er, nachdem er seine Eintragung gemacht hatte, seinen Stuhl auf den Balkon seines Vaters und blieb dort eine Stunde ruhig sitzen. Er versuchte, sich daran zu erinnern, wie sein Vater vor dem unvollendeten Haus hin- und herstapfte und mit seinem Stock gestikulierte. Oder an John, der auf seiner kastanienbraunen Stute die Allee hinabritt. Verblassende Portraits, die fast völlig verschwunden waren. Er konnte nur einen alten Mann und einen jungen Mann ohne erkennbare Züge heraufbeschwören. Er wünschte sich Tränen, aber daran waren seine trockenen Augen nicht gewöhnt. Schließlich brummelte er, schob den Stuhl zurück und ging, gestützt auf den Stock seines Vaters, ins Haus.

Aus dem Tagebuch des Sean MacKenna, Oktober 1798

Donnerstag. Ich komme gerade aus dem Gefängnis zurück, wo ich stundenlang neben meinem geliebten Freund Owen MacCarthy gesessen habe, der morgen früh gehenkt werden soll. Wenn ich das nächstemal zur Feder greife, um diesem Kassenbuch meine Torheiten anzuvertrauen, wird er nicht mehr sein, sondern vor unserem Schöpfer stehen. Ich werde morgen früh nicht zum Gefängnis gehen, und das sollte auch kein anderer Christenmensch tun.

Wenn ein Mann gehenkt wird, dann wird sein Name auf ein Stück Kanzleipapier geschrieben, und darunter stehen sein Verbrechen und die Strafe und schließlich die Namen der zivilen und militärischen Autoritäten, Dennis Browne und General Trench. Dann wird das Papier außen am Gerichtsgebäude angenagelt, und spätere Urteile werden daneben oder auch darüber befestigt. Der Regen strömt über die Zettel und läßt die Tinte zerlaufen. Auf diese Weise werden Namen verkündet und dann weggespült – Donnellan, Nealon, Duggan, Mulkern, Dunne, Clancy, Burke. Aber die Leichname werden nicht weggespült und auch nicht begraben, sondern mit Teer überzogen und zur Abschreckung wieder aufgehängt.

»Owen MacCarty« haben sie seinen Namen buchstabiert, was ja fast richtig ist, und seinen Beruf haben sie mit Schulmeister korrekt angegeben. Weiter stand auf dem Zettel, daß er von den Franzosen Waffen angenommen und zu verschiedenen Zeiten und an verschiedenen Orten gegen die Krone gekämpft und zu den Anführern der Rebellen gehört habe, was alles Verrat ist und mit dem Tode bestraft wird. Das stimmt sicher auch, obwohl Owen mir wenig über jenen Monat erzählt hat und ich auch nicht mehr wissen will. Ich kann nicht begreifen, daß ein Mensch und sein Tod auf diese Weise zu wenigen Wörtern auf einem Stück Papier zusammenschrumpfen können.

Als ich an diesem Abend durch die Hauptstraße zum Gefängnis ging, war der Himmel klar, schmale rote Wolkenbänder hingen tief über dem Horizont, und die windstille Luft war warm für Oktober. Die Hauptstraße und die Castle Street wimmelten von Soldaten und Landwehr- und Milizleuten, die gerade dienstfrei hatten, und die herumstolzierten, vor den Läden herumlungerten oder sich in den Schenken drängten. Seit General Trench nach Mayo gekommen ist und Castlebar zu seinem Hauptquartier gemacht hat, geht es hier so zu. Es gibt Landwehrleute aus Munster, die nur irisch sprechen, und Männer von der anderen Seite des Meeres, deren Englisch ich einfach nicht verstehen kann, sie scheinen sich den Mund mit heißen Kartoffeln vollgestopft zu haben. Es war wirklich eine arge Torheit, die als Vergeltung diese Schwärme von scharlachroten Wespen über uns gebracht hat.

Ich brachte Owen ein neues Leinenhemd aus dem Laden, damit er morgen eine gute Erscheinung abgeben kann. Und ich brachte ihm auch einen Krug Whiskey und einen Laib Brot, den Brid für ihn aus dem besten weißen Mehl gebacken hatte, und den Rosenkranz meines Vaters, in der Zeit der Penal Laws aus Mooreiche geschnitzt und von meines Vaters und meinem Schweiß geglättet.

Er bedankte sich für alles und legte es dann neben sich auf die Pritsche. Das einzige Licht in der Zelle kam schwach von einer Lampe draußen im Gang, und ich sah ihn im Schatten. Er hatte einen verfilzten Bart, aber dahinter schien sein Gesicht ausgehöhlt, seine Wangen waren eingefallen. Einige Zähne waren ihm ausgeschlagen worden, andere saßen locker, deshalb lispelte er. Es brach mir das Herz in der Brust.

»Was ist das doch für ein armseliger Tod«, sagte er. »Ein Tod, den man einem jungen Hund geben würde.«

»Ach Owen«, sagte ich. »Es ist schnell genug vorbei. Du solltest jetzt an anderes denken. Ist ein Priester bei dir gewesen?«

»Sicher. Heute nachmittag. Ich habe diesen armen Burschen mit brennenden Ohren wieder weggeschickt.«

»Aber er hat dir doch die Absolution erteilt?«

»Hat er. Aber ich glaube nicht, daß er das gern getan hat. Er hätte mich tagelang bearbeiten müssen, um gute Arbeit leisten zu können.«

Ich wußte, daß er leichthin sprach, um eine Mauer um sich zu bauen. Er saß in einer Zelle, die er sich selber gebaut hatte, kleiner und finsterer als dieses Viereck aus feuchten Steinen.

»Du bist die Freundlichkeit selber, daß du hergekommen bist, Sean«, sagte er endlich.

»Viele andere wären auch gern gekommen«, erwiderte ich. »Dichter aus Kerry und Westcork.«

»Vielleicht«, sagte er.

»Keine Frage von vielleicht«, widersprach ich, »und das weißt du genau. Wo immer du gelebt hast, bist du hoch geehrt worden.«

Er lachte. »Hoch geehrt? Bei Gott, manche Leute zeigen das auf seltsame Weise.«

Ich konnte ihn jetzt deutlicher sehen. »Sie werden deine Gedichte noch viele Jahre lang aufsagen«, sagte ich.

»Ach, das werden sie sicher. Die Gedichte haben jetzt nichts mehr mit mir zu tun. Sie werden ihren eigenen Weg auf der Welt finden. Nicht die Gedichte haben mich in dieses schreckliche Loch gebracht, sondern mein eigenes törichtes, wildes Leben.«

»Wer weiß denn schon, was Torheit ist«, sagte ich.

»Der Priester«, erwiderte er. »Er wollte mir nur die Absolution erteilen, wenn ich bereute, daß ich mit den Franzosen gegangen bin. Sicher bereue ich, sagte ich zu ihm, schließlich werde ich doch deswegen gehenkt. Aber das war ihm nicht gut genug, und ich mußte schwören, daß alles von Anfang an eine Sünde und ein Verbrechen gegen Gott und die Menschen war. Er war ein Junge von vielleicht Mitte Zwanzig, mit hoher, unangenehmer Stimme. Ach, eine Absolution von ihm ist genausogut wie eine vom Papst. Nach einer Weile habe ich jeden Gedanken an eine vollständige Beichte aufgegeben. Mein Gott, was habe ich für ein schreckliches Leben geführt, Sean. Ich habe mich erst an Mary Lavelle, dieses Mädchen aus Ballycastle, die Ferdy O'Donnells Knecht geheiratet hat, erinnert, als er schon weg war. Ich hatte sie total vergessen. Sie war ein wildes kleines Ding, und ein Mann konnte ihre Hüften mit seinen beiden Händen umfangen.«

»Lieber Gott, Owen. Du solltest jetzt nicht an so etwas denken.«

»Ach, was hat das denn alles für eine Rolle gespielt? Als ich sie in dieser Nacht gesehen habe, in Ferdys Küche, hat mich gleich die Leidenschaft überkommen. Aber später, in der Dunkelheit auf der anderen Seite der Stirnwand, war es auch nicht anders als mit Judy, die zu Hause in Killala auf mich wartete, und ich habe mich gefragt, warum ich mir die ganze Mühe gemacht habe. Wenn einen Mann die Leidenschaft überkommt, dann verliert er jegliche Vernunft. Das wissen wir doch alle. Das Priesterlein war schockiert über die Sünden, an die ich mich erinnern konnte. Lust ist eine wilde, wütende Bestie, sagte er zu mir, sicher ein Spruch, den sie ihm im Seminar beigebracht haben. Stimmt, sagte ich, und meistens war ich dabei außerdem noch sinnlos betrunken. Das ist eine zusätzliche Sünde, sagte er. Dieser Bursche wird ein heiliger Terror werden, wegen dem man lieber fünf Pfarreien weitergeht, um ihm auszuweichen. Murphy aus Killala war verrückt, aber in mancher Hinsicht wußte er doch Bescheid.«

»Es sind wirklich Sünden, Owen. Vielleicht macht Gott den Dichtern besondere Zugeständnisse, aber Er hat der Kirche nichts davon gesagt.«

»Er scheint sehr sorgfältig darauf geachtet zu haben, der Kirche ja einzuschärfen, wie verwerflich eine Rebellion gegen den König ist. In dieser Hinsicht war das Priesterlein wirklich beredt. Das sei die schwärzeste meiner Sünden, daß ich mit den Franzosen gegangen bin. Bereust du von ganzem Herzen, fragte er, gegen deinen Herrscher zur Waffe gegriffen zu haben? O ja, Vater, sage ich, aus tiefstem Herzen. Du bezahlst einen schweren Preis dafür, sagt er. O ja, Pater, sage ich, ich könnte mir nur schwerlich einen schwereren ausdenken. Ein unschuldiger junger Bursche, Sean. Der kratzt sich noch nicht lange mit einem Rasiermesser über die Wangen.«

In diesem Moment hätten wir auch in meinem Zimmer über dem Laden sitzen können, zwischen uns eine Flasche, während sein wilder Humor an der Grenze zur Gotteslästerung tanzt. Aber dann sagt er: »Es war der reine Irrsinn. Überall lagen in Ballinamuck Tote und Sterbende um uns herum, mit abgerissenen Armen und aufgeschlitzten Bäuchen. Und mitten in all meiner Angst konnte ich nur an die Torheit denken, die uns hergeführt hatte, hinter dem Banner her in das rote Moor des Todes. Die Hecken am Moorrand saßen dick voller Brombeeren, und ich wußte, daß ich nie mehr einen Weg entlanggehen und die Hände voller Brombeeren und Brombeerflecken auf den Lippen haben würde.«

In Owen gibt es eine tiefe Liebe zu unserem irdischen Dasein, und vielleicht ist er deshalb ein so guter Dichter. Und spricht nicht noch aus seinen schlimmsten Sünden, sogar, wenn es um das Mädchen an der Stirnwand geht, am Ende doch nur diese Liebe? Ich glaube wirklich, daß diese Liebe so stark ist, daß er nicht begreifen kann, wie sündhaft sie ist. Gott helfe ihm und mache ihm Zugeständnisse.

»Ich bin mit ihnen gegangen«, sagte er, »und dann bin ich von ihnen weggerannt, und dann bin ich zu ihnen zurückgekehrt. Wenn ich weggeblieben wäre, dann würde ich jetzt sicher in Munster, verborgen in einem Tal, und könnte über meine Heldentaten prahlen und lügen. Ach, Christus, das ist ja auch eine Sünde.«

Wenn ich daran dachte, daß am nächsten Tag kein Leben mehr in ihm sein würde, dann krampfte sich mein Herz zusammen. Ich konnte ihn deutlich vor mir sehen, in einer Schenke in Munster, an die weiße Wand gelehnt, mit einem Krug Porter in der Hand. Jetzt gab es nur noch das bärtige Gesicht im Schatten, und morgen wird noch viel weniger übrig sein. Es ist entsetzlich, den Tag und die Stunde des Todes eines Menschen zu kennen.

Ich sagte: »Immer wieder denke ich daran wie an eine Welle, die vom großen Meer her über uns hereingebrochen ist. Einige wurden aus diesem Grund mitgerissen, andere aus jenem. Und einige sind aus Gründen mitgegangen, die ich mir einfach nicht vorstellen kann, die armen Landlosen und die Spalpeens. Gott allein weiß, warum der Landadel losgezogen ist – John Moore und Malcolm Elliott und Randall MacDonnell und ihresgleichen.«

»Empfiehlt mich dem Landadel«, sagte er mit grober Verachtung. »Wann haben die denn für irgend etwas einen Grund gebraucht?«

»Es hatte sich seit einem Jahrhundert zusammengebraut«, sagte ich, »und ist wie eine Welle über uns hereingebrochen.«

Wir schwiegen oft lange, sahen einander an oder starrten ins schwache Licht im kleinen vergitterten Fenster in der Tür. Ich wußte nicht, ob er mich bei sich haben wollte oder ob er das Schweigen in seiner eigenen Gesellschaft vorgezogen hätte. Aber ich glaube, er war froh darüber, daß ich da war. Wir waren eng befreundet, seit er nach Mayo gekommen war.

Einmal fragte er mich plötzlich: »Hast du je gesehen, wie jemand aufgehängt wurde?«

»Nein«, antwortete ich. »Und das werde ich auch nicht. Es ist entsetzlich, daß manche dabei zusehen mögen.«

»Ich wohl«, sagte er. »In Macroom. Ich habe zugesehen, wie sie Paddy Lynch gehenkt haben.«

»Er war Captain der Whiteboys«, sagte ich.

»Stimmt. Und deshalb und für zwei Morde wurde er aufgehängt, aber er hatte Schlimmeres getan. Er wurde der ›Macroom Captain‹ genannt. In seinem letzten Jahr hatte er überall in West Cork sein Unwesen getrieben, aber er hatte in Macroom angefangen, mit ein paar Hektar Bergland, und er wurde ›Macroom Captain‹ genannt. Der Landadel von Macroom hat ihn ganz besonders gehaßt. Sie haben ihn mit Hundemeuten gejagt wie einen Fuchs. Am Ende haben sie aber doch die Landwehr gebraucht. Sie haben ihn mit vier seiner Männer in einer Höhle in den Boggeraghs gefunden, und sie wurden nach Macroom zurückgebracht und auf dem Marktplatz aufgehängt.«

»Das weiß ich noch. Ich habe Cork City erst ein Jahr später verlassen. In dieser Woche war von nichts anderem die Rede.«

»Cork City ist nicht Macroom. Dort gibt es eine große, häßliche Burg. Es ist eine Marktstadt, und sie hat einen weiten Platz, wie die meisten Städte in Munster. Und an diesem Tag drängten sich dort die Leute, mehr an der Zahl als Leute und Vieh an einem Markttag. Und alle wollten Paddy Lynch hängen sehen. Ich war selber da. Es war noch früh, aber ich hatte schon eine halbe Flasche getrunken. Überall standen Betrunkene und sangen. Wir hatten einen lustigen Tag in Macroom, damals, als wir Paddy Lynch gehenkt haben.«

»Es war schwer, Tränen für ihn zu vergießen, für diesen Paddy Lynch.«

»Das war es bei Gott. Er hat überall in Ballyvourney gewütet und die kleinen Höfe angesteckt. Er war schließlich nicht besser als ein Straßenräuber, und was sollte er auch anderes sein? Schließlich hatten sie mit ihren Hundemeuten ein Tier aus ihm gemacht!«

In diesen Stunden tranken wir beide drei- oder viermal aus dem Krug, den ich mitgebracht hatte, aber nicht öfter. Vielleicht wollte er am Morgen nüchtern sein, vielleicht wollte er den Rest aber auch in den langen Stunden der Nacht trinken können, wenn er allein war. In jedem Fall konnte man ihm keine Vorwürfe machen.

»Mein Vater war ärmer als irgendein Whiteboy«, sagte er.

»Ein Spalpeen, der seinen Spaten zu den Gesindemärkten trug. Habe ich dir je erzählt, wie er gestorben ist? In einem Straßengraben, ohne Essen im Bauch. Als ich gehört habe, daß er so sterben mußte, war ich verrückt vor Kummer.«

»Du hast ein schönes Gedicht für ihn geschrieben«, erwiderte ich. »Kein Stein aus schwarzem oder weißem Marmor ist so schön wie dieses Gedicht.«

»Er ist nicht gestorben, weil er ein Gedicht brauchte, sondern weil er kein Brot hatte. Und ich war weit weg, tobte nach Herzenslust herum, trank in Schenken und stopfte die Köpfe von Bauernsöhnen mit unnützem Wissen voll. Der Schweiß meines Vaters hatte mich in die Schule geschickt, Schillinge, die von seinem Schweiß glänzten. Und ich habe ihn verlassen, einen altgewordenen Tagelöhner. Was hattest du denn für einen Vater, Sean?«

»Einen ganz wunderbaren Mann«, sagte ich und dachte an ihn. »Er hatte einen kleinen Laden in der Blarney Street, und meine Mutter diente dort in einem der Häuser. So haben sie sich kennengelernt. Er hat sehr viel gelesen. Das Geld wurde für Bücher ausgegeben, und er hat mich auf den Geschmack gebracht.«

Owen streckte plötzlich die Hand aus, nahm meine und rieb sie zwischen seinen beiden. »Da«, sagte er. »Diese Hand ist wie meine. Weich wie die eines Gentleman. Die Hand meines Vaters war wie gesprungenes Leder, wie altes Leder, mit harten, knotigen Fingern. Und sie war nie sauber, er konnte sie niemals sauber bekommen. Der Dreck hatte sich darin eingefressen, und seine Nägel waren schwarz. Ich weiß noch, wie er mich zum erstenmal in die Schule gebracht hat und versuchte, die Hände hinter dem Rücken zu verstecken. Schulunterricht für eine Spalpeensohn. Ich erinnere mich an seine Hände so gut wie an sein Gesicht.«

»Du hast ihn auf jeden Fall geliebt«, sagte ich. »Das verrät das Gedicht.«

»Er war ein schrecklicher Trinker«, fuhr Owen fort, »aber er konnte es sich nicht oft leisten. Dann trank er bis zum Umfallen, Gott helfe ihm.«

»Gott gebe ihm Ruhe«, sagte ich, aber ich betete für den Sohn.

Später, nach einem weiteren langen Schweigen und einem Schluck aus dem Krug, sagte er: »Erinnerst du dich noch an das Gedicht, das mir solche Sorgen gemacht hat? Der Mond und das glitzernde gebogene Metall? Eine Zeitlang, als mich in Killala der Irrsinn überkam, dachte ich, ich hätte die Antwort, wenn ich eine gekrümmte Pike sah. Aber das war auch ein Teil des Irrsinns, wie die Trommeln und die Gewehre und das grüne Seidenbanner. Das Bild lag auf dem Lehmboden meiner Gedanken, und nichts wollte ihm Leben einhauchen.«

»Es kommt schon noch, wenn du ihm Zeit läßt«, sagte ich ohne zu überlegen, und dann hörte ich, voller Entsetzen, den Widerhall meiner törichten Worte in dem kleinen, stillen Raum.

Aber Owen lachte und antwortete nicht.

Dann, eine Weile später, sagte er: »Ich weiß noch, als ich klein war und mein Vater und ein paar andere auf Hassetts Land pflügten, Gott möge seine Seele quälen. Gegen Mittag brachte ich ihnen einen Eimer Wasser, mit dem sie ihr Kartoffelbrot herunterspülen konnten. Mein Vater und ich setzten uns zusammen auf den Boden und teilten uns unser Kartoffelbrot, und dann streckte er sich aus und blickte in den Himmel. Ich aber betrachtete die frischen Furchen und die Pferde und den Pflug. Es war ein hölzerner Pflug, weißt du, wie man sie heute nicht mehr oft sieht, dessen Sohle mit Eisen beschlagen war. Der ganze Märzmorgen lag in diesem Stück Eisen.«

»Na ja«, sagte ich, »und warum nicht?« und glaubte, ihn verstanden zu haben. »O'Sullivan hat schließlich ein Gedicht über einen Spaten geschrieben. Warum nicht über eine Pflug?«

Aber er zuckte ungeduldig die Schultern, die schweren Schultern eines Pflügers.

»Die Gedichte liegen in einer Schachtel bei Judy Conlon«, sagte er. »Ich wäre dir sehr dankbar, wenn du demnächst einmal bei ihr vorbeigehen und die Schachtel an dich nehmen könntest. Sie ist eine gute Frau, aber die Gedichte sollten besser bei einem gebildeten Mann bleiben.«

Und das versprach ich ihm natürlich, und dann hatten wir wieder nichts mehr zu sagen. So vergingen zwei Stunden und noch etwas mehr. Ich saß da wie angewurzelt. Ich wußte nicht, wie ich mich von ihm verabschieden sollte. Einmal fiel plötzlich grelles Laternenlicht durch das Gitterfenster, und ein dunkles Gesicht schaute zu uns herein, dann war es wieder verschwunden.

»Dieser arme Bursche muß die ganze Nacht aufbleiben, wenn wir ihm keine Möglichkeit zum Ausruhen geben«, sagte

Owen. »Du gehst jetzt besser nach Hause zu Brid und Timothy.«

Ich stand auf. Owen jedoch blieb sitzen, und ich legte meine Arme um ihn und küßte ihn. Ich fühlte mich schwach und krank, und meine Augen füllten sich mit Tränen. Owen legte mir die Hand auf die Schulter und preßte sie. »Einen sicheren Heimweg wünsch ich dir«, sagte er.

Freitag. Ich habe fast die ganze letzte Nacht gebraucht, um das alles aufzuschreiben, aber ich hätte nicht schlafen können, und ich fand es richtig, daß es einen Bericht über die letzten Stunden des Dichters Owen MacCarthy auf dieser Erde gibt. Jetzt, wo ich alles durchlese, stelle ich fest, daß noch vieles fehlt, aber was ich aufgeschrieben habe, muß genügen.

Heute habe ich meinen Laden geschlossen gehalten. Gegen acht Uhr morgens war die Menschenmenge so groß, daß sie die Castle Street bis zur Hauptstraße füllte. Timothy schlief noch, und Brid und ich saßen uns gegenüber, unser Tee wurde kalt und unsere rechten Hände waren ineinander verschränkt. Dann hörten wir aus der Castle Street die Trommelwirbel. Nach einer Weile verstummte die Menge, und dann, wenige Minuten später, brüllte sie los. Brid und ich sahen einander nicht an. Ich machte das Kreuzzeichen. *Requiescat in pace.*

Dienstag. Heute habe ich Judy Conlon in ihrer Hütte in den Acres von Killala besucht, und sie gab mir höchst bereitwillig die Schachtel mit Owens Gedichten. Sie sagte, sie habe sie an dem Tag, als die Acres von Fraser's Fencibles heimgesucht wurden, sehr sorgfältig versteckt. Sie brannten einige Hütten ab, ihre allerdings nicht, und sprangen sehr grob und unchristlich mit den Bewohnern um. Sie ist eine sympathische Person und wirkt anständig, trotz des Lebens, das sie gelebt hat.

Zwischen Killala und Ballina hatte ich einige Meilen lang die Mauern von Lord Glenthornes Gut zur Gesellschaft, sehr schöne Mauern aus sorgfältig behauenem Stein. Die Mauern sind so hoch, daß ich kaum hinüberblicken konnte, aber ich konnte doch einen Blick auf das berühmte Haus werfen, wie auf ein Märchenschloß aus einem fernen Land, das hochgehoben und um die ganze Welt durch die Luft getragen worden ist, um hier abgesetzt zu werden. Zu Recht wird er der Hohe Lord genannt.

Ich sah es gerade zur richtigen Tageszeit, zwischen Tageslicht und Dunkelheit, der Himmel war blaugrün und die Wolken rot und hätten Seeleute entzücken können. Was haben wir jemals mit ihrer Welt zu tun gehabt, von uns getrennt durch ihre hohen Mauern aus behauenem Stein, ihren Eingangstoren, die bewacht werden von mythischen, in Stein und Marmor gehauenen Tieren, von geflügelten Pferden, Adlern, Löwen, Affen, Gorillas, Drachen? Ihre Kutschen fahren auf der Straße an uns vorbei, lackiertes Holz, poliert, um die Sonne zu fangen. Ihre Reiter und Jäger toben im rotbraunen Herbst über unsere Felder, ein spannendes und beängstigendes Schauspiel, die Lords und Gentlemen in ihren scharlachroten Röcken, und die Damen in Reitkostümen aus schwarzem und grünem Samt. Sie halten an Landgasthäusern an, um ein Glas Whiskey oder Sherry oder Rotwein zu trinken, lehnen sich in ihren Sätteln zurück, ihre Hunde kläffen ungeduldig, die Männer haben rote Gesichter und hohe, gewölbte Nasen und bellende Stimmen wie ihre Hunde. Das Horn des Jägers hallt von Hügel zu Hügel wider, und ihre Schreie haben das Geheimnis eines Rituals.

Aber kein Mensch, der in diesem Land lebt, hat je den Hohen Lord gesehen, ein Name, mit dem man Kinder erschreckt.

EPILOG

Winter 1798

Die unveröffentlichten Gedanken des Arthur Vincent Broome, Autor von *Ein Unparteiischer Bericht über die Ereignisse zu Killala im Sommer 1798*

»Kann man aus der Geschichte lernen?« habe ich einst einen gelehrten und weisen Freund gefragt. Statt diese Frage mit der Verachtung abzutun, die sie zweifellos verdient hatte, überlegte er sich die Angelegenheit und antwortete schließlich: »Nein, ich glaube nicht. Aber wir können von den Historikern lernen.« Ich habe ab und zu darüber nachgedacht; wenn ich zum Beispiel in den weitschweifigen Werken von Hume und Gibbon lese, und ich kann ihnen nur folgendes entnehmen:

Gibbon hat uns die Weite der klassischen Welt gegeben, vom Hellespont bis zu den Säulen des Herkules, ein großer Tempel mit Pfeilern und Kolonnaden und geheimen Winkeln, dessen weißer Marmor unter der brennenden Sonne des Mittelmeers glüht, und er zeigt uns dann seine entsetzliche und schändliche Zerstörung. Welchen genauen Eindruck gewinnen wir doch von all seinen Bestandteilen, von ihren komplizierten Verbindungen! Wie gewiß ist seine Zerstörung, wenn fremder Glauben seine Macht umstößt und fremde Rassen an seinen weiten Grenzen zerren. Jeder Grund und jede Ursache werden sorgfältig klargestellt. Und über dieses mächtige Drama herrscht die bewundernswerte Autorität von Gibbons hervorragender Sprache, seiner leidenschaftslosen Vernunft. Hier, glauben wir, haben wir das wichtigste bürgerliche Drama der menschlichen Geschichte, in dem Dutzende und Hunderte und Tausende mitgespielt haben, eines Dramas jedoch, das der menschliche Geist dazu gezwungen hat, seine letzten Geheimnisse preiszugeben. Groß war Rom, und katastrophal war sein Fall, aber groß ist auch die Energie des Historikergeistes, die kühle Bedächtigkeit seines Urteils.

Dann jedoch! Wir legen den Band auf den Tisch und machen einen Spaziergang im Garten, besuchen ein krankes Pfarrkind oder schneiden vielleicht auch nur unsere Nägel, und Zweifel sickert ein, wie ein gotischer Stamm an der Grenze. Vielleicht war es ja überhaupt nicht so. Vielleicht war alles nur Chaos, Pech, Zufall, vielleicht sogar die Vorsehung, vielleicht wurden die Alten wirklich für ihre Sünden bestraft, wie man einst geglaubt hat. Vielleicht ist Gibbon nur ein Hexenmeister, ein Zauberer der Sprache, ein Simon Magus der beeindruckenden Kapitel. Vielleicht haben wir nicht Rom gesehen, sondern Gibbons Vorstellungen, die er großzügig der Vergangenheit gewidmet hat und nicht Bergkuppe, Sonnenuntergang, Abteiruine oder anderem romantischen Humbug? Und deshalb bleibt die Vergangenheit unergründlich, gehüllt in Schatten, eine entsetzliche Ausdehnung von Gebäuden, Toten, Schlachten, zusammenhanglos, stumm, halb registriert. Vielleicht lernen wir nichts aus der Geschichte, und der Historiker lehrt uns, daß wir nichts wissen.

Ich weiß, daß ich eitel und affektiert bin, wenn ich an Gibbon erinnere, während ich die Seiten meines eigenen armseligen Berichts umblättere. Vor dem gewaltigen Fall des mächtigen Reiches stelle ich eine Zankerei in einer abgelegenen Provinz, eine zerlumpte Armee von Bauern, Reihen von Landwehr und Miliz, Pflüger, die an den Galgen der Straßenkreuzungen aufgehängt wurden. Und der Chronist ist nur meine Wenigkeit, ein verwirrter Geistlicher von unbedeutender Bildung, ein Liebhaber von Bequemlichkeit und Höflichkeit und Toast mit Butter. Wie zuversichtlich und falsch wirkt auf mich jetzt mein einführendes Kapitel, wo ich der Gibbon Mayos sein und die streitenden Parteien am Vorabend des Konflikts, die verschiedenen gesellschaftlichen Klassen, die Topographie, das Wetter beschreiben wollte. Wie falsch war sogar meine eigene parteiische und fragmentarische Erinnerung! Die Wahrheit war immer mein Leuchtfeuer, als ich meinen Bericht abgefaßt habe, und ich wollte meinem Leser einen Bericht von allem geben, was geschehen ist, ohne verfälschende Einfärbungen, zusammen mit einer Schilderung meiner eigenen Gefühle während der Geschehnisse und im Rückblick. Nun aber liegen die Worte tot auf der Seite, wie schwarz angelaufene Schiffsrümpfe im Sand.

Jetzt, in meiner Erinnerung, sehe ich Ferdy O'Donnell in der Küche sitzen. Er starrt mich an. Er ist unrasiert, und seine Augen sind aus Schlafmangel tief eingesunken. Seine Hand ruht auf dem Tisch, eine viereckige, breite Hand mit dicken Fingerknöcheln. Dicht dabei steht eine halbgefüllte Teetasse.

Es ist später Abend, das Licht ist schwach, die Ecken auf der anderen Seite des Zimmers sind in Schatten gehüllt. Keiner von uns beiden spricht. Auf der Straße draußen brüllen Männer. Schließlich hebt er die Hand, dann läßt er sie wieder auf den Tisch fallen. Ich erinnere mich lebhaft an diese Szene, und doch hat sie keine Bedeutung, ist nur eine zufällige Erinnerung. Aber wenn nun die geheimnisvolle Wahrheit in solchen Momenten eingeschlossen ist? Die Erinnerung zwingt sie uns auf, fleht uns an, sie zu untersuchen. Eine hoffnungslose Botschaft.

Die Stunde, in der O'Donnell und ich zusammensaßen, ist ausgetilgt worden. Die Rebellion selber ist durch hundert Regengüsse von Stadt und Feldern abgewaschen worden. Aber jeden Tag komme ich auf der Straße an Männern vorbei, die mich gefangengehalten haben. Einmal habe ich sie von meinem Arbeitszimmerfenster aus beobachtet, wie sie sich an den regennassen Wänden herumdrückten. Erinnerungen, so lebhaft wie meine, müssen in ihren Schädeln eingeschlossen sein, Fackeln flackern durch schwarze Korridore der Zeit. Wir grüßen einander höflich. Vielleicht sprechen sie in ihren Hütten über die Kämpfe, und jüngere Männer hören zu, lauschen wie auf Berichte über heldenhafte Schlachten. In den Häusern des Landadels ist die Rebellion gewiß nicht vergessen. Sie werden im Laufe der Jahre ihre eigene Mythologie komponieren, zusammengesetzt aus Tatsachen, Sagen und Stolz. In meinem eigenen Bericht habe ich nur die Wahrheit darstellen wollen. Vielleicht war meine die ärgste Eitelkeit. Die Erinnerung fordert mich heraus und verspottet mich.

In den Wochen und Monaten nach unserer Befreiung aus der Gefangenschaft erkannte ich, wie groß die Qualen meiner geliebten Eliza gewesen waren. In den Monaten der Gefahr und der Angst war sie meine sichere Quelle der Kraft, der feste Fels meiner Existenz. Es war vielleicht saumselig, daß ich nicht ihre vielen guten Taten, das Beispiel von christlicher Tapferkeit in meinen Bericht aufgenommen habe, die sie denen zugute kommen ließ, die unsere Haft teilten. Sie hat kein Talent für klangvolle Worte, hat viel Humor, aber wenig von dem, was die Welt als Geist bezeichnet. Und doch teilte sie mir, als die Gefahren vorüber waren, mit, wie aufgewühlt sie war, nicht in Worten, sondern durch zu niedergeschlagenes Auftreten, zu zerstreutes Wesen. Mehr als einmal überraschte ich sie, wenn sie am Wohnzimmerfenster saß und auf die enge, leere Straße hinausstarrte. Und dann wußte ich, daß sie sich daran erinnerte, daß brüllende Männer diese Straße gefüllt hatten und daß andere auf entsetzlichste Weise unter diesen Fenstern gestorben waren.

Deshalb beschloß ich mit einer Schnelligkeit, die mir nur selten gegönnt ist, die Weihnachtszeit bei meinem Bruder Nicholas in Derbyshire zu verbringen. Wir hatten das erste Weihnachtsfest unseres gemeinsamen Lebens in diesem Haus verbracht, und sie hat es in liebevoller Erinnerung. Ich wußte auch, wie erholsam ein englisches Weihnachtsfest sein kann. Es gibt Menschen, die es fertigbringen, sich darüber lustig zu machen und es ein nur schlecht verkleidetes heidnisches Winterfest nennen, aber mir ist es immer als zutiefst christlich erschienen, als Bestätigung von Liebe und Zuneigung mitten im kalten Dezember. Eliza stimmte mir höchst bereitwillig zu, was natürlich bei all meinen Plänen und Vorhaben der Fall ist. Ich kann mich nicht erinnern, daß sie mir jemals Widerstand entgegengebracht oder irgendeinem gerechten Befehl nicht gehorcht hätte. Eine äußerst christliche Frau.

Wir fuhren mit der Postkutsche von Castlebar nach Dublin, und während eines Teiles der Reise begleitete uns eine Abteilung Dragoner, gut aussehende breitschultrige Männer unter dem Kommando eines jungen Captains mit feinknochigem, sanftem Gesicht. Die Kutsche wartete vor dem Gericht auf uns, ein ödes Fahrzeug, ganz anders als sein englisches Gegenstück, wenn man von den gelbangestrichenen glänzenden Rädern einmal absieht. Als wir zu Kutsche gingen, öffnete sich uns plötzlich ein Blick in den Hof, so plötzlich, daß ich Eliza nicht mehr warnen konnte, und eine Sekunde lang blickte sie hinüber, ohne zu begreifen, dann schlug sie die Hände vors Gesicht. Fünf Gestalten hingen an einem Galgen, unförmig und schwarz, ihre Überzüge aus Teer waren vereist und glitzerten. Mr. Comfort, der Captain der Dragoner, half mir, Eliza zur Kutsche zu führen und wandte sich dann an mich.

»Wenn sie in diesem Land jemanden henken, dann aber wirklich«, sagte er.

»Es ist schrecklich«, sagte ich. »Schrecklich. Und das in einem christlichen Land.«

»Das ist noch die Frage«, sagte er grinsend.

»Sie sind Christen«, erwiderte ich. »Und ihre Seelen fordern die christliche Bestattung ihrer Gebeine.«

»Das hier ist Duggan«, sagte er und zeigte auf die Gestalt links außen. »Ich würde ihn nicht einmal als richtigen Heiden bezeichnen, ganz zu schweigen von einem Christen. In Killala ...«

»Ich weiß, was er in Killala getan hat«, warf ich rasch ein.

»Natürlich, Sir. Das hatte ich vergessen. Neben ihm hängt noch einer aus Killala. Ein Schulmeister. Ein brutaler Riese, oder nicht? Seht Euch doch nur an, wie groß er ist.«

Einmal hatte er vor mir in meiner Bibliothek gestanden und über *Gil Blas* und die Straßen von Munster gesprochen. Und einmal war seine Stimme mit einem Lied durch die offene Tür einer Scheune geschwebt, wo er bei der Dienerschaft stand und einem Mädchen den Arm um die Taille gelegt hatte. Ein häßlicher Sack aus Gedärm und Knochen, angekettet und geteert. Ich drehte mich um und stieg in die Kutsche.

Die Kutsche rollte durch den verwüsteten County. Unter uns drehten sich lustig die gelben Räder. Hunde kamen aus den Hütten gerannt, um uns anzukläffen, und alte Leute standen in ihren Türen. Vieh sah uns bewegungslos von den Feldern her an. Wir passierten eine Zeile abgebrannter Hütten, ohne Dächer, Türen wie verrottende Münder. Zwei Kreuzungen wurden von leeren Galgen markiert, verstümmelten Kreuzen aus glattem Holz, grob und verwittert. Das Land selber jedoch hüllte der sanfte irische Winter ein. Blaue Hügel, in der Ferne, hinter den Feldern, der blaßblaue Himmel weit wie die Ewigkeit, Wolken mit Silberstreifen, ruhige Flüsse. Eine vollkommene Welt, besudelt von der Gewalt der Menschen.

Unser Weihnachtsfest in Derbyshire brachte alles, was ich mir davon erwartet hatte und noch mehr, und das schönste aller Weihnachtsgeschenke war das Leuchten, das in Elizas Augen und Gesicht zurückkehrte. Alle Fröhlichkeit dieser Jahreszeit war uns willkommen – der Julklotz, die Stechpalme, die Weihnachtssinger, die sich vor den Fenstern zum Singen versammelten, die Gläser voll heißem Glühwein. Es war ein verschneites Weihnachtsfest. Ich unternahm lange Spaziergänge durch die Landschaft, die mir seit meiner Kindheit vertraut war – denn ich bin hier geboren –, die sich aber nun in Weiß hüllte. Keine andere Landschaft hätte einen lebhafteren Kontrast zu der bieten können, die ich gerade verlassen hatte. Unser Dorf war ein richtiges Dorf, unser Wirtshaus ein richtiges Wirtshaus mit seinem warmen, gemütlichen und gutausgestatteten Schankraum.

Und Nicholas ist der typische englische Gutsbesitzer. Er könnte sich von einem Maler oder Schriftsteller darstellen lassen, er ist ein Musterexemplar dieses hervorragenden Menschenschlages. Leider ist jedoch sein Geist von den Grenzen seines County eingeengt. Wenn ich von einer Mission bei den Tataren zu ihm zurückgekehrt wäre, dann hätte ich ihm nicht als exotischerer Reisender erscheinen können. Und doch hatte er nicht den Wunsch, von mir etwas zu erfahren. Statt dessen wollte er mich belehren, als ob alles britische Interesse in Irland von meiner Wenigkeit abhinge und er die Stimme Englands sei.

»Es ist unerträglich, Bruder, unerträglich, daß ihr der Bevölkerung dieser elenden Insel erlaubt, sich zu verschwören und sich in offenem Aufruhr und bewaffnetem Verrat zusammenzurotten. Gibt es dort denn keine Gesetze, keine Armee, keine Landwehr, keine Miliz? Und doch habt ihr es zugelassen, daß das Land explodiert ist.«

»Ich selber habe das nicht zugelassen, Bruder«, antwortete ich. »Ich habe dir meine Pfarre geschildert. Ich bin verantwortlich für ein paar hundert Seelen, weit weg in einem abgelegenen Teil der Insel, umgeben von ungezählten Tausenden elender Kreaturen.«

»Von ungezählten Tausenden? Wo? In Mayo? Das glaube ich dir nicht. Wie viele Menschen leben auf der Insel?«

»Das weiß niemand. Sicher Millionen. Über diese Frage wird heftig diskutiert.«

»Heftig diskutiert? Wieso sollte darüber diskutiert werden? Mayo hat seine Grundbesitzer, und jeder Grundbesitzer hat seine Pächter. Die Grundbesitzer sollen ihre Pächter zählen, das Ergebnis addieren, und dann hast du die Bevölkerungszahl. Großer Gott!«

»Nein, nein«, sagte ich. »Es gibt Pächter und Unterpächter und Unterunterpächter und Nichtseßhafte. Es gibt Ödland im Gebirge, wo Hunderte von Elenden dahinvegetieren, und andere Elende vegetieren an den Rändern der Moore dahin. Ganze Gemeinden. Jetzt, im Winter, gibt es auf jeder Straße Familien von Bettlern, ein mitleiderregendes Schauspiel. Ich versichere dir, Nicholas, es ist überhaupt nicht wie England.«

Wir saßen in seiner Bibliothek, wie er eine Kombination von Büro und Sattelkammer nennt, wo ein paar Dutzend Bücher in den Regalen Staub sammelten. Wir saßen vor einem brennenden Holzfeuer und trösteten uns mit Madeira und Keksen. Nicholas' breite, kräftige Beine waren zum Feuer hin ausgestreckt. Er war nicht wütend, nicht einmal besonders interessiert. Er war eben so.

»Faulheit«, sagte er. »Faulheit und Papisterei und Verrat. Der Fluch Irlands. Die Grundbesitzer sind genauso schlimm wie alle anderen. Ich habe sie in London gesehen, wie sie ihre Pacht verspielt haben. Und ich habe sie gehört, mit einem Akzent, den man nur mit einem Bratenmesser schneiden könnte. Soll man von solchen Leuten erwarten, daß sie richtig regieren? Ich nicht.«

»Sie werden wohl nicht mehr lange regieren«, sagte ich. »In Dublin und London ist die Rede von einer Union der beiden Königreiche.«

»Das ist ein schönes Weihnachtsgeschenk«, sagte Nicholas. »Eine Insel, die von Bettlern nur so wimmelt, wird uns in den Schoß geworfen. Es war verrückt von dir, dort ein Amt anzunehmen. Sieh dir doch deine arme Frau an, die diese Wilden fast um den Verstand gebracht haben. Und am Ende mußten wir alles für euch in Ordnung bringen und gute englische Burschen in eure pestverseuchten Moore schicken. Immer dasselbe. Cromwell mußte hinübergehen, und nach ihm William. In dieser Luft liegt Verrat; er ist den Leuten angeboren. Was wollten die Rebellen denn überhaupt?«

»Sie konnten nicht einmal Englisch, die meisten von ihnen konnten nicht einmal Englisch. Der König war nur ein Wort für sie, und sie wußten nicht, wo England liegt. Sie haben ihre eigene Sprache, Musik, Sitten.«

»Was wollten sie?«

»Ich glaube nicht, daß sie das wußten. Sie sind einem Banner aus grüner Seide gefolgt. Sie hatten Prophezeiungen und Aberglauben. Sie glaubten, ein Held aus Frankreich würde kommen und sie retten. Vielleicht haben sie ihn mit Bonnie Prince Charlie verwechselt. Sie wurden aufs grausamste bestraft. Die Galgen reichen von einem Ende von Mayo bis zum anderen. Sie sind ein Volk ohne Führer.«

»Sollen eben zu Hause bleiben, dann passiert ihnen nichts. Sie sollen ihren Grundbesitzern gehorchen. Sie sollen sich nach den großen Häusern richten.«

Es hatte keinen Zweck. Ich schaute aus dem Fenster auf die schneebedeckte Landschaft. Die Dächer des Dorfes waren zu sehen. Ich dachte an das Dorfgasthaus, Vorhänge im Fenster, Bilder an den Wänden, Reihen von Zinnkrügen. Und dann fiel mir die Hauptstraße von Castlebar ein, eine ärmliche Gasse, die sich zum Gericht und zum Gefängnis hinzog, zu gehenkten Leichnamen. Die Erinnerung trug mich von Castlebar gen Norden, wo sich der Himmel über die blauen Berge wölbte. Ich sah die Bettler auf der Straße. Ich dachte an eine Scheune bei Einbruch der Nacht, an den Klang der Fiedeln, an Füße auf dem hartgetretenen Lehmboden. Ich sah die Gälische Armee nach Killala schwärmen, zerlumpt, unrasiert, prahlerisch in ihrer unbekannten und barbarischen Sprache. Es hatte keinen Zweck.

Niemand schien zu wissen, wie viele Iren es gab, und nur wenige interessierten sich überhaupt dafür. Das entdeckte ich mit Hilfe von William Clifford, dem Vikar von Nicholas' Kirche, einem jungen Mann aus guter Familie, mit Neigung zur Gelehrsamkeit, krummem Rücken und kurzsichtigen Augen. Ich verbrachte mehrere Abende in seinem bescheidenen, aber wohleingerichteten Haus. Er wußte nicht mehr über Irland als Nicholas, aber er verfügte über christliches Mitgefühl und eine kleine Bibliothek. Was die irische Bevölkerung betraf, so glaubte er, ich würde in einem Buch, das in eben dem Jahr 1798 veröffentlicht worden war, finden, was ich suchte, und er drängte es mir förmlich auf und bezeichnete es als heilsame christliche Antwort auf Rousseau und Godwin, da es uns an das unausweichlich melancholische Wesen unserer irdischen Existenz erinnerte.

An diesem Abend lieh er mir übrigens zwei Bücher, die in jenem schicksalhaften Jahr erschienen waren, eines war ein Buch mit Gedichten, von denen einige auf ihre Weise recht hübsch waren, wenn auch angestrengt und künstlich in ihrem Versuch, natürlich zu wirken; es gab jedoch auch eine lange, alberne Ballade, in der ein Seemann einen großen Vogel mit einem Pfeil tötet, und für dieses offenbar ruchlose Verbrechen wird er dann von den höllischen Mächten um die Welt gejagt und seine Schiffsgefährten gehen elendiglich zugrunde. Und dies alles wurde in einem ermüdenden Stil falscher Unschuld und Schlichtheit vorgetragen.

Das wichtigere Werk, das er mir lieh, war jedoch nicht dieses Produkt der Phantasie, sondern der *Essay über das Prinzip der Bevölkerung* eines seiner Bekannten, eines eben ordinierten Geistlichen namens Malthus. Mr. Malthus begann einfach genug mit dem Beweis, daß Bevölkerungen immer schneller anwachsen als ihre Nahrungsmittelproduktion sich steigern läßt, wenn ihr Anwachsen nicht begrenzt wird. Diese Begrenzungen teilt er in positive und negative ein, und zu ersteren rechnet er Hungersnöte, Seuchen und andere Epidemien. Seine Worte öffneten wirklich eine entsetzliche Welt! Ich konnte mich nicht dazu zwingen, die Unwiderlegbarkeit seiner Argumente zu akzeptieren, konnte sie jedoch auch nicht entkräften. Er schien, wie ein düsterer Newton, eine Formel gefunden zu haben, die seit Jahrhunderten am Rand unseres Denkens verborgen gewesen war. Klar und kalt wie Eiswasser klärte und kühlte sie das Gehirn. Und alles wurde mit einer leidenschaftslosen Ruhe vorgetragen, die einen lebhaften Kontrast zu seinen entsetzlichen Schlußfolgerungen bildete.

Ich hatte gedacht, daß Irland, in dem es seit Jahrhunderten immer wieder zu Hungersnöten gekommen ist, ausgezeichnet seine These illustrieren würde, suchte es jedoch vergebens. Sein erster Band behandelte die ganze Welt und regte uns zu Überlegungen an über die nackten Elendsgestalten von Feuerland und Van Diemensland, die bemalten Krieger von Nordamerika, die pelzigen Lappländer, die Reiter der asiatischen Steppe. Über Irland jedoch, das doch auf Mr. Malthus' Türschwelle liegt, fand ich kein Wort, bis ich die allerletzte Seite erreichte, wo er den Leser informiert, daß die Eingeborenen so barbarisch sind, daß sie einfach nicht gezählt werden können. Und dann fügt er hinzu: »Die Beschränkungen der Bevölkerung sind natürlich von positiver Art und ergeben sich aus den Krankheiten, die durch schmutzige Armut, durch feuchte und elende Hütten, durch schlechte und unzureichende Bekleidung, durch unsaubere Gewohnheiten und gelegentlichen Mangel entstehen. Zu diesen positiven Beschränkungen kommen in den letzten Jahren noch das Laster und Elend von inneren Unruhen, Bürgerkrieg und Kriegsrecht.« Mehr sagt er nicht, und seine Verachtung tat mir weh. Alles, was ich gesehen hatte, so viel Tumult und Leidenschaft, Chaos und Blut, diente lediglich der Begrenzung von Bevölkerungszahlen. Die Toten in den Straßen von Killala, die obszönen Gewichte am Galgen von Castlebar, die in der Wildnis von Belmullet festgenommenen Bauern, alle hatten ihr Leben für eine Gleichung hingegeben. Die Iren schienen zu einer endlosen Folge von Vermehren und Verhungern, Vermehren und Verhungern verurteilt zu sein.

»Es ist ein äußerst lehrreiches und christliches Werk«, versicherte mir der junge Mr. Clifford. »Mr. Malthus erinnert uns daran, daß der Mensch kein Geschöpf ist, das perfektioniert werden könnte. Der Mensch müht sich blindlings, seine Spezies zu vergrößern, wird aber durch die Gesetze der Natur daran gehindert. In Natur oder Gesellschaft gibt es kein Heil. Daran brauche ich Euch nicht zu erinnern.«

»So wie es jetzt ist«, sagte ich, »müssen die Armen auch ohne Hungersnot jeden Winter betteln. Ach, Mr. Clifford, wenn Ihr sie nur sehen könntet! Und wir sitzen gemütlich in unseren warmen Häusern.«

Daraufhin erzählte er mir von einer kürzlich in London gegründeten frommen Gesellschaft, die in Westirland Bibeln verteilen wollte und zu diesem Zweck Geld gesammelt und Agenten angestellt hatte. Ich wußte nicht, ob ich lachen oder weinen sollte.

»Aber sie können nicht lesen«, sagte ich. »Sie sprechen kein Englisch. Was ist das für eine Torheit, was für eine neue Torheit? Genausogut könnte man die Seiten des Testamentes in Flaschen stopfen und ins Wasser werfen, damit sie nach Afrika und zu den Sandwich-Inseln treiben. Noch besser wäre es, Mr. Malthus ins Gälische zu übersetzen und den Armen zu erklären, daß sie durch ein Theorem hungern und sterben, um einen Syllogismus zu vollenden.«

Nun war er verlegen, denn, wie gesagt, er war ein gutherziger junger Mann. Aber er konnte nur seine Hände aneinanderreiben, als ob er sie waschen wollte.

»Was wollt Ihr?« fragte er schließlich. »Ich weiß nichts über diese Fragen. Vielleicht ist es wirklich so unvermeidlich, wie Mr. Maltus meint. Wir müssen versuchen, die Hungernden zu speisen und die Nackten zu kleiden. Wir müssen wohltätig sein.«

»Mit großer Vorsicht«, sagte ich sarkastisch. »Malthus warnt uns vor ungezügelter Philanthropie, die pervers oder sogar verbrecherisch sein kann, weil sie ein System behindert, das klüglich dazu eingerichtet ist, eine Bevölkerung am Rande äußersten Elends zu halten.«

»Ihr geht zu hart mit ihm ins Gericht«, sagt er. »Ihr geht zu hart mit Euch selber ins Gericht.«

Düstere Grübeleien in einer Zeit weihnachlicher Freude: Ich hielt mich nicht lange mit ihnen auf. Und doch plagten mich weiter meine Erinnerungen an das Land, das ich verlassen hatte, in das ich zurückkehren würde. Cliffords ausweichender Takt, meines Bruders grobe Gleichgültigkeit erinnerten mich daran, daß die Welt meine Sorgen nicht teilte. Derbyshire war meine warme Winterdecke, dicker als der Schnee, gewoben aus Kindheitserinnerungen, Gewißheiten, guter Laune. Hier war ich kein Fremder, sondern bewegte mich endlich wieder unter meinesgleichen, mit meinem Akzent, meinen Gewohnheiten. Was braucht ein Grundbesitzer aus Derbyshire über die Bevölkerung Irlands zu wissen, warum sollte ein Pastor aus Derbyshire sich die Lasten einer fremden Insel aufladen? So argumentierte ich äußerst bequem gegen mich selber.

Lord Glenthorne jedoch war etwas anderes, und ich erinnere mich immer noch mit einer Art Entsetzen an mein Gespräch mit ihm. In dieser Stunde, als wir nebeneinander in einem ruhigen Zimmer in London saßen, ruht die Bedeutung dessen, was ich erlebt habe, und doch kann ich sie nicht enträtseln, eine klare Bedeutung, die in einem grotesken Winkel hängt. Ich irre mich vielleicht, Wahrheit verblüfft uns. Wir suchen sie vergeblich, und wenn sie uns anspringt, sind wir nicht vorbereitet.

Ich hatte beschlossen, ihn auf dem Rückweg nach Irland zu besuchen, denn, wie gesagt, er verfügte über die Pfründe meiner Pfarre. Ich wußte, daß ihm ein Bericht über die Ereignisse, die seine Interessen so sehr betrafen, willkommen sein würde. Er hatte bereits von Dennis Browne über den Mord an Creighton, seinem Verwalter, und über die Schäden, die die Rebellen in Glenthorne Castle angerichtet hatten, erfahren. Aber Briefe sind kalte Instrumente, die nur wenig mitteilen. Also schrieb ich ihm und erhielt bald darauf eine höfliche Antwort: »Meine Empfehlung. Ich bin jeden Nachmittag zu Hause. Glenthorne.«

Am Nachmittag des achten stand ich also vor seiner Tür. Das Haus war durchaus nicht einschüchternd, es war aus rosa Ziegelsteinen errichtet und hatte bogenförmige Fenster mit Blick auf den Park. Ein Dienstmädchen öffnete die Tür, sie war schlicht gekleidet und trug ein Häubchen. Sie führte mich in ein kleines Wohnzimmer, das kärglich möbliert war und von zwei Kunstwerken dominiert wurde, einem schlecht ausgeführten Ölgemälde eines Hirsches im Hochland, der in einsamer Eminenz auf einem Felsen steht, und einem großen billigen Stich, der Abraham und Isaak darstellte. Ich setzte mich auf einen kleinen gepolsterten Stuhl und wirbelte dabei eine kleine Staubwolke auf.

Das war also das Wohnhaus des legendären Herrschers von Tyrawley, eines absoluten Monarchen, des »Hohen Lords«. Ein schlichtes Haus in London, keine Lakaien, sondern ein Dienstmädchen mit Häubchen, die Wände auf eine Weise dekoriert, die ein Dubliner Lebensmittelhändler vulgär finden würde. Ich war nicht überrascht. Londoner Freunde hatten mir erzählt, daß er dort nicht durch seinen Reichtum oder seine Macht, sondern durch seine Wohltätigkeit bekannt und einer der wichtigsten Vertreter der Gesellschaft zur Verbesserung der Lage der Schornsteinfeger und ein großzügiger Spender für die würdigste aller Gesellschaften war, die Gesellschaft zur Abschaffung der Sklaverei.

Er ließ mich nicht länger als fünf Minuten warten, dann trat er ein und begrüßte mich einfach und herzlich, indem er meine Hände in seine nahm. Er war ein kleiner, gebückter Mann mit langer, dünner Nase und vollen Lippen und trug einen schnupftabaksbraunen Anzug.

»Ihr seid mir sehr willkommen, Mr. Broome«, sagte er. »Sehr willkommen. Ich habe nur selten Besuch aus Irland. Ich habe in den letzten Monaten oft an dieses unglückliche Land gedacht, ja, sehr oft. Wie Ihr Euch sicher denken könnt.«

»Ganz bestimmt«, versicherte ich ihm.

»Kommt in meine Bibliothek, Mr. Broome. In meine Bibliothek. Es ist ein angenehmer Ort für ein Gespräch, und wir haben einander viel zu erzählen. Viel zu erzählen.« Alles zu wiederholen schien eine eingefleischte Angewohnheit von ihm zu sein. Er schien einmal für mein Ohr und einmal für sein eigenes zu sprechen und sich selber zu erzählen, was er gesagt hatte. Eine harmlose Manieriertheit.

An der Tür zögerte er jedoch und drehte sich um. »Seht Ihr dort den Kamin?« Er war klein und hatte einen sauberen weißen Sims. »Wißt Ihr, was ein Kamin ist? Ein Ort und Instrument der Unterdrückung.«

»Der Unterdrückung, Lord Glenthorne?«

»Der schlimmsten Unterdrückung unserer Zeit. Die Schornsteinfeger von London könnten Euch das Herz brechen. Kleine Jungen von neun, acht, sieben. Einige sind wahre Engel, trotz ihrer schmutzigen Kleider und kohlpechrabenschwarzen Gesichter. Kleine Knaben, die wie dressierte Affen von ihren Herren von Haus zu Haus geführt werden und die in Schornsteinen hochklettern müssen, die so eng sind, daß ihre armen Schultern und Hüften bis aufs Blut zerschrammt werden. Feuer werden unter ihnen angezündet, wenn sie nicht schnell genug sind oder zu laut schreien. Und dann werden sie nach einigen Jahren in die Welt hinausgejagt. Einige von ihnen werden aber nicht allzu groß. Sie sterben. Der Ruß dringt in ihre Lungen ein. Im Laufe der Zeit ersticken sie daran. Ihre armen Lungen sind mit Ruß überzogen. Ein Chirurg am Guy's Hospital hat mir das erklärt.«

»Das ist wirklich entsetzlich«, sagte ich. Und das ist es auch, und ich wußte nicht, was ich noch mehr sagen sollte.

»Entsetzlich«, stimmte er zu. »Es wird aufhören, Mr. Broome. Wir werden dafür sorgen. Ihre widerwärtigen Herren werden bestraft werden. Die kleinen Jungen werden gottlos erzogen, ihre Sprache ist abscheulich. Auch kleine Mädchen. Kleine Mädchen müssen dieselbe Arbeit tun. Die Seelen und Körper von Kindern werden zerstört, damit wir gemütlich an unseren Feuern sitzen können. Es ist monströs.«

»Monströs«, sagte ich.

»Und in Irland? Ist es dort genauso?«

»In Dublin vielleicht. Ich weiß es nicht. Einmal pro Jahr kommt ein Mann mit seinem Sohn und seinen Besen in meinen Palast, aber der Junge wirkt nicht mißhandelt. Die armen Bauern haben eine einfachere Methode, sie nehmen Vögel. Vögel sind ihre Schornsteinfeger.«

Er starrte mich aus großen, blassen Augen an. »Das ist kein Scherz? Sie nehmen Vögel? Vögel als Schornsteinfeger?« Er lachte, ein trockenes Gackern. »Ich würde alles über Irland glauben.«

»Ich wünsche Euch alles Gute bei Euren Bemühungen«, sagte ich. »Die Schornsteinfeger werden übel mißhandelt. Es ist höchste Zeit, daß jemand sich um sie kümmert.«

»Das stimmt, Mr. Broome. Höchste Zeit, und es wird uns gelingen. Männer von Bedeutung unterstützen uns. Fromme Männer.«

Er führte mich in ein kleines, vollgestopftes Zimmer, das auf den Garten hinausging. Bäume und Büsche waren blattlos und kahl. Zwei Wände waren mit Büchern bedeckt, und ein langer Tisch, der sich fast durch den ganzen Raum zog, war mit Papieren übersät. Papiere waren neben den beiden Sesseln, die einander vor einem kalten Kamin gegenüberstanden, aufeinandergestapelt. Er bedeutete mir, in einem Platz zu nehmen, ließ sich im anderen nieder und legte die Hände auf seine dünnen Knie. »Euer Palast, habt Ihr gesagt, Mr. Broome. Ihr lebt doch nicht in einem Palast?«

»Das ist nur eine Redensart. Ihr erinnert Euch vielleicht, daß Killala einst Bischofssitz war. Damals war mein Haus der Palast, und es wird noch immer so genannt. In Wirklichkeit ist es jedoch ein bescheidener Wohnsitz, wenn auch höchst behaglich.« Was für mich selber nicht galt, denn das Zimmer war kalt, und ich konnte nur mit Mühe ein Zittern unterdrücken.

»Es freut mich, das zu hören. Daß es behaglich, aber vor allem, daß es bescheiden ist.«

»Es ist mehr als ausreichend für unsere Bedürfnisse«, sagte ich. »Mrs. Broome hat es sehr angenehm gestaltet. Wir haben keine Familie.«

»Das ist gut«, sagte er. »Es ist gut, daß Ihr verheiratet seid. Der Zölibat der Geistlichkeit ist einer der Flüche, unter denen die Papisten Irlands schmachten. Die Papisten aller Länder. Die Priester der frühen christlichen Jahrhunderte waren verheiratet. Das wißt Ihr natürlich.«

»Ja«, sagte ich. »Das weiß ich. Aber die irischen Priester halten sich sehr streng an ihre Gelübde. Es gibt selten Skandale, wie sie in den Mittelmeerländern so üblich sind.«

»Meine Frau ist im Kindbett gestorben«, sagte er, als ob ich geschwiegen hätte. »Und mein Kind auch. Es war ein Junge. Ich habe nicht wieder geheiratet. Wir sind keine fruchtbare Familie. Ich war ein Einzelkind.«

Ich wußte nicht, was ich dazu sagen sollte.

»Wenn sie weiter gelebt hätten, dann wäre mein eigenes Leben vielleicht anders verlaufen. Ich hätte mich mehr in der Welt bewegt. Jetzt schaffe ich viel mehr. Die Schornsteinfeger, die Sklaven. Sklaverei, Mr. Broome. Hier, in Afrika, in Amerika. Ganze afrikanische Dörfer werden auf ihre Totenschiffe getrieben und über den Ozean zu einem Leben schlimmer als der Tod gebracht. Ihre Besitzer verweigern ihnen das Evangelium. Sie leben und sterben als Heiden. Aber sie haben Seelen. Er ist für alle gestorben. Es gibt viele Arten von Sklaverei. Der kleine Schornsteinfeger in London, der Schwarze auf den Feldern von Virginia. Raucht Ihr?«

»Nein«, sagte ich. »Ich werde krank davon.«

»Das freut mich. Es ist das Blatt der Sklaverei. Ballen von Tabaksblättern türmen sich auf unseren Docks auf und stinken nach dem Schweiß der schwarzen Sklaverei. Gott wartet darauf, daß wir etwas unternehmen. Wir haben die Macht, die Sklavenhändler vom Meer zu fegen.«

»Es ist ein monströses Übel«, sagte ich. »Kein Christ dürfte es unterstützen.«

»Aber sie tun es«, meinte er. »Durch ihr Schweigen. Ich will Gutes tun, Mr. Broome. Sehr viel Gutes. Mein Vater hat das nicht gemacht. Er war ein Sünder und ein Mann, der nur Vergnügen wollte. Marmor, Bilder, teueres Essen, Frauen und Sünden, die noch schlimmer sind als Sünden mit Frauen. Könnt Ihr mir folgen? Viel schlimmer als Sünden mit Frauen. Ich will keinen Skandal weitertragen. Er war berüchtigt. Ihr habt von ihm gehört.«

»Ich habe Glenthorne Castle besucht«, sagte ich. »Ich war mit dem armen Mr. Creighton befreundet. Es ist wunderbar, ein Märchenpalast, wie ein Kindertraum aus *1001 Nacht*.«

»Es wurde aus Eitelkeit und Sinnlichkeit heraus erbaut. Wie seine Villa in Italien. In Italien war es noch schlimmer. Ziegel in der Farbe des Sonnenuntergangs, ein Balkon, der über Ozeane von Rosen aufs Meer in der Ferne blickt. Ein Dorf hätte allein mit seinen Kleidern ernährt werden können, Seide und feines schwarzes Tuch. Er benutzte Parfüm. Wenn er sich zu mir beugte, um mich zu küssen, dann erstickte mich seine Süßlichkeit. Der ganze Schmutz der Welt wurde durch den Kuß meines Vaters zu mir gebracht.«

Ich konnte mich einfach nicht an die Kälte im Zimmer gewöhnen. Im kahlzweigigen Garten hätte es nicht viel kälter sein können.

»Die Nachricht von Mr. Creightons Tod war ein arger Schock für mich«, sagte ich. »Er war ein fairer Mann, ein gerechter Mann.«

»Gerecht?« fragte Lord Glenthorne. »Wer von uns ist gerecht? Er war ein praktischer Mann und halbwegs ehrlich. Die Verwalter vor ihm waren hoffnungslos, Diebe und Trunkenbolde. Ihr sprecht von seinem Tod. Ihr meint natürlich seine Ermordung. Ich habe hier einen Brief von Browne.«

Er sprang flink und affenartig auf die Füße und durchwühlte die Papiere auf seinem Tisch mit der einen Hand, während er sich mit der anderen die Brille aufsetzte. »Hier ist er. Ein abscheuliches Verbrechen. Er wurde mit Piken erstochen. Immer wieder. Noch, nachdem sie ihn ermordet hatten. Bestialisch.«

»Wir haben in Mayo in den letzten Monaten viel erleiden müssen«, sagte ich. »Wir alle. Reich und arm gleichermaßen.«

Aber Glenthorne hörte mich nicht. Er las den Brief, sein Zeigefinger fuhr rasch über die Zeilen. Seine Lippen bewegten sich lautlos.

»Ihr wurdet in Eurem eigenen Haus gefangengehalten«, sagte er. »In Eurem Palast. Ein Wunder, daß Ihr nicht ermordet worden seid. Wie der arme Creighton.«

»Das hätte leicht passieren können«, erwiderte ich. »Ich verdanke meine Sicherheit dem Anführer der Rebellen, einem Eurer Pächter. Er wurde in den Kämpfen getötet.«

»Ich kann mir einfach kein Bild von Mayo machen«, sagte er. »Ich sehe Moore, Berge, eine steile Küste, ärmliche Dörfer. Ich kenne nicht einmal die Anzahl der Menschen auf meinem Land. Ist das nicht absurd? Vor Jahren hat Creighton versucht, sie zu zählen, aber er hat es aufgegeben. Er hat mir Landkarten geschickt, hübsche Sachen.«

Er führte mich zu der Karte, die in einem Eichenrahmen hinter dem Tisch hing. Zuerst konnte ich nichts erkennen, dann fand ich Killala und Ballina, Berge, Moor, die Moy, die an Ballina vorbei zum Meer fließt, Weideland, Schonungen, die Umrisse der Domäne Glenthorne, das Schloß.

»Jeder dieser Punkte ist eine Hütte«, erklärte Glenthorne. »Viele haben nur ein oder zwei Hektar. Aber er hat aufgegeben. Manche Menschen sitzen auf dem Ödland in den Bergen. Sie können keine Pacht zahlen. Wie leben sie?«

»In schrecklichem Elend«, sagte ich. »Jedes Jahr müssen sie monatelang hungern, und der Hunger treibt sie auf die Straßen. Jetzt, mitten im Winter.«

»Entsetzlich«, sagte er. »Entsetzlich.«

»Er hat eine Art Modell des Gutes gemacht«, erzählte ich. »Auf einem so großen Tisch wie diesem hier. Pappmaché-Berge und Glasscherben als Seen. Es war wirklich schön, wie ein Spielzeugdorf für Kinder.« Eine Spielzeugwelt. Ich fügte nicht hinzu, daß ich gehört hatte, er sei auf diesem Tisch umgebracht worden, nachdem Duggans Mob ihn an dessen Kante zurückgedrängt hatte, wie sein Blut über die Pappberge geströmt war.

»Es ist eine große Verantwortung«, sagte er. »Ich bin nachlässig gewesen. Ich habe sie durch Verwalter regiert. Ich kann es nicht ertragen, dorthin zu gehen. Dieses sündhafte Monument von Eitelkeit und Lust, das sich inmitten solchen Elends erhebt, das sich davon ernährt. Ich beziehe jetzt nur noch irische Pachtgelder, wißt Ihr. Wir hatten hier mehrere Güter, kleine Güter, aber ich habe sie verkauft. Es ist so viel zu tun, so viel Gutes, das durchgeführt werden muß. Ich lebe schlicht. Das könnt Ihr sehen.«

»Sie wissen nichts über Euch. Wo Ihr lebt, was Ihr von ihnen wollt. Sie nennen Euch niemals bei Eurem Namen. Ihr seid für sie der Hohe Lord.«

Er wandte sich von der Karte ab und musterte mich scharf. »Ist das so? Der Hohe Lord?«

»Das ist die englische Übersetzung. Sie sagen es auf gälisch.«

»Sie sprechen kein Englisch«, sagte er. »Das hat er mir erzählt. Gälischsprechende Bauern. Papisten, versunken in Aberglauben und Götzendienst. Irgend etwas ist schief gelaufen, vor Jahrhunderten. Ich weiß wenig über irische Geschichte. Sie haben keine geschriebenen Berichte, keine Geschichte.«

»Sie haben Bedürfnisse«, sagte ich. »Körperliche und seelische Bedürfnisse.«

Er streckte die Hand aus, als ob er meine Schulter berühren wollte, und zog sie dann zurück. »Ich habe gut gewählt«, sagte er. »Es ist gut, daß sie einen wahren Gesandten Christi unter sich haben. Gebe Gott, daß ich einen brauchbaren Verwalter finden kann. Es ist eine schwere Verantwortung. Das alles.« Er deutete auf die Karte. »Ich werde nicht mehr nachlässig sein. Das verspreche ich Euch. Der arme Creighton hatte zuerst seine Pläne, in den Anfangsjahren. Ich habe sie irgendwo unter meinen Papieren, Modelldörfer, Schulen für die Kinder, damit sie Nüchternheit und Englisch lernen. Wie Ihr sagt, sie haben körperliche und seelische Bedürfnisse. Sie müssen die richtigen Methoden von Land- und Hauswirtschaft lernen. Er hatte Pläne für die Moorkultivierung, aber ich habe ihm gesagt, daß das zuviel kosten würde. Ich bin nachlässig gewesen.«

Hinter seiner goldgerahmten Brille waren seine Augen groß und flach und blau wie der Himmel. Sein Enthusiasmus überrumpelte mich. Er streckte wieder die Hand aus und legte sie diesmal leicht auf meinen Arm. Ich spürte sie dort, weich, wie ein Zweig aus dem Garten, ohne ein einziges Blatt.

»So viel könnte getan werden«, sagte ich. »Das Leben dort ist sicher so hart wie irgendwo auf der Welt.« Seine Worte hätten mich trösten, mich mit wilder Hoffnung erfüllen sollen, aber das taten sie nicht. Ich fühlte mich verwirrt und mißtrauisch. Seine milden, bebrillten Augen erweckten eine leise Furcht.

»Ich werde den richtigen Mann finden«, sagte er. »ich wüßte nicht, wie ich die Aufgabe angehen sollte.« Sein Griff um meinen Arm wurde fester. »Wilde, die sich am Ödland der Berge anklammern, ungezählt, zahllos, namenlos. Sie müssen verschwinden. Das Gut muß auf seine wahre Bevölkerung reduziert werden. Es muß weniger und größere Höfe geben. Es muß den maximalen Ertrag erbringen. Das läßt sich in die Wege leiten. Wenn die Pacht angehoben wird, dann ist das ein Ansporn für die Fleißigen. Sie sind nicht hoffnungslos, sie sind Kinder Gottes wie Ihr und ich.«

»Sie müssen verschwinden?« fragte ich. Meine Worte hatten keinen Klang. »Sie müssen verschwinden? Wie meint Ihr das?«

»Getreide und Vieh«, sagte er, als ob er mich nicht gehört hätte. »Schafweiden. Es heißt, daß Irland Englands Kornkammer werden könne. Bücher und Pamphlete sind zu diesem Thema veröffentlicht worden. Arthur Young. Ein Mann namens Edgeworth.«

»Sie können nirgendwo hin«, sagte ich. Ich befreite meinen Arm. »Deshalb leben sie doch in diesen Löchern. Ihr müßt wirklich mehr über das Land lernen. Das ist unbedingt nötig. Ihr würdet das Todesurteil über sie verhängen.«

»Es gibt andere Berge«, sagte er. »Andere Moore. Die sollen sie suchen.« Er rieb sich die Hand, als ob ich ihm wehgetan hätte. »Es ist mein Land, wißt Ihr. Ich will es verbessern. Ich habe nichts gegen sie. Sie haben rebelliert und gemordet, aber ich habe nichts gegen sie. Sie sind Kinder. Ungehorsam.«

Mich überkam eine plötzliche scharfe Erinnerung an die Domäne Glenthorne, die endlosen Mauern aus behauenem Stein, ein Anblick, der sich hinzog, so weit das Auge reichte, das italienisierte Schloß, geheimnisvoll in seiner Einsamkeit und seiner exotischen Schönheit. Ich sah Creighton, der sich über sein Schloßmodell beugte, ein kurzsichtiger, geschäftiger Mann. Er schüttelte den Kopf.

Glenthorne ging von mir weg zum Fenster, dann wandte er sich um.

»Ich bin sicher, daß Ihr mich nicht mißversteht, Mr. Broome. Ihr seht, wie ich lebe. Ich habe keine großen Bedürfnisse. Der Wohlstand wird diesem unglücklichen Land von denen genommen, die in wilder Sinnlichkeit, in Sünde leben. Elend erbringt Marmor und Brokat. Ich bin kein orthodoxer Christ, aber ich habe den unbedingten Willen, Gutes zu tun. Ich habe Euch von den schwarzgefärbten Kindern Londons erzählt, von den Sklaven, die auf den Schiffen wie Tiere angekettet werden. Es gibt noch andere. Mädchen, die ihre Körper auf der Straße, in üblen Häusern verkaufen müssen. Mädchen von zwölf, dreizehn. Gezwungen von ihren Müttern. Kleine Jungen, die unnatürliche Lüste befriedigen müssen. Es ist alles eins, ein nahtloses Gewand aus Gier und grausamen Vergnügungen. Ich werde meinen Wohlstand benutzen, um Gutes zu tun, um Seelen aus der Sklaverei zu befreien, auf daß sie Erlösung suchen.«

Er hatte der kargen Wintersonne den Rücken gekehrt. Seine blassen Haare wirkten durchscheinend, wie ein Heiligenschein.

»Dann wollt Ihr doch«, sagte ich, »die, deren bloße Existenz von Euch abhängt, nicht in noch tieferes Elend stürzen? Ihr kennt sie nicht, aber sie sind restlos abhängig von Euch.« Sie nannten ihn den Hohen Lord.

»Es gibt Gesetze«, sagte er. »Gesetze von Angebot und Nachfrage, von Besitz, vom Markt, Gesetze des Handels. Ich habe sie nicht gemacht. Ich brauche Geld, um Gutes zu tun, viel Geld, wenn ich viel Gutes tun will. Es wird dort Schulen geben, Modelldörfer. Wir werden das Moor kultivieren. Ihr werdet es sehen. Ich beneide Euch.«

»Ich bete, daß ich es nicht sehen werde«, antwortete ich. »Ich bete aus vollem Herzen.« Und dann sagte ich, mehr zu mir selber als zu ihm: »Sie werden niemals wissen warum. Sie werden aus ihren Hütten vertrieben und werden nicht wissen, warum. Ich könnte ihnen dieses Zimmer nicht beschreiben, sie würden Eure Worte nicht verstehen.«

»Ein törichter Titel«, sagte er. »Der Hohe Lord. Hütet Euch vor der Eitelkeit.«

Ich verabschiedete mich von ihm, aber er antwortete nicht, obwohl er mich anstarrte. Wieder schaute ich auf die Landkarte. Aus dieser Entfernung sah sie aus wie eine Ansammlung sinnloser Linien, gerade und gebogen, Klumpen brauner Tinte. Ich konnte die Punkte, die Hütten darstellen sollten, nicht erkennen. Er sprach, als meine Hand die Tür berührte.

»Wenn Ihr einen Schornsteinfeger seht, dann solltet Ihr ihm einen Schilling geben. Ich habe deshalb immer Schillingstücke in der Tasche. Aber Ihr müßt es vorsichtig machen. Wenn sein Meister Euch sieht, wird er ihn ihm nachher abnehmen.«

In der Halle hielt das Dienstmädchen mich auf, wieder eine Hand auf meinem Arm. »Ist er aufgeregt, Sir?« fragte sie.

»Aufgeregt? Er ist angeregt. Meint Ihr das?«

Sie war noch jung, aber kräftig gebaut. Auf ihrem muskulösen Arm spannte sich der schwarze Stoff ihrer Ärmel. Über dem dicken Hals war der Anfang eines Doppelkinns zu sehen, auf ihrer Oberlippe ein Anflug von Schwarz. Ihre Augen waren lebhaft und intelligent.

»Ja, Sir. Ich glaube. Aufgeregt.«

Hinter der geschlossenen Tür war seine Stimme in kurzen, nervösen Redeschwällen zu hören. Ich konnte kein Wort verstehen.

»Ist er oft aufgeregt?« fragte ich.

»Er regt sich auf«, antwortete sie, »aber nach einer Weile beruhigt er sich und ist unglücklich. Dann geht er ins Bett. Ich stelle ihm immer Cognac ans Bett, aber er benutzt ihn nur selten.«

Und doch ist keiner von Glenthornes ehrgeizigen und entsetzlichen Plänen in die Tat ungesetzt worden. Vielleicht war es nur eine vorübergehende Idee, oder vielleicht fand er die Aufgabe bei genauerer Überlegung zu schwierig, oder vielleicht beanspruchten andere, gewichtigere Fragen seine Aufmerksamkeit. Für die Bauern blieb er der Hohe Lord, weit weg, unvorstellbar, motivlos. Vielleicht haben sie recht. Schließlich stellte er einen Verwalter ein, den Dennis Browne ihm empfohlen hatte, einen Mann aus Limerick namens Chute, der ein großes Gut bei Askeaton geleitet hatte. Die Bauern halten ihn für gierig und tyrannisch, aber mir kommt er recht anständig vor, er reitet auf die Jagd und kommt bisweilen in die Kirche. Er leitet Glenthornes Land geschickt, aber träge, und es kommt nur selten zu Räumungen. Er hat keinen Versuch unternommen, Moore zu kultivieren oder Schulen einzurichten.

Jedes Vierteljahr schickt er einen Bericht an Glenthorne, der mit einer Serie kluger Fragen und Bemerkungen zu einzelnen Punkten antwortet und sich dann über die Verantwortungen der Gutsbesitzer und ihrer Verwalter verbreitet. Einige Male füllte dieser Vortrag viele Seiten in spinnendünner Schrift und hat auch andere Fragen gestreift, wie die Möglichkeiten der Erlösung und die Versuchungen, die großer Reichtum mit sich bringt. Chute möchte unbedingt meine Eindrücke von Glenthorne hören, aber ich traue mir nicht zu, ihm Gerechtigkeit widerfahren zu lassen. »Wird er das Gut je besuchen?« fragt er. »Nein, da bin ich ganz sicher. Er hat nur trübe Erinnerungen.« – »Es ist eine außergewöhnliche Situation«, sagt Chute, »wann immer er will, kann er meine Methoden umstürzen.« – »Wir wollen beten, daß er das nicht tut«, antworte ich.

Ich halte Glenthorne für verrückt, auf diese unauffällige Weise, die die Welt nicht weiter stört und die als exzentrisch oder sogar heilig gilt. Und doch haben auch kluge Köpfe unserer Zeit, progressive und vorausschauende Männer die Politik, die er auf seine aufgeregte Weise für mich skizziert hat, vorgetragen. Würde Mr. Malthus nicht einem so energischen Entschluß, die Bevölkerung dem Land anzupassen, begeistert applaudieren? Glenthorne ist der abwesende Mittelpunkt unserer Welt, und das Gut ist sein besudeltes Eden. Wie der Herr der Schöpfung ist er überall und nirgends, Mittelpunkt und Umfang. Mit welchem Recht halte ich ihn für verrückt? Viele Menschen führen bei verschlossener Tür Selbstgespräche. Das ist mir auch selber schon passiert.

Als Nicholas und ich Kinder waren, bekamen wir zu Weihnachten von unserem Onkel eine hohle Glaskugel, in der ein Dorf lag – winzige Häuser und Läden und eine Kirche mit Kirchturm, ein Fluß mit einer Brücke, ein Weiher. Wenn wir sie schüttelten, dann verschwand das Dorf in einem Schneesturm. Dann wurde die Kugel langsam wieder klar, Schnee fiel auf Häuser und Weiher, und am Ende war nur noch das Dorf da, immer dasselbe, und doch sah es immer etwas anders aus, weil wir uns nicht jede Einzelheit genau merken konnten. Wenn ich die Kugel in der Hand hielt, dann fühlte ich mich wie der Allmächtige Gott – Himmel, Dorf, Schneesturm lagen in meinen beiden Händen. Aber es war unklug von unserem Onkel, zwei kleinen Jungen nur ein Geschenk zu geben. Eines Tages stritten wir uns darum, und es rutschte uns aus den Händen, fiel auf den Boden und zerbrach. Wir tippten die Scherben mit den Fingern an, und unser Kummer legte sich. Es war nichts, der Trick eines Spielzeugmachers – Spiegelscherben für Fluß und Weiher, bemalte Holzstückchen, ein weißes Pulver.

Das sind vielleicht auch die Karte an Glenthornes Wand, Chutes vierteljährliche Berichte, das Gutsmodell auf Chreightons Tisch. Unschuldige Spielzeuge. Mayo ist eine Welt für sich, die eine Realität von Baum und Stein, Fluß und Berg vertritt. Ich höre jetzt seine Musik, die ich damals, als ich neu hier war, nicht hören konnte. Ein Schritt auf gefrorener Erde, Hundekläffen an einem Herbstmorgen, Stimmen unter meinem Fenster – wenn Geräusche, willkürlich, aber vertraut, mit den Gedanken übereinstimmen, dann werden sie Musik. Ich wäre jetzt einsam ohne diese Musik.

Ich bin hier immer noch ein Fremder, und das werde ich auch bleiben. Ohne Bosheit schließt Mayo mich aus. Es ist ein altes Land und pflegt seine Geheimnisse. Abends, wenn das Wetter gut ist, gehe ich durch die Straße mit ihren tristen, grauen Häusern, bis ich schließlich die Bucht sehen kann, mit ihrem trüben Wasser von der Farbe von Gewehrmetall oder der Farbe einer matt gewordenen Pike. Die Hügel in der Ferne sind wie hockende Tiere. Wenn ich an einem Hirten oder Fischer vorbeikomme, dann nicken wir einander zu, wir wechseln in unseren verschiedenen Sprachen einen Gruß. Ihre Gesichter sind nicht wie meins, grobknochig, lange Lippen, starre, verfilzte Haare. Dann mache ich kehrt und gehe in mein Haus zurück, wo mich vor dem Feuer der Tee erwartet. Schwere Vorhänge werden vorgezogen, um das grenzenlose Schweigen der Nächte von Mayo auszuschließen. Wir kennen nur Teile einer Welt, Teile einer Geschichte, Scherben, Stücke zerbrochener Keramik.

Aus dem Tagebuch des Sean MacKenna, Sommer 1799

2. *Juli*. War gestern in Killala, auf einem Pferd, das Robinson der Hufschmied mir geliehen hatte, um im Hafen Leinenballen aus Sligo abzuholen. Es war ein wunderschöner Tag, die Sorte Tag, über die Owen und die anderen Dichter schreiben, die Wiesen grün und die Hecken glänzten. Es fehlte nur noch eine Jungfrau, die über die Wiese auf mich zukam, dann hätten wir den richtigen Anfang für ein Gedicht, aber die Jungfrauen kommen eben nur zu den Dichtern. Und zu diesen Burschen kommen sie viel zu oft, so sehe ich das, denn viele dieser Gedichte sind arg ermüdend, wenn ich ehrlich sein soll.

Einen Teil des Weges leistete mir ein Hausierer aus Athlone Gesellschaft, ein geschwätziger, harmloser Bursche mit einem Karbunkel so groß wie eine Kinderfaust. Er hatte mir viel über Athlone zu erzählen, wenig Interessantes jedoch und nichts, was wert wäre, hier notiert zu werden. Auf einem Feld hinter einer Kreuzung entdecken wir einen normannischen Bergfried, und ich beschloß, ihn mir genauer anzusehen, denn diese Dinge interessieren mich sehr. Deshalb trennte ich mich ohne großes Bedauern von diesem Hausierer, dessen Gesellschaft den Preis seines Geplappers nicht wert war. Athlone war der Mittelpunkt seiner Welt, obwohl er weit herumgekommen war und es besser wissen sollte. Gewisse Städte haben diese Wirkung; Sligo ist auch so ein Fall, Ennis ein dritter.

Aus der Nähe betrachtet, ließ sich jedoch nur wenig zugunsten des Bergfrieds sagen. Die gegenüberliegende Seite war eingestürzt. Ich versuchte mir vorzustellen, wie er vor Jahrhunderten ausgesehen hatte, aber das gelang mir nicht. Wir sind von den alten Zeiten wie durch einen tiefen Ozean abgeschnitten. Jetzt war es nur noch ein Stall. Dann sah ich, daß hinter dem Bergfried, durch eine Schonung von der Straße aus versteckt, ein großes Haus stand. Ich ging näher und sah, als ich das Eingangstor erreichte, daß ein Brand das Haus zerstört hatte. Es war nur noch eine leere Schale, und die Fenster glotzten mich an. Über der Tür war eine Art verziertes Siegel, das die Flammen schwarz verrußt hatten. Durch die Tür konnte ich eine ausgebrannte Eingangshalle sehen, in der es kein Holz oder Gips mehr gab und deren Ziegel und Steine schwarz waren. Es war ein häßlicher, verkrüppelter Riese, dessen Schande von den Bäumen verborgen wurde.

Als ich die Hauptstraße wieder erreicht hatte, begegnete mir ein Viehtreiber, und ich fragte ihn nach dem Haus. »Fountain Hall«, sagte er. »Es ist eine entsetzliche Ruine«, sagte ich. »Stimmt«, meinte er. »Aber es gibt noch gute Steine dort.« – »Wie ist es abgebrannt?« fragte ich ihn. »Es ist letztes Jahr angesteckt worden«, antwortete er. »Als die Franzosen hier waren.« – »Haben die Franzosen es angesteckt?« fragte ich. »Das weiß ich nicht«, sagte er. »Wahrscheinlich.« – »Bei Gott«, sagte ich. »Nun verbringst du dein Leben im Schatten dieses Hauses und weißt nicht einmal, was letztes Jahr mit ihm passiert ist.« Er schlug sich mit der Gerte gegen das Bein und musterte mich. Schließlich sagte er: »Einige behaupten, die Leute von hier hätten es abgebrannt. Zwischen hier und Killala ist schrecklich viel zerstört worden. Es gab hier einen Mann namens General Duggan.« General Duggan, meine Güte, in ein paar Jahren werden sie alle Generäle gewesen sein. »Wem hat das Haus gehört?« fragte ich. »Einer Familie namens Morrison. Sie sind zuerst nach Sligo und dann nach England oder

Dublin geflohen. Sie kommen angeblich nie zurück. Sie sind schreckliche Ausbeuter.«

Er war ein junger, untersetzter Mann mit hängenden Schultern und langen Armen wie Owen. Ich fragte mich, womit er sich im Sommer 98 wohl beschäftigt hatte.

»Wenn dich das interessiert«, sagte er, »dann laß dir den Strand zeigen, wo die Franzosen gelandet sind. Kilcummin heißt er. Sie hatten drei Schiffe mit so hohen Masten, daß man ihre Spitzen gar nicht sehen konnte, und auf dem höchsten Mast saß ein Adler namens König Lewis. Dieser Adler ist mit ihnen bis in die Midlands gezogen, aber in der Nacht vor der Schlacht ist er davongeflogen, und die Schlacht wurde verloren.«

»Dieser Adler war ein weiser Vogel«, sagte ich. Er starrte mich einen Moment lang an, dann grinste er. »Bei Gott, das war er«, sagte er. »Und so wenig, wie dabei herausgekommen ist«, sagte ich, »ist es, als ob überhaupt nichts geschehen wäre. Die Franzosen und die Schiffe und alles andere.« – »Das würde ich nicht sagen«, widersprach er. »Sie haben Fountain Hall abgebrannt. Sie haben die Morrisons vertrieben.« Des einen Leid, wie das Sprichwort sagt.

Killala ist ein äußerst wildes und außerdem uninteressantes Dorf, ohne die Geschäftigkeit Castlebars und ohne schöne Gebäude. Ich erledigte meine Geschäfte und trank dann für Owen zwei Glas Whiskey im Wolf Dog, von dem er mir oft erzählt hatte. Es ist überhaupt keine richtige Schenke, wie es sie in Castlebar gibt, sondern eine Hütte, wo Tagelöhner und Fischer trinken, und doch hatte er sie mir als Ort für ruhige und angenehme Abende geschildert. Er war eben auch der Sohn eines Tagelöhners, bei all seiner brillanten Phantasie und der strahlenden Schönheit seiner Gedichte. Er konnte sich in solcher Gesellschaft wohlfühlen, ohne seiner Kunst oder seiner Position als gebildeter Mann auch nur einen Gedanken zu widmen.

Ich verließ Killala am späten Nachmittag und begegnete dabei Mr. Broome, dem protestantischen Geistlichen, einem kleinen dicklichen Mann mittleren Alters, der seine gutgeschneiderten Kleider nachlässig trug, seine Halspriese war verrutscht, sein Hut balancierte ungeschickt auf der altmodischen Perücke. Er ging schnell und mit leichtem Schritt, fast einem Hüpfen, und mit hinter dem Rücken verschränkten Händen. Obwohl er mich nicht kennt, sagte er sehr bereitwillig »Guten Abend«. Ich hatte Lust, ein Gespräch mit ihm anzufangen, aber ich wußte nicht, ob ihm das angenehm wäre. Er hat sicher ein ziemlich einsames Leben, da die meisten seiner Pfarrangehörigen auf weit von der Stadt entfernten Gütern leben.

Seit ich bei Einbruch der Nacht nach Castlebar zurückgekommen bin, hat sich nichts Erwähnenswertes ereignet. Die Soldaten haben Mayo schon vor Monaten verlassen, mit Ausnahme der Garnison hier in der Stadt, und sie sind jetzt wie die Franzosen zur Erinnerung geworden. Als ich in der Dunkelheit an Stoballs Hill vorüberritt, versuchte ich mir vorzustellen, wie die große Schlacht dort gewesen sein mochte, die Trommeln und die leuchtenden Fahnen und die Kanonenschüsse und das Geschrei. Ich sagte mir, daß diese Schlacht bereits mit dem normannischen Bergfried auf der anderen Seite des Meeres läge, das die Vergangenheit von der Gegenwart trennt. Aber das stimmt nicht, ein solches Meer gibt es nicht, es ist nur eine Redensart. Alles ist unter Gott miteinander verbunden, Berg und Moor, die zerstörte Festung und das grüne Weideland des Todes, der Adler des Viehtreibers, der am Vorabend der Schlacht davongeflogen ist, Erinnerung, Geschichte und Sage. Eine Redensart und eine Posse der schwarzen Nacht, wenn wir voneinander und von der sichtbaren Welt getrennt werden. Es geschieht in der Helligkeit der Morgenluft, sagen uns die Dichter, daß Hoffnung und Erinnerung über die Wiesen auf uns zukommen, strahlend wie junge Mädchen in ihrer ersten Schönheit.

3. Juli. Das Leinen, das ich aus Killala mitgebracht habe, ist schlecht gebleicht, und ich werde es mir genau überlegen, ob ich jemals wieder mit Johnston aus Sligo Geschäfte mache.

FINIS

Die wichtigsten Personen

Die Erzähler

Broome, Arthur Vincent: Protestantischer Geistlicher in Killala, County Mayo.
Elliott, Judith: Mit Malcolm verheiratet.
Elliott, Malcolm: Besitzer von »The Moat«, Ballina, County Mayo. Mitglied der Society of United Irishmen.
MacKenna, Sean: Schulmeister und Tuchhändler in Castlebar, County Mayo.
Wyndham, Harold: Adjutant von Lord Cornwallis.

Die Personen

Barrett, Patrick: Offizier der Rebellentruppen in Killala.
Broome, Eliza: Frau von Arthur Vincent.
Broome, Nicholas: Gentleman aus Derbyshire. Bruder von Arthur Vincent.
Browne, Dennis: Besitzer von »Woodlands«, Newport, County Mayo. Parlamentsabgeordneter für Mayo. High Sheriff von Mayo. Bruder von Lord Altamont (dem späteren Marquis von Sligo).
Browne, Sarah: Dennis' Nichte.
Conlon, Judy: Verwitwete Bäuerin. Lebt zusammen mit Owen MacCarthy.
Cooper, Kate: Verheiratet mit Samuel. Tocher von Mick Mahoney, Viehzüchter.
Cooper, Captain Samuel: Besitzer von »Mount Pleasant«, Killala, Kommandant der Miliz von Killala.
Cornwallis, Charles, Marquis: Vizekönig von Irland. Oberbefehlshaber der britischen Truppen in Irland.
Crauford, Colonel John: Britischer Dragonerkommandant.
Creighton, Andrew: Verwalter von Lord Glenthorne, Marquis von Tyrawley.
Cumiskey: Arzt in Carrick, County Leitrim. Gefangener nach der Schlacht von Ballinamuck.

Dennistoun, Hans: Gutsbesitzer in Granard, County Longford. Mitglied der Society of United Irishmen. Kommandant der Rebellentruppen in den Midlands.

Duignan, Anthony: Ein Wahrsager, der im September durch den County Mayo wandert.

Duggan, Malachi: Bauer in Killala. Anführer der Whiteboys von Killala.

Edgeworth, Maria: Tochter von Richard Lovell, zukünftige Autorin von *Meine hochgeborene Herrschaft* und *Ormond*.

Edgeworth, Richard Lovell: Besitzer von »Edgeworthstown House«, County Longford. Parlamentsabgeordneter für Longford.

Falkiner, George: Besitzer von »Rosalis House«, Killala.

Falvey, Hugh: Grobschmied in Drumkeerin, County Sligo.

Fontaine, Colonel Louis Octave: Untergebener von General Humbert.

Halloran, Patrick: Arzt. Mitglied der Dubliner Exekutive der Society of United Irishmen.

Hennessey, Donal: Bauer in Killala. Einer der Organisatoren der Whiteboys von Killala.

Humbert, General Jean-Joseph: Kommandant der französischen Armee in Irland.

Hussey, Roger: Katholischer Pfarrer in Killala.

Hutchinson, Major General John Hely: Kommandant der britischen Truppen in Connaught.

Kirwan, Ellen: Haushälterin und Geliebte von Richard Manning.

Lake, General Gerard: Kommandant der britischen Truppen auf dem Felde.

Laverty, Martin: Dichter, Schulmeister in Drumshanbo, County Leitrim.

MacCarthy, Owen Ruagh: Dichter. Schulmeister in Killala. Wohnte früher in Tralee, County Kerry, und Macroom, County Cork.

MacDonnell, Grace: Halbschwester von Randall.

MacDonnell, Randall: Gutsbesitzer und Pferdezüchter aus Ballycastle, County Mayo, Offizier der Rebellenarmee.

MacKenna, Brid: Verheiratet mit Sean.

MacNally, Leonard: Anwalt aus Dublin, Mitglied der Society of United Irishmen. Regierungsspitzel.

MacTier, Samuel: Leinenhändler in der Stadt Sligo. Mitglied der Society of United Irishmen.

Maguire, Roger: Offizier der Rebellen in Killala. Vetter von Ferdy O'Donnell.

Manning, Richard: Besitzer von »Castle Harmony«, Tobercurry, County Sligo.

Matthews, Mark: Britischer Konsul in Florenz. Reiseschriftsteller und Aquarellmaler.

Millett: Landwehrcaptain unter General Lake.

Moore, George: Besitzer von »Moore Hall«, Ballintubber, County Mayo. Historiker und Essayist.

Moore, John: Jüngerer Bruder von George. Mitglied der Society of United Irishmen.

Murphy, John: Kaplan von Mr. Hussey in Killala. Später Kaplan der Rebellen.

O'Carroll, Phelim: Bauer in Killala, Organisator der Whiteboys von Killala.

O'Donnell, Ferdy: Bauer in Kilcummin, County Mayo. Später Kommandant der Rebellentruppen in Killala.

O'Dowd, Cornelius: Gutsbesitzer in Enniscrone, County Sligo. Offizier der Rebellenarmee.

O'Kane: »Captain« der Rebellentruppen in Killala.

Quigley, Matthew: Wirt in Kilcummin. Organisator der Whiteboys von Killala.

Reagan, Francis: Captain in der Rebellenarmee in den Midlands. Früher einfacher Soldat in der Armee König Louis XVI.

Russell, John: Mitglied der Dubliner Exekutive der Society of United Irishmen. Regierungsspitzel.

Sarrizen, Colonel Jean: Untergebener von General Humbert.

Saunders, Hilton: Grundbesitzer aus Mayo.

Sinclair: Leutnant der britischen Truppen in Ballinamuck.

Taylor, General Robert: Kommandant der britischen Truppen in Enniskillen.

Teeling, Bartholomew: Mitglied der Society of United Irishmen. Offizier in Humberts Stab.

Tompkins, Robert: Sergeant bei der Miliz von Killala.

Tone, Theobald Wolfe: Dubliner Anwalt. Gesandter der Society of United Irishmen beim Direktorat in Paris.

Treacy, Ellen: Tochter von Thomas.

Treacy, Thomas: Besitzer von »Bridge-end House«, Ballycastle.

Trench, General John: Kommandant der britischen Truppen in Galway.

Tyrawley, Lord Glenthorne, Marquis: Der »Hohe Lord«.

Vesey, Dominick: Besitzer von »Carrick House«, County Leitrim. Gefangener in Carrick nach der Schlacht von Ballinamuck.

Waring, Oliver: Mitglied der Dubliner Exekutive der Society of United Irishmen.

Erklärung irischer Wörter

Aisling: ir., »Vision«, irischer Gedichttyp, in dem ein Dichter seine Vision schildert. Zumeist erscheint dem Dichter eine schöne junge Frau, die Irland verkörpert und die die Freiheit des Landes voraussagt. Bisweilen wird dem Dichter aber auch ganz persönlich eine große Zukunft prophezeit.

Amadán: ir., »Idiot«

Cairn: anglisierte Form des irischen *carn,* »Haufen, Sammlung«. Cairn bezeichnet einen Steinhaufen über einem Grab oder einfach zur Erinnerung an einen Menschen oder ein Ereignis.

Gallowglass: anglisierte Form des irischen *gall óglach,* »fremde Krieger, Söldner«

Hurling: irischer Nationalsport, mit Hockey verwandt

Laird: Bezeichnung für schottische Großgrundbesitzer, Dialektform von »Lord«

mór: ir. »groß«

Shoneen: anglisierte Form des irischen *seoinín,* »Kriecher, Speichellecker«

Shebeen: anglisierte Form des irischen *sibín,* Kneipe ohne Schankerlaubnis, Ausschank von Schwarzgebranntem oder geschmuggeltem Alkohol

Sidhe: ir., »Feen«

Spalpeen: anglisierte Form des irischen *spailpín,* »wandernder Erntearbeiter, Tagelöhner«

Erläuterung im Text verwendeter historischer Begriffe

Aughrim: Schlacht 1691, bei der die letzten Reste des irischen Widerstandes zerschlagen wurden (s. a. unter Boyne).

Bonnie Prince Charlie: Charles Edward Stuart, 1720–1789, als Enkel des letzten Stuart-Königs James II. Hoffnungsträger für die irischen Katholiken (s. a. unter Culloden).

Boyne, Schlacht an der: 12. Juli 1690. Der neue protestantische König von England, William of Orange (Wilhelm von Oranien), besiegte den von den irischen Katholiken unterstützten abgesetzten letzten Stuart-König, James II.

Croppy: vom englischen *to crop,* »abschneiden, scheren«, Anhänger der United Irishmen, die ihre Haare nach dem Vorbild der französischen Revolutionäre kurz trugen.

Culloden, Schlacht bei: Charles Edward Stuart (»Bonnie Prince Charlie«) erlitt 1745 bei Culloden/Schottland eine Niederlage, die für die Stuarts jegliche Aussicht einer Rückkehr auf den Thron zunichte machte und die endgültige Kolonisierung Schottlands durch England einleitete.

Fenier: hier die legendäre irische Heldenschar unter der Führung Finn Mac Cumhails. Außerdem die 1858 gegründete Bewegung, die die Loslösung Irlands von Großbritannien anstrebte und einen mißglückten Aufstand versuchte.

Defenders: katholischer Geheimbund, der durch Terrorangriffe die Großgrundbesitzer von Pachterhöhungen oder Pächtervertreibungen abschrecken wollte.

O'Connell, Daniel: 1775–1847, irischer Anwalt, erkämpfte für Katholiken das passive Wahlrecht. Strebte gesetzliche Reformen an, nicht jedoch vollständige irische Unabhängigkeit.

Orangemen: Im 18. Jahrhundert gegründete und noch heute existierende Loge, die die protestantische Vorherrschaft in Irland sichern wollte (nach William of Orange).

Pale: Gebiet an der irischen Ostküste mit Dublin im Mittelpunkt, das seit der Eroberung durch die Normannen 1169 zuerst unter normannischer, dann unter englischer Herrschaft stand, als im übrigen Land noch das alte gälische Gesellschaftssystem bestand.

Peep O'Day Boys: protestantische Geheimgesellschaft im 18. und 19. Jahrhundert, die die englische protestantische Herrschaft in Irland zu festigen versuchte.

Penal Laws: Zwischen 1695 und 1705 erlassener Gesetzeskatalog, der den irischen Katholiken sämtliche bürgerlichen Rechte nahm und die Höchstgrenze des für Katholiken zulässigen Eigentums festlegte (z. B. durften sie kein Land erwerben oder vererben, kein Pferd besitzen, das mehr als 5 Pfund wert war, keine Universität besuchen und kein öffentliches Amt bekleiden). Diese Gesetze wurden erst gegen Ende des 18. Jahrhunderts schrittweise gelockert, O'Connell, s. o., erreichte um 1830 schließlich ihre endgültige Abschaffung.

Ribbonmen: irische katholische Geheimorganisation im 18. und 19. Jahrhundert, vergleichbar den Defenders und den Whiteboys (s. dort).

Róisín Dubh: ir., wörtlich »kleine schwarze Rose«, in der irischen Dichtung Synonym für Irland.

Roundhead: Anhänger Cromwells, so genannt wegen ihrer runden, fülligen Frisur.

Sean Bhean Bhocht: ir., wörtlich »arme alte Frau«, Synonym für Irland, eine beliebte Figur in der irischen Dichtung. Die arme alte Frau wird wieder jung und schön, wenn ihre Söhne ihre vier grünen Felder (d. h. die vier Provinzen Irlands) befreit haben. Die international bekannteste Ausformung dieses lyrischen Bildes ist W. B. Yeats' Schauspiel »Cathleen NiHoulihan«.

United Irishmen, United Men: 1791 gegründete Vereinigung, die die Gleichstellung beider Konfessionen und eine Parlamentsreform anstrebte. 1794 wegen ihrer Sympathien für das revolutionäre Frankreich von der britischen Regierung verboten, was zur Radikalisierung der Organisation führte. Drahtzieher bei den Aufständen 1798 und 1803.

Whigs: englische politische Partei, gegründet von Gegnern des Stuart-Königs James II. (vgl. Boyne, Schlacht an der). Zu den Anhängern der Whigs gehörten vor allem adelige Grundbesitzer und die städtische Oberschicht. Die Whigs wollten keinerlei Einschränkungen der Befugnisse des Parlaments hinnehmen. Nach der Revolution von 1688, die William of Orange, den Gatten der Thronfolgerin Mary Stuart, auf den englischen Thron gebracht hatte, blieben die Whigs bis 1770 stärkste politische Kraft in England. Erst im Kampf um die Parlamentsreform, die 1832 durchgeführt wurde, gewannen sie im 19. Jahrhundert wieder an Bedeutung. Nach der Parlamentsreform bildeten die Whigs den rechten Flügel der Liberalen Partei.

Whiteboys: in den 1760ern in Munster entstandene bäuerliche Geheimorganisation mit dem Ziel, die Lebensverhältnisse der katholischen Landbevölkerung zu verbessern. Obwohl die Whiteboys ihre Aktivitäten weitgehend auf Südirland beschränkten, riefen sie bei den Protestanten in ganz Irland eine erhebliche Beunruhigung hervor und verhinderten damit einen überkonfessionellen Zusammenschluß zur Verfolgung gemeinsamer Interessen.

Wild Geese: Angehörige der alten irisch-gälischen Oberschicht, die nach dem Vertrag von Limerick (1691) Irland verließen und in die Dienste der mit England verfeindeten Fürsten auf dem Kontinent traten. Prominente Wild-Geese-Nachkommen waren z. B. der Napoleonische Marschall Alexandre MacDonald und der Verlierer der Schlacht von Sedan 1870, Marschall M. E. P. M. MacMahon, ab 1873 französischer Präsident.

Williamiten: Anhänger Williams of Orange.

Young Ireland: Irische republikanische Bewegung. 1843 überwarfen die Young-Ireland-Anhänger sich mit O'Connell (s. dort). Im Gegensatz zum Reformator O'Connell forderte die Young-Ireland-Bewegung die vollständige Lösung von Großbritannien. Ihr zentrales Organ war die Wochenzeitung *The Nation*, herausgegeben von Thomas Davis, einem Dichter, der viele der heute noch bekannten irischen Rebellenlieder verfaßte und erstmalig in *The Nation* publizierte, um die nationalen Gefühle seiner Landsleute zu wecken. Nach einem fehlgeschlagenen Aufstandsversuch 1848 gingen die meisten prominenten Young-Ireland-Mitglieder auf den Kontinent oder in die USA ins Exil.

Kathleen Robinson

Dominicus

Ein Roman aus dem alten Rom. Aus dem Amerikanischen von Michael Hofmann. 511 Seiten. SP 1924

Gallien im Jahr 395 n. Chr. Mit der Geburt des zwergwüchsigen Knaben Dominicus beginnt dieser abenteuerliche Unterhaltungsroman, der den Leser mitnimmt auf eine spannende Reise durch die Spätantike. Nach dem frühen Tod seiner Eltern wird Dominicus von seinem Vormund an eine fahrende Gauklertruppe verkauft. Das Schicksal führt den Wanderzirkus von Gallien in das vor Leben übersprudelnde dekadente Rom, wo sich die Künstler unter der Obhut eines ehrgeizigen römischen Senators in kürzester Zeit einen Namen machen. Doch das Glück bleibt den Zirkusleuten nicht hold: Sie fallen in Ungnade, und Dominicus kann als einziger den Häschern entkommen...
Kathleen Robinsons üppig erzählter, detail- und stimmungsreicher Roman führt uns in die aufregende Zeit des alten Rom, in Amphitheater mit fackelerleuchteten Bühnen, in das Gallien der Gladiatoren, in die winkligen Gassen Alexandrias, durch die der Wüstenwind weht, in die farbenprächtigen Basare Konstantinopels...
»Dominicus« ist ein mitreißender historischer Roman, der die Zeit der Spätantike, ihre Kultur und ihre Menschen lebendig werden läßt: Eine faszinierende Lesereise in eine exotische, märchenhafte Welt voller Glück und Abenteuer, voller Liebe und Grausamkeit.

»Ein gut recherchierter, gut erzählter Plot, der überzeugende, liebenswerte Charaktere und prächtige Ansichten antiker Städte zeichnet. Und das Ganze hat Tempo!«

Kirkus Review

»Ein intelligenter historischer Roman mit viel Hindergrund, flotten Dialogen und einer Vielzahl faszinierender Schurken.«

Brigitte

»So schillernd, märchenhaft und phantastisch der Roman von Kathleen Robinson ist, so vergnüglich ist er auch. Genüßlich ausgemalte Ungeheuerlichkeiten und amüsante Episoden sorgen für Abwechslung in diesem Roman, der genau der richtige Schmöker für lange Abende ist.«

Kieler Nachrichten

SERIE PIPER

Antonio Gala

Die Handschrift von Granada

Historischer Roman. Aus dem Spanischen von Lisa Grüneisen. 736 Seiten. SP 2295

Granada 1492: Eine Epoche beispielloser Toleranz geht zu Ende, als Boabdil, der letzte maurische Herrscher, die Stadt dem katholischen Königspaar Isabel und Ferdinand übergeben muß. Machtpolitik, religiöser Fanatismus, Geldgier und Inquisition vernichten eine faszinierende, hochstehende Kultur, von der die europäisch-christliche Zivilisation maßgeblich mitgeprägt wurde.

An die verzauberte Atmosphäre aus 1001 Nacht erinnert die Erzählung aus dem bewegten Leben Sultan Boabdils, des letzten maurischen Herrschers von Granada, und zeichnet zugleich ein Bild vom Untergang einer höchst verfeinerten und toleranten Kultur. Auf dem karmesinroten Kanzleipapier der Alhambra schildert Boabdil eine Welt, in der Architektur und Kunst höchste Vollendung erreicht hatten und in der Raum war für verschiedene Religionen, Nationalitäten und Ansichten. Viele Jahrhunderte lebten Christen, Muslims und Juden friedlich zusammen. Die Offenheit des Denkens reichte bis in den intimen, privaten Bereich.

Die Zivilisation der Toleranz fand mit der »Rückeroberung« Andalusiens durch den lustfeindlichen kastilischen Katholizismus des Königspaares Isabel und Ferdinand ein jähes, grausames Ende. Boabdils fiktives Tagebuch ist der gelungene Versuch der Rehabilitierung einer Kultur, mit deren Vorstellungen wir uns heute erneut schwer tun: einer islamischen Lebensweise jenseits fundamentalistischer Verbohrtheit.

Napoleón Baccino

Die traurige Freiheit der Meere

Roman aus dem Zeitalter der Entdeckungen. Aus dem Spanischen von Fritz Rudolf Fries. 400 Seiten. SP 2381

Eines der verwegensten Abenteuer in der Seefahrtsgeschichte – die mörderische Expedition des Maghellan um die Südspitze Amerikas – steht im Mittelpunkt dieses Romans.

SERIE PIPER

Stephanie Cowell

Die Ballade des Falken

Roman aus der Shakespeare-Zeit. Aus dem Englischen von Carina von Enzenberg. 544 Seiten. SP 2470

Geboren in Canterbury im ausgehenden 16. Jahrhundert, hat der begabte, ungestüme Nicholas Cooke bereits mit 13 Jahren harte Schicksalsschläge erlebt: Er mußte zusehen, wie sein Vater als Dieb gehenkt wurde und wie seine über alles geliebte Mutter früh starb.
Im übersprudelnden London, inmitten von geschäftstüchtigen Kaufleuten, feuerspeienden Gauklern und dem Wagengerassel des fahrenden Volkes, versucht Nick sein Glück als Schaupieler. Der charismatische Dichter Kit Morley, der Gefallen an dem aufgeweckten Knaben gefunden hat, ebnet ihm dazu den Weg. Er verschafft ihm einen Platz in der Theatertruppe des John Heminges, dessen schöne, sanfte Frau Rebecca Nick bald in Verwirrung stürzt… Und ein weiterer passionierter Theatermann wird Nicks Freund und Förderer: Will Shagspere. Gemeinsam errichten sie an den Ufern der Themse das Globe Theatre, das später Weltberühmtheit erlangen würde. Aber Nicks unruhiger Geist treibt ihn weiter: Als sein erster Sohn von der Pest dahingerafft wird, besinnt er sich auf seinen Jugendtraum und vertieft sich ins Studium der Medizin und Theologie… Glanz und Elend des Elisabethanischen Englands werden in diesem opulenten historischen Roman lebendig. Das spätmittelalterliche London mit seinen winkeligen Gassen und imposanten gotischen Bauten, in dem Hungersnot und Pest ebenso herrschen wie die mitreißende Aufbruchstimmung zu Beginn der Neuzeit, bildet den Hintergrund für das Schicksal des jungen Nick. Er ist ein echter Held der Renaissance: von unstillbarem Wissensdurst und festem Glauben an die Kraft des Geistes, muß er doch immer wieder an seine Grenzen stoßen.

»Cowell hat ideales Urlaubsfutter geschrieben, ein großes Stück lehrreicher Unterhaltungsliteratur, das Englands größte Ära mit allen Licht- und Schattenseiten als faszinierenden Bilderbogen aufblättert.«
Welt am Sonntag

Peter Gustav Bartschat

Die Nacht des Kalifen

Roman aus dem alten Bagdad.
449 Seiten. SP 1966

Man schreibt das Jahr 1160: Bagdad bereitet sich auf die prunkvolle Hochzeit des Kalifen al-Muqtafi mit der Prinzessin Selina vor. Doch Braut und Bräutigam werden in der Hochzeitsnacht ermordet. Wie war das im schwerbewachten Palast, in dem von innen verriegelten Schlafzimmer möglich? Ein großes Problem, das dem weisen Richter Slugi da gestellt wird, und er ist gut beraten, als er sich den Teppichhändler Usama zu Hilfe holt, denn der scheint von mehr eine Ahnung zu haben als vom Verkauf gefälschter Perserteppiche.

»Bartschats List- und Tücke-Helden erinnern zuweilen an jene von Karl May, Arthur Conan Doyle, Ellery Queen und Umberto Eco, verschonen den Leser aber mit dem Bildungsgespreize des Letztgenannten. Flott und schwungvoll geschrieben, ist ›Die Nacht des Kalifen‹... genau eines jener Bücher, mit denen man sich für ein, zwei Tage ins Bett verzieht.«

Tip, Berlin

Jean-Pierre Néraudau

Das Geheimnis des römischen Gartens

Roman. Aus dem Französischen von Christiane Filius-Jehne.
283 Seiten. SP 1868

Rom in ersten Jahrhundert n. Chr. In einem Garten voll duftender Blumen wird der bis zur Unkenntlichkeit verstümmelte Leichnam Apronias, der jungen Gattin des Marcus Plautius, gefunden. War ihr Fenstersturz ein Unfall, Suizid oder gar Mord? Das jedenfalls behauptet ein anonymes »Manuskript«, das beinahe jeden, vom Ehemann der Toten bis hin zu Kaiser Tiberius persönlich, als Mörder in Betracht zieht. Die Sklavin Corinna und Hylas, ein Schauspieler, wollen die Wahrheit ans Licht bringen. Dabei überschlagen sich die Ereignisse. Ein schillerndes Kaleidoskop römischer Intrigen.

»Jean-Pierre Néraudau, Spezialist der Kunst und der Geschichte Roms, hatte die geniale Idee, einen ›antiken Thriller‹ zu schreiben... er ist raffiniert, spannend, lehrreich und dabei niemals pedantisch, und er zeigt die unterschwellige Grausamkeit jener Epoche.«

Libération

SERIE PIPER

Barbara Chase-Riboud

Das Echo des Löwen

Roman. Aus dem Amerikanischen von Christel Wiemken. 414 Seiten. SP 2441

Eine dramatische Episode aus der amerikanischen Geschichte bildet den Stoff, aus dem Barbara Chase-Riboud diesen ergreifenden historischen Roman gemacht hat: Am 22. August 1839 trieb ein scheinbar herrenloses Schiff vor der Küste von Long Island, die Segel zerfetzt und bemannt mit 53 halbverdursteten Schwarzen. Ihr Name »Amistad« wirft Licht auf ein dunkles Kapitel der Neuen Welt. Er steht für den einzigen erfolgreichen Sklavenaufstand in Amerika. Angeführt von Joseph Cinque hatten die Männer den Kapitän des Sklaventransporters getötet und wollten nach Afrika zurücksegeln. Doch da sie von Navigation nichts verstanden, landeten sie im Herrschaftsgebiet der USA am Vorabend des Bürgerkriegs, wo Sklavenhalter und Sklavengegner in erbittertem Widerstreit lagen …

Frei, vogelfrei

Ein Südstaaten-Roman. Aus dem Amerikanischen von Charlotte Breuer. 559 Seiten. SP 2448

Sie hatte rote Haare und einen blassen Teint, aber nach dem Gesetz ist sie eine »Schwarze«: Harriet Hemings, die schöne Tochter des amerikanischen Präsidenten Jefferson und seiner farbigen Geliebten Sally. An ihrem 21. Geburtstag, so hatte es ihr Vater versprochen, sollte Harriet den Familienbesitz Monticello verlassen und eine neue Identität annehmen dürfen, als leibliches Kind anerkannt, als Freigelassene ausgewiesen. Doch dann verweigert er Harriet die Papiere – er möchte sie in Monticello behalten. Und so bedeuten Harriets Schritt in die Freiheit und ihr Versuch, in einer neuen Identität unterzutauchen, nichts anderes, als weiterhin Sklavin, also vogelfrei zu sein. – Vor dem Hintergrund des amerikanischen Bürgerkrieges zeichnet die mehrfach preisgekrönte Schriftstellerin Barbara Chase-Riboud mit diesem historischen Roman ein meisterhaft komponiertes Zeit- und Gesellschaftsbild des Amerika zwischen den Idealen der Menschenrechte und den Interessen, denen Sklavenhaltertum und Rassendiskriminierung dienten.

Thomas Flanagan

Pächter der Zeit

Der große Irland-Roman

1024 Seiten. Geb. Aus dem Amerikanischen von Gabriele Haefs.

Thomas Flanagan führt uns auf prächtige Landgüter und in bescheidene Cottages, in verschlafene Städtchen und in lebhafte Metropolen wie Dublin, London oder das New York der irischen Immigranten. Seinen Anfang nimmt die Geschichte in Kilpeder, einem Marktflecken im Westen Irlands, dem Sitz des Earls of Ardmor, wo 1867 der Fenier-Aufstand niedergeschlagen wurde. Die vier Anführer des Aufstands sind Hugh MacMahon, Vincent Tully, Robert Delaney und Edward Nolan.
Ihre Rebellion schlägt fehl, aber die Erlebnisse dieses Tages bestimmen ihr weiteres Schicksal: MacMahon wird Schulmeister in Kilpeder und gründet eine Familie. Der Bonvivant Tully widmet sich der Fuchsjagd und der Jagd nach Frauen. Delaney erobert die Tochter des reichsten Ladenbesitzers in Kilpeder, wird Anwalt und erfolgreicher Politiker. Zum Verhängnis wird ihm seine leidenschaftliche Affäre mit Sylvia, der schönen Frau des Earls of Ardmor. Und der vierte, Nolan, MacMahons Cousin, der wegen des Aufstands aus Amerika zurückgekommen ist, wird nach einer langen, grausamen Kerkerhaft zur Legende.